Ullstein

ÜBER DAS BUCH:

Es ist die Zeit des großen Booms an der Wall Street – die wilden Achtziger. Champagner, Luxuslimousinen, gewaltige Geschäfte und monströse Egos bestimmen das Leben der New Yorker Finanzwelt. Die Zukunft scheint rosig, die Gegenwart golden. Aber während die Deals wie im Fieberwahn immer aberwitzigere Dimensionen annehmen, spricht sich herum, daß es dabei nicht immer mit rechten Dingen zugeht. Und einige der größten Fische der Wall Street sollen dabei ihre Finger im Spiel haben. Doch selbst Insider der Börsenwelt ahnen nicht, daß da der größte Finanzschwindel aller Zeiten abläuft, der das gesamte Gefüge der amerikanischen Wirtschaft ins Wanken zu bringen droht... *Club der Diebe* erzählt die vollständige Geschichte des Insider-Trading-Skandals, der die Wall Street in ihren Grundfesten erschütterte. In seinem spannenden Tatsachenroman läßt James B. Stewart kein noch so schmutziges Detail aus und zeichnet ein schillerndes Porträt der Hauptakteure und ihrer Hintermänner, deren Skrupellosigkeit jegliche Phantasie übertrifft.

DER AUTOR:

Der amerikanische Journalist James B. Stewart war bei Erscheinen seines aufsehenerregenden Tatsachenromans Redakteur des *Wall Street Journals*. Er ist Träger des *Pulitzer*-Preises. Außerdem hat er einige Sachbücher verfaßt.

James B. Stewart

CLUB DER DIEBE

Ullstein

Ullstein Buchverlage GmbH & Co. KG,
Berlin
Taschenbuchnummer: 23207
Titel der Originalausgabe:
Den of Thieves
Aus dem Amerikanischen
von Klaus-Dieter Schmidt

Ungekürzte Ausgabe der
aktualisierten Auflage
5. Auflage Mai 1999

Umschlagentwurf:
Theodor Bayer-Eynck
Foto: E. Hartmann –
Magnum Photos

Printed in Germany 1999
Druck und Verarbeitung:
Ebner Ulm
ISBN 3 548 23207 8

Gedruckt auf alterungsbeständigem
Papier mit chlorfrei
gebleichtem Zellstoff

Die Deutsche Bibliothek – CIP-Einheitsaufnahme

Stewart, James B.:
Club der Diebe / James B. Stewart.
[Aus dem Amerikan. von Klaus-Dieter Schmidt.]. –
Ungekürzte Ausg. der aktualisierten Aufl., 5. Aufl. –
Berlin: Ullstein, 1999
(Ullstein-Buch ; Nr. 23207)
ISBN 3-548-23207-8
NE: GT

Für Jane, meine Schwester;
Michael, meinen Bruder;
und für Kate

Inhalt

Und Jesus ging in den Tempel hinein und trieb heraus alle Verkäufer und Käufer im Tempel und stieß um der Wechsler Tische und die Stühle der Taubenkrämer

Und sprach zu ihnen: Es steht geschrieben: »Mein Haus soll ein Bethaus heißen«; ihr aber macht eine Räuberhöhle daraus.

MATTHÄUS 21,12–13

Handelnde Personen,

als das Verbrechen in der Wall Street Ende 1985 den Höhepunkt erreichte.

BEI KIDDER, PEABODY & CO., New York
Martin Siegel, Investmentbanker
Ralph DeNunzio, Geschäftsführer
Al Gordon, Direktor
John T. Roche, Präsident
Robert Krantz, Rechtsberater
Richard Wigton, Chef der Arbitrageabteilung
Timothy Tabor, Arbitrageur
Peter Goodson, Chef der M&A-Abteilung
John Gordon, Investmentbanker
Hal Ritch, Investmentbanker

BEI IVAN F. BOESKY CORPORATION, New York
Ivan F. Boesky, Arbitrageur
Stephen Conway, Investmentbanker
Lance Lessman, Chef der Researchabteilung
Michael Davidoff, Chefhändler
Reid Nagle, Finanzchef
Setrag Mooradian, Chefbuchhalter

BEI DREXEL BURNHAM LAMBERT INC., Beverly Hills
Michael R. Milken, Chef der Abteilung für hochverzinsliche Wertpapiere
Lowell Milken, Anwalt
Richard Sandler, Anwalt
James Dahl, Verkäufer
Gary Winnick, Verkäufer
Warren Trepp, Chefhändler
Terren Peizer, Händler
Cary Maultasch, Händler
Bruce Newberg, Händler
Charles Thurnher, Buchhalter

Lorraine Spurge, Verwaltungsangestellte
Lisa Ann Jones, Handelsassistentin

Bei Drexel Burnham Lambert Inc., New York
Dennis B. Levine, Investmentbanker
Fred Joseph, geschäftsführender Präsident
Donald Engel, Berater
Stephen Weinroth, Investmentbanker
David Kay, Co-Chef der M&A-Abteilung
Leon Black, Co-Chef der M&A-Abteilung

Bei Goldman, Sachs & Co., New York
Robert Freeman, Chef der Arbitrageabteilung
Robert Rubin, späterer Co-Direktor
Frank Brosens, Arbitrageur
David Brown, Investmentbanker

Bei Lazard Frères, New York
Robert Wilkis, Investmentbanker
Randall Cecola, Analytiker
Felix Rohatyn, Investmentbanker

Bei Shearson Lehman Brothers, New York
Ira Sokolow, Investmentbanker
J. Tomilson Hill III., Co-Chef der M&A-Abteilung
Steve Waters, Co-Chef der M&A-Abteilung
Peter Solomon, Investmentbanker

Bei der Bank Leu, Nassau (Bahamas)
Bernhard Meier, Banker
Bruno Pletscher, Banker

Bei Merrill Lynch & Co., New York
Stephen Hammerman, Leiter der Rechtsabteilung
Richard Drew, Vizepräsident, Aufsichtsabteilung

Hauptinvestoren
Carl Icahn, Raider und späterer Präsident der TWA
John Mulheren, Chef der Jamie Securities
Henry Kravis, Inhaber von Kohlberg Kravis Roberts Inc.

BEI WACHTELL, LIPTON, ROSEN & KATZ, New York (Berater von Goldman, Sachs)
Martin Lipton, Teilhaber
Ilan Reich, Teilhaber
Lawrence Pedowitz, Teilhaber

BEI PAUL, WEISS, RIFKIND, WHARTON & GARRISON, New York (Berater von Michael Milken und Dennis Levine)
Arthur Liman, Teilhaber
Martin Flumenbaum, Teilhaber

BEI WILLIAMS & CONNOLLY, Washington, D.C. (Berater von Michael Milken)
Edward Bennett Williams, Teilhaber
Robert Litt, Teilhaber

BEI CAHILL, GORDON & REINDEL, New York (Berater von Drexel Burnham)
Irwin Schneiderman, Teilhaber
Thomas Curnin, Teilhaber

BEI FRIED, FRANK, HARRIS, SHRIVER & JACOBSON, New York und Washington (Berater von Boesky)
Harvey Pitt, Teilhaber
Leon Silverman, Teilhaber

BEI MUDGE ROSE GUTHRIE ALEXANDER & FERDON, New York (Berater von Siegel, bevor er Klient von Fried Frank wurde)
Jed Rakoff, Teilhaber
Audrey Strauss, Teilhaber

BEI ROBINSON, LAKE, LERER & MONTGOMERY, New York (Public-Relations-Berater von Michael Milken)
Linda Robinson, Teilhaberin
Kenneth Lerer, Teilhaber

BEIM BÜRO DES STAATSANWALTS DER VEREINIGTEN STAATEN, New York
Rudolph Giuliani, Staatsanwalt
Benito Romano, Stellvertreter Giulianis, später Staatsanwalt
Charles Carberry, stellvertretender Staatsanwalt, später Chef des Dezernats für Wertpapierbetrug

Bruce Baird, stellvertretender Staatsanwalt, später Chef des Dezernats für Wertpapierbetrug
John Carroll, stellvertretender Staatsanwalt
Jess Fardella, stellvertretender Staatsanwalt

BEI DER SECURITIES AND EXCHANGE COMMISSION, Washington, D.C.
John Shad, Direktor
Gary Lynch, Chef der Strafverfolgung
John Sturc, stellvertretender Chef der Strafverfolgung
Leo Wang, Anwalt
Peter Sonnenthal, Anwalt

Prolog

Martin A. Siegel hastete durch den National Airport in Washington, D.C., und schob sich unweit der Flugsteige der Eastern-Linienflüge in eine Telefonzelle. Seit Jahren stellten Telefonzellen, häufig solche auf Flughäfen, sein eigentliches Büro dar. Er beklagte sich zwar oft über seinen langen Arbeitstag und die häufige Trennung von seiner Frau und seinen drei Kindern, aber die Wahrheit war, daß das Leben unter Hochdruck, das er als einer der führenden Investmentbanker des Landes führte, der Boden war, auf dem er aufblühte und sich entfalten konnte.

Der 12. Mai 1986 hatte begonnen wie jeder andere Tag. Er war am Morgen von New York nach Washington geflogen, um einen wichtigen Klienten zu besuchen, Martin Marietta, einen der größten Auftragnehmer des Verteidigungsministeriums. Vor einigen Jahren hatte er Marietta geholfen, ein feindseliges Übernahmegebot der Bendix Corporation abzuwehren. Damit war sein Stern aufgegangen, und er war seitdem zu einem der gefragtesten Übernahmestrategen des Landes geworden.

Der Besuch bei Marietta war glatt verlaufen, bis auf einen Mißton. Der Präsident des Unternehmens, Thomas Pownall, hatte sich erregt über einen kürzlich bekanntgewordenen Insiderhandel geäußert. Er sollte als Leumundszeuge für Paul Thayer auftreten, einen früheren stellvertretenden Verteidigungsminister in der Reagan-Administration, dem Insiderhandel vorgeworfen wurde, da er während seiner Zeit als Direktor von Anheuser-Busch streng geheime Informationen unter anderem an seine Geliebte in Dallas weitergegeben hatte. Pownall war erschüttert, wie der größte Teil der amerikanischen Wirtschaftswelt. Als Thayer im Verteidigungsministerium war, hatte er oft geschäftlich mit ihm zu tun gehabt und sich mit ihm angefreundet. »Es ist unglaublich, oder?« hatte er Siegel gefragt.

Siegel hatte genickt und den Gedanken an Thayer rasch wieder aus seinem Kopf verbannt. Er sah mit seinen 38 Jahren wie ein Filmstar aus, braungebrannt und sportlich, und war vor kurzem erst zu Drexel Burnham Lambert Inc. gewechselt, der kolossalen Junk-bond-Firma. Was ihn betraf, war er bereit, sich in noch größere Höhen des Startums zu katapultieren.

Jetzt wählte er die Nummer seines New Yorker Büros. Es war kurz nach 14.45 Uhr, und er fragte sich, was die Börse machte. Er haßte es, von seinen Nachrichtenlieferanten abgeschnitten zu sein, den Computermonitoren und Fernschreibern.

Seine Sekretärin Kathy setzte ihn kurz ins Bild und begann dann die vielen Anrufe, die erwidert werden mußten, herunterzurasseln. Sie wurde vom Klingeln des Dow-Jones-Tickers unterbrochen, der vor Siegels Büro stand. Das hieß, daß eine bedeutsame Nachricht hereinkam.

Kathy ging hinaus und schluckte, als sie die Überschrift las. »SEC klagt Drexel Burnham Lambert offiziell des Insiderhandels an«, las sie laut genug, daß Siegel es hören konnte. Die Securities and Exchange Commission (SEC) war die Wertpapier- und Börsenaufsichtsbehörde.

Während Kathy darauf wartete, daß die Meldung vervollständigt wurde, hatte Siegel das Gefühl, als würde die Welt zusammenbrechen, jedenfalls die, für die er sein Leben lang gearbeitet hatte. Die Abfindung von 3,5 Mio. Dollar und der Bonus von 2 Mio. Dollar, die er erhalten hatte, als er von Kidder, Peabody & Co. zu Drexel wechselte. Das überaus lukrative Fusions- und Übernahmegeschäft, das er an Michael Milkens Junkbond-Geldmaschine angekoppelt hatte. Die Blue-chip-Klienten wie Martin Marietta, Goodyear und Lear Siegler, die sich jetzt danach drängten, Drexels und seine Dienste in Anspruch zu nehmen. Das Haus am Strand in Connecticut, mit eigenem Tennisplatz und Swimmingpool. Das Firmenappartement mit vier Schlafzimmern am exklusiven Gracie Square in Manhattan. Die Hubschrauberflüge nach Manhattan. Die überschwenglichen Zeitungs- und Zeitschriftenartikel über ihn.

Plötzlich sah er den Arbitrageur Ivan Boesky fast leibhaftig vor sich, seinen ehemaligen Mentor und Vertrauten, und fuhr erschrocken zusammen. Boesky könnte ihn ermorden lassen, ging es ihm durch den Kopf.

»Oh, mein Gott!« rief Kathy aus, während der Text aus dem Fernschreiber kam. »Es ist Dennis! Es ist Dennis Levine! Sie haben ihn verhaftet!«

Siegel sagte ihr, sie solle weiter vorlesen, und sie las: »Die SEC beschuldigt Dennis Levine, einen der Geschäftsführer von Drexel Burnham Lambert Inc., unter Hinweis auf ein angebliches System des Kaufs und Verkaufs von Wertpapieren aufgrund nicht allgemein zugänglicher Informationen, die er durch seine Arbeit als Investmentbanker erhielt, des über einen Zeitraum von fünf Jahren getätigten Insiderhandels. Drexel

Burnham hat zugesagt, die Untersuchung der SEC voll zu unterstützen...«

Dennis Levine. Dennis Levine war der Investmentbanker im Büro nebenan. Siegel brach in Schweiß aus. Alles, was er denken konnte, war: Eine Kanone hatte auf seinen Kopf gezielt, der Abzug war durchgezogen worden, aber die Kugel hatte wunderbarerweise nicht ihn getötet, sondern Dennis Levine. Den übergewichtigen, aufschneiderischen, saft- und kraftlosen Dennis Levine.

In der Filiale von Drexel Burnham Lambert in Beverly Hills war es kurz vor 12 Uhr mittags, die Spitzenzeit des Handelstages. Michael Milken saß im Zentrum eines riesigen, X-förmigen Handelstisches, um sich herum an den Achsen seine ihm treu ergebenen Händler und Verkäufer. Während er die Angaben auf seinem Computer überflog, griff er nach seinen beiden klingelnden Telefonen, eins für jedes Ohr.

Das war das Epizentrum der neuen Wirtschaftsordnung, die Kapitale des Junk-bond-Imperiums, das Michael Milken aufgebaut hatte. »He, Mike!« rief einer der Händler Milken zu, als die Levine-Nachricht auf dem Computerbildschirm erschien. »Sieh dir das an!« Vor wenigen Wochen erst hatte Levine mit einem Frühstück für die M&A-Akteure – die mit mergers and acquisitions (Fusionen und Übernahmen) Beschäftigten – seinen Einstand bei Milkens enorm erfolgreicher 1986er Junk-bond-Konferenz, dem »Räuberball«, gegeben. Milken unterbrach seine Telefongespräche, schaute auf die Neuigkeit auf seinem Monitor und ging wieder an die Arbeit, als wäre nichts geschehen. »Es ist wie bei einem schlimmen Autounfall«, kommentierte einer der Verkäufer achselzuckend. »Man fährt ein paar Tage etwas langsamer, und dann tritt man wieder aufs Gaspedal.« Nichts konnte den Drexel-Truck aufhalten.

Ivan Boesky, der legendäre Arbitrageur, hatte gerade den Konferenzraum in seiner Bürosuite an der Fifth Avenue verlassen und ging, von einigen seiner Angestellten gefolgt, den Flur entlang, als plötzlich Jeffrey Hennig, einer von Boeskys Händlern, aus seinem Büro stürzte und ein Fernschreiben in der Luft schwenkte. »Haben Sie das von Dennis Levine schon gelesen?« rief er Boesky zu.

Boesky blieb stehen und drehte sich um. »Dennis wer?«

»Levine«, wiederholte Hennig. »Hier.« Er zeigte Boesky den Ausdruck mit der Nachricht über die SEC-Anklage gegen Levine.

Boesky las sie rasch durch und gab sie Hennig zurück. »Noch nie von ihm gehört«, sagte er, während er mit energischen Schritten weiterging.

Jahre später begriff Siegel im Rückblick auf diesen Tag, daß er sich damals geirrt hatte. Die Kugel, die Levine umbrachte, hatte auch ihn getötet. Sie hatte Ivan Boesky getötet, und auch Michael Milken.

Dieselbe Kugel ließ darüber hinaus auch die Übernahmemanie und den größten Geldmacherboom in der Geschichte der Wall Street platzen und brachte dahinter die umfassendste kriminelle Verschwörung ans Tageslicht, die es in der Finanzwelt jemals gegeben hatte. Das Jahrzehnt der Habgier mag sich noch vier Jahre lang ausgezahlt haben, aber nach dem 12. Mai 1986 war es zum Untergang verdammt.

Selbst heute noch ist das Ausmaß des Verbrechens, das seit Mitte der 70er Jahre an den Börsen und in den Finanzinstituten des Landes wucherte, kaum zu fassen. Es übertraf alle vergleichbaren Wirtschaftsverbrechen, vom großen Eisenbahnüberfall bis hin zu den Aktienmanipulationen, die zur Verabschiedung der Wertpapiergesetze führten. Die illegal erzielten Gewinne waren so gewaltig, daß sie den meisten Laien unbegreiflich sein müssen.

Dennis Levine, der kleine Fisch, gestand 12,6 Mio. Dollar Profit aus dem Insiderhandel ein. Ivan Boesky war bereit, 100 Mio. Dollar an Strafe zu zahlen, doch niemand glaubt, daß diese Summe auch nur annähernd an den Gesamtgewinn heranreicht, den er über die Jahre hinweg einstrich. Und dann war da noch Michael Milken, dessen Verbrechen weit komplexer, einfallsreicher und ehrgeiziger waren als ein bloßer Insiderhandel. Er verdiente 1986 sage und schreibe 550 Mio. Dollar an Gehalt und Provisionszahlungen allein aus einem Geschäft, das mit jahrelangen illegalen Aktivitäten verbunden war. Nachdem er sich schließlich in sechs Anklagepunkten schuldig bekannt hatte, erklärte er sich einverstanden, 600 Mio. Dollar Strafe und Entschädigung zu zahlen – mehr als den Jahresetat der SEC.

Seine Verbrechen waren allerdings keine isolierten Einzelfälle. Die von Milken angeführte Verschwörung stach nur in bezug auf den Umfang und die möglichen Folgen heraus. Finanzverbrechen waren in den 80er Jahren in der Wall Street gang und gäbe. Deshalb stimmte auch fast jeder der in diesem Skandal Angeklagten dasselbe Lied an: daß es unfair sei, einen einzelnen für die Strafverfolgung herauszupicken, während so viele andere, die sich der gleichen Delikte schuldig gemacht hatten, nicht verklagt wurden. Derselbe Kodex des Schweigens, der es dem Verbrechen erst ermöglichte, sich bis in einige der reichsten und geachtetsten Institute hinein in der Wall Street einzunisten und zu entfalten, schützt immer noch viele der Schuldigen.

Man darf jedoch angesichts der gesetzwidrig erlangten Gewinne einzelner das Gesamtbild nicht aus den Augen verlieren. Während der Verbrechenswelle gingen ganze Unternehmen mit einem Tempo von Hand zu Hand, das bis dahin ohne Beispiel war. Vertraute Namen - Carnation, Beatrice, General Foods, Diamond Shamrock - verschwanden durch Übernahmen, die von krimineller Energie nur so strotzten und dem Wertpapierrecht Hohn sprachen.

Andere - Unternehmen wie Unocal und Union Carbide - überlebten zwar, waren aber stark angeschlagen. Tausende von Menschen verloren ihre Arbeit; die Firmen stürzten sich in Schulden, um die Deals zu bezahlen; Gewinne wurden für den Zinsdienst der aufgenommenen Kredite geopfert, und trotzdem waren viele Unternehmen am Ende bankrott oder zur Umstrukturierung gezwungen. Die Gläubiger und Anteilseigner verloren weitere Millionen. Habgier kann nicht der alleinige Grund für einen derartigen Opfergang sein. Es sind die Kosten einer Habgier, die mit Marktmacht ausgestattet ist - einer Macht, die durch die normalen Kontrollmechanismen und Gegengewichte des freien Markts oder die Furcht, erwischt zu werden, nicht gehemmt wird.

Aber die finanziellen Implikationen dieser Verbrechen, so massiv sie sind, sollten einem nicht den Blick für die Herausforderung verstellen, die sie für die Strafverfolgungsbehörden, für das Justizwesen und vor allem für das Gefühl für Gerechtigkeit und Fair play darstellen, das zu den Grundlagen einer jeden zivilisierten Gesellschaft gehört. Wenn es jemals Menschen gegeben hat, die glaubten, sie seien so reich und so mächtig, daß sie über dem Gesetz stünden, dann waren sie Mitte der 80er Jahre in der Wall Street und ihrer Nähe zu finden. Wenn es möglich war, sich in Amerika Gerechtigkeit mit Geld zu erkaufen, so waren Milken und Drexel bereit, es zu zahlen, und sie taten es. Sie heuerten die teuersten, gewieftesten und mächtigsten Rechtsanwälte und Werbeberater an, und sie hatten in erschreckendem Ausmaß Erfolg darin, das öffentliche Augenmerk von den eigentlichen Angeklagten abzulenken und einen Medienprozeß gegen die Ankläger und Strafverfolgungsbehörden zu inszenieren.

Aber es half ihnen nichts - dank der mitunter heroischen Anstrengungen von unterbezahlten, überarbeiteten Regierungsbeamten, die einen Großteil ihrer Karriere der Aufdeckung des Skandals widmeten, insbesondere Charles Carberry und Bruce Baird aus dem Büro des Staatsanwalts in Manhattan sowie Gary Lynch, der Chef der Strafverfolgung bei der Securities and Exchange Commission. Doch der Erfolg ihrer Anstrengungen war nicht vollkommen. Die kriminelle Verseuchung der Wall Street war nach einem Jahrzehnt laxer Strafverfolgung so groß, daß die Aufgabe manchmal ihre Kräfte überforderte. Nicht jeder, der es verdient hätte, wurde vor Gericht gebracht, und es schlichen sich Fehler ein. Trotzdem überwog der Erfolg, und er bestand nicht nur in der Verfolgung der Hauptschuldigen, sondern auch in der neuerlichen Bekräftigung der Wertpapiergesetze und, allgemeiner, des amerikanischen Rechtssystems insgesamt.

Dies ist die ganze Geschichte der Kriminellen, die sich zu Herren über die Wall Street aufschwangen, die Geschichte ihres Aufstiegs zu Reichtum, Macht und Ruhm und die ihres Abstiegs in die Schranken der Justiz. Da sich Milken, Boesky, Siegel und Levine durch ihre Schuldeingeständnisse bei verringerten Anklagen einen eingehenden öffentlichen Prozeß ersparten, ist trotz der ausführlichen Berichterstattung, die nach der Anklageerhebung einsetzte, nur sehr wenig von ihr bekannt geworden. Der nachfolgende Bericht stützt sich auf eine vierjährige journalistische Beschäftigung mit dem Thema, zahlreiche Interviews, das umfangreiche Aktenmaterial, die Protokolle der Grand Jury und andere Transkripte, Gesprächsnotizen der Anwälte und verschiedener Beteiligter. Er zeigt, daß in einer Ära, die sich den Kapitalismus des freien Markts auf die Fahnen geschrieben hatte, die Finanzmärkte in Wirklichkeit von innen heraus korrumpiert und für kriminelle Zwecke untergraben waren.

Geht man dem amerikanischen Kapitalismus auf den Grund, so findet man, daß er florierte, weil alle, Reiche und Arme gleichermaßen, im Markt einen Ort sahen, an dem persönliche Verdienste honoriert werden – Unternehmungsgeist, Innovation, harte Arbeit, Intelligenz. Die Wertpapiergesetze wurden eingeführt, um diesen Prozeß zu schützen, die Integrität der Märkte zu wahren und die Kapitalbildung zu fördern, indem man ein einheitliches Spielfeld absteckte, auf dem jeder sein Glück versuchen konnte. Verstöße gegen diese Gesetze sind keine Verbrechen ohne Opfer. Wenn Insiderhändler schwindelerregende Gewinne erzielen, weil sie jemanden bestochen haben, um von ihm vertrauliche Geschäftsgeheimnisse zu erfahren, wenn Preise manipuliert und insgeheim Aktienpakete angesammelt werden, wird unser Vertrauen in die grundlegende Fairneß des Markts erschüttert. Wir alle sind die Opfer.

BUCH EINS

Über dem Gesetz

1

Martin Siegel war 23 Jahre alt, der Jüngste aus der Klasse, die gerade von der Harvard Business School abgegangen war, als er im August 1971 im Hauptsitz von Kidder, Peabody & Co. am Exchange Place 20 in Manhattan zur Arbeit antrat. Er ging auf den leicht zerschlissenen Orientteppichen, an den Porträts von Henry Kidder, Francis Peabody, Albert R. Gordon und anderer vorbei, die Flure entlang und sog die Atmosphäre dieser fremden, verfeinerten Welt des alten Geldes und diskreter Macht in sich ein.

Viel Zeit zur Besinnlichkeit blieb ihm allerdings nicht. Er und seine junge Frau waren noch nicht einmal dazu gekommen, auszupacken, als er schon mit einem Projekt betraut wurde, das ihn rund um die Uhr in Atem hielt: ein neues Underwriting-Geschäft, das Kidder, Peabody von der Federal National Mortgage Association übertragen bekommen wollte. Siegels Partner bei diesem Projekt machte wenig Eindruck auf ihn, bis auf seinen Namen: Theodore Roosevelt IV. oder V.; er konnte sich nie merken, der wievielte er war.

1971, der Vietnamkrieg tobte immer noch und gab der Auflehnung gegen das Establishment ständig neue Nahrung, gingen nur wenige Spitzenstudenten zur Business School, ganz zu schweigen von der Wall Street. Siegel, einer der Besten seiner Harvard-Klasse, hatte daher die freie Auswahl zwischen fast allen wichtigen Investmentbanken und Wertpapierfirmen gehabt. Er hatte sich bei 22 beworben, und jede hatte Interesse an ihm bekundet.

Kidder, Peabody rangierte mit einem Gesamtkapital von 30 Mio. Dollar kaum unter den 20 größten Investmentfirmen des Landes. In der festgefügten Hierarchie der Wall Street gehörte sie zum zweiten Glied, dem sogenannten Major bracket, nicht zur Elite, der Special-bracket-Kategorie der Salomon Brothers, First Boston, Morgan Stanley, Merrill Lynch oder Goldman, Sachs.

Obwohl 1971 überall der Zug zur Veränderung zu spüren war, bestand in der Wall Street immer noch die Trennung zwischen »jüdischen« und (weißen, angelsächsisch protestantischen) »WASP«-Firmen. In früheren

Zeiten, als die großen Konzerne und Banken Juden noch offen diskriminierten, war die Wall Street das Pflaster gewesen, das sich ihnen als Betätigungsfeld anbot. Firmen wie Goldman, Sachs, Lehman Brothers und Kuhn Loeb, die von vornehmen Juden deutscher Herkunft gegründet worden waren, hatten sich denselben Rang erkämpft wie die angesehensten WASP-Firmen: Morgan Stanley – ein Ableger des Finanzimperiums von J.P. Morgan –, First Boston, Dillon, Read und Brown Brothers Harriman. Der Gigant Merrill Lynch Pierce Fenner & Smith war einst als »katholische« Firma betrachtet worden und hatte damit so etwas wie eine Anomalie dargestellt. Kidder, Peabody stand fest im WASP-Lager. Siegel war der erste Jude, den man im Bereich der Unternehmensfinanzierung einstellte.

Siegel hatte nach Abwechslung und Abenteuer Ausschau gehalten, und nur das Investment banking versprach ein sofortiges Markturteil über eine neue Aktienemission oder die Bekanntgabe einer großen Neuerwerbung. Er hatte seine Wahl auf drei Firmen eingegrenzt: Goldman, Sachs, Shearson Hayden Stone und Kidder, Peabody. Ein Anwerber von Goldman hatte ihn angerufen und gefragt, ob er eventuell ein Angebot von Goldman annehmen würde. Er hatte sich nicht festgelegt. Das höchste Einkommen hatte ihm Shearson Hayden Stone angeboten – 24000 Dollar im Jahr.

Kidder, Peabody bot nur 16000 Dollar. Aber Siegel sah dort einzigartige Chancen für sich. Die Firma war voller alter Männer, verfügte aber über eine Klientel reicher Blue-chip-Kunden. Siegel stellte sich vor, daß er dort schnell bis ganz nach oben aufsteigen konnte.

Außerdem zog ihn die aristokratische Aura von Kidder, Peabody an. 1865, kurz vor dem Ende des Bürgerkriegs in Boston gegründet, war Kidder, Peabody & Co. eine der ältesten Investmentbanken Amerikas. In der Anfangszeit hatte sie Kapital für den Eisenbahnboom beschafft, hauptsächlich für Atchison, Topeka & Santa Fe. Zu ihren Klienten gehörten auch zwei unerschütterliche Garanten der Establishmentsolidität, United States Steel und American Telephone & Telegraph.

Die moderne Firma Kidder, Peabody wurde von Albert H. Gordon dominiert, dem Sohn eines reichen Bostoner Lederhändlers. Er hatte das Harvard College und die dortige Business School besucht und war 1929 als junger Anleiheverkäufer bei Goldman, Sachs mit 100000 Dollar eigenem Kapital in die vom Börsenkrach zerrüttete Firma eingestiegen. 1931 hat er sie zusammen mit zwei Partnern ganz übernommen.

Gordon, ein fanatischer Anhänger körperlicher Fitneß und unermüdlicher Arbeiter mit unbegrenzter Energie und untadeligem, kultiviertem

Auftreten, verlegte den Sitz der Firma von Boston an die Wall Street und machte sich daran, einen Kundenstamm aufzubauen. Dabei hatte er einen Vorteil: Kidder, Peabodys Ruf hatte, ganz im Gegensatz zu vielen Konkurrenten, die Auswirkungen des Börsenkrachs bemerkenswert unbeschadet überstanden.

Der vom Börsenkrach und der Depression ausgelöste Schock hatte im Kongreß zu einer Reformbewegung geführt, die in den 1932 begonnenen Senatsanhörungen durch den Sonderankläger Ferdinand Pecora gipfelte. Durch Pecoras bohrende Kreuzverhöre einiger der führenden Investmentbanker der Wall Street erfuhr die amerikanische Öffentlichkeit von Insidergeschäften, Aktienkursmanipulationen und Wuchergeschäften mittels sogenannter Investment-Trusts. Bei den meisten der offengelegten Mißbräuche spielten Informationen eine Rolle, die nur einige wenige Bevorzugte erhielten und die der Mehrheit der Investoren vorenthalten wurden. Dabei handelte es sich nicht nur um Informationen, die sich direkt auf Aktienkurse bezogen, etwa die Höhe von Fusions- und Übernahmeangeboten, sondern auch um solche, die einem Profi auf subtilere Weise einen Vorteil verschaffen konnten: die wahre Spanne zwischen Angebots- und Nachfragepreisen zum Beispiel, oder die Identität von Käufern großer Aktienpakete und die Motive für ihre Ankäufe.

Von der Welle der öffentlichen Entrüstung getragen, verabschiedete der Kongreß ein historisch zu nennendes Gesetzgebungswerk, den Securities Exchange Act von 1933 und 1934. Zu seiner Durchsetzung wurde eine neue Bundesbehörde ins Leben gerufen, die Securities and Exchange Commission. Aber das genügte dem Kongreß noch nicht: Er hielt den Vollzug seiner neuen Wertpapiergesetze für so wichtig, daß er sie durch eine korrespondierende Strafgesetzgebung ergänzte.

Durch die Trennung des Bankgeschäfts von der Wertpapierausgabe, der Kapitalbeschaffung und dem Vertrieb von Aktien, Schuldverschreibungen und anderen Wertpapieren schufen die Wertpapiergesetze die Grundlage für das moderne Investment banking. Kidder, Peabody konzentrierte sich unter Gordons Leitung auf das Underwriting-Geschäft, das heißt die Übernahme von Wertpapieremissionen mit der Garantie für den Emittenten, daß seine Papiere auf dem Markt untergebracht werden. Zugleich wurde die Firma zu einem Pionier bei der Eröffnung von Filialen in verschiedenen Städten der USA. Die Idee war, wie Gordon es gern ausdrückte, »sich seinen Weg zum Erfolg zu verkaufen«.

Kidder, Peabody war während der Firmengeschichte zumeist eine Partnerschaft mit eng umgrenzter Verfügungsgewalt. Gordon gehörte der größte Teil der Firma und ihrer Gewinne, und daran änderte sich auch nicht viel, als sie 1960 in eine Aktiengesellschaft umgewandelt wurde; Gordon wurde einfach zum größten Anteilseigner. Was Beteiligungen von Firmenangestellten anging, war er ausgesprochen zurückhaltend.

Kidder, Peabody prosperierte unter seiner Führung, wenn auch nicht auf spektakuläre Weise. Um einer neuen Kapitalkrise vorzubeugen, bestand er darauf, daß die Angestellten ihre Einkünfte wieder in die Firma steckten. Dadurch verfügte er über die nötige Kapitaldecke, um den plötzlichen Rückgang des Handelsvolumens und der Gewinne zu überstehen, der die Wall Street im Jahr 1969 ereilte. Ein Vizepräsident von Kidder, Ralph DeNunzio, war zugleich stellvertretender Vorstandsvorsitzender der New York Stock Exchange (NYSE), der New Yorker Börse, und half bei der Durchführung der Fusion solch alteingesessener Firmen wie Goodbody & Co. und du Pont. DeNunzio wurde 1971, dem Jahr, in dem Siegel seinen Abschluß an der Harvard Business School machte, zum Vorstandsvorsitzenden der Börse.

Martin Siegels Herkunft war im Vergleich mit derjenigen der Chefs von Kidder, Peabody bescheiden. Seinem Vater und einem Onkel gehörten in Boston drei Schuhgeschäfte, die ihre Ware von amerikanischen Herstellern bezogen und den Geschmack der Mittel- bis Arbeiterklasse bedienten. In den späten 60er und frühen 70er Jahren wurden die Geschäfte von Ladenketten bedrängt, die von landesweiter Werbung und billigen Einfuhren profitierten. Das war ein schmerzliches Erlebnis für Siegel, der niemals jemanden so hart für so wenig arbeiten gesehen hatte wie seinen Vater. In seiner Kindheit in Nadick, einem Vorort von Boston, hatte er seinen Vater, der sieben Tage in der Woche arbeitete und häufig die Nacht in der Stadt verbrachte, nur selten zu Gesicht bekommen. Anders als die Väter seiner Klassenkameraden, hatte seiner nie mit ihm Ball gespielt.

Siegel war in der Schule kein guter Sportler; er hatte die Grundschule ein Jahr früher begonnen als die anderen und hinkte ihnen deshalb in seiner körperlichen Entwicklung hinterher. Aber er trat als ausgezeichneter Schüler in die High-School ein. Er wollte Astronaut werden. Als er im letzten High-School-Jahr vom Rensselaer Polytechnic Institute, einem naturwissenschaftlichen und ingenieurtechnischen College, ein Arbeitsstipendium erhielt, war er das erste Mitglied seiner Familie, das die Möglichkeit bekam, aufs College zu gehen. Auch dort zeigte er, obwohl er nebenher arbeiten mußte, ausgezeichnete Leistungen und begann 1968 einen Magisterkurs als Chemotechniker. Da ihm jedoch klar war, daß er als anonymer Ingenieur in irgendeinem Firmenlabor niemals reich werden würde, bewarb er sich anschließend an der Harvard Business School, wo er im September 1969 zu studieren begann.

Der Aufruhr, der während der späten 60er Jahre an den amerikanischen Universitäten herrschte, hatte bemerkenswert wenig Einfluß auf ihn. Er schloß sich zwar nach dem amerikanischen Vorstoß nach Kambodscha im Jahr 1970 und der Ermordung von Studenten durch die Nationalgarde in Kent (Ohio) der Antikriegsbewegung an, beteiligte sich an einem Sit-in gegen den Krieg und rauchte die eine oder andere Marihuanazigarette, war aber enttäuscht, als es den Studenten in jenem Jahr gelang, die Abschlußprüfung zu blockieren. Er legte sie trotzdem ab, indem er die Möglichkeit ergriff, die Prüfungsarbeiten zu Hause zu schreiben und per Post einzureichen.

In seiner Hauptarbeit befaßte er sich mit den zunehmenden Problemen des Schuhhandels seines Vaters. Seine Lösung: Die Geschäfte sollten in Luxusboutiquen umgewandelt werden, die auf die Bedürfnisse reicher, modebewußter Frauen ausgerichtet waren. Damit würde man dem wachsenden Konkurrenzdruck des Marktes entgehen. Siegels Vater stimmte ihm im Prinzip zu, aber dann hatte sein Bruder, der den Einkauf erledigte, einen Herzanfall, und Siegel senior besaß nicht das Auge oder den Instinkt für den Einzelhandel mit hochmodischen Luxusartikeln. Die Arbeit seines Sohnes jedoch erhielt die Bestnote.

Am 4. Juli 1970 heiratete Siegel Janice Vahl, eine Musikstudentin aus Rochester, die er zwei Jahre vorher kennengelernt hatte, und als Siegel das Angebot von Kidder, Peabody angenommen hatte, zogen er und Janice nach New York, in ein bescheidenes Appartement mit einem Schlafzimmer in der East 72nd Street in Manhattan, das sie 212 Dollar im Monat kostete.

Siegel fügte sich wie selbstverständlich in die Wall Street und die Welt des Investment banking ein. Seine Energie und Tatkraft brachten, wie er vorausgesehen hatte, einen frischen Wind in die Firma. DeNunzio, jetzt Hauptgeschäftsführer von Kidder, Peabody, scheint früh auf seinen neuen Angestellten aufmerksam geworden zu sein. Auch er stammte aus kleinen Verhältnissen und fühlte sich in Gesellschaft erdverbundener Händlertypen weit wohler als in der dünnen Oberschichtluft der Investmentbanker.

Siegel begann sich mit einigen M&A-Transaktionen zu beschäftigen, da niemand sonst bei Kidder, Peabody sich danach drängte, in sie verwikkelt zu werden. Feindselige Übernahmen hatten einen unangenehmen Beigeschmack. Sie schufen böses Blut, das sich besonders gegen jene richtete, die die Angreifer repräsentierten, und das schreckte manchmal andere Klienten ab. Viele der WASP-Investmentbanken und -Anwaltskanzleien zogen es daher vor, diese Arbeit anderen, meist jüdischen Firmen zu überlassen.

Siegel kümmerte das wenig. Sein erstes Übernahmegeschäft kam kurz nach der Verabschiedung des Williams Act zustande, der neue Prozeduren festlegte, um Aktionäre vor rabiaten Übernahmetaktiken gegen die Unternehmen, an denen sie beteiligt sind, zu schützen. Der Deal war ein erfolgloses Angebot des Akquisiteurs von Gulf+Western, Charles Bluhdorn, eines langjährigen Klienten von Kidder, Peabody, für die Great Atlantic&Pacific Tea Co. Bluhdorn, ein enger Freund von DeNunzio, lobte Siegels Arbeit, und DeNunzio sorgte dafür, daß Siegel einen weiteren bedeutenden Klienten bekam, Victor Palmieri von Penn Central. Siegel erkannte bald den Mangel an Fachwissen auf diesem Gebiet und verfaßte 1974 zum Hausgebrauch von Kidder, Peabody ein Handbuch zum Thema Fusionen und Übernahmen, das bei seinen Kollegen viel Anklang fand. In nur zwei Jahren hatte er es bis zum stellvertretenden Vizepräsidenten gebracht.

Während seine Karrierekurve steil nach oben zeigte, entwickelte sich der Rest seines Lebens eher negativ. Das Geschäft seines Vaters ging immer schlechter, und Siegel flog fast jedes Wochenende nach Boston, um seinem Vater zu helfen. Gleichzeitig ging seine Ehe in die Brüche. Janice sang an der Bel Canto Opera in New York und wollte ihre musikalische Karriere weiter verfolgen, erhielt aber von ihrem Mann, der sich nicht für die Oper interessierte, wenig Unterstützung. Im Februar 1975 trennten sie sich.

Kurz vorher hatten die Bank seines Vaters und sein wichtigster Kreditgeber dem Siegelschen Schuhhandel das Wasser abgegraben. Robert Siegel mußte Konkurs anmelden. Der einst so stolze und energiegeladene Einzelhändler war, mit 47 Jahren, ein gebrochener Mann. Er versuchte es erfolglos mit dem Verkauf von Grundstücken sowie mit der Instandsetzung von Häusern und landete schließlich als Verkäufer von Dachdeckermaterialien bei Sears. Siegel beobachtete voller Schrecken, wie sein Vater sein eigenes Leben aufzugeben schien und statt dessen begann, durch seine Kinder vermittelt, für die er früher nie Zeit gehabt hatte, aus zweiter Hand zu leben.

Siegel quälte die Vorstellung, daß es ihm eines Tages ähnlich ergehen könnte. Er schwor sich, niemals als gebrochener Mann zu enden, und stürzte sich, mehr noch als vorher, in die Arbeit. Die 100-Stunden-Woche wurde die Regel. Trotzdem fand er noch die Zeit, Al Gordon nachzueifern, der immer noch der formelle Kopf der Firma war, und seine körperliche Fitneß zu pflegen, indem er im New Yorker Athletic Club ein Trainingsprogramm absolvierte, das einer seiner Altersgenossen in der Firma, ein früherer Ringer namens Scott Christie, für ihn aufgestellt hatte. Einmal, als Christie, Siegel und John Gordon, Al Gordons Sohn, in einem Flur der Firma zusammenstanden, gab Siegel damit an, daß er 50 Liegestütze in einer Minute schaffen könne. Christie prüfte seinen Bizeps und rollte skeptisch die Augen. »Na, Marty.« Das genügte als Anstoß; Siegel ließ sich, in Hemd und Schlips, auf den Fußboden fallen und machte 50 Liegestütze in weniger als einer Minute.

Der gutaussehende Martin Siegel wurde Kidder, Peabodys »Goldjunge«. Er kaufte sich ein Alfa-Romeo-Cabrio und ein Strandhaus auf Fire Island, einem beliebten Erholungsgebiet vor Long Island. Er wurde gesellig und sammelte Menschen um sich. DeNunzio, selbst eher unbeholfen und unattraktiv, erkannte mit klugem Auge Siegels Talent, Klienten anzuziehen und bei Laune zu halten, eine Fähigkeit, die ihm abging, und machte Siegel 1974 zum Vizepräsidenten. Bald darauf war Siegel nur noch DeNunzio persönlich verantwortlich. Als die Gould Inc., ein Klient von Kidder, Peabody, um Weihnachten 1975 herum ein Übernahmeangebot mit Barabfindung für eine Ventilfabrik machte, bestimmte DeNunzio Siegel für die Zusammenarbeit mit dem legendären Lazard-Frères-Bankier Felix Rohatyn, der das Zielunternehmen vertrat. Siegel verhielt sich zuerst sehr zurückhaltend; er bewunderte Rohatyn. Doch dann entschuldigte sich Rohatyn während eines Treffens, um auf die Toilette zu gehen, und Siegel dachte: »Mein Gott, er ist auch nur ein Mensch!« Rohatyn war eine Legende, aber es gab keinen Grund, warum er selbst nicht auch zu einer werden sollte.

Im April 1976 lud der Übernahmeanwalt Joseph Flom, einer der Begründer von Skadder, Arps, Slate, Meagher & Flom, Siegel ein, bei einem Podiumsgespräch über die »Identifizierung von Übernahmezielen« zu sprechen. Siegel fühlte sich geschmeichelt, wenngleich er wußte, daß man kein großer Experte sein mußte, um sich darüber auszulassen. Jeder, der nach der Verabschiedung des Williams Act auch nur einen einzigen Deal bearbeitet hatte, wäre dafür qualifiziert gewesen.

Siegel fühlte sich sogar noch mehr geschmeichelt, als er sah, wer die anderen Gesprächsteilnehmer waren: Ira Harris, einer der führenden Investmentbanker von Salomon Brothers; Robert Rubin, ein aufsteigender Stern am Himmel von Goldman, Sachs; John Shad, Chef von E.F. Hutton; Arthur Long, einer der führenden Proxy-Agenten; Theodore Levine, ein Strafverfolgungsanwalt der SEC; Arthur Fleischer, ein prominenter Übernahmeanwalt von Fried, Frank, Harris, Shriver & Jacobson; und, rechts neben Siegel sitzend, Floms Hauptgegner bei Übernahmeauseinandersetzungen, Martin Lipton, ein Mitbegründer von Wachtell, Lipton, Rosen & Katz.

Zusammengenommen, deckte das Fachwissen der Gesprächsrunde das sich herausbildende Feld der feindseligen Übernahmen ab, ein Feld, das das Gesicht der amerikanischen Wirtschaft in einem Ausmaß verändern sollte, das sich zu diesem Zeitpunkt keiner der Anwesenden auch nur hätte träumen lassen. Die amerikanische Industrie hatte in ihrer Geschichte mehrere Konzentrationsphasen durchgemacht, die letzte in den 60er Jahren, als viele große Unternehmen im Zug der Diversifizierungsmode Firmenaufkäufe durchführten, die während der großen Hausse jenes Jahrzehnts im allgemeinen durch Aktienkapital finanziert wurden. Diese Übernahmen waren jedoch überwiegend freundlich gewesen. Noch früher waren die monopolistischen Unternehmen der Morgan-Ära durch zahlreiche Fusionen und Übernahmen entstanden (von denen einige auf nicht ganz so freundliche Art und Weise von dem großen Industriemagnaten selbst bewerkstelligt wurden). Aber keiner dieser Deals konnte sich mit dem Boom feindseliger Übernahmen messen, der Mitte der 70er Jahre einsetzte und in den 80er Jahren hochbrandete, bis auf einen Kernpunkt: Sie alle stellten Gelegenheiten dar, an der Börse enorme Gewinne zu erzielen.

Siegel bemerkte, daß Lipton sich emsig Notizen machte, während die anderen sprachen. Dann, als Harris an der Reihe war, schob ihm Lipton seine Notizen hin, und Harris las praktisch nur vor, was auf den Zetteln stand. So also funktionierte der M&A-Club, dachte Siegel.

Nach Siegels Vortrag blieb Lipton hinter den anderen zurück, um ihm zu seiner Darstellung zu gratulieren, und in der Folgezeit sprachen die beiden regelmäßig miteinander über M&A-Taktiken und tauschten aus, was sie an Klatsch und Gerüchten gehört hatten. Sie bildeten ein ungleiches Paar: der strahlende Siegel und der beleibte Lipton mit seinen ausgedünnten Haaren und der dicken, schwarz gefaßten Brille auf der Nase. Aber Siegel erkannte Liptons Meisterschaft auf dem Gebiet der M&A und wurde sein eifriger Schüler.

Lipton und Flom hatten mit ihren Klienten ein neues, lukratives Vorschußsystem vereinbart. Unternehmen, die sicherstellen wollten, daß sie handlungsfähig blieben, wenn sie zum Ziel eines feindseligen Kaufangebots wurden, zahlten den Anwälten eine kräftige jährliche Vergütung, für die ihnen zugesichert wurde, daß bei einem Angriff durch einen anderen Klienten von Lipton oder Flom dieser im Hinblick darauf, daß die Anwälte das Zielunternehmen verteidigen würden, von vornherein auf jeden Interessenkonflikt verzichtete.

Mit der Zeit gingen viele bedeutende Unternehmen eine solche Vereinbarung mit Lipton und Flom ein, auch wenn sich einige etablierte Mitglieder der Anwaltschaft darüber erregten, die ihre Rechnungen erst nach erbrachter Leistung ausstellten und sogar Erfolgshonorare ablehnten. Da sie nicht notwendigerweise mit Arbeit verbunden waren, stellten die von Lipton und Flom eingestrichenen Vorschüsse eher so etwas wie Versicherungsprämien dar. Das Establishment betrachtete diese Art von vorsorglicher Konfliktvermeidung mit Mißfallen. Die Klienten jedoch ließ das kalt, was auch auf die Macht und den Einfluß schließen ließ, die Lipton und Flom besaßen.

Siegel dachte sich, daß Kidder, Peabody ähnliche Geschäfte machen sollte. Er war damals schon, zur Zeit der Podiumsdiskussion im April 1976, überzeugt, daß die Welle der Übernahmen weitergehen und sogar noch ansteigen würde. Größere Konkurrenten wie Morgan Stanley, Salomon und First Boston waren bereits dabei, sich einen Ruf als potente M&A-Angreifer zu erwerben. Siegel hatte die andere Seite im Blick, die der Verteidiger, und meinte, Kidder, Peabody könnte sich dort eine Marktnische erobern.

Er begann mögliche Klienten zu besuchen und ihnen anzubieten, was er »Kidder, Peabodys Übernahmeverteidigungspaket« nannte. Sein Hauptargument war, daß ein Unternehmen angesichts der kurzen Zeitspanne von sieben Tagen, die ihm nach dem Williams Act blieb, um auf ein feindseliges Übernahmeangebot zu reagieren, vorsorglich mit genau durchdachten Verteidigungsstrategien ausgerüstet sein müsse, auf die es im Bedarfsfall zurückgreifen könne. Mit anderen Worten, es solle Kidder, Peabody einspannen – und der Firma eine beachtliche Prämie zahlen, wie Lipton und Flom sie erhielten –, um für den Eventualfall vorbereitet zu sein und seine Handlungsfähigkeit sicherzustellen. Lipton machte Siegel mit den führenden Gestalten der eng verschworenen M&A-Gemeinde bekannt und wertete Siegels Plan mit seinem Prestige auf.

Den Durchbruch schaffte Siegel 1977, als ihn die *Business Week* als den führenden Experten in Sachen Übernahmeverteidigung herausstellte. Nach der Beschreibung seiner Erfolge bei einigen großen Deals erwähnte der Artikel beiläufig, daß er derartig gut aussehe, daß er als ein »Greta-Garbo-Schwarm« gelten könne. Daneben war ein Foto von ihm abgedruckt. Die Folge war, daß Siegel mit Rendezvouswünschen von Frauen geradezu überhäuft wurde. Er war verblüfft, welches Ansehen ihm der Artikel, der keineswegs ein Hauptbeitrag in der Zeitschrift gewesen war, auf der Stelle einbrachte. Die Kopiergeräte bei Kidder, Peabody liefen auf Hochtouren, damit auch ja jeder potentielle Klient davon erfuhr.

Von 1977 an betreute Siegel persönlich 200 bis 300 Klienten im Jahr. Seine Ziele waren mittelgroße Unternehmen mit 100 bis 300 Mio. Dollar Jahresumsatz, die von den größeren Investmentbanken nicht adäquat bedient wurden und für feindselige Übernahmeofferten bedeutenderer Unternehmen am verwundbarsten waren. Sein Verteidigungspaket verkaufte sich. Er schloß im Lauf der Zeit mit 250 Unternehmen ab, die Kidder, Peabody jährlich ein sechsstelliges Honorar zahlten.

Sein Hauptkonkurrent erwuchs ihm in der weit größeren und mächtigeren Firma Goldman, Sachs, wo man sich ebenfalls auf das Spezialgebiet der Übernahmeverteidigung verlegt hatte, wenn auch aus anderen Gründen. Bei Goldman hatte man es sich zur Firmenpolitik gemacht, die Vertretung feindseliger Bieter abzulehnen. Da man über die bedeutendste Klientel von Großunternehmen in der Wall Street verfügte, wollte man nicht Gefahr laufen, sie zu verschrecken, indem man jemanden vertrat, der als Raider angesehen werden konnte. Die traditionellen Dienste des Investment banking für diese Klientel waren für Goldman, Sachs nicht nur das tägliche Brot, sondern auch die einträgliche Butter darauf.

Siegel liebte es, Goldman aus dem Feld zu schlagen. Als Peter Sachs, damals M&A-Chef bei Goldman, 1977 an die Westküste flog, um sich mit Steve Sato zu treffen, dem Präsidenten der Ivac Corporation, einem Hersteller medizinischer Geräte, der gerade zum Ziel eines feindseligen Übernahmeangebots von Colgate Palmolive geworden war, protzte er, nach Aussage des Präsidenten, mit dem »überragenden Können von Goldman«. Als Siegel mit Sato zusammenkam, hörte er die meiste Zeit über nur zu, während Sato die Ziele seines Unternehmens darstellte. Der Präsident war japanischer Herkunft, und obwohl Siegel noch nie in seinem Leben rohen Fisch gegessen hatte, nahm er dessen Einladung zum Sushi bei sich zu Hause an. Nachdem er ihm das Geschäft übertragen hatte, sagte Sato zu Siegel: »Es ist kaum zu glauben, daß Sie mir tatsächlich zugehört haben. Goldman hat mir nur dauernd gesagt, wie toll Goldman ist.«

Siegel fand bald heraus, daß die wirkungsvollste Taktik die war, dem Repräsentanten von Goldman den Vortritt zu lassen, der üblicherweise damit argumentierte, daß seine Firma bei einem Verkauf des Zielunternehmens den besten Preis erzielen könne, und erst danach auf den Plan zu treten und zu sagen: »Heuern Sie mich an. Ich werde mein Bestes tun, um Sie mir als zukünftigen Klienten zu erhalten.« Die meisten der Unternehmen wurden am Ende doch verkauft, was in Anbetracht der schwachen Position der meisten Übernahmeziele nicht verwunderlich war, und Siegel hatte der Größe, Überlegenheit und Reputation von Goldman oft nicht genug entgegenzusetzen. Aber seine Botschaft überzeugte; man nahm ihm ab, daß ihm die Interessen der Zielunternehmen am Herzen lagen – und nicht nur die Provision, die bei einem Verkauf anfiel.

1977 führte Siegel eine brillante, aber auch umstrittene Taktik ein, mit der er sich bei der großen Gruppe der Manager viele Freunde machte – den »goldenen Fallschirm«. Der goldene Fallschirm, ursprünglich eine lukrative Klausel in Arbeitsverträgen für Topmanager, versprach diesen im Fall einer Übernahme exorbitante Abfindungssummen. Theoretisch wurde damit bezweckt, feindselige Übernahmen abzuschrecken, indem man sie verteuerte. In der Praxis jedoch lief es nur darauf hinaus, daß die Manager als reiche Leute aus ihnen hervorgingen.

DeNunzio war begeistert von Siegels Erfolg, auch wenn Siegel so hart arbeitete und so oft auf Reisen war, daß er ihn nur selten sah. DeNunzio leitete Kidder, Peabody in der paternalistischen Weise, die er von Gordon gelernt hatte, und setzte das Gehalt und die Bonuszahlungen nach Gutdünken fest. Siegel verdiente 1976 mehr als 100000 Dollar, damals eine fürstliche Entlohnung, besonders für jemanden, der gerade erst 28 Jahre alt war. 1977 wurde Siegel zu einem der Direktoren von Kidder, Peabody, dem jüngsten der gesamten Firmengeschichte, wenn man von Al Gordon absieht, der es jedoch als Besitzer der Firma geworden war.

Bald darauf bestellte DeNunzio Siegel in sein Büro. »Marty, Sie sind Junggeselle«, begann er. Siegel hatte keine Ahnung, welche Richtung er damit einschlagen wollte. Dann fuhr DeNunzio nach einer Pause fort: »Sie haben ein Alfa-Romeo-Cabrio, und Sie haben ein Haus auf Fire Island. Das ist zuviel.« Worauf wollte er hinaus? Siegel nahm an, daß einigen Klienten von Kidder, Peabody – oder vielleicht auch den anderen Direktoren – sein Lebensstil zu extravagant war. Aber DeNunzio ging nicht näher darauf ein, und Siegel konnte sich nicht sicher sein.

»In Greenwich steht gleich gegenüber von meinem ein hübsches Haus zum Verkauf«, sagte DeNunzio. Greenwich war der weißeste, exklusivste Vorort in Connecticut, der am meisten von dem geprägt war, was mit der Abkürzung WASP ausgedrückt wurde, eine Bastion der Country Clubs und der konventionellen Ehrbarkeit, in der einige der langweiligsten, sittenstrengsten Leute wohnten, die Siegel kannte. Außerdem fand es Siegel nicht gerade verlockend, direkt unter DeNunzios wachsamen Augen zu leben.

Aber er sah sich nach einem Haus um. Er setzte sich in seinen anstoßerregenden Sportwagen und fuhr auf der Interstate 95 exakt eine halbe

Stunde aus der Stadt hinaus. Er fand sich in Westport wieder und rief von einer Telefonzelle aus einen Immobilienmakler an. Er hatte das Haus auf Fire Island sowieso verkaufen wollen. Der Makler führte ihn zu einem alten Haus an einem kleinen Fluß im Norden der Stadt. Es gefiel Siegel auf der Stelle. Er kaufte es und verbrachte von nun an seine Wochenenden damit, es auf Vordermann zu bringen.

DeNunzio berichtete er, daß er seinen Rat befolgt und ein Haus in Connecticut gekauft habe. Es liege allerdings nicht in Greenwich, sondern in dem leicht künstlerisch angehauchten Westport. »Eine halbe Stunde ist dicht genug bei Ihnen«, witzelte er. »Näher hätte ich es wahrscheinlich kaum ausgehalten.«

Später, als er in ein großzügigeres Haus direkt an der Küste umzog, verkaufte er das Haus in Westport an den CBS-Nachrichtensprecher Dan Rather.

Eines Tages, nicht lange nachdem er das Haus in Connecticut gekauft hatte, sagte ihm seine Sekretärin, daß er einen Anruf von Ivan Boesky habe. Für Siegel war Boesky zunächst nur ein weiterer Arbitrageur, der ihn anrief, einer von den vielen, die sich bei ihm meldeten, seit er sich in der M&A-Gemeinde einen gewissen Ruf erworben hatte. Aber Boesky war außerdem ein Handelsklient von Kidder, Peabody, und so nahm er den Anruf entgegen.

Er war beeindruckt von Boeskys scharfsinniger Marktanalyse und seinem Wissen über Strategien der Aktienakkumulation und Übernahmetaktiken. Sie wurden Freunde, auch wenn sie sich erst später persönlich kennenlernten. Es gehört zu den Eigenheiten der merkwürdigen Welt der Wall Street, daß man allein durch Telefongespräche enge Freundschaften knüpfen kann. Siegel fand in Boesky jemanden, mit dem er Strategien besprechen, Ideen abklopfen und Klatsch und Tratsch austauschen konnte. Er brauchte diese Informationen, da es bei Kidder, Peabody keinen Arbitrageur gab, an den er sich hätte wenden können. Die Firma hielt sich traditionell aus dem Arbitragegeschäft heraus und hatte deshalb keine entsprechende Abteilung. Für DeNunzio und Gordon waren Arbitrageure abstoßende Typen, die nur versuchten, an Insiderinformationen heranzukommen, und Interessenkonflikte innerhalb der Firma hervorriefen.

Aber für Investmentbanker, die mit M&A-Geschäften zu tun hatten, wurden Arbitrageure wie Boesky immer wichtiger. Früher hatten Arbitrageure einfach ihren Nutzen aus den Kursunterschieden von Aktien oder Devisen an den verschiedenen Börsen, etwa der in London und der in New York, gezogen. Das war ein konservatives, nahezu risikofreies Geschäft mit kleinen Gewinnspannen gewesen. Aber im Lauf der Zeit waren sie nach und nach kühner geworden: Zuerst kauften sie große Aktienpakete von Firmen auf, die Gegenstand bekanntgegebener Übernahmeangebote waren, und setzten darauf, daß die Deals zustande kamen; dann begannen sie damit, Aktienpakete von Unternehmen anzuhäufen, von denen sie nur vermuteten, daß sie Angriffsziele darstellten. Lagen sie mit ihrer Annahme richtig, konnten sie riesige Gewinne einheimsen.

Die Einschätzung der Auswirkungen dieser massiven Ankäufe von gerüchteweisen und wirklichen Übernahmeaktien war ein entscheidender Teil von Siegels Arbeit. Darüber hinaus waren Arbitrageure eine wichtige Informationsquelle, was Fingerzeige auf die Taktik der anderen Seite und Gerüchte über bevorstehende Gebote betraf, die eingesetzt werden konnten, um Klienten zu gewinnen.

Arbitrageure waren zumeist klotzige, leicht erregbare, gerissene, aggressive Männer, die einzig vom Streben nach dem schnellen Profit angetrieben wurden. Ihr Tag wurde von der Hochdruckperiode zwischen der Eröffnungs- und der Schlußglocke der Börse bestimmt, in der sie Anordnungen in Telefone brüllten, Aktiensymbole in ihre Terminals hackten, die sich ständig verändernden Daten auf ihren Monitoren verfolgten und jede mögliche Informationsquelle anriefen, die ihnen einfiel. Nach der Arbeit ließen sie Dampf ab, indem sie in Bars wie Harry's, nicht weit von Kidder, Peabody auf der anderen Seite des Hanover Square, etwas tranken oder, wenn sie einen guten Tag gehabt hatten, in eins der teuren Restaurants in Manhattan essen gingen.

1979 gestand Siegel Boesky eines Tages, daß er sich verliebt hatte. Die Affäre drohte ein mittlerer Skandal bei Kidder, Peabody zu werden.

In den späten 70er Jahren hatte die erste Welle weiblicher Abgänger der Business Schools die Wall Street erreicht. Jane Day Stuart hatte einen Abschluß der Columbia Business School in der Tasche und zog vom ersten Tag an, als sie durch die Büros von Kidder, Peabody rauschte, sämtliche Blicke auf sich. Sie war klug, blond, schmal, sympathisch, elegant – und verheiratet.

Affären innerhalb der Firma waren bei Kidder, Peabody durch ein ungeschriebenes Gesetz verboten. Ein anderer Investmentbanker hatte den Flirt mit einer Praktikantin mit einem Karriereknick bezahlt. Aber Ende 1978 wurde Jane Days Ehe geschieden. Kurze Zeit später spielte Siegel mit ihr Tennis, und im August 1979 lebten sie zusammen. Als seine Kollegen ihn warnten, fertigte er sie kurz ab und entgegnete, die Verhaltensregeln der Firma interessierten ihn nicht, und es sei ihm egal, ob er jemals an ihrer Spitze stehen würde.

Als Henry Keller, der Chef der Unternehmensfinanzierung, von der Affäre erfuhr, ging er zu DeNunzio. Danach wurde allgemein erwartet, daß DeNunzio der Beziehung ein abruptes Ende bereiten würde. Aber DeNunzio tat nichts dergleichen. Was viele nicht wußten, war, daß sein Sohn David ebenfalls eine Affäre innerhalb der Firma angefangen hatte. DeNunzios Nachsicht wurde als Zeichen der Zeit betrachtet, und als Beweis für Siegels Einfluß. DeNunzio schien außerdem erleichtert zu sein, daß die Tage von Siegels Junggesellendasein offenbar gezählt waren.

Einige von Jane Days Freunden und Verwandten in Boston warnten sie vor einer Heirat mit einem Juden, auch wenn er so areligiös war wie Siegel. Aber sie hatte ihren eigenen Kopf, und sie war verliebt, wenngleich einige ihrer männlichen Kollegen den unfreundlichen Gedanken äußerten, sie setze ihre beruflichen Fähigkeiten ein, um die Eheleiter hinaufzuklettern. Das Paar heiratete im Mai 1981 in aller Stille und begann Pläne für ein neues, größeres Haus in Westport zu schmieden.

Bald nach der Hochzeit lud Boesky die jungen Eheleute zum Abendessen in sein Haus im Westchester County ein. Es war Boeskys erste gesellschaftliche Einladung an Siegel, ein kleines Essen für drei Paare: Boesky und seine Frau Seema, den Finanzier Theodore Forstmann, einen der ersten Investoren in Boeskys Arbitragefirma, mit Frau und die Siegels. Siegel nahm eine Kopie der Pläne für das neue Haus mit, die er Boesky zeigen wollte.

Sie fuhren, wie Boesky es ihnen beschrieben hatte, von Manhattan ungefähr eine Dreiviertelstunde nach Norden, durch die exklusiven Vororte Bedford und Mount Kisco, in eine sanfte, waldige Hügellandschaft, in der sich auf weitläufigen Anwesen einige vorrevolutionäre Wohnhäuser versteckten. Die meisten der großen Villen waren von den öffentlichen Straßen aus nicht zu sehen, und Boeskys Haus lag so weit im Innern des 80 Hektar großen Grundstücks, daß sich Besucher gelegentlich auf den gewundenen Zufahrtswegen hinter den Toren verirrten.

Die Siegels bogen zwischen großen Säulen und einem Wachhäuschen in die Einfahrt ein und stoppten, als ein Wachmann in einem geparkten Pickup sie mit einer Handbewegung zum Anhalten aufforderte. Siegel ging zu ihm hinüber, nannte seinen Namen und bekam die Erlaubnis weiterzufahren, während er verdutzt auf den stahlblauen Knauf einer großen Pistole starrte, die der Wachmann in einem Halfter trug.

Als sie das Haus erreichten, waren die Siegels sprachlos vor Staunen. Hinter einem mit Kopfsteinen gepflasterten Hof erhob sich ein massives

Herrenhaus aus roten Ziegeln im georgianischen Stil. Das Anwesen hatte vorher dem Revlon-Gründer Charles Revson gehört. Ein Stück weiter, hinter einem streng angelegten Garten voller antiker Statuen, war ein großes Poolhaus zu sehen, mit einem Swimmingpool davor, einem tiefer liegenden Squashcourt dahinter und einem Tennisplatz mit einer zusammengelegten Traglufthalle daneben.

Siegel und seine Frau wurden an der Haustür von Seema Boesky begrüßt, einer attraktiven, gesprächigen Brünetten, die sie mit ihrer Herzlichkeit sofort für sich einnahm. Sie führte sie durch traditionell eingerichtete Zimmer mit schönen Tapeten, reich verzierten Hohlkehlen und seltenen Aubusson-Teppichen, die mit teuren Antiquitäten möbliert waren. An den Wänden hingen, soweit Siegel es mit seinen ungeübten Augen feststellen konnte, bedeutende Kunstwerke; Seema Boeksy war, wie sie erzählte, eine begeisterte Sammlerin von amerikanischer Malerei und Antiquitäten. Die Führung endete mit einem Gang durch den Garten und das Poolhaus, in dessen Teppichboden ein großes, verschlungenes Monogramm eingeprägt war: IFB.

Boesky erwies sich als angenehmer Gastgeber. Er trug wie stets einen makellosen schwarzen Dreiteiler mit weißem Hemd, das seine immerwährende Bräune hervorhob. Gefragt, wieso er ständig den gleichen Anzug trage, hatte Boesky einmal geantwortet: »Ich habe auch so schon genug Entscheidungen zu fällen.« Seine silberblonden Haare waren korrekt geschnitten und sauber gescheitelt. Die hervorstehenden Wangenknochen und der bohrende Blick ließen ihn leicht gehetzt und sogar verhärmt erscheinen, aber er war ein entspannter, umgänglicher Hausherr, der sich während des Essens ständig an seine Gäste wandte und selbst wenig aß.

Als Jane Day ihre Hausbaupläne erwähnte, rief Seema aus: »Sie müssen eine große Küche einplanen. Ich werde Ihnen meine zeigen.« Die Küche der Boeskys war größer als das gesamte Siegelsche Appartement in Manhattan. Siegel war beeindruckt von dem Reichtum, der ihn hier umgab. Boesky mußte als Arbitrageur weit erfolgreicher sein, als er gedacht hatte. Er beschloß, die Hauspläne, die er mitgebracht hatte, nicht vorzuzeigen. Sie erschienen ihm plötzlich allzu bescheiden.

Später, nach dem Essen, nahm er Boesky beiseite und erzählte ihm, daß er bemerkt habe, daß der Wachmann an der Einfahrt eine Pistole trug. »Sie ist geladen«, erwiderte Boesky. »In meinem Geschäft braucht man Sicherheit.«

Lance Lessman spähte über die Schreibtische der kleinen Researchabteilung im Firmensitz der Ivan F. Boesky Co. im Finanzviertel von Manhattan hinweg in das verglaste Eckbüro des Chefs. Boeskys Blicke schweiften gerade durch den Handelsraum, wo seine Kauf- und Verkaufsanweisungen ausgeführt wurden, und dann weiter über Lessmans Researchabteilung, bis sie an Lessman selbst hängen blieben.

Die Gegensprechanlage auf Lessmans Schreibtisch knisterte. »Wer kauft da?« bellte Boesky.

Lessman überflog hastig die Angaben auf seinem Monitor, um die große Preis- und Aktienbewegung herauszufinden, die das Interesse seines Herrn geweckt hatte.

»Wer kauft da?« schrie Boesky. »Warum, verdammt, wissen Sie nichts davon?«

Jetzt rührten sich auch auf allen anderen Schreibtischen die Lautsprecher. Sie waren mit einer zentralen Schalttafel verbunden, die Boesky persönlich bediente. Er konnte über sie entweder mit dem einen oder anderen seiner Angestellten sprechen oder sich an alle auf einmal wenden. Jetzt war er mit allen verbunden.

»Ich will Resultate. Ich will Resultate«, rief er immer lauter und fordernder. »Wer kauft da? Ich will es jetzt wissen. Sofort. Wer kauft da?«

Boesky war in letzter Zeit sogar noch reizbarer als gewöhnlich. Es war 1981, und Boesky hatte seine Angestellten einige Wochen vorher mit der Mitteilung überrascht, daß er die Ivan F. Boesky Co. liquidieren und sein Kapital abziehen wolle.

Die Hunt-Silberpanik und der nachfolgende Markteinbruch hatten Boesky hart getroffen, und er hatte beschlossen, das übriggebliebene Kapital flüssig zu machen. Er wollte die günstigen langfristigen Sätze der Kapitalertragssteuer nutzen, die ein Teilhaber, der seinen Anteil liquidierte, in Anspruch nehmen konnte. Aber dazu mußte er jemanden finden, der die Firma weiterführte. Die bisherigen Anstrengungen, seine Spitzenkräfte zur Übernahme der Firma samt ihrer Verbindlichkeiten zu bewegen, hatten nur zu Rededuellen geführt, die damit endeten, daß Boesky die widerspenstigen Gefolgsleute feuerte. So hatte er binnen kurzem zwei seiner Topstrategen verloren, seinen Chefhändler und seinen Researchchef.

Es gab allerdings kaum jemanden, der wirklich glaubte, Boesky würde sich auf längere Zeit aus dem Arbitragegeschäft zurückziehen. Er hatte trotz des Hunt-Rückschlags phänomenale Erfolge gehabt. Die Ivan F. Boesky Co. hatte 1975 mit 700000 Dollar angefangen, die seine Frau von ihrer Mutter geerbt hatte. Seitdem war das Kapital der Firma auf nahezu 90 Mio. angewachsen. Arbitrage war Boeskys Leben. Seine Gewinne hatten ihm das Anwesen in Westchester und eine Stadtwohnung in Manhattan eingebracht. Ein Chauffeur fuhr ihn jeden Morgen in einer schwarzen Limousine in die Stadt. Und schließlich hatte sogar sein Schwiegervater, wenn auch zähneknirschend, eingestehen müssen, daß seine Tochter keineswegs, wie er geglaubt hatte, unter ihrem Niveau geheiratet hatte.

Boesky schien die Geringschätzung, mit der sein Schwiegervater auf seine Familie und seine Herkunft herabschaute, zu teilen. In Gesprächen mit seinen New Yorker Kollegen war er ständig bemüht, seinen Lebenslauf und seinen familiären Hintergrund aufzupolieren. Er wies gern beiläufig darauf hin, daß er Cranbrook, eine angesehene Privatschule außerhalb seiner Geburtsstadt Detroit, durchlaufen und an der Universität von Michigan studiert habe. Andere nahmen an, daß er, da er sich so viel auf seine Mitgliedschaft im Harvard Club zugute hielt, in Harvard gewesen war. Boeskys Vater führte, nach Aussage seines Sohnes, eine Kette von Delikatessengeschäften in Detroit.

Während seiner Kindheit bewohnte Boeskys Familie ein geräumiges Haus im Tudorstil in einem Viertel, das damals als nette Wohngegend der oberen Mittelklasse galt. William Boesky, Ivans Vater, war 1912 aus Rußland ausgewandert. Ihm gehörte tatsächlich eine Kette, allerdings eine von Bars namens Brass Rail, und nicht eine von Delikatessengeschäften (die hatte sein Onkel aufgebaut). Um die Einnahmen zu erhöhen, waren in den Brass Rails Oben-ohne-Tanznummern und Striptease eingeführt worden. In den Augen vieler Nachbarn hatten die Bars zum Niedergang ihrer guten Wohngegend beigetragen.

Boesky junior hatte während seiner Schulzeit hart gearbeitet. Er verkaufte von einem Lastwagen aus Eis und war wiederholt von der Polizei aufgegriffen worden, weil er sein Geschäft bis nach sieben Uhr abends offengehalten und damit die in seiner Lizenz festgelegte Schlußzeit überschritten hatte. Er war tatsächlich zwei Jahre lang Schüler von Cranbrook gewesen, jedoch ohne einen Abschluß zu machen. Seine schulischen Leistungen waren allenfalls durchschnittlich gewesen, dafür hatte er sich im Ringen hervorgetan. Zusammen mit seinem besten Freund, einem iranischen Austauschstudenten namens Hushang Wekili, war er ständig in der Sporthalle anzutreffen gewesen. Er hungerte sich in eine niedrigere Gewichtsklasse und trainierte so lange, bis er erstaunliche 500 Liegestützen schaffte, und erhielt schließlich im zweiten Jahr als hervorragender Ringer die Craig-Medaille.

Boesky griff häufig zu Ringervergleichen, wenn er seine Arbeit als Arbitrageur beschreiben wollte. »Ringen und Arbitrage sind beides einsame Sportarten, bei denen man nur durch eigenes Handeln lebt oder stirbt, und zwar für alle sichtbar«, erklärte er Connie Bruck 1984 in einem Interview für die *Atlantic Monthly*. Aber das Ringen bot ihm auch die Metapher für das Leben im allgemeinen: »Es gibt Zeiten, in denen ich wirklich das Gefühl habe, ich müßte zu Boden gehen, aber ich tue es nicht, und diese Art des Zusammenreißens habe ich, glaube ich, damals [beim Ringen] gelernt. (. . .) Es gibt im Leben viele Gelegenheiten, niedergeschlagen zu sein. Die Leute fühlen sich geschlagen, zerstört, demoralisiert, und sie geben dem nach. Ich nicht.«

Als Boesky ein Logo für seine neue Arbitragefirma zu wählen hatte, nahm er die Medaille, die er in Cranbrook bekommen hatte, zum Vorbild, auf der zwei nackte antike Ringer dargestellt waren, die sich gegenseitig im Griff hielten. Sie wurden zum Symbol für die Ivan F. Boesky Corp., und Boesky war mächtig stolz darauf. Aber nicht jeder teilte diese Begeisterung. »Es sah aus wie irgend etwas aus dem Cesar's Palace«, meinte einer seiner Angestellten.

Von Cranbrook wechselte Boesky an die innerstädtische Mumford High (die Eddie Murphy in *Beverly Hills Cop* verewigt hat). Er machte allerdings nie einen Collegeabschluß. Er besuchte zwar Kurse an der Wayne State University in Detroit, an der Universität von Michigan und dem Eastern Michigan College, ging aber kurz vor dem Abschluß, teilweise, um mit seinem Freund Wekili zusammenzubleiben, in den Iran. Was genau er im Iran gemacht hat, bleibt ein Geheimnis. Er sagte später aus, er hätte im Dienst der U.S. Information Agency Englischunterricht für Perser gegeben. Aber in den Personalakten der USIA für den entsprechenden Zeitraum ist kein Ivan Boesky zu finden. Siegel hatte er in einem ihrer ersten Gespräche erzählt, er habe im Iran als Geheimagent für die CIA gearbeitet.

Nach der Rückkehr aus dem Iran schrieb sich Boesky am Detroit College of Law ein, einer Rechtsschule mit geringer Reputation, die keinen Collegeabschluß als Aufnahmebedingung verlangte. Nachdem er sein Studium zweimal unterbrochen hatte, machte er fünf Jahre später, 1964, seinen Abschluß. Mit 23 Jahren wurde er zum Teilhaber der Brass Rails seines Vaters. Die Anwaltskanzleien, bei denen er sich beworben hatte, hatten ihn allesamt abschlägig beschieden.

Angesichts von Boeskys, gelinde gesagt, sprunghaftem Lebenslauf ist es erstaunlich, daß er Seema Silberstein ins Auge fiel, deren Vater, Ben Silberstein, in Detroit eine erfolgreiche Bauerschließungsfirma betrieb. Aber es ist bezeugt, daß sie es war, die sich, nachdem sie ihn im Juni 1960 kennengelernt hatte, in Boesky verliebte und sich ihm an die Fersen heftete. Ein Verwandter von ihr, ein Richter an einem Bezirksgericht, stellte ihn für ein Jahr als Hilfskraft ein. Bald darauf heirateten Boesky und

Seema und bekamen ihr erstes Kind, Billy. Als ein anderer ehemaliger Cranbrook-Ringer, der bei Bear, Sterns in New York arbeitete, Boesky vom Arbitragegeschäft erzählte, beschloß er, sein Glück an der Wall Street zu versuchen. Detroit war für seinen Ehrgeiz offenbar zu klein und beschränkt.

Boeskys Schwiegervater richtete Ivan und Seema ein elegantes Appartement an der Park Avenue ein, und Boesky fing als Praktikant bei L.F. Rothschild an. Ein Jahr später ging er zunächst zur First Manhattan, wo er einen ersten Vorgeschmack auf echten Arbitragehandel bekam, und dann zu Kalb Voorhis, wo er gleich am Anfang bei einem einzigen Abschluß 20000 Dollar verlor und umgehend wieder auf die Straße gesetzt wurde. Boesky war voller Verachtung für eine Firma, die den Verlust einer derart läppischen Summe überhaupt wahrnahm. Nach einer kurzen Zeitspanne der Arbeitslosigkeit und einem Ausflug auf das Gebiet des Risikokapitals trat er bei Edwards & Hanley ein, einer kleinen Brokerfirma an der NYSE. Merkwürdigerweise erhielt er trotz seiner bisherigen Laufbahn, seiner begrenzten Erfahrung und seiner bescheidenen Erfolgsbilanz von Edwards & Hanley freie Hand, eine Arbitrageabteilung aufzubauen und zu leiten.

Boesky machte in der kleinen Welt der Arbitrage fast augenblicklich Furore. Indem er bei maximaler Leverage ständig auf Marge kaufte, schaffte er es, das bescheidene Kapital von Edwards & Hanley in Positionen von einer und sogar zwei Mio. Dollar umzuwandeln, was ausreichte, um hin und wieder einzelne Aktienkurse zu beeinflussen. Das trug ihm den Ruf eines kühnen, unverfrorenen Händlers ein. Einmal, als er einen Blankoverkauf tätigte, ohne sich die verkauften Aktien vorher gesichert zu haben (wodurch er seine Leverage noch weiter verstärkte), wurde er von der SEC zur Verantwortung gezogen und mit einer Geldstrafe von 10000 Dollar belegt. Boeskys Geschäftsgebaren trug darüber hinaus zum Niedergang von Edwards & Hanley bei. 1975 war die Firma bankrott.

Der Bettelei um eine Anstellung bei einer Prestigefirma überdrüssig, entschloß sich Boesky, sein eigenes Unternehmen aufzumachen, das sich hauptsächlich mit Arbitragegeschäften beschäftigen sollte. Er verblüffte die anderen Arbitrageure damit, daß er Annoncen ins *Wall Street Journal* setzte, in denen er, um Investoren anzulocken, mit den Gewinnmöglichkeiten im Arbitragegeschäft warb – das letzte, worauf die Angehörigen des »Clubs« die Aufmerksamkeit lenken wollten, um sich zusätzliche Konkurrenz vom Hals zu halten. Boesky gedachte dabei kräftig zuzulangen, indem er nur 55 Prozent der Gewinne den Investoren zufließen lassen und 45 Prozent in die eigene Tasche stecken wollte, wogegen

95 Prozent der Verluste von den Investoren zu tragen waren. Aber er zog nicht genügend Kapital an, um seine hochfliegenden Pläne realisieren zu können. Seine Frau stattete ihn schließlich mit den Mitteln aus, die er brauchte, um fortfahren zu können.

Boesky erschien vom ersten Geschäftstag der Ivan F. Boesky Co. in einer Chauffeurslimousine in der Firma, und wenn er etwas schnell brauchte, zögerte er nicht, einen Kurierdienst in Anspruch zu nehmen. Er kleidete sich so, wie ein erfolgreicher Wall-Street-Finanzier seiner Meinung nach auszusehen hatte: Der schwarze Dreiteiler, das gestärkte weiße Hemd und die aus der Westentasche baumelnde Goldkette wurden so etwas wie sein Markenzeichen. Er wirkte wie ein Phi-Beta-Kappa-Student.

Auf die Firma selbst verschwendete er kein Geld. Sie residierte in einem einzigen Raum in einem altersschwachen Bürohaus in der Whitehall Street, der so klein war, daß der Börsenprüfer den Umzug in ein größeres Büro anordnete. Boesky sah es nicht gern, wenn seine Angestellten zum Mittagessen ihre Schreibtische verließen, und übernahm, mit einem Limit von fünf Dollar pro Person, die Rechnung für Essensbestellungen, die ins Büro geliefert wurden.

Einer seiner ersten Angestellten war ein Buchhalter, der für das »Hinterzimmer« der Firma zuständig war. Setrag Mooradian, Sohn armenischer Einwanderer, hatte bei Oppenheim, Appel & Dixon gearbeitet, einer Firma, die in der Arbitragegemeinde allgemein nur OAD genannt wurde und sich mehr als jede andere auf Arbitragekontenführung spezialisiert hatte. Mooradian war, was er Boesky verschwieg, wegen Mißachtung der Kapitalbedarfsregeln streng bestraft worden, weshalb es ihm schwergefallen war, eine neue Arbeit zu finden. Er war Boesky immer dankbar dafür, daß er ihn eingestellt hatte.

Boesky sagte Mooradian, daß er morgens um Punkt sieben Uhr, wenn seine Limousine vor dem Eingang des Gebäudes hielt, an der Arbeit zu sein habe. Kam Boesky nicht ins Büro, rief er um 7.01 Uhr dort an, und wenn niemand abhob, war ein Donnerwetter fällig. Jahre später rief er einmal gerade an, als eine Feueralarmübung stattfand, so daß niemand sofort seinen Anruf entgegennehmen konnte. Am nächsten Tag lag auf jedem Schreibtisch ein Rundschreiben: »Gestern um 15.15 Uhr rief ich an. Das Telefon klingelte 23mal. Ich weiß, daß Feueralarm gegeben worden war, und ich möchte gewiß nicht, daß Sie Ihr Leben aufs Spiel setzen. Aber ich möchte jenen meine Anerkennung aussprechen, die im Büro zurückblieben.«

Boesky sah es nicht gern, wenn seine Angestellten einen freien Tag nahmen. Er selbst kam am Freitag nach Thanksgiving, an dem die meisten Firmen nur mit einer Rumpfbesetzung arbeiten, nie ins Büro. Aber sonst durfte niemand freimachen. Boesky vergewisserte sich der Anwesenheit seiner Angestellten, indem er sie einzeln anrief, und zwar so oft – manchmal bis zu zehnmal –, daß man im Büro der Meinung war, er hätte ebensogut zur Arbeit kommen können. Er weigerte sich auch, die Gehaltschecks freitags vor 15.00 Uhr, also noch während der Öffnungszeiten der Banken, auszuhändigen. Als sich einige darüber beklagten, erwiderte er, daß er das »Durcheinander« vermeiden wolle, das sich ergäbe, wenn jeder mitten am Tag hinausrennen würde, um seinen Scheck einzulösen. Aber seine Angestellten vermuteten, daß er nur die über das Wochenende anfallenden Zinsen im Auge hatte.

Boesky wurde fast von Anfang an jedem seiner Angestellten gegenüber hin und wieder laut. Nach einigen solcher Vorfälle bat Mooradian ihn, sich zusammenzureißen. Aber Boesky entgegnete nur: »Ich bin der Boß. Ich darf brüllen.« Im übrigen erwartete er, daß Mooradian regelmäßig bis neun oder zehn Uhr abends arbeitete. Einmal traf ihn seine Frau noch um 5.30 Uhr früh dabei an, wie er eine von Boesky angeforderte Arbeit erledigte. »Er kann das nicht aufrechterhalten«, meinte Mooradian. Aber die Jahre vergingen, und Boesky schien immer weniger Schlaf zu benötigen und seine Ansprüche immer höher zu schrauben. Eine seiner bevorzugten Vorgehensweisen war es, Mooradian mit einem komplizierten Problem zu konfrontieren und, wenn Mooradian sagte: »Ich melde mich dann bei Ihnen«, zu erwidern: »Ich warte.«

An manchen Tagen blieb Boesky zu Hause, was jedoch nicht bedeutete, daß er freimachte. An einem der Wege auf seinem Anwesen hatte er an einem Laternenmast ein Schild mit der Aufschrift »Wall Street« anbringen lassen. Es wies auf ein Bürogebäude hin, das mit allen elektronischen Marktbeobachtungsinstrumenten und Kommunikationseinrichtungen ausgestattet war – einschließlich der Sekretärinnen, die sie bedienten –, die er brauchte, um in ständigem Kontakt mit der Börse zu bleiben. »Verstehe einer diesen Mann«, hatte Seema einmal zu Mooradian gesagt. »Er zieht doch tatsächlich einen Geschäftsanzug an, wenn er auf seinem eigenen Grundstück ins Büro geht.«

Eines Morgens tollte ein kleiner Wiertonterrier über den Rasen vor dem Bürogebäude auf Boeskys Anwesen, als seine Angestellten zur Arbeit erschienen. Boesky hatte ihn als Überraschung für seine Frau gekauft, aber Seema hatte ihn aus dem Haus verbannt, und Boesky verkündete, daß er von nun an im Büro leben würde. Sein Chauffeur, Johnny Ray, würde sich nachts und am Wochenende um ihn kümmern. Boesky und der Terrierwelpe wurden bald unzertrennlich. Er nahm ihn sogar mit, wenn er sich mit Investoren traf.

Nur eine Woche später hörten Lessman und die anderen ein Kreischen aus Boeskys Büro. Sie stürmten hinein und fanden einen verletzt dreinblickenden Boesky und einen offenbar verwirrten Terrierwelpen vor. Der Hund hatte direkt vor Boeskys Schreibtisch auf dem makellosen beigefarbenen Teppichboden mit einem Häufchen demonstriert, daß er noch nicht stubenrein war. Boesky beseitigte die Verunreinigung, und der Hund wurde nie wieder gesehen.

Zu Boeskys Eigenarten gehörten auch seine Eßgewohnheiten. An manchen Tagen schien er überhaupt nichts zu sich zu nehmen, so als wäre er noch im Training und müsse sich auf das Wiegen vor einem Ringkampf vorbereiten. Zum Frühstück bestellte er sich häufig nicht mehr als ein einziges Croissant, das er dann aufbrach, um einen einzigen Splitter davon zu essen. Einer seiner Kollegen erinnert sich, daß er, als Boesky einmal einen richtigen Bissen nahm, zu ihm gesagt hat: »Ivan, du kleines Schwein«, woraufhin Boesky verwirrt aufblickte und das Croissant aus der Hand legte.

Häufig wurden potentielle Investoren zum Mittagessen in Boeskys privates Eßzimmer im Büro eingeladen. Als eines Tages der Präsident der Rapid-American Corporation, Meshulam Riklis, der seiner jungen Frau, Pia Zadora, eine Filmkarriere finanzierte, zum Essen kommen sollte, ließ Boesky vorher eruieren, was Riklis gerne aß, und tafelte schließlich ein üppiges Mahl aus dem 21 Club auf, mußte allerdings feststellen, daß Riklis kaum Gefallen daran zu finden schien.

»Ich bin in ein paar Stunden im Sportstudio angemeldet«, erklärte Riklis. »Ich muß mit einem persönlichen Trainer arbeiten.«

»Wozu das denn?« fragte Boesky. »Entspannen Sie sich. Essen Sie.«

»Ivan«, sagte Riklis nach kurzem Schweigen, »Sie haben ja keine Ahnung, was es heißt, mit einer jüngeren Frau verheiratet zu sein.« Trotzdem schien ihm das Essen schließlich doch noch zu schmecken, und er investierte fünf Mio. Dollar in Boeskys Firma. Boesky selbst aß nur eine Weintraube.

Wie angekündigt, liquidierte Boesky 1981 seinen Anteil an der Ivan F. Boesky Co. und »setzte sich zur Ruhe«. Da er keinen seiner Spitzenangestellten zur Übernahme der Firma hatte überreden können (die meisten waren gefeuert worden oder hatten von sich aus gekündigt), hatte er Steve Royce, einen Arbitrageur von Morgan Stanley, angeheuert, der sie unter dem neuen Namen Bedford Partners weiterführte. Der größte Investor war Seema Boesky, die rund acht Mio. Dollar ihres Anteils an der Boesky Co. in die umgewandelte Firma einbrachte. Obwohl Boesky kein eigenes Geld bei Bedford Partners hatte, rief er Royce jeden Tag an, für gewöhnlich sechs- bis achtmal, und traf Investmententscheidungen, als wäre er noch der Chef der Firma.

Gleichzeitig beendete er seinen »Ruhestand«, kaum daß er begonnen hatte, und machte sich daran, das Kapital für eine neue Arbitragefirma zu beschaffen, die Ivan F. Boesky Corp. Eher eine Aktiengesellschaft als eine Limited partnership, hatte die neue Firma kompliziertere Eigentumsverhältnisse als die alte. Die Anteile waren in Stamm- und Vorzugsaktien aufgeteilt. Investoren erhielten überwiegend Vorzugsaktien, während die Gewinne zum größten Teil den Stammaktionären (hauptsächlich Boesky selbst) zuflossen. Umgekehrt gingen die Verluste weitgehend zu Lasten der Vorzugsaktionäre.

Von Lessman begleitet, einem der wenigen Angestellten der alten Firma, die auch für die neue arbeiteten, begab sich Boesky auf seine schier endlose Suche nach Investoren. Seine Limousine brachte sie zu zahllosen Treffen mit reichen Einzelpersonen oder Leuten, die pralle Geldbeutel repräsentierten, um Einlagen von jeweils mindestens zwei Mio. Dollar aufzutreiben. Zusätzlich zu der nach dem Investmentertrag der ersten Firma projektierten Rendite machte Boesky ein einzigartiges Angebot: direkten Kontakt zu ihm. Er versprach, Markterkenntnisse weiterzugeben, die die Investoren nach eigenem Gutdünken für ihre Portefeuilles verwenden konnten.

Aber die Kampagne war trotz der beeindruckenden Erträge, die Boesky für seine früheren Klienten erwirtschaftet hatte, nicht allzu erfolgreich. Eines Tages wagte Lessman den Einwand, daß die Verteilung der Gewinne und Verluste mögliche Investoren abschrecke. »Der Deal stinkt«, sagte er. Boesky starrte ihn nur wütend an.

Lessman versuchte auch, etwas von seinem eigenen Geld in der neuen Firma anzulegen. Er sagte Boesky, er habe vor kurzem geerbt und wolle 500000 Dollar investieren. Boesky bot ihm dieselben starren Bedingungen an wie anderen Außenstehenden. »Aber ich arbeite für Sie«, protestierte Lessman. »Wieso darf ich mir nicht meinen Teil an den Gewinnen verdienen?«

Boeskys Miene versteinerte, und seine Stimme wechselte in eine andere Tonlage. »Ich brauche Ihre lausige halbe Million nicht«, bemerkte er eisig.

»Wieso brauchen Sie dann meine 25 Prozent vom Gewinn?« gab Lessman zurück.

»Raus mit Ihnen!« schrie Boesky ihn an und warf, nachdem er ihn aus dem Büro gedrängt hatte, wütend die Tür hinter ihm zu.

Am Ende eröffnete die Firma 1981 mit nicht ganz 40 Mio. Dollar, weit weniger, als Boesky sich erhofft hatte. Boesky, Lessmann als Researchchef und Michael Davidoff, ein Händler, den Boesky von Bedford Partners abgeworben hatte, etablierten sich in Manhattan in einem nicht benutzten Büro der Anwaltskanzlei Fried, Frank, Harris, Shriver & Jacobson, deren Teilhaber Boeskys wichtigster Anwalt, Stephen Fraidin, war. Aber sogar unter diesen beengten Verhältnissen rühmte sich Boesky, daß außer ihm niemand das ganze Geschäft überblicke. Er führte selbst seine eigenen Angestellten absichtlich in die Irre.

Lessman war angewiesen worden, die Anrufe von Royce entgegenzunehmen und seine Researchergebnisse mit ihm zu teilen. Eines Abends rief nun Royce an und sagte in bezug auf eine bestimmte Aktie: »Ivan möchte Ihre Position wissen.« Lessman holte sich die Informationen auf den Monitor und gab sie Royce. Wenig später war Boesky am Apparat, und Lessman erwähnte beiläufig, daß Royce angerufen und er ihm die Position durchgegeben habe. Daraufhin entstand ein kurzes Schweigen. Dann brüllte Boesky: »Ich sollte Sie dafür auf die Straße setzen. Geben Sie nie wieder eine Position preis!«

»Ich dachte, Royce gehört zur Firma«, erwiderte Lessman, während Boesky den Hörer auf die Gabel knallte.

Einige Zeit darauf rief Royce wieder bei Lessman an, um sich nach einer Aktienposition zu erkundigen. Lessman lehnte es ab, ihm die gewünschte Information zu geben; Boesky habe ihm den strikten Befehl erteilt, nichts mehr auszuplaudern. Wenig später klingelte das Telefon erneut, und diesmal putzte Boesky Lessman herunter, weil er sich geweigert hatte, Royce' Frage zu beantworten. Schließlich rief Royce erneut an und wollte Boeskys Position in Marathon Oil wissen, damals ein mögliches Übernahmeziel. Das war eine hochsensible Information. Lessman befand sich in einer Zwickmühle und versuchte ihr zu entkommen, indem er Royce zwar eine Zahl nannte, Boeskys wirkliche Stärke aber untertrieb.

Als Boesky abends von einer Dinnerparty aus anrief, berichtete ihm Lessman stolz, daß Royce wieder versucht habe, ihn auszuhorchen, er ihn aber irregeführt habe. »Sie Arschloch!« explodierte Boesky. »Sie lassen mich als Lügner dastehen!« Es stellte sich jedoch heraus, daß Boesky Royce ebenfalls mit unvereinbaren, irreführenden Informationen gefüttert hatte. Lessman schwirrte der Kopf. Wieso log Boesky jemanden an, der das Geld seiner eigenen Frau verwaltete?

Als Lessman wenig später einmal bei Boesky in dessen Haus in Bedford anrufen mußte, hob Boeskys ältester Sohn, Billy, ab.

»Lance hier«, sagte Lessman mit müder Stimme. »Dein Vater kann einen wirklich schaffen.«

Billys Erwiderung machte tiefen Eindruck auf Lessman. »Man muß meinen Vater richtig verstehen«, erklärte Billy düster. »Er ist total verrückt.«

I.W. (»Tubby«) Burnham II. führte seinen neuen Chef des Bereichs Unternehmensfinanzierung, Frederick H. Joseph, an dessen erstem Arbeitstag, man schrieb das Jahr 1974, durch das geschäftige Handelsbüro von Drexel Burnham & Co. Es gäbe jemanden, den er, Joseph, sofort kennenlernen müsse, da er ihm möglicherweise bei der Verwirklichung seiner hochfliegenden Pläne für die Firma helfen könne.

Joseph, damals 41 Jahre alt, war ein gutgebauter ehemaliger Amateurboxer mit grau werdenden Haaren, der den Posten bei Drexel mit einem kühnen Versprechen erlangt hatte. »Geben Sie mir 15 Jahre«, hatte er gesagt, »und Sie haben eine Firma, die genauso mächtig und erfolgreich ist wie Goldman, Sachs.«

Das schien damals ein geradezu absurdes Ziel zu sein. Um es zu erreichen, hätte der Status quo an der Wall Street völlig umgewälzt werden müssen. Drexel Burnham hatte in jenem Jahr einen Gesamtertrag von 1,2 Mio. Dollar. Die Kapitaldecke war dünn, und der Aktienmarkt steckte in einem Tief. Außerdem war Drexel Burnham trotz des Renommees, das der Name Drexel genoß, in der Wall Street allerhöchstens zweitklassig.

Drexel Burnham bestand im wesentlichen aus Burnham & Co., einer auf den Kleinhandel orientierten Brokerfirma, die Tubby Burnham, ein Enkel des Gründers der Schnapsbrennerei I.W. Harper, 1935 gegründet hatte, und einigen Überresten der altehrwürdigen Firma Drexel Firestone, deren Stammbaum zu der illustren Drexel-Familie aus Philadelphia und dem unverhohlen antisemitischen Imperium von J.P. Morgan zurückreichte.

Die beiden Firmen hatten 1971 fusioniert. Es war eine merkwürdige Ehe gewesen: auf der einen Seite Burnham, eine überwiegend jüdische Firma voller rauhbeiniger Händler, die sich auf ihr Verkaufsgeschick verließen, und auf der anderen Drexel, wo man von alters her eine Aversion gegen harte Verkaufsmethoden hatte und ein stetiger Schwund an Unternehmensklienten zu verzeichnen war, die sich zunehmend Firmen mit einem aggressiven Vertriebsnetz zuwandten. Kurz, Drexel war angeschlagen gewesen und hatte hauptsächlich aufgrund des guten Namens und der traditionellen Stellung als Major-bracket-Firma überlebt. Genau deshalb hatte Tubby Burnham sie als Fusionspartner ausgesucht: Er hatte gehofft, seine eigene Firma auf diese Weise aus dem Submajor bracket herauszubekommen und mehr Underwriting-Geschäfte an sich zu ziehen.

Als Burnham die Präsidenten von Goldman, Sachs und Morgan Stanley aufsuchte, jener Giganten, deren Segen und guten Willen die fusionierte Firma brauchte, um in der immer noch geschlossenen Welt der Wall Street zu überleben, gaben sie unter einer Bedingung ihre Zustimmung: Der ehrwürdige Name Drexel sollte, ungeachtet der Machtverteilung innerhalb der Firma, an erster Stelle stehen. So wurde Drexel Burnham & Co. geboren.

Die aus den alten Firmen übernommenen Angestellten hielten sich selbst jetzt noch, drei Jahre nach der Fusion, meistens voneinander fern. Während sie durch die Firma gingen, erzählte Burnham Joseph, daß er den Chef von Drexel, als er ihn zur Zeit der Fusion zum erstenmal traf, gefragt habe, wie viele Juden unter den über 200 Angestellten der Firma wären. Insgesamt drei, hätte dieser ihm geantwortet. Einer von ihnen, fuhr Burnham fort, sei der Mann, mit dem er ihn, Joseph, bekanntmachen wolle: Michael Milken.

Joseph gab dem straffen, schlanken jungen Mann mit den dunklen, tiefliegenden Augen die Hand. Joseph fragte sich kurz, wie es kam, daß jemand wie Milken bei Drexel Firestone gelandet war, aber ansonsten fand er nicht viel Bemerkenswertes an ihm. Sie würden nicht direkt zusammenarbeiten. Joseph war für die höheren Ebenen des Investment banking zuständig, Milken für das Gebiet der Wandelanleihen und Papiere ohne Investmentrating, das später zur Abteilung für hochverzinsliche Wertpapiere erhoben wurde. Er unterstand Edwin Kantor, einem Händler, der schon lange Zeit bei Burnham arbeitete, und was seine Bezahlung betraf, Burnham direkt.

Um Milken zu ermutigen, der sich darüber beklagte, daß er von den Drexel-WASPs in ihren gestärkten Hemden ständig als Bürger zweiter Klasse behandelt wurde, hatte Burnham ihm erlaubt, eine eigene, halbautonome Bondhandelsgruppe aufzubauen, und 1975 eine Bonusvereinbarung mit ihm getroffen, die als starker Leistungsanreiz gedacht war. Wie alle Wall-Street-Firmen zahlte auch Drexel nur relativ geringe Gehälter; das Haupteinkommen der Angestellten bestand aus den Provisionen, die sie sich verdienten. Aber Milkens Vertrag war ungewöhnlich großzügig: Er und seine Untergebenen erhielten 35 Prozent der Gewinne, die sie für die Firma einfuhren. Milken konnte diese Provisionen nach eigenem Gutdünken unter seinen Leuten verteilen und für sich behalten, was übrigblieb. Darüber hinaus zahlte Burnham für jedes Geschäft, das Milken oder seine Gruppe der Firma zuführte, einen »Finderlohn« von 15 bis 30 Prozent des Gewinns, das es einbrachte. Da Burnham gleichzeitig 35 Prozent der Gewinne denjenigen zukommen ließ, die das jeweilige Geschäft bearbeiteten, blieben der Firma - bei bis zu 30 Prozent Provision für diejenigen, die den Klienten an Land gezogen hatten - nicht mehr als 35 Prozent, um sich selbst über Wasser zu halten und den Teilhabern ihre Gewinnanteile zukommen zu lassen. Dieses Arrangement mit Milken wurde innerhalb der Firma streng geheimgehalten.

Milken und Joseph hatten nach ihrer ersten Begegnung Gelegenheit, sich recht gut kennenzulernen, hauptsächlich weil Milken eifrig bemüht war, die Finderlohnregelung zu nutzen, indem er Joseph Tips für mögliche neue Unternehmensfinanzierungen gab.

Joseph war kein Snob, hatte aber am Anfang in Milken nur einen von den vielen Burnham-Händlern gesehen, die kaum etwas von der Welt außerhalb des Getriebes ihrer Heimatviertel Brooklyn oder Queens kannten. Joseph kam selbst aus bescheidenen Verhältnissen. Er war als Sohn orthodoxer Juden in Roxbury aufgewachsen, einem Arbeiterviertel von Boston. Sein Vater hatte die Familie als Taxifahrer durchgebracht. Aber als Stipendiat am Harvard College und später an der Harvard Business School hatte sich Joseph einen vornehm kultivierten Anstrich zugelegt. Er war von John Shad (dem späteren Direktor der SEC) bei E.F. Hutton & Co. angestellt worden und hatte es in nur vier Jahren zum Teilhaber gebracht. Danach war er zu Shearson gewechselt, wo er an der Fusion mit Hayden Stone mitwirkte und schließlich zum geschäftsführenden Präsidenten aufrückte, dem zweiten Mann in der Firma.

Zu Drexel zu gehen war ein großer Schritt abwärts gewesen, aber Joseph hatte es zum handfesten Investment banking zurückgezogen, und er träumte davon, gewissermaßen aus dem Nichts eine mächtige Firma aufzubauen und sich durch diese Leistung ins Gedächtnis der Nachwelt einzuprägen. Er hatte genug von den in der Wall Street vorgehenden Veränderungen gesehen, um davon überzeugt zu sein, daß praktisch alles an der alten Ordnung brüchig war. Dennoch mußte er bei Drexel tatsächlich fast von vorn anfangen. Eine seiner ersten Maßnahmen war es, von den 19 Beschäftigten der Abteilung für Unternehmensfinanzierung sieben zu entlassen, und der Bonusfonds der Abteilung belief sich im ersten Jahr auf die Winzigkeit von 15000 Dollar.

Joseph ahnte, daß er die ganze Firma würde umkrempeln müssen. Bald nach seiner Anstellung gab er im Windows on the World hoch oben im World Trade Center das erste Essen für neue Firmenangestellte, das danach jährlich stattfinden sollte. In seiner Ansprache versuchte er diesen neuen Investmentbankern nicht nur den Willen zum Erfolg einzuimpfen, sondern sie auch zur Rechtschaffenheit anzuhalten. »Sie werden Versuchungen ausgesetzt sein«, warnte er seine Zuhörer und verwies auf ihren Zugang zu vertraulichen Informationen über die geschäftlichen Pläne ihrer Klienten, über die Ausgabe von Aktien oder Schuldverschreibungen und Fusionsvorhaben. »Wenn Sie diesen Versuchungen nachgeben, wird man Sie erwischen. Das garantiere ich Ihnen. Man wird Ihnen Gürtel und Schnürsenkel abnehmen. Und für Drexel werden Sie Luft sein.«

Was Milken betraf, so dauerte es nicht lange, bis Joseph begriff, warum Burnham soviel Wert darauf gelegt hatte, daß er ihn kennenlernte. Milken war nicht einfach nur ein Händler unter anderen; er war einer der höchstbezahlten Angestellten der Firma. Seit er 1973 mit einem Kapital von zwei Mio. Dollar angefangen hatte, erwirtschaftete er erstaunliche Gewinne von bis zu 100 Prozent und verdiente sich und seiner Gruppe einen jährlichen Bonusfonds von annähernd einer Mio. Dollar. Und er schaffte dies auf einem Gebiet, von dem Joseph wenig wußte und das er mit Geringschätzung betrachtete: dem der hochverzinslichen, unbewerteten Bonds.

Der amerikanische Bondmarkt wird von zwei großen Bondrating-Agenturen beherrscht, Moody's und Standard & Poor's, die mit ihren Anleihebewertungen den Investoren schon seit Generationen ein Mittel in die Hand geben, um das Risiko festverzinslicher Investments abzuschätzen. Der Wert dieser Investments hängt davon ab, ob ein Schuldner in der Lage ist, die versprochenen Zinszahlungen zu leisten, bis die Anleihe fällig wird, und dann das Kapital zurückzuzahlen. Spitzenpapiere für Unternehmen wie AT&T oder IBM werden von S&P mit AAA bewertet. Unternehmen mit schwächeren Bilanzen oder sonstigen Problemen erhalten entsprechend geringere Bewertungen, und manche werden als derart risikoreich angesehen, daß sie unbewertet bleiben. Die Zinssätze von Schuldverschreibungen schwanken je nach den Marktzinsen der US-Schatzbriefe und dem angenommenen Bonitätsrisiko des Schuldners, so daß der Zinssatz, den ein Unternehmen anbieten muß, um Investoren anzuziehen, um so höher ist, je geringer das Rating ausfällt.

Mitte der 70er Jahre waren nicht allzu viele niedrig bewertete oder unbewertete Schuldverschreibungen im Umlauf, und die Investoren wollten im großen ganzen nichts mit ihnen zu tun haben. Die großen Investmentbanken waren daher nicht an ihnen interessiert; sie waren schwer zu verkaufen, gefährdeten den Ruf der mit ihnen handelnden Firmen und schreckten hoch bewertete Emittenten ab. Ein großer Teil der damals umlaufenden hochverzinslichen Schuldverschreibungen waren einst bewertete Papiere von Unternehmen, die abgestürzt waren (die sogenannten »gefallenen Engel«, wie sie in der Wall Street getauft worden waren). Dieses obskure Nebengleis war die Schiene, auf der Milken arbeitete.

Anders als Joseph, war Milken in einer gutsituierten bürgerlichen Familie aufgewachsen. Encino, eine Stadt im kalifornischen San Fernando Valley nördlich von Los Angeles, hatte einen ansehnlichen jüdischen Bevölkerungsanteil - die Synagoge befand sich unweit des Hauses der Milkens -, unterschied sich aber insgesamt kaum vom Rest des schnell wachsenden Südens von Kalifornien. Milkens Vater war Buchhalter, und Milken hatte ihm bei der Arbeit geholfen, seit er zehn Jahre alt war. Er hatte Schecks sortiert, Scheckhefte geprüft und später auch bei Steuererklärungen geholfen. In der Schule hatte er sich von Anfang an damit hervorgetan, daß er komplizierte Multiplikationen im Kopf berechnen konnte.

Er besuchte die Birmingham High School im nahen Van Nuys, die er 1964 abschloß. Die Birmingham-Schüler kamen fast ausnahmslos aus der weißen Mittelklasse. Viele der Eltern waren wie die Milkens aus den Industriegebieten des Mittelwestens und von der Ostküste nach Kalifornien gezogen. Ihre Kinder waren sportbegeistert und ließen sich von der Surfwelle mitreißen; sie toupierten sich die Haare, waren verrückt nach den Beach Boys und fuhren mit ihren Autos endlos durch die Stadt. Milken war voller Energie, stärker auf die Schule orientiert als die meisten und eifrig bemüht, sich die Achtung seiner Klassenkameraden zu erwerben. Er wurde zum Cheerleader gewählt, der in der Rangskala gleich nach den Sportskanonen kam. Er engagierte sich im Schülerrat und erhielt die meisten Stimmen. Seine Freundin war eine hübsche, lebenslustige Klassenkameradin, Lori Anne Hackel, die er im Sozialkundekurs der siebten Klasse kennengelernt hatte. Zu seinen Klassenkameraden gehörten außerdem der spätere Filmstar Sally Field und der zukünftige Superagent von Hollywood, Michael Ovitz.

Der Eintritt in die Universität von Kalifornien in Berkeley bedeutete eine abrupte Veränderung. 1968, als er dort seinen Abschluß machte, war Berkeley das Zentrum der studentischen Antikriegsbewegung und

Gegenkultur. Milken, der in der High School stets zur großen Mehrheit gehört hatte, war plötzlich ein Außenseiter. Er war Mitglied der jüdischsten aller Studentenverbindungen - Sigma Alpha Mu -, als niemand mehr etwas auf solche Verbindungen gab. Er trank nicht, rauchte kein Marihuana und nahm kein LSD. Sein Hauptfach war Betriebswirtschaft, nicht eins der Modefächer Soziologie und Psychologie, und er war ein fleißiger Student. Er wurde für die Aufnahme in die Verbindung Phi Beta Kappa vorgeschlagen. Sein gesellschaftliches Leben bestand hauptsächlich im Umgang mit Lori, die ebenfalls in Berkeley studierte. Sie heirateten kurz nachdem sie ihr Studium beendet hatten.

Bald darauf zogen sie nach Philadelphia, wo sich Michael an der angesehenen Wharton Business School der Universität von Pennsylvania einschrieb. Milken arbeitete in den Sommerferien und als Teilzeitkraft auch während der Semester in der Niederlassung von Drexel Firestone in Philadelphia (eine Vorgängerfirma hatte dort ihren Hauptsitz gehabt). Nachdem er sein Studium mit Bestnoten abgeschlossen hatte, blieb er bei Drexel und pendelte täglich zwischen Cherry Hill, einem Vorort von Philadelphia, und Drexels Hauptsitz in Manhattan hin und her. Die Hackordnung der Wall Street schien ihn bemerkenswert wenig zu tangieren; Prestigedenken war ihm offenbar weitgehend fremd. Mit den Morgan Stanleys oder Goldman, Sachses dieser Welt hatte er kaum etwas gemein.

Auch in die Tradition, nach der vielversprechende Abgänger der Business School ins Investment banking gingen - in die Unternehmensfinanzierung, nicht zum Verkauf und Handel -, reihte sich Milken nicht ein. Er fing in der Researchabteilung an und bat nach einer Weile darum, zum Verkauf und Handel versetzt zu werden, wo er sich nach und nach auf gering oder gar nicht bewertete Papiere konzentrierte, die zu seinem Markenzeichen werden sollten.

Jahre später bildete sich der von der Firma gestützte Mythos heraus, Milken wäre ein »Genie«, das die Gewinnmöglichkeiten dessen entdeckt habe, was allgemein unter dem ursprünglichen Schimpfnamen Junkbonds bekannt wurde. Milken selbst jedoch hat nie ein Geheimnis daraus gemacht, daß der gedankliche Unterbau seiner Beschäftigung mit gering bewerteten Bonds von anderen geschaffen worden war. Eine wegweisende Studie über gering und unbewertete Bonds, die Milken noch in Berkeley gelesen hatte, stammte von W. Braddock Hickman. Es war eine Untersuchung der Bonderträge von Unternehmen zwischen 1900 und 1943, in der festgestellt wurde, daß ein diversifiziertes langfristiges Portefeuille aus gering bewerteten Bonds, bei keineswegs höherem Risiko, einen größeren Gewinn versprach als ein vergleichbares Portefeuille aus Spitzenwerten. Eine spätere Studie über die Jahre 1945 bis 1965 kam zu dem gleichen Ergebnis.

Milken pries, als genialer Verkäufer, in den ersten Gesprächen mit Joseph ständig seine Bibel der hochverzinslichen Wertpapiere, bis er Joseph so neugierig darauf gemacht hatte, daß er ihn um ein Exemplar von Hickmans Studie bat. Das hielt Milken aber nicht davon ab, weiter auf seinem Lieblingsthema herumzureiten. Das einzige Problem mit niedrig bewerteten Schuldverschreibungen, sagte er, sei der Mangel an Liquidität. Die meisten von Drexels Klienten hielten sich, was die Anlage ihres Kapitals zu höheren Zinsen betraf, immer noch vorsichtig zurück, aber Milken machte Fortschritte. Er begegnete der Zögerlichkeit der Investoren und ihrer Abneigung gegen Risiken mit akribischen Analysen der grundlegenden geschäftlichen Aussichten so vieler niedrig bewerteter Emittenten wie möglich und verblüffte Joseph mit seinen Kenntnissen über die verstecktesten Aspekte der unterschiedlichsten Geschäftszweige. Das alles zielte darauf ab, möglichst genau einzuschätzen, ob ein Unternehmen in der Lage sein würde, seinen Zinsdienst zu leisten und schließlich das eingesetzte Kapital zurückzuzahlen.

Es war eine gewaltige Aufgabe. In der Wall Street, wo sich die Researchabteilungen fast ausschließlich auf die Papiere der überall gehandelten Unternehmen konzentrierten, wurde dieses Gebiet praktisch nicht wahrgenommen, geschweige denn analysiert. So erledigte Milken die Research selbst und ging Tag für Tag mit prall gefüllten Aktentaschen voller Analysematerialien auf die langen Fahrten zwischen Cherry Hill und Manhattan. Die Ergebnisse setzte er ein, um Investoren zu überreden, ihr Glück mit hochverzinslichen Wertpapieren zu versuchen, die er für solide und daher unterbewertet hielt.

Einige von Milkens Ansprechpartnern, Versicherungsgesellschaften mit großen Guthaben zum Beispiel, die begierig darauf waren, ihr Kapital gewinnträchtig zu investieren, waren auch potentielle Unternehmensklienten von Drexel, und so begleitete Joseph Milken zu zahllosen Treffen, auf denen er sein Evangelium der hochverzinslichen Wertpapiere verbreitete. Bei jedem dieser Treffen brachte Milken dieselbe Argumentation vor: Der Bondmarkt sei zu risikoscheu; ein gut sortiertes Portefeuille würde einen größeren Ertrag einbringen; die Liquidität würde anwachsen, je mehr Unternehmen seiner, Milkens, Botschaft folgten; und die Gewinne würden die Risikoprämie in erheblichem Ausmaß übersteigen. Es war eine einfache, eingängige Botschaft, und sie kam an.

Einer der ersten großen Erfolge Milkens war die Anwerbung einer

Gruppe reicher, meist jüdischer Finanziers, die Versicherungsgesellschaften erworben hatten. Sie gehörten nicht zum Establishment der Wall Street, und es kümmerte sie nicht, daß niedrig bewertete Papiere einen üblen Leumund besaßen. Saul Steinberg, Meshulam Riklis und Carl Lindner gefielen Milkens neue Ideen; sie ließen sich zu seinem Evangelium bekehren, und Lindner, ein Nichtjude aus Cincinnati, wurde sogar so etwas wie eine Vaterfigur. Als ihre jährlichen Gewinne Milkens Voraussagen erfüllten oder übertrafen, wurden sie zu treuen Auftraggebern von Milken und Klienten von Drexel. Milken seinerseits war es offenbar egal, daß Lindner Gegenstand einer SEC-Untersuchung war, daß er keinen High-School-Abschluß besaß, von der Gesellschaft von Cincinnati geschnitten und in der Wall Street von vielen als Paria angesehen wurde. Oder daß Steinberg die Kontrolle über die Reliance Insurance Co. auf nicht sehr feine Art und Weise an sich gerissen und einen erfolglosen unfreundlichen Angriff auf die riesige Chemical Bank unternommen hatte, die die etablierte Bankenwelt und deren Verbündete auf dem Gebiet des Investment banking in helle Wut versetzt hatte. Oder daß Riklis als armer Einwanderer aus Israel sein Geld mit Filmtheatern und Schnaps gemacht hatte. Alle drei hatte man in der Wall Street mehrmals abblitzen lassen, und sie vergaßen es Milken nie, daß er sie als Klienten angenommen hatte.

Anfang 1977 kontrollierte Milkens Gruppe beachtliche 25 Prozent des Marktes der hochverzinslichen Wertpapiere. Drexel war im Grunde die einzige Firma, die aktives Market-making betrieb, um die Liquidität des Markts zu erhöhen. (Ein Marketmaker ist ein Schlüssel zur Liquidität, da er Haltern von Wertpapieren den Rückkauf garantiert, wenn er sie zu Geld machen will. Der Marketmaker verkauft die Papiere seinerseits weiter und behält die Differenz zwischen »Kauf-« und »Verkaufspreis« als Gewinn. Die NYSE und der Over-the-counter-Markt [OTC-Markt] der NASDAQ sind einfach institutionalisierte Market-making-Organisationen, die als zusätzliche Dienstleistung veröffentlichte Handelspreise anbieten.) Andere Banken, wie etwa Lehman Brothers, der Marktführer in Sachen hochverzinslicher Bonds, betätigten sich als Underwriter für ausgesuchte neue Emissionen und verwalteten jene, die sie vorher plaziert hatten, jedoch meistens nur für bereits vorhandene Klienten; an aktivem Market-making waren die anderen Firmen nicht interessiert.

So wurde Milken gewissermaßen die Börse für hochverzinsliche Bonds. Er hatte ein unglaubliches Gedächtnis; er wußte, wer welche Papiere besaß, was er für sie bezahlt hatte, ihre Verzinsung bis zur Fälligkeit und wer sie haben wollte. Seine Klienten entwickelten nach und nach ein solches Vertrauen in seine Researchergebnisse und seine Marktkenntnisse, daß sie seinen Ratschlägen fast blind folgten. Es kümmerte sie nicht, daß es keine veröffentlichten Preislisten gab oder welchen Schnitt Milken dabei machte - Hauptsache, ihre Investitionen trugen Gewinne ein. Außer Milken und einer Handvoll seiner Kollegen kannte niemand die Preisstruktur dieses Markts - und die zunehmende Schere zwischen den Kauf- und Verkaufspreisen.

Ein Grund dafür, daß Milken derartig erfolgreich sein konnte, bestand darin, daß der Markt, den er bediente, nahezu unreguliert war. Er bewegte sich überwiegend auf dem Gebiet der sogenannten »Sekundärofferten«. Eine solche Transaktion liegt zum Beispiel vor, wenn sich eine große Versicherungsgesellschaft entschließt, sich von einem Wertpapierpaket, das sie vom Emittenten erworben hat, zu trennen; dann tritt eine Firma wie Drexel auf den Plan, die das Paket erwirbt und anschließend dem Stamm ihrer Bondkäufer anbietet. Solche Angebote müssen nicht bei der SEC registriert werden, und es gibt keine Listen, in denen ihre Preise veröffentlicht werden. Die Welt der Junk-bonds war das finanzwirtschaftliche Äquivalent der frühen Zeiten des Wilden Westens; das herrschende Gesetz war das des Stärkeren, der sich auf Kosten des Schwächeren durchsetzte.

Eines Tages kaufte einer der Drexel-Verkäufer, Gary Winnick, für einen seiner Klienten einiges aus Milkens Bondbeständen. Winnick verdiente dabei ein Achtel eines Punkts an der Spanne zwischen dem Preis, den sein Klient zahlte, und dem, was Milken ihm berechnete. (Ein »Punkt« ist nichts anderes als ein Prozent des Nennwerts einer Anleihe. Bei einer Preisdifferenz von einer Mio. Dollar würde ein Achtel Punkt also 1250 Dollar ausmachen.) Winnick war wütend, als er erfuhr, daß Milkens Spanne 30 Punkte betragen, er also 29 7/8 für sich selbst behalten hatte. Daß Milken so habgierig war, erstaunte Winnick. Immerhin waren sie Kollegen. Winnick ging zu Milkens Boß, Kantor, und beschwerte sich über Milkens Verhalten. Aber Kantor unternahm nichts. Winnick schloß daraus, daß Milken - schon damals, 1976 - zu viel Geld machte, als daß jemand es gewagt hätte, ihn zur Ordnung zu rufen.

Für Milken war die Transaktion nur ein Handel unter vielen gewesen, und je mehr man aus seinem Gegenüber herauspressen konnte, desto besser. In den folgenden Jahren beobachteten seine Kollegen immer wieder mit Verwunderung, welches Vergnügen Milken daraus zog, wenn er einem unachtsamen Händler einen zusätzlichen Bruchteil eines Punkts abluchsen konnte. Da er das überlegene Wissen einzusetzen hatte, gab es nur wenige, die es schafften, Milken ihrerseits zu übervorteilen, und wenn es trotzdem jemandem gelang, reagierte Milken damit, daß er versuchte, ihn anzuheuern. Warren Trepp, zum Beispiel, Chefhändler mit festem Einkommen bei Dean Witter, schloß mit einem von Milkens Händlern einen Leerverkauf über Anteile eines Immobilien-Investmentfonds ab. Als danach die REIT-Werte abstürzten, was zu einem erheblichen Verlust bei Milken und einem großen Gewinn für Trepp führte, ließ sich Milken den Namen des Händlers von Dean Witter geben und suchte ihn auf, um ihn zu Drexel herüberzulocken. Trepp wurde Milkens Chefhändler.

Gleichzeitig mit Milkens Geschäft wuchs auch das von Joseph, wenn auch nicht ganz so spektakulär. Joseph sorgte dafür, daß die Qualität des Investment banking bei Drexel stieg, indem er einige Leute anwarb, die er vorher für Shearson rekrutiert hatte, darunter John Kissick, Herbert Bachelor, Fred McCarthy, John Sorte und David Kay, den er zum Chef der noch in den Kinderschuhen steckenden M&A-Abteilung machte. Und er stellte einen arroganten, pausbäckigen, eigenwilligen jungen Mann ein, der soeben die Business School hinter sich gebracht hatte, Leon Black, dessen Vater, während Leon an der Harvard Business School war, als Chef von United Brands in einen Skandal verwickelt worden war und Selbstmord begangen hatte, indem er sich aus dem Fenster seines Büros stürzte.

Um das Investment banking bei Drexel in Schwung zu bringen, hatte Joseph beschlossen, sich auf bestimmte Wachstumsindustrien und kleinere Unternehmen, die von den großen Investmentbanken vernachlässigt wurden, zu konzentrieren. Drexel begann die Research auf dem OTC-Markt auszubauen, obwohl sie keinen unmittelbaren Gewinn einbrachte. 1977 gelang es Josephs Gruppe, so viele Geschäfte abzuschließen, daß der Bonusfonds der Unternehmensfinanzierung die Eine-Million-Dollar-Grenze erreichte.

Im gleichen Jahr meldete sich Joseph mit einem Anliegen bei Milken. Er habe einen Klienten, Texas International, der Kapital brauche, aber bereits so hoch verschuldet sei, daß er nie ein Investmentrating erhalten werde. Ob Drexel nicht eine hochverzinsliche Emission herausgeben könne, die von Drexel garantiert und direkt ans Publikum vermarktet werden würde – mit anderen Worten eine Primäremission, und kein Sekundärangebot, das bisherige Hauptstandbein der Firma.

Milken sagte, er wolle es versuchen. Es wurde mehr als ein Versuch: Die Emission im Wert von 30 Mio. Dollar verkaufte sich gut und brachte Milken eine bemerkenswerte Underwriting-Provision von 3 Prozent ein. Er plazierte im selben Jahr noch sechs weitere Emissionen von Unternehmen, die sich auf andere Weise kein Kapital beschaffen konnten. Ungefähr zur gleichen Zeit verkaufte er die Idee eines offenen Fonds von hochverzinslichen Wertpapieren, des ersten auf dem Markt, der es auch kleinen Investoren erlaubte, ihr Geld in einem gestreuten Portefeuille von Junk-bonds anzulegen. Milkens Traum der Liquidität stand kurz vor der Verwirklichung. Der Mechanismus für eine Revolution im Finanzwesen war funktionsbereit, und das direkt vor der Nase des Wall-Street-Establishments, das niedrig bewertete Schuldverschreibungen stets nur naserümpfend betrachtet hatte.

Winnick war inzwischen auf Kantors Geheiß zu den hoch bewerteten Papieren gewechselt, handelte allerdings auch weiterhin mit einigen von Milkens Junk-bonds und wurde bald zu Drexels Spitzenverkäufer außerhalb der hochverzinslichen Papiere. Er hatte einen langen Arbeitstag. An einem Freitagabend erwähnte er Milken gegenüber, daß er und seine Frau sich an diesem Wochenende im Westchester County nach einem Haus umsehen wollten. Milken erwiderte recht rätselhaft: »Kaufen Sie noch keins.« Wenig später bat er Winnick, für ihn zu arbeiten – in Century City, einem Nachbarort von Beverly Hills im fernen Kalifornien.

Milkens damals zweijähriger Sohn Gregory hatte gesundheitliche Probleme, und Milkens Vater litt an Krebs. Das gesündere Klima und der Wunsch, seiner Familie und seinen Jugendfreunden nahezusein, dürften bei der Entscheidung für den Umzug allerdings nur eine untergeordnete Rolle gespielt haben. Es war inzwischen offensichtlich, daß Milkens Erfolg wenig mit Drexel zu tun hatte, Drexels Erfolg dagegen alles mit Milken. Der glücklose Burnham, immer noch der formelle Chef der Firma, kannte sich außerhalb des Gebiets des zunehmend unprofitablen Kleinkundengeschäfts kaum aus; sein geschicktester Schachzug war es gewesen, Milkens Fähigkeiten zu erkennen und ihm weitgehend freie Hand zu lassen. Kantor, ein altmodischer Händler, den die computerisierten Kalkulationen und die ausgeklügelten Strategien der neuen Generation in der Firma nur verwirrten, besaß sogar noch weniger Statur. Milken verspürte wenig Lust, sich mit ihresgleichen um die Geschäftspolitik zu streiten.

Warum also nicht einfach umziehen und Drexel zwar als Schirm zu benutzen, ansonsten aber eine autonome Firma aufzubauen, die er völlig unter Kontrolle hätte? Winnick und anderen gegenüber sprach er aus, was ihm vorschwebte: Er wollte von Kalifornien aus mit seinen Junkbonds in jedes gewinnträchtige Gebiet vorstoßen, das es gab, von Underwriting-Geschäften über den normalen Handel bis hin zu Fusionen und Übernahmen. Junk-bonds waren nichts weiter als ein neuer Weg der Beschaffung von Kapital – Kapital, das für jede der traditionellen Aufgaben des Investment banking genutzt werden konnte. Solange sein Vergütungsplan in Kraft war – den anzugreifen niemand bei Drexel gewagt hätte –, würde der Großteil des Gewinns der Firma bei ihm anfallen. Schon jetzt machten Milkens Angestellte mehr Geld als jeder sonst bei Drexel, und so war es nicht verwunderlich, daß sie alle freiwillig bereit waren, mit ihrem Chef nach Kalifornien umzuziehen.

Milken kaufte in seiner Vaterstadt Encino ein Haus, das einst Clarke Gable und Carole Lombard gehört hatte, und nahm 1978 mit 15 Angestellten von Drexel, einschließlich Winnicks, in einem kleinen Büro in der Avenue of the Stars in Century City den Geschäftsbetrieb auf. Die Büroräume waren schon beim Einzug zu klein; Milken saß mit seinem Chefhändler Trepp am selben Tisch, und während des Handelstags befanden sich sämtliche Händler und Verkäufer in Hörweite.

Mit Milken als Chef, hatte jeder seinen Anforderungen zu genügen. Der Arbeitstag begann pünktlich um 4.30 Uhr früh (7.30 Uhr New Yorker Zeit) und dauerte bis acht Uhr abends (23 Uhr in New York). Ständig klingelten die Telefone; Milken sprach oft über seine beiden Apparate gleichzeitig. Rufe gingen hin und her und erfüllten den Handelsraum mit einem lärmenden Stimmengewirr. Nach Börsenschluß (um ein Uhr mittags kalifornischer Zeit) setzte Milken Besprechungen an und raste von einer zur anderen, um mit Klienten zusammenzukommen, die alle erwarteten, mit ihm persönlich sprechen zu können.

Milken war manchmal schon vor der Geschäftszeit im Büro, und wenn die anderen dann um 4.30 Uhr eintrafen, lagen auf ihren Tischen Zettel mit ihren Tagesplänen.

1981 fand Milken jemanden, der im Verkauf das war, was Trepp im Handel darstellte. James Dahl, so sein Name, hatte von außen gesehen wenig mit Milken und den anderen Drexel-Angestellten gemein. Er war ein WASP, auch wenn er nicht aus dem Ivy-League-Establishment stammte, sondern als Sohn eines kleinen Immobilienmaklers in Miami in einem Viertel der unteren Mittelklasse aufgewachsen war. Er hatte sein Studium an der Florida State University in Tallahassee mit Auszeichnung abgeschlossen und ein Stipendium für die Business School der Universität erhalten, die er als MBA (Master of Business Administration) verließ. Er sah gut aus, hatte halblange blonde Haare, grüne Augen, eine Bräune, die ihm eine Beach-Boys-Aura verlieh, und ein entwaffnendes Lächeln.

Milken gab zwar nicht deutlich zu erkennen, ob solche Qualitäten für ihn zählten, aber einige seiner Kollegen meinten, daß er von den Aspekten von Dahls Persönlichkeit fasziniert war, die ihm selbst abgingen – als hätte er Dahl nur eingestellt, um zu beweisen, daß er jemanden an sich binden konnte, der zumindest so aussah wie die Verkörperung des amerikanischen Traums, eine Art Robert Redford der Bond-Welt. Bei einer Reihe von Gesprächen zuerst in Los Angeles und dann während eines Frühstücks im Plaza Hotel in New York hatte Milken Dahl nach seiner Frau und seinem familiären Hintergrund gefragt und sich erkundigt, wie viele Kinder er haben wolle, wie er seine Freizeit verbringe und womit sein Vater seinen Lebensunterhalt verdiene. Nach seinen Leistungen in der Schule und an der Universität oder der Business School fragte er ihn nicht.

Milken hatte aus Dahls Antworten offenbar die Überzeugung gewonnen, daß er die grundlegenden Qualitäten aufwies, die er verlangte: echten Hunger danach, Geld zu machen, und Hingabe an die Werte der Familie. Dahl hatte zu jener Zeit keine Arbeit. Er war bei der Citibank, bei Lehman Brothers und zuletzt bei einer kürzlich geschlossenen Handelsfiliale der First Penn Bank gewesen. Danach war er zur Trading Company of the West gegangen, die gleichfalls einging, und nach Florida zurückgekehrt, bevor ein gemeinsamer Freund die Verbindung zu Milken hergestellt hatte. Trotz der schlechten Bilanz einiger seiner Arbeitgeber hatte Dahl selbst recht gut verdient und etwa bei der Filiale der First Penn Bank ein Einkommen von 450000 Dollar gehabt. Milken stellte ihn für monatlich 20000 Dollar ein und versprach ihm, daß er gleich neben dem Boß arbeiten würde.

Milken verlangte von Dahl wie von allen anderen totale Hingabe an die Arbeit und absoluten Gehorsam ihm selbst gegenüber. Niemand ging außerhalb des Büros essen; Frühstück, Mittagessen und oft auch Abendessen wurden angeliefert, und um sonstige Ablenkungen zu vermeiden, stellte Milken mehrere Frauen ein, die sich um die Reinigung der Kleidung der Händler und Verkäufer kümmerten, zur Post gingen, in den Wohnungen und Häusern auf Handwerker oder Lieferanten warteten und Haustiere hüteten. Als sich Dahl, der sich noch nicht ganz von der Zeitumstellung erholt hatte, kurz nach seinem Eintritt in die Firma eines Freitags nach Börsenschluß anschickte, das Büro zu verlassen, fragte ihn Milken scharf: »Wo wollen Sie hin?«

»Ich bin müde. Ich werde nach Hause gehen und dort die Researchberichte lesen«, antwortete Dahl.

Milken war entsetzt über solch einen Mangel an Stehvermögen. »Lesen Sie sie hier. Dann können Sie nach Hause gehen und ein Nickerchen machen«, sagte er, und Dahl kehrte gehorsam an seinen Schreibtisch zurück.

Ein andermal wollte Dahl das Büro verlassen, nachdem er erfahren hatte, daß bei seiner Mutter Krebs diagnostiziert worden war. »Wo gehen Sie hin?« hielt ihn Milken auf.

Dahl erwiderte, daß er besorgt sei, da sowohl sein Onkel als auch seine Tante an Krebs gestorben waren. Milken nahm es gereizt zur Kenntnis und fragte: »Wann werden Sie zurück sein?« Irgendein Mitgefühl äußerte er nicht.

Einige Jahre später, als Dahls Frau eine Frühgeburt hatte und das Baby nach zwei Stunden starb, war Dahl am nächsten Morgen trotz seiner Niedergeschlagenheit pünktlich im Büro. Milken sollte nichts von seinem Kummer erfahren. Er wußte inzwischen, daß Milken nichts weniger erwartete.

Niemand aus Milkens Gruppe hatte viel Zeit für sein Privatleben. Milken gab zwar Lippenbekenntnisse zu den Freuden der Ehe und den Werten der Familie ab, schuf aber mit der angespannten, überhitzten Arbeitsatmosphäre einen Gegenpol, der seine Angestellten von ihren Familien fernhielt und dazu führte, daß sie statt dessen Beziehungen innerhalb der Firma eingingen, bis hin zu einer Affäre zwischen Trepp und Milkens eigener Verwaltungsassistentin, Jeannette. Milken nahm erst Notiz davon, als sie ihre Verlobung bekanntgaben.

Eine der Sekretärinnen führte ein Tagebuch, in dem sie ihre sexuellen Begegnungen mit Männern aus Milkens Gruppe festhielt. In einer der am häufigsten besprochenen Eintragungen wird in allen Einzelheiten beschrieben, wie sie einen der Verkäufer oral befriedigte und Drogen nahm. Solche Vorfälle waren alltäglich. Einige der Handelsassistentinnen hatten sogar von Drexel-Verkäufern und -Händlern bezahlte Brustvergrößerungen vornehmen lassen.

Zu Milkens Geburtstag im Jahr 1984 hatten seine Angestellten eine Stripperin angeheuert, die noch während der Börsenzeit im Büro eintraf und um Milkens Schreibtisch herumzutanzen begann, während sie sich ihrer Kleider entledigte. Als sie sich zu ihm vorbeugte und ihre Brüste vor seinem Gesicht schaukeln ließ, klingelte das Telefon. Es war ein Klient, der einen Handel abschließen wollte. Um der Stripperin zu entkommen, duckte sich Milken mit dem Telefon unter den Tisch, doch die Stripperin folgte ihm auf Händen und Knien, während er das Geschäft klarmachte.

Milken verkehrte mit den anderen aus dem Büro kaum auf gesellschaftlicher Ebene und verbrachte auch wenig Zeit mit seiner Frau und seinen drei Kindern, zwei Söhnen und einer Tochter; an wichtigen sportlichen oder schulischen Ereignissen nahm er jedoch teil, und er betreute außerdem die Basketballmannschaft seiner Söhne. Als er einmal mit seiner Familie einen Urlaub in Hawaii machte, mietete er drei Suiten an: eine für sich und seine Frau, eine für die Kinder und eine als Büro, in dem er jeden Tag von drei bis acht Uhr früh Hawaiianischer Zeit arbeitete, der Öffnungszeit der New Yorker Börse.

Von seltenen Ausnahmen abgesehen, verließ Milken seinen Schreibtisch nur einmal im Jahr aus nichtberuflichen Gründen während der Arbeitszeit: wenn er seine Frau an ihrem Hochzeitstag zum Essen ausführte. Ansonsten aß er an seinem Arbeitsplatz, meistens Junk-food. Bewegung schien er sich nie zu verschaffen. Selbst in seiner Freizeit hielt er sich für gewöhnlich im Büro in seinem Haus auf; Anrufe, ob nun spät abends oder am Wochenende, wurden stets augenblicklich angenommen. Ging er, was selten genug vorkam, einmal auf eine Party, wirkte er fehl am Platz, und auf Geburtstagsfeiern verbrachte er die meiste Zeit damit, daß er mit den Kindern spielte.

Er war ein Perfektionist und konnte in seiner Kritik von entnervender Hartnäckigkeit sein, wenn er einen Handel wieder und wieder in Zweifel zog, sich an irgendeiner Kleinigkeit festbiß und ein ums andere Mal dieselbe Frage stellte, um den jeweiligen Händler dazu zu drängen, den Handel für dumm oder idiotisch zu erklären. Trepp allerdings hatte ihm in fünf auf diese Weise angezweifelten Fällen bewiesen, daß er im Recht gewesen war, und ihn danach gebeten, er solle aufhören, an ihm herumzunörgeln, was Milken dann auch meistens unterließ.

Dahl fragte Milken einmal, warum er soviel kritisiere und nie jemanden lobe. »Wir haben nicht genug Zeit, um herumzusitzen und uns gegenseitig in den Himmel zu heben«, erwiderte Milken scharf. »Über unsere Erfolge brauchen wir nicht zu reden. Aber über unsere Fehlschläge müssen wir reden.«

In dieser Atmosphäre wurden freundliche Gesten, die andernorts nicht viel Aufsehen erregt hätten, zu Ereignissen, die sich ins Gedächtnis einprägten. Einmal erhielt Winnick, kurz bevor er zu einem der seltenen Urlaube nach Italien aufbrach, von Milken ein Bon-voyage-Päckchen mit einer beigelegten Karte, auf der ihm sein Boß eine gute Reise wünschte. Als er mit seiner Gruppe an die Westküste ging, gewährte Milken fast allen Angestellten ein Darlehen, damit sie sich ein Haus kaufen konnten. Als Dahl und seine Frau einmal ihren Hochzeitstag in Palm Springs feierten, gratulierte Milken mit einem Blumenstrauß und einer Karte: »Glücklichen Hochzeitstag. Mike und Lori.« Ein andermal machte Milken einen

Krankenbesuch, um dem sterbenden Bruder einer Hilfskraft des Büros finanzielle Unterstützung anzubieten.

Trepp staunte ständig darüber, mit welcher Besessenheit Milken Gewinne aus den Transaktionen preßte, und mußte ihn wiederholt daran erinnern, daß die Richtlinien für Wertpapierhändler nur einen Aufschlag von 5 Prozent erlaubten. Milkens Marktmacht war jedoch so groß, daß er regelmäßig Aufschläge von bis zu 25 Prozent forderte. Zu Trepps Aufgaben als Chefhändler gehörte es, die Trading-Tickets abzuzeichnen, und wenn er dabei auf ein Ticket stieß, das in seinen Augen allzu kraß war, ließ er es an Milken zurückgehen. Es kam jedoch vor, daß Milken den Handel trotzdem abschloß und jemand Trepps Initialen fälschte; wer, hat er nie herausbekommen.

Trepp drohte wegen ernster Bedenken gegen seiner Meinung nach unkorrektes Geschäftsgebaren mindestens viermal mit der Kündigung. Es kam jedesmal zu lautstarken Auseinandersetzungen mit Milken, die damit endeten, daß Milken klein beigab. Milken entließ nie einen seiner Angestellten. Er war von der Angst besessen, der Gefeuerte könnte Geheimnisse ausplaudern und das Ausmaß und den Erfolg seiner gewinnträchtigen Aktivitäten enthüllen.

Der Druck, unter dem alle standen, forderte auf verschiedene Weise seinen Preis. Peter Ackerman, der ursprünglich als Händler eingestellt worden war, wurde von Milkens bohrender Kritik einmal so in die Enge getrieben, daß er in Tränen ausbrach. Er gab schließlich den Handel auf und konzentrierte sich zunehmend auf die Pflege der Kundenbeziehungen, so daß er für Milken mehr als traditioneller Investmentbanker agierte. Zugleich handelte er sich die Verachtung und den Spott der anderen ein, da er sich Milken gegenüber zum Kriecher und Speichellecker entwickelte. Es trug ihm den Spitznamen »the Sniff« (der Schnüffler) ein, weil, wie ein Kollege es ausdrückte, »seine Nase dauernd in Mikes Arsch steckte«.

Trepp rauchte schließlich vier Schachteln Zigaretten am Tag. Ein anderer Händler begann Gummibänder zu kauen, und wieder ein anderer hatte ein ernstes Alkoholproblem. Bruce Newberg, der von vielen im Büro als brillanter Techniker angesehen wurde, mußte sich wegen Bluthochdruck behandeln lassen. Eines Tages bekam er einen hysterischen Wutanfall, weil mitten in einer wichtigen Besprechung mit einem Klienten die Telefonleitung unterbrochen worden war. Wie sich herausstellte, hatte er das Kabel durchgekaut.

Winnick erwarb sich den Ruf des Hypochonders der Firma, da er sich wiederholt ins Scripps Institute in San Diego in Behandlung begab, weil er glaubte, an einem Gehirntumor oder einer anderen schweren Krankheit zu leiden.

Der traurigste Fall ist vielleicht der von Cary Maultasch, der schwere psychische Probleme bekam und einen Psychiater aufsuchen mußte. Milken gestattete ihm schließlich, nach New York zurückzukehren, wo er sein Verbindungsmann im Hauptsitz von Drexel wurde – im Grunde sein Maulwurf. Er erledigte weiterhin Geschäfte für Milken, steckte aber am Ende jeden Tages alle Aufzeichnungen über Milkens Aufträge in den Reißwolf, damit niemand in New York Genaueres über dessen Aktivitäten erfuhr.

Milken mochte es nicht, wenn seine Händler und Verkäufer auf eigene Rechnung arbeiteten. Das war der Hauptgrund, aus dem er die Bildung mehrerer Investment-Partnerships innerhalb des Büros anregte, die die von ihm eröffneten Investmentmöglichkeiten nutzten. Private Geschäfte wurden verboten, aber es stand jedem Angestellten frei, einen gewissen Betrag, dessen Höchstgrenze individuell festgelegt wurde, in die Partnerships zu investieren. Je nach der Größe des persönlichen Investitionsrahmens konnten sie sich ins »A«-Team oder ins »B«-Team einordnen. Einige bevorzugte Angestellte, wie etwa Ackerman, erhielten sogar ihre Bonuszahlungen zum Teil in Form von Partnershipanteilen, und in einigen Fällen stellte Milken große persönliche Darlehen zur Verfügung, damit der jeweilige Angestellte seinen Investitionsrahmen ausschöpfen konnte.

Bald nach Dahls Ankunft in Kalifornien lud Milken ihn in sein Haus in Encino ein, wo sich Milken eine der seltenen Ruhepausen gönnte und sich mit Dahl an den Swimmingpool setzte. Er erzählte seinem Gast, daß ihn die Partnerships reich machen würden, warnte ihn aber davor, mit Geld um sich zu werfen, und riet ihm, sich kein großes Haus zu kaufen, jedenfalls jetzt noch nicht. Er würde noch genügend Zeit und Geld haben, um es später zu tun.

Solche Versprechen mußten ungeprüft hingenommen werden, da kaum jemand Zugang zu Partnership-Informationen hatte. Niemand wußte im voraus, wo das Geld investiert werden würde, und die in den Bürocomputern gespeicherten Angaben wurden so geändert, daß niemand außer Milken über die Handelsaktivitäten der Partnerships Bescheid wußte.

Die Kompensation für all den Druck und die Bevormundung bestand, wie sollte es anders sein, in Geld. Obwohl ihr Einkommen noch nicht in jene astronomischen Höhen vorgestoßen war, die es Mitte der 80er Jahre erreichen sollte, verdienten die Drexel-Angestellten in Los Angeles doch fünfmal soviel wie ihre Kollegen in der Wall Street. Dahl, zum Beispiel, gelangte schon in seinem zweiten Jahr in Los Angeles über die Millionengrenze. Milken selbst verdiente 1982, wovon damals noch niemand wußte, 45 Mio. Dollar.

Da man sich an Milkens Anweisungen hielt, gab es außerhalb des Büros kaum ein Anzeichen dafür, welche Reichtümer dort verdient wurden. Trepp kaufte sich zwar einen weißen Rolls Royce Corniche, aber Milken bestand darauf, daß er nicht mit ihm zur Arbeit fuhr. Milken selbst lebte vergleichsweise bescheiden. Seine Frau trug bei der Weihnachtsfeier jedes Jahr dasselbe schlichte, schwarze Samtkleid, und er fuhr einen nicht mehr ganz taufrischen gelben Mercedes, den er Dahl verkaufte, als er 80000 Meilen gelaufen war. Als Armand Hammer, der berühmte Industrielle, der einer von Milkens und Drexels wichtigsten Klienten wurde, das Büro besuchte, servierte ihm Milken Kaffee in einem Styroporbecher. Der einzige Schmuck im Büro waren gerahmte Olympiaposter.

Milken machte gesellschaftlich mit Absicht keinerlei Aufhebens von sich, weder im Umfeld von Hollywood noch in der Geschäftswelt. Seine Lektüre bestand fast ausschließlich aus Researchberichten, Subskriptionsanzeigen und anderen finanziellen Dokumenten. Seine Kollegen im Büro waren jedesmal verblüfft über seine Weltferne, wenn sie feststellten, wie wenig er über Kunst, Literatur, Politik oder auch nur die aktuellen Tagesereignisse außerhalb seiner unmittelbaren Interessensphäre wußte.

Als Winnick, Dahl und einige andere Händler Robert Ludlums 1979 erschienenen Thriller *Der Matarese-Bund* lasen, waren sie erstaunt über die Ähnlichkeit einer der Hauptpersonen mit ihrem Boß. Der Roman ist ein typischer Ludlum, eine phantastische, unwahrscheinliche, aber äußerst spannende Geschichte über einen Welteroberungsplan mittels multinationaler Konzerne. Im Mittelpunkt der Verschwörung steht ein brillanter, machtbesessener Finanzier, der auf die Vorstellung der Weltherrschaft fixiert ist. Er heißt Nicholas Guiderone, wird aber im Buch meist nur »der Hirte« oder »Hirtenjunge« genannt, da er als solcher in Korsika aufgewachsen war. Seine Gefolgsleute sind ihm gegenüber derartig loyal, daß sie bereitwillig ihr Leben drangeben, um seine Vision der Welteroberung zu verwirklichen.

»Ich habe von ihm gehört«, sagt eine der Hauptgestalten des Buchs. »Ein Carnegie oder Rockefeller unserer Zeit, nicht wahr?«

»Mehr. Viel mehr«, erwiderte sein Gesprächspartner. »Die Geneens, die Lucas', die Bluedhorns, und wie die Wundertäter von Detroit und Wall Street sonst noch alle heißen, können Guiderone nicht das Wasser reichen. Er ist der letzte der Giganten, ein wahrhaft großer Monarch der Industrie und der Finanz. (...) Wahrscheinlich könnte man das als den fleischgewordenen amerikanischen Traum bezeichnen.«

Milkens Untergebene begannen ihn daraufhin »the Shep« (von *shepherd* = Schäfer, Hirte) zu nennen, und der Spitzname blieb an ihm haften. Winnick gab Milken ein Exemplar von Ludlums Buch und wartete gespannt darauf, wie er reagieren und ob er die Ähnlichkeit der zentralen Figur mit ihm selbst bemerken würde. Aber soweit Winnick es sagen konnte, hat Milken das Buch nie gelesen.

1979 trat auch eine Veränderung ein, die viele der Angestellten, was das Arbeitsklima im Büro betraf, als Wende zum Schlechteren betrachteten: Milken holte seinen jüngeren Bruder Lowell in die Firma. Lowell war Anwalt und vorher Teilhaber der Anwaltskanzlei Irell and Manella gewesen, wo er sich aufs Steuerrecht spezialisiert hatte. Milkens Beziehung zu seinem Bruder war sowohl durch heftige Konkurrenz – er schien versessen darauf zu sein, ihn im Tennis zu schlagen – als auch durch den Drang, ihn zu beschützen, gekennzeichnet. Lowell wurde nach Ansicht seiner neuen Kollegen eingestellt, um Milken von der Aufsicht über die Aktivitäten der Partnerships zu entlasten und die Steuererklärungen abzufassen, und es stieß vielen von ihnen bitter auf, daß Milken offenbar nur einem engen Familienangehörigen soviel Vertrauen entgegenbrachte, um ihm diese Aufgabe zu übertragen.

Lowell schien seinem Bruder in puncto Arbeitseifer in nichts nachzustehen, zeigte aber nie eine Spur jener Warmherzigkeit, die manchmal bei Milken aufblitzte. Er hatte den Verstand eines Anwalts, dessen analytische Kälte einen scharfen Kontrast zur Leichtlebigkeit der Händler und Verkäufer in Milkens Büro bildete. Und dabei blieb es auch, denn er hielt sich von den anderen eher fern. Er ließ sogar in seinem Büro eine zusätzliche Tür einbauen, um den Gang durch den Handelsraum zu vermeiden. Sein Büro war mit den eigens angefertigten Holzpaneelen und den Kunstwerken an den Wänden im übrigen für Drexel-Verhältnisse geradezu üppig ausgestattet. Wenn jemand anders als Milken es betrat, drehte er die Papiere auf seinem Schreibtisch hastig um, damit niemand sie einsehen konnte. Einige der Händler machten sich daraufhin einen Spaß daraus, ebenfalls ihre Papiere umzudrehen, wenn er an ihren Schreibtischen vorbeikam. Typisch für ihren rauhen Humor war es auch, daß sie eine von Lowells nervösen Angewohnheiten nachahmten, indem sie sich, sobald er ihnen den Rücken zukehrte, an den Schritt faßten.

Als jemand, der nie eine Gelegenheit ausließ, Profit zu machen, war Lowell auch maßgeblich am Umzug der Drexelschen Westküstenfiliale von Century City nach Beverly Hills beteiligt – in ein Haus am Wilshire Boulevard unweit des Rodeo Drive, das er gemeinsam mit seinem Bruder erworben hatte. Es war eine kluge Investition. Einerseits gelangte Drexel durch die Anmietung der Büroräume in den Genuß von Steuerersparnissen, und andererseits war es so gut wie sicher, daß der Wert der Immobilie steigen würde. Das Gebäude lag nur einen Katzensprung vom eleganten Beverly Wilshire Hotel entfernt, und gleich um die Ecke befanden sich solche schicken Boutiquen wie Giorgio und Bijan.

Das Innere des neuen Bürogebäudes entsprach jedoch ganz Milkens Geschmack: Nichts deutete auf den Glitzer und Glamour der Umgebung hin. Das Herzstück des Büros war ein großer X-förmiger Handelstisch, in dessen Mitte, in bequemer Nähe zur wachsenden Zahl seiner Helfer an den vier Achsen des X, Milken residierte. Der Tisch war mit dem Modernsten ausgerüstet, was die High-Tech-Industrie an Kommunikationsmitteln und Datenverarbeitungsgeräten zu bieten hatte. Ansonsten war die Büroeinrichtung eher spartanisch. Nur die Adresse – 9560 Wilshire Boulevard, Beverly Hills – hatte Klasse.

Einige Zeit nach Lowells Eintritt in die Firma verteilte er an rund ein Dutzend Angestellte versiegelte weiße Kuverts, die eine Aufstellung der Darlehen, die Milken ihnen zum Kauf ihrer Häuser gewährt hatte, und der seither angefallenen Zinsen sowie die Aufforderung enthielten, die Schulden unverzüglich zu begleichen. Von da an wurde Lowell allgemein als Milkens Mann fürs Grobe betrachtet, und im Büro begannen boshafte Geschichten über ihn zu kursieren, insbesondere über die Beziehung zu seiner Frau.

An einem Nachmittag im Jahr 1981 brach Milken am Handelstisch mitten bei der Arbeit bewußtlos zusammen. Trepp, Dahl, Winnick und den anderen, die sich in der Nähe aufhielten, fuhr der Schreck in die Glieder; sie befürchteten, ihr Goldesel hätte einen Herzanfall erlitten. Sie riefen nach Lowell, der aus seinem Büro trat, einen Blick auf den bewußtlos daliegenden Milken warf, auf dem Absatz kehrt machte und, ohne ein Wort zu sagen, wieder in seinem Büro verschwand. Die Leute im Handelsraum starrten ihm verdutzt nach. Milken erholte sich bald wieder, ohne irgendwelche Nachwirkungen von dem mysteriösen Vorfall zurückzubehalten.

Aber wie groß die Spannungen auch gewesen sein mochten, im Vergleich mit dem Geld, das Milken erwirtschaftete, erschienen sie winzig und vernachlässigbar. Milken achtete darauf, daß seine Angestellten jedes Jahr mehr Geld verdienten als im vorangegangenen. Im großen und ganzen fand denn auch jeder etwas an Milken, das ihm sympathisch war.

Wenn man bedenkt, wie sehr die meisten seiner Angestellten von dem

Verlangen angetrieben wurden, viel und immer mehr zu verdienen, ist es erstaunlich, daß ihnen allen klar war, daß Milken selbst Geld allein wenig bedeutete; ihm ging es um das, was man mit Geld tun konnte. Eines Tages, noch in Century City, sagte Milken in einem Gespräch mit Winnick, daß es sein Traum sei, sein Geschäftsvolumen auf das Zehnfache zu steigern, von 3 Mrd. auf 30 Mrd. Dollar. Dann drehte er sich zum Fenster um, das einen Ausblick über den westlichen Teil von Los Angeles bis hin zum Pazifik bot, und fragte: »Was, meinen Sie, würde es kosten, sämtliche Häuser von hier bis zum Meer zu kaufen?«

Milken hätte seine Ziele erreichen können, indem er einfach nur fortfuhr, sein Übergewicht auf dem Markt der Sekundärangebote und Emissionen neuer Junk-bonds zu nutzen. In Los Angeles hatte er sich zusätzlich zu seiner New Yorker Klientel einen neuen Stamm von Junk-bond-Kunden aufgebaut. Zu denen, die ihm am nächsten standen, gehörte Thomas Spiegel, der Chef der Columbia Savings and Loan (Spar- und Darlehenskasse). Spiegel verehrte Milken. Er hatte den gleichen ausdauernden Arbeitsstil wie Milken, und sein Büro hing bald voller Fotos, auf denen er zusammen mit Milken und dessen Frau in Restaurants oder auf Partys zu sehen war.

Charles Keating, der Chef der aufstrebenden Lincoln Savings and Loan, war eine andere Schlüsselfigur. Milken und Keating sprachen oft miteinander über ihre Familien und bestätigten sich gegenseitig darin, daß die Familienbande die einzigen wahren Bindungen im Leben wären.

Am nächsten stand Milken wahrscheinlich Fred Carr, der Chef der Executive Life Insurance Co. (Beamtenpensionskasse). Carr war ein cleverer Geschäftsmann, der als einer der ersten Milkens Theorie der in den Junk-bonds steckenden Möglichkeiten gefolgt und zu einem seiner begeisterten Anleger geworden war. Sehr zum Erstaunen seiner Mitarbeiter ging Milken jeden Freitagnachmittag die Aufstellungen der Portefeuilles von Carr und Drexel durch und schob dann, ohne Carr zu konsultieren, nach eigenem Gutdünken Positionen zwischen den beiden Konten hin und her. Im Gegensatz dazu machte Milken zum Beispiel kein Geheimnis daraus, daß er Charlie Knapp, den Chef der Financial Corporation of America, für einen »Trottel« hielt.

Aber Milken war es nicht genug, einfach nur die gewaltige Kaufkraft anzuhäufen, die ihm große Spar- und Darlehenskassen oder Versicherungsgesellschaften boten; auch die vielen neuen Möglichkeiten im Geschäft mit den Spar- und Darlehenskassen nach den Erleichterungen durch die neuen Bundesgesetze reichten ihm nicht. Junk-bonds waren an und für sich schon enorm gewinnträchtige Papiere. Aber sie konnten vor einen noch weit gewichtigeren Karren gespannt werden. Milken sah deutlich, was sich in der amerikanischen Finanzwelt vorbereitete. Er hörte darüber von seinen Klienten, etwa von Carl Lindner oder Saul Steinberg. Das große Geld steckte im Kampf um die Herrschaft über Konzerne, in Fusionen und Übernahmen und zunehmend in einer Variante, bei der staatliche Unternehmen in private Hand übergingen. Und Kontrolle über Unternehmen bedeutete Macht.

Es war klar, daß es nur eine Frage der Zeit sein konnte, bis Milken, nachdem er seinen Finanzierungsapparat in aller Stille zu einer riesigen, Geld ausspuckenden Maschine hochgepäppelt hatte, die Übernahmeszene betreten würde. Dann, so sagte er Trepp oft, würde es keinen Deal geben, den er nicht ausführen könnte, und kein Unternehmen, das groß genug wäre, um sich nicht vor seiner Macht fürchten zu müssen. »Wir werden GM, Ford und IBM aus den Angeln heben«, verkündete er mit fast grimmiger Entschlossenheit. »Kriechen werden sie vor uns.«

2

Robert Wilkis sah sich in dem gedrängt vollen Saal hoch oben im Hauptsitz von Citicorp in Manhattan um. Nie zuvor hatte er eine solche Ansammlung junger WASPs gesehen. Hatte es sie denn alle ins Bankgeschäft gezogen, so wie Lachse, ihrem Instinkt folgend, flußaufwärts schwammen? Die Cocktailparty zum Einstand der Neulinge des Jahres 1977 hatte sein Gefühl der Isolation und Andersartigkeit bisher nur noch verstärkt. Er hatte gerade dem Präsidenten von Citicorp, dem legendären Walter Wriston, die Hand geschüttelt. Aber Wriston hatte kaum Notiz von ihm genommen; er war zu sehr damit beschäftigt gewesen, das Plastiknamensschild des nächsten Angestellten in der Reihe zu entziffern. Wilkis hatte geseufzt und war zur Bar zurückgegangen, um sich einen neuen Drink zu holen.

Dann entdeckte er jemanden, der sogar noch deplazierter wirkte, als er selbst sich fühlte. Der Typ stand allein, und er war, anders als die meisten anderen, die wie frühere Ivy-League-Athleten aussahen, übergewichtig, hatte etwas längere Haare und einen dunklen Schnurrbart. Wilkis schob sich näher an ihn heran und las den Namen auf dem Plastikschild: Dennis Levine.

»Was macht ein netter jüdischer Junge wie du an einem Ort wie diesem?« eröffnete Wilkis das Gespräch. Aber wie sich herausstellte, hatten sie außer ihrer jüdischen Herkunft wenig gemeinsam. Wilkis war groß und schlank und hatte trotz all seiner Unsicherheit einen beneidenswerten Lebenslauf aufzuweisen. Bevor er zur weltweit operierenden Citibank stieß, wo er mit hochkarätigen internationalen Kreditgeschäften beschäftigt war, hatte er bei der Weltbank gearbeitet. Außerdem hatte er einen Sommer als Praktikant im Finanzministerium verbracht. Er war weltgewandt und kultiviert, hatte im Ausland gelebt und war weitgereist. Er besaß einen Harvard-Abschluß, war mit einer aus Kuba stammenden Frau verheiratet und sprach fünf Fremdsprachen fließend: Französisch, Deutsch, Italienisch, Arabisch und Hebräisch.

Levine dagegen arbeitete in einem Geschäftsbereich, der »Unternehmensberatung« genannt wurde und von dem nicht einmal er zu wissen schien, welche Aufgabe er hatte. Dafür aber verfügte er über viel freie Zeit, in der er versuchte, sich in andere Unternehmensgeschäfte hineinzumogeln. Er war in einer jüdischen Mittelklassegegend in Queens geboren und aufgewachsen, wenig gereist und mit seinen Leistungen am Baruch College, einem Teil der City University von New York, nicht über das Mittelmaß hinausgekommen.

Dennoch hatten Levine und Wilkis eine Menge Gesprächsstoff gefunden. Ihre Büros im Hauptsitz von Citicorp in der Park Avenue 399 lagen nicht weit voneinander am selben Flur, und Wilkis rechnete damit, daß er bald wieder von Levine hören würde. Es war etwas an ihm – etwas wie eifrige Herzlichkeit, die fast greifbare Sehnsucht danach, gemocht zu werden –, das einen für ihn einnahm.

Wilkis' Erwartung wurde bald erfüllt. In der Woche nach der Party kam Levine eines Morgens in sein Büro, fragte, woran er arbeite, und schlug, ohne ihm Zeit für eine Antwort zu lassen, vor: »Komm, gehen wir einen Kaffee trinken.«

»Ich kann nicht«, erwiderte Wilkis. »Ich muß zusehen, daß das Zeug hier zu einem Klienten kommt.«

»Oh, scheiß auf deine Klienten«, sagte Levine. Dann grinste er abschätzig und ging hinaus.

Wilkis war wie vor den Kopf gestoßen. Sein Pflichtgefühl grenzte fast schon an einen Charakterfehler. Es wurzelte, wie er sich oft sagte, vermutlich in der orthodoxen hebräischen Schulung, die er als Kind in Baltimore genossen hatte.

Am nächsten Tag war Levine wieder da und erhöhte den Einsatz: »Laß uns nach dem Mittagessen abhauen.« Als er sah, daß Wilkis erschrocken zurückzuckte, fügte er hinzu: »Du weißt, daß dir langweilig ist.«

Wilkis langweilte sich tatsächlich, und er hatte ein zwiespältiges Gefühl seinem Leben und seinem Beruf gegenüber. Er war 28 Jahre alt (drei Jahre älter als Levine), und bevor er an die Stanford Business School gegangen war, hatte er nie daran gedacht, in der Wall Street zu arbeiten. Politisch hatte er immer links gestanden, und er hielt sich auch jetzt noch für sehr liberal. Nach dem College hatte er in einer öffentlichen Schule in Boston behinderte Kinder unterrichtet.

Er hatte zwar einen Weg zu einer höher bezahlten Arbeit gesucht, als er sich bei der Business School bewarb, aber sobald er angenommen war, hatte er sie gehaßt. Er war wütend auf sich gewesen, weil er das Gefühl hatte, sich zu verkaufen. Er wäre in der Buchführung beinahe durchgerasselt, und er hatte für die meisten seiner Klassenkameraden nur Verachtung übrig, die in seinen Augen »Trottel« waren, die doch »tatsächlich

Buchhalter werden wollten«. Gleichzeitig befürchtete er, selbst zum Spießer werden zu müssen, wenn er überleben wollte. Es war, auch wenn er sich letzten Endes gut aus der Affäre zog, ein ziemlicher Schlag für sein Selbstbewußtsein gewesen.

Als er 1977 seinen Abschluß machte, war seine Frau schwanger. Seine Mutter lag in Scheidung und hatte finanzielle Probleme. Und er war pleite. Seine Klassenkameraden fanden einer nach dem anderen einträgliche Stellungen, und als Citicorp ihm ein Angebot machte, griff er zu. Er hatte die vage Vorstellung gehabt, irgendwie auf dem Gebiet der internationalen Beziehungen arbeiten zu können.

Aber Citicorp hatte in ihm bislang nur Widerwillen hervorgerufen. Die Bank war eine Schlips-und-Kragen-Version der Armee, und er war im Rekrutenlager gelandet, wo er von Dienstvorschriften eingeengt wurde, die ihm so gut wie jede seiner Bewegungen vorschrieben. Seine Arbeitsumgebung war unpersönlich. Außer Dennis Levine zeigte niemand ein Interesse daran, sich mit ihm abzugeben. Levines Interesse allerdings erwies sich als ausgesprochen intensiv.

Levine war abwechselnd schmeichlerisch – etwa wenn er mit spöttischem Ernst fragte: »Du warst in Harvard und läßt dich trotzdem dazu herab, mit mir zu reden?« –, verschwörerisch – »Du weißt, wir sind nur zwei nette jüdische Jungen in einer feindseligen WASP-Umgebung« –, kämpferisch – »Zum Teufel mit dem System! Zum Teufel mit dem Boß!« –, und philosophisch. Er nannte Wilkis einen »rosaroten Salonkommunisten«. »Weißt du, was dein Problem ist?« fragte er ihn einmal rhetorisch. »Du machst dir zuviel Gedanken über die Grauzonen des Lebens. Darin unterscheiden wir uns. Ich habe klare, eindeutige Ziele. Du nicht.«

Wilkis hatte selten jemanden getroffen, der so aufrichtig über seinen beruflichen Ehrgeiz sprach wie Levine. Noch am Baruch College, erzählte ihm Levine, sei er auf ein Buch mit dem Titel *The Financiers* gestoßen, in dem die Welt des Investment banking beschrieben wurde. Besonders gefesselt hätten ihn damals die Passagen über den Lebensstil der Banker, ihre teure Kleidung, die maßgeschneiderten Anzüge, die Autos und Häuser. Er hätte bis dahin nicht einmal gewußt, daß es diese Welt gab.

Levine war in Bayside großgeworden, einem Teil von Queens, der mit seinen stereotypen Backsteinhäusern den Hintergrund für eine Familienserie des Fernsehens hätte abgeben können. Er war der jüngste von drei Söhnen; seine Mutter hatte es nie verwunden, daß ihre einzige Tochter im Alter von fünf Jahren gestorben war. Sein Vater, Philip Levine, handelte mit Hausverkleidungen aus Aluminium und Vinyl. Banken waren ihm suspekt; er wollte keine Belege über seine Geschäftsführung haben, die von der Steuerbehörde, wie er glaubte, nur gegen ihn verwendet werden würden. Er besaß nicht einmal ein Girokonto und sammelte seine Rente in bar unter seinem Bett an.

Dennis tat sich in der High School in keiner Hinsicht hervor, war aber in einer kleinen Gruppe von Freunden recht beliebt; mit einigen von ihnen hing er auch nach dem Schulabschluß noch in Queens herum. Aber die Vorstellung, sein restliches Leben womöglich in dieser Gegend verbringen zu müssen, hatte ihm nicht behagt, und so hatte er sich am kostenfreien Baruch College beworben, wo er sich bald von seinen Klassenkameraden abhob, indem er fast jeden Tag in Schlips und Jackett zum Unterricht erschien. Er schmeichelte sich bei seinen Professoren ein, weil er meinte, diese »Beziehungen« wären nötig, um den Sprung in die Wall Street zu schaffen. Im letzten Jahr bewarb er sich bei jeder Investmentbank in der Wall Street – und erhielt von allen eine abschlägige Antwort. Die Schuld daran gab er ausschließlich der Tatsache, daß er keinen einwandfreien Ivy-League-Stammbaum aufzuweisen hatte. Er war verbittert.

Wilkis dagegen, der sich als kultiviert und gebildet betrachtete – sein Hauptinteresse galt der großen Literatur –, hatte sich nie benachteiligt gefühlt, nur weil er Jude war, und er sah die Welt auch nicht als feindselig an. Dennoch konnte er sich in Levine einfühlen. Sie hatten beide ein Elternteil verloren, während sie auf dem College waren, Levine seine Mutter und Wilkis seinen Vater, und Levine wurde nicht müde, immer wieder dasselbe Lied anzustimmen: daß sie, wenn sie zusammenarbeiteten, triumphieren könnten. Aber vor allem war Wilkis einsam – trotz seiner Frau Elsa und der gerade geborenen Tochter –, und das gab wahrscheinlich den Ausschlag.

Eines Tages erzählte Levine seinem Freund, er hätte eine junge Frau namens Laurie Skolnick kennengelernt, und verstörte Wilkis, der für feministische Forderungen empfänglich war, mit der Feststellung, daß er sie »besitzen« wolle. Wilkis nahm später an der Hochzeit teil. Laurie war blond, von heiterem Wesen und eine Jüdin, die nach eigener Aussage an die »traditionelle« Ehe glaubte: Levine würde den Lebensunterhalt verdienen und sie den Haushalt besorgen. Sie sprach mit ausgeprägtem New Yorker Akzent. Wilkis sagte Levine zwar nichts davon, aber er fühlte sich von der Hochzeitsfeier abgestoßen, die er als vulgäre Zurschaustellung schlechten Geschmacks ansah. Außerdem hatte er den Eindruck, daß die meisten von Levines Freunden etwas mit Drogen zu tun hatten. Das war eine Welt, die Lichtjahre von derjenigen entfernt war, in der Wilkis und seine Harvardfreunde lebten.

Merkwürdigerweise schien dieses Erlebnis Wilkis' Mitgefühl für Levine aber nur noch zu verstärken. Ihm war, als stellte er für Levine so etwas wie einen Rettungsanker dar. Levine vertraute ihm, wenn sie zusammen ausgingen, was immer häufiger der Fall war, seine innersten Gedanken und Absichten an. Eines Abends machte er die etwas rätselhafte Bemerkung: »Ich weiß seit meiner Bar mitzvah, daß es einen inneren Weg gibt und daß Informationen der Schlüssel zu ihm sind.« Oft erzählte er Wilkis auch von seinem »Traum der Träume: dem berauschenden Allmachtsgefühl, am 12. September das *Wall Street Journal* vom 13. September lesen zu können«.

Wilkis maß diesen Gedankenspielen nicht viel Bedeutung bei. Levine schien beim Besteigen der Informationsleiter nur wenig Erfolg zu haben. Angesichts seines Verhaltens und seiner ständigen Abwesenheit im Büro war es nicht verwunderlich, daß er im nächsten Jahr nicht befördert wurde, als er und Wilkis' Jahrgang der neuen Angestellten bei der jährlichen Prüfung ihrer Leistungen an die Reihe kamen. Wilkis wurde es. In seiner neuen Position hatte er unter anderem Zutritt zur Kantine für leitende Angestellte, so daß er nicht mehr in die Cafeteria für die Masse der Angestellten gehen mußte. Levine war außer sich und lag Wilkis ständig in den Ohren, ihn als Gast mitzunehmen. Bis er ihn um etwas bat, das gegen die Vorschriften der Bank verstieß: Wilkis sollte ihm einen Ausweis besorgen, mit dem er auch allein in die Kantine kam. Nach einigem Zaudern tat ihm Wilkis den Gefallen.

Kurz nachdem er zur Citibank versetzt worden war, bewarb sich Levine bei 25 New Yorker Investmentbanken erneut um eine Anstellung. Diesmal fiel eine der Antworten positiv aus, und er wechselte zu Smith Barney, Harris Upham & Co. Gleich in der ersten Woche rief er bei Wilkis an und gab ihm einen Aktientip.

»Kauf einfach«, sagte er eindringlich. »Und stell keine Fragen.« Wilkis kaufte also einige hundert Aktien, deren Kurs wenig später steil anstieg. »Siehst du, Bob«, sagte Levine daraufhin. »Ich werde mich schon um dich kümmern.«

Levines Möglichkeiten, an Insiderinformationen zu gelangen, wurden bald erheblich eingeschränkt, da er in die Pariser Filiale von Smith Barney versetzt wurde. Wilkis beneidete ihn. Er wollte in die internationale Arbeit und hätte Paris als Bombenjob angesehen. Levine jedoch interessierte sich nicht oder nur wenig für ausländische Angelegenheiten. Er verkaufte von Frankreich aus Eurobonds an Klienten überall in Europa, weshalb er ständig zwischen den europäischen Finanzzentren hin- und herreisen mußte. Er lebte mit seiner Frau in einem großzügigen Appartement seiner Firma in der Avenue Foch im vornehmen 16. Arrondissement von Paris. Und trotzdem bekam Wilkis in Levines regelmäßigen Telefonanrufen kaum etwas anderes als Klagen zu hören, besonders über seine Frau.

»Sie steht meiner Karriere im Weg«, jammerte er. Laurie fühlte sich, aus ihrem bequemen Leben in Queens herausgerissen, in Paris allein. Sie kränkelte und mußte schließlich in ein Krankenhaus gehen. Levine selbst war alles andere als glücklich auf seinem Posten. Es frustrierte ihn, daß er vom »Handelsstrom« im Hauptsitz von Smith Barney in New York abgeschnitten war. Obwohl er als kleiner Angestellter in der Unternehmensfinanzierung kaum etwas anderes getan hatte, als Kursentwicklungen zu analysieren, gab er Wilkis gegenüber damit an, daß er praktisch über jedes in der Firma vorbereitete Geschäft Bescheid wußte. Er sagte, er hätte sich die Fähigkeit angeeignet, die Papiere auf den Schreibtischen seiner Kollegen verkehrt herum zu lesen.

Wilkis verließ unterdessen die Citibank und nahm eine Stelle bei Blyth Eastman Dillon an, einer der alten, etablierten WASP-Firmen, die eine neue internationale Handelsbank gegründet hatte. Er hatte geglaubt, die neue Bank würde Entwicklungsprojekte in der dritten Welt finanzieren, fand sich statt dessen aber in einem in der Firma tobenden internen Machtkampf wieder. Levine gegenüber beklagte er sich darüber, daß er weder reiste noch sonst irgend etwas von dem erreichte, worauf er gehofft hatte. Er solle die internationale Arbeit vergessen, riet ihm Levine, und sich der M&A zuwenden.

»Ich verstehe dich nicht«, sagte Levine aufgeregt. »Wieso willst du den Niggern und Latinos helfen? Was willst du mit diesem Dritte-Welt-Mist?« Dann schlug er einen anderen Ton an. »Bob, du bist mein Freund. Ich möchte, daß es dir gut geht. Du bist so naiv. Die Wall Street wird dich fressen. Niemand da kümmert dieser linke Quatsch von dir. Man wird dich benutzen. Du mußt an dich selbst denken, und an deine Familie. Du mußt mehr für deine Mutter tun.« Es war eine neue Variation von Levines Wir-gegen-den-Rest-der-Welt-Thema, die mit der Feststellung schloß: »Ich bin der einzige, dem du vertrauen kannst.«

Wilkis hielt sich jedoch nicht an Levines Rat und wechselte bald darauf in die internationale Abteilung von Lazard Frères, der kleinen, aber feinen Investmentbank, deren bekanntester Banker Felix Rohatyn ist. Levine nahm es mit Unwillen zur Kenntnis und fuhr fort, Wilkis wegen seiner Karriereplanung zu kritisieren. Aber er konzentrierte sich zunehmend auf sein eigenes Fortkommen, oder dessen Ausbleiben, bei Smith Barney.

Jedesmal, wenn Levine einen Abstecher nach New York unternahm, schaute er bei J. Tomilson Hill III. vorbei, um sich für eine Versetzung in die M&A-Abteilung zu empfehlen. Hill war von First Boston, einer der größten Firmen im M&A-Geschäft, zu Smith Barney gekommen. Er war weltgewandt und gebildet, hatte geschliffene Manieren und trat, mit streng zurückgekämmten Haaren, stets in tadellos sitzenden, eleganten Maßanzügen auf. Manche betrachteten ihn zwar als kalt oder sogar arrogant, aber seine Klienten schätzten ihn als erfahrenen, effizienten und professionellen Berater. Als er zu Smith Barney kam, hatte die Firma gerade mit Harris Upham fusioniert. Es war einer der vielen Zusammenschlüsse, die durch die Aufhebung der festen Provisionssätze für Broker erzwungen worden waren. Smith Barneys Stärke lag im Filialgeschäft mit Kleinkunden und in der Research, und wie Burnham & Co. hatte die Firma einen starken Einbruch der Profitabilität in diesen Geschäftsbereichen erlebt. Harris Upham hatte sich besonders auf Kommunalobligationen und steuerfreie Wertpapiere verlegt. Eine Abteilung für Unternehmensfinanzierung besaß keine der beiden Firmen, ganz zu schweigen von einer M&A-Abteilung, und das war der Grund, weshalb Hill angeheuert worden war: um sie aufzubauen.

Dafür brauchte er Leute, und er sah in Levine jemanden, der sich vorteilhaft von all den Harvard- und Stanford-Abgängern unterschied, die sich für Gottes Geschenk an die Welt hielten. Dieser Levine schien ein rühriger Typ zu sein. Er war auf städtische Schulen gegangen, und wenn er es trotzdem so weit gebracht hatte, mußte er irgend etwas richtig gemacht haben. Hill versprach sich von ihm das, was er »hybride Tatkraft« nannte.

Er rief also bei Levines Vorgesetzten in Paris an, die ihn als aggressiv und »hungrig« beschrieben, als jemanden, der schnell vorwärtskommen wolle, äußerst extravertiert sei, neue Geschäftssituationen liebe und gut mit Klienten umgehen könne. Er habe keinerlei Hemmungen, zum Telefon zu greifen, um bereits vorhandenen Klienten schön zu tun oder neue zu angeln. Es war eine vielversprechende Auskunft.

Schließlich, im Sommer 1979, kam Hill Levines Wunsch nach und holte ihn in seine M&A-Abteilung nach New York. Levine war begeistert. Er feierte das Ereignis mit Wilkis in einem Restaurant in Manhattan. »Wer zahlt?« fragte er seinen Freund. »Du? Oh, gut. Ober! Wir nehmen den 71er Chateau Talbot.« Er wollte Wilkis mit seinen neuerworbenen Kenntnissen über feine französische Weine beeindrucken. Als sie auf Levines Rückkehr anstießen, beugte er sich vor und sagte geheimnistuerisch: »Ich spiele jetzt bei den Großen mit.«

»Was meinst du damit?« fragte Wilkis.

»Für jemanden, der in Harvard war, bist du nicht gerade helle«, erwiderte Levine. »Kannst du dir das nicht vorstellen? Gut, ich will dir einen Wink geben. Welche Gebirge gibt es in Europa?« Er hielt inne, während Wilkis ihn verdutzt ansah. Dann enthüllte er sein Geheimnis: »Bob, ich habe mich etabliert. Ich habe ein Bankkonto in der Schweiz.«

Wilkis war immer noch verwirrt; er hatte immer gedacht, nur Gangster hätten Konten in der Schweiz. »Na und?« fragte er.

Levine weigerte sich, mehr zu sagen. »Wenn du nicht von selbst darauf kommst, ich werde es nicht aussprechen.« Wilkis' Mangel an Begeisterung schien ihn zu enttäuschen.

Levine hatte jedoch einen Schwachpunkt, der bald nachdem er in der M&A-Abteilung angefangen hatte, offenbar wurde: seine beschränkten mathematischen Fähigkeiten. M&A-Arbeit erfordert eine detaillierte Ermittlung des diskontierten Cashflow. Um den richtigen Preis der oft gewaltigen Transaktionen herauszufinden, muß aus verschiedenen Gesichtspunkten eine Bewertung einzelner Geschäftssegmente durchgeführt werden, die meistens von den untergeordneten M&A-Angestellten erledigt wird. Hill fiel rasch auf, daß Levine seine Gruppe stets so organisierte, daß jemand anders die Berechnungen anzustellen hatte. Levine war ein Vielredner und verschaffte sich damit ein gewisses Ansehen innerhalb der noch in den Anfängen steckenden Abteilung; aber Hill hatte immer stärker das Gefühl, daß Levine, wie er es ausdrückte, ein »Klugscheißer« war.

Er erkundigte sich unter der Hand hinsichtlich verschiedener Geschäfte, wer welche Arbeit erledigte, und erfuhr, daß ein junger Praktikant von der Harvard Business School, Ira Sokolow, den größten Teil der Berechnungen für Levine übernahm. Anders als Levine, war Sokolow still und beflissen, ein Perfektionist, der alles peinlich genau nahm. Eifrig bemüht, einen guten Eindruck zu machen, war er für Levine eine leichte Beute: Er arbeitete, ohne sich zu beklagen, bis in die Nacht hinein oder an den Wochenenden, wann immer Levines Aufträge es erforderten.

Schließlich rief Hill Levine zu sich. »Mich halten Sie nicht zum Narren«, sagte er ihm und fügte hinzu, daß er in der Abteilung niemals aufsteigen werde, solange er diese grundlegenden Fähigkeiten nicht beherrsche.

»Aber meine Rolle ist wichtiger«, wandte Levine ein. »Das andere kann doch jeder tun.«

»Dennis, Sie wollen rennen, bevor Sie kriechen können«, hielt Hill dagegen. »Sie müssen sich Ihre Sporen verdienen. Die meisten Profis können in einer kritischen Situation nur deshalb schnell und klug reagieren, weil sie vor zehn, fünfzehn Jahren bis spät abends an Kalkulationen gesessen haben.«

Aber Levine nahm sich Hills Worte nicht allzusehr zu Herzen. Als Hill ihm bei der Provisionsabrechnung dieses Jahres sagte, daß er einschließlich seines normalen Gehalts rund 100000 Dollar verdient habe, erregte sich Levine darüber, daß er nicht der bestbezahlte Angestellte seines Dienstalters war. »Dennis«, sagte Hill daraufhin, »Sie verhalten sich nicht gerade wie jemand, der bereit ist zu lernen. Sie glauben offenbar, die Welt wäre voller Narren. Aber Sie irren sich.«

Levine beklagte sich bei Wilkis darüber, daß Smith Barney voller WASPs sei, die ihn nicht zu schätzen wüßten, besonders Hill, sein Boß. »Hill ist ein Antisemit«, sagte er.

»Das ist lächerlich«, meinte Wilkis. »Er mag dich einfach nicht.«

Levine schien sich ständig mit der Höhe seiner Provisionen zu befassen. Jedenfalls tauchte er regelmäßig bei Hill auf, um sich zu vergewissern, daß er ihn neu einstufen würde, sobald er seine Schwäche behoben hatte, und nachzufragen, warum er nicht schneller aufstieg. Hill betrachtete es als Anzeichen eines gesunden Interesses am eigenen Fortkommen, auch wenn Levine ihm weit mehr auf die Nerven fiel als sonst jemand aus der Abteilung. Es zeigte, daß Levine aggressiv war, und M&A war ein Geschäft, das seiner Meinung nach Leute erforderte, die besessen waren. Was ihm ein wenig Sorgen bereitete, war Levines Neigung, seine Fähigkeiten und seine Rolle in der Firma zu überschätzen.

Doch dann gelang Levine etwas, das er als Triumph ansah. Während sich die anderen Angehörigen der Abteilung mit ihren Kalkulationen beschäftigten, konzentrierte sich Levine mehr auf das, was er als »Identifizierung von Gelegenheiten« bezeichnete, und eines Nachmittags war es soweit: Er stürmte in Hills Büro und legte ihm einige Fernschreiben vor. Der Handel mit den Aktien eines bestimmten Unternehmens war ungewöhnlich aktiv. »Rufen wir an und übernehmen die Verteidigung«, sagte er. »Es sieht ganz so aus, als stünde bald ein Angebot ins Haus.«

Hill forschte nach und kam zu dem Schluß, daß das Unternehmen tatsächlich unterbewertet zu sein schien und ein mögliches Übernahmeziel darstellte. Er rief es an und bot seinen Rat hinsichtlich des zu erwartenden unfreundlichen Übernahmeangebots an. Obwohl Smith Barney zunächst keinen Auftrag erhielt, sprach Hill in der Folgezeit regelmäßig mit dem Unternehmen und half ihm bei der Interpretation des Kursanstiegs und der Ausdehnung des Handelsvolumens seiner Aktien. Als wenig später, sehr zu Levines Genugtuung, tatsächlich ein Übernahmeangebot einging, wurde Smith Barney zwar nicht für die Verteidigung herangezogen, aber beauftragt, eine »Fairneßeinschätzung« darüber abzugeben, ob das Angebot dem wirklichen Wert des Unternehmens entsprach. Für diesen relativ bescheidenen Auftrag, den Levine seiner Meinung nach ganz allein eingefahren hatte, strich Smith Barney stolze 250000 Dollar ein.

Levine sah sich jetzt als eine Profitquelle und behielt auf der Suche nach ähnlichen Anzeichen für Aktienaufkäufe in Vorbereitung einer Übernahme die Geschäftsbewegungen ständig im Auge. Gleichzeitig drängte er Hill, ihm aufgrund der Bedeutung der neuen Rolle, die er sich selbst geschrieben hatte, einen größeren Bonus zu gewähren. Daher war er bei der nächsten Bonusabrechnung sogar noch wütender als beim vorigen Mal, denn auch diesmal fand er sich nicht an der Spitze wieder und mußte mitansehen, wie andere seines Dienstalters zum Vizepräsidenten befördert wurden, während er auf der Stelle trat. »Ich bin enttäuscht von Ihnen«, erklärte ihm Hill in aller Offenheit. »Sie machen keine Anstrengungen, sich zum kompletten Investmentbanker zu entwickeln.«

Diese Erfahrung bestärkte Levine darin, daß es außergewöhnlicher Maßnahmen bedurfte, wenn er seinen Ehrgeiz befriedigen wollte. Nicht, daß er besonders überrascht war. Er hatte es Wilkis gegenüber oft genug hervorgehoben: Jeder benutzte Insiderinformationen, um vorwärtszukommen; die Karten waren gezinkt. Bei ihren regelmäßigen Mittagessen oder Spaziergängen durch den Central Park erzählte Levine seinem Freund, daß fast alle in Smith Barneys Pariser Filiale Konten in der Schweiz hatten und am Wochenende häufig dorthin fuhren. Sogar Hill, behauptete er, tausche mit einem Investmentbanker von Dillon, Read Insiderinformationen aus. Levine war überzeugt, daß Hill auch ein geheimes Handelskonto besaß. »Mit dem, was ich weiß, könnte ich Hill fertigmachen«, prahlte er, ohne jemals deutlicher zu werden. (Hill wurde nie wegen Mißbrauchs vertraulicher Informationen angeklagt.)

Auf einem ihrer Spaziergänge fragte Levine Wilkis eines Nachmittags, ob er in der Lage wäre, ihm Informationen über schwebende Geschäfte von Lazard zu beschaffen, die ihm helfen könnten, Übernahmeziele zu identifizieren und Geschäfte für Smith Barney an Land zu ziehen. Oder mit denen er, fuhr er fort, zugunsten seines Schweizer Bankkontos handeln könnte. Das wäre völlig sicher. Niemand würde vermuten, daß er, Levine, im voraus etwas von Geschäften gewußt habe, an denen seine Firma nicht beteiligt war. Er hielt inne, um zu sehen, wie Wilkis reagierte. Dann lockte er weiter: »Du könntest das gleiche mit Informationen tun, die ich dir über Smith Barney gebe. Es ist ganz einfach. Du mußt es nur richtig organisieren. Du könntest reich werden und die Wall Street verlassen. Dann kannst du nach Nepal gehen und ein buddhistischer Mönch werden. Das ist es doch, was du willst, oder?«

Jetzt machten all die Anspielungen auf das Schweizer Bankkonto plötzlich Sinn. Wilkis hatte geahnt, was vorging, es aber vorgezogen, nicht genauer hinzusehen. Jetzt fragte er Levine, ob er das Schweizer Konto für Insidergeschäfte benutze. Levine nickte und sah Wilkis direkt in die Augen. Er habe kurz vor seiner Rückkehr aus Paris bei Pictet & Cie. in Genf ein Konto mit knapp 40000 Dollar eröffnet, erklärte er, und sich seither bei vier Deals von Smith Barney engagiert, zugegeben mit kleineren Beträgen, um nicht aufzufallen. Trotzdem sei sein Konto auf über 100000 Dollar angewachsen.

Wilkis reagierte widerstrebend. Er wußte, daß sowohl bei Lazard als auch bei Smith Barney Angestellte allein schon deswegen gefeuert werden konnten, weil sie ein Wertpapierkonto eröffneten, ohne der Firma etwas davon zu sagen und die privaten Handelsaktivitäten von der Aufsichtsabteilung der Firma überwachen zu lassen. Im übrigen war Insiderhandel zweifelsohne ein Verbrechen. »Es ist illegal«, sagte er. »Ich habe Angst.«

Levine war allerdings kein Risiko eingegangen, als er Wilkis sein Geheimnis offenbarte, und er hatte es gewußt. Wilkis fühlte sich durch diesen Vertrauensbeweis nur noch enger an ihn gebunden. Sein Freund hatte ihm ein Geheimnis anvertraut, mit dem er ihn vernichten konnte. Levines Schicksal lag jetzt in seinen Händen; er fühlte sich geschmeichelt. Gleichzeitig hatte sich der Keim einer Idee in ihm festgesetzt. Er mochte seine Arbeit bei Lazard genauso wenig wie vorher die bei Blyth und der Citibank. Vielleicht konnte er tatsächlich reich werden, wie sein Freund meinte – und die Wall Street für immer verlassen.

Auf einem ihrer Spaziergänge fragte Wilkis Levine nach seinen Handelsgewinnen. »Wie bezahlst du deine Steuern, ohne etwas von deinen Geschäften zu verraten?«

Levine lief es heiß den Rücken hinunter. Er hatte Wilkis am Haken. Die Gedanken seines Freundes richteten sich nicht mehr auf die ethische Seite des Insiderhandels, sondern nur noch auf die Möglichkeit, erwischt zu werden.

»Du scheißt drauf!« rief er aus. »Du zahlst einfach keine Steuern! Das ist ja das Schöne daran. Du brauchst es nur durchzuorganisieren. Ich werde es dir erklären.« Und er setzte Wilkis auseinander, wie man eine Tarnfirma mit nominellen Direktoren gründet, um anonym handeln zu können, und wie man das Bankgeheimnis in der Karibik nutzt, wo viele

Schweizer Banken Filialen unterhalten, die vom Schweizer Bankengesetz geschützt sind.

Es sah alles so einfach aus. Wilkis dachte in den nächsten Wochen fast nur noch an Levines Vorschlag. Es traf zu, sagte er sich zu seiner Beruhigung, daß jeder an der Wall Street vertrauliche Informationen zum eigenen Vorteil auszunutzen schien. Wo wäre also der Schaden? Bereicherte die legitime Arbeit, die er tat, nicht auch oft genug nur die Investmentbanker, ohne einen entsprechenden sozialen Nutzen zu besitzen?

Levines Plan schien narrensicher zu sein. Der Handel würde anonym abgewickelt werden, und er würde in keine Geschäfte investieren, die direkt mit ihm oder seiner Firma verbunden waren. Er würde natürlich Levine vertrauen müssen, aber hatte Levine nicht auch ihm Vertrauen geschenkt? Wenn sie erst einmal beide im Geschäft waren, könnte keiner von ihnen den anderen anschwärzen, ohne sich selbst zu zerstören. Nach seiner Risikoanalyse überwogen die Vorteile, während die Risiken minimal waren.

Im November 1979 überredete Wilkis seine Frau, einen Urlaub auf den Bahamas zu machen, obwohl sie wegen des großen Anteils der kubanischstämmigen Bevölkerung lieber nach Miami gefahren wäre. Wilkis machte seine gesamten Ersparnisse flüssig - 40000 Dollar in bar -, stopfte sie in einen Koffer und flog mit seiner Frau nach Nassau. Das andauernde schlechte Wetter machte zwar den Urlaub zu einem Reinfall, aber was das eigentliche Ziel der Reise betraf, wurde sie ein voller Erfolg.

Wilkis folgte buchstabengetreu Levines Instruktionen. Er eröffnete unter dem Decknamen »Mr. Green« eine bahamanische Firma namens Rupearl, deren Direktoren allesamt als Mandatsträger für ihn fungierten. Ihre Aktiva waren seine 40000 Dollar in bar. Danach sprach er bei verschiedenen Filialen großer Schweizer Banken vor und entschied sich schließlich für die Crédit Suisse. Niemand schien etwas an seinen Arrangements auszusetzen zu haben. Am Ende des Urlaubs war Wilkis »etabliert«.

War er bisher in der internationalen Abteilung von Lazard recht isoliert gewesen, so begann er jetzt aufmerksam zu verfolgen, was sich in der Unternehmensfinanzierung und im M&A-Bereich tat. Er hörte auf das, was in der Firma gesprochen wurde, knüpfte Kontakte zu anderen Investmentbankern - und gab alles an Levine weiter, der ihn seinerseits mit Informationen von Smith Barney versorgte.

Zuerst war er noch nervös, weil er befürchtete, daß das schwache Glied in der Kette - seine Beziehung zu Levine - entdeckt werden könnte. Levine schlug deshalb vor, verschlüsselt miteinander zu sprechen und

Decknamen zu benutzen, wenn sie miteinander telefonierten oder sich eine Nachricht zukommen ließen. Wilkis wurde zu »Alan Darby« und Levine, wenn er nicht ebenfalls diesen Namen benutzte, zu »Mike Schwartz«. Die Verschlüsselungen waren ein zusätzlicher Reiz; sie verliehen ihrem Insiderhandel den Anstrich einer Eskapade der *Kleinen Strolche.* Ihre Unterhaltungen waren bald so mit Verschlüsselungen gespickt, daß sie jedem Außenstehenden absurd erscheinen mußten.

Levine – »Mr. Darby« – rief etwa bei Wilkis an und sagte: »Hi, Bob! Wir müssen über Gesellschaftsdinge reden.« Die Gesellschaftsdinge waren ihr Insiderhandel. »Ich nehme ein Schnäppchen von Jewel« meinte, daß Levine sich in bescheidenem Umfang in Jewel Companies engagierte, einer riesigen Supermarkt- und Drugstorekette. »Textron sieht o.k. aus« meinte, daß Wilkis sich mehr um diese Unternehmensgruppe, die unter anderem einer der bedeutendsten Hersteller von Hubschraubern und Werkzeugmaschinen ist, kümmern und Levine zusätzliche Informationen verschaffen sollte.

Einige ihrer Codenamen besaßen einen gewissen Witz. John Fedders, damals Chef der Strafverfolgung bei der SEC, war wegen seines Nachnamens »der Air-conditioner«, und Levines Nemesis, Hill, hieß bei ihnen in spöttischer Anspielung auf die ihrer Meinung nach hochtrabende römische Drei nach seinem Namen »die drei Stöcke«.

Lazard war in weit größerem Maß mit Fusionen und Übernahmen beschäftigt als Smith Barney, und Levine versuchte wiederholt, dorthin zu wechseln. Wilkis tat, was er konnte, um ihm dabei zu helfen; er spielte sogar die Vorstellungsgespräche vorher mit ihm durch. Aber es fruchtete nichts; außer Wilkis war niemand bei Lazard an Levines Einstellung interessiert. Diese Zurückweisung war ein neuer Antrieb für Levine, mit Informationen von Lazard zu handeln. »Sie haben mich verarscht«, sagte er zu Wilkis, »und das werden sie mir bezahlen.«

Aber die Informationen von Wilkis flossen oft nicht so, wie Levine es erwartete. Im Mai 1980 rief er ihn an und erwähnte in der üblichen verschlüsselten Form: »Wally sagt, bei Lazard ist etwas los.« Wilkis war verdutzt. Levine hatte schon einmal angedeutet, daß er eine Quelle bei Wachtell, Lipton angezapft habe, und oft überschwenglich erklärt, seine Beziehung zu ihm, Wilkis, wäre nur der Anfang; was ihm vorschwebe, sei ein ganzer Ring von Zuträgern, nicht nur innerhalb der wichtigsten Investmentbanken, sondern auch in den beiden großen Anwaltskanzleien auf dem Gebiet der Fusionen, Wachtell und Skadden, Arps. Je vielfältiger die Informationsquellen seien, hatte Levine argumentiert, desto weniger würde sich ein festes Grundmuster in ihrem Insiderhandel herausbilden und desto mehr Geld würden sie machen.

Wilkis fragte sich, ob »Wally« Levine bereits ins Netz gegangen war, aber das war kein Thema fürs Telefon, und Levine fuhr auch schon fort: »Wir müssen etwas tun.« Da er wußte, daß bei Lazard etwas im Gange war, sollte Wilkis herausfinden, was es war. Er hatte schon öfter von ihm verlangt, in die anderen Büros seiner Firma einzubrechen, um in den Akten zu stöbern, und jetzt tat er es erneut. »Es ist ganz einfach«, meinte er verharmlosend. »Du brauchst nur die Schreibtische zu durchsuchen.«

Wilkis erschauderte. »Das kann ich nicht, Dennis«, sagte er. »Es ist zu gefährlich.«

»Dann muß ich es eben selbst tun«, erwiderte Levine gereizt. »Wir sehen uns heute abend in deinem Büro.«

Er erschien um acht Uhr. Es war Freitag, die Büros waren verwaist, und Levine machte sich seelenruhig daran, sie zu durchsuchen, in den Papieren auf den Schreibtischen zu wühlen, in Schubkästen und Aktenordner zu schauen, Terminkalender und Rollschränke zu filzen. Er nahm sich sogar die Zeit, im Büro von Louis Perlmutter, einem der Teilhaber der Firma, ein Versteck mit kubanischen Zigarren zu bewundern.

Wilkis stand wie versteinert auf dem Flur, während Levine die Büros durchwühlte, und starrte ängstlich auf den Eingang. Wie sollte er erklären, was er hier machte, wenn jemand hereinkam? Plötzlich hörte er an der Tür Geräusche. Als sich der Knauf drehte, hatte er das Gefühl, ihm würde das Herz stillstehen. »Dennis«, flüsterte er angestrengt, um seinen Freund zu warnen. Aber es war nur eine Putzfrau, die an ihnen vorbeiging, ohne sie zu beachten.

Schließlich fand Levine, wonach er gesucht hatte: ein verstecktes Dossier mit Dokumenten über die geplante Erwerbung von Kerr-McGee, einer großen Ölgesellschaft, durch den französischen Ölgiganten Elf Aquitaine. Wenn es dazu kam, wäre es die größte Übernahme, die es jemals gegeben hatte, und eine phantastische Gelegenheit, Gewinne aus dem Insiderhandel zu ziehen. Levine kopierte die Dokumente in aller Schnelle und legte sie in den Ordner zurück. »Siehst du? Es war ganz einfach«, sagte er lachend zu Wilkis, während sie die Firma verließen.

Er war höchst zufrieden mit der Beute, die er gemacht hatte. Außer den Dokumenten über das Angebot von Elf Aquitaine hatte er eine Sitzordnung aller Investmentbanker von Lazard gefunden und kopiert. Jetzt brauchte er nur noch einen Tip von »Wally« darüber, wer bei Lazard an einem geheimgehaltenen Projekt arbeitete, um direkt auf jenen Schreibtisch zusteuern zu können, der aller Wahrscheinlichkeit nach die vertraulichen Papiere enthielt, die das jeweilige Ziel und den Bieter identifizierten, so daß seine Einbrüche in kürzester Zeit vonstatten gehen würden. Und er war zuversichtlich, daß er »Wally« bald voll in seinen Ring einbauen konnte.

Ilan Reich eilte über den Grand Army Plaza in Manhattan. Der Platz vor dem Plaza Hotel wimmelte von Menschen, die an diesem Sonnabend ihre Einkäufe erledigten. Reich blieb unter den bunten Fahnen, die in einem für Ende März ungewöhnlich warmen Wind flatterten, kurz stehen und ging dann nervös hin und her. Worauf ließ er sich da bloß ein? Er war erst seit knapp einem Jahr bei Wachtell, Lipton und verdiente schon über 40000 Dollar, mehr als jeder andere junge Anwalt seines Dienstalters in New York. Warum also setzte er seine Karriere aufs Spiel?

Aber bevor er sich seine Fragen beantworten konnte, war Levine neben ihm aufgetaucht. Er lächelte über das ganze Gesicht und strahlte eine beruhigende Selbstsicherheit aus. Er dachte sogar daran, sich nach Reichs Familie zu erkundigen.

Die beiden überquerten die 59th Street und gingen in den Central Park, spazierten an einem Teich vorbei und setzten sich auf eine Bank mit Blick über die Kunsteisbahn. Es war später Vormittag, und die Eisbahn war gut gefüllt. Dahinter erhob sich über Sträuchern und Bäumen, die gerade grün zu werden begannen, das Plaza Hotel.

Reich hatte Levine am Tag zuvor am Telefon Insiderinformationen versprochen, aber Levine schien es nicht eilig zu haben. Er erinnerte Reich noch einmal daran, wie narrensicher die Sache sei, und versprach ihm, seinen Handel über ein Konto abzuwickeln, das nicht einmal unter seinem Namen laufen würde. Er würde es mit 20000 Dollar eröffnen und dieselben Strategien verfolgen wie für sich selbst. Wann immer Reich Bargeld haben wolle, brauche er es nur zu sagen. Er würde es ihm sofort zukommen lassen.

Reich schien überzeugt zu sein. Er sagte Levine, daß ein geheimes Übernahmeangebot für eine große amerikanische Ölgesellschaft, Kerr-McGee, in Vorbereitung sei. Er arbeite zwar nicht an dem Projekt, aber seine Größe habe bei Wachtell Aufsehen erregt, und es werde viel darüber geredet. Es sei das erste feindselige Übernahmeangebot, das die Grenze von einer Milliarde Dollar durchbrechen werde. Wachtell arbeite dabei mit Lazard zusammen, der Firma, die von Elf Aquitaine den Auftrag erhalten habe, die Möglichkeit einer Übernahme von Kerr-McGee zu prüfen. Es sehe so aus, als würde der Deal zustande kommen. Reich dachte, er würde Levine mit dieser Information verblüffen.

Aber er irrte sich. Levine machte einen hochdramatischen Augenblick daraus, indem er seinen Arm auf die Rücklehne der Bank legte, sich zu Reich hinüberbeugte und mit einem Lächeln sanft sagte: »Ich weiß.« Dann ratterte er die Einzelheiten herunter, die er aus den ausspionierten Papieren von Lazard entnommen hatte, und bewies damit, daß er über die Transaktion besser Bescheid wußte als Reich. Jetzt war es an Reich, verblüfft zu sein. Levine hatte offenbar recht gehabt, als er behauptete, jeder gebe Insiderinformationen weiter. Der Tip über Kerr-McGee, versicherte ihm Levine, sei genau die Art von Information, die nützlich für sie sein könnte, aber er müsse doch noch etwas mehr tun. Er müsse sich, bei aller notwendigen Vorsicht, Zugang zu vertraulichen Informationen verschaffen, die nicht schon zum Gegenstand von Gerüchten geworden waren.

Levines Taktik funktionierte ausgezeichnet. Reich hatte sich immer im Wettstreit mit seinem anderthalb Jahre älteren Bruder Yaron befunden und ständig versucht, zu ihm aufzuschließen. Als er Levine im Park verließ, schwor er sich, seinem neuen Partner zu beweisen, was in ihm steckte. Er würde das nächste Mal bessere, nützlichere Informationen mitbringen, und wenn er sich einmal etwas vorgenommen hatte, dann erreichte er es meistens auch.

Die juristische Zeitschrift an der Columbia, zum Beispiel. Sein Bruder Yaron hatte sich an der Columbia Law School durch hervorragende Leistungen hervorgetan und war allein aufgrund seiner Noten im ersten Studienjahr als Beiträger für die renommierte Rechtszeitschrift ausgewählt worden. Ilans Noten waren zwar gut gewesen, aber nicht so gut wie die seines Bruders. Er mußte es also über den schriftlichen Wettbewerb für jene Studenten, die nicht aufgrund ihrer Noten ausgewählt worden waren, versuchen. Er schaffte es nicht. Doch er unternahm, was vor ihm noch niemand getan hatte, im nächsten Jahr einen zweiten Anlauf. Yaron half ihm beim Verfassen seiner Arbeit, und diesmal wurde er angenommen.

Wie Wilkis war auch Reich in einem orthodoxen jüdischen Elternhaus aufgewachsen. Sein Vater war in Polen geboren und vor dem zweiten Weltkrieg nach Palästina ausgewandert, von wo er 1950 in die USA übersiedelte. Er war ein gutverdienender Optometriker, und die Familie wohnte in Midwood, einem jüdischen Mittelklasseviertel von Brooklyn. Ilans Mutter war Doktor der Philosophie und lehrte an der City University Englisch. Neben dem Judentum stand die Ausrichtung auf akademische Berufe ganz oben in der Werteskala der Familie.

Reich war im Umgang mit anderen unbeholfen. Er hatte an der Columbia nur wenige Freunde gehabt, die Wochenenden zu Hause verbracht und eifrig studiert, so daß wenig Zeit für andere Aktivitäten geblieben war. Als sich nach seinem ersten Studienjahr seine damalige Freundin von ihm trennte, hatte er dicht vor dem Selbstmord gestanden und sich bei einem Psychiater in Behandlung begeben. Mit der Zeit hatte er sich zunehmend von seiner Familie und ihren orthodox-jüdischen Werten entfremdet, ohne genau zu wissen, was er an deren Stelle setzen konnte.

Als er Levine kennenlernte, war er noch neu bei Wachtell. Er hatte erst seit knapp einem Monat in der Kanzlei gearbeitet, als er im Oktober 1979 mit einem Fall betraut worden war, bei dem es um die einvernehmliche Fusion zweier großer Zementfirmen ging. Es war im Grunde Routinearbeit gewesen. Wachtell vertrat die Investmentbanker der Übernahmefirma, Smith Barney, und während einer Verhandlungspause beobachtete Reich, wie sich einer der Banker von Smith Barney durch die Grüppchen der herumstehenden Anwälte und Banker »durcharbeitete«, jedem die Hand schüttelte und ein paar Worte mit ihm wechselte; er schien jeden von ihnen zu kennen. Schließlich war er bei Reich angekommen und sagte: »Hi, ich bin Dennis Levine.«

Einige Monate später, im März 1980, klingelte bei Reich das Telefon, und er stellte überrascht fest, daß Levine am anderen Ende der Leitung war. »Hey, Ilan, hier ist Dennis Levine. Wir sollten uns mal zum Essen treffen.« Reich war geschmeichelt von der Einladung. Sonst lud ihn niemand zum Essen ein.

Reich genoß das Treffen. Er liebte es, über Deals zu diskutieren, und Levine hing förmlich an seinen Lippen und machte ihm Komplimente über seinen Sachverstand in M&A-Fragen und sein Fachwissen im allgemeinen. Levine erzählte Reich von seiner Familie, seiner Frau, den Zurücksetzungen bei Smith Barney und traf damit bei Reich, der vor kurzem erst geheiratet hatte, auf starke Resonanz. Er verstand Levines Familienmilieu und fühlte sich seinerseits bei Wachtell auch oft zurückgesetzt und unterbewertet.

Danach sprach Levine von seinen großen Plänen: Er wolle möglichst schnell 10 bis 20 Mio. Dollar verdienen und seine eigene Firma gründen, vielleicht als Raider. Dann würde er all die Anwälte und Investmentbanker wie ihn und Reich für sich arbeiten lassen.

»Wie willst du denn soviel Geld machen?« fragte Reich.

Levine beugte sich vor und antwortete: »Informationen. Darin steckt eine Menge Geld. Jeder macht es.« Er hielt inne. Wachtell sei ein Umschlagplatz für einige äußerst wertvolle Informationen, fuhr er schließlich fort. »Wenn du sie mir zukommen läßt, könnte man mit diesen Informationen eine Menge Geld machen.«

Das Gespräch hatte plötzlich einen anderen Ton angenommen. Reich musterte Levine ernst. Er wußte, was er wollte, und er wußte, daß es ein Verbrechen war. Er wandte halbherzig ein, daß seine Stellung in der Kanzlei viel zu niedrig sei, um an die Informationen heranzukommen, die Levine brauchte. Er hoffte, Levine würde das Thema einfach fallenlassen; er wollte seinen neuen Freund nicht gleich wieder verlieren. Aber Levine beharrte darauf, daß Reich sehr wertvoll sein würde; im übrigen sei der Plan völlig risikolos. Reich ging nicht sofort darauf ein, versprach aber: »Ich werde darüber nachdenken.«

Levine rief ihn in der nächsten Zeit häufig an und versicherte ihm, daß er alles über das Schweizer Bankgeheimnis und die Mechanismen des Handels über ausländische Kennwortkonten wisse. Als Reich einwandte, selbst bei solchen Konten gebe es irgendwo ein Papier, auf dem der wirkliche Name des Eigentümers stehe, erbot sich Levine, unter seinem Namen ein Konto für ihn einzurichten. Sie trafen sich wieder zum Essen, und Levine schmeichelte Reich, indem er sein fachliches Können lobte. Dann stimmte er wieder das Lied mit dem Refrain »Jeder macht es« an und wiederholte die Behauptung, die er bereits Wilkis gegenüber aufgestellt hatte: daß Tom Hill in Deals investierte, von denen er durch andere unter der Hand erfahren hatte. »Ich habe seinen Schreibtisch gefilzt«, gab er vor. »Ich habe Kopien seiner Handelsbelege, die es beweisen.«

In derselben Woche hörte Reich von dem Elf/Kerr-McGee-Vorhaben und rief Levine an. »Ich habe etwas, das dich interessieren wird«, begann er, aber Levine hielt ihn zurück – nicht am Telefon. Nachdem er sowohl durch Wilkis als auch durch Reich von der geplanten Übernahme gehört hatte, hielt Levine die Sache für sicher und deckte sich mit Kerr-McGee-Aktien ein. Aber die französische Regierung machte ihm einen Strich durch die Rechnung; sie riet Elf von einem derart kapitalen feindseligen Übernahmeversuch gegen ein amerikanisches Unternehmen ab, und das Geschäft platzte. Der Kurs der Kerr-McGee-Aktien fiel, und Levine mußte mit Verlust verkaufen. Für Reich war dieser Fehlschlag ein besonderer Ansporn; er hatte das Gefühl, bei Levine etwas gutmachen zu müssen.

Die anderen Geschäfte, die Levine über das Pictet-Konto plaziert hatte, wiesen, obwohl sie relativ bescheiden waren, naturgemäß einen bemerkenswerten Bezug zur Bekanntgabe von Fusions- und Übernahmevorhaben auf. Das fiel, kurz nach dem Spaziergang mit Reich in den Central Park, auch den Angestellten bei Pictet auf; das Muster war kaum zu übersehen: Levine hatte ausschließlich Aktien von Unternehmen erworben, deren Fusion oder Übernahme wenig später bekanntgegeben worden war. Die Bank ordnete die Einstellung des Kontoverkehrs an und teilte Levine mit, er möge sein Depot auflösen. Sie unternahm jedoch nichts, um die Behörden von ihrem Verdacht in Kenntnis zu setzen. Levine konnte seine Einlage problemlos transferieren.

Nun – am 26. Mai 1980 – flog auch Levine, wie er es zuvor Wilkis empfohlen hatte, auf die Bahamas und sprach bei mehreren Schweizer Banken vor. Die Crédit Suisse ließ er aus naheliegenden Gründen aus: Er wollte nicht, daß jemand seine Handelstätigkeit mit der von Wilkis verglich. Er entschied sich schließlich für die Bank Leu International – die älteste Bank der Schweiz, die erst kürzlich ins internationale Geschäft eingestiegen und erpicht darauf war, ihre Dienste reichen Ausländern zur Verfügung zu stellen, die in amerikanischen Wertpapieren spekulieren wollten.

Levine hatte sein Schema etwas verfeinert. Er erklärte den Vertretern der Bank Leu höflich, aber bestimmt, daß er seine Handelsanweisungen durch R-Gespräche telefonisch durchgeben werde. Er werde sich als »Mr. Diamond« melden (Diamond war der Mädchenname seiner Mutter), und das Konto solle ausschließlich unter diesem Decknamen geführt werden. Er verlange schnelle, genaue Durchführung seiner Aufträge, die möglichst über mehrere Brokerhäuser verteilt abgewickelt werden sollten. Die Verbindung zur Bank werde nur von seiner Seite ausgehen, entweder indem er persönlich erscheine oder sich per R-Gespräch melde; von seiten der Bank wünsche er keinerlei Kontaktaufnahme. Die Belege und Kontoauszüge sollten bei der Bank verbleiben. Ob das akzeptabel sei?

Es war. Levine füllte das übliche Kontoeröffnungsformular aus, gab seinen wirklichen Namen, seine Adresse – 225 East 57th Street – und seinen Beruf – »Banker« – an und benannte seinen Vater als Begünstigten. Dann unterschrieb er mit seinem richtigen Namen. An die Kontounterlagen wurde eine Kopie des Fotos aus Levines Paß geheftet, damit die Bankangestellten ihn erkannten, wenn er Barabhebungen vornehmen wollte. Levines Betonung der Anonymität war offenbar sogar für Schweizer Bankverhältnisse ungewöhnlich. Der Geschäftsführer der Filiale der Bank Leu in Nassau, Jean-Pierre Fraysse, legte eine Aktennotiz zu den Kontounterlagen, in der er feststellte, daß »Mr. Diamond« »Diskretion über alles zu gehen« scheine und die Transaktionen über sein Konto besondere Aufmerksamkeit erforderten. Wenige Tage später trafen mit zwei telegrafischen Überweisungen 128900 Dollar zur Einzahlung auf sein neues Konto bei der Bank Leu ein. Etwas mehr als die Hälfte stammte aus dem aufgelösten Konto bei Pictet; Levines bisherige Insidergeschäfte hatten also nur verhältnismäßig bescheidene Gewinne abgeworfen. Die restlichen 60000 Dollar kamen von Levines Vater, der das Geld unter seinem Bett hervorgeholt und seinem Sohn als »Darlehen« übergeben hatte.

Den ersten großen Treffer landete Levine ein paar Monate später, als ihm Reich, der sich in Levines Augen unbedingt rehabilitieren wollte, im September einen bombensicheren Tip gab. Ein Wachtell-Klient, die Jefferson National Life Insurance, sollte durch eine freundliche Übernahme von einer größeren Versicherungsgesellschaft geschluckt werden. Levine war beeindruckt und legte am 24. September fast alles, was auf dem Konto bei der Bank Leu lag, in 8000 Aktien von Jefferson National an. Wie Reich vorausgesagt hatte, wurde zwei Tage später die Übernahme bekanntgegeben, der Jefferson-Kurs machte einen Sprung nach oben, und Levine verkaufte seine Position mit einem satten Gewinn von über 150000 Dollar.

Gleichzeitig investierte Levine weiter in seine eigenen Deals bei Smith Barney. Er bedrängte Hill wieder und wieder, ihm mehr M&A-Transaktionen anzuvertrauen, und Hill ließ ihn schließlich ein Übernahmeangebot der Tyler Corporation, eines langjährigen Klienten von Smith Barney, für Reliance Universal Inc. bearbeiten. Levine hatte daraufhin nichts Eiligeres zu tun, als sich über sämtliche Handelsbeschränkungen von Smith Barney hinwegzusetzen und am 7. April 1981, keine Woche vor der Bekanntgabe der Übernahme, 5000 Reliance-Aktien zu kaufen. Er verdiente an dem Geschäft 45000 Dollar.

Reich wurde rasch zu Levines wertvollster Quelle, aus der ein gleichmäßiger Strom verläßlicher Informationen sprudelte. Reich rief jedesmal bei Levine an und lud ihn zum Essen ein, manchmal in Restaurants, manchmal aber auch nur an einen Imbißstand, an dem sie sich ein Stück Pizza kauften, um anschließend im Gehen miteinander zu reden. Levine gefiel dieses Arrangement; wenn er in Deals investierte, die nicht von Smith Barney betreut wurden, brauchte er sich keine Zurückhaltung aufzuerlegen, was bedeutete, daß seine Profite in die Höhe schnellten. Und die von Wilkis, an den er die meisten Tips, die er von Reich erhielt, weitergab.

Reichs Einstellung aber blieb zwiespältig. Jedesmal, wenn Levine ihn zu einer Dinnerparty in seine Wohnung einlud, zu der auch andere am »Spiel« Beteiligte kommen sollten, lehnte er gereizt ab: Er wolle die anderen nicht kennenlernen, und er wolle auch nicht, daß sie von ihm erfuhren. Es bestärkte ihn in der Furcht, daß Levine unvorsichtig werden könnte. Durch die vielen Gespräche, die sie zum Thema Übernahmen geführt hatten, war ihm inzwischen klargeworden, daß sein Freund als Geschäftspartner bei weitem nicht so clever war, wie er sich gab.

Levine spürte das Widerstreben und versuchte Reich tiefer in sein Netz hineinzuziehen. Er ermutigte ihn, ein eigenes Handelskonto zu eröffnen, und bedrängte ihn, einen Teil der aufgehäuften Gewinne abzuheben. Wilkis gegenüber sagte er einmal, daß ihm sehr danach sei, Reich bei einem ihrer gemeinsamen Essen ein Bündel Hundert-Dollar-Scheine ins Gesicht zu werfen. Er wollte, daß Reich am großen Geld schnupperte, um die mit ihm verbundene Erregung zu erfahren und von neuem motiviert zu werden.

Aber Reich blieb reserviert, was Levine allerdings nicht allzusehr störte, da er die Wachtell-Quelle immer weniger brauchte. Im Sommer 1981 begann seine Vorstellung von einem Ring von Zuträgern deutlicher Gestalt anzunehmen. Ira Sokolow, der vielversprechende junge Investmentbanker, der im vorigen Sommer schon bei Smith Barney für Levine gearbeitet hatte, schloß sein Studium in Harvard ab und bekam eine Anstellung bei Lehman Brothers Kuhn Loeb, wo es eine aktive M&A-Abteilung gab. Levine lud Sokolow zum Essen ein.

Das Drehbuch war das gleiche wie bei Reich und Wilkis. Levine hob hervor, daß »jeder« mit Insiderinformationen handle, und betonte, sein Plan sei narrensicher. Dann bot er Sokolow ein ähnliches Arrangement an, wie er es mit Reich vereinbart hatte: Levine würde den Handel erledigen, und Sokolow würde einen Teil der erzielten Gewinne erhalten. Sokolow, der der Langeweile der Investment-banking-Arbeiten, die ihm bei Lehman zugewiesen wurden, müde war, erwies sich als der am leichtesten zu gewinnende Partner. Er ging bereitwillig auf Levines Vorschlag ein und begann eifrig Informationen zu liefern.

Bei einem ihrer gemeinsamen Mittagessen erzählte er Levine, daß er einen engen Freund habe, einen Rechtsanwalt aus der Hypothekenabteilung von Goldman, Sachs, den er in das Netz einführen wolle. Levine war begeistert von der Aussicht, einen Maulwurf bei Goldman zu haben; er versprach Sokolow einen Gewinnanteil für seinen Freund, forderte ihn aber auf, dessen Identität für sich zu behalten, selbst ihm gegenüber. Sokolows Quelle erhielt den Decknamen »Goldie«. Sie sollte sich als ausnehmend ergiebig erweisen und aus den Ablagen der Goldman-Partner immer neue Hinweise auf bevorstehende Übernahmeversuche zutage fördern. Levine hielt sie Wilkis vor, indem er darauf hinwies, wieviel mehr die anderen Mitglieder zum Erfolg des Rings beitrugen. »Lehman«, vermeldete er zufrieden, »ist ein Volltreffer! Er ist eifrig. Er strengt sich an.« Dann hielt er kurz inne und fügte spitz hinzu: »Anders als du.«

Noch im selben Jahr, 1981, machte Levines Karriere den Sprung, auf den er immer gewartet hatte. Er war bei Eric Gleacher, dem Leiter der M&A-Abteilung von Lehman Brothers, zum Vorstellungsgespräch angemeldet. Als Gleacher vor dem Termin den Lebenslauf des Bewerbers durchsah, stellte er erfreut fest, daß er es zur Abwechslung einmal nicht mit einem dieser Ivy-League-Asse zu tun haben würde. Gleacher selbst, ein hart arbeitender, anspruchsvoller Banker, hatte in der Kleinstadt Macomb an der Western Illinois University studiert.

Als Levine in seinem besten dunklen Nadelstreifenanzug (den Wilkis ihm angeraten hatte) erschien, kam er sofort zur Sache. »Ich möchte zu einer besseren Firma als Smith Barney«, sagte er. »Smith Barney rangiert nur in der zweiten Reihe; Lehman Brothers aber spielt in der Oberliga. Ich wollte immer zu M&A, konnte aber keinen entsprechenden Job bekommen.« Gleacher warf einen Blick in den Lebenslauf, in dem die fast stereotype jüdische Herkunft beschrieben wurde. »Ich bin nur zur Citibank gegangen, um mir einen Ruf zu erwerben. Eigentlich wollte ich immer an die Wall Street«, drängte Levine weiter.

Levines Offenheit blieb bei Gleacher nicht ohne Eindruck. Es wäre nicht das erstemal, daß Lehman Brothers jemanden einstellte, der nicht in die konventionellen Muster paßte; die Firma war stolz auf ihre Bereitschaft, Risiken einzugehen. So hatte Gleacher zum Beispiel Steven Rattner angeheuert, einen Reporter der *New York Times,* der keinerlei Erfahrung auf dem Gebiet des Investment banking besessen hatte, in der Zwischenzeit aber, zumindest in Gleachers Augen, zu einem Star geworden war. Auch bei Gleacher selbst hatte die Firma gewissermaßen auf Verdacht zugegriffen, als sie ihn direkt von der Business School weg anstellte.

Darüber hinaus war Lehman bemüht, die überlastete M&A-Abteilung aufzustocken, und Levine verfügte zumindest über einige Erfahrung und war außerdem von Sokolow empfohlen worden. Man würde ihn mit einem geringen Gehalt einstellen – weniger als 50000 Dollar im Jahr – und abwarten. Wenn er sich bewährte, könnte man ihn ja bei der Bonusverteilung belohnen. Wenn nicht, hatte man eben einen weiteren Sachbearbeiter. Gleacher fand nichts, was gegen die Einstellung sprach, und nachdem Levine sich noch einigen anderen Angehörigen der Abteilung vorgestellt hatte, bot er ihm an, ihn mit dem Titel eines Vizepräsidenten, der ihm bei Smith Barney vorenthalten worden war, in seine Abteilung aufzunehmen. Levine griff begeistert zu.

Er konnte es kaum abwarten, Wilkis von seiner neuen Stellung zu erzählen. Daß Sokolow in derselben Firma arbeitete, störte ihn nicht; Sokolow hatte Zugang zu Deals, mit denen Levine nichts zu tun haben würde, und so waren sie auch weiterhin auf seine Informationen angewiesen. Das beste aber war die Aussicht, »Hill alles ins Gesicht zu kotzen«, wie er es Wilkis gegenüber ausdrückte. Als es schließlich soweit war, hielt er sich jedoch zurück, da er sich zu der Einsicht durchgerungen hatte, daß es nicht opportun war, in der relativ kleinen Welt der M&A vorhandene Brücken abzubrechen, zu wem auch immer. Er ging einfach in Hills Büro, setzte sich hin und sagte, daß er kündige, um eine Stelle bei Lehman Brothers anzutreten. Hill war weder überrascht noch betrübt; er hatte seit dem offenen Gespräch nach der letzten Bonusausschüttung damit gerechnet, daß Levine nicht mehr lange bei Smith Barney bleiben würde. Er machte ihm kein Gegenangebot und wünschte ihm alles Gute.

Einige Wochen vorher, am 30. Oktober, war Levine, wobei er den Flug auf sein Spesenkonto bei Smith Barney setzte, auf die Bahamas geflogen, um ein neues Konto bei der Bank Leu zu eröffnen, das sogar noch stärker abgesichert war als das erste, indem er eine von nominellen Direktoren geleitete panamesische Tarnfirma zwischenschaltete. Nichts an »Diamond Holdings« wies darauf hin, daß Levine der nutznießende Besitzer war. Er hatte die angewachsene Einlage von seinem ersten, persönlichen Konto auf das der neuen Gesellschaft übertragen und gleichzeitig die Gelegenheit genutzt, 30000 Dollar in bar abzuheben, die er in einer Plastiktüte mit nach Hause nahm und von nun an mit sich herumtrug, um mit dem Geld seine Restaurantrechnungen und Taxifahrten zu bezahlen sowie Kleider und Geschenke zu kaufen. Das Bargeld schien ihm zusätzliches Selbstvertrauen zu geben. Es sei sein »Taschengeld«, wie er Wilkis sagte.

Gleacher pflegte sich einen Spaß daraus zu machen, seine neuen Angestellten aufzuziehen. Bald nachdem Levine bei Lehman angefangen hatte, rief ihn Gleacher zu sich und teilte ihm mit, daß ein Lehman-Klient dabei sei, eines der größten Übernahmeangebote der Geschichte bekanntzugeben. Levine hatte noch nie von dem Übernahmeziel gehört. Gleacher wollte, daß Levine ein Beispiel für eine ähnliche Transaktion heraussuchte. Levine wußte weder ein noch aus. Er rannte wie aufgescheucht durch die Firma und versuchte verzweifelt, Hilfe zu bekommen. Plötzlich erschien Gleacher, der wegen seines militärischen Auftretens »der Oberst« genannt wurde, in der Tür seines Büros und schaute ostentativ auf seine Uhr. »Sie haben noch 30 Minuten, Dennis«, rief er. »Es ist absolut erforderlich, daß Sie die Sache erledigen.«

Eine halbe Stunde später mußte Levine mit hochrotem Kopf, schwitzend und verwirrt, eingestehen, daß er keinen Präzedenzfall gefunden hatte. Es sei ihm nicht einmal möglich gewesen, das Zielunternehmen oder die Branche, zu der es gehörte, zu identifizieren. Während er in Gleachers Büro seine Meldung machte, versammelte sich draußen still und leise eine kleine Gruppe von Investmentbankern. »Jesus, Levine!« brüllte Gleacher. »Was können Sie denn überhaupt?«

Als sie das hörten, brachen die Zuschauer in Lachen aus, am lautesten Peter Solomon, der Lehman-Partner, dessen Büro neben Levines lag. Gleacher hatte sich die ganze Sache ausgedacht.

Levine stimmte in das Gelächter der anderen ein und hob sich seinen Unmut für Wilkis auf. Nur wenige Monate später war Levine der Hanswurst der M&A-Abteilung von Lehman. Gleacher war inzwischen zu der Meinung gelangt, daß Levine für das konventionelle Investment banking in keiner Weise geeignet war. Seine analytischen Fähigkeiten waren mäßig; er war nicht in der Lage, bei einem komplexen Deal die Fäden zu ziehen; und er verstand es nicht einmal besonders gut, seine Arbeit zu organisieren. Kurz, seine Mängel traten bei Lehman, wo mehr und größere Aufträge zu erledigen waren, sogar noch krasser zutage als bei Smith Barney.

Die jungen Investmentbanker hingen bei Lehman davon ab, ob sie von dienstälteren Angestellten Arbeit übertragen bekamen, und Levine war beliebt. Seine Umgänglichkeit, seine oft vulgären Witze, der Eifer, mit dem er versuchte, sich mit jedem gut zu stellen, waren für viele im Vergleich mit dem arroganten, hochgestochenen Verhalten so vieler ihrer Gesprächspartner eine erfrischende Abwechslung. Andere allerdings sahen in Levine nur das *bubeleh,* das Jüngelchen, das sich überall einzuschmeicheln versuchte und ständig dabei war, irgendeinem Partner der Firma Kaffee oder Soda zu holen. Aber Beliebtheit verschaffte ihm keine Aufträge.

Dann, als Levine gerade vier Monate bei Lehman war, ging ein Rundschreiben herum, in dem mitgeteilt wurde, daß der Chef der M&A-Abteilung einer anderen Firma bei Lehman als Partner einsteigen werde: Tom Hill. Als Levine das Rundschreiben zu Gesicht bekam, nahm er ein Notizbuch vom nächstbesten Schreibtisch und schleuderte es mit aller Kraft gegen die Wand. Seine Wut hatte sich auch am Abend, als er sich mit Wilkis traf, noch nicht gelegt. Er schwor, daß er Hill »vernichten« werde.

Hills Meinung über Levine hatte sich nicht gebessert. Er zog ihn nie für eins seiner Projekte heran, sondern verließ sich statt dessen auf Sokolow, dem er darüber hinaus seine Freundschaft zu Levine auszureden versuchte. Sokolow warnte Levine, daß er sich vor Hill »vorsehen« solle.

Die Rettung für Levine kam von Reich, der Anfang August 1982 bei Levine anrief und ihn, indem er andeutete, daß er Informationen habe, zum Mittagessen einlud. Wachtell, erzählte er, als sie sich trafen, vertrete eine private Investorengruppe, die Dyson-Kissner-Moran Corporation, die ein Gebot für die in Seattle beheimatete Criton Corporation vorbereite.

Levine rannte in die Firma zurück und stapfte mit vor Gewichtigkeit strotzender Miene in Gleachers Büro. Es sei eine bemerkenswerte Aktivität in Criton-Aktien zu verzeichnen, behauptete er; nach seiner »Lesart des Bandes« (des Börsentelegrafs, auf dem laufend die Kursentwicklung aufgezeichnet wird) stehe ein Übernahmeversuch unmittelbar bevor. Gleacher war skeptisch. Niemand sonst bei Lehman hatte irgend etwas in dieser Richtung läuten hören. Der Aktienhandel war zwar leicht angestiegen, doch keineswegs so bemerkenswert, wie Levine es darstellte. Aber Levine insistierte: »Wir müssen die Verteidigung organisieren. Es wird einen Angriff geben.« Gleacher zuckte die Achseln und sagte ihm, er solle weitermachen und den Kontakt zu Criton herstellen.

Sehr zu Gleachers Erstaunen kam Levine stolzgeschwellt zurück und eröffnete ihm, daß Criton seinen Generalsyndikus nach New York schikken werde, um wegen der Verteidigung bei mehreren Investmentbanken vorzusprechen. Levine hatte eine Verabredung für Lehman getroffen.

Jetzt nahm Gleacher die Sache ernst. Er traf sich mit Critons Generalsyndikus und sicherte der Firma den Auftrag. Gleacher und Levine flogen in Begleitung von Sokolow, der die Unternehmensbewertung vornehmen sollte, zu einem Treffen mit dem Präsidenten von Criton nach Seattle. Später kam Gleacher allein mit John Moran, dem Vertreter der potentiellen Käufergruppe, zusammen. Aufgrund von Sokolows Bewertung gelang es Gleacher, das Gebot erheblich in die Höhe zu schrauben – auf 46 Dollar pro Aktie. Criton war froh über den günstigen Preis und kapitulierte. Die Übernahme wurde bekanntgegeben, und Lehman konnte für wenig mehr als einen Tag intensiver Arbeit eine – direkt auf Levines Tip zurückzuführende – Bankgebühr von 2,5 Mio. Dollar einstreichen.

Der Hanswurst war plötzlich zu einem Helden geworden. Gleacher sorgte dafür, daß Levine einen Quotron-Computerterminal erhielt, damit er die Handelsaktivitäten direkt verfolgen konnte und die neuesten Nachrichten sofort erfuhr, ohne auf den Börsentelegrafen zurückgreifen zu müssen. Levine wanderte von nun an, ein zehn Meter langes Kabel hinter sich her schleifend, mit dem Telefonhörer in der Hand in seinem Büro herum und klingelte bei jedem an, der seinen Kreis von Arbitrageuren und anderen möglichen Quellen für geschäftsfördernde Erkenntnisse erweitern konnte. Außerdem wurde er von der verhaßten analytischen Arbeit befreit, um mehr Zeit zu haben, neue Klienten an Land zu ziehen. Seine Kollegen auf derselben Stufe der Dienstleiter betrachteten dieses Arrangement mit Ablehnung, aber Levine war so glücklich wie noch nie. Er hatte sich eine Nische im Investment banking geschaffen, die es vorher nicht gegeben hatte: Er war jemand, der Informationen einsetzte, um Klienten anzulocken.

Aber das war nicht der einzige Aspekt am Criton-Deal, der für Levine einen Grund zum Feiern darstellte. Er hatte am 17. August, eine Woche vor der Bekanntgabe der Übernahme und noch bevor er Gleacher dazu gedrängt hatte, sich Criton als Klienten zu sichern, 27000 Criton-Aktien gekauft. Der Gewinn aus dem Geschäft war der größte, den er bisher eingefahren hatte: 212628 Dollar.

Levine hatte schnell begriffen, welche Folgerungen sich aus dem Beispiel des Criton-Treffers ergaben. Die Schönheit des »Spiels«, erläuterte er Wilkis, bestehe darin, daß er auf beiden Seiten spielen könne. Er könne aufgrund der Informationen investieren, und er könne sie benutzen, um für Lehman Klienten anzuwerben.

Sein Status als Star hing jedoch davon ab, daß sein Informationsdienst intakt blieb, und genau dort tauchten Probleme auf. Reich war der erste, der aus dem Ring auszubrechen drohte. Er war hin- und hergerissen zwischen dem Nervenkitzel des Spiels und den Gewissensbissen, die es bei ihm auslöste.

Doch dann kam es bei Wachtell, Lipton zu einem Vorfall, der ihn zutiefst erschütterte. An einem Mittwochvormittag im September 1981 wurden sämtliche Teilhaber und Mitarbeiter, bis hin zur letzten Sekretärin, zusammengerufen, weil man ihnen eine schockierende Neuigkeit mitzuteilen hatte: Der 37jährige Wachtell-Teilhaber Carlo Florentino war unter der Anklage des Insiderhandels verhaftet und daraufhin aus der Firma ausgeschlossen worden. Florentino hatte auf einem auf seinen eigenen Namen lautenden Konto bei E.F. Hutton 600000 Dollar angehäuft, indem er in Geschäfte investierte, von denen er in der Firma erfahren hatte.

Reich war klar, daß sein Arrangement mit Levine weit besser getarnt war. Trotzdem versetzte ihn die Neuigkeit in Angst und Schrecken. Er beschloß, Levine keine Informationen mehr zu geben. Er ging sogar so weit, ihn in zwei Fällen absichtlich irrezuführen, in der Hoffnung, die Verluste würden Levine veranlassen, den Insiderhandel aufzugeben. »Das ganze birgt vielleicht kein Risiko«, meinte er bei einem Mittagessen mit Levine sarkastisch, »aber es bringt auch keinen Gewinn.« Doch Levine war nicht aufzuhalten. Er versicherte Reich, daß sie aus ihren Fehlern gelernt hätten und es in Zukunft besser machen würden. Reich zwang sich, Levines Anrufe nicht mehr zu erwidern, bis er im August 1982 schließlich offen erklärte, daß er Schluß machen wolle. Von dem Geld, das ihm Levine aufzudrängen versuchte, nahm er nichts an. Aber er wolle, daß sie Freunde blieben, versicherte er ihm.

»Kannst du das glauben?« ereiferte sich Levine bei seinem nächsten Treffen mit Wilkis. »Wally will aussteigen!«

»Setz ihn nicht unter Druck«, riet ihm Wilkis.

Levine traf sich weiterhin mit Reich zum Essen, aber der Strom an Insiderinformationen aus dieser Quelle war versiegt.

Bald darauf war es an Wilkis, verschreckt zu reagieren. Im selben Sommer 1982 hatte Jean-Pierre Fraysse von der Bank Leu Levine gegenüber erwähnt, daß die SEC bei den Brokern der Bank den Handel in gewissen Aktien untersuche, die »Mr. Diamond« über sein Konto gekauft und verkauft habe. Levine wiegelte ab, indem er die SEC-Prüfungen als Routineuntersuchungen bezeichnete. Fraysse war zwar das geradezu unheimliche Timing bei vielen von Mr. Diamonds Ankäufen aufgefallen, aber er hatte bisher nichts unternommen, um ihn zu bremsen. Jetzt jedoch schlug er vor, er solle seine Aktivitäten etwas herunterschrauben und seine Ankäufe zumindest zeitweise etwas weiter streuen. Levine vertraute auf die Sicherheit seines Kontos und ignorierte den Rat. Wenig später kaufte er das gewaltige Aktienpaket von Criton.

Wilkis' Bank, die Crédit Suisse, hatte gleichfalls von der SEC-Untersuchung gehört und Wilkis davon unterrichtet. Wilkis gab die Neuigkeit brühwarm an Levine weiter, der jedoch wenig beeindruckt war: »Sag ihnen einfach, daß sie lügen sollen. Es ist nur Routine.« Aber Crédit Suisse war weder so gleichmütig noch annähernd so entgegenkommend wie die Bank Leu. Der Direktor der Bankfiliale auf den Bahamas, Dr. Joseph Morger, rief Wilkis an und verlangte von ihm, sein Recht auf die Einhaltung des Bankgeheimnisses aufzugeben. Wilkis lief es eiskalt den Rücken hinunter. Er würde nach Nassau kommen, um mit der Bank zu sprechen, sagte er.

Morger war groß und streng, ein Schweizer Bankier alten Stils. Er war der anerkannte Sprecher der bahamaischen Bankenwelt. Als Wilkis ihn aufsuchte, lagen seine Kontopapiere vor ihm auf dem Schreibtisch.

»Sie arbeiten bei Lehman Brothers?« fragte Morger scharf. Die Verbindung zwischen Wilkis' Aktienkäufen und Lehman war offensichtlich.

»Nein«, antwortete Wilkis. Er fühlte sich unbehaglich.

»Das ist merkwürdig«, meinte Morger und legte eine Pause ein. »Wenn man sich Ihre Handelsaktivitäten anschaut, waren Sie nicht gerade vom Glück begünstigt, oder?«

Es stimmte. Wilkis hatte ein fast gespenstisches Gespür dafür entwikkelt, sich auf Tips zu verlassen, die sich als Versager herausstellten, und vergleichsweise geringe Beträge in die Gewinner zu investieren.

Morger schlug den Ordner zu und sah Wilkis direkt an. »Machen Sie Ihre Geschäfte anderswo.«

Wilkis hatte ihn verschreckt verlassen, 40000 Dollar in bar abgehoben und die Bank angewiesen, den Rest seiner Einlage an seine Anwaltskanzlei in New York zu überweisen. Er wollte nichts mehr mit Schweizer Banken zu tun haben. Die ganze Sache war verrückt. Da setzte er seine Karriere und seinen guten Ruf aufs Spiel, obwohl er mit Schuldverschreibungen, die bis zu 16 Prozent Zinsen einbrachten, genausoviel Geld machen konnte. Er hatte eine Frau und zwei Kinder. Ständig mit der Angst vor Entdeckung zu leben war nichts für ihn. Er beschloß, Levine die Stirn zu bieten.

Zurück in New York, rief er Levine an und stattete ihm einen der wenigen Besuche in seinem Büro ab. Kaum hatte er die Tür hinter sich geschlossen und sich hingesetzt, platzte er mit seinem Entschluß heraus: »Es ist vorbei, Dennis. Es stinkt. Wir brechen die Gesetze.« Er war den Tränen nahe. »Dafür bin ich nicht gemacht.«

Levine behielt die Ruhe. »Das ist schade, Bob«, sagte er. »Was mich betrifft, läuft das Spiel gut. Ich habe jetzt eine Million. Ich bin dort, wo ich hinwollte.« Er hielt inne und beugte sich über den Schreibtisch. »Wie kommst du bei Lazard voran? Kümmert man sich um dich?« Er kannte die Antwort natürlich. Wilkis kam kaum von der Stelle. Er steckte in der internationalen Abteilung fest, während das große Geld in der Unternehmensfinanzierung und in M&A gemacht wurde, und das kratzte an seinem Selbstwertgefühl.

»Es ist ein Witz, Bob, wie einfach das Spiel ist«, fuhr Levine fort. »Die Regierung ist doch dumm. Niemand mit auch nur einem bißchen Verstand arbeitet für sie. Die Leute machen nicht mehr als dreißig Riesen, wenn überhaupt.« Er beobachtete Wilkis, um zu sehen, ob seine Worte gewirkt hatten. Dann lehnte er sich zurück, zog einen Schubkasten auf und nahm ein schmales Taschenbuch heraus, das er Wilkis zuwarf. »Versuch's auf den Cayman-Inseln.«

Wilkis starrte zuerst das Buch – es war ein Flugplan – und dann Levine an. Die Gewichte in ihrer Beziehung hatten sich verlagert. Jetzt war Levine der Ausgeglichene, Selbstsichere, und Wilkis derjenige, der ihn brauchte.

Eine Woche später war Wilkis auf den Cayman-Inseln und eröffnete, wieder unter dem Kennwort »Rupearl«, mit 86000 Dollar in bar ein Konto bei der Bank of Nova Scotia.

3

Der von Bäumen gesäumte Teil der West 67th Street zwischen Central Park West und Columbus Avenue ist einer der schönsten Straßenzüge in Manhattan, an dem eines der ehrwürdigsten Restaurants der Stadt liegt, das Café des Artistes, in dem sich Ivan Boesky 1976 mit einem jungen Broker von der Wall Street namens John Mulheren verabredet hatte. Es war ihr erstes Treffen.

Dem vornehmen, an die Alte Welt erinnernden Charakter des Restaurants entsprechend, trugen fast alle männlichen Gäste, selbstverständlich auch Ivan Boesky, Schlips und Jackett. Mulheren jedoch kam in einem hellen Strickhemd und Khakihosen. Groß und kräftig, wie er war, sah er mit seinen zerzausten rotblonden Haaren und dem freundlichen irischen Gesichtsausdruck wie ein zu schnell gewachsener Collegeboy aus. Zu seinem Vorstellungsgespräch bei Merrill Lynch, wo er jetzt beim Aufbau einer Arbitrageabteilung half, war er in einem ähnlichen Aufzug erschienen, und seither war die Freizeitkleidung so etwas wie sein Markenzeichen geworden. Auch auf Drängen von Salim B. »Sandy« Lewis, dem Merrill-Lynch-Angestellten, der ihn angeheuert hatte, war er nicht bereit gewesen, sich für eine Abendverabredung in einen Anzug zu zwängen, nicht einmal für Boesky, den er für ein Genie hielt.

Als Mulheren und seine Frau Nancy das gutbesuchte Café des Artistes betraten, wurden sie bereits von Lewis und dessen Frau sowie Ivan und Seema Boesky erwartet. Mulheren erfaßte rasch, daß seine Herkunft aus der katholischen Mittelklasse kaum etwas hergab, womit Boesky sich identifizieren konnte; aber Boesky stürzte sich förmlich auf die neuen Techniken, die Mulheren bei der Arbitrage anwandte. Mulheren war in nur wenigen Jahren zu einem der gewieftesten Optionshändler der Wall Street geworden, und Boesky kannte sich auf diesem Gebiet weit weniger gut aus. Der Optionshandel bietet eine viel größere Leverage als der Aktienkauf auf Marge, und Leverage war für Boesky wie Honig für einen Bären. Er war elektrisiert von den Möglichkeiten, die Mulherens Strategien innewohnten.

Mulheren war ein Meister des Optionshandels und der Analyse, obwohl er sich als Student mit dem Hauptfach Politische Wissenschaften am Roanoke College, einem kleinen humanistischen College in Virginia, nicht sonderlich hervorgetan hatte. Als er sich nach dem Studienabschluß nach einer Arbeit umsah, war er nur deshalb an der Wall Street gelandet, weil seine Frau als Babysitter für einen Angestellten einer inzwischen eingegangenen Firma gearbeitet hatte. In dieser Firma hatte Mulheren seine Kollegen in Erstaunen versetzt, indem er das erste Computerprogramm für die Optionsanalyse entwickelte. Er war dann von Lewis und keinem Geringeren als dem Präsidenten von Merrill Lynch, Donald Regan, dem späteren Stabschef des Weißen Hauses und Finanzminister unter Ronald Reagan, für Merrill Lynch gewonnen worden.

Mulheren war von Boesky fasziniert. Er hatte sich immer als rebellischen Nonkonformisten betrachtet, aber selbst er mußte zugeben, daß Boesky auf besondere Weise eigen war. Als der Ober an ihren Tisch kam, um die Bestellung aufzunehmen, sagte Boesky, daß er sich noch nicht entschieden habe und die anderen zuerst wählen sollten. Dann gab er seine Bestellung auf: »Ich nehme alle Hauptgerichte.« Der Kugelschreiber des Obers blieb in der Luft schweben, und Boesky wiederholte die Bestellung: »Bringen Sie mir jedes dieser Hauptgerichte.«

Mulheren hob leicht die Augenbrauen und warf seiner Frau einen zweifelnden Blick zu, während Seema weiterredete, als wäre nichts Ungewöhnliches geschehen. Mulheren fragte sich, ob das die Art war, wie reiche Leute zu essen pflegten.

Als das Essen serviert wurde, rollte der Ober einen Tisch heran, auf dem alle acht Hauptgerichte des Tages standen. Boesky drehte den Tisch herum, inspizierte sie sorgfältig, indem er von jedem einen Bissen aß, und entschied sich schließlich für eins der Gerichte. Die anderen ließ er zurückgehen. In dem Gericht, das er behielt, stocherte er allerdings auch nur herum. Mulheren war froh, daß er nicht derjenige war, der die Rechnung begleichen mußte.

Das Abendessen war dennoch ein Erfolg. Es war der Beginn einer engen beruflichen Beziehung und darüber hinaus einer persönlichen Freundschaft zwischen Boesky und Mulheren. Als das Ehepaar Mulheren ein Jahr später in ihrem Haus in Rumson, New Jersey, mit 500 Gästen eine verspätete Hochzeitsfeier veranstalteten, war Boesky dabei, und umgekehrt nahmen die Mulherens an der Bar mitzvah von Boeskys ältestem Sohn und der Bat mitzvah seiner Tochter teil.

Auch Lewis begann bald nach dem Abendessen mit Boesky zusammenzuarbeiten. Kaum ein Jahr später war er bei dem Arbitrageur allerdings in Ungnade gefallen und wurde von ihm aus der Firma gewiesen.

Streitgegenstand waren Gewinne in Höhe von 250000 Dollar. Boesky rief Mulheren an, um ihn zu fragen, was er tun sollte. »Gib ihm das Geld, Ivan«, sagte Mulheren. »Was spielt es schon für eine Rolle?«

Boesky dachte einen Moment darüber nach, dann erwiderte er: »Das kann ich nicht. Nicht wegen des Geldes, sondern aus Prinzip.«

»Erzähl mir nicht solchen Mist«, entgegnete Mulheren. »Geld *ist* dein Prinzip.«

Nicht viel später waren 250000 Dollar für beide kaum mehr als ein besseres Trinkgeld. Amerika befand sich am Vorabend des größten Übernahmebooms der Geschichte, und sowohl Boesky als auch Mulheren sollten an ihm Reichtümer verdienen, von denen sie vorher nicht einmal geträumt hatten.

Trotz all der ökonomischen Begründungen, mit denen man zu erklären versucht hat, warum plötzlich in fast hektischer Weise bestehende Unternehmen aufgekauft wurden, anstatt neue zu gründen, waren die Ursachen für den Boom wahrscheinlich ebensosehr psychologischer wie finanzieller Natur. Während der 70er Jahre hatten die Anleger die Unternehmenserträge und das entsprechende Preis-Gewinn-Verhältnis als Wertmaßstab betrachtet. Die Wirtschaft war durch die Inflation, die nach dem Vietnamkrieg einsetzte und durch die Politik der OPEC verschärft wurde, in Mitleidenschaft gezogen, was zusammen mit hohen Steuersätzen und in die Höhe schießenden Zinsen dazu führte, daß die Gewinne mager ausfielen und die Aktienkurse trotz des infolge der Inflation steigenden Werts der Erträge produzierenden Aktiva auf einem niedrigen Stand verharrten.

Zu diesem Niedrigpreis für Aktiva kam die äußerst generöse steuerliche Behandlung von Zinszahlungen für Kredite. Auf Aktien ausgezahlte Dividenden sind nicht steuerabzugsfähig, Zinszahlungen für Kredite jedoch schon. Aktiva mit geliehenem Kapital zu erwerben bedeutete also, einen erheblichen Teil der Kosten auf die Regierung abzuwälzen. Als dann 1980 Ronald Reagan zum Präsidenten gewählt wurde, lautete die Botschaft für die Finanzmärkte: »Alles ist möglich!« Eine der ersten Amtshandlungen des Justizministeriums unter der neuen Administration war es, die seit zehn Jahren laufenden Anti-Trust-Ermittlungen gegen IBM fallenzulassen. Größe schien in der neuen Ära des entfesselten Kapitalismus kein Problem mehr zu sein. Plötzlich konnte der Zug zur Vergrößerung auch in solchen Industriezweigen befolgt werden, die bereits oligopolistisch organisiert waren, wie zum Beispiel die Ölindustrie, wo man in den Carter-Jahren Zusammenschlüsse nicht einmal erwogen hätte.

Was den Übernahmeboom jedoch erst richtig entfachte, war das Vorbild von Leuten, die Geld machten, großes Geld, indem sie Unternehmen kauften und verkauften. Als der ehemalige Finanzminister (unter Nixon und Ford) William Simon 1982 Gibson Greetings kaufte und 16 Monate später mit einem Gewinn von 70 Mio. Dollar wieder veräußerte (wobei die Investoren das Hundertfache ihrer Anlage verdienten), wurde in der Wall Street über nichts anderes mehr gesprochen. Plötzlich wurden »Cashflow«, den man brauchte, um Kreditzinsen zahlen zu können, und »Substanzwert«, der im Fall des Aufbrechens und stückweisen Verkaufs eines Unternehmens wichtig wurde, die Schlagworte der Unternehmensbewertung. Die Figur des Raiders bildete sich heraus, des Unternehmensaufkäufers, der begriffen hatte, daß so gut wie jeder ein Unternehmen kaufen, die Kostenfaktoren drastisch zusammenstreichen oder rücksichtslos Teile herausbrechen und die Aktiva schließlich mit riesigem Gewinn wieder verkaufen konnte. Und das zweitbeste nach dem Kauf und Verkauf von Unternehmen war es, der Investmentbanker, Anwalt oder Arbitrageur zu sein, der zur Stelle war, wenn das Geld seinen Besitzer wechselte.

Die Übernahmelawine wurde vollends losgetreten, als du Pont 1981 für Conoco, die damals neuntgrößte amerikanische Ölgesellschaft, die phantastische Kaufsumme von 7,8 Milliarden Dollar hinblätterte. Es war der mit Abstand größte Deal der Wirtschaftsgeschichte. Bevor er zustande kam, hatten sich nicht weniger als vier Bieter um das Kaufobjekt gestritten: Dome Petroleum, Mobil, Seagram Co. und du Pont, und sie alle brauchten Armeen von Investmentbankern und Anwälten. Praktisch alle großen Wall-Street-Firmen waren schließlich an der Transaktion beteiligt. Es war der Traum eines jeden Arbitrageurs: Als Dome das Gefecht im Mai mit einem feindseligen Angebot von 65 Dollar eröffnete, wurde die Conoco-Aktie mit weniger als 50 Dollar gehandelt. Danach stieg sie stetig an, bis du Pont im August mit einem Angebot von 95 Dollar pro Aktie den Sieg davontrug.

Als Arbitrageur bei einem solchen Deal zu verlieren war nahezu unmöglich. Trotzdem war Boesky wie wild hinter jeder Information her, derer er habhaft werden konnte. Er ließ sich von seinen Anwälten bei Fried, Frank, angeführt von Stephen Fraidin, mit Untersuchungen über Rechtsfragen versehen, unter anderem über komplizierte Antitrustaspekte in bezug auf Mobil. Er rief ständig bei Mulheren und anderen Arbitrageuren an, beobachtete den Umfang und die Art des Handels der Aktie, suchte angestrengt nach Anhaltspunkten für das nächste, höhere Angebot. Und er untermauerte seine Informationen mit Geld, indem er alles, was die junge Boesky Corporation hatte, unter maximaler Leverage in Conoco-Aktien steckte. Hätte er sich verkalkuliert, wäre seine Firma ruiniert gewesen. Aber wie die Sache lag, konnte er sein Kapital mit diesem einen Deal verdoppeln: Der Gewinn betrug annähernd 40 Mio. Dollar. Es war eine vergiftende Erfahrung für Boesky und seine Kollegen.

Mulheren hatte sich in der neuen Szenerie der Reagan-Ära gleichfalls gut zurechtgefunden. Er hatte immer davon geträumt, viel Geld zu machen, und zwar so, daß die Leute von ihm sagten: »Er hat es sich ehrlich verdient«, und sein Traum war schon vor dem Glücksfall des Conoco-Deals Wirklichkeit geworden. Er war bei Merrill Lynch zum Multimillionär geworden, noch bevor er 30 Jahre alt war.

1980 hatte er im exklusiven Rumson (New Jersey) ein weitläufiges viktorianisches Wassergrundstück erworben, das vorher von Francis Kardinal Spellman bewohnt worden war; ein reiches Gemeindemitglied hatte es der Kirche vermacht gehabt. Als Mulherens Mutter ihm daraufhin vorhielt, er gebe zuviel Geld aus, erwiderte er: »Woher willst du wissen, daß ich zuviel Geld ausgebe, wenn du nicht weißt, wieviel Geld ich habe?«

»400000 Dollar!« hatte seine Mutter ausgerufen. »Das *ist* zuviel Geld!«

Mulheren wechselte von Merrill Lynch zu Spear Leeds & Kellogg, der größten Kursmaklerfirma an der NYSE, die auch über eine aktive Handels- und Arbitrageabteilung verfügte. Spear Leeds residierte im ehemaligen Lawyer's Club (Anwaltsklub) am unteren Broadway, und Mulherens Schreibtisch stand direkt unter einem riesigen gotischen Fenster aus buntem Glas.

Er genoß die Freuden des Geldes in vollen Zügen, spendete aber auch große Beträge: seiner Alma mater – dem Roanoke College –, für örtliche Wohltätigkeitszwecke und andere gemeinnützige Einrichtungen, die ihn um Spenden baten. Er hatte es sich zur Regel gemacht, Spendenwünsche, ohne lange zu fackeln, zu erfüllen. Darüber hinaus hatten er und seine Frau fünf Kinder adoptiert, darunter drei mit Lernschwierigkeiten. Er kaufte einen Strandklub, eine 240-Hektar-Farm in den Bergen von Virginia, auf der er eine Herde Büffel hielt, und ein Winterhaus in Fort Lauderdale. Manchmal fuhr er mit seinem Rennboot nach Manhattan, wo er im South Street Seaport festmachte. Er jagte, sammelte Antiquitäten, fuhr Ski und Jet-Ski. Anfang der 80er Jahre hatte er einen Punkt erreicht, an dem er nicht einmal mehr genau wußte, wieviel Geld er machte; es wurde alles von Buchhaltern und Anwälten erledigt. Er sagte ihnen einfach, sie sollten ihn stoppen, wenn er zuviel ausgab. Doch dazu kam es nicht.

Er gefiel sich in der Rolle des Enfant terrible der Börse und machte sich einen Spaß daraus, mit den anderen Arbitrageuren seine Spielchen zu treiben; die meisten von ihnen waren für ihn nur fett und faul, und er prahlte damit, daß er sie für gewöhnlich »zum Mittag verspeiste«. Einer seiner beliebtesten Streiche war es, ungefähr eine halbe Stunde vor einer angekündigten Marktbekanntmachung, etwa einer Gerichtsentscheidung, die über das Schicksal einer Fusion oder Übernahme befinden würde, in großem Stil zu kaufen oder zu verkaufen. Tatsächlich hatte er keine Ahnung, wie die Sache ausgehen würde, aber die plötzliche Aktivität mußte zu der Vermutung führen, daß er etwas wußte. Die anderen Arbitrageure gerieten regelmäßig in heillose Aufregung, besonders Boesky. »Was hast du rausgefunden?« pflegte er dann atemlos zu fragen. »Was weißt du?«

»Nichts«, pflegte Mulheren ruhig zu antworten. »Ich habe das bloß angezettelt, um den Leuten Feuer unterm Hintern zu machen.«

»Du bist verrückt!« kreischte Boesky zurück. »Werd' endlich erwachsen!« Dann knallte er den Hörer auf, und Mulheren kringelte sich vor Lachen.

An Tagen, an denen der Markt flau war, vergnügte er sich damit, große Positionen billig zu veräußern, was, wie er wußte, dazu führen würde, daß die Kurse sanken und andere Arbitrageure, die auf großen Posten saßen, in die Klemme gerieten. Er wurde denn auch von Anrufen überschwemmt, die er meistens ignorierte. Wenn er dann sah, daß es zu Panikverkäufen kam, trat er wieder auf den Plan und baute seine Position zu niedrigeren Preisen wieder auf.

Zu Mulherens Grundsätzen gehörte es, sich nicht mit Investmentbankern abzugeben. Er hielt sie für arrogant, aufgeblasen und weitgehend nutzlos. Es gab nur zwei Möglichkeiten: Entweder sie logen ihn an, was für ihn wertlos war, oder sie gaben ihm Insiderinformationen, was illegal war. Als er einmal von Siegel telefonisch eine Nachricht erhielt, ließ er sie unbeachtet. Sein Verhältnis zur Presse sah ähnlich aus.

Boesky jedoch war eine Ausnahme. Mulheren teilte in einem Ausmaß seine Informationen mit ihm, wie er es sich kaum einem anderen Börsenprofi gegenüber erlaubt hätte. Die beiden sprachen beinahe jeden Tag miteinander, und Mulheren nahm Boeskys Anrufe stets persönlich entgegen. Er hatte fast von Anfang an, seit sie sich kennengelernt hatten, den Wunsch gehabt, Boeskys Zuneigung zu erringen. Unter seinem rebellischen Äußeren verbarg sich das Verlangen, von den anderen, jedenfalls den meisten von ihnen, gemocht zu werden. Es gab ihm ein gutes Gefühl, Boesky mit Informationen zu versorgen. Er war mit der Zeit zu einem der wichtigsten Händler großer Aktienpakete geworden, so daß er oft wußte, wer die großen Käufer oder Verkäufer waren, und das war eine unschätzbare Arbitrageinformation, da die Identität des jeweiligen Käufers häufig ein Hinweis darauf war, ob eine feindselige Übernahme vorbereitet wurde oder ein seriöser Anleger, ein staatlicher Pensionsfonds etwa, aktiv geworden war, sich eine Reaktion also aller Wahrscheinlichkeit nach erübrigte. Darüber hinaus verließ sich Boesky weiterhin auf Mulherens Kenntnisse über den Optionsmarkt. Umgekehrt revanchierte er sich damit, daß er viele seiner Deals über Mulherens Firma abwickelte, so daß sie die anfallenden Provisionen einstreichen konnte. Er wurde ihr bedeutendster Klient.

Private Dinge blieben in den Gesprächen, die Boesky und Mulheren miteinander führten, weitgehend ausgespart. Boesky glaubte, daß alle Welt nur von einem motiviert war: von Geld. Er erwähnte zwar gelegentlich seine Kinder – die jüngsten, Zwillinge, hatten wie einige von Mulherens Kindern mit Lernschwierigkeiten zu kämpfen –, aber auf das, was ihm im Leben wirklich wichtig war, ging er nicht ein. Er sprach nicht einmal über sein Geschlechtsleben, was ungewöhnlich war, denn nach Mulherens Erfahrung redete jeder an der Wall Street über sein Geschlechtsleben. Einmal, als in der Nähe von Mulherens Haus in New Jersey ein neuer Wasservergnügungspark eröffnet worden war, sagte er zu Boesky: »Ivan, ich werde dich entführen und dich auf eine Wasserrutsche setzen.« Die Antwort bestand aus eisigem Schweigen.

Dennoch war Boesky zu Gesten fähig, die von persönlicher Aufmerksamkeit zeugten. An einem Freitag, als Mulherens Frau mit den Kindern in Florida war und er ihn anrief, bestand Boesky darauf, ihm ein Auto zu schicken, das ihn nach Mt. Kisco zum Abendessen bringen sollte. Die anderen Gäste waren der New Yorker Politiker Andrew Stein, der Komponist Jule Stein, der Komiker Alan King und ihre Frauen. Als Mulheren, ein Autonarr, angekommen war, führte ihn Boesky in die Garage und zeigte ihm sein neues Rolls Royce Silver Cloud Cabriolet, das neben seinem Oldtimer Rolls Royce Phantom Five stand.

Bei einer anderen Gelegenheit, als Mulheren ernste Eheprobleme hatte und Boesky gestand, daß er an Scheidung dächte, sagte er: »Tu es nicht! Vielleicht solltest du einmal mit meinem Busenfreund Hushang Wekili reden. Ich kenne ihn, seit ich vierzehn war. Wir sind zusammen in die Schule gegangen. Es ist eine sehr enge Freundschaft.« Mulheren traf Wekili im Palmenhof des Plaza Hotels. Wekili war schlank, hatte gute Manieren und sah eher europäisch aus. Er fragte Mulheren über seine Ehe und sein persönliches Leben aus und sagte schließlich beschwichtigend: »Probleme gibt es immer. Aber es gibt bessere Lösungen als eine Scheidung.« Mulheren nahm den Rat an.

Im Mai 1982 machte T. Boone Pickens, einer der ersten großen Raider, ein feindliches Angebot für Cities Service, einen weiteren Ölriesen, und alles sah so aus, als würde es wie bei Conoco ablaufen. Einige Wochen später unterbreitete Gulf Oil als »weißer Ritter«, der zur Rettung von Cities Service auftrat, ein freundliches Angebot von 63 Dollar pro Aktie, und Cities Service nahm es an, um den Klauen von Pickens zu entkommen. Boesky steckte sein gesamtes Firmenkapital – 70 Mio. Dollar, 90 Prozent davon kreditiert – in Cities-Service-Aktien und setzte sich zuversichtlich zurück, um das Angebotspoker abzuwarten, das ihm einen ähnlichen Profit einbringen würde, wie er ihn im Fall Conoco erzielt hatte. Lance Lessman, der die Research erledigte, war von dem Deal derartig überzeugt, daß er meinte: »Ich würde das Leben meiner Großmutter darauf verwetten.«

Am späten 6. August, einem Freitag, sah er Boesky mit einem Ausdruck des Schreckens auf dem Gesicht aus seinem Büro stürmen. Er sagte Lessman, er habe gerade gehört, daß sich Gulf unter Hinweis auf Probleme mit dem Antitrustgesetz vom Cities-Service-Geschäft zurückziehen wolle. Die New York Stock Exchange hatte gerade geschlossen, aber der Handel in Cities-Service-Aktien an der Pacific Stock Exchange (die bis 16.30 Uhr Ostküstenzeit geöffnet hat) und auf dem außerbörslichen sogenannten »dritten Markt« war ein schlechtes Omen: Der Kurs war um 4 bis 8 Dollar pro Aktie gefallen.

Sämtliche Lautsprecher im Büro knisterten. »Setzt alle Hebel in Bewegung«, forderte Boesky seine Händler auf. Sie traten sofort in Aktion und riefen hastig bei den an der Westküste operierenden Marketmakern wie Jefferies & Co. an, um wenigstens für einen Teil von Boeskys riesigem Aktienpaket Käufer zu finden oder ein Hedging für die Position zu erreichen. Dann kam eine Meldung über den Börsenticker, die bestätigte, daß die Katastrophe eingetreten war: Gulf hatte sich zurückgezogen! Sämtliche Kaufinteressen lösten sich von einer Sekunde auf die andere in Luft auf. Boesky saß auf einem gewaltigen unverkäuflichen Aktienberg, dessen Wert soeben ins Bodenlose abgestürzt war. Schlimmer noch, schon kamen die ersten Margin calls – Aufforderungen zur Erfüllung der Nachschußpflicht – herein und verlangten die volle Rückzahlung des für den Kauf der Aktien aufgenommenen Geldes.

Die Boesky Corporation saß in der Falle. Sie verfügte, selbst wenn sie alle anderen Aktien, die sie hielt, verkauft hätte, nicht einmal annähernd über das Geld, das nötig gewesen wäre, um den Margin calls nachzukommen. Aber das war noch nicht alles: Boesky stand auch noch mit Krediten in Höhe von 20 Mio. Dollar, die nicht gedeckt waren, bei vier Banken in der Kreide - mit jeweils 5 Mio. bei der Chase Manhattan und der Chemical Bank und mit 10 Mio. bei zwei europäischen Banken. Diese Kredite waren jederzeit kündbar, und die Banken würden mit Sicherheit von Boeskys Krise Wind bekommen. Und um das Maß voll zu machen, waren da noch die NYSE und die SEC. Es hing zwar viel davon ab, mit welchem Kurs Cities Service am Montag bei Wiedereröffnung der Börse gehandelt werden würde, aber alles sprach dafür, daß Boesky - in Verletzung der Vorschriften über den Kapitalbedarf - insolvent sein würde. Die Firma würde möglicherweise liquidiert werden.

Als er an diesem Abend das Büro verließ, um sich zu Krisensitzungen mit seinen Anwälten und Buchhaltern zu treffen, war Boesky zwar blaß, aber äußerlich gelassen und untypisch still. Lessman war beunruhigt, aber als er Boesky in der Nacht zu Hause anrief, machte er überraschenderweise einen gefaßten Eindruck und zeigte sogar eine gewisse Würde in der Niederlage. »So ist das Spiel«, sagte er. »So läuft es nun einmal.« Lessman versuchte seine Stimmung ein wenig zu heben, indem er darauf hinwies, daß die Investition vernünftig gewesen sei: Gulfs Probleme mit dem Antitrustgesetz seien unbedeutend; sie hätten nur als Vorwand für den Meinungswandel gedient. »Es ist, als hätte man sich entschlossen, über die Straße zu gehen«, sagte Lessman. »Die Ampel steht auf Grün, man geht - und dann fällt einem ein Haus auf den Kopf.« Boesky schien der Vergleich zu gefallen; er holte Seema an einen zweiten Apparat und ließ Lessman wiederholen, was er gesagt hatte.

Am Montagmorgen war Cities Service wegen eines »Auftragsungleichgewichts« aus dem Börsenverkehr genommen: Es gab zu viele Verkäufer und keine Käufer. Die NYSE-Spezialisten, die die Märkte in den notierten Werten machten, wollten den Handel erst wieder eröffnen, wenn feststand, daß ein Kurs erreicht werden würde, der Käufer anzog, und das hing zum größten Teil davon ab, wie Boesky sich verhielt. Würden die Margin calls zu einer massiven Liquidation seiner Position führen und den Kurs noch tiefer in den Keller rutschen lassen? In Boeskys Büro war die Spannung ins Unerträgliche gewachsen. Bis auf Cities Service wurde jede Position der Boesky Corp. liquidiert. Danach drängten sich alle um den Fernschreiber und beobachteten gleichzeitig die Computerangaben, um zu sehen, wo der Eröffnungspreis angesiedelt sein würde. Die »Hinweise« auf den Eröffnungspreis sanken stetig, von 50 auf 40 Dollar und weiter. Bei weniger als 30 Dollar pro Aktie wären sie erledigt.

In dieser Situation, während sein eigenes Schicksal und das seiner Firma in der Schwebe hing, startete Boesky eine diplomatische Offensive. In Gegenwart seines Spitzenanwalts, Fraidin, seines Fremdbuchhalters, Steven Oppenheim, und Setrag Mooradians rief er zuerst die vier Banken an, von denen er Kredite erhalten hatte, und bedrängte sie – flehte sie an –, die Darlehen nicht zu kündigen. Es war eine delikate Mission, da er die Banken nicht unnötig in Aufregung versetzen durfte, indem er sie darauf aufmerksam machte, daß der Rückruf der Kredite seine Zahlungsunfähigkeit nach sich zöge. Aber er war in bester Verfassung, ruhig, bestimmt und zuversichtlich, daß sich die Investition in Cities Service am Ende auszahlen würde. Er schaffte es, Zeit zu gewinnen.

Danach begab sich die Anordnung zur NYSE, um mit dem Börsenvorstand zu sprechen.

»Was wäre, wenn die Aktie bei 45 Dollar eröffnet?« fragte einer der Börsenangestellten.

Mooradian rechnete es hastig durch und antwortete dann: »Es wäre o.k.«

»Und bei 40 Dollar?«

»Wäre es eng«, gab Mooradian zu.

»Und bei 30 Dollar?«

Mooradian bemerkte, wie verärgert Boesky über den hochfahrenden Ton des Börsenangestellten und das Quiz, das er veranstaltete, war, und sagte gereizt: »Hören Sie zu. Wenn die Aktie bei Null eröffnet, sind wir aus dem Geschäft. Und mit uns jeder andere an der Wall Street.«

Der Börsenangestellte erklärte den Besuchern höflich, daß sie die Dekkungsvorschriften der Börse zu erfüllen hätten und keinen Sonderaufschub erhalten würden.

Die Abordnung kehrte in Boeskys Firma zurück und wartete dort den weiteren Verlauf der Dinge ab. Schließlich eröffnete Cities Service eine halbe Stunde vor Börsenschluß – mit 30 Dollar. Das war weniger als die Hälfte des Angebots von Gulf! Bei diesem Preis konnte zwar niemand sicher sein, daß Boesky insolvent war, aber die Situation blieb düster. Boesky mußte einen Teil seiner Aktien loswerden. Wie so viele Male vorher, balancierte er wieder einmal am Rande des Abgrunds.

Es gab nur einen, dachte er, an den er sich wenden konnte: John Mulheren. Wie die meisten Arbitrageure hielt auch Mulheren eine große Position in Cities Service, aber er hatte sie in weiser Voraussicht durch Optionsgeschäfte abgesichert, so daß er nicht so in der Klemme steckte wie sein Freund. Boesky rief ihn am Montagnachmittag an.

»Wir haben hier ein größeres Problem«, sagte Boesky grimmig. »Kannst du uns helfen?«

»Nun, wo liegt das Problem? Ich weiß, daß du Verluste machst«, erwiderte Mulheren. Obwohl Boesky seine Deals zum großen Teil über Spear Leeds abwickelte, hatte Mulheren keinen Zugang zu Boeskys Positionen, die innerhalb der Firma vertraulich behandelt wurden.

»Ich muß verkaufen«, erklärte Boesky, ohne darauf einzugehen, wie tief er in Schwierigkeiten steckte.

Mulheren hielt Cities Service auf dem neuen Stand für attraktiv und sagte, nachdem er die Positionen der Firma geprüft hatte, er würde eine Million Aktien übernehmen. Boesky fuhr zurück und zögerte zu verkaufen, als er hörte, daß Mulheren so viel haben wollte. Schließlich erklärte er sich, von der Notwendigkeit gezwungen, bereit, ihm 400000 Aktien für knapp 30 Dollar zu überlassen.

Keine Stunde später war Boesky wieder am Telefon. »Wir haben wirklich ernste Probleme«, sagte er und bat Mulheren nach Börsenschluß um ein Treffen mit ihm und seinen Partnern von Spear Leeds. »Denk dir irgend etwas aus, wie ich die Position loswerden und die Vorschriften erfüllen kann. Man macht mich darauf aufmerksam, daß ich ein Deckungsproblem habe.« In seiner Stimme machte sich Verzweiflung bemerkbar.

»Okay«, sagte Mulheren. »Ich werde sehen, was ich tun kann.«

Er sprach mit seinen Partnern, die sich aus verschiedenen Gründen Sorgen machten. Boeskys Zusammenbruch konnte, bei der riesigen Position, die er hielt, eine Welle panikartiger Verkäufe auslösen und auch Spear Leeds in Mitleidenschaft ziehen. Und Boesky war der bedeutendste Klient der Firma; sie hatte also ein Interesse daran, seine Zahlungsfähigkeit zu erhalten.

Gegen 16.30 Uhr trafen Boesky, Oppenheim, Fraidin, Mooradian und ein Vertreter der Börse bei Spear Leeds ein.

»Können Sie das für uns geradebiegen?« fragte Oppenheim Mulheren.

»Ich weiß auch keinen Ausweg«, entgegnete Mulheren.

»Aber ich weiß einen«, sagte Oppenheim, indem er sich an Boesky wandte. »Ich habe die Lösung hier in meiner Aktentasche.«

Er öffnete sie, nahm einen japanischen Harakiridolch heraus und gab ihn Boesky. Aber Boesky war nicht zum Lachen zumute.

Drei angestrengte Stunden später hatten sie dennoch eine Lösung gefunden. Mulheren hatte eine komplizierte Serie von Optionsgeschäften erarbeitet, die im Ergebnis dazu führten, daß bei einem weiteren Kursverfall von Cities Service die Verluste von Spear Leeds getragen wurden. Auf diese Weise war Boesky nicht genötigt, den Rest seiner Position zu liquidieren, so daß dem Markt ein weiter verstärkter Verkaufsdruck erspart blieb. Als Gegenleistung würde Mulheren mehr als die Hälfte etwa entstehender Profite von Boeskys Cities-Service-Position erhalten. Der Börsenvertreter sagte zu, daß Boesky von der Börse nicht zur Liquidation gezwungen werden würde, und meinte, die Vereinbarung dürfte genügen, um die Kapitalvorschriften zu erfüllen.

Mulherens und Boeskys Vertrauen in die grundlegende Güte der Cities-Service-Aktie sollte sich als richtig erweisen. Trotz des Rückzugs von Gulf hatte das Pickens-Angebot das Unternehmen »ins Spiel« gebracht – was an der Wall Street ein Unternehmen beschrieb, das, einmal zum Ziel eines Angriffs geworden, keine andere Wahl hatte, als zu kapitulieren oder einen Retter zu finden. Nur zwei Wochen später trat Occidental Petroleum auf den Plan und bot 58 Dollar pro Cities-Service-Aktie. Der Kurs stieg, Mulheren und seine Firma kassierten als Belohnung ihrer Rettungstat für Boesky fast 10 Mio. Dollar Gewinn, und Mulheren wurde in der Firma als Held gefeiert. Boesky andererseits verlor in dieser Krise schätzungsweise 24 Mio. Dollar oder rund ein Drittel der Firmenaktiva.

Boesky schien der Blick in den Abgrund des Untergangs, wenn auch nur für kurze Zeit, geläutert zu haben. »Weißt du«, sagte er zu Mooradian, als sie am Ende des Monats die Bücher durchgingen, »Monate wie dieser lehren einen, bescheiden zu sein.« Er ließ von Mooradian einige den Deal betreffende Dokumente zusammenstellen und heftete sie in einem Aktenordner ab, der die Aufschrift »Chartreuse« erhielt. Er verpflichtete Mooradian, niemandem etwas von der Existenz dieses Ordners zu sagen. Er selbst erwähnte ihn nie wieder, und Mooradian warf ihn schließlich weg.

Eine nachhaltige Wirkung hatte das Cities-Service-Debakel allerdings: Boesky fühlte sich Mulheren gegenüber in der Schuld. Seiner Meinung nach war ein Gefallen dieser Größenordnung der Maßstab einer echten Freundschaft. Als er Mulheren nach dem Deal anrief, sagte er: »Ich kann es kaum glauben, daß du das für mich getan hast.« Einige Zeit darauf fragte er Mulheren, ob er nicht einer der Treuhänder des Treuhandvermögens seiner Kinder werden wolle. Mulheren nahm das Angebot an; wenn man voraussetzte, wieviel Boesky auf seine Kinder hielt, war klar, daß es als Anerkennung gemeint war. Mulheren gefiel diese neue Rolle. Er war stolz darauf, ein »Helfer in der Not« zu sein, wie er es ausdrückte.

Aber Boesky war erneut am Rand des Zusammenbruchs entlanggeschlittert. Er mußte das Gefühl gehabt haben, daß er seine neun Leben aufgebraucht hatte; ein weiteres Debakel würde nicht einmal die Familie seiner Frau tolerieren, besonders dann nicht, wenn es auf ihre Kosten ging. Was Boesky daran verrückt machte, war die Tatsache, daß ihn keine Schuld traf. Niemand hatte die Kehrtwendung von Gulf vorhersehen können. Boeskys Einschätzung war zutreffend gewesen, und trotzdem wäre er, durch Ereignisse, die nicht in seiner Macht lagen, beinahe vernichtet worden.

Am Abend jenes Freitags, an dem der Kurs der Cities-Service-Aktie einbrach, hatten die Boeskys auf ihrem Anwesen in Mt. Kisco eine schon vorher geplante Dinnerparty für Mulheren und einige seiner Partner von Spear Leeds und deren Frauen gegeben. Beim Cocktail im Poolhaus hatte sich die Unterhaltung natürlich dem Marktgeschehen zugewendet, und Mulheren hatte gesagt: »Ich hoffe nur, daß der Markt nicht zusammenbricht. Es könnte uns alle umbringen.« Seema hatte das Thema mit einer knappen Bemerkung beendet: »Soweit es mich angeht, wird das nie wieder passieren«, und mit Nachdruck wiederholt: »Nie wieder!«

Mulheren, der wußte, daß ein großer Teil des Kapitals von Boeskys Firma von seiner Frau stammte, hatte daraus geschlossen, daß Seema nicht zulassen würde, daß Boesky noch einmal bei einem einzigen Deal soviel Geld aufs Spiel setzte.

Aber Boesky hatte anderes vor. Es würde nie wieder passieren, sehr richtig. Es gab Möglichkeiten, das Risiko zu beherrschen, ja sogar auszuschalten. Es war nicht wie beim Ringen, wo ein Schiedsrichter auf die Einhaltung der Regeln achtete. Er würde zurückschlagen, und zwar mit Erfolg.

In der nächsten Woche, noch bevor Occidental Petroleum das Angebot gemacht hatte, das die Arbitrageure vom Trauma des Kursverfalls von Cities Service erlöste, griff Boesky zum Telefon und rief Martin Siegel an.

»Hi, Marty«, sagte er lässig. Er gab sich entspannt und ließ durch nichts erkennen, daß er gerade mit knapper Not einem Zusammenbruch entgangen war oder daß er eine Einladung aussprach, die ihrer beider Leben unwiderruflich verändern sollte. »Es wird langsam Zeit, daß Sie daran denken, dem Harvard Club beizutreten. Warum treffen wir uns dort nicht auf einen Drink?«

Früher im selben Jahr, im Juni 1982, hatte Siegel Boesky in sein vor kurzem nach seinen und Jane Days Plänen fertiggestelltes Haus in der exklusiven Enklave Greens Farms zum Tennisspielen eingeladen. Es war ein modernes Haus, mit senkrechten grauen Holzverkleidungen, riesigen, über zwei Stockwerken reichenden Fenstern, aus denen man einen Blick über den Pool und das Meer dahinter hatte, auf dem Siegel seit neuestem

Jet-Ski fuhr. Und an einer Seite, gleich hinter dem Strand, lag das, was Siegel sich immer gewünscht hatte, sein eigener, von Kiefern umgebener Tennisplatz.

Zur vereinbarten Zeit rollte ein pinkfarbener Rolls Royce die Einfahrt herauf und kam leise zum Stehen. Ein lächelnder Boesky stieg mit einem Tennisschläger in der Hand aus dem Wagen, und Siegel sah mit leichter Verwunderung eine dieser Lederhandtaschen an seinem Handgelenk baumeln, wie sie in Europa von vielen Männern getragen wurden; sein Geschmack war das nicht, aber zumindest der Rolls bot Anlaß für ein Kompliment. »Seema hat ihn mir geschenkt«, sagte Boesky.

Siegel hatte für Boesky ein kleines Turnier arrangiert. Die anderen Mitspieler waren Samuel Heyman, ein ehemaliger Staatsanwalt, der inzwischen zum erfolgreichen Immobilienmakler geworden war und ein Auge auf das prosperierende Gebiet der Fusionen und Übernahmen geworfen hatte, und ein weiterer Geschäftsmann. Heyman wohnte, gewissermaßen Tür an Tür mit Siegel, ebenfalls in Greens Farms. Er benutzte den Rasen vor seiner enormen georgianischen Villa als Hubschrauberlandeplatz und nahm Siegel häufig mit, wenn er nach Manhattan flog.

Die vier spielten ein kleines Einzelturnier, jeder gegen jeden. Heyman gewann, und Boesky, der bei weitem schlechteste Spieler, erwies sich als guter Verlierer, was Siegel überraschte, da er davon besessen zu sein schien, seine Söhne zu Tennischampions zu machen. Er hatte sogar einen eigenen Trainer für sie engagiert.

Nach dem Essen verabschiedeten sich die anderen, und Siegel begleitete Boesky zu seinem Wagen. Es gab einiges zu besprechen. Siegel war über die finanzielle Gesundheit von Kidder, Peabody und insbesondere die Arbeit seiner eigenen M&A-Abteilung besorgt. Die Deals wurden zusehends größer, und Kidder, Peabodys Klientenstamm an mittelgroßen Unternehmen fiel dagegen immer mehr zurück. 1981 hatte Siegel von einem Angebot gehört, das United Technologies für die Carrier Corporation unterbreiten wollte, aber als er Carrier seine Dienste als Verteidiger anbot, hatte sich das Unternehmen dafür entschieden, ihre langjährige Beziehung zu Morgan Stanley zu honorieren, wo man darüber hinaus mehr Schlagkraft vermutete als bei Kidder, Peabody.

Noch schlimmer war es aber, daß Siegel zunehmend das Gefühl hatte, daß er aus dem von den Anwälten Marty Lipton und Joe Flom angeführten lukrativen M&A-Club hinausgedrängt werden sollte. Lipton führte ihm zwar immer noch Klienten zu, und er schickte Klienten zu Lipton, aber es ging dabei nie um große Deals. Flom jedoch, fürchtete Siegel, grub ihm zugunsten von Firmen wie First Boston und Morgan Stanley schlicht das Wasser ab. Als Siegel ihn fragte, worin das Problem liege, hatte er geantwortet: »Die Leute hängen eben an ihren traditionellen Investmentbankern.«

Von diesen Sorgen erzählte Siegel jetzt. Boesky hörte es sich an und fragte ihn dann: »Warum kommen Sie nicht zu mir? Überlegen Sie es sich.«

Trotz all seiner Klagen war Siegel zu dieser Zeit weiterhin der unbestrittene Jungstar von Kidder, Peabody. Er war das Paradebeispiel für das Bemühen der Firma, Spitzenstudenten der Business School anzuwerben. Es wurde zu einem jährlich wiederkehrenden Ereignis, daß die Studenten, die den Sommer über bei Kidder, Peabody arbeiteten, einen ganzen Tag auf Siegels Anwesen in Connecticut verbrachten, im Pool schwammen, auf dem Sund surften, Tennis spielten und zum krönenden Abschluß ein üppiges Abendessen serviert bekamen.

Siegels Frau hatte in jenem Frühjahr ihr erstes Kind geboren, ein Mädchen, und alles zusammen, die attraktive Ehefrau, das süße Baby und das Anwesen, das praktisch ein eigener Country Club war, bildete auf nicht allzu subtile Weise die Illustration zu dem unausgesprochenen Werbeslogan: »Kommt zu Kidder, Peabody, und ihr werdet ein Leben führen wie Marty Siegel!« Siegel war 34 Jahre alt.

Auf dem Organogramm der Firma wurde er offiziell immer noch als Angehöriger der Abteilung für Unternehmensfinanzierung geführt, aber in Wahrheit hatte er alle anderen überflügelt und verhandelte nur noch mit DeNunzio persönlich. DeNunzio schien dieses Arrangement zu gefallen; es ließ die anderen Angestellten im ungewissen. Ende 1981 hatte DeNunzio Siegel zu sich bestellt, um mit ihm über seinen Bonus für dieses Jahr zu sprechen. Siegels Gehalt betrug 80000 Dollar; der Bonus stellte also den Großteil seiner Einkünfte dar.

»Was wollen Sie haben?« fragte ihn DeNunzio. »Was, glauben Sie, haben Sie verdient?«

Was Siegel wirklich glaubte, war, daß er ein Paket von Firmenaktien verdient hatte, aber das behielt er für sich. DeNunzio war mit sieben Prozent nach Al Gordon der größte Anteilseigner von Kidder, Peabody, und er bestimmte, wer Firmenaktien kaufen oder verkaufen durfte; diese Kontrolle über die Besitzverhältnisse der Firma war die eigentliche Quelle seiner Macht. Siegel kam für ihn als Aktionär nicht in Frage; er bevorzugte weniger kompetente, dafür aber loyale, ältere Verbündete. So kalkulierte Siegel, um eine seiner Meinung nach faire Kompensation zu ermitteln, den Gewinn der Firma und seinen eigenen Beitrag dazu. Dann schätzte er den Wertanstieg von DeNunzio Firmenanteil und forderte dieselbe Summe für sich als Bonus.

1981 betrug diese Summe 526000 Dollar, und DeNunzio gab sie ihm, ohne mit der Wimper zu zucken. Siegel war damit der bestbezahlte Angestellte der Firma, und er war der einzige, der sein eigenes Mietwagenkonto erhielt, das es ihm erlaubte, wann immer er wollte, ein Auto und einen Chauffeur für sich zu bestellen.

Dennoch war Siegel zunehmend beunruhigt. Zu seinen Sorgen über das M&A-Geschäft und Kidder, Peabodys Abstieg kam noch die Tatsache, daß seine Ausgaben explodierten. Das Haus in Connecticut hatte samt Grundstück fast 750000 Dollar verschlungen. Und jetzt brauchte Jane Day wegen des Babys eine Ganztagshilfe und die Familie eine größere Wohnung in Manhattan. Er hatte sich zusammen mit Jane Day in Gegenden, die DeNunzios Ansicht vom Image von Kidder, Peabody entsprachen – Fifth Avenue, Park Avenue, Sutton Place –, nach einem Appartement mit drei oder vier Schlafzimmern umgesehen, und es war klar, daß ein geeignetes Appartement eine weitere Million kosten würde. Gleichzeitig hatte er plötzlich das Gefühl, als würde er Schwierigkeiten haben, über eine halbe Million im Jahr hinauszukommen – obwohl sein Einkommen mehr als angemessen war.

Zusätzlich begann er den Druck seiner Arbeit zu spüren. Die intensive, mit hohem Einsatz geführte Schlacht einer feindseligen Übernahme ließ seinen Adrenalinspiegel steigen; er legte 100-Stunden-Wochen ein, und dann war sie mit einemmal zu Ende. Mutlosigkeit und Lethargie traten an die Stelle der Anspannung. Er ging um neun oder zehn Uhr abends ins Bett, litt an leichten Allergien und fing an, in stetig steigenden Dosen das Erkältungsmittel Nyquil zu nehmen; es gab Nächte, in denen er 200 bis 300 Gramm davon verbrauchte. Und nach jedem Deal fragte er sich mit größerer Nervosität, ob es der letzte gewesen war.

Das war die Stimmungslage, in der Siegel sich befand, als Boesky ihn anrief und zu einem »Drink« einlud.

Der Harvard Club von New York City, der in einem hervorstechenden, von McKim Mead & White entworfenen Gebäude an der West 44th Street residiert, ist unabhängig von der Harvard University, wenngleich er nur Harvard-Abgänger, Angehörige des Lehrkörpers und ihnen Gleichgestellte aufnimmt. Boesky war auf Umwegen in den Club gelangt: Er unterstützte die unbekannteste Hochschule von Harvard, die School of Public Health, mit großen Beträgen, was ihm einen Sitz im Aufsichtsrat der Schule eingebracht und damit zu einer Stellung auf »Lehrkörperebene« verholfen hatte. Mit anderen Worten, er hatte sich die Mitgliedschaft im Club erkauft.

Trotzdem war er unmäßig stolz darauf. Der Harvard Club mit seiner dunklen Täfelung, den ehrwürdigen Porträts, den Orientteppichen und Samtdraperien bot die Atmosphäre von Respektabilität, nach der es ihn verlangte. Auf Siegel machte sie allerdings wenig Eindruck, als er durch die Doppeltür ging, die in den Grillraum führte.

Boesky erwartete ihn an einem Tisch in einer dunklen Ecke des Raums, den Siegel fast übersehen hätte. Er setzte sich zu ihm und bestellte ein Bier; er vertrug nicht viel Alkohol. Boesky plauderte ziellos dahin, über Squash zum Beispiel, das er Siegel als Ausgleichssport empfahl; sie könnten hier im Harvard Club zusammen spielen. Dann tastete er sich vorsichtig weiter vor, kam auf Siegels finanzielle Probleme zu sprechen und brachte ihn dazu, wie er es schon einmal getan hatte, über seine Sorgen, das M&A-Geschäft, die Schwerfälligkeit von Kidder, Peabody und seine wachsenden Ausgaben zu reden. Boesky erneuerte daraufhin sein Stellenangebot, aber Siegel winkte ab. »Ich könnte einige Investitionen für Sie tätigen«, fuhr Boesky fort, »vielleicht auch etwas für Ihren Vater tun . . .«

»Ich habe Ihnen immer als Berater zur Verfügung gestanden«, sagte Siegel. »Klienten zahlen eine Menge für diese Art von Rat.« Er könne sich durchaus vorstellen, fuhr er fort, als eine Art freier Berater für Boesky zu arbeiten, während er gleichzeitig seine Stellung bei Kidder, Peabody behielt. Es wäre ganz einfach. Er hätte Boesky ja bereits alle möglichen Einblicke in M&A-Deals ermöglicht, seine eigenen und die anderer. Boesky pflichtete ihm bei; diese Einblicke seien von großem Wert, und er sei durchaus bereit, dafür zu bezahlen. Dann trieb er das Gespräch einen fatalen Schritt voran.

»Wenn Sie mich früh genug ins Bild setzen könnten, würde ich natürlich auch dafür bezahlen«, sagte er.

Wenn er wollte, konnte Siegel darin einen ganz harmlosen Vorschlag sehen, der sich auf die Identifizierung möglicher Übernahmeziele bezog, die er aufgrund seiner Erfahrung und seiner Sachkenntnis darüber, wann ein Unternehmen verletzbar war, vornehmen konnte. Bei genauerer Betrachtung war jedoch kein Zweifel daran möglich, daß sie dabei waren, eine unsichtbare Linie zu überschreiten, denn Boesky verlangte unmißverständlich Insiderinformationen von Siegel. Sie sprachen sogar darüber, daß es Verdacht erregen könnte, wenn Boesky zu kurz vor der Bekanntgabe des jeweiligen Angebots aktiv werden würde; Siegel würde ihm seine Tips früh genug geben müssen. »Ich möchte gern, daß wir am

Jahresende einen Bonus aushandeln«, schlug Siegel vor. Boesky nickte zustimmend.

Mehr wurde nicht gesagt. Es fiel kein Wort mehr über Geld oder darüber, wie Boesky Siegel bezahlen würde. Statt dessen wandte sich das Gespräch anderen Dingen zu. Sie tranken ihre Drinks aus, schüttelten sich draußen auf der 44th Street die Hand und gingen auseinander.

Je länger Siegel darüber nachdachte, desto mehr machte ein Arrangement mit Boesky Sinn. Sein Ratschlag war wirklich eine Menge Geld wert. Und Boeskys Tips und Gefälligkeiten waren umgekehrt für seine eigenen Klienten von Bedeutung. Er brauchte Boesky oft, wenn es darum ging, eine Position zu übernehmen, Kaufdruck auf eine bestimmte Aktie zu erzeugen, eine Kursbewegung zu bewirken oder ein Unternehmen »ins Spiel« zu bringen, um es für die Übernahme durch einen von Siegels Klienten weichzuklopfen. Er brauchte einen Vorteil, wenn er es mit Morgan Stanley und First Boston aufnehmen wollte.

Außerdem schien die Sache völlig gefahrlos zu sein. Siegel selbst würde nie an der Börse auftreten; es würde keine Belege geben, die sich zu ihm zurückverfolgen ließen. Und auch Boesky könnte nicht erwischt werden. Er war der größte und erfolgreichste Arbitrageur der Stadt. Er handelte mit allem – was immer Siegel ihm geben würde, es würde zu ihm passen. Die Regierung könnte nie beweisen, daß ein professioneller Arbitrageur mit Insiderinformationen handelte, schon gar nicht Boesky. Boesky war zu clever, um irgendwelche Risiken einzugehen.

Aber Siegel trat nicht sofort in Aktion. Am 26. August 1982, nur wenige Tage nach dem Treffen im Harvard Club, machte die von dem agilen William Agee geführte Bendix Corporation ein feindseliges Übernahmeangebot in Höhe von 1,5 Milliarden Dollar für die Martin Marietta Corporation, das bereits genannte Rüstungsunternehmen, und Siegel wurde mit der Verteidigung betraut.

Der Bendix-Angriff zog viel öffentliche Aufmerksamkeit auf sich. Agee war nach seiner Büroaffäre und Heirat mit Mary Cunningham, die durch sämtliche Medien gegangen waren, ein bekannter Mann. Aber die Vergangenheit trat bald in den Schatten zurück, da sich die Auseinandersetzung zur härtesten, mit allen Kniffen geführten Übernahmeschlacht entwickelte, die es jemals gegeben hatte. Der Grund dafür bestand hauptsächlich in der kühnen Verteidigungsstrategie, die Siegel für Martin Mariettas Rettung erdachte. Sie sollte Siegel sowohl in der Presse als auch innerhalb der Übernahmegemeinde den Ruf eines Genies einbringen, seinen Ansehensverlust im M&A-Club wiedergutmachen und Kidder,

Peabody an die Spitze der Empfehlungslisten von Lipton und Flom katapultieren.

Siegels innovative Abwehrtechnik wurde als die unverfrorenste Verteidigungsstrategie bekannt, die es gab. Sie wurde nach einem einst sehr beliebten Computerspiel »PacMan«-Verteidigung genannt. Bei der PacMan-Verteidigung wendet sich der Angegriffene gegen den Angreifer und dreht den Spieß um, indem er versucht, ihn seinerseits zu schlucken. Das PacMan-Konzept stammt ursprünglich nicht von Siegel, aber nur wenige aus dem Umkreis der Wall Street hatten vorher schon von ihm gehört, und es war noch nie in einem solchen Rahmen angewandt worden.

Siegel ließ Agee die Warnung zukommen, daß Marietta, wenn das Angebot nicht zurückgezogen werde, Schritte unternehmen würde, um seinerseits Bendix zu übernehmen. Siegel war klar, daß der Trick nur funktionieren konnte, wenn er Agee und dem Rest der Welt demonstrierte, daß die Drohung glaubwürdig war, und eines Nachmittags, während er dabei war, den Gegenangriff vorzubereiten, kam ihm plötzlich das Gespräch wieder in den Sinn, das er mit Boesky im Harvard Club geführt hatte. Das hier war die perfekte Gelegenheit! Wenn er Boesky jemals gebraucht hatte, dann jetzt. Normalerweise sackte der Kurs des angreifenden Unternehmens wegen der zu erwartenden Kosten und der Schmälerung des Gewinns ab, während der des Ziels scharf anstieg. Ein Anstieg des Bendix-Kurses wäre also eine deutliche Botschaft, daß etwas Ungewöhnliches im Gange war. Dafür brauchte Siegel jemanden, der Bendix-Aktien kaufte und so den Kurs in die Höhe trieb. Nichts würde der Drohung mehr Glaubwürdigkeit verleihen als das Gerücht, daß Arbitrageure – und Boesky im besonderen – unfreundliche Positionen ansammelten. Gleichzeitig konnte Siegel auf diese Weise etwas für Boesky tun.

Er rief ihn an, räusperte sich und sagte mit unterdrückter Stimme: »Ich denke, wir werden diese PacMan-Abwehr anwenden. Kaufen Sie Bendix.« Für einen Augenblick stieg Angst in ihm auf – er sollte nicht die Gefahr eingehen, solche Informationen am Telefon weiterzugeben; was, wenn Boeskys Apparat angezapft war? –, aber der Lärm der Schlacht übertönte rasch alles andere. Er beobachtete gespannt den Börsenfernschreiber, der fast augenblicklich Anzeichen von Bendix-Käufen meldete; der Kurs stieg wie erwartet an. Bald spekulierte man überall in der Wall Street und in den Medien darüber, daß Martin Marietta zu einem glaubwürdigen Gegenangriff ausholte.

So gut wie jeder war davon überzeugt, bis auf Agee, der sich keineswegs zurückzog und Marietta damit zwang, seine Drohung wahrzumachen und seinerseits mit einem 1,5-Milliarden-Angebot aufzuwarten. Die

Folge war, daß der Bendix-Kurs noch weiter in die Höhe schoß und beide Unternehmen durch die konkurrierenden Gebote geschwächt zurückblieben. Bendix war so angeschlagen, daß das Unternehmen zum Gegenstand eines Gebotsstreits zwischen Allied Corporation und United Technologies wurde, den Allied am Ende für sich entschied. Soweit man überhaupt von einem Sieger sprechen konnte, war es die Martin Marietta Corporation, die unter widrigen Umständen ihre Unabhängigkeit bewahrt hatte. Siegel erhielt dafür den Dank Mariettas und die Anerkennung der Öffentlichkeit.

Boesky verdiente an der Bendix-Position, die er aufgrund des Tips von Siegel aufgebaut hatte, 120000 Dollar. Im Vergleich mit Boeskys sonstigen Geschäften war das eine vernachlässigbare Summe; ging man jedoch tiefer, war es ein sehr zufriedenstellendes Ergebnis: ein risikoloser Profit.

Als Siegel am Ende des Jahres bei Boesky anrief und seine »Bonus«-Forderung mit 150000 Dollar bezifferte, willigte Boesky widerspruchslos ein. Siegel hatte seine häuslichen Ausgaben – Kindermädchen, Haushälterin und so weiter – zusammengerechnet und war auf eine Summe von 85000 Dollar pro Jahr gekommen. Er hatte Boesky nach dem Bendix-Deal zwar keine weiteren Insiderinformationen gegeben und wußte auch nicht, wieviel Boesky mit seiner Bendix-Position verdient hatte, dachte aber, daß seine Leistungen, einschließlich all der legalen Ratschläge, die er Boesky gegeben hatte, 150000 Dollar wert waren. Er fühlte sich genauso wie bei seinen Bonusverhandlungen mit DeNunzio.

»Wie wollen Sie es haben?« erkundigte sich Boesky.

»Bar«, antwortete Siegel.

»Das ist etwas problematisch«, sagte Boesky. »Ginge es nicht auf andere Weise? Ich könnte das Geld doch für Sie investieren, in Immobilien zum Beispiel.«

Aber Siegel bestand auf Barzahlung. Er wollte keine komplizierten Arrangements, und er wollte nichts, das zurückverfolgt werden konnte.

Boesky lenkte schließlich widerstrebend ein. »Geben Sie mir etwas Zeit, um es bereitzustellen.«

Einige Wochen später, nach den Weihnachtsferien, sprang Siegel an einem Januarnachmittag des Jahres 1983 vor dem Plaza aus einem Taxi und ging durch die Drehtür auf der Ostseite des Hotels. Er blieb nach Boeskys Anweisung in der prunkvollen Belle-Epoque-Halle und ging nicht weiter in den anschließenden Palmenhof, wo die Damen, die sich dort zum Tee einfanden, bald von einem Streichquartett mit Salonmusik unterhalten werden würden. Siegel sah sich um und erschauderte, als er den Mann bemerkte, der der Kurier sein mußte.

Dunkelhäutig und muskulös, wie er war, wirkte er fast wie eine Karikatur entsprechender Figuren aus Spionageromanen. Boesky hatte erzählt, daß er den Kurier aus seiner Zeit im Iran kenne; er hatte auch erzählt, daß er als CIA-Agent dort gewesen sei. Konnte Siegel ihm vertrauen?

Die Halle war nicht sehr belebt, so daß der Kurier Siegel leicht erkennen konnte. Er ging gemächlich auf ihn zu.

»Rotes Licht«, murmelte er, als er vor Siegel stand.

»Grünes Licht«, erwiderte Siegel, wie Boesky ihn instruiert hatte. Danach übergab ihm der Mann den Aktenkoffer, den er bei sich hatte.

Siegel ging direkt in sein Appartement in der East 72nd Street, schloß die Tür hinter sich ab, stellte den Aktenkoffer ab und öffnete hastig die Schlösser. Da war das Geld, in 100-Dollar-Scheinen, sauber in Bündeln geordnet, die von Kasinobanderolen aus dem Cesar's Palace zusammengehalten wurden.

Siegel starrte es an. Alles war glattgegangen. Es war jetzt sein Geld; er hatte es sich verdient. Er müßte sich eigentlich großartig fühlen! Statt dessen fühlte er sich krank. Er setzte sich hin, legte den Kopf in die Hände und wartete darauf, daß die Übelkeit, die er verspürte, verging.

4

»Geben Sie mir Milken«, forderte eine bekannte Stimme Milkens Sekretärin auf. Sue Cochran erwiderte, daß Milken beschäftigt sei. »Hören Sie auf, mich zu belügen«, brüllte der Anrufer. »Kommen Sie mir nicht mit solchem Scheiß. Sagen Sie ihm, daß er den verdammten Hörer abnehmen soll.«

Boesky war wieder der alte, fluchend und schreiend. Sue Cochran und ihre Kollegin Janet Chung haßten es, seine Anrufe entgegenzunehmen. Wenn er nicht zu Milken durchkam, mußten sie sich jedesmal den Vorwurf gefallen lassen, sie würden lügen, und das alle zwei, drei Minuten, denn mehr Zeit verging nie vor seinem nächsten Anruf, der stets mit größerer Wut geladen war als der vorangegangene. Es half den Sekretärinnen auch nichts, wenn sie sich damit herauszuwinden versuchten, daß sie ihm Warren Trepp oder einen anderen als Gesprächspartner vorschlugen. Er wollte nur mit Milken reden.

Ende 1983 war die Beziehung zwischen Boesky und Milken so weit gediehen, daß sie zwei- oder dreimal täglich miteinander telefonierten. Ihre Tagesabläufe paßten perfekt zusammen: Wenn Boesky um sieben Uhr sein New Yorker Büro betrat, traf Milken zur gleichen Zeit – vier Uhr früh – in Beverly Hills ein. Sie hatten es sich zur Gewohnheit gemacht, als erstes miteinander zu telefonieren. Es schien ihnen einige Befriedigung zu verschaffen, daß sie beide schon bei der Arbeit waren, während die meisten ihrer Konkurrenten noch im Bett lagen, und sie gaben beide voreinander damit an, daß sie nur drei oder vier Stunden Schlaf brauchten. Milken bestärkte Boesky in seinen grandiosen Träumen – Träumen, die mit Hilfe von Milkens Geld verwirklicht werden konnten.

Wie viele von Boeskys engen Beziehungen hatte auch die zu Milken am Telefon begonnen. Boesky hatte Milken durch Stephen J. Conway kennengelernt, einen Investmentbanker, der früher bei Drexel in New York gearbeitet hatte. 1981 hatte ein »Kopfjäger« Conway bei Drexel angerufen und gesagt, daß er im Auftrag eines bedeutenden Arbitrageurs nach einem Investmentbanker suche. »Wer ist der Arb?« hatte Conway gefragt. Aber der Vermittler hatte erwidert, daß er seine Identität nicht preisgeben könne. »Wenn es Ivan Boesky ist, bin ich vielleicht interessiert«, hatte Conway daraufhin gesagt. »Wenn nicht, vergessen Sie's.«

In der Folgezeit kam es zu zahlreichen Treffen zwischen Boesky und Conway. »Ich habe als Arb zwar schon einige Erfolge vorzuweisen«, erklärte Boesky, »aber die großen Gelegenheiten werden sich auf dem Feld der Leveraged buyouts und der strategischen Positionen ergeben.« Er hatte bereits einige dieser Gelegenheiten ergreifen können: Er war einer der Hauptinvestoren des von Theodore Forstmann geleiteten LBO-Fonds, und Forstmann gehörte umgekehrt zu den Anlegern der Boesky Corporation. Boesky stand außerdem Henry Kravis nahe, der treibenden Kraft hinter Kohlberg Kravis Roberts, damals eine noch in den Anfängen steckende LBO-Firma. LBOs, erklärte Boesky weiter, würden ihm helfen, seine Geschäfte zu »diversifizieren«, so daß er »in jedem Korb ein Ei« hätte.

Er sah sich selbst auf dem Weg, ein »merchant banker« zu werden – »merchant banker« ist die britische Bezeichnung für Investmentbanker, die Unternehmensanteile erwerben, und Boesky glaubte, sie wäre mit besonderer Respektabilität verbunden. Er behauptete, er hätte kein Interesse an der unappetitlichen Praxis des »Greenmail«, einer Abwandlung des LBO, bei der große feindselige Aktienpakete eines bestimmten Unternehmens angesammelt werden, in der Hoffnung, dem Management genügend Angst einzujagen, daß es den Raider zu einem überhöhten Preis ausbezahlt.

Conway wechselte schließlich zu Boesky; er war fasziniert von der Vorstellung, für den nächsten Boone Pickens oder Carl Icahn zu arbeiten. Seine Kollegen bei Drexel waren ebenfalls hocherfreut, konnten sie doch damit rechnen, daß Conway seiner ehemaligen Firma Geschäfte zuschanzen würde.

Tatsächlich brauchte Boesky, um seine hochfliegenden Pläne zu verwirklichen, eine Menge Kapital – und Drexel schien die perfekte Quelle dafür zu sein. Die Kapitaldecke seines Arbitragehandels, die immer kürzer gewesen war, als er gewünscht hätte, war durch die Cities-Service-Krise noch weiter geschrumpft; er war nicht einmal mehr in der Lage, seine alltäglichen Arbitragegeschäfte in dem Ausmaß zu finanzieren, wie er es gern gewollt hätte. Conway sprach mit David Kay, dem M&A-Chef von Drexel, der ihn und Boesky mit Stephen Weinroth von der Unternehmensfinanzierung zusammenbrachte, der sich seinerseits mit Milken in Beverly Hills in Verbindung setzte. Boesky war verblüfft, daß Drexel ihm 100 Mio. zur Verfügung stellen konnte, mehr als doppelt soviel, wie er für den Start der Boesky Corporation hatte aufbringen können.

Als Boesky seine Pilgerreise zum Drexel-Ableger in Beverly Hills unternahm, tat er es auf seine übliche, großartige Weise. Er wohnte in einer Suite im ersten Stock des Beverly Hills Hotels und pflegte seine Bräune am Pool, wo er ein eigenes Badehaus hatte. Von diesem abgeschlossenen Ruheplatz aus konnte er das glitzernde Wasser, den Garten, die Palmen und das weitgeschwungene rosafarbene Hotel übersehen. Dies war sein Reich. Ihm und Seema gehörte die Mehrheit an dem Hotel.

Wie so vieles in seinem Leben, stammte auch das Beverly Hills Hotel von der Familie seiner Frau. Sein Schwiegervater, Ben Silberstein, war 1979 gestorben und hatte große Teile seines Immobilienvermögens je zur Hälfte Seema und ihrer Schwester, Muriel Slatkin, vermacht, darunter auch eines der Glanzstücke des Silberstein-Imperiums, das 1954 erworbene Beverly Hills Hotel.

Das Hotel war keine gewöhnliche Immobilie. In den 30er Jahren erbaut, war es bald zu einem der Nervenzentren Hollywoods geworden, an dessen Swimmingpool sich Filmstars bräunten, während ihre Agenten und Produzenten ein Stück weiter in der Polo-Lounge saßen. Katherine Hepburn war hier, voll angezogen, nach einem Tennisspiel geschwommen. Norma Shearer hatte hier Robert Evans entdeckt. Fernando Lamas war ein häufiger Gast, und in neuerer Zeit sprang hier Eddie Murphy vom Sprungbrett.

Nach Silbersteins Tod waren die Anteile des Hotels, bis auf eine Sperrminorität von fünf Prozent, die von Verwandten der Familie gehalten wurde, zu gleichen Teilen an Seema und Muriel übergegangen. Boesky war sofort darauf aus, die kleine Sperrminorität in die Hände zu bekommen; es war nur eine relativ geringfügige zusätzliche Investition, die aber Seema und ihm die Mehrheit an dem Hotel verschaffen würde, was im Grunde dasselbe bedeutete, als würde es ihnen ganz gehören. 1981 schließlich hatte er es geschafft; die Sperrminorität an Vagabond, der Silberstein-Gesellschaft, der das Hotel gehörte, war in seinem Besitz, und Muriel, die zu spät erfuhr, daß ihre Schwester und ihr Schwager auf ihre Kosten die absolute Mehrheit an sich gezogen hatten, war für immer hinausgedrängt.

Vagabond konnte zwar nicht mit beeindruckenden Erträgen aufwarten, besaß aber wertvolle Vermögenswerte, einen bemerkenswerten Cash-flow und eine saubere Bilanz. Es war genau das Vehikel, das Boesky – mit Milkens Hilfe – aus den Reihen der gewöhnlichen Arbitrageure in die Welt der Konzernbosse katapultieren konnte. Vagabond, später als Northview Corporation firmierend, war der Kristallisationspunkt, an dem sich das Geld ansammeln sollte, und von den

Erträgen würde ein Teil auch Boeskys Arbitragegeschäften zugute kommen.

Boesky war derart von Milken und Drexel eingenommen, daß er, wenigstens nach Lance Lessmans Meinung, die Bedingungen für die gewaltige Finanzspritze von Drexel völlig außer acht ließ. Da war, zum ersten, der für Drexel typische große Schnitt vom Gewinn, der sich allerdings vertreten ließ, wenn man in Betracht zog, daß niemand sonst an der Wall Street als Konkurrent um dieses Geschäft auftrat. Aber dazu kam als zweiter Punkt der Zinssatz - exorbitante 17 Prozent. Und schließlich hatte sich Drexel auch noch das Recht ausbedungen, einen Anteil an Vagabond/Northview zu erwerben. Lessman befürchtete, daß der hohe Zinssatz zu einem enormen Druck auf die Firma führen würde, mit den Arbitragegeschäften riesige Gewinne zu erzielen, um die Zinsen zahlen zu können, während der Vagabond-Anteil Drexel einen großen Einfluß auf Grundsatzentscheidungen der Firma verleihen würde.

Außerdem war die Kombination von finanziell beteiligtem Investmentbanker und Arbitrageur nicht ungefährlich - es war geradezu ein Ansporn, vertrauliche Informationen durchsickern zu lassen. Lessman war sich jedoch klar darüber, daß er dieses Thema nicht anschneiden durfte. Was die anderen Punkte betraf, hielt er mit seiner Kritik nicht hinterm Berg. Boesky wischte seine Vorbehalte aber ungeduldig vom Tisch. Mit Siegel als »Berater« machte er sich keine Sorgen mehr darüber, ob er in der Lage sein würde, riesige Arbitragegewinne einzufahren; das Arrangement mit Siegel verstärkte sogar noch seinen Hunger nach zusätzlichem Kapital. »Wen können wir noch ansprechen?« fragte er Lessman. »Wir haben keine Wahl.«

Auch bei Drexel machte sich jemand Sorgen. Fred Joseph war es gewohnt, von Arbitrageuren angerufen zu werden - sie taten es ständig, wenn er an irgendeiner Transaktion beteiligt war -, aber nicht von solchen, die Drexel Provisionen einbrachten. Er verwarnte jeden in der Unternehmensfinanzierung, sicherzustellen, daß nichts an Boesky weitergegeben wurde, denn Boesky verlor keine Zeit, Drexels »chinesische Mauer« zu prüfen. Er rief nach dem Einstieg von Drexel umgehend bei Joseph an, um sich nach einem schwebenden Geschäft zu erkundigen. Joseph antwortete mit einer Lüge: »Davon weiß ich nichts. Ich werde mich schlau machen und Sie dann zurückrufen.« Er wartete damit allerdings so lange, bis die Information, die Boesky haben wollte, bereits öffentlich bekanntgemacht worden war. Boeskys Anrufe wurden danach immer seltener und hörten schließlich ganz auf. Aber das spielte kaum eine Rolle, seit Boesky regelmäßig mit Milken sprach.

Nachdem Boesky Mitte 1983 die Vagabond/Northview-Finanzierung von 100 Mio. bekommen hatte, wurde die finanzielle Verflechtung zwischen Boesky und Milken mit rasantem Tempo immer enger und unentwirrbarer. Milken erklärte sich bereit, für die Boesky Corporation hochverzinsliche Schuldtitel im Gesamtwert von 110 Mio. Dollar privat zu plazieren; ein Bezugsrecht für Cambrian & General Securities auszugeben, einen englischen geschlossenen Investmentfonds, den Boesky als Plattform für Geschäfte in Europa und für zusätzliche Investitionen in Übernahmesituationen in den USA erworben hatte; und eine europäische Emission in Höhe von 67 Mio. Dollar für Farnsworth & Hastings unterzubringen, eine von Boesky auf den Bermudas installierte Offshore-Investmentgesellschaft, die er nach einer Straßenkreuzung in dem Viertel von Detroit benannt hatte, in dem er aufgewachsen war. Das Kapital, über das Boesky verfügte, kam jetzt überwiegend von Milken.

Boesky reiste regelmäßig nach Beverly Hills, um im Hotel nach dem Rechten zu sehen. Ein Maßstab dafür, wie eng die Beziehung zu Milken geworden war, war eine der seltenen Einladungen in Milkens Haus in Encino. Bei einem später abgehaltenen Dinner für einige von Milkens Kollegen beklagte sich Lori Milken über Boesky; sie hätte sich von seiner kalten, arroganten Art abgestoßen gefühlt. »Ich will ihn nie wieder im Haus haben«, sagte sie zu ihrem Mann.

Als Milken einmal zu beschäftigt war, um sich mit Boesky während einer seiner Besuche in Beverly Hills zu treffen, schickte er seinen Tophändler James Dahl zu ihm. »Erzähl ihm, was du über S&Ls weißt«, instruierte ihn Milken vorher. »Ivan will sich nämlich einen zulegen.« Statt dessen bedrängte Boesky Dahl jedoch mit der Frage, ob er nicht jemanden kenne, der Gulf-Aktien kaufen wolle, in denen Boesky sich damals gerade engagierte. Er würde den Käufern die Übernahme eventueller Verluste garantieren und jeden anfallenden Gewinn mit ihnen teilen. Dahl war entsetzt: Es war eine offene Einladung zu einer illegalen »Parkvereinbarung«, die es Boesky erlaubt hätte, die wahre Eigentümerschaft zu verschleiern, indem er einen anderen kaufen ließ, der als angeblicher Besitzer der Aktien auftrat. Dahl erzählte Milken am nächsten Tag davon, doch Milken tat es mit einem Achselzucken ab: »Du darfst Ivan nicht so ernst nehmen. Er ist ein Spinner.«

Auch andere beklagten sich über Boesky, allen voran Lowell Milken, dem Boesky von Anfang an unsympathisch war. Er warnte seinen Bruder vor ihm, vermochte ihn aber nicht umzustimmen. »Drexel unterstützt Gewinner«, erwiderte Milken, »und Ivan Boesky ist ein Gewinner«. Boesky sollte bald erfahren, was Milkens Unterstützung kostete.

Ein anderer »Gewinner« in Milkens Lager war der exzentrische Victor Posner aus Miami, einer der ersten Raider des Landes. Nichts an ihm selbst oder an seiner Vorgehensweise war geeignet, das Raider-Image aufzupolieren. Er stand im Ruf, Unternehmen unter seine Kontrolle zu bringen, sie zu plündern und die anderen Aktionäre dann mit den Sorgen über die Folgen, die manchmal nichts anderes als den Konkurs bedeuteten, alleinzulassen.

Posner war 64 Jahre alt. Als Sohn eines russischen Einwanderers hatte er, vom Victorian Plaza aus, einem etwas heruntergekommenen Strandhotel in Miami, sein Vermögen in den 30er und 40er Jahren mit Immobilien gemacht. Das Hotel hatte er in zweifelhaftem Barock eingerichtet; vor seinem Büro im 17. Stock standen ein Poolbillardtisch und einige Flipper. Er hatte nie einen High-School-Abschluß gemacht und sprach den Slang der Arbeiterviertel von Baltimore. Das Hauptinstrument für seine Übernahmeaktivitäten war Sharon Steel, eine Erwerbung aus dem Jahr 1969; andere Unternehmen in dem komplizierten Netz von sich kreuzenden Besitzstrukturen waren NVF, DWG, Pennsylvania Engineering, APL und Royal Crown.

Posner hat während seiner gesamten Laufbahn wenig auf rechtliche Beschränkungen gegeben. Bald nach der Übernahme durch Posner wurde Sharon angewiesen, 800000 Dollar des flüssigen Kapitals in Posners DWG Corp. zu investieren, was ihm eine Anklage der SEC wegen Selbsthandels einbrachte, die allerdings, ohne daß Posner sich für schuldig oder unschuldig erklärt hatte, niedergeschlagen wurde. Es folgten noch weitere SEC-Untersuchungen, die aber nie zu einer Anklage führten.

Bis zur Intervention der SEC hatte sich Posner einen Großteil seiner privaten Ausgaben (und die von zweien seiner Kinder) als angebliche Vergütungen von Sharon bezahlen lassen – Häuser, Autos und Chauffeure, Dienerschaft, Urlaubsreisen und sogar Lebensmittel –, und auch dann noch, als seine Firmen Verluste machten, lebten Posner, seine Verwandten und sein Hofstaat in Saus und Braus. In einem Jahr, als Sharon über 64 Mio. Dollar Verluste erwirtschaftete, verdiente Posner allein an Gehalt und Bonuszahlungen von Sharon 3,9 Mio. Dollar. Sein Sohn Steven, den er als Vizepräsidenten bei Sharon untergebracht hatte, erhielt über 500000 Dollar. Außerdem standen ihnen die Yacht und der Privatjet des Unternehmens zur freien Verfügung.

Was vielen, die Posner gut kannten, jedoch am meisten an ihm mißfiel, war seine Vorliebe für Mädchen im Teenageralter. Das heftigste Kopfschütteln löste es aus, als er sich zuletzt sogar die Tochter einer früheren

Geliebten, die inzwischen zu seiner Pressesprecherin geworden war, zur Gespielin erkor.

Posner war über einen der wichtigsten Klientenwerber zu Drexel gekommen, einen Überlebenden aus der Unternehmensfinanzierung von Burnham & Co., Donald »Donny« Engel. Extravertiert und umgänglich, wie er war, hatte Engel ein Flair an sich, das vielen der steiferen Investmentbanker abging. Er gab nicht vor, ein großes Finanzgenie zu sein, aber er besaß die Schläue der Straße und die Fähigkeit, einen potentiellen Klienten zu erkennen. Er wußte, daß der Schlüssel zu vielen von ihnen ihr Privatleben war, und nicht das Geschäft. So kam es, daß er mit der Zeit alles über das Leben seiner Klienten erfuhr, einschließlich der Probleme, die sie mit ihren Frauen und Geliebten hatten. Er war kein Moralrichter, im Gegenteil: Er teilte viele der Neigungen seiner Klienten. Unter den bedeutenden Drexel-Klienten, die Engel angeworben hatte, waren Ronald Perelman, Nelson Peltz, Jerome Kohlberg, Gerald Tsai, Irwin Jacobs und die Familien Haft und Pritzker.

Engel hatte in Milken eine verwandte Seele gefunden. Sie hatten beide nicht viel für das reiche Establishment übrig und nannten es spöttisch »die weißen Typen«. Die Klienten, die sie für Drexel an Land ziehen wollten, waren Leute wie Herb Haft, der mit seiner gefönten, kegelförmigen Frisur wie eine Figur aus *Raumschiff Enterprise* aussah. Er wurde von den meisten an der Wall Street von oben herab betrachtet, kannte die Armut – und war hungrig, hatte »Feuer im Bauch«, wie Engel gern sagte. Engel mochte Klienten, die klein, unglücklich verheiratet und unsicher waren. Das war sein Persönlichkeitsprofil eines Raider-Klienten.

Engel und Milken wußten, wie man mit dem Ego und den Unsicherheiten dieses Typs umgehen mußte, des geborenen Verlierers, der immer nach einer Möglichkeit Ausschau hielt, seinen Rivalen eins auszuwischen und sie zu übertreffen, und stets der Beste, Größte, Reichste sein mußte. Nach Engels Ansicht gab es nur zwei Dinge, die diese Klienten antrieben: der nächste Deal und die nächste sexuelle Eroberung. Das war schlicht menschliche Natur.

Engel fand mit seiner Denkweise nicht bei jedem in der Firma soviel Anklang wie bei Milken. Er wurde zwar dafür geachtet, daß er Drexel neue Geschäfte eröffnete, aber sein Spitzname lautete »Prinz von Schlock«. Er war als der »Hauskuppler« bekannt, der für wichtige Klienten wie William Farley von Farley Industries bereitwillig Verabredungen arrangierte. Als er einmal gebeten wurde, vor neuen Investmentbankern von Drexel über die Akquisition neuer Geschäfte zu sprechen, vermittelte er ihnen folgende Weisheit: »Die amerikanische Geschäftswelt mag Frauen. Treiben Sie eine Nutte auf, und Sie haben einen Klienten.«

Victor Posner wurde mit der Zeit Engels größter Klient und Engel seinerseits zum Vermittler zwischen Posner und Milken. Seit Posner Mitte der 70er Jahre, schon vor dem Umzug nach Beverly Hills, begonnen hatte, in Milkens Junk-bonds zu investieren, hatte er offenbar solches Vertrauen zu Milken gefaßt, daß er Anfang der 80er Jahre blind kaufte, was immer Milken ihm an Drexel-Emissionen anbot.

Joseph allerdings hatte grundsätzliche Vorbehalte gegen Posner. Er bat eine seiner Spitzenkräfte in der Unternehmensfinanzierung, Stephen Weinroth, eine Analyse der Finanzstruktur des Raiders anzufertigen. Das Ergebnis war alarmierend: Posner hatte bei den meisten Unternehmen, die er kontrollierte, aufgehört, Jahreshauptversammlungen abzuhalten, und befand sich in bezug auf die Bekanntgabe seiner Einkünfte zunehmend auf Kollisionskurs mit dem Gesetz. Seine tatsächlichen Einkünfte, einschließlich der Einnahmen aus seinen verdeckten Firmen, waren sogar noch überdimensionierter als diejenigen, die er bekanntmachte: 1984 waren es insgesamt 23 Mio. Dollar. Nach Weinroths Ansicht verwandelte Posner »Gold in Abfall«. Der Ruf der Firma würde nur Schaden nehmen, wenn sie Emissionen vertrieb, die sich als schlecht herausstellten.

Posner wollte Sharon Steel im großen Stil als Ausgangsbasis für Raubzüge gegen andere Unternehmen nutzen. Auf dem Höhepunkt hielt Sharon Aktienpakete von mehr als 40 Unternehmen. Die Strategie bestand darin, sie »ins Spiel« zu bringen und anschließend ihren Ausverkauf zu organisieren, das heißt sie, wenn nötig, zu zerbrechen und ganz oder in Einzelteilen loszuschlagen, oder sie seinem Imperium einzuverleiben. Um das tun zu können, brauchte er gewaltige Mengen an zusätzlichem Kapital, weit mehr, als er, selbst in einem für die Stahlindustrie guten Jahr, mit Sharon erwirtschaften konnte.

Einer dieser Angriffe verlief ausgesprochen frustrierend für Posner. Es ging um die Fischbach Corporation, eine Baufirma mit Sitz in New York, die Posner gern mit seiner Pennsylvania Engineering fusioniert hätte. Er hatte 1980 mehr als fünf Prozent der Fischbach-Aktien in seinen Besitz gebracht, das fällige 13-D-Formular ausgefüllt, mit dem er der SEC die Position bekanntgab, und sich daran gemacht, Fischbach mit einem feindseligen Übernahmeangebot an den Kragen zu gehen. Aber Fischbach hatte zurückgeschlagen, mit einem Prozeß aus Antitrust- oder anderen Gründen gedroht und Posner gezwungen, ein Stillhalteabkommen zu unterzeichnen, das er jetzt bitter bereute. Die Vereinbarung sah vor, daß Posner keine weiteren Fischbach-Aktien kaufen durfte, sofern kein anderer Raider gegen das Unternehmen auftrat oder ein 13-D-Formular ausfüllte, das den Besitz von mehr als zehn Prozent der Fischbach-Aktien auswies.

Posner ging mit seinem Problem zu Milken und Drexel und erklärte, daß er dennoch vorhabe, die Kontrolle über Fischbach zu erlangen. Er wollte, daß Drexel eine Schuldverschreibung für seine Pennsylvania Engineering ausgab, deren Einnahmen er für den Kauf von Fischbach verwenden würde - sobald er das Stillhalteproblem gelöst hätte. Milken dürfte klar gewesen sein, daß er die Marktmacht besaß, um Posner zu geben, was er wollte, und sich selbst und seiner Firma Millionen an Provisionen zu sichern.

Bald darauf, im Dezember 1983, reichte die Executive Life Insurance Co. ein 13-D-Formular bei der SEC ein, in dem sie bekanntgab, daß sie einen 13-Prozent-Anteil an Fischbach erworben hatte. Das war genug, um das Stillhalteabkommen auszuhebeln. Wie es der Zufall wollte, wurde Executive Life von Fred Carr geführt, einem der frühesten Milken-Anhänger und Halter eines großen Portefeuilles aus von Milken vertriebenen Junk-bonds. Carr hing davon ab, daß Milken als Marketmaker agierte und die Liquidität seiner Anteile aufrechterhielt. Er gehörte zu jenen Drexel-Klienten, die im allgemeinen taten, was Milken ihnen sagte. Im übrigen war die Fischbach-Investition nur mit einem geringen Risiko behaftet. Selbst wenn Carr nicht informiert gewesen sein sollte, Milken wußte, daß Posner das Unternehmen früher oder später übernehmen würde.

Aber was immer Posner, Milken und Carr erwarteten, sie hatten sich verkalkuliert - auch wenn es sich nur um einen höchst formellen Punkt handelte: Executive Life war eine Versicherungsgesellschaft und mußte daher ihre Aktienpositionen auf einem 13-G-Formular offenlegen, und nicht auf einem 13-D. Fischbach nahm diese Formulare zum Anlaß, Posner anzukündigen, man werde mittels einer gerichtlichen Verfügung klarstellen lassen, daß das Stillhalteabkommen weiterhin in Kraft sei, da Executive Life seinen Aktienkauf eigentlich auf einem 13-G-Formular hätte melden müssen. Das Stillhalteabkommen sei nur dann hinfällig, wenn eine 13-D-Meldung in entsprechender Höhe bei der SEC eingehe. Wie stichhaltig dieses Argument auch gewesen sein mag, es hätte auf alle Fälle bewirkt, daß die Angelegenheit vor Gericht gezogen wurde, und Fischbach eine Atempause verschafft. Nicht einmal Milken konnte Wertpapiere verkaufen, die mit einem ungelösten Rechtsstreit belastet waren, der ihr Investmentpotential gefährdete. Posner und Milken waren außer sich vor Wut.

Milken beschloß, die Sache selbst in die Hand zu nehmen, und rief Boesky an. Wie üblich, wurde er unverzüglich zu ihm durchgestellt. Boesky hob sofort ab und hörte sich aufmerksam an, was Milken auf dem Herzen hatte. Milken bat ihn – »wies ihn an«, wäre vermutlich die bessere Beschreibung –, ein großes Paket an Fischbach-Aktien zu erwerben. Immerhin schuldete ihm Boesky nach der Finanzspritze, die er erhalten hatte, einen Gefallen.

Milken hatte Boesky als das Instrument ausgewählt, mit dessen Hilfe er Posner von dem Stillhalteabkommen befreien wollte. Er instruierte ihn, langsam, in kleinen Mengen, um keine unliebsame Aufmerksamkeit zu erregen, Aktien und Wandelanleihen von Fischbach anzusammeln, und versicherte ihm, daß er eine Bekanntmachung von Posner erwarte, die den Kurs in die Höhe treiben und Boesky zu einem satten Gewinn verhelfen werde. Sollte das nicht geschehen, garantiere er ihm den Ausgleich aller entstehenden Verluste. Ein Verlust schien also ausgeschlossen zu sein, und Boesky begann am 4. Mai 1984 damit, Fischbach zu kaufen, bis er fast die magische 10-Prozent-Grenze erreicht hatte und auf Milkens Geheiß die Ankäufe einstellte. Am 9. Juli schließlich erstand er direkt von Milkens Junk-bond-Abteilung ein Paket von 140000 Fischbach-Aktien, was ihn über die kritische Linie brachte und eine 13-D-Meldung bei der SEC erforderlich machte. Milkens Interesse an seiner Position und die Rückversicherung gegen eventuell entstehende Verluste erwähnte er darin allerdings nicht.

Von außen betrachtet, mußte es aussehen, als hätte Boesky ein echtes Interesse an Fischbach, und ein nicht eingeweihter Beobachter mußte annehmen, daß bald ein Übernahmeangebot erfolgen würde, entweder von Boesky selbst oder von anderer Seite. Die 13-D-Erklärungen sollen Investoren einen gewissen Schutz bieten, indem sie davon in Kenntnis gesetzt werden, daß von einem Unternehmen ein großes Aktienpaket – von mindestens fünf Prozent – akkumuliert wurde. Damit wird jeder darauf aufmerksam gemacht, daß möglicherweise ein Übernahmeangebot bevorsteht. Darüber hinaus ist der Investor, der das 13-D-Formular ausfüllt, verpflichtet, den Zweck seiner Erwerbung anzugeben und mitzuteilen, ob er weitere Ankäufe plant. Wenn bekannt wird, daß ein 13-D eingereicht wurde, bewirkt es häufig einen Kursanstieg der betreffenden Aktie, da es in der Folgezeit in aller Regel zu einem Übernahmeangebot kommt. Ein 13-D-Formular falsch oder unvollständig auszufüllen stellt deshalb, in Rücksicht auf das Vertrauen, das die Investoren in 13-Ds setzen, eine strafbare Handlung dar.

Aber das dürfte Boesky keine schlaflosen Nächte bereitet haben. Es hatte in der Vergangenheit nur sehr wenige Untersuchungen und Anklagen wegen 13-D-Vergehen gegeben. Beunruhigender war es da schon, daß der Kurs von Fischbach, trotz Milkens zuversichtlicher Voraussage, weiter absackte, von 30 Dollar, als Boesky zu kaufen begann, auf rund 25 Dollar. Aus Beverly Hills kam jedoch erneut die Versicherung, daß Milken seinen Verlust ausgleichen werde.

Um sicherzugehen, rief Boesky seinen Chefbuchhalter Mooradian an. Milken hatte Boesky einmal angewiesen, eine große Position der Columbia Savings and Loan zu übernehmen, einem weiteren von Milkens verläßlichen Käufern und Verkäufern von Junk-bonds. Er hatte seine Aufforderung nicht begründet, aber versprochen, für mögliche Verluste aufzukommen - und einen Anteil am Gewinn verlangt. Boesky hatte gehorcht. Im Grunde hatte Milken auf diese Weise einen verdeckten Anteil an einem seiner wichtigsten Klienten erworben. Zu jener Zeit hatte Boesky Mooradian gebeten, wie im Fall »Chartreuse« eine Geheimakte anzulegen, von der niemand sonst etwas wissen sollte. Diesmal hatte die Akte als Kennzeichnung ein rotes Band und die Aufschrift »Special Projects« erhalten. In diesen Ordner sollte jetzt alles kommen, was die Fischbach-Position betraf - die Kosten, die sie verursachte, und alle realisierten Gewinne oder Verluste. Es waren Verluste, da der Fischbach-Kurs ständig weiter abrutschte.

Boesky wurde immer unruhiger. Am 28. November schließlich schrieb er Milken einen Brief: »Lieber Mike, anbei findest Du eine Reihe von Informationen aus der Zeit bis zum 27. November 1984 einschließlich, die sich selbst erklärt.« Dann fuhr er rätselhaft fort: »Ich hielte es für angemessen, wenn das Beiliegende gelöst werden würde.« Milken antwortete damit, daß er einige gewinnträchtige Deals für Boesky arrangierte, die erneut seine erstaunliche Macht über den Junk-bond-Markt demonstrierten. Die Deals betrafen überwiegend wenig gehandelte Papiere, bei denen Milken einen großen Ermessensspielraum in bezug auf den Preis besaß. Sie konnten allerdings Boeskys gewaltige Verluste nicht einmal annähernd wettmachen.

Unterdessen hatte Milkens Plan sein Ziel erreicht: Das Stillhalteabkommen war nach Boeskys 13-D-Meldung hinfällig, Fischbach ließ von der angedrohten Klage wegen des Formfehlers der Executive Life ab und beugte sich dem Unvermeidlichen. Posner und Milken konnten zum Angriff übergehen.

Für Joseph und Weinroth war die Aussicht, eine Posner-Erwerbung zu finanzieren, allerdings ein Grund zur Sorge. Joseph schickte Weinroth und einen weiteren Fachmann aus der Unternehmensfinanzierung nach

Beverly Hills, um Milken die Fischbach-Übernahme für Posner auszureden, gegen den inzwischen wegen Steuerhinterziehung ermittelt wurde. Milken wollte zuerst nichts davon wissen und wiederholte einen Spruch, der bei Drexel häufig zu hören war: »Wenn Drexel den Deal nicht macht, macht ihn First Boston«. Nach und nach jedoch schien er für die New Yorker Argumente zugänglicher zu werden. Er lobte Weinroths Analyse über Posners Finanzstruktur als gute Arbeit, und als Weinroth ihn verließ, war er überzeugt, das Fischbach-Geschäft gestoppt zu haben. Er konnte nicht wissen, daß Milken bereits unauflösbar darin verstrickt war. Milkens Eingehen auf Weinroths Bedenken war kaum mehr als eine Vorspiegelung.

In der folgenden Woche gingen die Vorbereitungen für den Fischbach-Deal weiter, als wäre Weinroth nie in Beverly Hills gewesen. Weinroth war vor den Kopf gestoßen und ging zu Joseph, der daraufhin bei Milken anrief. Milken beharrte eisern darauf, das Geschäft durchzuführen. Er rief Joseph die Erfolge ins Gedächtnis, die Posner mit seinen früheren Erwerbungen gehabt hatte, und erklärte, wie wertvoll Posners »Informationsfluß« sei.

Joseph leistete trotz der sinkenden Erträge von Fischbach und des Kursverfalls der Aktien des Unternehmens nur halbherzig Widerstand. Er rechtfertigte das Geschäft schließlich mit dem großen Marktanteil, den Fischbach sich erobert hatte, bestand aber darauf, daß die Einnahmen, aus welchen Schuldverschreibungen auch immer, einzig und allein für den Erwerb von Fischbach-Aktien verwendet werden dürften, und nicht für andere Posner-Aktivitäten. Außerdem setzte er eine geringfügige Änderung der Bedingungen der Emission durch. Aber niemand bei Drexel, der Einblick in die Situation hatte, ließ sich dadurch in die Irre führen: Milken, nicht Joseph, war derjenige, der das Sagen hatte.

Pennsylvania Engineering brachte durch die im Februar 1985 von Drexel durchgeführte private Plazierung von hochverzinslichen Papieren 56 Mio. Dollar auf. Die Absprache zwischen Milken und Boesky wurde natürlich nicht erwähnt; niemand hätte die Papiere gekauft, wenn er gewußt hätte, daß sie Teil einer illegalen Verschwörung waren. Trotzdem waren nicht einmal die anhänglichsten Milken-Kunden bereit, sämtliche Papiere zu übernehmen. Eine große Position wurde bei einem der festen Klienten der Firma untergebracht, Dort Cameron III., einem früheren Angestellten und Protegé von Milken, der zu einer Investmentpartnership der Familie Bass gewechselt war, wo er Milkensche Emissionen vertrieb. Von den restlichen Papieren blieb der größte Teil bei Drexel und wurde dem Firmenbestand an Junk-bonds zugeschlagen. Drexels Provision der Plazierung: drei Mio. Dollar.

Milkens Plan funktionierte weiter reibungslos. Einige Monate später verkaufte Boesky seine Position für 45 Dollar pro Aktie an der Londoner Börse - obwohl Fischbach zur gleichen Zeit in New York für weniger als 40 Dollar gehandelt wurde. Boesky erlitt trotzdem einen Verlust, der sich nach seinen Berechnungen auf fast fünf Mio. Dollar belief, war aber sicher, daß er dafür entschädigt werden würde. Der Käufer seines Fischbach-Pakets wurde natürlich nicht genannt, als Boesky den Verkauf routinemäßig der SEC meldete. Es hätte langer, geduldiger und vom Zufall begünstigter Detektivarbeit bedurft, um die nach Tausenden zählenden SEC-Meldungen durchzusehen und diejenigen von Pennsylvania Engineering zu entdecken, mit der der Ankauf exakt derselben Menge an Fischbach-Aktien und -Schuldverschreibungen angezeigt wurde, wie Boesky sie - und zwar zum selben Preis - verkauft hatte. Milken dürfte damit gerechnet haben, daß niemand diese Übereinstimmung bemerkte, und genau so war es auch.

Bei Drexel wurde es natürlich bemerkt, sogar in New York. Oberflächlich gesehen, machte die Transaktion keinen Sinn: Warum sollte Posner Boesky einen überhöhten Preis zahlen, wenn er sich auf dem offenen Markt günstiger eindecken konnte? Weinroth und andere fragten sich beunruhigt, ob Boesky vielleicht versprochen worden war, daß er seine Position zu seinem Preis loswerden würde, und wenn es so war, wer wem welche Versprechungen gemacht hatte. Man diskutierte die verschiedenen Möglichkeiten, ließ das Thema aber schließlich wieder fallen. Niemand wagte es, Milken danach zu fragen.

Milkens Triumph war besiegelt, als Fischbach einige Zeit später bekanntgab, wer sein neuer Präsident war: Victor Posner. Posner unterwarf das Unternehmen umgehend dem für ihn typischen Führungsstil, stockte sein Gehalt übermäßig auf, schröpfte die Aktiva und richtete das einst blühende Unternehmen derartig zu, daß es Arbeiter entlassen mußte und seine Ertragslage stetig schlechter wurde.

So wie sie verlaufen war, erregte die Kapitulation von Fischbach, außer bei einer Handvoll Arbitrageure und Investmentbanker an der Wall Street, wenig Aufmerksamkeit. Diejenigen aber, die die Ereignisse verfolgt hatten, betrachteten Milken voller Ehrfurcht. Posner hatte sich selbst in eine unmögliche Lage manövriert. Doch dann war Milken auf den Plan getreten, hatte die Hindernisse beiseite geräumt und Fischbach auf die Knie gezwungen. Das war Macht, und Fischbach nahm in Milkens Gedankenwelt nur einen untergeordneten Platz ein. Zur selben Zeit, als er den Fischbach-Deal durchzog, lotste er Posner noch durch die Klippen eines anderen Übernahmekampfs, der mit einem ungleich größeren, stärkeren Gegner ausgefochten wurde: National Can Co.

Posner hatte seine Position in National Can, eine große Verpackungsfirma mit Sitz in Chicago, seit Jahren ausgebaut. 1981 war er mit 38 Prozent der bei weitem größte Anteilseigner. Er behauptete jedoch, er hätte sich nur zu Investmentzwecken engagiert. Ende 1983, ungefähr zu der Zeit, als die Fischbach-Kampagne anlief, gab National Can die Ausgabe einer Schuldverschreibung bekannt, mit der 100 Mio. Dollar aufgebracht werden sollten. Auf den ersten Blick war daran nichts Besonderes. Der Haken war, daß als Underwriter National Cans langjährige Investmentfirma auftreten sollte – Salomon Brothers.

Das löste in Beverly Hills helle Aufregung aus. Nichts entfachte Milkens Kampfgeist schneller als die Aussicht, daß sich ein Konkurrent ein Stück von dem Kuchen abzuschneiden versuchte, den er als sein Eigentum betrachtete. Drexel würde die Emission durchführen. Wenn nicht, sollte National Can ruhig das Schicksal der anderen Posner-Opfer teilen.

Posner setzte sich mit der Geschäftsführung von National Can in Verbindung und mischte sich zum erstenmal direkt in die Leitung des Unternehmens ein. Er sagte, er wäre nicht glücklich mit der Aussicht darauf, daß Salomon die Bond-Ausgabe durchführen werde, und verlangte, daß sich National Can mit Drexel zusammensetzte. Der Wunsch des größten Aktionärs war der Geschäftsführung Befehl, und so trafen im Dezember Repräsentanten von National Can in Chicago mehrmals mit Donny Engel und anderen Drexel-Vertretern zusammen. Drexel unterbreitete ihnen ein eigenes Angebot. Der von Drexel geforderte Zinssatz lag jedoch um einen vollen Prozentpunkt höher als der von Salomon. Es gab also keinen vernünftigen Grund, der eine Entscheidung für Drexel gerechtfertigt hätte. Blieb als letztes Argument nur der Druck von seiten Posners.

Da die National-Can-Vertreter wenig geneigt schienen, Drexel den Zuschlag zu geben, stellte Posner sie freimütig vor die Wahl: Entweder, National Can kaufte ihm sein Aktienpaket mit einem gewaltigen Aufgeld ab – »Greenmail« –, oder man bequemte sich dazu, bei einem von Drexel durchgeführten Leveraged buyout mitzuwirken, an dessen Ende er 80 Prozent und die Geschäftsführung 20 Prozent des Unternehmens halten würde. Posner brauchte nicht zu erwähnen, daß ihm noch eine dritte Alternative offenstand: National Can einfach zu übernehmen und die Geschäftsführung auf die Straße zu setzen.

Die Geschäftsleitung von National Can, mit dem allseits verehrten Frank Considine an der Spitze, einer Stütze der Chicagoer Geschäftswelt und einem Garanten für die erdverbundene Werteskala des Mittelwestens, hatte es bis dahin noch nie mit einer derart häßlichen, unverblümt aggressiven Taktik zu tun gehabt – und das alles nur, weil man die Ausgabe einer gewöhnlichen Schuldverschreibung angekündigt hatte. Posner blieb in seinen Gesprächen mit Considine und dem Finanzchef von National Can, Walter Stelzel, hartnäckig bei seiner Drohung. Um ihr Nachdruck zu verleihen, verwies er wiederholt darauf, daß über 50 Prozent der Unternehmensaktien in »befreundeter« Hand waren, das heißt Aktionären gehörten, die tun würden, was Posner ihnen sagte. Daß er zu einer gemeinsam auftretenden Aktionärsgruppe gehörte, hatte er in seinen 13-D-Erklärungen nie erwähnt. National Can blieb schließlich trotz größter Bedenken keine andere Wahl, als sich zum gemeinsamen Leveraged buyout mit Posner bereitzuerklären.

Drexel lief zur Höchstform auf und entwarf ein LBO zu 40 Dollar pro Aktie beziehungsweise 410 Mio. Dollar Gesamtvolumen. Am Ende würde Posner nicht nur für sein Aktienpaket, das er für weit weniger als 40 Dollar erworben hatte, einen riesigen Gewinn eingestrichen haben, sondern auch die Kontrolle über National Can besitzen. Aber auch für Drexel war es ein enorm lukratives Geschäft: Zusätzlich zu den fälligen Provisionen für das Investment banking würde die Firma aus den von Milken emittierten Junk-bonds, bei einem Umfang von 150 Mio. Dollar und dem üblichen Drexelschen Prozentsatz, Finanzierungsgebühren von etwa fünf bis sechs Mio. Dollar kassieren.

Aber das war noch nicht alles. Das wahre Ausmaß von Milkens Gewinn lag in den streng gehüteten Büchern der Partnerships innerhalb von Milkens Abteilung begraben. Die Investmentpartnerships, die Milken eingeführt hatte, um seine Mitarbeiter von den Sorgen um ihre eigenen Investitionen zu entlasten, hatten sich rasant entwickelt; von Drexel vertriebene Junk-bonds wanderten in großer Zahl durch die Portefeuilles, wurden zu Vorzugspreisen erworben und wieder veräußert, sobald der Kurs, nachdem der Handel mit ihnen begonnen hatte, in die Höhe geschnellt war. Eine der ersten Gründungen war eine Partnership namens Otter Creek, die auf den engsten Kreis um Milken beschränkt war und ihre Geschäfte im Jahr 1979 aufgenommen hatte. Zu ihren Teilhabern zählten neben Milken und seinem Bruder Lowell 35 bevorzugte Mitarbeiter der Drexel-Filiale in Beverly Hills. Für diese wie für alle anderen Partnerships galt, daß sie, um keinen Neid zu erregen, der New Yorker Zentrale gegenüber nicht erwähnt werden sollte, ganz zu schweigen von ihrem finanziellen Erfolg. Nicht einmal Joseph kannte den Umfang der Aktivitäten der Partnerships. Als sich Weinroth einmal danach erkundigte, wer alles zu den Westküstenpartnerships gehöre, erklärte ihm jemand aus Milkens Kreis, daß ihn das nichts angehe. Der Handel der Partnerships wurde nur in Beverly Hills überwacht, und nicht von der Aufsichtsabteilung in New York.

Vor dem National-Can-Deal hatte sich Otter Creek fast ausschließlich in Junk-bonds oder ähnlichen Papieren, wie Options-oder Wandelanleihen, engagiert, nie in normalen Aktien. *Ein* börsennotiertes Unternehmen wird in den Handelsakten der Partnership für Dezember 1983 allerdings aufgeführt, noch dazu mit einem recht großen Aktienpaket von 54200 Stück: National Can – zweifellos ein Teil jener in »befreundeter« Hand befindlichen Aktien, mit denen Posner National Can so oft gedroht hatte.

National Can sagte schließlich zu, das von Drexel finanzierte Leveraged buyout während der Weihnachtsferien auf den Weg zu bringen. Das war eine hochsensible Information, die bei Bekanntwerden eine sofortige Reaktion an der Börse ausgelöst hätte. Sie wurde daher von den Eingeweihten als streng vertraulich behandelt. Dennoch kaufte Otter Creek am 3. Januar 1984, wenige Tage nach der Entscheidung und vor ihrer öffentlichen Bekanntgabe, weitere 10000 National-Can-Aktien.

Am 5. Januar trat der Vorstand von National Can zusammen und beschloß den LBO-Plan. Am gleichen Tag kaufte Otter Creek mit außerordentlichem Marktgespür erneut National-Can-Aktien, diesmal 21300, zu denen zwei Tage später weitere 2000 hinzukamen. Die Entscheidung, die Aktien zu kaufen, war angeblich vom Managementkomitee von Otter Creek, das von Milkens Bruder Lowell geleitet wurde, gefaßt worden.

Das durchschnittliche tägliche Handelsvolumen von National Can lag bei nur 4000 Aktien. Der plötzliche, von einem Kursanstieg begleitete Aufschwung rief daher bei National Can die Befürchtung hervor, daß etwas über das geplante LBO-Geschäft durchgesickert war. Die Geschäftsführung beschloß deshalb am 12. Januar, an die Öffentlichkeit zu gehen und bekanntzugeben, daß sie einen von Drexel stammenden LBO-Vorschlag erwäge. Wie nicht anders zu erwarten, schoß der Kurs von National Can augenblicklich in die Höhe.

Die Käufe von Otter Creek nur wenige Tage vor dieser Bekanntmachung waren so auffällig, daß die NYSE eine Untersuchung wegen vermuteten Insiderhandels einleitete. Drexel gab nur zögerlich Informationen über Otter Creek heraus und tat alles, um die Börsenermittler von dieser Fährte abzulenken; Otter Creeks Ankauf sei eine »unaufgeforderte Transaktion« zugunsten eines »nicht frei verfügbaren Kontos« gewesen. Nach wiederholten Fragen gab Drexel schließlich zu, daß die Anleger von Otter Creek Drexel-Angestellte waren, fügte dem aber eine eindeutige Falschaussage hinzu: Es bestehe keinerlei Verbindung zwischen Otter Creek, Drexel und National Can – während Drexel im selben Augenblick das Leveraged buyout eben dieses Unternehmens finanzierte.

Die Untersuchung machte außerdem klar, was von der internen Aufsicht bei Drexel zu halten war: Die Börsenermittlung hätte eigentlich zu einer Untersuchung durch die Aufsichtsabteilung darüber führen müssen, wie es kam, daß Drexel-Angestellte in die Aktie eines Klienten investierten, der bekanntermaßen dabei war, ein Leveraged buyout vorzubereiten. Statt dessen verschleierte Drexel die Vorgänge. Immerhin war der Leiter der Aufsicht in Beverly Hills Lowell Milken unterstellt, der tief in den Handel der Partnership verstrickt war. Drexels Vorgehensweise hatte Erfolg: Die Untersuchung der Börse wurde mit einem Abschlußbericht beendet, in dem es hieß, daß Otter Creek »keine bekannten Verbindungen zu National Can« besitze. Kaum zu glauben, aber den Ermittlern scheint nie aufgegangen zu sein, daß Otter Creek aus denselben Leuten bestand, die das Leveraged buyout von National Can finanzierten.

Posner bekam National Can am Ende doch nicht in die Hände, aber er wurde erneut von Milken gerettet. Als Posners Finanzimperium Mitte 1984 infolge eines überzogenen Leverage und schlechten Managements, was Joseph und Weinroth schon vor Fischbach bemängelt hatten, ins Wanken geriet, zogen sich die für den National-Can-Deal vorgesehenen Banken von dem Geschäft zurück. Considine versuchte krampfhaft, eine eigene Finanzierung für ein Leveraged buyout zustande zu bringen, war aber nie ein ernsthafter Konkurrent. Milken bot National Can einfach bei seinen anderen loyalen Klienten feil, die jedes Angebot, das Considine machen konnte, mit Sicherheit überbieten würden.

Carl Icahn zeigte ernsthaftes Interesse an National Can und erwarb sogar ein beträchtliches Aktienpaket, verzichtete dann jedoch. Schließlich kaufte ein anderer von Milkens Schützlingen, Nelson Peltz, das Unternehmen. Drexel brachte für Peltz insgesamt 595 Mio. Dollar auf und verdiente dabei sogar mehr an Finanzierungsgebühren und Investmentprovisionen, als der Firma bei dem ursprünglichen Plan mit Posner als Protagonisten zugeflossen wären. Und wer kaufte die National-Can-Bonds, mit denen Milken die Übernahme finanzierte? Die Liste enthält lauter vertraute Adressen: Fred Carrs First Executive Corporation, Thomas Spiegels Columbia Savings and Loan, Meshulam Riklis, Carl Lindner, Ronald Perelman, um nur einige zu nennen.

Was Otter Creek betrifft, so verkaufte die Partnership ihre National-Can-Position in aller Stille, als Peltz sein freundliches Übernahmeangebot machte, und kassierte dafür, einschließlich eines gewaltigen Handelsprofits, 3,8 Mio. Dollar. Allein der Handel im Januar 1984 brachte ihr einen Gewinn von fast einer halben Mio. ein. Der ins Auge fallende Insiderhandel war in diesem Fall, der Vorbildcharakter erlangen sollte, also unauflöslich mit der erzwungenen, von Drexel finanzierten Veränderung der Besitzverhältnisse an dem betreffenden Unternehmen verknüpft.

Auf der anderen Seite des Kontinents, in New York, wußte Fred Joseph, immer noch Chef der Unternehmensfinanzierung, weder etwas von einer Otter Creek genannten Partnership noch von deren Handel in National Can. Milken war nur Kantor rechenschaftspflichtig, und Kantor Linton, dem Präsidenten von Drexel. Aber Engel arbeitete für Joseph, der nicht leugnen konnte, daß Engels Beziehung zu Posner höchst einträglich für Drexel war. Darüber hinaus hatte er sich auch mit einem anderen Milken-Anhänger angefreundet, Ronald Perelman, dem Chef einer Holding namens MacAndrews & Forbes, die hervorragend für die Abwicklung der von Drexel ermöglichten Manöver geeignet war. Aber Drexels Aufsichtsabteilung hatte Joseph auf einige Handelsbelege aufmerksam gemacht, die alle Vorbehalte, die er in bezug auf Engels Moral und Urteilsvermögen hegte, zu bestätigen schienen. Gewisse Aktivitäten eines Verkäufers, von dem er wußte, daß er eng mit Engel befreundet war, rochen stark nach Insiderhandel bei einem Deal, an dem Engel beteiligt gewesen war. Das konnte und wollte ihm Joseph nicht durchgehen lassen.

Er bestellte Engel und den Verkäufer wutentbrannt zu sich. Wie die Belege zeigten, hatte der Verkäufer die in Frage stehende Aktie gekauft, solange es so aussah, als würde die Transaktion zustande kommen, und dann kurz vor der Bekanntmachung, daß der Deal geplatzt war, verkauft. Joseph wußte, daß Engel mit diesen Entwicklungen vertraut gewesen war. »Erklären Sie mir dieses außergewöhnliche Timing«, forderte er die beiden mutmaßlichen Delinquenten auf. Engel behielt die Ruhe und wies jede Unregelmäßigkeit weit von sich. »Das war nur ein Zufall«, meinte er, und der Verkäufer hieb in dieselbe Kerbe. Joseph spürte, daß sie logen. »Beten Sie zu Gott, daß nicht noch so ein Zufall eintritt«, sagte er in einem Ton, der keinen Zweifel daran ließ, daß er den Beteuerungen der beiden keinen Glauben schenkte. »Denn wenn das passiert, werfe ich Sie beide raus. Und zwar so, daß Sie erledigt sind.«

Wenige Wochen später erzählte Weinroth Joseph, er hätte von einem Klienten erfahren, daß Engel sich von einem seiner Klienten 65000 Dollar »geborgt« und einen Schuldschein über die Summe ausgestellt habe, ohne irgend jemand in der Firma etwas davon zu sagen. Joseph war empört. Es gab zwar keine formelle Vorschrift darüber, war aber ein ungeschriebenes Gesetz, daß ein Investmentbanker der Firma sich einem Klienten gegenüber nicht finanziell verpflichten durfte; es hätte das Urteil und die Objektivität des Investmentbankers trüben können. Joseph rief Engel zu sich und warf ihn ohne viel Federlesens hinaus.

Engel wandte sich umgehend an Milken und beschwerte sich über den Rausschmiß. Der Klient habe in Wirklichkeit ihm Geld geschuldet, und zwar 100000 Dollar; die 65000 hätten also nur einen Teil der Schuld beglichen, und Weinroth sei mit der Sache nur zu Joseph gegangen, weil er ihn loswerden wollte. Milken rief Joseph an und verlangte Engels Wiedereinstellung. Engel sei »nützlich«, sagte er. Joseph wußte, wieviel Wert Milken auf Klientenbetreuung legte, und Engel konnte Klienten in einer Art und Weise »beschwatzen«, die Joseph zuwider sein mochte, aber augenscheinlich funktionierte. Joseph ging kurz der Gedanke durch den Kopf, daß Milken bei weitem nicht soviel Wert auf Moral und Integrität legte. Aber welcher Händler tat das schon?

Da Milken sich hinter Engel stellte, war Joseph klar, daß er einen Kompromiß finden mußte. An eine Wiedereinstellung war allerdings nicht zu denken. Aber Milken schlug einen Ausweg vor: Drexel sollte Engel als »Berater« engagieren, als »Entdecker«, wie er sich ausdrückte. Als Vergütung sollte er wie bisher zwischen vier und 20 Prozent der von den Klienten, die er angeworben hatte, gezahlten Provisionen erhalten. Joseph bestand darauf, daß Engel sich nicht als Repräsentant von Drexel ausgeben dürfe, stimmte ansonsten aber zu.

Es war ein Präzedenzfall in Sachen Integrität, und das Feigenblatt der »Beratertätigkeit« von Engel konnte niemanden innerhalb oder außerhalb der Firma täuschen. Milken hatte über Joseph triumphiert und einen seiner Getreuen gerettet. Engel bezog ein Büro in der dritten Etage des Gebäudes, in dem Perelman seinen Hauptsitz hatte. Telefonisch war er weiterhin über die Vermittlung von Drexel zu erreichen. Die neue Stellung als Berater brachte ihm weit mehr Geld ein, als er jemals als Angestellter von Drexel verdient hatte. Seine Loyalität Milken gegenüber wurde durch den Vorfall nur noch verstärkt.

Ende 1983 kam es in Josephs Büro zu einem Gespräch zwischen David Kay, dem Leiter der M&A-Abteilung bei Drexel, und seinem Chef. Er hatte das Büro in bester Laune betreten, braungebrannt von einem kürzlichen Besuch in Beverly Hills und wie üblich in einem europäisch geschnittenen Anzug. »Wir sind gut drauf«, sagte er und rasselte die von seiner Abteilung eingefahrenen Provisionen herunter. Joseph war nicht sehr beeindruckt davon.

»Schauen wir uns die Zahlen einmal genauer an«, sagte er. Drexels Einnahmen waren durch den Erfolg der Milkenschen Bond-Operationen in die Höhe geschossen und rasch auf knapp eine Milliarde Dollar angewachsen, das Zehnfache dessen, was Joseph vorgefunden hatte, als er in die Firma eintrat. »Du machst nur zehn Prozent unserer Einnahmen, in absoluten Zahlen: 100 Mio. Dollar«, sagte Joseph. »Bei den meisten anderen Firmen ist die M&A-Abteilung für 30 bis 40 Prozent gut.«

»Du bist ein Arschloch«, erwiderte Kay.

Joseph war nicht ganz fair zu Kay gewesen. Wegen des exponentiellen Wachstums der von Milken erwirtschafteten Erträge konnte keine andere Abteilung von Drexel den Gewinnanteil erreichen, den die entsprechenden Abteilungen in anderen Firmen erzielten. Joseph wollte diversifizieren; er wußte, daß eine übergroße Abhängigkeit von einem einzigen Menschen und einem einzigen Geschäftszweig in der Wall-Street-Welt der Auf-und-Abschwung-Zyklen nicht ungefährlich war. Aber was konnte er tun? Jedesmal, wenn die Unternehmensfinanzierung, M&A oder irgendeine andere Abteilung etwas vorzuweisen hatten, erwies es sich im Vergleich zu dem, was Milken zu bieten hatte, als recht bescheiden.

Joseph dachte nach seinem Gespräch mit Kay häufig über die Rolle der M&A in der Firma nach. Die großen Firmen wie Morgan Stanley oder Goldman, Sachs, die Joseph, wie er versprochen hatte, innerhalb von 15 Jahren erreichen oder sogar überflügeln wollte, wurden auf dem Gebiet der M&A immer stärker. Doch Drexel hatte etwas, das sie nicht hatten: Michael Milken. Vielleicht war er der »Hebel«, nach dem Joseph suchte. Die Posner-Geschichte hatte gezeigt, wie eng Milkens Geldmaschine mit der M&A verzahnt werden konnte.

Im Verlauf der Jahre hatte sich Joseph immer wieder einmal an einen Managementguru namens Cavas Gobhai gewandt, einen in Bombay geborenen Berater, der zweitägige Intensivkurse für Geschäftsleute veranstaltete, die auf Brainstorming und »Selbsterkundung« aus waren. Im November 1983 verabredete er einen weiteren Kursus mit Gobhai, der dazu dienen sollte, Mittel und Wege zu finden, wie Drexel auf dem expandierenden Gebiet der M&A in die vorderste Frontlinie vordringen konnte. Mit Rücksicht auf die Machtstellung, die Drexel mittlerweile zugewachsen war, fand der Lehrgang im eleganten Beverly Wilshire Hotel statt, das nur einen Block von Milkens Junk-bond-Fabrik entfernt war.

Zu dem Lehrgang waren elf Drexel-Banker geladen. Milken hatte vier Teilnahmekarten erhalten, und er kam mit Trepp, Ackerman und Bob

Davidow. Aus New York reisten, außer Joseph, Kay, Leon Black, John Kissick, Herbert Bachelor und Fred McCarthy an. Die Gruppe gelangte rasch zu dem Schluß, daß Drexel einem M&A-»Star« brauchte, der bedeutende Klienten anzog, und stellte eine Liste der Wunschkandidaten auf: Bruce Wasserstein von First Boston, Eric Gleacher von Lehman Brothers und Martin Siegel, der nach seinem Erfolg bei der Verteidigung von Martin Marietta, die allen noch in frischer Erinnerung war, ganz oben rangierte. Es war ein interessanter Zeitvertreib, obwohl im Grunde keiner der Mitspieler glaubte, daß einer der Kandidaten auf ein Angebot von Drexel eingehen würde.

Aber die Gruppe entwickelte noch weitere faszinierende Ideen. Die großen Unternehmen waren nur deshalb diejenigen, die den M&A-Boom anfachten, weil sie das große Geld und die entsprechende Kreditfähigkeit besaßen. Doch Drexel hatte bewiesen, daß man kein Geld brauchte, wenn man Drexel an seiner Seite hatte, um es aufzutreiben. Ein Posner mit einer Kriegskasse von einer Milliarde war genauso kampffähig wie ein Blue-chip-Konzern mit einer Milliarde in bar und realisierbarer Kreditfähigkeit. Den Aktienhaltern, insbesondere den Arbitrageuren, die sich in Aktien von Unternehmen engagierten, die zum Gegenstand von Übernahmeangeboten geworden waren, konnte es egal sein, woher das Geld kam - Hauptsache, sie bekamen es.

Die Gruppe ging aber noch einen Schritt weiter. Was, wenn Drexel das Geld nicht wirklich aufbrachte, sondern nur versprach, es zu tun? Man könnte einen Brief »höchsten Vertrauens« herausgeben, eine formelle Zusage, daß Drexel »höchstes Vertrauen« darin setze, das im jeweiligen Übernahmeangebot versprochene Geld aufbringen zu können. Solange Drexel die Versprechen einlöste, wäre der Brief genausoviel wert wie Geld.

Die großen Unternehmen, denen die Banken und der Kreditmarkt im allgemeinen offenstanden, würden sicherlich nicht zu einem so winzigen Einsatz wie einem Drexel-Brief greifen. Aber was war mit Leuten, die gar keine andere Wahl hatten? Insbesondere auf einem Gebiet war es, wie Drexel aus Erfahrung wußte, ausgesprochen schwierig, die nötigen Finanzmittel aufzutreiben: auf dem der feindseligen Übernahmen. Die Banken scheuten davor zurück, und ebenso die großen Investmentbanken wie Goldman, Sachs. Die Gruppe diskutierte über die negative Publizität, die mit solchen Geschäften verbunden war, und die Risiken, die sich ergeben könnten, wenn sich Drexel noch enger an Leute wie Posner band. Milken hatte keine Einwände dagegen, und sogar der vorsichtigere Joseph meinte, die Firma würde den Druck aushalten. Wenn Drexel wachsen sollte, blieb der Firma gar keine andere Wahl. Außerdem war ihr Ruf kaum so überragend, daß ein oder zwei feindselige Übernahmen ihn allzusehr in Mitleidenschaft ziehen würden.

Als Joseph und seine Kollegen nach New York zurückkehrten, gaben sie die Devise aus, daß jeder in der Firma auf mögliche feindselige Übernahmeaktivitäten achten solle. Den großen Schub erwartete Joseph jedoch von der bevorstehenden Junk-bond-Konferenz. Dort würden er und Milken ihre neue Strategie zur Umwälzung der Welt der feindseligen Übernahmen verkünden.

Die erste Bond-Konferenz hatte Ende der 70er Jahre, zwei Jahre vor Milkens Umzug an die Westküste, in kleinem Rahmen stattgefunden. Der Markt hatte sich zu jener Zeit in einem Tal befunden. Milken war, was selten vorkam, entmutigt gewesen und hatte darüber geklagt, daß er mit seiner Botschaft von der Profitabilität gering bewerteter Papiere nicht mehr zu den Käufern durchdrang. »Besorgen Sie mir Klienten«, hatte er Joseph angefleht.

Joseph war auf die Idee gekommen, eine Konferenz zu veranstalten, um einige der Klienten aus dem Bereich der Unternehmensfinanzierung, nämlich solche, die dafür prädestiniert waren, unbewertete Schuldverschreibungen auszugeben, und einige Käufer aus Milkens Klientenstamm zusammenzubringen. Joseph konnte nun drei Unternehmen für die Konferenz interessieren, und Milken nur sieben oder acht Käufer, die sich an einem kalten, regnerischen Märztag in einem von Drexels Konferenzräumen trafen und sich anhörten, was Milken über das Potential von Junk-bonds zu sagen hatte. Die Rede klang, als wäre sie an ein nach Hunderten zählendes Auditorium gerichtet.

Im nächsten Jahr war der Erfolg nur wenig größer: Diesmal erschienen 50 Teilnehmer. 1979 verlegte Milken die Konferenz ins Beverly Hilton Hotel in Beverly Hills. Das Dinner am Freitagabend, das als gesellschaftlicher Höhepunkt der zweitägigen Veranstaltung gedacht war, wurde ein Fiasko. Zehn Minuten, bevor die Gäste Platz nehmen sollten, wurden an die Drexel-Angestellten Listen der Unternehmens- und institutionellen Klienten verteilt, die zusammen an einem Tisch sitzen sollten. Sie hätten sie begrüßen und zu dem ihnen zugewiesenen Platz führen sollen, aber da sie die meisten noch nie vorher gesehen hatten, wußten sie natürlich nicht, wen sie ansprechen mußten. Aus der planmäßigen Sitzordnung wurde eine Zufallsordnung. Das Essen – schmierige Quiche und Pu-pu-Platten mit Hühnchen- und Rindfleischspießen – führte nur dazu, daß jeder nach zusätzlichen Servietten suchte. An Unterhaltung gab es eine trockene Rede des Präsidenten von Sun Chemical.

Hinterher kam Engel zu Milken und sagte: »Diese Leute sind an Stil gewöhnt. Die Hors d'œuvres waren gräßlich, und das Dinner war ein einziges Chaos.« Milken war froh, Engel die Planung der nächsten Konferenz überlassen zu können.

Sie wurde mit mehr Stil im vornehmeren Beverly Wilshire Hotel abgehalten. Sie begann, wie alle zukünftigen Konferenzen, bereits am Dienstagabend und endete am Sonntagmorgen. Auf Engels Gästeliste standen alte Drexel-Klienten und solche, die es erst noch werden sollten und von denen Milken meinte, sie müßten Schuldverschreibungen ausgeben, sowie Junk-bond-Käufer und Gesellschaften, die als potentielle Käufer angesehen wurden. Als Redner traten Vertreter von Unternehmen auf, die bereits gering bewertete Schuldverschreibungen emittiert hatten und die verjüngende Kraft der Junk-bonds priesen.

Das Freitagsdinner war sowohl in bezug auf die Sitzordnung als auch in bezug auf das Essen vervollkommnet worden. Aber die Redner – mehrere Akademiker und ein Meinungsforscher – waren ermüdend, und die meisten der 175 Konferenzteilnehmer dösten bei ihren Vorträgen ein.

1984 war die Junk-bond-Konferenz gewissermaßen erwachsen geworden. Über 800 Teilnehmer fanden sich zu dem Ereignis im Beverly Wilshire Hotel ein. Milken war der offizielle Gastgeber und der Star jeder Sitzung, auf der er erschien. Er sprach nicht nur über Junk-bonds, sondern auch über größere Themen: die Arbeitsplatzentwicklung, die Ausbildung und den Mangel an menschlichem Kapital. Diese Themen sollte er in den folgenden Jahren in zahllosen Reden immer wieder aufgreifen, und seine Anhängerschar sog jedes Wort, das er sagte, in sich auf, so, als hätte sich der Junk-bond-Verkäufer in einen weltklugen Philosophen für die 80er Jahre verwandelt.

Obwohl Engel jetzt einen Stab von acht Leuten unter sich hatte, mußte er sich jede Einzelheit der 84er Konferenz, bis hin zur Sitzordnung, von Milken absegnen lassen. Nichts wurde dem Zufall überlassen. Barry Diller, der Chef von 20th Century-Fox, der von Paramount Pictures übergelaufen war, durfte nicht neben Martin Davis, dem Präsidenten von Gulf + Western, Paramounts Muttergesellschaft, plaziert werden. Roger Stone, der Chef von Stone Container, einem Junk-bond-Emittenten, bekam einen Platz neben den Vertretern von Fidelity, einem Investmentfonds, der in großem Umfang Stone-Bonds gekauft hatte. Die Klientenbetreuung wurde insgesamt auf eine neue Ebene gehoben: Wenn ein Junk-bond-Käufer Spiegel an der Decke und den Wänden seines Hotelzimmers verlangte, ließ Drexel sie anbringen.

Das Freitagsdinner für 1500 Gäste mußte ins Century Plaza Hotel verlegt werden. Diesmal döste niemand ein. Statt der langweiligen Wirtschaftswissenschaftler oder Meinungsforscher wurde eine gigantische Leinwand herabgelassen und, nachdem der Saal verdunkelt worden war, ein Werbespot mit den Stars Stephen Wynn und Frank Sinatra abgespielt. Anschließend traten Milken und Wynn auf die Bühne und ins Scheinwerferlicht. »Ihr Typen habt ja keine Ahnung davon, wie man richtige Werbespots macht«, nörgelte Milken.

»Ach, ja?« erwidete Wynn. »Lassen wir einen Fachmann entscheiden.«

Auf dieses Stichwort hin kam Frank Sinatra auf die Bühne und fuchtelte mit einer Handvoll Banknoten in der Luft herum. »Da, nimm, Kleiner«, sagte er zu Wynn, indem er ihm das Geld gab. »Kauf dir ein paar Bonds.« Danach begann er, vom Publikum stürmisch gefeiert, ein 45minütiges Medley aus seinen Songs zu singen.

Der Sinatra-Auftritt kostete Drexel 150000 Dollar. Aber das war ein Klacks im Vergleich mit den Summen, die der Firma von ihren Klienten zuflossen, zumal von solchen, die erst aufgrund der Konferenz zu ihren Klienten geworden waren.

Ein Jahr später, 1985, konnte Joseph über die Entwicklung, die die Konferenz genommen hatte, nur staunen. Sie war an ihren Ursprungsort, das Beverly Hilton, zurückgekehrt, um die riesige Teilnehmerzahl unterbringen zu können. Über 100 Emittenten Drexelscher Junk-bonds sollten im Verlauf der Konferenz zu Wort kommen.

Der Augenblick war gekommen, den neuen Vorstoß der Firma in die Arena der Übernahmekämpfe zu lancieren. Joseph ging von seinem Tisch zum Podium, um eines der »kurzen kommerziellen Zwischenspiele«, wie er und Milken sie nannten, zu bestreiten und der versammelten Menge nahezubringen, was Drexel ihr zu bieten hatte.

»Wir haben an Methoden zur Finanzierung feindseliger Übernahmen gearbeitet«, begann er und gewann damit augenblicklich die Aufmerksamkeit des Publikums. Dann erläuterte er das Konzept der Briefe »höchsten Vertrauens«, das auf der Strategiesitzung im November entwickelt worden war. »Wir denken, wir haben das Problem gelöst. Wir glauben, daß wir es tun können«, fuhr er fort und kam dann auf seine persönliche Philosophie zu sprechen: Unternehmen sollten denen gehören, die bereit seien, Risiken einzugehen – mit anderen Worten, eher Drexel-Klienten als gewöhnlichen Aktionären. Das sei das ganze Geheimnis des Kapitalismus. Mit Drexels Unterstützung könne jeder ein Unternehmen erwerben. »Zum ersten Mal in der Geschichte haben wir das Spielfeld eingeebnet«, schloß Joseph. »Die Kleinen können jetzt die Großen aufs Korn nehmen.«

Er fragte sich, ob seine Botschaft in vollem Umfang verstanden worden war. Aber dann hörte er in der Toilette zufällig mit, wie sich zwei Konferenzteilnehmer über seine Rede unterhielten. »Hast du gehört, was Fred gesagt hat?« fragte der eine. »Klar. Wow!« erwiderte der andere. »Es ist umwerfend!«

Wegen der Betonung der feindseligen Übernahmen erhielt die Konferenz dieses Jahres den Beinamen »Predators' Ball« – Räuberball. Er sollte sich als ebenso griffig erweisen wie die Bezeichnung »Junk-bonds« und auch auf alle folgenden Junk-bond-Konferenzen angewendet werden.

Später am selben Nachmittag hielten Joseph und Milken eine M&A-Sitzung ab; Milken schätzte, daß die Teilnehmer zusammen eine Kaufkraft von gut einer Billion repräsentierten. Praktisch jeder Raider, Möchtegern-Raider und Raider-Spezialist war anwesend. Carl Icahn faßte seine Ansichten in einem Vortrag zusammen. Sir James Goldsmith, der legendäre anglofranzösische Finanzier, beteiligte sich ebenso an der Diskussion wie Carl Lindner. Der Pressezar Rupert Murdoch meldete sich zu Wort, und Boone Pickens, der texanische Ölraider, und Joe Flom gaben Kommentare ab. Auch die Show kam nicht zu kurz: Mattel, ein Drexel-Klient, ließ zur Ausschmückung seines Vortrages eine ganze Reihe ansehnlicher Mannequins aufmarschieren, die vergrößerte Versionen der neuesten Kollektion an Nachthemden trugen, die Oscar de la Renta für die Barbie-Puppen entworfen hatte.

Aber wirklich bewegt wurden die Dinge in einem weit privateren Rahmen, im Bungalow 8 im tropischen Garten des Beverly Hills Hotels. Die Nummer 8 war mit drei Schlafzimmern, Wohnzimmer, Eßzimmer und privater Terrasse der größte Bungalow des Hotels. Er war mit der Zeit zum Nervenzentrum der Konferenz avanciert, zu dem Ort, wo am meisten Geschäfte angebahnt wurden und andere Phantasien befriedigt wurden. Der Bungalow war Engels Domizil während der Konferenz, und er veranstaltete dort seit 1983 am Donnerstagabend eine Cocktailparty, zu der nur ausgewählte Klienten eingeladen wurden, was die Party in der Drexel-Welt sofort zu einem besonderen Ereignis machte. Schöne junge Frauen, zumeist angehende Schauspielerinnen und Mannequins, mischten sich unter die reichen Geschäftsleute. Ehefrauen waren nicht zugelassen. An dem anschließenden Essen im Restaurant Chasen's durften sie zwar teilnehmen, aber nur wenige taten es.

Engel wurde jedesmal von den Angestellten der Unternehmensfinanzierung bestürmt, ihre Klienten einzuladen, und auch die Klienten selbst beknieten ihn inständig, sie zu der Party zuzulassen. »Ich habe Drexel im letzten Jahr 50 Mio. an Provisionen gezahlt. Ich denke also, daß ich eingeladen werden sollte«, war ein beliebtes Argument. 1985 wurde der Kampf um die begehrten Einladungen geradezu mit Erbitterung geführt.

Als die Erwählten am Donnerstagabend im Bungalow 8 eintrafen, wurden sie wie jedes Jahr von einem charmanten Donny Engel begrüßt. Josephs Aufmerksamkeit wurde zeitweise von den strahlend schönen Frauen abgelenkt, die er in der Menge entdeckte. Er hatte sich versichern lassen, daß unter ihnen keine Prostituierten waren. Aber wer hätte eine attraktive Frau schon dafür bezahlen müssen, daß sie zu einer Cocktailparty ging, an der einige der reichsten Männer der Welt teilnahmen? Einer von Drexels größten Klienten, Carl Lindner, hatte Joseph schon einmal gebeten, eine junge Frau zu überprüfen, für die sich sein Sohn interessierte; Joseph hatte ihn beruhigen können: Es handelte sich um die Tochter eines angesehenen Arztes, der ein persönlicher Freund eines der Direktoren von Drexel war. Joseph hatte allen klargemacht, daß er die lockeren Sitten der alten Firma Burnham & Co. nicht dulden werde, besonders jetzt nicht, da sich Drexel anschickte, die Hauptbühne zu erobern.

Aber er hielt sich nicht lange mit diesen Gedanken auf, denn im Bungalow 8 wurden an diesem Abend weitaus wichtigere Dinge ausgebrütet. In einer Ecke sprach Boesky leise mit Carl Icahn; Sir James stand mit Pickens und Flom zusammen; Murdoch und Lindner unterhielten sich, offenbar höchst angeregt, mit Kay und Engel, dem leutseligen Gastgeber. Innerhalb weniger Wochen sollte Pickens ein Angebot für Unocal, Peltz eines für National Can, Sir James für Crown Zellerbach und Farley für Northwest Industries machen – alles mit Drexelscher Finanzierung.

Aber auch außerhalb des Bungalows 8 hatte die Aussicht auf von Drexel aufgebrachte Milliarden elektrisierend gewirkt. Beim traditionellen Freitagsdinner erreichte die Aufregung ihren Höhepunkt. Die Menge zuckte im Rhythmus der Musik aus *Ghostbusters,* deren Text jetzt lautete: »Wen rufst du an, wenn du schnell mal Geld brauchst? Ruf Drexel an.« Dann verschwand die Leinwand, und Diana Ross erschien in einem glitzernden Paillettenkleid als Überraschungsgast des Abends auf der Bühne. Sie sang ein Medley aus Motown-Hits und schaffte es, sich während ihres Auftritts zweimal umzuziehen.

Die meisten Konferenzteilnehmer waren beeindruckt. Aber es regten sich auch Zweifel. »Was man noch nicht sagen kann«, äußerte einer der Teilnehmer dem *San Francisco Chronicle* gegenüber, »ist, ob man es mit einer Wasserscheide im amerikanischen Geschäftsleben zu tun hat oder nur mit einer Seifenblase.«

5

In Wilkis' Büro bei Lazard Frères klingelte das Telefon. Es war der erste Anruf an diesem Tag und Wilkis war nicht überrascht, daß er von Levine kam.

»Laß die Arbeit für heute sein«, sagte Levine.

»Dennis«, erwiderte Wilkis genervt, »du weißt, daß das nicht geht.« Wilkis war verwundert, daß Levine so viel freie Zeit hatte; es hatte sich nicht viel verändert, seit er bei der Citibank gekommen und gegangen war, wie es ihm paßte.

»Dann laß uns zusammen Mittag essen«, schlug Levine vor. »Im River Café.«

Wilkis willigte ein. »Laß uns zusammen Mittag essen«, bedeutete natürlich, daß Levine über »das Spiel« reden wollte. Inzwischen sprachen sie nie mehr über ihre Bürotelefone davon. Sie benutzten entweder Telefonzellen oder trafen sich, besser noch, persönlich.

Das River Café, ein elegantes Restaurant mit exorbitanten Preisen auf einem Hausboot, das auf der Brooklyner Flußseite lag, war zu jener Zeit, Mitte 1984, der »heißeste« Ort in New York. Restaurants waren für die Reichen New Yorks, zumeist auf Kosten von Spesenkonten, plötzlich zu den neuen Theatern geworden, zu den Orten, wo man sah und gesehen wurde, die neueste Mode vorführte und die anderen mit der Fähigkeit beeindruckte, sich den richtigen Tisch zu angeln.

Levine liebte die im Trend liegenden Treffpunkte, und er liebte es, sich mit seinem »Taschengeld« die besten Tische zu sichern. An diesem Tag bekam er einen Tisch mit einer staunenerregenden Aussicht auf die Skyline von Manhattan auf der anderen Seite des East River. »Ich möchte sehen, wie loyal du bist«, sagte er zu Wilkis, als dieser eintraf. »Wirst du zahlen?«

Wilkis blieb keine andere Wahl, als zu nicken.

»Gut.«

Wilkis konnte es sich leisten. Er war vor kurzem, zum erstenmal nachdem er sein Konto dorthin verlegt hatte, auf den Cayman-Inseln gewesen, und die Bankleute dort hatten über das ganze Gesicht gestrahlt. Sein Konto war in gut einem Jahr um mehr als die Hälfte angewachsen.

Levine bestellte eine Flasche eines teuren Bordeaux und sah Wilkis beschwörend an. »Bob, es gibt etwas, das ich wissen möchte«, begann er. »Bist du hier, weil ich wirklich dein Freund bin? Oder nur, weil ich dir Informationen gebe?«

»Laß den Quatsch, Dennis«, entgegnete Wilkis, der nicht wußte, wie er auf diesen unerwarteten Anfall von Sentimentalität reagieren sollte. »Reden wir lieber über das Spiel.«

Aber Levine schien über andere Dinge sprechen zu wollen. Er liebte es, sich über seine Frau zu beklagen, und forderte Wilkis auf, es ihm gleichzutun. Aber Wilkis bereiteten Levines rauhe, oft sogar bösartige Bemerkungen Unbehagen. »Ich kann mir jede Puppe kaufen, die ich haben will.«

In ähnlichem Tonfall fiel er auch über fast alles her, was Wilkis ansprach. Wilkis begann sich in Manhattan wohl zu fühlen; es machte ihm Spaß, in Konzerte zu gehen, die Oper zu besuchen, in Buchläden zu stöbern und mit Menschen zusammenzukommen, die ähnliche Interessen hatten wie er. Levine hatte für nichts davon etwas übrig. »Wenn du es nicht kaufen kannst, scheiß drauf«, war eine seiner stehenden Redewendungen.

Levine liebte es, Wilkis mit Geschichten über die Ungerechtigkeiten, die er bei Lehman Brothers erlitt, zu traktieren. Peter Solomon mochte ihn, erzählte er, aber sonst schaue fast jeder von oben auf ihn herab. Lehman sei »altes Geld«, erklärte er. Wilkis war verwirrt. »Das verstehe ich nicht. Sind sie nicht Juden?«

»Sie sind Deutsche«, antwortete Levine. »Das ist genauso schlimm, als wären sie WASPs.«

Nach einer Weile wandte sich Levine endlich dem eigentlichen Zweck des Essens zu. »Wir müssen miteinander reden«, sagte er ernst.

»Worüber?« fragte Wilkis.

»Entspann dich, Bob«, erwiderte Levine und zog die Sache noch weiter hinaus, um die Spannung zu erhöhen. »Bestell dir einen Weinbrand.« Erst als der Weinbrand gebracht worden war, kam er endlich auf den Punkt.

»Wally ist unglaublich gut«, sagte er. »Und Goldie ebenfalls.«

Wilkis zuckte zusammen. Er wußte, daß er nicht viel geliefert hatte. Er hatte Levine gegen Ende der Übernahmeschlacht, die Martin Siegel berühmt gemacht hatte, auf das Angebot aufmerksam gemacht, das United Technologies für Bendix bekanntgeben würde. Levine hatte aufgrund dieses Tips keine Woche vor Veröffentlichung des Angebots 20000 Aktien gekauft und 100000 Dollar Gewinn gemacht. Aber die großen Brokken waren von anderen gekommen: 800000 Dollar hatte er mit einem Lehman-Deal gemacht, einem Angebot von Litton Industries für die Itek Corporation, also mit einer firmeninternen Information, die ihm Sokolow hatte zukommen lassen; er hatte sich dabei unvorsichtig weit aus dem Fenster gelehnt, indem er nur fünf Tage vor Bekanntgabe des Angebots ein Aktienpaket von sage und schreibe 50000 Stück erworben hatte. Knapp 150000 Dollar hatte er an der Übernahme von Hercules Inc. durch Simmonds Precision Products, einen Goldman-Klienten, verdient.

»Ich habe Buch geführt«, fuhr Levine fort. »Auf der einen Seite stehen Goldie und Wally, auf der anderen du. Du befindest dich in den roten Zahlen.«

Wilkis verspürte einen Stich. War er verzichtbar geworden? Bei allem, was ihm an der Beziehung zu Levine Unbehagen bereitete, war er doch immer noch sein engster Freund. Das Spiel hatte eine Nähe zwischen ihnen geschaffen, wie er sie bei keinem anderen gefunden hatte. Er glaubte wirklich, daß Levine an ihm Anteil nahm. Er schien eine regelmäßige Bestätigung dafür zu brauchen, daß Wilkis weiterhin sein Freund war.

Aber es gab noch ein stärkeres Bindeglied. Wilkis mußte zugeben, daß er den Kitzel des Spiels um Übernahmeangebote liebte. Er genoß die Spannung, wenn die Dinge ins Stocken gerieten, und die starke Freude, wenn das Angebot durchkam und der Kurs in die Höhe schoß. Diese Augenblicke des Triumphs verliehen ihm ein intensives Gefühl der Überlegenheit. Das Geld selbst interessierte ihn immer weniger; anders als Levine fand er keinen Gefallen daran, mit von Banknoten ausgebeulten Taschen herumzugehen. Er hob fast nichts von seinem anwachsenden Handelskonto ab.

Levine ermahnte Wilkis, sich mehr zu bemühen, um zu erfahren, was bei Lazard im Busch war, machte aber gleichzeitig klar, daß er nicht vorhatte, ihn aus dem Rennen zu werfen – zumindest nicht jetzt. »Ich brauche jemanden, der mir hilft, meine Deals zu ordnen«, sagte er und fügte hinzu, daß er darin eine mögliche Rolle von Wilkis sehe. »Dein Gedächtnis macht mir manchmal angst«, fuhr er fort. Wilkis hatte ein fast fotografisches Erinnerungsvermögen. »Ich kann nur hoffen, daß wir uns nicht eines Tages auf verschiedenen Seiten wiederfinden. Du weißt mehr von mir als ich selbst.«

Wilkis erfüllte es mit Genugtuung, daß sein Leben, im guten wie im bösen, fast unauflöslich mit dem von Levine verknüpft war. Levine gestand ihm, daß das Spiel nahezu das einzige war, was für ihn zählte. Es war, wie er sich ausdrückte, »die heiligste aller Einrichtungen«.

Wilkis kehrte mit dem festen Willen zu Lazard zurück, Levine in Zukunft bessere Dienste zu leisten.

Was Levine betraf, so hatte er bei Lehman Brothers, ungeachtet all der Klagen, die er vorbrachte, zunehmend an Bedeutung gewonnen, seit der Übernahmeboom in Fahrt gekommen war und die Firma sich immer tiefer in innere Auseinandersetzungen verstrickte, die Ken Auletta in seinem Bestseller *Greed and Glory on Wall Street* (Gier und Ruhm an der Wall Street) aufgezeichnet hat. Nachdem die von Lewis Glucksman angeführten hemdsärmeligen Händler im Kampf mit den von Peter G. Peterson angeführten vornehmen Investmentbankern die Oberhand gewonnen hatten, verließen viele Investmentbanker die Firma, was zur Folge hatte, daß Levine entsprechend aufstieg. Gleacher, der ihn einst angeheuert hatte, wechselte Ende 1983, nachdem Glucksman ihn übergangen und Richard Bingham zum Chef der M&A-Abteilung gemacht hatte, zu Morgan Stanley. Levine besorgte sich daraufhin das Büro neben dem von Bingham. Seine Nachforschungsarbeit sei so grundlegend, argumentierte er, daß er stets in der Nähe der Abteilung sein müsse, um »die hereinbrechenden Neuigkeiten zu berichten«.

Im Sommer 1983 gelang es Levine, bei einem von Lehman vertretenen Angebot der Clabir Corporation für HMW Industries Inc., ein Rüstungsunternehmen, das für seine todbringenden Splitterbomben bekannt ist, mitzumischen. Clabir war ein Klient des Lehman-Investmentbankers Steve Waters, der Levine als seine Nummer zwei zu dem Deal hinzuzog, der seinerseits Sokolow einschaltete, um sich von ihm einen Teil der Analysen anfertigen zu lassen. Das mit einem Umfang von rund 100 Mio. Dollar vergleichsweise bescheidene Geschäft hatte bald eine illustre Wall-Street-Besetzungsliste aufzuweisen: Siegel vertrat das Ziel, HMW; Reich wurde von Wachtell auf den Deal angesetzt, so daß er direkt mit Levine zusammenarbeiten mußte; und die beiden wichtigsten Faktoren für den Ausgang des Übernahmeversuchs waren die Arbitrageure Ivan Boesky und Robert Freeman von Goldman, Sachs, die riesige Positionen in HMW angesammelt hatten.

Levine hatte seine Rolle bald darin gefunden, daß er ständig mit dem Telefonhörer an der extralangen Schnur durch sein Büro wanderte, mit den Arbitrageuren redete und alle möglichen Quellen anzapfte, um etwas über ihre Absichten zu erfahren. Waters ließ ihm freie Hand. Er war erstaunt, wie schnell sich in diesem neuen Geschäftsbereich Informationen verbreiteten. Wenn er, zum Beispiel, seinem direkten Gegenüber, Siegel, etwas sagte, riefen keine Stunde später Boesky und Freeman bei ihm an, die inzwischen erfahren hatten, was er Siegel eben erst gesagt hatte. Andere Investoren erfuhren natürlich nichts von alledem, aber niemand schien viel darüber nachzudenken, ob die Wertpapiergesetze verletzt wurden oder nicht; das alles fiel in eine breite »Grauzone«.

Daß Boesky und Freeman die bestimmende Rolle im HMW-Drama spielten, illustrierte die neue zentrale Stellung der Arbitrageure. HMW widerstand anfangs zwar dem Clabir-Angebot, aber Waters glaubte, daß er einen freundlichen Deal zu einem angemessenen Preis zustande bringen konnte. Boesky und Freeman hatten jedoch, zusammengenommen, ein derartiges HMW-Paket aufgehäuft, daß das Verhalten des Unternehmens im Grunde irrelevant war. Siegel war es denn auch, der seine guten Beziehungen zu den Arbitrageuren spielen ließ und Boesky und Freeman überredete, zusammenzugehen und ihr gewaltiges Aktienpaket einzusetzen, um einen hohen Preis zu erzielen. Er veranlaßte sie außerdem, eine 13-D-Erklärung abzugeben, in der sie bekanntgaben, daß sie als Gruppe auftraten.

Der ausschlaggebende Punkt war also die Frage, zu welchem Preis Boesky und Freeman verkaufen würden. Waters und Levine besuchten Freeman in seinem Büro bei Goldman, Sachs und fragten ihn auf den Kopf zu: »Was müssen wir tun, damit Sie verkaufen?«

Es lag auf der Hand, daß Clabir sein Angebot erhöhen mußte, was im übrigen auch in Lehmans Interesse lag: je höher der schließlich ausgehandelte Preis, desto größer die Provision. Henry Clark, der Präsident von Clabir, wohnte in Greenwich, Connecticut, und Levine bot Waters eines Sonntags an, ihn zu einem in dessen Haus angesetzten Treffen mit Clark zu chauffieren. Als Waters auf das schlanke, fabrikneue BMW-Spitzenmodell zuging, das vor seinem Appartementhaus wartete, war er verblüfft. Der Wagen mußte fast 50000 Dollar gekostet haben, weit mehr als jedes Auto, das er jemals besessen hatte. »Er ist ein Geschenk für meine Frau«, erklärte ihm Levine.

Die Unterhandlung mit Clark erwies sich als schwierig. Er war widerspenstig und für die ausgeklügelten finanziellen Argumente von Waters nicht zugänglich. Aber Levine kam zu ihm durch. »Kommen Sie schon, Henry«, sagte er. »Erhöhen Sie Ihr Angebot. Wenn Sie es tun, kriegen Sie auch einen Kuß von mir.«

In Clarks Augen glitzerte es plötzlich verschmitzt. »Ich werde mein Angebot erhöhen, Dennis, aber nur, wenn Sie mich *nicht* küssen.« Und er erhöhte sein Angebot.

Levine hielt sich einiges auf diesen untergeordneten Sieg zugute, und

Waters mußte zugeben, daß Levines unorthodoxe Herangehensweise bei gewissen Klienten eine Saite anzuschlagen schien. Aber Levines Einsatz war schnell vergessen, als Kohlberg Kravis Roberts, von Siegel dazu ermutigt, in den Kampf um HMW eintrat. Clark mußte sein Angebot noch einige Male erhöhen, bis es schließlich bei 47 Dollar pro Aktie stand.

Am Ende rief Waters, auf Drängen von Reich und Lipton, bei Boesky und Freeman an, um ihnen anzubieten, das Übernahmeangebot fallenzulassen und ihnen ihre Aktienpakete abzukaufen. Der Schachzug zeigte die erhoffte Wirkung: HMW willigte angesichts der Aussicht, das Angebot für das gesamte Unternehmen zu verlieren, in eine Fusionsvereinbarung ein; es dauerte keine fünf Minuten, bis Siegel Waters anrief, um einen freundlichen Deal auszuhandeln.

Obwohl er an der Oberfläche wie eine Niederlage aussah, wurde der Abschluß Siegel als Triumph angerechnet. Der geschickte Einsatz der Arbs und der Einstieg von KKR hatten Clark gezwungen, sein Angebot immer weiter anzuheben, bis es schließlich das Dreifache des Preises betragen hatte, zu dem HMW vor dem Angebotspoker gehandelt worden war. Ironischerweise war der einzige Verlierer in diesem Spiel, was man heute als Zeichen der Zeit ansehen kann, der vorgebliche Gewinner. Clabir schaffte es nie, seine Neuerwerbung erfolgreich zu absorbieren, und verlor enorme Summen. HMW mußte schließlich wieder verkauft werden, und Clark war endgültig aus dem Rennen.

Levine betrachtete Clabir als seinen persönlichen Erfolg, war mit dieser Einschätzung allerdings allein. Waters machte sich keine Illusionen über Levines analytische Fähigkeiten, obwohl er erkennen mußte, daß er auch seine Stärken besaß. Siegel war sogar noch weniger von Levine beeindruckt. Als Levine nach dem Deal anfing, ihn anzurufen, um auszuloten, ob ein Wechsel zu Kidder, Peabody möglich war, lud ihn Siegel zwar zu einem Vorstellungsgespräch ein, wurde dadurch aber nur in seiner Abneigung gegen Levine bestärkt. Levine erhielt kein Angebot. Aber ein anderer war Siegel positiv aufgefallen, Sokolow, und ihm bot er eine Stellung an.

Sokolow bat Gleacher um Rat. Er sagte, er hätte Angebote von Kidder, Peabody und Goldman, Sachs auf dem Tisch. Gleacher riet ihm, das Goldman-Angebot anzunehmen, aber Sokolow blieb aus Gründen, die er nie erklärte, bei Lehman und versorgte Levine weiterhin mit Informationen über die von ihm bearbeiteten Deals.

Im November trafen sich die am Clabir-Deal Beteiligten zu einem üppigen Abschlußessen im 21 Club, der lange Zeit ein bevorzugter Treffpunkt von Investmentbankern und Angehörigen der Chefetagen war.

Das Dinner gab Levine die Gelegenheit, seine wacklige Beziehung zu Reich aufzufrischen, der ihm zwar immer noch freundschaftlich verbunden war, aber seit Ende 1982 keine Insiderinformationen mehr geliefert hatte.

Levine hatte den Gedanken an eine Quelle bei Wachtell, Lipton nie aufgegeben, sich aber an Wilkis' Rat gehalten und Reich nicht bedrängt. Bei dem Dinner im 21 Club spielte er jedoch seine Karten aus: Er wechselte an den Tisch, an dem Reich mit einigen Kollegen von Wachtell zusammensaß, und lobte seinen alten Freund in den siebten Himmel. Er ging sogar so weit zu behaupten, daß das Geschäft ohne Reichs innovative Ideen niemals zustande gekommen wäre. Reich fühlte sich offensichtlich geschmeichelt, und Levine nahm ihn später am Abend beiseite und flüsterte ihm zu: »Wir sollten wieder zusammenkommen.« Danach trafen sie sich wie früher regelmäßig zum Essen.

Levine hatte einen günstigen Augenblick für die Erneuerung der Insiderbeziehung gewählt. Reich fühlte sich, trotz seines hervorragenden Anteils am Clabir-Deal, bei Wachtell, Lipton unter Wert gehandelt. Er rechnete pro Jahr 3000 Stunden Arbeit im Dienst der Klienten ab - eine erstaunliche Zahl -, und dennoch hatte er sich Ende 1983, als die Jahresbilanz gezogen wurde, einige Kritik anhören müssen. Er hatte sich nie viel Mühe gegeben, seine Abneigung gegen die Routinearbeit, die man in den Kanzleien von den jüngeren Mitarbeitern verlangte, zu verhehlen, aber in diesem Jahr war er, wie die Partner meinten, zu weit gegangen: Er hatte bei einer Sitzung mit einem Klienten, den er für stumpfsinnig hielt, in einer Zeitung gelesen. Der Klient hatte sich beschwert, und Reich war gewarnt worden, sich nicht als Primadonna aufzuspielen, die sich zu schade dafür sei, mit den anderen am gemeinsamen Strang zu ziehen.

Der Rüffel hatte ihn in helle Wut versetzt. Er hatte geschworen, es allen zu zeigen, indem er 1984, nach nur fünf Jahren der Firmenzugehörigkeit, zum Partner aufstieg, und sich noch eifriger in die Arbeit gestürzt als vorher.

Außerdem kriselte es in seiner Ehe. Er dachte an Scheidung, und Levine zog ihn, wie er es bei Wilkis getan hatte, geschickt in sein Netz, indem er seine eigenen Eheprobleme vor ihm ausbreitete und ihn in der Ansicht bestärkte, daß er bei Wachtell, Lipton unterschätzt und nicht angemessen belohnt wurde. Es war nicht schwer, »Wally« wieder als vollgültigen Mitspieler zu gewinnen, und Reich erwies sich in diesem Frühling und Sommer als Goldmine. Er wies Levine, der seinerseits Wilkis ins Bild setzte, auf sechs bedeutende Deals hin, unter anderem auf eine geplante Transaktion mit Beteiligung von G.D. Searle, die Levine mehr als 600000 Dollar an illegalem Profit einbrachte.

Aber der bei weitem erregendste Coup für Levine und Wilkis war ein Angebot, das American Stores für Jewel Companies unterbreitete, eine im Umland von Chicago operierende große Lebensmittelkette. Im März, nicht lange nach der Erneuerung ihrer Beziehung, informierte Reich Levine davon, daß American Stores ein Angebot für Jewel in Höhe von rund 75 Dollar pro Aktie vorbereite. Wachtell, Lipton vertrat American Stores, so daß Reich Zugang zu den Einzelheiten des geplanten Deals hatte. Levine engagierte sich mit einem der größten Einsätze, die er jemals gemacht hatte, und kaufte für weit über drei Mio. Dollar ein gewaltiges Paket von 75000 Jewel-Aktien.

Doch es geschah nichts, und Levine wurde trotz der Versicherungen von Reich immer unruhiger. Er hatte noch nie soviel Geld bei einer einzelnen Transaktion aufs Spiel gesetzt. Er begann mit seinen Arbitragekontakten über die Möglichkeit eines Angebots für Jewel zu sprechen, in der Hoffnung, daß ein Anstieg des Kurses und des Handelsvolumens American Stores unter Druck setzen und zwingen würden, das Angebot bekanntzugeben, aber niemand ging ihm auf den Leim. Der Handel in Jewels blieb lustlos. So verfielen Levine und Wilkis darauf, die Presse einzusetzen – eine schon altehrwürdige, von Investmentbankern benutzte Taktik, um Unternehmen »ins Spiel« zu bringen. Die Presse würde ihnen, wie sie hofften, als Hebel dienen, um einen spekulativen Handel in Jewel-Aktien auszulösen.

Sie wählten die *Chicago Tribune* aus; jede in deren vielgelesenem Wirtschaftsteil veröffentlichte Neuigkeit wurde im Handumdrehen von der restlichen Wirtschaftspresse aufgegriffen. Außerdem war Chicago weit genug von der Wall Street entfernt, um die Gefahr einer ernstlichen Suche nach dem Leck auszuschließen. Wilkis rief also die *Tribune* an und verlangte einen M&A-Reporter zu sprechen, dem er, ohne seine Identität zu offenbaren, mitteilte, daß Jewel in Übernahmeverhandlungen mit American Stores stehe. Der *Tribune*-Reporter überprüfte die Information, indem er sich mit dem Präsidenten von Jewel in Verbindung setzte, der die unterstellte Fusionsabsicht jedoch dementierte. Die Zeitung veröffentlichte die Nachricht nicht.

Einige Tage später rief Wilkis erneut an und gab dem Reporter eine Information, die der Nachprüfung standhalten würde: Die Präsidenten der beiden Unternehmen hätten sich in einem Hotel in Denver zu einer geheimen Konferenz getroffen, um den Deal zu besprechen. Der Reporter konnte die Richtigkeit der Information bestätigen, und die *Tribune* berichtete, daß das Gespräch stattgefunden habe und American Stores ein unfreundliches Angebot für Jewel plane, und zwar zu einem Preis von 75 Dollar pro Aktie - gehandelt wurde sie zu dieser Zeit mit 44 Dollar.

Der Trick funktioniert, wie Levine und Wilkis erwartet hatten. Der Artikel in der *Tribune* löste einen Run an der Wall Street aus, und die beiden Unternehmen gaben einen Monat später ihre Fusion bekannt. Sowohl Levine als auch Wilkis strichen die größten Gewinne ihrer bisherigen »Spielerkarriere« ein - in Levines Fall mehr als 1,2 Mio. Dollar. Die Pressekampagne hatte sich als so wirkungsvoll erwiesen, daß sie von jetzt an regelmäßig Kopien von Firmenmemoranden anonym an Reporter verschickten, unter anderem im Fall Boise Cascade, einer weiteren Übernahme, der sie auf die Sprünge helfen wollten. Aber erregender als der mögliche Profit war der neue Kitzel, der damit in ihr Spiel kam. Sie fühlten sich allmächtig. Durch den aktiven Einsatz der Informationen konnten sie den Verlauf der Ereignisse steuern, wie sie es wollten. Es übertraf sogar noch Levines Traum, das *Wall Street Journal* am Tag vor seinem Erscheinen lesen zu können. Er machte die Neuigkeiten selbst.

Reich bekam trotzdem wieder Zweifel und erging sich in Selbstvorwürfen. Im August gab er Levine genaue Informationen über einen von Warburg Pincus & Co. angeführten Leveraged buyout von SFN Companies. Levine kaufte prompt SFN-Aktien (und heimste später über 100000 Dollar Gewinn ein). Aber der SFN-Deal wurde zugleich zum Wendepunkt in Reichs Karriere bei Wachtell. Die Familie, die 30 Prozent der SFN-Aktien hielt, wehrte sich gegen das Angebot von Warburg Pincus, und der Deal schien zum Scheitern verurteilt zu sein. Doch dann entdeckte Reich eine versteckte, aber für die Unternehmenspolitik verbindliche Klausel, die bei einem »fairen Preis« in Kraft trat und den Familienmitgliedern verbot, mit ihren Aktien gegen das Angebot zu votieren. Zwei Tage, nachdem Wachtell, Lipton ihr Reichs Entdeckung mitgeteilt hatten, gab sich die Familie geschlagen.

Der Klient war begeistert, Reich avancierte innerhalb der Firma und, was noch wichtiger war, in Liptons Augen zum Helden. Reichs Schwur, zum Partner aufzusteigen, schien plötzlich in greifbare Nähe gerückt zu sein. Da die Entscheidung darüber schon in zwei Wochen fallen würde, wandte er sich an einen der Toppartner, James Fogelson, und fragte ihn: »Haben Sie von SFN gehört? Erkennt man seine Leistung an?« Fogelson erwiderte ausweichend, daß er mit Reich nicht über dessen Chancen, zum Teilhaber zu werden, reden dürfe, versicherte ihm aber, daß man ihn zu schätzen wisse. Reich spürte die Nähe der Teilhaberschaft fast körperlich. Darüber hinaus hatte er seine Eheprobleme inzwischen gelöst, und seine Frau erwartete ihr zweites Kind.

SFN war seine letzte Information für Levine. Wie schon einmal hörte er auf, Levines Anrufe zu erwidern. Er wollte die Beziehung lösen, scheute aber vor der direkten Konfrontation mit Levine zurück, da er fürchtete, von ihm emotional erpreßt zu werden. Schließlich willigte er ein, sich mit ihm zum Mittagessen in einem Hamburgerimbiß in der First Avenue zu treffen. Reich erzählte Levine ausführlich von seiner Taktik im Fall SFN und schob das unumgängliche Gespräch über »das Spiel« so lange wie möglich hinaus. Levine äußerte die üblichen Klagen über Lehman, fand aber diesmal kein Echo bei Reich, der ihm im Gegenteil erzählte, daß er die begründete Hoffnung habe, in diesem Jahr zum Partner aufzusteigen.

Als sie nach dem Essen zu ihren Büros zurückgingen, sagte Reich, daß er aus dem Spiel aussteigen wolle. »Es ist schlecht, Dennis«, erklärte er. »Es ist falsch.« Er sei ständig von Unruhe erfüllt und fühle sich jedesmal krank, wenn er eine Information weitergebe.

Levine akzeptierte die Entscheidung mit stoischer Gelassenheit. Er sagte Reich, daß sich sein »Konto« auf 300000 Dollar belaufe, und bot ihm an, sie ihm auszuzahlen. »Willst du denn dein Geld nicht?« Reich wollte es nicht. Levine versprach ihm, es für ihn aufzuheben, aber Reich erwiderte, daß er es überhaupt nicht haben wolle, jetzt nicht und niemals. In seiner Vorstellung kam er damit so nahe wie möglich an das heran, was ihm am liebsten gewesen wäre: die ganze Geschichte aus seinem Leben zu streichen.

Als die Teilhaber von Wachtell, Lipton zu ihrer Jahresversammlung zusammentraten, auf der unter anderem die neuen Partner gewählt werden würden, saß Reich praktisch den ganzen Tag über wie gelähmt an seinem Schreibtisch und wanderte von einer Aufgabe zur anderen, ohne eine einzige von ihnen zu beenden. Zwischendurch ging er immer wieder an Liptons Büro vorbei, um zu sehen, ob er schon von der Sitzung zurückgekommen war. Dann klingelte endlich sein Telefon, und Liptons Sekretärin bestellte ihn zu ihrem Chef.

Das Ergebnis der Sitzung stand Lipton ins Gesicht geschrieben. Er lächelte Reich herzlich entgegen, als dieser das Büro betrat. »Gratuliere«, sagte er, während er aufstand, um Reich die Hand zu schütteln. »Sie sind zum Partner gewählt worden.« Reich platzte fast vor Stolz, als er in sein Büro zurückrannte, um seine Verwandten und Freunde anzurufen. Am Abend führte er seine Frau aus. Sie gingen in ein elegantes französisches Restaurant, Le Cygne, und Reich, der kaum etwas trank, seit er gelesen hatte, daß Alkohol Hirnzellen abtötete, ließ einmal fünfe gerade sein. Er war berauscht - vom Wein und von seinem Glück.

Der Verlust von Reich war ein schwerer Schlag für Levine. Der Sommer 1984 war, bei einem Profit aus seinen Insidergeschäften von weit über zwei Mio. Dollar, außerordentlich erfolgreich gewesen. Aber während Reich von der Bildfläche verschwand, begann sich Wilkis' Entschlossenheit, bessere Informationen zu liefern, auszuzahlen. Im Sommer hatte er von einem durch Lazard vertretenen Angebot von Limited für Carter Hawley Hale Stores erfahren, eine große kalifornische Kaufhauskette. Der Deal brachte Levine über 200000 Dollar ein, obwohl der Übernahmeversuch am Ende fehlschlug.

Danach trat etwas ein, daß Wilkis in die Lage versetzte, den Informationsfluß erheblich zu vergrößern. 1983, ungefähr zur selben Zeit, als Levine den Clabir-Deal bearbeitete, hatte es Wilkis endlich geschafft, von der internationalen Abteilung in den Kernbereich von Lazard, die Unternehmensfinanzierung, versetzt zu werden, wo er zunächst mit einem Leveraged buyout und der Veräußerung von Teilen einiger Unternehmen beauftragt wurde. Im selben Jahr lernte er auch einen jungen Analytiker von Lazard kennen, Randall Cecola, der, wie Wilkis bemerkte, ständig an einem Quotron-Terminal saß und Aktiensymbole eintippte. Er schien eine Menge zu handeln. Andernfalls wäre er nicht derartig am Börsengeschehen interessiert gewesen. Cecola schien, oberflächlich betrachtet, wenig mit Wilkis gemein zu haben. Er kam aus dem Mittelwesten, hatte ein glattes, frisches Gesicht und wenig Neigung zur Hochfinanz oder zur hohen Kultur. Aber Cecola und Wilkis wohnten beide auf der Upper West Side, und bald gingen sie, meistens durch die Südwestecke des Central Park, gemeinsam nach Hause.

Cecola war der älteste von drei Söhnen; der jüngste war in seiner Entwicklung zurückgeblieben, wie er Wilkis erzählte. Sein Vater hatte die Familie verlassen, als er und seine Brüder noch klein waren, und seine Mutter hatte hart gearbeitet, um den Unterhalt für sich und die Kinder zu verdienen. Cecola sprach oft davon, daß er mehr Geld brauche, um die Business School bezahlen und seine Familie unterstützen zu können. Eines Abends schließlich, im La Cantina, einem mexikanischen Restaurant an einem belebten Teil der Columbus Avenue, zog Wilkis seinen neuen Freund ins Vertrauen und erzählte ihm die ganze Geschichte: daß er ein Konto im Ausland eingerichtet habe und mit Informationen von Levine Insiderhandel betreibe. Er erzähle Cecola sogar von seinem Informantenring. Es war eine Erleichterung, sich einmal einem anderen als Levine gegenüber alles von der Seele reden zu können, und Cecola war nicht nur sofort Feuer und Flamme, sondern eröffnete ihm auch, daß er bereits zugunsten eines auf den Namen seiner Freundin lautenden Kontos mit Insiderinformationen handele. Wilkis sagte, daß er Cecola 10000 Dollar vorschießen und damit zugunsten eines Kontos handeln werde, das er für ihn führen würde. Er hatte aus Levines Erfahrungen mit anderen aus dem Ring gelernt, daß es das beste war, die Kontrolle über deren Handel zu behalten.

Cecola erzählte Wilkis, daß er bereits an einem höchst geheimen Deal arbeite, der eine perfekte Gelegenheit bot: Lazard sei im Augenblick damit beschäftigt, ein Angebot der Chicago Pacific Corporation für das große Firmenkonglomerat Textron vorzubereiten.

Wilkis rief noch am selben Abend bei Levine an. Es war ihm eine Genugtuung, daß er gerade zu einer Zeit, als der Verlust von Reich die Gewinnträchtigkeit des Spiels gefährdete, einen neuen Mitspieler rekrutiert hatte, der ständig Zugang zu großen Deals hatte. Levine war hocherfreut und verlor keine Zeit, die heiße Information zu seinem Vorteil zu nutzen: Er kaufte umgehend 51500 Textron-Aktien, während Wilkis sich mit knapp 30000 zufriedengab. Darüber hinaus versuchte er, die Information einzusetzen, um seinen Ruf bei Lehman aufzubessern.

Nachdem er seine Ankäufe getätigt hatte, ging er zu Steve Waters, der einige Male mit Textron zu tun gehabt hatte und dessen Präsidenten, Beverly Dolan, kannte. Levine teilte ihm im Ton höchster Aufregung mit, er wisse, daß ein feindseliges Angebot in Vorbereitung sei, und meinte, Lehman sollte sich die Verteidigung von Textron sichern. Er hoffte, seinen Criton-Coup wiederholen zu können. Waters war anfangs skeptisch. »Woher wissen Sie das?« fragte er, aber Levine sagte nur vage, daß er eine »anonyme Quelle« habe. Waters ließ sich daraufhin die Zahlen über die Kursbewegungen und das Handelsvolumen der Textron-Aktien vorlegen. Sie überzeugten ihn, daß vermutlich etwas im Busch war.

Er rief im Beisein von Levine bei Dolan an und erzählte ihm, daß Levine darüber informiert sei, daß Textron zum Gegenstand eines unfreundlichen Übernahmeangebots werden würde, und drängte ihn, über Gegenmaßnahmen nachzudenken. Aber Dolan schien keineswegs beunruhigt zu sein; er sagte, er hätte noch nichts dergleichen läuten hören, wäre aber jederzeit daran interessiert, wenn Waters und Levine ihm Genaueres mitzuteilen hätten.

Nur zwei Wochen später gab Chicago Pacific sein Übernahmeangebot bekannt und bestätigte damit Levines Prognose. Levine war jedoch enttäuscht, als Textron Lehman überging und statt dessen Morgan Stanley mit der Verteidigung beauftragte. Sein Profit aus dem Deal – über 200000

Dollar – dürfte ihn allerdings darüber hinweggetröstet haben. Wilkis verdiente an seinen Textron-Aktien rund 100000 Dollar.

Aber der Gewinn war diesmal nicht ungetrübt: Aufgrund der großen Ankäufe von Levine und Wilkis – insgesamt immerhin gut 80000 Aktien – und der Tatsache, daß sich das Gerücht von dem bevorstehenden Angebot rasch in der ganzen Wall Street verbreitet hatte, war es, noch bevor das Angebot von Chicago Pacific bekanntgegeben worden war, zu außergewöhnlichen Kursbewegungen und einem überdurchschnittlichen Handelsvolumen in Textron-Aktien gekommen. Die Situation war so extrem, daß die routinemäßige Überwachung durch die Börse zu einer SEC-Untersuchung des Textron-Handels führte.

Die SEC-Anwälte folgten dem üblichen Muster und befragten zunächst die unmittelbar an dem Deal Beteiligten nach Hinweisen darauf, wie die Information durchgesickert sein konnte. Dolan erzählte ihnen, daß er zuerst durch ein Telefongespräch mit Waters und Levine von einem möglichen Übernahmeangebot gehört hatte. Die SEC lud daraufhin kurz nach Bekanntgabe des Deals die beiden Investmentbanker vor.

Sokolow war beunruhigt, als er hörte, daß Levine vorgeladen worden war, aber Levine selbst war völlig unbeschwert und fegte Sokolows Bedenken beiseite. »Ich habe so etwas noch nie gemacht«, sagte er zu Waters. »Was soll ich sagen?«

»Sagen Sie ihnen, was Sie wissen«, antwortete Waters leichthin. Er hatte über die Jahre viele solcher Verhöre erlebt.

»Soll ich die Wahrheit sagen?« hakte Levine nach.

Waters fuhr hoch. »Um Gottes willen, ja!« erwiderte er. »Natürlich sollen Sie das. Sie werden unter Eid stehen.«

Levine machte seine Aussage am 14. November 1984, nur wenige Wochen nach der Bekanntgabe des Deals. Hinterher lachte er darüber und prahlte Wilkis gegenüber damit, wie leicht es gewesen sei, diese »schwulen« SEC-Anwälte hinters Licht zu führen. Er hatte dem SEC-Anwalt Leonard Wang wiederholt die phantastischsten Lügen aufgetischt, so, als hätte es ihm Spaß gemacht, eine möglichst gewundene Erklärung für seine Vorhersage zu geben. Er bestritt jeglichen Aktienhandel zugunsten irgendeines Maklerkontos, das er betreute, und verneinte die Frage, ob er ein Offshore-Konto besitze. Was die Textron-Übernahme betraf, hatte er sich folgendes Märchen ausgedacht: Er hätte eines Tages im Empfangsbereich von Drexel Burnham Lambert gesessen und zufällig mit angehört, wie sich zwei Männer »in grauen Nadelstreifenanzügen, so wie wir« miteinander unterhielten. »Sie hatten beide Aktenkoffer bei sich«, fügte er hinzu. In dem Gespräch sei neben den Namen anderer an dem Deal

Beteiligter auch der von Lester Crown gefallen, von dem er – angeblich – gewußt habe, daß er einer der Direktoren von Chicago Pacific sei. »Danach schienen sie sich in Kürzeln zu unterhalten«, fuhr Levine fort. »Es ging um eine 13-D-Erklärung, in deren Zusammenhang die Namen Skadden, Arps und First Boston fielen und von einem ›Feuerwerk in Rhode Island‹ – das ist ein wörtliches Zitat – die Rede war.« Er habe nun, behauptete er, aus dem Namen Crown und der Tatsache, daß Textron seinen Sitz in Rhode Island hatte – was er angeblich ebenfalls gewußt hatte –, die Schlußfolgerung gezogen, daß Chicago Pacific ein feindseliges Übernahmeangebot für Textron machen würde.

Diese Erklärung war ebenso selbstherrlich – denn wenn es so gewesen wäre, hätte man ihn als eine Art Detektivgenie ansprechen müssen – wie grotesk. Im übrigen konnte Levine nicht den geringsten Beleg für seinen Besuch bei Drexel beibringen. Er stand nicht in seinem Terminkalender, und die Person, die er besuchen wollte, war, wie er behauptete, nicht im Haus gewesen. Wang wußte, daß Levine log. Er hatte in all den Jahren seiner Tätigkeit für die SEC selten eine lahmere Erklärung gehört. Aber warum? Nichts wies darauf hin, daß Levine in irgendeinen Handel verwickelt war, weder als Akteur noch als Informant. Ohne einen Zeugen, der Levines Darstellung widerlegt hätte, führte die Untersuchung jedoch ins Nichts. Sie wurde schließlich ohne Ergebnis eingestellt.

Bei Levine schien das Scharmützel mit der Aufsichtsbehörde den Reiz des Spiels nur noch erhöht zu haben, und ebenso das Gefühl seiner eigenen Stärke.

In einer Beziehung war Levines Aussage über seine geniale Schlußfolgerung korrekt gewesen: Er war kürzlich bei Drexel Burnham Lambert gewesen. Nachdem alle »Stars«, die die Firma angesprochen hatte, um sie als Ergänzung zu Milken zu gewinnen, abgewinkt hatten, war man, gewissermaßen unausweichlich, auf Levine verfallen.

Levine hatte bereits früher im Jahr 1984, kurz nach der Übernahme der von inneren Auseinandersetzungen zerrütteten Lehman Brothers durch Shearson/American Express, einen professionellen »Kopfjäger« aufgesucht, und sein Lebenslauf war seither insgeheim an der Wall Street herumgereicht worden. Levine war wütend über die Fusion. Er sagte Hill, daß es »immer sein Traum gewesen war, ein Lehman-Partner zu sein, und jetzt hatte man ihm den Traum zerstört«. Levine selbst drückte es so aus: »Man hat mir mein Geburtsrecht weggenommen.«

Kurz nach der Fusion wurde jede Abteilung der Firma aufgefordert, eine Liste derjenigen Mitarbeiter zuammenzustellen, die als Managing

Director in Frage kamen, dem Äquivalent des Partners in der jetzt an der Börse gehandelten Firma. Waters, Hill, Bingham, Solomon und andere Topleute der M&A-Abteilung setzten sich daraufhin zusammen, um ihre Liste aufzustellen, und diskutierten unter anderem auch, ob sie Levine mit auf die Liste setzen sollten, allerdings nur kurz, sehr kurz.

Die Tatsache, daß Levine überhaupt in Erwägung gezogen wurde, sagt mehr über die Atmosphäre innerhalb der Firma aus als darüber, wie seine Kollegen seine Talente einschätzten. Shearson Lehman, wie die Firma jetzt hieß, galt als neues Spielfeld, und die ehemaligen Lehman-Partner dachten, sie müßten bei der Auswahl der möglichen Managing Directors einen sehr weiten Rahmen anlegen. Sie wollten außerdem die Gelegenheit ergreifen, viele der ins Auge gefaßten Mitarbeiter zu befördern; es war klar, daß Shearson den ständigen Verlust von Lehman-Talenten an andere Firmen stoppen wollte.

Aber an der grundsätzlichen Einschätzung der Mängel, die Levine in den für das Investment banking unabdingbaren Fähigkeiten und Fertigkeiten aufwies, hatte sich nichts geändert – nicht einmal bei Solomon, der sich am nachdrücklichsten für Levine einsetzte. Levine wurde zwar die Akquisition einiger Geschäfte zugute gehalten, aber Geschäfte an Land zu ziehen wurde von jedem erwartet, und Levines Ergebnisse stachen keineswegs besonders hervor. Darüber hinaus hatte er sich durch sein auftrumpfendes Verhalten bei vielen der jüngeren Angehörigen der Abteilung unbeliebt gemacht. Man war sich rasch einig, daß Levine nicht auf die Liste gehörte. Sokolow, zum Beispiel, hatte eine wesentlich bessere Bilanz aufzuweisen und wurde nur aufgrund seiner Jugend nicht berücksichtigt.

Levine war verletzt und beklagte sich bei Wilkis bitter über diese Zurücksetzung. Er begann Solomon regelrecht zu belagern, der ihn damit zu beruhigen versuchte, daß er ihm versprach, man würde später im Jahr noch einmal über seinen Fall sprechen. Aber auch bei dieser Gelegenheit wurde Levine nicht zum Managing Director befördert, sondern erhielt als Zeichen der Wertschätzung der Firma nur den Titel eines Senior Vice President und zusätzlich zu seinem Grundgehalt von 75000 Dollar einen Bonus von 500000 Dollar.

Eine halbe Million wäre überall sonst eine fürstliche Summe gewesen, nur eben nicht in der von gewaltigen Geschäften schwirrenden Wall Street. Mit 33 Jahren ein solches Einkommen zu haben hätten die meisten von Levines früheren Freunden und Bekannten in Queens sich nicht einmal träumen lassen. Levine jedoch reagierte verärgert. Eine halbe Million Dollar war auch nicht annähernd genug, um seinen neuerworbenen Lebensstandard zu finanzieren.

Den anderen Mitgliedern seines Informantenrings hatte er angeraten, sich in bezug auf Anschaffungen und Lebensstil zurückzuhalten, um kein Aufsehen zu erregen und Fragen nach der Herkunft des Geldes gar nicht erst aufkommen zu lassen. Er selbst jedoch hatte seine eigene Regel fast von Anfang an mißachtet, zuerst, indem er sein sogenanntes »Taschengeld« abhob, und später, indem er sich immer extravagantere Statussymbole zulegte.

Sein dicker BMW hatte schon Stirnrunzeln hervorgerufen, aber er war nur der Anfang gewesen. Levine und seine Frau wurden zu regelmäßigen Gästen der teuersten Restaurants von Manhattan, wo Levine für gewöhnlich bar bezahlte. Er kaufte seiner Frau ein Diamantencollier und seinem Vater, Philip Levine, einen neuen Jaguar. Er begann exklusive, snobistische Galerien zu besuchen, wo er zum leichten Opfer von redegewandten Verkäufern wurde und Arbeiten von Picasso, Miró und Rodin erwarb.

Außerdem gab er 500000 Dollar für das Symbol aus, das in Manhattan dafür stand, daß man es endgültig »geschafft« hatte: eine große Eigentumswohnung an der Park Avenue. Das Haus, das er aussuchte, war ein reich verziertes »neugotisches« Gebäude mit imposanten schmiedeeisernen Toren, durch die man in den Innenhof gelangte. Es nahm auf der Ostseite des breiten Boulevards fast einen ganzen Block ein. Diese steinerne Verkörperung des Selbstwertfühls des Vorkriegsbürgertums spiegelte allerdings kaum Levines Geschmack wider, der denn auch postwendend daranging, sein Appartement neu zu gestalten.

Er engagierte einen Architekten und einen Innenausstatter, und dahin waren die antiquierten Überreste einer früheren Zeit. Das Appartement wurde ausgeweidet und mit neuen geschwungenen Wänden versehen. Glasblöcke trennten das Eßzimmer von einem alten Schlafzimmer. Gebleichte Eichendielen bedeckten die Fußböden. Prächtige neue Badezimmer und eine glitzernde High-tech-Küche wurden eingebaut – oder besser gesagt zwei, denn da Levine die erste Küche nicht gefiel, ließ er sie kurzerhand wieder herausreißen.

Reich, der in einem alten Haus aus braunem Sandstein auf der West Side wohnte, bestaunte die Veränderung des Appartements und die umfangreiche High-tech-Ausstattung mit offenem Mund. Levine fühlte sich, trotz der abfälligen Bemerkungen über »diesen warmen Bruder« von Innenausstatter, in seiner neuen Umgebung offensichtlich wohl. Sein liebstes Spielzeug war ein großer Farbfernseher, der, wenn man einen Schalter neben dem Bett betätigte, wie von Zauberhand aus einer eigens angefertigten Kommode auftauchte. Die Renovierungskosten beliefen sich auf weitere 500000 Dollar, so daß Levine mit Fug und Recht, wenn auch höchst indiskret, mit seinem Eine-Million-Dollar-Appartement angeben konnte.

Um all diese Ausgaben bezahlen zu können, mußte Levine häufiger als bisher auf die Bahamas fliegen, Reisen, die er seinen Kollegen gegenüber gern als Glücksspieltouren bezeichnete. Die Bank Leu hatte oft Schwierigkeiten, genügend 100-Dollar-Noten für Levines Abhebungen aufzutreiben, aber er bestand auf dieser Art der Auszahlung. Im März und im Juli hob er jeweils 200000 und im Dezember noch einmal 90000 Dollar ab. Er scheint das Geld restlos ausgegeben zu haben.

Zu der Zeit, als Levine die schlechte Neuigkeit erfuhr, daß er nur zum Vizepräsidenten befördert worden war, hatte er schon alles zum Absprung von Shearson Lehman vorbereitet. Da die Anzahl der Deals während des Jahres stetig angestiegen war, suchten die anderen Firmen händeringend nach Investmentbankern, die auch nur ein Minimum an M&A-Erfahrungen besaßen, und Levines Agent bei Hadley Lockwood konnte erleben, daß der fast zum Ladenhüter gewordene Lebenslauf seines Schützlings plötzlich allseits gefragt war. Fast alle großen Investmentbanken erwogen zumindest, Levine anzustellen; sogar Gleacher, der jetzt bei Morgan Stanley war, versuchte ihn anzuheuern.

Aber Levine hatte es von Anfang an auf Drexel abgesehen gehabt. Der erste Kontakt kam im März zustande, und er berichtete Wilkis überschwenglich: »Sie lieben mich.« Bei Drexel zu sein, erklärte er, sei so, als hätte man »die Erlaubnis, Geld zu drucken«. Alles, was der Firma fehle, um Milkens Aktivitäten an der Westküste zu komplettieren, sei »ein großer Banker« wie er. Er träumte davon, mit Sir James Goldsmith und Ronald Perelman auf du und du zu stehen, um nach diesem Vorspiel eines Tages selbst als bedeutender Raider auf die Bühne zu treten.

Haldey Lockwood verfaßte einen speziell auf Drexel zugeschnittenen Lebenslauf, der fast eine Parodie der um sich greifenden Werte jener Zeit darstellte. »Dennis sieht sich als einen Mann«, begann der Werbetext, »dessen Lieblingsbeschäftigungen zwei Dinge sind: Geschäfte abzuschließen und Geld zu machen«.

Drexel, hieß es weiter, sei wie maßgeschneidert für Levines »aggressives« Akquisitionstalent und seine »Fähigkeit, neue Geschäfte aufzuspüren«. Seine mangelhafte akademische Ausbildung und sein enger Horizont wurden zu Tugenden hochstilisiert: »Da Dennis sein Studium an Einrichtungen absolvierte, aus denen normalerweise keine Investmentbanker hervorgehen, mußte er sich den Weg in die Major-bracket-Welt unter großen Mühen erkämpfen. Dadurch wurde er so etwas wie ein Workaholic, der nur selten für ein Bewerbungsgespräch Zeit hat, es sei denn, der Termin wird sehr kurzfristig ausgemacht; doch selbst dann muß er oft absagen.«

Der Lebenslauf traf exakt den richtigen Ton, um bei David Kay, Drexels M&A-Chef, Interesse zu erwecken. Levine vermeldete eine sofortige Affinität zu Kay, der, im Unterschied zu Gleacher und Hill, einiges mit ihm gemeinsam zu haben schien. Was anderen häufig als falsche Herzlichkeit, Prahlerei und Eigenlob erschien, war für Kay Kennzeichen von »Starqualitäten«; er ging sogar so weit, Levine als »makellos« zu bezeichnen. Als er sich umhörte, um von anderer Seite etwas über ihn in Erfahrung zu bringen, war er besonders davon beeindruckt, daß Levine sowohl von Lipton als auch von Flom, den beiden herausragenden Übernahmeanwälten, enthusiastisch empfohlen wurde.

Levine hatte schließlich auch Angebote von Morgan Stanley und First Boston bekommen. Aber sie hielten in seinen Augen den Vergleich mit Drexel und den sich dort bietenden Möglichkeiten nicht stand. Er handelte mit Drexel ein Paket aus, das ein Grundgehalt von 140000 Dollar, 1000 Drexel-Aktien sowie einen Mindestbonus von 750000 Dollar im ersten Jahr umfaßte. 200000 Dollar von diesem Bonus konnte er sich bei Arbeitsantritt als Vorschuß sofort auszahlen lassen. Das (von Drexel beglichene) Honorar für die Vermittlungsbemühungen von Hadley Lockwood betrug 267000 Dollar.

Levine hatte das Drexel-Angebot typischerweise nicht auf der Stelle angenommen, sondern vorher versucht, es bei Shearson Lehman als Druckmittel einzusetzen. Er war zu Waters gegangen und hatte ihm, unter besonderem Hinweis darauf, daß er dort als Managing Director anfangen und über eine Million Dollar verdienen würde, von dem Angebot erzählt. »Das ist eine fabelhafte Chance«, hatte er gesagt. Aber Waters war keineswegs beeindruckt gewesen. Die Managing Directors von Shearson Lehman hatten kurz zuvor beschlossen, daß es angesichts der Unruhe innerhalb der Firma notwendig sei, die Kollegialität unter den Mitarbeitern zu betonen und eine Loyalität der Firma gegenüber zu stärken, die über das nackte Eigeninteresse hinausging, und Levine verkörperte ganz offensichtlich die Antithese zu diesem Vorhaben. So hatte Waters folgerichtig erwidert: »Von uns dürfen Sie nichts Vergleichbares erwarten, Dennis. Vielleicht sollten Sie das Angebot annehmen.«

Levine feierte seinen Wechsel zu Drexel mit einer neuen extravaganten Anschaffung. An einem sonnigen Wochenende sah Gleacher, der im

Central Park spazierenging, Levine lächelnd und anscheinend freudig erregt auf sich zukommen. »Sie müssen sich meinen neuen Wagen ansehen«, sagte er und drängte Gleacher zur Fifth Avenue zurück, wo ein knallroter, niedriger, zweisitziger Ferrari Testarossa am Bordstein stand. Levine hatte 105000 Dollar dafür hingeblättert. Gleacher war kein Autonarr, aber Levine bestand darauf, eine Probefahrt mit ihm zu machen. Kaum saßen sie im Auto, wurde Gleacher auch schon in den Sitz gedrückt, als Levine das Gaspedal durchtrat und mit aufheulendem Motor die Fifth Avenue entlangschoß. Hinterher berichtete Levine seinem Freund Wilkis voller Genugtuung, daß sein ehemaliger Boß Blut und Wasser geschwitzt habe.

Levine fing am 4. Februar 1984 bei Drexel an. Als Fred Joseph wenig später zufällig Peter Solomon begegnete, sagte ihm Solomon, er sei »wütend« darüber, daß Drexel ihm seinen Protegé »gestohlen« habe. Joseph lächelte nur und betrachtete Solomons augenscheinliche Verärgerung als Kompliment.

Kay, der ihn auf schnellstem Weg zum Star machen wollte, setzte Levine umgehend an ein Projekt, das zu Drexels erstem Vorstoß auf das Gebiet der von Junk-bonds gestützten feindseligen Übernahmen werden sollte. Zielobjekt war das Erdgasunternehmen American Natural Resources Co. (ANR), das sich der Drexel-Klient Coastal Corporation einzuverleiben gedachte. Drexel hatte vor, einen seiner Briefe »höchsten Vertrauens« einzusetzen und ANR mit einem Barangebot von 60 Dollar pro Aktie wie ein Blitz aus heiterem Himmel zu überrumpeln.

Am 14. Februar, nur zehn Tage, nachdem er seine Stellung bei Drexel angetreten hatte, rief Levine von einem Münzfernsprecher aus Bernard Meier an, den Schweizer Bankier, der jetzt das Diamond-Konto bei der Bank Leu betreute. Er beauftragte Meier, die gewaltige Menge von 145000 ANR-Aktien zu kaufen, was bedeutete, daß er fast das gesamte auf seinem Konto liegende Geld, über sieben Mio. Dollar, in den Deal investierte.

Gleichzeitig verlor er keine Zeit, seine eigene Art von Investment banking in Gang zu setzen, indem er sich umgehend daran machte, seine Wall-Street-Quellen nach Gerüchten und Tips auszuhorchen, die zu neuen Geschäften führen könnten, und die Verbindungen zu Arbitrageinformationen zu pflegen. Er versicherte den Coastal-Vertretern in den ersten Strategiebesprechungen, daß ANR zunehmend verwundbarer werde, da immer mehr Aktien in die Hände von Arbitrageuren gelangten, die nicht daran interessiert seien, ihr Geld für lange Zeit festzulegen, und eiligst verkaufen würden, wenn sich ihnen die Gelegenheit zu einem schnellen Profit bot. Levine sah seine Rolle darin, den Kontakt mit den Arbitrageuren aufrechtzuerhalten, um von jeder Entwicklung Wind zu bekommen, die das Projekt tangieren mochte.

Ivan Boesky hatte bisher noch nie einen Anruf von Levine entgegengenommen, obgleich Levine so begierig darauf gewesen war, dem Arbitrageur zu Diensten zu sein, daß er ihm Kopien der Elf/Kerr-McGee-Dokumente hatte zukommen lassen, die er und Wilkis bei Lazard entwendet hatten. Da dies jedoch anonym geschehen war, nahm Boesky erst jetzt, nachdem Levine bei Drexel angefangen hatte und Kay und andere seiner Kontaktleute in der Firma ihn als den neuen Stern am M&A-Himmel priesen, von ihm Notiz. Selbst wenn Levines Weggang von Shearson Lehman nichts anderes bewirkt hätte als die Aufnahme in den kleinen Kreis jener, die persönlichen Zugang zu Boeskys hatten, wäre es ein bemerkenswertes Ergebnis gewesen.

Als sie schließlich am Telefon miteinander sprachen, begann Boesky, wie bei so vielen anderen vorher, sofort damit, das Gebiet zu sondiern und Hinweise auf schwebende Übernahmeangebote aus Levine herauszukitzeln, speziell in bezug auf ANR, eine Aktie, von der Boesky bereits ein großes Paket akkumuliert hatte. Es muß ihn erstaunt haben, wie leicht es ihm fiel, Levine vertrauliche Informationen über das bislang noch nicht spruchreife Geschäft zu entlocken. Er konnte nicht wissen, daß Levine unter allen Umständen einen günstigen Eindruck hinterlassen wollte, da ihm klar war, wie wichtig die Beziehung zu Boesky für seine weitere Karriere bei Drexel sein konnte. Er begann, den Arbitrageur regelmäßig anzurufen, oft 20mal in der Woche, forderte jedoch keine Gegenleistungen für seine Informationen, deren Wert er natürlich kannte. Aber Boesky zeigte sich instinktiv erkenntlich, indem er Levine mit Marktinformationen über andere Händler versorgte, die er aus seinen eigenen Quellen, von John Mulheren zum Beispiel, erfahren hatte.

Boeskys Handelsaktivitäten in ANR-Aktien lassen vermuten, daß Levine ihm in bemerkenswertem Umfang Einblick in das schwebende Geschäft vermittelte; Boesky verstärkte seine Position jedenfalls unmittelbar nach fast jeder wichtigen – und vorgeblich vertraulich behandelten – Entwicklung in der von Coastal angewandten Strategie. Er hielt schließlich einen ANR-Anteil von 9,9 Prozent, was bedeutete, daß er offenlegen mußte, wann und in welchen Mengen er die Aktien angekauft hatte.

Da der Handel in ANR-Aktien derartig zugenommen hatte, sah sich Coastal zur Eile gezwungen und gab Anfang März das Übernahmeangebot bekannt. Nach anfänglichen Versuchen, die Übernahme abzuwenden, gab ANR zwei Monate später klein bei und akzeptierte das Coastal-

Angebot. Levine, der fast seine gesamten Offshore-Einlagen in das Geschäft gesteckt hatte, machte einen Profit von nahezu 1,4 Mio. Dollar. Boesky verdiente über drei Mio. Dollar.

Der Handel vor der Bekanntgabe des Angebots war so umfangreich gewesen, daß sämtliche Überwachungsmonitore bei der Börse und der SEC Alarm gaben. Aber die Computer waren keine große Hilfe bei dem Versuch, einen Insiderhandel zu beweisen. Die Ermittler brachten sogar noch weniger heraus als im Fall der Textron-Übernahme; diesmal kam es nicht einmal zu einem Verhör von Levine, einem der Beteiligten an diesem neuen Übernahmegeschäft, bevor die Untersuchung mangels verwertbarer Spuren eingestellt wurde.

Obwohl er massiv in die eigene Tasche gewirtschaftet und das Vertrauen seines Klienten gebrochen hatte, hatte sich Levine mit seiner ersten großen Transaktion bei Drexel einen guten Einstieg verschafft. Kay war beeindruckt von seiner Fähigkeit, Marktinformationen zusammenzutragen, und überzeugt, den Star gefunden zu haben, den Drexel brauchte.

ANR war Levines bis dato größter Insidergewinn, aber er sollte bald von einem anderen Deal in den Schatten gestellt werden. Obwohl er bei Drexel wesentlich näher an der Quelle saß und an weit lukrativere Geschäfte gelangen konnte, als es bei Shearson Lehman der Fall gewesen war, gab er seinen Informantenring nicht auf, der ihn auch weiterhin reichlich mit Tips über andere günstige Gelegenheiten versorgte. Die Organisation funktionierte, wie er es sich erträumt hatte. Im März unterrichtete ihn »Goldie« von einem bevorstehenden Leveraged buyout von McGraw Edison. Im April erhielt Wilkis von Cecola den Tip, daß Lazard von Houston Natural Gas den Auftrag erhalten hatte, die Fusion mit Internorth, einem anderen Energieunternehmen, abzuwickeln. Wilkis gab die Information an Levine weiter, der über Meier sofort in das Geschäft einstieg – und die noch nicht bekanntgegebene Transaktion dabei leichtsinnigerweise als »sicheren Deal« bezeichnete. Im Mai schließlich, kurz nachdem Coastal ANR geschluckt hatte, machte Sokolow – der sich jetzt mit Levine zu sogenannten »Rekrutierungsessen« traf, wie sie in dessen Spesenabrechnungen genannt wurden – Levine auf ein von Shearson Lehman vertretenes Mega-Angebot aufmerksam, das R.J. Reynolds für Nabisco Brands abgeben wollte.

Levine setzte wiederum fast alles, was er hatte, ein und kaufte am 6. Mai 150000 Nabisco-Aktien. Keinen Monat später gab Reynolds aufgrund des hektischen Handels, der nur auf ein Leck zurückgeführt werden konnte, sein Angebot bekannt. Levines Profit betrug 2,7 Mio. Dollar.

Als er den Erfolg mit Wilkis in einem Steakhouse in Manhattan, dem Palm Too, festlich beging, konnte er der Versuchung nicht widerstehen, seinem Freund mitzuteilen, daß der Ring ein neues Mitglied gewonnen hatte. »Ich habe dem Russen einen Tip auf Nabisco gegeben«, erzählte er dem überraschten Wilkis. Aus den Bemerkungen über die Bedeutung des »Russen« ging eindeutig hervor, wer gemeint war, und das machte Wilkis nervös. Die Beteiligung einer Größe wie Ivan Boesky hob ihre Verschwörung auf eine völlig neue Ebene - eine Ebene, auf der die Wahrscheinlichkeit, Aufmerksamkeit zu erregen, erheblich zunahm.

Aber Levine beruhigte ihn und meinte, sie könnten viel mehr aus dem »Russen« herausholen als dieser aus ihnen. Was er verschwieg, war die Tatsache, daß er sich ganz im Gegenteil seit dem ANR-Deal bei Boesky einschmeichelte, indem er ihn mit den gesammelten Informationen aus seinem Ring versorgte. Die genauen Positionen kannte er zwar nicht, aber er wußte, daß Boesky in großem Stil gehandelt hatte - mit Gewinnen in Millionenhöhe.

Der Informationsfluß wurde schließlich so groß, daß Levine und Boesky zusammenkamen, um ihr Arrangement formell festzuklopfen. Levine hatte den Köder gelegt und sich die Beziehung zu Boesky erkauft, indem er ihm anfänglich seine Tips gab, ohne eine Gegenleistung zu fordern; doch jetzt wollte er seinen Anteil am Gewinn haben. Wie bei Siegel schlug Boesky vor, sich im Harvard Club zu treffen. Die Verhandlungen, die sie dort und bei weiteren Zusammenkünften führten, waren weit konkreter und entsprechend härter, als Boesky im Fall Siegel erlebt hatte. Levine ließ sich nicht mit einem vagen Versprechen auf einen »Bonus« abspeisen, sondern verlangte einen präzisen Maßstab für seinen Anteil.

Trotzdem und im Widerspruch zu der hohen Wertschätzung, die er für sein eigenes Verhandlungsgeschick hatte, scheint Levine dabei schlechter abgeschnitten zu haben als Siegel. Er einigte sich mit Boesky schließlich auf zwei Abrechnungsweisen: Zum einen sollte er fünf Prozent der Gewinne erhalten, die Boesky mit Aktien erzielte, die er aufgrund eines Tips von Levine gekauft hatte. Der zweite Fall - mit einem Gewinnanteil von einem Prozent - sollte dann eintreten, wenn Boesky vorher schon eine Position der betreffenden Aktie gehalten hatte, Levines Information sich jedoch als nützlich erwies. Darüber hinaus setzte Boesky eine Klausel durch, die vorsah, daß jeder Verlust bei einer Investition, die aufgrund eines Tips von Levine durchgeführt worden war, von dessen Gewinnanteil abgezogen werden mußte.

Früher wäre Levine postwendend zu Wilkis geeilt, um ihm von seiner Neueroberung zu erzählen, jetzt jedoch verschleierte er die Tatsache bis hin zur offenen Lüge. »Es ist unglaublich«, vertraute er Wilkis auf einem ihrer mittäglichen Spaziergänge an, nachdem er ihm von dem Treffen mit Boesky im Harvard Club erzählt hatte, »aber Ivan hat mir eine Million in bar angeboten. Die Zahlweise hat er mir überlassen. Ihm gehört jeder – Gleacher, Wasserstein. Aber ich habe abgelehnt.«

Wilkis war skeptisch. »Das sieht dir aber nicht sehr ähnlich«, meinte er spitz.

»Ich habe es lieber, wenn der Russe zu meinen Schuldnern gehört«, schoß Levine zurück, »als daß ich ihm gehöre.«

Das Triumphgefühl nach Boeskys Eingliederung in den Insiderring war noch frisch gewesen, als er in eine neue, größere Rolle hineinzuschlüpfen begann. Im selben Jahr, 1985, hatte er zum ersten Mal am Predators' Ball teilgenommen und sich im Glanz der erfolgreichen Coastal/ANR-Transaktion gesonnt. Kay und andere Drexel-Vertreter hatten ihn als ihren neuen Star lanciert und vielen gewichtigen Firmenkunden vorgestellt. Auf diese Weise hatte er Boesky schließlich auch persönlich kennengelernt. Aber derjenige, der ihn am meisten beeindruckt hatte, war Sir James Goldsmith, der auf der Konferenz eine Rede gehalten hatte.

Von außen betrachtet, konnte es kaum zwei Männer geben, die weniger Gemeinsamkeiten hatten als der in Queens großgewordene Levine und der anglofranzösische Finanzier. Sir James war einer der wenigen frühen Raider, die ihre Jagd nach Geld mit einem mächtigen Verstand und ideologischer Untermauerung betrieben. Er war der Langeweile und Erstarrung der alten europäischen Ordnung überdrüssig, haßte die fest verwurzelte »Korpokratie« eines selbstzufriedenen Unternehmermanagements und glaubte leidenschaftlich an die Meritokratie (die »Herrschaft der persönlichen Verdienste«) und den freien Markt – ein in jener Zeit in Europa recht unkonventioneller Denkansatz. Er hatte sich, häufig durch feindselige Übernahmen, ein weitgespanntes Imperium aufgebaut, das von Verlagen (ihm gehörte das einflußreiche französische Nachrichtenmagazin *L'Express*) über die Lebensmittelkette Grand Grocery und europäische Lebensmittelhersteller bis hin zu amerikanischen Waldgebieten und Bodenschätzen reichte. Aber nicht das war es, was Levine beeindruckte. Ihn faszinierte der Lebensstil des Magnaten.

Sir James hatte eine Frau, eine Ex-Frau und eine Geliebte und verbrachte sogar seinen Urlaub mit zwei Familien gleichzeitig, indem er zwischen den italienischen Halbinseln hin- und herpendelte, auf denen sie die Ferien verlebten. Das Stadtdomizil, das er in Manhattan besaß, war mit seinen Marmorböden, den alten Möbeln, den mit Damast bespannten Wänden und der Anhäufung von Bildern und Skulpturen die Verkörperung des Geschmacks und der Verfeinerung der Alten Welt. Ähnlich palastartige Residenzen standen – als sein Besitz oder angemietet – in London und Paris, an der Costa del Sol, auf Sardinien und Barbados für ihn bereit; später ließ er sich noch ein fürstliches Anwesen an der mexikanischen Pazifikküste errichten. Er verfügte über angenehme Umgangsformen, war von entwaffnender Freundlichkeit und offen für alles, was aus dem Rahmen fiel. Levine fuhr einmal extra nach Barbados in den Urlaub und berichtete Wilkis hinterher enthusiastisch, daß er sich das Anwesen von Sir James angesehen habe. Er begann sogar, einige der Manierismen von Sir James nachzuahmen. Wilkis fand es zwar lächerlich und prätentiös, aber immerhin besser als das krude Verhalten, das er von Levine gewöhnt war.

Einer der Deals, die auf der Junk-bond-Konferenz ausgeheckt wurden, war ein von Drexel vertretenes Angebot, durch das Sir James die Crown Zellerbach Corporation erwerben wollte, ein riesiges Forstwirtschafts- und Papierunternehmen. Sir James hatte bereits ein bemerkenswertes Aktienpaket des Unternehmens angesammelt, das frühere, freundliche Übernahmeversuche stets abgewiesen hatte. Levine war begeistert, als Kay ihn als Leiter des Drexel-Teams einsetzte, das das Geschäft durchziehen wollte. (Die Finanzierung blieb natürlich in der Hand von Milkens Westküstenfiliale.)

Nachdem Sir James sein Angebot abgegeben hatte, nahm Crown Zellerbach Verhandlungen mit der Mead Corporation auf, einem anderen Papierhersteller, der als rettender »weißer Ritter« einspringen sollte. Mead würde, wie Crown Zellerbach hoffte, das Unternehmen zusammenhalten und nicht, wie es bei einer Übernahme durch Sir James drohte, zerbrechen, um die Einzelteile zu verkaufen. Mead willigte ein, Crown Zellerbach zu einem beträchtlichen Preis – 50 Dollar pro Aktie – zu übernehmen, und traf Vorbereitungen, die Position von Sir James zu erwerben, um die Feindseligkeiten zu beenden und die Transaktion abzuschließen. Levine hatte seine Insiderinformation, wie üblich, für den Handel in die eigene Tasche benutzt und bereits ein erhebliches Paket an Crown-Zellerbach-Aktien erworben. Doch jetzt rief er, angesichts des bevorstehenden Mead-Deals, noch einmal bei der Bank Leu an und orderte für vier Mio. Dollar weitere Crown-Zellerbach-Aktien. Boesky legte sich ebenfalls eine große Position zu, und Levine war elektrisiert von der Gelegenheit, Sir James zu beeindrucken, indem er ihm Boeskys Unterstützung verschaffte und ihm den Ankauf von Boeskys Aktienpaket ermöglichte.

An dem Tag, an dem in Dayton (Ohio) der Aufsichtsrat von Mead zusammentrat, um den Deal abzusegnen, gab Sir James im eleganten Eßzimmer seines Stadtdomizils zur Feier des Geschäftsabschlusses ein Mittagessen, das von seinem Personal zubereitet und auf Limoges-Porzellan zu seltenen Rot- und Weißweinen serviert wurde. Levine war gelöster Stimmung, und Sir James schien seine Ausgelassenheit zu amüsieren. Außerdem waren noch einige andere anwesend, die an dem Deal beteiligt waren, unter ihnen Roland Franklin, ein Helfer von Sir James, und George Lowy, einer der Partner von Cravath, Swaine&Moore, der Anwaltskanzlei, die Mead repräsentierte. Während des Essens wurde Lowy ans Telefon gebeten, um einen Anruf von Mead entgegenzunehmen.

Als er zurückkam, war er verlegen. »Sie werden mir kein Dessert mehr anbieten wollen«, sagte er zu Sir James und verkündete dann, daß der Aufsichtsrat von Mead die Erwerbung von Crown Zellerbach überraschend abgelehnt und damit sowohl die Hoffnung des Unternehmens auf einen rettenden weißen Ritter als auch den lukrativen Aufkauf der Position von Sir James zunichte gemacht hatte. Die Neuigkeit würde den Kurs von Crown Zellerbach augenblicklich abstürzen lassen, sobald sie bekannt wurde. Sir James nahm es bemerkenswert gelassen hin, zuckte die Achseln und meinte, dann würde er eben seine eigene Attacke wieder aufnehmen. Im übrigen bestand er darauf, daß Lowy bis zum Ende des Essens blieb.

Im Gegensatz dazu war Levine, wie Franklin bemerkte, ganz »grau« geworden. Levines Stimmung stürzte in dem Maß ab, wie es dem Crown-Zellerbach-Kurs noch bevorstand. Er verließ die Feier, sobald er konnte, und rannte, von Panik erfaßt, zur nächsten Telefonzelle, um die Liquidierung seiner riesigen Position zu veranlassen. »Er scheint seinen Broker anrufen zu wollen«, bemerkte Sir James, nachdem Levine aus dem Zimmer gehastet war, mit einem Lächeln auf dem Gesicht, und alle lachten über diese Vorstellung. Niemand nahm sie ernst.

Durch seinen raschen Anruf bei der Bank Leu verhinderte Levine einen gewaltigen Verlust zu Lasten seines Kontos und kam sogar noch mit einem kleinen Gewinn aus der Sache heraus. Einige Zeit später konnte Sir James die Übernahme von Crown Zellerbach, trotz heftiger Gegenwehr, schließlich unter Dach und Fach bringen. Levine wurde zwar für seine Arbeit innerhalb der Firma von Kay hoch gelobt, aber Sir James zeigte nur geringes Interesse, die Geschäftsbeziehung zu Levine fortzuführen.

Levines Flitterwochen bei Drexel gingen zu Ende, und bald war alles wie gehabt. Wenn er mit Wilkis sprach, beklagte er sich wieder, daß er nicht genug Anerkennung erfahre. Er haßte seinen M&A-Kollegen Leon

Black, von dem er nur als dem »fetten Mistkerl« sprach. Er sei der einzige Banker in New York, behauptete Levine, der einen gewissen Einfluß auf die wahre Machtgrundlage der Firma habe - Milkens Junk-bond-Fabrik in Beverly Hills. Und er bemängelte, daß Drexel, anders als Shearson, völlig von der Finanzierung beherrscht werde. Die Westküstenfiliale war es, die die M&A-Geschäfte und die Aufträge im Bereich der Unternehmensfinanzierung einfuhr, was bedeutete, daß sein Anteil am Bonusfonds entsprechend kleiner ausfallen würde.

Wilkis, der von Lazard fort wollte, da er das Gefühl hatte, nicht vorwärtszukommen, hätte es lieber gesehen, wenn sich Levine weniger beklagt und ihm statt dessen geholfen hätte, einen Job bei Drexel zu ergattern. Aber Levine schien sich immer weniger für Wilkis Zukunft zu interessieren. Wilkis erhielt schließlich die Möglichkeit, sich bei Drexel vorzustellen, aber sein intellektueller Einschlag und seine zurückhaltende Art entsprachen nicht dem, was Drexel suchte, und man machte ihm kein Angebot. Wilkis gab Levine die Schuld für den Reinfall, da er sich nicht für ihn eingesetzt hatte. Am Ende aber schaffte es Wilkis aus eigener Kraft. Er erhielt ein Angebot von E.F. Hutton und war begeistert - bis Hutton ihm sagte, daß er sich einem routinemäßigen Lügendetektortest für zukünftige Mitarbeiter stellen müsse.

Ihm brach der kalte Schweiß aus. Die Vorstellung, lügen zu müssen, wenn die Rede auf ausländische Bankkonten und Insiderhandel kam, versetzte ihn in Angst und Schrecken. Er flehte Hutton an, ihm den Test zu ersparen; er sei erniedrigend, eine Verunglimpfung. Aber Hutton ließ sich nicht umstimmen. Ein Kollege bei Lazard hörte zufällig einen Teil des Telefonats mit und fragte Wilkis, worüber er sich denn so aufrege. »Jeder hat irgend etwas getan«, antwortete Wilkis. »Jeder hat mal irgend etwas gestohlen.« Am Tag vor dem Testtermin bekam er von Kopf bis Fuß Ausschlag.

Aber er ließ den Test über sich ergehen und brachte ihn ohne Beanstandung hinter sich. So oberflächlich, wie er damals üblicherweise durchgeführt wurde, erwies sich die Befürchtung, daß man ihm Fragen stellen würde, die er nicht wahrheitsgemäß beantworten konnte, als überflüssig. Man fragte ihn danach, ob er Rauschgift nahm, aber nicht, ob er Insiderhandel betrieb.

Bei Hutton schien Wilkis endlich seine Nische gefunden zu haben. Er hatte das Gefühl, daß er bei seinem neuen Arbeitgeber als erfahrener Profi anerkannt wurde, als wichtiges Mitglied eines M&A-Teams, das zwar keine herausragende Stellung einnahm, aber dabei war, an Bedeutung zu gewinnen. Er feierte seinen neuen Job damit, daß er sich, gewissermaßen in Konkurrenz zu Levine, ein Appartement an der Park Avenue kaufte, und begann daran zu denken, auf Distanz zu seinem besten Freund zu gehen.

Levine fand auch bei den Abendessen mit Wilkis und dessen Frau keinen besseren Gesprächsstoff als seine Heldentaten bei Drexel, während seine Frau verträumt vor sich hin starrte. Die Abende brachten Wilkis' Frau zur Weißglut, und sie bat ihren Mann schließlich, sie nicht zu wiederholen. Hinzu kam, daß Wilkis seine Quelle bei Lazard verlor, da Cecola seine Analytikerausbildung abgeschlossen hatte und im Herbst an die Harvard Business School ging. »Kannst du mir nicht ein paar Knochen überlassen, solange ich an der Business School bin?« fragte er Wilkis, in der Hoffnung, seinen Insiderhandel weiterführen zu können. Wilkis kannte niemanden, den er als Ersatz für Cecola hätte anheuern können, und seine Stellung bei Hutton wollte er keinesfalls aufs Spiel setzen. Außerdem driftete Levine sowieso in Sphären ab, mit deren Glanz und Reichtum Wilkis nicht mithalten konnte.

Bei Drexel wurde Levine, nachdem er nur 10 Monate dort gearbeitet hatte, zur ersten Bonusabrechnung zu Kay bestellt, ein Ereignis, auf das er sich mit einer Gewinnaufstellung der Abteilung vorbereitet hatte, die seinen eigenen Beitrag herausstrich. Er hatte nie ein Geheimnis daraus gemacht, daß die Vergütung für ihn von größter Bedeutung war, und Kay wiederholt gesagt, er wolle »so reich werden, wie man nur werden kann« und »jedes Jahr mehr Geld machen als im letzten«. Kay sah in dieser Einstellung ein Plus und hielt sie für ein typisches Merkmal von Stars im M&A-Geschäft. Bei der Besprechung ging Kay Levines Arbeit während des Jahres durch und meinte, man könne sich bei ihm darauf verlassen, daß er eine Transaktion übernehme und »mit höchster Vertraulichkeit« bearbeite. »Ihr Bonus für 1985«, sagte er schließlich und zögerte einen Moment, da er sicher war, daß die Summe, die er gleich aussprechen würde, sogar Levines Einschätzung seiner eigenen Fähigkeiten übertraf, »beläuft sich auf . . . eine Million Dollar«.

Levine stand ruckartig auf. »Das ist eine Beleidigung!« sagte er und stapfte wütend aus dem Büro.

6

»Trinken wir einen Kaffee zusammen«, sagte Siegel am Telefon zu Boesky, was nach ihrem neuen Code bedeutete, daß er ein Treffen wollte. Er bestand inzwischen darauf, daß sie sich persönlich trafen, da er befürchtete, daß Boeskys Telefon abgehört wurde. Wenn er an Boeskys CIA-Gerede und den exotischen Kurier dachte, der ihm das Geld überbracht hatte, hielt er alles für möglich.

Er ging die wenigen Blocks von Kidder, Peabody zur Water Street und wanderte dort auf und ab. Dabei dachte er kurz daran, was er sagen sollte, wenn er einem Bekannten begegnete. Es war Winter, Januar 1983, nicht gerade die Jahreszeit, in der man einen Spaziergang um den Block machte.

Aber er brauchte nicht lange zu warten, bis Boesky aus seinem Bürohaus in der Water Street 55 kam und auf ihn zueilte. Während sie gemeinsam die Straße hinuntergingen, erzählte Siegel dem Arbitrageur, daß Kidder, Peabody von der Diamond Shamrock Corporation, einem großen chemischen Rohstoffunternehmen, den Auftrag erhalten hatte, den Erwerb einer Erdölfirma zu sondieren. Es war zwar noch nichts entschieden, aber Siegel hatte eine Liste möglicher Kaufobjekte gelesen, und eines der möglichen Ziele war eine vergleichsweise kleine Ölfirma namens Natomas Co.

Siegel fand, daß Natomas in zweifacher Hinsicht für Boesky geeignet war: Erstens konnte Boesky Monate vor der Transaktion, wenn sie denn zustande kam, damit beginnen, eine Position zu akkumulieren, ohne durch zeitliche Nähe zu ihr eine Untersuchung wegen vermuteten Insiderhandels auf sich zu ziehen; nicht einmal Siegel konnte abschätzen, ob es überhaupt zu einem Deal kommen würde. Natürlich wäre Boesky, wenn er jetzt zu kaufen begann, nicht der einzige, der Gewinne erzielen würde, und das war der zweite Punkt: Siegel wollte einen gewissen Kaufdruck auf Natomas erzeugen, um das Unternehmen für ein Übernahmeangebot von Diamond Shamrock reif zu machen, was sich am besten erreichen ließ, indem man es davon überzeugte, daß es »im Spiel« war und zum Ziel eines weit weniger attraktiven feindseligen Angebots werden könnte.

Sie bogen von der Water Street ab und gingen durch einen verlassen daliegenden Teil von Manhattan südlich des South Street Seaport auf den East River zu, sprachen aber weiterhin nur leise miteinander und sahen sich häufig um, um zu sehen, ob sie beobachtet wurden. Siegel setzte Boesky den Plan von Diamond Shamrock auseinander und sagte ihm, er solle langsam zu kaufen anfangen, warnte ihn aber auch davor, daß der Deal möglicherweise nicht zustande kommen würde.

Kurz darauf begann Boesky zu kaufen, und alles lief glatt, bis Diamond Shamrock im März aufgrund von Schwierigkeiten bei der Beschaffung des Geldes für den Ankauf überraschend beschloß, den Plan fallenzulassen. Boesky geriet fast in Panik, aber Siegel beruhigte ihn und drängte ihn, seine Position zu behalten.

Das Kapital für den Ankauf wurde schließlich durch eine Aktienemission aufgebracht und der Deal im Mai abgeschlossen. Zu diesem Zeitpunkt hatte Boesky eine riesige Position aufgehäuft. Siegel hatte wie üblich weder deren genaue Größe noch die Preise erfahren, zu denen Boesky sie erworben hatte, und war erstaunt, als er bei der Zusammenstellung der Daten für die Übernahme bemerkte, daß Boesky mehr als 800 000 Aktien besaß. Boeskys Profit aus dem Deal belief sich auf 4,8 Mio. Dollar. Das müßte sich in entsprechender Großzügigkeit ihm gegenüber auszahlen, sagte sich Siegel.

Nicht viel später hatte er erneut Gelegenheit, Boesky und zugleich seinem Klienten dienlich zu sein. Im September rief Gordon Getty, der exzentrische Erbe des Vermögens von John Paul Getty, an. Er war unzufrieden mit der Art, wie Getty Oil geführt wurde, und Siegel hielt es für wahrscheinlich, daß entweder er selbst, wahrscheinlich zusammen mit einigen Verbündeten, ein Angebot für das Unternehmen unterbreiten oder aber seinen Anteil verkaufen würde, damit jemand anders das gesamte Unternehmen erwerben konnte.

Der Handel in Aktien von Unternehmen, die von Familienanteilen kontrolliert werden, ist häufig recht flau, da allgemein angenommen wird, sie könnten nicht übernommen werden. Es ist daher für Arbitrageure ein gefundenes Fressen, wenn sie von Unstimmigkeiten innerhalb einer mächtigen Familie erfahren. Als Siegel ihm die Neuigkeit mitteilte, kaufte Boesky denn auch sofort einige Getty-Optionen, die ihm einen Gewinn von 220 000 Dollar einbrachten. Aber das eigentliche Geschäft sollte erst noch kommen, als zunächst Pennzoil und dann Texaco für Getty Oil boten. Es wird geschätzt, daß Boeskys Getty-Profite die sagenhafte Summe von 50 Mio. Dollar betrugen.

Siegel hatte es sich zur Regel gemacht, Boesky nur dann Informationen zukommen zu lassen, wenn es im Interesse seiner eigenen Klienten lag. Er enthielt ihm weit mehr Informationen vor, als er weitergab, obwohl Boesky ihn ständig bedrängte und ihm sogar anbot, sein Geld auf einem europäischen Konto anzulegen. Aber Siegel hatte abgelehnt: »Daran bin ich nicht interessiert, Ivan. Ich werde, bei Gott, nicht ins Ausland gehen.« Doch Boesky versuchte es unverdrossen weiter, indem er ihm anbot, für ihn in Immobilien zu investieren, und schließlich sogar vorschlug, seinen Vater bei sich einzustellen.

Das schlagendste Beispiel für einen zurückgehaltenen Tip war vielleicht das Übernahmeangebot der Brown-Forman Distillers Corporation für Lenox Inc., einen Porzellanhersteller. Lenox heuerte Siegel an, der im Verlauf des Deals einer der wirksamsten Abwehrtechniken der 80er Jahre den Weg bereitete: der »Giftpille«. Die Idee der Giftpille stammte zwar größtenteils von dem Übernahmeanwalt Martin Lipton, aber Siegel trug Wesentliches zur Entwicklung dieser Strategie bei. Die Pille, heute ein weitverbreitetes Verfahren in der amerikanischen Wirtschaft, soll feindselige Übernahmeversuche abschrecken, indem den Aktionären für den Fall eines solchen Angriffs außerordentliche Rechte eingeräumt und damit die zu erwartenden Kosten für den Angreifer erhöht werden. Lenox, zum Beispiel, versuchte sich zu retten, indem es eine Pille einführte, die die Aktionäre berechtigte, Brown-Forman-Aktien zu erwerben, falls Brown-Forman ein Angebot unterbreitete.

Da Lenox sich wehrte, enthielt der Deal für die Arbitrageure ein erhebliches Risiko. Der Aktienkurs sackte, nachdem er anfänglich angestiegen war, wieder ab, und als die Situation zusätzlich durch Rechtsstreitigkeiten belastet wurde, der Ausgang also noch unsicherer geworden war, gerieten viele Arbitrageure in Panik und verkauften. Nicht so Boesky, der weiterhin kaufte. Am selben Tag, als Lenox schließlich doch kapitulierte und ein höheres Angebot von Brown-Forman akzeptierte, deckte er sich noch einmal mit einem Paket von 62 000 Lenox-Aktien ein. Er hielt am Ende rund neun Prozent von Lenox und strich einen Gewinn von rund vier Mio. Dollar ein.

Seine Arbitragekollegen waren ebenso erstaunt wie neidisch; an der Wall Street begann das Gerücht die Runde zu machen, daß er eine Insiderquelle besitzen müsse. Niemand, so wurde gesagt, könne derartig präzise Voraussagen treffen, besonders nicht bei einem Deal, der durch solche Auf- und Abbewegungen gekennzeichnet war wie im Fall Brown-Forman/Lenox. Dennoch war es eine der Transaktionen, bei der Siegel das Vertrauen seines Klienten nicht gebrochen hatte. Lenox leistete bis zum Ende Widerstand, und Siegel glaubte, daß die Giftpille ihre Wirkung zeigen würde. Er riet Boesky sogar, sich nicht in Lenox zu engagieren. Als der Aufsichtsrat von Lenox dann plötzlich aufgab, war Siegel überzeugt, daß Boesky in diesem Fall eine andere Insiderquelle gehabt hatte.

Bei einer anderen Gelegenheit rief Boesky bei Siegel an und sagte, er hätte eine vertrauliche Information über Gould Inc. erhalten, einen von Siegels Klienten. Siegel vermutete, daß Boesky die Information von einem institutionellen Broker von Kidder, Peabody in Boston namens Donald Little bekommen hatte. Little, ein eifriger Polospieler, betreute einen großen Teil von Boeskys Handelsaktivitäten und war durch das Polospiel ein enger Freund von William Ylvisaker geworden, dem Präsidenten von Gould. Boesky fragte Siegel nun, ob er die Information bestätigen könne, aber Siegel log ihn an und sagte, daß er darüber nichts wisse.

Als sie sich Ende November 1983 trafen, um Siegels »Bonus« auszuhandeln, erinnerte Siegel Boesky daran, wie wertvoll seine Informationen über Natomas und Getty gewesen waren. Daneben sprachen sie ausführlich über andere Ratschläge, die Siegel Boesky gegeben hatte, seine Einschätzung des Werts einer Pipeline in Utah beispielsweise. Obwohl diese Hilfestellungen kaum so wertvoll waren wie Insiderinformationen, hielt Siegel es nur für fair, daß auch sie vergütet wurden; er verharmloste sein Tun, indem er seine Beziehung zu Boesky als eine Art »Beratertätigkeit« betrachtete. Schließlich forderte er einen Bonus von 250 000 Dollar. Es war nicht das Ergebnis umfangreicher Berechnungen; er wußte, daß Boesky bei Natomas groß eingestiegen war, und nahm an, daß ihm das Getty-Geschäft, obwohl es noch nicht abgeschlossen war, ebenfalls einen kräftigen Gewinn eintragen würde. Er hatte einfach seinen Bonus bei Kidder, Peabody zugrunde gelegt, und 250 000 Dollar stellten seiner Ansicht nach eine »faire« Vergütung dar. Außerdem entsprach es dem, was er seiner Meinung nach brauchte. Sein Einkommen betrug in diesem Jahr zwar stattliche 733 000 Dollar, lag aber niedriger als im letzten Jahr. Darüber hinaus hatte er sich für 975 000 Dollar ein Firmenappartement mit vier Schlafzimmern am Gracie Square, gleich gegenüber des Wohnsitzes des New Yorker Bürgermeisters, gekauft, das gerade renoviert und neu ausgestattet wurde.

Boesky beeilte sich, Siegels Forderung zuzustimmen – im Vergleich zu den Gewinnen, die er durch Siegels Informationen gemacht hatte, war es eine verschwindend geringe Summe –, und vereinbarte die Übergabemodalitäten. Wie schon einmal wartete Siegel in der Halle des Plaza Hotels auf den dunkelhäutigen Kurier, wechselte dieselben Codeworte mit ihm – »rotes Licht« und »grünes Licht« – und nahm den Aktenkoffer entgegen.

Als er wieder in seiner Wohnung war und das Geld zählte – das wiederum mit Gummis aus dem Cesar's Palace gebündelt war –, stellte er fest, daß ein nicht unbeträchtlicher Betrag fehlte. Siegel vermutete, daß Boeskys Kurier ihn für sich abgezweigt hatte. Eines der Geldbündel enthielt nicht, wie er verlangt hatte, 100-Dollar-, sondern Ein-Dollar-Scheine, so daß sich die Gesamtsumme auf nur 210 000 Dollar belief. Er fühlte sich betrogen.

Er vereinbarte ein weiteres Treffen, bei dem er Boesky vorhielt, daß sein Kurier ein Dieb war. Boesky war entrüstet. Sein Kurier, schwor er, sei jemand, auf den er sich verlassen könne; er würde niemals in die Kasse greifen. Siegel zuckte die Achseln und sagte sich, daß die Sache nicht wert sei, sich weiter darüber zu streiten. Dennoch, versprochen war versprochen. Im nächsten Jahr würde er berücksichtigen, daß 15 bis 20 Prozent seines Bonus auf dem Weg zu ihm verschwanden, in wessen Tasche auch immer, und seine Forderung entsprechend erhöhen.

Während der nächsten Monate machte Boesky mehr Geld denn je. Den größten Anteil daran hatte ein Deal, an dem er sich beteiligte, ohne einen Tip von Siegel erhalten zu haben: Gulf Oil, Boeskys alte Nemesis, jenes Unternehmen, das ihn durch seinen plötzlichen Rückzug aus dem Cities-Service-Geschäft beinahe ruiniert hätte. Der texanische Ölbaron, Raider und Drexel-Klient T. Boone Pickens hatte im September, ungefähr zu der Zeit, als Boesky den ersten Hinweis auf Getty bekam, die Akkumulation eines großen Pakets an Gulf-Aktien bekanntgegeben. Einige Zeit danach machte Pickens, von Drexel gestützt, ein teilweises Übernahmeangebot für die riesige Ölgesellschaft, das Gulf genug Angst einjagte, um sich nach einem weißen Ritter umzusehen, und in die Arme von Standard Oil of California (Socal) trieb. Es wurde die größte Fusion jener Zeit, die die Wall Street durch ihre schiere Größe erschütterte und die Macht eines von Drexel gestützten Raiders auf anschauliche Weise demonstrierte.

Der Deal vermehrte Boeskys Reichtum auf drastische Weise. Er begann Pickens' Ankäufe zu verfolgen und sich regelmäßig bei Mulheren nach Neuigkeiten über große Handelsaktivitäten zu erkundigen, während er, als sich die Manöver ins Jahr 1984 hinein fortsetzten, seine Position stetig ausbaute. Wie schon in anderen Fällen riskierte er einen erheblichen Teil seines Kapitals und hielt schließlich ein Paket von rund fünf Mio. Gulf-Aktien. Diesmal jedoch ging das Gulf-Abenteuer gut aus, zumindest für Boesky. Es kam zu einem Gebotskrieg, in dem einer der Bieter – Kohlberg Kravis Roberts – von Siegel beraten wurde, der Boesky allerdings keinerlei Insiderinformationen zukommen ließ, obwohl er die

KKR-Pläne genauestens kannte. Als Standard Oil schließlich – nach einigen spannungsgeladenen Tagen, in denen der Kongreß über einen Antitrust-Einwand gegen den Zusammenschluß debattierte – als Sieger aus dem Kampf hervorging, konnte Boesky einen Gewinn von schätzungsweise 65 Mio. Dollar einstreichen.

Um das Ereignis zu feiern, gab Mulheren, der ebenfalls einen hübschen Schnitt gemacht hatte, für 25 seiner Freunde aus dem Arbitragegeschäft, die am lukrativen Abschluß des Gulf-Deals beteiligt gewesen waren, eine aufwendige Party. Die Tische waren mit Produkten der Gulf-Tankstellen dekoriert, so daß allen das bekannte orangefarbene Firmenzeichen vor Augen stand. Erlesene Weine, Cocktails und Brandys flossen in Strömen. Nach einigen Gläsern erhob sich Mulheren und wandte sich an seine Gäste. »Ich habe eine gute Neuigkeit für euch«, verkündete er. »James E. Lee [der geschlagene Präsident von Gulf, der mit seiner Entscheidung, das Angebot für Cities Service zurückzuziehen, so viele Arbitrageure brüskiert hatte] hat sich dazu durchgerungen, das Kriegsbeil zu begraben und an unserem Fest teilzunehmen. Er will die Sache beenden.« Dann machte er ein Zeichen, und herein kam ein dressierter Affe in einem hellblauen Overall mit dem Gulf-Logo darauf, Boesky brüllte vor Lachen, bis ihm Tränen in den Augen standen. Der Affe gefiel ihm so sehr, daß er ihn später für eine seiner eigenen Partys engagierte.

Das Geschäftsjahr, das im März 1984 endete, war für Boesky ausgesprochen erfolgreich gewesen. Nachdem er im vorangegangenen Jahr aufgrund des Gulf-Fiaskos 13,7 Mio. Dollar Verlust gemacht hatte, schloß er diesmal mit einem Gewinn von 76,5 Mio. Dollar ab. Das war mit Sicherheit mehr, als der frühere Eisverkäufer aus Detroit, der so oft vor dem Bankrott gestanden hatte, jemals zu verdienen gehofft hatte. Boesky zog mit seiner Firma in eine großzügige Bürosuite in der Fifth Avenue 650 mitten in Manhattan um, den einstigen Sitz der Pahlevi Foundation, die bis zu dessen Sturz das Vermögen des Schahs von Persien verwaltet hatte. Der mysteriöse Hushang Wekili ging mit ihm und erhielt ein eigenes Büro und eine Vergütung aus der üblichen Kombination von Grundgehalt und Bonus. Sein Bonus belief sich auf gut eine Mio. Dollar im Jahr – obwohl niemand sonst, der für Boesky arbeitete, eine Vorstellung davon hatte, welche Aufgabe er eigentlich hatte. Conway, Lessman, Mooradian und andere lernten trotzdem, ihm zu vertrauen.

Im Gegensatz zu den spartanischen Verhältnissen in den alten Büroräumen war der neue Firmensitz unter Seema Boeskys Mitarbeit üppig ausgestattet worden. In die Marmorwände der Flure waren Paneele aus weich geätztem Glas eingelassen, in denen Skulpturen standen. Boesky selbst bezog ein riesiges Büro mit weißen Wänden, einem schneeweißen Teppichboden und Fenstern, die einen Blick über den Central Park und auf die lichtfunkelnden Bürotürme von Manhattan boten.

Am erstaunlichsten aber war die elektronische Ausrüstung, neben der seine alte Befehlsstelle primitiv gewirkt hätte. Zusätzlich zu einem Lautsprecher war auf jedem Schreibtisch ein Monitor aufgestellt worden, auf dem Boesky seinen Analytikern und Händlern persönlich erscheinen konnte. Auf seinem eigenen Schreibtisch stand ein großes Fernsehgerät mit zweigeteiltem Bild. Auf dem oberen Teil konnte er, wen er wollte, einzeln sehen, einschließlich seiner selbst; der untere Teil war in 16 Ausschnitte unterteilt, deren Bilder von den Videokameras geliefert wurden, die auf jeden seiner Händler und Analytiker gerichtet waren. Boesky konnte auf diese Weise jeden seiner Angestellten zu jeder Zeit hören und sehen. Sollte einer von ihnen nicht auf seinem Platz sein, und sei es auch nur, weil er auf die Toilette gegangen war, würde es sofort entdeckt werden. Darüber hinaus gab es noch andere Spielzeuge: An Boeskys Telefon waren 160 Direktleitungen zu Mulheren, Milken, Arbitrageuren, Brokern, Analytikern anderer Firmen, Händlern und ähnlichen Leuten angeschlossen; an den Wänden stand eine ganze Batterie von Fernschreibern, und eine Digitaluhr zeigte die verschiedenen Zeitzonen rund um den Erdball an.

An Boeskys Beziehung zu Siegel änderte sich durch den Umzug nur wenig. Wenn Siegel eine Information hatte, rief er weiterhin bei Boesky an und lud ihn zu einem Kaffee ein, nur daß sie sich jetzt in einem »Pastrami 'n Things«-Feinkostgeschäft auf der anderen Seite der 52nd Street, gleich gegenüber von Boeskys neuem Firmensitz, tatsächlich zu einem Kaffee trafen. Der bescheidene Treffpunkt mit seinen Resopaltischplatten, offenen Ketchup- und Gewürzbehältern und künstlichen Pflanzen war Boeskys Wahl. Er sah keine Veranlassung, seinen Reichtum auf teure Cafés zu verschwenden. Und Siegel gefiel der Ort, weil er es für unwahrscheinlich hielt, daß dort jemand verkehrte, der sie erkennen könnte.

Im Frühjahr 1984 wurden Kidder, Peabody und Siegel von Carnation Co. beauftragt, die Möglichkeit des Verkaufs eines großen Aktienpakets zu untersuchen. Siegel schloß daraus, daß Carnation verkauft werden sollte, und als das Management ihm grünes Licht gab, den höchstmöglichen Preis herauszuholen, verabredete er sich mit Boesky, um die Situation mit ihm zu besprechen. Boesky begann daraufhin im Sommer, eine große Position in Carnation anzuhäufen, was den Kurs erwartungsgemäß in die Höhe trieb.

Im August waren Boeskys Ankäufe derartig groß geworden und hatten so viele Trittbrettfahrer angezogen, daß die NYSE einschritt. Sie fragte bei Carnation an, ob das Unternehmen eine Erklärung für den plötzlichen Anstieg des Kurses und des Handelsvolumens seiner Aktie habe. Carnation wußte natürlich von den vorgeblich geheimen Gesprächen über den Plan, einen größeren Aktienanteil zu verkaufen, war aber von der Aktivität des Börsenhandels ehrlich überrascht. In öffentlichen Erklärungen, die eindeutig gegen die Vorschriften der Börse und der SEC verstießen, aber im Trend der Verschleierungstaktik der amerikanischen Wirtschaftswelt lagen, verkündete Carnation, daß es »keine Neuigkeiten aus dem Unternehmen und keine Firmenentwicklung« gebe, »die die Börsenaktivität rechtfertigen könnten«, und fügte einige Wochen später hinzu, daß man von »keinem unternehmerischen Grund für den jüngsten Kursanstieg« wisse; das Unternehmen stehe »mit niemandem in Verhandlungen«, ließ es kategorisch verlauten.

Viele Arbitrageure an der Wall Street gerieten aufgrund dieser Verlautbarungen in Panik. Boesky jedoch blieb die Ruhe selbst; Siegel hatte ihn ermutigt, die Erklärungen von Carnation zu ignorieren und seinen Kaufdruck aufrechtzuerhalten. Darüber hinaus wußte er aus anderen Quellen, daß eine Übernahme wahrscheinlich war, und so nutzte er einen Rückgang des Carnation-Kurses, um seine Position weiter auszubauen. »Es wird alles genau wie bei Getty«, versicherte ihm Siegel.

Es wurde weit besser: sauberer, kürzer und profitabler. Die altehrwürdige Carnation Co., einer der bekanntesten und angesehensten Markennamen Amerikas, beugte sich einem freundlichen Fusionsangebot des Schweizer Lebensmittelgiganten Nestlé. Für Boesky warf der Deal den größten Gewinn ab, den er aufgrund eines Tips von Siegel machte: 28,3 Mio. Dollar – rund die Hälfte seines Gesamtgewinns beim Carnation-Deal.

Dieser riesige Gewinn erregte bei den anderen Arbitrageuren erneut Neid und Zweifel. Noch nie zuvor hatte es in der Wall Street eine derartige Erfolgsserie gegeben wie die von Boesky: Natomas, Lenox, Getty, Gulf und jetzt auch noch Carnation. Die Größe der Positionen, mit denen Boesky handelte, hatte ihm den mißgünstigen Spitznamen »Piggy« (Schweinchen; *piggy bank* = Sparschwein) eingebracht. Sein Freund Mulheren sah sich immer häufiger gezwungen, Boesky in Schutz zu nehmen, wenn andere Arbitrageure andeuteten, er handle mit Insiderinformationen. »Komm schon«, pflegte er dann zu sagen. »Du willst nur nicht zugeben, daß es jemanden gibt, der cleverer und besser ist als du.«

Eines Nachmittags rief Boesky bei Mulheren an und bat ihn, die

Schirmherrschaft über ein Wohltätigkeitsdinner zu übernehmen. Das Essen sollte zu Ehren Boeskys stattfinden und Mittel für das Jewish Theological Seminary, ein angesehenes theologisches Institut unweit der Columbia University in Manhattan, aufbringen. Mulheren hatte bei Boesky nie ein echtes Interesse am Judaismus entdeckt, wußte aber, daß Boesky dem Seminar große Spenden zukommen ließ, wahrscheinlich, um seine reichen jüdischen Investoren zu beeindrucken. »Ivan«, sagte er, »du weißt, daß ich so etwas nicht gern mache. Kann ich dir nicht einfach einen Scheck geben?« Er war, wie schon gesagt, jederzeit bereit, für wohltätige Zwecke zu spenden, wenn ihn ein Freund um Unterstützung bat. Boesky erwiderte nach kurzem Zögern, fast wie ein abgewiesenes Kind: »Niemand sonst will es tun.«

Mulheren seufzte und gab sich geschlagen. Er setzte Carl Icahn so lange unter Druck, bis er ihn als zweiten Sponsor gewonnen hatte, und gemeinsam schafften sie es schließlich, sämtliche Eintrittskarten zu verkaufen, was angesichts der verbreiteten feindseligen, eifersüchtigen Gefühle gegen Boesky nicht einfach war. Das Dinner brachte fast 500000 Dollar für das Seminar. Es war ein feierliches Ereignis; sogar Mulheren zwängte sich in ein Smokingjackett und legte eine Fliege um. Boeskys Mutter kam aus Detroit herüber, und Mulheren war erstaunt, in ihr eine reizende, würdevolle alte Dame kennenzulernen, die voller Stolz und Sorge auf ihren Sohn blickte. Nachdem Mulheren sie vorgestellt hatte, sagte sie zu den Gästen des Dinners: »Ich weiß, warum Sie heute abend wirklich hier sind. Sie sind hier, weil Sie nicht glauben konnten, daß Ivan Boesky tatsächlich eine Mutter hat.« Das Publikum quittierte es mit schallendem Gelächter.

Sogar innerhalb seiner eigenen Firma regte sich ungläubiges Staunen über Boeskys anhaltende Erfolge. Lessman, der Chef der Research, wußte, daß weder seine eigene Research noch die eines anderen zu Boeskys Investitionen geführt hatte. Aber er konnte kein Muster entdecken; daß ein unverhältnismäßig großer Teil der Deals unter Beteiligung von Kidder, Peabody zustande gekommen war, bemerkte er nicht. Er war so ahnungslos, daß er mitten in der Glückssträhne seines Chefs, als er erfuhr, daß Kidder, Peabody und Siegel ein Übernahmeziel vertraten, von dem sie eine Position hielten, zu Boesky ging, um ihm die Neuigkeit mitzuteilen. »Ich habe gerade erfahren, daß Kidder an dem Deal beteiligt ist«, sagte er voller Stolz auf seine Detektivarbeit. »Sie sollten vielleicht einmal bei Marty Siegel anrufen und sehen, ob er uns weiterhelfen kann.«

»Was wollen Sie damit sagen?« fragte Boesky scharf und blitzte Lessman wütend an. »Warum sollte Marty Siegel mit mir darüber reden?«

»Ich meine, Sie kennen sich doch gut, oder?« erwiderte Lessman. »Sie könnten . . .«

Boesky schnitt ihm das Wort ab. »Merken Sie sich eins: Zwischen dieser Firma und Marty Siegel gibt es keine besondere Beziehung. Und jetzt raus mit Ihnen!«

Wenig später erhielt Boesky einen zweiten, bedrohlicheren Warnschuß vor den Bug, bei dem es auch Siegel kalt den Rücken herunterlief. Bisher war Boesky, trotz seiner enormen Erfolge, von der Finanzpresse erstaunlich wenig beachtet worden, doch jetzt, im Sommer 1984, arbeitete eine Reporterin des *Fortune,* Gwen Kinkead, an einem größeren Artikel über ihn. Boesky reagierte nur selten auf Anrufe von Reportern, Gwen Kinkead jedoch hatte er ein Interview gegeben, auch wenn er nicht bereit gewesen war, über seine Handelsaktivitäten zu sprechen, und noch nicht einmal die trivialsten Daten über sein Leben herausgerückt hatte.

Siegel wußte, daß der Artikel in Arbeit war; die Reporterin hatte bei seiner Sekretärin eine Nachricht hinterlassen. Als er zurückrief, war sie jedoch nicht im Haus, und sie meldete sich nie wieder bei ihm. Er nahm an, daß sie nur einen Kommentar über Boesky hatte haben wollen. Deshalb war er überrascht, als Boesky in der letzten Juliwoche bei ihm anrief, um ihn vor einem in dem Artikel enthaltenen unerfreulichen »Verweis« zu warnen, mit dem auf Boeskys Beziehungen zu Kidder, Peabody und First Boston hingedeutet wurde.

Siegel war entsetzt. »Das ist gar nicht gut«, erwiderte er ärgerlich, »weder für dich noch für mich.«

Boesky jedoch schien sich darüber keine Sorgen zu machen. »Du nimmst das zu schwer«, meinte er. Der Artikel enthalte nichts wirklich Neues und wiederhole nur, was bereits in der *Los Angeles Times* gestanden hätte, wo auch auf seine Beziehungen zu den beiden Firmen verwiesen worden wäre. Doch das erregte Siegel nur noch mehr. Die *L. A. Times!* Davon hatte er nichts gewußt. Wurde da vielleicht eine ganze Lawine negativer Berichterstattung losgetreten? Er wußte, wie sensibel seine Branche auf Presseberichte reagierte.

Siegel entschloß sich, DeNunzio ins Bild zu setzen, bevor er es aus dem Magazin erfuhr. DeNunzio war besorgt, aber nicht allzu beunruhigt. Ob etwas Wahres an dem Artikel sei, danach fragte er Siegel nicht. Sie riefen Peter Goodson, den nominellen Chef der M&A-Abteilung, an, um den möglichen Schaden für die Übernahme- und Fusionsaktivitäten der Firma abzuschätzen, und kamen zu dem Schluß, daß er nur gering ausfallen würde. Die Wall Street schwirrte ständig von Gerüchten. Am beruhigendsten war jedoch die Tatsache, daß neben Kidder, Peabody auch First Boston erwähnt wurde.

Am nächsten Montag hastete Siegel zum Zeitungsstand, um sich die *Fortune*-Ausgabe vom 6. August zu kaufen. Der größte Teil des Artikels behandelte Boeskys finanzielle Erfolge und seinen Ehrgeiz, war also unverfänglich, auch wenn er einige Charakterisierungen und Angaben über seine Herkunft enthielt, die wenig schmeichelhaft waren. Zwei mitten im Text versteckte Absätze aber versetzten Siegel in Schrecken: »Boeskys Konkurrenten munkeln hinter vorgehaltener Hand über sein perfektes Timing«, hieß es dort, »und man hört das Gerücht, daß er sich auf Deals konzentriert, an denen Kidder, Peabody und First Boston beteiligt sind. Boesky weist die Verwendung von Insiderinformationen vehement zurück.«

Dann berührte der Artikel einen besonders heiklen Punkt: »Als Pargas, ein Flüssiggasgroßhändler aus Maryland, letztes Jahr von der reichen Belzberg-Familie aus Kanada angegriffen wurde, war die Wall Street von Boeskys Vorgehensweise – und der von Kidder, Peabody und Forstmann Little – fasziniert.« Der Fall verwies auf einige von Boeskys engsten Beziehungen: auf die zu Siegel, der mit Boesky über Pargas gesprochen, ihm aber – wie er glaubte – keine Insiderinformationen gegeben hatte; zu Teddy Forstmann, dem Gründer von Forstmann Little, der sich oft mit Boesky unterhielt; und zu Mulheren, zu dessen wichtigsten Klienten die Belzbergs gehörten. Siegel wußte, daß Mulheren Informationen über die nächsten Schritte der Belzbergs gewissermaßen routinemäßig an Boesky weitergegeben hatte.

»Einen Tag, nachdem die Belzbergs Pargas ihr Übernahmeangebot mitgeteilt hatten, aber noch vor der öffentlichen Bekanntgabe«, fuhr der Artikel fort, »kaufte Boesky 35 000 Pargas-Aktien.« Die naheliegende, wenn auch nur durch Indizien gestützte Folgerung daraus war, daß Boesky Insiderinformationen über das Belzberg-Angebot gehabt hatte – vermutlich von der Pargas-Seite, was auf Siegel deutete.

Der Artikel berichtete weiter, daß Boesky sein Aktienpaket wieder abgestoßen hatte, kurz bevor Forstmann Little eine Verringerung des Angebots für Pargas bekanntgab und damit einen Kursrückgang an der Börse verursachte. Das legte nahe, daß Forstmann Boesky im vorhinein von seinen Plänen unterrichtet hatte; Siegel hatte seinerzeit selbst diesen Verdacht gehabt. Boeskys Entgegnung lautete, nach Kinkead: »Zu irgendwelchen Handelsaktivitäten gebe ich keinen Kommentar ab. Wir kaufen und verkaufen jeden Tag Wertpapiere, und zwar den Regeln entsprechend. Wir haben ausgezeichnete Berater, deren Ratschläge wir nutzen.«

Siegel war entsetzt. Wie hatte das passieren können? Seine größte Angst war es stets gewesen, daß seine Beziehung zu Boesky entdeckt werden könnte, und jetzt hatte er es in einer landesweiten Publikation schwarz auf weiß vor sich. Und die Nachricht kam in der Wall Street an. Lessmans Freunde begannen Siegel scherzhaft als Boeskys »geschäftsführenden Vizepräsidenten im Bereich Kidder, Peabody« zu bezeichnen.

Später im August erhielt Siegel einen Anruf von Robert Freeman, dem mächtigen Chef der Arbitrageabteilung von Goldman, Sachs. Siegel und Freeman telefonierten schon seit Jahren fast täglich miteinander und waren sich auf diese Weise nähergekommen. Aus Gesprächen über die Deals, die von ihren Firmen bearbeitet wurden, waren mit der Zeit Unterhaltungen über Sport, Philosophie, ihr Einkommen und ihre Pläne geworden. Als Freeman mit seiner Familie von New Jersey ins exklusive Rye (New York) umgezogen war, hatte er Siegel alles über das große Haus erzählt, das er in der Nähe des vornehmen Apawamis Country Club gekauft hatte. Siegel betrachtete Freeman als einen »Telefon-Freund«.

Freeman war weltgewandt, gewinnend, maßvoll im Auftreten und von angenehmem Äußeren. Er hatte am Dartmouth College im Hauptfach Spanisch studiert und war anschließend an die Columbia Business School gegangen, nach deren Abschluß er eine Anstellung bei Goldman erhielt. Die Arbitrage hatte er an der Seite von Robert Rubin gelernt, der später zu einem der Firmenchefs aufstieg. Goldmans legendärer Präsident, Gustave Levy, war selbst Arbitrageur gewesen und galt in der Wall Street als Autorität auf diesem Gebiet. Freeman wurde 1978 zum Partner berufen, und andere Partner der Firma suchten in zunehmendem Maß seinen Rat, da die Arbitrage beim Ausgang von Fusions- und Übernahmevorhaben, bei Neufinanzierungen und anderen bedeutenden Transaktionen im Unternehmensbereich eine immer größere Rolle spielte.

Um den guten Ruf der Firma zu wahren, hatte Goldman eine massive chinesische Mauer zwischen der Arbitrageabteilung und dem Rest der Firma errichtet. Zu diesem Zweck wurden »Sperrlisten« herausgegeben – vertrauliche Papiere, auf denen die Klienten aufgeführt waren, die an anhängigen Geschäften im Bereich des Investment banking beteiligt waren. Die auf diesen Listen genannten Unternehmen waren tabu: Kein Arbitrageur oder anderer Firmenangehöriger durfte in den Aktien dieser Unternehmen handeln. Freeman beklagte sich bei Siegel ständig über die vielen Geschäfte, bei denen er wegen der Beteiligung von Goldman nicht einsteigen konnte.

Wie Boesky war auch Freeman eine unverzichtbare Quelle von Markterkenntnissen und Neuigkeiten über Deals außerhalb von Goldman. Er nahm innerhalb des eng begrenzten Zirkels der eingeführten Arbitrageure eine beneidenswerte Position ein. Siegel hatte sei langem den Verdacht, daß die »Club«-Mitglieder untereinander Informationen austauschten. Ein solches Arrangement besaß den bestechenden Vorzug, daß, abgesehen von jenen, die aufgrund der Beteiligung ihrer Firmen nicht mittun konnten, alle anderen Mitglieder des Arbitrageclubs die jeweilige Information nutzen konnten. Ihnen stand es frei zu investieren – unter der Voraussetzung, daß sie ihre eigenen Informationen mit den anderen teilten.

Daß solche Informationen vor der Bekanntgabe marktverändernder Unternehmensentscheidungen ihren Weg zur Börse fanden, war offensichtlich. Jeder konnte den Anstieg des Kurses und des Handelsvolumens sehen, und es war nicht schwer, die Spur zu den Käufern zurückzuverfolgen. Auf der Grundlage dieser Beobachtungen war an der Wall Street eine ganze Branche von Second-hand-Arbitrageuren entstanden, die einfach das Handelsverhalten der Clubmitglieder verfolgten und als Trittbrettfahrer blind kauften und verkauften, wie diese es ihnen vormachten.

Freemans Anruf im August, als der Carnation-Deal in vollem Gange war, verstärkte Siegels Verdacht in bezug auf die Arbitragegemeinschaft. Freeman erwähnte nämlich, daß Boesky seines Wissens eine Million Carnation-Aktien halte. Siegel war aus zwei Gründen erstaunt, zum einen von der Größe der Position – er hatte keine Ahnung davon gehabt, in welchem Ausmaß Boesky investiert hatte – und zum anderen von der Tatsache, daß Freeman es wußte. Es gab in Boeskys Umkreis offenbar keine Geheimnisse, wenigstens nicht, wenn es einen mächtigen Arbitrageur wie Freeman betraf. Kein Wunder, daß die Presse Gerüchte aufgreifen konnte. Siegels Gedanken rasten, während Freeman weitersprach. Dann hörte er etwas, das ihm einen neuen Angstschauer den Rücken hinunterjagte. »Du solltest vorsichtig sein«, sagte Freeman. »Man redet darüber, daß du Boesky zu nahe stehst.«

»Ich spreche nicht mehr mit ihm«, stieß Siegel hervor. »Das war einmal.«

Freemans Bemerkung hatte das Faß zum Überlaufen gebracht. Siegel schwor sich, daß der Carnation-Tip der letzte gewesen war, den er Boesky gegeben hatte. Er mußte sich von Boesky lösen, und zwar schnell. Andernfalls würden die Gerüchte niemals aufhören.

Dann, als er schon glaubte, der *Fortune*-Zwischenfall wäre vorüber, rief ihn die Journalistin Connie Bruck an, die für *The Atlantic* an einem weiteren Boesky-Porträt arbeitete. Sie hatte die Artikel in der *L. A. Times* und im *Fortune* gelesen und beabsichtigte, Siegel als Gegenstand der Gerüchte namentlich zu erwähnen. Als sie sich für seine Bitte, ihn aus dem Spiel zu lassen, unzugänglich zeigte, wandte er sich erneut an DeNunzio: Man müsse etwas tun. Man tat. Als Connie Bruck ihr Manuskript mit dem Hinweis auf Siegel abgab, sagten ihr die Anwälte der Zeitschrift, daß der Artikel nur gedruckt werden würde, wenn sie die Passage über Siegel strich. Sie protestierte, biß aber auf Granit. Der Artikel erschien in der Dezemberausgabe – ohne die Siegel-Gerüchte. Siegel erfuhr erst später, daß sich die Anwälte von Kidder, Peabody eingeschaltet und mit einer Klage gedroht hatten, falls die anstößige Passage nicht aus dem Text entfernt werde.

Während des restlichen Jahres setzte Siegel seinen Entschluß, die Verbindung zu Boesky abzubrechen, in die Tat um. Die Häufigkeit der Telefongespräche mit Boesky, den er vorher fast täglich angerufen hatte, nahm dramatisch ab, und er gab ihm keine weiteren Insiderinformationen. Dennoch überwog am Ende des Jahres der Gedanke an den ihm zustehenden »Bonus« seine Angst, obwohl er das Geld im Grunde nicht brauchte. 1984 war ein gutes Jahr für ihn gewesen: Sein Gehalt und sein Bonus bei Kidder, Peabody hatten, zusammengenommen, die Millionengrenze überschritten; er hatte insgesamt 1,1 Mio. Dollar in bar und in Firmenaktien erhalten. Dagegen standen die Kosten für die Renovierung seines Appartements, die annähernd 500 000 Dollar betrugen und damit größer ausgefallen waren, als er erwartet hatte. Außerdem hatte er sich den Boesky-»Bonus« mit seinen unglaublich wertvollen Tips und Ratschlägen verdient, wie er meinte. Warum also sollte er sich seinen Anteil an den gewaltigen Gewinnen, die Boesky gemacht hatte, nicht auszahlen lassen?

Im Januar 1985 trafen sich Boesky und Siegel wieder in dem Pastrami 'n Things. Wie er es sich vor einem Jahr vorgenommen hatte, erhöhte Siegel seine Forderung, um den zu erwartenden Transportverlust auszugleichen, und verlangte diesmal 400 000 Dollar, von denen er rund 350 000 tatsächlich in Empfang zu nehmen hoffte. Mit dem Geld würde er die Rechnungen der Handwerker bezahlen, die an seinem Appartement gearbeitet hatten. Boesky war sofort einverstanden; der Wert des Carnation-Tips brauchte gar nicht erst angesprochen zu werden. Die Übergabe des Geldes sollte allerdings auf andere Weise vonstatten gehen. Boesky wollte sie nicht noch einmal im Plaza riskieren.

Er wies Siegel an, um Punkt neun Uhr vormittags an einem öffentlichen Telefon an der Ecke 55th Street und First Avenue zu sein. Er sollte den Hörer abnehmen und so tun, als würde er mit jemandem telefonieren. Der Kurier würde währenddessen hinter ihm stehen, als wartete er darauf, daß der Apparat frei würde. Er würde einen Aktenkoffer links neben Siegel abstellen und dann verschwinden. Siegel fand diesen Plan noch lächerlicher als die Geldübergabe im Plaza Hotel; es wirkte wie eine Szene aus einem schlechten Spionageroman, aber Boesky bestand darauf.

Siegel kam am vereinbarten Tag zu früh bei dem Telefon an und setzte sich auf der anderen Straßenseite an einen Fenstertisch. Während er an seinem Kaffee nippte, bemerkte er jemanden, der der Kurier sein mußte: einen dunkelhäutigen Mann mit einem Aktenkoffer, der über den kleinen Platz schlenderte, auf dem das Münztelefon stand. Er trug eine schwarze Jacke.

Dann entdeckte Siegel noch jemanden. Ungefähr einen halben Block entfernt ging ein weiterer dunkelhäutiger Mann auf dem Bürgersteig auf und ab, ohne den Mann, den Siegel für den Kurier hielt, aus den Augen zu lassen. Siegel geriet in Unruhe. Was ging hier vor? War etwa noch jemand eingeweiht? Plötzlich schossen alle Befürchtungen, die Boesky und dessen angebliche CIA-Tätigkeit bei ihm ausgelöst hatten, zusammen. »Sie wollen mich umbringen«, dachte er. Das war der Grund für diesen bizarren Plan, nach dem der Kurier hinter ihn treten sollte: um ihn umzubringen! Er trank seinen Kaffee aus, bezahlte die Rechnung und floh. Der Kurier blieb auf dem Aktenkoffer voller Geld sitzen.

Bald nachdem Siegel in seinem Büro angekommen war, rief er Boesky an. »Wie ist es gelaufen?« fragte er.

»Gar nicht«, antwortete Siegel.

»Warum das denn?« Boesky klang erstaunt.

»Es war mehr als eine Person dort«, sagte Siegel. »Jemand hat alles beobachtet.«

»Natürlich hat er das«, rief Boesky aus. »Das ist immer so. Ich wollte nur die Übergabe absichern.«

Siegel war verblüfft. Boesky traute seinem eigenen Kurier nicht.

Boesky schlug vor, die Übergabe nach dem gleichen Muster zu wiederholen. »Bei all der Mühe, die es mir gemacht hat, das Geld zu besorgen, kannst du es ruhig nehmen«, drängte er. Siegel war unschlüssig, brachte es aber nicht über sich, einen eindeutigen Schlußstrich zu ziehen. Nachdem er Boesky mehrere Wochen lang hingehalten hatte, gab er nach. Diesmal klappte die Übergabe reibungslos. Wie erwartet, war ein Teil des Geldes verschwunden, aber Siegel hielt es nicht einmal für nötig, es Boesky gegenüber zu erwähnen. »Das ist das letzte Mal gewesen«, schwor er sich. Er hatte nicht vor, weiterhin in Angst zu leben.

Für Siegel war nach dieser letzten Zahlung die Brücke zu Boesky abgebrochen. Er stellte seine Anrufe bei ihm ganz ein, und wenn Boesky bei ihm anrief, verhielt er sich ausweichend, gab sich beschäftigt und beeilte sich, das Gespräch zu beenden. Boesky brauchte nicht lange, um zu begreifen, was passiert war.

Als Siegel eines Nachmittags einen Anruf von Boesky entgegennahm und ihn abzuwimmeln versuchte, hörte er einen sentimentalen Unterton aus Boeskys Stimme heraus, eine Traurigkeit, die echt zu sein schien. »Was ist los, Marty?« fragte ihn Boesky ruhig. »Du willst nie mit mir reden. Du rufst mich nicht mehr an. Wir sehen uns nicht mehr. Magst du mich nicht mehr?«

Seine Beziehung zu Boesky war aber nicht der einzige Grund gewesen, weshalb Siegel das Erscheinen des *Fortune*-Artikels in Schrecken versetzt hatte. Zur gleichen Zeit, als er sich von Boesky zu lösen begann, tauschte er mit seinem anderen Telefonfreund, Freeman, weiterhin Insiderinformationen aus – auch noch, nachdem Freeman ihn auf das inkriminierende Gerücht über seine Beziehung zu Boesky aufmerksam gemacht hatte. Die Insiderbeziehung zu Freeman entsprang jedoch nicht Siegels eigenem Geldbedürfnis, sondern dem von Kidder, Peabody.

Trotz des äußeren Anscheins steckte Kidder, Peabody in Schwierigkeiten und hing stark von Siegels Fähigkeit ab, Gewinne zu erwirtschaften. Obwohl es abzusehen war, daß die traditionellen Einnahmequellen, wie Maklergebühren und Underwritingprovisionen, versiegen würden, verschmähte es die Firma weiterhin, neue Profitmöglichkeiten zu nutzen. Sie hatte keine eigene Arbitrageabteilung und handelte, anders als die meisten Konkurrenzfirmen an der Wall Street, nicht auf eigene Rechnung. Al Gordon und nach ihm DeNunzio glaubten, der Handel auf eigene Rechnung würde Konflikte mit den Pflichten den Klienten gegenüber heraufbeschwören. Währenddessen erzielten Firmen, die keine solchen Skrupel hatten, enorme Gewinne – Firmen wie Goldman, Sachs, wo es schon immer eine bedeutende Arbitrageabteilung gegeben hatte, und sogar Morgan Stanley, wo man sich erst in neuerer Zeit diesen Markt erschlossen hatte.

DeNunzio hatte von einigen jüngeren Bankern bei Kidder, Peabody den Beinamen »Vogel Strauß« erhalten. Wenn man ihm eine neue Art von Geschäften vorschlug, erwiderte er jedesmal mit der stereotypen Frage, ob es Geschäfte seien, die Kidder, Peabody »brauche«, um den Klienten zu dienen. Die Antwort lautete selten ja. Die Folge war, daß das Kapital der Firma stagnierte, während das ihrer Konkurrenten sprunghaft anstieg und sie in die Lage versetzte, gewaltige Projekte zu finanzieren. Kidder, Peabody verließ sich dagegen immer noch auf das Filialnetz und die Vertriebskapazität der Firma, eine in zunehmendem Maße schwerfällige, überholte und unprofitable Art und Weise der Kapitalbeschaffung. Darüber hinaus belastete das Filialnetz die Firma mit einem jährlichen Verlust von 30 Mio. Dollar.

Aber als ob das noch nicht ausgereicht hätte, wurde Kidders sorgfältig gepflegte Reputation im März 1984 auch noch ernstlich befleckt, als sich Peter Brant, ein gewandter junger Börsenmakler mit gesellschaftlichem Ehrgeiz, der in Werbeanzeigen für Kidder, Peabody Reklame machte, des Insiderhandels schuldig bekannte. Er wurde zum Kronzeugen der Anklage im sensationellsten Insiderprozeß seit Jahren: dem gegen R. Foster Winans, einen Reporter des *Wall Street Journal,* der die einflußreiche Kolumne »Heard On The Street« (Auf der Straße gehört) geschrieben und deren Inhalt vor der Veröffentlichung an Brant weitergegeben hatte.

Der Fall erregte enormes öffentliches Aufsehen, hob er doch den Vorhang vor einer sensationsträchtigen Geschichte um einen alkoholsüchtigen Gesellschaftsanwalt, homosexuelle Liebhaber und geheime Treffen in schicken Restaurants und Poloklubs. Da niemand sonst aus der Firma in die Sache verwickelt war, versuchte Kidder, Peabody, sie herunterzuspielen. Robert Krantz, der hauseigene Anwalt, machte allerdings im Zeugenstand eine recht unglückliche Figur; die Aufsichtsmechanismen innerhalb der Firma erschienen auf geradezu lächerliche Weise dürftig und wirkungslos.

Der Prozeß und die Publizität, die er erfuhr, machten es für Kidder, Peabody nur noch dringlicher, neue Einnahmequellen zu erschließen. DeNunzio und Gordon hatten einige Zeit vor diesen Ereignissen einen jungen Rhodes-Stipendiaten namens Timothy L. Tabor angeworben. Tabor war groß, jungenhaft, gutaussehend und besaß einige buchhalterische Erfahrung und jene Oxford-Patina, die die beiden Chefs von Kidder, Peabody anzog. Sie verpflichteten Tabor, mit dem Titel eines für Planung zuständigen Vizepräsidenten, als direkt DeNunzio unterstellten Berater.

Nachdem er sich einen Überblick über die Aktivitäten der Firma und deren Profitabilität – beziehungsweise den Mangel daran – verschafft hatte, kam Tabor zu dem Schluß, daß das Überleben der Firma davon abhing, ob sie in der Lage war, neue, gewinnträchtige Geschäfte zu entwikkeln. Die Schlußfolgerung daraus war, daß der Firma nichts anderes übrigblieb, als aggressiv auf eigene Rechnung zu handeln, was wiederum bedeutete, daß sie eine Arbitrageabteilung aufbauen mußte. Tabor erklärte sich bereit, selbst dabei mitzuwirken. Er behauptete, für sein eigenes Konto einige Optionsgeschäfte getätigt zu haben, verfügte ansonsten jedoch über keinerlei Erfahrung auf dem Gebiet der Arbitrage und wußte nur wenig über den Börsenhandel im allgemeinen.

DeNunzio befolgte zwar Tabors Ratschlag, versuchte aber gleichzeitig, da es ihm immer noch widerstrebte, jeden Hinweis darauf zu verschleiern. Er stellte dem jungen Berater Richard Wigton an die Seite, einen erfahrenen Händler, der nominell Chef der institutionellen Verkäufe war. Wigton war ein ehemaliger Kreditanalytiker, der die meiste Zeit seines Berufslebens bei Kidder verbracht und sich dort von einer Aufgabe zur anderen gehangelt hatte, ohne besondere Aufmerksamkeit zu erregen, weder im Positiven noch im Negativen. Er war beleibt, freundlich und langweilig. Jeder in der Firma nannte ihn nur »Wiggie«.

Wigton hatte sich darauf verlegt, im Huckepackverfahren *(piggybacking)* die Transaktionen einiger der gewiefteren Klienten der Firma zu kopieren - das heißt, einfach zu kaufen und zu verkaufen, wie sie es ihm vormachten -, und auf diese Weise bescheidene Gewinne erzielt. Auf der Grundlage dieser fadenscheinigen Erfolgsbilanz erhielt er nun von DeNunzio den Auftrag, eine Arbitrageabteilung bei Kidder, Peabody aufzumachen. Als Bürokraft erhielt er jemanden aus der Bibliothek der Firma. Das war die ganze neue Abteilung.

DeNunzio bestellte Siegel zu sich, erklärte ihm das Arrangement und verpflichtete ihn zum Stillschweigen, da er nicht wollte, daß jemand außerhalb der Firma von der Existenz der Abteilung erfuhr. Er war besorgt darüber, wie die Klienten auf die Neuigkeit reagieren würden.

Siegel kannte und mochte Wigton, hielt ihn aber als Arbitrageur für hoffnungslos überfordert. Über Tabor wußte er, abgesehen von seiner Unerfahrenheit und der Tatsache, daß er erst seit kurzem in der Firma war, so gut wie nichts. Dann ließ DeNunzio die Bombe platzen: Siegel sollte als »Ratgeber« für die beiden verantwortlich sein. Und niemand sonst sollte davon wissen. Siegel stöhnte auf.

Zu dieser Zeit, im März 1984, war er als Vertreter von KKR in den Angebotskampf um Gulf Oil verwickelt. Als im Kongreß aufgrund von Antitrustüberlegungen Bedenken gegen die Socal-Übernahme von Gulf laut wurden und die Nervosität der Arbitrageure und anderen Anleger zu einem Kursrückgang der Gulf-Aktie führte, beschloß Siegel, seinen neuen Ratgeberstatus zu nutzen. Er rief Wigton und Tabor an und sagte ihnen, sie sollten Gulf kaufen. »Die Werte sind da«, erklärte er auf der Grundlage der Analyse der Erträge und Aktiva von Gulf Oil, die er für KKR erstellt hatte. Die drohenden Antitrustprobleme wischte er kurzerhand vom Tisch. »Das Unternehmen wird von irgend jemandem übernommen werden. Es ist ein Selbstläufer.« Wigton und Tabor erwarben daraufhin eine nach Kidder-Peabody-Maßstäben riesige Position – 200 000 Aktien. (Zum Vergleich: Boesky hielt rund vier Millionen.) Als der Socal-Deal schließlich über die Bühne ging, wurde Siegel als Arbitragegenie gefeiert. Kidder, Peabodys Gewinn betrug 2,7 Mio. Dollar. DeNunzio war hocherfreut und voller Lob für Siegels Fähigkeiten. Siegel fühlte sich großartig. Die Arbitrage war ja so einfach! Daß er sie gut meistern würde, hatte er allerdings vorher schon vermutet. Außerdem hatte er das gute Gefühl, einen weiteren wichtigen Beitrag zum Wohlergehen der Firma geleistet zu haben.

Wie gefährlich nahe Siegel einem Durchbrechen der chinesischen Mauer gekommen war, die in Investmentfirmen für gewöhnlich die Arbitrage von den anderen Aktivitäten trennte, schien niemandem aufgefallen zu sein. Er hatte die vertraulichen Informationen, die er als Finanzberater von KKR im Gulf-Deal besaß, zwar nicht benutzt, aber es hatte nicht viel gefehlt, und es wäre dazu gekommen.

Eines Nachmittags rief Robert Freeman, wie er es fast täglich tat, bei Siegel an und erwähnte, daß die Aktie der Walt Disney Co. einen guten Eindruck auf ihn mache. Er selbst halte eine Position, fügte er hinzu. Der Raider Saul Steinberg hatte eine große Position in Disney-Aktien aufgebaut, und man rechnete innerhalb der Arbitragegemeinschaft damit, daß Steinberg ein Angebot machen würde. Die Bass-Familie aus Texas, die für ihre geschickten Investitionen bekannt war, hatte ebenfalls ein beachtliches Aktienpaket angesammelt. Freeman deutete, ohne es auszusprechen, unmißverständlich an, daß er mit Richard Rainwater in Verbindung stehe, dem Finanzier, dem ein großer Teil der Erfolge der Bass-Familie zugute gehalten wurde.

So funktionierte offenbar die Arbitrage innerhalb des »Clubs«, sagte sich Siegel – mit Tips, Andeutungen, über die Kontakte, die jeder hatte, persönliche Beziehungen zum gegenseitigen Vorteil, ohne daß jemals die Grenze zum tatsächlichen Insiderhandel überschritten wurde. Wozu sich unnütze Sorgen machen, wenn jeder die Verläßlichkeit eines Tips überprüfen konnte, ohne sagen zu müssen, woher er ihn hatte?

Siegel rief Wigton und Tabor an und riet ihnen, in Disney-Aktien zu investieren. Bald darauf, im Juni 1984, kursierte an der Börse ein Greenmail-Gerücht; man mutmaßte, daß Steinberg, anstatt ein Angebot für das Übernahmeziel zu unterbreiten oder es auch nur im Spiel zu halten, von Disney ausgekauft werden würde. Siegel rief sofort bei Freeman an, der ihn beruhigte. »Ausgeschlossen«, sagte Freeman. Kidder, Peabody behielt also das große Aktienpaket, während Siegel zum Flugplatz eilte, um seinen Flug nach Cleveland zu erreichen, wo er einen Termin mit einem Klienten wahrzunehmen hatte.

Als er vom Flugplatz in Cleveland aus in seinem Büro anrief, war er entsetzt: Steinberg hatte es tatsächlich auf Greenmail abgesehen gehabt. Die Übernahmedrohung war abgewendet und der Kurs der Disney-Aktien schlagartig gesunken. Wigton und Tabor waren kalt erwischt worden. Kidder, Peabody hatte mit der Disney-Position jetzt schon einen Verlust erlitten, der die 2,7 Mio. Dollar Gewinn aus dem Gulf-Deal mehr als nur aufzehrte. Siegel war wie gelähmt. Soviel zu seinem Arbitragegenie.

Am nächsten Vormittag klingelte er bei Freeman an. Seine Wut steigerte sich noch, als er erfuhr, daß Freeman seine Position verkauft hatte, bevor die schlechte Neuigkeit bekanntgegeben worden war. »Warum hast du mir nichts davon gesagt?« fragte Siegel wutschnaubend. »Du hast mich da hineingebracht, du hast die Information gehabt und hast mir trotzdem nichts gesagt?« Er konnte kaum glauben, daß Freeman derartig mit ihm umgesprungen sein sollte.

Freeman schien ehrlich betrübt zu sein. Daß er, Siegel, eine so große Position gehabt habe, hätte er nicht gewußt; außerdem hätte er versucht, ihn telefonisch zu erreichen, aber er sei im Flugzeug nach Cleveland gewesen. Siegel war danach ein wenig besänftigt. Aber der Verlust schmerzte immer noch. Er wußte nicht, wie er DeNunzio erklären sollte, daß Kidder, Peabody auf seinen Rat hin auch nach dem Greenmail-Gerücht an der Position festgehalten hatte.

Einige Tage später, an einem Freitag, saß er in seinem Haus in Connecticut an seinem Schreibtisch bei der Arbeit. Er hatte sich so weit von dem Disney-Vorfall erholt, daß er sich wieder mit Freeman über Markt- und M&A-Entwicklungen unterhalten konnte, als wäre nichts geschehen. Er brachte das Gespräch, ohne groß darüber nachgedacht zu haben, auf einen bedeutenden Goldman-Klienten, die Continental Group, eine Verpackungsfirma, die damals einem Übernahmeangebot von Sir James Goldsmith ausgesetzt war. Er fragte Freeman, ob er glaube, daß das Angebot halten werde.

Er erwartete als Antwort irgend etwas, das ihm weiterhelfen würde, aber nichts Eindeutiges; immerhin war Goldman die Investmentbank von Continental und aktiv an der Ausarbeitung der Continental-Strategie beteiligt. Es war auch möglich, daß Freeman nichts über Continental wußte, da bei Goldman vermutlich eine undurchdringliche Mauer zwischen der Arbitrage und dem Investment banking errichtet worden war. Freemans Antwort war deshalb eine Überraschung für Siegel. »Das spielt keine Rolle«, sagte er. »Die Firma wird auf alle Fälle verkauft.«

Siegel war verblüfft. Diese Auskunft war, aus dem Mund eines Partners der Firma, die Continental vertrat, nicht mehr und nicht weniger als eine Insiderinformation. Er legte den Hörer auf und starrte hinaus über die Küstenlandschaft von Connecticut. Ihm war klar, daß Freeman und er in ihrem Telefongespräch soeben eine unsichtbare Linie überschritten hatten, aber er wußte auch, daß er alles wieder ins Lot rücken konnte – einfach, indem er die Information nicht benutzte; Insiderhandel liegt erst vor, wenn man mit der erhaltenen Information handelt. Andererseits war ihm Freeman nach dem peinlichen Disney-Verlust einen Gefallen schuldig gewesen. War das nicht die Art und Weise, wie das Arbitragenetzwerk funktionierte?

Siegel griff nach dem Telefonhörer und rief Wigton und Tabor an, um sie auf die Continental-Aktie anzusetzen, mußte aber verärgert feststellen, daß sie sich weigerten, in das Geschäft einzusteigen. Sie waren immer noch von dem Disney-Reinfall verschnupft. Siegel hob die Stimme und sagte ihnen, daß er soeben mit Freeman gesprochen habe. Dann wiederholte er ihnen Wort für Wort, was ihm Freeman über die Verkaufsabsicht des Unternehmens anvertraut hatte. »Verstehen Sie jetzt?« fragte er. Sie verstanden und begannen pflichtschuldig, Continental-Aktien zu kaufen.

Ungefähr eine Woche später erkundigte sich Siegel bei Freeman wieder nach Continental. Freeman war in Hochstimmung. »Ich komme zur Unternehmensfinanzierung«, sagte er. »Ich werde das gleiche machen wie du, Marty.« Dann überschritt er gewissermaßen mit fliegenden Fahnen die Grenze zum Land der Insiderinformationen. Er erzählte, daß ein enger Freund von ihm, David Murdock, der sich manchmal als Raider betätigte, von Goldman als weißer Ritter für Continental aufgebaut werde. Er setzte Siegel den Murdock-Plan in allen Einzelheiten auseinander und fügte erklärend hinzu, daß er Murdock berate. Jetzt erhielt Siegel sowohl von der Continental-Seite, mit der Freeman vertraut war, als auch von der Murdock-Seite Insiderinformationen. Er rief umgehend bei Wigton und Tabor an und drängte sie, weitere Continental-Aktien zu kaufen.

Als Sir James sein Angebot erhöhte und der Aktienkurs einen Sprung nach oben machte, rief Siegel erneut bei Freeman an. »Keine Bange, wir werden mehr zahlen«, versicherte ihm Freeman. Kidder, Peabody kaufte daraufhin noch mehr Continental-Aktien; die Firma hatte schließlich eine Position im Wert von 25 Mio. Dollar angehäuft – das größte Aktienpaket, das sie jemals hielt.

Innerhalb der Firma waren, außer Siegel, Wigton und Tabor, nur zwei Personen berechtigt, die Arbitragebelege einzusehen: DeNunzio und John T. »Jack« Roche, der Präsident von Kidder, Peabody, ein mittelmäßiger Manager, den DeNunzio auf seinen Posten gehievt hatte. Nach dem Disney-Verlust wurde DeNunzio angesichts des Einsatzes, der bei der Continental-Investition auf dem Spiel stand, von wachsender Unruhe erfaßt. Er rief schließlich Siegel zu sich, um ihn zur Rede zu stellen.

DeNunzio sah besorgt aus und schwitzte, wie es häufig der Fall war, wenn er unter Streß stand. Wie hatte Siegel es riskieren können, einen so großen Teil des Firmenkapitals zu investieren? Wieso war er so zuversichtlich? Nach einer Weile platzte Siegel endlich mit der Wahrheit heraus: »Die Information kommt von Bob Freeman.« DeNunzio wußte natürlich, wer Freeman war. Er starrte einen Moment mit ernstem Gesicht vor sich hin, dann sagte er nur: »Schützen Sie sich.« Über die Größe der Continental-Position verlor er kein Wort mehr.

Der Continental-Deal erreichte am 29. Juni seinen Höhepunkt. Murdock machte mit 58,50 Dollar pro Aktie das höchste Angebot und übertraf damit Sir James, der 58 Dollar geboten hatte, und Tenneco, ein großes Unternehmenskonglomerat, das bei knapp über 55 Dollar lag. In einer geschlossenen Sondersitzung des Aufsichtsrats von Continental wurde gegen vier Uhr nachmittags das Murdock-Angebot angenommen. Die Nachricht wurde öffentlich bekannt, als sie kurz vor halb sechs Uhr über den Dow-Jones-Fernschreiber tickerte. Siegel hatte nicht so lange warten müssen. Freeman hatte ihn über eine Stunde vor der öffentlichen Bekanntgabe, keine 20 Minuten nach der vermeintlich geheimen Entscheidung, angerufen, um ihm die Neuigkeit mitzuteilen.

Wigton und Tabor stießen die Continental-Position ab. Kidder, Peabody konnte mit 3,8 Mio. Dollar einen Gewinn verbuchen, der den Disney-Verlust mehr als nur aufwog. Alles jubelte, und Siegels angekratzter Ruf war wiederhergestellt, obwohl DeNunzio jetzt natürlich wußte, daß Siegels Erfolg nicht allein seinem »Genie« zu verdanken war. Roche klopfte Siegel auf die Schulter und sagte: »Sie haben die Firma über Wasser gehalten.«

Siegel begriff, daß Freeman dafür gesorgt hatte, daß der Verlust, für den er sich offenbar verantwortlich fühlte, wettgemacht wurde. Jetzt konnte er Freeman vertrauen; er war ein Mann von Ehre. Siegel hatte Gefallen gefunden am Kursspiel der Arbitrage, und er mochte die neue Rolle, in der er nicht mehr die Quelle, sondern der Empfänger von Informationen war. Das Arrangement schien so viel sicherer zu sein, und die Wahrscheinlichkeit der Entdeckung so gering, daß sie kaum der Rede wert war.

Er fuhr fort, Freeman anzuzapfen, ließ Wigton und Tabor aber, um sicherzustellen, daß der Handel von Kidder, Peabody keine Aufmerksamkeit auf sich zog – weder von den Aufsichtsbehörden noch innerhalb der Firma –, die Aufträge über Dritte abwickeln, den Broker Boyd Jefferies aus Los Angeles zum Beispiel, der sich auf solche vertraulichen Transaktionen spezialisiert hatte. Er war der führende Mann auf dem sogenannten »dritten« oder OTC-Markt. Der Vorteil dieser Vorgehensweise bestand darin, daß es keine Handelsbelege gab, die eine Verbindung zwischen Freemans Anrufen bei Siegel und den Aktivitäten von Kidder, Peabody herstellten. Wigton umschrieb diese Taktik gern als »Spiel mit verdeckten Karten«.

Freeman erfuhr nichts davon, daß Kidder, Peabody mit seinen Informationen handelte; DeNunzio bestand weiterhin darauf, daß die Existenz der Arbitrageabteilung geheimgehalten wurde. Siegel hatte Freeman gesagt, er würde für sich persönlich handeln. Zu seiner Überraschung eröffnete ihm Freeman daraufhin, daß auch er auf eigene Rechnung handle, und zwar nicht nur zugunsten eines persönlichen Kontos, sondern auch zugunsten von Konten, die er für seine Kinder unterhielt.

Den Arbitrageuren der großen Firmen war es für gewöhnlich strikt untersagt, persönliche Konten zu führen. Man befürchtete, sie könnten der Versuchung erliegen, ihre eigenen Interessen über die der Firma zu stellen, und »vorpreschen«, das heißt auf eigene Rechnung kaufen und verkaufen, bevor sie im Namen der Firma aktiv wurden. Aber Freeman wischte Siegels Einwand beiseite. »Ich wende mich meinen eigenen Konten erst zu, wenn ich die Goldman-Aufträge erledigt habe«, erklärte er.

Wie kaum anders zu erwarten, forderte Freeman bald ein Quidproquo – und zwar eines, neben dem Boeskys Zahlungen wie ein Hungerlohn wirkten. Zur Zeit des Continental-Deals waren Siegel und Freeman noch mit zwei anderen möglichen Übernahmen beschäftigt: Zum einen erwog der Müllentsorgungsriese Waste Management, ein Siegel-Klient, ein Angebot für SCA Services, ein kleineres Unternehmen derselben Branche; zum anderen hatte Freeman, wiederum als informeller Finanzberater von Murdock, den Holzverarbeitungskonzern St. Regis Paper Co. ins Auge gefaßt.

Im Juni erwarb Goldman, Sachs auf Anraten von Freeman eine Position in SCA, nachdem Waste Management dem Unternehmen einen Brief geschickt hatte, in dem mit Nachdruck eine freundliche Übernahme vorgeschlagen wurde – ein Verfahren, das bei den Arbitrageuren als »Bärenumarmung« bekannt war. Der Brief wurde veröffentlicht, und der Siegel-Klient SCA ging sofort in Abwehrhaltung. Schon die erste Verteidigungsstrategie versprach tödlich zu wirken: Es gab Antitrustprobleme, die dazu führen konnten, daß die Regierung gegen die geplante Übernahme einschritt.

Angesichts der Größe der von Goldman, Sachs gehaltenen Position mußte der Hinweis auf Antitrustprobleme für Freeman äußerst beunruhigend sein. Er rief Siegel in dessen Haus in Connecticut an. »Marty, du mußt mir in dieser SCA-Sache helfen«, sagte er. »Ist die Antitrustdrohung ernst gemeint?«

Siegel versuchte sich um die Weitergabe einer Insiderinformation herumzudrücken und sprach in allgemeinen Worten über die Handlungsalternativen des Unternehmens, aber Freeman bekniete ihn so lange, bis er den Versuch, diskret zu sein, aufgab. Er erläuterte Freeman den Verteidigungsplan von SCA und sagte ihm, daß das Antitrustargument nur dazu dienen sollte, den Preis in die Höhe zu treiben. »SCA ist auf dem absteigenden Ast«, versicherte er seinem Freund und ermutigte ihn damit, seine Position auszubauen.

Während des weiteren Fortgangs des SCA-Deals entwickelten Siegel und Freeman nach und nach eine Art Code, um den Informationsaustausch weniger offensichtlich durchführen zu können. Kurz bevor Browning Ferris, ein weiteres Müllentsorgungsunternehmen, mit einem eigenen Angebot auf den Plan trat, sagte Siegel zu Freeman: »Jetzt geht die Sache wirklich los.« Freeman entnahm daraus natürlich, daß ein Kursanstieg bevorstand.

Am Montag, dem 13. August, gab SCA bekannt, daß neben dem von Waste Management noch andere Angebote vorlägen, und als sich das Gerücht verbreitete, daß Browning Ferris ein höheres Angebot unterbreiten würde, schnellte der SCA-Kurs in die Höhe. Goldman hatte am vorangegangenen Donnerstag und Freitag über 70 000 SCA-Aktien erworben, und am Montag, bevor die SCA-Bekanntmachung den Kursanstieg bewirkte, noch einmal 57 000.

Der plötzliche Höhenflug der SCA-Aktie ließ in Freeman die Befürchtung entstehen, daß der Markt in der Hoffnung auf ein höheres Angebot allzu euphorisch reagiert hatte. Er überlegte, ob er nicht wenigstens einen Teil der Goldman-Position wieder abstoßen sollte, rief vorher aber bei Siegel an. »Was hältst du von diesem Kursverlauf?« fragte er ihn. Doch Siegel beschloß, sich dumm zu stellen.

»Was meinst du damit?« fragte er zurück.

Freeman war, angesichts dessen, was auf dem Spiel stand, nicht zu Spielchen aufgelegt und antwortete knapp: »Du weißt, was ich meine.«

»Für mich sieht er gut aus«, sagte Siegel daraufhin. Er wußte, daß diese Auskunft als Ermutigung verstanden werden mußte, weitere SCA-Aktien zu kaufen. Goldman, Sachs stockte seine Position dementsprechend während der nächsten Tage um 123 500 Aktien auf. Schließlich überbot Waste Management das Angebot von Browning Ferris, die Antitrustprobleme wurden ausgeräumt, und Goldman machte, mit einem Profit von vielen Millionen, den größten Arbitragegewinn des Jahres.

Der Ball befand sich jetzt in Freemans Spielfeld; er schuldete Siegel eine Information, und St. Regis schien das ideale Vehikel für die Rückzahlung der Schulden zu sein. St. Regis war schon seit Anfang 1984 im Spiel. Sir James Goldsmith hatte auf seiner Jagd nach Holzverarbeitungsunternehmen (die in seinem Angebot für Crown Zellerbach gipfeln sollte) als erster einen Angriff auf St. Regis gestartet. Das Unternehmen hatte sich umgehend an seine Investmentbanker bei Morgan Stanley gewandt, die ihrerseits einen anderen großen Papierhersteller, Champion International, ansprachen, um ihn als weißen Ritter zu gewinnen. Da Champion ein Klient von Goldman, Sachs war, wurde St. Regis dort auf die sogenannte »graue Liste« gesetzt. Die graue Liste war bei Goldman und anderen Firmen als vertraulichere Variante der Sperrliste eingeführt worden, die den Angehörigen der jeweiligen Firma den Handel in bestimmten Aktien verbot. Die Sperrlisten, die an einen großen Kreis von Mitarbeitern ausgegeben wurden, hatten sich als löchrig erwiesen: Die auf ihnen enthaltenen Informationen sickerten allzu oft durch. Daher wurden die grauen Listen nur an eine Handvoll von Spitzenkräften verteilt.

Die Übernahmedrohung durch Sir James wurde schließlich durch eine Greenmail-Transaktion aus der Welt geschafft; die Gespräche mit Champion wurden abgebrochen, und Goldman strich St. Regis von der grauen Liste. Am 27. Juni jedoch wurden die Verhandlungen wieder aufgenommen. Die neue Bedrohung kam von keinem anderen als dem Freeman-Freund Rupert Murdoch. Murdoch und die (wiederum von dem Freeman-Freund Rainwater beratene) Bass-Familie gaben bekannt, daß sie große Anteile von St. Regis erworben hätten.

Freeman war nicht ganz ehrlich gewesen, als er Siegel gegenüber beteuerte, er würde sich seinen privaten Handelsaktivitäten erst zuwenden, wenn die Goldman-Aufträge erledigt waren. Am 16. Juli unterzeichneten Champion und St. Regis, nachdem sie im Hinblick auf eine Fusion die beiderseitigen Erträge untersucht hatten, eine geheime Übereinkunft. Zu diesem Zeitpunkt war es den Angestellten von Goldman, Sachs selbstverständlich verboten, in eines der beiden Unternehmen zu investieren. Dennoch kaufte Freeman am nächsten Tag zu Preisen zwischen 43 und 45 Dollar 15 000 St.-Regis-Aktien für sein eigenes Depot. Einen Tag später gab Murdock ein Übernahmeangebot von 52 Dollar pro Aktie bekannt.

Die Aufsichtsabteilung von Goldman, Sachs, die Handelsaktivitäten wie die von Freeman hätte aufdecken müssen, erwies sich als ebenso nachlässig wie die entsprechende Abteilung bei Kidder, Peabody oder Drexel. Die Aufsichtsangestellten von Goldman hätten es bei dem geringen Ansehen, das sie innerhalb der Firma genossen, nie gewagt, die Handelsaktivitäten eines mächtigen Partners wie Freeman anzuzweifeln, und Goldman war in dieser Hinsicht kein Einzelfall.

Einige Tage darauf wies St. Regis das Murdoch-Angebot in aller Form zurück und machte damit die Hoffnung der Börse auf eine schnelle Kapitulation zunichte. Dennoch begann Kidder, Peabody, durch eine von Freeman weitergegebene Information dazu ermutigt, am nächsten Tag mit dem Aufbau einer Position in St. Regis, der bis Ende Juli fortgeführt wurde, als Champion ein 2-Milliarden-Dollar-Angebot für St. Regis bekanntgab.

Aber der Austausch von Insiderinformationen war nur ein kleiner Teil der Allianz zwischen Siegel und Freeman. Ihre Beziehung war auch in anderer Hinsicht nützlich. Die Investmentbanker von St. Regis bei Morgan Stanley hatten Siegel in einem früheren Stadium des Deals versprochen, sie würden mit einem Champion-Angebot nicht »hausieren« gehen, was hieß, daß sie es nicht als Hebel einsetzen würden, um einen Gebotskrieg zu entfesseln. Aus anderen Quellen erfuhr Siegel jedoch, daß Morgan Stanley trotz dieser Zusage versuchte, Champion als Köder für ein besseres Geschäft zu benutzen, das der Firma, was ihr nicht unbekannt gewesen sein dürfte, eine größere Provision eingebracht hätte. Siegel wandte sich augenblicklich an Freeman, der die Information direkt an John Weinberg, den Chef von Goldman, Sachs, weiterreichte. Goldman stellte Morgan Stanley zur Rede, und Champion bestand darauf, daß die geplante Fusion noch am selben Abend definitiv vereinbart wurde. Kidder, Peabody nutzte die Information, um seiner Position mehr als 100 000 St.-Regis-Aktien hinzuzufügen.

Die Nachricht von der Fusionsvereinbarung zwischen Champion und St. Regis tickerte am nächsten Vormittag über den Dow-Jones-Fernschreiber. Kidder, Peabody und Freeman trennten sich mit enormen Profiten von ihren St.-Regis-Aktien.

Siegel fühlte sich großartig. Die Wall Street boomte, und er befand sich im Zentrum der Geschehnisse. Sogar seine Furcht, daß jeder Deal, den er betreute, der letzte sein könnte, nahm ab. Amerika gewann sein Selbstvertrauen und seinen Überschwang zurück. Freeman war gerade in Los Angeles gewesen, um sich die Olympischen Spiele anzusehen, die als amerikanischer Triumph gefeiert wurden. Als er Siegel an dem Tag anrief, an dem die SCA-Transaktion zum erfolgreichen Abschluß gelangt war, sagte er anerkennend: »Eins muß man dir lassen, du weißt wirklich, wie man mit Informationen umgeht.«

Dann erschien der Artikel in *Fortune*. Freemans Worte ließen Siegel nicht mehr los, und so, wie er sich geschworen hatte, sich von Boesky zu lösen, beschloß er nun, den Strom von Insiderinformationen zwischen ihm und Freeman versiegen zu lassen. Er würde weiterhin mit ihm sprechen - er mochte Freeman, und die Beziehung zu ihm war eine viel zu wertvolle Quelle legitimer Markterkenntnisse, um sie ganz abzubrechen -, aber er würde ihm nichts Vertrauliches mehr mitteilen. Im übrigen hatte die Arbitrageabteilung von Kidder, Peabody bereits mehr Erfolge gehabt, als man sich hatte träumen lassen. Mit Gewinnen von insgesamt mehr als sieben Mio. Dollar war sie, nicht einmal ein Jahr, nachdem sie ihre Arbeit aufgenommen hatte, plötzlich eines der Profitzentren der Firma. Siegel, Wigton und Tabor würden am Jahresende, selbst wenn sie bis dahin kein einziges Geschäft mehr machten, auf alle Fälle als Helden dastehen. Außerdem war es sowieso nur ein Nebenzweig seiner Tätigkeit.

Er verspürte ein Gefühl der Erleichterung. Kidder, Peabody war für wenigstens ein Jahr gerettet, und das war sein Verdienst. Er konnte aufhören, sich als Krimineller zu fühlen.

Hal Ritch setzte sich in den Schreibtischstuhl in seinem Büro bei Kidder, Peabody und bereitete sich auf einen schlimmen Morgen vor. Es war Sommer 1984, und er arbeitete mit Siegel zusammen an dem SCA-Deal, der eine so entscheidende Rolle in der Beziehung zwischen Siegel und Freeman spielte. Am Tag zuvor hatte er etwas mißverstanden, das Siegel gesagt hatte, und deshalb jemandem von Merrill Lynch unabsichtlich etwas Falsches mitgeteilt. Siegel war daraufhin wutentbrannt in sein Büro gestürmt und hatte ihn in einer derartigen Lautstärke angebrüllt, daß er die Tür hatte schließen müssen.

Ein solches Verhalten war in Ritchs Augen unverzeihlich. Er war zwar einige Jahre jünger als Siegel, wirkte aber wie die Verkörperung der alten Ideale von Kidder, Peabody. Er hatte in Stanford und Wharton studiert, war blond, nachdenklich und fast übermäßig rücksichtsvoll. Siegel hatte ihn in seiner Jahresbeurteilung als »zu nett« kritisiert.

Ritch war schon vor seiner Einstellung bei Kidder, Peabody mit John Gordon, Al Gordons Sohn, befreundet gewesen, der sich eine Sekretärin mit Siegel teilte. Als Siegel das erste Mal versucht hatte, Ritch anzuwerben, hatte Gordon ihn davor gewarnt, das Angebot anzunehmen. Gordon gehörte zu jenen, die es übel vermerkten, daß Siegels Arbeit stets Vorrang eingeräumt wurde; er hatte Ritch gesagt, Siegel sei eine »dunkle Kraft«. Siegels augenscheinlicher Ehrgeiz und seine manchmal zutage tretenden Ecken und Kanten hatten Gordon abgestoßen. Nach Siegels Heirat jedoch hatte er seine Meinung geändert und Ritch gesagt, Siegel sei offenbar ruhiger geworden und dabei, sich in einen anständigen Kerl zu verwandeln. Er sehe keinen Grund mehr, warum Ritch nicht zu Kidder, Peabody kommen und mit ihm zusammenarbeiten sollte.

Der Ausfall hatte Ritch beunruhigt. Er fragte sich, ob Gordons optimistische Einschätzung von Siegels Charakterentwicklung nicht verfrüht gewesen war. Aber am nächsten Morgen erschien Siegel, fast verlegen, in seiner Bürotür. »Sind Sie in Ordnung?« fragte er Ritch, der antwortete, daß es wohl so sei, und fuhr fort: »Es tut mir leid. Ich war erregt. Ich hätte nicht schreien sollen.« Ritch fühlte sich danach wesentlich besser.

Aber er machte sich auch weiterhin manchmal Sorgen um Siegel. Ritch wohnte in Greenwich (Connecticut), nicht weit von Freemans Haus in Rye, und er fuhr häufig mit Freeman gemeinsam in die Stadt. Ritch mochte Freeman. Eines Morgens, als sie auf der Fahrt in die Stadt über den Film *Kramer gegen Kramer* sprachen, hatte Ritch den Eindruck, daß Freeman sehr sensibel auf die im Film aufgeworfenen Fragen von Scheidung und Familienleben reagierte. Er wußte, daß Freeman Arbitrageur war, aber er schien nicht wie andere Männer seines Fachs zu sein, für die Ritch meistens nur Verachtung übrig hatte. Als Freeman vor dem Haus Water Street 60 aus dem Wagen stieg, drehte er sich noch einmal um und sagte leise: »Sag Marty Siegel, er soll nicht mehr mit Ivan reden.« Dann wandte er sich ab und war verschwunden, bevor Ritch die Möglichkeit gehabt hatte, nachzufragen.

Ritch grübelte darüber nach, was Freeman gemeint haben mochte. Warum sagte er es Siegel nicht selbst? Ritch war nahe genug bei Siegel, um zu wissen, daß Freeman zwei- oder dreimal am Tag bei ihm anrief. »Bobby ist am Apparat«, war fast so etwas wie eine stehende Redewendung, und er wußte, daß Bobby kein anderer war als Freeman. Und überhaupt, warum sollte ein Arb etwas dagegen haben, daß jemand mit einem anderen Arb redete? War das nicht die Art und Weise, wie die Arbitrage funktionierte?

Dann las Ritch den Artikel im *Fortune,* der bei Kidder, Peabody eine ziemliche Aufregung ausgelöst hatte, und Freeman sagte wieder: »Marty Siegel sollte sich besser vorsehen. Es sieht schlimm aus.« Ritch brachte die Sache schließlich Siegel gegenüber zur Sprache. »Reden Sie nicht mehr mit Ivan, Marty«, warnte er ihn. »Sie könnten Ärger bekommen.«

Siegel erwiderte nachdrücklich, daß es keinen Grund zur Sorge gebe. Der *Fortune*-Artikel sei nichts als »Gelaber«.

Ritch glaubte ihm. Selbst von Grund auf ehrlich, wäre er nie auf den Gedanken gekommen, daß Siegel in der Beziehung zu Boesky etwas Unredliches getan haben könnte. Dennoch, in der Firma war etwas im Gange. Trotz der Heimlichkeit, mit der Wigtons und Tabors Arbitrageabteilung arbeitete, war etwas durchgesickert. Vor allem konnte es natürlich nicht geheim bleiben, daß die Handelsgewinne sprunghaft angestiegen waren, und niemand glaubte, daß Wigton und Tabor allein in der Lage waren, solche Ergebnisse zu erzielen. Ritch war zu der Überzeugung gekommen, daß Siegel, den er schließlich aus nächster Nähe beobachten konnte, zumindest beteiligt war und den beiden über die Schultern sah, ihnen vielleicht sogar Einsichten aus seiner M&A-Praxis vermittelte.

Eines Tages bestätigte Siegel seine Vermutung, indem er ihm, wenn auch nur kurz, eine Liste der Arbitragepositionen von Kidder, Peabody zeigte und damit angab, wie gut die Sache lief. Ritch war schockiert von der Größe der Positionen und der Menge an Geld, die aufs Spiel gesetzt wurde. »Sie können das nicht Wigton überlassen«, sagte er. »Er ist inkompetent. Sie müssen einen professionellen Arbitrageur anheuern.« Er empfahl jemanden, den er von Dean Witter her kannte. Siegel sprach auch mit ihm, sagte Ritch aber hinterher, daß er ihn nicht einstellen würde. »Wir können Wiggie nicht in die Wüste schicken«, erklärte er. »Er gehört zur Mannschaft.« Ritch fand, daß Siegel Wigton gegenüber zu loyal war. Aber noch eins war ihm bei dieser Gelegenheit klargeworden: Siegel machte die Arbitrage Spaß, und er wollte nicht, daß jemand anders dazwischenfunkte.

Das beunruhigte Ritch. Während seiner Zeit bei Dean Witter hatte die Firma, unter seiner Beteiligung, eine Arbitrageabteilung eingerichtet und, bevor die neue Abteilung ihre Arbeit aufnahm, unabhängig voneinander zwei Anwaltskanzleien, Sullivan & Cromwell, die Rechtsberater von Kidder, Peabody, und Shearman & Sterling, beauftragt, ein Regelwerk zu erarbeiten, das die strikte Trennung von Arbitrage und Investment banking sicherstellen sollte. Und jetzt hatte er herausgefunden, daß Kidder, Peabody in die Arbitrage eingestiegen war, ohne auch nur eine chinesische Mauer zu besitzen, das Minimum dessen, was die Anwaltskanzleien damals an Sicherheitsmaßnahmen gefordert hatten.

Er glaubte nicht, daß er mit seinen Bedenken zu Siegel gehen konnte. Im übrigen gehörte Siegel infolge der Firmenstruktur offiziell nicht einmal zur M&A-Abteilung. Ritchs nomineller Chef war Peter Goodson, und an ihn wandte er sich. »Ich weiß, daß bei uns Arbitrage betrieben wird«, sagte er ihm. »Das ist gefährlich. Dagegen muß etwas getan werden. Ich war bei Dean Witter dabei. Ich könnte helfen. Aber Siegel darf nicht beteiligt werden. Wir müssen eine chinesische Mauer errichten.«

Goodson gab sich besorgt. »Sie haben recht, Hak«, meinte er. »Es ist ein Problem. Ich werde Ralph [DeNunzio] eine Notiz darüber zukommen lassen.«

Aber nichts änderte sich, wie Ritch erfahren mußte; er hörte regelmäßig mit an, wie Siegel am Telefon auf Wigton und Tabor einredete, weil sie bestimmte Positionen aufbauen sollten. Also ging er erneut zu Goodson und beschwerte sich darüber, daß nichts passiert war. Goodson gestand ihm, daß DeNunzio nie eine Notiz von ihm erhalten hatte und seine Bedenken auch sonst nirgendwo schriftlich festgehalten worden waren. »Aber ich habe mit Ralph darüber gesprochen«, fügte er hinzu, so, als wären er selbst und Ritch dadurch von jeder Verantwortung befreit, und fuhr fort: »Marty ist ein bißchen ausgelaugt, wissen Sie. Er ist der ständigen Übernahmefälle müde. Die Arbitrage tut ihm gut.« Ritch fühlte, daß er nichts weiter tun konnte. Goodson war immerhin ein Direktor – ebenso wie Siegel. Sie sollten eigentlich wissen, was sie taten.

Während des SCA-Deals mußte Ritch besonders viele Überstunden machen. Siegel blieb so oft wie möglich zu Hause bei seiner Frau, die Zwillinge erwartete. Ritch und John Gordon gegenüber prahlte er damit, daß es zweieiige Zwillinge seien, wofür zwei Spermien notwendig gewesen wären, was er sich offenbar als Zeichen besonderer Potenz zugute hielt. Gordon sah in dieser Bemerkung dagegen nur ein Zeichen besonderer Unsicherheit.

Da sie an dem Deal beteiligt waren, behielten Ritch und Gordon den Handel in SCA-Aktien aufmerksam im Auge, und es erfüllte sie wiederholt mit Erstaunen, mit welchem Timing Goldman kaufte. Als sie sahen, welche umfangreichen Ankäufe Goldman kurz vor der Bekanntgabe des überraschenden Angebots von Browning Ferris tätigte, rief Gordon aus: »Himmel noch mal! Wie konnten sie so clever sein?« Sie sprachen zwar darüber, daß vielleicht irgendwo ein Leck vorhanden war, aber die Möglichkeit, daß Siegel mit Freeman Informationen austauschte, kam ihnen nicht in den Sinn. Es war für sie schlicht undenkbar. Trotzdem hatte Gordon ein ungutes Gefühl, wenn er an Siegel dachte.

Kidder hatte entschieden, daß Siegel, als der größte Star der Firma, einem der exklusiven Clubs von New York angehören sollte, wo er sich unter die Unternehmensbosse mischen konnte, die Kidder, Peabody so dringend als Klienten anzuziehen hoffte. Siegel hatte nie einen Hehl daraus gemacht, daß er für diese Clubs mit ihrer homogenen Zusammensetzung, ihrem Snobismus und ihren altmodischen Wertvorstellungen nicht viel übrig hatte. Wenn er aber einem angehören mußte, dann einem der besten. Im Grunde verlangte es ihn sogar nach der gesellschaftlichen Anerkennung, die solch eine Mitgliedschaft mit sich brachte.

So bat er John Gordon, sich beim River Club für ihn einzusetzen, einem WASPs vorbehaltenen Clubrestaurant von extremer Exklusivität, das sich im Erdgeschoß des River House befand, eines Appartementhauses mit Eigentumswohnungen am East-River-Ende der 52nd Street. Der Club war von Mitgliedern der Familie Rockefeller gegründet worden, von denen einige im River House wohnten, und hatte sich rasch zu einem Anziehungspunkt für das gesellschaftliche und wirtschaftliche Establishment der East Side entwickelt. Einer der wenigen Juden, die zu seinen Mitgliedern zählten, war Henry Kissinger.

John Gordons Vater, Al Gordon, war eine der tragenden Säulen des Clubs, und er begann zusammen mit seinem Sohn, die Möglichkeit von Siegels Aufnahme zu ventilieren. Die Reaktionen fielen äußerst kühl aus. Das Wort »jüdisch« wurde zwar nie ausgesprochen, aber den Gordons war klar, daß genau darin das Problem lag, das durch die öffentliche Beachtung, die Siegel als M&A-Spezialist gefunden hatte, nur noch verschärft wurde. »Ist das nicht der M&A-Schacherer?« fragte eines der Mitglieder mit offenem Abscheu, und ein anderes Mitglied bezeichnete Siegel als »einen harten Geschäftemacher«. John Gordon steckte daraufhin zurück, weil er befürchtete, daß ein allzu nachdrückliches Eintreten für Siegel seinem eigenen Ruf schaden könnte. Als ein anderes Clubmitglied es gewagt hatte, Ronald Perelman ins Gespräch zu bringen, hatte es harsche Kritik gehagelt; es verstand sich von selbst, daß der Raider für den River Club nicht in Frage kam. Gordon begann sogar, sich die Vorbehalte der anderen zu eigen zu machen. Nach dem SCA-Deal versicherte er Siegel zwar, daß er seine Aufnahme in den Club weiter betreiben werde. Aber seine Bemühungen waren bestenfalls halbherzig.

Siegel trat schließlich in einen anderen Club ein, den weit weniger angesehenen Union League Club in der Park Avenue. Seine Mitgliedschaft dort war allerdings nur von kurzer Dauer. Der Club war in seinen Augen unerträglich schlampig und unelegant. Als die Mitglieder trotz des Drucks von seiten des New Yorker Generalstaatsanwalts dafür stimmten, daß Frauen weiterhin ausgeschlossen bleiben sollten, war Jane Day außer sich, und Siegel ergriff die Gelegenheit, unter Protest auszutreten. DeNunzios Versuch, Siegel dem alten Kidder-Peabody-Image anzupassen, war gescheitert.

Anfang 1985 war Siegel hauptsächlich mit den Zwillingen beschäftigt, einem Mädchen und einem Jungen, die im März geboren wurden und bald die freien Zimmer in der Eigentumswohnung am Gracie Square mit Beschlag belegt hatten. Gleichzeitig vergrößerte sich sein M&A-Geschäft, da die Zahl der zu bearbeitenden Deals, entgegen allen Voraussagen, stetig zunahm. Er hoffte, daß Wigton und Tabor in der Lage waren, selbständig auf den Arbitrageerfolgen des vergangenen Jahres aufzubauen und nur noch wenig Anleitung von ihm brauchten, aber diese Hoffnung löste sich angesichts der Wirklichkeit bald in Luft auf.

Wigton und Tabor durften, auf sich allein gestellt, nur maximal eine Mio. Dollar investieren. Wenn ein Übernahmedeal bereits bekanntgegeben, das Risiko (und der potentielle Profit) also geringer geworden war, konnten sie ihre Position bis auf fünf Mio. Dollar aufstocken. Aber selbst unter diesen Bedingungen verloren sie Geld. Sie lagen Siegel ständig damit in den Ohren, daß sie einen »Aufhänger« brauchten, und er war sich nur zu bewußt, daß sie erwarteten, diesen Aufhänger von ihm geliefert zu bekommen.

Im Frühjahr machte sich Verzweiflung in ihm breit. DeNunzio rang angesichts der Finanzlage der Firma unablässig die Hände. Aber Siegel widerstand dem Druck, Wigton und Tabor mit Informationen zu versorgen. Er brachte es nicht über sich, Freeman um mehr zu bitten.

Sie telefonierten weiterhin fast täglich miteinander, so daß ihre Beziehung ein Teil des Wirbelwinds aus Informationen blieb, der solche Wall-Street-Profis wie Boesky, Mulheren, Sandy Lewis (den Arbitrageur, der Mulheren mit Boesky bekanntgemacht hatte) und andere miteinander verband. Ende März erwähnte Freeman eine Investmentfirma namens Coniston Partners, die Keith Gollust, ein ehemaliger Investmentbanker von White, Weld, zusammen mit zwei anderen gegründet hatte.

Freeman kannte Gollust durch einen seiner besten Freunde, James Regan, der ein Netz von Investmentpartnerships leitete, zu dem unter anderem Princeton-Newport Partners mit Sitz in Princeton (New Jersey) gehörte. Es hat an der Wall Street immer private Investmentpartnerships gegeben, aber sie waren vorher selten so verbreitet gewesen wie in den 80er Jahren. So gut wie jeder konnte eine solche Partnership gründen, sich, ähnlich wie Boesky es getan hatte, von reichen Anlegern Kapital beschaffen, es investieren und dafür Provisionen und einen Prozentsatz vom Gewinn einstreichen.

Siegel hatte noch nie von dieser Partnership gehört, die damit begonnen hatte, in unterbewertete geschlossene Anlagefonds zu investieren, um sie anschließend unter Druck zu setzen, was in größerem und weit lukrativerem Umfang zu Proxy-Kämpfen und Übernahmedrohungen führte. Zu der Zeit, als Freeman sie Siegel gegenüber erwähnte, war sie noch völlig unbekannt und besaß als Möchtegernraider kaum Kredit. Freeman verbürgte sich trotzdem für sie und meinte, sie sei es wert, im Auge behalten zu werden.

Im Moment, erzählte Freeman, baue Coniston im Hinblick auf ein mögliches Übernahmeangebot eine große Position in Storer Communications auf, einem Konzern aus dem Bereich des Kabelfernsehens und -rundfunks. Er selbst habe sowohl für Goldman als auch für seine eigenen Depots Aktienpakete von Storer erworben, insgesamt rund drei Prozent der Unternehmensanteile. »Sie meinen es ernst«, ergänzte er in bezug auf Conistons Absicht, eine wie auch immer geartete massive Transaktion zu erzwingen.

Für Siegel war es ein typisches Gespräch mit Freeman. In seiner Vorstellung sah er Freeman an einem rauschenden Fluß von Informationen sitzen, aus dem er sich wie ein Bär beim Lachsfang herauspickte, was er wollte. Über eines allerdings wunderte er sich: Wie konnte Freeman so genau über Conistons Pläne in bezug auf Storer Bescheid wissen? Schließlich fragte er Freeman danach. »Ich bin mit den Leuten gut bekannt, die für Coniston die Ankäufe erledigen«, antwortete Freeman. Namen nannte er nicht, weder den von Princeton-Newport noch den seines Freundes und früheren Klassenkameraden in Dartmouth, James Regan, der für Coniston die Ankäufe tätigte und gleichzeitig im »Piggybacking« für Princeton-Newport eine Position aufbaute. Alles war vorbereitet, um gewaltige Profite zu realisieren, falls Storer verkauft werden würde.

Es kam Siegel nicht einmal in den Sinn, Wigton und Tabor vorzuschlagen, Storer-Aktien zu kaufen, obwohl Freeman vermutlich genau das beabsichtigt hatte. Er hatte möglicherweise zusätzlichen Kaufdruck auf Storer erzeugen wollen, um das Unternehmen für einen Kaufvorschlag reif zu machen. Siegel aber witterte die Chance, für Kidder, Peabody mehr aus der Situation herauszuholen. Er hatte, seit er KKR bei dem erfolglosen Angebot für Gulf vertreten hatte, häufig mit Henry Kravis gesprochen und wußte, daß er nach einer solchen Kaufmöglichkeit suchte. Je mehr Siegel über Storer hörte und je mehr er aus Kidder, Peabodys eigener Analyse über das Unternehmen erfuhr, desto verletzlicher schien es ihm für ein finanziell gut abgepolstertes Angebot zu sein.

Am 15. April rief er Freeman an und erzählte ihm, daß er daran denke, KKR ein paar Informationen über Storer zu zeigen. Er war gespannt darauf, wie Freeman reagieren würde. Aber sein Freund hatte keinerlei Einwände, und so rief Siegel bei Kravis an, der sofort ansprang: »Großartig.

Wann können Sie ein Treffen arrangieren?« Siegel setzte sich mit Dillon, Read in Verbindung und sprach mit den langjährigen Investmentbankern von Storer; sie vereinbarten eine Vorverhandlung darüber, wie eine Transaktion unter Beteiligung von KKR aussehen konnte. Als Siegel danach mit Freeman telefonierte, war er überrascht, daß er bereits alles zu wissen schien, was bei dem Treffen besprochen worden war.

Am 15. rief Siegel erneut bei Freeman an und erzählte ihm, daß er daran denke, KKR ein paar Informationen über Storer zu zeigen. Er war gespannt darauf, wie Freeman reagieren würde. Aber sein Freund hatte keinerlei Einwände. Ganz im Gegenteil. Nachdem er diese vertrauliche Information erhalten hatte, fügte er dem vorher schon gewaltigen Paket von Storer-Aktien, das Goldman hielt, am 17. weitere 74000 Aktien hinzu, und sein Assistent, Frank Brosens, deckte sich privat mit 2000 Aktien ein (eine Investition von knapp einer Dreiviertelmillion Dollar).

Als Siegel zum Repräsentanten von KKR geworden war, teilte er es Freeman umgehend mit und diskutierte mit ihm das weitere Vorgehen. Storer hatte noch nicht zu erkennen gegeben, daß er ein freundliches Angebot von KKR willkommen heißen würde, und KKR hatte bislang noch keine unfreundliche Übernahme versucht. Aber sowohl Siegel als auch Freeman hofften, daß KKR sich dazu entschließen würde, und sie erwogen verschiedene Mittel und Wege, wie das Angebot durchgesetzt werden konnte. Eine der Möglichkeiten war eine »Bärenumarmung«, also ein Brief, in dem KKR einerseits eine freundliche Übernahme vorschlug und andererseits, für den Fall, daß der freundliche Deal verschmäht wurde, mit einem feindseligen Angebot drohte. Es war ein normales, alltägliches Gespräch zwischen einem Arbitrageur und einem Investmentbanker, das zwar Hinweise darauf enthielt, was aller Wahrscheinlichkeit nach geschehen würde, aber keine geheimen Planungen enthüllte.

Wie Siegel Freeman versichert hatte, unterbreitete KKR am 19. April ein Angebot für Storer. Aber das Unternehmen lehnte es, sehr zu Siegels Enttäuschung, ab und verschickte seinerseits einen Brief an die Aktionäre des Unternehmens, in dem sie aufgefordert wurden, jedes von KKR kommende Kaufangebot zurückzuweisen. Freeman rief kurz nach dieser Entwicklung bei Siegel an und beruhigte ihn: »Keine Bange. Coniston, [Gordon] Crawford und ich: wir werden den Aufsichtsrat schon kleinkriegen. Versuch es einfach noch mal.« (Freeman und seine Verbündeten haben nie eine SEC-Erklärung eingereicht, in der sie offengelegt hätten, daß sie als Gruppe handelten.)

Am nächsten Wochenende rief Freeman Siegel in dessen Haus in

Connecticut an. Er klang ziemlich aufgeregt. Er halte die Spannung nicht mehr aus. Würde KKR nun die Umarmung durchführen oder nicht? Am Tag zuvor hatte Kravis Siegels Vorschlag zugestimmt, eine sehr milde Form der Umarmung zu wählen - einen »Teddybärklaps«, wie Siegel es genannt hatte -, bei der die Drohung nur vage angedeutet wurde. Siegel wußte, daß er, wenn er Freemans Frage beantwortete und Freeman mit der Information handelte, erneut die Grenze der Legalität überschritten hätte, die zu respektieren er sich geschworen hatte. Aber er glaubte auch, daß die Weitergabe der Information im Interesse seines Klienten lag. Freeman war einer der größten Anteilseigner von Storer, und er konnte mithelfen, Storer zu einer günstigen Reaktion auf ein KKR-Angebot zu bewegen. Also antwortete er: Ja, KKR werde den Brief abschicken.

Siegel beriet sich mit Kravis, und sie versüßten das Angebot durch eine Garantie für den Kauf von Aktien zu einem späteren Zeitpunkt. Mit diesem Ergebnis wandte sich Siegel wieder an Freeman, der damit jedoch nicht zufrieden war. Er wollte ein höheres Angebot. Aber Siegel sagte: »Das ist das letzte Wort. Wir werden nicht darüber hinausgehen.« Am 22. April machte KKR sein revidiertes Angebot.

Doch Storer drohte alle Pläne, die sich um das Unternehmen rankten, zunichte zu machen, indem es das Angebot wiederum ablehnte und den Aktionären statt dessen einen Neukapitalisierungsplan vorlegte, der allerdings kaum umzusetzen war. Während Freeman und Regan fortfuhren, Aktien und Optionen von Storer zu kaufen, gab Coniston bekannt, man werde einen Proxy-Kampf in Gang setzen, um den Neukapitalisierungsplan zu vereiteln und Storer in die Hände des Meistbietenden zu treiben.

Freeman und Siegel blieben in Sachen Storer in engem Kontakt zueinander, auch noch, als sich aufgrund eines hinhaltend geführten Proxy-Kampfs ein Stillstand ergab. Dann begann um den 4. Juli herum das Gerücht aufzutauchen, daß ein weiterer Bieter für Storer auf den Plan treten werde. Freeman warnte Siegel davor, der sich postwendend mit Kravis in Verbindung setzte, der nach England geflogen war, um sich das Tennisturnier in Wimbledon anzusehen. Eine Woche darauf gab tatsächlich ein Unternehmen namens Comcast ein eigenes Angebot für Storer bekannt. Freeman rief bei Siegel an. »Wird KKR den Wettkampf annehmen?« wollte er von ihm wissen, und Siegel versicherte ihm, daß damit zu rechnen sei. Er war überzeugt, daß Kravis nichts dagegen hatte, daß er diese Information weitergab. Er hatte Kravis in groben Zügen von seinen Gesprächen mit Freeman unterrichtet, und obwohl Kravis den Austausch von Insiderinformationen nie gutgeheißen hatte, hatte er doch zugeben müssen, daß es in seinem Interesse lag, wenn der Druck auf Storer aufrechterhalten wurde. Freeman war jetzt so in die Geheimnisse eingeweiht, als gehörte er zum KKR-Team.

Als die konkurrierenden Gebote Ende Juli einen Stand erreichten, den niemand für möglich gehalten hatte, rief Freeman erneut bei Siegel an. »Ich halte persönlich eine große Position« (in Storer), sagte er (was Siegel selbstverständlich wußte), »und habe gerade zu zwei Dollar für August 90er Kaufoptionen verkauft.« (Beim Verkauf von Kaufoptionen spekuliert man darauf, daß der endgültige Preis einen bestimmten Wert nicht übersteigen wird –, in diesem Fall den Basispreis von 90 Dollar, zuzüglich des Optionspreises von zwei Dollar.) »Habe ich das Richtige getan?«

Siegel kannte den geheimgehaltenen Schlußpreis, den KKR bieten würde. Irgendwie hatte Freeman den Nagel auf den Kopf getroffen: Er betrug exakt 92 Dollar. »Ich glaube schon«, antwortete er, und Freeman lachte befreit auf. Siegel hatte keine Ahnung, wie viele Millionen Goldman, Freeman und das Netz seiner Freunde und Bekannten wie Regan, Gollust und Coniston Partners soeben verdient hatten; aber er wußte, daß die Gewinne astronomisch sein mußten, da das Netzwerk zusammengenommen eine Kapitalmacht darstellte, die alle anderen übertraf, einschließlich derjenigen, die ein Ivan Boesky aufbieten konnte.

KKR war mit Siegels Leistung höchst zufrieden. Storer wurde für 92 Dollar pro Aktie übernommen und erwies sich trotz des fürstlichen Preises als eine der erfolgreichsten Erwerbungen der Firma.

Nach dem Ende der Schlacht hatte Siegel wieder einmal das Gefühl, daß ihm Freeman einen Gefallen schuldig war. Sein Vorsatz, den Austausch von Insiderinformationen mit Freeman zu beenden, war ihm gewissermaßen unter der Hand, ohne daß er sich bewußt dafür entschieden hätte, zerbröckelt. Der Faden war einfach an dem Punkt wieder aufgenommen worden, wo er ihn fallengelassen hatte, und Freeman hatte bald überreichlich Gelegenheit, sich bei Siegel zu revanchieren.

Freeman hatte bei Goldman, Sachs nämlich inzwischen eine beachtliche Position erlangt und wurde zu den auf höchster Ebene abgehaltenen Strategiekonferenzen mit einigen der bedeutendsten Klienten der Firma hinzugezogen, wie etwa Unocal, dem neuesten Ziel des Ölraiders Boone Pickens, das von Goldman verteidigt wurde. Die Auseinandersetzung sollte sich rasch zu einer der am erbittertsten und hitzigsten geführten Übernahmeschlachten auswachsen, die es jemals gegeben hat. Peter Sachs, Goldmans M&A-Chef, verbrachte oft zwei oder drei Stunden am Tag mit Freeman, um mit ihm über die Lage zu sprechen und seinen Rat einzuholen. Freeman besaß wertvolle Einsichten darüber, wie seine Kollegen aus der Arbitragegemeinde die verschiedenen Verteidigungsstrategien interpretieren würden. Obwohl solche Gespräche geeignet waren, die Idee der chinesischen Mauer hinfällig zu machen, konnte Sachs nicht ahnen, daß Freeman das Vertrauen von Unocal mißbrauchte.

Kurz nachdem Siegel die ersten Einzelheiten über das KKR-Angebot für Storer weitergegeben hatte, erwähnte er, daß er eine Position in Unocal erworben habe, und als Freeman ihm versicherte, daß es eine »wirtschaftliche Lösung« geben werde - was hieß, daß der Wert der Anteile realisiert werden würde -, wies er Wigton und Tabor an, ihre Position zu vergrößern. Zur nächsten Aufstockung kam es, nachdem Freeman ihm von Unocals Plan erzählt hatte, aus einigen der ölproduzierenden Teile des Unternehmens eine eigene Limited partnership zu bilden.

Viele von den Tips, die Siegel in bezug auf Unocal von Freeman erhielt, zeigen, wie wichtig anscheinend nebensächliche Einzelheiten einer finanziellen Transaktion in den Händen eines geschickten Investors werden können. Zur Verteidigungsstrategie von Unocal gehörte das Angebot, 50 Prozent der Unternehmensaktien zu einem Preis von 72 Dollar pro Aktie zurückzukaufen; der Wert der restlichen Aktien - darunter das Paket von Pickens, das ausdrücklich von dem Angebot ausgenommen wurde - wäre damit, je nach Stimmungslage der Börse, einem mehr oder weniger großen Kursverfall ausgesetzt gewesen. Das Gerücht von diesem Plan versetzte die Börse in helle Aufregung, da zu erwarten war, daß Pickens vor Gericht gehen würde. Siegel befand sich zu dieser Zeit auf dem Weg von Dallas nach Tulsa, von wo aus er Wigton und Tabor anrief, die angesichts des Umfangs der von Kidder, Peabody gehaltenen Position völlig verzweifelt waren. Er rief daraufhin, damit die Telefoncomputer keine direkte Verbindung mit Freeman registrierten, seine Sekretärin an und ließ sich von ihr mit Freemans Büro verbinden. »Mach dir keine Sorgen«, beruhigte ihn Freeman. »Das spielt keine Rolle. Wir [Unocal] kaufen die Aktien auf alle Fälle.« Das hieß, daß Unocal, selbst wenn Pickens durch eine gerichtliche Entscheidung in den Rückkauf einbezogen werden mußte, auf dem eingeschlagenen Weg weitergehen würde (was schließlich auch geschah).

Siegel hing sofort auf und rief Wigton und Tabor an. Da er jetzt wußte, daß das Kaufangebot bestehen bleiben würde, schlug er vor, die Hälfte der Position, die nicht durch das Angebot gedeckt sein würde, durch Kaufoptionen abzusichern. (Wigton und Tabor erwarben statt dessen sogenannte Puts, Rückprämien, die ihnen das Recht einräumten, Unocal zu einem fest vereinbarten Preis zu verkaufen, was im Ergebnis der von Siegel vorgeschlagenen Strategie gleichkam.)

Als er aufgelegt hatte, fiel Siegel ein Stein vom Herzen. Er wußte, daß sich die Schlacht um Unocal dem Höhepunkt näherte und daß er dank der Informationen von Freeman Kidder, Peabody soeben einen gewaltigen Profit gesichert hatte, der die von Wigton und Tabor eingefahrenen Verluste mehr als nur ausgleichen würde. Die Arbitrageabteilung befand sich damit auf dem besten Weg, in diesem Jahr mindestens so erfolgreich zu sein wie im vergangenen. Der Druck, den DeNunzio auf ihn ausübte, würde nachlassen. Siegel spürte einen ähnlichen Adrenalinstoß, wie er ihn manchmal bei seinen Absprachen mit Boesky erlebt hatte.

Er mußte die gute Neuigkeit unbedingt mit jemandem teilen, saß aber auf dem Flugplatz von Tulsa fest, bis er einen Flug nach New York bekam. Also ging er zum Telefon zurück und rief, ohne Rücksicht auf dessen Privatsphäre zu nehmen, bei DeNunzio zu Hause an. Er ließ in seinem Bericht nichts aus, weder das Telefongespräch mit Freeman noch die Strategie, mit der der Profit der Firma sichergestellt worden war. DeNunzio schien entzückt zu sein, und Siegel sonnte sich im Licht der Anerkennung durch eine Vaterfigur.

Der von Goldman gestützte Rückkauftrick von Unocal hatte den gewünschten Erfolg. Nach dem Teilangebot mußte auf der Grundlage der Gesamtzahl der schließlich übernommenen Aktien der sogenannte Anteilsfaktor ermittelt werden – der Prozentsatz der von den Aktionären gehaltenen Anteile, der tatsächlich erworben werden würde. Freeman teilte Siegel die vorgeblich geheime Prozentzahl mit, der somit in der Lage war, den abschließenden Optionshandel von Kidder, Peabody exakt darauf zuzuschneiden. Es war, als würde er in einem Aquarium angeln. »Ihr werdet alle glücklich sein«, sagte Freeman zu Siegel, und er hatte recht.

Die Beziehung zwischen Siegel und Freeman hielt sich während des restlichen Jahres auf derselben Ebene. Sie sprachen häufig miteinander, oft zwei- oder dreimal am Tag, wobei Insiderinformationen keineswegs an erster Stelle standen, vielmehr entwickelten sich ihre Gespräche zu einem immer nahtloseren Gewebe aus Informationen zum beiderseitigen Vorteil, die in vielerlei Hinsicht nützlich waren: zur Anwerbung neuer Klienten, zur Durchsetzung von Geschäften bei widerstrebenden Partnern, zur Erlangung höherer Preise und entsprechend größerer Provisionen und zur Schaffung von neuen Gewinnmöglichkeiten für ihre Firmen. Das alles blieb dem Rest der Welt natürlich verborgen.

Gleichzeitig ging der Austausch der Insiderinformationen unvermindert weiter. Obwohl die Grenze manchmal schwer auszumachen war, wußte Siegel meistens sehr genau, ob er sie überschritten hatte oder nicht. Die Gewissensbisse und die Angst, die ihn jedesmal beschlichen, waren untrügliche Anzeichen dafür. Er versorgte Freeman mit genauen Informationen über das Angebot der International Controls Corporation für den Kidder-Peabody-Klienten Transway International; Freeman hatte ihm erzählt, daß er für seine Kinder eine Transway-Position erworben habe. Umgekehrt erkundigte sich Siegel, da Goldman an der Übernahme des Unternehmens durch Philip Morris beteiligt war, bei Freeman nach General Foods: »Was hältst du von der Aktie?« Freeman antwortete: »Ich finde, sie sieht gut aus.« Das bedeutete, daß Siegel sie beruhigt kaufen konnte, was er denn, über Wigton und Tabor, auch tat.

Freeman informierte Siegel außerdem über das Angebot von Baxter Tavenol Laboratories für American Hospital Supply und sagte ihm 1986 während des von Goldman betreuten Leveraged buyout von R.H. Macy, daß die Börse auf das Gerücht, daß Macy seinen Preis verringern werde, zu heftig reagiert habe: Macy würde sein Angebot zwar verringern, aber nicht in solchem Ausmaß, wie es die Börse erwartete. Die Finanzierung stehe.

Ähnlich mitteilsam zeigte er sich, als Boesky ihn anrief und die gleichen Fragen über R.H. Macy stellte wie Siegel. Er versicherte ihm, daß die Finanzierung gesichert sei. Aber Boesky war nicht auf Freeman angewiesen; er hatte in bezug auf Macy noch eine andere Quelle bei Goldman, Sachs, jemanden aus der Immobilien-Abteilung der Firma.

Solche Lecks, wie sie überall vorhanden waren, machten den Gedanken an einen fairen Markt zu einem Witz. Die Beteiligten waren allerdings selten so eindeutig in ihren Aussagen wie Siegel und Freeman; im allgemeinen war das auch nicht nötig. Darüber hinaus gab niemand alles weiter, was er wußte, auch Siegel nicht, der den Informationsaustausch mit Freeman weiterhin damit rechtfertigte, daß er im Interesse seiner Klienten lag.

Das trat nirgends deutlicher zutage als beim Beatrice-Deal, *dem* Deal des Jahres 1985 und dem größten Leveraged buyout überhaupt. Er stellte den Höhepunkt von Siegels Arbeit für KKR dar und etablierte die Firma als eine LBO-Macht, deren Name überall im Land gefürchtet wurde. Gleichzeitig war es ein Deal, der weithin von illegalem oder zumindest fragwürdigem Verhalten von Wall-Street-Profis geprägt war.

Beatrice war der erste »feindselige« Deal von KKR. Bis dahin hatte KKR stets freundliche Aktionen unternommen, mit dem Management des betroffenen Unternehmens zusammengearbeitet oder als weißer Ritter in Übernahmeschlachten eingegriffen. Bei Beatrice hatte sich KKR, von Siegel beraten, mit Donald Kelly, einem ehemaligen Präsidenten von Beatrice, zusammengetan. Falls Beatrice KKRs Umarmung zurückwies, wollte KKR das Unternehmen an sich bringen, die gegenwärtige Geschäftsleitung ablösen und durch Kellys Mannschaft ersetzen. Der Plan bedeutete eine derartig krasse Abwendung von der bisherigen Geschäftspolitik der Firma, daß sich der Seniorpartner von KKR, Jerome Kohlberg, aus der Partnership, die seinen Namen trug, zurückzog; als Grund für seinen Entschluß gab er »weltanschauliche Differenzen« mit seinen Partnern, den Cousins Henry Kravis und George Roberts, an.

Das Angebot wurde trotz Kohlbergs Bedenken auf den Weg gebracht. Freeman hatte bald darauf für sich selbst, seine Kinder und seine Firma eine riesige Position aufgebaut, allerdings ohne Insiderinformationen von Siegel dafür nutzen zu können. Er stand zwar während der gesamten Transaktion mit ihm in ständigem Telefonkontakt, aber Siegel hielt sich zurück und blieb stets diesseits der Grenze zum Insiderwissen. Oft schien es jedoch so, als bräuchte Freeman gar keine zusätzlichen Informationen; er hatte inzwischen eine Stellung erreicht, in der er nur zum Telefon zu greifen brauchte, um mit Kravis selbst zu sprechen. Am Tag vor Allerheiligen – Halloween – zum Beispiel rief er, nachdem John Mulheren aufgrund des Gerüchts, daß das KKR-Angebot auf Schwierigkeiten gestoßen war, ein Viertel seiner umfangreichen Beatrice-Position abgebaut hatte, bei Kravis an und fragte ihn, wieso der Kurs abgesackt sei. Damit begann ein außerordentlich wertvolles Gespräch, in dem Kravis versicherte: »Es ist alles in Ordnung«, und hinzufügte: »Wir werden uns nicht zurückziehen.« Wenige Minuten später erhöhte Freeman seine Kaufaufträge und erwarb für seine Depots weitere 60 000 Beatrice-Aktien und Hunderte von Kaufoptionen.

Der Aufsichtsrat von Beatrice beugte sich schließlich im November 1985 einem KKR-Angebot von 50 Dollar pro Aktie. Wenig später erfuhr KKR jedoch von den Investmentbankern, die bei Drexel die Finanzierung durchführten, daß der Deal bei einem Preis von 50 Dollar nicht zu finanzieren war. Entweder müsse der Preis reduziert oder aber die Finanzierung umstrukturiert werden. Beides mußte sich unmittelbar auf die Börse auswirken. Die Entscheidung wurde deshalb als höchst geheim eingestuft; nicht einmal Siegel erfuhr von ihr. Dennoch bewies Richard Nye, der nicht nur zur New Yorker Oberschicht, sondern auch zum inneren Kreis der etablierten Arbitrageure gehörte, erstaunliche Voraussicht, als er sich am nächsten Tag von seinen 300 000 Beatrice-Aktien trennte. Später am gleichen Tag telefonierten Freeman und Nye miteinander. Freeman rief außerdem bei Kravis an, und am nächsten Tag, dem 8. Januar 1986, stieß er sofort nach Öffnung der Börse sämtliche Optionen ab, die er hielt. Kurz darauf rief Morris »Bunny« Lasker, ein bekannter Makler an der New Yorker Börse und gleichfalls Mitglied des »Clubs«, Freeman an, um ihm mitzuteilen, daß das KKR-Angebot in Schwierigkeiten steckte. Freeman telefonierte daraufhin mit Siegel, um sich die Information bestätigen zu lassen, wozu Siegel jedoch nicht in der Lage war – er hörte zum erstenmal davon.

Es war verblüffend. In der Wall Street schienen Geheimnisse keine Chance zu haben. Da war er als Investmentbanker und Berater von KKR an dem Deal beteiligt und mußte auf Umwegen davon erfahren, daß die Finanzierung Probleme bereitete. Es bestätigte seine düstersten Ahnungen: daß seine eigenen Vertrauensbrüche keine Einzelfälle darstellten und der Austausch von Insiderinformationen an der Wall Street zu einer epidemischen Erscheinung geworden war.

Er rief KKR an, um sich zu erkundigen, worin das Problem bestand, und meldete sich anschließend wieder bei Freeman. »Dein Häschen *[bunny]* hat ein gutes Näschen«, sagte er und amüsierte sich über seine eigene Wortspielerei. Mehr brauchte Freeman nicht. Er verkaufte am Nachmittag 100 000 Beatrice-Aktien und 3000 Rückprämien (die den Gegenwert von weiteren 300 000 Aktien darstellten) – in beiden Fällen mit enormem Gewinn.

Die Konditionen des KKR-Angebots wurden in der von Siegel bestätigten Art und Weise abgeändert. Sie waren danach für die Anteilseigner zwar weniger attraktiv, da der Aktienpreis auf 43 bis 40 Dollar herabgesetzt wurde, aber Beatrice blieb trotzdem keine andere Wahl, als das revidierte Angebot zu akzeptieren, und der Kurs des Unternehmens ließ entsprechend nach. Freeman hätte mit seiner massiven Beatrice-Position auch unter diesen Bedingungen einen riesigen Gewinn gemacht; Siegels Bestätigung jedoch hatte ihn in astronomische Höhen katapultiert.

Kidder, Peabodys Arbitrageabteilung hatte wegen Siegels Beteiligung am Beatrice-Deal nicht an ihm profitiert. Dennoch war 1985 wieder ein erstaunlich erfolgreiches Jahr für Wigton und Tabor gewesen. Der Gesamtgewinn der Abteilung betrug, selbst nach Abzug eines überproportionalen Anteils an den Unkosten der Firma, über sieben Mio. Dollar. Die Wiederholung des Vorjahreserfolgs zerstreute die Skepsis innerhalb der Firma, auch wenn die Fähigkeiten von Wigton und Tabor weiterhin nicht sonderlich hoch eingeschätzt wurden. Angesichts der Überfülle an Deals, die sich während des Jahres ergeben hatten, schien es, als könnte jeder durch Arbitragehandel Geld machen, indem er sich einfach auf jedes Übernahmegeschäft stürzte, das über den Börsenfernschreiber bekanntgegeben wurde. Wahrscheinlich lag man mit dieser Annahme sogar richtig.

Siegel wußte allerdings, wie es in Wahrheit um den Arbitragehandel von Kidder, Peabody bestellt war. Es war wie bei der Rauschgiftsucht: Jeder Arbitrageerfolg trug bereits das Verlangen nach dem nächsten »Fix«, dem nächsten Übernahmeangebot, und das Bedürfnis nach neuen Insiderinformationen als »Aufhänger« in sich. Gleichzeitig ließ das Hochgefühl beim Setzen auf sichere Wetten selbst dann nach, wenn der Druck, sie einzugehen, wuchs. Siegel wußte, daß er die Firma für ein weiteres Jahr gerettet hatte – aber würde er es aushalten, wenn jetzt alles wieder von vorn begann und der Druck auf ihn erneuert wurde, bloß weil der Kalender ein neues Jahr anzeigte? Er sah dem mit zunehmendem Grauen entgegen.

Anfang 1985, während er auf die Geburt der Zwillinge wartete, war er beim Blättern in der *New York Times* auf die riesige Anzeige gestoßen, die Drexel nach dem Abschluß des Coastal/ANR-Deals veröffentlicht hatte. »Was für eine Macht, wenn sie in der Lage sind, solche Summen aufzubringen!« hatte er gedacht. Inzwischen hatte er hautnah erleben können, wie es war, wenn die »Großmächte« gegen einen aufmarschierten: vor allem Drexel mit dieser erstaunlichen Fähigkeit, fast über Nacht Milliarden aufzubringen, eine Leistung, an die Kidder, Peabody niemals heranreichen würde. Kein Wunder, daß bei Deals wie Storer oder Beatrice, bei denen Siegel derjenige gewesen war, der Kravis mit seiner Vorstellungskraft und seinem Einfallsreichtum davon überzeugt hatte, daß er weitermachen mußte, Drexel die lukrativen Finanzierungsaufträge erhielt, während sich Siegel mit der Beraterprovision begnügen mußte. Im Falle Storer, zum Beispiel, hatte Kidder, Peabody ganze sieben Mio. Dollar verdient, Drexel dagegen 50 Mio. Andere Konkurrenten, wie Goldman, Sachs und Morgan Stanley, bauten ihre Kapitalbasis aus und erhöhten ihre Schlagkraft, während sich Kidder, Peabody mit dem nach wie vor unprofitablen Brokergeschäft herumschlug. Siegel hatte das Gefühl, als lastete die ganze Firma auf seinen Schultern, und er wußte nicht, wie lange er sie noch tragen konnte, ohne zusammenzubrechen.

Ende 1985, zur Zeit der Bonusausschüttung, suchte Siegel DeNunzio auf. Der Anlaß dafür war jedoch nicht seine Vergütung. DeNunzio honorierte Siegels Beitrag zum Erfolg der Firma – einschließlich der Arbitragegewinne – für 1985 mit einer Barzahlung in Höhe von 2,1 Mio. Dollar, also nahezu dem Doppelten dessen, was er ein Jahr zuvor erhalten hatte. Siegels Freude darüber hielt sich allerdings in Grenzen; genaugenommen, war er sogar dabei zu verzweifeln. Ein negativer Artikel im *Institutional Investor* hatte seine Befürchtung neu aufleben lassen, daß Kidder, Peabody als Ganzes auf eine Krise zusteuerte. Und darüber wollte er mit DeNunzio sprechen. »So kann es nicht weitergehen, Ralph«, sagte er. »Ich kann nicht der einzige Motor der Firma sein. Meine Zeit ist nicht unbegrenzt. Aber ich bin derjenige, der der Firma sämtliche Gewinne und sonstigen Erträge einbringt.« Er sei zu dem Schluß gelangt, fuhr er fort, daß Kidder, Peabody nur überleben könne, wenn man mit einer anderen Firma fusioniere. DeNunzio war wie betäubt. Der Gedanke, daß die Firma ihre Unabhängigkeit verlieren könnte, deprimierte ihn. Er hatte sich nicht bis zur obersten Sprosse seiner Karriereleiter emporgearbeitet, um die Firma in den Untergang zu führen. Siegel gab die Hoffnung auf, DeNunzio jemals dazu bringen zu können, der Wirklichkeit ins Auge zu blicken.

Er begann, über das bisher Undenkbare nachzudenken: Kidder, Peabody zu verlassen und zu einer starken, gesunden, zukunftsorientierten Firma zu gehen. Er mußte aus der Arbitrage herauskommen; er hatte eingesehen, daß es falsch gewesen war, überhaupt damit anzufangen. Aber bei Kidder, Peabody würde er sich nie davon lossagen können, solange Wigton und Tabor allein zurückblieben.

Er verabredete sich in aller Heimlichkeit mit Michel David-Weill, dem vornehmen Chef von Lazard Frères, und traf sich mit ihm zum Frühstück im eleganten Carlyle Hotel in der Upper East Side von Manhattan. Hinter einem üppigen Blumenarrangement versteckt auf einer bequemen Bank an der Wand sitzend, hörte er sich an, was David-Weill über die Vorzüge zu sagen hatte, die eine Firma wie Lazard für einen Investmentbanker mit seinem Starstatus zu bieten hatte.

Als David-Weill erwähnte, wie großartig sich Felix Rohatyn bei Lazard entwickelt habe, erinnerte sich Siegel plötzlich wieder daran, wie er Rohatyn vor Jahren bei Geschäftsverhandlungen kennengelernt hatte. Damals hatte er zum ersten Mal das Gefühl gehabt, daß er es schaffen konnte, ein zweiter Rohatyn zu werden. Statt dessen führte er ein geheimes Leben voller Verbrechen.

Aber jetzt hatte er die Vision wieder vor Augen. Er würde Kidder, Peabody verlassen und ein neues Leben anfangen, eines, in dem es keinen Boesky, Freeman, Wigton oder DeNunzio gab, der ihn in den Sumpf zurückziehen könnte. Bei seinem Ruf und seinem Ruhm innerhalb der M&A-Welt konnte er überall hingehen. Wenn einst die Geschichte der Wall Street der 80er Jahre geschrieben wurde, wollte er an herausragender Stelle genannt werden: in der Rolle eines Staatsmanns.

7

John Mulheren zog seine Sportsocken an, band die Schnürsenkel zu und ging in den Trainingsraum des HEAR Institute hinüber, einer Sport- und Fitneßklinik in Red Hook (New Jersey), nicht weit von seinem Haus in Rumson. Er wollte unbedingt wieder in Form kommen. Er haßte die Vorstellung, zu einem aufgedunsenen Mann mittleren Alters zu werden.

An den Gewichten neben ihm arbeitete der Rocksänger Bruce Springsteen. Er sieht großartig aus, dachte Mulheren. Als er ihn das letzte Mal gesehen hatte, hatte er wie andere 35jährige auch ausgesehen, ziemlich schlank, aber mit einem Bauchansatz. Jetzt dagegen sah er wie ein zweiter Rocky Balboa aus. Mulheren kannte Springsteen nicht näher, aber die Veränderung, die mit ihm vorgegangen war, flößte ihm nur noch mehr Abscheu vor sich selbst ein.

Wie Marty Siegel hatte auch Mulheren unter dem Druck gestanden, große Profite für seine Firma, Spear Leeds, zu erwirtschaften. Das Jahr 1984 war ein einziges Auf und Ab gewesen; es hatte, mit dem Gulf-Deal, recht gut begonnen, doch der Frühling war furchtbar gewesen, und er hatte sich erst im Sommer wieder aus dem Tal befreien können. Gleichzeitig hatte er aber immer mehr das Gefühl gehabt, in düstere Stimmung abzugleiten. Er hatte Jahre gebraucht, bis er sich eingestanden hatte, daß er ein klinischer Fall von manischer Depression war. Er war fast immer »high«; seine Energie war nahezu unerschöpflich, er brauchte nur wenig Schlaf und tat vieles - vom Trinken übers Feiern bis zur Aktienspekulation - bis zum Exzeß. Das Medikament Lithium half ihm, sich im Griff zu behalten, aber gegen die, wie er inzwischen wußte, etwa alle vier Jahre wiederkehrenden und mehrere Tage anhaltenden Tiefs kam es nicht an. In der düsteren, selbstzerstörerischen Stimmung, in der er sich dann befand, dachte er regelmäßig an Selbstmord. Und ein solches Tief kündigte sich in diesem Sommer an. Ein Anzeichen dafür war, daß er zunehmend das Interesse daran verlor, bei Spear Leeds zur Arbeit zu erscheinen.

Dann hörte er an einem Nachmittag im August seine Frau schreien. Er eilte hinaus und sah, wie sein 18 Monate alter Adoptivsohn im Swimmingpool ertrank. Als Mulheren, der früher als Rettungsschwimmer gearbeitet hatte, das Kind aus dem Wasser gezogen hatte, atmete es nicht mehr. Er beatmete es vorsichtig von Mund zu Mund, um die Lungen des Babys nicht zu überanstrengen. Die Beatmung hatte Erfolg, und die Mulherens brachten das Kind ins Krankenhaus. Vier Tage später hatte es sich wieder vollständig erholt.

Bei Mulheren hinterließ die knappe Rettung jedoch eine tiefe Spur. Wenn er an diesem Tag nicht zufälligerweise zu Hause gewesen wäre, wäre sein Sohn gestorben. Als er am nächsten Tag in der Firma ankam, ging er zu seinen Partnern und sagte ihnen: »Ich werde nicht weiterarbeiten.«

Die freie Zeit, die ihm danach plötzlich zur Verfügung stand, nutzte er, um sein Fitneßtraining zu verstärken. Dabei entdeckte er, daß Springsteen und er einiges gemeinsam hatten. Zunächst einmal gehörten sie beide zu den wenigen 35jährigen in Rumson, die einen Großteil des Tages im Trainingsraum verbringen konnten. Außerdem brauchten sie nicht früh aufzustehen. Springsteen blieb gerne lange auf, und Mulheren schlief so gut wie gar nicht. Mulheren liebte Musik; er war schon ein Springsteen-Fan gewesen, lange bevor dieser zu einer Art Nationalheld aufgestiegen war. Mulheren war sogar ein früher Verfechter der Rapmusik gewesen. Und noch etwas verband sie: Auch Springsteen warf sich mit Haut und Haaren in alles, was er tat. Wie Mulheren hielt er alles, was es wert war, getan zu werden, auch für wert, es bis zum Exzeß zu tun. Die beiden begannen auf dem Atlantik, vor dem Strandclub, den Mulheren als Anlageobjekt erworben hatte, zusammen Jet-Ski zu fahren und reisten gemeinsam mit ihren Familien zum Skifahren in die Rocky Mountains. Mulheren betrachtete Springsteen bald als seinen besten Freund.

Einen Tag, nachdem Mulheren bei Spear Leeds ausgeschieden war, rief Boesky bei ihm zu Hause an. »Warum hast du das getan?« fragte Boesky schroff. Mulherens Erklärung schien ihn nicht zufriedenzustellen; er war offenbar verstimmt darüber, gerade zu der Zeit, als Siegel sich von ihm zurückzuziehen begann, eine weitere Quelle von Markterkenntnissen zu verlieren. Danach hörte Mulheren lange Zeit nichts mehr von Boesky, bis das Gerücht umging, daß ein Pickens-Deal in Schwierigkeiten stecke. Boesky war überzeugt, daß Mulheren mit seinem Freund Pickens darüber gesprochen hatte. »Was geht da vor?« fragte er. »Ich habe keine Ahnung«, antwortete Mulheren, dem kaum etwas ferner lag als irgendein Wall-Street-Deal. Boesky glaubte ihm nicht und brüllte, er stehe doch in Kontakt mit Pickens.

Andere Wall-Street-Profis bedrängten ihn, ins Geschäft zurückzukehren. Alan C. »Ace« Greenberg, der Chef von Bear, Stearns & Co., unternahm langanhaltende Anstrengungen, Mulheren für seine Firma zu gewinnen. Aber Mulheren lehnte sämtliche Vorschläge, die ihm gemacht wurden, ab: er zog es vor, sich nebenbei ein bißchen mit Immobilien zu befassen, und seine Zeit ansonsten mit Springsteen zu verbringen. Als Springsteen mit den Vorbereitungen für seine 85er »Born in the U.S.A.«-Tournee begann, wurde Mulheren jedoch unruhig. Springsteen würde bald nicht mehr da sein. Er begann, den Nervenkitzel seines ehemaligen Berufes zu vermissen.

Als ihm die reiche Belzberg-Familie anbot, ihn bei der Gründung einer eigenen Firma zu unterstützen, konnte er nicht widerstehen. Er fing an, Kapital für seine Rückkehr ins Geschäftsleben zu beschaffen, und brachte schließlich 65 Mio. Dollar für den Start seiner neuen Firma zusammen, Jamie Securities – »Jamie«, das waren die aneinandergereihten Initialen von John A. Mulheren und seines Partners Israel Englander. Er nahm den Kontakt zu Boesky wieder auf, der ihm Ratschläge zur Kapitalbeschaffung gab, und informierte ihn, mit wem er es bei der neuen Limited partnership zu tun haben würde. Boesky war plötzlich wieder sein Freund, und er war wie eh und je beflissen, ihm gefällig zu sein.

Als Jamie Securities im Juli 1985 die Arbeit aufnahm, war Boesky, der wußte, daß sein Freund auf einem Berg frischen Kapitals saß, das noch nicht auf den Markt geworfen worden war, sofort zur Stelle. Er sagte Mulheren, daß er dabei sei, »Bargeld zu beschaffen«, und deshalb Aktien verkaufen wolle. Ob er ihm ein paar abnehmen könne, und wenn ja, wieviel? Mulheren wollte sich gefällig erweisen und sagte zu, ihm Aktien im Gegenwert von 10 Mio. Dollar abzukaufen.

Boesky übergab die Sache seinem Chefhändler Michael Davidoff, der kurz darauf bei Mulheren anrief. »Ivan hat mir gesagt, Sie würden uns einen Gefallen tun«, begann er und bot Mulheren 330 000 Unocal-Aktien an. Mulheren griff zu.

»Okay«, fuhr Davidoff fort. »Ich verkaufe sie Ihnen, möchte sie aber möglicherweise später zurückkaufen. Ihnen wird dabei kein Schaden entstehen. Sie werden kein Geld dabei verlieren.« Mulheren ging plötzlich auf, was Boesky im Sinn hatte: Er wollte seine Unocal-Position bei ihm »parken«, so daß es aussah, als gehöre sie ihm, während er in Wirklichkeit weiterhin das ganze Risiko trug und den möglichen Gewinn einstreichen würde. Mulheren schmeckte das gar nicht.

»Sie brauchen nicht weiterzureden«, sagte er. »Solche Absprachen kommen bei mir nicht in Frage. Wenn ich nicht selbst das Risiko trage, werde ich den Handel nicht machen.«

»Okay, vielen Dank. Machen wir also den Handel«, sagte Davidoff rasch, offenbar bestrebt, die Transaktion unter Dach und Fach zu bringen. Als der Unocal-Kurs später absackte und Mulheren Hunderttausende von Dollar in dieser Position verlor, fragte ihn einer seiner Kollegen, wieso er sie behalten habe. »Um Ivan einen Gefallen zu tun«, antwortete Mulheren. »Aber machen Sie sich deshalb keine Sorgen.«

Trotz solcher Bitten fühlte sich Mulheren keineswegs von Boesky ausgenutzt. So wie er es sah, war die Wall Street ein großes Netzwerk von ineinandergreifenden Gefälligkeiten, die für gewöhnlich in gleicher Münze bezahlt wurden – mit den sogenannten »weichen Dollars« erwiderter Gefälligkeiten. So ließ Mulheren, um sich Boesky für einen nützlichen Tip erkenntlich zu zeigen, einfach mehr Geschäfte über Seemala abwickeln, Boeskys an der NYSE handelnde Brokerfirma.

Wenn Boesky ihn um einen Gefallen bat, dachte Mulheren nicht lange über Boeskys Motive nach. Aber es war kein Geheimnis, daß Boesky, bei der Größe seiner Positionen und seinem unersättlichen Verlangen nach einem größeren Leverage, ständig in der Gefahr schwebte, die Nettokapitalvorschriften zu verletzen.

Boesky hatte diese Vorschriften, wie viele andere Arbitrageure auch, stets mit kaum verhohlener Geringschätzung betrachtet. Seine Kollegen Conway und insbesondere Mooridian, der nach einem Verstoß gegen die Vorschriften beinahe seinen Beruf hätte aufgeben müssen, nahmen das Gesetz jedoch wesentlich ernster und versuchten alles, um zu verhindern, daß Boesky über die Stränge schlug. Sie gingen sogar so weit, einen »Frisierfaktor«, wie sie ihn nannten, einzuführen, der Boeskys tatsächliches Leverage übertrieb, um ihn im Zaum zu halten.

Als im Verlauf des Jahres 1985 die Anzahl der Deals sprunghaft zunahm, und damit die der Arbitragegelegenheiten, wurde es jedoch immer schwieriger, Boesky bei der Stange zu halten. Im Sommer schließlich ließ ihm Conway eine verärgerte Notiz zukommen: »Sie nehmen weiterhin wenig Rücksicht auf unsere Nettokapitalsituation oder den Schuldendienst nach unseren Darlehensvereinbarungen. (. . .) Wir sind auf einem selbstzerstörerischen Kurs, der es uns, im äußersten Fall, unmöglich machen wird, neues Eigen-oder Kreditkapital aufzubringen. (. . .) Sie setzen durch eine Geschäftsstrategie, die nur als leichtsinnig bezeichnet werden kann, alles aufs Spiel, einschließlich Ihres Rufs. Wie müssen den Umfang des Portefeuilles so bald wie möglich auf einem niedrigeren Stand begrenzen. Wir müssen das Nettokapital bei einem Minimum von 15 Mio. Dollar halten. (. . .) Wir sitzen auf einer Zeitbombe, die nur noch 18 Tage ticken wird, bevor die Verzugsklauseln der Kreditvereinbarungen in Kraft treten. Sie müssen sofort etwas unternehmen.«

Boesky hätte das Problem einfach dadurch lösen können, daß er einen Teil seiner Positionen verkaufte. Aber solange die entsprechenden Aktienkurse stiegen, kam diese Möglichkeit für ihn nicht in Betracht. Stattdessen ließ er Davidoff erneut bei Mulheren anrufen.

»Sie müssen uns einen Gefallen tun«, sagte Davidoff.

»Wo hakt's denn?« fragte Mulheren.

»Nun, ich habe eine Menge Aktien. Sie haben die Wahl.«

Mulheren entschied sich für drei große Positionen: eine in Storer Communications - die Auseinandersetzung zwischen Storer und KKR befand sich zu dieser Zeit im Endstadium -, eine in Boise Cascade, einem häufig als Übernahmeziel genannten Unternehmen, und eine in Warner Communications. Es war klar, daß Boesky die Positionen später wieder zurückkaufen würde. »Wir übernehmen das Risiko«, sagte Davidoff, wie er es schon bei der Unocal-Position vorgeschlagen hatte, und wieder wies Mulheren das Anerbieten zurück: »Ich habe Ihnen schon einmal gesagt, daß ich solche Transaktionen nicht mache. Ich bin ein großer Junge, und ich trage das Risiko selbst, weil alles andere illegal wäre.«

Boeskys Bücher befanden sich jetzt, nach Abzug der von Mulheren übernommenen Positionen, in Übereinstimmung mit den Vorschriften. Aber er betrachtete die bei Mulheren geparkten Aktien weiterhin als »seine«, und es freute ihn besonders, daß der Warner-Kurs weiter anzog. Als Mulherens Gewinn aus der Warner-Position 500 000 Dollar erreicht hatte, rief Davidoff wieder an. »Die Sache wird zu einem echten Problem«, sagte er.

»Oh, nein«, entgegnete Mulheren. »Sie wird zu einem Problem für Sie. Für mich ist es ein Profit.«

Davidoff bekam es mit der Angst zu tun. »Sie wollen in dieser Sache also nichts für uns tun?«

»Das habe ich nicht gesagt«, gab Mulheren zurück. »Ich habe nur festgestellt, wessen Positionen es sind und daß ich entscheide, was mit ihnen geschieht.« Als er die Warner-Position schließlich wieder an Boesky verkaufte, realisierte er einen Gewinn von 1,7 Mio. Dollar, was nach Boeskys Ansicht hieß, daß Mulheren ihm Geld schuldete.

Nach einigen ähnlich verlaufenen Transaktionen mit anderen Aktien rief Boesky schließlich bei Mulheren an. Sie befanden sich, trotz Mulherens Feststellung, daß ihm die Positionen gehört hatten, bald in einer Diskussion darüber, wie er Boesky ausbezahlen konnte.

»Weißt du, du hast eine Menge Geld dabei gemacht. Wie wollen wir das regeln? Michael [Davidoff] hat ja schon mit dir geredet.«

»Das hat er.«

»Meinst du nicht, daß du uns etwas schuldest?«

»Ich weiß nicht«, antwortete Mulheren. »Ich weiß nicht, was ich tun werde.«

»Nun, würdest du mir einen Scheck ausschreiben?« fragte Boesky.

»Unter gar keinen Umständen«, beschied ihn Mulheren. »Geld werde ich dir nicht geben, auch kein Bargeld.«

»Was schlägst du dann vor?«

»Ich werde andere Dinge für dich tun. Ich werde dir Tips geben. Ich werde dir höhere Brokerprovisionen zukommen lassen. Ich werde alles tun, was es an weichen Dingen gibt, mit denen man normalerweise einen Gefallen erwidert.«

Boesky war einverstanden, und Mulheren stand zu seinem Wort. Wenn Boesky ihm Brokerrechnungen für über Seemala abgewickelte Aufträge schickte, ließ er ihn die Forderung auf das Zehnfache erhöhen oder überwies ihm einfach einen höheren Betrag, der ihm angemessen zu sein schien. Damit fuhr er fort, bis Boesky zufriedengestellt war. Die aufgestockten Zahlungen wurden wieder eingestellt, nicht jedoch die gegenseitigen »Gefälligkeiten«.

Nicht lange nach dem Unocal-Geschäft rief Boesky an, um Mulheren um einen Gefallen anderer Art zu bitten, »Born in the U.S.A.« hatte Bruce Springsteen zum Superstar gemacht. Seine Tournee war das Rockereignis des Jahres, und sein Konzert im Giants Stadium in den New Jersey Meadowlands war sofort ausverkauft. Boesky wollte Karten für seine Kinder haben. Mulheren hatte Springsteen, obwohl sie inzwischen eng miteinander befreundet waren, nie um Freikarten zu seinen Konzerten gebeten. Es lag ihm nicht, Springsteens Berühmtheit für sich auszunutzen.

»Ivan, ich werde ihn nicht um Karten bitten«, beschied er Boesky. »Das ist nicht meine Art. Wenn du unbedingt Karten haben willst, kann ich sie dir durch einen Schwarzhändler besorgen. Aber du wirst sie bezahlen müssen, und sie werden teuer sein.«

»Besorg sie einfach« sagte Boesky. »Es ist mir egal, was sie kosten.«

Am nächsten Tag rief Mulheren Boesky an, um ihm mitzuteilen, daß er die Karten hatte. »Wunderbar«, sagte Boesky. »Aber meine Kinder würden Springsteen gern persönlich kennenlernen. Könntest du ihn nicht mit deinem Hubschrauber nach Mt. Kisco bringen? Wir könnten zusammen zu Abend essen, nur du, ich, die Kinder und Springsteen. Danach könntest du ihn wieder zurückfliegen. Es wäre nur für einen Abend.«

Mulheren war wie vor den Kopf geschlagen. »Um Gottes willen, Ivan«, rief er aus. »Er ist doch kein dressierter Schimpanse.«

Es war ein trüber Freitagmorgen Anfang Januar 1985. Viele der Angestellten der Boesky Corp., die sich zur täglichen Vormittagssitzung im Konferenzraum einfanden, freuten sich nach all den Neujahrsfeiern der vergangenen Tage auf ein geruhsames Wochenende. Die Sitzungen begannen für gewöhnlich um neun Uhr und dauerten eine Dreiviertelstunde, in der Boesky die Handelsinstruktionen ausgab und Researchaufgaben verteilte. Die Händler verließen die Sitzungen vor halb zehn Uhr, um rechtzeitig zur Öffnung der Börse bereit zu sein.

Boesky betrat Punkt neun Uhr den Konferenzraum, nickte seinen Leuten kurz zu, nahm am Kopfende des ovalen Tischs, ein Telefon in Reichweite, Platz und begann seine Anordnungen auszugeben. Nach 20 Minuten erschien Ianthe Peters, seine Sekretärin, mit verängstigtem Gesicht in der Tür hinter Boesky. Sie wußte, daß Boesky es haßte, unterbrochen zu werden. Solche Störungen wurden normalerweise mit wütenden Ausfällen quittiert. »Mike ist am Telefon«, meldete sie. Boesky brach die Befehlsausgabe ab und sagte: »Ich nehme das Gespräch an.«

Jeder im Raum wußte, daß »Mike« niemand anders war als Milken. Unter den Händlern hieß er nur »die Küste«; Boeskys Sekretärin jedoch nannte ihn einfach nur beim Vornamen. Er war der einzige, der immer zu Boesky durchkam.

Boesky legte die Finger an den Mund und blickte, um Ruhe bittend, in die Runde. Dann hob er den Hörer ab. Es gab keinen Austausch von Höflichkeiten. Boesky sprach wenig, und wenn er etwas sagte, dann äußerte er zumeist nur seine Zustimmung zu dem, was am anderen Ende der Leitung gesagt worden war. Als er auflegte, glitzerten seine Augen vor Aufregung.

»Wir werden alle Maschinen auf volle Touren bringen«, verkündete er und machte damit jede Hoffnung auf einen ruhigen Tag zunichte. Er beauftragte Lessman, Informationen über Diamond Shamrock und Occidental Petroleum zu sammeln. Davidoff und die anderen Händler erhielten die Anweisung, umgehend Diamond-Shamrock-Aktien zu kaufen, so viele wie möglich, und gleichzeitig Occidental Petroleum leer zu verkaufen. Davidoff machte sich an die Arbeit und baute eine Position in Diamond Shamrock auf, die sich schließlich auf sage und schreibe 3,5 Mio. Aktien belief. Bei den Blankoverkäufen von Occidental tat er sich weit schwerer; er kam insgesamt nur auf 19 000 leerverkaufte Aktien.

Lessman fragte sich, was vorging. Was hatte Milken Boesky gesagt? Bis zu diesem Vormittag hatte keine der beiden Aktien auf ihrer Research- oder Handelsliste gestanden. Die Sache war faul, dachte er. Bevor seine Research irgendwelche nennenswerten Ergebnisse erbracht hatte, wurde der Börsenverkehr in den Aktien der beiden Unternehmen auf deren Bitte hin gestoppt, und sie gaben bekannt, daß sie über ein »mögliches geschäftliches Zusammengehen« miteinander sprachen. Danach wurde der Handel wieder zugelassen. Aber die Bekanntmachung zeigte wenig Wirkung; sie war zu vage gewesen. Der Kurs des Unternehmens, das übernommen wurde, pflegte meistens zu steigen, während derjenige des Erwerbers sank. Aber aus der Presseerklärung war nicht ersichtlich, welches der beiden Unternehmen der Bieter und welches das Kaufobjekt war. Außerdem bedeutete ein »geschäftliches Zusammengehen« manchmal nur einen Aktienumtausch, und in diesem Fall war es, je nachdem, wie das Umtauschverhältnis festgelegt wurde, möglich, daß sich am gegenwärtigen Kurs der beiden Aktien überhaupt nichts änderte. Boesky ließ sich davon allerdings nicht beirren und hielt mit bemerkenswertem Selbstvertrauen an seiner Strategie fest.

Am Tag zuvor hatte Ray Irani, der Präsident von Occidental und einer von Milkens Klienten, ein Geschäftsdinner, bei dem tatsächlich eine Fusion von Occidental und Diamond Shamrock diskutiert worden war, unterbrochen, um bei Drexel anzurufen, genauer bei Peter Ackermann, einem von Milkens Spitzenleuten. Drexel gehörte zu den Investmentfirmen, die an dem Deal beteiligt waren; Occidental hatte Drexel beauftragt, die Transaktion zu prüfen und eine »Fairneßeinschätzung« abzugeben, die dem Aufsichtsrat von Occidental versichern sollte, daß sie den Aktionären gegenüber vertretbar war.

Irani unterrichtete Drexel auf die Schnelle von den Konditionen des angestrebten Deals, und am nächsten Morgen erschien eine Drexel-Abordnung in den Occidentalbüros in Los Angeles, um die Einschätzung zu erarbeiten. Der Fusionsplan von Occidental und Diamond Shamrock sah einen Aktienumtausch im Verhältnis eins zu eins vor, das hieß, jede Diamond-Shamrock-Aktie sollte in eine Occidental-Aktie umgetauscht werden. Da die Kurse von Occidental und Diamond Shamrock, bezogen auf den 3. Januar, bei 26,75 Dollar beziehungsweise 17,75 Dollar lagen, würde der Deal also für die Aktionäre von Diamond Shamrock einen unverhofften Zugewinn von neun Dollar pro Aktie bedeuten. Gleichzeitig war damit zu rechnen, daß der Occidental-Kurs aufgrund der Schwächung durch die Ausgabe einer derartigen Anzahl neuer Aktien nachgab.

Unter diesen Umständen machte es Sinn, daß Boesky Diamond Shamrock kaufte und Occidental leer verkaufte. James Dahl, Milkens Topverkäufer, der am Handelstisch in Beverly Hills neben ihm saß, hörte mit, wie Milken - bevor die Bedingungen des Deals öffentlich bekanntgegeben worden waren - Boesky entsprechend zu handeln anriet und die Strategie im folgenden weiter verfeinerte.

Das war nicht einfach nur ein freundschaftlicher Hinweis. Milken wollte, trotz der Tatsache, daß Drexel als Vertreter von Occidental vom Handel ausgeschlossen war, an der Transaktion teilhaben. Milken und Boesky kamen überein, daß Milken insgeheim die Hälfte von Boeskys Positionen in Diamond Shamrock und Occidental gehören sollte. Das war das Gespräch, das auf Boeskys Seite, ohne daß Milken etwas davon wußte, von jedem, der sich im Konferenzraum befand, zumindest teilweise mitgehört wurde.

Der Deal, der Milkens und Boeskys erste offene Zusammenarbeit im Insiderhandel gewesen zu sein scheint, stand jedoch unter einem schlechten Stern. Was zunächst wie eine dicke Gewinnchance ausgesehen hatte, entpuppte sich am nächsten Montag, als der Aufsichtsrat von Diamond Shamrock gegen die Transaktion stimmte, als Reinfall. Dahl bemerkte kurz nach der geheimen Aufsichtsratentscheidung, wie sich Milkens Gesicht verfinsterte, und erlebte hautnah mit, wie er aufgeregt zum Telefon griff und Boesky anrief. Als er ihn am Apparat hatte, schrie er die Neuigkeit förmlich in den Hörer: »Der Deal kommt nicht durch! Wir müssen die Position loswerden!«

Boesky war einem Schlaganfall nahe. Er wies Davidoff hastig an, die Position abzustoßen. Aber es war zu spät am Tag; die Börse schloß um vier Uhr, und die Neuigkeit, daß der Deal geplatzt war, wurde um 4.18 Uhr bekanntgegeben. Danach versuchten sämtliche Arbitrageure, ihre Diamond-Shamrock-Aktien loszuschlagen.

Milken rief an diesem Nachmittag und am nächsten Tag wiederholt bei Boesky an, um sich bitter darüber zu beklagen, daß der Verkauf so lange dauerte. Boeskys Angestellte hörten daraufhin, wie ihr Chef zurückschrie, daß er, Milken, es gewesen sei, der ihn in diese Bredouille gebracht hätte. Davidoff sprach schließlich selbst mit Milken; er versicherte ihm, daß er sein Bestes tue, und sagte ihm, mit welchen Verlusten sie zu rechnen hatten, wenn der Kurs von Diamond Shamrock den Tag über weiter absackte.

Dahl sah, wie Milken den Hörer auf den Apparat knallte, und mußte sich dann seine Klage darüber anhören, daß die Abteilung durch die Diamond Shamrock/Occidental-Transaktion mehr Geld verliere, als sie im ganzen Monat gemacht habe. Dahl war verdutzt; wie konnte ihre Junkbond-Fabrik durch die geplatzte Occidental-Fusion in Mitleidenschaft gezogen worden sein? Milken erklärte ihm erregt, daß die Abteilung »inoffiziell« mit Boesky gemeinsam eine Position halte und daß sie Boesky daher jetzt weitere zehn Mio. Dollar schulde. Milken befand sich in einer derart schlechten Stimmung, daß Dahl sich hütete, das Thema zu vertiefen, aber seine Verwirrung war um keinen Deut geringer geworden. Er wandte sich an Lowell Milken, um herauszufinden, was los war, aber Lowell ließ ihn abblitzen, und sein Bruder brütete den Rest des Nachmittags in düsterer Stimmung vor sich hin.

Nicht nur Dahl, sondern auch andere seiner Mitarbeiter machten sich Sorgen um Milken und reagierten mit wachsender Unruhe auf den Streß in der Abteilung und die Auswirkungen, die er auf sie und ihr Leben hatte. Das Geschäft verlief überaus hektisch; die Unternehmensfinanzierung in New York rief ständig an, um zu fragen, ob Beverly Hills nicht diesen oder jenen Deal finanzieren könne, und Milken war augenscheinlich unfähig, auch nur ein einziges Geschäft abzulehnen; er befürchtete, Drexel könnte womöglich die Vorherrschaft auf dem Gebiet der hochverzinslichen Wertpapiere verlieren. Dabei waren sie bereits mit Deals wie dem Pickens-Angriff auf Phillips Petroleum beschäftigt, für den Milken an einem einzigen Wochenende die schwindelerregende Summe von zwei Milliarden Dollar aufgebracht hatte.

Die Atmosphäre in der Abteilung war gespannt. Milken verbrachte täglich 14 Stunden am Handelstisch. Die Ringe unter seinen Augen wurden immer dunkler. Als er Jim Dahl ein halbes Jahr lang nur mit »Tom« anredete, traute sich Dahl nicht, ihn auf den Fehler aufmerksam zu machen. Lowell gegenüber meinte er jedoch, daß sein Bruder schlecht aussehe, worauf Lowell erwiderte: »Ich mache mir auch Sorgen um ihn.«

Eins von Milkens Problemen war Boesky. Er stand ihm gegenüber weit mehr in der Schuld, als er Dahl angedeutet hatte. Boesky und Milken hatten den Austausch von »Gefälligkeiten« auf eine Ebene gehoben, die ebenso unvergleichlich wie gefährlich war.

Im Frühjahr 1984 hatte einer von Milkens frühesten und bedeutendsten Klienten, die von Milkens Freund Stephen Wynn geführte Casinogesellschaft Golden Nugget, damit begonnen, Aktien der MCA Inc., der die Universal Studios gehörten, anzukaufen. Ziel war eine mögliche Übernahme. Bis Ende Juli hatte Golden Nugget weit über zwei Mio. Aktien erworben, und der MCA-Kurs war von 38 auf 43 Dollar gestiegen. Im

August kamen Wynn und Milken jedoch zu der Einsicht, daß der Deal undurchführbar war, mit der Folge, daß Golden Nugget seine riesige Position zum höchstmöglichen Preis loswerden wollte. Es durfte also kein Wort von der Entscheidung durchsickern, wenn der Kurs nicht purzeln sollte. So erklärte Wynn dem *Wall Street Journal* gegenüber noch im Oktober, daß Golden Nugget im Besitz von knapp fünf Prozent von MCA sei und »für den Augenblick« die Absicht habe, das Aktienpaket zu behalten.

Es war eine vertrackte Situation gewesen, und Milken hatte sich hilfesuchend an Boesky gewandt. Boesky hatte ihm, zu dem damaligen hohen Kurswert, große Teile der Position von Golden Nugget abgekauft, allerdings mit der Garantie, daß Milken für etwa entstehende Verluste aufkommen würde. Aufgrund des Einstiegs von Boesky, des weiterhin großen Handelsvolumens und der Tatsache, daß Drexel die Aufkäufe durchführte, schien eine MCA-Übernahme wahrscheinlicher denn je zu sein.

Die Folge war, daß andere Anleger im Hinblick auf die mutmaßliche Übernahme in das Geschäft einstiegen, während Boesky seine Position in kleinen Portionen, um keine Aufmerksamkeit zu erregen, zu verkaufen begann. Er erlitt zwar Verluste, hatte es aber ermöglicht, daß sich Golden Nugget aus der Zwickmühle befreien konnte, und Milken damit die Loyalität seines Klienten gesichert. Die Irreführung der Börse hatte ausgezeichnet geklappt.

Milken mußte jetzt allerdings für die Boesky entstandenen MCA-Verluste geradestehen. Er schuldete ihm darüber hinaus noch acht Mio. Dollar aus dem Fischbach-Deal. Boesky flog nach Los Angeles, um Milken an ihre Abmachung zu erinnern. Milken schickte ihn zu einem seiner Kollegen, Cary Maultasch, der Boeskys Positionen im Auge behalten hatte. Milken sagte ihnen, sie sollten den Umfang seiner Verpflichtung Boesky gegenüber kalkulieren. Unterdessen setzte er selbst eine Reihe von Transaktionen in Gang, um die Differenz der Schuldkonten zu verringern.

Aufgrund seiner außerordentlichen Macht über den Junk-bond-Markt war Milken in der Lage, von Drexel-Klienten, die ihren wirklichen Wert nicht kennen konnten, Wertpapiere zu künstlich niedriggehaltenen Preisen zurückzukaufen; sie mit geringem Gewinn an Boesky zu verkaufen; ihm die Wertpapiere zu einem wesentlich höheren Preis wieder abzunehmen und anschließend zu einem noch höheren Preis an Drexel-Klienten weiterzuverkaufen. Auf diese Weise war es Milken möglich, Boesky Millionenbeträge zurückzuzahlen und selbst noch einen Profit dabei zu erzielen. Die Dummen dabei waren nur die Drexel-Klienten.

Da auch nach diesen Finanzkunststückchen die Schuld Boesky gegenüber nicht abgetragen war, dachte sich Milken, auf Boeskys Bitte hin, eine Reihe von Geschäften aus, die Boesky steuerlich absetzbare künstliche Verluste einbrachten. Diesmal waren die amerikanischen Steuerzahler die Betrogenen.

Im Mai 1985 war die Rechnung beglichen. Daß Milken in der Lage gewesen war, Boesky in nicht einmal sechs Monaten unter der Hand mehr als zehn Mio. Dollar zuzuschanzen, ohne etwas so Ordinäres wie einen Scheck auszuschreiben, war ein Maßstab dafür, welche Marktmacht ihm zugewachsen war. Sowohl Milken als auch Boesky erkannten, daß ihr gemeinsamer Horizont noch ganz andere Dinge umfaßte: nicht bloß Gewinne aus Insidergeschäften, sondern den weit größeren Traum von der Eroberung und Kontrolle ganzer Unternehmen.

In diesem Frühjahr war Milken, wie Siegel und Freeman, stark mit dem KKR-Angebot für Storer Communications beschäftigt. Henry Kravis, der sich Milken, von dessen Fähigkeit zur Kapitalbeschaffung beeindruckt, immer enger anschloß, hatte Milken mit der Finanzierung des Angebots beauftragt, während er sich von Siegel in strategischer Hinsicht beraten ließ. Es war der erste Deal, bei dem Siegel eng mit Investmentbankern von Drexel zusammenarbeitete, auch wenn er Milken während der Transaktion nicht persönlich kennenlernte. Milken konnte natürlich nicht selbst in Storer handeln, sorgte aber, kurz nachdem er sich mit seinen Kollegen getroffen hatte, um eine Erhöhung des KKR-Angebots zu diskutieren, dafür, daß Boesky eine Position für Drexel erwarb. Die Sache lief reibungslos, und Boesky schrieb Milken, als der Kurs erwartungsgemäß anzog und er die Position auf Geheiß aus Beverly Hills veräußerte, einen Gewinn von über einer Mio. Dollar gut.

Aber die Profite aus dem Handel aufgrund von Insiderinformationen nahmen sich, selbst wenn sie absolut sicher waren, fast vernachlässigbar aus, wenn man sie mit dem verglich, was Milken an den Übernahmetransaktionen selbst verdiente. Allein für die Storer-Finanzierung kassierte er Provisionen in Höhe von 49,6 Mio. Dollar. Zusätzlich erhielt er Stammaktien des zukünftig von KKR geführten Unternehmens, die er an das verschlungene Netz der Partnerships verteilte, von denen er selbst, seine Familie und andere Mitarbeiter seiner Abteilung profitierten. Weder KKR noch Joseph in New York erfuhren, wo die Anteile abgeblieben waren; im Gegenteil, Milken führte sie sogar in die Irre, indem er ihnen sagte, sie seien benutzt worden, um Klienten zum Kauf der Schuldverschreibungen zu animieren.

Milkens Kollegen hatten den Eindruck, daß der Storer-Deal seinen unersättlichen Hunger auf weitere Übernahmen nur noch mehr angestachelt hatte. Und wollte der Markt einmal nicht mitspielen, so hatte Milken bereits bewiesen, daß er die staunenerregende Macht besaß, die Zögerlichkeit zu überwinden und die Dinge in Bewegung zu bringen – auf seine Weise und in seinem Sinn.

Sollte es in Milkens Junk-bond-Fabrik noch jemanden gegeben haben, der einen weiteren Beweis dafür brauchte, so erhielt er ihn einige Monate später, als eine Delegation von Turner Broadcasting aus Atlanta Milken aufsuchte. Ted Turner, Besitzer der Atlanta Braves und des »Supersenders« WTBS, war eine schillernde Persönlichkeit und in vielerlei Hinsicht die Art von Klient, die Milken mochte. Sein jüngstes Wagnis war die Gründung eines neuen Kabelfernsehsenders: Cable News Network (CNN). Er war ungestüm, respektlos und rüttelte unverfroren am eingefahrenen Establishment. Jetzt wollte er MGM/United Artists kaufen, vor allem, um an das Archiv der Filmklassiker heranzukommen, das er für einen Spielfilmkanal auszuschlachten gedachte. MGM/UA war wesentlich größer als Turner, und wenn man dazu Turners schwache Finanzlage bedachte, wirkte das Vorhaben beinahe lachhaft.

Milken versicherte Turner, daß Drexel den Deal finanzieren könne. Sowohl MGM als auch Turner betrauten Drexel mit ihrer Vertretung – was ein enormes Potential an Interessenkonflikten schuf, auch wenn Milken Turner versprach, seine Informationen vertraulich zu behandeln.

Der Deal wurde, trotz Milkens zur Schau gestellter Zuversicht, zunehmend unsicherer. Sogar Milkens treueste Junk-bond-Käufer schreckten zurück, zumal sich die finanzielle Situation beider Kontrahenten während des Sommers verschlechterte. In der Presse wurden Zweifel an den Erfolgsaussichten des Deals laut; so berichtete die *New York Times* am 7. August: »Die Wall Street ist in bezug auf Turners Fähigkeit, das Geld aufzubringen, weiterhin skeptisch«, und das *Wall Street Journal* bemerkte am 16. August: »Trotz des Drexel-Briefs [des höchsten Vertrauens] bleibt unklar«, wie Turner den riesigen Bond-Berg plazieren wolle.

Im August schaltete Milken wiederum Boesky ein, der daraufhin bei geteiltem Risiko MGM-Aktien zu kaufen begann; daß Milken zur Hälfte an der Position beteiligt war, blieb natürlich ein Geheimnis. Milken war entschlossen, den Deal zu Ende zu bringen, auch wenn seine Bedingungen neu ausgearbeitet werden mußten. Das Arrangement mit Boesky erfüllte zumindest zwei Zwecke: Zum einen erweckten Boeskys Ankäufe den Eindruck, daß ein bedeutender Arbitrageur an das Zustandekommen der Transaktion glaubte, und der auf diese Weise künstlich gestützte Aktienkurs half Milken, seine Klienten davon zu überzeugen, daß die

Schuldverschreibungen eine gute Anlage waren. Zum anderen bedeutete das Wissen darum, daß der Deal, wenn auch in veränderter Form, zum Abschluß kommen würde, natürlich Geld – und zwar die Kleinigkeit von drei Mio. Dollar; das war der Profit, den Boesky und Milken mit ihrer gemeinsamen Position erzielten.

Aber wie bei Storer war der Handelsgewinn vergleichsweise winzig, wenn man die Provision dagegenhält, die Drexel für die Beschaffung der 1,4 Mrd. Dollar kassierte, die Turner für die Transaktion gebraucht hatte: 66,8 Mio. Dollar.

Den Gipfel ihrer Wirksamkeit erreichte die Doppelbedrohung durch die Milkensche Macht des Wissens und die Boeskysche Macht der Kaufkraft bei der Übernahme der Pacific Lumber Co., des größten Eigentümers von Redwoodwäldern in den USA, durch den Drexel-Klienten Maxxam Group Inc., ein Landerschließungsunternehmen, das seinen Aufstieg Milkens Junk-bonds zu verdanken hatte. War die Vereinnahmung von MGM/UA durch Turner noch ein freundlicher Deal gewesen, der bei dem Übernahmeziel auf offene Ohren gestoßen war, so lag der Fall diesmal anders: Pacific Lumber kämpfte verzweifelt um seine Unabhängigkeit. Aber Milken demonstrierte, wie zwecklos ein solcher Widerstand war.

Maxxam gab sein Angebot für Pacific Lumber Ende September 1985 bekannt und beauftragte am selben Tag Drexel, sprich Milken, mit der Finanzierung. Sobald das Angebot vorlag, ließ Milken durch Boesky massive Ankäufe von Pacific-Lumber-Aktien tätigen, zum einen in der Hoffnung auf ein höheres Angebot und zum anderen, um Pacific Lumber durch diesen Druck zu zwingen, das Maxxam-Angebot anzunehmen. Wie bei den vorherigen Deals war Milken unter der Hand mit 50 Prozent an Boeskys Position beteiligt. Als Pacific Lumber am 22. Oktober kapitulierte, hielt Boesky einen Anteil von mehr als fünf Prozent und hatte durch seine Ankäufe dazu beigetragen, den Kurs des Unternehmens in die Höhe zu treiben. Maxxam hatte darauf mit zwei Erhöhungen seines Angebots reagiert, zum erstenmal am 2. und schließlich am 22. Oktober mit dem endgültigen Angebot von 40 Dollar pro Aktie.

Der Insiderhandel in Pacific Lumber warf einen Profit von über einer Mio. Dollar ab. Gleichzeitig hatte Boesky durch seine Ankäufe, die Maxxam dazu getrieben hatten, einen höheren Preis zu zahlen, als vorgesehen war, die Finanzierungskosten gesteigert und Drexel zu einer Provision von 20,5 Mio. Dollar verholfen. Zusätzlich erhielt Milken 250 000 Optionsscheine für den Kauf von Pacific-Lumber-Aktien, die einen Unternehmensanteil darstellten, dessen potentieller Wert noch weit höher zu veranschlagen war. In Boeskys SEC-Erklärungen zu dem Deal wurden die wirklichen Besitzverhältnisse der Position natürlich nicht erwähnt. Aber die Tatsache, daß es der gefürchtete Arbitrageur Ivan Boesky war, der die Aktien des Unternehmens akkumulierte, war einer der Gründe gewesen, weshalb Pacific Lumber aufgegeben hatte.

Pacific Lumber erregte unter der Führung von Maxxam bald den Zorn der Naturschützer, da große Flächen von Redwoodwäldern abgeholzt wurden, um den Schuldendienst des Unternehmens erfüllen zu können.

Noch vor Abschluß des Pacific-Lumber-Deals wandte Milken eine ähnliche Taktik an, um Harris Graphics in die Arme eines Käufers zu treiben, ein Vorhaben, das um so profitabler zu werden versprach, als Milken einer der Großaktionäre von Harris war, bei der geplanten Übernahme also gigantische Gewinne realisieren würde.

Harris war 1983 entstanden, als eine Gruppe von Investoren, zu denen an prominenter Stelle mehrere Milken- und Drexel-Partnerships gehörten, die Druckereikapazitäten der Harris Corp. erwarb und anschließend mit den Aktien des neuen Unternehmens an die Börse ging. Die Partnerships hielten rund 1,2 Mio. Aktien, die sie zu der Zeit, als Harris Graphics gegründet worden war, für einen Dollar pro Stück erstanden hatten. Zu den Investoren in der Drexel-Transaktion gehörten damals auch der beim Fischbach-Deal schon genannte Fred Carr von Executive Life und ein weiterer wichtiger Milken-Klient, Saul Steinberg, der Chef der Reliance Group. Leon Black, der Investmentbanker aus Drexels New Yorker Hauptsitz, war Mitglied des Aufsichtsrats von Harris Graphics.

Im Mai 1985 beschloß die Geschäftsleitung von Harris Graphics, um Kapital zu beschaffen, eine Zweitplazierung von (bereits im Umlauf befindlichen) Aktien vorzunehmen, was zwar im langfristigen Interesse des Unternehmens und seiner Aktionäre war, aber kurzfristig eine Schwächung der Anteile der Drexel/Milken-Partnerships bedeutet hätte. Drexel wurde zwar mit der Durchführung beauftragt, aber Milken scheint von Anfang an entschlossen gewesen zu sein, die Plazierung zu verhindern. Statt dessen sollte Harris Graphics – mit gewaltigem Profit für die Partnerships – verkauft werden, ob es dem Unternehmen nun gefiel oder nicht.

Milken und seine Kollegen in Beverly Hills gingen sofort daran, Harris Graphics verschiedenen Klienten anzubieten, von denen erwartet werden konnte, daß sie ein Angebot für das Gesamtunternehmen zumindest erwägen würden. Zu den Angesprochenen gehörte auch Boesky. Am 22. Mai, einen Tag bevor die Zweitplazierung vorgenommen werden sollte, erhielt die Geschäftsführung von Harris Graphics zu ihrer Überraschung die Mitteilung, daß ein Übernahmeangebot bevorstehe. Am gleichen Tag wies Milken Boesky an, Harris Graphics zu kaufen, bis er eine Position von über fünf Prozent angesammelt hatte und die vorgeschriebene SEC-Erklärung einreichen mußte, durch die die Welt erfahren würde, daß Harris Graphics »im Spiel« war. Boesky machte sich sofort ans Werk, wiederum, wie bei den anderen Deals, unter der Voraussetzung, daß Milken die Hälfte seiner Position in Harris Graphics gehören würde.

Infolge des informellen Übernahmeangebots und des plötzlichen Kaufdrucks auf seine Aktien mußte Harris Graphics die geplante Zweitplazierung zurückstellen. Das erste Ziel von Milkens Plan war erreicht. Das Übernahmeangebot, von dem die Harris-Geschäftsleitung erfahren hatte, war allerdings nur eine Vorspiegelung gewesen. Es mußte also ein wirklicher Käufer gefunden werden. Milken setzte seine redegewandtesten Verkäufer darauf an. Sie konzentrierten sich bald auf AM International, einen anderen Drexel-Klienten mit Interesse am Druckgewerbe. Unterdessen hielt Boesky, auf Milkens Geheiß, den Druck auf Harris aufrecht und stockte seine Position auf über acht Prozent auf. Weiterer Druck kam von Saul Steinberg, der eine Position anzuhäufen begann, die auf mehr als fünf Prozent anwuchs. Danach füllte auch er eine SEC-Erklärung aus. Harris Graphics wurde jetzt nicht nur von einem, sondern von zwei potentiellen Raidern gejagt.

Als AM schließlich, wie nicht anders zu erwarten, ein »freundliches« Angebot von 22 Dollar pro Aktie unterbreitete, beeilte sich die Harris-Geschäftsführung, den rettenden Hafen anzusteuern. Die Profite sprudelten: Die Milken/Drexel-Partnerships machten ihre Anteile zu Geld und konnten einen Gewinn von über 30 Mio. Dollar einstecken. Boesky verdiente an dem von Milken dirigierten Aktienaufkauf 5,6 Mio. Dollar, und Drexel kassierte 6,3 Mio. Dollar Provision. Harris Graphics war als unabhängiges Unternehmen zerstört und wurde zu einem weiteren Rädchen im großen Getriebe von AM.

Milken und Boesky waren zu diesem Zeitpunkt tief in eine höchst aktive kriminelle Verschwörung verstrickt. Zusammengenommen stellen ihre Transaktionen praktisch einen Katalog aller möglichen Wertpapierverbrechen dar, angefangen mit dem Insiderhandel über falsche Angaben den Aufsichtsbehörden gegenüber, Steuerhinterziehung und Börsenmanipulation bis hin zu einer ganzen Reihe von technischeren Vergehen. Was aber den Atem benimmt, ist nicht die Vielfalt ihrer Verbrechen oder deren Häufigkeit, sondern die Tatsache, wie sie ineinandergriffen, um Ziele zu verwirklichen, die alles übertrafen, was die Verfasser der Wertpapiergesetze sich als abzuwehrendes Übel hatten vorstellen können. Die Verbrechen waren Landmarken auf dem Weg zu Ergebnissen, feindseligen Übernahmen zum Beispiel, die, oberflächlich betrachtet, völlig legal waren.

Genau darin lag der unschätzbare Vorteil des Arrangements. Es war nicht nur weit einträglicher als alles, was Boesky in der Beziehung zu Siegel oder Levine erreichen konnte, sondern auch, wie es schien, sicher. Kein Außenstehender war in der Lage, sich ein Bild vom Ausmaß der Verschwörung zu machen, und bislang hatten die Aufsichtsbehörden nicht einmal mit der Wimper gezuckt. Im Innern wußte außer Boesky und Milken niemand genau Bescheid, und Milken konnte Boesky nicht anschwärzen, ohne sich selbst zu schaden. Sie stritten sich zwar häufig und schrien sich gelegentlich auch an, aber Boesky nahm es angesichts ihrer gegenseitigen Abhängigkeit nicht allzu ernst.

Auch über einen anderen Aspekt ihrer Beziehung war er sich durchaus im klaren: Die Profitmaschine stand nicht bei ihm in New York, sondern in Beverly Hills. Milken war derjenige, der mit den Plänen und Entscheidungen der Drexel-Klienten vertraut war. Boesky wurde zunehmend auf die Rolle des reinen Befehlsempfängers reduziert, der für Milken eine Quelle zusätzlichen Kapitals darstellte und ihm als Fassade für seine umfassenderen Strategien diente.

Einmal forderte Milken Boesky auf, bestimmte Positionen aufzubauen; ein andermal bat Boesky, um sein Leverage zu vergrößern, Milken darum, ihm bestimmte Aktienpakete abzunehmen, und die Deals folgten immer schneller aufeinander, von Greentree Acceptance über Ensearch, National Health Care, Hospital Corporation of America, Centrust, Mapco und ABC bis hin zu CBS. Aber Milken blieb die dominierende Kraft in ihrer Beziehung.

Die zunehmende Anzahl von Positionen verursachte Boeskys Chefbuchhalter Set Mooradian Kopfschmerzen. Er mußte die Vorgänge im rot verschnürten »Special Projects«-Ordner auf dem laufenden halten, und Boesky gab ihm ständig neue Positionen durch, die er eintragen oder verändern sollte. Außerdem verlangte er regelmäßige Aufstellungen der Nettopositionen. »Das bleibt zwischen uns beiden«, sagte Boesky regelmäßig, wenn er aus seiner palastartigen neue Bürosuite im alten Firmensitz anrief, wo Mooradian zusammen mit einigen anderen aus Boeskys Stab zurückgeblieben waren. »Sprich mit niemandem darüber.«

Nach der hektischen Aktivität während des Pacific-Lumber- und des Harris-Graphics-Deals hatte Boesky von Mooradian den aktuellen Stand der Spezialakte angefordert. »Wir müssen mit Drexel ins reine kommen.« Mooradian glaubte seinen Ohren nicht zu trauen. Es war das erste Mal, daß er von einer Verbindung zwischen Drexel und den »Spezialprojekten« hörte. Aber er maß dem keine besondere Bedeutung zu.

Im Mai nahm Mooradian einen lange überfälligen Urlaub und flog nach Pampona Beach (Florida), wo sein Bruder eine Eigentumswohnung besaß. Er stöhnte auf, als das Telefon klingelte und ihm gesagt wurde, daß Boesky am Apparat sei. Boesky hatte sich noch nie darum geschert, daß er im Urlaub war; er haßte seine Anrufe. Man hatte nicht einen Tag Ruhe vor Boesky. »Ist die Bilanz fertig, die ich angefordert habe?«, wollte Boesky wissen, ohne sich lange mit Höflichkeiten aufzuhalten.

»Ivan«, erwiderte Mooradian genervt, »ich bin im Urlaub.«

»Das ist mir egal. Wir müssen die Sache erledigen.«

Also rief Mooradian in seinem Büro an. Jemand solle mit dem rot verschnürten Ordner nach Florida kommen. Maria Termine, eine junge Angestellte, meldete sich freiwillig, und so verbrachten sie Tage damit, die Gewinne und Verluste in sämtlichen Boesky/Milken-Positionen aus den auf dem Küchentisch ausgebreiteten Papieren herauszufiltern. Boesky hatte Mooradian gesagt, er solle etwaige Diskrepanzen mit jemandem namens »Thurman« aus Drexels Filiale in Beverly Hills besprechen. Als Mooradian anrief, mußte er feststellen, daß ein Thurman dort unbekannt war. Aber es gab einen Charles Thurnher. Boesky konnte sich den Namen nie richtig merken. Thurnher, der für Milken eine ähnliche Akte führte wie Mooradian für Boesky, nahm diese zur Hand und versuchte gemeinsam mit Mooradian, die zahlreichen Unstimmigkeiten zwischen den Auffassungen beider Seiten zu bereinigen. Als Mooradians Urlaub zu Ende ging, waren sie noch weit vom Abschluß ihrer Bilanz entfernt.

Sowohl Mooradian als auch Thurnher wußten häufig weder ein noch aus, doch wenn Mooradian Boesky fragte, erhielt er nur die Antwort: »50 Prozent gehören mir, und 50 Prozent ihnen. Red' mit Davidoff.« Aber Davidoff wußte sogar noch weniger als Mooradian. Meinte Boesky mit den 50 Prozent die Eigentümerschaft während der ganzen Zeit oder nur während bestimmter Zeitabschnitte? Wenn auf der anderen Seite, in Beverly Hills, Probleme auftraten, sagte Thurnher jedes Mal: »Ich muß mit Mike reden.«

Am Ende des Jahres konnte, trotz des Drucks, den Boesky auf Mooradian ausübte, immer noch keine abschließende Aufstellung vorgelegt werden. Mooradian sagte Boesky, er käme am Telefon nicht weiter. Er müsse mit Thurnher persönlich zusammenkommen. Boesky wollte selbst gerade nach Beverly Hills fliegen, und so schlug er Mooradian vor, ihn zu begleiten.

Mooradian war begeistert von der Aussicht auf einen Abstecher nach

Kalifornien. Er nahm seine Frau Rusty mit, und sie verbrachten ein Wochenende in der Glitzerwelt des Beverly Hills Hotels. Sie bekamen allerdings keinen Tisch in der Polo-Lounge und mußten im Speisesaal geduldig warten, während die Berühmtheiten, Filmmogule und Agenten in der Polo-Lounge das Personal herumhetzten, bis auch der letzte ihrer Wünsche erfüllt war. Das änderte sich dramatisch, nachdem Boesky an ihren Tisch gekommen war; danach wurden Mooradian und seine Frau wie königliche Hoheiten behandelt. Mooradian sagte nach dem Ausflug zu Freunden, es sei »der Höhepunkt meines Lebens« gewesen. Es störte ihn nicht, daß Boesky ihn während des restlichen Aufenthalts in Beverly Hills ignoriert hatte und in einer Limousine zu Drexels Filiale am Wilshire Boulevard gefahren war, während Mooradian ein Taxi nehmen mußte.

Milken, den Mann, den er als »Junk-bond-König« betrachtete, lernte Mooradian nicht kennen. Aber er mochte Thurnher und dessen Sekretärin, mit denen er sich im Konferenzraum der Drexel-Filiale zusammensetzte, um Ordnung in den ständig wachsenden Wust von Transaktionen und Akten zu bringen. »Dieser Mistkerl von Ivan«, platzte es schließlich aus ihm heraus. »Er hat mich völlig im dunkeln tappen lassen.«

»Ich weiß, wie Sie sich fühlen«, meinte Thurnher. »Mike macht es mit mir ganz genauso.«

Als Thurnher Kopien verschiedener Handelsbelege vorlegte, stellte sich heraus, daß die Kostenberechnungen differierten. Drexel konnte sich Geld zu den niedrigen Brokerzinssätzen von sieben oder acht Prozent leihen und hatte daher für Boeskys Positionen weit geringere Kosten veranschlagt, als tatsächlich entstanden waren. Die hohen Lager- und Finanzierungskosten waren zum Teil auf die hohen Zinssätze der von Drexel vertriebenen Schuldverschreibungen zurückzuführen, die eine wichtige Quelle von Boeskys Kapital darstellten und mit 13 bis 14 Prozent zu Buche schlugen. Mooradian und Thurnher brauchten also nur die Kostenberechnungen in Übereinstimmung zu bringen, um den größten Teil der Differenzen auszuräumen. Auch wenn danach noch einige geringfügige Unstimmigkeiten übrig blieben, so war doch eines klar zutage getreten: In Anbetracht der riesigen Gewinne aus den gemeinsamen Positionen, die Boesky auf Milkens Anweisung aufgebaut hatte, stand Boesky bei Milken mit einem Betrag von mehreren Millionen in der Kreide – und Milken wollte jeden Penny davon ausbezahlt bekommen.

Dieser Schuldenberg war allerdings im Kontext der wachsenden Ausmaße von Milkens Geschäften vergleichsweise winzig. Das Jahr 1985 war eine Wasserscheide in der Geschichte der Unternehmensübernahmen:

Drexels Briefe »höchsten Vertrauens« und die Junk-bond-Kapazität der Firma entwickelten sich in diesem Jahr von neuartigen, unerprobten Waffensystemen zu den mächtigsten Kraftquellen, die es an der Wall Street jemals gegeben hatte. Der 85er Predators' Ball war das Vorspiel zu einer ganzen Reihe feindseliger Übernahmeangriffe gewesen, deren Resultate die Anleger in Hochstimmung versetzt hatten: Pickens hatte sich zunächst gegen Phillips Petroleum gewandt, dann gegen die mächtige Unocal; KKR hatte Storer und Beatrice attackiert; Ronald Perelman hatte das ehrwürdige Revlon übernommen; Rupert Murdoch hatte Metromedia erworben; und am Ende des Jahres hatte GAF-Präsident Samuel Heyman, als wollte er es zum krönenden Abschluß bringen, ein 6-Mrd.-Dollar-Angebot für einen von Amerikas Blue-chip-Konzernen gemacht, dessen Aktienkurs beim Dow-Jones-Index berücksichtigt wurde: Union Carbide. Milken hatte für dieses Angebot binnen weniger Tage fünf Mrd. Dollar aufgebracht.

Die Übernahmeschlachten gingen so rasch ineinander über und verursachten so viel Lärm, daß sogar der US-Kongreß auf sie aufmerksam wurde, über Vorschläge zur Begrenzung der steuerlichen Abzugsfähigkeit von Junk-bond-Finanzierungen beriet und im Fall Unocal ein öffentliches Hearing veranstaltete. Drexel, bislang von der Welt der Politik relativ unbeleckt, bemühte sich eiligst um die Unterstützung von Abgeordneten und stellte eine Aktionsgruppe in Sachen Politik zusammen. Aber Drexel und Milken hatten, trotz der großen Töne, die aus Washington zu hören waren, in der Blütezeit der Reaganschen Politik des freien Markts und der Feindschaft gegen staatliche Interventionen wenig von dort zu befürchten.

Während Milken von Triumph zu Triumph eilte, schien er, wie seine engere Umgebung erstaunt bemerkte, auch sich selbst zu verändern. Hatte er bisher immer mit seinen Händlern und Verkäufern gemeinsam von Papptellern gegessen, so ließ er sich sein Essen jetzt auf Porzellan servieren und aß häufig allein oder mit seinem Bruder zusammen in dessen luxuriösem Büro. Auch sein Erscheinungsbild wandelte sich; er trug ein neues, kostspieliges Toupet, das so geschickt angepaßt war, daß jemand, der nichts davon wußte, nie auf den Gedanken gekommen wäre, daß Milkens Haare nicht echt waren. Sie wirkten wie natürliche Locken und verliehen ihm ein zugleich gepflegteres und jugendlicheres Aussehen. War er früher häufig mit nicht zum Anzug passenden Socken im Büro erschienen, so trug er jetzt maßgeschneiderte Anzüge und Hemden mit französischen Manschetten. Außerdem hatte er sich zusammen mit seinem engen Freund Thomas Spiegel von der Columbia Savings and Loan

(Spar- und Darlehenskasse) einen hochmodernen Privatjet vom Typ Gulfstream IV gekauft. Mit Spiegel zusammen begann er neuerdings auch regelmäßig schicke, von Berühmtheiten wimmelnde Restaurants wie Bistro Garden oder Morton's zu besuchen. Er hatte einen Leibwächter eingestellt und erschien neuerdings in einer chauffierten Limousine bei der Arbeit.

Die hervorstechendste Veränderung in bezug auf die Verhältnisse innerhalb der Abteilung betraf die Auswahl neuer Mitarbeiter. Bisher hatten sich die Kandidaten, die Milken vorschlug, jedem in der Abteilung vorstellen müssen, und jeder hatte das Recht gehabt, sein Veto gegen den Bewerber einzulegen. Auf diese Weise war unter den Mitarbeitern der Abteilung eine gewisse Kollegialität aufrechterhalten worden. Seit neuestem aber zählte nur noch eine Meinung: Milkens. Seine Angestellten beschwerten sich darüber, daß es wohl kaum noch Sinn hätte, wenn sie sich ein oder zwei Stunden mit einem Bewerber befaßten, nur um hinterher zu erleben, daß Milken ihre Einwände vom Tisch wischte. Einer der umstrittensten Neulinge, den Milken in die Abteilung geholt hatte, war sein Schwager Allen Flans, ein Zahnarzt, der Lori Milkens Schwester geheiratet hatte. Flans wußte nur wenig vom Wertpapiergeschäft, und Milken gab ihn gewissermaßen zur Lehre in Dahls Obhut.

Dahl erkannte bald, daß sein Schützling ein hoffnungsloser Fall war. Soweit er es beurteilen konnte, trug Flans so gut wie nichts zum Erfolg der Abteilung bei. Für gewöhnlich bestellte sich Flans zwei der drei angebotenen kostenlosen Mittagsgerichte, aß eines sofort und packte das zweite ein, um sich damit in sein Auto zurückzuziehen. Danach war er für mehrere Stunden nicht mehr zu sehen – sofern man keinen Blick auf sein Auto hatte, in dem er, nach Aussage einiger Kollegen, einen Mittagsschlaf nahm. Trotzdem verdiente er in einem Zeitraum von zwei Jahren mehr als fünf Mio. Dollar.

Dann waren da noch Milkens Jugendfreunde, Harry Horowitz zum Beispiel, der wie Milken aus Encino stammte und mit ihm zusammen aufgewachsen war. Horowitz wurde zunächst als Computerfachmann eingesetzt und gab Millionen für eine Computerausrüstung aus, die bald darauf ersetzt werden mußte, da sich herausgestellt hatte, daß sie ungeeignet war. Daraufhin wurde er zu den Junk-bond-Konferenzen abkommandiert und dilettierte schließlich als Lobbyist und bei Milkens Wohltätigkeitsaktivitäten.

Noch mehr Stirnrunzeln rief Richard Sandler hervor, mit dem Milken als Kind gespielt hatte. Sandler war Rechtsanwalt und hatte seine Zelte innerhalb der Abteilung aufgeschlagen, wo er offenbar ausschließlich für

Milken und dessen Familie tätig war. Seine Hauptfähigkeit schien in blinder Ergebenheit Milken gegenüber zu bestehen. Manche bezeichneten ihn geringschätzig als den »Immobilienanwalt«, hüteten sich aber, ihm zu nahe zu treten. Dazu waren die vertraulichen Gespräche hinter verschlossener Tür, die er mit Lowell Milken führte, zu häufig.

Die Partnerships boten gleichfalls Anlaß zu Klagen. Insbesondere Gary Winnick war Milken gegenüber mißtrauisch geworden, der zwar darauf bestand, daß für jeden gesorgt wurde, sich aber weigerte, die Portefeuilles der Partnerships offenzulegen und transparent zu machen, welchen Anteil jeder an ihnen hatte. Eines Tages rief er Dahl in sein Büro und sagte: »Ich zeige dir jetzt etwas, das dir Magenbeschwerden bereiten wird.« Irgendwie war er an die Depotliste einer der Partnerships gekommen: Sie enthielt über 40 Depots, die Milken selbst, seiner Frau, seinen Kindern und anderen Verwandten gehörten.

Winnick konfrontierte Milken damit, der es als Beleidigung empfand, daß einer seiner Mitarbeiter sich zu beklagen wagte. Bald danach teilte Winnick Milken mit, daß er die Abteilung verlassen werde. Milken akzeptierte die Kündigung und bot Winnick sogar an, ihm bei der Finanzierung eines eigenen Anlagefonds zu helfen. »Wir werden einen Fonds wie KKR aufbauen, und Sie werden ihn leiten«, schlug Milken vor. Sie beschafften ein Kapital von einer Mrd. Dollar, mit dem Winnick die Pacific Assets Holdings eröffnete.

Die Vorstellung, daß Milken entkommen war, erwies sich bald als Illusion. Als Bear, Stearns ihm ein potentielles LBO-Geschäft antrugen, das ihn interessierte, rief sein Ex-Kollege Ackerman ihn an, um ihm mitzuteilen, daß er jeden Deal, der nicht von Milken kam, vergessen könne. »Es ist unser Fonds«, erklärte ihm Ackerman hochnäsig. »Und wir lassen nicht zu, daß Sie [in den Bear-Sterns-Deal] investieren.« Winnicks Fonds war nicht mehr als ein weiteres Instrument, dessen sich Milken für seine eigenen Zwecke bediente.

Weitere Klagen wurden laut, als die Optionen aus dem Beatrice-Deal realisiert wurden. Der Ertrag stellte sich als weit geringer heraus, als man erwartet hatte, und einige von Milkens Angestellten besaßen den Mut, diesen Punkt auf einer Abteilungssitzung zur Sprache zu bringen. Milken erwiderte, er sei »außer sich« über solche Klagen, versprach aber, die Sache durch Lowell klarstellen zu lassen. Dazu kam es jedoch nie. Die Wahrheit sah weit schlimmer aus, als Milken hätte zugeben können.

Er hatte KKR die Beatrice-Optionen (das Recht, Beatrice-Aktien zu einem niedrigen Preis zu erwerben) mit dem Argument abgeschwatzt, er bräuchte sie, um sie Klienten als Anreiz für den Kauf der Beatrice-Junk-bonds anzubieten. Der größte Teil der Optionen war jedoch bei Drexel verblieben, und davon wiederum der größte Teil bei den ihm und seiner Familie gehörenden Partnerships. Die Kaufoptionen, die er für je 25 Cents erstanden hatte, berechtigten zum Kauf von mehr als 22 Prozent von Beatrice, ein Unternehmensanteil, der - bei inzwischen 26 Dollar pro Aktie - den sagenhaften Gegenwert von mehr als 650 Mio. Dollar darstellte. Die relativ kleinen Auszahlungen an seine Mitarbeiter erklärten sich aus der Tatsache, daß Milken den Löwenanteil des Ertrags für sich und seine Familie einbehalten hatte. Hätten seine Angestellten davon gewußt, wäre es zu einem offenen Aufstand gekommen.

Zusätzlich zu den vorläufigen Berechnungen der Bonuszahlungen und Partnershipausschüttungen brachte das Jahresende jedesmal eine hektische Handelstätigkeit mit sich, die Milken zum Zweck der Steuereinsparung konzipierte. Bei Klienten wie Columbia Savings sahen diese Aktivitäten machmal verdächtig nach »Parken« aus, um künstliche Verluste zu erzeugen.

Eines Tages kam Alan Rosenthal, einer der Verkäufer, die Milken bei seinem Umzug von New York nach Beverly Hills begleitet hatten, zu seinem Boß an den Handelstisch und zeigte ihm lachend eine Satire auf das *Wall Street Journal* unter dem Titel »The Bawl Street Journal« (*to bawl* = grölen, brüllen). »Hör dir das an«, sagte er und las, während sich seine Kollegen um ihn versammelten, einen der Artikel vor: »Drexel Burnhams Michael Milken ist der vorläufig letzte, der in den New Yorker Skandal um die Verletzung der Parkregeln hineingezogen wurde. Obwohl er seit Jahren nicht mehr in New York war, läßt sein regelwidriges Parkverhalten keinen Zweifel an seiner Beteiligung aufgekommen.«

Die Umstehenden lachten - bis sie bemerkten, daß Milken nicht einmal schmunzelte. »Alan«, sagte er schroff, »schaff mir diesen Dreck aus den Augen.«

Es war ein Spätsommertag im Jahr 1985. Reid Nagle, ein junger, gutaussehener Angestellter einer Spar- und Darlehenskasse in New Jersey, sah sich unruhig im Halbdunkel des Harvard Club um und schaute dann zum wiederholten Mal auf seine Uhr. Es war fast drei Uhr. Ivan Boesky hatte versprochen, um zwei Uhr dazusein.

Stephen Conway, Boeskys Tophändler, hatte Nagle vor nicht ganz einem Jahr in bezug auf die mögliche Übernahme einer Spar- und Darlehenskasse um Rat gefragt, und jetzt hatte Boesky selbst angerufen und gesagt, er wolle mit ihm über einen Job sprechen. Er war zwar nicht genauer geworden, hatte aber angedeutet, daß er im Rahmen der Northview Corporation einen Bereich für finanzielle Dienstleistungen aufbauen wollte.

Dann endlich schwang die Doppeltür auf, und Boesky hastete herein. »Tut mir leid, daß ich zu spät komme«, begrüßte er Nagle. »Ich habe auch nur zehn Minuten Zeit.«

Boesky führte Nagle, obwohl der Club praktisch leer war, zu einigen abseits stehenden Stühlen. Nagle war es immer noch ein Rätsel, wie jemand mit seinem Berufsweg in eine Arbitragefirma passen mochte. Also fragte er Boesky, weshalb er an ihm interessiert sei. Aber Boesky fegte das Thema Arbitrage rasch beiseite; die Arbitrage sei nicht mehr die Herausforderung, die ihn anziehe. »Welches Ziel haben sie dann?« fragte Nagle verwundert.

»Wo sind die großen Vermögen gemacht worden,« fragte Boesky rhetorisch, um sich selbst zu antworten: »Mit Immobilien, Öl, Banken.« Dann schaute er an Nagle vorbei auf die Wand, an der Ölporträts berühmter ehemaliger Harvard-Studenten hingen. »Ich will ein Rothschild unserer Tage werden.« Als er seinen Vortrag beendete, war aus den zehn Minuten eine Stunde geworden.

Nagle war tief beeindruckt von dem Treffen mit Boesky, der noch nie so gepriesen worden war wie in diesem Sommer. Artikel in Zeitschriften und Zeitungen hatten ihn überall im Land bekannt gemacht. Aber sein Verlangen nach Ruhm und, mehr noch, nach Achtung war damit nicht befriedigt gewesen, und so hatte er selbst nachgeholfen, ein Buch geschrieben und sich auf eine landesweite Promotiontour begeben. Die Maschinerie, die er mit Milken in Gang gesetzt hatte, lief unterdessen auf Hochtouren weiter.

Der Titel von Boeskys Buch, *Merger Mania* (Fusionsmanie) – der Untertitel lautete: »Arbitrage: Wall Street's Best-Kept Money Making Secret« (Arbitrage: Das bestgehütete Geheimnis des Geldmachens an der Wall Street) – war die fesselndste Zeile des ganzen Werks. »Ich habe zwar daran gedacht, über die Manöver in den rauchgeschwängerten Zimmern hinter der Bühne zu schreiben, mich aber entschlossen, ein ernsthaftes Buch über die Arbitrage zu verfassen«, erläuterte Boesky dem *Wall Street Journal* gegenüber seine Absichten. *Merger Mania* ist eine 242 Seiten lange knochentrockene Abhandlung über die technischen Aspekte der Arbitrage, an der Boesky drei Jahre gearbeitet haben will. Die Arbitrageure erscheinen darin als wahre Muster an fachlichem Können, vorausschauender Einsicht und Arbeitseifer. »Unerlaubte Profite werden nicht gemacht; es gibt keine geheimen Tricks, die die Arbitrageure in die Lage versetzen, das Rechtssystem zu überlisten«, verkündete Boesky scheinheilig.

Das Buch wurde überwiegend höflich besprochen und verschaffte seinem Image als Akademiker neuen Glanz: Er wurde in den Lehrkörper der Business School der New York University berufen und Dozent an der Columbia University; er hielt sich viel darauf zugute und erwähnte es bei jeder sich bietenden Gelegenheit. Gleichzeitig erhielt er derartig viele Einladungen zu Vorträgen, daß er nur einen Teil von ihnen annehmen konnte. Wenn er aber zu einem Vortrag erschien, wurde er häufig mit stehenden Ovationen begrüßt.

Bei diesen Auftritten porträtierte er sich selbst als jemanden, der mehr war als nur ein schlichter Arbitrageur. Er prägte für die Strategie des Ankaufs großer Aktienpakete, um das betreffende Unternehmen zu einem »buyout« (Auskauf) oder in eine Übernahme zu zwingen, den neuen Ausdruck *venture arbitrage.* Gelegentlich ließ er aber auch, vermutlich ungewollt, Anflüge von Selbstzweifel erkennen. Als ihn die Promotiontour für sein Buch im Juni nach Washington führte, wurde er von David Vise, einem Reporter der *Washington Post,* nach den Motiven gefragt, die ihn antrieben. »Sie sind bereits ein reicher Mann. Wonach streben sie noch? wollte Vise wissen.

»Nun, ich sage manchmal, daß Gott mir ein Geschenk mit auf den Weg gegeben hat, nämlich das, ein Pferd zu sein, das recht gut darin ist, um eine Rennbahn zu laufen«, antwortete Boesky. »Ich kann nichts anderes. Als Milchpferd bin ich ebenso ungeeignet wie auf der Weide. Also mache ich einfach mit dem weiter, wozu ich aufgrund eines guten Geschicks in der Lage bin, und versuche, es besser und besser zu machen.« Dann fügte er eine merkwürdige Vorahnung an: »Was die Frage betrifft, ob mein System oder meine Formel auch weiterhin funktionieren wird, so ist das letzte Wort noch nicht gesprochen. Es ist sehr gut möglich, daß sie morgen schon meinen Nachruf lesen werden, der dann ungefähr wie folgt lauten dürfte: ›Nachricht folgt. Handel einstellen.‹«

Das Instrument, mit dem Boesky seinen neuen Ehrgeiz befriedigen wollte, war eine Savings and Loan (S&L - Spar- und Darlehenskasse): Financial Corporation of Santa Barbara. Milken und Dahl hatten ihm die Erwerbung schmackhaft gemacht; sie waren fasziniert von den Möglichkeiten des seit kurzem von allen Beschränkungen befreiten S&L-Geschäfts. Waren die Spar- und Darlehenskassen bisher darauf beschränkt gewesen, Konten zu führen und Hypotheken auf Häuser und Grundstücke zu gewähren, so durften sie jetzt investieren, wo sie wollten. Um das nötige Geld anzuziehen, boten sie hohe Zinssätze auf die Einlagen an. Die Risiken sowohl für die Kontoinhaber als auch für die Besitzer der S&L waren minimal, da der Staat für alle Einlagen bis zu einer Höhe von

100 000 Dollar garantierte. Es machte fast den Eindruck, als wollte die Regierung die Spar- und Darlehenskassen zur Spekulation ermuntern.

Um die von ihnen angebotenen hohen Zinsen bezahlen zu können, mußten die S&L durch eigene Investitionen noch höhere Erträge erwirtschaften, und die Junk-bonds mit ihren hohen Zinssätzen schienen dafür ideal zu sein. Milken und Drexel hatten es bereits geschafft, einstmals so geruhsame Institute wie Centrust, Columbia, Financial Corporation of America und American Savings zu Großabnehmern ihrer Junk-bonds zu machen. Boesky und Financial Corporation of Santa Barbara würden ein weiteres Glied in dieser Kette sein.

Eine S&L wäre für Boesky, der immer auf der Suche nach Kapital für seine Arbitrageabenteuer war, eine Quelle unerschöpflicher Mittel gewesen. Aber was immer er mit dem Kapital vorhaben mochte, Milken und sein Stab konnten gelassen abwarten, wußten sie doch, wo der größte Teil des Geldes enden würde: als Investition in von Milken ausgesuchte Junk-bonds. Das war der Preis, den Milkens Klienten zu zahlen hatten, wenn sie weiterhin ständigen Zugang zu ihm haben wollten.

Nagle wurde zu einer Konferenz im Elbow Beach Hotel auf Bermuda eingeladen, auf der sich Boeskys »Merchant banking«-Gruppe traf, wie er sie nannte. Boesky reiste im Privatjet an, zusammen mit seinem üblichen Gefolge: Conway; Steve Oppenheim, seinem Buchhalter bei Oppenheim, Appel, Dixon; und Stephen Fraidin, seinem Anwalt von Fried, Frank. Boesky stieg in der Präsidentensuite des Hotels ab, wo auch die Treffen der Gruppe stattfanden.

Nagle hatte Zweifel an dem S&L-Vorhaben. Er hob hervor, daß nach kalifornischem Gesetz der Anteil der S&L-Aktiva, der in Aktien investiert werden durfte, immer noch beschränkt war; Boesky würde also nicht das unbegrenzte Leverage haben, von dem er träumte. Darüber hinaus schätzte Nagle die Finanzlage von Santa Barbara als mäßig ein, mit der Tendenz, sich weiter zu verschlechtern. Conway blitzte ihn wütend an: Er war entschlossen, endlich einen Deal abzuschließen.

Boesky hörte höflich zu, schien aber wenig beeindruckt. Er hatte unter Drexels Anleitung bereits zehn Prozent von Santa Barbara erworben und hielt über Northview Optionen, die ihn berechtigten, seinen Besitzanteil auf 51 Prozent zu erhöhen – mit Drexelscher Finanzierung, versteht sich. Santa Barbara würde ihn als »Merchant banker« etablieren, und davon wollte er sich nicht abbringen lassen.

Milken machte sich Boesky und Santa Barbara rasch gefügig. Kurz nach Abschluß der Vereinbarung über den Ankauf von 51 Prozent der Aktien sagte Boesky Santa Barbara, daß die Transaktion nur vorgenommen werden könne, wenn sich ihre Geschäftslage verbessere. Sein Lösungsvorschlag: Erwerb eines riesigen Portefeuilles von durch Milken ausgewählten Junk-bonds. Santa Barbara solle »bis zu 284 Mio. Dollar der Einlagen« in »hochverzinsliche Unternehmenspapiere« investieren. Der Aufsichtsrat konnte sich den Wünschen des größten Aktionärs und baldigen Eigentümers von Santa Barbara kaum verschließen. Er traf sich also in Beverly Hills mit Milken und Dahl und kaufte während der nächsten acht Monate, ausschließlich bei Milken, Junk-bonds im Wert von über 250 Mio. Dollar.

Aber Boeskys Traum vom Besitz der Financial Corporation of Santa Barbara sollte ein Traum bleiben: Sogar in der entfesselten Atmosphäre der Reagan-Ära schreckten die Aufsichtsbehörden davor zurück, einer Arbitragefirma, deren Investitionen von Natur aus höchst spekulativ waren, S&L-Einlagen zu überlassen. Sie lehnten Boeskys Antrag auf Genehmigung des Kaufs zwar nicht ab, stimmten ihm aber auch nie zu. Er blieb einfach liegen. Santa Barbara hatte das riesige Depot an Junk-bonds unterdessen allerdings schon erworben.

Conway beeilte sich, Boesky Vorschläge für andere Erwerbungen zu unterbreiten. Er wußte, daß Boesky mit neidischen Blicken auf Icahns Eroberungen, insbesondere die von TWA, blickte und es ihm gleichtun wollte. Es wäre auch beinahe zu einem Angebot für Scott & Fetzer, einen Hersteller von Haushaltsgeräten, gekommen; Boesky hatte bereits eine große Position aufgebaut und dem Konzern, vorbehaltlich des Zustandekommens der Finanzierung, ein informelles Angebot gemacht. Aber Conway konnte Drexel nicht dazu überreden, die Finanzierung zu übernehmen; Drexels Unternehmensbewertung war konservativer ausgefallen als die von Conway. Der Konzern wurde schließlich von Warren Buffett erworben, dem legendären Chef von Borkshire Hathaway.

Danach waren andere Unternehmen im Gespräch: Kirby Vacuum Cleaners; All-Steel, ein Büromöbelhersteller; eine kleine Eisenbahnlinie in Louisiana. Aber Boesky hatte jedesmal etwas auszusetzen. Und wenn ein Problem ausgeräumt war, fand er ein neues. Conway war frustriert. »Es gibt keinen Deal mit wasserdichten Informationen«, hielt er Boesky vor. »Ein gewisses Risiko bleibt immer bestehen.« Er kam zu dem Schluß, daß Boesky die innere Kraft und das Selbstvertrauen fehlten, um zu einem zweiten Icahn zu werden. Er war zwar eifersüchtig auf die Raider, hatte aber Angst vor Fehlschlägen und befürchtete, mit Spott und Hohn bedacht zu werden. Hinzu kam, daß er ständig in der Sorge war, möglicherweise zuviel zu bezahlen. Conway spürte, das Boesky bei Drexel zunehmend an Glaubwürdigkeit einbüßte. David Kay hatte am Anfang zugestimmt, daß Drexel ihm Deals anbot und die Research für ihn erledigte, wenn er Drexel später als Berater und Finanzier anheuerte. Die Firma konnte sich dann an den Finanzierungs- und Fusionsprovisionen schadlos halten. Das war ein allgemein übliches Verfahren, kaum eine der Wall-Street-Firmen ließ sich direkt für die Research bezahlen. Aber da Boesky offensichtlich jedesmal einen Grund fand, um nichts zu unternehmen, verlor man bei Drexel das Interesse daran, ihm Deals anzubieten.

Bei einem der vorgeschlagenen Deals sagte Conway zu Boesky: »Ivan, wenn dir das Unternehmen nicht gefällt, dann sag jetzt gleich nein. Erspar meinen Leuten diese Scheiße. Vergeude nicht zwei bis drei Monate unserer Zeit. Die Moral leidet darunter, wenn du dann aus unerfindlichen Gründen nein sagst.«

Boesky rechtfertigte seine Zögerlichkeit damit, daß er die Deals als nicht groß oder glänzend genug bezeichnete, um seinem Ehrgeiz zu genügen. Er wollte ins Rampenlicht, und er wollte Glanz. Ein Medienunternehmen schien dafür bestens geeignet zu sein. *U.S. News and World Report* hatte sein Interesse geweckt; die Zeitschrift stand zum Verkauf, zusammen mit wertvollem Immobilienbesitz in Washington. Boeskys Freund Martin Peretz, ein großer Investor in seine Partnership, hatte die Zeitschrift *The New Republic* erworben, und Boesky bewunderte das Prestige und den Status, die der Besitz einer landesweit erscheinenden Publikation mit sich brachte. Aber er ging viel zu vorsichtig vor und wurde von Mortimer Zuckerman, einem Landerschließungsunternehmer mit ähnlich dimensionierten Ambitionen wie Boesky, problemlos ausgestochen. Boesky führte sogar Gespräche über eine finanzielle Beteiligung an einer neuen satirischen Monatszeitschrift namens *Spy*. Aber das Projekt wurde schließlich ohne seine Hilfe auf die Beine gestellt.

Dann ergab sich eine faszinierende Gelegenheit. Boeskys langjähriger Freund Icahn machte ihn auf die Aktie von Gulf+Western aufmerksam, einer Macht sowohl in Hollywood, wo G+W die Paramount Pictures gehörten, als auch, mit Simon&Schuster, im Verlagswesen. Beide Geschäftsbereiche paßten ausgezeichnet zu Boeskys hochgestochenen Ambitionen, und Icahn sagte ihm, daß die Aktie von Gulf+Western seiner Meinung nach »erheblich unterbewertet« sei. Boesky begann daraufhin eine Position anzusammeln, bis er knapp unterhalb der 5-Prozent-Schwelle angelangt war, deren Überschreiten eine Offenlegung erzwungen hätte.

Er blieb die ganze Zeit über in engem Kontakt mit Icahn, der gleichfalls einen großen Anteil an Gulf+Western hielt. Zusammengenommen besaßen sie fast zehn Prozent des Konzerns, was sie zu Aktionären von einigem Gewicht machte. Icahn schlug daher vor, daß sie, »als zwei Anteilseigner«, Martin Davis, den Präsidenten von Gulf+Western, aufsuchen sollten. Boesky ließ sich von seinen Anwälten bestätigen, daß Icahn und er keine »Gruppe« darstellten. Wären sie eine gewesen, hätten sie ihre Positionen und die Absichten, die sie verfolgten, bekanntmachen müssen.

Davis hatte, in seiner Eigenschaft als Aktionär von Gulf+Western, schon seit Jahren mit Icahn zu tun gehabt. Sie hatten sich 1983, bald nach dem Tod von Charles Bluhdorn, Davis' Vorgänger bei Gulf+Western, kennengelernt oder, besser gesagt, aufeinander eingeschossen: Icahns Ziel waren schnelle Gewinne gewesen, während Davis die Absicht hatte, den Konzern auf lange Sicht zu konsolidieren. Aber mit den Jahren hatte Davis gelernt, Icahn, wenn auch widerwillig, zu respektieren. Er hielt ihn inzwischen für jemanden, der zu seinem Wort stand.

Bei Boesky sah die Sache dagegen anders aus. Der Arbitrageur hatte sich vor wenigen Monaten erst ein Treffen mit Davis erschlichen. Davis hatte mitgeholfen, das Geld für die Restaurierung der berühmten New Yorker Carnegie Hall aufzubringen, und auch Boesky einen Bittbrief geschickt. Als Icahn davon erfuhr, hatte er ihn angerufen und halb im Scherz gesagt: »Du verdammter Narr! Ivan wird das als Vorwand benutzen, um sich mit dir zu treffen.« Und genau so kam es. Boesky wandte sich an Icahn und sagte ihm, er wolle für die Carnegie Hall spenden, werde seinen Scheck aber nur Davis persönlich überreichen. Icahn blieb kaum etwas anderes übrig, als ihm einen Termin bei Davis zu besorgen. Davis faßte vom ersten Augenblick an eine tiefe Abneigung gegen Boesky, woran auch der Scheck nichts ändern konnte, den Davis, gelinde gesagt, als armselig empfand. Boesky hatte ganze 5000 Dollar gespendet.

Inzwischen war Boesky jedoch zu einem Aktionär in der Größenordnung eines Icahn geworden, und so hatte Davis keine andere Wahl, als die beiden zu empfangen. Er lud sie am 5. September zum Dinner in sein privates Eßzimmer oben auf dem Gebäude von Gulf+Western an der Südwestecke des Central Park ein. Boeskys Leibwächter mußte es sich gefallen lassen, von den Sicherheitskräften von Gulf+Western nach Waffen abgetastet zu werden, was Boesky überhaupt nicht paßte. Trotzdem erging er sich in wahren Lobeshymnen über Gulf+Western, ein »außergewöhnliches Unternehmen«, und Davis selbst, den er als »außergewöhnlichen« und »hervorragenden« Manager bezeichnete. Er erregte damit jedoch nur Davis' Mißtrauen. Es war geradezu peinlich, fand Davis. Boesky trug zu dick auf.

Aber es wurden nicht nur Freundlichkeiten ausgetauscht. Boesky und Icahn schlugen Davis ein Leveraged buyout vor, das im Ergebnis zu einer Personengesellschaft mit ihnen beiden und der Geschäftsführung als Besitzern führen sollte. Davis würde Präsident bleiben, versprachen ihm seine Gäste. Sie seien bereit, 52 Dollar pro Aktie anzubieten. Beim gegenwärtigen Kurs von gut 40 Dollar, meinte Boesky, bedeute das, daß er, Davis, »100 Mio. in die eigene Tasche stecken« könne.

Davis war empört. »Sie wollen die Aktionäre über den Tisch ziehen«, rief er aus. Er hielt das Angebot für wenig mehr als einen Bestechungsversuch, der ihn veranlassen sollte, den Konzern zu einem Niedrigpreis zu verschleudern. Boesky gab zu, daß es nicht gerade ein grandioses Angebot sei, schien aber nichts dabei zu finden. »Sie wären dann mein Partner«, sagte er. Eine abstoßendere Aussicht konnte sich Davis kaum vorstellen.

Er versprach, sich den Vorschlag zu überlegen. Im Unterschied zu vielen seiner Kollegen an der Spitze anderer Publikumsgesellschaften hatte er stets betont, daß es sein vorrangiges Ziel sei, den Wert der von den Aktionären gehaltenen Anteile zu vergrößern, weshalb er Übernahmeangebote nicht ohne weiteres zurückweisen würde. Andererseits schröpften zu viele Geschäftsleitungen ihre Unternehmen durch LBOs zu skandalös niedrigen Preisen, und er hatte nicht die Absicht, auf deren Niveau herabzusteigen. Er sagte Icahn und Boesky, daß es ihm gefalle, eine Publikumsgesellschaft zu führen, und daß er es dabei belassen wolle. Bald darauf rief er Boesky an und lehnte in aller Höflichkeit das von ihm und Icahn vorgeschlagene Leveraged buyout ab.

Aber Icahn und Boesky waren nicht so leicht zu entmutigen. Am 1. Oktober kamen sie erneut mit Davis zusammen. Diesmal brachten sie detailliertere Kalkulationen mit, aber Davis blieb abweisend. Er bot seinen Gästen, obwohl die Besprechung kurz vor acht Uhr früh begonnen hatte und drei Stunden dauerte, nicht einmal etwas zu essen an, und blieb bei seiner Entscheidung, den Konzern nicht in eine Personengesellschaft zu überführen.

Zwei Tage später stattete ihm Boeskys Freund John Mulheren einen Besuch ab. Davis kannte Mulheren noch nicht persönlich und war erstaunt, als er in einem karierten Hemd mit offenem Kragen und Cowboystiefeln bei ihm erschien. Er sieht aus wie ein Holzfäller, dachte Davis. In dem Bemühen, sich als Bieter für Gulf+Western zu empfehlen, sagte Mulheren zu Davis: »Man kann Boesky nicht trauen. Vertrauen Sie *mir*. Ich werde eine Erweiterung Ihrer Augen und Ohren sein.«

Er versicherte Davis, daß er keine Aktien von G+W besitze und auch keine kaufen werde. Aber Davis traute Mulheren genauso wenig wie Boesky. Er befürchtete, daß Mulheren seine reichen Investoren von seiner Reaktion auf den LBO-Vorschlag informieren würde, vielleicht sogar Boesky, trotz seines Versprechens, sich von ihm zu distanzieren. Er dankte Mulheren und beendete das Gespräch.

Icahn und Boesky diskutierten ihre Alternativen. Boesky meinte, sie sollten noch mehr Aktien erwerben, um den Druck auf Davis zu erhöhen. Aber Icahn sagte ihm – und Davis –, daß er das nur mit Davis' Zustimmung tun würde. Boesky rief schließlich bei Davis an, und diesmal fehlte auffälligerweise jede Spur von Schmeichelei. Er drohte Davis vielmehr, auf 9,9 Prozent hinaufzugehen, und fügte hinzu: »Ich will zwei Sitze im Aufsichtsrat.« Aber Davis blieb fest: »Das wird nicht passieren. Sie sind nicht willkommen. Punktum.«

Boesky schwieg einen Moment, dann sagte er: »Dann kaufen Sie mich aus.« Er forderte 45 Dollar pro Aktie; die Börse hatte an diesem Tag bei 44 Dollar geschlossen. »Entschieden nein«, antwortete Davis. »Wenn der Kurs bei 45 Dollar steht, werde ich die Möglichkeit, Sie auszukaufen, in Erwägung ziehen.« Der Konzern hatte kürzlich einen Rückkaufplan seiner Aktien veröffentlicht, aber Davis war nicht bereit, auf einen Greenmail-Versuch einzugehen, wie ihn Boesky und Icahn jetzt offenbar starteten.

Boesky rührte sich danach nicht mehr. Er war bereits von einem Übernahmerückschlag erschüttert worden, der weit mehr öffentliche Aufmerksamkeit gefunden hatte. Vor einiger Zeit hatten sich Vertreter von Fairness in Media, einer von Senator Jesse Helms geführten konservativen Medienkontrollgruppe, bei ihm gemeldet, um ihn um seine Unterstützung bei einem feindseligen Übernahmeangebot für CBS zu bitten. Boesky hatte nur darüber gelächelt, aber angefangen, über den angesehenen Sender nachzudenken, und war zu dem Schluß gekommen, daß sich die Federal Communications Commission einem feindseligen Übernahmeangebot vermutlich nicht in den Weg stellen würde. Aber es war klar, daß er nicht in der Lage war, so viel Kapital aufzubringen – es handelte sich immerhin um viele Milliarden –, um selbst als Bieter auftreten zu können. Trotzdem, wenn er eine massive Position von vielleicht 15 Prozent aufbaute, könnte er CBS zumindest »ins Spiel« bringen. Es gab mit Sicherheit einige, die sich nach einem solchen Juwel die Finger lecken würden. Er hatte gehört, daß Ted Turner interessiert war. Und er hatte erlebt, wie leicht es gewesen war, Pacific Lumber und Harris Graphics mit Milken zusammen in die Arme von feindseligen Bietern zu treiben. Vielleicht konnte er einen prestigeträchtigen Sitz im Aufsichtsrat des Senders ergattern. Er begann, CBS-Aktien zu kaufen, und bat Milken mitzuziehen.

Als Boesky seine SEC-Erklärungen ausfüllte, hoffte er, CBS damit in Angst und Schrecken zu versetzen, aber der Sender schlug hart und entschlossen zurück. Thomas Wyman, der Präsident von CBS, hielt es, sehr zu Boeskys Enttäuschung, nicht einmal für nötig, sich mit dem neuen Großaktionär persönlich zu treffen, während die Anwälte des Senders bei Cravath, Swaine & Moore eine vernichtende Klage ausarbeiteten, die Boesky beschuldigte, sein Leverage überzogen und die Nettokapitalvorschriften verletzt zu haben, um seine Position aufzubauen.

An dem Tag, als die Klage eingereicht wurde, war Boesky kaum ansprechbar. Er hatte den Verdacht, daß ein Verräter am Werk gewesen war. Wie sonst hätten CBS und Cravath gerade auf diese Achillesferse zielen können? Er konnte es unmöglich zulassen, daß seine Geschäfte von den CBS-Anwälten an die Öffentlichkeit gezerrt wurden. Das Risiko, daß das Arrangement mit Milken entdeckt wurde, war zu groß. Ihm blieb keine andere Wahl, als klein beizugeben. Er unterschrieb, nach verzweifelten Anstrengungen, einen Burgfrieden zu erreichen, der die Anklage gegen ihn hinfällig machte, ein Stillhalteabkommen, in dem er versprach, keine weiteren CBS-Aktien zu kaufen, und begann seine Position abzustoßen.

Und jetzt saß er, aus zwei Wunden blutend – CBS und Gulf + Western –, wieder in der Falle, diesmal allerdings wirklich. Die CBS-Position war leicht zu verkaufen gewesen und hatte sogar noch einen Gewinn abgeworfen; verbesserte Unternehmenserträge und die anhaltenden Übernahmespekulationen hatten den Kurs in die Höhe getrieben, und er hatte einen hübschen Profit kassiert. Gulf + Western aber war abgesackt.

Mitte Oktober hatte sich Gulf + Western jedoch wieder erholt und stand bei 44 Dollar. Boesky rief Mulheren an und sagte: »Mir gefällt Gulf + Western. Ich würde zwar nicht mehr als 45 Dollar zahlen, aber es wäre großartig, wenn man bei 45 Dollar ankäme.«

»Verstehe«, sagte Mulheren. Wenn Boesky etwas »gefiel«, konnte sich Mulheren für gewöhnlich darauf verlassen, daß ein großer Gewinn ins Haus stand. Also deckte er sich mit Gulf + Western ein und trieb damit den Preis weiter in die Höhe. Als ihn einer seiner Assistenten fragte, wieso er die Aktie kaufe, antwortete Mulheren: »Ich weiß nicht. Ivan hat gesagt, daß sie ihm gefällt.« Das genügte als Erklärung.

Als der Kurs schließlich, zum großen Teil aufgrund von Mulherens Ankäufen, 45 Dollar erreicht hatte, entdeckte Mulheren wenig später auf dem Börsenticker ein zum Preis von 45 Dollar angebotenes Aktienpaket im Wert von 6,7 Mio. Dollar. Die Sache war klar: Boesky hatte sich aus dem Sumpf gezogen, indem er sein G+W-Paket verkaufte, und Mulheren den Schwarzen Peter zugeschoben, der jetzt mit seiner eben erst erworbenen Position festsaß. Weit davon entfernt, daß ihm die Aktie »gefiel«, hatte Boesky nur den Preis hochtreiben wollen, um mit einem größeren Profit aussteigen zu können. »Der Hurensohn!« rief Mulheren aus, ohne zu spezifizieren, wen er damit meinte.

Ende 1985 war Boesky von der Verwirklichung seines Traums, ein neuer Rothschild zu sein, weiter entfernt denn je. Also wandte er sich wieder einmal an die Person, die ihn als einzige in die Spitzenliga der amerikanischen Finanziers katapultieren konnte: Michael Milken.

Die beiden hatten schon seit über einem Jahr Möglichkeiten erwogen, wie Boeskys Kapitaldecke vergrößert werden konnte, und jetzt, nach den Fehlschlägen, die er erlitten hatte, sagte er Milken, daß er den Plan wiederaufnehmen wolle, das größte Arbitragekapital aufzubringen, das es jemals gegeben hatte. Er würde, wie mit Milken besprochen, seine bestehende Partnership, die Ivan F. Boesky Corporation, auflösen und 220 Mio. Dollar von Limited partners aufbringen. Milken würde 660 Mio. Dollar aus dem Verkauf von Junk-bonds beisteuern, so daß Boesky eine Kaufmacht erhalten würde, von der er nie zu träumen gewagt hatte – eine Arbitragefirma mit einem Kapital von annähernd einer Mrd. Dollar. Bei einem Leverage von drei zu eins bedeutete das die unerhörte Möglichkeit, drei Mrd. Dollar investieren zu können! Sogar die mächtigsten Konzerne würden vor Angst schlottern, wenn ihnen eine solche Großmacht entgegentrat.

Der Preis dafür war eine noch größere Abhängigkeit von Milken, wie Conway sehr bald klar wurde. Anfang 1986 trat Merrill Lynch an Conway und Boesky heran, um ihnen eine anscheinend fast risikolose Gelegenheit nahezubringen: Gulton Industries war einem feindseligen Angriff von Mark VI Industries ausgesetzt, und Goldman, Sachs, deren Klient Gulton war, flehte Boesky förmlich an, als weißer Ritter für das Unternehmen, das für nicht einmal 50 Mio. Dollar zu haben war, aufzutreten. Conway analysierte Gultons Geschäftslage und kam zu der Überzeugung, daß selbst der übervorsichtige Boesky für diese Investition zu gewinnen sein müßte. Er sagte ihm, der Deal sei »so perfekt, wie man nur erwarten kann«. Der Aufsichtsrat von Northview, Boeskys Vehikel für das Angebot, trat zusammen und segnete die geplante Neuerwerbung ab.

Dann jedoch, gerade als Conway glaubte, daß alle Hürden überwunden wären, fragte ihn Boesky: »Soll ich nicht vorher bei Mike Milken anrufen und ihn fragen, was er davon hält?«

»Nein!« Conway schrie es fast. Das war kein Drexel-Deal – da Merrill Lynch Boesky das Unternehmen angeboten hatte, würde auch die Finanzierung von dort kommen –, und Conway war sich sicher, daß Milken versuchen würde, ihn zu kippen. »Sag ihm kein Wort davon, Ivan«, redete er Boesky ins Gewissen. »Er würde dir nur die Stimmung vermiesen, und du hättest hinterher plötzlich alle möglichen vagen Zweifel.« Er betonte, daß es ihn »sehr unglücklich« machen würde, falls Boesky mit Milken sprechen sollte.

»Nun gut, ich will es noch einmal überschlafen«, sagte Boesky.

Am nächsten Morgen – Merrill Lynch stand gewissermaßen Gewehr bei Fuß, um alles in die Wege zu leiten – rief er Conway zu sich in sein Büro. »Mike ist nicht sicher, daß es ein guter Deal ist«, sagte er. Conway war wie vor den Kopf geschlagen. Milken konnte unmöglich mehr über Gulton wissen als er. Die Sache war klar, dachte er: Boesky würde ohne Milkens Zustimmung nicht einmal mehr Pieps sagen. »Vergiß das Merchant banking«, stieß er verärgert hervor und verließ hastig das Büro. Kurz darauf reichte er seine Kündigung ein. Er hatte nicht einen einzigen Deal für Boesky durchgeführt.

Nagle, der als Verstärkung fürs Merchant banking angeheuert worden war, mußte Boesky dabei helfen, seinen 220-Mio.-Anteil an dem neuen Milken/Drexel-Fonds aufzutreiben. Sie suchten eine Reihe potentieller Anleger auf: die Belzbergs, Riklis, den Londoner Investor Gerald Ronson, seines Zeichens Präsident von Heron International, den Popsänger Paul Anka und den Landerschließungsunternehmer Peter Kalikow. Boesky pries jedesmal von neuem die Vorteile der Arbitrage an. Es waren die üblichen Appetithappen: Rückgriffe auf ihre Geschichte; Namen wie Gustave Levy von Goldman, Sachs; große Vermögen, die in der Öffentlichkeit nie bekannt geworden waren. Danach kam er auf das eigentliche Anliegen zu sprechen: den neuen Drexel-Fonds, der bisher noch nie dagewesene Möglichkeiten eröffne. »Das nenne ich Leverage«, faßte er abschließend zusammen. »Die Sache ist ein Überflieger.«

Aber die Gespräche wandten sich meistens rasch von den Feinheiten der Arbitrage ab und anderen Themen zu. Kalikow, zum Beispiel, hatte Fotos von Privatjets in seinem Büro hängen, und Boesky und er waren bald in eine eingehende Diskussion der technischen Daten ihrer nächsten Flugzeuge vertieft. Die Belzbergs dagegen hatten es mit Booten und zeigten ihren Besuchern Fotos ihrer Lieblingsyachten.

Im großen ganzen reagierten die Investoren enthusiastisch auf Boeskys Angebot. Der größte Einzelanleger – und in Nagles Augen einer der geheimnisvollsten – war Jeffrey Picower, der mit 28 Mio. Dollar einstieg. Nagle hatte keine Ahnung, woher Picowers Geld stammte; er residierte in Manhattan in einer unauffälligen Bürosuite in einem nichtssagenden Büroturm.

Weitere Investoren waren Gould Inc., ein Kontakt, der durch den Kidder-Peabody-Broker Don Little zustande gekommen war, der seinen Rentenfonds zu einer Investition von 5,7 Mio. Dollar überredete; der British Water Authority Superannuation Fund; Lincoln National Life Insurance; Interallianz Bank of Switzerland; Northern Trust Co.; die New Yorker Investoren Milton und Joseph Dresner sowie Martin Peretz.

Auf der Drexel-Seite fielen die Reaktionen auf den geplanten Fonds wesentlich kühler aus. Stephen Weinroth, der Investmentbanker, der versucht hatte, Milken von der Unterstützung Posners im Fischbach-Deal abzubringen, richtete seine Waffen jetzt gegen Boesky. Fred Joseph hatte ihm aufgetragen, die Transaktion im Auge zu behalten, die aufgrund der Tatsache, daß Boeskys Hauptgeschäft die Arbitrage war, einige recht verzwickte Fragen aufwarf.

Weinroth hatte den Deal von Anfang an abgelehnt. Boeskys finanzielle Angaben waren nahezu wertlos; ein einziger Handelstag genügte, um seine großen Aktienpakete völlig zu verändern. Die potentiellen Anleger hätten keine Möglichkeit, den Wert seiner Positionen einzuschätzen. Boesky lehnte es sogar ab, vierteljährliche Aufstellungen seiner Positionen anzufertigen, weil er diese Information als vertraulich betrachtete. Falls es zu einem Skandal kam, würde er zuerst die Investoren treffen.

Drexel engagierte einen Privatdetektiv, um Boesky durchleuchten zu lassen, aber außer einigen SEC-Ermittlungen, die zufriedenstellend abgeschlossen worden waren, fand er nichts heraus. Weinroth glaubte trotzdem, er hätte Joseph und andere aus der Chefetage davon überzeugt, daß der Deal nichts taugte. Dann, im November 1985, nach dem doppelten Fiasko von CBS und Gulf+Western, begannen Boesky und Milken nachdrücklich auf einen Abschluß des Deals zu drängen.

Aber auch in Beverly Hills regte sich Widerstand gegen Boesky. Einer von Milkens Spitzenleuten, Peter Ackerman, warnte davor, Boesky so viel Geld in die Hand zu geben. Der Finanzrahmen sei zu groß, als daß er ihn effektiv ausfüllen könne; er würde versucht sein, Geld in Deals zu stecken, bevor er sie analysiert hätte, argumentierte Ackerman. Lowell Milken, der seinem Bruder näherstand als jeder andere, war ebenfalls gegen den Fonds. Er mochte Boesky nicht und traute ihm nicht. Auch Dahl machte sich gegen das Geschäft stark; er sagte, daß Boesky von einem plötzlichen Kurssturz umgeworfen werden könnte, und mit ihm diejenigen, die in die Bonds investiert hatten. Als Dahl seine Vorbehalte Lowell gegenüber äußerte, erwiderte dieser: »Ich weiß auch nicht, warum, zum Teufel, wir das tun. Da mußt du schon meinen Bruder fragen.«

Milken wischte alle Bedenken vom Tisch. »Drexel unterstützt Gewinner, und Boesky ist ein Gewinner«, beschied er die Kritiker, und damit war die Diskussion beendet. Was er verschwieg, war die Tatsache, daß zu dem Deal eine Absprache gehörte, die ihm einen persönlichen Anteil an Boeskys Fonds zusicherte, der Boesky noch enger an ihn binden würde.

Weinroth versuchte, den Deal über Milkens Kopf hinweg zu vereiteln, indem er Joseph anflehte, Milken zu überstimmen. Joseph hätte es durchaus tun können, schritt aber nicht ein.

Zu Anfang sah es so aus, als würde der Markt den Deal an Drexels Stelle zunichte machen. Selbst die loyalsten Junk-bond-Käufer weigerten sich mit der Begründung, sie wollten nicht in einen Arbitragefonds investieren, einer nach dem anderen, in das Geschäft einzusteigen. Dahl, Milkens Meisterverkäufer, verzweifelte an der Aufgabe, die Schuldverschreibungen zu plazieren, und befürchtete, daß Drexel am Ende den größten Teil selbst würde behalten müssen. Weinroth, Dahl und andere überzeugten Milken davon, daß die Konditionen des Angebots verändert und durch einige absichernde Beschränkungen ergänzt werden mußten. Boesky war außer sich. Besonders erbittert war er darüber, daß man ihm untersagte, seine Erträge zum Kauf des Gulfstream-Jets zu verwenden, den er haben wollte. Hinsichtlich der Führung der Geschäfte sah es ähnlich aus: Er wollte unbegrenztes Leverage, wurde aber auf das Verhältnis von drei zu eins zurückgestutzt; er wollte keinerlei Restriktionen durch Eigenkapitalkennzahlen, sah sich aber durch die neuen Konditionen gezwungen, zu liquidieren, wenn der Wert seiner Aktiva eine bestimmte Linie unterschritt.

Danach machte Dahl seinem Ruf als unvergleichlicher Verkäufer alle Ehre, indem er Charles Keating von der Lincoln Savings überredete, 100 Mio. Dollar in die Schuldverschreibungen zu investieren. Als Schlußtag für die Plazierung des als Hudson Funding firmierenden 660-Mio.-Dollar-Angebots war der 21. März 1986 vorgesehen. Am selben Tag sollte die Ivan F. Boesky Corporation ihre Tore schließen und die Ivan F. Boesky Limited Partnership das Licht der Welt erblicken.

Die Tätigkeit für Boesky trug Milken und Drexel 24 Mio. Dollar an Finanzierungsgebühren ein. Darüber hinaus erhielt Milken einen Anteil in Höhe von fünf Mio. Dollar an Boeskys neuer Partnership (was die von Natur aus gefährliche Situation herbeiführte, daß ein Investmentbanker zugleich Mitbesitzer einer Arbitragefirma war). Außerhalb der Hochverzinslichen-Abteilung in Beverly Hills wußte niemand bei Drexel von dieser potentiell höchst einträglichen Provision. Jetzt gab es nur noch einen Punkt, an dem es hakte: die Bezahlung dessen, was Boesky Milken aus den gemeinsamen illegalen Aktivitäten schuldete. Milken hatte mit den 660 Mio. Dollar ein gewaltiges Druckmittel in der Hand: Er erklärte Boesky in aller Ruhe, daß die Transaktion erst abgeschlossen werde, wenn die Schuld beglichen sei.

Boesky verpflichtete sich am Vormittag des 21. März, dem vorgesehenen Abschlußtag, in hektischen Telefongesprächen, das Geld zu zahlen. Aber es war zu spät, um die Zahlung durch Wertpapiertransaktionen zu verschleiern, wie sie es vorher getan hatten. Boesky trat Milken zu einem Preis unterhalb des Marktwertes einige Immobilienoptionen und United-Artists-Aktien ab. Doch danach war, nach den von Mooradian und Thurnher gestellten Berechnungen, immer noch eine große Summe offen: 5,3 Mio. Dollar. Da er die Angelegenheit unbedingt beilegen wollte, damit das gegenwärtige Geschäft über die Bühne gehen konnte, tat Boesky etwas, das er im bisherigen Verlauf seiner illegalen Zusammenarbeit mit Milken noch nie getan hatte: Er sagte Mooradian, er solle einen Scheck über 5,3 Mio. Dollar ausstellen und die Summe als »Handelsprovisionen« ausweisen.

Dabei wäre es auch geblieben, wenn es Boeskys Buchhalter bei Oppenheim, Appel, Dixon (OAD) nicht gegeben hätte. Die Buchhaltungsfirma hatte den Auftrag, die Bücher der Ivan F. Boesky Corporation zu prüfen und einen sogenannten »Beruhigungsbrief« abzufassen. Ein solcher Brief hat nicht den Wert einer vollgültigen Revision, sondern enthält nur die Bestätigung der Buchprüfung, daß alles in Ordnung sei; er ist, wie der Name schon sagt, dazu gedacht, die Investoren zu beruhigen, in diesem Fall also die Anleger in Boeskys neuer Partnership. Als die Ivan F. Boesky Corporation bei Börsenschluß um vier Uhr nachmittags aufhörte zu existieren, waren die Buchhalter vor Ort, um einen abschließenden Blick auf die letzten Tage der Firma zu werfen.

Peter Testaverde, der für Boeskys Firma und den Abschluß des Hudson Funding zuständige Partner von OAD setzte sich mit Mooradian in einem Konferenzraum zusammen, um die Transaktionen der letzten Zeit unter die Lupe zu nehmen. Testaverde war ein alter Freund von Mooradian und erwartete eine routinemäßige Sitzung. Ungefähr zehn Minuten nach vier Uhr jedoch entdeckte er eine offene Rechnung über 10 000 Dollar. »Was ist das?« fragte er Mooradian.

Mooradian sah in den Ordner. Er war verwirrt; in der Aufregung über den 1-Mrd.-Dollar-Deal hatte er etwas so Geringfügiges wie eine 10 000-Dollar-Rechnung kaum wahrgenommen. »Ich weiß nicht«, antwortete er.

»Ich brauche ein paar Belege darüber«, sagte Testaverde.

»Oh, komm schon, Pete«, erwiderte Mooradian und versuchte sich herauszuwinden, indem er hervorhob, wie belanglos der Betrag sei.

»Ich muß das irgendwie belegen können«, beharrte Testaverde auf seiner Forderung. »Tut mir leid.«

Mooradian wurde ärgerlich. »Um Gottes willen, Pete«, stieß er hervor, »warum beißt du dich so daran fest?« Er war so in Fahrt, daß er, ohne darüber nachgedacht zu haben, mit dem herausplatzte, was ihm wirklich auf der Seele lag: »Was, zum Teufel, kümmert dich dieser Klacks von 10 000 Dollar, wo ich hier 5,3 Millionen zu liegen habe?«

Es wurde mucksmäuschenstill im Raum. Mooridian wünschte, er hätte seine Worte zurücknehmen können. Schließlich hatte er den Scheck noch nicht abgeschickt; er hatte noch nicht einmal die Zeit gehabt, die offene Zahlung in den Büchern zu vermerken. Wenn er sie später an diesem oder am nächsten Tag erledigte, mußte sie natürlich eingetragen werden, aber bis dahin ging sie niemanden etwas an. Der Milliardendeal wäre dann schon längst unter Dach und Fach gewesen. Er betete zu Gott, daß niemand auf seine Bemerkung achtgab. Aber Testaverdes Miene verhieß nichts Gutes; die Katze war aus dem Sack.

»Welche 5,3 Mio.?« fragte Testaverde beunruhigt.

»Ah, vergiß es«, sagte Mooradian. »Vergiß einfach, daß ich es jemals erwähnt habe. Wir können jetzt nicht darüber sprechen.«

Testaverde sammelte seine Papiere ein, legte sie in seinen Aktenkoffer und schickte sich an zu gehen.

»Nein«, rief Mooradian aus. Der Gedanke, daß Boeskys Projekt in letzter Minute scheitern könnte, versetzte ihn in Angst und Schrecken. »Geh nicht! Wir werden das schon irgendwie hinkriegen.«

Nachdem Mooradian bestätigt hatte, daß er in der Tat eine offene Zahlung über 5,3 Mio. Dollar habe, für die es keinerlei Belege, weder eine Rechnung noch eine Quittung, sondern nur Boeskys Anweisung, sie zu erledigen, gebe, war Testaverde nicht mehr zurückzuhalten. Er sagte, daß er nicht weitermachen könne, bevor er nicht mit dem für Boeskys Geschäftsbücher zuständigen Senior Partner, Steven Oppenheim, gesprochen habe, und verließ den Konferenzraum, um zu seiner eigenen Firma zu gehen, die nur einen Block entfernt war.

Mooradian blieb benommen zurück und wartete kettenrauchend ab, was als nächstes passieren würde. Stunden schienen vergangen zu sein –

in Wirklichkeit waren es kaum mehr als 15 Minuten –, als das Telefon klingelte.

»Du verdammter Scheißkerk«, brüllte Boesky aus dem Hörer. »Du blöder Hurensohn. Was, zum Teufel, hast du getan?« Mooradian hatte Boesky in all den Jahren, die er nun schon für ihn arbeitete, niemals derartig in Rage erlebt. Aber er kam nicht dazu, sich zu verteidigen, denn Boesky hatte den Hörer offenbar wütend auf den Apparat geknallt. Einen Augenblick später klingelte das Telefon erneut, und wieder mußte sich Mooradian beschimpfen lassen: »Du verdammter Scheißkerl!« Während der nächsten Stunde rief Boesky noch vier- oder fünfmal an und schrie ein übers andere Mal: »Du verdammter Scheißkerk«, bis er sicher sein konnte, daß es sich auf immer in Mooradians Gedächtnis eingegraben hatte.

Mooradian war am Ende. Er glaubte, daß er keinen Bonus bekommen würde. Schlimmer noch, Boesky würde ihn wahrscheinlich feuern, und einen neuen Job zu bekommen, war für jemanden mit seiner SEC-Akte so gut wie unmöglich.

Bei OAD erklärte Oppenheim Boesky währenddessen, daß die Firma ohne entsprechende Belege keinen Beruhigungsbrief verfassen werde, was bedeutet hätte, daß der Milliardendeal vorläufig gestorben wäre. Sobald er sich ein wenig beruhigt hatte, rief Boesky bei Milken an. Sie einigten sich hastig darauf, die 5,3 Mio. Dollar als Bezahlung für »Beraterdienste« zu deklarieren; immerhin hatte Drexel einen erheblichen Anteil der Research bei verschiedenen Boesky-Projekten durchgeführt. Boesky kehrte zu seinen Buchhaltern und Anwälten zurück und teilte ihnen mit, ihm sei gerade »wieder eingefallen«, daß die beanstandete Zahlung ein Honorar für Research und andere Beratertätigkeiten sei.

Unter der Voraussetzung, daß ein entsprechender Beleg bald nachgereicht werden würde, war das Hindernis damit aus dem Weg geräumt. In Beverly Hills gab Milken seinem Bruder Lowell den Auftrag, ein Schreiben aufzusetzen, das die Zahlung als Beraterhonorar auswies. Lowell Milken schnappte sich Donald Balser, einen untergeordneten Mitarbeiter der Abteilung, der zufälligerweise gerade in der Nähe war, und ließ ihn den Brief gegenzeichnen.

Obwohl das Hin und Her um den merkwürdig hoch ausgefallenen Scheck alles andere als unverdächtig war, versicherten Boeskys Buchhalter und Anwälte ihrem Klienten, daß es jetzt keine Probleme mehr geben werde. Boesky beruhigte sich, machte sich aber nicht die Mühe, Mooradian von der gefundenen Lösung in Kenntnis zu setzen. Nagle war es, der ihn schließlich um halb acht Uhr abends von seiner Last befreite. »Es ist alles in Ordnung«, sagte er. »Drexel schickt uns eine Rechnung für geleistete Investmentberatung. Ivan hat sich wieder beruhigt.«

Mooradian war so erleichtert, daß er nicht weiter über die Sache nachdachte. Er wußte aus der Arbeit an der Abrechnung, die er zusammen mit Thurnher angefertigt hatte, daß Boesky und Milken irgendwie Partner waren; es war also durchaus möglich, daß Drexel seinem Chef Researchdienste erwiesen hatte. Wenn es so war, hätte es allerdings kaum einen derartigen Wirbel ausgelöst, aber wer war er schon, um sich mit solchen Zweifeln hervorzuwagen? Er hatte mehr als genug Ärger gehabt.

Drei Tage später traf die Rechnung von Drexel ein. Sie lautete: »Für Beraterdienste laut Vereinbarung vom 21. März 1986: $ 5 300 000,00.« Der von Thurnher stammende Begleitbrief war ebenso knapp und präzise:

»Mr. Boesky,

bitte schicken Sie Ihren Verrechnungsscheck für die beiliegende Rechnung unter der oben angegebenen Adresse direkt an mich.«

Die Adresse war natürlich die der Drexel-Filiale in Beverly Hills, nicht die des New Yorker Hauptsitzes. Mooradian hielt sich pflichtgemäß an die Anweisung und schickte den Scheck an die Westküste.

Die Befürchtungen, die Mooradian nach seinem Fauxpas gehabt hatte, erwiesen sich als gegenstandslos. Die knappe Milliarde, die Boeskys neuer Firma aus dem Verkauf der Partnershipanteile und der Junk-bonds zufloß, machte sie zum kapitalkräftigsten Arbitrageunternehmen der Geschichte. Mooradian selbst wurde nicht nur nicht gefeuert, sondern erhielt auch seinen Bonus: 350 000 Dollar. Es störte ihn nicht, daß andere mehr bekamen: Davidoff, der Chefhändler, erhielt 1,5 Mio.; Lessman bekam gut eine Mio.; Nagle wurde mit einer Mio. honoriert, und ebenso Wekili, obwohl Mooradian keine Ahnung hatte, was Wekili eigentlich machte.

Mooradian war einfach froh darüber, daß er seinen Job behalten hatte, besonders jetzt, da die Firma über ein Kapital von fast einer Mrd. Dollar verfügte. »Wir werden reich sein! Unser Schiff ist eingelaufen«, sagte er zu seiner Frau, nachdem er erfahren hatte, daß der Deal zustande kommen würde. Die Ereignisse des 21. März, die Verletzung und Erniedrigung, die Boesky ihm zugefügt hatte, sollte er jedoch niemals vergessen.

8

Die Zeit der jährlichen Bonusverteilung war gekommen. Jim Dahl atmete tief durch und ging in den Konferenzraum. Er hatte sich vorgenommen, für dieses Jahr, 1986, mehr zu verlangen, als Milken ihm anbot. Er erfuhr zwar nie die genaue Größe des Bonuspools, den die Junk-bond-Abteilung verteilen konnte, wußte aber, daß er groß sein mußte. Andere Mitarbeiter, wie zum Beispiel Ackerman, hatten erfolgreich verhandelt und Milken enorme Summen abgeknöpft. Dahl war in diesem Jahr unbestritten der beste Verkäufer gewesen. Er hatte, etwa beim Verkauf der Boesky-Schuldverschreibungen an Charles Keating, immerhin eine Transaktion von 100 Mio. Dollar, zur Genüge bewiesen, daß er in der Lage war, selbst schwierigste Situationen zu meistern.

Milken kam sofort zur Sache. »Du wirst dieses Jahr mit 10 Mio. Dollar vergütet«, sagte er Dahl, der damals 33 Jahre alt war. Das war mehr, als Dahl auch nur im Traum erwartet hatte, aber er blieb bei seinem Entschluß, mehr zu verlangen. »Ich glaube, mir steht mehr zu«, meinte er und ratterte die Liste seiner Erfolge herunter. Milken hörte sie sich freundlich an, weigerte sich aber, den Bonus zu erhöhen. »Jim«, sagte er mit weicher Stimme, »ich kann dir wirklich nicht mehr geben. Es hieße, daß du mehr bekämst als ich. Und das wäre doch nicht ganz fair, oder?«

»Vermutlich nicht«, pflichtete Dahl ihm bei. Die geringe Summe, mit der Milken seinen Bonus bezifferte, überraschte ihn; Milken ließ offenbar einen größeren Teil des Gewinns der Abteilung in die Firma zurückfließen, als er angenommen hatte. Dahl gehörte inzwischen fast ein Prozent der Drexel-Aktien, und so bewunderte er Milkens scheinbare Selbstlosigkeit.

Bevor Dahl diese Überlegung anstellen konnte, hatte sich Fred Joseph in New York mit der Frage von Milkens Bezahlung herumgeschlagen. Joseph war im Frühjahr nach dem Ausscheiden von Robert Linton vom Chef der Unternehmensfinanzierung zum geschäftsführenden Direktor aufgestiegen. Er hatte die Beförderung mit zwiespältigen Gefühlen aufgenommen. Der *Institutional Investor* hatte ihn gerade erst zum besten Wall-Street-Manager im Bereich der Unternehmensfinanzierung gekürt, und er genoß seine Arbeit, da er augenscheinlich etwas erreichte, indem er das Phänomen Milken zum Nutzen seiner Abteilung einspannte. Außerdem gefiel es ihm, etwas Freizeit zu haben, die er mit seiner Frau auf ihrer Farm im Nordwesten von New Jersey verbringen konnte.

Milken hatte keinen Hehl daraus gemacht, daß er Josephs Aufstieg mißbilligte. Er hatte sich bei Joseph selbst darüber beschwert: Joseph sei in der Unternehmensfinanzierung viel zu wichtig für ihn, als daß er seinen Weggang gutheißen könne. Milken hätte anstelle von Joseph jeden in die Spitzenposition hieven können, der ihm behagte, hatte aber keine Alternative anzubieten. Er schlug zwar seinen nominellen Boß, Edwin Kantor, vor, mußte aber selbst zugeben, daß Kantor nicht in das Bild paßte, das die Firma nach außen hin erzeugen wollte. Der sympathische, einnehmende Joseph war im Grunde der einzige in Frage kommende Kandidat gewesen.

Drexel hatte sich in Höhen erhoben, die selbst Josephs ehrgeizige Ziele übertrafen. Milkens Junk-bond-Abteilung erhielt für das Jahr 1986 nach der Drexelschen Vergütungsskala einen Bonuspool von annähernd 700 Mio. Dollar zugewiesen. Etwa die Hälfte davon waren Akquisitionsprovisionen, die Milken zustanden, da er Klienten an andere Firmenbereiche weitervermittelt hatte. Der Bonuspool der Unternehmensfinanzierung belief sich, zum Vergleich, auf rund 140 Mio. Dollar, was die disproportionale Verteilung der Vergütung und die ihr zugrundeliegende Macht der Filiale in Beverly Hills anschaulich widerspiegelt.

Nachdem Joseph die Gesamtsumme von 700 Mio. Dollar genehmigt hatte, war es an Milken, sie nach eigenem Gutdünken unter seinen Mitarbeitern zu verteilen, denen er, einschließlich der 10 Mio., die Dahl erhielt, sparsame 150 Mio. zukommen ließ. Er selbst dagegen behielt keinesfalls nur 10 Mio., wie er Dahl gegenüber angedeutet hatte, für sich; auch schlug er den Rest durchaus nicht dem Firmenkapital zu, wie Dahl gemutmaßt hatte. Dahl konnte es damals nicht ahnen, aber Milken gewährte sich selbst nicht weniger als 550 Mio. Dollar. Das war mehr, als der Gewinn – 522,5 Mio. Dollar –, den Drexel als Ganzes in diesem Jahr erwirtschaftet hatte.

Trotzdem war Milken nicht zufrieden. Er war vielmehr sogar verärgert darüber, daß Joseph ihm keinen größeren Bonuspool zugesprochen hatte.

Joseph war, zusammen mit Milken, für die Verteilung der Akquisitionsprovisionen verantwortlich, die eine so bedeutende Rolle im Drexelschen Vergütungssystem spielten. Joseph und Milken diskutierten jedes Jahr am Telefon über die Provisionen und entschieden, wem das

Verdienst an der Anwerbung welcher Firmenklienten zukam. Für gewöhnlich gab es zwischen 150 und 200 solcher Fälle zu besprechen, von denen weniger als 20 Prozent umstritten waren.

Im vergangenen Jahr war einer der Streitfälle nicht zu Milkens Zufriedenheit gelöst worden. Er hatte darauf bestanden, daß ihm die Provision gebührte, obwohl er zugeben mußte, daß eine andere Abteilung wenigstens zum Teil das Verdienst beanspruchen konnte, den Klienten gewonnen zu haben. Aber sein persönlicher Kontakt zu ihm, hatte er behauptet, sei der entscheidende Faktor gewesen. Joseph hatte sich davon nicht überzeugen lassen und es abgelehnt, die Provision für diesen Fall der Junk-bond-Abteilung zuzuweisen.

Gegen Ende ihrer Diskussionen über die Verteilung der Akquisitionsprovisionen des Jahres 1986 brachte Milken das Thema erneut zur Sprache. Joseph war erstaunt, mit welcher Hartnäckigkeit Milken auf seiner Forderung bestand. Er wollte weder nachgeben noch die Sache einfach fallenlassen, sondern rief Joseph mehrmals an, um sich stundenlang mit ihm über jedes kleine Detail der fraglichen Anwerbung zu streiten. Aber sie traten auf der Stelle: Keiner von beiden wich von seinem Standpunkt ab. Milken bekam die Provision nicht nachgezahlt und beharrte weiterhin darauf, daß Joseph ihn betrogen hätte. Die Streitsumme, um die es ging, betrug 15 000 Dollar.

Joseph hakte den Vorfall als Zeichen einer charakterlichen Eigenart Milkens ab. Milken war immer von seiner Arbeit besessen gewesen, und das schloß offenbar auch seine Einkünfte ein. Im übrigen hatte Joseph wichtigere Dinge zu bedenken. Die Entrüstung, die der Unocal-Angriff im Kongreß ausgelöst hatte, mußte weiter beschwichtigt und das bereits ins Stocken geratene Gesetzgebungsvorhaben zur Einschränkung des Junk-bond-Handels gestoppt werden. Außerdem hatte die Presse Drexel entdeckt. Nicht nur in den Finanzzeitungen und -zeitschriften, sondern auch in den allgemeinen Blättern erschienen immer häufiger Artikel über die Firma, die allerdings überwiegend positiv ausfielen. Die meisten Reporter mochten die Drexel-Crew – den Sympathieträger Joseph ebenso wie seinen Beraterstab und die Pressesprecher. Sie standen für eine faszinierende Erfolgsstory voller Auseinandersetzungen zwischen der alten und der neuen Garde.

Joseph war klug genug, die Presse zu hofieren, und lud sie alle halbe Jahre zu einem üppigen Mittagessen ein. Milken dagegen hatte für Journalisten nur Verachtung übrig, lehnte Interviewanfragen generell ab und bequemte sich nicht einmal dazu, sie mit einem »Kein Kommentar« zu beantworten. Er haßte jede Publizität und schaffte es in erstaunlichem

Ausmaß, unsichtbar zu bleiben, wozu natürlich auch die Tatsache beitrug, daß er an der Westküste lebte. Er nahm an keinem der in New York stattfindenden Presseempfänge der Firma teil, was ihn in den Augen der Öffentlichkeit nur noch geheimnisvoller machte.

Währenddessen versuchten große Konkurrenten, Drexels Erfolg zu kopieren, indem sie eigene Junk-bond-Abteilungen einrichteten und mit Macht auf den Markt der feindseligen Übernahmen und LBOs drängten. Eine seriöse Firma wie Goldman, Sachs etwa betreute das Leveraged buyout von Macy - mit einem Volumen von über vier Mrd. Dollar -, und Morgan Stanley, mit Gleacher an der Spitze der M&A, hatte das Establishment düpiert, indem man sich bei Ronald Perelmans Angriff auf Revlon mit Drexel zusammentat (und damit einem von Drexel vertretenen feindseligen Übernahmeangebot eine Respektabilität verschaffte, wie sie noch keines zuvor gehabt hatte). Merrill Lynch ging nicht weniger aggressiv zu Werke, ebenso wie Shearson Lehman und insbesondere First Boston mit dem M&A-Star Bruce Wasserstein.

Milken war fest entschlossen, keine Handbreit des riesigen Marktanteils, den Drexel besetzt hielt, abzugeben. Drexel bedrohte die anhängigen, von Goldman, Sachs geführten Leveraged buyouts von Warnaco und National Gypsum mit höheren Angeboten von Drexel-Klienten, die Milkens Geldmaschine im Rücken hatten. Als es Drexel gelang, Salomon Brothers die Wickes Companies abspenstig zu machen, schickte ein wütender John Gutfreund, Salomons Präsident, einen seiner Spitzenleute nach Beverly Hills, um mit Milken zu reden. »Wenn Sie damit nicht aufhören«, warnte ihn der Salomon-Banker, »werden wir Sie auf kleiner Flamme gar kochen.«

Im Fall von Staley Continental, dem gigantischen Getreideproduzenten aus dem Mittelwesten, versuchte Drexel, das Unternehmen zu einem Leveraged buyout zu zwingen. Drexel hatte Ende 1986 begonnen, eine Position in Staley zu akkumulieren und bei Robert Hoffman, dem Finanzchef von Staley, angerufen, um ihm mitzuteilen, daß man »am Aufbau einer Investmentbankbeziehung mit Staley« interessiert sei. Zwei Tage später rief der Drexel-Manager erneut an und erklärte, »unsere Leute« in Beverly Hills hätten »eine große Position« in Staley angesammelt. Danach meldete sich Dahl bei Hoffman und stellte in forderndem Ton fest, daß Drexel Staleys Investmentbank sein wolle. Der Firma gehörten inzwischen 1,5 Mio. Staley-Aktien. Hoffman erkundigte sich daraufhin, wieso Drexel dann nicht die vorgeschriebenen 13-D-Erklärungen bei der SEC eingereicht habe. Die seien »schlecht fürs Geschäft«, beschied ihn Dahl und schlug ein von Drexel aufgeführtes Leveraged buyout vor. »Wir können Staley binnen 48 Stunden in private Hände überführen«, prahlte er.

Hoffman war entsetzt und wies den Vorschlag zurück. Als Dahl das nächste Mal anrief, versuchte er Hoffman zu einem Treffen im New Yorker Firmensitz zu drängen, bei dem die Konditionen des LBO-Geschäfts besprochen werden sollten. Als Hoffman bei seiner ablehnenden Haltung blieb, platzte Dahl der Kragen: Man sollte sich »zusammensetzen und miteinander reden«, oder »ich tue etwas, das Ihnen wehtun wird«.

Staley schien das gleiche Schicksal bevorzustehen, wie es Pacific Lumber erlitten hatte. Aber diesmal schritt Joseph ein und beruhigte die nahezu hysterisch reagierenden Staley-Manager, indem er ihnen versicherte, daß Drexel keine feindseligen Schritte gegen Staley unternehmen werde. Auf ähnliche Weise mußte er sich bei Winn-Dixie, einer großen Kette von Lebensmittelgeschäften im Süden des Landes, ins Zeug legen, um zu verhindern, daß das Unternehmen zum Opfer der harten Bandagen wurde, mit denen die Junk-bond-Abteilung um ihren Markt kämpfte. Er befürchtete, daß die Entwicklungen bei der Anwendung derartiger Taktiken aus dem Ruder laufen könnten. Ihm war klar, daß Drexels Dominanz über den Junk-bond-Markt bei zunehmender Konkurrenz nicht aufrechtzuerhalten war.

Er hatte in seinem Bemühen, einen Finanzriesen mit Rundumservice zu schaffen, wie Goldman oder Morgan Stanley es waren, andere Abteilungen der Firma auf- oder ausgebaut. Die Abteilung für von Hypotheken gesicherte Wertpapiere war unter seinem Bruder Stephen Joseph zu einer der fünf bedeutendsten Abteilungen dieser Art an der Wall Street geworden. In der kommunalen Finanzierung hatte sich Drexel aus dem Nichts fast in die Top ten katapultiert. Bei den Staatspapieren war die Firma die Nummer acht, und ihre Researchabteilung genoß überall hohes Ansehen. Aber keine dieser Abteilungen konnte es mit Milkens Geld- und Wachstumsmaschine aufnehmen. Je besser sie sich entwickelten, desto schneller preschte Milken ihnen davon.

Daraus entstanden zunehmende Spannungen zwischen dem, was intern als Ostküstenfraktion unter Führung von Joseph, Weinroth und Herbert Bachelor, dem neuen Chef der Unternehmensfinanzierung, bezeichnet wurde, und der von Milken angeführten Westküstenfraktion, zu der auch Engel, Kay und Black in New York zu zählen waren. Das Milken-Lager kritisierte insbesondere die Unternehmensfinanzierung, die seiner Meinung nach keine Klienten anwarb und nur davon lebte, daß sie sich der Westküste an die Rockschöße hängte. Man ging sogar so weit,

Bachelors Ablösung zu fordern, was Joseph nicht einmal in Erwägung zog. Aber er wußte, daß er wenigstens einen weiteren »Star« in New York brauchte - besser noch mehrere -, um das wachsende Übergewicht des Milken-Lagers zu entschärfen. Dennis Levine hatte die in ihn gesetzten Erwartungen nicht erfüllt.

David Kay war zwar weiterhin voller Lob für Levine, aber ansonsten wurde er innerhalb der Firma von vielen eher als peinlich empfunden. Als er 1985 von der New Yorker Seite als leitender Investmentbanker mit dem Pantry-Pride-Angebot für Revlon betraut wurde, bestand Milken, der die Finanzierung besorgte, darauf, daß neben Levine noch andere Drexel-Mitarbeiter, unter ihnen Ackerman und Engel, hinzugezogen wurden. Während sie mit Perelman, der die Mehrheit an Pantry Pride besaß, im Konferenzraum diskutierten, war Levine für gewöhnlich draußen am Telefon, manchmal den ganzen Tag über, und stürmte alle Naselang herein, um das neueste Gerücht weiterzugeben. Besonders Ackerman fand das Ganze ausgesprochen peinlich und meinte seinen Kollegen in Beverly Hills gegenüber, er halte Levine für einen Blender. Gleacher, der ihm einst einen Job angeboten hatte, verschwendete inzwischen keinen Gedanken mehr darauf. Dennoch gab Levine nach Abschluß der Transaktion in New York damit an, daß Revlon »sein« Deal gewesen sei.

Joseph begab sich also erneut auf Kandidatenfang. Vier Jahre vorher hätte Drexel nicht einmal davon träumen können, Spitzenkräfte des Investment banking zu rekrutieren. Jetzt jedoch schien diese Vorstellung keineswegs mehr ins Reich des Unmöglichen zu gehören. Und Joseph hatte eine Idee: Er würde sowohl Martin Siegel als auch Bruce Wasserstein ansprechen, die beiden größten M&A-Stars, und sie mit der Aussicht ködern, ein Machtzentrum schaffen zu können, wie es die Wall Street noch nicht gesehen hatte, ein Potential, das ein echtes Gegengewicht zu Milkens Abteilung darstellen würde.

Diesmal fand Joseph, als er Siegel im Juni 1985 bei Kidder, Peabody anrief, einen geneigten Zuhörer, und sie machten einen Termin für ein persönliches Treffen aus. Joseph brachte bei der Begegnung alles vor, was für Drexel sprach: die zunehmende Kapitalkraft, die Finanzierungskapazität, die Kidder, Peabody so schmerzlich vermißte, und die mögliche Erweiterung des Drexelschen Einzugsgebiets auf das von Kidder beackerte Feld der Blue-chip-Unternehmen. So wie sich die Dinge entwickelten, meinte Joseph, würde die Wall Street bald nur noch von einer Handvoll kapitalkräftiger Firmen beherrscht werden, und Kidder, Peabody würde, allem Anschein nach, nicht dazugehören.

Bei Kidder, Peabody selbst war sogar der Firmenpatriarch Al Gordon zu der Überzeugung gelangt, daß die Firma verkauft werden sollte. Er war bereit, seinen großen Aktienanteil abzugeben, was ihm einen gewaltigen Profit eingebracht hätte. Aber DeNunzio, der über die Jahre hinweg seine Verbündeten vorsorglich mit Firmenanteilen ausgestattet hatte, legte sich quer. Er hatte schon früh erkannt, daß ein Mann wie Gordon fast unvermeidlich eines Tages mit dem von ihm selbst ausgesuchten Nachfolger aneinandergeraten würde.

Es gab auch andere Lösungsvorschläge, unter anderem von Max Chapman jr., dem Chef der Abteilung für Festverzinsliche und Financial futures, der Kidder, Peabody zu einem bedeutenden Akteur auf dem Gebiet der Aktienindexarbitrage und des Programmhandels (mit Optionen auf in Chicago gehandelte breitgestreute Indizes und computergestützten Handelsstrategien) gemacht hatte und zu DeNunzios Kronprinz geworden war. DeNunzio hatte versucht, eine Rivalität zwischen Chapman und Siegel zu provozieren, aber Siegel hatte ihm erklärt, daß er nicht daran interessiert sei, die Firma zu führen. »Sagen Sie das bloß nicht Chapman«, hatte DeNunzio erwidert. Chapman hatte die Notwendigkeit, der Firma neues Kapital zuzuführen, natürlich erkannt und vorgeschlagen, einen 20prozentigen Minderheitsanteil der Firma zu verkaufen, möglicherweise an japanische Anleger. Damit könnte das benötigte Kapital aufgebracht werden, ohne daß die Firma ihre Unabhängigkeit verlor.

Andere Angestellte sprachen sich dafür aus, an die Börse zu gehen. Das würde ihnen einerseits erlauben, ihre Aktien zum Marktpreis zu veräußern, und andererseits die Unabhängigkeit der Firma sichern. Morgan Stanley hatte es früher im selben Jahr durch den Verkauf eines Teils der Firma vorexerziert. Siegel bezweifelte allerdings nicht als einziger, daß eine Aktienausgabe, angesichts der wachsenden Probleme, in denen die Firma steckte, den gewünschten Erfolg haben würde. Und selbst wenn, war es höchst unwahrscheinlich, daß sie auf Dauer unabhängig bleiben würde, da sie wie jedes andere öffentlich gehandelte Unternehmen von Übernahmeangeboten bedroht wäre. DeNunzio schien zufrieden zuzusehen, wie sich die verschiedenen Parteien in den Haaren lagen; unterdessen blieb alles so, wie es war und wie es ihm gefiel.

Ende 1985 befand sich Kidder, Peabody jedoch in einer Finanzkrise, die Siegel an der Zukunft der Firma verzweifeln ließ und ihm half, seine Gedanken zu ordnen und eine Entscheidung zu treffen. Kidder hielt eine Rekordmenge an kommunalen Schuldverschreibungen und anderen Wertpapieren. Um den Ertrag aus diesen und anderen Transaktionen zu erhöhen, hatte sich die einstmals streng konservative Firma, der es an einer ausreichenden Kapitaldecke fehlte, in eine höchst bedrohliche Leverage-Situation manövriert. Ähnlich wie Boesky, hatte sie die Mindestkapitalvorschriften verletzt. Sie war nicht in der Lage, die am Ende des Jahres fälligen Zahlungsforderungen zu erfüllen, und jeder Verzug konnte tödlich sein. Die Banken winkten allesamt ab. Richard Stewart, der Finanzchef von Kidder, Peabody, verbrachte den ganzen Silvesterabend damit, mit den Banken und langjährigen Kreditgebern der Firma zu telefonieren, und um zehn Uhr abends hatte er endlich eine Gruppe amerikanischer und ausländischer Anleger zusammengebracht, die bereit waren, Kidder, Peabody kurzfristige Kredite zu gewähren, um der Firma über die Krise hinwegzuhelfen. Wie verzweifelt die Situation gewesen war, läßt sich daran ermessen, daß Kidder einwilligte, exorbitante kurzfristige Kreditzinsen von über 15 Prozent zu zahlen.

Die Firma gab danach den ehrgeizigen Plan auf, ihr Filialnetz zu erweitern. Bald darauf verließ Stewart, teilweise aus Protest gegen die Unterkapitalisierung der Firma, das sinkende Schiff und wechselte zu Merrill Lynch. Weitere Abwanderungen folgten, unter anderem die des Chefs der kommunalen Finanzierung, der zu First Boston ging. DeNunzio blieb dennoch weiterhin untätig.

Während der Finanzkrise am Ende des Jahres nahmen Siegels Gespräche mit Joseph konkretere Formen an, da er zum erstenmal zu erkennen gab, daß er ernsthaft darüber nachdenke, auf das Drexel-Angebot einzugehen. Er sollte zwar als gleichberechtigter M&A-Chef neben David Kay und Leon Black anfangen, würde aber Joseph direkt unterstellt sein. Aber vorher mußte er noch Milkens Segen einholen.

So flog er im Januar 1986 nach Beverly Hills, wo er sich im Beverly Wilshire Hotel einmietete, unweit von Milkens Junk-bond-Fabrik. Milken ersparte Siegel das übliche Vorstellungsgespräch um 4.30 früh, sondern besuchte ihn statt dessen am späten Nachmittag, lange nach dem Börsenschluß an der Ostküste, in seiner Hotelsuite. Siegel hatte Milken noch nie persönlich getroffen und war von der Intensität seines Blicks und der Anspannung und Energie, die von seiner schlanken Gestalt ausgingen, beeindruckt.

Er bot ihm mit einer Handbewegung an, auf einem Plüschsofa Platz zu nehmen, aber Milken ignorierte es und begann, vor dem sitzenden Siegel auf und ab gehend, mit raschen Worten, und ebenso rasch von einem Thema zum andern springend, auf ihn einzureden. Er erklärte ihm seine Sicht der Geldmärkte, spulte einige der üblichen Werbesprüche für Junkbonds ab und ließ sich dann, etwas ausführlicher, über sein Verhältnis zum Geld aus. Er wolle nicht, daß sich jemand in bezug auf seine eigenen Einkünfte oder die anderer auf dem laufenden halte, sagte er. »Wenn die

Leute hier immer wüßten, wie reich sie sind, würden sie langsam werden und Fett ansetzen. Man darf sein Geld nicht zählen; man muß sich den Antrieb erhalten, mehr davon zu machen.«

Er erklärte Siegel, daß Klienten finanziell bis an die Grenze dessen, was der Markt erlaube, belastet werden müßten. Die Frage dabei sei nicht, betonte er, wie profitabel sie gearbeitet hätten. Keine Marge liege zu hoch. »Wenn unsere Kosten«, fuhr er fort, indem er eine Hand ausstreckte, »hier liegen und der Markt einen Preis hergibt, der hier liegt« - er hielt die andere Hand hoch in die Luft -, »dann sollten wir den Preis für unsere Dienste hier festlegen« - er senkte die obere Hand kaum merkbar ab. »Wir haben diese Spanne verdient. Der Preis liegt immer einen Penny unter dem Marktpreis, ganz egal, wie hoch die eigenen Kosten waren.«

Dann erzählte er, daß er gerade mit Marvin Davis gesprochen habe, dem reichen Ölmagnaten, der nach Hollywood umgezogen war und die 20th Century-Fox gekauft hatte. »Ich werde alle diese Kapitalquellen zusammenbringen«, verkündete er großspurig. Die Kaufkraft, die er damit anhäufte, würde alles übertreffen, was die Welt bisher gesehen hatte. Sein einziges Problem sei es, fuhr er fort und verstummte für einen Moment, um Siegel einen bedeutungsvollen Blick zuzuwerfen, - »Leute wie Sie zu finden«.

Milken verließ Siegel nach 45 Minuten, ohne sich hingesetzt zu haben. Er hatte fast ständig geredet und war so hyperaktiv gewesen, daß Siegel sich gefragt hatte, ob er irgendwelche Medikamente nahm. Nach dieser Begegnung sah Siegel in Milken eine Art Sonnengott. »Komm ihm nicht zu nah«, warnte er sich selbst, »oder du wirst verbrennen.«

Am Abend traf sich Siegel mit den Topmanagern von Carnation zum Essen, um die Übernahme durch Nestlé zu feiern. Er hatte trotz der Informationen, die er Boesky über den Deal zugespielt hatte, ein ungewöhnlich reines Gewissen. Mit dem Ausscheiden bei Kidder, Peabody würde er solche schmutzigen Geschäfte hinter sich lassen.

Als er wieder in New York war, sagte ihm Joseph, daß er die Musterung in Beverly Hills bestanden habe. Während der nächsten Wochen handelten sie die finanziellen Einzelheiten aus. Es verstand sich von selbst, daß Siegel mehr zugesichert werden mußte als die 2,1 Mio. Dollar, die er für 1985 von Kidder, Peabody erhalten hatte. Siegel wies außerdem darauf hin, daß er seine Firmenanteile zu einem Preis, der weit unter ihrem wirklichen Wert liegen würde, zurückgeben mußte, was angesichts der, wie Siegel annahm, großen Wahrscheinlichkeit, daß Kidder, Peabody bald verkauft werden würde, eine besondere Härte war.

Joseph hatte Siegel ein in seinen Augen außerordentliches Angebot zu machen: ein garantiertes Grundgehalt von 3,5 Mio. Dollar, einen Einstandsbonus von zwei Mio. und ein Paket Drexel-Aktien. Siegel schätzte alles zusammen auf über sechs Mio. Dollar – das Dreifache dessen, was er bei Kidder, Peabody verdient hatte. Für Drexel lag diese Vergütung allerdings kaum außerhalb des Üblichen, selbst wenn es sich um weniger erfahrene und bekannte Investmentbanker handelte als Siegel.

Am nächsten Dienstag, dem Tag, an dem der Spaceshuttle *Challenger* explodierte, ging Siegel zu DeNunzio und teilte ihm mit, daß er in Verhandlungen mit Drexel stehe. DeNunzio war schockiert. Er begann unruhig auf seinem Stuhl hin- und herzurutschen und heftig zu schwitzen und flehte Siegel an, nichts zu entscheiden, bevor er nicht die Gelegenheit gehabt hatte, ihm ein Gegenangebot zu machen.

Siegel war jedoch nicht in der Stimmung zu warten. Er besuchte am folgenden Freitagabend Al Gordon in dessen Wohnung in Manhattan. Gordon verhielt sich liebenswürdig und bot Siegel einen Drink an; vermutlich sagte er sich, daß das Ausscheiden von Siegel die Wahrscheinlichkeit des Verkaufs der Firma enorm vergrößerte. Als Siegel ihm eröffnet hatte, daß er beschlossen habe, zu Drexel zu gehen, war sein einziger Kommentar gewesen: »Alle guten Dinge müssen einmal enden.« Ihn störte die Tatsache, daß Siegel zu einer Firma wie Drexel ging, weit mehr als sein Weggang von Kidder, Peabody. Er verachtete Drexel und alles, wofür die Firma stand. Aber das behielt er für sich.

Am nächsten Tag fuhr Siegel nach Greenwich hinaus, um DeNunzio in dessen Haus aufzusuchen. DeNunzio hatte bereits mit Gordon gesprochen und war außer sich darüber, daß Siegel zu Gordon gegangen war, bevor sie ihr Gespräch zu Ende geführt hatten. Aber seine Vorhaltungen fruchteten nichts. Siegel empfand die Auseinandersetzung mit DeNunzio zwar als schmerzlich, blieb aber bei seinem Entschluß.

Er hatte das Gefühl, auch Boesky von der Veränderung unterrichten zu müssen, der enttäuscht und verletzt reagierte, weil Siegel ihn nicht zu Rate gezogen hatte.

Die Neuigkeit verbreitete sich rasch in der Firma und löste überall ernste Sorgen und bei manchen sogar eine Art Panik aus. John Gordon, der, seit er in die Firma eingetreten war, mit Siegel zusammengearbeitet hatte, war das Wochenende über in San Francisco und erfuhr Samstagabend durch seinen Vater von der Neuigkeit. Er nahm auf der Stelle einen Nachtflug an die Ostküste und war am Sonntag zu einer Krisensitzung der Unternehmensfinanzierung und der M&A in der Firma. Hal Ritch war ebenfalls dort; Siegel hatte ihn zu Hause angerufen, ihm die Neuigkeit mitgeteilt und hinzugefügt: »Man erwartet zwar nicht von mir, Mitarbeiter anzuwerben, aber ich werde jeden Anruf entgegennehmen.« Ritch begriff, daß Siegel ihm eine goldene Brücke bauen wollte, lehnte die Idee aber kurzerhand ab. »Ich würde nicht für diese schmierigen Liquidatoren arbeiten wollen«, sagte er in bezug auf Drexel. Auch John Gordon war angewidert. In seinen Augen hatte die Geldbesessenheit allzu weit um sich gegriffen; es gab nur noch ein Gesprächsthema: die Größe des eigenen Bonus. Die Loyalität war ausgestorben.

In der folgenden Woche fand Kidder, Peabodys Jahreshauptversammlung statt. DeNunzio konnte für 1985 zwar ein Rekordergebnis verkünden, mußte aber gleichzeitig das Ausscheiden von Siegel bekanntgeben, und niemand wußte besser als er, wie groß der Profitanteil war, der mit Siegel die Firma verließ. DeNunzio hatte während des Ferienaufenthalts in seiner Skihütte in Vermont genügend Zeit gehabt, sich darüber klarzuwerden, daß die Firma ohne einen Star wie Siegel nur durch Kapitalkraft wettbewerbsfähig bleiben konnte. Da es um die Kapitaldecke der Firma jedoch recht prekär bestellt war, verkündete er, daß Kidder, Peabody zusätzliche Kapitalquellen »erkunden« werde. In der Öffentlichkeit wies er jede Spekulation über einen Verkauf der Firma mit Nachdruck zurück. Aber er war sich bewußt, daß etwas getan werden mußte, und zwar bald – bevor alles um ihn herum zusammenkrachte.

Während sich immer dunklere Wolken zusammenbrauten, versuchte Kidder, Peabody verzweifelt, weitere personelle Verluste zu verhindern. DeNunzio garantierte zum erstenmal in der Firmengeschichte, daß 1986 jeder einen Bonus erhalten würde, der mindestens so groß war wie der für 1985. Aber nicht jeder hielt das für möglich. Nur sechs Wochen nach dem Weggang von Siegel, am Karfreitag, quittierte ein Juwel der Firma, die High-Tech-Gruppe der Unternehmensfinanzierung, als Ganze den Dienst und wechselte ebenfalls zu Drexel.

Für John Gordon war das der letzte Auslöser. Er ging zu seinem Vater und sagte ihm, daß er DeNunzio zwingen müsse, in Aktion zu treten. Der Mangel an Führung sei »verrückt«, meinte er und fügte hinzu: »Ich werde die Firma verlassen.« Die Aussicht, daß sein eigener Sohn einen solchen Schritt erwog, war fast mehr, als Gordon senior aushielt. Er besann sich auf seine immer noch bemerkenswerte Autorität und begab sich zu DeNunzio.

Das Ergebnis des Besuchs war vorhersehbar gewesen. Wenige Wochen später, Ende April, rief DeNunzio die Direktoren von Kidder, Peabody zusammen und gab mit Tränen in den Augen bekannt, daß die Firma an General Electric verkauft werden würde. GE zahlte 600 Mio. Dollar für einen Firmenanteil von 80 Prozent, so daß 20 Prozent in den

Händen derjenigen Mitarbeiter verblieben, die Kidder, Peabody die Treue hielten. Außerdem hatte GE zugesagt, das Kapital um weitere 130 Mio. aufzustocken. Al Gordon konnte seinen Anteil von sechs Prozent für 40 Mio. Dollar verkaufen und zog sich als reicher Mann ins Privatleben zurück. Die Firma, die er gekannt hatte, war tot. Aber nicht einmal er konnte ahnen, wie schnell die kläglichen Reste in der Folgezeit zerfielen.

Siegel war bei Drexel viel zu beschäftigt, um dem Verkauf seiner alten Firma länger nachhängen zu können, obwohl er natürlich erkannte, daß sein Aktienanteil, wenn er geblieben wäre, Millionen wert gewesen wäre. Er hatte bei Drexel ein Büro direkt neben dem von Levine bezogen und sich in sein neues Leben als Co-Chef der M&A-Abteilung neben Black und Kay gestürzt. Dabei hatte er rasch herausgefunden, daß es bisher im Grunde keine Geschäftsführung der Abteilung gegeben hatte. Black hatte an bestimmten Deals gearbeitet und seine Beziehung zur Westküste gepflegt, während Kay, nach Siegels Eindruck, nur wenig zum Erfolg der Abteilung beigetragen hatte. Siegel führte Führungs- und Kontrollmechanismen ein, um Probleme wie zum Beispiel Interessenkonflikte handhaben zu können, mit denen man sich erstaunlicherweise innerhalb der Abteilung vorher noch nie befaßt hatte.

Siegel war von den Qualitäten der Leute, mit denen er zusammenarbeitete, wenig beeindruckt. Er kannte Jeffrey Beck, einen von Drexels aufstrebenden Jungstars, dem er während des Beatrice-Deals begegnet war, und fragte Black, ob man ihn nicht in die M&A-Abteilung holen sollte. Black zuckte die Achseln und erwiderte: »Er ist ein geborener Lügner, kann Ihnen aber in der Lebensmittelindustrie, bei wem Sie wollen, einen Termin besorgen.« Siegel war entsetzt darüber, daß die Firma einen »Lügner« beschäftigte, und ließ den Gedanken fallen, ihn in die Abteilung versetzen zu lassen.

Auch Levines Fähigkeiten waren für Siegel kaum der Rede wert. Bei einer Sitzung mit Union Carbide in der Anwaltskanzlei Paul, Weiss, Rifkind, Wharton & Garrison hatte sich Levine zu einer Diskussion zum Thema »Aktienaufteilung« hinreißen lassen und damit offenkundig gemacht, daß er keine Ahnung davon hatte. Siegel bemerkte, wie Black und Ackerman, der aus Beverly Hills angereist war, die Augen zur Decke rollten. »Er ist nicht gerade ein Superwissenschaftler«, meinte Black später. Siegel hielt das für eine charmante Untertreibung.

Nicht weniger überraschend war für Siegel, wie lässig Levine an seine Arbeit heranging. Levine war mitten während der Arbeitszeit häufig abwesend oder unauffindbar und machte oft sehr früh Schluß. Eines Tages bat er Siegel sogar, ihn für ein paar Tage zu »decken«. »Ich muß zum Sporttauchen auf die Bahamas«, erklärte er.

Angesichts des augenscheinlichen Mangels an Talenten begriff Siegel rasch, daß er in der Abteilung eine wesentlich größere Rolle spielen würde, als er erwartet hatte. Er blieb mit vielen der Klienten, die er bei Kidder, Peabody gehabt hatte, in engem Kontakt, um herauszufinden, ob der notorisch schlechte Ruf von Drexel sie davon abhielt, seine neue Firma in Anspruch zu nehmen. Zu seiner Erleichterung konnte er feststellen, daß die meisten sogar begierig darauf waren, die Finanzierungskapazität von Drexel zu nutzen. Zu den Blue-chip-Unternehmen, die Siegel zu Drexel folgten, gehörten Pan American, Strawbridge & Clothier, Carson Pirie Scott, Lear Siegler, Goodyear und Holiday Inn. Ihre Establishmentaura verlieh Drexel ein Ansehen, das die Firma ohne Siegel niemals gewonnen hätte. Siegel schob oft 20-Stunden-Tage ein und arbeitete insgesamt härter denn je.

Joseph war hocherfreut. Sein Plan, Drexels Finanzierungskraft mit Siegels Fachwissen zu koppeln, zahlte sich schneller aus, als er zu hoffen gewagt hatte. Kay und Black schien es kaum zu stören, daß sie von dem charismatischen Siegel in den Schatten gestellt wurden. Nur Levine beklagte sich bitter über Siegels Auftauchen. Er war wütend darüber, daß man nicht auch ihn zum Co-Chef der M&A gemacht hatte.

Er ging sogar so weit, die Möglichkeit zu sondieren, anstelle von Conway als Chef des Merchant banking in Boeskys Firma einzutreten. Bei einem Mittagessen mit Ilan Reich im Water Club prahlte er damit, daß Boesky ihm einen Einstandsbonus von fünf Mio. Dollar angeboten habe. Boesky brauche jemanden, der »härter« sei als Conway, behauptete er, jemanden wie ihn.

Die Wahrheit sah etwas komplizierter aus. Die fünf Millionen waren die Summe, die Levine nach eigener Einschätzung als Anteil an den Insidergewinnen zustand, die Boesky aufgrund seiner Tips gemacht hatte. Boesky hatte seine eigene Berechnung dagegengehalten und mit einem Angebot von 2,4 Mio. gekontert. Der »Bonus«, den Levine erhalten würde, falls er zu Boesky wechselte, wäre eine perfekte Tarnung für diese Zahlung gewesen. Aber die Gespräche zogen sich hin; Levine war als Quelle bei Drexel für Boesky entschieden wertvoller, als er es in seiner Firma jemals sein konnte. So wurde das Thema zwar in regelmäßigen Abständen wieder angeschnitten, aber nie mit einem konkreten Ergebnis abgeschlossen.

Levine gab das Geld weiterhin mit vollen Händen aus – für Kunstwerke, für ein Haus in den Hamptons –, obwohl seine Profite aus dem Insiderhandel rapide abnahmen. Er kassierte noch einen bescheidenen Gewinn in MidCon, einem Drexel-Deal, aber danach hörte sein Handel auf. Er hatte insgesamt über zehn Mio. Dollar an Insiderprofiten eingenommen und damit das Ziel erreicht, das er sich einst gesteckt hatte. Da sich sein Insiderring seit dem Ausfall von Wilkis und Cecola in Auflösung befand, richtete er seinen Blick zunehmend auf Boesky als Quelle zukünftiger Profite. Im Februar lud Reich Levine und seine Frau in sein Haus an der Upper West Side ein, in das er gerade eine neue Küche hatte einbauen lassen. Reichs Ehe war wieder intakt, und er befand sich als junger Partner bei Wachtell auf dem aufsteigenden Ast. Sogar Levine war davon beeindruckt. Als er mit Reich allein war, sagte er ihm: »Du hast die richtige Entscheidung getroffen« - sich aus dem Insiderring auszuklinken. Auch er selbst, fuhr Levine fort, könne bei Drexel nicht über mangelnden Erfolg klagen. »Es reicht fast, um einen ehrlichen Mann aus mir zu machen«, sagte er lachend.

Eines Tages hörte Siegel mit, wie Levine mit irgend jemandem vertrauliche Details eines von Goldman, Sachs betreuten Warnaco-Deals besprach. Er rief umgehend bei Freeman an. »Du hast da drüben jemanden, der mit Dennis Levine plaudert«, sagte er. »Ich glaube, ich weiß, wer es ist«, meinte Freeman, ging aber nicht näher darauf ein. Er revanchierte sich, indem er Siegel mitteilte, daß jemand bei Drexel Einzelheiten über eine von der Firma bearbeitete MidCon-Fusion durchsickern lasse. Siegel rief daraufhin Joseph an und sagte ihm: »Sie haben da ein echtes Problem.«

Siegel hatte den Kontakt zu Freeman auch bei Drexel aufrechterhalten und verfügte daher weiterhin über genaue Informationen über diverse Goldman-Deals. Aber da er nicht mehr im Arbitragegeschäft war, handelte er mit keiner von ihnen. Darüber hinaus hielt er sich an das, was er sich beim Weggang von Kidder, Peabody geschworen hatte: Er gab Freeman keinerlei Insiderinformationen mehr. Als Freeman ihn über Graphic Scanning, einen Drexel-Deal, in den er mit einer großen Position eingestiegen war, ausquetschen wollte, behauptete Siegel ebenso felsenfest wie scheinheilig, daß er nichts davon wisse, und verwies ihn an Kay.

Die Vergangenheit schien endgültig begraben zu sein. Bis es zu einem mißlichen Vorfall kam. Eines Nachmittags nämlich schlenderte Levine in Siegels Büro und fragte ihn, nachdem er einige Minuten nur heiße Luft von sich gegeben hatte, beiläufig: »Wo bekommen Sie Ihre Insiderinformationen her? Von Boesky?«

Siegel erstarrte. Würde ihn die Vergangenheit denn ewig verfolgen? Er versuchte ebenso locker zu erwidern, wie die Frage gestellt worden war: »Ich habe schon vor Jahren aufgehört, mit Boesky zu handeln.«

Im April 1986 erwarteten die 2000 Konferenzteilnehmer, die sich im großen Ballsaal des Beverly Hilton versammelt hatten, mit freudiger Erregung einen von Drexels »Werbespots«, die inzwischen zum festen Programm der Predators' Balls gehörten. Während die Titelmelodie von *Dallas* durch den Saal hallte, trat Larry Hagman ins Bild und zückte eine »Drexel Express Titankarte«. Die Karte habe »eine Kreditlinie von zehn Mrd. Dollar«, tönte J. R. »Gehen Sie nie ohne sie auf die Jagd.«

Es folgte eine textlich veränderte Fassung des bekannten Madonna-Videos »Material Girl«. Eine Stimme wie die von Madonna sang synchron zu den Lippenbewegungen des Stars: »Ich bin ein Doppel-B-Girl und lebe in einer materiellen Welt« – das doppelte B stand für gering bewertete Bonds und eine BH-Größe. Und während Madonna über die Leinwand tanzte, sang ein Chor: »Drexel, Drexel.« Das Publikum kreischte vor Vergnügen. Dann richtete sich ein Scheinwerferkegel auf den Überraschungsgast des Abends: Dolly Parton.

Drexel hätte den Stolz der Firma, ihren neuen Star Martin Siegel, am liebsten ständig ins Zentrum der Aufmerksamkeit gerückt, aber Siegel hatte sich mit Erfolg dagegen gewehrt. Er war erst anderthalb Monate bei der Firma und wollte die älteren Drexel-Mitarbeiter nicht ausstechen. Er hatte es abgelehnt, als Gastgeber des M&A-Frühstücks aufzutreten, und Levine diese Rolle überlassen, der sich mit der wachsenden strategischen Macht von Drexel brüstete. Aber Joseph hatte Siegel überreden können, ein Podiumsgespräch mit dem Übernahmeanwalt Joseph Flom und anderen Anwälten zu moderieren, in dem die rechtliche Entwicklung auf dem Gebiet der Übernahmen diskutiert werden sollte.

»Sie kennen mich als einen vehementen Verteidiger von Übernahmezielen«, sagte Siegel einleitend, indem er unter den Tisch griff und als Symbol für die Blue-chip-Welt von Kidder, Peabody einen weißen Cowboyhut hervorholte, den er sich aufsetzte. »Und die Tatsache, daß ich zu Drexel gegangen bin, bedeutet noch nicht, daß ich meine Ansichten geändert hätte«, fuhr er mit einem Augenzwinkern fort, während er erneut unter den Tisch griff, um den weißen gegen einen schwarzen Cowboyhut auszutauschen.

Jeder im Raum lachte, sogar Siegels Establishmentklienten. Einige von ihnen, einschließlich der Präsidenten von Lear Siegler und Pan American, hielten auf der Konferenz sogar Vorträge. Die Unternehmenslämmer lagen bei den Löwen.

Und ebenso die Politiker. Drexel hatte bis 1985 weder über ein Büro in Washington noch über eingetragene Lobbyisten verfügt. Dann jedoch hatte sich im Kongreß Unmut über die Welle feindseliger Übernahmen geregt. Während des Unocal-Angriffs hatte Timothy Wirth, der mächtige demokratische Abgeordnete aus Colorado, der den Vorsitz im Unterausschuß für Telekommunikation, Verbraucherschutz und Finanzwesen innehatte, im Repräsentantenhaus einen Gesetzesvorschlag eingebracht, mit dem Greenmail für rechtswidrig erklärt werden sollte. Drexel war daraufhin in die Offensive gegangen, hatte einen früheren Berater des Weißen Hauses angeheuert und ein Büro in Washington eröffnet. Als Lobbyisten wurden Robert Strauss, der frühere demokratische Vorsitzende des Innenausschusses, und John Evans, ein ehemaliger SEC-Agent, gewonnen. Seither waren die Ausgaben des politischen Aktionskomitees von 20 550 Dollar bei den Wahlen des Jahres 1984 auf 177 800 Dollar bei denen des Jahres 1986 gestiegen.

Auf der 86er Junk-bond-Konferenz trat der einstige Kritiker Wirth als einer der Hauptredner auf. Drexel hatte seinen erfolgreichen Wahlkampf um einen Sitz im Senat mit Spenden in Höhe von 23 900 Dollar unterstützt, und Wirth hatte sich zu einem Verteidiger der Junk-bonds gewandelt. Sein Versuch, Greenmail-Geschäfte zu verbieten, verlief im Sande, und er machte keinerlei Anstrengungen, ihn noch einmal zu unternehmen. Drexel hatte auch andere einflußreiche Politiker als Redner eingeladen, unter ihnen die Senatoren Bill Bradley, Alan Cranston (der in diesem Jahr 41 750 Dollar von Drexel in Empfang nehmen konnte), Edward Kennedy, Frank Lautenberg und Howard Metzenbaum. Die meisten von ihnen schienen vom Glanz des ganz großen Geldes fasziniert zu sein wie die kleinsten Büroangestellten aus irgendeiner Pensionskasse. Dazu trugen möglicherweise auch die 56 750 Dollar bei, die Senator Alfonse D'Amato aus New York, dem damaligen Vorsitzenden des für Wertpapiere zuständigen Unterausschusses, von Drexel zuflossen.

»Die Stärke der Nachfrage nach hochverzinslichen Wertpapieren in diesem Land hat alle Regulierungen über den Haufen geworfen«, vertraute Milken der *Washington Post* an. Sein Credo, die Junk-bonds, einst ein geheimnisvoller Gegenstand ökonomischer Analysen, war zum Evangelium der 80er Jahre geworden. Unternehmen mit konservativen Bilanzen begannen sich wie Narren zu fühlen. Es gab kaum noch jemanden, der Milkens Ansatz in Frage stellte.

Und wer hätte auch die Zahlen bestreiten können? Mehrere Wissenschaftler, als bekanntester der Finanzwissenschaftler und Professor an der New Yorker University Edward Altman, veröffentlichten Studien, in denen nachgewiesen wurde, daß die Zahlen des Jahres 1985 Milkens These bestätigten, nach der ein Portefeuille aus Junk-bonds bei einem Risiko, das nicht größer war als das von US-Schatzbriefen, wesentlich höhere Erträge versprach. Altman wurde zu einem eifrigen Verfechter von Milkens Ansichten.

Anfang und Mitte der 80er Jahre hatten Milkens Klienten, trotz höchster Anspannung ihres Leverage, die erstaunliche Fähigkeit besessen, einen Zahlungsverzug selbst dann zu vermeiden, wenn ihre Erträge enttäuschend waren. In diesen Fällen hatte Milken einfach eine »Umstrukturierung« vorgenommen und anstelle der gefährdeten Schuldverschreibung eine verwirrende Streitmacht neuer hochverzinslicher Wertpapiere aufgeboten. Die neuen Truppen schoben die Zahlungen auf und gaben den Unternehmen einerseits die Zeit, sich zu erholen, und ersparten ihnen andererseits die Belastung durch sonst fällige Verzugszinsen.

Daß Milken solche Umstrukturierungen durchführen konnte – von denen viele, betrachtete man die nackten Zahlen, augenscheinlich zum Scheitern verurteilt waren –, war nicht nur dem geradezu mythischen Ruf zu verdanken, der ihm vorauseilte. Es war auch ein Zeichen dafür, wie sehr er sich seine ergebenen Klienten gefügig gemacht hatte, insbesondere die Spar- und Darlehenskassen sowie die Versicherungsgesellschaften. Mitte 1986 hielt die Columbia Savings and Loan seines Freundes Tom Spiegel drei Mrd. Dollar in Drexelschen Junk-bonds, und sein Kumpel Fred Carr von der First Executive hatte sage und schreibe sieben Mrd. Dollar auf diese Weise angelegt. Aber noch erstaunlicher war, daß sich Milken am Ende des Handelstages hinsetzen und mit ihren Portefeuilles jonglieren konnte, wie es ihm beliebte, indem er enorme Wertpapierpakete in sie aufnahm oder aus ihnen entfernte. Solange der Gewinn stimmte, schien das niemanden zu stören.

Zu Milkens zuverlässigsten Kunden gehörte auch David Solomon, der eine eigene Finanzfirma, Solomon Asset Management, führte, mit Einlagen von mehr als zwei Mrd. Dollar, die überwiegend aus Sozial- und Rentensparplänen von Arbeitnehmern stammten. Er war einer von Milkens frühesten Anhängern gewesen und investierte kräftig in dessen hochverzinsliche Papiere. Milken hatte sich dafür revanchiert, indem er Solomon zum Manager eines offenen Junk-bond-Fonds machte, des Finsbury Fund.

Finsburys Ankäufe brachten Milkens Junk-bond-Fabrik enorme Provisionen ein, die zum Teil dem Drexel-Verkäufer zuflossen, der sich damit beschäftigte, Kunden für Finsbury anzuwerben. Aber Milken wollte die Provisionen nicht teilen. Also forderte er Solomon auf, ihn für die

Provisionen, die er an andere Drexel-Mitarbeiter weitergeben mußte, zu entschädigen. Als Solomon sich weigerte, drohte ihm Milken, ihn von dem lukrativen Posten bei Finsbury abzulösen. Daraufhin gab Solomon nach.

Um die Provisionen auf ihre ursprüngliche Höhe aufzustocken, erhöhten Milken und Solomon einfach den Preis, den Finsbury für die Drexel-Junk-bonds zu zahlen hatte, und Milken steckte die Differenz in die eigene Tasche. Milken half Solomon auch einige Male, die Steuern auf sein persönliches Handelskonto zu vermindern, indem er ihm künstliche Verluste verschaffte. Solomon sparte auf diese Weise allein 1985 die Steuern für 800000 Dollar seines Einkommens. Außerdem ließ Milken seinem Freund einen Teil der Stammaktien aus dem Storer-Deal zukommen. Viele dieser Aktivitäten waren illegal; die Betrogenen waren letzten Endes die Finsbury-Aktionäre und die amerikanischen Steuerzahler.

Milken heuerte einen jungen Verkäufer von First Boston, Terren Peizer, an, der einzig und allein die Aufgabe hatte, die Solomon-Konten zu verwalten. Im Gegensatz zu vielen anderen in Milkens Abteilung war Peizer der Prototyp eines Yuppies – stets gut gekleidet, körperlich fit, eitel, mit einer schicken Eigentumswohnung am Strand von Santa Monica, die mit schwarzen Ledermöbeln und einer High-Tech-Stereoanlage glänzte. Er war von Solomon empfohlen worden und machte sich schnell allgemein unbeliebt, da er sich bei Milken einschmeichelte und bald zu dessen »Liebling« aufgestiegen war. Milken plazierte ihn an seinem Handelstisch links neben sich, und sie gewöhnten sich an, jedesmal, wenn einer von beiden sein Gegenüber bei einem Deal in die Knie gezwungen hatte, die Hand zu heben und gegen die des anderen zu klatschen.

Eines Tages überreichte Milken Peizer ein blau eingebundenes Notizbuch, das bisher von Alan Rosenthal geführt worden war; es enthielt die komplizierten Abrechnungen der verzweigten Geschäfte zwischen Milken und Solomon. Als Peizer ihn danach fragte, sagte Milken: »Geh zu Lowell. Er wird es dir erklären.« Lowell brauchte mehrere Sitzungen, bei denen sich Peizer eifrig Notizen machte, bis er alles erklärt hatte. Es war Peizers Initiation in den dunklen Untergrund von Milkens Imperium.

Die illegalen Arrangements gingen, jetzt mit Peizer als Buchhalter, unvermindert weiter. Das blaue Notizbuch hatte die gleiche Funktion wie Thurnhers Belege in der Beziehung zu Boesky, während Lowell die Oberaufsicht über die Transaktionen behielt. Niemand beklagte sich; das Arrangement war offenbar jeglicher Kontrollmöglichkeit von außen entzogen.

Auf diese Weise wurde im großen wie im kleinen, legal und illegal die gewohnte Ordnung des freien Markts mit voneinander unabhängigen Käufern und Verkäufern unterminiert. Das Wachstum des Junk-bond-Markts war allein durch Milkens Fähigkeit, neue Produkte hervorzubringen, begrenzt - nicht durch irgendeine Marktordnung oder eine eigenständige Entscheidung seitens der Käufer. 1976, vor Milkens Umzug nach Beverly Hills, waren Junk-bonds im Gesamtwert von 15 Mrd. Dollar im Umlauf gewesen. Jetzt, 1986, hatte sich diese Zahl nahezu verneunfacht: auf 125 Mrd. Dollar.

Was Milkens persönlichen Reichtum betraf, so lagen die öffentlich und privat geäußerten Schätzungen bei rund einer Mrd. Dollar, was Milken in die kleine Gruppe der Self-made-Milliardäre einreihte. Aber diese Schätzungen waren weit, sehr weit von der Wirklichkeit entfernt. Milken hatte 1986 bei Drexel 550 Mio. Dollar verdient. Daneben hatte(n) er (und die Fonds, die er namens seiner Angehörigen führte) allein durch den Verkauf von Beatrice-Optionen wahrscheinlich mindestens noch einmal soviel kassiert. Otter Creek, die von Milken geschaffene Partnership, die sich in bezug auf die National-Can-Aktie als so hellseherisch erwiesen hatte, schüttete an ihn und die anderen Partner 437,4 Mio. Dollar aus. Dabei war Beatrice nur eine von Dutzenden Transaktionen gewesen, bei denen Milken und seine Familie wertvolle Optionen und andere Anteile erhalten hatten, und Otter Creek war nur eine von über 500 Partnerships, die Milken aufgebaut hatte. Obwohl solche Vermögenswerte im Wert schwanken und in jedem Fall schwer einzuschätzen sind, kommt man dem wirklichen Vermögen von Milken und seiner Familie näher - und ist dabei immer noch zurückhaltend -, wenn man es für das Jahresende 1986 auf rund drei Mrd. Dollar beziffert. Es spricht, mit anderen Worten, alles dafür, daß sich Milken zu einem der zehn reichsten Männer von Amerika gemacht hatte.

Kein Wunder, daß er die beherrschende Figur der 86er Junk-bond-Konferenz war. Am Donnerstagabend ging Fred Joseph mit Irwin Schneiderman, dem Senior Partner von Cahill Gordon & Reindel, der Drexels führender Rechtsberater war, durch den Garten des Beverly Hills Hotels zu dem traditionellen Empfang im Bungalow 8. Die Aprilluft war angenehm lau, auch wenn es ein wenig windig war. Joseph hatte jeden Grund, über die Verwandlung, die mit Drexel vor sich gegangen war, zu staunen und auf seinen eigenen Beitrag dazu stolz zu sein. Die Firma hatte die Gefahren seitens der Regierung abgewehrt. Sie hatte das Establishment bezwungen. Drexel bearbeitete in jenem Jahr Transaktionen mit einem sagenhaften Gesamtwert von vier Billionen Dollar. Sie hatte Einnahmen von fünf Mrd. Dollar und zu versteuernde Nettoeinkünfte von zwei Mrd. Dollar. Sie hatte ein neues 47stöckiges Hochhaus im World-Trade-Center-Komplex mit rund 175 000 m^2 Bürofläche teils angemietet, teils - zu 49,9 Prozent - gekauft: ein passendes Monument ihrer neuen Größe. Drexel war jetzt tatsächlich ein Rivale von Goldman, Sachs und Morgan Stanley. Wenn sich die Firma weiter in diesem Tempo entwickelte, war abzusehen, wann sie ihre Konkurrenten überflügelt haben würde. Die Verhältnisse an der Wall Street befanden sich im Fluß, genau so wie Joseph es vor zehn Jahren, als er bei Drexel anfing, vorausgesagt hatte.

Als Joseph und Schneiderman den Bungalow erreichten, war Donald Engels alljährliche Party in vollem Gang. Trotz der handverlesenen Gästeliste drängelten sich Hunderte von Menschen in den Zimmern und auf den Terrassen des Bungalows. Die Ober, die mit Champagner und Cocktails herumgingen, konnten sich nur mühsam einen Weg durch die Menge bahnen.

Die Gästeliste war praktisch ein *Who's who* der Selfmade-Multimillionäre der 80er Jahre: Merv Adelson, Norman Alexander, Henry Kravis, George Roberts, Boone Pickens, John Kluge, Fred Carr, Marvin Davis, Barry Diller, William Farley, Harold Geneen, Rupert Murdoch, Steve Ross, Ron Perelman, Peter Grace, Sam Heyman, Carl Icahn, Ralph Ingersoll, Irwin Jacobs, William McGowan, David Mahoney, Martin Davis, John Malone, Peter Ueberroth, David Murdock, Jay und Robert Pritzker, Samuel und Mark Belzberg, Carl Lindner, Nelson Peltz, Saul Steinberg, Craig McCaw, Frank Lorenzo, Peter May, Steve Wynn, James Wolfensohn, Oscar Wyatt, Gerald Tsai, Roger Stone, Harold Simmons, Sir James Goldsmith, Mel Simon, Henry Gluck, Ray Irani, Peter Magowan, Alan Bond, Ted Turner, Robert Maxwell, Kirk Kerkorian. Und unter diese Männer mischten sich jetzt die Schlüsselfiguren aus Drexels Unternehmensfinanzierung und Junk-bond-Verkäufer wie Siegel, Ackerman und Dahl.

Boesky erschien in Begleitung zweier Leibwächter. Siegel hatte ihn seit März 1985, also seit über einem Jahr, nicht mehr gesehen. Das erste, was er bemerkte, war, daß Boesky immer noch seine Handtasche trug. Erst beim zweiten Blick fiel ihm auf, wie müde und abgespannt Boesky aussah.

In diesem Jahr waren in Bungalow 8 keine Frauen zu sehen. Siegel hatte Joseph gesagt, daß er nirgendwo erscheinen werde, wo Frauen »anschaffen« gingen, ob nun als Vollzeitprostituierte oder nicht. Joseph hatte bereits nach der 84er Konferenz versucht, Frauen von der Teilnahme an der Party auszuschließen, aber Milken und Engel waren dagegen auf die Barrikaden gegangen. Milken hatte, trotz seiner zur Schau getragenen

Wertschätzung der Familie, hartnäckig darauf bestanden, daß Männer »solche Dinge« mochten. Aber dieses Jahr hatte Joseph ein Machtwort gesprochen. Er versicherte Siegel und Schneiderman, daß er Engel befohlen habe, keine Frauen in den Bungalow einzuladen, und daß Engel es zähneknirschend akzeptiert hätte. Zum Ausgleich hatte er dafür gesorgt, daß hinterher, beim Abendessen bei Chasen's, genügend Schönheiten zugegen waren, obwohl zu dem Essen möglicherweise auch einige Ehefrauen von Konferenzteilnehmern erscheinen würden.

Als Joseph durch den Bungalow ging, drängten sich von allen Seiten illustre Raider und Konzernbosse zu ihm durch, um ihm zu sagen, wie großartig sie die Konferenz fänden und wie glücklich sie Drexels Aufstieg mache. »Wenn jemand eine Bombe in dieses Zimmer werfen würde, wäre die Übernahmeära vorbei«, witzelte einer der Gäste. Er hatte recht.

Joseph umfaßte die Menge mit einem Blick und hatte zum erstenmal fast das Gefühl, als könnte er die Macht, die Drexel entfesselt hatte, mit Händen greifen. Er drehte sich zu Schneiderman um und sagte, mühsam den Lärm der Party übertönend: »Das kann nicht endlos so weitergehen. Man wird es nicht zulassen, daß jedes Unternehmen in Amerika von jemand anderem übernommen wird.«

Boesky schien sich recht unwohl zu fühlen, während er, mit einem Barett auf dem Kopf und in einem Talar, unter dem sein Markenzeichen, der Dreiteiler mit Uhrkette, verborgen war, in den Kulissen des Greek Theater in Berkeley, dem Amphitheater, in dem üblicherweise die Feier der Verleihung der akademischen Grade der University of California stattfand, ungeduldig auf seinen Auftritt wartete.

Die Reihen des Freilufttheaters füllten sich mit Studenten, die erwartungsvoll der Ansprache entgegensahen, die Boesky halten würde. Die Studenten der Business School der Universität, Milkens ehemaliger Alma mater, hatten ihn in einer Abstimmung als ihren Festredner für die diesjährige Feier gewählt. Der berühmte Arbitrageur, der nicht einmal einen Collegeabschluß besaß, war an diesem Tag erst, dem 18. Mai 1986, in einem Privatjet nach Kalifornien geflogen und, was typisch für ihn war, zu spät eingetroffen, so daß das Bankett des Dekans, das traditionell der Zeremonie vorausging, überwiegend ohne ihn stattfand.

Vor der Rede hatte Boesky in einem kurzen Interview mit der Lokalzeitung gesagt, er gebe »einen Dreck« darauf, was die Studenten hören wollten. Er hätte vor, ihnen zu sagen, daß sie »die Rolle einnehmen (müssen), die in den alten Zeiten der Adel gespielt hat, indem sie sich zur Verbesserung der Menschheit in Kunst, Politik, Wissenschaft und Kultur engagieren«.

Nach einer kurzen Einleitung durch den Dekan trat Boesky, von enthusiastischem Beifall begrüßt, aufs Podium und demonstrierte den Studenten, wie unerträglich langweilig eine Festrede sein konnte. Er verbreitete sich über die altbekannten Platitüden von Amerika als dem Land der unbegrenzten Möglichkeiten und erzählte, in einer stark geglätteten Fassung, die Geschichte seines eigenen Aufstiegs vom Einwanderersohn aus Detroit zum Arbitragekönig an der Wall Street. Doch dann, als er die Aufmerksamkeit seines Publikums endgültig verloren zu haben schien, weckte er es mit einigen wenigen Sätzen wieder auf.

»Habgier ist, nebenbei gesagt, ganz in Ordnung«, sagte er, indem er die Augen von seinem Redemanuskript hob und zu einigen offenbar improvisierten Anmerkungen ansetzte. »Ich möchte, daß Sie das wissen. Ich halte Habgier für gesund. Man kann gierig sein und sich trotzdem noch im Einklang mit sich selbst befinden.« Die Zuhörer waren elektrisiert, lachten vergnügt auf und brachen in spontanen Szenenapplaus aus, während sie sich gegenseitig wissende Blicke zuwarfen.

Boesky beendete seine Rede und verließ die Bühne. Den Rest der Zeremonie ersparte er sich. Er nahm auch nicht an dem Empfang unter dem Campanile der Universität teil, auf dem der Festredner traditionell mit den Studenten, ihren Familien und ihren Lehrern zusammenkam. Boesky verließ Berkeley, ohne mit einem einzigen Studenten gesprochen zu haben.

Als er wieder in New York war, schien er reizbarer und launenhafter zu sein denn je. Seine Mitarbeiter sahen verwundert mit an, daß er, trotz der Kapitalspritze von fast einer Mrd. Dollar, mit seinen gewaltigen Mitteln offenbar so gut wie nichts anzufangen wußte. Das Volumen der Aktienpositionen hatte sich seit Eröffnung der neuen, mit frischem Kapital ausgestatteten Partnership kaum verändert. Mooradian äußerte sich besorgt über die hohen Bargeldreserven der Firma. »Das sieht Ivan gar nicht ähnlich«, sagte er. Aber seine Kollegen teilten seine Besorgnis nicht.

Boesky blieb mit Milken und anderen Mitarbeitern der Drexel-Filiale in Beverly Hills in Kontakt, schien aber keines der großen »Merchant banking«-Ziele zu verfolgen, die er sich jetzt hätte leisten können. Nachdem die Bilanz zwischen Milken und Boesky durch die Zahlung der 5,3 Mio. Dollar ausgeglichen worden war, hatte die Anzahl ihrer gemeinsamen Handelsaktivitäten rapide abgenommen. Im April war Boesky Milkens Junk-bond-Fabrik zweimal »gefällig«, indem er den Kurs der Stone Container Corporation und der Wickes Companies manipulierte.

In beiden Fällen war es Drexel aufgrund seines Eingreifens möglich, lukrative Deals weiter voranzutreiben. Aber Boesky war ohne große Begeisterung bei der Sache und erwartete offenbar keine Entschädigung für seine Dienste. Er befolgte nur noch die Befehle, die er erhielt. Er war, wie andere auch, zu einem Gefangenen von Drexel geworden.

Im Sommer begann auch Lessman sich über Boeskys Verhalten Sorgen zu machen. Boesky kam nur noch selten ins Büro, und wenn er in der Firma erschien, wirkte er wie abwesend. Mulheren besaß einen Hubschrauber, den er vermietete, und Boesky benutzte ihn regelmäßig, um irgendwohin zu fliegen; wohin, wußte niemand. Außerdem war er oft in Europa; er hatte sich zusammen mit Wekili ein Haus in Théoule-sur-Mer an der Côte d'Azur gekauft. Manchmal reisten sie gemeinsam dorthin: ein andermal rief Boesky aus London oder Paris an, wo er sich für 1,2 Mio. Dollar eine Wohnung gekauft hatte, oder aus Hawaii, wo er ebenfalls eine Eigentumswohnung erworben hatte. Viel Zeit verbrachte er auch in Los Angeles, vermutlich, um im Beverly Hills Hotel nach dem Rechten zu sehen. Aber wer wußte das schon?

Seine Bräune blätterte zwar nie ab, aber er schien fast nichts mehr zu essen; sein Hemdkragen saß, wie jeder sehen konnte, immer lockerer. War er einmal, was zunehmend seltener wurde, nachmittags im Büro, so verließ er es bald wieder, um in den Harvard Club zu gehen. Aber statt zu einem der informellen Gespräche, die er gern dort geführt hatte, ging er in den Umkleideraum, um sich einen dicken Trainingsanzug anzuziehen und ein Handtuch um den Hals zu wickeln, und setzte sich in die Sauna, wo er bei weit aufgedrehtem Temperaturregler einsam vor sich hin schwitzte.

Eines Vormittags trat Boesky an Lessmans Schreibtisch und sagte: »Lance, ich werde alt. Ich bin müde. Ich bin nicht mehr bei der Sache. Eines Tages werde ich die Büroschlüssel auf deinen Schreibtisch legen, hinausgehen und nie mehr zurückkommen.«

Lessman war verblüfft. Boesky schien es ernst zu meinen, so verbissen, wie er aussah. Aber Lessman wußte auch, wie sehr Boesky darauf bedacht war, alles unter Kontrolle zu haben; es war undenkbar, daß er ihn, Lessman, seine Firma würde führen lassen.

Boesky hatte bei der zuständigen Baubehörde die Genehmigung für den Umbau seines Hauses in Westchester beantragt. Er wollte aus ihm eine vergrößerte Replik von Monticello machen, des Hauses von Thomas Jefferson in Virginia. Wäre der Plan in die Tat umgesetzt worden, hätten eine Kuppel von fast 15 Metern Durchmesser, unter der eine neue, palastartige Schlafzimmersuite liegen sollte, und ein Portikus mit vier mächtigen Säulen errichtet werden müssen. Aber Boesky hatte das Interesse daran verloren.

Eines Tages wies er Reid Nagle an, die Swiss Bank Corporation in Genf anzurufen und einen großen Geldtransfer an Wekili vorzubereiten. Am 23. April ließ Boesky dem Anruf einen Brief folgen: »Gemäß der telefonischen Absprache, die ich selbst und Mr. Nagle mit Ihnen getroffen haben, ermächtige ich Sie hiermit, 1785800 sfr von meinem Konto zur Verfügung von Mr. Hushang Wekili in Ihrer Genfer Filiale bereitzuhalten. Er wird Ihre Genfer Filiale instruieren, wohin und wie die Summe transferiert werden soll.« Nagle fragte sich verwundert, was hier vorging.

An einem anderen Tag rief Seema Boesky in der Firma an, und da Boesky nicht im Büro war, sprach Lessman mit ihr. Seema sagte, daß der Grund ihres Anrufs nicht so wichtig wäre, klang aber recht betrübt. »Ivan ist zu oft weg«, sagte sie. »Ich sehe ihn kaum noch.« Lessman murmelte ein paar mitfühlende Worte. Aber dann überraschte sie ihn wirklich. »Wir haben überhaupt kein Sexleben mehr.«

Lessman hatte Boeskys Ehe immer für ziemlich gut gehalten. Seema schien in Boeskys Leben einbezogen zu sein, auch wenn ihre Besuche im Büro während der letzten beiden Jahre nicht mehr so häufig gewesen waren. Er vermutete, daß Boesky Affären hatte, wußte aber, daß seine Frau eine recht gesunde Einstellung dazu hatte. Sie hatte ihm einmal erzählt, daß ihr Vater ihr gesagt habe, daß kein Mann immer treu wäre. Aber solange es sich nur um gelegentliche Seitensprünge handelte, ginge das in Ordnung.

Auch Mulheren wußte kaum etwas über Boeskys Aktivitäten. Sein Hubschrauberpilot berichtete ihm manchmal, daß er einige Leute zum Kennedy Airport geflogen habe, wo sie sich mit Boesky trafen, um gemeinsam mit der Concorde nach London oder Paris zu fliegen. Eine andere Merkwürdigkeit war die Tatsache, daß Boesky einer Geliebten ein Appartement im vornehmen Stanhope Hotel an der Fifth Avenue gegenüber dem Metropolitan Museum of Art kaufte. Da er die Transaktion geheimhalten wollte, beauftragte er nicht seine Hausanwälte von Fried, Frank, sondern die Anwaltskanzlei Cravath, Swaine & Moore damit. Aber Seema erfuhr, durch den Innenarchitekten, trotzdem davon. Boesky vertraute – mit der wahrscheinlichen Ausnahme Wekilis – niemandem mehr, was aber weder Lessman noch Mulheren sonderlich störte; sie waren der Meinung, daß sie Boeskys Privatleben nichts anginge. Es würde ihnen, wie sie annahmen, immer ein Geheimnis bleiben.

Die majestätische *Queen Elizabeth II*, das Flaggschiff der Cunard Line und der prächtigste schwimmende Palast der Welt, lag, sich scheinbar über viele Blocks hinweg erstreckend, am West Side Passenger Terminal von Manhattan und zog Mengen von Schaulustigen an, die das Schiff voller Bewunderung betrachteten.

An der Gangway begrüßte ein Streichquartett die Fahrgäste mit populären Melodien. Clowns unterhielten sie, während sie darauf warteten, an Bord gehen zu können, mit ihren Späßen und verteilten Luftballons an die Kinder. Über ihnen war ein riesiges Transparent aufgespannt: MAZEL TOV, JENNIFER, ROBIN UND JASON. Die *Queen Elizabeth* – das gesamte Schiff mitsamt seiner 1000 Besatzungsmitglieder – war zum erstenmal in ihrer Geschichte von einer einzelnen Person, Gerald Guterman, einem Landerschließungsunternehmer, dem unter anderem das Stanhope Hotel gehörte, gechartert worden. Er hatte annähernd eine Mio. Dollar hingeblättert, um einen würdigen Veranstaltungsort für die Feier der Bar mitzvah seines 13jährigen Sohns Jason zu haben. Gleichzeitig wurde, wenn auch etwas verspätet, die Bas mitzvah seiner beiden Töchter aus einer früheren Ehe – Jennifer und Robin – begangen.

Als der Ozeanriese ablegte und zu einer 46-Meilen-Fahrt »ins Blaue«, die bis zum nächsten Tag dauern sollte, auf den Hudson River hinausfuhr, war einer von Gutermans bedeutendsten Gästen, ein Kollege aus dem Hotelgewerbe und sein Nachbar in Westchester, nirgendwo zu sehen. Ivan Boesky hatte die Abfahrt versäumt.

Doch dann mischte sich unter die Begrüßungsmusik des Peter-Duchin-Orchesters ein Knattern. Die Gäste verrenkten sich fast die Hälse, um die Lärmquelle zu entdecken – einen zweimotorigen Hubschrauber, der über dem Schiff in der Luft stehenblieb und zur Landung auf dem Sportdeck ansetzte. Unter den sich weit drehenden Rotorblättern kletterte ein in einen eleganten Smoking mit schwarzer Fliege gekleideter Boesky aus dem Hubschrauber. Er lächelte breit in die Runde und winkte den Gästen zu, die ihm lachend applaudierten. Dann stieg der Hubschrauber wieder auf und donnerte der untergehenden Sonne entgegen. Boesky hatte seinen Gastgebern die Schau gestohlen.

Er mischte sich beim Champagnerempfang unter die Gäste und setzte sich mit ihnen zu Tisch, um das aus sechs Gängen bestehende Festessen zu genießen, das in der koscheren Küche des Schiffs zubereitet worden war und unter anderem geschmortes Lamm, Beef Wellington mit Trüffelsauce und Cornwallhühnchen mit Leber und wildem Reis umfaßte. Die Tische waren mit Massen von Zimmercallas und riesigen Eisskulpturen dekoriert. Jedes der drei Kinder schnitt seine eigene, fast einen Meter hohe und mit Blumen bestreute Torte an, während die Gäste »Happy Birthday« sangen. Am nächsten Tag wurde zusätzlich zu den luxuriösen Annehmlichkeiten der *Queen Elizabeth* eine Truppe von 51 Schauspielern, Musikern und Entertainern aufgeboten. Angestellte des schicken Schönheitssalons La Coupe in Manhattan standen bereit, um Gutermans Frau Linda und die weiblichen Gäste zu frisieren und ihnen ein Make-up aufzulegen. Bei der Zeremonie selbst pries Rabbi Arthur Schneier Jasons Eltern in den höchsten Tönen. »In einem Heim, in dem es alles gibt, prägen Linda und Gerry ihren Kindern auch das ein, was unserem Leben erst Sinn und Zweck gibt.«

Am nächsten Tag, einem Sonntag, rief Mulheren bei Boesky zu Hause an. Es war sein Hubschrauber gewesen, mit dem Boesky seinen Auftritt gehabt hatte. Der Pilot hatte ihm sofort nach seiner Rückkehr Bericht erstattet: »Sie werden es nicht glauben, aber Ivan hat sich von mir auf die *Queen Elizabeth* absetzen lassen.« Mulheren war außer sich gewesen. »Tun Sie so etwas nie wieder für ihn«, hatte er seinem Piloten eingeschärft. Mulheren wußte, daß es kein Notfall gewesen war, aus dem heraus Boesky die Abfahrt des Schiffs versäumt hatte. Der Hubschrauber war lange im voraus gebucht worden. Boesky hatte nichts anderes im Sinn gehabt, als seinen Reichtum zur Schau zu stellen.

Als Boesky den Hörer abnahm, hörte er einen wütenden Mulheren: »Untersteh dich, meinen Hubschrauber noch einmal für eine solche Show zu benutzen! Verdammt noch mal, hast du den Verstand verloren? Auf diese Weise entstehen Revolutionen und landen Menschen in Gasöfen.«

Boesky amüsierte sich offenbar köstlich darüber. »Eins mußt du zugeben, John«, sagte er, »wenn ich gehe, dann erster Klasse.«

Am nächsten Tag, dem 17. September 1986, kapitulierte Boesky vor den Bundesbehörden und stellte sich dem Justizministerium als V-Mann zur Verfügung.

BUCH ZWEI

Die Jagd

9

Richard Drew, Vizepräsident der Aufsichtsabteilung bei Merrill Lynch, war der Brief, der vor ihm auf dem Schreibtisch lag, ein Rätsel. Er war an diesem Tag, dem 25. Mai 1985, eingetroffen und von der internationalen Abteilung an ihn weitergereicht worden.

Sehr geerte Herren!

Hirmit seze ich Sie in Kenntnis das zwei Manager von Ihrem Büro in Caracas auf Insiderinformationen handeln. Eine Aufstellung von ihre Geschäfte bisher ist an die SEC geschikt. Wie in diese Brief steht, wenn wir Kunden nicht von ihre Wissen profitiren, wir uns fragen wer die Handel überwacht die von die Manager gemacht. Wollen Sie die Sache mit alle Konsequenzen untersuchen, wir Ihnen geben Namen von die Insider mit ihre eigne Handschrift.

Darunter standen die Namen zweier Broker von Merrill Lynch: Max Hofer und Carlos Zubillaga, deren Kontonummern bei Merrill Lynch und ein Postskriptum: »Mr. Frank Granados möchte vielleicht bekommen eine Kopie.«

Der Brief hätte leicht im Papierkorb eines der überarbeiteten Aufsichtsangestellten enden können, so schlecht, wie er geschrieben war. Die Angestellten der Aufsichtsabteilung waren nicht nur unterbezahlt und wurden von den hochrangigeren Managern und Partnern mit Geringschätzung gestraft, sie wurden auch sorgsam vom eigentlichen Ort des Geschehens ferngehalten. Man bezahlte sie, um den Anschein zu erwecken, daß es eine Selbstkontrolle der Wertpapierindustrie gab, erwartete jedoch, daß sie nicht allzu viele Untersuchungen durchführten.

Merrill Lynch nahm die Aufsicht allerdings ernster als die meisten anderen Firmen. Stephen Hammerman, der Syndikus der Firma, hatte den Ton angegeben und auf einer strengen Überwachung der Kunden- und Angestelltenkonten bestanden. Er hatte, mit einem Stab von 75 Leuten, die größte Aufsichtsabteilung aufgebaut, die es an der Wall Street gab.

Drew, ein Anwalt, der 14 Jahre lang den Handelsverkehr an der New Yorker Börse überwacht hatte, war seit 1981 bei Merrill Lynch. Er arbeitete eng mit einem anderen Aufsichtsangestellten zusammen, Robert

Romano, der vorher als Bundesstaatsanwalt gearbeitet und anschließend in der Strafverfolgungsabteilung der SEC Untersuchungen von Insidergeschäften durchgeführt hatte.

Trotz der grammatikalischen und orthographischen Fehler enthielt der Brief aus Caracas einiges, das Drews Aufmerksamkeit erregte, insbesondere das ins Auge stechende Wort »Insiderinformationen«. Englisch war offensichtlich nicht die Muttersprache des Schreibers oder der Schreiberin, aber er/sie wußte bemerkenswert gut Bescheid. Er oder sie wußte von der Existenz der Aufsichtsabteilung, kannte die Kontonummern der Broker und offenbar auch die Funktion von Frank Granado, Merrill Lynchs Regionaldirektor für Lateinamerika.

Merrill-Lynch-Broker waren verpflichtet, ihre persönlichen Geschäfte über die Firma abzuwickeln, so daß Drew die Unterlagen über die Privatkonten von Hofer und Zubillaga zur Verfügung standen. Sie waren tatsächlich Broker in der Merrill-Lynch-Filiale in Caracas (Venezuela), hatten aber nur in relativ bescheidenem Ausmaß Privatgeschäfte getätigt. In vier oder fünf Fällen allerdings hatten sie in Aktien spekuliert, deren Kurs bald darauf steil angestiegen war. Diese Investitionen *waren* verdächtig. Drew glaubte zwar nicht, daß die Untersuchung sehr weit führen würde, gab den Brief und die Unterlagen aber dennoch an einen seiner Analytiker weiter, einen jungen Aufsichtsangestellten namens Steven Snyder.

Snyder blätterte in den Papieren – Hofers und Zubillagas Cash Management Accounts (CMA – eine bei Merrill Lynch geführte Kombination aus Giro-, Spar- und Depotkonto) –, während Drew ihn ins Bild setzte, und rief plötzlich, mitten in Drews Ausführungen hinein: »Oh, Scheiße!«

»Was ist denn?« erkundigte sich Drew. Snyder zeigte ihm die CMA-Abbuchungsvermerke von zwei Schecks, die Zubillaga im laufenden Monat ausgeschrieben hatte. Die Beträge – 4500 und 839,39 Dollar – waren kaum der Rede wert, aber der Name des Empfängers war Brian Campbell. »Ich kenne den Typen«, sagte Snyder. »Er ist institutioneller Broker, und zwar hier bei uns, bei Merrill Lynch.«

Sie waren verwirrt. Warum sollte ein Broker in Caracas einen Scheck für einen anderen Broker in New York ausstellen? Normalerweise hätte Snyder einfach bei Hofer und Zubillaga angerufen und eine Erklärung von ihnen verlangt, aber solche Befragungen brachten meistens nicht viel. Drew forderte statt dessen die Personalakten der beiden Broker aus Caracas und die von Campbell sowie dessen CMA-Unterlagen an.

Eine Woche darauf war den beiden Aufsichtsangestellten nach Prüfung der Konten klargeworden, daß sie über ein Geheimnis gestolpert waren, das viel größer war, als sie zuerst vermutet hatten. Campbell war zwar nicht mehr bei Merrill Lynch, aber Snyders Gedächtnis hatte ihn dennoch nicht getrogen: Campbell hatte als institutioneller Broker in der internationalen Abteilung von Merrill Lynch gearbeitet, bevor er im letzten Februar zu Smith Barney gegangen war. Zubillaga war vor seinem Wechsel nach Caracas ebenfalls in der internationalen Abteilung gewesen, und zu allem Überfluß hatten Campbell und Zubillaga 1982 auch noch denselben Ausbildungskurs bei Merrill Lynch durchlaufen.

Campbells Handelsbelege brachten etwas mehr Licht in die Angelegenheit. Er hatte genau dieselben Übernahmeaktien gekauft wie Hofer und Zubillaga – nur jeweils einen Tag vor ihnen, was den Verdacht nahelegte, daß er die Quelle der Geschäfte gewesen war. Einige andere Investitionen sahen ebenfalls so aus, als wären sie aufgrund von Insiderinformationen getätigt worden; es handelte sich um insgesamt acht Fälle, in denen Campbell bescheidene 100 oder 200 Aktien erworben hatte.

Da Campbell die Informationsquelle zu sein schien, besorgten sich Drew und Snyder eine Liste seiner Klienten – es waren rund 35 – und die dazugehörigen Handelsbelege. In ihnen war jedoch nichts Auffälliges zu finden – bis sie sich Campbells größten Klienten vornahmen: die Niederlassung der ältesten Schweizer Bank, der Bank Leu International, auf den Bahamas. Alle acht verdächtigen Campbell-Investitionen tauchten auch im Handelskonto der Bank Leu auf. Als sich Drew und Snyder noch einmal mit Campbells Akten befaßten, stießen sie auf acht weitere verdächtige Transaktionen. Campbell hatte nur in einem Fall vor der Bank Leu investiert, was darauf schließen ließ, daß er die Handelsaktivitäten eines Kunden der Bank kopiert hatte. Und deren Auftragsvolumina und entsprechend auch die Profite waren alles andere als bescheiden. Die Bank Leu hatte in der Regel in Blöcken von 10 000 Aktien gehandelt.

Das Handelsvolumen und die jeweils eingesetzten Summen hatten sich also im Verlauf der Untersuchung von Stufe zu Stufe ausgeweitet, und mit der Einbeziehung der Bank Leu hatte die Angelegenheit eine neue Ebene erreicht. Drew und Snyder gingen mit den Ergebnissen ihrer Nachforschungen zu Romano, der die Untersuchung sofort weiter vorantrieb. Da die bei Merrill Lynch vorhandenen Akten erschöpft waren, rief er Hofer und Zubillaga in Caracas an und beorderte sie zu einer Befragung nach New York.

Sie waren ängstlich bemüht, sich kooperativ zu zeigen, und bestätigten das meiste von dem, was die Aufsichtsangestellten bereits herausgefunden hatten. Zubillaga erzählte, daß Campbell und er Freunde seien und Campbell ihn regelmäßig angerufen habe, um ihm zum Kauf dieser oder jener Aktie zu raten. »Sie sieht gut aus«, habe er dann in bezug auf eine bestimmte Aktie gesagt. »Du solltest sie vielleicht kaufen.« Im Gegenzug hatte Campbell einen Anteil von Zubillagas Gewinn haben wollen, was dessen Schecks erklärte. Aber Zubillaga hatte die Tips nicht für sich behalten, sondern sie an seinen Arbeitskollegen Hofer und an seinen Bruder weitergegeben.

Merrill Lynch feuerte Zubillaga und Hofer, allerdings nicht aufgrund von Insidergeschäften - sie waren zu weit vom Schuß gewesen, um die Art ihrer Informationsquelle einschätzen zu können -, sondern weil sie den gemeinsamen Besitz von Wertpapierpositionen nicht offengelegt hatten; die Zahlungen an Campbell wurden als Verstoß gegen diese Firmenvorschrift gewertet. Die beiden Broker aus Caracas waren die ersten Opfer des anonymen Briefs aus Südamerika, sollten aber nicht die letzten bleiben. Wer den Brief geschrieben hatte, wußten auch sie nicht.

Viel mehr konnten die Aufsichtsangestellten von Merrill Lynch nicht tun. Sie nahmen zwar noch Kontakt mit einem Anwalt von Smith Barney auf, um ihn zu einer Überprüfung von Campbell und dessen Aktienkäufen für die Bank Leu zu bewegen, aber der Anwalt hatte nichts Eiligeres zu tun, als Campbell davon zu unterrichten, daß Merrill Lynch seine Handelsaktivitäten in Zweifel zog. Merrill Lynch befand sich nicht in einer Position, die es der Firma erlaubt hätte, direkt an Campbell heranzutreten. Die Quelle der Übernahmeinformationen war offensichtlich ein Kunde der Bank Leu, und die würde sich hüten, die Identität eines ihrer Kunden preiszugeben; sich an sie zu wenden, war also von vornherein zwecklos. Man war in einer Sackgasse angekommen, in der nur noch eins getan werden konnte, und das tat Romano: Er rief Gary Lynch, den Chefermittler der SEC, an.

»Jesus!« stieß Lynch hervor, nachdem Romano ihm das Ergebnis der internen Untersuchung bei Merrill Lynch mitgeteilt hatte.

Das war das letzte, was Romano, Drew und Snyder für fast ein Jahr von der Angelegenheit hörten. Soweit sie es sagen konnten, hatte die SEC keinen Erfolg bei ihrer Suche nach der geheimnisvollen Quelle der Übernahmeinformationen. Aber da der Übernahmeboom weiter anschwoll und die Aufsichtsabteilung von Merrill Lynch mit immer mehr Arbeit überschüttete, war der merkwürdige Brief aus Caracas bald in Vergessenheit geraten.

Als Romano ihn anrief, war Lynch gerade vier Monate als Chef der Strafverfolgungsabteilung der SEC im Amt, und es waren vier schwierige Monate gewesen. Die Stimmung in der Behörde war nach dem Rücktritt seines Vorgängers, John Fedders, auf dem Nullpunkt gewesen. Fedders war Anfang 1985 durch einen Artikel im *Wall Street Journal* aus dem Amt gedrängt worden, in dem aufgedeckt wurde, daß er seine Frau mißhandelt hatte. Um den Skandal einzudämmen, hatte der SEC-Direktor John Shad eiligst einen Nachfolger benannt. Lynch, bis dahin stellvertretender Direktor der Abteilung, ein 35jähriger Anwalt, der fast sein gesamtes Berufsleben bei der SEC verbracht hatte, war eine recht überraschende Wahl gewesen. Immerhin waren einige wesentlich bekanntere Kandidaten von außen im Gespräch gewesen: Der New Yorker Senator Alfonse D'Amato hatte sich für den New Yorker Anwalt Otto Obermaier stark gemacht. Daneben waren auch zwei bekannte Wertpapieranwälte, Jed Rakoff und Robert McCaw, als mögliche Abteilungschefs gehandelt worden. Aber die Beamten der SEC waren erleichtert, daß Lynch, einer der ihren, den Vorzug erhalten hatte und ihnen nicht irgendein Reagan-Anhänger vor die Nase gesetzt worden war, der möglicherweise stärker bestrebt gewesen wäre, den Markt zu »deregulieren«, als das Gesetz durchzusetzen.

Lynch war das Musterbeispiel eines Staatsdieners. Er behielt seine politischen Ansichten für sich. Seine Kollegen sahen in ihm einen ruhigen, beherrschten Mann, der manchmal etwas distanziert und abwesend wirkte, aber auch, wenn nötig, entschieden durchgreifen konnte. Seine Herkunft hatte nicht die geringsten Berührungspunkte mit der ständig unter Hochdruck stehenden Wall-Street-Welt des großen Geldes.

Er war als jüngstes von fünf Kindern in der Nähe von Middletown, einer Kleinstadt im Hinterland von New York, unweit der Grenze zu Pennsylvania, in ländlicher Umgebung aufgewachsen. Sein Vater betrieb ein kleines Fuhrunternehmen und mehrere andere kleine Geschäfte. Lynch war als Methodist erzogen worden. Er hatte an der Syracuse University und der juristischen Fakultät der Duke University studiert und war nach seinem Abschluß ein Jahr lang bei einer Anwaltskanzlei in Washington (D.C.) gewesen. Danach war er, in der Hoffnung, selbst Prozesse und Ermittlungen durchführen zu können, zur SEC gegangen, wo er schließlich zum stellvertretenden Direktor der Strafverfolgungsabteilung aufgestiegen war und zum Beispiel an den Insiderfällen Foster Winans und Thayer mitgearbeitet hatte.

Während des anwachsenden M&A-Booms hatte Lynch verwundert beobachtet, mit welcher Regelmäßigkeit kurz vor dem Auftauchen von Übernahmegerüchten die betreffenden Aktienkurse in die Höhe schnellten. Offensichtlich wurden in einem noch nie dagewesenen Ausmaß vertrauliche Informationen weitergegeben, zum Nachteil jener Anleger, die auf die öffentlichen Bekanntmachungen warten mußten. Die Durchschnittsanleger fühlten sich vor den Kopf gestoßen und verloren das Vertrauen in den Markt. Nicht lange nach Lynchs Beförderung, im April 1985, erschien in der *Business Week* eine Titelstory mit der Überschrift: DIE INSIDEREPIDEMIE - DIE SEC KÄMPFT EINEN VERLORENEN KAMPF GEGEN DEN MISSBRAUCH DES BÖRSENHANDELS. Der Artikel verstärkte Lynchs Besorgnis nur noch. Er schwor sich, die Ermittlungen gegen den Insiderhandel zu erweitern, die Zahl der mit ihnen beschäftigten Mitarbeiter zu erhöhen und jede Spur energisch zu verfolgen. Immerhin stand das öffentliche Vertrauen in die Finanzmärkte auf dem Spiel.

Wäre Lynch nicht so entschlossen gewesen, hätte er die Verfolgung der Spur, die ihm Romano in die Hand gegeben hatte, möglicherweise auf die lange Bank geschoben. Denn als er eine Kopie des Briefs aus Caracas erhielt, fand er ihn nicht sehr überzeugend. Es schien nur eine weitere Klage über einen Broker zu sein. Broker waren im herkömmlichen Sinn keine »Insider«, und es gab immer jemanden, der sich bei der SEC über seinen Broker beschwerte. Aber der Hinweis auf die Bank Leu war vielversprechend. Die Bank Leu war schon bei zwei anderen SEC-Untersuchungen aufgetaucht, die jedoch ergebnislos geblieben waren; eine von ihnen war der Textron-Fall gewesen. Lynch gab die Briefkopie an seinen Stellvertreter John Sturc weiter, einen gewieften Ermittler und Ankläger, der sofort eine Arbeitsgruppe zusammenstellte. Einer der Mitarbeiter, die er auf den Fall ansetzte, war Leo Wang, der Anwalt, der im Textron-Fall Levines Aussage aufgenommen hatte.

Das auffallendste an dem Fall war die Anzahl der gehandelten Aktien: 28 auf seiten der Bank Leu, 16 bei Campbell. Die meisten Fälle von Insiderhandel, sogar der sensationelle Thayer-Fall, betrafen nur wenige Aktien, häufig sogar nur eine einzige, da der illegale Handel von einem Insider des Unternehmens oder einem unmittelbar mit ihm verbundenen Tipnehmer durchgeführt worden war, der nur über die Transaktionen dieses einen Unternehmens Bescheid wußte. Aber den SEC-Beamten war klar, daß diese isolierten Vorkommnisse nicht für die epidemische Verbreitung des Insiderhandels an der Wall Street verantwortlich sein konnten. Es gab nur wenige Leute, die mit so vielen Geheimnissen vertraut waren, wie es der vielfältige Handel der Bank Leu annehmen ließ. Die einzigen, die über derartige gute Informationen verfügten, waren Anwälte und Investmentbanker. Vielleicht konnte die SEC über diesen Fall endlich ins Herz jener Konspiration vordringen, deren Existenz man schon seit langer Zeit vermutet hatte: Es mußte ein Netz von Wall-Street-

Profis geben, die ständigen Zugang zu den vertraulichsten Informationen hatten.

Lynch, Sturc und ihre Kollegen waren der Meinung, daß sie genug Spuren hatten, die es wert waren, weiter verfolgt zu werden. Die Regierungsbeauftragten für die SEC gaben routinemäßig ihr Einverständnis zur Aufnahme der Ermittlungen, und am 2. Juli 1985 wurde die SEC-Untersuchung mit dem Aktenzeichen HO-1743 förmlich anhängig gemacht. Danach begaben sich die SEC-Anwälte, mit der Macht ausgestattet, jede natürliche und juristische Person zur Befragung vorladen zu können, auf die Suche nach stichhaltigen Beweisen.

Wang lud Brian Campbell vor und verlangte Einsicht in dessen Handels- und Telefonakten. Im August erschien Campbell - jung, blond, selbstsicher - in Begleitung eines Anwalts in der SEC-Zentrale in Washington. Er schien zwar ein wenig angespannt zu sein, aber nicht so sehr, wie man es unter den gegebenen Umständen hätte erwarten können. Er wurde unter Eid genommen und drei Tage lang befragt.

Wang wußte aus den Telefonakten, daß Campbell fast täglich mit einem Angestellten der Bank Leu namens Bernhard Meier gesprochen hatte. Dieser intensive Austausch war allerdings nicht überraschend; die Bank Leu war Campbells bei weitem größter Klient. Er hatte die Geschäftsbeziehung zur Bank Leu von Smith Barney zu Merrill Lynch mitgenommen. »Ist Ihnen zu irgendeiner Zeit der Gedanke gekommen, daß Mr. Meier Zugang zu Insiderinformationen hatte?« wollte Wang wissen.

»Nein, davon habe ich nichts gewußt, nein«, antwortete Campbell und fügte hinzu, daß er niemals auch nur einen »Verdacht« gehabt habe, von einem »Hinweis« auf Insiderinformationen ganz zu schweigen.

Wang fragte Campbell nach den Aktienankäufen, die er jeweils kurz vor Übernahmeangeboten getätigt hatte. Campbell gab zwar zu, daß er die Handelsaktivitäten der Bank Leu kopiert hatte, bestand aber mit Nachdruck darauf, daß er die Aktien aufgrund eigener Research über die betreffenden Unternehmen gekauft hätte, und nicht aufgrund von Insiderinformationen. Er sagte, er hätte Meier erzählt, daß er einige der Transaktionen der Bank kopiere, fügte aber hinzu, daß er sich »ausweichend« verhalten und Meier keine konkrete Aktie genannt habe.

Danach erkundigte sich Wang nach dem merkwürdigen Scheck über 10 000 Dollar, dessen Abbuchung in Campbells Kontoauszügen vermerkt war. Der Scheck war zugunsten von Meiers dortigem Konto von der Morgan Guaranty Trust Co. in New York eingereicht worden. Das, erklärte Campbell, sie die Rückzahlung eines »Darlehens« gewesen, das er von Meier für eine Immobilienspekulation erhalten hätte.

»Gab es außerdem noch irgendwelchen Geschäftsverkehr zwischen Ihnen und Mr. Meier?« fragte Wang.

»Nein, den gab es nicht«, antwortete Campbell.

Wang wandte sich einem anderen Klienten zu, der in dieselben Aktien investiert hatte wie Campbell und die Bank Leu: BCM Capital Management. Campbell schien sich jetzt zusehends unwohler zu fühlen. Bei BCM, gab er zu, handle es sich um eine Firma, die von seinem Freund, dem Anwalt Kevin Barry, gegründet worden sei. Campbell hatte Barry zwar auf die Bank-Leu-Aktien hingewiesen, beharrte aber darauf, daß er nie vermutet habe, das Insiderinformationen im Spiel gewesen sein könnten. Danach war die Befragung zu Ende.

Wangs Gefühl sagte ihm, daß Campbell gelogen hatte, und Lynch pflichtete ihm, nachdem er das Aussageprotokoll gelesen hatte, bei. Campbell stand in ständiger Verbindung mit Meier von der Bank Leu, und er hätte angesichts des offensichtlichen Zusammenhangs mit Übernahmeangeboten wenigstens ahnen müssen, daß Meier über Insiderinformationen verfügte. Im übrigen stand die Abkürzung BCM augenscheinlich für Barry, Campbell und Meier, und die drei hatten die Handelsaktivitäten der Bank Leu zugunsten der BCM Capital Management kopiert.

Aber Campbell und Barry anzuklagen hätte die SEC nicht »weiter flußaufwärts« gebracht, in Richtung der Quelle dessen, was sich immer deutlicher als ein – angesichts der Anzahl der Aktien – ziemlich bedeutender Insiderhandel herausschälte. Das Ziel mußte sein, den Ursprung der Informationen ausfindig zu machen, und um das zu erreichen, würde man die durch die jahrhundertealte Schweizer Geheimhaltungstradition bewehrten Festungswälle der Bank Leu brechen müssen. Die SEC-Anwälte beschlossen, mit einem kleinen Geschütz zu beginnen, einem freundlichen, zurückhaltenden Anruf in Meiers Büro in Nassau.

Meier wurde von dem Anruf überrascht, obwohl er wußte, daß die SEC an den Aktien interessiert war, mit denen die Bank Leu über Campbell gehandelt hatte. Campbell hatte ihn ausführlich ins Bild gesetzt, und er hatte anschließend mit Dennis Levine darüber gesprochen, denn Levine war der Kunde, dessen Aufträge alle anderen kopiert hatten. Meier hatte Levine aufgeregt erzählt, daß sich die SEC für Campbell interessiere, aber Levine war davon nicht sonderlich beunruhigt gewesen. Er hatte die Untersuchung eine Routineangelegenheit genannt, die im Sand verlaufen würde. Doch jetzt hatte er, Meier, selbst die SEC am Apparat und sah sich Fragen nach 28 Aktien ausgesetzt, deren Namen er nur allzugut kannte: Schließlich hatte es in Levines Auftrag in sie investiert.

Er spielte auf Zeit: Die SEC solle ihre Anfrage schriftlich einreichen; im übrigen könne er keinerlei Kommentar abgeben, bevor er sich nicht beraten habe.

Die Sache war brenzlig. Meier begriff jetzt, daß er trotz Levines gegenteiliger Anweisung zu viele Aufträge über Campbell abgewickelt hatte. Außerdem hatten er selbst, Campbell und BCM in dieselben Aktien investiert wie Levine, und auch davor hatte er ihn gewarnt. Kein Wunder, daß die SEC Verdacht geschöpft hatte.

Meier ging mit dem Problem zu seinem Kollegen Bruno Pletscher, aber keiner von beiden vermochte zu sagen, wie mit der SEC umzugehen war. Sie beschlossen, Levine um Rat zu fragen. Aber da sie »Mr. Diamond« nicht von sich aus anrufen konnten, mußten sie abwarten, bis Levine sich einige Tage später bei ihnen meldete. Zu dieser Zeit lag ihnen bereits die schriftliche Bitte der SEC um Informationen über 28 Aktientransaktionen vor. Sie beschrieben Levine die Situation und forderten ihn auf, zu einer Besprechung nach Nassau zu kommen. Levine willigte ein.

Auf dem Weg zur Bank legte Levine einen Zwischenstop in Key Biscayne ein, um Wilkis zu besuchen, der dort ein Sommerhaus gemietet hatte und fast jedes Wochenende nach Florida hinunterflog. Er hatte sich auf das lange Labor-Day-Wochenende gefreut, wurde nun aber von Levine aufgestört.

Levine berichtete ihm kurz von den neuesten Entwicklungen. Nachdem Meier ihn von der SEC-Untersuchung über die Campbell-Investitionen unterrichtet hatte, erzählte er Wilkis, hätte er sich an Boesky gewandt und ihn um seinen Rat gebeten. Boesky hätte ihm einen Rechtsanwalt namens Harvey Pitt empfohlen. »Er hat mich schon durch Hunderte solcher Sachen geschleust«, hätte Boesky gesagt.

»Dann wirst du Pitt also anheuern?« fragte Wilkis, dem schlecht geworden war.

»Nein. Bist du verrückt?« gab Levine zurück. »Ich werde ihn durch die Bank anheuern lassen. Wir werden das Ganze schnell aus der Welt geschafft haben. Es wird kein langer Kampf werden.«

Wilkis war davon nicht so überzeugt. Er befürchtete, daß Pitt die Interessen der Bank über die seines Freundes stellen würde. Wie konnte Levine so sicher sein, daß er in der Lage war, Pitt bei der Stange zu halten?

»Du magst ja den richtigen Anwalt haben«, meinte er. »Aber was den Klienten betrifft, bin ich mir nicht so sicher.«

Dann rückte Levine mit der Neuigkeit heraus, die weit schwerer wog als alles, was er bisher gesagt hatte. Er erzählte Wilkis von der schriftlichen Anfrage der SEC, in der sie die Bank Leu um Informationen über den Handel in 28 Übernahmeaktien bat, das hieß über Transaktionen, die allesamt über Levines Diamond-Konto gelaufen waren. »Sie wollen meine Akten haben!« rief er aus. »Was soll ich tun?«

Wilkis war wie versteinert, während Levine seine Strategie vor ihm ausbreitete: Er werde sich »die Bank warmhalten« und ihr »das Händchen halten«, nannte Meier seine »Nummer drei« und kündigte an, er werde so lange mit dem nervös gewordenen Schweizer Banker üben, bis ihm jeder den Aktienspekulanten mit einem Riecher für gute Gelegenheiten abnahm. Außerdem werde er sich die Drexelschen Researchberichte über die Unternehmen besorgen. Er schien, während er sprach, seine Zuversicht wiederzugewinnen und verließ Wilkis in vergnügter Stimmung.

In Nassau hatte er, gelassen und zuversichtlich, wie er war, die Situation bald im Griff. Die SEC bezeichnete er abschätzig als inkompetent. »Es gibt nichts, worüber Sie sich Sorgen zu machen brauchten«, versicherte er den beiden Bankern – solange sie taten, was er ihnen sagte.

Er setzte ihnen rasch seinen Vertuschungsplan auseinander. Danach sollte Meier die Verantwortung für die Transaktionen übernehmen. »Wenn Sie zur SEC gehen und ihr sagen, Sie hätten diese Aktien zugunsten Ihrer eigenen Portefeuilles gekauft«, erklärte er, »sind Sie aus allem raus. Sie haben sich eben entschlossen, die Wertpapiere zu kaufen und sie auf die von Ihnen verwalteten Portefeuilles zu verteilen. Die SEC hat keine Möglichkeit, das Gegenteil zu beweisen.«

Levine gab zu, daß es die SEC-Anwälte wenig einleuchtend finden würden, daß jemand mit Meiers beruflicher Laufbahn und beschränkter Erfahrung im Aktienhandel so geschickt gewesen sein sollte, mehrmals mit derartiger Zielsicherheit Übernahmeobjekte zu identifizieren, bevor sie öffentlich als solche bekanntgemacht worden waren. Aber Meier sollte darauf beharren, daß genau das der Fall gewesen sei. Er sollte in seiner Aussage fest dabei bleiben, daß er die Unternehmen aufgrund seiner eigenen Research als potentielle Übernahmeziele erkannt habe. Levine versprach ihm, ihn mit Researchmaterialien zu versorgen, mit denen er seine Aussage untermauern konnte. Das wichtigste sei, daß jeder Verdacht, daß ein Kunde der Bank die tatsächliche Quelle der Handelsaktivitäten war, ausgeschaltet wurde. Meier, als Bankangestellter, würde niemals als Insider betrachtet oder gar zur Rechenschaft gezogen werden.

Levine empfahl den Bankern außerdem, einen guten Anwalt anzuheuern, der mit der SEC fertigwerden konnte, und schlug ihnen Pitt vor, einen früheren SEC-Syndikus, der jetzt im Washingtoner Büro der Kanzlei Fried, Frank, Harris, Shriver & Jacobson arbeite. Als Levine aufbrach, ließ er zwei erleichterte Banker zurück, die umgehend den Chef der Bankniederlassung auf den Bahamas, Jean-Pierre Fraysse, von dem Plan zur Täuschung der SEC in Kenntnis setzten. »Auf diese Art scheint es zu gehen«, meinte Fraysse zustimmend.

Harvey Pitt ließ seinen massigen Körper auf eine Polsterbank in der Polo-Lounge des Westbury Hotels in New York fallen. Er war 40 Jahre alt, trug einen Bart und wirkte stets ein wenig zerzaust. Fraysse war das ganze Gegenteil: groß, schmal, tadellos gepflegt. Er war eigens nach New York gekommen, um sich mit Pitt zu treffen, und hatte sich im Westbury Hotel eingemietet.

Er hatte Pitt kurz nach der Besprechung zwischen Meier und Pletscher einerseits und Levine andererseits angerufen.

»Wie sind Sie auf mich gekommen?« wollte Pitt wissen.

»Sie haben einen guten Ruf«, antwortete Fraysse. »Wir haben von Ihnen gehört.« Er lächelte freundlich, sagte aber kein Wort mehr dazu.

»Ah, die Schweiz«, dachte Pitt bei sich. Es war offensichtlich, daß Fraysse nicht die Absicht hatte, näher darauf einzugehen, wie er auf ihn gekommen war.

Fraysse gab Pitt einen kurzen Abriß der Kontakte, die seine Bank mit der SEC gehabt hatte, und sie unterhielten sich eine Weile über SEC-Untersuchungen im allgemeinen. Fraysse machte einen entspannten Eindruck und erwähnte beiläufig, daß er in die Schweiz zurückkehren würde, so daß Pitt es bald mit Meier direkt zu tun bekäme.

»Er ist ein großartiger Depotmanager«, sagte er und begann damit, die Fassade aufzubauen, die mit Levine verabredet worden war. »Ein gewiefter Bursche. Er hat Erstaunliches für unsere Kunden geleistet.«

Pitt war beunruhigt, als er hörte, wie viele Aktien auf der SEC-Liste standen. Die meisten SEC-Untersuchungen, von denen er wußte, hatten sich nur mit einer einzigen Aktie beschäftigt. Er meinte, daß es wohl besser wäre, wenn er nach Nassau käme, aber Fraysse sagte ihm, daß Meier in ein paar Tagen in New York wäre. Er könne sich ja dann mit ihm unterhalten.

Das erste Treffen zwischen Pitt und Meier fand am 18. September im Hauptsitz von Fried, Frank in Manhattan statt. Meier war gut gekleidet, liebenswürdig, weltgewandt und machte einen ruhigen, selbstsicheren Eindruck. Er war in Begleitung seiner Gattin, einer gewinnenden, schönen Frau, die jünger und größer war als er.

Meier ließ sich, wie mit Levine eingeübt, des längeren und breiteren über seine marktanalytischen Erfolge und die hervorragenden Ergebnisse aus, die er für die Kunden der Bank Leu erzielt hatte. Er betonte, daß er die in Frage stehenden Aktien aufgrund von »Fundamentaldaten« gekauft habe; er könne sich jederzeit auf seine eigene Research berufen. Nach der Besprechung kehrten die Meiers in ihr Zimmer im Waldorf-Astoria zurück.

Am gleichen Nachmittag betrat Peter Sonnenthal, einer der mit dem Fall betrauten SEC-Anwälte, die höhlenartige Art-deco-Halle des New Yorker Waldorf-Astoria Hotels und ging mit raschen Schritten auf den Empfangsschalter zu.

»Würden Sie mir bitte sagen, welche Zimmernummer Bernhard Meier hat«, sagte er höflich.

»Solche Informationen geben wir nicht heraus«, erwiderte der Hotelangestellte.

»Aber ich bin Regierungsbeamter«, sagte Sonnenthal.

Als sich der Hotelangestellte danach immer noch weigerte, ihm die gewünschte Information zu geben, nahm Sonnenthal ein Blatt Papier und schrieb eine improvisierte Verfügung aus, durch die das Waldorf-Astoria aufgefordert wurde, ihm Meiers Zimmernummer zu nennen. Der verwirrte Angestellte ging mit dem Zettel zu seinem Vorgesetzten, und danach bekam Sonnenthal endlich, was er wollte. Meier wohnte in Zimmer 2341 im exklusiven Waldorf Tower.

Sonnenthal fuhr mit dem Fahrstuhl hinauf, ging zu Meiers Zimmer und klopfte an. Meier, der gerade erst ins Hotel zurückgekommen war, öffnete, ohne das geringste zu ahnen, und Sonnenthal überreichte ihm einen regierungsamtlichen Umschlag mit zwei Vorladungen (unter Strafandrohung bei Nichterfüllung): Die eine verlangte die generelle Übergabe der Bankunterlagen und die zweite, noch weit weniger geheure die Einsicht in Meiers persönliche Handelsbelege.

Meier war entsetzt, sowohl über die Tatsache, daß die SEC ihn aufgespürt hatte, als auch über die beiden Vorladungen selbst. (Die SEC hatte den Zoll eingeschaltet und auf diesem Weg erfahren, daß Meier eingereist war und als Adresse das Waldorf-Astoria angegeben hatte.) Gegen 16.30 Uhr hatte Pitt einen völlig aufgelösten Meier am Apparat. Seine weltgewandte Fassade war zerbröckelt. Aber auch Pitt war beunruhigt. Der Vorfall entsprach nicht dem sonst üblichen Vorgehen der Behörde. Die SEC hatte sich offenbar für die harte Tour entschieden.

Pitt versuchte Meier zu beruhigen, aber ohne Erfolg. Meier war so verschreckt, daß er sich während der nächsten drei Tage nicht aus seinem Hotelzimmer traute.

Pitt verlor nach dem erregten Anruf von Meier keine Zeit. Vier Tage später befand er sich in Begleitung seines Kollegen Michael Rauch, der ebenfalls bei Fried, Frank arbeitete, auf dem Flug nach Nassau. Ein Team von Anwälten ihrer Kanzlei hatte hastig die in Frage stehenden Aktientransaktionen unter die Lupe genommen und eine umfangreiche Liste der beteiligten Personen zusammengestellt, um einen gemeinsamen Nenner zu finden. Aber es hatte nichts gebracht. Pitt hatte überlegt, ob womöglich ein ganzer Ring von Informationen dahintersteckte, die Idee aber wieder fallengelassen. Sie schien ihm zu weit hergeholt zu sein. Die Tatsache, daß es offenbar keine Informationsquelle gab, verlieh der Geschichte, die Meier vorgebracht hatte, einige Glaubwürdigkeit, obwohl die Anzahl der Aktien und das präzise Timing der Ankäufe weiterhin verdächtig blieben.

Pitt und Rauch konferierten in Nassau mit Meier, Pletscher und Richard Coulson, einem ausgewanderten Amerikaner und früheren Anwalt bei Cravath, Swaine & Moore, der die Bank beriet. Meier schien das Heft in der Hand zu haben, obwohl Coulson häufig derjenige war, der im Namen der Bank das Wort führte.

Pitt war skeptisch, was Meiers Erfolgsstory betraf, zögerte aber, seinen neuen Klienten direkt anzugreifen, und verlegte sich darauf, die Gefahren aufzuzeigen, die es mit sich brachte, wenn man seinen eigenen Anwalt belog. »Sie mögen Angst haben, die Wahrheit zu sagen«, vermutete Pitt mit sanfter Stimme, »aber wir sind sehr gute Anwälte. Wenn Sie uns die Wahrheit sagen, können wir Ihnen wahrscheinlich helfen.«

»Bernie hat die Investitionen getätigt«, unterbrach ihn Coulson. »Mehr ist dazu nicht zu sagen. Wir werden mit unserer Erklärung zur SEC gehen, und damit sollte die Sache dann erledigt sein.« Die Bank bot an, Meier und andere, unter Umgehung möglicher rechtlicher Probleme – sie waren immerhin Ausländer –, unter Eid aussagen zu lassen, um klarzustellen, daß die ganze Sache nichts weiter war als das Resultat einer geschickten Auswahl der Spekulationsobjekte.

Die Bank hatte nicht die Absicht, ihre Version der Geschichte aufzugeben – aber sie war besorgt. Die Publizität, die eine SEC-Untersuchung mit sich brachte, konnte sich nachteilig auf das Vorhaben der Bank auswirken, eine Niederlassung in den USA zu eröffnen. Die Bank Leu brauchte gute Beziehungen zur SEC. Gleichzeitig blieb sie jedoch bei ihrer strikten Weigerung, die Identität eines Kunden oder die Bewegungen auf einem ihrer Konten preiszugeben. Das verbot sich nicht nur aufgrund des bahamaischen Bankgesetzes, sondern auch im Hinblick auf die lange Geheimhaltungstradition der Bank selbst.

Pitt und Rauch setzten sich nach ihrer Rückkehr nach New York mit der SEC in Verbindung und bereiteten Meiers Erscheinen bei der Behörde vor. Dazu kam Pitt schließlich auch mit Wang, Sonnenthal und anderen SEC-Anwälten, die an dem Fall arbeiteten, zusammen.

Die SEC-Anwälte waren natürlich gespannt, wie sich die angezweifelten Transaktionen erklären ließen. Pitt wiederholte ihnen gegenüber, was Coulson als endgültige Erklärung hingestellt hatte: daß Meier die Investitionsentscheidungen selbständig getroffen habe, und zwar zugunsten mehrerer von der Bank verwalteter Depots. Bankkunden seien nicht an den Transaktionen beteiligt gewesen, fuhr Pitt fort, woraus folge, daß es keinen Insiderhandel gegeben haben könne, wie ihn die SEC offenbar vermute. Dann bot er als Beweise Bankakten mit geschwärzten Kundennamen an; außerdem werde sich Meier einer Befragung stellen. Alles, worum er bitte, sei etwas mehr Zeit, um das Material zusammenzutragen. Pitts Gesprächspartner konnten ihre Skepsis zwar kaum zurückhalten, stimmten aber zähneknirschend zu.

Pitt hatte noch keine Gelegenheit gehabt, die Bankunterlagen zu prüfen, die die Erklärung stützten, und wollte, ohne sie gesehen zu haben, keine Vereinbarung über Meiers Erscheinen vor der SEC unterschreiben. Im übrigen war es die wahrscheinlich letzte Chance für die Bank, die Geschichte geradezurücken, falls ihre Vertreter gelogen hatten. Angesichts der Darstellung, die Pitt der SEC unterbreitet hatte, war es dazu möglicherweise sogar schon zu spät.

Bei der Bank Leu haderte Pletscher mit sich selbst. Er war nie so eng mit Levine verbunden gewesen wie Meier, und sein Piggybacking-Handel hatte sich in bescheidenem Rahmen gehalten. Er hatte insgesamt nur 46 000 Dollar an Levines Informationen verdient. Anders als Meier war er nicht Levines »Nummer drei«. Nachdem die Bank die schriftliche Anfrage der SEC erhalten hatte, hatte Pletscher Levine gesagt, daß er seinen Handel einstellen solle, und jetzt bestürmte er ihn, ihn weitermachen zu lassen. »Ich könnte leicht Gewinne von 100 Prozent machen«, beklagte sich Levine. »Ich hasse es, Däumchen zu drehen und nur die Bankzinsen zu verdienen.« Er führte an, daß ein plötzlicher Abbruch der Handelsaktivitäten verdächtig aussehe. Wenn Meier ein so toller Bursche sei, wieso sollte er dann nicht weiter investieren? Aber Pletscher ließ sich nicht erweichen. Levine machte ihnen auch so schon genug Ärger.

Bei einem nächsten Besuch brachte Levine eine Einkaufstüte voller

Researchberichte und anderer Materialien über die fraglichen Aktien mit und setzte sich mit Meier zusammen, um im nachhinein Researchrechtfertigungen für den Aktienhandel auszuarbeiten. Levine ließ sich außerdem seine Kontounterlagen zeigen und war entsetzt, als er die Fotokopie seines Passes mitsamt des Paßfotos und die Unterschriftskarte entdeckte, die er bei der Eröffnung seines »Diamond«-Handelskontos ausgefüllt hatte. Daneben befanden sich auch die Auszahlungsquittungen, auf denen er bei seinen zahlreichen Abhebungen mit seinem wirklichen Namen unterschrieben hatte. »Sorgen Sie dafür, daß das hier vernichtet wird«, forderte er die beiden Banker auf.

Meier und Pletscher waren sich offenbar nicht bewußt, daß es nach dem amerikanischen Gesetz den Tatbestand der Behinderung der Justiz erfüllte, als sie die Paßkopie und die Unterschriftskarte in den Reißwolf steckten. Die Papiere waren in ihren Augen sowieso veraltet; Levine hatte sein Konto schließlich schon vor einiger Zeit an seine panamaische Gesellschaft übertragen, Diamond Holdings. Aber die Abhebungsquittungen behielt Pletscher, ohne Levine etwas davon zu sagen, zurück. Er wollte die Bank für den Fall schützen, daß Levine behauptete, die Gelder nicht bekommen zu haben. Er war viel zu vorsichtig, um die Belege für die Auszahlungen zu vernichten.

Schließlich war noch die kitzlige Frage der »verwalteten Depots« offen, der Dreh- und Angelpunkt ihrer Erklärung für die beanstandeten Aktienkäufe. Wenn Meier, wie er behauptete, seine Investitionen zugunsten von Kundendepots der Bank getätigt hatte, mußten sich die Handelsergebnisse natürlich in deren Unterlagen widerspiegeln. In Wirklichkeit jedoch waren sämtliche in Verdacht geratenen Transaktionen nur über ein Konto gelaufen, das von Diamond Holdings. Wäre diese Tatsache bekannt geworden, hätte das Depotalibi, selbst wenn man den Namen des Kontoinhabers nicht preisgab, gelinde gesagt, an Glaubwürdigkeit verloren, und der Verdacht hätte sich auf ein einziges Konto und dessen Inhaber konzentriert. Levine war bisher zuversichtlich gewesen, daß die Bank nie in die Verlegenheit kommen würde, die Handelsaktivitäten zugunsten ihrer Konten vor der SEC aufzuschlüsseln, doch jetzt verlangten sogar Pitt und Rauch, die Anwälte der Bank, Kontounterlagen zu sehen, mit denen Meiers Geschichte abgestützt werden konnte. Levine und Meier bedrängten Pletscher, die Computerdateien zu manipulieren und zehn fiktive Depotkonten einzurichten, für die angeblich in dieselben Aktien investiert worden war wie zugunsten von Levines Konto. Meier versicherte Levine, daß man sich darum kümmern werde.

Aber Pletscher schreckte auch davor zurück. Hans Knöpfli, der Präsident der Generaldirektion der Bank Leu in Zürich, war vor kurzem zu einem Besuch auf den Bahamas gewesen und hatte mit Meier und Pletscher über die SEC-Untersuchung gesprochen. Meier hatte ihm mitgeteilt, daß er, wenn auch widerstrebend, zugestimmt habe, der SEC eine Lügengeschichte aufzutischen.

»Meier, Sie können unter keinen Umständen vor einer Behörde erscheinen und sie belügen«, hatte der verdutzte Knöpfli gesagt. »Die Situation ist kritisch, und ich möchte, daß Sie tun, was für die Bank am besten ist. Aber Sie können sich nicht hinstellen und Lügen erzählen.«

Als es dann soweit war, daß die falschen Konten eingerichtet werden sollten, brachte es Pletscher nicht über sich, es zu tun. Eine Änderung nahm er auf Meiers Drängen allerdings vor, indem er eine Transaktion aus Meiers Kontounterlagen strich, eine telegrafische Überweisung von 5000 Dollar von seinem Konto bei der Bank Leu an die Delaware National Bank in dem winzigen Bergnest Delhi in den Catskill Mountains im Staat New York.

Pitt und seine Kollegen drängten ebenfalls weiter. Sie flogen nach Nassau, um sich die Akten anzusehen, die Meiers Geschichte untermauerten. Sie rechneten mit 40 bis 50 Konten, zu deren Gunsten in die 28 Aktien investiert worden war, die auf der SEC-Liste genannt wurden. Sie stiegen zusammen mit einigen Sachbearbeitern im Cable Beach Hotel ab.

Meier erschien kurz nach dem Mittagessen mit mehreren großen Ringbüchern in ihrem Hotel, aber als die Anwälte sie erwartungsvoll aufschlugen, fanden sie nur eine Handvoll Seiten in ihnen. Es waren zum größten Teil Meiers Reise- und Bewirtungsquittungen. Pitt war empört und erklärte Meier verärgert, daß das nicht die Handelsbelege seien, derentwegen sie nach Nassau gekommen waren. Meier, der sich in seiner Rolle offensichtlich unbehaglich fühlte, versprach, am nächsten Vormittag mit den richtigen Akten wiederzukommen.

Diesmal brachte er zwar die Unterlagen von 25 Konten mit, aber sie enthielten nicht einen einzigen Hinweis auf die 28 verdächtigen Aktienankäufe. Pitt hatte Mühe, seine Haltung zu bewahren. »Das läßt zwei Schlüsse zu. Entweder wir haben die falschen Dokumente«, sagte er zu Meier und verstummte für einen Augenblick, um die Alternative deutlicher hervorzuheben, »oder wir haben die falsche Geschichte.« Meier hatte dem nichts entgegenzusetzen und machte zum erstenmal den Eindruck eines geschlagenen Mannes.

Da er aber beharrlich schwieg, steckten sie in einer Sackgasse fest. Dann erhob er sich plötzlich, ging zum Telefon und rief Pletscher an. Er sprach Schwyzerdütsch, so daß die Anwälte nicht verstanden, was er sagte; doch es hatte den Anschein, als müßte sich Pletscher eine Standpauke gefallenlassen.

Als Meier den Hörer aufgelegt hatte, sagte er den Anwälten, sie sollten warten, und verließ seelenruhig das Zimmer. Alle weiteren Anstrengungen der Anwälte, an stichhaltige Informationen zu gelangen, erwiesen sich als fruchtlos. Coulson, der an Meiers Stelle trat, blieb unerbittlich.

Sie gaben auf und flogen, skeptischer denn je, in die USA zurück. Es wurde immer wahrscheinlicher, daß eine einzige Person 28mal vor der Bekanntgabe von Übernahmeangeboten in die betreffenden Aktien investiert hatte. Und wenn es so war, dann hatten sie es mit dem größten Fall von Insiderhandel der Geschichte zu tun.

Der Verdacht wurde am nächsten Montag bestätigt, als Pitt und Rauch erneut auf die Bahamas reisten, wo sie mit Hans Peter Schaad, dem Generalsyndikus der Bank Leu, zusammenkamen, der aus Zürich eingeflogen war. Meier und Pletscher hatten Schaad schließlich die Wahrheit gestanden, und er hatte weitere Lügen kategorisch ausgeschlossen.

»Soweit ich verstanden habe, sind alle diese Transaktionen nur über ein Konto gelaufen«, erklärte er Pitt gegenüber. »Was sollen wir jetzt tun?«

Angesichts des Ausmaßes, in dem sie irregeführt worden waren – von ihren eigenen peinlichen Angaben der SEC gegenüber ganz zu schweigen –, dachten Pitt und Rauch daran, ihr Mandat niederzulegen. Ihr guter Ruf stand auf dem Spiel.

Aber sie willigten dann doch ein, die Bank weiterhin zu vertreten, wenn sie ihnen versprach, die Handelsaktivitäten zugunsten des betreffenden Kontos einzustellen. Sie konnten nicht zulassen, daß etwas fortgesetzt wurde, was aller Wahrscheinlichkeit nach ein Verbrechen war. Darüber hinaus sollte das Konto, ohne unnötiges Aufsehen zu erregen, eingefroren werden, was die Banker ebenfalls zusagten. Und schließlich verlangten Pitt und Rauch, rückhaltlos und umfassend über alles informiert zu werden, was im Zusammenhang mit dem Konto geschehen war. Die Vertreter der Bank Leu erklärten sich, trotz Meiers offensichtlichem Unbehagen, auch damit einverstanden, unter einer Bedingung: daß von dem Kontoinhaber nur als »Mr. X« gesprochen werden würde und sie seine Identität nicht preiszugeben brauchten.

Pitt hielt dagegen, daß es für die Bank am besten wäre, wenn sie die Identität von Mr. X gegen strafrechtliche Immunität der Bank und ihrer Angestellten eintauschen würde. Ob solch ein Handel bei der SEC auf

Gegenliebe stoßen würde, hing natürlich davon ab, wer Mr. X war. Schaad ließ sich zwar nicht umstimmen, gab den Anwälten aber nach einigem Hin und Her zwei Hinweise: Mr. X sei Investmentbanker und arbeite bei Drexel Burnham Lambert. Erst jetzt dämmerte Pitt, welche Ausmaße der Fall tatsächlich hatte.

Einige Tage später lud Meier Pitt ein, mit ihm und seiner Frau zusammen im exklusiven Lyford Cay Club, dessen Mitglied er war, zu Abend zu essen. Auf dem Weg dorthin versuchte Meier, sich bei Pitt in ein besseres Licht zu rücken, indem er ihm erklärte, daß der Täuschungsplan nicht allein sein Idee gewesen sei. »Ich möchte nicht, daß Sie schlecht von mir denken«, sagte er.

Pitt konnte der Gelegenheit nicht widerstehen, Meiers nachgiebige Stimmung auszunutzen. »Irgendwann werden Sie uns den Namen von Mr. X geben müssen«, sagte er. »Warum bringen Sie es nicht gleich hinter sich?«

»Sie kennen die Firma«, erwiderte Meier.

»Stimmt, Drexel«, bestätigte Pitt.

»Kennen Sie jemanden bei Drexel?« fragte ihn Meier. »Wen kennen Sie dort?«

Pitt fiel das Abendessen ein, an dem er vor nicht einmal zwei Monaten, Mitte Oktober, teilgenommen hatte. Fried, Frank war daran interessiert, mehr Aufträge von Drexel zu erhalten, insbesondere auf dem Übernahmesektor, und einer von Pitts Kollegen, Arthur Fleischer, hatte ihn und David Kay zu einem Dinner ins Lutèce, eins der teuersten französischen Restaurants von New York, eingeladen. Kay hatte seinen aufsteigenden M&A-Star Dennis Levine mitgebracht. Pitt erinnerte sich kaum an den Abend; es war eine der üblichen Veranstaltungen zur Pflege von Kundenbeziehungen gewesen, mit viel zu teuren Gerichten und Weinen und einer Stimmung, die von künstlicher Kameraderie geprägt war. Levine hatte wenig Eindruck bei ihm hinterlassen. Aber er und Kay waren praktisch die einzigen Investmentbanker von Drexel, die er kannte.

»David Kay?« fragte er, aber Meier schüttelte den Kopf.

»Dennis Levine?« versuchte er es mit dem zweiten Namen und wußte augenblicklich, daß er diesmal den richtigen getroffen hatte. Meiers Gesichtsausdruck sagte es ihm.

»Das wär's dann also«, sagte Meier.

Wilkis litt seit Levines Stippvisite in Key Biscayne unter Schlaflosigkeit. Er reagierte gereizt auf seine Frau und seine Tochter, weigerte sich aber zu erklären, was los war. Eines Abends brach er ohne ersichtlichen Grund in Tränen aus. Aber dann riß er sich wieder zusammen. »Ich darf nicht nur an mich denken«, sagte er sich. »Ich muß Dennis da durchhelfen.«

Levine rief ihn häufig an, manchmal acht- bis zehnmal an einem Abend. »Reg dich nicht auf«, sagte er ihm immer wieder. »Es ist nur eine Routinesache. Uns passiert schon nichts.« Als Levine dann von der SEC zu einem Podiumsgespräch zum Thema Übernahmen eingeladen wurde, war Wilkis endgültig beruhigt.

Das Podiumsgespräch wandte sich fast unvermeidlich dem Insiderhandel zu. Der Übernahmeanwalt Martin Lipton brachte diesen Punkt zur Sprache. »Ich denke, es wäre der Mühe wert, wenn sich die Kommission einmal den Handel in einigen der bekannteren Übernahmefälle der vergangenen zwei Jahre ansähe«, sagte er. »Nur die Kommission hat die Macht, die Hintergründe aufzudecken, und ich denke, es gibt genügend Hinweise ... daß es etwas ist, das man sehr genau unter die Lupe nehmen sollte.«

Levine pflichtete ihm scheinheilig bei. »Darüber hinaus glaube ich, daß man die Untersuchung dieses Phänomens nicht auf die Unternehmen selbst beschränken sollte«, sagte er. Er empfahl der SEC sogar ausdrücklich, sich die Aktienumsätze in Nabisco und General Foods anzusehen - beides Aktien, in die er selbst aufgrund von Insiderinformationen kräftig investiert hatte.

»Wir brauchen uns überhaupt keine Sorgen zu machen«, sagte Levine nach dem Podiumsgespräch triumphierend zu Wilkis. »Die SEC mag mich.« Er erhielt sogar einen von John Shad unterschriebenen Dankesbrief der SEC, den er stolz herumzeigte; auch Meier und Pletscher bekamen ihn zu sehen. »Würden Sie mich so herausstellen«, fragte er Wilkis rhetorisch, »wenn ich in Schwierigkeiten wäre?«

Gary Lynch schaute durch die großen Fenster seiner Eckbüros über die niedrigen Dächer von Washington. Es war nur noch eine Woche bis Weihnachten, aber er war mit seinen Gedanken weit entfernt von Geschenkeinkäufen. Er spürte, daß die Bank-Leu-Untersuchung kurz vor einer wichtigen Wende stand. Ende letzter Woche hatte er einen merkwürdigen Anruf von Harvey Pitt erhalten, der auf einer persönlichen Begegnung bestanden hatte. Lynch wußte, daß Pitt ein ehemaliger Mitarbeiter der SEC war; er hatte unter ihm gearbeitet, als Pitt Generalsyndikus der Behörde war. Pitt hätte nicht auf einem Treffen mit dem Direktor der SEC-Strafverfolgung bestanden, wenn er nicht etwas Wichtiges mitzuteilen hatte.

Pitt und Rauch trafen am 17. Dezember um zehn Uhr vormittags in

Lynchs Büro ein. Lynch hatte die SEC-Anwälte dazugebeten, die am engsten mit dem Fall vertraut waren: Sturc, Wang, Sonnenthal und Paul Fischer. Lynch begrüßte die Fried-Frank-Abordnung mit Handschlag und bat dann alle Anwesenden an den Konferenztisch in seinem Büro.

»Was haben Sie auf dem Herzen?« fragte er einleitend.

Pitt öffnete eine Aktendeckel und sprach anhand vorbereiteter Stichpunkte zunächst kurz über den Stand der Verhandlungen, die er im Namen der Bank Leu führte. Dann ließ er die Bombe platzen.

»Ich kann die Tatsachendarstellung, die ich Ihnen gegeben habe, nicht aufrechterhalten«, verkündete er.

Fischer explodierte förmlich. »Was? Das hieße, daß wir eine Menge Zeit vergeudet haben. Sie haben eindeutige Erklärungen abgegeben...«

Pitt ließ Fischer ausreden und wandte sich dann, so vorsichtig wie möglich, dem Grund der Zusammenkunft zu, indem er hypothetische Überlegungen anstellte und die SEC-Anwälte »annehmen« ließ, der Handel in den verdächtigen Aktien sei möglicherweise nicht von Meier ausgegangen, wie er bisher erklärt hatte, sondern von einem einzigen Kunden der Bank, den er als »hochkarätigen Akteur« an der Wall Street bezeichnete. Er wußte, daß er damit die Neugier der SEC-Anwälte geweckt hatte. Wenn das der Fall wäre, fuhr er fort, würde die SEC dann einwilligen, einzig und allein den Bankkunden und nicht die Bank oder einen ihrer Angestellten zu verfolgen? Und würde es die SEC erwägen, eine entsprechende Vereinbarung auch dann einzugehen, wenn einer der Bankangestellten die Transaktionen des Kunden kopiert und auf Anweisung des Kunden sogar Beweismittel vernichtet hätte? Wenn sie sich dazu durchringen könnte, würde die Bank bei den bahamaischen Behörden um die Erlaubnis nachsuchen, die Identität ihres Kunden preisgeben zu dürfen. Rauch ergänzte, daß eine solche Vereinbarung auch die Zusage des Justizministeriums enthalten müßte, weder die Bank noch einen Angestellten mit strafrechtlichen Klagen zu verfolgen.

Lynch bat Pitt und seine Kollegen, vor dem Büro zu warten, während er sich mit seinen Mitarbeitern berate. Lynch hatte Bedenken gegen die Absprache, wußte aber auch, daß die SEC nicht erpicht darauf war, sich die langwierigen Prozesse über Fragen des Schweizer und bahamaischen Bankgeheimnisses einzulassen. Derlei Wagnisse waren schon oft genug im Sumpf der Gesetze steckengeblieben.

Schließlich stimmten alle Pitts Vorschlag zu. Jeder von ihnen wußte, oder vermutete wenigstens, daß der »hochkarätige Akteur« ein Investmentbanker oder Rechtsanwalt war, auf alle Fälle aber jemand, der im Zentrum der Insiderbeziehungen stand. Die Sache konnte der Schlüsselfall werden, nach dem die SEC schon so lange gesucht hatte: der Beginn des großen Reinemachens.

Nach weniger als einer halben Stunde wurden die Fried-Frank-Anwälte wieder hereingebeten. Lynch eröffnete ihnen, daß er das Zustandekommen einer zufriedenstellenden Übereinkunft für möglich halte, fügte aber hinzu, daß es ihm nicht sehr behage, Meier in das Versprechen der Immunität einzubeziehen. Als Pitt darauf beharrte, daß alle Bankangestellten diesen Schutz erhalten müßten, lenkte er jedoch ein.

Pitt betrachtete das Treffen als einen Erfolg. Pletscher und Meier hatten die Bank Leu in ernste Gefahr gebracht. Ironischerweise hatte Levines Anordnung, die Beweise zu vernichten, die Bank – und Levine – der Möglichkeit beraubt, sich zu verteidigen. Ohne das Risiko einer Anklage wegen Behinderung der Justiz hätte die Bank einfach zugestehen können, daß ein einzelner ihrer Kunden den Aktienhandel initiiert habe, um sich anschließend hinter dem bahamaischen Bankgesetz zu verschanzen, das die Identität des Kunden schützte. Die Bank hätte nichts zu befürchten gehabt, und die SEC hätte sich, sofern sie sich darauf einließ, in jahrelangen Rechtsstreitigkeiten mit den bahamaischen Behörden wiedergefunden, mit dem Ziel, die Bank zur Bekanntgabe des Namens des betreffenden Kunden zu zwingen. Aber das war jetzt aufgrund der Zerstörung von Beweismitteln und der drohenden Strafanzeige wegen Behinderung der Justiz keine Alternative mehr.

Als die Anwälte ihre Papiere in ihren Aktenkoffern verstauten, konnten Wang und Fischer der Versuchung nicht widerstehen, Pitt mit der Frage nach der Identität des Kunden der Bank Leu zu bedrängen. Sie platzten förmlich vor Neugier. Aber Pitt hatte nicht die Absicht, seine Trumpfkarte schon so früh auszuspielen.

»Keine Bange«, sagte er. »Sie werden einen großen Fisch an die Angel bekommen.«

An dieser Stelle meldete sich Sturc zu Wort und meinte trocken: »Für das, was Sie verlangen, muß es schon ein Wal sein – Moby Dick.«

Der St. Andrews Plaza ist ein winziges Stück Pflaster hinter den Türmen des Municipal Building und des Bundesgerichts am Foley Square. Wenn New Yorker Anwälte vom St. Andrews Plaza sprechen, meinen sie allerdings nur eins: das Büro der Bundesstaatsanwaltschaft, das lange Zeit als der berühmteste, prestigeträchtigste und mächtigste Außenposten des Justizministeriums galt. Die Gründe dafür lagen zum Teil in seinem Zuständigkeitsbereich (es ist für Bundesfälle in Manhattan, der Bronx und Teilen des südlichen Gebiets des Staates New York zuständig) und in der

Nähe zum Finanzzentrum des Landes, der Wall Street. Am St. Andrews Plaza hatten die meisten der großen, hochkomplizierten Prozesse wegen Wirtschaftsverbrechen stattgefunden, und ebenso diejenigen gegen das organisierte Verbrechen und den Drogenhandel in New York.

Das Büro hatte sich über viele Jahre und unter mehreren Staatsanwälten den Ruf erworben, ebenso vorsichtig wie gründlich zu Werke zu gehen und von unerschütterlicher Integrität zu sein. Der Zweck heiligte durchaus nicht die Mittel, selbst wenn das bedeutete, daß einige erfolgversprechende Fälle nie zur Anklage kamen. Die hohen Maßstäbe waren für alle Ebenen, bis hinunter zum jüngsten stellvertretenden Staatsanwalt, verpflichtend. Publizität war verpönt.

In diese Tradition sah sich Rudolph Giuliani gestellt, als er 1983 zum Staatsanwalt ernannt wurde. Er verlor keine Zeit, sie weitestgehend auszulöschen. Seit Thomas E. Dewey in den 30er Jahren hatte New York keinen Staatsanwalt mehr erlebt wie Giuliani, der sich schon vorher landesweiter Bekanntheit erfreut hatte. Als stellvertretender Generalstaatsanwalt, die Nummer drei im Justizministerium, war er einer der auffälligsten Vertreter der Reagan-Administration gewesen, der unermüdlich jede Gelegenheit nutzte, um in Nachrichtensendungen und Talk-Shows aufzutreten und über das Verbrechen und seine Verfolgung zu sprechen. Redegewandt, voller Energie und von unverhohlenem Ehrgeiz erfüllt, war es sein erstes Anliegen in New York, dem Büro der Bundesstaatsanwaltschaft seinen Stempel aufzudrücken.

Er übernahm die Leitung einer Behörde, die dringend einer Verjüngung bedurfte. Unter seinem Vorgänger, John Martin jr., hatte sie hauptsächlich von ihrem Ansehen gezehrt. Die Vorsichtigkeit war so weit getrieben worden, daß sie lähmend wirkte, und der einstige Ruhm war verblaßt. Giuliani konzentrierte die materiellen und persönlichen Anstrengungen des Büros augenblicklich auf zwei Felder, die öffentliche Aufmerksamkeit garantierten – das organisierte Verbrechen und den Drogenhandel –, und hatte bald bedeutende Siege vorzuweisen, die umgehend mit dem für ihn typischen Tamtam in alle Welt hinausposaunt wurden; Pressekonferenzen wurden zu einer alltäglichen Erscheinung am St. Andrews Plaza. Giuliani ließ sich sogar dazu hinreißen, an einer »verdeckten« Aktion, einem vorgeblichen Rauschgiftkauf in der Bronx, teilzunehmen, die zwar nicht zu Verhaftungen führte, ihm aber die Gelegenheit bot, in seiner Tarnung, einer schwarzen Lederjacke, vor den Fotoapparaten und Fernsehkameras der Reporter zu posieren.

Das Presseecho auf den neuen Wind am St. Andrews Plaza grenzte an Hofberichterstattung. Giuliani führte für sich ins Feld, daß die Öffentlichkeitsarbeit der Behörde eine wichtige Rolle bei der Verbrechensvorbeugung spiele, und gegen den Erfolg war nur schwer anzukommen; immerhin konnte das Büro eine ganze Reihe beeindruckender Verurteilungen erreichen. Sein Ansehen wuchs zusehends.

Giuliani stülpte dem Büro eine Weltsicht über, die von vielen als katholisch, wenn nicht gar jesuitisch charakterisiert wurde, eine Perspektive, in der Gut und Böse, Freund und Feind klar geschieden waren. Er schien das Verbrechen als Sünde anzusehen, Bestrafung als Buße und Kooperation als aktive Reue. Und er war bereit, Risiken einzugehen. »Ich habe diesen Job nicht übernommen, um mich in Sicherheit zu wiegen«, sagte er 1986. »Wenn man nicht versucht, etwas zu erreichen, wird man auch nie scheitern. Ich würde lieber scheitern.«

Die stellvertretenden Staatsanwälte paßten sich, mit mehr oder weniger guten Gefühlen, dem neuen Regime an. Viele von ihnen erhielten durch Giulianis Herangehensweise neuen Auftrieb, andere dagegen waren eher besorgt. Entscheidungen wurden jetzt stets auch im Hinblick darauf getroffen, wie die Presse reagieren würde, und man sprach bereits von dem »Cowboygeist«, der das Büro seit neuestem erfülle. Der leicht abfällige Begriff wurde von Traditionalisten geprägt, die damit auf die Tendenz anspielten, erst zu schießen und sich das Fragenstellen für später aufzuheben.

Die Veränderungen innerhalb des Gesamtbüros spiegelten sich im Dezernat für Wertpapierbetrug wider. Ihr Chef, Peter Romatowski, der im Fall Winans die Anklage vertreten hatte, hatte bereits sein Ausscheiden angekündigt. Sein Nachfolger war Charles Carberry, ein ruppiger, übergewichtiger Staatsanwalt, der nie ein Blatt vor den Mund nahm.

Carberry war bei allen beliebt. Er war klug, witzig und selbstironisch. Seine unaufdringliche, professionelle Arbeitsweise und seine unbestrittene Integrität fanden selbst bei den Traditionalisten Anklang. Wie Giuliani war auch er das Produkt einer streng katholischen Erziehung, und seine Sichtweise des Verbrechens und seiner Bestrafung stimmte mit der seines neuen Chefs vollkommen überein. Carberry war in New York aufgewachsen; er hatte ein Studium an der Colgate University abgebrochen und seinen Abschluß später an der St. John's University in Queens gemacht. Seine erste Bewerbung beim Büro des US-Staatsanwalts war, obwohl er die juristische Zeitschrift der Fordham Law School herausgegeben hatte, abgelehnt worden. Danach hatte er ein Jahr bei Skadder, Arps gearbeitet, bevor er beim zweiten Anlauf den Sprung in den öffentlichen Dienst schaffte.

Als er, nach Meiers Vorladung, von Lynch zum erstenmal etwas über die Untersuchung gegen die Bank Leu hörte, war er nicht sonderlich an dem Fall interessiert gewesen. Insiderhandel gehörte nicht zu den Delikten, die auf der Prioritätenliste von Giuliani ganz oben standen. Das Dezernat für Wertpapierbetrug war unter Giuliani sogar geschrumpft, da er für die Ermittlungen gegen das organisierte Verbrechen Mitarbeiter aus ihm abgezogen hatte. Außerdem war Carberry bisher im großen ganzen enttäuscht von den Ergebnissen in Sachen Insiderhandel. In einem Fall, der einen Investmentbanker von Morgan Stanley betraf, hatte ein Berufungsgericht zwar entschieden, daß ein Investmentbanker oder eine allgemein treuhänderisch tätige Person, die vertrauliche Informationen an jemanden weitergab, der sie für Investitionen nutzte, des Insiderhandels schuldig war, und das war ein großer Schritt vorwärts gewesen. Aber die meisten Verurteilungen, die das Dezernat erreicht hatte, waren nur gegen »Einzelgänger«, wie Carberry sie bezeichnete, ergangen, untergeordnete Sachbearbeiter und Sekretärinnen aus Anwaltskanzleien und Investmentbanken. Carberry kannte sich in einem Maß im Wertpapierrecht und -handel aus wie kein anderer im Büro. Er wußte also, daß der Insiderhandel ausuferte, meinte aber, daß man die Ermittlungen besser der SEC überlassen sollte.

Im Lauf der Zeit hatte die Bank Leu dann aber doch sein Interesse geweckt. Diesmal schien der Vertrauensbruch wesentlich systematischer begangen und die Integrität des Markts weit tiefgreifender bedroht worden zu sein als sonst. Einige Wochen nach ihrer Zusammenkunft mit der SEC erschienen Harvey Pitt und seine Kollegen am St. Andrews Plaza, um die kriminellen Aspekte des Falls zu besprechen. Romatowski, Carberry und die Anwälte der Bank Leu kamen in Romatowskis Büro – das bald von Carberry übernommen werden sollte – zusammen, das von einem alten Eichenholzschreibtisch beherrscht wurde, der gewissermaßen seit Generationen von einem Dezernatsleiter an den nächsten vererbt worden war. Die Staatsanwälte hörten sich an, was Pitt und die SEC-Ermittler zu sagen hatten, und diskutierten dann den Fall untereinander.

Sie hatten keine größeren Bedenken gegen das Immunitätsversprechen für die Bank, das Pitt von ihnen verlangt hatte. Man mochte sie dafür kritisieren, aber sie wußten, daß es ohne die Kooperation der Bank Jahre dauern konnte, bis sie die Identität der Schlüsselfigur in diesem Fall entschleiert hatten – sofern es ihnen überhaupt gelingen würde. Sie hatten selten die Möglichkeit gehabt, so schnell ins Zentrum eines Insiderhandels vorzudringen. Und sie waren, nach dem, was Pitt ihnen gesagt hatte, überzeugt, daß die Anklage gegen den Kunden der Bank weit schwerer wiegen würde als jede Anklage gegen die Bank. Giuliani ermächtigte das

Dezernat, eine Immunitätsvereinbarung abzuschließen, und auch das Justizministerium in Washington gab grünes Licht. Carberry teilte Pitt und Lynch daraufhin mit, sie sollten die Vereinbarung aushandeln.

Die Verhandlungen zwischen der Bank und der SEC zogen sich monatelang hin. Die SEC bestand auf einer Klausel, nach der die Vereinbarung hinfällig wäre, wenn sich die Bank, aus welchen Gründen auch immer, nicht in der Lage sah, die Identität ihres Kunden preiszugeben. Pitt hielt dagegen, daß von der Bank nicht mehr als der »gute Wille« erwartet werden könne und sie ihre Immunität nicht verlieren dürfe, wenn die bahamaischen Behörden die Preisgabe des Namens verboten. Die SEC gab schließlich nach.

Blieben noch die Handelsbelege und sonstigen Kontounterlagen, die geprüft und analysiert werden mußten. Pitt mußte in der Lage sein, Mr. X eindeutig zu identifizieren. Er kannte zwar den Namen – Dennis Levine –, konnte aber nicht sicher sein, daß es sich tatsächlich um denselben Dennis Levine handelte, der als Investmentbanker bei Drexel arbeitete. Auf Rauchs Vorschlag ließ Pitt seine Leute nach Hintergrundmaterial und einem Foto suchen, an Hand dessen die Identität des Bankkunden einwandfrei festgestellt werden konnte. Aber man konnte nichts Brauchbares auftreiben. Sich an Drexel zu wenden verbot sich von selbst, wenn die Firma nicht auf die laufende Untersuchung aufmerksam gemacht werden sollte. Schließlich förderten seine Mitarbeiter ein Jahrbuch von Lehman Brothers zutage, das auch ein Foto von Levine enthielt. Pitt ließ eine »Fotogegenüberstellung« anfertigen, das heißt neben Levine mehrere andere Personen ablichten, und legte das Ergebnis jedem Angestellten der Bank Leu vor, der mit Levine in Kontakt gekommen war. »Erkennen Sie Mr. Diamond wieder?« fragte er, und alle ohne Ausnahme zeigten auf das Foto von Levine.

Ein wichtiger Teil der Vereinbarung mit der SEC war die Zeugenaussage von Meier, mit der eine zukünftige Anklage oder ein anderweitiges gerichtliches Vorgehen gegen Mr. X untermauert werden sollte. Von der Zustellung der Vorladung im Waldorf-Astoria und der zunehmenden Intensität der Ermittlungen verschreckt und wegen seiner Beziehung zu Campbell und seiner eigenen Investitionen beunruhigt, hatte sich Meier jedoch in die Schweiz zurückversetzen lassen. Er lebte jetzt in einem Vorort von Zürich. Als Pitt von ihm verlangte, schriftlich zu versichern, daß er vor der SEC aussagen würde, reagierte er ausweichend und erklärte, daß er vorher seinen eigenen Anwalt konsultieren müsse.

Ende Februar war Pitt klargeworden, daß Meier sich in der fernen Schweiz offenbar sicher fühlte und ihn hinhielt. Er stellte ihm ein Ultimatum. »Hören Sie«, sagte er, »entweder Sie sind dabei, oder Sie sind es nicht. Wir werden die Vereinbarung mit Ihnen oder ohne Sie abschließen.« Dann wies er ihn darauf hin, daß er Gefahr laufe, seine Immunität zu verlieren. Meier äußerte sich nur vage dazu, ließ kurz darauf aber über seinen Anwalt mitteilten, daß er nicht mehr zur Verfügung stehe.

Die Anwälte bei Fried, Frank waren zunächst wie vor den Kopf geschlagen. Wieso hatte Meier eine Vereinbarung abgelehnt, die ihm für eine Aussage, die nicht mehr als ein, zwei Tage in Anspruch nehmen würde, straf- wie zivilrechtliche Immunität zusicherte? Die Antwort schien in der geheimnisvollen telegrafischen Überweisung von 5000 Dollar auf eine Bank in Delhi (New York) zu liegen, die er durch Pletscher aus seinen Kontounterlagen hatte streichen lassen. Das Geld war, wie sich herausstellte, für einen Zimmermann bestimmt gewesen, der einige Arbeiten an Häusern erledigt hatte, die Kevin Barry gehörten. Damit war eine Verbindung zwischen Meier und BCM hergestellt, die zu den Aktienkäufen von Campbell und Barry weiterführte – alles Dinge, die von der Immunitätsgarantie für die Bank Leu nicht erfaßt wurden und die Meier dem Anwalt der Bank, Pitt, verheimlicht hatte. Meier scheint den amerikanischen Anwälten und dem Rechtssystem, in das sie eingebunden waren, nie ganz vertraut zu haben.

Glücklicherweise konnte Pletscher, der inzwischen nach London gegangen war, als Ersatz gewonnen werden. Lynch drängte darauf, daß die Verhandlungen zu einem Abschluß gebracht wurden. Er wollte »diese Faszination des Verhandelns« beenden und die Vereinbarung endlich unter Dach und Fach bringen. Sie wurde am 19. März um zehn Uhr abends unterzeichnet. Die Bankunterlagen sollten in kürzester Frist übergeben werden, und Pletscher sollte seine Aussage innerhalb der nächsten zwei Wochen machen.

Carberry und die SEC-Anwälte Wang, Sonnenthal und Fischer flogen nach London und unterzogen Pletscher in der dortigen Niederlassung von Fried, Frank einem zwei volle Tage dauernden Verhör. Dabei stellte sich heraus, daß Pletscher weitaus offener war, als der ausweichende, verschlossene Meier es vermutlich jemals gewesen wäre. Er beschrieb detailliert »Mr. Diamonds« Besessenheit in Sachen Sicherheit, die Gründung der panamaischen Tarnfirma, den Handel in späteren Übernahmeaktien, die Barabhebungen und die Vernichtung der inkriminierenden Dokumente. Pletscher besaß als ausgebildeter Buchhalter ein präzis funktionierendes Gedächtnis für solche Dinge. Wenngleich er Mr. Diamonds wirklichen Namen kein einziges Mal erwähnte, sondern von ihm stets nur als Mr. X sprach, gab er doch an, daß es sich bei ihm um einen in New

York City lebenden Investmentbanker handele. Die SEC hatte, was sie wollte, und sogar Carberry war von den raschen Fortschritten in diesem Fall beeindruckt.

Jetzt ging es nur noch darum, die Identität von Mr. X zu lüften. Pitt beschäftigte sich daher eingehender mit den bahamaischen Bankgesetzen. Wie zu erwarten gewesen war, konnte die Bank Leu Levines Namen nicht ohne weiteres weitergeben. Levine hatte bereits angedroht, daß er die Bank in diesem Fall verklagen würde; sie hätte sich also einer Strafverfolgung seitens der bahamaischen Behörden ausgesetzt.

Pitt und seine Kollegen entschieden sich für eine kühne Strategie: Sie würden sich, unter Umgehung des ebenso publizitätsträchtigen wie langwierigen Versuchs, eine gerichtliche Verfügung zu erwirken, direkt an den Generalstaatsanwalt Paul Adderly wenden. Die Begegnung fand am 7. Mai statt. Die amerikanische Delegation setzte sich aus Beamten der SEC und des Justizministeriums, dem US-Botschafter auf den Bahamas sowie Pitt, Rauch und deren bahamaischen Anwälten zusammen. Adderly war von dem Aufgebot an hochrangigen Repräsentanten der amerikanischen Regierung beeindruckt, verärgerte Pitt und Rauch allerdings damit, daß er sie von der Unterredung ausschloß.

Trotzdem schien der Schritt, den sie veranlaßt hatten, seine Wirkung nicht zu verfehlen. Lynch argumentierte, daß die Offenlegung von Unterlagen über Wertpapierinvestitionen, technisch gesehen, keine Enthüllung von »Banktransaktionen« sei, die nach der bahamaischen Geheimhaltungsvorschrift verboten sei. Die in diesem Gedankengang enthaltene Unterscheidung zwischen Aktiendepots und anderen Einlagen samt der von ihnen vorgenommenen Abhebungen stand zwar auf recht wackligen Beinen, wurde aber, und das war entscheidend, von der Bank Leu gestützt. »Das ist kein Bankgeschäft, sondern Aktienhandel«, meinte der Generalstaatsanwalt und deutete damit an, daß er bereit war, dem Verlangen der Amerikaner stattzugeben. Lynch pflichtete ihm eiligst bei.

Zwei Tage später erhielt Pitt die Kopie eines Briefs, in dem der Generalstaatsanwalt darlegte, daß die Preisgabe der Identität des Bankkunden nicht zu einer Strafverfolgung seitens der bahamaischen Behörden führen werde. Nachdem auch der Vorstand der Bank Leu einen Beschluß verabschiedet hatte, der die Offenlegung absegnete, waren alle Steine aus dem Weg geräumt.

Am Freitag, dem 9. Mai 1986, griff Pitt zum Telefon und rief Lynch an, der sofort abhob. Pitt verlor keine Zeit mit irgendwelchen einleitenden Worten.

»Moby Dick«, sagte er, »ist Dennis B. Levine.«

Am selben Freitag, nur Stunden, nachdem Pitt seinen Namen an Lynch weitergegeben hatte, traf Levine am Gulf+Western-Gebäude in Manhattan ein, wo ein Galabuffet und die Voraufführung der neuen Paramount-Produktion *Top Gun* mit Tom Cruise in der Hauptrolle ihn erwarteten. Er war dazu eingeladen worden, weil er auf seiten von Esquire Inc. bei der Übernahme des Unternehmens durch Gulf+Western mitgewirkt hatte. (Darüber hinaus hatte er aufgrund seiner Insiderkenntnisse in den Deal investiert.)

Normalerweise liebte Levine solche glanzvollen gesellschaftlichen Ereignisse, die ihm die Gelegenheit gaben, mit Konzernbossen wie Martin Davis zu plaudern, und ihm wie allen anderen vor Augen führten, daß er Zugang zur Welt der Reichen und Mächtigen hatte. An diesem Abend jedoch vermiesten ihm die zunehmenden Sorgen, die ihm die Bank Leu bereitete, die Stimmung. Er hatte am Donnerstag bei Pletscher anrufen wollen, war aber nur bis zu einem untergeordneten Angestellten namens Andrew Sweeting vorgedrungen.

»Ich will zehn Millionen auf mein Konto bei einer Bank auf den Cayman Inseln transferieren«, hatte er Sweeting erklärt.

Aber Sweeting hatte ihn hingehalten, indem er sagte, er wüßte nicht genau, wie das Verfahren bei einer so großen Summe aussähe. Levine hatte gereizt erwidert, sein bahamaischer Anwalt würde ihm die entsprechenden Instruktionen erteilen. Als er im Laufe des Tages wieder angerufen hatte, um Sweeting genaue Anweisungen zu geben, hatte dieser darauf bestanden, sie in schriftlicher Form bestätigt zu bekommen. Das war es dann. Für Levine war die Bank Leu gestorben. Er würde den schriftlichen Auszahlungsauftrag gleich als erstes am Montag zur Bank bringen lassen, und danach würde er jeden Kontakt zu den unkooperativen Schweizer Bankern abbrechen.

Levines Auftrag hatte weder die Bank noch die Anwälte von Fried, Frank überrascht. Als Sweeting den Anruf annahm, hatten Pitt und Rauch hinter ihm gestanden und ihm gesagt, er solle Levine hinhalten, falls er versuchte, Geld abzuheben.

Es war schon seit Monaten unverkennbar, daß Levine besorgt darüber war, daß die SEC-Untersuchung immer noch weitergeführt wurde und seine Ansprechpartner bei der Bank Leu nicht in der Lage waren, sie abzuwürgen. Er hatte Pletscher sogar gesagt, daß er sich etwas Neues ausgedacht habe, einen »genialen Plan«, wie er ihn nannte. Pletscher hatte nur mit halbem Ohr hingehört, aber wie es schien, wollte Levine einen Investmentfonds gründen. Er wollte Geld aufbringen, es auf diverse, von einem Schweizer Banker verwaltete Depots verteilen und anschließend für sie alle mit von ihm gelieferten Insiderinformationen handeln. Das »Geniale« an dem Plan, versicherte Levine, sei, daß er die Vielzahl von Depots schaffen würde, die nötig war, um die SEC davon zu überzeugen, daß die Handelsaktivitäten von einem Bankangestellten mit einer Nase für Aktiengeschäfte initiiert worden seien, und nicht von einem Insider. In letzter Zeit hatte Levine außerdem unmißverständlich angedeutet, daß der »geniale Plan« auch bei einem anderen Geldinstitut als der Bank Leu ausgeführt werden könne.

Sein Entschluß, das Geld jetzt abzuheben, zu einem Zeitpunkt, da die SEC-Untersuchung ihrem Höhepunkt zustrebte, bewies fast so etwas wie einen sechsten Sinn. Als Lynch außer dem Namen des Bankkunden auch erfuhr, daß er versuchte, sein Geld abzuziehen, war ihm klar, daß er keine Zeit zu verlieren hatte. Man durfte nicht zulassen, daß die zehn Millionen von den Bahamas verschwanden, oder sie würden der Staatsanwaltschaft womöglich für immer durch die Lappen gehen.

Lynch rief Carberry an, der seinerseits Thomas Doonan, einen zum Dezernat abgestellten stellvertretenden US-Marshal, in Marsch setzte. Doonan war Ende der Vierzig und sah aus wie ein Amateurboxer. Sieben seiner Verwandten verdienten ihr Geld als Beamte im Bereich der Strafverfolgung. Er arbeitete zusammen mit den Anwälten an diesem Wochenende rund um die Uhr an den Anträgen, mit denen die Sperrung von Levines Konto und seine Verhaftung erreicht werden sollte. Man konzentrierte sich in der Begründung, mit Bezug auf Pletschers eindeutige Aussage, die eine Verhaftung nahelegte, der Einfachheit halber auf den Tatbestand der Behinderung der Justiz. Die Anwälte setzten Doonan eingehend ins Bild, der seinerseits eine eidesstattliche Erklärung unterschrieb, in der die Tatsachen, die den Fall begründeten, aufgeführt waren.

Am Montag, dem 12. Mai, traf Levines schriftliche Anforderung der Überweisung seiner Bankeinlage bei der Bank Leu ein, und die SEC reichte umgehend ihre Anträge ein, während die Bank die zehn Millionen zurückhielt. Carberry und Doonan erschienen vor einem Bundesrichter, der den Haftbefehl ausstellte. Danach machte sich Doonan, in Begleitung von Augie Kaufman, einem über zwei Meter großen Bundesmarshal, sofort auf die Suche nach Levine.

Die beiden Marshals gingen zuerst zu Levines Appartement in der Park Avenue, wo ihnen seine Frau Laurie die Tür öffnete. Als sich die beiden Männer als Vertreter des Justizministeriums vorstellten, wurde sie bleich. Levine hatte die Wohnung bereits verlassen, aber sie versprach, Kontakt mit ihm aufzunehmen und dafür zu sorgen, daß er sich mit der Staatsanwaltschaft in Verbindung setzte.

Doonan und Kaufman begaben sich danach zu Drexel, aber auch dort trafen sie Levine nicht an. Er sei zu einer Besprechung mit dem Drexel-Klienten Ronald Perelman in dessen Büroräume in Midtown Manhattan gegangen. In Perelmans Büro erfuhren die Beamten jedoch, daß Levine den Termin nicht eingehalten hatte. Sie kehrten daraufhin zum St. Andrews Plaza zurück. Wahrscheinlich hatte seine Frau Levine gewarnt. Sein Name wurde umgehend in die Computerliste der Zollbehörde eingegeben. Sollte er versuchen, außer Landes zu fliehen, würde man ihn aufhalten.

Danach ging alles sehr schnell. Um zwei Uhr nachmittags meldete Fred Josephs Sekretärin ihrem Chef den dringenden Anruf eines hohen SEC-Ermittlers. Es war Gary Lynch. Joseph hörte zehn Minuten schweigend zu, während ihm Lynch eröffnete, daß Levine, nach Ansicht der SEC, in großem Stil mit Insiderinformationen von Drexel und anderen gehandelt hatte. Levine habe offensichtlich einen Ring aufgebaut und sich von anderen Investmentbankern Informationen gekauft, sagte Lynch. Die SEC sei momentan dabei, die entsprechenden Klagen und Anträge auf einstweilige Verfügungen bei Gericht einzureichen. Strafrechtliche Schritte würden aller Wahrscheinlichkeit nachfolgen, sobald Levine festgenommen sei.

Joseph war wie betäubt. »Gary, das klingt, als hätten Sie ihn am Wickel«, sagte er. »Falls er das wirklich getan hat, ist es eine schreckliche Sache. Was kann ich tun? Wir werden vorbehaltlos mit Ihnen zusammenarbeiten.«

Er folgte Lynchs Bitte, Levines Büro, Schreibtisch und Akten zu versiegeln, und rief danach sofort bei David Kay an. »Man wird Dennis verhaften«, sagte er Levines verblüfftem Mentor. Kay telefonierte umgehend mit Perelmans Büro und erfuhr, daß Levine nicht zu der Besprechung erschienen war. Kurz darauf rief John Shad, der Präsident der SEC, bei Joseph an.

»Tut mir leid, daß es Ihr Mann ist«, sagte er.

»Sie brauchen sich nicht zu entschuldigen«, erwiderte Joseph. »Das ist Ihre Aufgabe. Wir haben schon oft darüber spekuliert, ob so etwas möglich ist, ohne daß man es entdeckt.«

Und dann war es soweit. Exakt um 14.46 Uhr schrillten überall in Amerika die Alarmglocken, und die Fernschreiber in den Brokerhäusern, Börsensälen und Zeitungsredaktionen spuckten tickernd die Neuigkeit aus.

Kurz darauf tauchte Levine wieder auf und meldete sich telefonisch bei Kay. Er rief von einem Münztelefon aus an, so daß er brüllen mußte, um den Verkehrslärm zu übertönen.

»Dennis, sie fahnden nach Ihnen«, sagte Kay, während es in seinem Kopf vor Fragen nur so wimmelte.

»Ich weiß, ich weiß«, schrie Levine. »Das ist alles ein riesiges Mißverständnis. Sie wollen mich anscheißen und mich ruinieren. Ich habe nicht mal die Gelegenheit gehabt, irgend etwas zu erklären. Ich habe mir nichts zuschulden kommen lassen.«

»Dennis, sagen Sie jetzt nichts weiter«, unterbrach ihn Kay. »Sie müssen sich einen Anwalt nehmen.«

»Wen?« brüllte Levine. Pitt kam nicht mehr in Frage.

Kay schlug ihm Flom, Lipton oder Arthur Liman (von Paul, Weiss, Rifkind, Wharton & Garrison) vor, den er aus dem Übernahmezirkel kannte. Nachdem Levine aufgelegt hatte, rief Kay Joseph an. »Dennis sagt, es sei alles ein einziges Mißverständnis«, erklärte er.

»Er ist voller Scheiße«, erwiderte Joseph.

Doonan und Carberry waren noch in ihren Büros, als um 17.30 Uhr Doonans Telefon klingelte.

»Äh, hier ist Dennis Levine. Ich glaube, Sie suchen nach mir. Ich denke, es wäre gut, wenn wir uns treffen würden«, sagte Levine. Er klang, angesichts der Notlage, in der er sich befand, bemerkenswert gefaßt. »Ich vermute, Sie haben eine Vorladung oder sowas für mich.«

Doonan drängte Levine, so bald wie möglich zum St. Andrews Plaza zu kommen. Levine hatte trotz der Bekanntgabe der SEC-Aktion vor, an einem Wohltätigkeitsball für das Mt. Sinai Hospital teilzunehmen, versprach aber, vorher bei der Staatsanwaltschaft vorbeizuschauen.

Er kam allein, in seinem BMW und nicht in dem allzu verdächtig wirkenden Testarossa, und parkte auf der fast verlassen daliegenden Straße direkt vor dem Büro des Staatsanwalts. Um 19.30 Uhr trug er sich am Eingang ins Besucherbuch ein.

Doonan erwartete ihn auf dem Flur im sechsten Stockwerk und führte ihn zu Carberry, der hinter dem großen Schreibtisch in seinem Büro saß. Daneben stand Peter Sonnenthal, der aus Washington herübergekommen war. Alle drei, Doonan, Carberry und Sonnenthal, bildeten mit ihrer wie üblich leicht zerknitterten Kleidung einen auffallenden Kontrast zu Levine, der einen dunklen, modischen Anzug aus Europa, eine gelbe Hermès-Krawatte und schwarze Gucci-Mokassins trug. Er lächelte verlegen und versuchte Carberry die Hand zu schütteln, als würde er sich einem potentiellen Klienten vorstellen.

Doonan holte ihn rasch auf den Boden der Tatsachen zurück. »Ich habe einen Haftbefehl gegen Sie«, sagte er. »Mr. Levine, Sie sind festgenommen.

»Sie haben das Recht zu schweigen«, begann Carberry dem wie betäubt dastehenden, aschgrau werdenden Levine seine Rechte mitzuteilen. Doonan befahl ihm, sich vorzubeugen und auf den Schreibtisch zu stützen, und Levine gehorchte mechanisch. Nachdem er ihn durchsucht hatte, sagte Doonan, er solle seine Taschen ausleeren. Danach breitete Carberry einige Dokumente der Bank Leu mit Levines Unterschrift auf seinem Schreibtisch aus und gab Levine mit einer Geste zu verstehen, daß er sie sich ansehen solle. Levine mußte entdecken, daß Meier und Pletscher, trotz seiner Anweisung, es zu tun, nicht alle Dokumente vernichtet hatten, die ihn mit dem Konto in Verbindung brachten.

»Wollen Sie mit uns kooperieren?« fragte Carberry. Levine erwiderte, daß er mit seinem Anwalt sprechen wolle. Doonan führte ihn zum Telefon auf dem Flur und trat ein Stück zurück, während Levine mit Arthur Liman sprach, den er früher am Tag, nach dem Telefongespräch mit Kay, engagiert hatte. Er kannte Liman vom Revlon-Deal her, bei dem Liman als Vertreter von Revlon agiert hatte.

Während des Telefonats wandte sich Levine, der offenbar immer noch benommen war, mit dem Hörer in der Hand zu Doonan um. »Was geht hier vor?« fragte er. »Was geschieht mit mir?«

»Sie sind verhaftet«, antwortete Doonan.

»Um Gottes willen, ich bin verhaftet«, sagte Levine in den Telefonhörer.

Liman rief, sofort nachdem Levine aufgelegt hatte, bei Carberry an, um seinem Mandanten die Nacht im Gefängnis zu ersparen. Aber Carberry weigerte sich, Levine zu entlassen; er könne ja am nächsten Vormittag beim Haftprüfungstermin seine Freilassung auf Kaution beantragen. Die Verhaftung prominenter Geschäftsleute, die sogenannter *white collar*-Verbrechen angeklagt waren, wurde häufig auf elegante Art vereitelt, indem sich die Angeklagten bereit erklärten, sich zu einem ihnen genehmen Zeitpunkt zu stellen, und augenblicklich eine Kaution zahlten. Carberry fand allerdings, daß diese Leute zu sehr geschont wurden; der Unterschied zur Behandlung weniger wohlhabender Angeklagter, die sich handgreiflicherer Delikte schuldig gemacht hatten, war, gelinde gesagt, auffällig. Außerdem glaubte Carberry, daß im Fall Levine eine echte Fluchtgefahr bestand.

Es war fast Mitternacht, als Doonan die Papiere fertig hatte und Levine ins Metropolitan Correction Center, das gleich nebenan liegende Bundesgefängnis, brachte. Levines Hauptsorge schien sein BMW zu sein. Er sagte Doonan, daß er das Auto nicht gern über Nacht auf der Straße lassen würde, und Doonan war so entgegenkommend, es in eine nahegelegene städtische Garage zu fahren. Er hatte noch nie einen so teuren Wagen gefahren.

Im MCC unterschrieb Doonan ein Formular, in dem er versicherte, Levine bis neun Uhr am nächsten Vormittag wieder abzuholen. Levine wurde abgeführt und verbrachte die Nacht in Gesellschaft zweier unter Anklage stehender Rauschgiftdealer. Als Doonan ihn am nächsten Morgen abholte, sah er müde und erschöpft aus, was Doonan nicht überraschte. Nach seiner Erfahrung schlief in der ersten Nacht im MCC kaum jemand.

Wilkis hatte alle Sorgen über Levine unter seiner Arbeit bei E.F. Hutton begraben. Er hatte einige kleinere Deals eigenständig betreut, und der Chef der M&A-Abteilung, Daniel Good, hatte ihm so gut wie versprochen, daß man ihn am Ende des Jahres zum geschäftsführenden Direktor befördern würde. Aber ähnlich wie Levine wollte auch Wilkis seinen Aufstieg beschleunigen, indem er einen Agenten aufsuchte, der für ihn mit zwei Investmentbanken verhandelte, in beiden Fällen für Anstellungen im Rang eines geschäftsführenden Direktors. Die Wall Street hungerte förmlich nach Investmentbankern mit der Erfahrung, die Wilkis besaß.

Als die Nachricht über Levines Verhaftung am 12. Mai bekanntgegeben wurde, befand sich Wilkis in einem Taxi auf dem Weg zum Flughafen La Guardia, von wo er geschäftlich nach Omaha fliegen wollte. Während er auf seinen Flug wartete, rief er bei seinem Agenten an, der wie jedermann an der Wall Street an diesem Nachmittag von nichts anderem reden konnte als von Dennis Levine.

»Bei Drexel wird wahrscheinlich eine Stelle frei«, verkündete der Agent aufgeregt.

Wilkis war verblüfft, obwohl er sich das, was jetzt passiert war, tausendmal in Gedanken vorgestellt hatte. Er flog trotzdem nach Omaha, konnte aber sein Panikgefühl nicht überwinden und war nicht in der Lage, sich auf seine Aufgabe zu konzentrieren. Als er am Abend mit seiner Frau telefonierte, sagte sie ihm, daß sie Levine am Nachmittag getroffen habe, als er seinen Sohn von der Episcopal School abholte, einer vornehmen Privatschule in Manhattan, die auch Wilkis' Sohn besuchte. Levine hätte sich durch die wartenden Mütter gedrängt, sie überschwenglich begrüßt und gesagt: »Man hat mich reingelegt.« Er schien seine neue Berühmtheit fast zu genießen. Wilkis konnte es kaum fassen. Begriff Dennis denn nicht, daß ihr ganzes Leben auf dem Spiel stand? Er hatte das Gefühl, daß er zurück nach New York mußte, um mit ihm zu reden.

Er schützte eine Erkrankung vor und flog am nächsten Tag von Omaha nach New York zurück, wo er sofort bei Levine anrief, der inzwischen die Verhandlung vor dem Haftrichter hinter sich gebracht hatte. Er hatte sich für unschuldig erklärt und war wieder auf freien Fuß gesetzt worden – gegen eine Kaution von fünf Mio. Dollar, für die er 100 000 Dollar in bar hinterlegt und seine Wohnung sowie seine Drexel-Aktien als Sicherheit verpfändet hatte.

»Du solltest besser herkommen«, sagte Levine.

Wilkis nahm ein Taxi und fuhr zu Levines Appartement. Laurie, die ihm öffnete, sah übernächtigt aus und hatte rote, vom Weinen geschwollene Augen. Levine dagegen, in Sportsachen gekleidet, machte einen vergnügten, sogar angeregten Eindruck.

»Jesus, Bob«, rief er aus, »kannst du dir das vorstellen? Sie haben mich in den Knast gesteckt. Gott, ich hatte Notizen und mein Adreßbuch mit Boeskys Namen dabei! Ich hatte 900 Dollar im Portemonnaie.« Aber er hatte schon einen neuen Plan ausgeheckt.

»Besorg dir einen Anwalt auf den Cayman Inseln, der sich als Besitzer des Kontos ausgibt«, begann er ihm zu erläutern, doch Wilkis schenkte dem nur wenig Beachtung.

»Es ist zu spät, Dennis«, sagte er eindringlich. »Begreifst du das denn nicht? Es ist vorbei.«

Wilkis verlebte eine qualvolle Woche. Er war unfähig zu schlafen, unfähig zu essen und unfähig, sich zu konzentrieren. Er erzählte seiner Frau nichts von seiner Verwicklung in den Fall, aber sie wußte, wie nah er Levine stand, und bestand darauf, daß er sich einen Anwalt nahm. Wilkis rief einen Cousin an, der bei einer der führenden Anwaltskanzleien von Baltimore arbeitete, Piper & Marbury. Er sagte ihm nicht die ganze Wahrheit, sondern nur, daß er gewisse »Geschäfte« mit Levine abgeschlossen hätte, die ihm Sorgen bereiteten. Der Cousin arrangierte für Dienstag einen Termin bei einem New Yorker Anwalt für ihn.

Davor willigte Wilkis, wider besseres Wissen, ein, sich am Montag noch einmal mit Levine zu treffen. Um sicher zu sein, daß sie nicht abgehört werden konnten, hatten sie sich in der Garage in der 56th Street verabredet, in der Wilkis sein Auto abzustellen pflegte. Sie setzten sich in den Wagen und fuhren ziellos umher. Wilkis hatte so viel Angst davor, von der Polizei angehalten zu werden, daß er mit kaum 15 Meilen pro Stunde dahinschlich.

»Du siehst schrecklich aus«, sagte Levine gutgelaunt. »Ich bin derjenige, der im Knast war, und du siehst schlecht aus. Das spielt doch alles keine Rolle«, versicherte er. »Solange du berühmt bist, zählt es einfach nicht.« Er stand noch unter dem Eindruck der Titelstory, die das *Wall Street Journal* am vergangenen Donnerstag, inklusive einer Porträtzeichnung, über ihn gebracht hatte. Als sie an einem Zeitungsstand vorbeikamen, sagte er Wilkis, er solle anhalten, und sprang hinaus.

»Ich habe gehört, daß ich auf dem Titelblatt der *Newsweek* bin«, sagte er und kehrte wenig später mit der brandneuen Ausgabe des Nachrichtenmagazins zurück. Sie enttäuschte ihn. Er war zwar der Gegenstand der Titelstory mit der Schlagzeile »Habgier an der Wall Street«, aber das dazugehörige Titelbild zeigte nur Hände, die sich nach einem Geldberg ausstreckten - nicht ihn. Sein Bild war auf den Innenseiten versteckt.

»Ich bin bereit, mich zu stellen«, erklärte Wilkis, als Levine die Zeitschrift beiseite gelegt hatte. »Was wissen sie?«

»Keine Ahnung«, antwortete Levine.

»Ist mein Name gefallen?«

Levine sagte wieder, daß er es nicht wisse, und fügte hinzu: »Du brauchst dir keinen Anwalt zu nehmen. Ich habe die besten Anwälte der Welt, und wir werden kämpfen. Ich schweige wie ein Grab. Wenn ich reden würde«, fuhr er fort, »würde mir der Russe eine Kugel in den Kopf jagen. Aber zu dir: Du könntest damit nicht richtig umgehen. Du würdest zusammenklappen. Bei mir ist das etwas anderes. Ich bin ein Stehaufmännchen.«

Dann eröffnete er Wilkis seinen neuen Plan. Er würde ein Geständnis ablegen und Wilkis als eine seiner Informationsquellen nennen, aber verheimlichen, daß er ebenfalls über ein ausländisches Bankkonto mit Insiderinformationen gehandelt hatte. »Wir werden ins Kittchen wandern. In eins dieser Country-Club-Gefängnisse. Wir werden zusammen ein Zimmer haben, Tennis spielen und uns braunbrennen lassen. Und danach ziehen wir uns auf die Cayman Inseln zurück und leben von deinem Geld.«

»Dennis, wo soll das hinführen?« erwiderte Wilkis verzweifelt.

Am nächsten Tag brach er zusammen und gestand dem Anwalt, den ihm sein Cousin besorgt hatte, was er getan hatte. »Ich will nicht kämpfen«, erklärte er. Der Anwalt reichte ihn umgehend an einen Strafverteidiger weiter, Gary Naftalis, einen ehemaligen stellvertretenden Staatsanwalt, der jetzt Partner der New Yorker Kanzlei Kramer, Levin, Nessen, Kamin&Frankel war. Wilkis erzählte ihm schluchzend die ganze Geschichte und ließ auch sein eigenes Handelskonto und die Anwerbung von Randall Cecola nicht aus. Naftalis wies ihn nachdrücklich an, nie wieder mit Levine und Cecola zu sprechen.

Aber nach so vielen Jahren war Levines Macht über ihn nicht so einfach auszuschalten. Als Levine wenig später anrief, nahm Wilkis den Anruf entgegen, versuchte jedoch, sich in nichts mehr hineinziehen zu lassen.

»Dennis, es ist nicht gut, wenn wir miteinander reden«, sagte er, aber Levine ignorierte es und träumte wieder von einem Leben auf den Cayman Inseln.

Wilkis fiel ihm ins Wort. »Die Zeitungen konzentrieren sich auf die Tarngeschichten und tun so, als wären sie schlimmer als der Insiderhandel. Ich mache das nicht weiter mit. Ich werde nicht mehr mit dir sprechen.«

Levine schien verletzt zu sein. »Oh, Bob«, sagte er, »heißt das, es ist aus? Nach allem, was wir durchgemacht haben?«

Trotzdem rief Wilkis am Memorial Day und noch einmal am darauffolgenden Freitag bei Levine an, um sich, wie er sagte, zu erkundigen, wie es ihm gehe.

»Oh, ich halt' mich aufrecht«, sagte Levine. Aber seine Stimmung war offenbar umgeschlagen. Er schien der Verzweiflung nahe zu sein und bat Wilkis, sich um seine Frau zu kümmern, wenn er ins Gefängnis käme. Am Freitag war er in besonders sentimentaler Stimmung.

»Ich liebe dich wie einen Bruder«, wiederholte er immer wieder, um dann hinzuzufügen: »Ich werde ruiniert sein. Ich gebe einen Scheißdreck aufs Geschäft. Ich habe all die großen Deals gemacht, scheiß drauf. Aber ich bin ruiniert. Ich werde die Bar mitzvah meines Sohnes nicht miterleben.« Wilkis hatte zum erstenmal den Eindruck, daß er den Tränen nahe war.

Wilkis sagte Naftalis nichts von diesen Telefongesprächen mit Levine, ebensowenig wie von einem anderen Anruf. Zwei Tage nach Levines Verhaftung hatte sich Cecola, der Praktikant bei Lazard Frères, den er für den Insiderring angeworben hatte, bei ihm gemeldet und aufgeregt wissen wollen: »Haben wir Grund zur Sorge?«

»Ich ja«, hatte Wilkis geantwortet. »Mein Leben ist wahrscheinlich vorbei. Aber dich werde ich raushalten.« Cecola hatte danach angekündigt, daß er bald nach New York kommen werde, da er den Sommer über bei Dillon, Read arbeiten würde, und Wilkis hatte ihm versprochen, daß sie sich treffen würden.

Cecola traf am 4. Juni in New York ein. Wilkis nahm an diesem Abend an einem Festessen für die M&A-Abteilung von E.F. Hutton teil, konnte aber nichts herunterbringen. Vom Joggen schon ausgezehrt, hatte er seit Levines Verhaftung weitere 15 Pfund an Gewicht verloren; er sah regelrecht ausgemergelt aus. Er verdrückte sich, sobald er konnte, und fuhr mit einem Taxi zu einem Restaurant an der Ecke 77th Street und Broadway, vor dem er sich mit Cecola verabredet hatte. Sie gingen im Schutz der Dunkelheit in den Central Park.

»Muß ich mir Sorgen machen?« fragte Cecola ängstlich.

»Dennis Levine weiß von dir«, sagte Wilkis düster.

»Aber sie können nichts beweisen, oder?« fragte Cecola weiter. »Du wirst mich doch decken, nicht wahr?«

»Randy, mein Leben ist vorbei«, erwiderte Wilkis. »Ich hoffe, daß du nicht mit hineingezogen werden wirst, aber ich werde nicht lügen. Ich werde keinen Meineid schwören.«

Cecola schwieg einen Augenblick, dann sagte er: »Du könntest die Wahrheit frisieren.«

»Randy, das brächte nichts ein. Levine weiß alles von dir.«

»Hör mal«, sagte Cecola, »wenn du ableugnest, was er gesagt hat, und wenn ich es auch tue, dann steht es zwei gegen einen.«

»Tut mir leid, ich werde nicht lügen«, wiederholte Wilkis. Die beiden verließen bedrückt den Park.

Am nächsten Tag war der letzte Schultag der Brearly School, und Wilkis' Tochter Alexandra, eine außerordentlich begabte junge Pianistin, sollte vor versammelter Schule und Elternschaft ausgezeichnet werden. Als Wilkis den Saal betrat, hatte er das Gefühl, daß er sich nicht zwischen all die anderen Eltern setzen konnte. Er blieb statt dessen hinter den Sitzreihen stehen. Als das Programm begann, schossen ihm die Tränen in die Augen, so daß er seine vor Aufregung glühende Tochter nur verschwommen sehen konnte. Es war ein Bild vollendeter Unschuld. Und er war dabei, ihr Leben zugrunde zu richten. Er floh aus dem Saal.

Um 17 Uhr am 12. Mai klingelte bei Ilan Reich das Telefon. »Hast du von Dennis gehört?« fragte ihn ein Freund von Goldman, Sachs mit atemloser Stimme. »Man hat ihn des Insiderhandels angeklagt. Es ist auf dem Tape.«

Reich war wie betäubt. Er hatte erwartet, Levine am Abend auf dem Wohltätigkeitsball für das Mt. Sinai zu treffen. Er legte auf, wählte die Nummer des Archivs der Firma und bat um eine Kopie der entsprechenden Nachricht. Auf der Heimfahrt im Taxi ließ er seine Geschäfte mit Levine, die er bisher so nachdrücklich aus seinem Gedächtnis verbannt hatte, Revue passieren. Aber er geriet nicht in Panik; die Ereignisse waren noch zu weit von ihm entfernt. Und die Tatsache, daß er niemals Geld genommen hatte, gab ihm zusätzlich Zuversicht.

Aber seine innere Unruhe war immer mehr angewachsen. Er rannte jeden Abend um zehn Uhr hinaus, um sich die neueste Ausgabe der *New York Times* zu holen, sobald sie an die Zeitungsverkäufer ausgeliefert war. Er stand früh auf, um sich das *Wall Street Journal* vom Tage zu kaufen und nach dem winzigsten Hinweis auf eine Ausweitung der Untersuchung zu durchforsten. Mit Levine setzte er sich nicht in Verbindung.

Als er einige Tage später zu einer Besprechung mit einem Klienten nach Los Angeles flog, erreichten die Anspannung und die Angst ihren Höhepunkt. Er begann über seine Entdeckung und die anschließende öffentliche Ächtung zu phantasieren. All seine Ängste und seine Unsicherheit wurden plötzlich wieder lebendig und drohten ihn zu überwältigen. Er wußte kaum, was er tat, als er sich einen Wagen mietete und ziellos durch Los Angeles fuhr, bis er auf einer gewundenen Küstenstraße hoch über dem Pazifik angekommen war. Als er wieder eine Kurve erreicht hatte, gab er Gas und hielt auf den Rand der Klippen zu.

Nur der Gedanke an seine Familie hielt ihn, im letzten Augenblick, vom Selbstmord ab. Er bremste scharf, fuhr auf die Straße zurück und hielt an, um sich schwer atmend über das Steuerrad zu beugen. Irgendwie, schwor er sich, würde er sich aus der Sache herauskämpfen.

Als er von der Verhaftung Levines hörte, machte sich Sokolow sofort auf den Weg zur Wohnung von David Brown, dem Investmentbanker, den er bei Goldman, Sachs für den Insiderring angeworben hatte. Sokolow hatte von Levine insgesamt 125 000 Dollar erhalten, einen winzigen Teil der Millionengewinne, die Levine aufgrund seiner Tips gemacht hatte, und 27 500 Dollar davon an Brown weitergegeben. In panischer Angst nahmen die beiden jungen Männer den Rest des Geldes, rissen es in kleine Stücke und spülten es in der Toilette hinunter.

Nachdem Siegel sich von dem Schock erholt hatte, den ihm die Nachricht, daß Levine des Insiderhandels beschuldigt worden war, versetzt hatte, verließ er die Telefonzelle auf dem National Airport und ging an Bord des Flugzeugs nach New York. Zurück in seinem Büro bei Kidder, Peabody, erhielt er einen Anruf von Bob Freeman von Goldman, Sachs.

»Er ist offenbar in einem Ring«, meinte Freeman in bezug auf Levine. »Wer, glaubst du, war noch dabei?«

Sie spekulierten eine Weile über verschiedene Kandidaten, und dann wagte Siegel, das Undenkbare anzutippen: »Du glaubst doch nicht, daß er mit Boesky geredet hat, oder?«

»Oh, nein, nie im Leben«, sagte Freeman. »Ivan Boesky würde nie mit jemandem wie Dennis Levine reden.«

Am späten Nachmittag des Tages von Levines Verhaftung rief John Mulheren bei Boesky an, der seinen Mitarbeitern zuvor beteuert hatte, daß er noch nie von Levine gehört habe.

»Wie definiert man einen Arb?« fragte ihn Mulheren.

Als Boesky nicht darauf antwortete, rückte Mulheren mit der Pointe heraus.

»Ein Arb ist jemand, der Dennis Levine noch nie gesehen, noch nie von ihm gehört und noch nie mit ihm gesprochen hat.«

Mulheren brach in schallendes Gelächter aus. Auf Boeskys Seite herrschte tiefe Stille.

10

Dennis Levines Spargroschen, die gut zehn Mio. Dollar auf der Bank Leu, waren der Regierung keineswegs sicher. Der am 12. Mai erwirkte richterliche Beschluß sperrte seine Konten nur auf begrenzte Zeit. Der SEC stand in knapp zwei Wochen noch die Anhörung über die einstweilige Verfügung vor einem Bundesgericht bevor, bei der sie nachweisen mußte, daß sie tatsächlich etwas gegen Levine in der Hand hatte. Die Sperrung der Konten war das Hauptdruckmittel der SEC, da es Levine mit diesem Handicap schwerfiel, ein normales Leben zu führen, und er sogar Schwierigkeiten hatte, seine Anwälte zu bezahlen, die auch prompt dagegen angingen und erreichten, daß Levine für seine persönlichen Ausgaben und die anfallenden Honorare auf 300 000 Dollar zurückgreifen konnte, die er auf einem Konto bei der Citibank zu liegen hatte. Martin Flumenbaum, einer der Partner von Paul, Weiss, der mit Liman zusammenarbeitete und für seinen hartnäckigen, kämpferischen Stil bekannt war, hatte vor Gericht erklärt, daß »der Staatsanwalt (...) keinen Prima-facie-Fall« habe, also keinen einfachen, leicht einsehbaren Tatbestand vorweisen könne; »(...) die Anklage wird nicht in der Lage sein, eine glaubhafte Darstellung zu geben; die Anklage wird nicht in der Lage sein, am Donnerstag vor diesem Gericht in dieser Sache einen Beweis vorzulegen.«

Diese Herausforderung spornte die SEC-Anwälte nur noch mehr an. Sie arbeiteten fieberhaft daran, ihren Fall bis zur Anhörung wasserdicht zu machen. Sie ließen sich durch Levines ehemalige Vorgesetzte bei Smith Barney, Lehman Brothers und Drexel in eidesstattlichen Erklärungen versichern, daß er Zugang zu vertraulichen Informationen gehabt hatte; sie stellten die Handelsbelege der Bank Leu zusammen und unterzogen sie einer gründlichen Analyse; sie holten sogar ein graphologisches Gutachten ein, das bestätigte, daß die Handschrift auf Levines Arbeitsvertrag bei Smith Barney mit derjenigen auf den Abhebungsquittungen der Bank Leu übereinstimmte.

Sie versuchten auch, Levine zu einer mündlichen oder schriftlichen Aussage zu bewegen, aber seine Anwälte hatten ihm geraten, sich auf den

5. Zusatzartikel zur Verfassung der Vereinigten Staaten zu berufen, nach dem er die Aussage verweigern konnte, falls er sich durch sie selbst belasten würde. Er weigerte sich sogar, einer gerichtlichen Verfügung Folge zu leisten, die ihn aufforderte, seine Einkünfte, einschließlich der insgesamt 1,9 Mio. Dollar, die er im Lauf der Jahre von seinem Konto bei der Bank Leu abgehoben hatte, offenzulegen. Die SEC lud seine Frau, seinen Vater und seinen Bruder vor, die ihn angeblich bei einigen seiner Trips auf die Bahamas begleitet hatten. Merkwürdigerweise beriefen auch sie sich auf den 5. Zusatzartikel. Philip Levine nahm ihn sogar in Anspruch, als man ihn nach dem Mädchennamen seiner Frau fragte - wie sich herausstellte, war es der Deckname, den Levine bei der Bank Leu benutzt hatte: Diamond. Die SEC-Anwälte fragten sich verwundert, was Levines Angehörige zu verbergen hatten.

Am 21. Mai, einen Tag vor der Anhörung, erhielt Lynch den ersten Anruf von Arthur Liman, der ihn um einen Aufschub von zehn Tagen bat und andeutete, daß man bereit sei, in Verhandlungen über eine Absprache mit der Anklage einzutreten. Lynch ließ ihn schroff abblitzen, was Liman offenbar verstimmte. Er galt als einer der führenden Strafverteidiger des Landes und schien daher mit etwas mehr Ehrerbietung und Nachgiebigkeit gerechnet zu haben.

»Ich verstehe nicht, wieso nicht«, gab er scharf zurück. »Das sollte ihnen eigentlich keine Kopfschmerzen bereiten.«

Lynch geriet nun gleichfalls in Zorn. Er kannte Liman nicht und fand, daß er sich auf verletzende Weise von oben herab verhielt.

»Ich werde tun, was richtig ist«, entgegnete er eisig.

Die Atmosphäre wurde noch weiter aufgeheizt, als kurz darauf Ira Sorkin, der für New York zuständige Regionaldirektor der SEC-Strafverfolgung, der mit Liman bekannt war, bei Lynch anrief. »Liman ist außer sich«, sagte er, als wäre es Lynchs Schuld. »Er kennt Sie eben nicht.« Lynch war wütend, daß Liman versuchte, durch Sorkin Zwang auf ihn auszuüben.

»Halten Sie sich da raus«, beschied er Sorkin. Er hatte nicht die Absicht, Levine eine Atempause zu gönnen. Der Druck mußte aufrechterhalten werden.

So kam es am Donnerstag, dem 22. Mai, im New Yorker Bundesgericht zum Showdown. Lynch war in Washington geblieben und überließ es seinem Stellvertreter John Sturc, den Fall vorzutragen. Es war eine kritische Situation: Wenn der Richter die Sperrung der Konten aufhob, wäre Levine in der Lage, eine langanhaltende juristische Auseinandersetzung zu finanzieren. Er könnte sich ihr aber auch durch Flucht entziehen.

Sturc hatte das wichtigste Plädoyer seiner bisherigen Karriere vor sich, als er begann, eine komprimierte Fassung der Anklage gegen Levine darzulegen und anhand von neun Beispielen detailliert aufzuzeigen, wie Levines Insiderhandel funktioniert hatte. Liman beklagte sich über den »Aufruhr in der Presse, der meines Wissens seit Son of Sam kaum seinesgleichen gehabt hat«, hatte ansonsten aber, außer altbekannten Informationen über die Unternehmen, in deren Aktien Levine investiert hatte, nur wenig anzubieten. Ein großer Teil davon stammte aus den Dokumenten, die Levine für die mit der Bank Leu abgesprochene Tarngeschichte zusammengestellt hatte.

»Es gab buchstäblich eine Flut von Informationen über diese Unternehmen«, erklärte er. Levine sagte kein Wort.

Bundesrichter Richard Owen machte kurzen Prozeß mit den von Liman vorgebrachten Argumenten. »Es dürfte klar ersichtlich sein«, sagte er, »daß man sich, wenn man auf den Schultern derjenigen steht, die die Entscheidungen treffen, in einer völlig anderen Position befindet, als wenn man darauf angewiesen ist, die 13-Ds oder das *Wall Street Journal* zu lesen.« Er bekräftigte die Sperrung von Levines Vermögen. Die SEC hatte die erste große Schlacht gewonnen.

Am nächsten Tag rief Liman bei Carberry an und bat ihn um ein Treffen am Sonnabend, also zu einer Zeit, zu der sein Besuch nicht auffallen würde. Carberry war davon keineswegs überrascht. Er nahm an, daß Liman einen Handel vorschlagen wollte. Nach Carberrys Ansicht war Levine in den möglichen Anklagepunkten Steuerhinterziehung und Meineid so gut wie »tot«, vom Insiderhandel ganz zu schweigen.

Liman und Flumenbaum suchten Carberry am Sonnabend im sechsten Stock der Staatsanwaltschaft am St. Andrews Plaza auf und erklärten, daß Levine – entgegen seinen Beteuerungen Wilkis gegenüber – bereit sei, sich schuldig zu bekennen, wenn eine Vereinbarung zustande käme. Levine verfüge über Informationen, sagte Liman, die es wert seien, über eine solche Vereinbarung nachzudenken: Er könne vier andere junge Investmentbanker, die direkt zu seinem Insiderring gehört hatten, sowie eine weitere Person benennen, jemanden, »der größer ist«.

Carberry hatte etwas in der Art erwartet. Levines Investitionen legten den Schluß nahe, daß er Quellen in anderen Investmentbanken gehabt haben mußte. Das *Wall Street Journal* hatte eine Analyse von Levines Deals veröffentlicht, in der ein Übergewicht von Transaktionen festgestellt worden war, an denen Lazard Frères und Goldman, Sachs beteiligt waren. Carberry glaubte sogar den Namen eines der Verschwörer zu kennen. Er hatte einen Anruf von Lawrence Pedowitz erhalten, einem Wachtell-Partner und ehemaligen Chef der dortigen Abteilung für Strafsachen. Pedowitz hatte gesagt, daß er als Vertreter von Lazard Frères anrufe, und ihm anschließend mitgeteilt: »Wir hatten hier einen Typen namens Robert Wilkis. Er war ein enger Freund von Dennis Levine. Dennis hat ihn ständig angerufen. Wenn es ein Leck gegeben hat, dann könnte er es gewesen sein.«

Liman fuhr fort, daß die Fälle der vier Verschwörer angesichts des direkten Informationsaustauschs und ihres Anteils am Profit relativ unkompliziert wären, auch wenn Levine den Namen eines der Beteiligten nicht wisse. Er führte weiter aus, daß die Identität des »größeren Fischs« für die Staatsanwaltschaft von immensem Wert wäre, obwohl er nicht garantieren könne, daß Levines Aussage für eine Verurteilung ausreichen würde.

Carberry hörte es sich in seiner typischen Art mit ausdruckslosem Gesicht an; er schien, zumindest nach außen hin, kein gesteigertes Interesse an dem fünften Mann zu haben. Im übrigen war ihm auch nicht danach zu feilschen; er zog es vor, die Karten offen auf den Tisch zu legen. Er schlug den Anwälten ein Schuldbekenntnis in vier Fällen vor: einem Wertpapierbetrug, einem Meineid und zwei Steuerhinterziehungen. Als Gegenleistung erwartete er volle Zusammenarbeit. Er wußte, daß er damit nicht allzuviel aus der Hand gab. Bei vier Anklagepunkten konnte das Gericht auf maximal 20 Jahre Haft erkennen, und es war nicht zu erwarten, daß dieser Strafrahmen tatsächlich ausgeschöpft werden würde, auch wenn es sich um den größten Fall von Insiderhandel handelte, den es jemals gegeben hatte. Bisher war noch nie jemand zu 20 Jahren verurteilt worden, ganz gleich, wie lang die Liste der Anklagepunkte war. Von der anderen Seite betrachtet, war die Zusammenarbeit in Levines Interesse; wenn er mildernde Umstände beanspruchen wollte, war dies seine einzige Möglichkeit.

Nach gut einer Stunde waren sich Carberry und Liman im Prinzip einig, und sie gingen zu Giulianis Büro, wo Liman die in Carberrys Augen »vage« Zusage machte, die Namen von Levines direkten Mitverschwörern und »eines Arbitrageurs von einigem Gewicht« zu nennen. Sie wurden durch Handschlag besiegelt. Liman wollte jedoch die Namen noch nicht preisgeben und auch Levine nicht zur Kooperation veranlassen, bevor er nicht eine ähnliche Absprache mit der SEC getroffen hatte. Aber Carberry hatte, sobald er hörte, daß es sich bei dem großen Fisch um einen Arbitrageur handelte, den starken Verdacht, daß er wußte, wer gemeint war: In Levines Taschenkalender spielte ein Name eine ziemlich große Rolle – der von Ivan Boesky.

Bald darauf war auch mit der SEC eine Vereinbarung ausgehandelt. Man einigte sich in einer Reihe von Telefongesprächen und persönlichen Treffen, zumeist zwischen Flumenbaum und Sturc, die gemeinsam studiert hatten, darauf, daß Levine den größten Teil seines Vermögens abtreten mußte. Behalten durfte er »nur« sein Appartement in der Park Avenue, den BMW – nicht aber den Ferrari – und, nach heftigen Auseinandersetzungen, das Konto bei der Citibank. Levine hatte darauf bestanden, daß ihm ein bißchen »Taschengeld« übrigbleiben müsse. Das meiste davon, vermuteten die SEC-Anwälte, würde sowieso für Anwaltsrechnungen draufgehen. Diese Vereinbarung war abhängig von Levines Zusammenarbeit mit der Staatsanwaltschaft. Lynch erwartete von ihr nicht viel mehr als die Namen der vier Mitglieder des Rings; die Hinweise auf eine bedeutendere Person waren allzu nebulös.

Jetzt mußte nur noch Levine seinen Teil der Vereinbarungen erfüllen. Als er in Begleitung Flumenbaums am St. Andrews Plaza eintraf, begrüßte ihn dort eine Regierungsmannschaft, bestehend aus Robert Paschall, einem Postinspektor, der für den Fall abgestellt worden war, Carberry und Doonan vom Büro des Staatsanwalts sowie Wang und Sonnenthal von der SEC.

Carberry setzte Levine nicht unter Druck, sondern versuchte ihm im Gegenteil das Gefühl zu geben, daß er zu der Gruppe, der er gegenübersaß, dazugehörte. Er beachtete eine gewisse Förmlichkeit, sprach ihn nur als »Mr. Levine« an und hob hervor, daß er ihm helfen wolle. Wenn er die ganze Wahrheit sage, würde dies das Urteil des Richters günstig beeinflussen.

Der erste Fragenkomplex betraf Wilkis. Levine schien, angefangen mit der ersten Begegnung bei der Citibank, nichts zurückzuhalten. Carberry war erfreut, daß Levine keine Anstrengungen machte, seine eigene Schuld zu verkleinern: Er gab freimütig zu, daß er derjenige gewesen war, der Wilkis in den Insiderring hineingezogen hatte, und daß er auch Sokolow und Reich angeworben hatte. Er hätte einen »sechsten Sinn« dafür gehabt, wer mitmachen würde, sagte er. Positiv überrascht war Carberry auch darüber, daß Levine von sich aus erzählte, daß Reich seine Geldangebote stets abgelehnt hatte und aus dem Ring ausgeschieden war, nachdem er in seiner Firma zum Partner aufgestiegen war. Carberry wollte keinen Zeugen, der in seinem Eifer, der Staatsanwaltschaft dienlich zu sein, die Schuld anderer Beteiligter übertrieb.

Als er auf Cecola zu sprechen kam, erwähnte Levine, daß er fast »verrückt« geworden sei, als er erfuhr, daß Cecola ebenfalls ein Konto bei der Bank Leu eröffnet hatte. Dann berichtete er von den nächtlichen Einbrüchen bei Lazard Frères und davon, wie er gemeinsam mit Wilkis die *Chicago Tribune* und die *New York Times* für seine Zwecke eingespannt hatte. Von seiner Quelle bei Goldman, Sachs sagte er aus, er wisse nur, daß Sokolow jemanden angeworben habe – »Goldie« –, der nicht direkt mit der M&A zu tun hatte, sondern mit Hypotheken, glaube er. Seinen Namen habe er nie erfahren.

Danach lenkte Carberry das Gespräch auf den namenlosen Arbitrageur. Levine bestätigte den Verdacht, den Carberry gehabt hatte, und erzählte, daß es damit begonnen habe, daß er Boesky vertrauliche Dokumente über Boise Cascade und Elf Aquitaine zugeschickt hätte, teils um den Aktienkurs in die Höhe zu treiben, teils um Boesky zu beeindrucken. Schließlich hätte er ihn angerufen, ihm offen einen Tip angeboten und zu einem Drink eingeladen, bei dem sie die Modalitäten ihres Informationsaustauschs und der Vergütung besprochen hätten. Levine sagte, daß er Boesky unbedingt hatte kennenlernen wollen, wegen des Informationsflusses und wegen seines Rufs und seiner Stellung.

Levines Anwälte hatten darauf geachtet, daß sie in bezug auf die Beweiskräftigkeit von Levines Aussagen über Boesky nicht zuviel versprachen. Sie hatten nie behauptet, daß es ein einfacher Fall wäre oder daß Levines Aussage allein zu einer Verurteilung führen könnte. Carberry war dennoch von Levines augenscheinlicher Offenheit beeindruckt. Die mit Boesky vereinbarte Abrechnungsweise, mit wechselnden Prozentsätzen je nach dem Zeitpunkt und der Auswirkung von Levines Informationen, war zu kompliziert, als daß Levine sie sich ausgedacht haben konnte. Sie besaß, über diejenige des Zeugen hinaus, eine faktische, innere Glaubwürdigkeit, insbesondere wenn Levines Tips mit Boeskys Handelsbelegen übereinstimmen sollten.

Carberry kümmerte sich normalerweise wenig um die Motive der Täter, konnte sich diesmal aber nicht zurückhalten und fragte Levine, warum er das alles getan habe. Levine gab ihm dieselbe Antwort, die er Wilkis oft gegeben hatte: daß er eine eigene Firma hatte gründen wollen, entweder als Arbitrageur oder als Merchantbanker, um dann seinerseits all die »Profis« zu engagieren und nicht mehr selbst einer zu sein. Sein Ziel seien 20 Mio. Dollar gewesen, erklärte er, und er habe sofort aufhören wollen, sobald er sie beisammen gehabt hätte.

Er erzählte auch, daß er, genauso wie Wilkis, Reich und Sokolow, von der Arbeit als Investmentbanker gelangweilt gewesen sei. Das verwunderte die Anwälte, die, wie fast jeder damals, glaubten, Investmentbanker führten ein glanzvolles, reiches und aufregendes Leben. Die Wirklichkeit, erkläre Levine, sähe anders aus. Der Insiderhandel, der sei aufregend gewesen. Carberry bezweifelte, daß Levine jemals aufgehört hätte, ganz egal, wie viele Millionen er verdient hätte. Bei 20 Mio. hätte er die Schwelle auf 30 Mio. angehoben, und bei 30 auf 40 Mio. Es wäre ihm niemals genug gewesen.

Das Bedürfnis nach Nervenkitzel und Abenteuer prädestinierte Levine allerdings für verdeckte Aktionen, sagte sich Carberry, und er schien, trotz seiner Versicherung Wilkis gegenüber, daß er niemals mit den Behörden zusammenarbeiten würde, geradezu erpicht darauf zu sein, seine Mitverschwörer in die Falle zu locken. Bevor man damit beginnen konnte, war jedoch eine kurze Angstperiode zu überstehen, nachdem Carberry eine schriftliche Morddrohung gegen Levine erhalten hatte. Das war mehr an Nervenkitzel, als sich Levine gewünscht hatte, und er mußte sich unter behördlichem Schutz aufs Land begeben. Die Drohung konnte bald zu einem bekannten Spinner zurückverfolgt werden, und als Levine wieder in der Stadt war, willigte er ein, mit Wilkis, Sokolow, Reich und Boesky zu telefonieren und die Gespräche mitschneiden zu lassen.

Am Montag, dem 2. Juni, nur wenige Tage nach dem Telefongespräch, in dem er ihm gesagt hatte, daß er ihn »wie einen Bruder« liebe, erhielt Wilkis wieder einen Anruf von Levine.

»Bob«, sagte er, »du solltest dich zur Kooperation entschließen.« Wilkis hörte seiner Stimme an, daß sich etwas verändert hatte. »Ich weiß, wir sind Kämpfer«, fuhr Levine fort. »Aber sie wissen alles. Sag deinem Anwalt, daß er etwas unternehmen soll.«

Wilkis war sicher, daß das Gespräch mitgehört wurde. Er hätte auflegen und sofort seinen Anwalt anrufen müssen. Aber er konnte es nicht. Im tiefsten Herzen glaubte er immer noch, daß Levine ihn schützen und unbeschadet aus diesem Schlamassel heraushelfen würde. Er sprach mit Levine und belastete sich selbst.

Mit seinen anderen Anrufen hatte Levine nicht so viel Erfolg. Er rief zweimal bei Boesky an. Beim ersten Mal klang Boesky besorgt, gab sich aber keine Blöße. »Es tut mir leid um ihre Familie«, sagte er. »Ich mache mir Sorgen um Ihre geistige Gesundheit. Denken Sie daran: Alle Dinge vergehen.« Beim zweiten Anruf legte Boesky auf, sobald Levine sich zu erkennen gegeben hatte, und sagte nur, daß sie nichts zu besprechen hätten. Sokolow und Reich legten ebenfalls kurz nach Gesprächsbeginn auf. Aber einen Zweck erfüllten die Anrufe dennoch: Sie hatten die Verdächtigen darauf aufmerksam gemacht, daß die Staatsanwaltschaft wahrscheinlich von ihnen wußte.

Am nächsten Tag rief ein Anwalt im Auftrag von Sokolow an und begann über eine Absprache zu verhandeln, und David Brown, der Investmentbanker von Goldman, Sachs, schickte ebenfalls einen Anwalt vor. Sokolow beeilte sich zu bestätigen, daß Brown, ein enger Freund von der Wharton Business School, die »Goldie« genannte Quelle gewesen war, die er bei Goldman, Sachs angeworben hatte. Beide willigten ein, sich in zwei Anklagepunkten schuldig zu bekennen und erhebliche Geldstrafen an die SEC zu zahlen. Sokolow wurde später zu einer Haftstrafe von einem Jahr und einem Tag verurteilt; Brown erhielt 30 Tage Gefängnis.

Wilkis litt immer noch Höllenqualen, als einige Tage später die Wechselsprechanlage in seiner Wohnung summte. »Mr. Randy ist hier, um Sie zu sehen«, sagte der Portier. Wilkis wußte, daß es Cecola war, und ging, trotz des Abratens seines Anwalts, hinunter. Sie schlenderten in den Riverside Park. Cecola machte einen erschöpften, überreizten Eindruck.

»Randy, du solltest dir einen Anwalt nehmen«, sagte Wilkis. Er erinnerte sich mit einiger Bitterkeit daran, daß ihm Levine genau das Gegenteil geraten hatte.

»Ich muß dir etwas sagen«, erklärte Cecola aufgeregt, »etwas über meine Freundin.«

»Sag es mir nicht«, unterbrach ihn Wilkis. »Ich will es nicht wissen. Du mußt vorsichtig sein mit dem, was du sagst«, fuhr er fort. »Sie schneiden unsere Telefongespräche mit. Wenn ich dich das nächste Mal anrufe, könnte die Leitung angezapft sein.«

»Ich werde zu Alan MacFarland von Lazard gehen«, kündigte Cecola an (MacFarland war ein Senior Partner der Firma). »Ich werde ihm sagen, daß ich mich in aller Unschuld an dich gewandt habe, damit du mir bei einigen Deals hilfst«, sagte er und hielt für einen Augenblick inne, um zu sehen, wie Wilkis darauf reagierte. »Ich werde dich nicht gerade im besten Licht erscheinen lassen.«

Wilkis fühlte sich zerschlagen und von allen im Stich gelassen. »Tu, was du glaubst, tun zu müssen«, erwiderte er. »Ich bin sowieso erledigt.«

Am 5. Juni, als die Regierungsanwälte meinten, daß er mit allem, was er wußte, ausgepackt hatte, erschien Levine vor Gericht und bekannte sich in vier Anklagepunkten schuldig. Der Gerichtssaal war voller Reporter, und auf der Treppe vor dem Bundesgericht stand ein dichtes Spalier von Fernsehteams. Levine wirkte gefaßt und schien, was von dem dunklen Anzug, den er trug, noch unterstrichen wurde, ein wenig abgenommen zu haben. Er zeigte keine Gefühlsregung, während er eine von seinen Anwälten vorbereitete Erklärung verlas. »Wollte ich die gegen mich erhobenen Anklagen formaljuristisch anfechten, würde dies nur die Leidenszeit meiner Familie verlängern. Außerdem würde ich damit einen falschen

Eindruck erwecken. Ich habe gegen das Gesetz verstoßen, und ich bereue mein Verhalten, ohne es zu entschuldigen.«

In der Verhandlung wurde auch seine Vereinbarung mit der SEC bekanntgemacht; er hatte eingewilligt, 11,6 Mio. Dollar zu zahlen, wonach ihm, wie er hervorhob, wenig mehr blieb als sein Appartement und sein Auto, und war lebenslang vom Wertpapiergeschäft ausgeschlossen worden.

Wilkis war in seinem Büro bei E. F. Hutton, als er die Nachricht von Levines Schuldgeständnis erfuhr. Es war, als hätte die Totenglocke für ihn geläutet; seine schlimmsten Befürchtungen waren eingetreten: Levine hatte sich gegen ihn gewandt. Er machte sich hastig auf den Weg zu Naftalis und flehte ihn an, eine Vereinbarung mit den Behörden auszuhandeln. Aber sein Zaudern hatte ihn das wenige Handelskapital, das er besessen haben mochte, gekostet. Nach Levines Aussage hatte Wilkis den Behörden nicht viel anzubieten. Obwohl er sich für weit weniger schuldig hielt als Levine, wurde ihm nur das ultimative Angebot gemacht, sich in vier Fällen schuldig zu bekennen, denselben, die in Levines Anklage aufgenommen worden waren. Naftalis sagte ihm, daß er kaum eine andere Wahl habe, als es anzunehmen und sich anschließend durch die Art seiner Zusammenarbeit bei den Behörden in ein günstiges Licht zu rücken. Wilkis kapitulierte, und Naftalis begleitete ihn zum St. Andrews Plaza, wo Wilkis in Carberrys Büro unter Tränen erzählte, wie er in die Welt des Insiderhandels abgestiegen war.

Von seiten der Behörden wurde Wilkis insofern als wertvoll betrachtet, als er Levines Hinweise auf Boesky und Reich erhärten und Cecola als Mitschuldigen entlarven konnte. Auf Anraten seines Anwalts berichtete er denn auch in allen Einzelheiten, was Levine ihm über »den Russen« und über »Wally« gesagt hatte. Obwohl Wilkis deren Namen nie erfahren hatte, erwies sich sein Gedächtnis, wie Levine befürchtet hatte, als phänomenal. Die Staatsanwaltschaft schien beeindruckt zu sein. Wilkis untermauerte mit seiner Aussage einige Schlüsselpunkte von Levines Geschichte.

Wilkis erklärte sich auch bereit, aus Carberrys Büro Cecola an dessen Arbeitsplatz bei Dillon, Read anzurufen. Es dürfte, nach der Warnung, die Wilkis Cecola hatte zukommen lassen, kaum überraschen, daß das Gespräch nichts erbrachte, was der Staatsanwaltschaft hätte weiterhelfen können. Es war offensichtlich, daß Wilkis Cecola gewarnt hatte, und Carberry war außer sich, als er hinterher bei Naftalis anrief.

»Sie verdammter Narr«, schrie Naftalis Wilkis an. »Sie haben versucht, den Kleinen zu schützen. Ist Ihnen klar, daß Sie Ihrer Strafe damit vier oder fünf Jahre hinzugefügt haben? Der Handel könnte geplatzt sein. Carberry ist jetzt wütend auf Sie. Das ist gar nicht gut.«

Barry Goldsmith, der Ermittler, der Wilkis verhörte, sagte ihm am nächsten Tag: »Carberry würde Sie am liebsten umbringen.« Und Carberry selbst erklärte ihm, daß er nichts weiter sei als eine »Ware«, die sich gerade selbst entwertet hatte. »Ich kenne den Unterschied zwischen Hühnchensalat und Hühnerscheiße«, grollte Carberry. »Was Sie mir gegeben haben, ist Hühnerscheiße.«

Wilkis geriet fast in Panik. Doch dann grub er erneut tief in seinem Gedächtnis, um die Scharte auszubügeln. Cecola hatte ihm einmal gesagt, daß er zugunsten seiner Freundin gehandelt habe. Wilkis erinnerte sich an ihren Namen und konnte ihre Spur bis zu ihrem Job bei People Express in Orlando verfolgen. Die Information war sein Friedensangebot an Carberry.

»Die Sache mit dem Telefongespräch tut mir leid,« sagte er reuevoll.

Zwei Tage später hatte die Staatsanwaltschaft die Handelsbelege von Cecolas Freundin in der Hand. Cecola hatte sie augenscheinlich als Fassade für seinen Insiderhandel benutzt. Mit diesem Beweis konfrontiert, gab Cecola auf und willigte ein, sich in einem Fall der Steuerhinterziehung für schuldig zu erklären, da er es versäumt hatte, auf seine Insiderprofite Steuern zu entrichten. Außerdem wurde er von der SEC zur Zahlung von 21800 Dollar verdonnert. Ein Bundesrichter verhängte später eine sechsjährige Bewährungszeit über ihn. Die Harvard Business School exmatrikulierte ihn, hielt ihm aber die Möglichkeit offen, sich zu einem späteren Zeitpunkt erneut zu bewerben.

Im Juli bekannte sich Wilkis in vier Anklagepunkten schuldig und schloß eine Vereinbarung mit der SEC ab. Danach hatte er 3,3 Mio. Dollar zu zahlen und das Appartement in der Park Avenue abzutreten, das er noch nicht einmal bezogen hatte. Damit verlor er praktisch sein gesamtes Vermögen. Ihm blieben nur noch sein Appartement in der West 78th Street, sein Buick und 60000 Dollar in bar. Wilkis weinte, als er zu einem Jahr und einem Tag Gefängnis und einer Bewährungszeit von fünf Jahren verurteilt wurde.

Er wechselte nie wieder ein Wort mit Cecola. »Der Kleine wird wütend auf Sie sein«, hatte Goldsmith zu ihm gesagt, nachdem Cecola unter Anklage gestellt worden war. »Aber er wird nie erfahren, was Sie seinetwegen geopfert haben. Ich verstehe wirklich nicht, warum Sie sich das haben antun lassen. Er ist schlimmer, als Dennis Levine mit 22 war.«

Danach blieb nur noch ein direktes Mitglied von Levines Insiderring übrig, Ilan Reich. Er stellte die Behörden vor ein schwierigeres Problem, als es seine Mitverschwörer gewesen waren. Anders als sie hatte er kein Geld genommen, und er hatte nicht selbst gehandelt, so daß es keinen schriftlichen Beweis gab. Es sah so aus, als würde Levines Wort gegen das von Reich stehen, und es war aktenkundig, daß Levine bereits unter Eid gelogen hatte. Reich dagegen war ein geachtetes Mitglied der juristischen Zunft und Partner einer der angesehensten Anwaltskanzleien der Stadt. Carberry entschloß sich dennoch dazu, Levine erneut als Fallensteller einzusetzen.

Reich war in der ersten Juliwoche, nahezu einen Monat nach Levines Schuldbekenntnis, mit der Abwehr eines feindseligen Übernahmeversuchs gegen einen Klienten von Wachtell, Lipton beschäftigt, NL Industries, ein Unternehmenskonglomerat, das einst unter dem Namen National Lead firmiert hatte. Er hatte sich nach der Selbstmordepisode in Kalifornien wieder gefangen und Zuversicht daraus gewonnen, daß es kein konkretes Verbindungsglied gab, das ihn mit Levines Insiderhandel in Verbindung bringen konnte. Wenn nötig, würde er einfach alles abstreiten. Um sich abzulenken, hatte er sich noch intensiver in seine Arbeit gestürzt als vorher. Seine Frau und seine Kinder hatte er den Sommer über in die Hamptons auf Long Island abgeschoben.

Als er eines Tages von einer Besprechung mit NL in sein Büro zurückkehrte, sagte ihm seine Sekretärin, daß ein »aufdringlicher« Anrufer dreimal versucht habe, ihn zu erreichen, aber keinen Namen hinterlassen habe. Gegen halb vier meldete sie ihm, daß der besagte Anrufer wieder am Apparat sei; er behaupte hartnäckig, ihr Chef, Reich, würde ihn kennen. Reich nahm das Gespräch an und hörte etwas, was ihm wie ein Schatten von Levines Stimme erschien.

»Hi, Ilan«, begrüßte ihn Levine matt.

»Wie geht's?« erwiderte Reich.

»Ich bin in einer Telefonzelle«, sagte Levine. »Du gehst am besten auch zu einer und rufst mich hier an.«

Reich war mißtrauisch. »Ich weiß nicht, wovon du redest«, sagte er steif.

»Man setzt mich unter Druck, alles über uns beide zu erzählen, und ich weiß nicht, was ich sagen soll«, erklärte Levine.

»Ich weiß wirklich nicht, wovon du redest«, wiederholte Reich und legte auf. Danach ging er umgehend zu einem seiner Partner und berichtete ihm von dem Anruf.

Die Wachtell-Anwälte riefen sowohl Lynch als auch Carberry an und erkundigten sich, worauf Levine aus gewesen sei. Tat er es aus eigenem Antrieb, um andere, die nichts damit zu tun hatten, in den Fall hineinzuziehen? Die Beamten gingen nicht darauf ein. Danach rief Herbert Wachtell, einer der Toppartner der Firma, höchstpersönlich bei den Strafverfolgungsbehörden an, um zu erfahren, was los war. Er berichtete Reich, daß Carberry von dem Anruf »nicht überrascht gewesen« zu sein schien und daß Lynch sich bedeckt gehalten habe. »Vermutlich haben sie gewußt, was vorging«, sagte er nachdenklich. Dann versicherte er Reich: »Sie haben das Richtige getan.« Er verschwieg ihm allerdings, daß Lynch empfohlen hatten, Reich solle sich einen Strafverteidiger außerhalb der Firma nehmen.

Gegen 15.45 Uhr am Freitag derselben Woche betrat Peter Sonnenthal den Empfangsbereich von Wachtell, Lipton und verlangte, zu Reich oder Wachtell vorgelassen zu werden. Als dem nicht gleich entsprochen wurde, stürmte er in den Flur und ging, die Namensschilder lesend, an den Bürotüren entlang, bis er von Edward Herlihy, einem Partner der Firma und Freund von Lynch, aufgehalten wurde. Herlihy führte Sonnenthal in sein Büro und rief Lynch an.

»Was macht dieser Grobian hier?« wollte er wissen, und Lynch eröffnete ihm, daß Sonnenthal den Auftrag habe, Reich eine Vorladung zuzustellen. »Wir haben ihn jetzt an der Angel«, sagte er.

Als Reich in Herlihys Büro eintraf, hatte Sonnenthal die Vorladung schon in der Hand. Reich lief es kalt den Rücken hinunter. Sonnenthal hatte nur einen kalten Blick für ihn übrig.

In der Vorladung wurden 102 Deals aufgeführt; außerdem wurden die Übergabe von Reichs Telefonakten, Kreditkartenabrechnungen und Provisionsbelegen und Auskünfte über verschiedene Personen verlangt. Der einzige Name, den Reich kannte, war der von Wilkis.

Reich diktierte von neun Uhr abends bis Mitternacht die Antworten auf die in der Vorladung gestellten Fragen. Es beruhigte ihn etwas, daß er 95 Prozent von ihnen wahrheitsgemäß beantworten konnte. Er erklärte, daß er Levine seit einigen Jahren sowohl gesellschaftlich als auch anläßlich einiger M&A-Deals begegnet sei, stritt aber ab, ihm vertrauliche Informationen gegeben zu haben.

Um 11 Uhr am Montagvormittag saß Reich, nachdem er eine Presseerklärung von NL redigiert hatte, müßig an seinem fast leeren Schreibtisch und hatte gerade die Füße hochgelegt, als Pedowitz, der frühere Staatsanwalt und jetzige Freund von Reich, ihn zu sich in sein Büro rief. Als Reich zu ihm kam, schlug er vor, in einen Konferenzraum hinüberzugehen. Dort wurden sie von drei weiteren Partnern der Firma erwartet: Bernard Nussbaum, Wachtell und Allan Martin, allesamt ehemalige Staatsanwälte. Als Reich sie sah, dachte er: »Aha, das Wahrheitskommando.«

Er wies ihre Anregung, einen außenstehenden Anwalt hinzuzuziehen, zurück, obwohl er begriff, daß sie ihn nicht unter den Schutz der anwaltlichen Schweigepflicht stellen würden. Es verletzte ihn, daß er so wenig Unterstützung von ihnen erhielt. Er sagte, er wolle die Tatsachen wissen, soweit sie sie kannten, und begann wütend auf einem Notizblock herumzukritzeln, während sie die Beschuldigungen zusammenfaßten, die Levine offenbar vorgebracht hatte. Er bestritt, daß er Levine jemals vertrauliche Informationen gegeben hatte, nicht einmal unwillentlich. Levines Handelsaktivitäten seien reiner Zufall gewesen. Doch dann mußte er erfahren, daß ein anderer von Levines Komplizen ausgesagt hatte, Levine hätte eine Quelle bei Wachtell, Lipton gehabt.

Reich war entsetzt. Levine hatte geschworen, seine Identität niemals preiszugeben. Er hatte es versprochen. Wieso hatte er ihn betrogen? Reich hatte zum erstenmal das Gefühl, als würde seine Welt um ihn herum zusammenbrechen. Er war offensichtlich verwirrt und begann schließlich zu schluchzen, während ihn die Wachtell-Partner erneut drängten, sich einen eigenen Anwalt zu nehmen.

Als er bei seiner Ablehnung blieb, ließen sie Sandwiches kommen. Reich aß nichts. Danach änderten seine Partner die Taktik. Sie erinnerten ihn daran, daß sie während der vergangenen Woche fest zu ihm gehalten hätten. Aber ihr guter Ruf stehe auf dem Spiel, wenn er log. Könne er sie wirklich so hintergehen – selbst seinen Mentor, Lipton? Reich begann wieder zu schluchzen, und als er sich einigermaßen gefaßt hatte, sprudelte aus ihm heraus, was ihn bedrückt hatte: seine unglückliche Jugend, die Schwierigkeit, sich Freunde zu machen. Seine Partner aber waren seine Freunde. Schließlich riß er sich zusammmen und bat um fünf Minuten Bedenkzeit. Er versuchte, auf seinem Notizblock das Für und Wider abzuwägen, fand aber nichts, das dagegen sprach, die Wahrheit zu sagen. Er hielt es einfach nicht länger aus, seine Partner zu belügen.

Um halb drei Uhr nachmittags, nach dreistündiger Befragung und Diskussion, begann Reich, die ganze Geschichte zu erzählen. Als er fertig war, fragten ihn seine Partner traurig, warum er das getan habe. Reich sprach von Freundschaft, von Einsamkeit, von Geld, aber seine Stimme wurde immer dünner. Er hatte keine Antwort darauf.

Er engagierte Robert Morvillo, den Strafverteidiger, der auch Carlo Florentino vertreten hatte, den Partner von Wachtell, Lipton, der vor einigen Jahren des Insiderhandels überführt worden war, und trat aus der Firma, die er zu lieben gelernt hatte, aus. Seine Verhandlungsposition den Behörden gegenüber war sogar noch verzweifelter als die von Wilkis. Er konnte niemanden belasten. Er bot an, die »Welt der Deals« aufzuhellen, erhielt darauf aber nur die knappe Antwort: »Wozu?« Daß er kein Geld genommen und den Insiderring 1984 verlassen hatte, schien niemanden zu beeindrucken.

Er stand völlig allein da, als er in der Vorverhandlung aussagte, die zu einem Anklagebeschluß in zwei Punkten führte. Eine Woche später, am 9. Oktober, bekannte er sich im Sinne der Anklage schuldig. Er willigte ein, 485 000 Dollar an die SEC zu zahlen. Danach besaß er nur noch das Haus auf der West Side, ein Oldsmobile und 10 000 Dollar in bar. Er wurde wie Wilkis zu einem Jahr und einem Tag Gefängnis sowie einer Bewährungszeit von fünf Jahren verurteilt und trat auch mit ihm zusammen im Bundesgefängnis von Danbury seine Strafe an.

Am 20. Februar 1987 versperrten Hunderte von Reportern, Fernsehleuten und Neugierigen die Straße vor dem Bundesgericht in White Plains, einem New Yorker Vorort, wohin Levines Richter, Gerard Goettel, vorübergehend versetzt worden war. Berittene Polizisten hielten die Menge zurück und schufen eine Gasse, durch die der dunkelblaue Wagen fahren konnte, der Levine, seine Anwälte und seine Familie zur Urteilsverkündung brachte. Das Gerichtsgebäude war zu klein, um die Flut der Interessierten aufnehmen zu können, so daß viele Reporter in der bitteren Kälte auf der Straße ausharren mußten.

Liman bat um Gnade. »Er ist ein Ausgestoßener«, sagte er von Levine, »ein Aussätziger, wie ich ihn noch nie vorher kennengelernt habe. Dennis Levines Name wird auf immer als Synonym für diesen Fall in Erinnerung bleiben, Euer Ehren.«

Levine selbst, der in einem konservativen grauen Nadelstreifenanzug erschienen war, verlas mit flacher Stimme eine Erklärung: »Ich werde nie wieder gegen das Gesetz verstoßen«; »Ich habe meine Lektion gelernt«; »Ich bin aufrichtig betrübt und beschämt«. Außerdem stattete er seiner Familie seinen Dank ab: »Ihre Liebe und Unterstützung sind es gewesen, die mich in dieser schwierigen Zeit aufrecht gehalten haben.«

Der vom Gericht bestellte Anwalt, der Levines Vermögenslage durchleuchten sollte, Sheldon Goldfarb, hatte allerdings noch seine Zweifel. Bei der Gegenüberstellung von Levines Einkommen und der Vermögenswerte, die er während der vergangenen sechs Jahre erworben hatte, war eine Differenz von mehreren hunderttausend Dollar sichtbar geworden. Levine hatte Goldfarb erklärt, er hätte das Geld beim Glücksspiel auf den Bahamas verloren. Goldfarbs Zweifel hatte er damit jedoch nicht ausräumen können. Levines Bruder Robert, der Levine angeblich bei vielen der Ausflüge begleitet hatte, konnte sich nicht daran erinnern, daß Levine Geld verloren hatte; im übrigen hatte er die ihm gestellten Fragen insgesamt recht ausweichend beantwortet. Darüber hinaus hatte sich Levine geweigert, unter Eid zu den vermeintlichen Spielverlusten Stellung zu nehmen. Goldfarb äußerte daher in seinem Untersuchungsbericht, den er dem Gericht vorlegte, den Verdacht, daß Levine eine erkleckliche Summe beiseite geschafft hatte.

Die Strafverfolgungsbehörden hatten inzwischen allerdings höhere Ziele vor Augen als Levine, und für Richter Goettel wog Levines Kooperationsbereitschaft schwerer als Goldfarbs Verdacht. »Er hat sich schuldig bekannt, und er hat kooperiert und ... seine Kooperation war wirklich außerordentlich«, sagte der Richter bei der Urteilsverkündung. »Aufgrund der von ihm gelieferten Informationen konnte ein ganzes Schlangennest an der Wall Street ausgehoben werden.« Er verurteilte Levine zu zwei Jahren Gefängnis und, zusätzlich zu den 11,6 Mio., die er der SEC zu zahlen hatte, zu einer Geldstrafe von 362 000 Dollar.

Das »Spiel« war aus.

Ende Juli 1986, gut zwei Monate nach Levines Verhaftung, war Boesky zu einer Besprechung mit Milken nach Los Angeles geflogen, und jetzt saßen sie an Milkens Swimmingpool zusammen. Levines Verhaftung war ein Schock für sie gewesen; sie ließ vermuten, daß die Ermittlungen der SEC auf einer qualitativen Ebene geführt wurden, die keiner der beiden bisher für möglich gehalten hatte. Milken meinte, daß sie, angesichts der Aufmerksamkeit der Medien und der Ausrichtung der Strafverfolgungsbehörden auf die Finanzmärkte, ihre gegenseitigen Absprachen besser reduzieren sollten, und Boesky stimmte ihm sofort zu.

Sie sprachen auch über die als Beraterhonorar getarnten 5,3 Mio., die Boesky an Milken zu zahlen hatte; es war das Beweisstück, das sie in ernsthafte Schwierigkeiten bringen konnte. Sie kamen überein, das etwas gefunden werden mußte, um ihre Erklärung der Rechnung stärker abzusichern. Drexel könnte, zum Beispiel, die Research über Santa Barbara, Scott & Fetzer und andere Deals, die nie zustande gekommen waren, ausführlicher dokumentieren. Aber was war mit den Unterlagen ihrer Buchhalter – den Belegen, anhand derer Thurnher und Mooradian die gegenseitigen Forderungen bilanziert hatten? Sie würden vernichtet werden müssen.«

Als Boesky in der ersten Augustwoche wieder in New York war, rief er Mooradian an. »Hier ist Ivan«, meldete er sich mit ungewöhnlich gedämpfter Stimme. »Du mußt herkommen. Wir haben etwas zu besprechen.«

Mooradian war verwundert. Er telefonierte jeden Tag zwei- oder dreimal mit Boesky, und es war nur selten nötig, daß sie sich persönlich trafen. Noch merkwürdiger war, daß Boesky ihn in das Pastrami 'n Things in der West 52th Street bestellt hatte, jenen unverdächtigen Treffpunkt, an dem Boesky oft mit Siegel zusammengekommen war.

Obwohl das Café fast leer war, führte Boesky seinen Buchhalter die Treppe hinunter und setzte sich mit ihm in eine Nische. Dort erklärte er ihm so leise, daß es kaum zu verstehen war, daß das, was er ihm zu sagen habe, streng vertraulich behandelt werden müsse. Er dürfe niemandem etwas davon sagen. Mooradian nickte bestätigend.

»Du hast doch die Drexel-Papiere?« wisperte Boesky. Mooradian fand das Flüstern absurd; außer ihnen war niemand hier unten.

»Ja«, antwortete er in normaler Lautstärke.

»Bei dir zu Hause oder im Büro?« erkundigte sich Boesky, weiterhin flüsternd.

»In meinem Büro«, antwortete Mooradian.

Boesky beugte sich über den Tisch und sagte dicht vor Mooradians Gesicht: »Vernichte sie.«

Mitte August hatte der alljährliche Exodus von der Wall Street seinen Höhepunkt erreicht. Die Investmentbanker waren in Scharen in die Hamptons, ins ländliche Connecticut oder nach Europa abgewandert, und die Brokerhäuser und Investmentbanken arbeiteten nur noch in Rumpfbesetzung. Lynch und Carberry glaubten beide, daß es keinen günstigeren Zeitpunkt für einen Urlaub gab. Sie rechneten damit, daß im August nichts Wichtiges mehr passieren würde. Carberry unternahm mit seiner Frau eine lange geplante Reise in den Lake District (Cumbrian Mountains) im Nordwesten Englands, und Lynch fuhr mit seiner Familie nach Friendship (Maine), einer Stadt an der Penobscot Bay, wo sie schon häufiger während der Sommerferien ein Haus gemietet hatten.

Lynch versuchte sich nach den anstrengenden, einander überstürzenden Ereignissen, die schon vor Levines Verhaftung im Mai begonnen hatten, zu erholen, aber es war nicht leicht, den Gedanken an die möglicherweise zu erreichende Anklage gegen Ivan Boesky aus dem Kopf zu verbannen. Wie alle, die auch nur entfernt etwas mit der Börse zu tun hatten, kannte er die Boesky-Legende. Aber inzwischen hatte er eine Menge mehr erfahren. Er hatte seit Levines Zusage, sich schuldig zu bekennen, fast täglich mit Carberry telefoniert. Sie hatten beide Boeskys Buch *Merger Mania* gelesen, computergestützte Nachforschungen durchgeführt und alle Artikel zusammengetragen, die jemals über den Arbitrageur geschrieben worden waren, einschließlich der Veröffentlichungen in der

Los Angeles Times und im *Fortune,* die Siegel solche Sorgen bereitet hatten. Sie hatten sich Boeskys umfangreiche 13-D-Erklärungen beschafft. Aber all das war unter strenger Geheimhaltung geschehen, selbst innerhalb der Staatsanwaltschaft und der SEC.

Trotz Levines Aussagen war klar, daß eine Anklage gegen Boesky auf erhebliche Schwierigkeiten stoßen würde. Lynch war immer der Ansicht gewesen, daß Arbitrageure nur schwer des Insiderhandels zu überführen waren. Es war ihr Geschäft, aufgrund von Gerüchten und Marktforschung zu investieren. Man mußte geradezu voraussetzen, daß Boesky große Positionen in den meisten Übernahmeaktien hielt oder gehalten hatte, und er verfügte sicherlich über jede Menge legitimer Informationen, die er als Gründe für seine Aktienkäufe anführen konnte. Sein Gefühl sagte Lynch jedoch, daß er die Untersuchung weiter vorantreiben und sogar eine Anklage riskieren sollte, selbst wenn die Wahrscheinlichkeit, daß sie scheitern würde, groß war.

Die Kommissionsmitglieder hatten die Untersuchung gegen Boesky abgesegnet. Als erster Schritt war früher im August eine umfangreiche Vorladung ausgearbeitet und zugestellt worden, die Boesky selbst und die verschiedenen Firmen betraf, die er kontrollierte. Sie verlangte eine persönliche Aussage von Boesky und die Einsicht in eine lange Reihe von Dokumenten und Handelsbelegen und war detailliert genug, um Boesky begreifen zu lassen, daß Levine ihn belastet hatte. Als Erfüllungsdatum war die Woche nach Lynchs Rückkehr aus dem Urlaub festgesetzt worden; vielleicht kam ja etwas dabei heraus. Lynch rechnete allerdings mit einer langen, ausdauernd geführten und kostspieligen Schlacht, wie sie der SEC-Strafverfolgung bisher noch nie aufgezwungen worden war.

Am Dienstag, dem 26. August, fand Lynch in seinem Ferienhaus eine Nachricht von Harvey Pitt vor, dem Anwalt der Bank Leu. Lynch fragte sich verärgert, wie es Pitt gelungen war, ihn ausfindig zu machen, rief ihn aber in seinem Büro in Washington an.

Pitt entschuldigte sich, daß er Lynch an seinem Urlaubsort belästigte, setzte dann aber noch eins drauf: »Wir müssen uns treffen. Es ist wichtig.« Er rief diesmal nicht als Vertreter der Bank Leu an, sondern als Rechtsbeistand von Ivan Boesky.

»Wollen Sie über die Vorladung verhandeln?« fragte Lynch. »Wenn es so ist, sehe ich keinen Grund, warum es nicht warten kann. Ich bin im Urlaub.«

Pitt blieb bei seiner Forderung. »Wir müssen uns jetzt treffen«, sagte er. »Es kann nicht warten.«

Lynch erklärte sich bereit, sich mit Pitt auf halbem Wege, in Boston, zu treffen. »Ich hoffe nur, daß es die Sache wert ist«, meinte er.

»Ich würde niemals Ihre Zeit verschwenden«, erwiderte Pitt.

Lynch wußte nicht, daß Pitt seinen eigenen Urlaub abgebrochen hatte und seine Familie in einem Küstenort in Virginia drei Wochen lang darüber im unklaren ließ, warum er nicht zu ihr kommen konnte. Die Sache war zu explosiv, um sie jemandem anzuvertrauen - einschließlich der eigenen Frau -, der es nicht unbedingt wissen mußte. Zuerst hatte Pitt seine Frau jeden Tag angerufen und ihr gesagt, daß es noch einen Tag länger dauern würde, daß er aber am nächsten Tag vielleicht zu ihr kommen könne. Schließlich war sie ihm jedoch ins Wort gefallen und hatte verlangt: »Bitte, sag mir einfach, daß du gar nicht kommen kannst. Das ist leichter.«

Boesky hatte Pitt an dem Tag angerufen, an dem er die Vorladung der SEC erhalten hatte. Pitt war durchaus nicht erschreckt gewesen; Boesky war im Lauf der Jahre, wie fast jeder, der in solchem Umfang an der Börse handelte und derartig viele 13-Ds einreichte, immer wieder einmal vorgeladen worden. Aber etwas in Boeskys Stimme hatte ihn doch aufmerksam gemacht und vermuten lassen, daß die Sache diesmal anders lag.

Er verstand auch bald, warum: Die Vorladung verlangte praktisch nach allem, was Boeskys Transaktionen jemals an Papier hinterlassen hatten, und das innerhalb weniger Wochen. Das war keine Routineüberprüfung.

Pitt wußte, daß die SEC eine von oben bestätigte formelle Untersuchungsanweisung haben mußte, und rief bei ihr an, um sie um eine Kopie dieser Anweisung zu bitten. Sehr zu seiner Überraschung wurde ihm diese Bitte nicht erfüllt. Die SEC hatte sich in seiner gesamten 18jährigen Praxis noch nie geweigert, ihm eine Kopie der formellen Untersuchungsanweisung zu geben. Auch das ließ darauf schließen, daß der Fall ungewöhnlich ernst war.

Schließlich teilte die SEC Pitt mit, daß er zu ihr kommen und die Anweisung einsehen könne, wenn er versprach, keine Kopie anzufertigen. Er begab sich also mit drei Kollegen zusammen ins SEC-Gebäude. Jeder von ihnen lernte eine Seite auswendig, hastete dann hinaus und schrieb sie aus dem Gedächtnis auf, so daß Pitt am Ende eine recht genaue Replik des Originals zur Verfügung stand. Es ergaben sich rasch zwei Schlußfolgerungen: Erstens spielte Levine bei allen gegen Boesky erhobenen Beschuldigungen eine bedeutende Rolle, und zweitens versprach es eine umfangreiche Untersuchung zu werden. Pitt hielt es für angebracht, eine zweite Anwaltskanzlei als Hilfe hinzuzuziehen und rief Theodore Levine an, mit dem er vor Jahren bei der SEC zusammengearbeitet hatte und der damals, im April 1976, zu den Teilnehmern der frühen Podiumsdiskussion zum Thema Übernahmen gehört hatte, zu der auch Siegel eingeladen worden war. Levine war jetzt Partner der Kanzlei Wilmer, Cutler & Pickering in Washington und befand sich gleichfalls im Urlaub, als Pitt ihn anrief.

»Oh, mein Gott«, rief Levine aus, als er erfuhr, daß Boesky zum Gegenstand einer SEC-Untersuchung geworden war. Er brach seinen Urlaub ab und kehrte nach Washington zurück.

Boesky rief in der folgenden Woche Reid Nagle zu sich in sein Büro, um verschiedene anhängige Northview-Deals mit ihm zu besprechen, von denen zwei in gut einer Woche abgeschlossen werden sollten. »Ich habe schlechte Neuigkeiten für Sie«, eröffnete Boesky seinem Finanzchef. »Wir blasen die Transaktionen ab.« Nagle, der an einigen der Deals seit über einem Jahr arbeitete, traute seinen Ohren nicht und forderte eine Erklärung für Boeskys Entscheidung. »Es sind schwierige Zeiten«, sagte Boesky. »Wir sind Gegenstand einer Untersuchung, obwohl wir uns nichts haben zuschulden kommen lassen.«

Am nächsten Sonntag flogen Pitt, Ted Levine und ein weiterer Partner von Wilmer, Cutler - Robert McCaw - nach New York und stiegen im Grand Hyatt Hotel in der 42nd Street ab, wo Michael Rauch, Pitts Partner im Bank-Leu-Fall, zu ihnen stieß. In dem Hotel fand ein Kongreß der American Bar Association (amerikanischen Anwaltsvereinigung) statt, so daß die Anwesenheit der Anwälte nicht weiter auffiel. Boesky erschien am folgenden Vormittag bei ihnen.

Er sah dünner aus denn je und wirkte unsicher und nervös. Pitt stellte ihn den Anwälten von Wilmer, Cutler vor und kam dann sofort zur Sache.

»Ich kann Ihnen sagen, was die Behörden meiner Meinung nach in der Hand haben«, begann er, »aber die Wahrheit kennen nur Sie. Wenn das, was Sie uns sagen, nicht der Wahrheit entspricht und lückenhaft ist, wird auch der Rat, den wir Ihnen geben, mangelhaft sein.« Er erklärte Boesky weiterhin, daß er, wenn er ihnen, seinen Anwälten, erst einmal die Wahrheit gesagt hatte, seine Geschichte später im Zeugenstand nicht mehr abändern könne. Sie würden es nicht zulassen, daß er vor Gericht log; eher würden sie ihr Mandat niederlegen.

Es bedurfte jedoch kaum eines solchen Anstoßes, um Boesky davon zu überzeugen, daß er alles offenlegen mußte. Er begann langsam und stokkend damit, die verborgene Seite seines Erfolgs vor seinen Anwälten auszubreiten. Es war, als stellte er sich zum erstenmal der oftmals komplexen Wahrheit über sich selbst.

Pitt überkam eine tiefe Traurigkeit. Er wußte, daß er den Niedergang einer der ganz großen Karrieren in der amerikanischen Finanzwelt miterlebte. Er hatte Boesky in seiner besten Zeit gekannt und hielt ihn für außerordentlich talentiert.

Es dauerte zwei Wochen, bis Boesky seine Geschichte zu Ende erzählt hatte. Pitt verlegte das Hauptquartier vom Grand Hyatt ins luxuriöse Helmsley Palace, wo er eine ganze Etage anmietete. Computer, Kopiergeräte, Sachbearbeiter und Boten kamen hinzu. Massen von Informationen, allesamt potentielle Beweismittel, mußten zusammengetragen und katalogisiert werden – und zwar ohne auch nur die Aufmerksamkeit der anderen Anwälte von Fried, Frank auf sich zu ziehen.

Während Boesky seine Anwälte ausführlich über seine Absprachen mit Levine, Siegel, Milken, Mulheren, dem Westküstenbroker Boyd Jefferies und vielen anderen ins Bild setzte, wurden Pitt zwei Dinge klar: zum einen, daß der Fall von Insiderhandel, den die Strafverfolgungsbehörden aus Levines Aussage zusammengezimmert hatten, auf schwachen Füßen stand. Man würde ihn Boesky wahrscheinlich vom Hals schaffen können. Zum anderen aber enthielt Boeskys Generalbeichte Verfehlungen, die weit schlimmer waren als der Insiderhandel.

Er hatte ganz offensichtlich Furcht vor Milken; wenn er von seinen Deals mit Milken erzählte, dann so, als hätte er Angst, Milken könnte hören, was er sagte. Trotzdem schien er das Gewicht dessen, was er enthüllte, kaum zu ermessen. Milken und Boesky hatten sich, neben dem Insiderhandel, einer ganzen Reihe anderer Verbrechen schuldig gemacht: Verletzungen der 13-D-Vorschriften und des »Parkverbots« sowie einer ausgedehnten Verschwörung mit dem Ziel, Unternehmen unter ihre Kontrolle zu bringen. Boesky hatte getan, was Milken ihm befohlen hatte; er wußte nicht einmal immer, wie seine Aktivitäten in Milkens Pläne gepaßt hatten. Was hier offenbar wurde, war ein kriminelles Fehlverhalten von einem Ausmaß, wie Pitt es nie für möglich gehalten hätte.

Pitt war sehr bald klar, daß Boeskys einzige Chance ein Handel mit den Strafverfolgungsbehörden war. Die beiden wichtigsten Faktoren im Vorfeld einer solchen Vereinbarung – die Schlüssigkeit der Anklage und die Fähigkeit des Beschuldigten, andere zu belasten – sprachen für Boesky. Pitt wußte, daß Boesky »verkaufen« konnte; die Anwälte der Strafverfolgungsbehörden würden sich die Finger danach lecken. Allein schon die Informationen über Milken reichten völlig aus.

»Sie müssen sich der Risiken bewußt sein«, sagte er Boesky. »Wenn Sie in solche Verhandlungen eintreten, gehen sie automatisch ein gewisses Risiko ein. Sie geben damit zu erkennen, daß die Staatsanwaltschaft tatsächlich einen Fall hat, um nur diesen einen Punkt zu nennen.«

Er wies weiter daraufhin, daß die Kooperation schmerzlich sein werde. Boesky würde in der Öffentlichkeit Schimpf und Schande zu erdulden haben, und sein Urteil würde trotz allem recht hoch ausfallen. Er wolle ihm seine Aussichten nicht rosiger darstellen, als sie seien, erklärte Pitt. Andererseits würden die Strafverfolgungsbehörden kaum von ihm ablassen, wenn er sich entschloß, den Kampf anzunehmen. Sein Fall würde zum größten überhaupt werden, und die Behörden würden alles aufs Tapet bringen, was sie hatten. Boesky würde im Blitzlichtgewitter der Öffentlichkeit vor Gericht gestellt werden, was ihm, neben allem anderen, eine enorme innere Kraft abverlangen werde.

Pitt hob hervor, daß die Uhr nicht stehenbleibe. Das für eine Vereinbarung günstige Klima könne im nächsten Augenblick bereits umschlagen, dann nämlich, wenn Milken oder Siegel zuerst an den Handelstisch traten. In diesem Fall wäre er, Boesky, der große Fisch, auf den sich alles - Ermittlungen wie Prozeß - konzentrieren würde.

Boesky hatte drei Fragen: Was würde mit seiner Frau und seinen Kindern geschehen? (Ihr Vermögen, einschließlich dessen, was Boesky durch illegale Transaktionen zu ihren Gunsten erworben hatte, würde wahrscheinlich unangetastet bleiben, da sie unschuldige Außenstehende waren.) Was würde aus seinen Angestellten und Investoren werden? (Boesky würde vermutlich aus dem Wertpapiergeschäft ausgeschlossen werden, so daß seine Angestellten ihre Arbeit verloren; die Investoren würden wahrscheinlich keinen Schaden davontragen.) Und würde er ins Gefängnis gehen müssen? (Wahrscheinlich, aber für wesentlich kürzere Zeit, als er bei einer Verurteilung in einem öffentlichen Prozeß zu erwarten hätte. Jedes der verschiedenen zur Debatte stehenden Wertpapierdelikte könne mit einer Strafe von maximal fünf Jahren geahndet werden.)

Nachdem alle Aspekte ausgiebig diskutiert worden waren, sah Boesky mit ernstem Gesicht von einem zum anderen und sagte schließlich: »Ich bin der Ansicht, wir sollten verhandeln.«

Pitt spürte, daß sie keine Zeit zu verlieren hatten, und rief, sobald er sich ein Bild davon gemacht hatte, was Boesky anbieten konnte, bei der SEC an und stöberte Lynch in Maine auf. Am 27. August flogen Sturc und ein weiterer SEC-Anwalt von Washington nach Boston, während sich Pitt, Rauch, Ted Levine und McCaw von New York aus auf den Weg machten. Sie alle trafen sich mit Lynch oberhalb des Boston Garden, des Heimatstadions der Celtics, in einem fensterlosen Zimmer, das dem unter räumlicher Enge leidenden Regionalbüro der SEC als Archiv diente.

Als Pitt nach den einleitenden Höflichkeiten auf einem vertraulichen, nicht für die Akten bestimmten Gespräch bestand, wußte Lynch, daß es sich gelohnt hatte, den Urlaub zu unterbrechen. Pitt begann, auf seine Notizen gestützt, darzulegen, daß Boesky die Vorladung in der Kürze der Zeit, die ihm die SEC zugestanden hatte, nicht erfüllen könne. Wichtiger sei jedoch, fuhr er fort, daß es nicht im Interesse der Behörden liege, einfach nur einen Fall gegen Boesky aufzubauen.

»Wenn wir eine Vereinbarung treffen könnten«, sagte er, »erhielte die Regierungsseite Einblicke in Wall-Street-Praktiken, die nur mit den Pecora-Anhörungen verglichen werden können, die zur Verabschiedung der Wertpapiergesetze führten.« Boesky wäre ein »Fenster zur Wall Street. Was Ivan Ihnen zu bieten hat, sind nicht nur die beiläufigen Beobachtungen eines Außenstehenden.«

Lynch war fasziniert, behielt aber sein typisches Pokerface bei und zeigte keinerlei Regung. Deshalb wagte er es auch nicht, zu Sturc zu blikken.

»Uns ist klar, daß die Regierungsseite gewisse Dinge in der Hand haben muß«, fuhr Pitt fort und steckte das Verhandlungsfeld ab. Boesky würde sich freiwillig aus dem Wertpapiergeschäft zurückziehen; er würde einwilligen, eine erhebliche Geldstrafe zu zahlen; und er würde in jeder Weise mit den Strafverfolgungsbehörden kooperieren. Als Gegenleistung verlange er Immunität gegen strafrechtliche Anklagen.

Lynch erklärte Boeskys Anwälten, daß er nicht im Namen der Staatsanwaltschaft oder des Justizministeriums sprechen könne. Es hätte also wenig Sinn, in konkrete Verhandlungen einzutreten, bevor eine Vereinbarung mit diesen Behörden erzielt worden sei. Er verspreche jedoch, daß er und seine Kollegen alles in ihrer Macht Stehende tun würden.

Als Pitts Delegation gegangen war, brachen die SEC-Anwälte in lautes Gejohle aus und klatschten sich gegenseitig auf den Rücken. Sie waren kurz davor, auf den Tisch zu springen und einen Freudentanz aufzuführen.

Lynch konnte es kaum erwarten, Carberry die Neuigkeit mitzuteilen. Er erreichte den Staatsanwalt, der gerade erst aus England zurückgekehrt war, am Labor-Day-Wochenende zu Hause. Er wollte allerdings am Telefon nicht allzuviel sagen, und Carberry willigte ein, am nächsten Tag nach Washington zu kommen, um sich mit den SEC-Ermittlern und Boeskys Anwälten zu treffen.

Am selben Wochenende rief Boesky bei Mooradian zu Hause an. »Hast du sie vernichtet?« fragte er seinen Buchhalter. Mooradian wußte, daß er die Drexel-Papiere meinte, die er sofort nach dem Treffen in dem

Pastrami 'n Things in den Reißwolf gesteckt hatte. »Ja«, antwortete er. »Was, zum Teufel, soll das? Natürlich habe ich es getan.«

»Rekonstruiere sie«, befahl ihm Boesky.

Mooradian war verwirrt. »Ivan«, protestierte er, »das kann ich unmöglich tun.«

»Du mußt es«, beschied ihn Boesky.

Mooradian fluchte in sich hinein, hielt die Anweisung aber nur für eine weitere von Boeskys unverständlichen Kapriolen. Er wußte beim besten Willen nicht, wie er sich an all die Aktien erinnern sollte, die in den Papieren eine Rolle gespielt hatten, ganz zu schweigen von den exakten Positionen. Doch dann fiel ihm Maria Termine ein, die junge Frau, die den Aktenordner nach Florida gebracht und ihm geholfen hatte, als Boesky verlangt hatte, die Rechnung mit Milken zu bereinigen. Sie hatte ihre Notizblätter noch. Mooradian machte außerdem ein paar der zugrundeliegenden Dokumente ausfindig, die er zur Berechnung der Drexel-Zahlen benutzt hatte. Er setzte sich mit Termine zusammen, und sie brachten, wie Mooradian fand, eine beachtliche Rekonstruktion der Originalakte zustande.

Am Dienstag nach dem Labor-Day-Wochenende trafen sich Boeskys Anwälte, die SEC-Ermittler und Carberry in den Büros von Fried, Frank in der Pennsylvania Avenue. Pitt wiederholte, was er der SEC gesagt hatte, und fragte schließlich: »Können wir eine Absprache treffen?«

Carberry erwiderte, daß er erst mit Giuliani reden müsse, war aber fasziniert. Giuliani gestand ihm in New York fünf Minuten zu. Er befand sich gerade mitten in dem höchst publizitätsträchtigen politischen Korruptionsprozeß gegen Stanley Friedman, den früheren Boß der Demokraten in der Bronx. Giuliani hatte sich entschlossen, in diesem Fall selbst die Anklage zu vertreten, und ein Erfolg konnte für seinen politischen Ehrgeiz von wesentlicher Bedeutung sein.

Carberry erklärte seinem Chef, daß er noch ein oder zwei Jahre von einer möglichen Anklage gegen Boesky entfernt sei und daß er selbst dann nicht für eine Verurteilung garantieren könne. Mit Boeskys Kooperation dagegen, argumentierte er, könnten sich »interessante Dinge« ergeben.

Giuliani segnete nach kurzer Diskussion die Verhandlungen mit Boesky ab. Immunität käme allerdings nicht in Frage: Boesky müsse sich in mindestens einem Fall schuldig bekennen. Und er sollte einen erheblichen Geldbetrag aus rückgeforderten Gewinnen und Strafen zahlen. Carberry hatte kürzlich erfahren, daß sich das Jahresbudget der SEC auf 105 Mio. Dollar belief; daran maß er die Summe, die Boesky zu berappen haben würde: 100 Mio. Dollar. Es war eine schöne runde Zahl, die die

Öffentlichkeit beeindrucken würde – und er glaubte, der Vergleich mit dem Haushalt der SEC würde ein übriges tun; er würde demonstrieren, wie wertvoll die Vereinbarung mit Boesky war. Carberry wußte, daß eine Absprache, die allzu milde ausfiel, einen Wirbelsturm der Entrüstung entfachen würde.

Er wußte außerdem, daß Geheimhaltung unabdingbar war, wenn Boesky als V-Mann eingesetzt werden sollte. Er vertraute Lynch und seinen Spitzenbeamten, aber von den Kommissionsmitgliedern kannte er nur den politischen Hintergrund. Als er Lynch anrief, um ihm mitzuteilen, daß Giuliani ihm grünes Licht gegeben hatte, betonte er, daß absolute Geheimhaltung vonnöten war. »Ich würde jedes Leck als Behinderung der Justiz ansehen«, sagte er. »Und ich würde ernsthaft darüber nachdenken, es mit einer Anklage zu belegen.«

Lynch weihte nur drei Angehörige seiner Dienststelle in die Verhandlungen ein, und Carberry sprach nur mit Giuliani und Howard Wilson, dem Chef des Dezernats für Strafsachen, darüber. Später vertraute er einige besonders geheime Einzelheiten einer weiteren Person an, damit es jemanden gab, der den Fall weiterführen konnte, wenn er ermordet werden oder plötzlich sterben sollte. Die Verhandlungen fanden ausschließlich bei Fried, Frank statt, und nicht bei der SEC oder im Büro des Staatsanwalts, wo die häufige Anwesenheit der Anwälte von Fried, Frank und Wilmer, Cutler möglicherweise aufgefallen wäre. Darüber hinaus wurde Boesky nie namentlich erwähnt; bei der Staatsanwaltschaft lief er unter dem Decknamen »Igor«, und bei der SEC wurde er »Irving« genannt.

Die Verhandlungen wurden in fieberhafter Eile geführt. Man stand unter enormem Zeitdruck, da Boeskys Dachgesellschaft, Northview, am 15. November eine SEC-Erklärung einzureichen hatte. Das hieß, daß jede grundlegende Entwicklung offengelegt werden mußte, wodurch die Zeitspanne, in der Boesky, wie die Strafverfolgungsbehörden hofften, als ihr Geheimagent operieren konnte, recht knapp bemessen war.

Carberry eröffnete die Verhandlungen mit der kategorischen Forderung, daß sich Boesky in einem Fall schuldig bekennen müsse, der eine Höchststrafe von fünf Jahren Gefängnis nach sich zog. Boeskys Anwälte leisteten nur wenig Widerstand, indem sie eine maximal dreijährige Strafe verlangten, aber rasch nachgaben, als Carberry auf seiner Forderung bestand. Es folgte eine längere Diskussion darüber, in welchem Anklagepunkt Boesky sich schuldig bekennen sollte. Die Auswahl war groß. Carberry wollte aus strategischen Gründen einen Fall, bei dem damit zu rechnen war, daß Boesky in den Zeugenstand gerufen wurde. Und er wollte etwas, das die Botschaft enthielt, daß der Fall über bloßen Insiderhandel hinausging. Schließlich einigte man sich auf den Tatbestand der Verschwörung zum Zweck des Wertpapierbetrugs, der alle Anforderungen erfüllte.

Die Geldfrage war weitaus komplizierter. Carberry und die SEC forderten 100 Mio. Dollar; sie hielten 50 Mio. Dollar für eine recht gute, wenn auch nur über den Daumen gepeilte Schätzung von Boeskys illegalen Gewinnen, und zusätzliche 50 Mio. waren eine angemessene Strafe. Außerdem glaubten sie, sich damit im Rahmen von Boeskys Vermögen zu bewegen. Boeskys Anwälte betrachteten 100 Mio. Dollar allerdings als zu hoch; ihre eigenen Kalkulationen hätten ergeben, daß Boesky aufgrund der Tips von Levine einen Gewinn von nicht mehr als 30 Mio. Dollar gemacht habe, und da sich die Beschuldigungen der SEC nur auf die Levine-Transaktionen bezögen, sollte Boesky nicht dafür zur Kasse gebeten werden, daß er freiwillig neue Beweise lieferte. Aber auch in diesem Punkt blieben Carberry und seine Kollegen von der SEC hart; sie bestanden auf 100 Mio. Dollar.

Pitt wußte, daß Boesky mit einer solchen Geldstrafe leben konnte. Die Strafverfolgungsbehörden hatten keine Möglichkeit festzustellen, wieviel Geld Boesky tatsächlich illegal verdient hatte; das volle Ausmaß seiner Verfehlungen würden sie erst herausfinden, nachdem die von ihm zu zahlende Summe vereinbart worden war. Sie konnten auch nicht einfach alles einziehen, was Boesky besaß. Geldstrafen mußten auf das jeweilige Delikt zugeschnitten sein. Später erhielten sie allerdings eine Aufstellung von Boeskys Vermögenswerten, und wie sich herausstellte, war die SEC mit ihrer Schätzung nicht allzuweit von der Wirklichkeit entfernt gewesen. In dem vertraulichen Papier wurde Boeskys Nettovermögen im Januar 1986 mit 130822991 Dollar angegeben, einschließlich des Barvermögens (2,7 Mio. Dollar), der Wertpapiere (115 Mio. Dollar), des Besitzes an Immobilien (6,9 Mio. Dollar) und Kunstwerken (2,4 Mio. Dollar) sowie zweier Rolls Royce (100000 Dollar). Das jährliche Einkommen wurde auf sieben Mio. Dollar beziffert, einschließlich eines Gehalts als Geschäftsführer der Boesky-Unternehmungen von bescheidenen 35000 Dollar. Seine jährlichen Ausgaben beliefen sich auf geschätzte sechs Mio. Dollar, was die Vermutung der SEC bestätigte, daß er ein fürstliches Leben führte.

Ein kritischer Punkt jeder Verhandlung um eine Schuldgeständnisabsprache ist das Angebot der Verteidigung, mit dem diese den Wert der zu erwartenden Kooperation des Beschuldigten nachzuweisen versucht. Bei dem ersten Treffen in Washington unterbreitete Pitt ein mündliches Angebot, das Boeskys Wert als Zeuge herausstrich, aber keine Namen enthielt, obwohl es detaillierter war als seine früheren Angaben. Erst bei der letzten Sitzung reichte er, nachdem alle Aspekte der Vereinbarung geklärt waren, ein schriftliches Angebot nach, das Lynch brauchte, um von der Kommission die Zustimmung zu der Absprache zu erhalten.

Die Sitzung, die wieder bei Fried, Frank stattfand, schien sich endlos hinzuziehen, bevor Pitt endlich um vier Uhr nachts das sehnlichst erwartete Dokument herausrückte. Lynch, Carberry und die anderen Mitglieder der Regierungsseite stürzten sich förmlich darauf, aber Carberry wurde rasch ernüchtert. Es war wesentlich verschwommener, als er gehofft hatte. Es enthielt keine Namen, sondern sprach nur von dem »Investmentbanker A« oder der »Investmentbank B«. Nicht einmal die Verbrechen, die Boesky nach Ansicht seiner Anwälte begangen hatte, wurden eindeutig benannt. Carberry blickte mit ernster Miene von dem Papier auf.

»Daraus ist nicht einmal ersichtlich, ob wir es mit Leuten zu tun haben, die nur die Kopiergeräte bedienen, oder mit den wirklichen Mitspielern«, sagte er. »Das ist nicht genug.«

»Es ist das Beste, was wir vor Abschluß der Vereinbarung mit der SEC anbieten können«, erwiderte Pitt. Er könne Boesky nicht weiter bloßstellen. Lynch und Carberry verließen daraufhin das Zimmer. Sie waren überzeugt, daß sie angesichts des Formats von Boesky Schwierigkeiten haben würden, der (SEC-)Kommission das Angebot zu verkaufen. Sie würden eindeutiger beweisen müssen, daß Boesky ihnen zu geben bereit war. Der Fisch mußte größer sein.

Es war fast sechs Uhr früh, als Carberry ein Taxi nahm und in das seiner Meinung nach gottserbärmliche Hotel fuhr, das noch nicht einmal über einen Portier verfügte; aber mehr konnte er sich mit seinem Spesenetat nicht leisten. Er lag kaum im Bett, als das Telefon klingelte. Es war Lynch.

»Sie wollen noch einen Anlauf machen«, sagte er aufgeregt. »Pitt hat gerade angerufen.« Aber Carberry reichte es für diese Nacht.

»Es ist mir egal, wie oft sie anlaufen wollen«, erklärte er. »Vor zehn Uhr heute vormittag rühre ich keinen Finger mehr.« Er rollte sich zur Seite und schlief sofort ein.

Einige Stunden später goß Pitt Öl auf die Wellen, indem er anbot, die in dem Angebot genannten Personen zu identifizieren, allerdings nur mündlich, nicht schriftlich. Danach ratterte er zum Erstaunen der Beamten eine Liste herunter, die einige der prominentesten Namen der Finanzwelt enthielt: Michael Milken, den Junk-bond-König; Martin Siegel, den Drexelschen Investmentstar; Boyd Jefferies, den bekannten Broker von der Westküste; und den Raider Carl Icahn. Er hätte noch mehr anführen können, aber Pitt zog es meistens vor, weniger zu versprechen, als später geliefert werden würde; er wollte sicherstellen, daß die Regierungsseite nicht behaupten konnte, die Versprechungen des Angebots wären nicht erfüllt worden. So ließ er zum Beispiel Mulheren außen vor.

Jetzt gab es keinen Zweifel mehr daran, daß die SEC die Vereinbarung mit Boesky gutheißen würde. Boesky bot einen Schatz an, der über alles hinausging, was sich die Strafverfolgungsbehörden jemals hatten träumen lassen. Dabei hatten sie vor wenigen Monaten noch, als sie Dennis Levine festnagelten, geglaubt, sie hätten in Sachen Insiderhandel den Fall des Jahrzehnts geknackt.

Carberry legte Giuliani, der immer noch vollauf mit dem Friedman-Fall beschäftigt war, das Verhandlungsergebnis vor und erhielt sofort dessen Zustimmung. Diese Gelegenheit durften sie sich nicht entgehen lassen. Lynch unterrichtete am 10. September die Kommission von der geplanten Vereinbarung. Seit der Bestätigung der Untersuchungsanweisung hatten die Kommissionsmitglieder nichts mehr von dem Fall gehört. Selbst SEC-Direktor John Shad hatte man im dunkeln gelassen. Man war daher verblüfft über das Gewicht der Enthüllungen und die Tragweite dessen, was sie vermutlich bewirken würden.

Aufgrund der Bereitschaft zur Zusammenarbeit, die Drexel im Fall Levine bewiesen hatte, waren sich Lynch und die Kommission ziemlich sicher, daß Drexel Milken auf der Stelle entlassen und mit ihnen kooperieren würde. Eine Firma wie Drexel konnte eine SEC-Untersuchung von der Tragweite, die sich aus Boeskys Angebot ergab, nicht überleben. Welcher gesetzestreue Geschäftsmann würde Drexel noch in Anspruch nehmen, wenn die Firma versuchte, Milken zu schützen? Doch wenn sowohl Boesky als auch Milken aus dem Marktgeschehen ausschieden, war zwangsläufig mit grundlegenden wirtschaftlichen Veränderungen zu rechnen, auf die man sich sorgfältig vorbereiten mußte. Boesky und Milken waren die beiden Hauptpfeiler der Übernahmewelle, die die Börse derartig aufgeheizt hatte.

Shad vermochte selbst nach der Bestätigung der Absprache nicht recht zu glauben, daß man Boesky am Haken hatte. Er rief fast täglich bei Lynch an, da er offenbar befürchtete, daß die SEC die 100 Mio. nicht bekommen würde. »Ich bin sicher, daß Ivan das Land verlassen wird«, meinte er. »Er kann jederzeit abhauen. Was sollte ihn zurückhalten? Was ist, wenn wir das Geld nicht bekommen? Wir müssen ihn dazu bringen, daß er jetzt gleich bezahlt. Wir könnten sein Vermögen einfrieren.«

Lynch versuchte, seine Gereiztheit zu zügeln. »John, er arbeitet mit uns zusammen. Wir bekommen das Geld. Wenn wir gegen ihn vorgehen, wird es jeder erfahren. Wir müssen die Sache unter Verschluß halten, bis die Ermittlungen abgeschlossen sind.«

Lynch wußte, daß die Geheimhaltung immer schwerer aufrechtzuerhalten sein würde, wenn das Wissen um die Vereinbarung über den Kreis der wenigen Männer hinaus bekannt wurde, die an den Verhandlungen beteiligt gewesen waren. Boeskys Schwägerin Muriel Slatkin, die Miteigentümerin des Beverly Hills Hotels, war bereits von der Vorladung gegen Boesky unterrichtet worden, und die Befürchtungen der Strafverfolgungsbehörden waren erheblich gewachsen, als in einer Zeitung in San Diego eine kleine Meldung erschien, in der erwähnt wurde, daß Boesky eine Vorladung erhalten hatte. Dann sprach auch noch Dan Dorfman in einer *U.S.A. Today*-Kolumne, die in der ersten Septemberwoche erschien, von der Boesky-Vorladung. Die Anwälte der Strafverfolgungsbehörden durchforsteten die Presse Tag für Tag nach Hinweisen auf ein Leck. Es erschienen zwar keine weiteren beunruhigenden Artikel, aber sie wußten, daß sie keine Zeit verlieren durften.

Boesky wurde am Montag, dem 17. September, als er die Vereinbarung mit der SEC unterzeichnete, in aller Form als Regierungsagent eingetragen. Am nächsten Tag unterschrieb er auch die Vereinbarung mit dem Justizministerium. Während er sich am Abend des 15. September unter die Gäste der Guterman-Party an Bord der *Queen Elizabeth II* gemischt hatte, waren seine Anwälte fast rund um die Uhr damit beschäftigt gewesen, die Vereinbarungen unter Dach und Fach zu bringen. Pitt kam Sonntagnacht nur für zwei Stunden ins Bett.

Neben Boeskys Zusage, sich in einem Punkt schuldig zu bekennen und mit den Behörden zusammenzuarbeiten, enthielt die Vereinbarung auch beachtliche Drohungen, die ihn zwingen sollten, die Wahrheit zu sagen:

> Ihr Klient hat jederzeit umfassende, wahrheitsgemäße und detaillierte Informationen zur Verfügung zu stellen. (...) Ihr Klient willigt ein, kein weiteres irgendwie geartetes Verbrechen zu begehen. Sollte Ihr Klient ein weiteres Verbrechen begehen, oder sollte diese Behörde zu der Ansicht gelangen, daß er keine umfassenden, wahrheitsgemäßen und detaillierten Aussagen gemacht oder auf andere Weise die Bestimmungen dieser Vereinbarung verletzt hat, wird Ihr Klient für jede in Bundeszuständigkeit fallende Straftat, von der diese Behörde Kenntnis hat, unter Anklage gestellt, einschließlich, aber nicht nur des Meineids und der Behinderung der Justiz. Eine solche Anklage kann sich

auch auf die von Ihrem Klienten gelieferten Informationen beziehen, und jede dieser Informationen kann gegen ihn verwendet werden.

Am nächsten Sonntag hatten die Strafverfolgungsbehörden zum erstenmal Gelegenheit, ihren neuen Zeugen zu testen. Obwohl Boesky in den vergangenen vier Monaten weitestgehend ihr Leben beherrscht hatte, war ihm bislang keiner der Beamten begegnet. Lynch und Sturc flogen, ebenso wie Boeskys Anwälte, nach New York, wo sie im Westbury Hotel an der Madison Avenue, in dem Boesky eine Suite gemietet hatte, mit Carberry und Doonan zusammentrafen.

Da es Sonntag war, waren die meisten der Anwälte, einschließlich Carberry, leger gekleidet. Boesky jedoch trug den üblichen schwarzen Dreiteiler. Er wirkte müde und abgespannt. Während der Befragung rollte er beständig eine kleine schwarze Metallkugel zwischen den Fingern hin und her. Ansonsten war seine Haltung steif, fast starr.

Nachdem alle vorgestellt waren, eröffnete Carberry die Befragung. »Ihre einzige Verpflichtung, Mr. Boesky, ist es, die Wahrheit zu sagen«, begann er. »Wenn Sie es nicht tun, werden Sie es am Urteil zu spüren bekommen.« Dann forderte er Boesky auf, mit seinen Worten von seinen Vergehen zu berichten, angefangen mit der Beziehung zu Levine. Er wollte sehen, wie weit seine Darstellung mit Levines Geschichte übereinstimmte. Er war erfreut, als er bemerkte, daß Boesky nicht versuchte, seine Schuld herunterzuspielen. Bis auf ein paar Kleinigkeiten entsprach seine Darstellung dem, was Levine ausgesagt hatte.

Als nächstes erkundigte sich Carberry nach Siegel, dann nach Jefferies, Icahn und schließlich Milken. Er unterbrach Boesky nur selten, um eine Frage zu stellen, und hakte nie nach, um bestimmte Dinge genauer herauszuarbeiten. Für den Augenblick war er mit einem Überblick in Boeskys eigenen Worten zufrieden. Seine Befragung dauerte ungefähr anderthalb Stunden. Doonan hatte aufmerksam zugehört und sich Notizen gemacht, wenn er eine Möglichkeit sah, wie Boesky als V-Mann eingesetzt werden konnte.

Danach waren Lynch und Sturc an der Reihe. Die weitere Perspektive der SEC und der niedrigere Beweismittelstandard für Zivilprozesse gaben ihnen eine breite Basis für ihre Befragung. Sie hielten sich an die einzelnen Deals und gingen, eine nach der anderen, die wichtigsten der Transaktionen durch, bei denen illegale Mittel verwendet worden waren, wie zum Beispiel beim Fischbach-Deal. Ihr Verhör dauerte an die drei Stunden.

Boesky beschränkte sich in seiner Aussage nicht auf die in seinem Verhandlungsangebot genannten Punkte. Er erzählte nicht nur alles über den Besuch, den er Gulf+Western gemeinsam mit Icahn abgestattet hatte – ein mögliches 13-D-Vergehen –, sondern auch von der Manipulation des Kurses von Gulf+Western unter Beteiligung von Mulheren. Und er sprach von Deals, die in dem Angebot überhaupt nicht erwähnt worden waren, wie zum Beispiel seine Verstrickung in den englischen Guinness-Skandal. Er sagte darüber hinaus, er habe den Verdacht, daß Bob Freeman von Goldman, Sachs am Insiderhandel beteiligt sei.

Carberry empfand eine erneuerte Hochachtung vor der Klugheit der Wertpapiergesetze, insbesondere, was die technischeren Paragraphen betraf. Was Boesky beschrieb, erinnerte ihn nicht nur stark an die 20er Jahre – die geheime Anhäufung großer Positionen, die Manipulation der Aktienkurse –, es ging, mit falschen Übernahmedrohungen und anderen Methoden, durch die ein Unternehmen ins Spiel gebracht werden konnte, weit darüber hinaus. Er hätte nie geglaubt, daß Verletzungen der Wertpapiergesetze derartig verbreitet und vielfältig waren.

Verblüffend war auch die Hierarchie in Boeskys Welt, die Verteilung von Macht und Einfluß. Die Regierungsanwälte hatten bisher angenommen, Boesky wäre ein Hauptakteur an der Wall Street. Jetzt jedoch kamen sie zu demselben Schluß, den bereits seine Anwälte gezogen hatten: Boesky stand im zweiten Glied; er hing an den Fäden von Milken und Drexel.

Boesky wiederholte ein übers andere Mal, daß Milken zur wichtigsten Person in seinem Leben geworden sei. Wenn Milken ihm gesagt hätte, dies oder jenes zu tun, dann habe er es getan, denn Milken hätte ihm zu Reichtum verhelfen, ihn aber auch vernichten können.

Die Befragungen zogen sich über mehrere Wochen hin und wurden während dieser Zeit, um die Geheimhaltung zu wahren, von Hotel zu Hotel verlegt; die meisten von ihnen lagen gleich außerhalb von Manhattan in Westchester County, nicht weit von Boeskys Anwesen entfernt. Zwischen den Verhören erschien Boesky wie üblich in seinem Büro, wo er alles vermied, was den Anschein erwecken konnte, daß irgend etwas im Busch war. In sein Kommunikationssystem wurden ausgeklügelte Überwachungsgeräte eingebaut, die es den Strafverfolgungsbehörden erlaubten, sämtliche Unterhaltungen mitzuhören und aufzunehmen.

Boesky rief auf Geheiß der Behörden jeden an, den er in seinen Aussagen belastet hatte. Man hatte ihn angewiesen, dabei keinerlei Druck auszuüben, seinen Gesprächspartnern nichts in den Mund zu legen und sich überhaupt so normal wie möglich zu verhalten. Andererseits hatte Carberry ihm gesagt, daß er, je nachdem, wie erfolgreich er als Geheimagent arbeitete, möglicherweise nicht im Zeugenstand erscheinen müßte.

Nach zwei fruchtlosen Versuchen gelang es Boesky, Boyd Jefferies, den Chef des an der Westküste beheimateten Brokerhauses Jefferies & Co., zu einigen inkriminierenden Bemerkungen zu veranlassen. Siegel dagegen war äußerst vorsichtig und weigerte sich sogar, Boeskys Anrufe entgegenzunehmen. Milken sprach zwar mit Boesky, war aber jedesmal bemüht, das Gespräch so rasch wie möglich wieder zu beenden, und beschränkte es auf konkrete Alltagsfragen. Milken hatte außerdem die Angewohnheit, in halben Sätzen zu sprechen, die für seine unmittelbare Umgebung zwar einige Bedeutung hatten, aber als Beweise nicht hinreichten, sondern eher verwirrend gewirkt hätten. Ohne ein persönliches Treffen mit Milken war offensichtlich nichts zu erreichen.

Boesky hatte im Sommer an einer in Denver stattfindenden Wohltätigkeitsveranstaltung zugunsten des United Jewish Appeal teilgenommen und war während seines Aufenthalts Gast von Larry Mizel gewesen, des Chefs der MDC Corporation, eines Drexel-Klienten. Kaum war Boesky wieder abgereist, war ein FBI-Agent bei Mizel aufgetaucht, der ihn fragte, wer bei ihm gewohnt habe, und als Mizel bestätigte, daß Boesky sein Gast gewesen war, hatte er eine Vorladung in die Hand gedrückt bekommen, die Einsicht in seine Telefonakten verlangte. Mizel rief umgehend Jim Dahl an, Milkens Starverkäufer.

»Sie werden es kaum glauben«, stieß er atemlos hervor, »aber das FBI war gerade bei mir.« Man habe ihn nach Boesky gefragt, erklärte er.

Dahl informierte Lowell Milken. Lowell zog seinen Bruder vom Handelstisch weg, brachte ihn in sein Büro und ließ Dahl die ganze Geschichte wiederholen. Michael Milken wurde kreidebleich; er sah aus wie ein Geist, dachte Dahl. Seit dieser Zeit wies Milken ständig darauf hin, daß sie bei den Deals mit Boesky vorsichtig sein und davon ausgehen sollten, daß sämtliche Telefongespräche überwacht wurden. Trotzdem willigte er, als Boesky Mitte Oktober anrief, ein, sich mit ihm zu treffen.

Bald darauf erhielt Cary Maultasch, der ehemalige Mitarbeiter der Abteilung in Beverly Hills, der nach New York gegangen war, dort aber weiter mit Milkens Transaktionen zu tun hatte, einen Anruf von Charles Thurnher, der für Milken die Unterlagen in Sachen Boesky auf dem laufenden hielt. Thurnher sagte Maultasch, daß er sämtliche Papiere, die sich auf Milkens Geschäfte mit Boesky bezogen, vernichten solle. Später rief er noch einmal an, um den »neuesten Stand« zu erfahren, und Maultasch versicherte ihm, daß die Unterlagen in den Reißwolf gewandert seien. Maultasch erkundigte sich, was denn los sei. Thurnher gab sich geheimnisvoll, erwähnte aber, daß sich Milken im Beverly Hills Hotel mit Boesky treffen werde.

Am nächsten Tag rief Milken bei Maultasch an, und Maultasch meinte bei dieser Gelegenheit in bezug auf das Treffen mit Boesky: »Ich halte es für eine gräßliche Idee.« Aber Milken sagte ihm, daß er sich keine Sorgen zu machen brauche. Er werde vorsichtig sein und stets daran denken, daß er möglicherweise »fürs Protokoll« sprach.

Mitte Oktober suchten Boesky und Tom Doonan, der als Boeskys Kontaktmann fungierte, Pitt in dessen kleinem Zimmer im Beverly Hills Hotel auf. Sie waren, um keine Aufmerksamkeit zu erregen, getrennt nach Los Angeles geflogen.

Doonan bat Boesky, sein Hemd auszuziehen, damit er einen kleinen Batteriesatz und ein winziges Mikrofon anbringen könne. Als er bemerkte, daß Boesky unter seinem teuren weißen Hemd kein Unterhemd trug, wußte er im ersten Augenblick nicht, was er tun sollte. Er wollte das Mikrofon nicht direkt auf der Haut befestigen, also schälte er sich gleichfalls aus den Kleidern und bot Boesky sein Unterhemd an. Als Boesky zögerte, befahl ihm Doonan, es anzuziehen.

»Ivan bekommt schlimmen Ausschlag, wenn er etwas an seine Haut heranläßt, das weniger als 250 Dollar kostet«, witzelte Pitt.

Boesky zog Doonans T-Shirt an, und Doonan befestigte das Mikrofon daran. Es würde alles, was in Boeskys Suite im ersten Stock, wo Milken kurz nach ein Uhr pazifischer Zeit mit ihm verabredet war, gesprochen wurde, an den Recorder in Pitts Zimmer übermitteln.

»Was ist, wenn ich auffliege, wenn er entdeckt, daß alles mitgehört wird?« fragte Boesky nervös. Er hatte immer noch Angst vor Milken, der eng mit einigen Leuten aus dem Kasinogeschäft befreundet war. Boesky befürchtete, daß jemand versuchen könnte, ihn umzulegen.

»Dann nehmen Sie die Beine in die Hand«, antwortete Pitt. »Rennen Sie einfach raus.«

Boesky kehrte in seine Suite zurück. Während sie auf Milken warteten, fragte Pitt Doonan, ob er ihm ein Mittagessen bestellen solle. Aber Doonan mußte feststellen, daß ein Hamburger im Beverly Hills 16 Dollar kostete, und verzichtete, obwohl er Hunger hatte. Er durfte sich nach seinen Vorschriften kein Essen spendieren lassen, und seine Tagesspesen reichten für solche Sprünge nicht aus. So mußte er neidvoll zusehen, wie Pitt einen Hamburger aß.

Boesky wartete angespannt in seiner Suite. Als es klopfte, war es nur ein Zimmerkellner, der einen Tisch voller Essen hereinschob. Milken traf wenige Augenblicke später ein. Boesky begrüßte ihn und ging dann nervös auf und ab, während der Zimmerkellner mit Tellern, Besteck und Eis hantierte. Sie hatten nicht viel Zeit füreinander. »Es ist gut, lassen Sie es so«, sagte Boesky schließlich zu dem Kellner. »Würden Sie jetzt bitte hinausgehen!«

Boesky und Milken plauderten kurz über die Börse. Boesky schien ganz er selbst zu sein. Er wirkte für gewöhnlich schon so steif und ungelenk, daß die etwaige Nervosität wegen der Lauscher in Pitts Zimmer nicht auffiel. Nach einer Weile lenkte er das Gespräch auf das Thema, das der eigentliche Anlaß für das Treffen war.

»Die SEC hat meine Akten angefordert«, gestand er Milken. »Sie sitzt mir im Nacken.« Dann deutete er an, daß er befürchte, einen Handel in puncto der Kalkulation der Gewinne und Verluste aus seinem »Arrangement« mit Milken eingehen zu müssen, und daß er deshalb sichergehen wolle, daß sie beide die gleiche Geschichte erzählen würden.

»Nun, der Knabe auf meiner Seite kann sich an nichts erinnern«, sagte Milken, offenbar in bezug auf Thurnher. »Und deiner?« Boesky verstand es als verschleierte Aufforderung, Mooradian alle vorhandenen Unterlagen vernichten zu lassen. Sie umkreisten das Thema immer von neuem, während Boesky versuchte, eine konkretere Äußerung zu ihrem Arrangement aus Milken herauszukitzeln.

»Was sagen wir über die 5,3 Mio., wenn man uns danach fragt?« wollte Boesky wissen.

»Wir könnten sagen, daß die ausstehenden 5,3 Mio. für Investmentbankdienste angefallen waren«, antwortete Milken.

»Und was sagen wir, welche Dienste dazugehören?«

Milken zählte eine Reihe von Deals auf, die Drexel für Boesky erkundet hatte, aber Boesky erwiderte, daß er keine Belege dafür besäße. Milken versprach, ihm einige Papiere für seine Akten zu schicken. Aber Boesky blieb hartnäckig und versuchte das Gespräch ein Stück weiter voranzubringen, indem er sagte, er sei sich immer noch nicht ganz im klaren darüber, wofür er Milken die 5,3 Mio. eigentlich schulde. »Du weißt, ich halt' sie immer noch für dich bereit«, sagte er.

»Behalt sie«, erwiderte Milken knapp.

Bevor Boesky weitere Versuchsballons starten konnte, machte Milken eine Bemerkung, die ihn erschauern ließ. »Du mußt vorsichtig sein«, warnte ihn Milken. »Die elektronische Überwachungstechnik ist ziemlich raffiniert geworden.« Boesky wäre fast in Ohnmacht gefallen. Hatte Milken ihn durchschaut? Er beeilte sich, die Begegnung zu beenden.

Boesky fiel ein Stein vom Herzen, als er das Treffen mit Milken überstanden hatte, ohne entlarvt worden zu sein. Er hatte Milken zwar nichts entlocken können, was als schlagender Beweis anzusehen war, aber der Gesprächsmitschnitt konnte dennoch vor Gericht verwendet werden. Milken hatte mit keinem Wort bestritten, daß ein Arrangement mit Boesky bestanden hatte; er hatte nicht bestritten, daß Boesky ihm Geld schuldete. Die Diskussion über die Rechnung und ihre Begründung als Investment-banking-Honorar betraf offensichtlich eine Tarngeschichte. Wenn Boeskys Verschwörungsversion nicht der Wahrheit entsprach, machte die ganze Diskussion nur wenig Sinn. Doonan und seine Kollegen waren von Boeskys Geschicklichkeit beeindruckt. Das Treffen hatte ihnen mehr gebracht, als sie erwartet hatten.

Milken war natürlich durch Mizels Anruf vorgewarnt gewesen, und die Begegnung mit Boesky hatte seinen Argwohn noch verstärkt. Er rief, nachdem er das Beverly Hills Hotel verlassen hatte, bei Joseph in New York an. »Boesky verhält sich merkwürdig«, sagte er. »Ich möchte, daß er beschattet wird.«

Die Zeit für die verdeckte Operation der Strafverfolgungsbehörden lief ab. Am 15. November mußte Northview in seiner SEC-Erklärung offenlegen, daß Boesky Gegenstand einer Untersuchung war. Danach würde niemand mehr mit ihm sprechen.

Die Reaktion der Börse auf Boeskys bevorstehendes Ausscheiden aus dem Geschäft bereitete der SEC besondere Sorge. Die Hausse der 80er Jahre war zum großen Teil durch Arbitrageure wie Boesky entfacht worden, die Aktien nach ihrem Übernahmewert beurteilten, und nicht nach den konservativeren Kriterien der Erträge und des Buchwerts. Die Behörden entschlossen sich zu einem ungewöhnlichen Schritt: Sie würden die Nachricht über den Fall Boesky am Freitag, dem 14. November, bekanntgeben, und zwar erst nach Börsenschluß. Die Investoren würden dadurch das Wochenende über Zeit haben, die Neuigkeit zu verdauen, und von überstürzten Entscheidungen abgehalten.

Im übrigen befürchtete insbesondere SEC-Direktor Shad weiterhin, daß die Zahlung der 100 Mio. Dollar, die die SEC bekommen sollte, nicht sicher war, da sie weitestgehend vom Wert der von Boesky gehaltenen Positionen abhing. Wenn Boesky seine Aktienpakete jedoch alle auf einmal abstieß, würde es wahrscheinlich eine Panik auslösen. Die SEC wies Boesky daher an, in den verbliebenen zwei Wochen bis zur Bekanntgabe seines Falls mit der Liquidierung seiner Position zu beginnen. Die Restbestände, die dann noch übrigblieben, sollte er weitere 18 Monate lang verwalten. Damit war, so glaubte Lynch, sowohl die Börse vor Turbulenzen geschützt als auch die finanzielle Forderung der Regierung abgesichert.

Die Behörden mußten sich außerdem darüber Gedanken machen, in welcher Weise die Untersuchung weitergeführt werden sollte. Sie wußten, daß jeder, den Boesky möglicherweise belasten konnte, sofort nach der Bekanntgabe der Vereinbarungen damit beginnen würde, seine Spuren zu verwischen. Die Zerstörung von Beweismitteln war jedoch das letzte, was die Regierungsanwälte wollten; sie fertigten deshalb einen ganzen Stapel von Vorladungen aus, die potentiellen Beschuldigten und Zeugen in einer Blitzaktion zugestellt werden sollten. Sobald sie übergeben waren, wäre jede Vernichtung von Beweisen ein Anklagegrund. Die Gerichtsboten in New York, Los Angeles und überall sonst, wo es nötig war, wurden angewiesen, sofort nach Börsenschluß um 16 Uhr auszuschwärmen, um Siegel, Milken, Drexel, Jefferies, Icahn und vielen anderen die Vorladungen zu überbringen.

Jetzt blieb nur noch der große Knall der Bekanntgabe des Boesky-Falls. Giuliani in New York und Shad in Washington setzten für Freitag, den 14. November, um 16.30 Uhr parallel stattfindende Pressekonferenzen an. Lynch und Carberry waren überzeugt, daß damit alles in die Wege geleitet war, um den Triumph des Jahrzehnts einzufahren.

An diesem Freitagnachmittag schaute sich Mooradian die Nettokapitalsituation der Firma an. Irgend etwas stimmte nicht. Boesky verkaufte nur aus zwei Gründen seine Positionen: um nach Vollzug einer Fusion oder Übernahme Gewinne zu machen (oder die Verluste zu begrenzen) oder um die Nettokapitalvorschriften zu erfüllen. Jetzt aber verkleinerte er den Aktienbestand der Firma schon seit Monaten ohne einen dieser Gründe, mit einer auffallenden Zunahme der Verkäufe während der letzten beiden Wochen. Ihre Positionen hatten kurz nach dem 21. März, dem Abschlußtag des Hudson Funding, mit rund 3,1 Mrd. Dollar ihren Höhepunkt erreicht und waren danach bis auf jetzt 1,6 Mrd. Dollar gefallen. Darüber hinaus hielt die Firma jetzt viele Positionen kapitalkräftiger Unternehmen wie Eastman Kodak oder Time-Life, die weit entfernt von den Übernahmespielen waren, die Boesky normalerweise bevorzugte. Das alles sah Boesky überhaupt nicht ähnlich.

Als Boeskys Sekretärin Ianthe Peters anrief und Mooradian zusammen mit einigen anderen für 15.15 Uhr zu einer Konferenz in die Fifth Avenue 650 bestellte, glaubte Mooradian, daß Boesky seine Partnership auflösen wollte, so wie er es schon einmal im Fall von Ivan F. Boesky Co. getan hatte. »Das ist es«, sagte er düster zu seinen Kollegen im Haus Nummer 11 am Broadway. »Wir schließen die Pforten.« Er hoffte allerdings, daß er eines Besseren belehrt werden würde.

Als Mooradian, Nagle und ihre Kollegen in Boeskys großem Konferenzraum im 34. Stock eintrafen, war er bereits voller anderer Boesky-Angestellter. Daß der Firma das Ende bevorstand, schien niemand zu ahnen. Ganz im Gegenteil. Davidoff, Boeskys Chefhändler und Mitglied seines Direktoriums, riß sogar Witze und wagte die zuversichtliche Voraussage: »Wir bekommen bestimmt einen Extrabonus. Ich weiß es. Wir hatten ein tolles Jahr, und dazu haben wir noch das ganze Drexel-Geld bekommen.«

»Hast du deinen beschissenen Verstand verloren?« brauste Mooradian auf. Aber die Umstehenden lachten nur darüber.

Um 15.20 Uhr öffnete sich die Tür, und ein müde und abgekämpft wirkender Boesky betrat mit einem Gefolge von zehn Anwälten den Raum: Pitt, Theodore Levine, die Strafverteidiger von Fried, Frank und Wilmer, Cutler sowie Repräsentanten zweier Bostoner Anwaltskanzleien, die die Investoren in Boeskys Partnership vertraten. Wekili und Fraidin, die beiden Menschen, die Boesky am nächsten standen, fehlten. Sie waren bereits informiert worden, ebenso wie Boeskys Frau Seema und seine Kinder. Die Familie befand sich in einem Schockzustand.

Als sie das zahlreiche Aufgebot von Anwälten sahen, war allen im Raum klar, daß etwas Furchtbares geschehen sein mußte. Boesky begann eine schriftliche Erklärung zu verlesen. Er sagte, daß die letzten Wochen »sehr schwierig« für ihn gewesen seien, da er mit niemandem hatte sprechen können und jedem Kontakt hatte ausweichen müssen. Dann forderte er die Anwesenden auf, das, was er jetzt bekanntzugeben habe, bis 16 Uhr für sich zu behalten und bis 16.15 Uhr keinerlei Telefongespräche zu führen. Bevor er weiterlas, legte er eine kurze Pause ein und atmete tief durch. Um 16 Uhr werde man öffentlich bekanntgeben, sagte er, daß er eine Vereinbarung mit der SEC getroffen hätte, die ihn verpflichte, 100 Mio. Dollar an sie zu zahlen, und daß er zugesagt hätte, sich in einem Punkt der Verschwörung zum Zweck des Wertpapierbetrugs schuldig zu bekennen.

Die Behörden »machen berechtigterweise mich und nicht meine Mitarbeiter oder meine Unternehmen für meine Handlungen verantwortlich«, fuhr Boesky fort. »Ich bedaure meine Fehler zutiefst und weiß, daß ich allein die Konsequenzen meiner Handlungen zu tragen habe. Mein Leben wird sich für immer verändern, aber ich hoffe, daß am Ende etwas Positives aus diesen Geschehnissen entstehen wird. Wenn meine Fehler einen Prozeß der Neuüberprüfung der Vorschriften und Praktiken unserer Finanzmärkte in Gang setzen, wird vielleicht etwas Gutes aus ihnen resultieren«, schloß er. Dann hob er den Blick und schaute auf seine Angestellten. Er stehe ihnen jetzt für Fragen zur Verfügung.

Niemand sagte etwas. Boeskys Angestellte waren viel zu benommen, um Fragen stellen zu können. Schließlich erkundigte sich doch jemand danach, ob die Firma zumachen werde, und wann. Boesky antwortete, daß man 18 Monate Zeit habe, um alles zu liquidieren, so daß es keine sofortigen Erschütterungen geben werde. Er bot sich an, jedem dabei zu helfen, einen guten Job bei einer anderen Firma zu finden. Dann stand Johnny Ray, Boeskys langjähriger Chauffeur, auf und sagte: »Laßt uns alle mit dem Schiff untergehen!«

Das brach die Spannung. Lachen klang auf, einige hatten auch Tränen in den Augen, und alle reihten sich in die Schlange ein, um Boesky die Hand zu schütteln, ihn zu umarmen oder ihm einfach alles Gute zu wünschen. Viele hatten in ihm oft nur einen Tyrannen gesehen, und er hatte soeben ihrer aller Leben in Unordnung gebracht; aber er wirkte plötzlich so verletzlich und so abhängig von all diesen Anwälten. Von dem knallharten Händler, den sie gekannt hatten, war nur noch ein Schatten übriggeblieben. Den meisten seiner Angestellten fiel es schwer, etwas anderes für ihn zu empfinden als Mitleid.

Die überraschende Nachricht kam um 16.28 Uhr über den Fernschreiber: SEC BESCHULDIGT IVAN BOESKY DES INSIDERHANDELS, lautete die Schlagzeile. »Die Securities and Exchange Commission beschuldigt den Wall-Street-Arbitrageur Ivan Boesky des Handels aufgrund von Insiderinformationen, die er von Dennis Levine erhielt«, begann die Meldung und kam dann rasch auf das zu sprechen, was die Wall Street am meisten in Aufregung versetzte: »Boesky habe eingewilligt, mit der SEC bei der sich ausweitenden Untersuchung des Insiderhandels an der Wall Street zusammenzuarbeiten, sagte ein SEC-Sprecher. Darüber hinaus gab der Staatsanwalt der Vereinigten Staaten in New York bekannt, daß sich Boesky in einer Schuldeingeständnisvereinbarung bereiterklärt habe, sich in einem Anklagepunkt schuldig zu bekennen.

Das Büro des US-Staatsanwalts, das sich weigerte, die betreffende Anklage zu benennen, sagte, Boesky kooperiere mit ihm bei den weitergeführten strafrechtlichen Ermittlungen, die durch den Insiderhandelsfall Dennis B. Levine ausgelöst wurden.«

So gut wie jeder, der irgendwie zählte, hatte das eine oder andere Mal mit Boesky gesprochen. Eine neue Welle, die der Paranoia, schlug über der Wall Street zusammen.

Milkens Händler und Verkäufer in Beverly Hills ließen eine arbeitsreiche Woche langsam ausklingen; Milken saß noch am Handelstisch, als Terren Peizer plötzlich ausrief: »Oh, mein Gott!« Alle blickten auf, und als sie sahen, daß Peizer wie erstarrt vor dem Fernschreiber stand, hasteten sie neugierig zu ihm.

Milken holte die Neuigkeit auf seinen Quotron-Monitor und las sie sich kommentarlos durch. Er blieb an seinem Platz und nahm hereinkommende Telefongespräche entgegen. Seine Kollegen beobachteten ihn angespannt, um zu sehen, wie er auf die Nachricht reagierte. Er wirkte zwar etwas nachdenklich, verhielt sich ansonsten aber, als wäre nichts geschehen. Seine Selbstbeherrschung war erstaunlich.

Nach drei oder vier Telefonaten sprang Milken plötzlich auf, ging in das Büro seines Bruders und schloß die Tür hinter sich. Er tauchte erst nach über einer Stunde wieder auf.

Eine Weile danach rief Fred Joseph an. Er hatte von Drexels Generalsyndikus erfahren, daß am Nachmittag Milken und die Firma insgesamt betreffende Vorladungen überbracht worden waren. Es waren Vorladungen des Justizministeriums, was bedeutete, daß eine strafrechtliche Ermittlung in Gang war.

»Es gibt keinen Grund zur Sorge«, sagte Milken mit fester Stimme; er schien nicht im geringsten beunruhigt zu sein. Joseph war erleichtert. Es war undenkbar, daß Milken etwas Falsches getan hatte. Er hatte das beste Geschäft des Landes unter sich. Er war schon öfter Gegenstand von Untersuchungen gewesen, und es war jedesmal gut ausgegangen. So würde es auch diesmal sein. Joseph ging beruhigt zu einem Dinner für die Topleute von Drexel und deren Ehefrauen.

Am Wochenende rief Milken bei Jim Dahl zu Hause an und bat ihn, ins Büro zu kommen. Dahl fuhr zum Büro, setzte sich auf seinen Platz und wartete ungeduldig auf Milken. Was mochte Milken von ihm wollen? Aber er redete die ganze Zeit über mit anderen. Schließlich stellte er sich ihm in den Weg.

»Du hast mich herbestellt«, sagte er. »Was willst du?«

Milken ging schweigend zur Toilette und winkte Dahl zu, ihm zu folgen. Dort drehte er den Wasserhahn voll auf und begann sich die Hände zu waschen. Dann beugte er sich, bei laufendem Wasser, zu Dahl hinüber. »Es sind keine Vorladungen zugestellt worden«, sagte er mit gedämpfter Stimme, obwohl er es besser wissen mußte. »Was immer du für nötig halten magst, tu es.« Dahl war sich nicht einmal sicher, was eine Vorladung war, verstand aber, was Milken meinte: Er sollte alles vernichten, was möglicherweise belastend war.

Milken kümmerte sich auch um die Beseitigung anderer möglicher Beweismittel. Am Montag fragte er Terren Peizer während der Arbeit nach dem blauen Notizbuch, in dem er die geschäftlichen Arrangements mit David Solomon festhielt. »Hast du das Solomon-Buch noch?« fragte er, und als Peizer nickte, fügte er hinzu: »Wieso übergibst du es nicht Lorraine Spurge?«

Am nächsten Vormittag winkte Peizer Lorraine Spurge zur Kochnische. Da er bemerkt hatte, daß offenbar jeder im Büro seine Gespräche nur noch bei aufgedrehten Wasserhähnen führte, drehte auch er das Wasser auf. Er vermutete, daß das Büro verwanzt war.

»Michael hat mich gebeten, Ihnen das hier zu geben«, sagte er zu Lorraine Spurge und händigte ihr das blaue Notizbuch aus.

Als er wieder an seinem Arbeitsplatz war, fragte ihn Milken: »In dem Notizbuch hatte doch alles mit Finsbury zu tun, richtig?« Peizer nickte.

Das Notizbuch wurde nie wieder gesehen. Es wurde wahrscheinlich vernichtet.

Cary Maultasch buchte sofort, nachdem der Fernschreiber am Freitag die Neuigkeit über Boesky ausgespuckt hatte, einen Flug nach Los Angeles und machte sich augenblicklich auf den Weg zum Kennedy Airport.

Als er sich am nächsten Tag mit ihm traf, sagte ihm Milken: »Sie wissen nichts von der 5,3-Mio.-Zahlung.« Maultasch wußte nicht, was er darauf erwidern sollte. Es war eine Feststellung gewesen, keine Frage. Er wußte von der Zahlung.

Er fragte Milken, ob er bei seinem Treffen mit Boesky im Oktober »vorsichtig« gewesen sei. Milken machte ein besorgtes Gesicht und sagte, er glaube es zwar – aber im Rückblick betrachtet, sei er vielleich doch nicht »vorsichtig genug« gewesen.

Dann verabredete er sich mit Maultasch für vier Uhr früh am nächsten Morgen. Als Maultasch im Büro eintraf, wurde er in einen Konferenzraum geführt, aber außer Milken war nur ein Wachmann anwesend, der während des ganzen Gesprächs an der Tür stehen blieb. Milken hatte einen Stapel Papiere vor sich liegen, auf denen Maultasch die Namen einiger der Aktien bemerkte, die bei der Berechnung der 5,3-Mio.-Zahlung vorgekommen waren. Milken sprach durchweg mit unterdrückter Stimme und schrieb seine Fragen häufiger auf einen kleinen gelben Block, als daß er sie aussprach. Sobald Maultasch sie beantwortet hatte, radierte er sie aus. Das Gespräch erwies sich als eine Art Quiz, bei dem Maultasch darlegen mußte, was er über verschiedene Aktien wußte, die in Milkens Komplott mit Boesky eine Rolle gespielt hatten. Wenn Maultasch über eine bestimmte Aktie sprechen wollte, zeigte er mit einem Bleistift auf den Namen auf der Liste; er sprach ihn nie laut aus.

Als Maultasch nach etwa einer halben Stunde Milkens Junk-bond-Fabrik verließ, händigte er dem Wachmann am Haupteingang seinen Passierschein aus. Der Wachmann zerriß ihn in kleine Stücke. »Keine Angst«, sagte er. »Sie waren nie hier.«

John Mulheren hattten es nicht geglaubt, als ihn ein Freund aus Kanada anrief, um ihm zu sagen, daß Boesky sich schuldig bekennen würde. Doch dann kam die Nachricht über den Fernschreiber. Mulheren erstarrte. Noch bevor die Meldung vollständig aus dem Apparat getickert war, rief er seinen kanadischen Freund zurück. »Du Hundesohn hast recht gehabt«, sagte er. »Ich kann es immer noch nicht fassen.« Danach rief er seine Frau an, die mit den Kindern ins Disney World gefahren war. »Du wirst es nicht glauben«, sagte er ihr. »Ivan Boesky ist ein Gauner.«

»Das überrascht mich nicht«, erwiderte Nancy Mulheren.

Mulherens Stimmung schlug bald um. Er hatte Boesky ständig gegen seine Kritiker verteidigt, und jetzt hatte er einen Narren aus ihm gemacht. Er fühlte sich von Boesky benutzt, und er haßte es, benutzt zu werden. Daß es Leute wie Boesky gab, traf ihn ins Mark. Es erschütterte seine Sicht der menschlichen Natur. In gewisser Weise, das fühlte er, würde er nie mehr derselbe sein wie vorher.

Einige Tage später rief ihn sein Anwalt an. »Boeskys Anwälte haben sich bei mir gemeldet, um mir mitzuteilen, daß Sie als Treuhänder für Boeskys Kinder zurücktreten sollten«, sagte er.

Mulheren lehnte es rundheraus ab. »Ich werde nicht zurücktreten, es sei denn, Boesky ruft mich selbst an«, sagte er.

Aber dann beschloß er, nicht zu warten. Er rief Boesky an. »Ich habe von deinen Anwälten gehört«, sagte er. »Ich glaube allerdings, wenn es jemals eine Zeit gegeben hat, in der deine Kinder einen Treuhänder brauchten, dann ist sie jetzt gekommen. Ich bin bereit, es zu bleiben.«

»Die Untersuchungen und der ganze Aufruhr werden dir nicht behagen«, erwiderte Boesky. Er sprach wie aus weiter Ferne, ohne jede emotionale Beteiligung. »Du solltest dich davon zurückziehen.«

Mulheren fühlte sich betrogen, wollte aber immer noch helfen. »Das alles wird sehr schwierig für dich werden. Du wirst psychiatrische Hilfe brauchen. Du wirst Unterstützung brauchen.«

»Danke«, sagte Boesky. »Danke für den Anruf.« Er schien es eilig zu haben, das Gespräch zu beenden.

Mulheren wurde wütend. »Das werde ich dir nie verzeihen«, sagte er mit lauter werdender Stimme. »Ich werde dir nie verzeihen, was du dem Geschäft und allen, die damit zu tun haben, angetan hast. Es wird nie wieder sein wie vorher. Wie konntest du das tun? Wie war das möglich?«

Boesky blieb ungerührt. »Es ist ein höchst abstraktes Geschäft«, sagte er. »Es gibt Grauzonen.«

»Scheißdreck gibt es«, entgegnete Mulheren aufgebracht.

Niemand auf der Regierungsseite war auf den Medienrummel vorbereitet, der in der Woche nach der Bekanntgabe der Vereinbarungen mit Boesky einsetzte. Charles Carberry, der sich im Kontakt mit der Presse stets unwohl fühlte, wurde förmlich belagert. Zwei Nachrichtenagenturen versuchten, das Büro des Staatsanwalts regelrecht zu stürmen. Als Carberry es ablehnte, mit einem Reporter der *New York Post* zu sprechen, drohte ihm der Reporter, er werde seine »Abteilung in der Luft zerreißen«, wenn er nicht mit ihm rede.

»Reißen Sie«, sagte Carberry.

Am Sonntag nach der Boesky-Bekanntmachung schaltete Carberry, da er nicht schlafen konnte, nach Mitternacht den Fernseher ein. Als erstes hatte er Lynch auf dem Bildschirm, der bei CBS den Boesky-Fall diskutierte. Wohin er sich auch wandte, überall traf er auf Boeskys Gesicht: auf den Titelseiten von *Time* und *Newsweek,* in sämtlichen großen Zeitungen, im Fernsehen, selbst noch mitten in der Nacht. Es war, als hätte die dunkle Seite der boomenden 80er Jahre endlich ihre Personifikation gefunden.

Aber sehr zum Mißvergnügen der Strafverfolgungsbehörden hatte die Presse nur wenig Lob dafür übrig, daß sie Boesky dingfest gemacht hatten. Statt dessen fiel man über sie her, weil sie die Strafe nicht höher angesetzt hatten. Von der Flut von Anrufen überwältigt – und aufgrund des Fehlens einer großen PR-Abteilung auch überfordert –, beschlossen sowohl Lynch als auch Carberry, nur mit einer Handvoll Reporter zu sprechen, was zur Folge hatte, daß ihre Version der Ereignisse häufig nicht an die Öffentlichkeit gelangte.

Die Geschichte nahm immer größere Ausmaße an. Am Montag, dem 17. November, machte das *Wall Street Journal* mit einem Artikel auf, in dem es hieß, daß Drexel, Milken, Icahn, Posner und Jefferies in Vorladungen genannt worden seien. Am nächsten Tag erschütterte das Blatt die Wall Street mit der Meldung, daß Drexel Gegenstand eines formellen Untersuchungsbeschlusses der SEC sei. In dem Artikel wurden zwölf Unternehmen genannt, die in der Untersuchung angeblich eine Rolle spielten. Und einen Tag darauf berichtete das *Journal,* daß Drexel zum

Gegenstand strafrechtlicher Ermittlungen der Bundesstaatsanwaltschaft geworden sei.

Die Börse hatte die Boesky-Nachricht am Montag mit einem Indexrückgang von 13 Punkten abgetan. Aber Drexel und Milken waren eine andere Sache. Die Händler wußten, daß eine Bedrohung der Milkenschen Geldmaschine wesentlich verhängnisvoller war als Boeskys Ausscheiden aus dem Wertpapiergeschäft. Am Dienstag, dem Tag, an dem das *Journal* die Ermittlungen gegen Drexel bekannt machte, sackte der Dow-Jones Index um 43 Punkte ab. Unter den Arbitrageaktien, die gerüchteweise als Übernahmeziele gehandelt worden waren, brach ein regelrechtes Gemetzel aus, die Junk-bond-Kurse stürzten ab, und einige Drexel-Klienten nahmen von geplanten Deals Abstand; als Ronald Perelman sein von Drexel gestütztes feindseliges Übernahmeangebot für Gilette abrupt aufgab, fachte es die Furcht und das Durcheinander an der Börse nur noch mehr an. Gleichzeitig machten falsche Gerüchte die Runde; das verbreitetste – daß Milken seinen Job aufgegeben habe – schwappte in fast stündlich wiederkehrenden Wellen durch die Börsensäle.

Arbitrageure mit ihrem angespannten Leverage und ihren großen Positionen in Übernahmeaktien traf diese Entwicklung besonders schwer. Sie gaben den Behörden die Schuld daran. In vielen Köpfen setzte sich die Idee fest, daß die Behörden, indem sie Boesky erlaubten, viele seiner Aktienpakete loszuschlagen, bevor die Öffentlichkeit informiert wurde, ihm geholfen hatten, den größten Insiderhandel seiner Karriere abzuschließen. Diese Interpretation verbreitete sich wie ein Lauffeuer innerhalb der eng verzahnten Gemeinde der Arbitrageure.

Und sie behielten sie nicht für sich. Sie setzten sich ans Telefon und drängten den Reportern und jedem sonst, der ihnen zuhören wollte, ihre Theorie auf. Zu den Arbitrageuren, die mit der Geschichte hausieren gingen, gehörten Sandy Lewis, der einst heftig an Boeskys Untergang interessiert gewesen war, und Robert Freeman von Goldman, Sachs, dessen Name in einigen von Boeskys Vorladungen auftauchte, nachdem Boesky ausgesagt hatte, daß er ihn im Verdacht habe, aufgrund von Insiderinformationen zu handeln.

Schießlich bekamen die Arbs ihre Rache. Genau eine Woche nach der Boesky-Bekanntmachung, am 21. November, machte die *Washington Post* mit der Schlagzeile auf: WALL STREET RÜGT SEC-AKTION: DIE BEHÖRDE LIESS BOESKY OFFENBAR VORHER AKTIEN VERKAUFEN. Für die SEC-Anwälte war diese Meldung ein Alptraum.

»Die Wall Street«, begann der Artikel, »war außer sich, als gestern bekannt wurde, daß die Securities and Exchange Commission dem Aktienspekulanten Ivan F. Boesky erlaubt hatten, Aktien von Übernahmezielen im Wert von über 400 Mio. Dollar zu verkaufen, bevor sie die Anklage wegen Insiderhandels gegen ihn an die Öffentlichkeit brachte, die die Aktienkurse in den Keller schickte. ›Die SEC hat unwillentlich einem der größten Insidercoups der Geschichte Vorschub geleistet‹, erklärte David Nolan, ein Tophändler von Spear Leeds & Kellog« – der, was die Reporter der *Post* nicht wissen konnten, bald selbst zum Gegenstand von Ermittlungen werden sollte. »Die SEC ließ trotz des Aufruhrs, den die Enthüllungen von Boeskys Aktienverkäufen in der Wall Street ausgelöst hat, verlauten, daß sie in dieser Sache keinen Kommentar abzugeben habe.«

Die Geschichte wurde in Windeseile von den Abnehmern des *Washington Post News Service* und von anderen Zeitungen, von Rundfunk und Fernsehen übernommen. Lynch, Sturc und ihre Kollegen waren entsetzt. Dieser Gedanke war ihnen nie gekommen; aber jetzt, im nachhinein, war ihnen klar, daß sie daran hätten denken müssen. Sie hatten Boesky nur gestattet, seine Positionen abzustoßen, weil sie die Stabilität der Börse stützen und sicherstellen wollten, daß die Regierung die von Boesky geforderten 100 Mio. Dollar erhalten würde. Ihnen war nie in den Sinn gekommen, daß es auch anders interpretiert werden könnte: als Beihilfe zum Handel aufgrund der Boesky selbst betreffenden Insiderinformation, daß er sich schuldig bekennen und die SEC-Anklage durch eine Geldzahlung beilegen würde.

Gleichzeitig taten Drexel und die Anhänger der Firma alles, um die Ansicht zu verbreiten, Boesky wäre ein Verräter an der Wall Street, der seine Kollegen hereingelegt und als Lockvogel der Regierung agiert habe. Die Firma engagierte einen Privatdetektiv, Jules Kroll, der abträgliche Informationen über Boesky ausgraben sollte. Boesky wurde als Lügner hingestellt, dem man nicht vertrauen könne, und als ein weit größerer Verbrecher, als er nach Meinung der Behörden war.

Die Regierungsanwälte hatten sich noch nicht vom Schlag der *Post*-Meldung vom Freitag erholt, als am Montag, dem 24. November, im *Wall Street Journal* ein Artikel von Priscilla Ann Smith und Beatrice Garcia erschien, in dem die tatsächlichen illegalen Profite von Boesky allein aus dem Insiderhandel mit Dennis Levine auf insgesamt 203 Mio. Dollar beziffert wurden. Mit anderen Worten, die SEC hatte Boesky nicht hart genug bestraft. »Diese Enthüllung«, hieß es in dem Artikel, »dürfte die SEC neuerlich der Kritik aussetzen, nachdem sie bereits weithin dafür getadelt wurde, daß sie es Mr. Boesky erlaubte, das Geld zur Bezahlung seiner Strafe in Höhe von 100 Mio. Dollar aufzubringen, indem er vor der

Bekanntmachung vom 14. November in aller Stille Aktien im Wert von 440 Mio. Dollar abstieß.«

Das war unfair, denn der größte Teil der Gewinne war Boeskys Investoren zugeflossen. Als unwissentliche Nutznießer von Boeskys Vergehen waren die Investoren aber nicht zur Rückzahlung ihrer Profite verpflichtet. Boeskys Anteil an den Profiten war wesentlich geringer; sein Gesamtvermögen hatte zum Zeitpunkt des Abschlusses der Vereinbarungen mit den Behörden einen Wert von weniger als 200 Mio Dollar. Die SEC hätte diese Tatsache leicht richtigstellen können; aber der Artikel fuhr statt dessen fort: »Ein SEC-Sprecher lehnte während der letzten Woche am Telefon jeden Kommentar zu diesem Thema ab.« So konnte die Nachricht, daß Boesky weit größere illegale Gewinne eingestrichen hatte, als er an Strafe zahlen mußte, unwidersprochen verbreitet werden und Eingang ins allgemeine Bewußtsein finden. Die veröffentlichten Schätzungen der gesetzwidrigen Gewinne waren bald auf bis zu 300 Mio. Dollar hochgeschnellt.

Ein weiterer Aspekt in Drexels Bemühen, die öffentliche Aufmerksamkeit von sich abzulenken und auf die Behörden zu richten, war die Behauptung, die Regierungsanwälte verstießen gegen ihre Vorschriften, indem sie schädigende Informationen an die Presse, insbesondere zum *Wall Street Journal,* durchsickern ließen. Obwohl Drexel diesen Vorwurf nicht beweisen konnte, fand die Theorie eines »Lecks« auf seiten der Strafverfolgungsbehörden regen Anklang.

Das Sperrfeuer negativer Presseberichte weckte auch andere kritische Stimmen, die überwiegend gegen die SEC zu Felde zogen. Der New Yorker Kongreßabgeordnete Charles Schumer ritt ebenso eine Attacke gegen die Behörde wie sein Kollege John Dingell, der Vorsitzende des mächtigen Aufsichts- und Ermittlungsausschusses des Repräsentantenhauses, der eine formelle Erklärung forderte und öffentliche Anhörungen durchführte. Er ließ sogar Brian Campbell, den früheren Merill-Lynch-Broker, der die Handelsaufträge der Bank Leu ausgeführt hatte, als Zeugen aufmarschieren und pries ihn als »26jähriges Wunderkind«, das – zu einer Zeit, als die SEC »trotz aller Wunder der modernen Technik (...) keine Anklage zustande brachte« – »den Code geknackt und 20 von Mr. Levines Insidertransaktionen nachvollzogen hat«. Lynch war außer sich vor Wut, daß Campbell, immerhin ein Verdächtiger, auf Kosten der SEC in den Himmel gelobt wurde. Die Regierungsanwälte mußten wertvolle Zeit, die sie lieber für ihre Ermittlungen genutzt hätten, darauf verwenden, den Kongreß zu beruhigen und auf Anfragen zu antworten.

Am schlimmsten jedoch war der Verlust an Zuversicht und Selbstvertrauen innerhalb der SEC selbst. Shad, der die Boesky-Pressekonferenz mit solcher Spannung erwartet hatte, weil er in ihr den Höhepunkt seiner SEC-Karriere sah, hatte das negative Medienecho völlig aus dem Gleichgewicht gebracht. Er schien Lynch die Schuld daran zu geben. Jedenfalls hatte Lynch den Eindruck, daß die Bestätigung weiterer für die Untersuchung grundlegender Vorladungen in der Kommission hinausgezögert wurde. Er war in Gefahr, lahmgelegt zu werden.

Am 24. November, dem Tag, an dem der *Journal*-Artikel erschien, in dem unterstellt wurde, daß Boeskys illegale Profite seine Strafe bei weitem übertrafen, versammelte Lynch seine demoralisierte Truppe in einem Konferenzraum und versuchte, ihr neuen Mut einzuflößen. Es war nicht leicht. Er hatte das Gefühl, als hätte er die Salk-Impfung entdeckt und würde jetzt kritisiert, weil er in seinen Experimenten Affen getötet hattet. Er war selbst zutiefst deprimiert gewesen, hatte nicht mehr schlafen können und ernstlich daran gedacht, seine Kündigung einzureichen.

Aber er hatte befürchtet, daß nach ihm niemand mehr da wäre, der den Fall durchziehen würde, und daß die Ermittlungen im Sand verlaufen würden. Das konnte er, angesichts dessen, was er wußte, sowie des Umfangs der Verbrechen und der illegalen Profite, die auf diese Weise immer noch erzielt wurden, nicht zulassen. Also hatte er alle Entschlossenheit, die ihm verblieben war, zusammengerafft und war an seinem Platz geblieben. Er kündigte seinen Mitarbeitern an, daß die Angriffe der Medien aller Wahrscheinlichkeit nach weitergehen würden. Sie befänden sich erst am Anfang dessen, was ein langer, erbittert geführter Krieg zu werden versprach.

Aber: »Das, was wir jetzt machen, ist vielleicht das Wichtigste, was wir jemals in unserem Leben tun werden. Wir müssen kämpfen und weitermachen.«

11

Martin Siegel ging ins Schlafzimmer und warf sein Jackett aufs Bett. Es war eine Erleichterung, zu einer normalen Zeit zum Abendessen zu Hause zu sein. Es war halb sieben Uhr am 29. Oktober 1986. Er ging zu seinem Schreibtisch, der vor einem großen Fenster mit Blick über den Gracie-Square-Park stand, und blickte hinaus.

Er fühlte sich besser als seit Monaten – seit Dennis Levines Verhaftung, um genau zu sein. Am Tag nach der Bekanntgabe von Levines Untergang und der Panik, die ihn am Telefon auf dem Flugplatz ergriffen hatte, war er zu seinem Arzt gegangen. Er hatte sich nicht wohl gefühlt und gedacht, daß der Streß zuviel für ihn gewesen sei. Tief im Innern hatte Siegel fragen wollen, warum er sich so schlecht fühle, so ängstlich. Er hatte sich von der Last befreien wollen. Statt dessen aber hatte der Arzt seine Klagen nach einer kurzen Untersuchung vom Tisch gewischt. »Sie sind nur überarbeitet«, hatte er gesagt. »Sie werden sich bald wieder besser fühlen.«

Vielleicht hatte der Arzt recht gehabt. Siegel und seine Frau hatten das Wochenende mit Freunden in Key Biscayne verbracht, und Siegel hatte die Katamaranfahrt auf den Ozean hinaus bei einer frischen Brise und strahlendem Sonnenschein genossen.

Er lächelte, während er aus dem Fenster schaute. Kinder kletterten auf den Spielplatzgeräten herum. Aber die Stille wurde vom Klingeln des Telefons unterbrochen. Siegel wartete nicht, bis Doris, das Kindermädchen, das Gespräch annahm, sondern hob geistesabwesend selbst den Hörer ab. Eine männliche Stimme riß ihn aus seiner verträumten Stimmung.

»Ist dort Marty Siegel?«

»Ja, am Apparat«, bestätigte er.

»Hier ist Bill.« Dann trat Schweigen ein.

Am Montag hatte Doris zu Siegel gesagt, daß jemand namens Bill angerufen, aber keine Telefonnummer hinterlassen habe. Das gleiche gestern. An beiden Tagen war Siegel zur üblichen Zeit nach Hause gekommen, gegen acht Uhr. Er hatte nicht weiter über diese Anrufe nachgedacht; der Name Bill allein sagte ihm gar nichts.

»Bill wer?« fragte er jetzt.

»Sie wissen schon«, sagte die Stimme, als genügte diese Auskunft. »Bill.«

»Nein, ich weiß nicht«, entgegnete Siegel scharf. Hatte er einen Spinner am Apparat? Wieder machte sich Stille breit.

»Haben Sie meinen Brief bekommen?« fragte Bill.

»Nein.«

»Sie wissen schon, den Brief, den ich geschickt habe«.

Siegel wußte nicht, warum er nicht einfach auflegte. »Nein, ich weiß nichts von einem Brief. Warum erklären Sie es mir nicht?«

Wieder trat Stille ein. Dann ließ die Stimme die Bombe platzen: »Ich meine Ihre Beziehung zu dem Russen.«

Siegel schloß die Augen und sah sofort Boesky vor sich. Er versuchte, trotzdem ruhig zu klingen. »Ich weiß nicht, wovon Sie reden«, sagte er so gelassen wie möglich.

»Ich habe Ihnen einen Brief geschickt«, fuhr Bill fort. »In dem Brief habe ich Ihnen geschrieben, daß ich Sie treffen möchte.«

»Ich kenne Sie nicht«, sagte Siegel.

»Oh, kommen Sie, versuchen Sie mich nicht zum Narren zu halten«, erwiderte Bill drohend. »Ich weiß Bescheid.«

Siegel beharrte darauf, daß er nicht wisse, wovon der Mann rede, und Bill schien für einen Augenblick unsicher zu werden. »Da ist doch Marty Siegel, der früher bei Kidder, Peabody war und jetzt bei Drexel arbeitet?«

»Genau der«, sagte Siegel. Aber er hatte genug von diesem Spiel. »Belästigen Sie mich nicht noch einmal. Wenn Sie es doch tun, werde ich zur Polizei gehen.«

»Das bezweifle ich«, entgegnete Bill sarkastisch.

Siegel legte ohne ein weiteres Wort auf, drückte sich vom Schreibtisch ab und ballte die Fäuste. Er hatte befürchtet, daß es eines Tages soweit kommen würde. »Auf diese Art soll also alles enden!« rief er laut aus. Sein Magen revoltierte heftig, und er rannte nach nebenan ins Badezimmer.

Einige Minuten später kam eine besorgte Jane Day ins Bad. Sie fand ihren Mann über die Toilette gebeugt vor, wo er sich erbrach. »Ist alles in Ordnung mit dir?« fragte sie ängstlich, während sich ihr Mann von den Knien erhob und sich zu fassen versuchte.

»Es muß ein Darmvirus sein«, sagte er. »Es kam ganz plötzlich.«

Sobald er wieder allein war, rief er Martin Lipton an, den Anwalt, dem er sich am nächsten fühlte, sowohl persönlich als auch beruflich. Liptons Sekretärin bei Wachtell sagte ihm, daß ihr Chef an diesem Abend in Houston sei, gab ihm aber eine Telefonnummer, unter der er ihn dort erreichen konnte.

»Marty, ich werde erpreßt«, sagte Siegel zu Lipton und erzählte ihm von dem mysteriösen Anruf, den er erhalten hatte. Lipton riet ihm, sich am nächsten Tag sofort an Larry Pedowitz zu wenden. Pedowitz war der ehemalige Chef des Dezernats für Strafsachen bei der US-Staatsanwaltschaft, der bei der Ilan-Reich-Affäre für Wachtell tätig geworden war.

Siegel traf Pedowitz am nächsten Vormittag und berichtete ihm in allen Einzelheiten von dem Telefongespräch. Dabei erwähnte er natürlich auch, daß Bill mehrmals von einem Brief gesprochen hatte, in dem er ihm angeblich geschrieben hatte, daß er sich mit ihm, Siegel, treffen wolle. »Haben Sie unter Ihrer Post in Connecticut nachgesehen?« fragte Pedowitz.

Erst jetzt fiel Siegel ein, daß er und seine Frau seit mehr als zwei Wochen nicht mehr in ihrem Haus in Connecticut gewesen waren. Er fuhr hinaus, und der Brief fiel ihm in dem Stapel ungeöffneter Post sofort in die Augen. Er zog Plastikhandschuhe an, um eventuell vorhandene Fingerabdrücke nicht zu verwischen, öffnete ihn mit zitternden Händen und las ihn hastig durch. Er war ebenso knapp wie nichtssagend. »Ich weiß Bescheid«, hieß es da, und dann folgte eine Geldforderung. Wenn sie nicht erfüllt werde, drohte Bill, würde er Siegel der Steuerbehörde melden. Siegel steckte den Brief und das Kuvert in einen größeren Umschlag, versiegelte ihn und fuhr nach New York zurück.

Als Pedowitz das Beweisstück sah, wurde er mißtrauisch. Er überlegte laut, ob der Brief und der Telefonanruf nicht möglicherweise ein Versuch der Strafverfolgungsbehörden wären, Siegel durch die Erpressung in eine Falle zu locken. Es sei zwar unwahrscheinlich, aber im Gefolge der Levine-Enthüllungen und der Hinweise darauf, daß die Ermittlungen weitergeführt würden, sei alles möglich. Pedowitz riet Siegel, abzuwarten und zu sehen, ob noch etwas passieren würde.

In der nächsten Woche erhielt Siegel einen Anruf von Boesky, der darauf drängte, daß sie sich treffen sollten. Siegel lehnte ab und legte auf, war aber von dem Anruf beunruhigt. Dann, am 10. November, erschienen unangemeldet einige Steuerfahnder in Siegels Büro. Siegel war nicht in der Stadt, rief aber, als er von dem Vorfall hörte, sofort bei Pedowitz an. Diesmal sagte Pedowitz, daß er es für besser halte, wenn er sich mit der Staatsanwaltschaft in Verbindung setze.

»Gut, tun Sie das«, sagte Siegel. »Ich will diese Sache bereinigt haben.«

Am Nachmittag desselben Tages meldete sich Pedowitz wieder bei Siegel. »Sie sollten morgen früh als erstes bei mir vorbeikommen«, sagte er mit ernster Stimme, ohne Genaueres mitzuteilen.

Am nächsten Morgen eröffnete er Siegel: »Die Staatsanwaltschaft weiß alles von dem Brief. Sie weiß alles über Sie und Boesky.« Mehr brauchte er nicht zu sagen. Siegels Abwehrkräfte waren erschöpft. Er legte das Gesicht in die Hände und begann zu weinen.

»Ich habe es getan«, erklärte er schluchzend. »Ich bin schuldig. Es tut mir leid. Ich will jetzt das Richtige tun.«

Pedowitz sagte, er habe bereits mit seinen Partnern gesprochen, und sie seien zu dem Schluß gelangt, daß Wachtell, Lipton ihn nicht vertreten könne; die Firma hätte zu viele Klienten bei Deals betreut, die in den Anklagen gegen ihn auftauchen konnten. Aber Pedowitz bot Siegel an, ihm dabei zu helfen, einen anderen Strafverteidiger zu finden. »Es gibt Anwälte, die kämpfen, und solche, die mit den Behörden zusammenarbeiten«, sagte er. »Welche Art würden Sie vorziehen?« Siegel erwiderte, daß er keine Entscheidung treffen wolle, bevor er nicht mit seiner Frau gesprochen habe.

Er nahm ein Taxi und fuhr zu seinem Appartement. Er wußte, daß er nicht weitermachen konnte, ohne seiner Frau die Wahrheit zu sagen, obwohl er nichts so fürchtete wie die Aussprache, die ihm jetzt bevorstand. Er hatte Angst, daß sie ihn verlassen würde. Während das Taxi langsam durch den Vormittagsverkehr fuhr, spielte er in Gedanken seinen Selbstmord durch. Statt in die Wohnung zu gehen, könnte er den Kleinbus aus der Garage holen, aus der Stadt fahren und die Interstate 95 nach Osten nehmen, bis er die Mianus-River-Brücke erreichte. Dann könnte er einfach über den Rand fahren. Die Aussicht des Todes war verlockend, aber der Gedanke daran, wie es sein müßte, abzustürzen und zu ertrinken, ließ ihn davor zurückschrecken.

Als er in der Wohnung ankam, sagte ihm das Kindermädchen, seine Frau sei ausgegangen, um ein paar frühe Weihnachtseinkäufe zu machen. Siegel ging rastlos durch die Zimmer. Alles, was ihm bisher vertraut war, würde bald vorbei sein. In zwei Wochen würde seine Frau 36 Jahre alt werden, und er war dabei, ihr den Geburtstag zu verderben. Dann hörte er, wie die Wohnungstür geöffnet wurde, und ging in den Flur. Jane Day, die mit Paketen beladen hereinkam, war überrascht, ihn zu sehen, und begann ihm aufgeregt von ihren Einkäufen und den Plänen für die bevorstehenden Ferien zu erzählen. Siegel mußte sich zwingen, sie zu unterbrechen.

»Es gibt etwas, das ich dir sagen muß«, erklärte er und führte sie ins Wohnzimmer. Während sie sich den Mantel auszog, schloß er die Doppeltür. Dann setzte er sich neben sie aufs Sofa, nahm ihre Hand und atmete einmal tief durch, bevor er begann: »Erinnerst du dich an den Brief, der mich so aufgeregt hat, der, der nach Connecticut geschickt worden war?

Es war etwas an ihm dran. Ich habe einen schrecklichen Fehler gemacht. Ich weiß nicht, ob du mir jemals verzeihen kannst.«

Jane Day brach augenblicklich in Tränen aus. Der Ton, in dem ihr Mann sprach, und seine Haltung verrieten ihr, daß ihnen etwas Furchtbares bevorstand. Siegel quälte sich weiter und faßte rasch zusammen, was es über das Arrangement mit Boesky zu sagen gab. Er war geradezu krank vor Angst. Jane Day hörte nicht auf zu schluchzen, und Siegel sah voller Schrecken mit an, wie sehr er sie verletzt hatte. Es war der schlimmste Augenblick seines Lebens.

»Was du getan hast, ist abscheulich«, stieß Jane Day hervor. Ihr größtes Problem, sagte sie, sei das Gefühl, betrogen worden zu sein, weil er sein schreckliches Geheimnis vor ihr verborgen hatte. Ihr Vertrauen zu ihm sei erschüttert.

Aber noch während sie dies sagte, bemerkte sie, wie niedergeschlagen und verzweifelt ihr Mann war, und ihr Schock wurde rasch von der Furcht abgelöst, er könnte Selbstmord begehen. Sie gab ihm die nötige Unterstützung, die er brauchte, um weitermachen zu können. »Du bist immer ein guter Vater und Ehemann gewesen«, sagte sie, bevor sie wieder in Tränen ausbrach.

Gegen ein Uhr war Siegel wieder bei Wachtell, Lipton und traf erneut mit Pedowitz zusammen. »Ich will nicht kämpfen«, erklärte er. »Ich will die Sache hinter mich bringen und Wiedergutmachung leisten.«

Er engagierte schließlich Jed Rakoff, einen früheren Chef des Dezernats für Wertpapierbetrug im New Yorker Büro des Staatsanwalts, der jetzt Partner der Kanzlei Mudge Rose Guthrie Alexander & Ferdon war. Rakoff kam herüber, um sich mit Siegel und Pedowitz zu treffen. Als er eintraf, hatte Siegel eine Vorladung der SEC erhalten. Die Staatsanwaltschaft hatte die SEC nach Pedowitz' Anruf davon unterrichtet, daß Siegel ein Klient von Wachtell, Lipton war, und so war die Vorladung dort abgegeben worden.

Rakoff war erstaunt, daß Siegel in all seiner augenscheinlichen Niedergeschlagenheit nicht versuchte, seine Schuld herunterzuspielen oder zu leugnen. Er setzte Rakoff rasch über seine Beziehung zu Boesky ins Bild und verhehlte dabei auch den verheerendsten Punkt nicht, die Barauszahlungen. Aber das Arrangement mit Boesky sei nicht sein einziges Vergehen, fügte Siegel hinzu und erzählte Rakoff von seiner Beziehung zu Freeman.

Besonders besorgt war Siegel über seine Kollegen bei Drexel und seine Stellung in der Firma. Unter den gegebenen Umständen konnte er nicht einfach weiterarbeiten, als wäre nichts geschehen. Er hatte das Gefühl, daß er sofort mit Joseph reden mußte. Rakoff dagegen wollte seinem Mandanten einen möglichst großen Handlungsspielraum erhalten. Er wußte, daß Siegel eventuell für verdeckte Operationen in Frage kam. Aber Siegel wies die Vorstellung, bei Drexel zu spionieren, hartnäckig zurück. Keines seiner Vergehen hätte etwas mit der Firma zu tun, wiederholte er beharrlich; er wisse von keinen kriminellen Aktivitäten bei Drexel. Es wäre also nicht fair, seine Kollegen in eine Falle zu locken. Rakoff gestand ihm schließlich zu, daß er mit Joseph reden könne, um ihm von der Vorladung zu erzählen und ihn um einen Urlaub aus »gesundheitlichen Gründen« zu bitten, solange er mit der Beantwortung der Vorladung beschäftigt sei. Danach solle er sich am Abend mit ihm, Rakoff, und seinem Partner Audrey Strauss in den Räumen von Mudge Rose treffen.

Auf dem Weg aus der Kanzlei erkundigte sich Siegel, ob er Martin Lipton sprechen könne, der inzwischen aus Texas zurückgekehrt war. Kurz darauf betrat er das geräumige Büro, das er während seiner Karriere als Investmentbanker so oft aufgesucht hatte, und als er dem Mann von Angesicht zu Angesicht gegenüberstand, der so viel getan hatte, um ihm beruflich weiterzuhelfen, brach er erneut zusammen. »Es tut mir leid«, stammelte er nur immer wieder.

Vielleicht hatte Lipton diese alptraumhafte Szene zu oft durchlebt: zuerst mit Florentino und Reich, seinen eigenen Partnern, und jetzt mit Siegel, der fast so etwas wie ein Sohn für ihn war. Er tat jedenfalls nichts, um ihm die Situation zu erleichtern oder ihn aufzumuntern. Er war nach Siegels Empfinden kalt und gefühllos wie ein Stein.

Danach begaben sich Siegel und Rakoff in dessen Büro bei Mudge Rose. Am Nachmittag rief Pedowitz an und las ihnen die Nachricht über Boeskys Vereinbarungen mit der SEC und der Staatsanwaltschaft vor, die soeben über den Fernschreiber verbreitet worden war. Plötzlich machte die verwirrende Folge der Ereignisse Sinn. »Sie haben ja keine Ahnung vom Ausmaß dieser Sache«, sagte Siegel zu Rakoff und Strauss. »Jetzt wird alles einstürzen.«

Als Siegel am späten Nachmittag schließlich bei Drexel eintraf, ging er direkt zu Joseph, der gerade von der Strategiesitzung nach der Boesky-Bekanntmachung zurückgekommen war. Er fand, daß Siegel schrecklich aussah, als hätte er einen schweren Schock erlitten.

»Ich möchte Urlaub nehmen«, sagte Siegel. »Ich habe eine Vorladung erhalten.«

Josephs Reaktion war sonderbar. Er lachte! »Willkommen im Club«, sagte er gutgelaunt. »Ackerman hat eine bekommen, Milken hatte eine bekommen. Jeder hat eine bekommen.«

War Siegel vorher schon benommen gewesen, so verschlug es ihm jetzt völlig den Atem. Was ging hier vor? Was hatten all diese Leute mit ihm zu tun? Ganz von seinen eigenen Problemen vereinnahmt, kam er nicht auf den Gedanken, daß Boesky nicht nur ihn, sondern auch noch andere belastet haben könnte.

Joseph holte ihn aus seiner Selbstversunkenheit zurück. »Haben Sie sich etwas zuschulden kommen lassen? Irgend etwas?«

Siegel sah Joseph mit Tränen in den Augen an. »Absolut nichts.« Er hatte die Anweisung erhalten, wenn nötig, zu lügen, um seine Kooperation nicht publik werden zu lassen.

»Ist es eine SEC-Vorladung oder eine der Staatsanwaltschaft?« wollte Joseph wissen. Siegel sagte ihm, daß sie von der SEC käme, was Joseph offenbar erleichterte. »Machen Sie sich keine Sorgen«, sagte er. »Arbeiten Sie einfach weiter wie bisher. Für einen Urlaub gibt es gar keinen Grund. Die Firma steht hundertprozentig hinter Ihnen.«

Während Siegel bei Joseph war, telefonierte Rakoff mit Carberry. »Wie ich gehört habe, wollen Sie Martin Siegel eine Vorladung zukommen lassen«, sagte Rakoff. »Ich werde sie entgegennehmen. Ich bin Siegels Anwalt.« Dann fügte er hinzu, daß er gern mit Carberry über den Fall reden würde, und Carberry schlug den nächsten Vormittag vor.

Rakoff war klar, daß er und Siegel schnell handeln mußten. Er war als Chef des Betrugsdezernats Carberrys Boß gewesen und kannte ihn als jemanden, der nicht spaßte und schnelle, harte Schläge gegen Schlips-und-Kragen-Täter liebte. In diesem Sinn beriet er denn auch Siegel: Falls er eine Vereinbarung mit den Strafverfolgungsbehörden erzielen wolle, müsse er sie schnell aushandeln, selbst wenn das die Gefahr mit sich bringe, daß er sowohl straf- als auch zivilrechtlich belangt werden würde, daß seine Ehe und sein Familienleben zerbrachen und er vielleicht sogar bankrott ginge. Die Alternative wäre, den Kampf aufzunehmen. Ob er ihm die Verteidigungsmöglichkeiten auseinandersetzen solle?

»Ich will verhandeln und Wiedergutmachung leisten«, sagte Siegel. »Ich bin nicht bereit zu kämpfen, es sei denn, Sie verlangen es von mir.«

Am nächsten Vormittag, Sonnabend, den 15. November, fuhren Siegel und Jane Day zusammen zu Rakoffs Büro. Siegel fühlte sich wesentlich besser als am Tag zuvor. Er hatte sich noch einmal mit seiner Frau ausgesprochen und sich ihrer Unterstützung versichert, ganz gleich, was passieren würde. Ihm war eine Last von den Schultern genommen. Er setzte jetzt sein ganzes Vertrauen in die Behörden. Diesmal würde er das Richtige tun. Er würde verurteilt werden, aber danach wäre alles in Ordnung.

Die Behörden spielten in seinen Gedanken ein bißchen die Rolle von Eltern; jetzt waren sie es, die sich um ihn kümmern würden.

Während der Besprechung meinte Audrey Strauss, Rakoffs Partner in diesem Fall: »Marty, gestern waren Sie zu sehr am Boden. Und heute sind Sie zu sehr obenauf.«

Rakoff und Strauss setzten den Siegels die Folgen eines Schuldeingeständnisses auseinander und versuchten sie zu beruhigen: Die Dinge sähen stets trostloser aus, als sie seien; die Lage sei keineswegs hoffnungslos. Danach ging Rakoff zu Carberry, der keine Zeit verlor und gleich zur Sache kam.

»Wir haben ihn«, sagte er rundheraus in bezug auf Siegel. »Wir haben drei Zeugen: Ivan Boesky, den Boten, der das Geld überbracht hat, und jemanden, der die Übergabe beobachtet hat. Wir glauben, Siegel könnte von einigem Nutzen für uns sein. Wir wissen von Freeman«, fügte er zu Rakoffs Erstaunen hinzu. Er kannte den Namen aus Siegels Bericht und fragte sich, ob Carberry bluffte.

»Um dem Gespräch eine Grundlage zu geben, nehmen wir einmal an, das sei der Fall«, fuhr Carberry fort. »Dann bin ich bereit, vier Anklagepunkte anzubieten.«

Rakoff versuchte, keine Reaktion zu zeigen, und sondierte weitere Verhandlungsgegenstände. Welcher Richter wäre verfügbar? Im Bundesgericht in Manhattan würde derselbe Richter, der das Schuldeingeständnis mit der zu schließenden Vereinbarung akzeptierte, den Fall bis zur Verurteilung begleiten, und Rakoff hoffte, Siegels Geständnis zeitlich so legen zu können, daß man auf einen nachsichtigen Richter traf. Carberry sagte, die Staatsanwaltschaft werde versuchen, Siegel entgegenzukommen, aber er müsse sein Geständnis jederzeit ablegen, wenn er dazu aufgefordert werde. Ob Carberry wolle, daß Siegel ein Mikrofon trage? Ja, antwortete Carberry.

Rakoff ging mit diesem Ergebnis zu Siegel, der ihm sagte, er solle die Vereinbarung abschließen. Rakoff machte Carberry daraufhin ein informelles Angebot, indem er, ohne Freeman beim Namen zu nennen, versicherte, daß Siegel tatsächlich gegen den Chef der Arbitrageabteilung einer anderen Firma belastende Beweise beibringen könne. Carberry bot im Gegenzug an, zwei der vier Anklagepunkte fallenzulassen, und Rakoff erklärte sein generelles Einverständnis, vorausgesetzt, es kam eine Vereinbarung mit der SEC zustande.

Mit der strafrechtlichen Absprache in der Hand, rief Rakoff bei Lynch an. Die SEC, die immer noch unter der schlechten Presse in bezug auf den Boesky-Fall litt, war geradezu erpicht darauf, Siegel vorzuweisen, um den Wert von Boeskys Kooperation zu demonstrieren. Aber sie wollte sich unter keinen Umständen noch einmal vorwerfen lassen, zu weich gewesen zu sein. Als Rakoff fragte, was die SEC haben wolle, erhielt er daher zur Antwort: »Ganz einfach. Wir wollen alles außer dem Haus und der Wohnung.« (»Jesus«, sagte Siegel, als Rakoff es ihm mitteilte. »Ich habe doch nur 700000 Dollar genommen« - von Boesky.) Rakoff hielt dagegen: Das sei überzogen. Die SEC solle Siegel wenigstens die Einkünfte aus seinem Job bei Drexel lassen; nichts davon sei durch kriminelles Verhalten erworben. Sturc, der auf der SEC-Seite den größten Teil der Verhandlungen führte, gab schließlich nach langem Hin und Her nach, aber Shad und die Kommission legten ihr Veto ein und bestanden darauf, daß praktisch alles, was Siegel besaß, konfisziert werden sollte. Sie wußten, daß sie Siegel an der Angel hatten, und sie waren entschlossen, ihr Bild in der Öffentlichkeit zu verbessern. Sie ließen Siegel nur seine Rentenbeiträge, das Haus in Connecticut und die New Yorker Wohnung; er mußte sogar auf den Gegenwert seiner Drexel-Aktien und die ihm zustehende Bonuszahlung verzichten - zusammen immerhin zehn Mio. Dollar.

Rakoff war überzeugt, gegen diese drakonischen Maßnahmen angehen zu können, aber Siegel sagte ihm, daß er es nicht wolle. Jetzt, wo es soweit war, war er selbst erstaunt darüber, wie wenig ihm das Geld bedeutete. Als er noch ein sechsstelliges Einkommen hatte, schien Geld etwas sehr Wichtiges gewesen zu sein - und es war nie genug gewesen, um ihm das beständige Gefühl der Sicherheit zu geben, nach dem es ihn verlangte. Jetzt jedoch war er ruiniert, ganz gleich, wieviel Geld er hatte. Was spielte es also für eine Rolle, ob er überhaupt welches hatte?

Außerdem glaubte er, die Schwere der Strafe würde seine Schuld in den Augen der Öffentlichkeit wenn nicht aufwiegen, so doch mindern. Wenn das der Preis der Wiedergutmachung war, dann mußte er ihn eben zahlen. Nur der Gedanke an seine früheren Kollegen an der Wall Street brachte ihn ein wenig ins Schwanken: Sie könnten sein Schuldeingeständnis und die SEC-Vereinbarung als »schlechten Handel« ansehen - für einen gewieften Geschäftemacher eine Peinlichkeit.

Obwohl die letzten Feinheiten erst Mitte Dezember ausgearbeitet waren, stand das Gerüst der SEC-Vereinbarung schon nach einer Woche, und anschließend konnte auch der Handel mit der Staatsanwaltschaft zügig abgeschlossen werden. Für Siegel begann damit, wie für Boesky vor ihm, das Leben als kooperierender Zeuge.

An einem späten Abend in der Thanksgiving-Woche betraten Rakoff und Siegel durch einen Hintereingang das Bundespostgebäude gegenüber dem World Trade Center im unteren Manhattan. Der Ort und die

Zeit - zehn Uhr abends - waren gewählt worden, um die Geheimhaltung zu gewährleisten. Siegel wurde zum Büro des Postinspektors geführt, wo er zum erstenmal mit Carberry zusammentraf.

Carberrys Erscheinung bestätigte seinen Ruf als »Columbo«-Typ: Siegel konnte die Ketchupflecken auf dem Hemd, das sich über seinem beachtlichen Körperumfang spannte, beim besten Willen nicht übersehen. Außerdem lernte er Doonan, der, wie er erfuhr, während der Phase der verdeckten Operation sein Kontaktmann sein würde, und Robert Paschall kennen. Siegel musterte Doonan eingehend. Er war kräftig und offenbar Ire; merkwürdig war nur, daß er ihm bekannt vorkam, obwohl er sich nicht erinnern konnte, ihm jemals begegnet zu sein.

Carberry war beeindruckt von Siegel. Von den Investmentbankern, die er bisher kennengelernt hatte, war Siegel seiner Meinung nach der erste »Spitzenmann«. Levine und Wilkis gehörten ganz sicher nicht in diese Kategorie, und Boesky war ein Arb. Siegel hob sich stark von ihnen ab: Er sah gut aus und war selbst in seiner Niedergeschlagenheit und Verwirrung noch bemerkenswert ausgeglichen und charmant.

»Sie wollen Ihnen in die Augen schauen, um zu sehen, ob sie Ihnen glauben können«, hatte Rakoff ihm gesagt. »Beantworten Sie ihre Fragen, und sagen Sie ihnen die Wahrheit.« Siegel folgte diesem Rat und breitete alle seine Deals mit Boesky und Freeman vor den Ermittlern aus. Er versuchte so präzis zu sein wie möglich, obwohl er nur aus dem Gedächtnis schöpfen konnte; ihm wäre lieber gewesen, er hätte die Details anhand seines Terminkalenders und seiner Handelsbelege nachprüfen können. Das Gespräch an diesem Abend dauerte ungefähr anderthalb Stunden, und danach folgte eine ganze Reihe weiterer Begegnungen. Besonders die mit Freeman durchgeführten Deals, aber nicht nur sie, waren äußerst kompliziert: Unocal zum Beispiel, mit den umfangreichen Anteilsberechnungen, oder die lange Geschichte von Storer.

Siegel machte keine Anstrengungen, sein Verhalten in irgendeiner »Grauzone« anzusiedeln oder sich mit dem Hinweis aus der Affäre zu ziehen, daß jeder an der Wall Street das gleiche täte. Er brachte überhaupt keine Entschuldigungen vor. Levine und Boesky hatten zwar eine gewisse Reue gezeigt, aber am meisten schienen sie es doch bedauert zu haben, daß man sie erwischt hatte. Siegel dagegen war sich offenbar im klaren darüber, daß das, was er getan hatte, falsch gewesen war, und wollte, so gut es ging, Wiedergutmachung leisten.

Die Befragungen fanden ohne die Teilnahme von SEC-Anwälten statt. Siegel blieb nicht verborgen, daß die Atmosphäre zwischen der Staatsanwaltschaft und der SEC frostig war. Die Staatsanwaltschaft verübelte es der SEC immer noch, daß auch sie unter dem schlechten Medienecho auf den Boesky-Fall zu leiden gehabt hatte. Siegel wurde aus Furcht vor einem Leck angewiesen, den SEC-Anwälten gegenüber keinerlei Aussagen zu machen, insbesondere nicht über Goldman, Sachs.

»Reden Sie nicht mit ihnen«, sagte Doonan bei einer der Befragungen. »Sie würden nur alles vermasseln.«

Schließlich, im Januar 1987, verlangte die SEC ein Gespräch mit Siegel, um sich von ihm einige von Boeskys Behauptungen bestätigen zu lassen, und man verabredete ein Treffen mit Leo Wang und einem anderen SEC-Anwalt in einem Zimmer im Gramercy Park Hotel. Siegel durfte laut Anweisung der Staatsanwaltschaft jedoch nur über die mit Boesky zusammenhängenden Aspekte seiner Vergehen aussagen. Freemans Name wurde nicht erwähnt.

Als Siegel sich zur Zusammenarbeit mit den Strafverfolgungsbehörden bereit erklärt hatte, hatte ihn Rakoff gezwungen, sich der Tatsache zu stellen, daß das Leben, das er zu führen gewohnt war, bald vorbei sein würde. Er müsse sich mit der Aussicht vertraut machen, hatte ihm Rakoff gesagt, daß wahrscheinlich jede Kleinigkeit seines jetzigen und früheren Lebens zum Gegenstand eingehender Untersuchungen werden würde. Rakoff hatte ihm vorgeschlagen, einen Psychiater oder Psychologen aufzusuchen, sobald er in das Schuldeingeständnis einwilligte. Aber das war unmöglich; Goldman, Sachs hätte den Psychiater vorladen können, und vor einem Bundesgericht sind Patientengespräche nicht von vornherein durch die ärztliche Schweigepflicht geschützt.

Rakoff und Strauss drängten Siegel, seine Familie so bald wie möglich aus dem Zentrum des zu erwartenden Sturms zu bringen, damit sie Zeit hatte, sich auf das einzustellen, was auf Siegels Schuldeingeständnis folgen würde. Besonders Jane Day fiel es schwer, die Notwendigkeit des Umzugs einzusehen; sie liebte das Haus in Connecticut, das sie zusammen mit ihrem Mann entworfen hatte, und sie dachte mit Schrecken daran, all ihre Freunde verlassen und ihre Kinder aus der Schule nehmen zu müssen. Aber sie hatte sich entschlossen, ihrem Mann beizustehen, und sie begriff, daß sie sich auf ein neues Leben an irgendeinem anderen Ort vorbereiten mußten. Sie einigten sich auf Florida, einen Staat, dessen Gesetze über das Haus- und Grundeigentum einen Angeklagten davor schützen, daß Gläubiger sich an seinem Heim schadlos halten. Siegel schrieb das Haus in Connecticut und die Eigentumswohnung in New York zum Verkauf aus und verbrachte mehrere Wochenenden damit, durch Florida zu fahren, von Tampa die Westküste hinunter und dann die Ostküste hinauf bis nach Jacksonville. Auf der Fahrt überkam Siegel von neuem die Versuchung, sich umzubringen. Während er die Interstate 95 entlangfuhr, ging es ihm durch den Sinn, wie einfach es wäre, das Steuer herumzureißen und auf den entgegenkommenden Verkehr zuzurasen. Aber der Gedanke daran, einen Unfall zu verursachen, bei dem Unschuldige verletzt werden könnten, hielt ihn davon zurück, der Versuchung nachzugeben.

Er entschied sich schließlich für Jacksonville. Tampa/St. Petersburg war zu verschlafen, Miami zu großstädtisch, Palm Beach hätte einen falschen Eindruck erweckt, und außerdem wollte er nicht ständig seinen ehemaligen Kollegen von der Wall Street und aus der Wirtschaftswelt begegnen. Jacksonvilles gesundes Geschäftsklima gefiel ihm. Er glaubte, sich dort ein neues Leben aufbauen zu können, wenn die Zerreißprobe, in der er sich befand, erst einmal hinter ihm lag - vorausgesetzt, es gab eine Zeit danach. Und er fand im exklusiven Ponte Vedra Beach ein hübsches Haus, eine hoch aufragende, moderne Villa direkt am Strand mit einer Garage für drei Autos, einem zweistöckigen Wohnraum mit Kamin und über dem Hauptschlafzimmer ein Turmzimmer mit phantastischer Aussicht, das ein perfektes Büro abgeben würde. Siegel kaufte zusätzlich noch das angrenzende Strandgrundstück dazu und ließ über der Garage Zimmer für die Kinder bauen. Das Haus, das Land und die baulichen Veränderungen kosteten ihn 3,5 Mio. Dollar.

Das Haus in Connecticut ließ sich leicht verkaufen (zum Preis von 3,5 Mio. Dollar), und die Wohnung in der Stadt konnte gleich an den ersten Interessenten, der sie sich ansah, verkauft werden (für 1,5 Mio. Dollar). Der Immobilienmarkt in Manhattan boomte weiterhin. Nach Abzug der Kaufsumme für das Anwesen in Florida, von Steuern und Anwaltshonoraren war das Geld fast aufgebraucht. Niemand wußte, daß die Siegels nach Florida umzogen, aber es sprach sich natürlich herum, daß sie ihr Haus verkauft hatten; die Nachbarn zogen daraus den Schluß, daß Siegel und seine Frau in Scheidung lebten. Siegel war außer sich vor Wut, als ihn einer seiner Nachbarn anrief und sich angelegentlich erkundigte, ob er seinen Jet-Ski verkaufen wolle.

Jane Day, Doris, Jessica und die Zwillinge fuhren Mitte Januar nach Florida. Siegel blieb in New York und versuchte die Fassade aufrechtzuerhalten, als wäre nichts geschehen. Er wollte an dem Tag, an dem seine Familie das neue Haus bezog, in Florida sein, aber heftiger Schneefall hielt ihn in New York zurück. »Wir sind hier mitten im Busch«, erklärte Doris, als Siegel in seinem neuen Haus anrief. Scotty, einer der Zwillinge, sollte noch ein halbes Jahr lang jedesmal, wenn sie vor dem neuen Haus vorfuhren, fragen: »Wo ist der Portier?«

Siegel fühlte sich einsam in New York, hielt aber den Anschein der Normalität aufrecht, ging zur Arbeit und beantwortete Telefongespräche. Seine Firma hatte keine weiteren Erklärungen von ihm verlangt. Drexels Anwälte bei Cahill, Gordon & Reindel riefen jedoch regelmäßig bei Rakoff an, um sich immer wieder bestätigen zu lassen, daß Siegel nichts Inkriminierendes über die Firma wußte, und, zumindest am Anfang, genauere Informationen über Siegels Situation aus ihm herauszukitzeln. Rakoff sagte ihnen nur, daß »Behauptungen« in bezug auf Siegels Berufsleben vor seiner Anstellung bei Drexel aufgestellt worden seien, weigerte sich aber, konkreter zu werden. Drexel selbst hütete sich, jemanden zu verärgern, der möglicherweise mit den Behörden zusammenarbeitete. Siegel erhielt im Januar seinen Bonus in Höhe von drei Mio. Dollar - und gab ihn sofort an die SEC weiter.

Wer Siegel kannte, wußte, daß irgend etwas nicht stimmte. Er hatte seine Energie, seinen Enthusiasmus und seinen Glanz verloren, nahm nicht mehr an Managementversammlungen teil und zog keine neuen Deals mehr an Land. Sowohl Siegel als auch Rakoff waren von den Strafverfolgungsbehörden angewiesen worden zu lügen, falls es erforderlich war, um Siegels Wert als V-Mann zu erhalten. Aber es war selten nötig.

»Wie ich höre, kooperieren Sie«, sagte Joseph eines Tages beiläufig. Siegel zuckte nur die Achseln, und Joseph drang nicht weiter in ihn.

John Crudele, ein Reporter der *New York Times,* rief bei Siegel an und fragte ihn, ob er Probleme habe.

»Nein«, sagte Siegel.

Zuerst lehnte Siegel es kategorisch ab, Untergrundarbeit zu tun, aber die Ermittler bestanden darauf. Sie wollten, daß er ihnen Bandaufnahmen von DeNunzio und Tabor lieferte. Mit Freeman sollte er vorläufig überhaupt keinen Kontakt mehr haben.

»Wir wollen, daß Sie sich von Freeman fernhalten«, sagte ihm Doonan. Man wollte vorsichtig anfangen und sehen, wie er sich machte und wie diejenigen, die er ansprach, reagierten. Freeman durfte keinesfalls mißtrauisch gemacht werden.

Die Ermittler hatten zunächst den Plan, Siegel, mit Mikrofon samt Sender ausgerüstet, zu DeNunzio zu schicken. Siegel sollte das Gespräch auf Kidder, Peabodys Arbitrageabteilung und das Arrangement mit Freeman bringen, um seine Behauptung, daß DeNunzio von den Absprachen mit Freeman gewußt habe, zu untermauern. Da DeNunzio nicht selbst gehandelt hatte, brauchte man stichhaltige Beweise; die Staatsanwaltschaft würde DeNunzio nicht einzig und allein auf der Grundlage von Siegels Aussage anklagen können. Aber es gab Probleme.

Siegel widerstrebte der Plan. Er sah keinen plausiblen Grund, den er für ein Treffen mit DeNunzio angeben könnte, nachdem er Kidder, Peabody von sich aus verlassen hatte, um zu Drexel zu gehen.

Die Lösung, die sich Doonan und Paschall einfallen ließen, bestand in einem kleinen Umweg: Siegel sollte seinen guten Freund Peter Goodson, jetzt M&A-Chef bei Kidder, Peabody, anrufen und ihm sagen, daß er zu Kidder, Peabody zurückkehren wolle, da Drexel in den Boesky-Fall verwickelt sei. Dann sollte er Goodson bitten, ihm einen Termin bei DeNunzio zu besorgen, zu dem er dann mit verstecktem Mikrofon erscheinen würde. Siegel war nicht sehr glücklich über diese Lösung; er war der Pate von Goodsons Tochter, und Goodson war bei Kidder, Peabody sein bester Freund gewesen. Aber ihm blieb keine Wahl.

Mit Doonan neben sich, rief er bei Goodson zu Hause an; beim dritten Versuch erreichte er ihn. Er schien die Geschichte zu schlucken und sagte, er würde versuchen, ein Treffen mit DeNunzio zu arrangieren. Aber es führte zu nichts. Goodson konnte nur vermelden, daß DeNunzio die Idee zurückgewiesen hatte; er hatte Siegels Treuebruch offenbar immer noch nicht verwunden. Seine Antwort an Siegel lautete: »Wie man sich bettet, so liegt man.«

Danach richtete die Staatsanwaltschaft ihr Augenmerk kurzzeitig auf Wigton. Aber Siegel kannte ihn kaum, und es wäre schwer gewesen, einen einleuchtenden Grund zu finden, warum Siegel ihn anrufen sollte. Tabor, Wigtons ehemaliger Partner bei der Arbitrage, war ein anderer Fall. Doonan sah in ihm sofort ein mögliches Ziel.

Tabor hatte Kidder, Peabody bald nach Siegel verlassen. Ähnlich wie Levine hatte er seine geringe Arbitrageerfahrung in einen beeindruckenden Titel und entsprechend klingende Münze umgesetzt. Zuerst war er zur Chemical Bank gegangen, wo er eine Arbitrageabteilung aufbauen sollte, aber die Bekanntgabe dieses Vorhabens hatte eine Welle negativer Medienberichte ausgelöst, und die Kunden der Bank hatten sich darüber erregt, daß sie aus feindseligen Übernahmen Gewinn schlagen wollte. Chemical hatte Tabor daraufhin gesagt, daß er nicht in feindselige Übernahmen investieren dürfe, für jeden echten Arbitrageur eine geradezu absurde Beschränkung. Die Folge war gewesen, daß Tabor kündigte und Arbitrageur bei Merrill Lynch wurde.

Tabor war nach Ansicht der Staatsanwaltschaft durch eine drohende Ermittlung gegen ihn besonders leicht zu erschüttern. Als Levines Verhaftung bekanntgeworden war, hatte er Siegel bei Drexel angerufen und ihn gefragt: »Ist mit uns alles in Ordnung?« Ihm war offenbar klar gewesen, daß Siegel ihm gefährlich werden konnte. Siegel hatte ihm versichert, daß er nie Kontakt mit Levine gehabt hatte. Als er bei Merrill Lynch eingestiegen war, hatte Tabor erneut bei Siegel angerufen, der damals gerade für die Familie Haft an dem von Drexel gestützten Angebot für Safeway arbeitete. Merrill Lynch vertrat das angegriffene Unternehmen. Tabor teilte Siegel, wie er sich ausdrückte, »Merrill Lynchs Gedanken« über die Verteidigung von Safeway mit, bis hin zu den Terminen geplanter Aufsichtsratssitzungen. Das ganze schrammte hart an der Grenze zur Insiderinformation entlang, und Siegel hatte den Eindruck, daß Tabor eine Beziehung zu ihm aufbauen wollte. Aber er ging nicht darauf ein.

Als er jetzt Tabor anrief und ihm vorschlug, sich doch einmal zu treffen, um »über die guten alten Zeiten« bei Kidder, Peabody zu plaudern, schien es Tabor zu verwirren. Er wimmelte Siegel ab. Also versuchte es Siegel mit einer anderen Taktik noch einmal, indem er sich auf die Vorladungen gegen Drexel im Fall Boesky bezog und erklärte, daß er die Firma verlassen wolle. »Vielleicht könnten wir uns zusammentun und etwas Eigenes aufziehen«, sagte er. Aber auch damit hatte er keinen Erfolg, also nahm er einen dritten Anlauf: »Vielleicht könnte ich mit dir über einen Wechsel zu Merrill Lynch reden.«

Tabor mußte sich über Siegels plötzliches Interesse daran, »zusammenzukommen«, gewundert haben. Ihre Wege hatten sich, selbst als sie noch in derselben Firma arbeiteten, nur selten gekreuzt. Doonan schnitt alle Gespräche mit, für gewöhnlich über einen Nebenanschluß in seinem Büro.

Am Mittwoch, dem 11. Februar 1987, kamen Doonan und Paschall gegen 16.30 Uhr in Siegels Appartement, wo er bis zum Abschluß des Verkaufs weiterhin wohnte. Tabor hatte an diesem Nachmittag seine Stelle bei Merrill Lynch verloren, was möglicherweise seine Widerstandskraft geschwächt und die Bereitschaft zur Zusammenarbeit mit den Behörden erhöht hatte. Siegels Erfolglosigkeit war frustrierend, und die Staatsanwaltschaft wurde langsam ungeduldig. Zusätzlich hatte sie eine Klatschspaltenmeldung in einer New Yorker Zeitung nervös gemacht; die Klatschtante der *New York Post* hatte die Möglichkeit angedeutet, daß Siegel durch die Boesky-Ermittlungen in Schwierigkeiten geraten war. Es war klar, daß man Siegel jetzt mit größtem Argwohn begegnen würde. Die Zeit lief ab.

»Das ist Ihre letzte Chance«, erklärte Doonan mit Nachdruck. »Schnappen Sie sich Tabor. Machen Sie ein Treffen mit ihm aus.«

Siegel griff nach dem Telefon, rief bei Tabor zu Hause an und äußerte sein Mitgefühl für das Mißgeschick – den Rauswurf bei Merrill Lynch –, das ihn ereilt hatte. Dann kam er wieder darauf zu sprechen, daß sie vielleicht gemeinsam ein Geschäft aufbauen könnten, und schlug vor, sich zu treffen, um ausführlicher darüber zu reden. Diesmal wies ihn Tabor jedoch rundheraus ab. Er sei »zu beschäftigt«.

Doonan, der das Gespräch an einem anderen Apparat verfolgt hatte, hörte, wie Siegel und Tabor nacheinander auflegten. Aber die Leitung war nicht tot. Statt dessen vernahm er eine männliche Stimme aus Tabors Wohnung: »Soll ich jetzt auflegen?« Doonan war enttäuscht. Er begriff sofort, daß Tabor seinerseits jemanden hatte mithören lassen. Er war ihnen auf die Schliche gekommen.

»Wir werden es jetzt auf *unsere* Weise machen müssen«, verkündete Doonan, während er und Paschall Siegels Appartement verließen.

Siegel konnte sich denken, was unter »unserer Weise« zu verstehen war. Er wußte, wozu Doonan fähig war. Mehrere Wochen nach den ersten Befragungen hatte Doonan zum erstenmal mit ihm telefoniert, und als er nur seine Stimme hörte, ohne durch andere Dinge von ihr abgelenkt zu werden, war sie ihm auf unheimliche Weise vertraut vorgekommen. Und dann plötzlich war es ihm wie Schuppen von den Augen gefallen. Er fühlte sich zurückversetzt an jenen Herbstabend, als er in seinem Schlafzimmer stand, auf den Spielplatz hinunterschaute und geistesabwesend einen Anruf entgegennahm.

»Ist dort Marty Siegel?« hatte die Stimme gefragt und damit sein Leben ruiniert. »Haben Sie meinen Brief bekommen?«

Doonan war »Bill«.

Ungefähr zwei Wochen nach der Boesky-Bekanntmachung rief Milken Jim Dahl erneut zu sich. Dahl begriff immer noch nicht ganz, was sich abspielte. Alles, was er wußte, war, daß sich Milken seit dem kurzen Gespräch in der Toilette die meiste Zeit über mit seinem Bruder zusammen abgekapselt hatte.

»Du brauchst einen Anwalt«, sagte Milken mit gedämpfter Stimme. Dahl hatte keine Vorladung erhalten, aber angesichts seiner Bedeutung auf dem Junk-bond-Markt und des direkten Handelsverkehrs mit Boesky war es wahrscheinlich nur eine Frage der Zeit, wann man ihm eine zustellen würde. Milken drängte ihn, Edward Bennett Williams zu engagieren, den berühmten Washingtoner Strafverteidiger. Über die Kosten brauche er sich keine Sorgen zu machen – sie würden, wie Milkens, von Drexel übernommen. Milken erklärte, daß er sich selbst von Williams vertreten lasse, und versicherte Dahl, daß er nichts zu befürchten habe. »Der einzige, den sie haben wollen, bin ich«, sagte er.

Dahl war sich nicht sicher, ob es vernünftig war, wenn er sich denselben Anwalt nahm wie Milken. Würden Milkens Interessen nicht stets Vorrang haben? Er grübelte immer noch darüber nach, als Williams und ein junger Anwalt von Williams & Connolly, Robert Litt, in der nächsten Woche nach Beverly Hills kamen, um mit potentiellen Zeugen zu sprechen.

Dahl war geblendet von der kantigen Erscheinung des Veterans so vieler, von der Öffentlichkeit aufmerksam verfolgter Schlachten. Williams war einer der bekanntesten Strafverteidiger Amerikas, eine Washingtoner Legende, die in Kriminalfällen mit politischen Obertönen nicht ihresgleichen hatte. Er hatte Senator Joseph McCarthy verteidigt, den Transportarbeiterboß Jimmy Hoffa, Lyndon Johnsons Protegé Bobby Baker, den Finanzier Robert Vesco, den früheren Finanzminister John Connolly und den ehemaligen Kongreßabgeordneten Adam Clayton Powell. Als Besitzer der Baseballmannschaft Baltimore Orioles und einstiger Mitbesitzer der Washington Redskins verstand Williams das Geschäft. Außerdem litt er unter Krebs.

»Hören Sie, Jim«, sagte er mit seiner rauhen Stimme zu Dahl, »das wird vorbeigehen. Wir brauchen nur zusammenzuhalten und diese beschissene Sache durchzukämpfen. Diese Regierungsanwälte können uns nicht das Wasser reichen.« So ging es, mit Kraftausdrücken gespickt, noch eine Weile weiter. Er versicherte Dahl, von Litt unterstützt, daß er kein Gegenstand von Ermittlungen sei; er sei nur ein Zuschauer, ein möglicher Zeuge, dessen Aussage Milken schaden konnte. »Wir werden diese Hurensöhne schlagen«, sagte Williams. »Aber dafür müssen wir im selben Zelt bleiben und ihnen von drinnen ans Bein pinkeln.«

Für Milken war es von grundlegender Bedeutung, daß er die potentiellen Zeugen unter Kontrolle behielt. Boesky konnte leicht als überführter Lügner und Betrüger abqualifiziert werden; seine Aussage allein reichte nicht aus, um Milken anzuklagen oder sogar zu verurteilen. Das war der Staatsanwaltschaft genau so klar wie Milken und seinen Anwälten. Wenn jemand aus Milkens Team überlief, konnte er ihm jedoch gefährlich werden. Es mußte also unter allen Umständen verhindert werden.

Milken selbst würde niemals aussagen. Er hatte nicht eine Minute lang daran gedacht, sich schuldig zu bekennen, die Wahrheit zu sagen und mit den Behörden zu kooperieren. Anders als Boesky und Levine konnte er niemanden belasten, der bedeutender gewesen wäre als er, und genauso wenig hatte er etwas anzubieten, das die Staatsanwaltschaft zu einer Strafminderung hätte bewegen können. Er war die Spitze des Berges, die wichtigste Person in der amerikanischen Finanzwelt. Es gab keinen »größeren Fisch«. Und im Unterschied zu Siegel verspürte Milken offenbar keine

Reue. Er hatte schon öfter SEC-Untersuchungen abgeschmettert und war zuversichtlich, es auch diesmal tun zu können.

Im Gegensatz zu Pitt und Rakoff war Williams weder in den ersten Gesprächen noch irgendwann später darum bemüht, von Milken die Wahrheit zu erfahren. Er wollte sie nicht wissen. Er sagte oft, daß er ein Grundprinzip habe: »Stell keine Frage, deren Antwort du nicht schon kennst.«

Milken hatte Williams kurz nach der Boesky-Bekanntmachung am 14. November angeheuert, und er behandelte ihn wie eine Autorität, der gegenüber er eine Ehrerbietung an den Tag legte, wie er sie keinem anderen, der mit der Untersuchung zu tun hatte, zuteil werden ließ. Er kannte ihn durch den Drexel-Klienten Marvin Davis, den Ölmagnaten aus Denver, der sich mit Hilfe von Milkens Junk-bonds zum Hollywood-Tycoon und Besitzer von 20th Century-Fox aufgeschwungen hatte. Williams hatte Davis schon lange vertreten, ebenso wie den Milken-Klienten Victor Posner.

Williams' Partner Litt war überrascht gewesen, als Milken an Williams & Connolly herantrat. Er kannte Carberry aus seiner Zeit im Büro des Staatsanwalts in Manhattan und hatte ihn nach der Boesky-Bekanntmachung angerufen, um ihm zu dem Coup zu gratulieren. Doch dann, am Sonntag, hatte Williams angerufen und schroff erklärt: »Wir vertreten Milken.« Litt rief danach noch einmal bei Carberry an und entschuldigte sich für seinen vorigen Anruf; er hätte nicht gewußt, daß Williams & Connolly an dem Fall beteiligt sei.

Am selben Wochenende engagierte Milken auch Arthur Liman und Martin Flumenbaum, die beiden Partner von Paul, Weiss, Rifkind, Wharton & Garrison, die bereits Dennis Levine vertraten. Liman war trotz des Levine-Falls weniger als Strafverteidiger als als Wirtschaftsanwalt bekannt. Er hatte Pennzoil durch den monumentalen und schließlich erfolgreichen Kampf gegen Texaco geführt und war vom Senat als Rechtsberater bei der Untersuchung der Iran-Contra-Affäre hinzugezogen worden.

Milken kannte Liman; Paul, Weiss war die bevorzugte Anwaltskanzlei vieler seiner Klienten geworden, so zum Beispiel von Nelson Peltz von Triangle Industries und Ronald Perelman, der Revlon übernommen hatte. Milken sah in ihm den richtigen Mann, da er sich sowohl in den Wertpapiergesetzen als auch in der Welt der feindseligen Übernahmen und der Junk-bond-Finanzierung auskannte.

Williams bestand darauf, die erste Geige zu spielen, und Milken willigte ein. Liman und Flumenbaum sollten jedoch eng mit ihm zusammenarbeiten. Sofern sich Liman dadurch herabgesetzt gefühlt haben mochte, wurde es durch die Anwaltshonorare, die seine Firma einstreichen würde, mehr als ausgeglichen. Paul, Weiss würde den größten Teil der Mitarbeiter stellen, die die umfangreichen, zeitraubenden und häufig ermüdenden Forderungen der SEC bearbeiten sollten. Williams hatte von Anfang an erklärt: »Ich gebe einen Scheißdreck auf die SEC.« Er wollte nur eine Handvoll Anwälte von Williams & Connolly auf den Fall ansetzen.

Der Stil von Paul, Weiss war es, mit schierer Masse zu beeindrucken, das heißt, mit der versammelten Schlagkraft einer der größten Anwaltskanzleien des Landes in den Kampf zu ziehen, der dann häufig nach der Taktik der verbrannten Erde, für die Paul, Weiss bekannt war, geführt wurde. Daneben hatte Drexel gleichfalls eine ganze Armee von Anwälten aufmarschieren lassen, zum einen die traditionellen Rechtsberater der Firma, Cahill Gordon & Reindel, eine weitere riesige New Yorker Kanzlei, und zum anderen Peter Fleming, einen bekannten Strafverteidiger, der zum Beispiel in einem berühmten Fall Hitachi vertreten hatte, als der Konzern nach einer verdeckten Operation einer Anklage ausgesetzt war.

Die wohl wichtigste Figur unter Milkens Anwälten war zugleich die obskurste: Richard Sandler, Lowell Milkens Jugendfreund, der zum Milkenschen Familienanwalt geworden war und sein Büro innerhalb der Drexel-Filiale in Beverly Hills betrieb. Sandler stand Lowell zwar näher als dessen Bruder, hatte aber immer zu Mike Milken, von dem sein Anwaltsbüro und damit sein Lebensunterhalt abhingen, aufgeblickt. Die Verehrung ging weit über die finanzielle Beziehung hinaus; es hatte fast den Anschein, als hätte sich seine eigene Identität in der von Milken aufgelöst.

Der wenig anziehende, aber energiegeladene Sandler, den die Händler und Verkäufer im Büro nur geringschätzig »den Immobilienanwalt« nannten, war plötzlich zur wichtigsten Person in Milkens Umkreis geworden. Er besetzte eine Art Schaltstelle, bei der alle Informationsfäden, die Milkens Verteidigung betrafen, zusammenliefen, und war in ständigem Kontakt mit potentiellen Zeugen und den anderen Anwälten. Er vertiefte sich in die Fakten des Falls – oder, genauer gesagt, in die Fakten, die Milkens Unschuldsbeteuerungen stützten –, wich kaum noch von Milkens Seite und begleitete ihn fast überall hin. Sandlers Konferenzraum schien für Milken zu einer Oase in genügendem Abstand zu seinem Handelstisch zu werden, jedenfalls hielt er sich immer häufiger dort auf. Sandler beaufsichtigte auch den Einbau eines schalldichten Konferenzraums im zweiten Stock der Junk-bond-Fabrik, der jede Woche nach versteckten Mikrofonen abgesucht wurde. In diesem »Kegel der Stille«, so sein Spitzname, fanden fortan die Strategiesitzungen statt.

Es konnte kaum überraschen, daß sich die Anwälte von Milken und Drexel auf eine enge Zusammenarbeit einigten. Sie unterzeichneten eine formelle Vereinbarung über die gemeinsame Verteidigung. Damit wurde das privilegierte Anwalts-Mandanten-Verhältnis auf alle beteiligten Anwälte ausgedehnt und der Austausch aller verfügbaren Informationen zugesagt. Milkens Seite teilte allerdings trotz dieser Vereinbarung nicht alles mit Drexel. Williams hatte Milken und seine Anwälte gleich am Anfang gewarnt, Drexel würde am Ende doch kapitulieren.

Eine Wertpapierfirma, hatte er seine Meinung begründet, konnte nicht auf Dauer unter dem Schatten andauernder Ermittlungen seitens der Staatsanwaltschaft und der SEC leben. Drexel würde also zum Gegner werden und der Regierungsseite alles geben, was die Firma vorher von Milken bekommen hatte. Drexel und die Firmenanwälte erfuhren von diesem Vorbehalt natürlich kein Wort.

Milkens Anwälte besaßen nur wenig Respekt vor Drexel. Bei einer der ersten Besprechungen aller beteiligten Anwälte in Peter Flemings Kanzlei in New York hatte Thomas Curnin, der führende Anwalt der Drexel-Seite, bereits die Gesprächsführung übernommen, als Liman verspätet eintraf und, sobald er den Raum betreten hatte, zu reden begann, ohne sich darum zu kümmern, daß er Curnin ins Wort fiel. Danach riß er auf herrische Weise die Gesprächsführung an sich, während Curnin in Schweigen verfiel.

Aber auch im Milken-Lager selbst gab es Spannungen. Obwohl Williams die führende Rolle innerhalb des Anwaltsbündnisses zugebilligt worden war, wetteiferten Paul, Weiss und Williams & Connolly um die Vorherrschaft. Als Williams in der Anfangszeit einmal erfuhr, daß Flumenbaum einen offenbar harmlosen Anruf bei Carberry getätigt hatte, um irgendeine Vorladungsfrage mit ihm zu besprechen, ging er an die Decke. Das Büro des Staatsanwalts betrachtete er als seine Domäne, und er hatte genaue Vorstellungen von der Art und Weise, wie die Kommunikation mit ihm auszusehen hatte. Er rief umgehend Sandler an und brüllte: »Wenn dieses *fat little shit* [fette, kleine Stück Scheiße] noch einmal aus der Reihe tanzt, zerquetsche ich ihn wie eine Wanze. Wäre er in meiner Firma, hätte ich ihn gefeuert.« Für die nicht zu Paul, Weiss gehörenden Anwälte war Flumenbaum, dessen Verhalten sie als arrogant empfanden, bald nur noch »das FLS«.

Die einfachste Methode, alle »im selben Zelt« zu behalten, war es, so viele potentielle Zeugen wie möglich durch Mitglieder von Milkens Verteidigerteam vertreten zu lassen. Dagegen stand allerdings der für Anwälte gültige Berufskodex (Code of Professional Responsibilities), nach dem ein Anwalt nicht Beschuldigte und Zeugen gleichzeitig vertreten sollte, es sei denn, er hatte jeden seiner Mandanten über die Konsequenzen, die sich daraus ergaben, aufgeklärt. Williams hatte diese Linie in gewisser Weise bereits überschritten, als er sich Dahl als Rechtsbeistand anbot; immerhin war es sehr wahrscheinlich, daß Dahl als Zeuge würde aussagen müssen. Aber er hatte zu dieser Zeit noch keine Vorladung erhalten, so daß Williams keine Hemmungen zu haben brauchte, und er erreichte, was er wollte. Dahl war zutiefst von ihm beeindruckt und beeilte sich, ihn und Williams & Connolly in Anspruch zu nehmen, ebenso wie Warren Trepp und ein weiterer Angestellter der Drexel-Filiale in Beverly Hills.

Williams war sich jedoch darüber im klaren, daß er niemanden vertreten konnte, der schon eine Vorladung erhalten hatte, wie zum Beispiel Lowell Milken, Maultasch, Thurnher und Ackerman. Es war für ihn aber beruhigend zu wissen, daß sich diese Zeugen - von denen einige zu Angeklagten werden konnten - in den Händen »befreundeter« Anwälte befanden. Das Verteidigerteam hatte sorgfältig darauf geachtet, welche Anwälte es solchen Zeugen empfahl, die es nicht selbst vertreten konnte. Die Fähigkeiten und der Ruf dieser Anwälte waren selbstverständlich ein wichtiger Punkt bei ihrer Auswahl gewesen, obwohl er kaum ausführlich diskutiert worden war. Viel wichtiger war ihre berufliche Agenda gewesen. Williams und seine Kollegen wollten Anwälte, die es vorzogen zu kämpfen, statt mit den Behörden zu kooperieren.

Eine bedeutsame Rolle spielte auch ein anderer Faktor: das umfangreiche Netzwerk von Abhängigkeit und Verbindlichkeiten. Einige der Anwälte, die schließlich bestellt wurden, hatten in der Vergangenheit so viele Aufträge von Williams & Connolly, Paul, Weiss oder Cahill Gordon erhalten, daß man erwarten durfte, daß sie ihre Informationen mit dem Milkenteam teilen und, innerhalb vertretbarer Grenzen, mit ihm zusammenarbeiten würden. Mark Pomerantz, der einen von Milkens Assistenten vertrat, war mit Litt zusammen beim Obersten Gerichtshof gewesen; Jack Auspitz, der einen weiteren Milken-Zeugen vertrat, hatte früher bei Paul, Weiss gearbeitet; Seymour Glanzer, der Thurnher vertrat, war häufig von Liman beschäftigt worden. Und diese Liste könnte fortgesetzt werden.

Schließlich mußten sich die vorgeschlagenen Anwälte auch noch Sandler vorstellen, dessen fanatische Ergebenheit Milken gegenüber restlos sicherstellte, daß nur jene engagiert wurden, die ihren Mandanten eher zum Kampf als zum Verhandeln raten würden.

Der Krieg begann mit einer Flut von Zeugen - einschließlich Dahls -, die vor der SEC und der Anklagejury aufmarschierten. Die meisten beriefen sich einfach auf den 5. Zusatzartikel der Verfassung und weigerten sich, die ihnen gestellten Fragen zu beantworten. Dahl hatte diese Vorgehensweise zunächst abgelehnt; er war der Meinung, daß er nichts zu verbergen hatte, und glaubte, daß es nur Mißtrauen erregen würde, wenn er den 5. Zusatzartikel ins Feld führte. Aber Litt hatte ihn so lange bearbeitet, bis er das Recht zu schweigen in Anspruch nahm.

Innerhalb weniger Wochen war eines der größten, teuersten und fachkundigsten Teams von Strafverteidigern, die es jemals gegeben hatte, aufgestellt worden. Das Grundmuster der Verteidigung, das von ihm ausgearbeitet wurde, sollte in seinen Grundzügen nie mehr verändert werden. Milken war danach das unschuldige Opfer des verabscheuungswürdigen Ivan Boesky. Das Bild, das von ihm verbreitet wurde, war das eines Genies, eines nationalen Schatzes, Retters der amerikanischen Wirtschaft und Ein-Mann-Motors des Wachstums. Einigen seiner Kollegen gegenüber erinnerte Williams allerdings daran, daß dieses Bild, je nachdem, wie sich der Fall entwickelte und welche Tatsachen dabei zutage gefördert wurden, möglicherweise irgendwann überdacht werden mußte.

Milken war jetzt rundum von Experten der einen oder anderen Art umgeben, aber auch von allen anderen abgeschirmt. Fred Joseph, den der Artikel im *Wall Street Journal* vom 17. November, in dem es hieß, daß Milkens Name in verschiedenen Vorladungen erwähnt worden sei, in helle Aufregung versetzt hatte, wollte der Sache auf den Grund gehen; er wollte Milkens persönliche Versicherung, daß alles in Ordnung wäre. Tom Curnin und Peter Fleming versprachen ihm, Milken in seinem Namen zu befragen. Als sie in Beverly Hills eintrafen, standen Milkens Anwälte schon bereit und gestatteten ihnen, allen Lippenbekenntnissen zur Zusammenarbeit zum Trotz, nicht, mit Milken allein zu sprechen.

Sie erklärten den Drexel-Anwälten, daß es bei strafrechtlichen Untersuchungen »üblich« sei, einem Unternehmen nicht zu erlauben, einen Angestellten, der möglicherweise Gegenstand von Ermittlungen war, zu befragen. Curnin und Fleming wurde jedoch versichert, daß Drexel keinen Grund habe, sich Sorgen zu machen. Das war alles, was sie nach New York mitnehmen konnten. Für Joseph war es, obwohl er es nicht erkannte, ein entscheidender Augenblick seiner Firmenführung. Milkens Anwälte hatten nicht alles gesagt, als sie vorgaben, daß es »üblich« sei, einen Angestellten in Milkens Lage abzuschotten. Viele Unternehmen bestanden im Gegenteil darauf, umgehend die volle Wahrheit zu erfahren, wenn einer ihrer Mitarbeiter einer Gesetzesübertretung beschuldigt wurde, und, falls er es ablehnte, Auskunft zu erteilen, oder seine Erklärungen nicht zufriedenstellend ausfielen, lief er Gefahr, gekündigt zu werden. Es war allerdings ein kalkuliertes Risiko, das Milkens Anwälte eingingen, als sie den Drexel-Vertretern ein Gespräch mit ihrem Mandanten verweigerten. Sie wußten, welche Bedeutung Milken innerhalb der Firma besaß. Joseph glaubte Milkens Unschuldsbeteuerungen; im übrigen mußte er auf andere Spitzenleute von Drexel Rücksicht nehmen, die Milken sogar noch mehr ergeben waren als er selbst. Milken zu beurlauben oder gar zu entlassen hätte einen Bürgerkrieg innerhalb der Firma ausgelöst.

Aus der Vorladung, die Drexel am 14. November erhalten hatte, und den Vorladungen der Staatsanwaltschaft, die im Dezember zugestellt worden waren, ging hervor, daß Milkens Beziehung zu Boesky im Mittelpunkt der Ermittlungen stand. Die Vorladungen waren ungewöhnlich ausführlich und detailliert und mit seitenlangen Anhängen versehen. In ihnen wurden fast alle Deals der Boesky/Milken-Verschwörung aufgeführt, unter anderem Fischbach, Pacific Lumber und Wickes. Eine hervorragende Rolle spielte die 5,3-Mio.-Zahlung. Die Vorladungen verlangten die Vorlage einer Unmenge von Dokumenten, und sie ließen Drexel nur 30 Tage Zeit, um sie auszuliefern.

Die Cahill-Anwälte hatten nach der Boesky-Bekanntmachung augenblicklich eine interne Untersuchung in die Wege geleitet und das nachfolgende Wochenende (15./16. November) damit zugebracht, Drexel-Angestellte zu befragen, die mit Boesky oder den in Frage stehenden Transaktionen zu tun gehabt hatten. Da sie jedoch weder auf Boesky noch auf Milken zurückgreifen konnten, war es nicht verwunderlich, daß sie keinen stichhaltigen Beweis für irgendein Vergehen fanden. Was das Honorar von 5,3 Mio. Dollar betraf, standen ihnen jede Menge Zeugen zur Verfügung, unter anderem David Kay, der bestätigte, daß Drexel tatsächlich Researcharbeiten für Boesky erledigt hatte. Kay sprach von Boesky mit Vorliebe als einem »Leisetreter«, der Drexel zwar ständig in Trab gehalten habe, sich aber nie zu einem Angebot durchringen konnte.

Die Drexel-Angestellten klammerten sich an Milkens Behauptung, Gegenstand der Zahlung seien Researchleistungen gewesen. Störend war nur, daß Drexel normalerweise keine Rechnungen für solche Leistungen ausstellte. Die Ereignisse des 21. März waren ebenfalls höchst ungewöhnlich. Darüber hinaus konnte angeführt werden, daß Drexel, obwohl tatsächlich erhebliche Research geleistet worden war, durch die üppigen Provisionen aus der Hudson-Funding-Transaktion ausreichend entschädigt worden war. Aber nichts davon machte aus der Zahlung, wie verdächtig sie auch sein mochte, ein Verbrechen – meinten die Drexel-Anwälte.

Die Mitarbeiter und Anwälte von Drexel knüpften ihre Hoffnungen an ein Papier, das ihnen Milkens Anwälte gezeigt hatten. Es war die Kopie einer handschriftlichen Notiz von Thurnher, die auf den 21. März 1986 datiert war, also angeblich aus der Zeit des Abschlusses von Boeskys Junk-bond-Finanzierung stammte. Sie lautete:

Unternehmensfinanzierung $ 1800000.
Unternehmensbewertung NY $ 2000000.
HY-Abt. Research: $ 1000000.

Damit war vermeintlich der größte Teil der Honorarrechnung auf die Abteilungen verteilt (NY = New York; HY-Abt. = Highyield- oder Hochverzinslichen-Abteilung, Beverly Hills), die für Boesky Researchleistungen erbracht hatten. Die Notiz war, das behaupteten zumindest Milkens Anwälte, ein »Beweis« dafür, daß die 5,3 Mio. Dollar tatsächlich als Entgelt für Dienste im Bereich des Investment banking gefordert worden waren, wie es in dem von Lowell Milken und Donald Balser unterschriebenen Brief stand. Thurnhers Aufstellung sollte angeblich dazu gedient haben, das Honorar zwecks Kalkulation der ihnen zustehenden Bonuszahlungen auf die verschiedenen Drexel-Abteilungen aufzuteilen.

Curnin hielt die Zeit für gekommen, mit der SEC Kontakt aufzunehmen. Er machte für die Thanksgiving-Woche einen Termin mit Sturc bei der SEC aus und bot an, am folgenden Sonnabend mit Joseph zusammen zur SEC zu kommen. Curnin wollte die Untersuchung nicht unnötig in die Länge ziehen, wenn es möglich war, sie schnell zu einem befriedigenden Abschluß zu bringen. Als Vertreter von E.F. Hutton in einer unglückseligen Scheckbetrugsaffäre hatte er aus erster Hand erlebt, was negative Schlagzeilen einer an sich honorigen Firma antun können.

Auch Lynch hoffte auf eine schnelle Lösung. Nach dem Sperrfeuer, das nach der Bekanntgabe der Boesky-Vereinbarung über ihn hereingebrochen war, brauchte er Ergebnisse, die sie rechtfertigten. Die Kooperation von Milken und Drexel wäre solch ein Ergebnis. Lynch spürte, daß die SEC damit endlich in der Lage wäre, der Wertpapierbranche die Maske vom Gesicht zu reißen und den ganzen Skandal aufzudecken. Er nahm an, daß Milken unter erheblichem Druck stand. Drexel hatte ihn vermutlich zumindest in Urlaub geschickt und würde jetzt die aktive Zusammenarbeit der Firma anbieten. Nach Lynchs Meinung hatte Drexel kaum eine andere Wahl.

Die Erwartungen der SEC einerseits und einer unter ihrer Jurisdiktion stehenden Investmentbank andererseits dürften selten so weit auseinandergelegen haben wie in diesem Fall. Die Kluft riß auf, sobald Curnin die in der SEC-Vorladung beanstandeten 5,3 Mio. Dollar als harmlosen Rechnungsbetrag für geleistete Dienste hinstellte. Sturc war sichtlich verärgert über diese Erklärung; tatsächlich mußte sie jedem, der Boeskys weit überzeugendere Version kannte, als ungeheuerlich erscheinen. Curnin erkundigte sich verwundert, welche »Einwände« die SEC habe.

Sturc hatte nicht die Absicht, Drexel in irgendeiner Weise behilflich zu sein, wenn man sich dort entschlossen hatte zu mauern. Die SEC, erwiderte er frostig, »ist noch nicht bereit, Ihnen ihre Einwände mitzuteilen«. Als Curnin darum bat, in bezug auf die seiner Ansicht nach unzumutbar langen Liste der angeforderten Dokumente Prioritäten zu setzen, lehnte Sturc auch das ab. Und als Curnin das Angebot erneuerte, Joseph nach Washington zu holen, erhielt er wiederum eine Abfuhr. Sturc hatte eingesehen, daß Drexel trotz der gegenteiligen Versprechungen nicht im mindesten bereit war, mit der SEC zu kooperieren. Auf der anderen Seite war Curnin verblüfft, mit welcher Erregung die SEC auf die Drexelsche Erklärung der 5,3 Mio. reagiert hatte.

Lynch ließ sich schließlich doch noch zu einem Treffen mit Joseph überreden. Aber die Begegnung wurde, soweit es überhaupt möglich war, zu einem noch größeren Reinfall als Curnins erster Vorstoß. Lynch erklärte Joseph, daß das Material gegen Milken »überwältigend« sei, daß die SEC Dokumente aus der Tatzeit besitze und Zeugen habe, deren Aussagen Boesyks Darstellung der Ereignisse stützten. Drexel müsse sich »im eigenen Interesse augenblicklich« kooperationsbereit zeigen. Lynch wußte nicht, wie er es noch deutlicher hätte sagen können. Dennoch schien Joseph nur empört zu sein. »Wir haben selbst eine Untersuchung durchgeführt«, sagte er. »Ihre Anschuldigungen sind schlicht und einfach nicht wahr. Boesky ist ein Lügner und ein überführter Betrüger.« Lynch konnte Drexels sogenannter Untersuchung nicht viel abgewinnen. Joseph hatte selbst eingestanden, daß Milken nicht bereit gewesen war, mit ihm oder den Drexel-Anwälten zu reden. Das sollte eine Untersuchung gewesen sein? Als Joseph dann auch noch die Mär über die 5,3 Mio. wiederholte, konnte sich Lynch kaum noch beherrschen. Aber Joseph blieb dabei. »Beweisen Sie uns, daß etwas Gesetzwidriges geschehen ist«, verlangte er. »Wir würden gern wissen, was wir falsch gemacht haben.«

Lynch interpretierte diese Aufforderung als unverhüllten Versuch, sich Informationen zu erschleichen, ohne selbst etwas dafür anzubieten. Das war mehr, als der normalerweise unerschütterliche Chef der SEC-Strafverfolgung aushalten konnte. Er war wütend. »Sie wissen, was Sie falsch gemacht haben«, sagte er. Die Begegnung endete mit der Feststellung unversöhnlicher Gegensätze.

»Ich kann kaum glauben, daß sie das tun«, sagte Lynch, nachdem die Drexel-Abordnung gegangen war, zu Sturc. »Was sie uns damit sagen, ist doch: ›Wir werden alles tun, um Milken zu schützen.‹« Sturc nickte; auch er war verblüfft. Sie hatten gewußt, daß Milken die eigentliche Macht innerhalb der Firma darstellte, aber nicht, daß sie so groß war.

Angesichts des Ausmaßes der von Boesky erhobenen Beschuldigungen und ohne die geringste Kooperationsbereitschaft von Drexel und Milken, waren sich Lynch und Sturc im klaren darüber, daß sie aller Wahrscheinlichkeit nach einen Prozeß vor sich hatten, dessen Größenordnung dem Antitrust-Verfahren entsprach, das zum Zerfall von American Telephone & Telegraph geführt hatte. Sie erhöhten die Anzahl der mit dem Fall beschäftigten Anwälte von sechs auf 20. Damit war auch die SEC für den bevorstehenden Krieg gerüstet.

Im Büro des Staatsanwalts arbeitete Carberry fieberhaft daran, die Anklage gegen Drexel auf ein breiteres Fundament zu stellen, damit sie nicht allein von Boesky abhing. Er setzte zwei junge stellvertretende Staatsanwälte auf den Fall an: den 31jährigen John Carroll, einen Absolventen der New York University, der für den New Yorker Bundesanwalt Richard Owen gearbeitet hatte, und den 35jährigen Jess Fardella, der in Harvard studiert hatte und eine Zeitlang in der Bostoner Anwaltskanzlei Ropes & Gray beschäftigt gewesen war.

Seit den ersten Befragungen von Boesky hatte Carberry besonders ein Aspekt des Falls behagt, die Wahrscheinlichkeit nämlich, daß Boeskys Aussagen mit harten Beweisen untermauert werden konnten. Boesky und Milken hatten zwar das ganze Ausmaß ihrer Transaktionen für sich behalten, sich aber bei den in ihren Augen kleinkarierten Alltagsaufgaben und in puncto Buchhaltung auf ihre Untergebenen verlassen. Carberry hatte daher mehrere Mitarbeiter von Boesky aufs Korn genommen, insbesondere Davidoff, den Chefhändler, und Mooradian, den Buchhalter.

Sie gingen der Staatsanwaltschaft rasch ins Netz. Davidoff, der höchstrangige Angestellte von Boeskys Firma, der in die Vergehen seines Chefs verwickelt war, war zur Zusammenarbeit bereit und willigte ein, sich in dem Punkt der Verletzung der Nettokapitalvorschriften schuldig zu bekennen. Er stellte der Staatsanwaltschaft ein ganzes Arsenal an Beweisen über Boeskys Beziehungen zu Mulheren zur Verfügung: die Parkabsprachen, den Rückzahlungsmodus, die Gespräche, die er selbst mit Mulheren geführt hatte; und er tat es von sich aus. (Mulheren gehörte nicht zu den in Boeskys Verhandlungsangebot an die Behörden genannten fünf Personen, die er zu belasten bereit war. Er hatten den Wert seines Wissens über Mulheren immer heruntergespielt. Soweit man davon sprechen kann, daß Boesky an der Wall Street echte Freunde hatte, war Mulheren sein bester Freund.) An der Drexel-Milken-Front war Davidoff kaum eine Hilfe, da er, von einigen Transaktionen, die unter seiner Aufsicht abgelaufen waren, abgesehen, nichts von den geheimen Arrangements wußte.

Mooradian dagegen war, wie sich herausstellte, von unschätzbarem Wert. Als er am Montag nach der Boesky-Bekanntmachung wie gewöhnlich im Büro am Broadway Nummer 11 erschienen war, wimmelte es dort von SEC-Ermittlern, die Papiere aus den Aktenschränken nahmen, in Kartons verstauten, abstempelten und versiegelten. Mooradian hatte sich an die minimale Hoffnung geklammert, daß die Firma irgendwie überleben würde. Aber jetzt sah er mit an, wie sie buchstäblich zerfetzt wurden. »Wir sind Geschichte«, sagte er zu seinen Kollegen.

Später am gleichen Vormittag erhielt er einen Anruf von Pitt. »Haben Sie schon einen Anwalt?« erkundigte sich Pitt. Die Frage verwirrte Mooradian, ebenso die Tatsache, daß jemand, der so bedeutend war wie Pitt, ihn anrief. Das hatte nichts Gutes zu bedeuten.

»Nein«, antwortete er. »Warum, zum Teufel, sollte ich mir einen nehmen? Ich weiß nichts.«

Pitt hatte vorher mit Bob Romano gesprochen, dem früheren SEC-Anwalt und nachmaligen Aufsichtsangestellten von Merrill Lynch, der den anonymen Brief aus Caracas bearbeitet hatte. Er hatte Merrill Lynch inzwischen verlassen und eine eigene Kanzlei aufgemacht. Pitt hatte ihm gesagt, daß er ihn Mooradian empfehlen werde, einem von vier Boesky-Angestellten, die nach Pitts Ansicht einen eigenen Rechtsbeistand brauchten. »Sie sollten sich besser einen nehmen«, riet Pitt dem Boesky-Buchhalter und empfahl ihm, sich mit Romano in Verbindung zu setzen. Mooradian tat es. Danach rief er seine Frau an.

»Das Ganze wird keine Stunde dauern«, sagte er voraus. »Ich weiß nicht das geringste über irgendeinen Insiderhandel.«

Romano kam am Nachmittag in das Büro am Broadway. »Worüber will die Staatsanwaltschaft Ihrer Meinung nach mit Ihnen sprechen?« fragte er Mooradian, der daraufhin, trotz seiner Behauptung, daß er nichts wisse, wie ein Wasserfall zu reden begann.

»Sie müssen wissen, daß ich schon einmal in Schwierigkeiten gesteckt habe«, eröffnete er Romano und erzählte ihm von der SEC-Strafe, die er sich zugezogen hatte. Und jetzt, fuhr er fort, sei er »in diese Drexel-Geschichte verwickelt«. Er berichtete Romano von der Aktenführung, die er für Boesky erledigt hatte, von den Bemühungen, die Bilanz mit Drexel ins

Gleichgewicht zu bringen, und von seinem Ausflug nach Beverly Hills. Er erzählte Romano auch von den 5,3 Mio. und den Ereignissen des 21. März, als Boesky ihn so unflätig beschimpft hatte, weil er die Drexelsche Finanzierung der neuen Firma fast gekippt hätte, und schließlich von Boeskys späterer Anordnung, die Papiere zu vernichten, die er für die Berechnung der Ausgleichszahlung an Drexel benutzt hatte.

»Haben Sie sie vernichtet?« fragte Romano.

»Ja«, antwortete Mooradian, und Romano sah die Chance zu einem vielversprechenden Handel vertan.

Am nächsten Tag traf Romano mit Carberry zusammen, der wie gewöhnlich ohne viel Umschweife zur Sache kam. Mooradian sei von Boesky der Fälschung von Akten, die sich auf Drexel bezogen, bezichtigt worden. Romano sah, daß er wenig Spielraum hatte; Carberry wußte das meiste dessen, was Mooradian ihm am Tag vorher erzählt hatte, bereits von Boesky selbst. »Wie kann Mooradian Ihnen helfen?« fragte er.

Carberry ratterte die Liste der Angriffsziele herunter: Drexel; Kidder, Peabody; Seligman Harris (Boeskys Londoner Broker) und Mulheren.

Romano kehrte in Mooradians Büro zurück, und sie taten ihr Bestes. Mooradian durchforstete sein Gedächtnis nach allem, was mit Boeskys Befehl, die Dokumente zu vernichten, zu tun hatte. Sie kämmten Mooradians Akten durch, und Mooradian zeigte Romano die Rekonstruktion der Drexel-Kalkulation, die er auf Boeskys Geheiß angefertigt hatte. Aber was die anderen Ziele betraf, die Carberry genannt hatte, konnte er nichts anbieten.

Als sie sich trafen und Mooradian erklärte, daß er mit leeren Händen gekommen sei, sagte Carberry, der Staatsanwalt verlange, daß er sich in einem Punkt schuldig bekenne. Mooradian war außer sich.

»Ich bin kein Gauner«, stieß er hervor. »Ich habe nichts dabei verdient.« Nach seiner Ansicht hatte er nur Boeskys Befehle ausgeführt; er hatte nichts getan, was an der Wall Street unüblich gewesen wäre.

Romano brachte schließlich, obwohl Mooradian kein »Singvogel« sein wollte, wie er es ausdrückte, ein Übereinkommen mit Carberry zustande, nach dem die Staatsanwaltschaft eine Anklage gegen Mooradian oder die Forderung eines Schuldbekenntnisses zurückstellen wollte, bis sie Mooradians Beitrag zu den Ermittlungen einschätzen konnte. Wenn sie danach immer noch meinte, er müsse angeklagt werden, konnte man es nicht ändern.

Mooradian war bei der ersten Befragung durch Carberry und andere Regierungsanwälte ausgesprochen nervös; seine Rolle als kooperierender Zeuge war noch zu neu für ihn. Als er Carberry einmal beiläufig mit

»Charlie« anredete, unterbrach ihn Carberry und erklärte ihm scharf: »Wir benutzen hier Nachnamen, Mr. Mooradian.« Das Publikum, vor dem sich Mooradian produzieren sollte, erschien ihm geradezu gewaltig: Ihm saßen ingesamt 13 Anwälte gegenüber, fünf von der Staatsanwaltschaft und acht von der SEC. Aber nach und nach erwärmte er sich für seine Aufgabe und sprach immer freier über das Drexel-Arrangement und seinen Anteil daran. Als er auf die Ereignisse des 21. März zu sprechen kam, zögerte er erst und verstummte dann ganz, als er gefragt wurde, was Boesky zu ihm gesagt hatte, nachdem er durch seinen Hinweis auf die 5,3-Mio.-Zahlung beinahe dessen Pläne vereitelt hatte.

»Was hat Boesky zu Ihnen gesagt?« erkundigte sich einer der Anwälte.

Mooradian blickte unsicher auf die beiden weiblichen Anwälte im Raum.

»Hat er das Wort ›fuck‹ benutzt?« hakte der Anwalt nach.

»Wollen Sie das wirklich wissen?« fragte Mooradian widerstrebend. Doch dann sagte er sich, daß es ihm vermutlich niemand übelnehmen würde, und beantwortete die Frage: »›Du verdammter Scheißkerl‹, hat er gesagt, wieder und wieder.«

Mooradian hatte auf Befehl Boeskys zerstört, was zum bedeutendsten einzelnen Dokument der gesamten Untersuchung zu werden schien, die ausführliche Bilanzierung der gegenseitigen Schulden von Milken und Boesky, die zu der Rechnung über 5,3 Mio. Dollar geführt hatte. Aber er setzte jetzt seine Arbeit an der Rekonstruktion der Unterlagen, mit der er nach Boeskys plötzlichem Sinneswandel begonnen hatte, fort. Zusammen mit Maria Termine bemühte er sich weiterhin, aus den Resten der zugrundeliegenden Papiere, die er in seinen Akten aufgestöbert hatte, etwas Brauchbares zustande zu bringen, und er schaffte es, eine bemerkenswert gute Kopie zu erstellen.

Darüber hinaus wurde er bald zum informellen Berater der Anwälte, die mit dem Fall beschäftigt waren. Die meisten von ihnen wußten so gut wie nichts über die Finanzmärkte und die Arbeitsweise der Wertpapierinstitute. Waren ihnen schon so elementare Dinge wie ein Blankoverkauf oder Kaufoptionen ein Rätsel, so erst recht die komplexen, verästelten Strategien, die Boesky und Milken angewandt hatten, um ihre Absprachen in die Tat umzusetzen. Über die Buchhaltung wußten die Anwälte ebensowenig, und Mooradian verbrachte viele Stunden damit, ihnen die Grundkenntnisse beizubringen und in den Handelsbelegen zu zeigen, welche Angaben für welche Strategie standen. Seine erfrischend erdverbundene Art und der Eifer, mit dem er sich gefällig erweisen wollte, brachte ihm in der Staatsanwaltschaft bald allgemeine Sympathie ein.

Mooradian seinerseits begann nach und nach zu verstehen, wieso Boesky sich entschieden hatte, mit den Behörden zusammenzuarbeiten. Er begriff, daß man die Dinge anders sieht, wenn man selbst von ihnen betroffen ist. Außerdem wäre es sinnlos gewesen, wenn Boesky gelogen hätte. Zu viele, einschließlich seiner selbst, Mooradians, hatten die Wahrheit gewußt.

Mit Mooradians Enthüllungen in der Hand erlangte die Staatsanwaltschaft bald die Zusammenarbeit seines Gegenstücks bei Drexel, Charles Thurnher, ebenso wie die von Donald Balser, obwohl ihr Anwalt anfangs angedeutet hatte, daß sie den 5. Zusatzartikel für sich in Anspruch nehmen würden. Beide wurden von Seymour Glanzer vertreten, einem Strafverteidiger aus Washington, der seinen Mandanten von Peter Fleming und Arthur Liman empfohlen worden war.

Thurnher war gelernter Buchhalter und sah sich einer möglichen Anklage wegen seiner Rolle in dem Insiderarrangement ausgesetzt. Er war für die Staatsanwaltschaft allerdings von erheblichem Wert, da er als jemand, der nicht an Boesky gebunden und ihm in keiner Weise verpflichtet gewesen war, dessen Beschuldigungen erhärten konnte. Thurnher hatte im übrigen einfach nur Milkens Befehle ausgeführt. Balsers Rolle war sogar noch geringfügiger. Er war zufälligerweise dagewesen, als Drexel eine schriftliche Rechtfertigung für die 5,3 Mio. Dollar brauchte und Lowell nach jemandem Ausschau hielt, der den Brief mit der Behauptung, bei dem Geld handele es sich um Investmentbankhonorare, gegenzeichnen konnte.

Carberry glaubte, die Zusicherung der Immunität vertreten zu können, und gewährte sie sowohl Thurnher als auch Balser; irgendwo mußte er schließlich anfangen. Die Gewährung der Immunität machte das Recht zu schweigen hinfällig, bedeutete also, daß Thurnher und Balser die ihnen gestellten Fragen wahrheitsgemäß beantworten mußten, da sie sich nicht mehr selbst belasten konnten und nichts, was sie aussagten, gegen sie verwendet werden durfte.

Trotzdem wäre der Begriff der Kooperation in diesem Zusammenhang eine Übertreibung. Glanzer machte in seinen Gesprächen mit dem Milken-Team viel davon her, daß Thurnhers und Balsers Aussagen von den Behörden erzwungen worden seien; sie hatten nie angeboten, jemanden zu belasten. Im Gegensatz zu Mooradian sagte Thurnher kaum etwas von sich aus. Wie Boesky hatte auch Milken seine Angestellten, was den ganzen Umfang der Geschäfte anging, weitestgehend im dunkeln gelassen. Milken hatte Thurnher nie erklärt, warum er bestimmte Dinge tun sollte; er konnte also kaum Licht in die Motive und die Gedankenwelt von Milken bringen. Was die Akten betraf, die er geführt hatte, so sagte er aus, daß Milken ihn nicht einmal gebeten habe, sie anzulegen; ein andermal sagte er, Milken hätte die Akten als »einen Haufen Kuhscheiße« bezeichnet.

Es war eine Gratwanderung, die Thurnher unternahm, indem er einerseits so wenig wie möglich sagte, es andererseits aber vermied zu lügen. Er mußte mehr als einmal mit der Drohung einer Anklage wegen Meineids zum Aussagen gezwungen werden. Sandler stand in ständigem Kontakt mit Glanzer, der sich damit brüstete, daß Thurnher nichts tat, was den Behörden weiterhelfen könnte.

Die Staatsanwaltschaft sah Thurnhers Aussage etwas anders. Er mochte ein unwilliger Zeuge sein, hatte aber zugegeben, daß er die Computerdisketten zerstört hatte, auf denen die Angaben zu der 5,3-Mio.-Zahlung gespeichert gewesen waren, und obwohl er nicht eindeutig gesagt hatte, daß Milken ihm den Befehl dazu gab, ließen seine Worte doch klar erkennen, daß der entsprechende Wink von Milken gekommen war. Daneben hatte er die Kontakte mit Mooradian bestätigt. Aber wichtiger war, daß nach seiner Aussage Milken selbst die Honorarverteilung an die verschiedenen Drexel-Abteilungen diktiert hatte – jene Notiz also, auf die sich Milkens Anwälte stützten, um Drexel davon zu überzeugen, daß Milkens Erklärung der Rechnung zutraf. Thurnher konnte daher nicht aus eigenem Wissen bestätigen, daß die Honorarverteilung die tatsächlichen Rechnungsgegenstände wiedergab.

Das war eine entscheidende Information, die Drexels Sicht der Beweislage möglicherweise beeinflußt hätte. Aber als sich Curnin mit Thurnher traf, um zu erfahren, was er der Staatsanwaltschaft gesagt hatte, ließ Thurnher, auf Glanzers Geheiß, die meisten Fragen unbeantwortet. Curnin wurde nur allgemein versichert, daß Thurnher nichts ausgesagt habe, was Drexel schaden konnte.

Der auf Thurnher lastende Druck, eine wirkliche Zusammenarbeit mit den Behörden zu vermeiden, wurde von einem Witz unterstrichen, der die Runde machte, sobald bekanntgeworden war, daß Thurnher befragt werden würde. »Wer ist der höchstbezahlte Mitarbeiter von Drexel? – Thurnhers Vorkoster.«

Obwohl Thurnhers Aussage anscheinend weder Milken noch Drexel einen Schaden zugefügt hatte, begann sich Curnin angesichts des anhaltenden Schweigens derjenigen in Beverly Hills, die unmittelbar von den durch die Vorladungen angeschnittenen Ereignissen wußten, Sorgen zu machen. Dann erschien am 28. April im *Wall Street Journal* ein Artikel, der sich speziell auf die 5,3 Mio. konzentrierte. Er beschrieb bemerkenswert detailliert, wie der Betrug zustande gekommen war, und berichtete, daß die Rechnung »hastig fabriziert« wurde, »nachdem die Zahlung bereits erfolgt war, und zwar nur, weil Mr. Boeskys Buchprüfer das Fehlen von Belegen für eine solch große Zahlung bemängelten.« Sowohl Curnin als auch Joseph waren verärgert, da die Reporter mehr über die Anklage zu wissen schienen als sie. Sie befürchteten, der Artikel könnte der Wahrheit entsprechen.

Im Milken-Lager tauchten solche Zweifel nicht auf. Statt dessen überschüttete man die Presse mit Hohn und Verachtung, wann immer sich innerhalb oder außerhalb von Drexel eine Gelegenheit dazu ergab. Williams fand sich zunehmend in der Rolle des Warners wieder; sogar die Oberhoheit über den Fall begann ihm zu entgleiten. Anfang 1987 mußte er eine Krebsoperation über sich ergehen lassen, die ihn sichtlich schwächte. Er hatte nicht das Gefühl, daß der Fall an einem Punkt angelangt war, an dem man an Verhandlungen hätte denken können, und er wußte, daß Milken eine solche Möglichkeit selbst dann nicht in Erwägung gezogen hätte; aber zugleich war ihm klar, daß es vernünftig war, die Verbindung zum Büro des Staatsanwalts offenzuhalten. Wie er Litt gestand, war es sehr wahrscheinlich, daß die Anklage im Verlauf der Zeit stärker und nicht schwächer werden würde.

Nicht lange nach seiner Operation verabredete sich Williams in New York mit Carberry, Howard Wilson, dem Chef des Dezernats für Strafsachen, und einem weiteren Staatsanwalt, der mit dem Fall beschäftigt war. Williams kam allein, ohne Begleitung aus dem Milken-Lager. Nachdem sie die begrenzten Fortschritte des Falls diskutiert hatten und Carberry seine Weigerung wiederholt hatte, genauer auf eine Untersuchung einzugehen, die sich noch im Anfangsstadium befand, fragte Williams: »Wie lange wird diese Sache dauern?«

Carberry schätzte, daß noch zwei Jahre vergehen würden, bis ein Anklagebeschluß vorlag. Williams schwieg einen Augenblick und schaute wehmütig vor sich hin. Schließlich sagte er: »Dann werde ich schon tot sein. Könnten Sie es nicht etwas beschleunigen?«

Nachdem Doonan am Mittwoch nachmittag, dem 11. Februar 1987, Siegels Appartement verlassen hatte, beeilte er sich, zum St. Andrews Plaza zu kommen, wo eine Besprechung mit Carberry und Neil Cartusciello angesetzt war, dem stellvertretenden Staatsanwalt, dem Carberry die Fälle zugewiesen hatte, die sich aus der Siegel-Untersuchung ergeben würden. Da Tabor offenbar von der verdeckten Operation Wind bekommen hatte, lief die Zeit ab. Doonan wollte am nächsten Tag gegen Freeman, Wigton und Tabor vorgehen, und Siegel, schlug er vor, solle sein Geständnis am Freitag ablegen. Carberry stimmte ihm zu.

Er sprach sich außerdem dafür aus, die drei Verdächtigen zu verhaften und nicht vorzuladen (wie Siegel und Boesky) oder ihnen nahezulegen, sich selbst zu stellen. Freeman war im Zusammenhang mit der Boesky-Untersuchung bereits vorgeladen worden, hatte aber eine Zusammenarbeit abgelehnt, obwohl Carberry von einem anderen Anwalt gehört hatte, daß Freeman nur noch »ein nervöses Wrack« sei. Tabor, der gerade seinen Job bei Merrill Lynch verloren hatte, schien ebenfalls reif zu sein. Carberry glaubte, daß mindestens einer der drei unter dem Druck einer Verhaftung zusammenbrechen und gestehen würde. Er war zu der Meinung gelangt, daß diese Wall-Street-Typen nicht allzu stark waren, jedenfalls nicht als Kriminelle. Sie hielten zu viel auf ihr Ansehen in der Öffentlichkeit.

Carberry und Cartusciello begaben sich nach der Besprechung mit Doonan zu einem Treffen mit Giuliani und Wilson. Carberry erklärte, daß es an Freemans illegalem Austausch von Insiderinformationen nichts zu deuteln gebe. Er hätte zwar kein Geld genommen, aber seine Währung – die Informationen, mit denen er handelte – wäre für die Integrität der Börse noch weit zerstörerischer gewesen. Was Wigton und Tabor betreffe, so hätte Siegel nicht behauptet, sie wären in sein Arrangement mit Freeman eingeweiht gewesen. Aber Siegel hätte wenigstens einmal erwähnt, daß Freeman seine Informationsquelle war; im übrigen hätten sich die beiden denken können, daß Siegel über eine Quelle bei Goldman, Sachs verfügte. Wenn man sich die Transaktionen der Arbitrageabteilung von Kidder, Peabody anschaue, liege diese Vermutung auf der Hand.

»Nehmen wir sie fest«, schloß Carberry. Giuliani stimmte, ohne zu zögern, zu. Über eventuelle Reaktionen der Öffentlichkeit wurde nicht diskutiert. Festnahmen waren etwas Alltägliches. Sie bekamen, unter Vorlage einer von Doonan unterschriebenen eidesstattlichen Erklärung, die sich auf die von Paschall während der Befragungen von Siegel angefertigten Notizen stützte, die nötigen Haftbefehle, und Doonan machte sich sofort auf den Weg zu Tabors Wohnung in der Upper East Side.

Aber die Aktion lief fast von Anfang an schief. Tabor wurde in der Halle seines Appartementhauses in Handschellen gelegt und durchsucht. Danach durfte er in seine Wohnung zurückgehen, um seinen Mantel zu holen, bevor man ihn für die Nacht im Metropolitan Correction Center (MCC) unterbrachte. Die Staatsanwaltschaft hoffte, er würde sich dazu entschließen, ein Geständnis abzulegen und mit ihr zusammenzuarbeiten. Aber Tabor tat nichts dergleichen. Carberry hatte die Gefühlslage und die Loyalität vieler Wall-Street-Profis möglicherweise falsch eingeschätzt. Boesky und Siegel waren in ihrer Bereitschaft, auszusagen und zu kooperieren, die Ausnahme, nicht die Regel. Die Wall Street war und ist eine kleine, geschlossene Welt, die durch Geld, gegenseitige Gefälligkeiten und starke Loyalität geprägt ist. Außerdem hatte Tabor vielleicht nie etwas von Siegels Beziehung zu Freeman geahnt und deshalb auch nichts zu gestehen. Wenn die Nacht im MCC etwas bewirkte, dann allenfalls eine Stärkung seines Widerstandsgeistes.

Am nächsten Vormittag gingen Doonan und zwei Postinspektoren durch die in den grauen Schluchten des Finanzviertels wirbelnden Schneeflocken zum Firmensitz von Goldman, Sachs in der Broad Street. »Wir haben einen Haftbefehl für Robert Freeman«, erklärte Doonan einem Wachmann, und der schockierte Mann brachte ihn und seine Begleitung anstandslos hinauf.

Freemans verglastes Büro im 26. Stock lag gleich neben dem Handelsraum von Goldman, Sachs. Freeman stand verwundert auf, als die drei Fremden sein Büro betraten. Er war gerade dabei, klar Schiff zu machen, da er am Nachmittag mit seiner Familie zu einem langen Skiwochenende in die Rocky Mountains aufbrechen wollte.

»Ich habe einen Haftbefehl für Sie«, sagte Doonan. »Sie sind hiermit festgenommen.« Freeman beugte sich auf Doonans Befehl nach vorn und stützte sich mit den Händen auf seinen Schreibtisch. Doonan durchsuchte ihn und leerte seine Taschen. Freeman sagte kein Wort. Im Handelsraum verursachte der Vorfall einige Unruhe, da sich jeder den Hals verrenkte, um zu sehen, was in Freemans Büro vorging.

Freeman bat darum, telefonieren zu dürfen, und rief einen hauseigenen Anwalt an, der eiligst zu ihm kam und seinerseits Larry Pedowitz anrief, der die Firma vertrat, seit Freemans Name in der Boesky-Vorladung aufgetaucht war.

Pedowitz, der einst bei der Staatsanwaltschaft mit Doonan zusammengearbeitet hatte, ließ sich von ihm die Anklage erläutern. Doonan sagte ihm auch, daß er einen Durchsuchungsbefehl für Freemans Büro und den angrenzenden Bereich habe. Dann führten die beiden Postinspektoren Freeman zum Fahrstuhl, und als sie unten in der Halle angekommen waren, legten sie ihm Handschellen an. Doonan blieb zurück, sperrte Freemans Büro im weiten Umkreis durch ein Seil ab und begann Schreibtischschubkästen und Aktenschränke zu durchsuchen und Stapel von Papieren in Kartons zu verstauen.

Zur gleichen Zeit, als Freeman abgeführt wurde, erschien auch im Firmensitz von Kidder, Peabody am Hannover Square eine Gruppe Beamter. Richard Wigton schaute in seinem Büro im 18. Stock vom Schreibtisch auf und sah eine Empfangsdame in seiner Tür stehen. »Da ist ein Mr. Moreno, der zu Ihnen möchte«, sagte sie.

Wigton warf einen Blick auf seinen Terminkalender, konnte aber für den 12. Februar keinen Eintrag entdecken, und da der Handelstag in vollem Gange war, hatte er nicht die Absicht, seinen Platz zu verlassen. »Ich habe jetzt keine Zeit«, sagte er der Empfangsdame. »Außerdem hat er keinen Termin ausgemacht.« Vermutlich jemand, der einen Job sucht, dachte er. Die Collegestudenten waren so darauf erpicht, bei einer Investmentbank zu arbeiten, daß manche von ihnen an der Wall Street Klinken putzen gingen. Wigton beugte sich wieder über seine Arbeit.

Ein paar Minuten später blickte er wieder auf. Die Empfangsdame war zurückgekehrt. »Sie bestehen darauf, Sie augenblicklich zu sehen«, verkündete sie mit ängstlichem Gesicht. »Ohne jedes Wenn und Aber, sagen sie.« Wigton hielt es für rüde und höchst ungewöhnlich, beschloß aber, in den Empfangsbereich zu gehen, um zu sehen, was los war.

Als er, von der Empfangsdame gefolgt, zu den Fahrstühlen kam, sah er zwei wartende Männer. Sie hielten ihm ihre Papiere vor die Nase, die sie als Postinspektoren auswiesen, und einer von ihnen erklärte ohne Umschweife: »Sie sind festgenommen.«

Wigton war verdutzt. Sollte das ein Witz sein? Doch einer der Männer packte seinen Arm, drehte ihn herum und schob ihn an die Wand. Er stützte sich ab, und die Postinspektoren durchsuchten ihn hastig, bevor sie seine Arme auf den Rücken zogen und ein Paar Handschellen um seine Handgelenke zuschnappen ließen.

Dann führten sie ihn, quer durch den von Angestellten wimmelnden Handelsraum, zu seinem Büro zurück. Einer der Händler rief sofort John Roche an, der kurz darauf in Wigtons Büro erschien. »Ich bin der Präsident dieser Firma«, sagte er mit deutlich hörbarer Verärgerung. »Was geht hier vor?« Die Beamten erklärten ihm, daß Wigton des Wertpapierbetrugs beschuldigt werde und sie ihn soeben festgenommen hätten. Wigton hörte, immer noch unter Schock stehend, verständnislos zu. »Warten Sie eine Minute«, sagte Roche den Beamten und ging zum Telefon, um Marvin Schwartz anzurufen, Kidder, Peabodys Rechtsbeistand bei Sullivan & Cromwell. »Wir werden Ihnen den besten Strafverteidiger besorgen, den es gibt«, versprach Roche Wigton.

Die Beamten nahmen Wigton die Handschellen ab, damit er sein Anzugjackett und seinen Mantel anziehen konnte. Danach rief er seine Frau an, die ihn ängstlich fragte: »Wirst du zum Abendessen zu Hause sein?«

»Das kann ich nicht sagen«, antwortete er bedrückt.

Die Beamten legten ihm die Handschellen wieder an, während im Handelsraum die meisten die Telefonhörer aus der Hand gelegt hatten, um zu verfolgen, was in Wigtons Büro vorging; einige waren aufgestanden, um einen besseren Blick zu haben. Wigton wurde erneut quer durch den Handelsraum geführt, und als er, auf jeder Seite einen Inspektor, zu den Fahrstühlen kam, begann er zu weinen. Da seine Hände gefesselt waren, konnte er sich die Tränen nicht vom Gesicht wischen.

Nachdem sie eine Stunde im Büro der Postinspektoren in Lower Manhattan verbracht hatten, wo Siegel verhört worden war, wurden Wigton und Freeman getrennt zur Anklageerhebung ins Bundesgericht gebracht. Dort stieß auch Tabor zu ihnen. Tabor machte einen recht ungepflegten Eindruck; er trug ein weißes Poloshirt, Turnschuhe und eine Khakihose.

Die beiden Kidder-Arbitrageure begegneten Freeman zum erstenmal. Freeman, der in der Arbitragewelt ganz oben stand, hatte es nie für nötig gehalten, Wigtons Anrufe entgegenzunehmen.

»Hallo«, sagte Wigton.

»Hi, wie geht's?« erwiderte Freeman.

Der Anlaß ihrer Begegnung schien ihnen die Sprache verschlagen zu haben.

Alle drei wurden durch Anwälte vertreten, die dafür plädierten, den Kampf aufzunehmen. Kidder, Peabodys Anwälte von Sullivan & Cromwell hatten, angesichts der Möglichkeit, daß die Firma in den Skandal hineingezogen wurde, bald nach der Boesky-Bekanntmachung Stanley Arkin engagiert, einen bekannten Strafverteidiger, den die Anwaltskanzlei häufig für anfallende Strafsachen einsetzte, und ihm wurde jetzt Wigtons Verteidigung übergeben. Arkin war, seinem Temperament entsprechend, eher geneigt zu kämpfen, als zu verhandeln. Tabors Anwalt, Andrew Lawler, war seinerseits von Arkin empfohlen worden. Wie im Milken-Fall sorgten die ökonomischen Beziehungen zwischen den Anwälten dafür, daß sich ein – in diesem Fall von Sullivan & Cromwell dominiertes – geschlossenes Verteidigerteam zusammenfand, das erheblichen Einfluß auf den weiteren Gang der Ereignisse besaß. Kidder, Peabody würde sämtliche Anwaltskosten tragen, und Sullivan & Cromwell war während der jetzt als kriminell unterstellten Vorgänge der Rechtsberater von Kidder, Peabody gewesen.

Pedowitz, der Goldman, Sachs vertrat, empfahl Freeman, Paul Curran zu engagieren, einen ehemaligen Staatsanwalt und jetzigen Partner von

Kaye, Scholer, Fierman, Hays & Handler. Wachtell, Lipton, Pedowitz' Kanzlei, hatte bereits eine interne Untersuchung bei Goldman, Sachs durchgeführt, nachdem Freemans Name in den Vorladungen genannt worden war, die auf Boeskys Schuldeingeständnis gefolgt waren. Diese Vorladungen hatten bei Goldman, Sachs keine allzu große Aufregung ausgelöst, und die Wachtell-Untersuchung hatte Freeman und seine Firma von jeder Schuld entlastet, da keinerlei Beweise für irgendein Fehlverhalten gefunden worden waren.

Bei der Anklageerhebung am Donnerstagmittag war der Gerichtssaal nur halb gefüllt, überwiegend mit Reportern. In gewisser Hinsicht waren die Verhaftungen eine noch größere Sensation als die Anschuldigungen gegen Drexel und Milken. Die Verhafteten konnten es an Macht und Einfluß zwar nicht mit Milken aufnehmen, aber ihre Firmen - Kidder, Peabody und Goldman, Sachs - stellten die Spitze des Wall-Street-Establishments dar. Kidder, Peabody, das wußte man, steckte in Schwierigkeiten, aber Goldman, Sachs war die alles beherrschende Firma an der Wall Street. Der Fall betraf keine aufstrebenden, hungrigen Neulinge. Daß auf dieser Ebene Beschuldigungen wegen Insiderhandels erhoben werden könnten, hätte vorher kaum jemand für möglich gehalten.

Die Art und Weise, wie die Festnahmen durchgeführt worden waren, bot weiteren Zündstoff. Die Arbitrageure waren, anders als Levine, in aller Öffentlichkeit - Tabor in der Halle seines Wohnhauses, Wigton und Freeman in ihren Büros - verhaftet worden, was dafür sorgte, daß die Neuigkeit wie ein Lauffeuer an der Wall Street verbreitet und sofort von den Medien aufgegriffen wurde, einschließlich solch wilder Gerüchte wie dem, daß der sonst eher sanftmütige Wigton einen der Bundesbeamten angegriffen hätte und zwangsweise in Handschellen gelegt werden mußte. Viele der Wall-Street-Profis waren entrüstet darüber, daß ihre Kollegen wie ganz gewöhnliche Verbrecher behandelt wurden. Der publizitätssüchtige Giuliani, von dem gemunkelt wurde, daß er mit einem politischen Amt liebäugelte, mußte sich wiederholt den Vorwurf gefallen lassen, er hätte die Sache aus eigennützigen Gründen aufgebauscht. Obwohl Carberry die Festnahmen veranlaßt hatte, trafen diese Vorwürfe auf offene Ohren.

An der Wall Street herrschten Angst und Schrecken. Es gab viele, die, vorsichtig ausgedrückt, nicht allzu diskret mit vertraulichen Informationen umgegangen waren. Schon vor den letzten Verhaftungen hatten sich viele Arbitrageure und Händler die bange Frage gestellt, wohin die Ermittlungen noch führen mochten. Sie waren zutiefst beunruhigt von der Aussicht, daß Verstöße gegen die Wertpapiergesetze in vorher ungeahntem Ausmaß verfolgt werden könnten, bis hin zu Dingen, die sie stets als Formalitäten abgetan hatten, wie das Verbot des »Parkens« von Aktienpaketen. Doch jetzt, nachdem zwei der prominentesten Firmen des Landes in sie hineingezogen worden waren, meinten viele, daß die Untersuchung aus dem Ruder gelaufen war. Sie bedrohte das Wohlergehen aller.

Die Anklageerhebung löste noch mehr Gerüchte, Spekulationen und Paranoia aus, da die Staatsanwaltschaft als Quelle ihrer Beschuldigungen gegen die drei Arbitrageure nur ein Kürzel nannte - »CS-1«, was für »Confidential Source One« (vertrauliche Quelle 1) stand und nahelegte, daß es auch eine CS-2 gab. CS-1, erklärte die Anklage, sei während der Zeit der kriminellen Vorgänge Angestellter von Kidder, Peabody gewesen. Genauere Angaben wollte sie nicht machen, hob aber hervor, daß die »Verläßlichkeit und Glaubwürdigkeit« von CS-1 »hinreichend nachgewiesen« worden sei.

Laut Anklage hatte CS-1 Freeman über das KKR-Angebot für Storer informiert. Diese Insiderinformation habe es Freeman, der bereits eine Position in dieser Aktie aufgebaut hatte, ermöglicht, »einen angemessenen Preis festzulegen, bei dem Kaufoptionen abzustoßen waren«. Weiterhin habe Freeman während eines Telefongesprächs mit CS-1 eine Schlüsselinformation über ein Manöver von Unocal weitergegeben, mit dem sich das Unternehmen gegen das Angebot von Boone Pickens hatte verteidigen wollen. CS-1 habe seinerseits Wigton und Tabor davon informiert, die daraufhin eine ausgeklügelte Handelsstrategie - unter Einsatz von Rückprämien - angewandt hätten, um illegale Gewinne aus der Information herauszuschlagen. Die Erwähnung von Unocal war für Goldman, Sachs besonders peinlich, da die Firma ihre Verteidigungsstrategie im Fall Unocal in ihrem kürzlich erschienenen Jahresbericht für 1986 besonders herausgestellt hatte. Die Anklage schloß mit dem Hinweis, daß das Arrangement ungefähr von Juni 1984 bis Januar 1986 Bestand gehabt habe und »viele bedeutende Wirtschaftsereignisse« umfaßte, »bei denen ein solcher Austausch von konkreten, nichtöffentlichen Informationen stattfand«.

Staatsanwalt Rudolph Giuliani gab kurz nach der Anklageerhebung eine Pressekonferenz, auf der er sagte, die Verhaftungen seien nur der Anfang »einer sehr langen, grundlegenden Untersuchung«. Offenbar ebenso auf Milken, Drexel, Freeman, Wigton und Tabor wie auf bislang noch nicht namentlich genannte Firmen und Einzelpersonen abzielend, die wußten, daß sie in den Fall verwickelt waren, erklärte Giuliani: »Wenn sie über gesunden Menschenverstand und ein gewisses Gefühl für Moral verfügen, würden sie mit der Regierung zusammenarbeiten und ihr dabei helfen, diesen Schlamassel zu beseitigen.«

Freeman kehrte nach der Anklageerhebung zu Goldman, Sachs zurück, wo ein emotionsgeladenes Treffen mit Robert Rubin stattfand, der selbst ehemals Chef der Arbitrageabteilung gewesen war und vor vielen Jahren, 1974, neben Siegel und anderen an dem Podiumsgespräch zum Thema Übernahmen teilgenommen hatte. Die aus dem Boesky-Fall resultierenden Vorladungen hatten Rubin nicht beunruhigt, aber jetzt, nach den Verhaftungen, sah die Sache anders aus.

»Das ist alles gelogen«, sagte Freeman.

Rubin, einer der Kronprinzen von John Weinberg, dem Präsidenten der Firma, hatte Freeman stets den Rücken gestärkt. Er entschloß sich, in enger Zusammenarbeit mit Pedowitz, selbst die interne Untersuchung zu leiten. Die im Haftbefehl enthaltene Vorstellung einer weitgespannten Verschwörung war in seinen Augen nicht allzu glaubwürdig. Wenn Freeman und Siegel sich so eifrig abgesprochen hatten, wieso hatte Goldman, Sachs dann bei Kidder-Peabody-Deals, die nicht in der Anklage erwähnt wurden, Geld verloren? Rubin kannte Freeman sehr gut, und das hier war nicht der Bob Freeman, den er kannte. Im übrigen machte ihn die Demütigung, die Giuliani Goldman, Sachs und Freeman öffentlich zugefügt hatte, wütend. Als Spendensammler für die Demokraten würde er es dem Republikaner Giuliani nicht erlauben, sich auf Kosten von Goldman, Sachs politisch zu profilieren.

Aber es gab noch einen gewichtigeren Punkt. Als Rubin und Pedowitz die Anklage genauer unter die Lupe nahmen, fanden sie rasch heraus, daß die Staatsanwaltschaft auf schwankendem Boden agierte. Die eidesstattliche Erklärung von Doonan enthielt in bezug auf den Unocal-Deal einen Fehler: Es hieß dort, Freeman habe die Unocal-Information im April an Siegel weitergegeben, aber die unter Verdacht geratenen Handelsaktivtäten hatten im Mai stattgefunden.

Doonan war beim Abschreiben von Paschalls Notizen einfach ein Fehler unterlaufen. Mochte die Staatsanwaltschaft später erklären, was sie auch tat, sie hätte einige rein formale Fehler hinsichtlich der Zeitangaben gemacht, wie sie im Eifer des Gefechts schon einmal vorkommen konnten. Bei Leuten, die an Freemans Unschuld glaubten und von den Behörden nur das Schlimmste erwarteten, traf eine solche nachträgliche Richtigstellung verständlicherweise auf taube Ohren. Goldman, Sachs versteifte sich in völlig verzerrter Wahrnehmung der beanstandeten Ungenauigkeiten zunehmend darauf, daß die Anklage aufgrund der in ihr enthaltenen Fehler in sich zusammengebrochen sei.

Die Geschäftsführung traf sich an diesem Nachmittag zu einer informellen Besprechung und beschloß einstimmig, Freeman zu unterstützen. Trotzdem ließ Rubin die von Pedowitz begonnene Untersuchung fortsetzen; er sagte Pedowitz, er wolle der Frage auf den Grund kommen, ob Freeman tatsächlich etwas Gesetzwidriges getan hatte. Die Untersuchung zielte dennoch mehr darauf ab, Alternativerklärungen für die beanstandeten Handelsaktivitäten zu finden, als auf die Klärung der Frage, ob Siegel tatsächlich illegale Tips von Freeman erhalten hatte. Diese Herangehensweise war vermutlich ein unvermeidliches Nebenprodukt der starken Goldman-kontra-Regierung-Stimmung, die sich infolge der Verhaftung von Freeman breitmachte.

Wigton ging am späten Nachmittag, nachdem die Anklageerhebung und die Besprechungen mit den Anwälten vorüber waren, instinktiv in sein Büro bei Kidder, Peabody zurück. Als seine Kollegen ihn durch die Tür kommen sahen, sprang jeder im Handelsraum auf und begrüßte ihn mit Applaus. Wigton rief seine Frau an, um ihr zu sagen, daß er nun doch zum Abendessen zu Hause sein würde. Punkt 17.45 Uhr traf er sich wie an jedem Arbeitstag mit zwei anderen Mitgliedern der New-Jersey-Fahrgemeinschaft. Sie unterhielten sich auf der Heimfahrt über den Börsenverlauf des Tages und ihre Pläne für das lange Wochenende. Aus Rücksicht auf Wigton blieben die Ereignisse des Tages, die bald eine der Hauptnachrichten in den Medien sein würden, ausgespart, und Wigton selbst kam auch nicht auf sie zu sprechen. Es hätte, seiner Meinung nach, schlechtes Benehmen bedeutet.

Sowohl Kidder, Peabody als auch Goldman, Sachs gaben noch am Tag der Verhaftungen und der Anklageerhebungen Dementis heraus, in denen jedes kriminelle Vergehen abgestritten wurde. Ein Kidder-Sprecher erklärte, daß es »die langjährige Politik der Firma« sei, »nicht mit nichtöffentlichen Informationen zu handeln, und soweit wir wissen, ist sie auch strikt befolgt worden«. Goldman trat sogar noch selbstsicherer auf: »Aufgrund unserer eigenen internen Überprüfung haben wir keinen Grund zu glauben, daß seitens des Chefs unserer Arbitrageabteilung oder unserer Firma irgendein Vergehen begangen wurde.«

CS-1 war natürlich Siegel. Am frühen Donnerstagvormittag hatte Doonan ihn in seiner Wohnung angerufen. »Gehen Sie heute nicht zur Arbeit«, hatte er ihm gesagt, »sondern direkt in Jeds Büro.« Auf der Fahrt zu Rakoff hatte Siegel das starke Gefühl, daß er heute sein Schuldgeständnis würde ablegen müssen. Laut seiner Vereinbarung mit der Staatsanwaltschaft war er verpflichtet, sich schuldig zu bekennen, sobald er dazu aufgefordert wurde; er würde nicht die Gelegenheit zum »Richterkauf« haben, das heißt den Zeitpunkt seines Geständnisses nicht selbst bestimmen können.

Als er gegen halb elf Uhr bei Mudge Rose eintraf, bestätigte ihm Rakoff, daß die verdeckte Operation beendet war und man von ihm erwartete, daß er am nächsten Tag sein Schuldgeständnis ablegte. (»Man wird Sie das Schuldgeständnis wahrscheinlich am Freitag, dem dreizehnten, ablegen lassen«, hatte Rakoff vor Wochen gewitzelt, und jetzt bewahrheitete sich seine Voraussage.)

Siegel rief seine eigene Nummer bei Drexel an, um seiner Sekretärin Kathy zu sagen, daß er heute nicht ins Büro kommen würde. Kathy befand sich, da es ihr wieder einmal bestimmt war, die Überbringerin außerordentlicher Neuigkeiten zu sein, in heller Aufregung. »Sie haben Wigton, Tabor und Freeman festgenommen«, sagte sie. »Man hat sie in Handschellen abgeführt«. Sie hatte die Fernschreibermeldung vor sich und las sie Siegel vor. Sie kannte natürlich alle drei: Wigton und Tabor von Kidder, Peabody und Freeman von seinen häufigen Anrufen her.

»Hier sind alle ganz aufgeregt«, berichtete sie über die Stimmung bei Drexel. Jeder in der Firma habe die Neuigkeit mit Freude aufgenommen. Siegel war für einen Augenblick verwirrt, aber Kathy erklärte es ihm sofort: Nachdem man monatelang das Hauptziel der Presseberichte abgegeben hatte, war jetzt eine andere Firma belastet worden – und nicht nur irgend eine, sondern Goldman, Sachs, jene Firma, die bei Drexel am meisten bewundert wurde und die man von der Spitze der Wall-Street-Hierarchie zu verdrängen gedachte.

Zu Siegels Erstaunen deutete nichts von dem, was Kathy sagte, darauf hin, daß man in der Firma argwöhnte, er könnte in die Sache verwickelt sein. Als er nach dem Gespräch auflegte, dachte er voller Trauer daran, daß er jemanden enttäuschen mußte, der ihm mit so unerschütterlicher Loyalität ergeben war.

Rakoff und Strauss besprachen mit Siegel, was am nächsten Tag auf ihn zukommen würde. Die Kopien der Liste der Anklagepunkte, in denen Siegel sich schuldig bekennen sollte, und der Presseverlautbarung der Regierungsseite wurden erst am späten Abend überbracht. Offenbar hatten die Behörden Schwierigkeiten, mit dem raschen Gang der Ereignisse Schritt zu halten.

Bei der Diskussion der Enthüllungen, die die Behörden in bezug auf Siegel machen würden, bildete der genaue Geldbetrag, den er von Boesky entgegengenommen hatte, einen Streitpunkt: Siegel beharrte darauf, daß es nur 700000 Dollar gewesen waren, während Boesky im Verhör gesagt hatte, er hätte ihm 800000 Dollar gezahlt. Diese Diskrepanz hatte auf seiten der Strafverfolgungsbehörden einige Verärgerung hervorgerufen. Man wollte gar nicht erst den Verdacht aufkommen lassen, daß einer ihrer beiden Starzeugen log, und verlangte deshalb von Siegel, er solle sich Boeskys Version anschließen, die in die Presseerklärung aufgenommen werden sollte. Aber Siegel ließ sich in diesem Punkt nicht erweichen. Er vermutete, daß die Differenz durch den Transportverlust bei der Übergabe des Geldes zustande kam - aber das war nicht sein Problem. Er hatte 700000 Dollar erhalten, und etwas anderes würde er auch nicht sagen, ganz gleich, wie sehr man ihn unter Druck setzte. Nachdem er jahrelang mit einer Lüge gelebt hatte, wollte er nicht von neuem damit beginnen. Die Staatsanwaltschaft gab schließlich nach.

Jetzt war für Siegel die Zeit gekommen, das zu tun, was für ihn den schwierigsten und aufreibendsten Aspekt seiner Kooperation mit den Behörden darstellte. Während der Phase der verdeckten Operation hatte er, außer seiner Frau, niemandem sagen dürfen, was vorging. Doch jetzt mußte er sich der qualvollen Aufgabe stellen, seiner Familie, seinen engsten Kollegen und seinen Freunden die Wahrheit zu gestehen.

Seine Eltern erreichte er in Florida, wo sie mit dem Caravan unterwegs waren, den er ihnen geschenkt hatte, und sagte ihnen, sie sollten beide ans Telefon kommen. Ein paar Wochen vorher hatte er sie enttäuscht, als er ihnen erklärte, daß es ihm nicht möglich wäre, an ihrem 40. Hochzeitstag bei ihnen zu sein; sie waren kaum auf Neuigkeiten von dem Gewicht vorbereitet, wie sie sie jetzt zu hören bekamen. Hatte der Erfolg ihres Sohnes ihre wildesten Träume übertroffen, so war das, was sie nun erfuhren, schlimmer als alles, was sie sich hätten vorstellen können. Seine Mutter schluchzte. Die Hauptsorge seiner Eltern galt allerdings dem Wohlergehen ihres Sohnes. Sie wollten ihn sofort sehen, aber er redete es ihnen aus. Er versuchte ihnen zu erklären, was ihn in den nächsten Tagen erwartete, und versicherte, daß er alles gut überstehen würde.

Als nächste standen die weiteren Familienangehörigen auf seiner Liste. Er rief seinen Bruder und seine Schwester an. Er sprach mit Jane Days Eltern. Sie alle waren schockiert, ungläubig und den Tränen nah. Danach waren die Klienten und Kollegen, die Siegel am nächsten standen, an der Reihe. Er versuchte Henry Kravis bei KKR zu erreichen, traf ihn aber nicht an und sprach statt dessen mit George Roberts, der ihm sagte, wie leid ihm die ganze Sache tue und daß er ihm alles Gute wünsche. Sam Heyman, den Chef von GAF, seinen ehemaligen Nachbarn, erreichte er. Heyman versuchte Siegel Mut zu machen; er sagte, er hätte gewußt, daß etwas nicht stimmte, ihn aber nicht drängen wollen, darüber zu sprechen.

Als nächstes sprach Siegel unter anderem mit Gershon Kekst, dem Unternehmensberater in Sachen Public Relations, und Stockton Strawbridge, einem weiteren wichtigen Klienten. »Jetzt wird sich ja herausstellen, ob sie Boden unter den Füßen haben«, meinte Strawbridge. »Das wäre Ihnen zu empfehlen«, erwiderte Siegel grimmig. Dann rief er Peter Schwartz an, einen Taxifahrer, mit dem er oft fuhr und der zu einem Freund geworden war. »Es tut mir leid, daß ich dich enttäuschen muß«, sagte Siegel.

Schließlich telefonierte er mit Martin Lipton, seinem Mentor, der ihm so viel bedeutete. Siegel wußte immer noch nicht, daß Lipton und seine Kanzlei Goldman, Sachs vertraten. Er wiederholte seine früheren Entschuldigungen, sagte wieder und wieder, daß es ihm leid täte, und hoffte verzweifelt auf irgendein Zeichen des Mitleids oder des Vergebens.

»Ich werde sehen, was ich für Sie tun kann«, sagte Lipton, und Siegel war selbst von einer so kleinen Lücke in Liptons kalter Fassade ermutigt.

Danach rief er wiederum bei Kathy an und bat sie, zu ihm in Rakoffs Büro zu kommen. Als sie eintraf, führte er sie in einen Konferenzraum und schloß die Tür hinter sich. »Ich habe einen schrecklichen Fehler gemacht«, sagte er. »Du wirst enttäuscht von mir sein.« Er hatte das Gefühl, als würde er sich einer Tochter gegenüber schuldig bekennen. Aber Kathy begriff immer noch nicht, worum es ging, und als er ihr schließlich sagte, daß er des Insiderhandels schuldig sei, brach sie in Tränen aus.

»Warum?« stieß sie schluchzend hervor. »Warum?«

Siegel vermochte nicht, darauf zu antworten. Die quälende Anspannung, unter der er den ganzen Tag über gestanden hatte, fiel in sich zusammen, und er begann mit Kathy zusammen zu weinen.

Rakoff, der sich weiterhin Sorgen um Siegels Gemütslage machte, holte ihn am nächsten Tag ab und fuhr ihn zum Gericht. Er wollte verhindern, daß Siegel auf dem Weg zur Verhandlung Selbstmordgedanken kamen. Siegel wurde durch eine Seitentür ins Gebäude gebracht und dann zu dem Saal im ersten Stock geführt, wo die Anklageerhebungen stattfanden. Er trug einen dunkelgrauen Anzug, ein blaues Hemd und eine rote Krawatte. Richter Robert Ward setzte seinen Fall als letzten an diesem Tag an, was bedeutete, daß er fast drei Stunden warten mußte, bis er aufgerufen wurde.

Die Nachricht, daß CS-1 identifiziert werden und ein Geständnis ablegen würde, hatte sich herumgesprochen, und so war der Gerichtssaal – anders als am Vortag, als Freeman, Wigton und Tabor angeklagt worden waren – voller Reporter, einschließlich einiger Zeichner, die Siegel während der Wartezeit bis zu seinem Fall intensiv studierten. Auf der Treppe zu den imposanten Säulen vor dem Haupteingang des Bundesgerichts hatten sich Fernsehteams aller großen Sender eingefunden.

Schließlich wurde Siegel aufgerufen. Er versicherte dem Richter, daß er keine Medikamente nahm und sich nicht in psychiatrischer Behandlung befand. Als Richter Ward ihn fragte, welche Ausbildung er durchlaufen habe, zögerte Siegel. Er war drauf und dran, die Harvard Business School anzugeben, brachte die Worte aber nicht über die Lippen. Er schämte sich zu sehr. »Graduate Schook«, sagte er schließlich. Danach verlas der Richter die Anklagepunkte, Verschwörung zum Zweck des Wertpapierbetrugs und Steuerhinterziehung in bezug auf die von Siegel nicht angegebenen Boesky-Zahlungen. Er hörte kaum, was der Richter sagte, während er sich die Tränen aus den Augen wischte.

»Wie bekennen Sie sich?«

Die Worte hallten durch den großen Saal. Dann trat Stille ein, bis Siegel mit verhaltener, aber fester Stimme sagte: »Schuldig, Euer Ehren.«

Richter Ward legte den 2. April als Termin der Urteilsverkündung fest. Das war in weniger als zwei Monaten.

Siegel wurde in eine Verwahrzelle gebracht und mußte sich mit 27 Drogendealern zusammen, die am Vormittag angeklagt worden waren, die Fingerabdrücke abnehmen lassen. Danach versuchte er durch eine Kellertür unbemerkt aus dem Gerichtsgebäude zu gelangen, aber ein Kamerateam des NBC hatte ihn dort erwartet und filmte ihn, während ihn seine Anwälte hastig zu dem wartenden Auto brachten, das ihn direkt zum Flughafen fahren sollte. Er hielt nur für einen Augenblick inne, um Audrey Strauss einen Kuß auf die Wange zu geben, dann schlug die Wagentür zu.

Die einander überschlagenden Neuigkeiten, zuerst über die Festnahme von Freeman, Wigton und Tabor und dann über Siegels Schuldeingeständnis, erschütterten Kidder, Peabody und den neuen Eigentümer der Firma, General Electric (GE), in ihren Grundfesten. Kidders Sachbearbeiter für M&A hastete mit Tränen in den Augen aus dem Handelsraum, als er die Nachricht erfuhr. Siegel hatte bei Kidder, besonders in den unteren Rängen, immer noch viele Bewunderer. Aber die Stimmung wandte sich rasch gegen ihn, als die Einzelheiten bekannt wurden; besonders verübelte man es ihm, daß er Geld von Boesky angenommen hatte. Sein Wechsel von Kidder zu Drexel hatte eine gewisse Verärgerung hinterlassen, die bisher nicht in den Vordergrund getreten war, jetzt aber von den Ereignissen hochgespült wurde.

Die Spitzen von GE erfuhren die Neuigkeit, als sie gerade im Hauptsitz des Konzerns in Fairfield (Connecticut) beim Mittagessen saßen. Sie mußten entsetzt erkennen, daß ihre 650-Mio.-Dollar-Investition in eine vermeintlich erstklassige Investmentfirma gefährdet war. Ein für den Abend im exklusiven Restaurant Le Bernardin in Manhattan geplantes Dinner, mit dem Vertreter von GE und Kidder den Abschluß eines Kidder-Deals feiern wollten, geriet unvermutet zu einer Art Leichenschmaus.

War das Verhältnis zwischen den Mitarbeitern von Kidder, Peabody und ihren neuen Bossen vorher schon von einem gewissen Unbehagen geprägt gewesen, so trieben die Verhaftungen endgültig einen Keil zwischen sie. Während sich auf Kidders Seite Männer wie Max Chapman vor Wigton stellten, nahm GE eine abgeklärtere Haltung an. Bei GE hatte man - im Zusammenhang mit der Erteilung von Regierungsaufträgen - Erfahrung mit Strafanzeigen. Man war überzeugt, daß die Regierung keine Untersuchung von solchem Ausmaß, geschweige denn Verhaftungen, vornehmen würde, wenn sie nicht einige verläßliche Beweise für Gesetzwidrigkeiten besäße. Und da Siegel mit ihr zusammenarbeitete, war anzunehmen, daß die Staatsanwaltschaft schweres Geschütz gegen Kidder, Peabody auffahre konnte. Eine Firma kann für gewöhnlich wegen des Verhaltens ihrer Mitarbeiter strafrechtlich zur Verantwortung gezogen werden, und Siegel hatte seine Verbrechen gestanden.

Seit der Eingliederung von Kidder hatte GE die Führung der Firma weiterhin DeNunzio überlassen und sich nur selten eingemischt. Jetzt jedoch, angesichts des Ernsts der Lage, übernahm Lawrence Bossidy, Vizepräsident von GE und Geschäftsführer von GE Financial Services, der Muttergesellschaft von Kidder, Peabody, selbst die Oberaufsicht in dieser Sache und betraute Joseph Handros, einen stellvertretenden Generalsyndikus von GE, der über strafrechtliche Erfahrungen verfügte, mit der Leitung vor Ort. Bossidy, ein ehemaliger Baseballspieler, war nicht nur eine imposante Gestalt, sondern auch von unanfechtbarer Integrität. Er hatte keinerlei sentimentale Bindungen an die »alte« Firma Kidder, Peabody und war entschlossen, rasch zu handeln, um den entstandenen Schaden zu beheben.

GE hatte bereits eine Gruppe von Buchprüfern zu Kidder, Peabody geschickt, die die Finanzlage und Geschäftsführung der Firma eingehend unter die Lupe nehmen sollte. Diese Gruppe erhielt jetzt den Auftrag, den mutmaßlichen Insiderhandel zu untersuchen. Gleichzeitig stellte Kidder, Peabody ein eigenes Untersuchungsteam auf, das aus John Gordon, Siegels Freund Peter Goodson und Robert Krantz, dem glücklosen hauseigenen Anwalt, bestand. Während beide Gruppen ihre Arbeit aufnahmen, stellte man sich überall in der Firma ängstliche Fragen, die jedoch überwiegend unausgesprochen blieben. Würde Siegel andere belasten, insbesondere DeNunzio? Was war das für eine Geschichte über Arbitrage bei Kidder, Peabody? Manche hatten bisher nicht einmal gewußt, daß es eine Arbitrageabteilung gab. Die GE-Buchprüfer teilten die Transaktionen, die ihnen bei der Durchforstung der Handelsbelege auffielen, in zwei Kategorien ein: in »verdächtige« und »fragwürdige« Deals. Hal Ritch war erstaunt, daß nach wenigen Tagen schon über 100 Transaktionen als verdächtig eingestuft worden waren.

Ritch und Gordon hatten aber noch einen anderen Grund, beunruhigt zu sein. Als sie die auf Freeman bezogenen Beschuldigungen der Staatsanwaltschaft lasen, erinnerten sie sich an den SCA-Deal. Ihr Verdacht von damals war also nicht grundlos gewesen. Sie taten es zwar nur ungern, mußten aber zugeben, daß die mit Freeman zusammenhängenden Vorwürfe berechtigt zu sein schienen.

Am Tag nach Siegels Schuldgeständnis, einem Sonnabend, war das Team von Kidder, Peabody zu einem Treffen mit Giuliani, Carberry, Wilson, dem Chef des Dezernats für Strafsachen, und Cartusciello, dem für den Freeman-Fall zuständigen Staatsanwalt, zum St. Andrews Plaza bestellt worden. Die SEC war, durch Lynch und Sturc, ebenfalls vertreten, da eine Lösung für Kidder, Peabody nur unter Einschluß einer Vereinbarung mit der SEC möglich war. Der Sullivan-Cromwell-Partner Marvin Schwartz hatte die führende Rolle auf seiten von Kidder, Peabody übernommen; außer ihm waren Krantz, Handros und Gary Naftalis anwesend, Wilkis' Anwalt, den Handros als Vertreter von GE engagiert hatte.

»Sie sitzen in der Falle«, begann Giuliani, aber Schwartz ging seinerseits sofort in die Offensive. »Sie sollten sich entschuldigen«, sagte er gereizt zu Giuliani und verurteilte die Vorgehensweise der Staatsanwaltschaft bei der Verhaftung von Freeman, Wigton und Tabor.

Carberry konterte damit, daß er Schwartz' Kanzlei, Sullivan & Cromwell, einen Interessenkonflikt vorwarf, da sie beide Investmentfirmen, Kidder, Peabody und Goldman, Sachs, bereits bei anderen Gelegenheiten vertreten hatte. Schwartz sprang förmlich von seinem Stuhl und erwiderte mit erhobener Stimme: »Ich brauche *Sie* nicht, um mir Vorträge über Interessenkonflikte zu halten. Wenn ich einen Rat in Sachen Ethik brauche, das versichere ich Ihnen, würde ich mich bestimmt nicht an Sie wenden.«

Die Regierungsanwälte trauten ihren Ohren kaum. Sullivan & Cromwell und Kidder, Peabody waren ihnen schon seit der Winans-Affäre verdächtig gewesen, bei der sich herausgestellt hatte, wie mangelhaft die

Kontrollmechanismen und die internen Untersuchungen bei Kidder waren. Und jetzt hatte Siegel, der vormalige Star der Firma, gewichtige kriminelle Handlungen gestanden, die er während seiner Zeit bei Kidder begangen hatte. Glaubte Kidder, Peabody wirklich, die Regierungsseite müsse sich *entschuldigen?*

Das verwirrte Erstaunen, das Krantz vorspiegelte, half auch nichts. »Worum geht es hier eigentlich? Helfen Sie mir«, sagte er und sah sich in der Runde der Regierungsanwälte um, die ihm sprachlos zuhörten. »Ich kann einfach keine Gesetzwidrigkeit erkennen.«

Giuliani behielt die Ruhe. »Hier ist unsere Meinung«, sagte er. »Sie haben ein Problem. Je eher Sie es lösen, desto besser. Und Sie sollten daran denken, etwas zu schlucken.«

Danach übernahm Carberry. Er sprach von Kidder, Peabodys möglicher Verantwortlichkeit für Siegels Handlungen und erinnerte daran, welch jämmerliche Figur die Firma in der Winans-Affäre abgegeben hatte, wozu noch einige Unregelmäßigkeiten kamen, die erst in einem Buch, das Winans geschrieben hatte, zutage getreten waren. Dann ließ er die Bombe platzen: Kidder, Peabodys Probleme waren keinesfalls nur auf Siegels Vergehen beschränkt. Die Strafverfolgungsbehörden besaßen Informationen über ein »Parkarrangement«, in das außer Donald Little, Kidder, Peabodys Broker in Boston, auch der Co-Chef der Kidder-Abteilung für Anleihehandel und, was am erstaunlichsten war, Kidders Präsident Jack Roche verwickelt waren.

»Wir werden Sie anklagen«, erklärte Carberry rundweg.

Schwartz schien wie vor den Kopf gestoßen, fing sich aber wieder, als Giuliani ihn noch einmal darüber belehrte, daß die Handlungen von Mitarbeitern unter die Verantwortlichkeit ihrer Firma fielen, und belehrte ihn seinerseits über die Denkungsart des gesunden Menschenverstandes. Das Gespräch endete unter gegenseitigen Beschuldigungen. Schwartz verließ, vom restlichen Kidder-Team gefolgt, wutschnaubend den Raum, und die Regierungsmannschaft blieb verärgert zurück.

Bossidy war entsetzt, als er von Handros erfuhr, wie das Treffen verlaufen war. Sullivan & Cromwell hätte sich, seiner Meinung nach, nicht schlimmer verhalten können. Es mußte etwas geschehen, und zwar schnell. Bossidy hatte im Fall von E.F. Hutton miterlebt, wie verheerend sich eine Anklage auswirken konnte. Seiner Ansicht nach würde eine Anklage zumindest den guten Ruf von Kidder, Peabody zerstören, wenn nicht, was wahrscheinlicher war, die ganze Firma.

Die GE-Buchprüfer erhöhten ihre Anstrengungen und hielten Handros und Bossidy ständig auf dem laufenden. Ihre Untersuchungsergebnisse waren entmutigend. Bei einigen der verdächtigen Transaktionen, wie dem Handel in General Foods, würde man der Anklage mit dem Argument, die Informationen seien öffentlich zugänglich gewesen, den Boden entziehen können. Aber was war, zum Beispiel, mit Continental Group? Kidders Arbitrageabteilung hatte ein perfektes Timing bewiesen, als sie kurz vor dem Zeitpunkt, in dem ein weißer Ritter auftrat, Aktien dieses Goldman-Klienten erwarb. Und das war nicht der einzige derartige »Zufall«. »Mit einem oder zwei Fällen wie diesem könnten wir leben«, sagte Naftalis zu Handros. »Aber nicht mit fünf oder sechs.«

Auch die Befragungen der Spitzen von Kidder, Peabody wirkten nicht eben beruhigend. GE war zwar bereit zu glauben, daß DeNunzio nichts von Siegels ständigen Absprachen mit Freeman gewußt hatte – aber DeNunzio hatte Siegel angewiesen, Wigton und Tabor zu beraten, ohne auch nur den Anschein einer chinesischen Mauer aufrechtzuerhalten oder irgendeine Kontrollinstanz einzubauen. Der Stil, in dem er die Firma geführt hatte, war nach Einschätzung der GE-Mitarbeiter nur als haarsträubend zu bezeichnen; und Roche, gegen den jetzt ebenfalls ermittelt wurde, und Krantz waren in ihren Augen, sofern es überhaupt möglich war, noch inkompetenter.

Zwei Wochen nach dem Zusammenprall des Kidder-Teams mit Giuliani und Carberry rief Naftalis bei Carberry an. »GE möchte sich mit Ihnen treffen«, sagte er dem Staatsanwalt, »ohne jemanden von Kidder oder Sullivan & Cromwell.« GE hatte sich entschlossen, nicht nur die Fäden der strafrechtlichen Untersuchung, sondern die der gesamten Firma in die eigenen Hände zu nehmen. Der Fall wurde Sullivan & Cromwell entzogen und Naftalis und dessen Kanzlei – Kramer, Levin, Nessen, Kamin & Frankel – übergeben, und am 7. März traf sich Bossidy persönlich mit Giuliani und Carberry.

Er berichtete den Staatsanwälten in einem 15minütigen Vortrag, dessen Tonlage sich stark von derjenigen unterschied, die Schwartz bei der letzten Begegnung angeschlagen hatte, von der GE-Untersuchung bei Kidder, Peabody, deren offensichtliche Ernsthaftigkeit einen scharfen Kontrast zu der Schönfärberei bildete, die man nach Ansicht der Staatsanwälte bei Goldman, Sachs betrieben hatte. Bossidy blieb zwar stets knapp unterhalb der Schwelle des Eingeständnisses, daß sich Kidder, Peabody strafwürdiger Vergehen schuldig gemacht hatte, räumte aber ein, daß »ernste Probleme« entdeckt worden seien. Er betonte, daß GE die Firma erst kürzlich erworben habe, ohne etwas von den Vorfällen zu wissen, die Gegenstand der Ermittlungen waren, und daß eine Anklageerhebung ihr Ende bedeuten könnte, was 7000 unschuldige Mitarbeiter um ihre Arbeit bringen würde.

Dann bot er konkrete Schritte zur Bewältigung der »Probleme« an: Die Spitzen von Kidder, einschließlich DeNunzio, Roche und Krantz, würden ausgewechselt, notfalls auch gefeuert werden. Darüber hinaus würde Kidder, Peabody die Arbitrage gänzlich aufgeben; Bossidy war zu dem Schluß gekommen, daß eine Investmentbank auf dem Gebiet der Arbitrage nichts zu suchen hatte und daß keine chinesische Mauer, wie sehr sie auch befestigt sein mochte, verhindern konnte, daß vertrauliche Informationen mißbraucht wurden. Und schließlich würde die Firma mit der SEC in Verhandlungen eintreten, um eine angemessene Vereinbarung mit ihr zu erzielen.

Die Haltung von GE und die weitgehenden Vorschläge, die Bossidy vorbrachte, machten einen günstigen Eindruck auf die Staatsanwälte. Giuliani sagte Bossidy, daß die Handlungsweise von GE im Vergleich zu dem, was er von anderen in den Skandal verwickelten Firmen – womit er offenbar Drexel und Goldman meinte – zu hören bekam, wie »eine Brise frischer Luft« wirke. Bossidy und Naftalis sahen zum erstenmal seit den Festnahmen einen Hoffnungsschimmer am Horizont; möglicherweise konnte die drohende Anklage gegen Kidder, Peabody doch noch abgewendet werden.

Während die Ereignisse für Kidder, Peabody eine Wendung zum Guten nahmen, konnte die Staatsanwaltschaft einen weiteren Sieg verbuchen. Boyd Jefferies, der Präsident der Jefferies Group, des großen Brokerhauses in Los Angeles, das sich als Pionier auf dem außerbörslichen Handel hervorgetan hatte, bekannte sich im April 1987 in zwei Anklagepunkten schuldig und erklärte sich bereit, mit den Behörden zu kooperieren. Jefferies hatte, ebenso wie es Mulheren vorgeworfen wurde, für Boesky Aktienpakete »geparkt«, und die Staatsanwaltschaft verfügte über Beweise für eine illegale Zahlung in Höhe von drei Mio. Dollar, die Boesky an Jefferies geleistet hatte. Die zugehörige Rechnung wies den Betrag, der in Wirklichkeit gewissermaßen eine »Parkgebühr« darstellte, als Honorar für »Investmentberatung und Unternehmensfinanzierung« aus – was bestätigte, daß Boesky nicht nur im Fall der Drexelschen 5,3 Mio. mit falschen Rechnungen gearbeitet hatte.

Noch verblüffender allerdings war eine Enthüllung, die nichts mit Boesky zu tun hatte. Jefferies gestand, daß er, auf Bitten eines nicht genannten Mitverschwörers, den Kurs einer Zweitplazierung der Fireman's-Fund-Aktie durch American Express manipuliert hatte. Auch in diesem Arrangement spielten falsche Rechnungen eine Rolle, mit deren

Hilfe Jefferies' Partner ihn für die Verluste entschädigte, die er erlitten hatte, als er große Aktienpakete aufkaufte, um den Kurs in die Höhe zu treiben. Mehr als jeder andere Beschuldigte gestand Jefferies Handlungen, die an der Wall Street nur allzu verbreitet waren. Sein Anwalt drückte es so aus: »Boyd war seinen Kunden gefällig. Er ist zu einer Größe in seinem Geschäft geworden, indem er Kunden gefällig war. Die Spielregeln haben sich verändert.«

Der Mitverschwörer, der Jefferies gebeten hatte, den Kurs von Fireman's Fund zu manipulieren, war niemand anders als Sandy Lewis, der Arbitrageur, der Boesky, bevor er sich mit ihm entzweite, im Café des Artistes mit Mulheren bekannt gemacht hatte. Lewis war derartig auf Rache versessen, daß er Gary Lynch den Sommer über regelrecht belagert und ihn gedrängt hatte, die Ermittlungen gegen Boesky voranzutreiben. Jetzt war sein Wunsch in Erfüllung gegangen: Boesky war am Ende – aber auch derjenige, der zuletzt lachen konnte. Lewis, der sich an der Wall Street stets als Hohepriester des ethischen Verhaltens aufgespielt hatte, stritt seine Schuld zwar heftigst ab, fand aber nur wenig Glauben und wurde aufgrund seines Pharisäertums immer mehr zur Spottfigur. Seine Wall-Street-Karriere stand aller Wahrscheinlichkeit nach vor ihrem Ende.

Aber die Hochstimmung, die dieser Erfolg im Büro des Staatsanwalts ausgelöst hatte, hielt nicht lange an, denn die großangelegte Untersuchung gegen Freeman, Wigton und Tabor war ins Schlingern geraten. Nach seinem Umzug nach Florida hatte Siegel endlich die auf seinen Aussagen beruhenden Haftbefehle zu sehen bekommen, und er war entsetzt. Mit Unocal und Storer, den beiden Deals, die in den Anklagen genannt wurden, hatte sich die Staatsanwaltschaft zwei der kompliziertesten Transaktionen herausgepickt, die Siegel beschrieben hatte. Doonan hatte Siegel nur einmal zu den beiden Deals befragt und sich bei seiner eidesstattlichen Erklärung auf die Notizen gestützt, die Paschall dabei angefertigt hatte. Siegel war bestürzt über das, was er in Doonans Darstellung las. Sie traf zwar im Kern zu, war aber in den Details, wie Goldman, Sachs bereits festgestellt hatte, höchst ungenau.

Nach Doonans Version war der gesamte Unocal-Aktienrückkauf in dem Telefongespräch verabredet worden, das Siegel im April vom Flughafen in Tulsa aus mit Freeman geführt hatte. Tatsächlich war das nur die halbe Wahrheit. Doonan hatte das, was in Wirklichkeit über Tage und Wochen verteilt gewesen war, auf unzulässige Weise in einem einzigen Telefonat gebündelt. Siegel wußte, daß die Handelsbelege diese Darstellung der Ereignisse nicht stützen konnten, und er hatte recht damit. Wie Siegel entsetzt feststellte, hatte die Staatsanwaltschaft außerdem behauptet, Freeman hätte gefälschte Researchakten angelegt, um seine Aktienkäufe notfalls erklären zu können. Er hatte ihr gesagt, daß Boesky - nicht Freeman - solche Akten geführt hatte.

Rakoff war klar, daß jeder gute Verteidiger solche Fehler ausschlachten würde, um die Anklage in Verlegenheit zu bringen und die Stichhaltigkeit ihres Falls in Frage zu stellen. Und zweifellos würde Siegel, wenn auch zu Unrecht, die Schuld daran zugeschoben werden; er stände als Lügner da. Rakoff wünschte, die Staatsanwaltschaft hätte ihn und Siegel gebeten, sich die Haftbefehle gegen Freeman, Wigton und Tabor anzusehen, bevor die Festnahmen erfolgten. Aber man war derartig auf die Geheimhaltung bedacht gewesen, daß man es nicht getan hatte, und jetzt war es zu spät.

Rakoff rief, mit Strauss als Zuhörer, Carberry an, um klarzustellen, daß Siegel keine Schuld traf. Carberry gab die Fehler auch sofort zu und sagte, daß man sie bei nächster Gelegenheit korrigieren werde. Rakoff war erleichtert, daß Carberry keine Anstalten machte, Siegel die Schuld an den Fehlern in die Schuhe zu schieben. Er schien sich deswegen keine großen Sorgen zu machen.

Freeman, Wigton und Tabor wurden am 9. April, ungefähr sieben Wochen nach ihrer spektakulären Festnahme, angeklagt. Die Staatsanwaltschaft berichtigte ohne große Umschweife die in der ursprünglichen Anklage enthaltenen Fehler, indem sie das Datum der Unocal-Transaktionen bei Kidder, Peabody vom April auf den 15. und 17. Mai verlegte und erklärte, die Storer-Geschäfte hätten im April stattgefunden, und nicht im Dezember, wie vorher angegeben. Das Grundmuster der Anklage blieb jedoch erhalten: Sie beschränkte sich weiterhin auf die genannten Deals und warf jedem der Beschuldigten vier Vergehen vor.

Auffallend war, daß Kidder, Peabody selbst, gemäß der Vereinbarung, die GE mit Giuliani abgeschlossen hatte, nicht unter Anklage gestellt wurde. Auf der anderen Seite hielt sich GE an die Zusage, die Behörden zu unterstützen: Kidder, Peabody schickte Wigton umgehend in unbezahlten Urlaub und stellte die Bezahlung seiner und Tabors Anwaltskosten ein. Aber GE war, was die meisten Angestellten von Kidder, Peabody nicht wußten, noch weiter gegangen. GE-Anwälte hatten Stanley Arkin, Wigtons Anwalt, aufgesucht und ihm rundheraus erklärt, daß Wigton sich nur dann gegen die Anklage zur Wehr setzen solle, wenn er tatsächlich unschuldig war. Wenn nicht, solle er sich schuldig bekennen und mit den Behörden kooperieren. Um ihrer Forderung den nötigen Nachdruck zu verleihen, hatten sie hinzugefügt, daß GE, falls Wigton kämpfen und verurteilt werden sollte, die drei Mio. Dollar, die man ihm bereits für seine Kidder-Peabody-Aktien gezahlt hatte, auf dem Klageweg zurückverlangen und die drei Mio., die man ihm noch schuldete, gar nicht erst auszahlen würde.

Goldman, Sachs dagegen hielt eisern an Freeman fest, obwohl eine neuerliche Erklärung der Firma einen etwas moderateren Ton anschlug als frühere Verlautbarungen. »Wir kennen ihn und vertrauen ihm«, hieß es dort in bezug auf Freeman. »Nach allem, was wir wissen, glauben wir weiterhin, daß er nicht gesetzwidrig gehandelt hat.«

GE rechtfertigte seine Maßnahmen damit, daß es Firmenpolitik sei, Angestellte, die unter Anklage standen, zu beurlauben. In den getroffenen Maßnahmen spiegelte sich außerdem, obwohl die GE-Führung Wigton und Tabor kaum kannte, deren Ansicht wider, daß die Behörden wahrscheinlich zu Recht annahmen, sie hätten gewußt, daß Siegel Insiderinformationen erhielt. Bei Kidder, Peabody waren allerdings viele verärgert darüber, daß Wigton die Unterstützung entzogen wurde, besonders jene, die immer noch bedauerten, daß die Firma ihre Unabhängigkeit an einen Industriegiganten wie GE verloren hatte. Bei Wigton selbst zeigte die gegen ihn eingeschlagene Taktik nicht die beabsichtigte Wirkung. Er blieb unerschütterlich. Der Verlust der Unterstützung seiner Firma war zwar schmerzlich für ihn, aber er beharrte darauf, daß er unschuldig war.

Der Unmut, den diese Wendung der Ereignisse bei Kidder, Peabody hervorgerufen hatte, war allerdings nichts im Vergleich mit dem Aufschrei der Empörung, der einen Monat später dort zu hören war. Am 12. Mai erschienen die beiden mit dem Fall betrauten Anklagevertreter, ein erschöpft wirkender Cartusciello und ein weiterer stellvertretender Staatsanwalt namens John McEnany, vor Richter Louis L. Stanton, der in dieser Sache zu entscheiden hatte, und erklärten, sie bräuchten mehr Zeit für die Vorbereitung des Prozesses. McEnany räumte ein, daß es, »im nachhinein betrachtet«, besser gewesen wäre, wenn die Staatsanwaltschaft die publizitätsträchtigen Verhaftungen später vorgenommen hätte, und gab zu, daß man »uns zum Vorwurf machen« könne, »zu schnell vorgegangen« zu sein.

Es war ein verblüffendes Eingeständnis der Schwäche in einem kritischen Augenblick nicht nur für den Fall, um den es ging, sondern auch für andere schwebende Verfahren, einschließlich des Milken-Falls. Für gewöhnlich ist es die Verteidigung, die um Aufschub bittet; aber in diesem Fall widersetzten sich die Verteidiger einer Verzögerung. Sie spürten, daß ein rascher Ablauf des Verfahrens günstig für sie war. Richter Stanton wies den Antrag der Staatsanwaltschaft am nächsten Tag, in Gegenwart der Angeklagten, unter Hinweis auf den 6. Zusatzartikel der Verfassung zurück, der das Recht auf einen schnellen Prozeß garantiert. Ein Sprecher Giulianis erklärte dem *Wall Street Journal* gegenüber: »Ich würde das nicht als Niederlage bezeichnen.« Dennoch hatten die Beschuldigten und ihre Anhänger sicherlich Grund zur Freude.

Jetzt war die Staatsanwaltschaft im Zugzwang. Sollte sie weitermachen und die Fälle vor Gericht verhandeln? Oder sollte sie, was viele für undenkbar hielten, davon Abstand nehmen und die Niederschlagung der Anklagen beantragen? Am St. Andrews Plaza wurde heftig darüber gestritten. Cartusciello und McEnany hatten zwar nicht die Entscheidung getroffen, die Verhaftungen vorzunehmen, meinten aber, die Staatsanwaltschaft hätte jetzt die Pflicht, weiterzumachen und die Prozesse durchzuziehen. Besonders Cartusciello setzte sich hartnäckig dafür ein; er war seit Jahren im Büro des Staatsanwalts tätig und noch von den Traditionen von Giulianis Vorgängern geprägt. Überhastete Festnahmen ließen sich mit ihnen zwar kaum in Einklang bringen, aber wenn ein Beschuldigter erst einmal diese Demütigung erlitten hatte, argumentierte Cartusciello, hatte er das Recht, daß die über seinem Kopf hängende Wolke so schnell wie möglich entladen oder zerstreut wurde.

Und sowohl er als auch McEnany glaubten, daß sie einen Fall hatten, für den sie sich nicht zu schämen brauchten und der auch einige Aussicht auf Erfolg besaß. Sie waren überzeugt, in Siegel einen ausgezeichneten und höchst glaubwürdigen Zeugen zu haben, dessen Aussagen durch die umfangreichen Handelsbelege untermauert wurden, die sie bei Kidder, Peabody und Goldman, Sachs beschlagnahmt hatten. Was ihnen fehlte, war ein weiterer Zeuge, der Siegels Aussagen bestätigen konnte. Kein Staatsanwalt war begeistert, wenn er einen Fall vertreten mußte, der sich nur auf einen einzigen Zeugen stützte, noch dazu einen, der selbst Täter war.

Den entgegengesetzten Standpunkt nahm Howard Wilson ein, der Chef des Dezernats für Strafsachen. Er war der Meinung, die Staatsanwaltschaft sollte ihre bisherigen Fehler nicht noch weiter verschlimmern, indem sie Hast durch Eile ersetzte. Er hätte auch eine andere Überlegung anführen können: Zu seinem Job gehörte es, seinen Boß, Giuliani, und dessen politische Zukunft zu schützen. Giuliani hatte eine bemerkenswerte Reihe aufsehenerregender Erfolge vorzuweisen, einschließlich der Verurteilung des ehemaligen Führers der Demokraten in der Bronx, Stanley Friedman, dessen Fall ihn zur Zeit der Verhandlungen mit Boesky beschäftigt hatte; die Anklagevertretung im Friedman-Fall hatte ihm erheblichen Beifall eingebracht. Auch für das Boesky-Geständnis und die

Einbrüche in die Welt der Wall Street war er mit Lob überhäuft worden. Giuliani stand auf der Liste der Anwärter für den Posten des New Yorker Bürgermeisters oder den des Gouverneurs ganz oben auf der Liste. Seine Presse war bisher fast ausschließlich positiv gewesen. Und jetzt? Was war schlimmer? Die Niederschlagung des Falls bis zu einer späteren neuen Anklageerhebung zu einer Zeit, zu der er, Giuliani, möglicherweise nicht mehr Staatsanwalt war, oder die Peinlichkeit eines verlorenen Prozesses, für die man ihm die Schuld geben würde?

Blieb nur noch Carberry. Er hatte die Verhaftungen vorgeschlagen, und er glaubte an den Fall. Er war allerdings auch kein Politiker. Als altgedientem Staatsanwalt widerstrebte es ihm, die Männer, die unmittelbar mit dem Fall betraut waren, zu überstimmen. Also schlug er sich auf ihre Seite und empfahl wie Cartusciello und McEnany die Fortführung des Falls.

Giuliani steckte in einem Dilemma. Einerseits mußte es den Chef des Dezernats für Wertpapierbetrug, Carberry, verletzen, wenn er dessen Empfehlung überging. Andererseits hatte er Carberry bei den Festnahmen unterstützt, und die Folgen waren katastrophal gewesen. Giuliani schloß sich Wilsons Meinung an und beauftragte die für den Fall zuständigen Anklagevertreter, den Antrag auf Niederschlagung des Verfahrens vorzubereiten.

Gegen Mittag am nächsten Tag ging bereits das Gerücht um, die Staatsanwaltschaft würde die Anklagen fallenlassen. Rakoff rief Siegel an und erzählte ihm davon. »Kann das sein?« wollte Siegel wissen.

»Es ist unmöglich«, antwortete Rakoff aufgrund der Erfahrungen, die er in seiner Zeit im Büro des Staatsanwalts gesammelt hatte. Er glaubte immer noch, daß die Verhaftungen ohne einen zweiten, Siegels Aussagen abstützenden Zeugen nie vorgenommen worden wären, und nahm an, daß die Anklage den Prozeß durchführen würde, auch wenn er früher begann, als die Staatsanwaltschaft gewünscht hätte. Das wäre jedenfalls geschehen, als er noch bei ihr gearbeitet hatte.

Aber das »Unmögliche« trat noch am selben Tag ein. Cartusciello und McEnany erschienen am 13. Mai vor Richter Stanton. Da die Verhandlung zum ersten umkämpften Fall des Insiderskandals zu werden versprach, war der Gerichtssaal gestopft voll mit Reportern, Anwälten möglicher weiterer Beschuldigter und neugierigen Zuschauern. Cartusciello sah zwar ausgeruhter aus als am vorigen Tag, machte aber einen recht gequälten Eindruck, als er erklärte, die Staatsanwaltschaft hätte vor der Wahl gestanden, entweder heute, an diesem Mittwoch, die Anklage zu vertreten oder den Antrag zu stellen, den Fall niederzuschlagen. Sie »ist zu dem Entschluß gekommen, daß die Anklage fallengelassen werden muß«. In dem Bemühen, die Wirkung eines derartig peinlichen Schritts abzumildern, fügte Cartusciello hinzu, die Anklagen seien »bloß die Spitze des Eisbergs« gewesen, und erklärte, die Staatsanwaltschaft werde bestrebt sein, zu einem späteren Zeitpunkt neue, erweiterte Anklagen zu erreichen, die sich auf neun anstatt nur zwei Fälle von Insiderhandel beziehen würden.

Von den Angeklagten war zwar keiner zu der Verhandlung erschienen, aber ihre Anwälte konnten ihre Freude kaum so weit im Zaum halten, um die Gelegenheit zu nutzen und der Staatsanwaltschaft eins auszuwischen. Arkin, Wigtons Anwalt, bezeichnete den Schritt der Staatsanwaltschaft als »durchsichtiges, zynisches Ausweichen vor dem Recht auf einen schnellen Prozeß«. Tabors Anwalt Lawler sagte, dieser Ausgang werfe »ein schlechtes Licht auf die Stichhaltigkeit der Anklage und den Trick mit den Verhaftungen«. Beide Themen - daß die Beschuldigten schlecht behandelt worden seien und man ihnen verfassungsmäßige Rechte vorenthalten habe - fanden ihren Widerhall in der Presse. In den meisten schwebenden Verfahren hüten sich die Verteidiger, die Staatsanwälte offen anzugreifen oder sogar zu beleidigen; immerhin liegt es weitgehend in deren Ermessen, wie und wohin sich das Blatt der Strafverfolgung wendet. Aber in diesem Krieg wurde jede Schlacht geschlagen, um sie zu gewinnen, und zwar so deutlich und so öffentlich wie möglich.

Der bizarre Gang der Ereignisse vermochte die Stimmung bei Kidder, Peabody jedoch nicht zu heben. Wigtons Verteidiger fühlten zwar neuen Wind in den Segeln und forderten seine Wiedereinstellung. Aber schon am nächsten Tag herrschten erneut Wut und Empörung vor, da GE die der Staatsanwaltschaft gegebenen Zusagen einlöste und DeNunzio, Roche und Krantz ihrer Posten enthob. Als neuer Präsident von Kidder, Peabody wurde Silas Cathcart eingesetzt, ein GE-Direktor und ehemaliger Präsident von Illinois Tool Works.

»Ich habe gerade gestern gedacht, daß wir hier einen guten *tool-and-die man**gebrauchen könnten«, sagte ein Kidder-Mitarbeiter mit vor Sarkasmus triefender Stimme. Bossidy erklärte für GE, die GE-Untersuchung hätte hinsichtlich der Finanzen, der Verwaltung, der Geschäftsführung und des Informationsflusses »gravierende Mängel« der Kontrollmechanismen bei Kidder, Peabody zutage gefördert.

---

* *tool* = Werkzeug; *die* = Gußform, Schneideisen etc., aber auch: sterben; *tool-man* = Safeknacker.

Um die bittere Pille für die königstreuen Kidder-Peabody-Mitarbeiter zu versüßen, wurde Max Chapman, der einstige Rivale Siegels als DeNunzios Kronprinz, zum Geschäftsführer gemacht. Aber er erhielt nur den Titel eines geschäftsführenden Vizepräsidenten und war Cathcart rechenschaftspflichtig. »Man hat mich beim Eintritt von Cathcart, der 61 Jahre alt ist, gebeten, die Einnahmeseite des Geschäfts zu übernehmen«, sagte Chapman dem *Wall Street Journal* mit einem Seitenhieb auf das fortgeschrittene Alter von Cathcart.

Es gab jetzt keinen Zweifel mehr, daß GE gewillt war, die Zügel fest in die Hand zu nehmen, die sie nach dem Ankauf der Firma hatte schleifen lassen. Die Spitzenpositionen im finanziellen und administrativen Bereich wurden mit GE-treuen Mitarbeitern besetzt, und in den Abteilungen, die mit Junk-bonds und Leveraged buyouts zu tun hatten, wurde eine Gruppe von GE-Kreditbearbeitern installiert. GE hatte die Investition von 600 Mio. Dollar zu schützen. Die dafür angewandte Methode gewann wenige Wochen später deutliche Konturen, als die SEC bekanntgab, daß die Zivilanklagen gegen die Firma mit einer Zahlung von 25,3 Mio. Dollar abgegolten worden seien. Gleichzeitig versicherte Giuliani in einer öffentlichen Erklärung, daß Kidder, Peabody strafrechtlich nicht verfolgt werden würde.

Bei GE war die ganze Sache ohne jede Sentimentalität betrieben worden. Bossidy hatte sein übergeordnetes Ziel erreicht, die Vermeidung einer Anklage gegen Kidder, Peabody. Die Firma hatte überlebt, und das war mehr, als man von E.F. Hutton sagen konnte. Aus der Sicht von GE blieb weniger ein Gefühl des Verlusts zurück als nachzitternde Bestürzung: Wie hatte eine Investmentbank wie Kidder, Peabody, die in ihrer langen Geschichte stets ihren unbefleckten Ruf bewahrt hatte, dermaßen außer Kontrolle geraten können? Aber was jetzt noch von der Firma vorhanden war, konnte sich wieder den alltäglichen Geschäften zuwenden, ohne von der strafrechtlichen Wolke, die seit den Verhaftungen im Februar über ihr gehangen hatte, verdunkelt zu werden.

Doch was war von ihr noch vorhanden? Für viele innerhalb der Firma hatte sie sich bis zur Unkenntlichkeit verändert; Kidder, Peabody war jetzt nur noch wenig mehr als eine kleine Filiale der gigantischen GE Credit Corporation, die selbst nur ein Ableger von GE war. Die Kaltstellung von Wigton und die Art und Weise, wie er von GE behandelt worden war, hatten auch noch den letzten Rest von Kollegialität zerstört. Kidder, Peabody war für niemanden mehr eine »Familie«. Unter denen, die sich dem Exodus anschlossen, der fast augenblicklich einsetzte, waren Hal Ritch und schließlich auch John Gordon. Sie hatten sich in einer Firma, die sie nicht mehr wiedererkannten, fremd und verloren gefühlt. In nachdenklicheren Augenblicken erkannten sie allerdings, daß die Firma Kidder, Peabody, die sie gekannt und geliebt hatten, schon lange vorher gestorben war. Der Drang zum großen Geld und der Aufschwung des »Starsystems« in den 80er Jahren hatten aus Michael Milken, Ivan Boesky und Martin Siegel landesweit bekannte Berühmtheiten gemacht, während altmodische Investmentbanker wie sie selbst, Ritch und Gordon, zum Untergang verdammt waren.

12

Sie sahen etwas steif aus in ihren dunklen Anzügen und Abendroben, die Trauben von stellvertretenden Staatsanwälten und Ehemaligen des Southern District, die vor den reich verzierten Türmen der Park Avenue Armory aus dem 19. Jahrhundert eintrafen, dem Ort des diesjährigen Paul-Curran-Dinners. Ein Abendessen, das einmal im Jahr alle die zusammenführte, die in der Amtszeit eines bestimmten US-Staatsanwalts, in diesem Fall der von Paul Curran, für ihn gearbeitet hatten, gehörte zu den althergebrachten Traditionen des Büros des Staatsanwalts in Manhattan. Es half die informellen Verbindungen zwischen den vormaligen Kollegen aufrechtzuerhalten.

Das 87er Curran-Dinner fand am 13. Mai statt, dem Tag, an dem die Staatsanwaltschaft die Einstellung des Verfahrens gegen Currans Mandanten Robert Freeman beantragt hatte. Der große Festsaal schwirrte von überwiegend kritischen Kommentaren zum Verhalten des eigenen Büros. Manche gaben Goldman, Sachs die Schuld, indem sie darauf hinwiesen, daß der Aufruhr und ganz sicher die Aufmerksamkeit der Medien weit geringer ausgefallen wären, wenn sich die Anklage gegen jemanden gerichtet hätte, der weniger reich und mächtig war. Aber das war eine Minderheitenmeinung. Die Einstellung des Verfahrens war zumindest eine ausgesprochen peinliche Angelegenheit; im schlimmsten Fall ließ sie auf Inkompetenz schließen und schädigte daher den Ruf der Staatsanwaltschaft.

Als Jed Rakoff im Laufe des Abends einmal Howard Wilson über den Weg lief, sagte er, nur halb im Scherz, zu ihm: »Das ist einer der größten Fälle aller Zeiten, und Sie versauen ihn.«

Wilson beeilte sich, Giuliani zu verteidigen. »Wovon reden Sie eigentlich? Es ist Ihr Knabe, für den wir so viel Rückendeckung brauchen«, erwiderte er in bezug auf Siegel.

Rakoff hatte auf ein freundliches Gespräch gehofft, aber Wilsons Entgegnung verärgerte ihn. »Das ist nicht fair«, gab er zurück. »Ich habe immer gesagt, das und das wird er aussagen. Er ist absolut ehrlich gewesen. Sie haben die Entscheidung getroffen, den ersten Schuß abzugeben.«

Bei der Staatsanwaltschaft schien Carberry derjenige zu sein, der den Rückschlag am schwersten nahm. Er gab sich wie stets undurchdringlich, hatte aber offenbar seinen Enthusiasmus verloren. Da er in seiner zurückhaltenden Art schon positiver Publizität nicht allzuviel abgewinnen konnte, war die schlechte Presse ausgesprochen quälend für ihn.

Nicht lange nach dem Curran-Dinner überraschte Carberry seine Kollegen, während Cartusciello und McEnany darum kämpften, ihre Moral und ihren Elan wiederzufinden, mit der Bekanntgabe seines bevorstehenden Ausscheidens aus dem Büro. Öffentlich sagte er dazu nur, daß sich die beiden wichtigsten Ermittlungsverfahren, die von Drexel und Freeman, noch über Jahre hinziehen würden. Außerdem sei der Freeman-Fall keine intellektuelle Herausforderung mehr für ihn. Anders als bei Milken, war es ein verhältnismäßig einfacher Austausch von Insiderinformationen gewesen; die entsprechende Anklage mußte nur noch erhärtet werden. Aber Carberry hatte noch einen anderen Grund. Er fand, daß er die übliche Amtsdauer von drei bis vier Jahren im Büro des Staatsanwalts bereits 1986 überschritten hatte, als er den Posten des Chefs des Dezernats für Wertpapierbetrug übernahm. Er war jetzt acht Jahre bei der Staatsanwaltschaft. Seine engsten Freunde waren allesamt schon gegangen. Es wurde Zeit, daß er weiterkam.

Das traf zwar alles zu, war aber, wie viele seiner Kollegen glaubten, nicht die ganze Erklärung. Es lag zutage, daß Giuliani das Vertrauen in Carberry verloren hatte, auch wenn er es abstritt, und dieser Vertrauensverlust hätte es jedem, der so von Stolz und Berufseifer erfüllt war wie Carberry, unmöglich gemacht, auf seinem Posten zu bleiben.

Carberry lag noch kein Stellenangebot vor, und die Aussicht, vor wildfremden Leuten als Bewerber auftreten zu müssen, behagte ihm überhaupt nicht. Wichtiger aber war, daß seine Freunde kaum glauben mochten, daß er die Milken-Untersuchung aufgeben würde. Er war an Ermittlungen beteiligt, die geeignet waren, die Verhaltensmaßstäbe an der Wall Street und die Finanzmärkte des Landes auf Jahrzehnte hinaus grundlegend zu verändern. Milken stand an der Spitze der Pyramide; er war aller Wahrscheinlichkeit nach der Kulminationspunkt alles dessen, was Carberry in Gang gesetzt hatte, nachdem sich Levine zur Zusammenarbeit bereit erklärt hatte. Wie konnte er jetzt ausscheren?

Aber Carberry hatte seine Entscheidung getroffen und setzte sie umgehend in die Tat um. Im August trat Jones, Day, Reavis & Pogue, eine große, landesweit operierende Anwaltskanzlei aus Cleveland an ihn heran. Sie wollte in ihrer New Yorker Niederlassung eine Schlips-und-Kragen-Verteidigung aufbauen. Carberry hatte vorher nicht einmal gewußt, daß

Jones, Day eine Filiale in New York besaß. Er flog nach Cleveland, um sich mit seinen zukünftigen Partnern zu treffen, und akzeptierte ihr Angebot, ohne andere Möglichkeiten auch nur erwogen zu haben. Als er das Büro des Staatsanwalts im Oktober verließ, wirkte es eher wie eine Flucht und nicht wie der triumphale Abgang, den man eigentlich hätte erwarten können.

Giuliani handelte rasch, um die Stimmung in seiner Behörde nicht noch weiter absacken zu lassen und die Initiative zurückzuerlangen. Er berief Bruce Baird, einen seiner wichtigsten Berater, als Nachfolger Carberrys auf den Posten des Dezernatschefs. Baird hatte mit Giuliani vor Jahren im Justizministerium zusammengearbeitet, und nach seinem Wechsel zur Staatsanwaltschaft, in die er 1980 eingetreten war, hatte er mit Erfolg Fälle aus dem Bereich des organisierten Verbrechens betreut, einschließlich der Columbo-Ermittlungen. Er war zuerst Chef des Drogendezernats gewesen, und dann des Dezernats für Strafsachen. Außerdem kannte er sich, da er einige Zeit bei Davis Polk & Wardwell gearbeitet hatte, der angesehenen Anwaltskanzlei, die zusammen mit Kaye, Scholer Robert Freeman vertrat, recht gut im Wertpapierrecht aus.

Im Gegensatz zu Carberrys Beleibtheit und seinem trockenen Humor war Baird groß, dünn, ernst und ruhig. Er war im Mittelwesten aufgewachsen und hatte an der Universität of Wisconsin studiert. Wenn es überhaupt möglich war, vertrat er eine noch härtere Linie als Carberry. Daß Freeman, Wigton und Tabor verhaftet und in Handschellen abgeführt worden waren, bereitete ihm, der mit den härtesten Bereichen der Strafverfolgung zu tun gehabt hatte, keinerlei Kopfschmerzen. Seine holzschnittartige Auffassung von Gut und Böse war der von Giuliani ziemlich ähnlich.

Er nahm Giulianis Angebot, den Chefposten im Wertpapierdezernat zu übernehmen, ohne zu zögern an. Er wußte, daß ihn dort zwei der bedeutendsten und publizitätsträchtigsten Fälle erwarteten, die derzeit bei der Staatsanwaltschaft vorlagen, die von Freeman und Milken. Giulianis politische Zukunft und die Glaubwürdigkeit der Staatsanwaltschaft hingen möglicherweise vom Ausgang dieser Fälle ab. Es gab im gesamten Justizministerium keinen Posten, bei dem mehr auf dem Spiel stand. Baird war sich bewußt, daß er gewinnen mußte. Alles andere wäre fatal gewesen.

Als er seine neue Arbeit aufnahm, schienen die Siegeschancen allerdings gering zu sein. Die von Carroll und Fardella geführte Drexel-Untersuchung steckte fest. Die Freeman-Untersuchung lag in Scherben, und die Wall Street hatte die Reihen geschlossen.

Baird war erstaunt von den Ähnlichkeiten zwischen diesen Fällen von Insiderhandel und den Mafia-Fällen, die er bearbeitet hatte. Wie beim organisierten Verbrechen stellten auch die Verdächtigen von der Wall Street Verschwiegenheit und Loyalität über die Pflicht, die Wahrheit zu sagen und die Korruption auszumerzen. Baird vermutete, daß ein Partner von Goldman, Sachs, zum Beispiel, eher ins Gefängnis gehen würde, als einen anderen Partner seiner Firma zu belasten. Außerdem gab es auch hier, wie beim organisierten Verbrechen, zahlreiche miteinander verknüpfte Fälle - und nicht genügend Ermittler, um alle Spuren zu verfolgen. Baird fertigte eine Graphik an, indem er die Namen der Verdächtigen aufschrieb und Kästchen um sie herum zeichnete, die er durch Linien miteinander verband, die das Beziehungsgeflecht zwischen ihnen darstellten. Als er damit fertig war, hatte er einen groben Kreis aus fast 20 Kästchen gezeichnet, von denen nicht jedes eine weiterführende Spur abzugeben schien. Milken stand oben an der Spitze, und Drexel befand sich ungefähr in der Mitte.

Im Dezember stolperten Baird und seine Kollegen über ein wertvolles Beweisstück im Milken-Fall. Während der mühevollen Untersuchung der bei Boesky beschlagnahmten Papiere hatten sie einen Ordner aus Boeskys persönlichen Akten entdeckt, der die Aufschrift »DBL-Arrangement« trug. Er war offensichtlich von Boeskys Sekretärin geführt worden und enthielt Papiere, die stark an die Kalkulationen erinnerten, die Mooradian auf Boeskys Befehl vernichtet hatte. Carroll rief Mooradian herbei, damit er sich die Akten ansah.

»Das sind sie!« rief Mooradian aus. »Das ist das, was ich in Florida angefertigt habe.«

Boesky hatte offenbar vergessen, daß er seine Sekretärin angewiesen hatte, die Drexel-Papiere zu kopieren, bevor sie sie Mooradian zurückgab.

Mooradian konnte seine Bemühungen, die Unterlagen zu rekonstruieren, einstellen. Die Staatsanwaltschaft hatte jetzt nicht nur eine Kopie der Originale in der Hand - die als Beweismittel wesentlich wertvoller war -, sondern auch das Zahlenmaterial, das alles bestätigte, was Mooradian ausgesagt hatte.

Diesem Fund folgte bald ein weiterer bedeutender Durchbruch - sowohl im Freeman- als auch im Milken-Fall. Kurz nach seinem Amtsantritt setzte sich Baird mit Cartusciello und McEnany zusammen, um mit ihnen über die Ermittlungen gegen Freeman zu sprechen, dem, wie Giuliani klargemacht hatte, angesichts des negativen Medienechos höchste Priorität zukam. Die Staatsanwaltschaft mußte beweisen, daß ihre Behauptung, die zurückgezogenen Anklagen wären nur die Spitze des Eisbergs, der Wahrheit entsprach. Aber woher sollten sie die zusätzlichen Beweise nehmen, die das vorhandene Material erhärteten?

Im Verlauf der Siegel-Befragungen hatte sich Cartusciello besonders einen Punkt eingeprägt, der ein Telefongespräch zwischen Siegel und Freeman während des Storer-Deals betraf. Freeman hatte Siegel versichert, er wüßte, daß Coniston Partners eine Position aufbauten und die »ernste« Absicht hatten, eine massive Transaktion zu erzwingen. Siegel hatte Freeman gefragt, woher er das wisse, und dieser hatte geantwortet: »Ich bin mit den Leuten gut bekannt, die für Coniston die Ankäufe erledigen.«

Cartusciello war dieser Teil von Siegels Aussage aufgefallen, weil er darauf schließen ließ, daß Freeman außer Siegel noch eine andere Quelle von Insiderinformationen hatte, und er hatte nachgehakt. Aber Siegel konnte sich an keinen Namen erinnern und bezweifelte, daß Freeman überhaupt einen genannt hatte. Eine rasch in diese Richtung gelenkte Untersuchung hatte das Rätsel bald gelöst. Coniston hatte die Storer-Aktien über eine Firma namens Oakley-Sutton akkumuliert, deren Vorstand zufälligerweise aus den gleichen Leuten bestand, die auch Princeton-Newport Partners führten. Der Chef, James Regan, war in Dartmouth Freemans Zimmergenosse gewesen. Er mußte die Quelle sein. Regan und Princeton-Newport hatten zwei Wochen nach Freemans Verhaftung und Siegels Schuldeingeständnis Vorladungen erhalten, und die Unterlagen hatten, wie erwartet, die Storer-Ankäufe bestätigt. Die Telefonakten belegten außerdem, daß Regan und Freeman während der Zeit des Storer-Deals häufig miteinander telefoniert hatten.

Baird sah in Princeton-Newport ein vielversprechendes Objekt für weitere Untersuchungen. Vielleicht hatten die Bosse der Firma mit Freeman konspiriert; sie konnten also selbst zu Beschuldigten werden, oder zu Kandidaten für eine Schuldgeständnisvereinbarung oder ein Immunitätsversprechen im Gegenzug für Aussagen und Beweise gegen Freeman. Baird brauchte in jedem Fall mehr Informationen, wollte aber die Firma nicht vorzeitig darauf aufmerksam machen, daß sie ins Fadenkreuz der Staatsanwaltschaft geraten war. Deshalb wandte er eine klassische Taktik an: Such dir einen verärgerten jetzigen oder früheren Angestellten. Er hatte bald jemanden gefunden.

Cartusciello hatte unter dem Druck der Freeman-Untersuchung die Handelsbelege der Angestellten von Princeton-Newport zusammengestellt und gründlich durchforstet. Die mühselige Arbeit hatte sich gelohnt: In den Belegen eines gewissen William Hale fanden sich verdächtig kurz vor einer Bekanntmachung durchgeführte Transaktionen in bezug auf eine der Aktien, die in der Untersuchung eine Rolle spielten. Als die Staatsanwaltschaft Hale - der übrigens ebenfalls in Dartmouth studiert hatte - aufzuspüren versuchte, erfuhr sie, daß er nicht mehr für Princeton-Newport arbeitete. Er war gefeuert worden.

Die Staatsanwaltschaft ließ Hale zunächst eine Vorladung zukommen, hatte mit dieser Taktik aber keinen Erfolg. Hale nahm sich einen Anwalt und erklärte, daß er nicht freiwillig mit den Behörden reden werde. Die Staatsanwaltschaft versuchte daraufhin, seinem Anwalt einen Handel schmackhaft zu machen; ein Angebot von Hale träfe bei ihr auf offene Ohren, insbesondere dann, wenn er jemanden bei Princeton-Newport belasten könne. Die Antwort kam prompt: Hale weigerte sich, ein Verhandlungsangebot zu unterbreiten. Der Staatsanwaltschaft blieb fast nichts anderes mehr übrig, als Hale vor die Anklagejury zu rufen und ihn durch die Garantie strafrechtlicher Immunität zur Aussage zu zwingen. Man hätte sich Hale auch für später aufheben können, hatte aber kaum eine andere Wahl, als ihn sich jetzt vorzunehmen.

Hale erschien im November 1987 zu seiner Aussage. Er war jung, groß und schlaksig und hatte scharfe Gesichtszüge und dunkelblonde Haare. Nervosität war ihm nicht anzumerken. Baird führte die Befragung durch, die sich, wie er vorhergesehen hatte, als fast sinnlos herausstellte, da Hale nur widerstrebend und ausweichend antwortete. Doch dann schnitt Baird ein scheinbar harmloses Thema an, indem er Hale fragte, wieso er Princeton-Newport verlassen habe. Hale zögerte nur kurz, bevor er wahrheitsgemäß antwortete: »Ich habe die Firma nicht verlassen. Ich wurde rausgeschmissen.«

»Warum?« hakte Baird nach, instinktiv die plötzlich aufgerissene Lükke in Hales Abwehr ausnutzend. Aber auf die verblüffende Antwort, die er erhielt, war er bei aller Erfahrung als Staatsanwalt nicht vorbereitet.

»Ich konnte all die Verbrechen, die man dort beging, nicht mehr gutheißen«, sagte Hale.

Baird vermochte seine wachsende innere Erregung kaum zu zügeln, als Hale die Vergehen von Princeton-Newport vor ihm ausbreitete. Hales Enthüllungen stellten alles in den Schatten, was Baird sich ausgemalt hatte. Sie gaben der Staatsanwaltschaft nicht nur die Waffen gegen Hales Ex-Firma und deren Topmanager in die Hand, sondern auch etwas, womit niemand gerechnet hatte: Laut Hale war Princeton-Newports wichtigster Partner in dieser Verschwörung niemand anders als die Drexel-Filiale in Beverly Hills. Die obskure Firma in New Jersey schien das bislang vermißte Verbindungsglied zwischen den beiden größten Fällen des Wertpapierdezernats zu sein.

Nach Hales Aussage hatte Princeton-Newport regelmäßig Aktienpakete bei Drexel, aber auch bei Merrill Lynch »geparkt«, was – zum Zwecke des Steuerbetrugs – künstliche Verluste schuf. Der Verbindungsmann bei Drexel war normalerweise Bruce Newberg, der Händler in Milkens Junk-bond-Fabrik, der einmal ein Telefonkabel durchgebissen hatte. Um die künstlich erzeugten Steuervorteile zu erreichen, pflegte Princeton-Newport Aktien an Drexels Junk-bond-Abteilung mit Verlust zu »verkaufen«, um sie später zum selben oder einem etwas höheren Preis zurückzukaufen. Hale sagte, die Transaktionen wären der reinste Schwindel, da Drexel keinerlei Risiko einginge. Darüber hinaus waren die von Drexel erwiesenen Gefälligkeiten natürlich nicht uneigennützig, sondern wurden gezielt eingesetzt, um sich einen ergebenen Klienten zu sichern, der bereit und sogar erpicht darauf war, Junk-bonds zu kaufen, wann immer ein Drexel-Verkäufer welche anbot.

Hale erzählte, daß Paul Berkman, sein ehemaliger Boß bei Princeton-Newport, ihm die Bearbeitung des sogenannten Steuerparkens hatte übergeben wollen, was ihm wegen der ins Auge fallenden Rechtsprobleme jedoch nicht behagt hatte. Aber Berkman hätte seine Bedenken nicht geteilt. Bei einer Sitzung mit anderen Mitarbeitern von Princeton-Newport hatte Berkman rundheraus erklärt, die Steuerbehörde »ist nicht gut genug besetzt, um diese Art von Transaktionen herauszupicken, und hat auch nicht die Intelligenz«, um sie zu erkennen. Berkman wies Hale an, das Arrangement zu »verschleiern«, indem er den Rückkauf der Aktienpakete zu einem etwas anderen Preis vornahm als dem, zu dem sie verkauft worden waren, und beauftragte ihn, die Positionen und Preise in einer Liste festzuhalten, die er als »Parkplatz« bezeichnete. Als Hale sich weigerte, die Parkmanöver auszuführen, wurde er gefeuert.

Obwohl Hale der Staatsanwaltschaft nichts über die Beziehung zwischen Regan und Freeman sagen konnte, entpuppte er sich als der größte und ergiebigste Glücksfall im bisherigen Verlauf der Untersuchung. Denn er hatte den Staatsanwälten noch mehr anzubieten. Was Newberg betreffe, sagte er, so könne es keinen Zweifel daran geben, daß er jemand sei, der wisse, woran er sich beteiligte. Im übrigen hätte er eine Assistentin, Lisa Ann Jones, die wahrscheinlich vieles von dem, was er, Hale, erzählt habe, bestätigen könne, da sie oft an Newbergs Stelle die Transaktionen ausgeführt habe. Darüber hinaus, eröffnete Hale den Staatsanwälten, bestehe die Chance, daß Gespräche über das Parkarrangement unwissentlich mitgeschnitten worden waren. Princeton-Newport, erklärte er, verfüge über ein Überwachungssystem, das die Telefonate der Händler routinemäßig aufnehme, allerdings nicht die der Spitzenleute. Solche

Vorrichtungen existieren in vielen Firmen, um möglichen Streitigkeiten mit Kunden in bezug auf deren Anweisungen und ihre Ausführung vorzubeugen.

Baird und Cartusciello waren sich im klaren darüber, daß sie Hales Informationen schnell in Taten umsetzen mußten, bevor das Gerücht aufkam, daß ihm strafrechtliche Immunität gewährt worden war und er ausgesagt hatte. Glücklicherweise hatte Hale der Rausschmiß aus Princeton-Newport von seinen früheren Kollegen entfremdet, so daß kaum die Gefahr bestand, daß er selbst sich verraten würde. Aber Geheimnisse fanden immer irgendwie den Weg ins Lager der anderen Seite. Besonders besorgt waren die Staatsanwälte, was die Tonbänder betraf. Hale glaubte, sie würden für gewöhnlich nach einem halben Jahr gelöscht; wenn etwas von Hales Aussage nach außen drang, war anzunehmen, daß es diesmal wesentlich früher geschah.

Trotz des Medienechos auf die Festnahmen von Freeman, Wigton und Tabor schreckte die Staatsanwaltschaft nicht davor zurück, erneut auf spektakuläre Weise ihre Muskeln spielen zu lassen. Auf der Grundlage von Hales Enthüllungen erhielt sie problemlos einen Durchsuchungsbefehl für Princeton-Newport, der sich allerdings nur auf den Verdacht der Steuerhinterziehung bezog und weder Drexel noch Freeman erwähnte. Die Aktion wurde zu einem beredten Beispiel für Bairds Verständnis der Strafverfolgung: Die Ermittler agierten, als hätte das Problem bei den Verhaftungen der Arbitrageure nicht darin bestanden, daß sie zu scharf vorgegangen waren, sondern darin, daß sie nicht hart genug aufgetreten waren, um die Verdächtigen zum Schuldgeständnis und zur Zusammenarbeit mit den Behörden zu bewegen. Als Ankläger gegen die Mafia und den Drogenhandel hatte Baird gelernt, daß seine Zielpersonen, wenn überhaupt eine, dann die Sprache der Gewalt verstanden. Und so hatte er, mit Giulianis Einverständnis, eine Aktion vorbereitet, mit der verglichen die Verhaftungen von Freeman, Wigton und Tabor geradezu zaghaft wirkten.

Mitte Dezember, einige Wochen nach Hales Auftritt vor der Anklagejury, hielten mehrere Kleinbusse vor dem unauffälligen, in vager Anlehnung an den Kolonialstil gebauten Bürohaus im Zentrum von Princeton (New Jersey), in dem Princeton-Newport residierte. Die Weihnachtsdekorationen in den Schaufenstern der Geschäfte nebenan warfen ihren Lichterschein auf die Straße, die nicht weit entfernt auf den ruhig daliegenden Campus der Princeton University mündete. Aus den Kleinbussen sprangen 50 bewaffnete US-Marshals in kugelsicheren Westen.

Sie drängten sich in die Fahrstühle und stürmten durch die Glastüren von Princeton-Newport. Nachdem der Durchsuchungsbefehl vorgezeigt worden war, schwärmten sie aus und verteilten sich, an den wie erstarrt an ihren Schreibtischen sitzenden Angestellten vorbei, auf die einzelnen Büros. Niemand durfte die Firma verlassen, bevor die Marshals mit ihrer Arbeit fertig waren. Sie zogen Schubkästen heraus und öffneten Aktenschränke und verstauten deren Inhalt in Pappkartons. Am späten Nachmittag hatten sie über 300 Kartons mit Akten und – was am wichtigsten war – sämtlichen Tonbändern der Überwachungsanlage, die sie finden konnten, beisammen.

Baird und Cartusciello hatten außerdem ihren Spitzenmann, Tom Doonan, in Marsch gesetzt. Er war am Tag der Durchsuchung von Princeton-Newport nach Kalifornien geflogen und zu einer modernen Wohnanlage nördlich von Los Angeles gefahren, wo Newbergs Assistentin Lisa Jones wohnte. Es war kurz vor zehn Uhr abends, als er an ihrer Tür klingelte.

Lisa Jones war die in die 80er Jahre versetzte Verkörperung einer Horatio-Alger-Heldin. Sie war mit 14 Jahren von zu Hause weggelaufen und hatte sich von New Jersey bis nach Kalifornien durchgeschlagen, wo sie einen Job als Bankkassiererin mit einem Jahresgehalt von 5000 Dollar bekommen hatte, indem sie sich älter machte, als sie war. Sie hatte im Rahmen eines Chancengleichheitsprogramms ihren High-School-Abschluß gemacht und verdiente jetzt, erst 25 Jahre alt, als Handelsassistentin in der Drexel-Filiale in Beverly Hills, wo sie, in unmittelbarer Nähe von Milken, für Bruce Newberg arbeitete, 117000 Dollar im Jahr. Ihr Arbeitstag begann früh um halb sechs Uhr, und sie verbrachte ihn damit, daß sie Orders für Newberg aufschrieb und sie an verschiedenen Börsenplätzen plazierte, manchmal über drei Telefone gleichzeitig. Sie arbeitete hart und hatte einen Lebensstandard und eine persönliche Sicherheit erreicht wie noch niemals vorher. Sie gehörte zu der Art von Menschen, die Milken gern einstellte und förderte.

Als Doonan klingelte, öffnete sie ihm die Tür. Sie war klein und hatte lockige, braune Haare. »Könnte ich Sie einen Augenblick sprechen?« fragte Doonan höflich. Dann stellte er sich vor und sagte ihr, daß er eine Vorladung für sie bei sich habe. Lisa Jones ließ ihn ein und führte ihn ins Wohnzimmer. Doonan gab ihr rasch einen Überblick über die Transaktionen zwischen Drexel und Princeton-Newport, der zeigte, daß er bereits bemerkenswert gut Bescheid wußte. Die anschließende Befragung verlief zuerst recht vielversprechend. Jones bestätigte wahrheitsgemäß verschiedene Einzelheiten ihrer Beziehungen zu Newberg und Princeton-Newport. Doch dann kam Doonan auf den Kernpunkt zu sprechen.

»Haben Sie für sie Aktien geparkt?« fragte er.

»Ja, das habe ich«, antwortete Jones zögernd.

»Aus steuerlichen Gründen?« fuhr Doonan fort.

Jones schien es plötzlich mit der Angst zu tun zu bekommen. »Nein, deshalb nicht«, sagte sie mit versiegender Stimme. »Ich möchte mit einem Anwalt sprechen.«

Doonan seufzte, drang aber nicht weiter in sie. »Wir hatten gehofft, Sie wären bereit, mit uns zusammenzuarbeiten«, sagte er fast traurig und verließ sie, nachdem er ihr eine Vorladung vor die Anklagejury übergeben hatte. Jones befürchtete, daß ihr Telefon angezapft war, und rannte zu einem Münztelefon, um den einzigen Anwalt anzurufen, den sie kannte.

In New York begann man damit, das beschlagnahmte Material zu sichten und die Tonbänder abzuhören. Vieles davon betraf nur Routineangelegenheiten, die für die Anklage nutzlos waren. Doch dann machte Cartusciello eine außerordentliche Entdeckung: Aus irgendeinem Grund, vermutlich wegen einer Auseinandersetzung mit einem Klienten, waren die Bänder einiger Dezembertage des Jahres 1984 nicht gelöscht worden. Während er sie sich anhörte, klingelte es ihm an mehreren Stellen förmlich in den Ohren. Er beeilte sich, Baird die Neuigkeit mitzuteilen.

Wenig später hatten sie rund 20 Telefongespräche auf ein einziges Tonband kopiert. Baird rief die für die Fälle Freeman und Drexel-Milken zuständigen Staatsanwälte zu sich, und sie hörten sich mit wachsender Erregung den Zusammenschnitt an. Sie hatten das Gefühl, als befänden sie sich zur Zeit des Beginns der Verschwörung in den Büros von Princeton-Newport. Die meisten der beweiskräftigen Telefonate waren Gespräche zwischen Newberg und Charles Zarzecki, einem Händler und Teilhaber von Princeton-Newport; dazwischen befand sich jedoch auch, gewissermaßen als Bonus, ein inkriminierendes Gespräch mit Drexels Cary Maultasch, der offenbar in Newbergs Abwesenheit für ihn eingesprungen war. Das war möglicherweise der Beweis, der Maultaschs unerschütterlichen Widerstand gegen eine Zusammenarbeit mit den Behörden brechen könnte.

Der für Drexel zuständige Anklagevertreter, John Carroll, war an diesem Tag aufgrund einer Grippe zu Hause geblieben, aber seine Kollegen konnten nicht anders, sie mußten ihn mehrmals anrufen, um ihm von der glücklichen Entdeckung zu berichten. Sie spielten ihm sogar einen Teil des Zusammenschnitts am Telefon vor.

In einem der Telefongespräche beklagte sich Newberg bei Regan über die »Lagerkosten« der geparkten Aktienpakete. »Ich habe viele Positionen für dich gehalten, falls du es nicht bemerkt haben solltest«, sagte Newberg. »Ich erwarte, daß du die Kosten übernimmst.«

Regans Erwiderung war eine klare Bestätigung des Parkarrangements zwischen Drexel und Princeton-Newport: »Nach dem, was jetzt in meinen Büchern steht, sind es deine Positionen.«

Die Bänder waren ein außerordentlich bedeutsamer Fund und der größte Durchbruch, den die Staatsanwaltschaft seit der Niederschlagung der Verfahren ein halbes Jahr vorher erzielt hatte. Die mitgeschnittenen Telefonate stellten einen unwiderlegbaren Beweis für Vergehen dar, die weit über das hinausgingen, was Hale enthüllt hatte. Neben dem Parken von Aktienpaketen, das Princeton-Newport künstliche Verluste verschafft hatte, belegten die Tonbänder, daß Princeton-Newport auf Drexels Geheiß illegale Gefälligkeitsgeschäfte getätigt hatte: Zum einen hatte man 1985 Aktien des Spielzeugherstellers Mattell Inc. geparkt und sich zum anderen an einer Kursmanipulation beteiligt. Die Tonbänder zeigten, daß Drexel die Firma aufgefordert hatte, den Kurs eines OTC-Wertpapiers - von C.O.M.B., einem Handelsunternehmen aus Minneapolis - zu manipulieren, dessen Ausgabe von Drexel durchgeführt wurde. Die Staatsanwälte fragten sich, was Drexel und Princeton-Newport noch begangen haben mochten, wenn schon ein zufälliger Ausschnitt des Geschäftsverlaufs während weniger Tage derartige Verbrechen offenbarte. Baird war sofort klar, daß Drexel wahrscheinlich allein aufgrund der Gesprächsmitschnitte überführt und verurteilt werden konnte. Fred Joseph hatte wiederholt gesagt, er wolle einen Beweis für ein Vergehen - jetzt konnte er ihn sich selbst anhören.

Besonders zwei der Telefongespräche hinterließen bei den Staatsanwälten einen tiefen Eindruck. Sie ragten nicht so sehr wegen ihrer Beweiskräftigkeit heraus - keines von beiden bewies, für sich genommen, irgendein Verbrechen -, sondern weil sie deutlich zum Ausdruck brachten, welcher Geist Mitte der 80er Jahre an der Wall Street vorherrschte.

Das erste Gespräch hatte zwischen Freeman und Zarzecki stattgefunden. Freeman hatte Zarzecki in fast wehmütigem Ton erzählt, daß er kürzlich in Atlantic City gewesen sei und daß er, als er noch jünger gewesen war, gern nach Las Vegas gefahren wäre und gespielt hätte. Aber jetzt, hatte er gesagt, behagten ihm die Kasinochancen nicht mehr. »Es macht mir keinen Spaß mehr. Ich vermute, ich bin zu lange in diesem Geschäft«, hatte er hinzugefügt. »Ich bin daran gewöhnt, einen Anhalt zu haben.«

Im zweiten Gespräch hatten Zarzecki und Newberg zunächst einen ihrer Schwindelverkäufe abgesprochen, bevor Newberg erklärte: »Du bist mir vielleicht ein Lumpenhund.«

»Das hab ich mir von dir abgeschaut«, erwiderte Zarzecki. »Hör mal, du Fatzke . . .«

Newberg unterbrach ihn mit einem hämischen Glucksen. »Willkommen in der Welt der Lumpen.«

Trotz des um sich greifenden Skandals hatte sich der Höhenflug der 80er Jahre an der Börse fortgesetzt. Am 12. März 1986, dem Tag von Levines Verhaftung, übertraf der Dow-Jones-Industrial-Index die Marke von 1800 Punkten. Nur wenige hatten in der Verhaftung eines obskuren Investmentbankers ein böses Vorzeichen gesehen. Im November, als Boesky sich schuldig bekannte, stand der Dow-Index bei fast 1900 Punkten. Nach einigen anfänglichen Unsicherheiten, überwiegend in M&A-Aktien und Arbitragewerten, zeigte die Kurve der Börse bald wieder nach oben. Wenn etwas die Investoren davon überzeugt hatte, daß die Mechanismen des Übernahmebooms weiterhin intakt waren, dann war es der Widerstand von Freeman und Milken sowie ihrer Firmen Goldman, Sachs und Drexel.

Drexel hatte alles getan, um diesen Eindruck zu bekräftigen und war trotz des Schattens, der durch die Ermittlungen auf die Firma fiel, in der Lage gewesen, sich die Loyalität der Klienten zu bewahren und das Geschäftsergebnis und den Marktanteil fast auf Rekordhöhe zu schrauben. Ein Faktor, der ihr dabei half, Zweifel an der Legalität ihrer Geschäftspraktiken abzuwehren, mag die einzigartige Stellung gewesen sein, die sie an der Wall Street einnahm. Immerhin hatte sie fest zu vielen ihrer Klienten, wie zum Beispiel Posner, gehalten, als diese in Schwierigkeiten steckten und niemand mit ihnen zu tun haben wollte. Jetzt hatten sich die Rollen vertauscht.

Und die Klienten spielten mit. Trotz der jederzeit bestehenden Möglichkeit, daß Drexel unter Anklage gestellt und vielleicht verurteilt wurde, konnte die Firma eine bemerkenswerte Reihe massiver Junk-bond-Deals durchziehen. Die Staatsanwaltschaft konnte also nicht damit rechnen, daß Drexel von seiten der Klienten unter Druck gesetzt und dadurch zur Kooperation gedrängt werden würde. Ganz im Gegenteil verhielten sich die meisten Drexel-Klienten ebenso widerspenstig und herausfordernd wie Milken. Angesichts der Macht, die Milken weiterhin über sie besaß, hatten sie allerdings auch kaum eine andere Wahl.

Dennoch begann das Geschäft zu leiden. Die Firma hatte die unglaubliche Stoßkraft, die sie ausgezeichnet hatte, verloren. Selbst den eigenen Wolkenkratzer im Komplex des World Trade Center mußte sie aufgeben; er wurde statt dessen vom gehaßten Rivalen Salomon Brothers bezogen.

Gleichzeitig hatten die von Drexel gestützten feindseligen Übernahmeangebote ihren Schrecken eingebüßt. Daß Perelman sein Angebot für Gilette zurückgezogen hatte und Icahns Übernahme von USX gescheitert war, wurde als Versagen von Drexel verstanden. Aber auch Drexel selbst schien entschlossen zu sein, die umstrittene Rolle, die die Firma lange Zeit bei feindseligen Übernahmen gespielt hatte, abzustreifen. Den größten Teil des Jahres 1987 über trat sie jedenfalls bei keinem einzigen Angriff in Erscheinung.

Bald nach der Boesky-Bekanntmachung hatte Joseph Ira Millstein, einen Senior Partner von Weil, Gotshal & Manges, einer großen, angesehenen New Yorker Anwaltskanzlei, als seinen persönlichen Rechtsbeistand engagiert. Millstein hatte rasch herausgefunden, daß Joseph persönlich keine strafrechtliche Verfolgung zu befürchten hatte. Aber er warnte ihn davor, daß Milken seiner Meinung nach ernste Probleme bekommen könnte. Es war eher ein persönlicher als ein juristischer Rat, und in diesem Sinne fügte er auch hinzu, daß es vermutlich das beste wäre, wenn Joseph Drexel verlassen würde. Joseph hatte es sich verdutzt angehört. Was Millstein ihm anriet, war für ihn schlicht undenkbar. Er versicherte Millstein, daß es völlig unsinnig sei, anzunehmen, ein Mann von Milkens gewaltigem Reichtum hätte sich auf verbrecherische Handlungen eingelassen.

In den folgenden Wochen verknüpfte Joseph sein eigenes Schicksal und das der Firma sogar noch enger mit dem von Milken. Vor Ausbruch des Boesky-Skandals hatte Joseph gehofft, daß sich G. Christian »Chris« Andersens in New York arbeitende Investment-banking-Gruppe zu einem Ostküstenmagneten für Klienten entwickeln würde, der es mit Milkens Abteilung aufnehmen konnte. Aber die Hoffnung hatte sich nicht erfüllt, und so bestand Milken darauf, daß Don Engel, jener Milken-Anhänger, den Joseph aufgrund ethischer Fehltritte gefeuert hatte, zurückgeholt wurde, um Drexels Akquisitionsfähigkeit zu erhöhen.

Joseph lehnte das Ansinnen anfangs ab, da aus der Ecke der Bachelor-Andersen-Fraktion heftige Einwände zu hören waren. Aber Milken hob hervor, daß es in schweren Zeiten besonders auf die »Beziehungen« ankomme. Er erklärte, daß es seine eigenen Beziehungen seien, die die Firma über Wasser hielten, und fügte – als deutlichen Hieb gegen Bachelor und Andersen von der Unternehmensfinanzierung sowie deren Verbündete an der Ostküste – hinzu, daß Engel außer ihm selbst der einzige bei Drexel zu sein scheine, der es verstand, die Beziehungen zu Klienten zu pflegen und sich deren Loyalität zu erhalten.

Joseph setzte daraufhin wieder einmal auf das Milken-Lager und sprach mit Engel. »Mike möchte, daß Sie es tun«, sagte er ihm. »Wir brauchen Sie.« Engel war einverstanden, im Januar 1987 als Co-Chef der Investment-banking-Gruppe in die Firma zurückzukehren. Er setzte außerdem durch, daß sein bisheriger Vergütungsbonus beibehalten wurde, und bestand darauf, nur Joseph selbst rechenschaftspflichtig zu sein – und nicht Bachelor oder Andersen, den ihm formell gleichgestellten Kollegen.

Kaum war Engel im Triumph zu Drexel zurückgekehrt, verpaßte er der Investment-banking-Gruppe, ohne Andersen zu Rate zu ziehen, einen neuen Namen: »Kontaktgruppe« sollte sie von nun an heißen. Andersen stürmte augenblicklich in Josephs Büro und drohte mit seiner Kündigung. Stephen Weinroth, der von Anfang an gegen Engels Rückkehr gewesen war, drohte gleichfalls damit zu kündigen, und andere Mitarbeiter folgten seinem Beispiel.

Nicht einmal einen Monat nach Engels Wiedereintritt in die Firma überredete ihn Joseph, freiwillig das Feld zu räumen und zu seiner Tätigkeit als Berater zurückzukehren. Er war jedoch weiterhin der Organisator des Predators' Ball, der jetzt, infolge der Ermittlungen der Strafverfolgungsbehörden, als Demonstration der Stärke eine unvergleichliche Bedeutung gewonnen hatte.

Als die Junk-bond-Konferenz im April 1987 begann, drückten verbreitete Ängste auf die Stimmung. Täglich tauchten neue Gerüchte über eine bevorstehende massive Aktion der Behörden auf, und die Verhaftungen von Freeman, Wigton und Tabor hatten sie noch wahrscheinlicher gemacht. Engel jedoch blieb davon unberührt und zeigte sich der Herausforderung gewachsen. Die 87er Konferenz war größer denn je und führte allen die Treue und Ergebenheit der Drexel-Klienten vor Augen. 2500 von ihnen waren gekommen.

Das eigentliche Publikum der Konferenz waren allerdings nicht die Anwesenden, sondern die Öffentlichkeit im allgemeinen und der Kongreß im besonderen. Der Grundton der Veranstaltung hatte sich dramatisch verändert. Das selbstverständliche, kraftprotzende Gefühl, daß alles möglich war, hatte sich verflüchtigt – zusammen mit der aufgekratzten Stimmung. Engels Bungalowparty stellte zwar wiederum einen Höhepunkt dar, war aber, ebenso wie das anschließende Essen bei Chasen's, im Vergleich zu vergangenen Jahren eine recht ruhige, gesetzte Veranstaltung. Und anstelle der glitzernden, rockenden Werbespots lief ein quasidokumentarischer Film mit dem Titel »Drexel hilft Amerika«, in dem Vertreter großer Drexel-Klienten emotionsgeladene Statements zum Lob der Junk-bonds abgaben.

Der Film war pure Propaganda. Als ein Angestellter von Stone Container erklärte, er würde gern jedem die Hand schütteln, der seiner Firma die Junk-bonds nahegebracht hatte, rief ein Zyniker im Publikum dazwischen: »Wieviel haben wir dem Knaben dafür gezahlt?« Am Ende des Films stimmte der Kommentarsprecher den neuen, von den Ermittlungen angeregten Slogan an: »Junk-bond-Finanzierung und Drexel Burnham Lambert - sie helfen Amerika zu funktionieren!« Die Zuschauer quittierten es mit donnerndem Applaus.

Milken schlug ähnliche Töne an und bastelte an seinem neuen Image als »Stütze der Nation«. In seiner Eröffnungsansprache war mit keinem Wort von feindseligen Übernahmen die Rede, um so mehr davon, wie Junk-bonds das Wachstum mittelgroßer Unternehmen gefördert und Amerika wettbewerbsfähig erhalten hatten. Boone Pickens hatte eine programmatische Rede zur Verteidigung der Junk-bonds und Aktionärsdemokratie vorbereitet gehabt, ersetzte sie aber, nachdem Drexel sein Manuskript durchgesehen hatte, durch einen einschläfernden Vortrag über die wirtschaftliche Lage der Erdöl- und Erdgasindustrie.

Die Konferenz sollte den Eindruck vermitteln, daß die Ermittlungen der Behörden für Drexel und Milken kein Thema waren, über das sie sich Sorgen zu machen brauchten. Dennoch hatten die Ereignisse, nicht zuletzt auch das negative Medienecho, augenscheinlich ihren Tribut verlangt. Joseph wirkte abgehärmt, und Maultasch sah sogar noch schlechter aus. Milken dagegen strahlte durch seine Energie, seine Haltung, seine ständige Präsenz nichts als Zuversicht aus. Milken »wird, soweit ich sehen kann, von keinerlei Schuldgefühlen gequält«, erklärte einer der Konferenzteilnehmer der *Washington Post* gegenüber. »Meiner Meinung nach bedeutet das entweder, daß er nicht schuldig ist, oder daß er kein Gewissen hat.«

Die Presse hatte wie üblich keinen Zutritt zu den Veranstaltungen der Konferenz, war aber im Beverly Hilton zahlreich vertreten. Die Journalisten wurden zwar nicht hinausgewiesen, standen aber unter ständiger Kontrolle und wurden aufgehalten, sobald sie versuchten, einen Raum zu betreten, in dem eine Sitzung stattfinden sollte. Außerdem durften nur ausgewählte Konferenzteilnehmer, wie der Drexel-Klient William Farley, der Chef von Fruit-of-the-Loom, den Reportern gegenüber einen Kommentar abgeben, und auch sie nur nach vorheriger eingehender Absprache mit Drexel.

Die Junk-bond-Konferenz war jedoch nur eine Komponente in der größten Medienoffensive, die jemals von einem einzelnen Beschuldigten in einem Strafverfahren gestartet wurde. Ihre Hauptstoßrichtung zielte darauf ab, von den Milken zur Last gelegten Vergehen abzulenken, indem man seine nationale Bedeutung herausstrich. Die Kampagne sollte zu einem Testfall dafür werden, inwieweit die öffentliche Meinung eingesetzt werden kann, um den Ausgang eines Strafverfahrens zu beeinflussen.

Bald nach der Junk-bond-Konferenz wurden bei Drexel zwei Wochen dauernde, die gesamte Firma einschließende Feierlichkeiten zu Ehren der Junk-bonds durchgeführt, mit Sportveranstaltungen, Vorträgen und der Vorführung von Filmen, die die Junk-bonds und ihren Wert für Amerika rühmten. Nachdem Drexel lange Zeit bemüht gewesen war, anstelle des Wortes »junk« (Abfall) die Bezeichnung »high-yield« (hochverzinslich) in die Umgangssprache einzuführen, hatte man sich jetzt zu einer Kehrtwendung entschlossen – die zum erstenmal auf dem Predators' Ball verkündet worden war – und nahm nun die »*Junk*-bonds« auch sprachlich in Besitz. Die Angestellten erhielten Anstecker mit der Aufschrift: JUNK-BONDS HALTEN AMERIKA FIT. In einem der Filme, die den Drexel-Mitarbeitern gezeigt wurden, bewegten Joseph und der Firmenpräsident Robert Linton die Lippen zu einem leicht veränderten Billy-Ocean-Song: »When the going gets tough, Drexel gets going.« (Etwa: Auch wenn es hart wird, Drexel macht weiter.)

Ganzseitige Zeitungsannoncen zeigten angebliche Nutznießer der wohltätigen Junk-bonds: natürlich nicht Leute wie Milken selbst oder Milken-Satelliten wie Carr oder Spiegel, sondern einen gutaussehenden jungen Mann, seine schwangere Frau und ihr Kind vor der Kulisse eines kurz vor der Fertigstellung stehenden Hauses. Was diese Szene vermutlich glücklicher zukünftiger Hausbesitzer mit Junk-bonds zu tun hatte? Ganz einfach: Hovanian, die Baufirma, war ein Drexel-Klient, der – mit Hilfe von Junk-bonds – in der Lage gewesen war, »50000 Menschen Lebensraum und 20000 Menschen Lebensunterhalt« zu geben, wie es im Text der Anzeige hieß.

Ähnlich sentimental fiel eine vier Mio. Dollar teure Fernsehwerbung aus, in der ein durch Drexelsche Junk-bonds finanziertes Kraftwerk in Vidalia (Louisiana) gezeigt wurde, dessen Bau angeblich die Arbeitslosigkeit in der verarmten Stadt verringert hatte. Viele bei Drexel nahmen es Laurie Cohen, einer Reporterin des *Wall Street Journal,* ausgesprochen übel, daß sie darauf hinwies, daß der Werbespot nicht einmal in Vidalia gedreht worden war, daß die meisten der Angestellten des Kraftwerks woanders wohnten und daß das Arbeitsministerium von Louisiana die Behauptung des Werbespots bestritt, das Kraftwerk hätte die Arbeitslosigkeit verringert.

Beides, die Zeitungsanzeigen und der Fernsehspot, waren nur ein Teil der Medienkampagne. Richard Sandler und die anderen Milken-Verbündeten bei Drexel rissen zunehmend die Kontrolle über das öffentliche Erscheinungsbild von Milken an sich. Jeder Journalist, der sich mit dem Fall beschäftigte, wurde »analysiert« und »bewertet«, je nach der mehr oder weniger günstigen Haltung Milken gegenüber und dem Grad der Manipulierbarkeit. Das Milken-Lager teilte die Reporter in zwei große Kategorien ein: die Ideologen, bei denen man darauf zählen konnte, daß sie Milkens Linie vertreten würden, da sie ähnliche politische Ansichten hatten, und die Pragmatiker, die Hilfe aus dem Milken-Lager brauchten, weil sie nicht von selbst auf die richtigen Ideen kamen.

Der beliebteste Ideologe des Milken-Teams war Edward J. Epstein, ein Kolumnist von *Manhattan inc.*, der als einer der ersten geschrieben hatte, daß Milken zu Unrecht von den Behörden verfolgt werde. Epstein schlug Saiten an, die bei Anhängern der »deregulierenden«, angebotsorientierten Wirtschaftspolitik der Reagan-Ära großen Widerhall fanden. Nachdem er ein Vorgespräch mit Williams überstanden hatte, war Epstein auch der erste, dem ein persönliches Interview mit Milken gestattet wurde. Zu den laufenden Ermittlungen durfte er allerdings keine Fragen stellen.

Die Leitartikler des *Wall Street Journal* wurden die einflußreichsten Exponenten der Pro-Milken-Front. Deren Anhänger hatten ein Faible für die gegen das Establishment gerichtete »kreative Zerstörung«, die Milken ihrer Meinung nach bewirkt hatte, und für die Wertpapiergesetze – in ihren Augen unnötige politische Beschränkungen der Innovation und des Unternehmertums – nur schlecht verhohlene Verachtung übrig.

Während die Hitze des Sommers 1987 noch anhielt, trat an der Wall Street eine trügerische Ruhe ein. Die Zeit der Kooperation, deren Höhepunkt die Schuldeingeständnisse von Boesky und Siegel gewesen waren, war offenbar vorbei, und eine erneute Anklageerhebung gegen Freeman, Wigton und Tabor schien endgültig in weite Ferne gerückt zu sein. Außer für jene, die unmittelbar von den weitergehenden Ermittlungen betroffen waren, schien der Skandal für alle ein abgeschlossenes Kapitel der jüngsten Geschichte zu sein.

Die Arbitrageure konnten wieder frohlocken. Sie hatten ihre Verluste während des vorübergehenden Kursverfalls nach der Bekanntgabe von Boeskys Schuldeingeständnis mehr als wettgemacht, und ihr Leverage war angespannter denn je, da sie weiterhin alles, was sie an Geld auftreiben konnten, in wirkliche oder vermutete Übernahmeziele steckten. Der

Dow-Jones-Industrial-Index schoß förmlich in die Höhe. Anfang Oktober hatte er 2700 Punkte erreicht, und man sprach bereits davon, daß er am Ende des Jahres bei 3000 Punkten stehen würde.

Joseph versuchte bei Drexel gegen die um sich greifende Euphorie anzugehen und beruhigend zu wirken, insbesondere, was die exorbitanten Preise betraf, die Aktionären bei Übernahmen oder Leveraged buyouts angeboten wurden. Als er sich im Herbst mit Milken und anderen aus der Filiale in Beverly Hills traf, erklärte er ihnen, daß Drexel darauf vorbereitet sein müsse, den riesigen Anteil, den die Firma am Junk-bond-Markt hatte, nicht halten zu können. »Sollen ruhig andere diese Deals machen«, sagte er eindringlich. »Man muß fähig sein, eine Order, einen Klienten woandershin ziehen zu lassen.« Alle nickten zustimmend, auch Milken, obwohl ihnen die Vorstellung, einen Klienten »ziehen zu lassen«, ein Greuel war.

Aber die Börse sorgte auf ihre Weise für Abkühlung. Das erste Vorbeben wurde am 14. Oktober von dem Gerücht ausgelöst, in Washington sei ein Gesetz in Vorbereitung, das die Steuerabzugsfähigkeit von Zinsen begrenzen sollte, die bei der Finanzierung feindseliger Übernahmen entstanden waren. Damit schien eine Unmenge von Aktien plötzlich gefährdet zu sein, deren Kurse in atemberaubende Höhen geschnellt waren, da sie als potentielle Übernahmeziele galten. Die Folge war, daß, zuerst noch langsam, ein Ausverkauf begann, der rasch an Umfang zunahm, als sich institutionelle Anleger von ihren Positionen trennten, um bislang nicht realisierte Gewinne in Sicherheit zu bringen. Am Donnerstag und Freitag, dem 15. und 16. Oktober, fiel der Dow-Jones um jeweils über 100 Punkte.

Milken war an beiden Tagen an seinem Handelstisch, versicherte einem Drexel-Klienten nach dem anderen, daß bereits ausgegebene Junkbonds von dem Gesetzesvorhaben nicht berührt werden und handelbar bleiben würden. Dennoch war er indirekt für das Beben an der Börse verantwortlich: Er hatte mehr als jeder andere gezeigt, daß Übernahmen zu Preisen finanziert werden konnten, die man vorher nicht für möglich gehalten hatte. Mehr als jede andere Einzelperson hatte er hinter der massiven Neubewertung von Aktien gestanden, die den Dow-Jones auf über 2700 Punkte hinaufgetrieben hatte.

Dann, am Montag, dem 19. Oktober, krachte die Börse und erlebte mit über 500 Punkten den größten Verlust ihrer Geschichte an einem einzigen Tag. Die einsetzenden Panikverkäufe wirkten sich um so schneller aus, als der computerisierte Programmhandel die negative Stimmung der Anleger in Windeseile in Verkaufsorders umsetzte. Buchstäblich jede

Aktie wurde mit ins Tal hinuntergerissen, Übernahmeziele ebenso wie sichere Blue-chip-Unternehmen. Die Börse stand kurz vor dem völligen Zusammenbruch, besonders am Dienstag, dem 20. Oktober, als sie weiter abstürzte, bevor sie sich am Nachmittag fangen konnte. Vielen Marketmakern an der New Yorker Börse fehlte das Kapital, um die Auswirkungen der Verkaufsschlacht abfedern zu können. Die Federal Reserve Bank mußte enorme Finanzmittel einsetzen, um eine Katastrophe zu verhindern.

Anders als beim großen Börsenkrach von 1929, leitete der Schwarze Montag von 1987 keine landesweite Rezession ein. Es war weniger ein wirtschaftlicher als ein psychologischer Einbruch. Die Unternehmenserträge blieben gut, und das materialistisch gestimmte Durchschnittsamerika war weiterhin ausgabefreudig. Und sogar die durchgeschüttelte Börse selbst begann sich zusehends aus dem Tal, in das sie geraten war, herauszuarbeiten. Die Junk-bonds, die anfänglich aufgrund einer Massenflucht in sicherere Schatzbriefe ebenfalls im Keller gelandet waren, erholten sich sogar noch schneller von dem Rückschlag, was zum Teil auf Milkens unermüdliche Überzeugungsarbeit zurückzuführen war. Er versicherte jedem, daß die Junk-bonds vernünftige Anlageobjekte geblieben waren, und fand bei vielen offene Ohren. Durch seinen Einfluß auf das weitgespannte Netz der Bondkäufer befand sich Milken in einer einmaligen Position, um das Vertrauen in den Markt wiederherzustellen.

Dennoch hatte der Einbruch an der Börse erhebliche Schäden angerichtet. Kleinere Investoren hatten schwer unter ihm gelitten, und viele waren von der Erfahrung so verbittert worden, daß sie dem Wertpapierhandel für immer den Rücken zukehrten. Hatten sie vorher die Integrität der Börse möglicherweise nur in Zweifel gezogen, so waren sie jetzt überzeugt, daß es ein Spiel mit gezinkten Karten war, bei dem allenfalls Profis mithalten konnten. Mit der Zeit sollte sich diese Haltung äußerst nachträglich auf das Gebiet der Kapitalbeschaffung auswirken – genau so, wie es die Schöpfer der Wertpapiergesetze befürchtet hatten.

Die Wall Street war voller Opfer. Die allgemeine Grundstimmung veränderte sich schlagartig. Man machte nicht mehr so viel Geld wie früher und erwartete auch nicht, daß man jemals wieder so viel machen würde. Die Freude an der Arbeit nahm deutlich ab.

Die Arbitrageure waren die ersten Opfer des Jahrzehnts des Leverage. Keine andere Gruppe von Börsianern hatte sich, in Nachahmung Boeskys, mit solcher Hemmungslosigkeit auf die Möglichkeiten gestürzt, die das Leverage bot, und keine mußte so schwer dafür büßen wie sie. Im Untergang der Arbitrageure lag eine der großen Lektionen des Börsenkrachs: daß hohe Gewinne zwar nicht notwendigerweise Marktanomalien darstellen, aber ein Maßstab für entsprechend hohe Risiken sind. Das hätte eigentlich auch den Junk-bond-Käufern klar sein müssen, die gleichfalls Gewinne erzielten, die in keinem Verhältnis zum Risiko ihrer Investitionen zu stehen schienen. Dennoch blieben die meisten von ihnen treue Untertanen ihres Sonnenkönigs in Beverly Hills.

Es gab jedoch auch einzelne warnende Stimmen. Warren Buffett, der Präsident von Berkshire Hathaway aus Omaha, der als einer der geschicktesten Investoren des Landes gilt, warnte wiederholt vor den Gefahren der Junk-bonds. »Wenn man schlechte Autofahrer versichert, läßt man sich mehr zahlen, als wenn man gute Autofahrer versichert«, sagte er der *Washington Post* gegenüber. »Manche sind sehr gut dabei gefahren, andere aber wurden getötet.«

Am 20. Dezember, als die Arbitragewelt, die er gekannt hatte, nach dem Börsenkrach in Scherben lag, erschien ein ausgemergelter und untypisch blasser Ivan Boesky vor dem Bundesgericht in Manhattan. Auf der Treppe des Gerichtsgebäudes hatten sich Hunderte von Reportern, Fotografen, Kamerateams und Neugierigen versammelt, die durch Polizeikordons zurückgehalten werden mußten. Der Gerichtssaal selbst war voller Reporter und Anwälte, die von den Gerichtsdienern, die die Eingänge bewachten, eingelassen worden waren. Als Boesky aufstand, um eine Erklärung abzugeben, wurden die Zuschauer still, um sich kein Wort von dem entgehen zu lassen, was er dem Bundesrichter Morris Lasker zu sagen hatte.

»Ich bin zutiefst beschämt und verstehe mein Verhalten nicht«, begann Boesky mit leiser Stimme. »Ich habe das letzte Jahr über versucht, mir zu erklären, wie ich so vom Weg abkommen konnte. Es würde mich freuen, wenn ich die Gelegenheit bekäme, meine Fehler wiedergutzumachen und die Erde mit einem guten Namen zu verlassen. Das ist es, was ich will.«

Boesky selbst hatte darum gebeten, an diesem Tag sein Urteil zu hören. Für gewöhnlich werden kooperierende Zeugen, um ihre weitere Zusammenarbeit sicherzustellen, erst verurteilt, nachdem sie ihre Rolle ausgespielt haben, und Boesky war der Starzeuge der Anklage gegen Milken. Die Staatsanwälte hatten trotzdem in die relativ frühe Verurteilung eingewilligt; es sah alles danach aus, als würden noch Jahre vergehen, bis Milken vor Gericht gestellt werden konnte, und Boesky wollte, wenn er schon ins Gefängnis mußte, seine Strafe so bald wie möglich antreten. Seine Angst um seine persönliche Sicherheit war stetig gewachsen, und er war es müde, die Wartezeit mit Wohltätigkeitsarbeit in der Kathedrale des Heiligen Johannes und beim Jewish Theological Seminary zu verplempern, Aktivitäten, die im übrigen wenig Eindruck auf die öffentliche Meinung machten.

Daß sie Boeskys Verurteilung zu diesem Zeitpunkt gestattet hatte, sollte die Staatsanwaltschaft später bereuen, aber im Augenblick schien der Verlust an Druckmitteln ein kleiner Preis für all das zu sein, was Boesky den Behörden gegeben hatte. Bei einer Anhörung vor der Urteilsverkündung bezeichnete der Staatsanwalt John Carroll Boeskys Kooperation als die »bemerkenswerteste in der Geschichte der Wertpapiergesetze« und fügte hinzu, daß »unserer Ansicht nach die größeren Verbrechen jene sind, die Mr. Boesky überwiegend auf Geheiß anderer begangen hat. Wir haben es hier mit einem das ganze System betreffenden Problem zu tun, mit einer systematischen Korruption, die die gesamte Finanzwelt unterminiert – und das ist leider keine Übertreibung.« Angesichts der störrischen Haltung, die andere Beschuldigte von der Wall Street nach ihm an den Tag legten, war Boeskys Ehrlichkeit um so höher einzuschätzen.

Richter Lasker lobte Boeskys Kooperationsbereitschaft ebenfalls und strich sie, wie die Staatsanwaltschaft, als »beispiellos« heraus. Er äußerte auch eine gewisse Sympathie mit dem Angeklagten, indem er anmerkte, »daß Boesky zweifellos in einem Maß gedemütigt, verunglimpft und zusammengestutzt wurde, wie es im Leben eines Menschen, der einst eine weithin anerkannte Berühmtheit war, selten der Fall ist.«

Infolge seines Schuldgeständnisses in einem einzigen Anklagepunkt mußte Boesky mit einer Haftstrafe von bis zu fünf Jahren rechnen. Richter Lasker verhängte schließlich, während die Spannung im Gerichtssaal ihren Höhepunkt erreichte, eine Gefängnisstrafe von drei Jahren. Die Milken-Truppe griff das Strafmaß zwar sofort als Zeichen übermäßiger Nachsicht an, aber es lag immerhin über der Hälfte dessen, was maximal möglich gewesen wäre. Und es war das härteste Urteil, das im bisherigen Verlauf des Skandals ausgesprochen worden war.

»Die Botschaft sollte sich herumsprechen«, sagte Richter Lasker, deutlich beunruhigt von dem, was er über das Ausmaß des gesetzwidrigen Verhaltens an der Wall Street erfahren hatte, zum Abschluß der Verhandlung. »Die Zeit ist gekommen, in der es völlig unannehmbar wäre, wenn sich die Gerichte so verhielten, als wären Gefängnisstrafen für Schlips-und-Kragen-Täter etwas Undenkbares. (...) Um nicht nur die tatsächlich vorhandene Integrität der Finanzmärkte, sondern auch die Integrität ihres Erscheinungsbildes zu erhalten, darf man ein kriminelles Verhalten wie das von Mr. Boesky nicht ungesühnt lassen.«

Boesky hatte gehofft, der Presse entkommen zu können, indem er das Gerichtsgebäude durch einen Hintereingang verließ. Aber als er auf den Bürgersteig hinaustrat, stürzten die dort wartenden Kamerateams, ungeachtet der parkenden Autos, die mit zerbeulten Dächern und Motorhauben zurückblieben, augenblicklich auf ihn zu. Am nächsten Tag waren die Zeitungen voller Nahaufnahmen eines mit verschreckter Miene in einem Auto verschwindenden Ivan Boesky.

Der 18. Februar 1988 war ein kalter, grauer Donnerstag, an dem für das nördliche New Jersey Schnee angesagt war. Als John Mulheren aus der Vordertür seines weitläufigen viktorianischen Herrenhauses trat, paßte seine Stimmung zu dem trüben Wetter. Er hatte eine Sporttasche in der Hand, die er auf die Rückbank seines Autos warf. In der Tasche befanden sich ein israelisches Galil-Sturmgewehr vom Kaliber .233, das er vierzehn Tage zuvor gekauft hatte, und ein Drillichanzug der Armee. Außerdem hatte er 300 Schuß Munition bei sich, und im Auto lagen bereits eine 9 mm Halbautomatikpistole, eine .357 Magnum und ein Gewehr mit Pistolengriff vom Kaliber 12 - ein beachtliches Waffenarsenal.

Der Druck der Ermittlungen war immer deutlicher zu spüren gewesen und hatte Mulheren an einen Wendepunkt gebracht. Er befand sich in einer tiefen Depression. Die vergangene Nacht hatte er vor dem Fernseher verbracht und sich einen Spielfilm nach dem anderen angesehen, von denen er jetzt nicht einmal mehr die Titel wußte. Er hatte aufgehört, sein Lithium zu nehmen. Gestern, am Mittwoch, hatte ihm sein Anwalt gesagt, daß er kurz vor einer Anklage stehe. Aber noch bedrückender war, daß er ihm geraten hatte, sich schuldig zu bekennen.

Mulheren setzte sich hinters Steuer, startete das Auto und fuhr rückwärts die lange, geschwungene Einfahrt zur North Ward Avenue hinunter. Seine »Mission«: den Mann zu töten, der all diese Qualen verursacht und den er einst zu seinen engsten Freunden gezählt hatte - Ivan Boesky. Danach wäre die »Kopfjagd«, wie er es später nennen sollte, vorüber.

Vielleicht war es, selbst bei einem Skandal in der Welt der weißen Kragen, unvermeidlich, daß es schließlich zu einem Gewaltausbruch kam. Das Geld und die Macht, die auf dem Spiel standen, waren unermeßlich; viele waren schon für weniger zu Mördern oder Mordopfern geworden. Siegel hatte befürchtet, Boesky könnte ihn umbringen lassen; Boesky hatte befürchtet, Milken könnte ihn umbringen lassen; und jetzt hatte Mulheren tatsächlich den Plan gefaßt, Boesky zu töten.

Mulherens Gemütszustand hatte sich, seit Boeskys Schuldeingeständnis seine Sicht der menschlichen Natur gekippt hatte, stetig verschlechtert, und zwar noch bevor er erfuhr, daß Boesky, den er immer noch als Freund betrachtet hatte, möglicherweise auch ihn belastet hatte – ihn »verpfiffen« hatte, wie er es ausdrückte.

Im Januar des vergangenen Jahres hatte Mulheren eine auf Boesky bezogene Vorladung erhalten, die sich ganz offenbar auf eine Reihe mutmaßlicher Parkarrangements bezog, angefangen mit Unocal im Jahr 1985. »Was soll's?« hatte sich Mulheren gesagt. Wen kümmerte es schon, daß er jemandem ein paar Gefallen getan hatte? Das war schließlich kein Verbrechen.

Mulheren hatte einfach nicht glauben können, daß Boesky oder Davidoff etwas Nachteiliges über ihn aussagen würden. Er hatte allerdings davon gehört, daß auch Mooradian mit den Behörden zusammenarbeitete, und die überhöhten Rechnungen, mit deren Hilfe er Boesky für die ihm entgangenen Gewinne aus den angeblich bei ihm, Mulheren, geparkten Positionen entschädigt hatte, hatten eine bedeutende Rolle in der Vorladung gespielt. Mulheren hatte deshalb angenommen, daß Mooradian die Staatsanwaltschaft auf sie aufmerksam gemacht hatte.

Im Februar 1987 hatte er eine weitere Vorladung erhalten, die sich auf den Handel in Gulf + Western-Aktien zu der Zeit, als Boesky und Icahn gemeinsam als Angreifer gegen den Konzern auftraten, bezog. Aber auch diese Vorladung beunruhigte Mulheren nicht sonderlich. Deshalb war es ihm unverständlich, daß ihm sein Anwalt, Kenneth Bialkin, verbot, eine Aussage dazu zu machen. »Das ganze ist eine Hexenjagd«, hatte Bialkin warnend gesagt und darauf bestanden, daß er sich einen Strafverteidiger nahm. Er hatte ihm Otto Obermaier empfohlen.

Nicht jeder nahm die Vorladungen so auf die leichte Schulter wie Mulheren. Einige seiner Investoren waren besorgt und erkundigten sich ängstlich danach, welche »Blößen« sie sich möglicherweise gaben. Mulheren war ständig von Anwälten umgeben, und er hatte noch nie viel für Anwälte übrig gehabt. Aber die Monate vergingen ohne ein Anzeichen dafür, daß die Untersuchung der Strafverfolgungsbehörden weitere Fortschritte gemacht hätte.

Finanziell war das Jahr für Mulheren bis in den Oktober hinein außerordentlich gut verlaufen. Boeskys Ausscheiden aus der Arbitrageszene hatte seine Gewinnchancen erhöht, da die Konkurrenz geringer geworden war. Nach den ersten neun Monaten des Jahres 1987 hatte Mulheren auf dem Papier 120 Mio. Dollar Gewinn erwirtschaftet. Das Geschäft lief ohne Boeskys Tips sogar noch besser als mit ihnen.

Dann kam der 19. Oktober. Er traf Mulheren ebenso hart wie die anderen Arbitrageure; er verlor 80 Mio. Dollar. Aber anders als seine Kollegen schien er die Unruhe, das Durcheinander und die Panik um ihn herum zu genießen. Während die Börse abstürzte, hüpfte er aufgeregt auf und ab und rief lachend aus: »Das holen wir uns alles wieder!« Der Börsenkrach verlieh ihm neuen Schwung; es war eine neue Herausforderung, eine Gelegenheit, noch mehr Geld als bisher zu machen und seine Konkurrenten auszustechen. Sogar diejenigen, die an Mulherens Ausbrüche gewöhnt waren, fanden seine Reaktion reichlich unangemessen; immerhin handelte es sich um einen Verlust von 80 Mio. Dollar. Aber Mulheren hielt sein Wort. Er stürzte sich mit neuem Elan in die Arbeit, jonglierte, während so mancher seiner ehemaligen Konkurrenten seine Zelte abbrach, auf kühne Weise mit dem ihm verbliebenen Kapital und schloß das Jahr mit einem Gewinn von bemerkenswerten 18 Prozent ab.

Aber Mulherens Verhalten blieb, trotz des erfreulichen Geschäftsverlaufs, sonderbar. An einem Sonnabend im Dezember traf er sich mit seinem besten Freund Bruce Springsteen, der gerade eine neue Platte eingespielt hatte, zum Dinner. Sie amüsierten sich damit, Springsteens Tournee nach der Veröffentlichung der neuen Platte zu planen. Danach erwähnte Mulheren im Verlauf des Gesprächs, daß er das Bild von Manuel Noriega, des starken Mannes in Panama, auf der Titelseite des *Time*-Magazins gesehen hätte. »Noriega ist ein Opfer« von US-Schikanen, sagte Mulheren. Springsteen sah ihn verdutzt an. Dann kam er auf den Singer-Fall in Utah zu sprechen, bei dem die Staatspolizei das Haus eines Verdächtigen umstellt hatte, der als Bombenleger in einer Mormonenkirche in Frage kam. »Der Staat ist schikanös«, erklärte er. Springsteen zog es vor, nicht darauf einzugehen.

Bald darauf begann Mulheren, ständig eine geladene Waffe mit sich herumzutragen. Er war inzwischen zu der Überzeugung gelangt, daß sich die Polizei im Bund mit der Staatsanwaltschaft befand und wie diese versuchte, ihn in den Boesky-Skandal hineinzuziehen. Seiner Meinung nach brauchte er eine Waffe, um sich verteidigen zu können, falls ein Polizist versuchen sollte, ihn umzubringen. Er war so fest davon überzeugt, daß die Polizei ihn töten wollte, daß er die Straßenseite wechselte, sobald er einen Polizisten erblickte.

Als er an einem Freitag im Dezember nicht zur Arbeit erschien, forschten seine Kollegen nach. Sie erfuhren, daß er planmäßig mit seinem Hubschrauber in die Stadt geflogen und auf dem Landeplatz im Battery Park ausgestiegen war. Danach war er verschwunden.

Mulheren, wie üblich in Khakihosen und T-Shirt, hatte den Tag damit verbracht, vom Battery Park zur Südspitze von Manhattan zu spazieren, und von dort weiter nach Harlem und Washington Heights an der Nordspitze der Insel. Er konnte sich selbst nicht erklären, warum. So etwas hatte er noch nie getan. Er hatte aufgrund körperlicher Nebenwirkungen aufgehört, seine tägliche Dosis Lithium zu nehmen, und spielte mit Selbstmordgedanken. Offenbar näherte er sich wieder einmal dem Stimmungstief, das alle vier Jahre seine manische Hochstimmung unterbrach.

Aber er erholte sich rasch wieder von dem Zwischenfall. Bis im Januar 1988 bekannt wurde, daß Davidoff sich zur Kooperation bereit erklärt und sich in einem Anklagepunkt schuldig bekannt hatte. Jetzt mußte Mulheren der Möglichkeit ins Auge sehen, daß Davidoff ihn belastete. Darüber hinaus erfuhr er durch seinen Anwalt, daß Davidoff durch Boesky belastet worden war, was bedeutete, daß sich Boesky wahrscheinlich auch gegen ihn, Mulheren, gewandt hatte. Noch schlimmer war jedoch, daß das Vergehen, dessen Davidoff sich schuldig bekannt hatte, in einem Verstoß gegen die Nettokapitalvorschriften durch eine Parkabsprache bestand – und das »Parken« war genau der Tatbestand, den Mulheren beim besten Willen nicht als Verbrechen ansehen konnte.

Er verfiel erneut in Verzweiflung und brütete düster über den neuesten und schmerzlichsten Verrat seiner einstigen Freunde nach. So etwas würde er selbst nie tun. Man bedrängte ihn tatsächlich mit der Forderung, gegen seine Freunde und früheren Kollegen bei Spear Leeds und gegen die Belzbergs auszusagen. Aber er blieb stumm.

Am Montag, dem 15. Februar, fühlte sich Mulheren so schlecht, daß er nicht ins Büro ging. Am Dienstag jedoch war das Stimmungspendel zur anderen Seite ausgeschlagen; er war aufgekratzt und geradezu übermütig. Am Morgen ging er zum Zahnarzt, und als er im Büro erschien, war er blendender Laune. Er sagte seinen Kollegen, daß sie hart gearbeitet und eine Pause verdient hätten. Er bestellte für den nächsten Montag fünf Hubschrauber und verkündete seinen Mitarbeitern, daß sie an diesem Tag nach Börsenschluß nach Atlantic City geflogen werden würden, wo sie spielen und feiern könnten, solange sie wollten. Am nächsten Morgen würden sie rechtzeitig zum Börsenbeginn zurückgeflogen werden. Das ganze ginge auf seine Rechnung. Es war selbst für Mulherens Verhältnisse eine außergewöhnliche Geste.

Am Mittwoch, dem 17. Februar, war Mulheren wieder am Boden. Er schrie seinen Zahnarzt an, daß er Zahnschmerzen hätte, und bekam Kodein verschrieben. Noch wußte er nicht, daß er bald die bislang verhängnisvollste Nachricht in bezug auf seine Probleme mit den Behörden erhalten sollte.

Nachdem Baird an Carberrys Stelle getreten war, hatte er den Mulheren-Fall Robert Gage übergeben. Gage war ein erfahrener Staatsanwalt, der im vorangegangenen Jahr im Zuge der Verstärkung des Dezernats für Wertpapierbetrug dorthin versetzt worden war. Der Mulheren-Fall galt, im Gegensatz zu dem von Milken oder Freeman, als einer der unkompliziertesten, die sich aus der Boesky-Vereinbarung ergeben hatten; es würde ein schöner, glatter Prozeß werden, glaubte man. Die Anklage hatte in Boesky und Davidoff zwei gewichtige kooperierende Zeugen. Boesky hatte im Januar vor der Grand Jury eine belastende Aussage über seine Geschäfte mit Mulheren gemacht und unter anderem von den Parkabsprachen und zahlreichen Fällen von Kursmanipulation und Aktientips berichtet, die den Verdacht auf Insiderhandel nahelegten. Zum Beispiel hatte Boesky ausgesagt, daß er Mulheren gebeten habe, den Kurs von Gulf+Western in die Höhe zu treiben, und daß Mulheren erwidert habe, er hätte verstanden.

Der größte Teil von Boeskys Aussage am 13. Januar betraf zwar die objektiven Tatbestände, die Gegenstand der Ermittlungen gegen Mulheren waren. Daneben aber erkundigte sich Gage auch nach Boeskys Motiven und fragte ihn, wieso er sich auf diese illegalen Absprachen mit Mulheren eingelassen habe. Boeskys Antwort beschrieb die merkwürdige Dynamik, die die Wall Street während des Höhenflugs der 80er Jahre erfaßt hatte, als kriminelle Handlungen engstens mit dem Geflecht der menschlichen Beziehungen verwoben waren und sich wie selbstverständlich aus ihm ergaben.

Boesky schien die Frage etwas überrascht zu haben, und er antwortete langsamer als gewöhnlich. »Es sind viele, viele Jahre der Freundschaft«, sagte er. »Etwas füreinander tun; einander reich machen, wenn möglich; einander retten, wenn nötig; an der Familie des anderen interessiert sein; Wohltätigkeit.« Er hielt nachdenklich inne und faßte es dann in den schlichten Worten zusammen: »Wir waren Freunde.« In Boeskys Welt waren Geld und Gefälligkeiten – insbesondere in Form von Informationen – der Maßstab der Freundschaft. Das traf auf seine Beziehungen zu Siegel und Milken zu, besonders aber auf die zu Mulheren.

Am späten Nachmittag des 17. Februar – Mulheren litt immer noch unter Zahnschmerzen – kam sein Strafverteidiger, Obermaier, zu einer Besprechung mit ihm in sein fürstliches Büro. Früher am Nachmittag hatte Gage bei Obermaier angerufen und ihm die unheilvolle Neuigkeit mitgeteilt: Er stehe kurz davor, bei der Grand Jury eine Anklage wegen Parkabsprachen und Kursmanipulationen gegen Mulheren einzureichen. Die Staatsanwaltschaft, hatte er erklärt, verfüge jetzt über genügend Beweise, um die Anklage zu untermauern. Neben Boeskys Aussage vor der Grand Jury hätte die Staatsanwaltschaft Dokumentenbeweise, einschließlich der äußerst belastenden überhöhten Rechnungen. Falls sich Mulheren eine günstige Behandlung seitens der Staatsanwaltschaft erhoffte, hatte Gage betont, sei jetzt, vor einer öffentlichen Anklageerhebung, der Zeitpunkt, sich schuldig zu bekennen. Dazu sei jedoch ein Schuldeingeständnis in mindestens einem Anklagepunkt erforderlich. An die Gewährung strafrechtlicher Immunität für Mulheren sei nicht zu denken.

Obermaier war danach entschlossen, Mulheren in dessen eigenem Interesse zu einem Geständnis zu bewegen. Die Tatsachen, die die Staatsanwaltschaft anführen konnte, waren kaum anzuzweifeln; die jeweiligen Transaktionen wurden durch die Handelsbelege eindeutig bestätigt. Mulheren konnte sich zwar auf seinen guten Glauben berufen und erklären, daß er überzeugt gewesen wäre, selbst das Risiko der von Boesky angeblich bei ihm »geparkten« Positionen getragen und nichts von Boeskys Interesse an einem Anstieg des Kurses von Gulf + Western gewußt zu haben, aber dann ständen die Aussagen von Boesky und Davidoff gegen seine, und die Indizienkette der Anklage war ausgesprochen überzeugend.

Nachdem er das Telefongespräch mit Gage zusammengefaßt hatte und kurz auf die Stärken und Schwächen der Anklage eingegangen war, brachte Obermaier die Möglichkeit einer Vereinbarung mit der Staatsanwaltschaft zur Sprache, die Mulheren bisher nicht einmal hatte erwägen wollen. »Warum bringen wir es nicht hinter uns?« fragte Obermaier so beiläufig wie möglich, um anzudeuten, daß es nicht das Ende der Welt wäre. »Na los, machen Sie das Geständnis. Wenn Sie es nicht tun, wird man Ihnen Ihr Leben zerstören.«

Mulheren hatte es sich ungläubig angehört. »Ich mache überhaupt nichts«, rief er wütend aus. Er blieb fest dabei, daß er Boesky nur ein paarmal einen Gefallen getan hatte.

»Lassen Sie doch einmal Ihre Prinzipien aus dem Spiel«, drängte Obermaier weiter, reizte Mulheren damit aber nur noch mehr.

»Ich werde mich nicht schuldig bekennen!« brüllte er. »Es ist mir egal, was die mit mir anstellen.« Die bloße Vorstellung, sich dem Druck der Staatsanwaltschaft zu beugen, rief Mulherens tiefverwurzelte Vorbehalte gegen jegliche Autorität auf den Plan, und seine manische Disposition tat das Ihre, um seine Reaktion aufzuheizen.

»Ins Gefängnis zu gehen ist gar nicht so schlimm«, fuhr Obermaier ungeachtet der Wut seines Mandanten fort. »Sie könnten einen Urlaub von Ihren Kindern gebrauchen.«

Das brachte das Faß zum Überlaufen. Mulheren sprang auf die Füße und fing förmlich an zu kreischen. Er drohte Obermaier an, ihn zu feuern, und belegte ihn mit einer wahren Schimpfkanonade. Am Ende fragte er ihn: »Otto, wozu brauche ich euch Drecksanwälte überhaupt?« Dann stürmte er aus dem Büro.

Kurz darauf rief er, immer noch erregt, bei Ken Bialkin an, dem Anwalt, der ihm geraten hatte, einen Strafverteidiger zu engagieren, aber auch selbst weiterhin an dem Fall mitarbeitete. Bialkin versuchte Mulheren zu beruhigen, doch das reizte Mulheren nur noch mehr. »Ihr beschissenen Anwälte seid euch alle gleich«, schrie er, und dann sagte er Bialkin, daß er ebenfalls gefeuert sei. Danach knallte er den Hörer auf.

Seine Anwälte waren bestürzt, nicht aufgrund seines Verhaltens, sondern auch aufgrund der Stimmung, in der er sich offenbar befand. Sie versuchten noch am selben Abend, mit Mulherens Psychiater zu telefonieren, aber der war in die Karibik in Urlaub gefahren und nicht erreichbar.

Mulheren legte sich in dieser Nacht gar nicht erst schlafen, sondern sah sich im Fernsehen Spielfilme an. Er spürte, daß er eine Schwelle überschritten hatte; sein Leben war ruiniert. Er war ein Opfer.

Am nächsten Tag, Freitag, dem 18. Februar, hatte sich Mulherens Gemütszustand weiter verschlechtert. Er wurde immer unruhiger und aggressiver, schimpfte über den Verrat von Boesky und Davidoff und sagte, er würde sie umbringen. Seine Frau Nancy rief schließlich die örtliche Polizei an und sagte ihr, daß sie sich wegen des emotionalen Zustands ihres Mannes und der Feuerwaffen, die er besitze, Sorgen mache. Er wirke erregt und sei offenbar wütend auf Boesky. Die Polizei beorderte daraufhin einen Streifenwagen in die Nähe der Ausfahrt von Mulherens Anwesen auf die North Ward Avenue.

Wenig später trat Mulheren aus dem Haus, stieg in sein Auto und fuhr die Einfahrt hinunter, woraufhin der Streifenwagen ein Stück vorfuhr und die Ausfahrt blockierte. Einer der Polizisten stieg aus und ging zu Mulheren hinüber. Er entdeckte die Waffen auf dem Rücksitz und beschlagnahmte sie, verhaftete Mulheren aber nicht, da er einen Waffenschein besaß und sein Grundstück mit den Waffen nicht verlassen hatte. Mulheren schien verärgert zu sein, fuhr aber zum Haus zurück.

Einige Zeit später kam Mulheren wieder aus dem Haus und hastete, wiederum mit der Sporttasche mit dem Sturmgewehr und dem Drillichanzug, zu seinem Auto. Diesmal fuhr er vorwärts die Einfahrt hinunter und kam auf die Straße, bevor die Polizei die Ausfahrt versperren konnte. Während Mulheren davonraste, wurde ein anderer Streifenwagen alarmiert, der ihn nach einer kurzen Jagd stoppte.

»Ihr wollt also, daß es hier anfängt?« brüllte Mulheren, als sich die Polizisten seinem Auto näherten.

Er kannte die beiden Polizeioffiziere aus dem Ort und redete wie aufgezogen drauflos, stieß wilde Verwünschungen gegen Boesky und Davidoff aus; »ohne Boesky und Davidoff wäre die Kopfjagd vorbei«, sagte er. Dann ereiferte er sich über das Rechtssystem, in das er kein Vertrauen mehr habe; er würde jetzt »die Dinge auf meine eigene Art und Weise regeln«. Er behauptete, er hätte am Tag zuvor, in der Hoffnung, eine Gelegenheit zu bekommen, ihn umzubringen, vor Davidoffs Haus auf der Lauer gelegen. Und jetzt wolle er sich Boesky schnappen. Als ihn die Polizisten nach seinem Geisteszustand fragten, meinte er, daß er »clever genug« sei, um Verrücktheit vortäuschen zu können; im übrigen würde er, sobald er entlassen sei, erneut versuchen, Boesky und Davidoff zu töten. Die Polizisten nahmen ihn fest; als Grund reichte die Tatsache, daß er das Sturmgewehr außerhalb seines Grundstücks bei sich hatte, wofür er keine Genehmigung besaß.

Des versuchten Mordes wurde er nicht angeklagt. Bei seinem Geisteszustand war schwer zu entscheiden, was er tatsächlich vorgehabt hatte. Es spricht einiges dafür, daß er festgenommen werden wollte; vielleicht hatte er sich nach der vergleichsweisen Sicherheit des Gefängnisses gesehnt. Er hatte das Gewehr nicht versteckt und auch sofort zugegeben, daß er das Gesetz gebrochen hatte, als er mit ihm sein Grundstück verließ. Er war es sogar gewesen, der den Polizisten diesen Anklagepunkt vorgeschlagen hatte, als sie nach einem Grund für seine Festnahme suchten. Seine Behauptung, daß er vor Davidoffs Haus auf der Lauer gelegen hätte, nahm er später wieder zurück; er hätte nur angegeben, um zu provozieren, was, wie er erklärte, für seine manisch-depressiven Schübe charakteristisch sei. Dennoch konnte Mulherens Handlungsweise nicht vollständig seinem verwirrten Geisteszustand zugeschrieben werden. Er war von Boesky und Davidoff belastet worden und mußte damit rechnen, daß sie als Zeugen gegen ihn auftreten würden. Hätte er tatsächlich versucht, sie umzubringen, wäre es ein Verbrechen gewesen, für das es unzählige Vergleichsfälle gab.

Die Polizei brachte Mulheren für die Nacht im Monmouth-County-Gefängnis unter. Sie informierte außerdem das Büro des Staatsanwalts in Manhattan, wo Boesky verhört worden war. Boesky stockte der Atem, als er von dem bizarren Vorfall hörte. Er hatte danach noch mehr Angst um sein Leben als vorher und fragte, ob er nicht sofort verurteilt werden könnte; er glaubte, im Gefängnis sicherer aufgehoben zu sein.

Am nächsten Vormittag wurde Mulheren, mit der linken Hand an eine Reihe anderer Gefangener gefesselt, in einen behelfsmäßigen Gerichtssaal geführt. Nancy und seine Eltern waren Zeuge, wie er in zwei Punkten wegen verbotenen Waffentragens angeklagt und die Kaution auf bescheidene 17500 Dollar festgesetzt wurde. Noch am selben Tag erhielt die New Yorker Staatsanwaltschaft einen Haftbefehl gegen Mulheren, der ihn der Bedrohung und versuchten Bedrohung eines Zeugen in einem Bundesverfahren beschuldigte, und Mulheren wurde, nachdem er die Kaution in New Jersey hinterlegt hatte, ins Metropolitan Correction Center gebracht.

Wenige Tage nach seiner Verhaftung begann die förmliche Auflösung seiner Firma, Jamie Securities, deren Name an der Wall Street einst mit Respekt und Ehrfurcht genannt worden war und zu deren Investoren unter anderen die Familien Tisch und Belzberg gehört hatten. Wie auch immer das Strafverfahren gegen Mulheren ausgehen mochte, seine glänzende Karriere an der Wall Street schien auf alle Fälle beendet zu sein.

Anders als Levine und Tabor wurde Mulheren nicht schon nach einer einzigen Übernachtung im MCC wieder entlassen. Die Staatsanwaltschaft erhob schwere Bedenken gegen die Festsetzung einer Kaution; Mulheren stelle weiterhin eine Gefahr für Boesky und Davidoff dar, erklärte sie, und so blieb er hinter Schloß und Riegel. »Dies ist ein Fall von versuchter Behinderung der Justiz, wie er ernster nicht sein kann«, erläuterte Gage, der Anklagevertreter, dem Haftrichter. Die Kautionsverhandlung zog sich tagelang hin, und Mulheren wurde jeden Tag unter schwerer Bewachung in den Gerichtssaal gebracht, wo er es nur gelegentlich schaffte, seiner Frau und Mitgliedern seiner weiteren Familie, die sich im Gerichtssaal eingefunden hatten, ein schwaches Lächeln oder eine kleine Geste zukommen zu lassen.

Während seines Aufenthalts im MCC lernte Mulheren es zu schätzen, daß er groß und kräftig gebaut war und sich mit Bruce Springsteen zusammen an den Gewichten geplagt hatte. Er war hier von hartgesottenen Kriminellen umgeben, einschließlich einiger Mitglieder der Westies und der Monsanto-Bande aus New York. Da für ihn keine Zelle mehr übrig gewesen war, mußte er in einem Feldbett auf dem Gang schlafen, wo er das Gefühl hatte, besonders wehrlos zu sein. Außer sonntags wurde er um 5.30 Uhr früh geweckt, um sich zu waschen, bevor er mit anderen Gefangenen zusammen in eine Verwahrzelle gesperrt wurde, bis er – für gewöhnlich zwischen 9.30 und zehn Uhr – ins Gericht geführt wurde. Da er sein Medikament wieder nahm und sich seine Depression etwas legte, fiel es ihm nicht schwer, sich bei vielen seiner Mitgefangenen in der Verwahrzelle beliebt zu machen, indem er mit ihnen Karten spielte oder sich mit ihnen unterhielt, um sich die Wartezeit zu vertreiben. Er wurde bald von dem mutmaßlichen Mafia-Don Anthony »Fat Tony« Salerno unter die

Fittiche genommen und freundete sich mit Mushulu Shakur an, einem selbsternannten Revolutionär, der wegen des Brinks-Raubüberfalls angeklagt war. Mulheren hörte sich stundenlang Shakurs radikale linke Theorien an, und auch seine Behauptung, er hätte die Beute aus dem Überfall an die Armen weitergegeben. Mulheren sagte ihm, er bewundere die Hingabe, mit der er seiner Sache ergeben war.

Mit jedem Tag, den Mulheren in Haft blieb, erhöhte sich der Druck auf ihn, sich schuldig zu bekennen. Obermaier reizte ihn damit, daß er ihm weiterhin anriet, einzulenken und ein Geständnis abzulegen. Die Staatsanwaltschaft war bereit, die Anklagen in bezug auf die Waffen und die Bedrohung von Zeugen fallenzulassen, wenn Mulheren sich des »Parkens« schuldig bekannte und kooperierte. Aber Mulheren lehnte ab; wenn sein Geisteszustand etwas bewirkt hatte, dann, daß er noch weniger geneigt war, etwas zuzugeben, was er seiner Meinung nach nicht verbrochen hatte. Schließlich, als Mulheren schon fast zwei Wochen einsaß, konnte Obermaier es erreichen, daß man ihn aus dem Gefängnis entließ und in den Hochsicherheitstrakt der Carrier Facility überstellte, einer privaten psychiatrischen Klinik in New Jersey.

Bevor Mulheren das MCC verließ, wünschte ihm Salerno alles Gute. »Du bist in Ordnung«, sagte er, indem er Mulheren auf die Schulter klopfte. »Du bist der einzige Typ von der Wall Street, der kein Singvogel ist.«

»Ich weiß ja auch nichts. Ich könnte ihnen gar nichts Schlimmes sagen«, wehrte Mulheren das Kompliment ab.

»Oh, na klar«, meinte Salerno schmunzelnd und rollte die Augen mit übertriebenem Spott zur Decke. »Stimmt.«

13

Am 24. März 1988 traf ein verängstigter Ivan Boesky im südkalifornischen Lompoc Federal Prison Camp ein, um seine dreijährige Haftstrafe anzutreten. Das Lager gehört zu den Strafvollzugsanstalten der untersten Sicherheitsstufe, ist allerdings kaum als »Country Club« zu bezeichnen, auch wenn es über Außenhöfe und eigene Tennisplätze verfügte. Es war Boeskys eigene Wahl gewesen; seine Vereinbarung mit der Staatsanwaltschaft hatte ihm dieses Privileg eingeräumt. Nachdem Boesky hinter Gittern verschwunden und Mulheren in der Carrier Facility weggeschlossen war, senkte sich erneut gespannte Stille über die Untersuchung.

Gary Lynch von der SEC wurde unruhig. Er und sein Stab waren von der Freeman-Untersuchung ausgeschlossen gewesen, und sie waren nach dem Fiasko der Niederschlagung der Anklagen froh, nicht daran beteiligt gewesen zu sein. Denn auch so standen sie weiterhin unter enormem Druck – von der Kommission selbst, von Aufsichtsausschüssen im Kongreß, von der Öffentlichkeit und von Drexel. Immer noch unter den Nachwirkungen des Medienechos auf den Boesky-Fall leidend, waren Lynch und seine Leute erpicht darauf, den Wert von Boeskys Unterstützung zu demonstrieren, indem sie sich gegen ihre bei weitem größten Ziele wandten, Drexel und Milken.

Aber im späten Frühjahr 1988 steckte ihre Untersuchung fest. Drexels Widerstand war ebenso heftig wie aufreizend. Die Firmenanwälte protestierten gegen die Drexel-Vorladungen; die darin aufgelisteten Dokumente zu liefern, sei eine nicht zu erfüllende Aufgabe. Lynch meinte allerdings, daß sie nur Zeit schinden wollten. Die Strafandrohungen der Vorladungen mußten wiederholt bekräftigt werden. Das grundsätzliche Mißtrauen der SEC war weiter angewachsen, als Drexel sein Werbesperrfeuer eröffnete. Die Drexel-Mannschaft, glaubten die SEC-Ermittler, war zuallererst daran interessiert, Milken zu schützen. Viele Mitarbeiter der Firma nahmen den 5. Zusatzartikel zur Verfassung in Anspruch und weigerten sich, die ihnen gestellten Fragen zu beantworten. Einige, unter ihnen Peter Gardiner, waren sogar bereit, einen Meineid zu leisten.

Gardiner, ein rothaariger Mittdreißiger mit beginnender Glatze, war der Drexel-Verkäufer, der Cary Maultasch ersetzt hatte, nachdem dieser 1985 nach New York zurückgegangen war. Er arbeitete für Alan Rosenthal, einen von Milkens engsten Verbündeten, im Bereich der Wandelanleihen.

Als Ergebnis einer früheren Ermittlung des Chicagoer Büros der SEC hatte die Kommission einen verdächtigen Handel in den Aktien von Viacom, einem großen New Yorker Kabelfernseh- und Unterhaltungskonzern, ins Visier genommen. Viacoms Geschäftsführung hatte 1986 Milken und Drexel beauftragt, ein geplantes Leveraged buyout zu finanzieren; Milken hatte persönlich mit dem Geschäftsführer von Viacom darüber verhandelt. Zu der Zeit, als Milken erfuhr, daß Viacom vorhatte, ein Leveraged buyout durchzuführen, hatte Drexel eine Short-Position von annähernd 300 000 Viacom-Aktien gehalten, das heißt, darauf gesetzt, daß der Kurs von Viacom absacken würde. Nach Milkens Verhandlungen mit Viacom hatte Drexel umgehend die Short- durch eine Long-Position ersetzt, also von Baisse auf Hausse umgestellt. Für die SEC war klar, daß Drexel unter Ausnutzung der Insiderinformation von Milken nunmehr damit gerechnet hatte, daß der Viacom-Kurs ansteigen würde. Und er tat es – um mehr als fünf Dollar pro Aktie an einem einzigen Tag –, nachdem das Leveraged buyout nur sechs Tage später bekanntgegeben worden war. Es sah sehr nach einem klassischen Fall von Insiderhandel aus.

Gardiner war der Drexel-Händler in Beverly Hills gewesen, der die Viacom-Transaktion an jenem Tag ausgeführt haben mußte, und so war die SEC natürlich gespannt auf sein Verhör. Obwohl er unter Eid aussagte, erklärte Gardiner anfänglich, daß er sich nicht an diesen speziellen Viacom-Handel erinnern könne, und bezeichnete seine Handelsaktivitäten als ganz normales Hedging einer Position. Als die SEC anhand der Handelsbelege nachweisen konnte, daß Drexel tatsächlich eine Short- in eine Long-Position umgewandelt hatte, änderte Gardiner seine Aussage. Er bestätigte die Transaktion, sagte aber, daß er sie nicht aus eigenem Antrieb durchgeführt und nichts von einem geplanten LBO gewußt habe. Er hätte auch nicht mit Milken darüber gesprochen.

Dann erfuhr die SEC, daß Gardiner zur fraglichen Zeit gar nicht in Beverly Hills gewesen war. Er hatte an jenem Tag eine Urlaubsreise nach England angetreten. Auf eine entsprechende Frage antwortete er, daß er den Handel während eines Zwischenstopps in New York getätigt habe. Aber er konnte keine Reiseunterlagen oder Spesenrechnungen aus New York vorweisen und auch niemanden aus Drexels New Yorker Hauptsitz benennen, den er getroffen oder mit dem er gesprochen hätte. Für den plötzlichen Wechsel von einer Short- zu einer Long-Position hatte er keine Erklärung.

Die SEC-Ermittler hielten Gardiner für einen schamlosen Lügner. Sie waren überzeugt, daß die Viacom-Transaktion von Milken selbst oder jemandem in seinem Auftrag, keinesfalls aber von Gardiner durchgeführt worden war. Aber wie dem auch gewesen sein mochte, Gardiner war in jedem Fall nutzlos. Er gab der SEC nichts in die Hand, was gegen ihre Hauptziele verwendbar gewesen wäre, und sie konnte kaum etwas tun, um ihn unter Druck zu setzen. Da die Frage der Gewährung strafrechtlicher Immunität nicht im Raum stand, konnte sie ihn nur wegen des Verdachts auf Meineid an die Staatsanwaltschaft weiterreichen. Und auch für die Zukunft konnte sich die SEC nichts von Gardiner versprechen, selbst wenn er die Wahrheit sagte; seine Aussagen wären aufgrund des mutmaßlichen vorherigen Meineids nur von geringem Wert.

Trotz solcher Hindernisse hatte Lynch das Gefühl, daß aufgrund der Boesky-Aussage die Konturen eines soliden Falls gegen Drexel und Milken abgesteckt waren. Lynch wollte vor einem Bundesgericht Klage einreichen, um die weiteren Ermittlungen unter die Oberhoheit eines Bundesrichters zu stellen, was die Strafandrohung der Vorladungen verschärfen würde, da sich die Vorgeladenen bei Nichterfüllung der geforderten Leistungen einer Anklage wegen Mißachtung des Gerichts aussetzten. Lynch hatte seit dem Januar 1988 darauf hingearbeitet, indem er den Anwälten von Drexel und Milken die Gelegenheit gab, eine sogenannte »Wells-Vorlage« einzureichen, eine förmliche Einlassung mit dem Ziel, die SEC von einer Anklage abzuhalten. Die Verteidigerteams hatten eine umfangreiche Vorlage ausgearbeitet und die SEC durch sie veranlaßt, die Ermittlungen wegen mutmaßlicher Vergehen hinsichtlich des Leveraged buyout von Safeway Stores, eines überwiegend von Drexel finanzierten KKR-Deals, einzustellen. Danach blieben allerdings noch zahlreiche Anschuldigungen übrig, einschließlich sämtlicher Anklagepunkte, die sich auf Boesky bezogen. Drexel versetzte die SEC weiterhin mit der Behauptung in Wut, die 5,3 Mio. Dollar seien als Honorare für Investment-banking-Dienste angefallen; Boesky sei ein gewohnheitsmäßiger Lügner.

Drexels Verteidigung gab Lynch Rätsel auf. Für gewöhnlich ist eine Wells-Vorlage ein Zeichen für die Bereitschaft, Verhandlungen aufzunehmen. Bis zur Einreichung einer Anklage konnte sich ein Beschuldigter, wie Drexel es getan hatte, damit herausreden, daß er das Opfer unverantwortlicher Presseberichte und Gerüchte über eine Untersuchung wäre, die wahrscheinlich nirgendwohin führen würde. Sobald aber eine

Anklage eingereicht und bestätigt war, lag offen zutage, daß die Ermittlungen abgeschlossen und ein bedeutendes Rechtsorgan ihre Ergebnisse geprüft und befunden hatte, daß die Anklage Bestand haben konnte. Um diesen Schritt der Strafverfolgungsbehörden zu vermeiden, gingen die meisten Firmen lange Wege, und dennoch waren Drexel und die SEC immer noch Meilen voneinander entfernt. In einer trotzigen Ansprache, die überall in der Firma verbreitet wurde, sagte Joseph den Drexel-Angestellten, ohne irgendwelche Gespräche zu bestätigen, daß die Firma keine Vereinbarung mit der SEC eingehen könne, schon gar nicht zu dem Betrag, den die Kommission haben wolle. Es würde als Schuldeingeständnis verstanden werden. Die Milken-Anhänger waren begeistert.

Da ihm kaum eine andere Wahl blieb, legte Lynch am 1. Juni den 160seitigen Entwurf der Anklageschrift der Kommission vor, die einstimmig beschloß, die Anklage einzureichen. Dennoch entschied sich die SEC zu einem beispiellosen Schritt: nämlich die Anklage nicht, wie üblich, sofort einzureichen, sondern für unbestimmte Zeit zurückzuhalten. Die SEC gab ihre Entscheidung zwar nicht öffentlich bekannt, aber Drexel reagierte erwartungsgemäß damit, erneut die eigene Unschuld zu beteuern und Boesky zum wiederholten Mal als »überführten Betrüger und notorischen Lügner« hinzustellen. Die Firma wartete ungeduldig darauf, daß die Anklage gegen sie anhängig gemacht wurde, was, wie sie sehr wohl wußte, jetzt jederzeit geschehen konnte. Je länger das Ereignis auf sich warten ließ, desto mehr blühte das Gerücht, daß die SEC Drexel noch eine letzte Chance geben wolle, in Verhandlungen einzutreten und mit ihr zusammenzuarbeiten.

Tatsächlich war die ungewöhnliche Verzögerung das Ergebnis einer tiefen Kluft zwischen der SEC und der Staatsanwaltschaft, die für den weiteren Verlauf der Untersuchung leicht verheerende Folgen hätte haben können. Lynchs Enttäuschung über die langsamen Fortschritte der SEC-Untersuchung gegen Drexel war nichts im Vergleich mit der Frustration, die sich in Giulianis Büro in Manhattan breitgemacht hatte. Nach der Euphorie aufgrund der Entdeckung der Tonbänder von Princeton-Newport hatte die Moral, da eine Spur nach der anderen in eine Sackgasse geführt hatte, erheblich gelitten. Zugleich war der Fall immer verwirrender geworden: Untersuchungen, die voneinander unabhängig gewesen zu sein schienen, erwiesen sich als miteinander verknüpft, und Baird mußte immer neue Verbindungslinien in seine Graphik einzeichnen. Princeton-Newport, soviel war jetzt klar, führte über den Storer-Deal zu Freeman und, was noch wichtiger war, über James Regan, Bruce Newberg, Lisa Jones und Cary Maultasch zu Milken und Drexel. Beide Verbindungen hatten sich aus den Tonbändern ergeben.

Im Februar veröffentlichte das *Wall Street Journal* auf der ersten Seite einen Artikel, der die Ergebnisse seiner eigenen Nachforschungen über den Freeman-Fall zusammenfaßte. Mit einer Genauigkeit, die die Staatsanwälte verblüffte, hatten die Reporter der Zeitung dieselben Transaktionen unter die Lupe genommen, die sie untersuchten, und Dinge herausgefunden, von denen selbst die Staatsanwaltschaft nichts gewußt hatte. Mitten in dem Artikel wurde die Beatrice-Transaktion beschrieben und erzählt, wie sich Freeman von Siegel bestätigen ließ, daß die Konditionen des Deals modifiziert worden waren. »In einem Telefongespräch zwischen Mr. Freeman und Mr. Siegel«, hieß es dort, »sagte Mr. Siegel zu Mr. Freeman: ›Dein Häschen hat ein gutes Näschen.‹«

Baird war verdutzt, als er die mysteriöse Passage wieder und wieder las. Trotz des erstaunlichen Erinnerungsvermögens, das Siegel bewiesen hatte, hatte er diesen Vorfall nie erwähnt. Rakoff fragte Siegel auf Bairds Geheiß nach dem Telefongespräch. Siegel sagte, er könne sich nicht erinnern, genau diese Worte gebraucht zu haben. Aber dabei falle ihm ein, daß er damals mit KKR gesprochen und die Firma Bunny Laskers Information bestätigt habe. Freeman hätte kurze Zeit später wieder angerufen, nachdem auch er mit Lasker gesprochen hatte, und es könne durchaus sein, daß er in diesem Gespräch gesagt habe: »Dein Häschen *[bunny]* hat ein gutes Näschen.«

Damit schien ein weiterer Insiderhandel enthüllt worden zu sein. Es war nur schade, daß Siegels Erinnerungen an diesen Deal so wacklig waren, aber Baird hatte das Gefühl, daß die im *Journal* abgedruckte Geschichte der Wahrheit entsprach. Er würde sich von anderer Seite eine Bestätigung dafür besorgen müssen.

Die anscheinend undurchdringlichen Mauern um Milken und Freeman hielten weiterhin. Die Staatsanwaltschaft lud James Regan, den Chef von Princeton-Newport, vor, um ihn mit den in seiner Firma beschlagnahmten Tonbändern zu konfrontieren; Baird sah gute Chancen dafür, daß Regan angesichts der eindeutigen Beweise kapitulieren und kooperieren würde. Aber Regan legte, ganz im Gegenteil, eine gewissermaßen ritterliche Haltung an den Tag. Er erschien in Freizeitkleidung und mit einer Baseballmütze auf dem Kopf zu dem Verhör; auf der Mütze standen unübersehbar die Worte: SHIT HAPPENS (Scheiße passiert). Er hörte sich die Tonbänder an, ohne irgendeine Reaktion zu zeigen. Seine Anwälte sagten den Staatsanwälten, sie sollten ruhig weitermachen und Anklage erheben. Baird drohte daraufhin damit, Princeton-Newport nach dem RICO anzuklagen – dem Racketeer Influenced and Corrupt Organization Act (Gesetz gegen von Gangstern beeinflußte und korrupte Organisationen) –, der sich gegen das organisierte Verbrechen richtete und schwerste Strafen vorsah. Aber Regan ließ sich dadurch nicht beeindrucken; er kündigte an, bis zum Ende zu kämpfen.

Seinen Kollegen gegenüber sagte Regan, er sei unschuldig und werde nur deshalb bedrängt, weil er Freeman und Milken kannte. Im übrigen sei sein Fall »zu kompliziert«, um von irgendeiner Jury verstanden werden zu können. Er war zuversichtlich, daß er freigesprochen werden würde, und weigerte sich, eine Zusammenarbeit mit den Behörden auch nur zu erwägen. Er würde sich nicht gegen einen Dartmouth-Kameraden wie Freeman wenden. Auf dem 1988er Predators' Ball war Regan fast so etwas wie ein Ehrengast; die Milken-Anhänger schüttelten ihm eifrig die Hand und gratulierten ihm zu seiner Standhaftigkeit den Behörden gegenüber. Milkens PR-Team stürzte sich förmlich auf die angedrohte RICO-Anklage als einem neuen Zeichen der plumpen Vorgehensweise der Anklage, das benutzt werden konnte, um die öffentliche Meinung gegen die Staatsanwaltschaft einzunehmen.

Newberg und Maultasch beriefen sich weiterhin auf den 5. Zusatzartikel zur Verfassung und weigerten sich, zu kooperieren oder auszusagen. Lisa Jones allerdings sagte aus, bevor schließlich auch sie den 5. Zusatzartikel für sich in Anspruch nahm. Da sie weit unten auf der Leiter der Verantwortlichkeit stand, bot ihr die Staatsanwaltschaft augenblicklich an, ihr strafrechtliche Immunität zu gewähren, um sie zur Aussage zu bewegen. Man versicherte ihr, daß sie in diesem Fall, solange sie die Wahrheit sage, für kein Verbrechen bestraft werden könne. Es war die gleiche Taktik, die die Staatsanwaltschaft bei Will Hale eingeschlagen hatte.

Das einzige Risiko für Lisa Jones wäre, bei einer Falschaussage, die Anklage wegen Meineids gewesen. Dennoch – trotz ihres früheren Geständnisses Doonan gegenüber, daß sie Aktienpositionen geparkt hätte – stritt sie jetzt diverse Deals rundweg ab und leugnete, daß sie mit Newberg oder sonst irgend jemandem jemals über Parkarrangements oder mit ihnen zusammenhängende Provisionen gesprochen oder über geparkte Positionen Buch geführt hatte. (Sie wußte nicht, daß die Anklage über Mitschnitte ihrer Telefongespräche mit Princeton-Newport verfügte.)

Während einer Verhörpause wies Mark Hanson, der Staatsanwalt, der die Befragung durchführte, Lisa Jones' Anwalt darauf hin, daß sie sich des Meineids schuldig machte. Wie es der Zufall wollte, kam der Anwalt von Cahill Gordon, der Kanzlei, die Drexel vertrat. Als der Druck sich vergrößerte, forderten Joseph und die Cahill-Anwälte Lisa Jones eindringlich auf, die Wahrheit zu sagen. Am 23. Februar erhielt sie einen Brief, der sie davor warnte, daß sie mit großer Wahrscheinlichkeit des Meineids angeklagt werden würde. Bei diesem Stand der Dinge engagierte Drexel einen neuen Anwalt für sie. Blind vor Treue zu Newberg und Milken, weigerte sie sich weiterhin, mit der Staatsanwaltschaft ins reine zu kommen.

Wie Lisa Jones hielten auch die anderen Drexel-Angestellten stand, obwohl eine der stärksten Waffen aus dem Arsenal der Staatsanwaltschaft auf sie gerichtet war. Das war zum Teil der außerordentlichen Loyalität geschuldet, die Milkens Mitarbeiter ihrem Boß gegenüber verspürten. Aber es beruhte höchstwahrscheinlich auch auf einem handfesteren Motiv: den finanziellen Interessen, die sie an Milken banden. Als Milken im Januar 1988 die Bonusverteilung für das vergangene Jahr vornahm, stellten die potentiellen Zeugen fest, daß ihre Vergütung gewaltig angestiegen war. Dahl, zum Beispiel, hatte für 1986, das bei weitem beste Jahr der Junk-bond-Fabrik in Beverly Hills, »bloß« zehn Mio. Dollar erhalten; jetzt bekam er staunenerregende 35 Mio. Dollar.

Obwohl Lisa Jones offensichtlich einen Meineid geschworen hatte, blieb sie auf der Gehaltsliste von Drexel; die Firma bezahlte weiterhin alle ihre Anwaltskosten und gab ihr einen großzügig bemessenen Bonus. Sogar Joseph befürchtete, daß Milkens Bonusverteilung an potentielle Zeugen innerhalb der Junk-bond-Abteilung den Eindruck erwecken könnte, Drexel wolle sich ihre Loyalität erkaufen, griff aber nicht ein; nach Drexels Vergütungssystem war es Milkens Sache, wie er seinen Bonuspool unter seinen Mitarbeitern aufteilte.

Mitte 1988 war die Untersuchung der Staatsanwaltschaft, trotz des zunehmenden Drucks seitens der SEC und anderer, so gut wie zum Stillstand gekommen. Giuliani spielte insgeheim mit dem Gedanken, sich um ein politisches Amt zu bewerben – wahrscheinlich das des Bürgermeisters von New York, dessen Wahl im November 1989 anstand, also in etwas mehr als einem Jahr. Um seinen Wahlkampf rechtzeitig starten zu können, würde er Ende 1988 oder bald danach das Amt des Staatsanwalts aufgeben müssen, und der politische Wert von Schuldeingeständnissen oder zumindest soliden Anklagen von Freeman, Wigton, Tabor, Milken und Drexel lag auf der Hand.

Aber selbst kooperierende Zeugen gaben neuerdings Anlaß zur Sorge. Siegel, der in Florida weit weg vom Schuß war und nichts anderes zu tun hatte, als auf den Zeitpunkt zu warten, wann das über ihm schwebende Schwert der Gefängnisstrafe ihn traf, flehte – wie Boesky vor ihm – darum, endlich verurteilt zu werden. Aber Baird war zuversichtlich, daß bald eine neue Anklage gegen Freeman erhoben werden konnte, und sagte

Siegel, daß sich seine Aussage bei seiner eigenen Verurteilung günstig auswirken würde. Baird wollte Siegel nicht ebenso aus der Hand geben wie Boesky.

Gleichzeitig versicherte Baird der SEC, daß seine Untersuchung nur noch wenig Zeit brauchen würde. Er und Giuliani waren eifrig bemüht, die SEC davon abzuhalten, auf eigene Faust vorzupreschen. Sie befürchteten, die Anwälte von Milken und Drexel würden den Zivilprozeß nutzen, um sich mit den Beweisen der Anklage vertraut zu machen, und sich sofort auf die Boesky-Aussage einschießen. Eine zu frühe Offenlegung der Ermittlungsergebnisse konnte sich auf die weitere Untersuchung überaus nachteilig auswirken. Baird und Giuliani taten deshalb alles, um den Druck zu erhöhen. Sie hatten noch keinem der Topleute aus Milkens Gefolge strafrechtliche Immunität angeboten. Ohne die vorherige Zusage echter Zusammenarbeit waren sie auch nicht mehr dazu bereit; sie wollten nicht noch einmal dasselbe erleben wie mit Lisa Jones. Außerdem hätte sich eine voreilige Immunitätsgarantie als Bumerang erweisen können, wenn sich später herausstellte, daß die betreffende Person zu den Hauptverbrechern zählte. Statt dessen hielten sie sich weiter an diejenigen, die auf den unteren Sprossen der Leiter standen, die zu Milken hinaufführte.

Baird und Giuliani wiederholten Lynch gegenüber ihre Argumente, während gleichzeitig der Druck seitens der Kommission und des Kongresses auf ihn wuchs und sich Drexels Angriffe darauf konzentrierten, daß der Firma nicht die Gelegenheit gegeben wurde, sich vor Gericht zu verteidigen. Lynch erwiderte deshalb auf die Vorbehalte der Staatsanwaltschaft, sie könne jederzeit Schutzbefehle für bestimmte Informationen erhalten, die nicht enthüllt werden sollten; die Verzögerung sei jedoch nur geeignet, Drexels Widerstandsfähigkeit zu stärken und den Eindruck zu erhöhen, die Behörden hätten nichts Stichhaltiges in der Hand. Lynch war zudem immer noch über Limans Verhalten verärgert, besonders, als er über Dritte erfuhr, daß sich Liman bei Giuliani dafür stark machte, die Anklage der SEC zu blockieren; Lynch und Sturc seien »irre« und müßten an die Leine genommen werden. Dennoch gab Lynch schließlich nach und ließ Baird und Giuliani noch einen Monat Zeit. Aber der Monat verging, ohne daß große Fortschritte gemacht worden waren, und die Auseinandersetzung begann von neuem. Schließlich, im Juli 1988, rief Lynch bei Giuliani an, um ihm mitzuteilen, daß die SEC sich entschieden hatte, auch ohne seine Zustimmung den nächsten Schritt zu unternehmen. Die gesamte Regierungsuntersuchung stand knapp vor der Selbstzerstörung.

»Das können Sie nicht tun«, rief Giuliani empört ins Telefon.

»Wir werden es aber tun«, entgegnete Lynch.

Giuliani haßte es, wenn man ihm Widerpart bot, und ließ sich im Eifer des Gefechts zu einer Drohung hinreißen. »Wenn Sie die Klage einreichen«, erklärte er wütend, »werden wir uns auf die Seite der Beschuldigten schlagen. Wenn sie beantragen, die Anklage fallenzulassen, werden wir dies unterstützen.«

Lynch traute seinen Ohren nicht. War Giuliani wirklich bereit, sich Drexel und Milken anzuschließen, um den Fall zum Kippen zu bringen? Lynch hatte Levine und Boesky an Giuliani übergeben und den Mediensturm über die Boesky-Vereinbarung auf sich genommen, während Giuliani die Meriten für die Erfolge an der Wall Street einheimste. Wie konnte sich Giuliani jetzt gegen ihn wenden? Lynch donnerte den Hörer auf den Apparat.

Angesichts einer derart gefährlichen Drohung entschloß sich die SEC, zurückzustecken und Giuliani einen weiteren Monat Zeit zu geben. Man durfte nicht zulassen, daß Giuliani die Untersuchung gegen Drexel und Milken erschütterte. Danach beruhigte sich Giuliani ein wenig und entschuldigte sich, auf seine Weise, bei Lynch. Er sagte ihm, es wäre ein Mißverständnis gewesen, wenn er geglaubt hätte, er, Giuliani, hätte sich wirklich mit dem Milken-Lager zusammentun wollen. Die Beziehungen zwischen der SEC und der Staatsanwaltschaft waren bald repariert. Aber Lynch sollte Giulianis Drohung nie vergessen.

Während die Bemühungen der Strafverfolgungsbehörden ins Stocken gerieten, verstärkte Milken seinen Gegenangriff. Im März 1988 heuerte er auf Anraten Limans eine aggressive junge PR-Firma an: Robinson, Lake, Lerer & Montgomery. Linda Gosden Robinson, die Chefin der Werbeagentur, war so etwas wie die Verkörperung der PR der 80er Jahre. Sie stammte aus Südkalifornien und war die Tochter von Freeman Gosden, des Schauspielers, der den Amos in *Amos 'n' Andy* gespielt hatte. Sie hatte als kleines Mädchen dem Schauspieler Ronald Reagan auf dem Schoß gesessen. In den 70er Jahren hatte sie, eine attraktive Blondine, als Akupunkturtherapeutin gearbeitet, bevor sie 1980 Wahlkampfhelferin für Reagan wurde und anschließend für den Verkehrsminister Drew Lewis arbeitete. Als Lewis zu Warner Amex Cable ging, folgte sie ihm und wurde zu einer guten Bekannten der Geschäftsführer der in dem Konglomerat verbundenen Unternehmen: von Jim Robinson, dem Präsidenten von American Express, und dessen Kollegen von Warner Communications, Steve Ross. Sie heiratete schließlich Jim Robinson und verlegte ihre Werbeagentur in Warners New Yorker Hauptsitz. Sie war durch Ross mit Liman bekannt, der einen ersten Eindruck von ihrer Arbeit erhielt, als sie in der langwierigen Auseinandersetzung zwischen Texaco, einem Klienten von Liman, und Pennzoil auf der Seite von Texaco stritt. Obwohl erst Mitte Dreißig, war sie bereits eine Macht, mit der man rechnen mußte, sowohl aufgrund ihrer Verbindungen zu mächtigen Männern – ihrem Ehemann, Liman, Ross – als auch aus eigener Kraft.

Sie führte den republikanischen »Offensivstik« und die Taktik der negativen Kampagne auf dem Gebiet der Öffentlichkeitsarbeit von Unternehmen ein. Klug, kühn und hartnäckig, wie sie ist, stellt sie selbst für die besten Reporter eine würdige Widersacherin dar. Obwohl sie durchaus charmant sein kann, erleben sie viele, die ihr begegnen, besonders wenn sie ihr an Einfluß und gesellschaftlicher Stellung unterlegen sind, als schwierig, herrisch und unfreundlich. Sie beschäftigt zwei Sekretärinnen, die ihren vor gesellschaftlichen und geschäftlichen Verpflichtungen berstenden Terminkalender koordinieren; zu ihren Obliegenheiten gehört es unter anderem, die Hubschrauber zu bestellen, mit denen ihre Chefin und deren Mann zu ihrem Haus in Connecticut fliegen, stets für frische Blumen in ihrer luxuriösen Eigentumswohnung im Museum Tower in Manhattan zu sorgen, sie an die Geburtstage berühmter Freunde wie Frank Sinatra zu erinnern, sich um die Bedürfnisse ihrer drei Spaniel (die Namen von Gestalten aus *Amos 'n' Andy* tragen) zu kümmern und ihre zahlreichen Pferde im Auge zu behalten. Es kommt auch oft vor, daß ihre Chefin einfach den neuesten Katalog von Bergdorf Goodman zur Hand nimmt, anstreicht, was sie haben will, und sie die Einkäufe erledigen läßt. Die Fluktuation in Robinsons Firma ist groß.

Edward Bennett Williams hatte sich mit Macht dagegen gesträubt, daß sie engagiert wurde – oder irgendein anderer PR-Berater. Er betrachtete die »Pressefritzen« mit offen zur Schau getragener Geringschätzung. Seine Haltung gegenüber der Öffentlichkeitsarbeit hatte sich eigentlich immer bewährt: Er hatte sich der Presse meistens entzogen und war, wenn nötig, auch einmal rabiat geworden. Er redete nur selten mit Journalisten, ob nun in eigener Sache oder im Namen seiner Mandanten. Aber Liman hatte ihn unter Druck gesetzt, und Milken selbst hatte darauf bestanden, Robinson anzuheuern.

Sie flog nach Washington, um sich mit Williams zu treffen. Er führte sie in einen Konferenzraum bei Williams & Connolly und setzte sich an das eine Ende des langen Tisches, nachdem er ihr den Platz am anderen Ende angeboten hatte. Er erklärte ihr rundheraus, daß er die PR als Zeit- und Geldverschwendung betrachte. Aber er nehme an, daß sie keinen Schaden anrichten könne, wenn sie sich mit den Drexel und Milken betreffenden geschäftlichen Fragen befasse. Dann blitzte er sie an, zeigte mit dem Finger in ihre Richtung und stieß warnend hervor: »Halten Sie sich verdammt noch mal von dem Kriminalfall fern!« Robinson protestierte heftig, konnte Williams aber nicht zum Einlenken bewegen. Als sie ging, war sie von dem Zusammenprall sichtlich angegriffen.

Aber sie hatte einen Fuß in der Tür. Wenig später traf ein Team von Robinson, Lake unter Führung ihres wichtigsten Partners, Kenneth Lerer, der bereits bei Warner Amex für sie gearbeitet hatte, in Beverly Hills ein, um eine PR-Strategie auszuarbeiten. Robinson hatte sich bislang auf die Vertretung angesehener Firmen und Einzelklienten beschränkt. Lerer hatte zum Beispiel die frühere Miss America Bess Myerson in ihrem Wahlkampf um einen Sitz im Senat beraten, dieselbe Bess Myerson, die später in die »Bess Mess«-Affäre der New Yorker Stadtregierung verwickelt, aber von dem Vorwurf freigesprochen wurde, sie hätte mit unlauteren Mitteln versucht, den Scheidungsrichter ihres Geliebten zu beeinflussen.

Lerer und seine Kollegen setzten sich in Beverly Hills mit Milken zusammen und baten ihn zunächst, seine bedeutendsten Erfolge aufzulisten, alles, was man benutzen konnte, um ihn vor der amerikanischen Öffentlichkeit »ins rechte Licht« zu rücken. Milken zog einen Notizblock heran, nahm einen roten Filzstift und fing an zu schreiben – beginnend mit der ersten Schulklasse. Er erwähnte einen in der fünften Klasse gewonnenen Tanzwettbewerb, und in diesem Stil ging es weiter, mit dem Höhepunkt der Wahl zum beliebtesten Studenten und zum Ballkönig an der High-School. Über Drexel oder Junk-bonds verlor er kein Wort.

Die Delegation von Robinson, Lake sah sich vielsagend an und verdrehte die Augen. Aber Milken meinte es offenbar ernst. Ihnen wurde klar, daß die Aufgabe, aus ihm einen Nationalhelden zu machen, eine weit größere Herausforderung darstellte, als sie gedacht hatten. Lerer lächelte dünn und meinte, sie sollten sich vielleicht nach etwas umsehen, das direkter mit Milkens Arbeit bei Drexel verbunden war. »Sie sind wirklich ein nationaler Aktivposten«, sagte einer der PR-Fachleute zu Milken. »Denken Sie an all das, was Sie erreicht haben. Das müssen wir herausstellen.« Lerer fügte hinzu, daß er das »Schaffen von Werten« als Grundthema von Milkens Arbeit betrachte. Vielleicht könnten sie daraus etwas machen.

Milken zeigte keinerlei Reaktion. Er sah verständnislos in die Runde, so als wäre ihm dieser Gedanke noch nie gekommen, obwohl seine Anwälte ihn schon seit langem als »Stütze der Nation« bezeichneten. Alle anderen waren von Lerers Einwurf begeistert. »Du bist ein nationaler Aktivposten«, wiederholte Sandler die Worte des PR-Manns. Jemand anders sagte, Milken sei ein echtes »Genie«. Milken wehrte ab und meinte, er kenne Leute, die klüger seien als er; er arbeite nur härter. Sandler, Lerer und die anderen wischten solche Bescheidenheit beiseite, und nach und nach ließ sich auch Milken bekehren. Er nickte zustimmend, während er sich offenbar das Konzept durch den Kopf gehen ließ. Das »Schaffen von Werten« wurde bald zu einer stehenden Redewendung im Milken-Team.

Robinson, Lake bestand darauf, daß Milken sich nicht länger so abkapseln könne. Er müsse der Presse einige Interviews geben, für Milken eine recht unangenehme Vorstellung - er war immerhin so weit gegangen, sich sogar das Copyright aller von ihm angefertigter Fotos der Nachrichtenagenturen zu sichern. Auch Sandler stand der Idee zuerst ablehnend gegenüber; er befürchtete, daß Milken in der Öffentlichkeitsarbeit zu naiv war, um Interviews mit anderen als ausgewählten Ideologen wie Edward Epstein zu riskieren. Als die PR-Leute jedoch versicherten, daß die Interviews nur dazu dienen sollten, Milken zu »vermenschlichen« und für die Verteidigung günstige Ansichten zu verbreiten, im übrigen unter strenger Überwachung stattfinden würden, willigten Sandler und Milken ein, sich ins kalte Wasser zu stürzen.

Robinson und Lerer arrangierten daraufhin streng überwachte persönliche Interviews mit handverlesenen Reportern. Fragen zu den Ermittlungen gegen Milken und Drexel waren tabu; dennoch standen die Reporter Schlange, wie Lerer begeistert berichtete. Voraussetzung für die Interviews war die Zusage der Journalisten, daß sie Milken »fair« behandeln würden; andernfalls verscherzten sie sich für alle Zukunft den Zugang zu ihm. Zu der Karawane von Reportern, die jetzt nach Kalifornien pilgerten, gehörten David Vise von der *Washington Post,* Kurt Eichenwald von der *New York Times,* David Henry von *Newsday* und Scott Paltrow von der *Los Angeles Times.* Milken ließ sich in den Interviews über die Werte der Familie, die Verdienste der Junk-bonds, die Notwendigkeit eines wettbewerbsfähigen Amerikas und die Schulden der Dritten Welt aus.

Lerer rief die ausgewählten Reporter danach regelmäßig an, so als spielte er mit den Telefonen in seinem Büro Nintendo, und versorgte sie mit Ideen für Artikel, die von seinen Mitarbeitern ausgebrütet worden waren. Seinen jeweiligen Lieblingen ließ er gelegentlich auch die eine oder andere »Exklusivinformation« zukommen. Lerer beschrieb seine Tätigkeit einmal als »Stillen« der Reporter. Seinen Mitarbeitern stärkte er den Rücken, indem er ihnen sagte, sie würden »versuchen, ein Schlachtschiff im Wasser zu wenden«, und sollten mit »singles und doubles« zufrieden sein. Ab und an schafften sie jedoch etwas, das in ihren Augen einem »home run« gleichkam, so zum Beispiel, als Chris Welles von der *Business Week* der SEC vorwarf, sie würde Informationen ans *Wall Street Journal* durchsickern lassen.

Der Nachrichtenteil des *Journal* und das Nachrichtenmagazin *Fortune* standen im übrigen unter Acht und Bann. Robinson selbst begab sich zum *Journal*, um den Redakteuren und Reportern damit zu drohen, daß die Neuigkeit von der Entlastung Milkens und Drexels, zu der es zweifellos kommen werde, wegen der unfreundlichen Berichterstattung des *Journal* möglicherweise der konkurrierenden *New York Times* zugespielt werden könnte, und nicht dem *Journal*. Das Milken-Team versuchte außerdem erfolglos, einen in Los Angeles arbeitenden Korrespondenten des *Journal* für sich einzunehmen, um auf diese Weise einen Keil zwischen die Reporter der Zeitung zu treiben. *Fortune* hatte sich durch die Bemerkung mißliebig gemacht, Milkens PR-Kampagne sei »unpassend«.

Einfacher hatte es Robinson, Lake mit den Zeitungsanzeigen. Mit einem Reservoire bereitwilliger Milken-Klienten in der Hinterhand, begann das PR-Team am laufenden Band Bonmots zu produzieren, die verschiedene Pro-Milken-Themen wiedergaben, wie zum Beispiel: »Junkbonds machen Amerika wettbewerbsfähig.« Diese Sprüche wurden dann von Milken-Klienten unterschrieben und in ihrem Namen veröffentlicht. Ebenso wurden Kommentare und Leserbriefe verfaßt, die angeblich von Männern wie Reginald Lewis, dem Chef von Beatrice International, William McGowan, dem Präsidenten von MCI, oder Ralph Ingersoll, dem Präsidenten von Ingersoll, stammten, tatsächlich aber von Robinson, Lake geschrieben und häufig von Limans Kanzlei, Paul, Weiss, gegengelesen sowie von Milken selbst redigiert worden waren.

Daneben stellte das PR-Team Listen zusammen, die sogenannte »Grundthemen«, kurze, prägnante Äußerungen, die Milken-Anhänger in ihre Interviews einfließen lassen sollten, und »Schlagworte« enthielten, sowie noch kürzere Wortfetzen, wie »das Schaffen von Werten« und »Stütze der Nation«.

Es war allerdings kaum zu vermeiden, daß das eine oder andere schiefging. Zum Beispiel weigerte sich der Warner-Präsident Steve Ross trotz seiner Freundschaft mit Linda Robinson, die von Lerer für ihn verfaßte Zeitungsanzeige zu unterschreiben. Eine regelrechte Peinlichkeit war jedoch ein Fernsehauftritt von Ralph Ingersoll, der wegen seiner Treue Milken gegenüber und seiner Bereitschaft, in einer landesweit ausgestrahlten Talk-Show zu erscheinen, ausgewählt worden war. Ingersolls Redebeiträge waren von Robinson, Lake sorgsam vorbereitet und auf rund 20 »Gedankensplitter« reduziert worden. Die wichtigste Textzeile lautete: »Was ist das für eine Gesellschaft, in der ein Mann verfolgt wird, der eigentlich in höchsten Tönen gelobt werden müßte?« In den Proben mit dem PR-Team hatte Ingersoll keinerlei Schwierigkeiten mit seinem Text gehabt, aber als er dann auf Sendung war, mußte das Milken-Lager voller Schrecken miterleben, wie er alles durcheinanderbrachte und ein ums andere Mal patzte. Die Schlüsselzeile schien er total vergessen zu haben. Er war für Giuliani, der ebenfalls in der Sendung war, ein leichtes Opfer.

Die PR-Kampagne war, kaum anders als bei der Werbung für irgendein Konsumprodukt, so aufgebaut, daß die Öffentlichkeit ständig mit denselben Worten und Floskeln bombardiert wurde. Das Ziel, erklärten Robinson und Lerer ihren Angestellten, sei es, eine stetige Veränderung der öffentlichen Meinung zu erreichen: von der Empörung über Neutralität und Akzeptanz schließlich zur Bewunderung. Und die Kampagne zeigte Wirkung. Die SEC und die Staatsanwaltschaft dagegen mußten sich der Presse gegenüber zurückhalten, durften nur wenig sagen und waren zudem noch von dem Vorwurf eingeschüchtert, sie würden zielgerichtet Informationen durchsickern lassen. So konnten sie nur entsetzt zuschauen, wie das Milken-Lager immer neuen Zulauf erhielt.

Für Robinson, Lake war die Kampagne äußerst lukrativ; die Agentur verlangte ein monatliches Honorar von 150 000 Dollar, das häufig durch zusätzliche Rechnungen noch um einiges höher ausfiel. Als sich der Teilhaber Walter Montgomery besorgt darüber äußerte, daß die Vertretung eines prominenten Angeklagten in einem Strafverfahren dem guten Ruf der Agentur bei den Blue-chip-Klienten, die sie anzuziehen oder sich zu erhalten hoffte, schaden könnte, wurde er ignoriert. Die Frage, ob Milken sich strafbar gemacht hatte oder nicht, wurde, wie im Lager seiner Verteidiger, nie diskutiert. Der bloße Gedanke daran galt als Ketzerei. Alles, was Robinson unternahm, waren gelegentliche »Treuetests«, wie sie bald genannt wurden. So traf sie eines Tages in Lerers Büro David Gilman an, einen Angestellten, der an dem Milken-Auftrag mitarbeitete, und fragte ihn mit bohrendem Blick: »Ist Milken schuldig oder unschuldig?«

»Unschuldig, natürlich«, antwortete Gilman wie aus der Pistole geschossen. Als er sah, daß seine Chefin nicht überzeugt zu sein schien, wiederholte er es noch einmal mit mehr Nachdruck: »Er ist unschuldig.«

»Richtig«, sagte Robinson.

Der im April im Beverly Hilton Hotel abgehaltene 1988er Predators' Ball war überwiegend eine PR-Show für Milken. Auf Anraten von Robinson,

Lake hatte man die Presse eingeladen, sich Milkens Gedanken über die Verschuldung der Dritten Welt und das öffentliche Bildungssystem anzuhören. Und ihm treu ergebene Klienten wie Steve Ross und Nelson Peltz gaben ständig Ehrenerklärungen für Milken ab.

Nicht ganz zwei Wochen später stand Milken zum erstenmal einem ihm ungünstig gesonnenen Publikum gegenüber: dem Kongreß der Vereinigten Staaten. John Dingell, der aus Michigan stammende demokratische Abgeordnete des Repräsentantenhauses, der für seine unerschrokkenen Untersuchungen bekannt war, hatte die Sitzung des Aufsichts- und Ermittlungsunterausschusses anberaumt, dem er vorsaß, um die privaten Partnerships bei Drexel, wie etwa Otter Creek, das Instrument für Drexels Investitionen in National Can, unter die Lupe zu nehmen. Der Unterausschuß hatte sowohl Milken als auch Fred Joseph Kongreßvorladungen zukommen lassen.

Es war Milkens erste direkte Konfrontation mit der Regierung, die er zu verachten gelernt hatte, und er fühlte sich alles andere als wohl dabei. Er, der sich sonst am liebsten im Hintergrund hielt und die Anonymität suchte, war regelrecht von Menschen eingekeilt, als er zusammen mit Williams und dem stets gegenwärtigen Richard Sandler die Treppe zum Capitol hinaufging und sich in den hohen Sitzungssaal begab. Während des halbstündigen Wartens auf den Beginn der Anhörung riß das Blitzlichtgewitter der Fotografen keine Sekunde ab. Milken brachte hin und wieder ein schwaches Lächeln für sie zustande.

Als die Sitzung eröffnet war, nahm Williams als erstes ein selten genutztes Recht in Anspruch, indem er beantragte, sämtliche Kameras und Aufnahmegeräte aus dem Saal zu entfernen. Dingell nahm Rücksicht auf den augenscheinlich kränkelnden Anwalt und gab seinem Antrag statt. Die Fotografen und Kamerateams mußten den Saal verlassen.

Doch die Stimmung schlug rasch um, als Dingell Milken fragte, ob er finanziell an Otter Creek beteiligt sei. Milken berief sich auf den 5. Zusatzartikel zur Verfassung und weigerte sich zu antworten. Die nächste Frage hatte dasselbe Ergebnis. »Wenn er meinem Rat folgt«, erklärte Williams, »wird er keine einzige Ihrer Fragen beantworten.«

Dingell vertagte die Sitzung. Danach hielt er eine Pressekonferenz ab, in der er den Anfangsverdacht des Ausschusses bekanntgab: daß sich die Partnerships in großem Umfang auf Kosten der Drexel-Klienten bereichert hatten. »Es ist die Frage aufgeworfen worden, ob (. . .) dies unter anderem noch in Einklang steht mit dem Gesetz über den Insiderhandel, Vorausgeschäfte und (. . .) das, was man als Marktmanipulation bezeichnen könnte.«

Drexel gab umgehend eine Erklärung heraus. »Mike Milken hat unser vollstes Vertrauen«, ließ die Firma verlauten. »Er ist ein Kollege, ein Freund und eine Person, die einen enormen Beitrag zur Finanzwirtschaft dieses Landes geleistet hat.« Aber nichts von dem, was Drexel vorbrachte, konnte den Schaden wiedergutmachen, den Milken angerichtet hatte, indem er den 5. Zusatzartikel für sich in Anspruch nahm. Es war natürlich sein verfassungsmäßiges Recht gewesen, aber ebenso hatte die Öffentlichkeit das Recht, sich verwundert zu fragen, warum er es getan hatte, wenn er so unschuldig war, wie er behauptete.

Am Abend konzentrierte sich das Milken-Team ganz auf Fred Joseph, der am nächsten Tag aussagen sollte. Joseph würde sich nicht auf den 5. Zusatzartikel berufen. Er glaubte nicht, daß er in Gefahr schwebte, selbst zum Gegenstand von Ermittlungen zu werden, und wollte Drexel einen weiteren Prestigeverlust ersparen. Unglücklicherweise hatte er aber ein schwerwiegendes Handicap: Er wußte buchstäblich nichts über die Geschäfte der von Milken geführten Partnerships. In einigen Fällen wußte er nicht einmal, daß es sie gab. Die Milken-Anwälte hielten ihn bis zwei Uhr nachts wach, indem sie ihn mit möglichen Fragen traktierten und ihm die vorgefertigten Antworten eintrichterten. Man verlangte sogar von ihm, dem Ausschuß etwas zu sagen, das seiner Meinung nach nicht der Wahrheit entsprach.

Während Milken bei seinem Erscheinen vor dem Ausschuß einen frischen Eindruck gemacht hatte, wirkte Joseph hager und angespannt, als am nächsten Morgen die Anhörung begann. Dingell hatte die Befragung bald an sich gerissen und drehte Joseph förmlich durch den Wolf. Er warf Drexel, unter anderem in bezug auf den Beatrice-Deal, vor, die Interessen der Partnerships der eigenen Angestellten über die der Klienten gestellt und Selbsthandel zugelassen zu haben, da die Partnerships Junkbonds zu überhöhten Preisen an Firmenkunden verkauft hätten. Joseph mußte im Verlauf der Anhörung gestehen: »Ich glaube, ich bin ein bißchen durcheinander«, was die Anwendbarkeit verschiedener Wertpapiergesetze betraf. Eins der Ausschußmitglieder faßte das Ergebnis der Anhörung mit den Worten zusammen: »Der allgemeine Eindruck ist der, daß das, was Sie getan haben, dem Geschmackstest nicht standhält.«

Joseph fühlte sich gedemütigt und war wütend auf seine Anwälte. Wenn er jetzt auf die Ereignisse zurückblickte, die zu der Anhörung geführt hatten, fragte er sich, ob man ihn richtig beraten hatte. War er reingelegt worden? Wessen Interessen vertraten die Milken-Anwälte wirklich? Und was war *tatsächlich* in den Milkenschen Partnerships vorgegangen? Joseph spürte zum ersten Mal Zweifel an Milken und dessen

Motiven. Der einzige, der ihn davor gewarnt hatte, daß Milken möglicherweise überführt und verurteilt werden könnte, war Ira Millstein, sein persönlicher Anwalt. Millstein war so erbost über Josephs Weigerung gewesen, seinen Rat zu befolgen, daß er gedroht hatte, sein Mandat niederzulegen. Vielleicht, dachte Joseph jetzt, hatte Millstein recht.

In der ersten Reihe des Sitzungssaals im Capitol, nur wenige Meter von Milken entfernt, hatte, in einem hellgelben Kleid, Connie Bruck gesessen, die Reporterin, die im *Atlantic* den Artikel über Boesky veröffentlicht hatte. Sie arbeitete jetzt an einem Buch über Drexel Burnham und Milken. Im Februar 1986 hatte sie Milken von ihrem Vorhaben erzählt und ihn um seine Mitarbeit gebeten. »Ich möchte nicht, daß es geschrieben wird«, hatte Milken erwidert. Dann hatte er vorgeschlagen, sie aus ihrem Vertrag freizukaufen, und hinzugefügt: »Wieso sollten wir Ihnen nicht das Honorar bezahlen, das Ihnen Ihr Verleger vereinbarungsgemäß gezahlt hätte, nur mit dem Unterschied, daß wir es Ihnen dafür zahlen, daß Sie das Buch nicht schreiben? Und wieso sollten wir Sie nicht für all die Auflagen bezahlen, die von dem Buch verkauft worden wären, wenn Sie es geschrieben hätten?«

Im Sommer 1988 lag das Manuskript vollständig vor. Joseph durfte es, laut einer Vereinbarung mit Bruck, lesen und seinen Kommentar dazu abgeben, aber keine Kopien machen. Ihm war sofort klar, daß das Buch Ärger bringen würde. Es trug den Titel *The Predators' Ball: The Junk Bond Raiders and the Man Who Staked Them* (Der Predators' Ball: Die Junkbond-Raider und der Mann, der sie ins Spiel brachte) und war eine gründliche Studie über Drexel, Milken und einige ihrer Klienten, kurz, eine bahnbrechende Untersuchung von Milkens Junk-bond-Imperium.

In dem Buch wurde erzählt, daß Drexel für den Predators' Ball Prostituierte engagierte, daß Milken, als er noch neu bei Drexel war, auf den Busfahrten in die Stadt einen Bergarbeiterhelm getragen hatte, um in der Dunkelheit Subskriptionsanzeigen zu lesen, und daß der Junk-bond-König versucht hatte, durch ein Geldangebot an die Autorin zu verhindern, daß es geschrieben wurde. Am schlimmsten aber war, daß der Text den starken Eindruck hinterließ, daß sich Boeskys Anschuldigungen mit der Milkenschen Welt zumindest gut vertrugen.

Liman gelang es trotz der Sicherheitsvorkehrungen, die bei Simon & Schuster getroffen worden waren, sich ein Exemplar des Buchmanuskripts zu verschaffen, und er ließ es an den Kopiergeräten von Paul, Weiss in aller Eile vervielfältigen. Die Milken-Truppen holten zum Gegenangriff aus. Endlich hatte der gewaltige Verteidigungsapparat einen konkreten Gegner vor Augen, auch wenn es nur ein Buch war und keine gerichtliche Anklage.

Bei Paul, Weiss fand eine hochrangig besetzte Konferenz statt. Anwesend waren Liman, Flumenbaum, Sandler und Milken sowie Robinson, Lerer und einige andere Vertreter von Robinson, Lake. Da sich Liman und Milken verspäteten, lasen die anderen, während sie warteten, in dem Buchmanuskript. Sandler geriet sofort außer sich. »Es gab keinen Bergarbeiterhelm«, rief er aus, korrigierte sich aber rasch. »Es war ein Geschenk, so ein Ding, wie es Augenärzte haben. Er hat es nie getragen, das heißt nur ein einziges Mal.«

Nachdem Milken mit Liman zusammen eingetroffen war, begann auch er das Manuskript zu überfliegen. Er schüttelte mit finsterer Miene den Kopf. »Dieses Buch macht mich zu einem absoluten Fiesling«, sagte er wütend. Es stelle ihn als besessenen Egozentriker hin; niemand hätte ihn jemals »König« genannt. »Ich will, daß das Ding gestoppt wird!«

Einige der Anwesenden rieten ihm ab, etwas zu tun, das die Aufmerksamkeit auf das Buch lenkte; es würde sowieso nicht gelesen werden. (»Die Amerikaner sind keine Leser«, versicherte ihm Lerer.) Man erinnerte ihn auch daran, daß er es abgelehnt hatte, mit der Autorin zu sprechen; er könne ihr also nicht vorwerfen, daß sein Standpunkt in dem Buch nicht dargestellt wurde. Aber Milken wollte von all dem nichts hören. Er wollte, daß das Buch gestoppt wurde, am besten noch bevor es erschien. Liman und Robinson behielten ihre Zweifel für sich und sprachen sich ebenfalls dafür aus. Liman hatte in der Vergangenheit schon einige Erfolge bei der Bekämpfung von Büchern gehabt, insbesondere im Fall einer Biographie seines Klienten William Powell, des Präsidenten von CBS. Und Robinsons Einstellung zur PR-Arbeit kam eine Angriffsstrategie ebenfalls entgegen. Also stürzte sich das Team, ungeachtet des wahrscheinlich positiven Effekts auf den Buchverkauf, in eine massive Kampagne mit dem Ziel, Bruck und ihr Buch zu diskreditieren.

Auf Anweisung von Liman und Robinson begann der Stab von Robinson, Lake damit, das Buch Zeile für Zeile zu analysieren und alles, was ihm auffiel, als »falsche Darstellung« oder »Fehleinschätzung« zu kennzeichnen oder unter zwei weniger wichtige Kategorien journalistischer Missetaten einzuordnen. Der Plan war, jedem Buchkritiker des Landes eine Liste von »Errata« zu schicken, mit der die Glaubwürdigkeit des Buches zerstört werden sollte. »Die Errata werden länger sein als das Buch selbst«, rief Lerer aus. »Das ist großartig!«

Die Gruppe war einen vollen Monat lang damit beschäftigt, das Buch zu diskreditieren. Unglücklicherweise fiel es dem »Wahrheitstrupp«, wie er bald genannt wurde, zunehmend schwerer, die Behauptungen in Brucks Buch zu widerlegen. Zum Beispiel nannten einige seiner Klienten Milken, trotz dessen Dementi, tatsächlich den »König«, sogar in Gesprächen mit Vertretern von Robinson, Lake, die diese Behauptung zu entkräften versuchten. Aber man schreckte davor zurück, Milken etwas davon zu sagen. Er erfuhr also nicht, daß die Liste der Errata mit angeblichen Unkorrektheiten aufgefüllt werden mußte, die offenkundig trivial waren.

Damit konnte man Milken keine Atempause verschaffen. Aber ihm genügte der Plan, die Sorgfalt und Fairneß des Buches zu erschüttern, sowieso nicht. Er wollte, daß es völlig aus dem Rennen geworfen wurde. Liman rief Drexels führenden Anwalt, Tom Curnin, an und sagte ihm, daß das Buch »extrem schädigend« für Milken sei, da er keinen fairen Prozeß mehr erwarten könne, wenn es veröffentlicht wurde. »Unternehmen Sie etwas, um die Veröffentlichung zu verhindern«, forderte Liman Curnin auf, »entweder durch Kontakte« mit Simon & Schuster »oder vor Gericht«. Curnin war überrascht von dieser Aufforderung; Liman mußte wissen, daß eine Beschränkung der Berichterstattung im Vorfeld von Gerichtsverhandlungen nur äußerst selten und unter absolut zwingenden Umständen durchzusetzen war.

Vertreter von Cahill Gordon und der bekannte Spezialist für den 1. Zusatzartikel Floyd Abrams stellten sich hinter Curnin und versuchten Liman davon zu überzeugen, daß sie niemals einen Richter überreden könnten, die Veröffentlichung des Buches zu untersagen. Liman war außer sich und drohte, Joseph mitzuteilen, daß Cahill »Milken und Drexel nicht unterstützt«, kam damit aber nicht durch. Also betonte er noch einmal, daß Milkens Wünsche an erster Stelle standen: »Wenn wir es wollen, sollten wir es auch schaffen.«

Curnin sagte Joseph, seiner Meinung nach wäre eine solche Handlungsweise nur schädlich für Drexel, und Joseph pflichtete ihm bei. Er hielt das Vorhaben für grotesk und sah darin ein weiteres Beispiel dafür, daß Liman Milkens Interessen über die von Drexel stellte. Aber es deutete auch darauf hin, dachte Joseph, daß Milken und seine Anwälte am Ende nicht bereit sein würden, allein vor Gericht zu ziehen. Dafür war Liman zu clever.

Die ganze Kampagne hatte nicht die erwartete Wirkung. Der Verlag veröffentlichte *The Predators' Ball* zur vorgesehenen Zeit. Die Kritiker waren verblüfft, als sie die »Errata« erhielten; sie verstanden sich nicht als Faktenprüfer, und die meisten von Milkens Einwänden waren keineswegs überzeugend. Das einzige Ergebnis der Kampagne war ein enormes

Presseecho auf das Buch, einschließlich eines Artikels auf der ersten Seite des *Wall Street Journal.*

Als Edward Bennett Williams den Staatsanwälten gegenüber seine Befürchtung äußerte, daß er das Ende der Untersuchung gegen Milken nicht mehr erleben würde, war er sich bewußt gewesen, daß er wahrscheinlich die letzte Runde seines Kampfes gegen den Krebs bestritt. Robert Litt wußte zwar von der schweren Krankheit seines Partners, war aber überrascht, als Williams ihm kurz vor einem Treffen mit der SEC sagte: »Du bereitest dich am besten darauf vor, das Reden zu übernehmen.« Normalerweise war Williams derjenige, der diese Rolle spielte. Doch als der Tag kam, war Williams kaum noch in der Lage, bei der SEC den Flur hinunterzugehen.

Anfang 1988 hatte Williams Vincent Fuller, einen prominenten Partner von Williams & Connolly, gebeten, sich in den Milken-Fall einzuarbeiten. Aber Fuller und Milken fanden keinen Draht zueinander. Milken verehrte Williams und glaubte, daß niemand ihn ersetzen könne. Gleichzeitig wurde Williams & Connolly, je stärker sich Williams' Krankheit bemerkbar machte, von Liman, Flumenbaum und den Anwälten von Paul, Weiss immer stärker in den Hintergrund gedrängt. Wieviel Einfluß auf Milken sich Williams auch zuschreiben mochte, er hatte ihn im Grunde bereits verloren.

Er erholte sich zwar bis zur Milken-Anhörung im Kongreß ein wenig, obwohl er weiterhin blaß und erschöpft aussah, aber es sollte sein letzter öffentlicher Auftritt als Vertreter von Milken gewesen sein. Er starb vier Monate später, am 13. August. Milken flog zur Trauerfeier nach Washington. Bei der Beerdigung schlug er die Hände vors Gesicht und weinte.

In der ersten Augustwoche 1988 bestellten Bruce Baird und seine Mitarbeiter Lisa Jones und ihren Anwalt, Brian O'Neill, zu sich. Als sie eintrafen, vergeudeten die Staatsanwälte keine Zeit, sondern schalteten sofort ein Tonbandgerät ein und beobachteten, wie Jones und ihr Anwalt auf den Mitschnitt reagierten; sie hörten zum erstenmal, wie die junge Frau mit Hale von Princeton-Newport illegale Transaktionen absprach. Jones wurde kreidebleich.

Nach dem Treffen schrieb O'Neill umgehend einen Brief an die Staatsanwaltschaft; die Mitschnitte der Telefongespräche hätten das Gedächtnis seiner Mandantin »aufgefrischt«. Sie wäre jetzt, wenn man ihr Immunität gewährte, bereit zuzugeben, daß sie an den Transaktionen beteiligt war und mit Hale über sie gesprochen hatte. Die Staatsanwaltschaft war davon nicht sehr beeindruckt. Erstaunlicherweise weigerte sich Jones immer noch, mehr einzugestehen als das, was auf den Tonbändern dokumentiert war. Sie hatte bisher gelogen, und die Staatsanwälte glaubten, daß sie weiterhin log. Und sie waren zu Recht der Meinung, daß Meineid ein schweres Verbrechen darstellt, das das Rechtswesen unterminiert, und wollten ein entsprechendes Signal aussenden. Sie gewährten Jones, trotz ihrer Jugend, ihres schweren früheren Lebens und ihrer untergeordneten Stellung bei Drexel, keine Immunität.

Zur gleichen Zeit erhöhte die Staatsanwaltschaft den Druck auf Princeton-Newport. Baird erklärte der Firma, daß alles vorbereitet sei, um eine Anklage nach dem RICO gegen sie einzureichen. Es wäre das erste Mal, daß dieses Gesetz gegen eine Wertpapierfirma ins Feld geführt wurde.

RICO war das schwerste Geschütz, das die Staatsanwaltschaft auffahren konnte. 1970 als Mittel im Kampf gegen das organisierte Verbrechen und den Rauschgifthandel verabschiedet, kann nach diesem Gesetz jede Einzelperson oder Organisation, die zwei oder mehr Delikte im Rahmen eines verbrecherischen »Musters« begangen hat, der Beteiligung am organisierten Verbrechen angeklagt werden. Es bedroht die Beschuldigten mit schweren Strafen, zum einen mit Haftstrafen von bis zu 20 Jahren und zum anderen mit der Konfiszierung ihres Vermögens. Darüber hinaus gibt es im Zivilrecht eine Entsprechung zum RICO, die es Zivilklägern erlaubt, das Dreifache der angerichteten Schäden einzuklagen.

Obwohl eine RICO-Anklage für Princeton-Newport ruinös sein konnte, machte die Drohung der Staatsanwaltschaft bei den ins Auge gefaßten Beschuldigten wenig Eindruck. Die Firma war eine von vielen ineinander verschachtelten Gesellschaften; man konnte es sich also leisten, Princeton-Newport zusammenbrechen zu lassen, indem man die Aktiva aus der Partnership abzog. James Regan blieb hart, und sein Anwalt, Theodore Wells, bezeichnete den möglichen Einsatz des RICO zwar als »furchterregend«, bestand aber darauf, daß sein Mandant unschuldig war, und bekräftigte dessen Entschlossenheit, den Kampf durchzustehen. »Es scheint klar zu sein«, bemerkte er, »daß Mr. Regan als Bauer in einem Schachspiel dient, das auf einem viel größeren Brett gespielt wird.«

In dieser Hinsicht hatte Wells recht. Obwohl es der unmittelbare Zweck der RICO-Drohung war, Druck auf Regan und Princeton-Newport auszuüben, richtete sie sich im Grunde gegen Drexel. Wenn sich schon eine kleine Firma wie Princeton-Newport durch ihre Handelsaktivitäten eine RICO-Anklage einhandelte, war Drexel, angesichts der wesentlich größeren Anzahl verdächtiger Transaktionen, mehr als nur gefährdet.

Nachdem sich auch die letzten Versuche, eine Vereinbarung zu erzielen, als fruchtlos erwiesen hatten, klagte die Grand Jury am 4. August Lisa Jones des Meineids und Regan, Zarzecki, weitere Topleute von Princeton-Newport sowie Drexels Newberg der Beteiligung am organisierten Verbrechen an. Nach einer zweieinhalbjährigen Untersuchung hatte die Staatsanwaltschaft endlich die ersten Anklagen eingereicht. Es waren die Eröffnungsschüsse einer Auseinandersetzung, die ein langer Krieg zu werden versprach.

Aufmerksame Beobachter innerhalb des engsten Kreises um Milken bemerkten in der Anklage gegen Princeton-Newport eine ebenso verdächtige wie beunruhigende Lücke, denn einer fehlte unter den Beschuldigten: Cary Maultasch.

Maultasch war wie Newberg auf den Tonbändern von Princeton-Newport zu hören, hatte aber energisch dagegen protestiert, daß man ihn unter Beschuß nahm; es wäre nicht fair, da er an dem Tag, als das Telefongespräch mitgeschnitten worden war, nur für Newberg eingesprungen sei. Doch niemand glaubte daran, daß sich die Staatsanwaltschaft von diesem Argument überzeugen lassen würde. Und tatsächlich war Maultasch am Tag vor der Anklageerhebung davon unterrichtet worden, daß er zu den Beschuldigten gehören würde.

Das bedeutete, daß er sich zwei möglichen Anklagen gegenübersah: einer wegen der Transaktion mit Princeton-Newport und einer weiteren wegen derjenigen von Milken und Boesky. Maultasch, den die Staatsanwälte mit Recht als eine der schwächsten Figuren aus Milkens Hofstaat betrachteten, begann zu wanken. Früher in diesem Jahr hatte er die Kanzlei eines Washingtoner Strafverteidigers aufgesucht, die von Reid Weingarten, und ihn gebeten, an die Stelle von Charles Stillman zu treten, des Anwalts, den er auf Empfehlung des Milken-Teams engagiert hatte. Maultasch erklärte, daß er befürchte, Stillman stehe Milken zu nahe. Weingarten hielt ihm entgegen, daß er Stillman kenne und ihn für einen hervorragenden Anwalt halte, aber Maultasch blieb bei seiner Meinung: »Ich will einen unabhängigen Rechtsbeistand.«

Weingarten übernahm den Fall und war sofort entsetzt über die Arroganz, die das Milkensche Verteidigerteam an den Tag legte. Er nahm bald Gespräche mit der Staatsanwaltschaft auf, machte aber kaum Fortschritte. Giuliani verlangte von Maultasch ein Schuldeingeständnis in zwei Anklagepunkten. Die Verhandlungen waren dennoch konstruktiv: Weingarten konnte es am Vorabend der Anklageerhebung gegen Princeton-Newport immerhin erreichen, daß Maultasch nicht in sie einbezogen wurde. Er handelte eine ähnliche Vereinbarung mit der Staatsanwaltschaft aus wie vorher Mooradians Anwälte für ihren Mandanten, das heißt, die Entscheidung über das Schuldeingeständnis wurde so lange verschoben, bis sich herausgestellt hatte, welchen Wert die von Maultasch zugesagte Kooperation besaß. Maultasch verdankte diese Regelung zum guten Teil dem Vertrauen, das Weingarten bei der Staatsanwaltschaft genoß.

Obwohl er sich in seiner Rolle als Zeuge nicht sonderlich wohl fühlte, begann er im August seine Aussage zu machen. Er beschrieb seine Rolle bei der berüchtigten 5,3-Mio.-Dollar-Rechnung – und untermauerte damit Boeskys Version der Geschichte –, erzählte von seinen Kontakten mit Beverly Hills und berichtete von dem Treffen mit Milken nach der Bekanntgabe der Boesky-Vereinbarungen. Außerdem konnte er den Staatsanwälten wichtige Informationen über Thurnher geben, den Buchhalter, der auf Milkens Seite an der Berechnung der 5,3 Mio. Dollar beteiligt gewesen war, und ermöglichte es ihnen damit, weitere Aussagen aus diesem unwilligen Zeugen herauszuholen.

Maultasch entschloß sich, von Weingarten dazu gedrängt, in aller Stille bei Drexel auszuscheiden. Er klagte zwar bitter darüber, daß er damit auf einen Bonus von mindestens zwei Mio. Dollar verzichtete, ging aber dennoch zu Joseph, um ihm seine Kündigung mitzuteilen. Über die Gründe für seinen Weggang äußerte er sich nur vage. Die Vereinbarung mit der Staatsanwaltschaft erwähnte er mit keinem Wort; statt dessen sprach er über seine familiären Verpflichtungen, seine Frau ... Joeph hörte kaum hin. Das alles klang sehr vertraut; es erinnerte ihn stark an die Ausflüchte, die Levine und Siegel vorgebracht hatten. Sobald Maultasch gegangen war, rief er Curnin bei Cahill Gordon an. »Maultasch hat einen Handel abgeschlossen«, sagte er.

Jim Dahl hörte das Telefon klingeln, während er an seiner Haustür in Beverly Hills mit seinen Schlüsseln und seinem Gepäck herumfuhrwerkte. Es war Anfang September 1988, und Dahl war noch brauner und blonder als sonst; er hatte in seinem alljährlichen Urlaub in der Nähe von Jacksonville (Florida), unweit seiner Heimatstadt, neue Kraft geschöpft. Das Telefon klingelte immer noch, als er das Haus betrat, und er kam noch an den Apparat, bevor der Anrufer aufgab.

Es war sein Anwalt Bob Litt von Williams & Connolly, und er machte Dahls gute Laune zunichte. »Ich weiß nicht, wie ich es Ihnen sagen soll«, erklärte Litt, »aber Sie haben eine Anklageankündigung erhalten. Ich bin schockiert.«

Dahl war mehr als schockiert. Litt und die anderen Anwälte von Williams & Connolly hatten jeden einzelnen von Dahl durchgeführten Deal geprüft und waren zu dem Schluß gekommen, daß er keinen Grund hatte, sich Sorgen zu machen. Außerdem war ihm wiederholt versichert worden, daß Milken das Ziel der Ermittlungen sei, und nicht er. Litt und Williams hatten ihn zwar darauf vorbereitet, daß die Strafverfolgungsbehörden eines Tages versuchen würden, ihn in die Mangel zu nehmen, aber mit einer Anklage hatte er nie gerechnet.

Die Aussicht war erschreckend, denn Dahl hatte etwas getan, weshalb er sich Sorgen machen mußte. Er hatte jeweils am Ende eines Jahres in Milkens Auftrag ein Parkarrangement mit Milkens Freund und Klienten Tom Spiegel von der Columbia S&L ausgeführt, das der gigantischen Spar- und Darlehenskasse, einem von Milkens bedeutendsten Klienten und Junk-bond-Käufern, zwecks Steuereinsparung künstliche Verluste einbrachte. Dahl hatte nie viel darüber nachgedacht und kaum etwas unternommen, um die Transaktionen innerhalb der Abteilung geheimzuhalten. Er hatte einen Ordner auf seinem Schreibtisch liegen, in dem er über die geparkten Positionen Buch führte. Der Ordner umfaßte inzwischen eine Spanne von fünf Jahren und war ein harter Beweis aller möglichen Delikte. Außerdem wußten wahrscheinlich viele im Büro über die Transaktionen Bescheid.

Dahl fragte sich zum erstenmal im Verlauf der Untersuchung, wessen Interessen seine Anwälte vertraten: seine oder Milkens. Würde Milken ihn schützen, so wie er ihn bis jetzt geschützt hatte? Er war sich nicht sicher.

Sofort nachdem er aufgelegt hatte, rief er einen engen Freund in Florida an, einen Anwalt namens Steve Andrews. Andrews war der Sohn eines Richters, hatte an der Florida State University derselben Verbindung angehört wie Dahl und praktizierte jetzt in Tallahassee. Er war zwar kein Wertpapieranwalt, kannte sich aber auf diesem Gebiet aus. Er hatte an der New York University einen Abschluß in Steuerrecht gemacht und war eine Zeitlang Chef einer kleinen Wertpapierfirma in Florida gewesen. Am wichtigsten aber war es wahrscheinlich, daß Andrews, ein schwergewichtiger Hüne von gut 1,90 Meter, über den gesunden Menschenverstand eines Mannes verfügte, der weit außerhalb des Dreiecks Manhattan/Washington/Beverly Hills und der Milken-Welt lebte. Dahl wußte, daß er ihm vertrauen konnte.

Andrews genügten zwei Tatsachen – daß Dahl eine Klageankündigung erhalten hatte und daß er von denselben Anwälten wie Milken vertreten wurde –, um zu wissen, was seinem Freund zu raten war: »Nimm dir einen anderen Anwalt«, sagte er. »Sofort.« Dahl erwiderte, daß er ihn anheuern wolle, und Andrews nahm das Mandat an, empfahl Dahl aber, sich außerdem noch einen New Yorker Anwalt zu nehmen.

Dahl rief danach bei Litt an und erklärte ihm, daß er einen anderen Anwalt haben wolle, einen, der nicht gleichzeitig Milken vertrat. Litt erkannte sofort, welche Folgen es haben konnte, wenn Dahl absprang, und erwiderte eindringlich, daß er keinen anderen Anwalt brauche, daß sie alle besser dabei wegkamen, wenn sie eng zusammenhielten. Diesmal ließ sich Dahl, vielleicht weil kein Williams mehr hinter Litt stand, nicht überreden. Außerdem hatte die von Litt beschworene Strategie nicht verhindern können, daß er zum Gegenstand einer möglichen Anklage geworden war.

Litt versuchte Zeit zu schinden, indem er Dahl versprach, eine Liste von Anwälten zusammenzustellen, an die er sich wenden könne. Aber die Zeit verging, ohne daß Dahl eine solche Liste erhalten hätte. Es machte den Eindruck, als hoffte Litt, Dahl würde seine Meinung ändern. Aber das tat er nicht. Er rief statt dessen bei Carl Lindner, einem seiner wichtigsten Junk-bond-Käufer, an. Lindner empfahl ihm seinen eigenen Anwalt, Peter Fishbein von Kaye, Scholer in New York, der Kanzlei, die auch Freeman vertrat. Erst jetzt, nachdem Dahl ihm mitgeteilt hatte, daß er mit Fishbein sprechen werde, ließ ihm Litt die versprochene Liste möglicher neuer Anwälte zukommen. Es dürfte kaum überraschen, daß in sie ausschließlich Strafverteidiger aufgenommen worden waren, die zum Umkreis von Paul, Weiss und Williams & Connolly gehörten, inklusive der Anwälte von Don Engel und des Milken-Klienten Fred Carr. Die Gespräche, die Dahl mit den Anwälten führte, verstärkten nur seinen Argwohn, daß ihre Loyalität geteilt war. Er entschied sich schließlich für Fishbein.

Fishbein und Andrews flogen sofort nach Kalifornien, um sich mit Dahl zu treffen. Beide waren besorgt über die mögliche Bloßstellung ihres Mandanten. Sie vermuteten, daß Spiegel von der Columbia S&L, angesichts seiner engen Beziehung zu Milken, ebenfalls Gegenstand von Ermittlungen war, und fürchteten, Spiegel würde Dahl hineinreiten, indem er ihn als Teil einer Schuldeingeständnisvereinbarung belastete, bevor Dahl seinerseits einen Handel mit der Staatsanwaltschaft eingehen konnte. Und Dahl traute Spiegel nicht. Er würde ihn wahrscheinlich nicht decken.

Gleichzeitig wurde auch sein Vertrauen zu Milken erschüttert. Als er zusammen mit seinen neuen Anwälten die Klageankündigung studierte, stellte er überrascht fest, daß die Columbia-Transaktionen darin keine

Rolle spielten. Statt dessen wurde eine ganze Reihe von Aktientransaktionen mit Boesky aufgezählt, die in Dahls Handelsbelegen auftauchten – Transaktionen, die Teil des Vergütungsarrangements gewesen waren, dessen Kulminationspunkt die 5,3-Mio.-Rechnung darstellte. Dahl konnte sich an diese Handelsaktivitäten nicht erinnern. Außerdem hatte er ausschließlich Junk-bond-Geschäfte mit Boesky getätigt; alles andere hatte sich Milken selbst vorbehalten.

Eine genauere Untersuchung ergab, daß keiner der Handelsbelege von Dahls Hand stammte. Nach den Daten auf zwei Belegen war Dahl zum Zeitpunkt der betreffenden Transaktionen nicht einmal in Beverly Hills gewesen, und auf einem der Belege standen unten die Initialen »M.M.«. Dahl war sich jetzt darüber im klaren, was geschehen sein mußte: Milken hatte die Transaktionen einfach durch Dahls Handelsassistentin in seine Akten aufnehmen lassen. Mit anderen Worten, die Staatsanwaltschaft hatte die falsche Person aufs Korn genommen. Dahl war sich sicher, daß er beweisen konnte, daß er nicht an den beanstandeten Transaktionen beteiligt gewesen war. Milken würde sich mit Gewißheit hinter ihn stellen.

Er ging postwendend zu Litt. »Ich habe diese Dinge nicht getan – das war Mike«, sagte er ihm. Er hatte erwartet, daß Litt hocherfreut sein würde zu hören, daß er, Dahl, entlastet werden konnte. Aber Litt erwiderte nur: »An diesen Transaktionen ist nichts auszusetzen. Es gibt keinen Grund, sich Sorgen zu machen.« Dahl wollte jedoch mehr; er schlug vor, Milken solle einfach eine eidesstattliche Erklärung unterschreiben, in der festgestellt wurde, daß er und nicht Dahl die fraglichen Transaktionen durchgeführt hatte. Die Staatsanwaltschaft, da war sich Dahl sicher, würde daraufhin die Ermittlungen gegen ihn einstellen. Wenn die Transaktionen so makellos waren, wie jeder behaupte, hätte Milken nichts dabei zu verlieren. Litt schien von Dahls Argumenten nicht gerade begeistert zu sein, versprach aber, mit Milken darüber zu sprechen.

Andrews wandte sich in gleicher Sache an Richard Sandler, der ebenfalls darauf bestand, daß die Transaktionen völlig harmlos gewesen waren. »Wenn das so ist«, konterte Andrews, »kann Mike doch erklären, daß er sie durchgeführt hat, oder?«

Eine Woche später überbrachte Litt Milkens Antwort: Er hatte es abgelehnt, eine eidesstattliche Erklärung abzugeben oder auf andere Weise zu bestätigen, daß er die Transaktionen durchgeführt hatte. Darüber hinaus litt Dahls Handelsassistentin unter einem partiellen Gedächtnisverlust; sie konnte sich an nichts mehr erinnern, was mit den Transaktionen zu tun hatte, fiel also als Zeugin für Dahl ebenfalls aus. Dahl war empört.

»Mike weiß, daß er diese Transaktionen durchgeführt hat«, rief er aus. »Und Boesky weiß es auch. Sagen Sie der Staatsanwaltschaft, sie soll Boesky fragen, wer diese Geschäfte gemacht hat.«

Litt erwiderte, daß es nicht seine Aufgabe sei, den Behörden zu sagen, was sie ihre Zeugen fragen sollen. »Wenn Sie den Mund halten und hart bleiben, erledigt sich das Problem ganz von selbst«, meinte Litt. Seine Lösung bestand einfach darin, daß Dahl und dessen Anwälte der Staatsanwaltschaft weder sagten, daß Dahl die fraglichen Transaktionen durchgeführt, noch, daß er sie nicht durchgeführt hatte.

Nach diesen Geschehnissen war klar, daß Dahl ein Wackelkandidat war, und das Milken-Lager reagierte augenblicklich. Er mußte bei der Stange gehalten werden. So nahm ihn Milken eines Tages beiseite und sagte ihm, daß Andrews seiner Meinung nach ein schlechter Ratgeber sei; das beste wäre, wenn er sich einen anderen Anwalt nehme. Dahl entgegnete, daß er Andrews vertraue und ihn behalten wolle. Danach versuchten es Milken und Sandler mit einer anderen Taktik, indem sie Andrews vorschlugen, seine Kanzlei nach Beverly Hills zu verlegen und sich mit Sandler zusammen im Drexel-Gebäude zu etablieren; ein solches Arrangement wäre für ihn weit lukrativer als seine jetzige berufliche Situation. Andrews sah darin nur einen kaum verschleierten Versuch, ihn zu kaufen, und lehnte ab.

Unbelastet von irgendwelchen Verpflichtungen Milken gegenüber, sprachen sich Andrews und Fishbein dafür aus, daß Dahl Verhandlungen mit der Staatsanwaltschaft aufnahm, und zwar schnell. Die Entscheidung fiel Dahl nicht leicht, obwohl er sich von Milken, seit er ihm die Richtigstellung in bezug auf die Boesky-Transaktionen verweigert hatte, im Stich gelassen fühlte. Er wollte Milken nicht weh tun; immerhin hatte er ihn zum vielfachen Millionär gemacht. Aber gleichzeitig wollte er auch nicht ins Gefängnis kommen oder für etwas angeklagt werden, was er nicht getan hatte. Und schließlich wollte Dahl nicht, daß Spiegel – so wie Boesky Milken zuvorgekommen war – vor ihm einen Schuldhandel abschloß. Er beauftragte seine Anwälte, die nötigen Schritte bei der Staatsanwaltschaft zu unternehmen.

Ungefähr zur gleichen Zeit, im September 1988, traf Fred Joseph zum alljährlichen Dinner mit den Firmenspitzen in Beverly Hills ein. Zu den geladenen Gästen gehörte neben Milken fast die gesamte Belegschaft der Junk-bond-Abteilung. Um die Leistungen der Filiale in Beverly Hills zu würdigen, verlas Joseph die Namen aller Händler, deren Arbeit die Firma im zurückliegenden schwierigen Jahr gestärkt hatte. Da Joseph Dahl nie gemocht hatte und seine Anwälte ihm gesagt hatten, daß Dahl wackelte, brachte er es nicht über sich, auch ihn zu erwähnen.

Das war ein taktischer Fehler. Dahl war wütend und verletzt. Er war der Tophändler der Abteilung gewesen, und er hatte alles für Drexel getan, was er konnte. Die offizielle Haltung der Firma war, daß er die Wahrheit sagen sollte, und genau das hatte er vor. Er fand, daß Joseph seine Loyalität nicht verdient hatte.

Später im selben Monat traf per Kurierpost am St. Andrews Plaza eine von Fishbein und seinen Mitarbeitern verfaßte fünfteilige Vorlage ein, die die dokumentarischen Beweise dafür enthielt, daß Dahl die in Frage gestellten Transaktionen nicht durchgeführt hatte. Dahl und seine Anwälte warteten gespannt auf die Antwort der Staatsanwaltschaft, hörten aber eine Woche lang nichts von ihr. Schließlich rief John Carroll bei Fishbein an. »Sie haben mich überzeugt«, sagte er; er glaube jetzt, daß die Transaktionen nicht von Dahl abgewickelt worden waren. Aber das Gespräch blieb nicht an diesem Punkt stehen. Fishbein war immer noch wegen Dahls S&L-Deals besorgt und erklärte, ohne konkrete Versprechungen zu machen, daß Dahl der Staatsanwaltschaft auch auf andere Weise nützlich sein könne, wenn er eine entsprechende Gegenleistung erhalte.

Carroll war sofort Feuer und Flamme. Als Milkens Topverkäufer konnte Dahl der Staatsanwaltschaft immens wertvolle Informationen über die Funktionsweise der Junk-bond-Abteilung geben. Dahl war mit Milkens Arbeitsweise vertraut. Aber noch wichtiger war er vielleicht aus psychologischen Gründen: Wenn die Mauer des Schweigens um Milken herum erst einmal durchlässig geworden war, würde sie höchstwahrscheinlich bald darauf ganz einstürzen.

Andererseits waren sich die Staatsanwälte bewußt, daß ein Immunitätsversprechen große Risiken in sich barg. Falls sich herausstellen sollte, daß Dahl schwere Verbrechen begangen hatte, und die Öffentlichkeit erfuhr, daß die vielen Millionen, die er verdient hatte, unangreifbar waren, würde ein Sturm der Empörung losbrechen, den Milkens PR-Maschine zweifellos noch weiter hochpeitschen würde. Aber die Staatsanwaltschaft hatte keinen hinreichenden Anhalt dafür gefunden, daß sich Dahl irgend etwas hatte zuschulden kommen lassen. Bei der Untersuchung der Vorgänge um Staley Continental war zwar herausgekommen, daß Dahl versucht hatte, das Unternehmen zu einem Leveraged buyout zu zwingen, aber die Drohungen, die er dabei ausgestoßen hatte, waren allenfalls abstoßend gewesen, und nicht kriminell. Zu Dahls Glück wußte die Staatsanwaltschaft noch nichts von den Columbia-Transaktionen. Ausschlaggebend war letztendlich, daß sie sich auf ihr Hauptziel konzentrieren mußte, und Dahl konnte sie einen wichtigen Schritt weiterbringen. Das überwog jedes Risiko. Dahl wurde im Oktober Immunität gewährt, und kurz darauf traf er zu seiner ersten Befragung am St. Andrews Plaza ein.

Das von Williams & Connolly und Paul, Weiss so sorgfältig aufgebaute und versiegelte Milken-»Zelt« war aufgerissen worden.

Die Nachricht von Dahls Übertritt auf die andere Seite erschütterte das Lager von Milken und Drexel. Höhere Mitarbeiter und Anwälte schwankten gleichermaßen zwischen der Behauptung, es gäbe nichts, was Dahl der Staatsanwaltschaft sagen könnte (schließlich hätte Milken sich nie etwas zuschulden kommen lassen), und dem Versuch, Dahl einzuschüchtern. Dahl hatte, vielleicht naiverweise, seine Arbeit bei Drexel nicht aufgegeben und wurde umgehend aus dem Handelsraum im fünften Stock in den zweiten Stock verbannt. Drexel rechtfertigte die Maßnahme damit, daß mit dem Zorn seiner Kollegen zu rechnen sei und die Firma nicht für seine Sicherheit garantieren könne. Später strich Drexel Dahls Bonuszahlung erheblich zusammen, von 23 Mio. Dollar für 1988 auf fünf Mio. Dollar für 1989. Lowell Milken sprach kein Wort mehr mit ihm.

Aber all diese Waffen erwiesen sich als stumpf: Dahl wurde zum ersten wirklich kooperativen Zeugen der Staatsanwaltschaft. Er blieb als Zeuge, was er im Berufsleben war, ein Meisterverkäufer, und bestrickte die Staatsanwälte genau so, wie er vorher zahllose Junk-bond-Käufer gewonnen hatte. Er war für die Staatsanwaltschaft noch bedeutsamer, als sie erwartet hatte: Sie erhielt von ihm einen Augenzeugenbericht über den Insiderhandel beim Diamond Shamrock/Occidental Petroleum-Deal und eine Beschreibung der Szene bei laufendem Wasser in der Toilette; seine detaillierte Kenntnis der Milken-Deals mit den Spar- und Darlehenskassen eröffnete sogar ein völlig neues Untersuchungsfeld. Dahl hielt nichts zurück und führte Carroll und Fardella geduldig durch die geheimnisvolle, nur von wenigen verstandene Welt des Junk-bond-Handels.

Darüber hinaus löste der Übertritt von Dahl, wie die Staatsanwaltschaft gehofft hatte, einen Massenansturm von Zeugen aus, die plötzlich allesamt bereit waren, mit ihnen zu kooperieren. Die Staatsanwälte hatten im Gefolge der Dahl-Vereinbarung ein halbes Dutzend weiterer Vorladungen verschickt. Zu den Empfängern gehörten unter anderen Terren Peizer und Warren Trepp.

Die Vorladung Peizers erwies sich als ein besonders glücklicher Schachzug der Staatsanwaltschaft. Peizer war die Schaltstelle der illegalen Transaktionen mit David Solomon gewesen und hatte das inkriminierende blaue Notizbuch über diese Geschäfte geführt, bis er es Lorraine Spurge übergab. Er war, wovon die Staatsanwaltschaft noch nichts wissen konnte, als Zeuge sogar noch wertvoller als Dahl. Außerdem war er außerordentlich anfällig für einen Angriff seitens der Strafverfolgungsbehörden. Er war erst 1985 in die Firma eingetreten, also noch relativ neu dort, und befürchtete, daß Milken, falls er sich zu Verhandlungen über ein Schuldeingeständnis entschließen sollte, ihn, den Verkäufer mit der kürzesten Firmenzugehörigkeit, als ersten belasten würde. Trotz der Erfolgsgesten, die er mit Milken austauschte, und seiner sonstigen Bemühungen, sich bei ihm lieb Kind zu machen, mußte Peizer zuerst an sich selbst denken.

Nachdem er die Vorladung erhalten hatte, heuerte er einen Washingtoner Anwalt an, Plato Cacheris, einen früheren Partner von Trepps Anwalt William Hundley. Cacheris hatte kurz zuvor im Iran-Contra-Skandal Fawn Hall vertreten. Peizer traf sich in Washington mit Cacheris und brachte zu dem Gespräch eine Tasche voller Dokumente aus der Drexel-Filiale in Beverly Hills mit. »Diese Dokumente hier sind enorm belastend. Ich will einen Handel abschließen«, erklärte er mit Nachdruck. »Warum?« wollte Cacheris wissen. Peizer antwortete, er sei überzeugt, daß sich Milken gegen ihn wenden werde, wenn er sich nicht vorher gegen ihn wandte.

Als Cacheris die Papiere durchblätterte, die Peizer mitgebracht hatte, war ihm bald klar, daß die Staatsanwaltschaft das Gefühl haben würde, sie hätte zufällig eine Schatztruhe ausgegraben. Unter den Papieren befanden sich handschriftliche Ausgleichsrechnungen zwischen Solomon und Drexel, die nach Peizers Angaben von Lowell Milken geschrieben worden waren. Das gesamte Solomon-Arrangement – einschließlich der Finsbury-Absprachen – hätte unter Lowells Kontrolle gestanden, erklärte Peizer. Darüber hinaus konnte er auch Mike Milken damit in Verbindung bringen. Als er Milken nach dem Arrangement gefragt hatte, hatte er ihm gesagt: »Geh zu Lowell. Er wird dir alles erklären.« Peizer hatte sich danach zwei- oder dreimal mit Lowell zusammengesetzt – und Notizen gemacht. Als Milken ihn später aufforderte, das blaue Notizbuch Lorraine Spurge zu übergeben, hatte er es zwar getan, aber einige der belastendsten Beweise vorsorglich zurückbehalten.

Peizer erzählte Cacheris auch von einem anderen verfänglichen Vorfall. Er hatte eines Nachmittags seine Schubkästen mit den Hängeakten durchstöbert. »Was tust du da?« hatte Milken sich erkundigt. »Dokumentenvorladungen nachkommen«, hatte er geantwortet. Daraufhin hatte Milken seine eigenen Schubkästen aufgezogen. Sie waren leer. »Wenn du keine Dokumente hast, kannst du auch keine ausliefern«, hatte er erklärt. Peizer jedoch hatte das schwerwiegendste Material weder den Drexel-Anwälten ausgehändigt noch vernichtet und konnte es jetzt der Staatsanwaltschaft als Handelsgegenstand anbieten.

Cacheris setzte sich sofort mit der Staatsanwaltschaft in Verbindung und informierte sie über Peizers Dokumente. Peizer war in der Lage, das gesamte Arrangement zwischen Milken und Solomon zu bezeugen – kriminelle Absprachen, die völlig unabhängig von allem waren, was Boesky enthüllt hatte. Peizer war für die Staatsanwaltschaft fast zu gut, um wahr zu sein. Er bekam beinahe augenblicklich strafrechtliche Immunität zugesagt.

Danach mußte auch er seinen Platz neben Milken räumen und in ein anderes Stockwerk umziehen, und wie Dahl wurde auch ihm die Verantwortlichkeit für alle seine Klienten entzogen. Aber während Dahl immer seltener zur Arbeit erschien, weigerte sich Peizer hartnäckig, sich in sein Schicksal zu ergeben. Er war jeden Morgen pünktlich im Büro und rief bei Trepp an, um ihn zu fragen: »Hast du heute etwas für mich?«

Im Gegensatz zu Peizer widerstand Trepp, einer von Milkens ältesten Helfern, dem Druck seitens der Staatsanwaltschaft und blieb Milken in Treue ergeben. Aber auch seine Belastbarkeit hatte Grenzen; er war nicht bereit, für Milken einen Meineid zu begehen, und hatte daher Anfang 1988 den 5. Zusatzartikel für sich in Anspruch genommen. »Ich verstehe nicht, wieso Warren nicht aussagen wollte«, hatte sich Sandler bei Hundley, Trepps Anwalt, beklagt. Hundley seinerseits versuchte schon länger, dem Milken-Lager vor Augen zu halten, daß sich die Beweise für Parkmanöver geradezu häuften; ihm war klar, daß der Druck auf Trepp wahrscheinlich schlagartig aufhören würde, wenn Milken kapitulierte.

»Nun, Bill«, hatte ihm Sandler daraufhin erwidert, »Mike sieht das Parken eben etwas anders als die Regierung.«

Milken fühlte sich, während einer seiner Mitarbeiter nach dem anderen das sinkende Schiff verließ, bitter enttäuscht und im Stich gelassen. Seine Stimmung verdüsterte sich. Er sprach zwar nie direkt von Dahls oder Peizers Kooperation mit den Behörden, nörgelte aber an fast jedem herum, mit dem er zusammenkam. Ende September 1988 war Dahl in New York und wollte gerade seinen Rückflug nach Los Angeles buchen, als Milken ihn in seinem Hotelzimmer anrief. Er sagte Dahl, daß er in Washington sei; wenn Dahl wolle, könne er zu ihm nach Washington kommen und mit ihm in seinem Flugzeug nach Los Angeles zurückfliegen. Dahl hielt es für ein Zeichen der Versöhnung und nahm das Angebot an.

Als er auf dem Flugplatz eintraf, führte ihn Milken zu dem Hangar, wo seine Gulfstream IV stand, komplett mit Butler und großer Leinwand. Nach dem Abflug wählte Milken einen Film aus – *Jäger des verlorenen Schatzes* – und drehte die Lautstärke derartig auf, daß Dahl die Ohren weh taten. »Mike, wenn wir schon nicht miteinander reden, könntest du dann bitte das Ding da leiser stellen?« rief Dahl durch den Lärm. Aber Milken ignorierte ihn und schaute sich den Film weiterhin mit ohrenbetäubender Lautstärke an. Er sagte während des gesamten Flugs kein Wort mehr zu Dahl. Nicht einmal einen Blick hatte er für ihn übrig. Dahl dämmerte, daß der Flug nur inszeniert worden war, um ihm eines mitzuteilen: Was Milken betraf, hatte er aufgehört zu existieren.

14

Joseph hatte jetzt – bis zum August 1988 – fast zwei Jahre lang auf die Versicherungen von Milkens Anwälten gehört. Er hatte auf Peter Fleming gehört, den Strafverteidiger, den er als Rechtsbeistand für Drexel engagiert hatte. Er hatte auf Sandler und auf Linda Robinson gehört. Sie alle hatten ihm versichert, daß Milken unschuldig war, daß Boesky ein Lügner war und daß sich Drexel wegen ein paar übereifriger Staatsanwälte, die Milken den Erfolg neideten, keine Sorgen zu machen brauchte. Und Joseph hatte es geglaubt. Er hatte seinen Topleuten – Leon Black, Peter Ackerman, John Kissick, dem Aufsichtsrat – gesagt, er würde es niemals zulassen, daß sich Drexel gegen Milken wandte, solange er ihn für unschuldig hielt.

Inzwischen litt er unter einem Husten, den er einfach nicht loswurde, sah am Ende des Sommers blaß und verhärmt aus und hatte Schlafschwierigkeiten. Sogar auf seiner Farm im Nordwesten von New Jersey, weit weg von der Wall Street, konnte er das zunehmende Gefühl des Untergangs nicht abschütteln. Sein Anwalt, Ira Millstein, hatte ihm erneut empfohlen, Drexel zu verlassen, und Joseph hatte den Rat nicht rundweg von sich gewiesen. Aber er kannte niemanden, der an seine Stelle treten konnte. Sein Schicksal schien jetzt unauflöslich mit dem der Firma verknüpft zu sein.

Am 7. September 1988 reichte die SEC die lange erwartete Klage gegen Drexel ein. Die 184seitige Klageschrift betraf Drexel, Michael und Lowell Milken, Maultasch, eine weitere Junk-bond-Angestellte namens Pamela Monzert und die Posners, Milkens Klienten beim Fischbach-Deal. Zusätzlich zu den erwarteten, auf Boesky bezogenen Anklagepunkten, unter anderem der mutmaßlichen Fischbach-Verschwörung, wurden in der Anklage zwei weitere Fälle von Insiderhandel angeführt, in die Gardiner verwickelt gewesen war; einer davon waren die Viacom-Transaktionen.

Drexel tat alles, um die Mitarbeiter und Klienten der Firma zu präparieren, und begrüßte den Schritt der SEC als Chance, sich vor Gericht zu beweisen. Martin Flumenbaum von Paul, Weiss gab in Milkens Namen eine Erklärung ab: »Die Anklage beruht fast ausschließlich auf den falschen Beschuldigungen von Ivan Boesky, und es ist offensichtlich, daß Mr. Boesky Grund hatte, zu lügen und falsche Anschuldigungen zu erheben.« Außer für Flumenbaum und andere aus dem inneren Kreis um Milken wurde es allerdings immer weniger offensichtlich. Klar war vielmehr nur, daß sich die SEC von Drexels angestrengten Bemühungen, sie davon zu überzeugen, daß die Vorwürfe nicht zu halten waren, nicht hatte beirren lassen, und daß ein Fall, bei dem derartig viel auf dem Spiel stand, sicherlich nicht leichtfertig anhängig gemacht worden war.

Drexels Selbstbehauptung vor Gericht sank rasch auf das Niveau kleinlicher Einwände herab, mit denen Bundesbezirksrichter Milton Pollack, der bereits einige der Zivilklagen gegen Boesky verhandelte und daher mit vielen der Anklagepunkte vertraut war, disqualifiziert werden sollte. Der 81jährige Richter wies die Einwände in Bausch und Bogen zurück und bezeichnete Limans Argumentation im Verlauf der Verhandlung schlicht als »unsinnig«. Später sagte er, daß er angesichts des Verhaltens der Anwälte von Drexel und Milken »wie vom Donner gerührt« gewesen sei.

Die Strategie verärgerte nicht nur den Richter (dessen Entscheidung auch der Revision standhielt), sondern ebenso die SEC-Anwälte und, was noch wichtiger war, die Kommissionsmitglieder, diejenigen also, die letztendlich über eine eventuelle Vereinbarung mit Drexel zu befinden haben würden. Viele Beobachter fragten sich verwundert: Wenn Milken und Drexel unschuldig waren und sich vor Gericht beweisen wollten, wieso opponierten sie dann nicht gegen die Anschuldigungen, statt die Integrität eines in Ehren ergrauten Richters anzuzweifeln?

Giulianis Dienststelle war noch nicht in Aktion getreten, und Joseph und seine Anwälte verstärkten ihre Bemühungen, die Staatsanwälte von einer Strafanzeige gegen die Firma abzuhalten. Eines Abends, gegen halb neun Uhr, brach Baird eine anstrengende Auseinandersetzung mit Joseph und Curnin ab, die ihn zu überzeugen versucht hatten, daß die SEC-Anklage keinen Sinn mache, und sagte: »Sie haben um einen Beweis für Gesetzwidrigkeiten gebeten. Ich denke, wir können Ihnen etwas präsentieren.«

Baird, Carroll und Fardella führten Joseph und Curnin, die nicht ahnten, was sie erwartete, ins Gerichtsgebäude und gingen mit ihnen in eins der Richterzimmer, in dem sich eine Audioanlage befand. Die Drexel-Vertreter bekamen jeder einen Kopfhörer, und dann spielten die Staatsanwälte eine Viertelstunde lang Ausschnitte aus den Princeton-Newport-Tonbändern ab.

Während Joseph noch die Wendung »Willkommen in der Welt der Lumpen« in den Ohren klang, wandte sich Baird an ihn und fragte: »Was halten Sie davon? Hat es Sie nicht erschreckt?«

Curnin wies Joseph an, nicht darauf zu antworten, und erwiderte an seiner Stelle: »Haben Sie noch mehr? Sind noch andere Drexel-Mitarbeiter darauf zu hören?«

»Ja«, sagte Baird.

»Lisa Jones?« fragte Curnin weiter, aber diesmal erhielt er keine Antwort.

Joseph war schwer getroffen. Er sprach bis in die Nacht hinein mit Curnin über die neue Entwicklung. Die Bänder waren unangreifbar. Joseph wußte genau, was vorgegangen war, und er wußte, daß es kriminell war. »Newberg wäre nicht einmal auf die Toilette gegangen, ohne daß Milken es wußte«, erklärte er. Ihm war völlig klar, daß nur einer hinter der ganzen Sache stehen konnte: Michael Milken.

Die Tonbänder hatten auch neuerliche Zweifel an Milkens Aufrichtigkeit hervorgerufen. Milken hatte über seine Anwälte von Paul, Weiss beharrlich versichern lassen, der einzige Belastungszeuge gegen ihn wäre Boesky und daß er, wenn es zu einer Abwägung der Glaubwürdigkeit käme, die Oberhand über Boesky behalten würde. Aber die Geschäfte mit Princeton-Newport hatten nicht das geringste mit Boesky zu tun.

Am nächsten Vormittag, als die Drexel-Anwälte Milken um eine Erklärung für die Tonbänder baten, erklärten dessen Anwälte, er hätte nichts von Newbergs Aktivitäten gewußt. Newberg, als Beschuldigter im Princeton-Newport-Fall, sagte kein Wort. Milkens Anwälte versicherten Joseph außerdem, daß die Papiere, die nach Ansicht der Staatsanwaltschaft Boeskys Version der 5,3-Mio.-Rechnung untermauerten, nur »Rekonstruktionen« wären, die vor Gericht leicht diskreditiert werden könnten. Aber als Joseph einen Blick auf dieses Beweisstück werfen durfte, mußte er entsetzt feststellen, daß es Kopien der Originaldokumente – Mooradians Akten – waren. Schlimmer jedoch war, daß sie Kalkulationen enthielten, die nur im Rahmen eines Parkarrangements Sinn machten.

Curnin rief daraufhin Flumenbaum an, der aber nur selbstgefällig erklärte: »Es ist so, wie wir es uns gedacht haben.« Er schien sich keine großen Gedanken darüber zu machen.

»Und was ist mit den Lagerkostenberechnungen? Was ist mit der Tatsache, daß es sich um Originale handelt?«

»Es ist das, was wir erwartet haben«, erwiderte Flumenbaum.

Wenn es das war, dachte Curnin wütend, hatten Milkens Anwälte mehr gewußt, als sie Drexel mitgeteilt hatten, und damit das Verteidigungsabkommen gebrochen. Curnin und Fleming bestanden auf einem Treffen mit Liman und Flumenbaum, die jedoch jeden belastenden Punkt, den die Drexel-Anwälte ansprachen, leichthin als »bedeutungslos«, »unschädlich«, »günstig«, »wie erwartet« oder als etwas, wovon Milken nichts gewußt hätte, abtaten. Was die Lagerkosten betraf, erklärte Flumenbaum: »Das ist nur ein Aspekt der hiesigen Art und Weise der Buchhaltung.« Curnin brach die Zusammenkunft ab, bevor er endgültig die Fassung verlor.

Im Herbst hatte Craig Cogut, der sich mit Richard Sandler dessen Büros in Beverly Hills teilte, einige Auszahlungen der Milkenschen Partnerships durchzuführen. Aber die Sache gefiel ihm immer weniger. Besonders beunruhigt war er über MacPherson Partners, die Partnership, die Milken gegründet hatte, um die Kaufoptionen für Storer-Aktien aus dem LBO-Deal zu halten, der für Siegel, Freeman, KKR, Milken und Drexel ebenso einträglich wie schicksalhaft gewesen war.

KKR hatte Drexel, das heißt Milken, die Kaufoptionen gegeben, damit die Firma ihren Klienten einen zusätzlichen Anreiz bieten konnte, der sie möglicherweise bewegen würde, Storer-Junk-bonds zu kaufen. Aber Cogut stellte nun fest, daß die Optionen nicht in die Hände von Drexel-Klienten gelangt, sondern bei MacPherson Partners hängengeblieben waren, und die Partner waren offenbar Milken selbst, dessen Familie und, was noch besorgniserregender war, einige Manager von Investmentfonds, die Käufer von Milkens Junk-bonds waren. Nachdem KKR vor kurzem den Kabelfernsehsender von Storer mit großem Profit verkauft hatte, waren die Optionen jetzt zu Geld gemacht worden, das Cogut an die Anteilseigner von MacPherson verteilen sollte. Er fühlte sich ausgesprochen unwohl dabei. Die MacPherson-Ausschüttung sah sehr nach einem Selbsthandel von Milken aus, oder, schlimmer noch, nach Schmiergeldzahlungen an die Fondsmanager.

Cogut war 1984 zu Milkens innerbetrieblicher Anwaltskanzlei gestoßen, die danach in Victor, Cogut & Sandler umbenannt worden war. Er hatte nie die Illusion gehabt, in eine Anwaltskanzlei im üblichen Sinn eingetreten zu sein; ihre wichtigsten Klienten waren Drexel, Milken und dessen Familie, und sie residierte im dritten Stockwerk des Drexel-Gebäudes, das den Brüdern Milken gehörte. Cogut hatte allerdings gehofft, an Venturekapital-Deals und Steuersachen von Drexel mitzuarbeiten, mußte sich dann aber damit zufriedengeben, überwiegend für Lowell Milken, der die Oberaufsicht über die Partnerships hatte, tätig zu sein.

Nach Bekanntgabe der Boesky-Vereinbarungen hatte Cogut eingewilligt, sich von dem New Yorker Strafverteidiger Michael Armstrong, Lowells Anwalt, vertreten zu lassen. Aber wie Dahl und Maultasch hatte er sich zunehmend Sorgen über die unterschiedlichen Interessen der diversen Klienten seines Anwalts gemacht. Lowell Milkens Interessen etwa waren für Coguts Geschmack allzu eng mit denen seines Bruders verknüpft. Coguts Argwohn war noch gewachsen, als Armstrong früher in diesem Jahr (1988) mit einer eidesstattlichen Erklärung zu ihm gekommen war, die er unterschreiben sollte. Ihr Zweck war gewesen, Lowell durch einige Tatsachenfeststellungen von Cogut zu entlasten. Cogut hatte sie sich durchgelesen und ein einziges kleines Problem gehabt: Die Feststellungen entsprachen nicht der Wahrheit. Er hatte sich geweigert, die Erklärung zu unterschreiben, und sich nach anderen Anwälten umgesehen. Er hatte schließlich die Anwälte Tom Pollack und Ted Miller aus Los Angeles angeheuert. Im September 1988 gab Cogut dann eine eidesstattliche Erklärung ab.

Anfang November lief Cogut im New Yorker Hauptsitz von Drexel Joseph über den Weg, als dieser gerade in die Toilette hastete. Cogut sagte ihm, daß er mit ihm sprechen wolle, und Joseph bedeutete ihm mit einer Geste, daß er ihm folgen solle.

»Es gibt da eine Partnership, von der Sie, glaube ich, nichts wissen«, sagte Cogut mit verhaltener Stimme. Joseph sah ihn fragend an. »Es wird Ihnen nicht gefallen«, fügte Cogut hinzu.

»Wieso?« fragte Joseph.

»Weil Fondsmanager Kaufoptionen bekommen haben«, antwortete Cogut, »genauso wie Mikes Kinder.«

»Hatten die Fondsmanager in den Deal investiert?« erkundigte sich Joseph.

»Ja.«

»Dann sollten wir besser die Anwälte hinzuziehen«, sagte Joseph. Die Möglichkeit von Schmiergeldzahlungen erschreckte ihn. Die Firmenvorschriften hatte die Partnership auf jeden Fall verletzt.

Milken hatte sich über die Jahre häufig an Joseph gewandt, um ihn zu fragen, ob bestimmte Deals moralisch zu vertreten waren. Für gewöhnlich waren sie es. Diese Gespräche hatten Joseph den Eindruck vermittelt, daß Milken von skrupulöser Gewissenhaftigkeit war. Aber jetzt mußte er sich fragen, ob das alles nicht nur eine gewissenhaft aufgebaute und sorgfältig gepflegte Illusion gewesen war, ob Milken nicht die einwandfreien Deals vorgeschoben hatte, um dahinter eklatante Vergehen zu verbergen.

Joseph ging auf der Stelle zu Drexels Präsidenten Robert Linton und berichtete ihm, was er von Cogut erfahren hatte. »Oh, Scheiße«, entfuhr es Linton.

Anschließend rief Joseph bei Cahill Gordon an. »Setzen Sie sich an diese Sache, jetzt sofort«, wies er die Firmenanwälte an.

Cogut und seine neuen Anwälte hatten Liman und Flumenbaum auch eröffnet, daß sie vorhatten, die MacPherson-Information an die Strafverfolgungsbehörden zu verkaufen. »Nein!« explodierte Flumenbaum. »Das können Sie nicht tun. Allein würden sie nie etwas darüber herausfinden.« Aber Liman bremste ihn und sagte: »Laß sie tun, was sie für richtig halten.« Es klang resigniert.

Josephs Glaube an Milkens Unschuld und die ausgeklügelten Verteidigungslinien, die er auf dieser Grundlage aufgebaut hatte, stürzten an einem regnerischen Abend Ende November endgültig in sich zusammen. Curnin hatte ihn am späten Nachmittag angerufen und gesagt, sie müßten unbedingt unter vier Augen miteinander sprechen. Joseph war am Abend zu einem formellen Dinner eingeladen und schlug vor, Curnin mit einem Drexelschen Funktaxi abzuholen. Joseph, in schwarzem Smoking und Fliege, fuhr die wenigen Blocks zu Cahill Gordon, und nachdem Curnin bei stärker werdendem Regen eingestiegen war, steckten sie bald im Verkehr fest.

»Es sieht so aus, als hätten die Leute an der Westküste ein paar Dinge getan, die sie nicht hätten tun sollen«, sagte Curnin. Dann zählte er die jüngsten besorgniserregenden Entwicklungen auf und berichtete, gewissermaßen als Höhepunkt, von den Handelsbelegen, die die Solomon-Absprachen untermauerten. Er machte Joseph eindringlich klar, daß es Beweise für Verbrechen gab, materielle Beweise, die zudem immer zahlreicher wurden und nichts mit Boesky zu tun hatten. Und da die Mauer des Schweigens unter den Mitarbeitern von Drexel gebrochen war, mußte man damit rechnen, daß mehr von ihnen überlaufen würden. Dabei kannte Drexel nicht einmal die ganze Geschichte – und würde sie von den ehemaligen Verbündeten im Milken-Lager auch nie erfahren.

Joseph stellte einige Fragen und bedankte sich dann bei Curnin für seine Einschätzung der Lage. Als er sein Ziel, das Marriott Marquis Hotel am Times Square, erreicht hatte und in den Regen hinaustrat, war er überzeugt, daß Drexel und die 10000 Firmenmitarbeiter von Milken betrogen worden waren, von dem Mann, auf dessen Schultern er die Firma errichtet hatte, die immer sein Traum gewesen war. Solange er an Milkens Unschuld geglaubt hatte, war er bereit gewesen, alles für ihn zu tun. Aber er konnte jetzt nicht mehr ruhigen Gewissens sagen, daß er daran glaubte.

Joseph war nicht der einzige, der das Vertrauen in Milken verlor. Dahl traf sich in Los Angeles mit Litt im Four Seasons Hotel. »Mike wird sich schuldig bekennen müssen«, erklärte er Litt. »Irgend jemand muß es ihm sagen.«

Litt bestand diesmal nicht wie üblich darauf, daß Milken unschuldig sei, sondern erwiderte nur: »Ich werde nicht derjenige sein, der es ihm sagt.«

Offenbar wollte auch sonst niemand es tun. Litts Stellung innerhalb des Milkenschen Verteidiger-Teams war prekär, ebenso wie die seiner Kanzlei, Williams & Connolly. Nach Williams' Tod hatte Paul, Weiss die Führung an sich gerissen und Williams & Connolly in den Hintergrund gedrängt. Vincent Fuller, der an Williams' Stelle getreten war, hatte nie die Chance, eine Beziehung zu Milken oder Sandler aufzubauen, die sich ganz auf Liman verließen.

Aber Fuller kam schließlich zu dem Schluß, daß jemand, auch wenn es unpopulär war, die Möglichkeit eines Schuldeingeständnisses ausloten mußte. Man mußte wenigstens erfahren, was die Strafverfolgungsbehörden in diesem Fall verlangen würden. Fuller sprach also mit Carroll, Fardella, Baird und gelegentlich sogar mit Giuliani und fand, daß die Staatsanwälte, angesichts der auf die Untersuchung verwandten Mittel und der sie begleitenden Publizität, überraschend zugänglich waren. Sie wiesen zwar die Idee einer gemeinsamen Vergleichszahlung von Milken und Drexel in Höhe von einer Milliarde Dollar zurück; es war gewiß eine gewaltige Summe, aber auch eine, die Milken leicht hätte bezahlen können, besonders wenn Drexel die Hälfte beisteuerte, was die Firma sicherlich tun würde. Aber Geld war nie das vorrangige Ziel der Untersuchung gewesen. Das eigentliche Ziel war ein Schuldeingeständnis. Fuller bot zuerst ein Geständnis nach dem Grundsatz »nolo contendere«, dann ein Schuldeingeständnis in einem Anklagepunkt an. Die Staatsanwälte erwiderten, daß sie sich möglicherweise mit einem Schuldeingeständnis in zwei Punkten zufriedengeben würden.

Am St. Andrews Plaza regte sich vorsichtiger Optimismus. Es bestand immerhin die Hoffnung, daß man zu einer Vereinbarung kommen würde. Milken, glaubte man, würde sich schuldig bekennen und kooperieren – und die Untersuchung auf eine völlig neue Ebene heben. Es gab nur ein Problem: Die Staatsanwälte wußten nicht, ob die anderen Milken-Anwälte hinter Fuller standen, ganz zu schweigen von Milken selbst. Milkens Öffentlichkeitsarbeit ließ jedenfalls nicht darauf schließen, daß er bereit war, einen Kompromiß einzugehen und sich schuldig zu bekennen. Ganz im Gegenteil wurde die PR-Kampagne, sehr zum Ärger der an dem Fall arbeitenden Staatsanwälte, mit unverminderter Härte fortgeführt; etwas Vergleichbares war noch von keinem Beschuldigten in Gang gesetzt worden.

Liman, der im Gegensatz zu Robinson, Lake ständig über Fullers Verhandlungen ins Bild gesetzt wurde, dementierte weiterhin nachdrücklich, daß ein entsprechender Kurs auch nur erwogen wurde. Seit dem Fiasko in Sachen *Predators' Ball* war die Kampagne um weitere Themen bereichert worden; sie konzentrierte sich zunehmend auf Milkens Wohltätigkeitsaktivitäten (unter anderem durch Herstellung einer teuren Broschüre, die Milkens gemeinnützige Stiftungen groß herausstellte) und auf Attacken gegen die Heranziehung des RICO gegen Drexel. Robinson, Lake überschwemmte die Presse des ganzen Landes mit einer Flut von Anti-RICO-Briefen und ganzseitigen Zeitungsanzeigen. Sie sollten Mitleid für Milken erzeugen, indem sie hervorhoben, daß einem Beschuldigten nach dem RICO schon vor einem Prozeß gegen ihn das Vermögen entzogen werden konnte. Robinson, Lake verfaßte außerdem Reden, die Milken dann vor Gruppen von Geschäftsleuten hielt, und sorgte weiterhin dafür, daß ausgewählte Pressevertreter Interviews mit ihm führten – solange sie keine Fragen über die laufenden Ermittlungen stellten. Milken sprach gerade mit einem Reporter von *Time*, als er erfuhr, daß die SEC die Anklage gegen ihn und Drexel eingereicht hatte.

Da man in Manhattan damit rechnen mußte, daß eine Geschworenenjury zum guten Teil aus Schwarzen bestehen würde, begann Milken damit, sich stärker um die Unterstützung von Schwarzen zu bemühen. Gleichzeitig konzentrierten sich die PR-Anstrengungen zunehmend auf die Lokalzeitungen, die *New York Post*, die *Daily News* und die *Amsterdam News*, die von Schwarzen mehr gelesen wurden als das *Wall Street Journal* oder die *New York Times*. Tom Bradley, der frühere Bürgermeister von Los Angeles, Reginald Lewis, der Chef von Beatrice International und einer von Milkens Junk-bond-Käufern sowie Percy Sutton, der ehemalige Präsident des New Yorker Stadtrats, waren Milkens wichtigste Verbindungsleute zu schwarzen Organisationen. Sie arrangierten zum Beispiel eine Begegnung zwischen Milken und Jesse Jackson. Bradley (der nach Angaben der *Los Angeles Times* für seinen Beitrag zur Milken-Kampagne 70 000 Dollar erhielt) hatte Milken, kurz nachdem er in den Boesky-Skandal hineingezogen worden war, als »diesen genialen Mann, diesen mutigen Mann, diesen visionären Mann, diesen überzeugenden Mann« gepriesen.

Als Milken, der bisher kaum Interesse am zivilrechtlichen Aspekt der Untersuchung gegen ihn gehabt hatte, im Zuge seiner PR-Kampagne eine Party für schwarze High-School-Anfänger aus Los Angeles veranstaltete, überraschte er sie mit der Ankündigung: »Ich möchte euch jetzt einen engen Freund von mir vorstellen« – und herein kam niemand anders als Jesse Jackson. Während einer Konferenz in New York sprachen sowohl Jackson als auch Warner-Präsident (und Liman-Klient) Steve Ross in den höchsten Tönen von Milken. Fototermine mit behinderten und unterprivilegierten Kindern, überwiegend schwarzen und hispanischen, wurden organisiert. Robinson stellte sogar eine schwarze PR-Expertin ein, Mary Helen Thompson, eine ehemalige Pressesprecherin des Repräsentantenhausabgeordneten Louis Stokes aus Ohio. Thompson fand in den schwarzen Mitgliedern des Kongresses eine neue Zielgruppe für die Pro-Milken-Kampagne. So erhielt Milken zum Beispiel eine Auszeichnung von der One Hundred Black Men Society, einer landesweiten Organisation erfolgreicher Schwarzer, der unter anderem auch Percy Sutton angehörte. Sowohl Milken als auch Robinson, Lake kauften bei diesem Ereignis mehrere Tische.

Das am meisten gefeierte Ereignis des Werbefeldzugs, der Milkens Image aufpolieren sollte, war ein Nachmittagsspiel der Mets im Shea Stadion im September 1988, zu dem Milken 1700 unterprivilegierte Kinder, die überwiegend aus Minderheitengruppen stammten, eingeladen hatte. Obwohl die Milken-Truppe später behauptete, die Einladung wäre nicht als Medienereignis geplant gewesen, hatte sie Drexel-Präsident Linton während eines Mittagessens den anwesenden Pressevertretern gegenüber (von denen einige von Robinson, Lake eingeladen worden waren) »beiläufig« erwähnt. Während des Spiels richteten sich die Fernsehkameras immer wieder auf den Junk-bond-König, der sich eine bunte Baseballmütze aufgesetzt hatte und nach Kräften bemüht war, einen entspannten Eindruck zu machen. »Wir haben seinen Terminkalender nicht um einen einzigen öffentlichen Auftritt erweitert«, erklärte Lerer dem *Wall Street Journal* nach dem Spiel, »nicht einen einzigen«.

Wenig später hatte Milkens PR-Armee ein neues Angriffsziel ausgespäht: Giuliani höchstpersönlich, der inzwischen bekanntgegeben hatte, daß er das Büro des Staatsanwalts verlassen werde, um sich für den Posten des New Yorker Bürgermeisters zur Wahl zu stellen. Im Wahlkampf waren die Medien stets hungrig auf Geschichten über die Kandidaten; er würde also eine ausgezeichnete Gelegenheit bieten, die Kritik an der Handhabung des Milken-Falls weiter anzufachen. Außerdem bedeutete der angekündigte Weggang Giulianis, daß bei der Staatsanwaltschaft eine Zeit der Ungewißheit über das neue Regime angebrochen war.

Es war ein günstiger Zeitpunkt für einen Handel. Giuliani konnte sich natürlich ausrechnen, welchen Nutzen es für ihn haben würde, wenn er die Verurteilung des mächtigsten Finanziers des Landes erreichen konnte. Ein Schuldeingeständnis von Milken würde die Schmach der Verhaftung von Freeman mehr als nur wettmachen. Giuliani, Baird, Carroll und Fardella begannen ernsthaft darüber nachzudenken, ob sie nicht Fullers Vorschlag eines Schuldeingeständnisses in einem Punkt annehmen sollten.

Viele Aspekte der möglichen Vereinbarung - etwa die Frage, wie Milkens Bruder Lowell zu behandeln war, und die Kooperationsbereitschaft von Milken - waren noch ungeklärt. Das hätte durchaus anders sein können, wenn Milken und seine Anwälte schneller geschaltet hätten; aber sie taten es nicht. Fuller hatte offensichtlich nicht die Unterstützung seines Mandanten, und seine Verteidigerkollegen von Paul, Weiss waren eindeutig gegen eine Vereinbarung. Als Fuller einem größeren Kreis innerhalb des Milken-Lagers von seinen Verhandlungen berichtete, wurde er als Verräter verschrien. Paul, Weiss und ebenso Sandler lehnten ein Schuldeingeständnis strikt ab.

So verstrich die Gelegenheit zu einem Schuldeingeständnis in nur einem Anklagepunkt ungenutzt. Während die Staatsanwälte die Früchte der Kooperation von Dahl und Peizer ernteten und die Anklage gegen Milken dementsprechend an Stärke gewann, erschien ihnen Fullers Vorschlag immer mehr als Billigangebot, das für sie nicht in Frage kam. Baird war der Meinung, daß ein Schuldeingeständnis in nur einem Punkt mit Recht als Sieg von Milken interpretiert werden und auf andere im Wertpapiergeschäft kaum abschreckend wirken würde. Zu Giulianis Ehren muß gesagt werden, daß er seine Pflichten als Staatsanwalt über seinen politischen Ehrgeiz stellte. Wenn er aus dem Amt scheiden mußte, ohne daß die Fälle Milken und Freeman abgeschlossen waren, dann war es eben nicht zu ändern.

Was Fuller betraf, so zog er sich weitgehend von dem Fall zurück und überließ Litt die Verteidigerpflichten von Williams & Connolly. Sandler und Liman hatten schon lange die volle Kontrolle über die Milken-Verteidigung übernommen, und nach Fullers Rückzug war die Gefahr äußerst gering, daß Milken etwas anderes zu hören bekam als das Echo seiner eigenen, immer realitätsferneren Sicht der Dinge.

Als das Geheimnis der Verhandlungen über ein Schuldeingeständnis platzte, hörte man an der Wall Street nur mit halbem Ohr hin, denn gleichzeitig war die größte, lärmendste LBO-Schlacht des Jahrzehnts im Gang: der 25-Mrd.-Dollar-Angriff von Kravis und seiner Firma KKR auf den Giganten RJR Nabisco. Angesichts der Überfülle an zu erwartenden millionenschweren Honoraren und Provisionen war es nicht verwunderlich, daß praktisch alle großen Wall-Street-Firmen in den Kampf zogen, wobei sich drei große Gruppen gegenüberstanden, erstens Shearson Lehman (mit einer geschäftig agierenden Linda Robinson im Hintergrund) und Salomon Brothers; zweitens Goldman, Sachs und First Boston; und drittens, auf seiten von KKR, Wasserstein Perella & Co., Morgan Stanley und Drexel.

Für Drexel war RJR nicht nur der Deal des Jahrzehnts, sondern auch ein Kampf auf Leben und Tod, in dem es um die Frage ging, ob die Firma den Beweis dafür liefern konnte, daß sie die Untersuchung der Strafverfolgungsbehörden überleben würde. KKR war ein ebenso alter wie finanziell bedeutsamer Drexel-Klient. Wenn Drexel den Finanzierungsauftrag verlor, würde der Firmenanteil am Junk-bond-Markt drastisch abnehmen, und mit ihm das Gewicht, das der Firma in der Wall Street zugewachsen war.

Für Joseph war RJR außerdem ein Testfall für die Fähigkeit der Firma, den Verlust von Milken - den er jetzt als unvermeidlich ansah - unbeschadet zu überstehen. Die Stoßkraft der Junk-bond-Abteilung in Beverly Hills hatte bereits erheblich gelitten. Milken, einstmals der absolute Herrscher über diesen Markt, war aufgrund seiner PR-Kampagne und der Zeit, die er für seine Anwälte aufbringen mußte, immer häufiger abwesend, so daß Peter Ackerman, dem redegewandten Dr. phil., der zwar in der Klientenbetreuung Hervorragendes leistete, aber nicht gerade als begnadeter Händler bezeichnet werden konnte, die Führungsrolle zugefallen war. Deshalb hatte Joseph einen großen Teil der Last übernommen, die bisher auf Milkens Schultern gelegen hatte. Er war es denn auch, der zu einer Zeit, als die Strafverfolgungsbehörden einige der für Drexel gefährlichsten Durchbrüche erzielten, bei Kravis anrief, um ihn zu überreden, Drexel den Finanzierungsauftrag zu erteilen.

Kravis mußte nicht lange überredet werden. Er war Milken immer noch treu ergeben, obwohl es für einen allgemein geachteten Finanzier einstmals undenkbar gewesen wäre, eine Emission im Wert von fünf Mrd. Dollar einer Wertpapierfirma zu überlassen, die von der SEC des Wertpapierbetrugs und anderer Vergehen beschuldigt wurde. Aber die Zeiten hatten sich gewandelt, und Kravis verdankte einen nicht unwesentlichen Teil seines Imperiums Drexel und Milken. Drexel hatte ihm Storer eingebracht und 2,5 Mrd. Dollar für den Angriff auf Beatrice aufgetrieben. Was zählte, waren die Ergebnisse.

Joseph versicherte Kravis, daß Drexel, selbst wenn die Firma angeklagt werden sollte, den Deal für KKR zu Ende bringen würde. Obwohl früher ein Brief des »höchsten Vertrauens« völlig genügt hätte, sagte Joseph diesmal zu, daß Drexel, wenn nötig, einen Überbrückungskredit von 1,5 Mrd. Dollar bereitstellen würde - die Firma würde also mit ihrem eigenen Kapital für den Deal haften.

Bei der sonntäglichen Sitzung, auf der das RJR-Angebot und seine Finanzierung festgeklopft werden sollten, stellte Kravis Joseph nur eine Frage: »Fred, können Sie uns zusichern, daß Drexel die Finanzierung abschließen wird?« Joseph antwortete mit ja. Als KKR dennoch für alle Fälle Merrill Lynch als zweites Emissionshaus anheuerte, schwor sich Joseph, Merrill Lynch keine Chance zu geben, das Spielfeld zu betreten.

Es war das ehrgeizigste Finanzierungsvorhaben in Drexels Geschichte. Die Firma führte zwischen Tokio und Zürich 20 groß aufgezogene Verkaufsveranstaltungen für potentielle Anleger durch - sogenannte »Road Shows«. Man umwarb reiche Einzelpersonen und Institutionen unter anderem mit dem Angebot von Kaufoptionen, die diesmal nicht den Milkenschen Partnerships vorbehalten blieben. Nichts, und war es noch so geringfügig, wurde unversucht gelassen. Drexel verteilte sogar RJR-Produkte, RJR-T-Shirts und RJR-Sweatshirts. Joseph war sich bewußt, daß die Zukunft der Firma von dem Deal abhing.

Trotz der Sicherheit, die er KKR gegenüber zur Schau getragen hatte, war Joseph zu dem Schluß gelangt, daß Drexel eine Strafanzeige nicht überleben konnte, ganz zu schweigen von dem anschließenden langwierigen, noch weit abträglicheren Prozeß. Kurz nach der Taxifahrt mit Curnin hatte er sich in kurzem Abstand mit den Mitgliedern des Aufsichtsrats und den Spitzenmanagern der Firma getroffen und, ohne Einzelheiten zu erwähnen, die Botschaft verbreitet, daß er aufgehört hatte, an Milkens Unschuld zu glauben.

Ende November 1988 segnete das Justizministerium die Anklage wegen RICO-Verbrechen gegen Drexel und Milken ab. Damit war die letzte Hürde vor der Anklageerhebung genommen. Nach der Anklage würde Drexel sofort eine Kaution hinterlegen müssen, aber Baird und seine Kollegen weigerten sich, sehr zu Josephs Ärger, Drexel mitzuteilen, wieviel die Staatsanwaltschaft verlangen würde. Joseph war sich klar darüber, daß die finanzielle Ungewißheit Drexel ins Wanken bringen konnte. Große Wertpapierfirmen wie Drexel hängen von der Fähigkeit ab, mittels kurzfristiger Kredite und Schuldtitel Geld aufzutreiben, meistens von großen Banken. Und Drexels Banken warnten davor, daß sie nicht in der Lage wären, einer Firma, über der das Schwert einer RICO-Anklage schwebte, Kredite zu gewähren. Drexel verfügte zwar über ein Nettokapital, das mehr als eine Milliarde Dollar über der nach den Vorschriften erforderlichen Summe lag, und zusätzlich über 500 Mio. Dollar an Reserven für Rechtsstreitigkeiten, aber der Finanzchef der Firma erklärte Joseph, daß Drexel eine RICO-Anklage nur um – höchstens – einen Monat überleben könne. Joseph setzte umgehend die Spitzenmanager und den Aufsichtsrat davon in Kenntnis.

Die Reaktionen darauf reflektierten die jeweiligen finanziellen Eigeninteressen. Da beim Drexelschen Vergütungssystem das Schwergewicht auf Barauszahlungen lag und nur selten Firmenanteile ausgegeben wurden, war die Firma weiterhin zum größten Teil im Besitz ihres europäischen Teilhabers, Groupe Bruxelles Lambert, und einiger dienstälterer Mitarbeiter, wie Burnham und Kantor, die kaum Anteil am Firmenerfolg der letzten Zeit hatten. Ihr Hauptinteresse galt dem Schutz ihrer Firmenanteile. Dafür aber mußte Drexel erhalten bleiben, und so sprachen sie sich für einen Vergleich mit den Strafverfolgungsbehörden aus.

Erbitterte Gegner eines Handels waren Leute wie Leon Black, dem der Wert der Firmenanteile egal war, wenn er nur weiterhin soviel Geld verdiente wie bisher – 1989 immerhin 20 Mio. Dollar. Er hatte kaum einen Zweifel daran gelassen, daß es ihn nicht kümmerte, ob Milken schuldig oder unschuldig war; alles, was er wollte, war, daß die Maschine, die den Geldfluß in der Firma antrieb, so lange wie irgend möglich in Funktion blieb. Black und seine Verbündeten hießen daher jede Strategie gut, die Milkens Ausscheiden aus der Firma hinauszögerte, und opponierten gegen alles, was zu seiner Kündigung führen mußte.

Schließlich waren da noch die harten Milken-Anhänger – Ackerman, Kissick und Fred McCarthy, seines Zeichens Managing Director in Boston –, die jedes Vorhaben ablehnten, das Milkens Verteidigung schwächen konnte. Anstatt Drexels Niedergang zu fürchten, begrüßten sie ihn geradezu, da ihrer Meinung nach Giuliani die Schuld am Zusammenbruch der Firma zugeschrieben werden würde. Sie glaubten, daß die Strafverfolgungsbehörden infolge des davon ausgelösten Aufschreis der Empörung weniger entschlossen gegen Milken vorgehen würden. Das Motto dieser Gruppe lautete: »Lieber tot als entehrt!«

Diese Meinungsverschiedenheiten stellten ein ernstes Problem dar. Während die alte Garde, die zur Unterstützung eines Vergleichs bereit war, den Aufsichtsrat kontrollierte, waren die Milken-Anhänger der Schlüssel zum Überleben und zukünftigen Erfolg der Firma. Wenn sie ausschieden, gäbe es bei Drexel nur noch wenig, das es wert wäre, gerettet zu werden.

Nach einem sorgenvollen Thanksgiving auf seiner Farm in New Jersey stürzten sich Joseph und die Drexel-Anwälte in eine hektische Verhandlungsserie mit Giuliani, Baird und anderen Staatsanwälten. Die Parameter waren einfach: Drexel würde sich schuldig bekennen, solange Joseph und seine Anwälte glaubten, daß die Firma überleben würde. Das bedeutete im wesentlichen zweierlei: Drexels Topleute durften nicht den Eindruck gewinnen, die Firma wende sich gegen Milken, und die finanzielle Belastung durch den Vergleich durfte nicht so groß ausfallen, daß die Firma unter ihr zusammenbrach. In diesem Fall konnte Drexel genausogut weitermachen wie bisher, die Anklage abwarten und am Ende Konkurs anmelden.

Joseph versuchte den Staatsanwälten die komplizierte Situation innerhalb der Firma verständlich zu machen – aber der jahrelange Widerstand und die schlechte Presse, unter der die Behörden zu leiden gehabt hatten, forderten jetzt ihren Tribut. Die Staatsanwälte hatten für die Milken-Anhänger wenig mehr als Verachtung übrig. Und sie waren außer sich, daß Drexel selbst noch am Vorabend der Kapitulation versuchte, Milkens Schuld herunterzuspielen. Darüber hinaus weigerte sich die Firma zuzugeben, daß die 5,3-Mio.-Dollar-Rechnung Teil des illegalen Arrangements mit Boesky gewesen war – weil Milken darauf bestand, daß sie es nicht war. Und sie wollte Milken nicht feuern und ihm sogar die Vergütung für das laufende Jahr zahlen – über 200 Mio. Dollar.

Während eines hitzigen Wortgefechts schlug Baird schließlich mit der Faust auf den Tisch und sagte: »Hören Sie auf, dauernd von Geld zu reden. Ich spreche von Gerechtigkeit.«

Daraufhin fuhr auch Joseph hoch: »Ich vertrete hier keine Kirche. 10 000 Leute können sich anziehen und Essen kaufen, weil sie auf unserer Gehaltsliste stehen.«

Drexels Schuldeingeständnis war jedoch unvermeidlich. Am Donnerstag, dem 1. Dezember, ließ Joseph ein Rundschreiben an alle Drexel-Angestellten verteilen. »Ich möchte Sie über den neuesten Stand der Untersuchung in Kenntnis setzen«, hieß es dort. »In den vergangenen Wochen haben wir Gespräche mit der Regierung geführt, die jetzt in ein kritisches Stadium eingetreten sind. Wenn wir nicht in einen Vergleich mit dem US-Staatsanwalt einwilligen, hat er, wie wir glauben, die Absicht, die Firma (ebenso wie einige unserer Mitarbeiter) anzuklagen und in diese Anklage den Punkt des sogenannten organisierten Verbrechens (›RICO‹) aufzunehmen. Wir erwarten, daß eines dieser beiden alternativen Szenarios in kürzester Zeit Wirklichkeit werden wird.«

Danach wurden den verblüfften Lesern des Rundschreibens die Gefahren einer Anklage und die Vorteile eines Vergleichs vor Augen geführt. Eine Anklage »wird die Firma und ihre Geschäfte unter Druck setzen. Wir werden außerdem vor einer Entscheidung in dieser Sache einen zähen Grabenkrieg vor Gericht (und leider auch in der Presse) zu überstehen haben. (...) Wenn wir einen Vergleich schließen, lassen wir diesen Dauerangriff auf die Firma hinter uns. Aber um das zu ermöglichen, wäre ein Schuldbekenntnis erforderlich.«

Dann unternahm es Joseph zum erstenmal, die Kosten zu kalkulieren, die für Drexel durch die Untersuchung entstanden waren: »Wir glauben, daß Drexel während der zwei Jahre der Untersuchung 1,5 Mrd. an möglichen Einnahmen verlorengegangen sind und über 175 Mio. Dollar an direkten Ausgaben gehabt hat. Unsere Leute müssen einen hohen Tribut zahlen. (...) Wir würden das Trauma der vergangenen zwei Jahre gern überwinden, aber nicht zu einem für die Firma und ihre Angestellten unfairen Preis.«

Die Konsequenzen aus dem Rundschreiben waren den Milken-Anhängern natürlich klar, und sie waren entsetzt über die Richtung, die die Ereignisse nahmen. An vorderster Stelle stand Don Engel, der von Fred McCarthy, seinem Hauptverbündeten im Aufsichtsrat, über alle Entwicklungen auf dem laufenden gehalten wurde. Anfang Dezember kam der Aufsichtsrat zu einer sonntäglichen Sitzung zusammen, nach der McCarthy umgehend bei Engel zu Hause anrief, um ihm eine unheilvolle Nachricht zu übermitteln. »Ich habe das Gefühl, sie wollen Mike verkaufen«, berichtete er.

Engels Befürchtungen verstärkten sich, als er und Black in der nächsten Woche mit Joseph sprachen. Engel wußte, daß Joseph gern zu einem Konsens kam, indem er Versuchsballons steigen ließ, und so verstand er es auch, als Joseph bei dem Treffen erklärte, er mache sich Sorgen um diejenigen, die angeklagt werden könnten, wenn Drexel keinen Vergleich aushandelte. »Wie würden Sie sich fühlen, wenn Sie beide, Ackerman und Kissick, angeklagt werden würden?« fragte Joseph seine Gesprächspartner.

»Scheiß drauf! Sollen sie uns doch anklagen«, erwiderte Engel, und Joseph hörte seiner Stimme an, daß er es genau so meinte.

Baird drohte damit, daß er bei der Grand Jury jetzt jederzeit eine Anklage gegen Drexel bewirken könne, und stellte Joseph ein Ultimatum: Wenn die Firma die Anklage verhindern wolle, müsse sie sich in sechs Punkten schuldig bekennen und eine hohe Geldstrafe zahlen. Am 14. Dezember mußte Joseph zu seinem Leidwesen eine Enthüllung im *Wall Street Journal* lesen: daß Drexel eine Notreserve von 700 Mio. Dollar zurückgelegt hatte – weit mehr, als die Staatsanwaltschaft vermutet hatte. Baird erhöhte denn auch prompt seine Forderung von 450 Mio. auf

750 Mio. Dollar. Aber das Geld war, auf beiden Seiten, nicht der wichtigste Punkt. Drexel konnte selbst eine Zahlung in dieser Höhe überleben. Die Person, um die sich im Grunde alles drehte, blieb aber sogar noch in diesem späten Stadium ausgespart: Michael Milken.

Um die Milken-Anhänger zu beschwichtigen, versuchte Joseph weiterhin, der Staatsanwaltschaft keine auf Milken bezogenen Beweise auszuliefern. Er tat alles, um Milkens Rausschmiß zu verhindern und ihm den dreistelligen Millionenbetrag, den die Firma ihm schuldete, zu sichern. Sogar die 5,3-Mio.-Rechnung versuchte er nach wie vor aus dem Spiel zu lassen.

Am Freitag, dem 15. Dezember, unternahm Joseph einen letzten Versuch, die Unterstützung des Milken-Lagers für einen Vergleich zu erhalten. Er traf gegen fünf Uhr nachmittags bei Paul, Weiss ein, um sich mit Liman zu treffen. Danach wollte er mit Engel zusammenkommen. Engel gehörte zwar nicht dem Aufsichtsrat an, und offiziell noch nicht einmal der Firma, aber Joseph sah in ihm den Anführer der Pro-Milken-Fraktion.

Als Joseph bei Liman eintraf, war dieser natürlich über die neuesten Entwicklungen im Bilde. Joseph tat sein Bestes, um ihm das Dilemma, in dem Drexel steckte, zu erklären. Er wies mit Nachdruck auf die verheerende Kreditsituation hin, die sich ergeben würde, wenn die Firma angeklagt wurde, und erläuterte die Bemühungen, mit denen er Milken zu schützen versuchte. Liman fand das alles nicht sehr überzeugend und begann Joseph über die Grundprinzipien des Rechts, über philosophische Fragen und den Unterschied von Gut und Böse zu belehren. Joseph war wie vor den Kopf geschlagen, als er sich anhören mußte, wie Liman seine Entscheidung mit der Verfolgung der Juden durch die Nazis verglich. Joseph beraube Milken seiner Rechte im Vorfeld des Prozesses, erklärte Liman. »Das ist der erste Schritt in Richtung auf Konzentrationslager«, fuhr er fort. »Niemand darf einem anderen die Freiheit nehmen.«

Joseph konnte sich nur schwer im Zaum halten. Er war schockiert über Limans ungerechten Vorwurf und den Versuch, seine Gefühle zu manipulieren. »Mike hat getan, was er getan hat«, erwiderte er. »Was wir vorhaben, hat keinerlei Einfluß auf die Ermittlungen gegen ihn. Ich bin nicht hier, um ein Urteil über Michael Milken zu fällen.«

Er stellte fest, daß seine Entscheidung unwiderruflich sei. Er könne allerdings nicht im Namen des Aufsichtsrats sprechen. Möglicherweise würde man ihn dort überstimmen. Liman ritt nicht weiter auf dem Nazivergleich herum; er schien enttäuscht zu sein, führte den Streit aber nicht fort. Als Joseph aufstand, um zu gehen, brachte er noch ein letztes Argument vor: »Mike wird sich sowieso schuldig bekennen.« Liman war empört. »Niemals«, entgegnete er mit fester Stimme, während er Joseph zur Tür begleitete. »Auf gar keinen Fall.«

Minuten später hatte Liman Engel am Telefon und berichtete ihm von dem Treffen mit Joseph. »Donny«, sagte er ernst, »er wird ihn verkaufen.«

Joseph machte sich, nachdem er Liman verlassen hatte, auf den Weg zu Engels geräumiger Eigentumswohnung in der Park Avenue 570. Er traf gegen 19 Uhr dort ein, und die beiden Männer setzten sich mit einem Drink in Engels Bibliothek. Engel fand, daß Joseph enorm gealtert war; außerdem hustete er ständig. Aber Engel ließ sich dadurch genausowenig abhalten wie durch die Gebote der Höflichkeit; er brannte auf einen Kampf, und er bekam ihn.

Als er eine leidenschaftliche Verteidigungsrede für Milken zu halten begann, fiel ihm Joseph ins Wort. »Ich weiß, daß Sie loyal sind«, meinte er, »und ich schätze Loyalität.« Dann wechselte er die Tonlage und fügte hinzu: »Aber lassen Sie Ihre Finger aus meinen Angelegenheiten.«

Engel entgegnete, daß er nicht anders könne, als sich gegen Joseph zu wenden und andere zu Milkens Verteidigung aufzurufen. »Er ist unser Bruder«, sagte er. »Sie müssen kämpfen. Kein Mafia-Anwalt würde sich so verhalten.« Er war ungehalten über das, was er als Josephs Schwäche betrachtete.

»Wir sind keine Mafia-Firma«, erwiderte Joseph schroff. Dann schlug er einen etwas konzilianteren Ton an und fuhr fort: »Donny, tun Sie nichts Übereiltes. Denken Sie daran, daß wir uns um 10 000 Leute zu kümmern haben.«

Engel sprang fast aus dem Sessel. »Worüber, zum Teufel, reden Sie eigentlich?« schrie er. »Wir müssen uns ganz und gar nicht um 10 000 Leute kümmern. Um einen müssen wir uns kümmern.«

Am Samstag, dem 17. Dezember, flog Engel nach Kalifornien, um an der Bar mitzvah von Milkens Sohn teilzunehmen. Er nutzte die Gelegenheit, um mit Peter Ackerman und Leon Black, die ebenfalls dort waren, das weitere Vorgehen abzusprechen. Joseph war nicht eingeladen worden. Engel zog Ackerman während der Feier in ein Gespräch über Milken und Joseph. »Der kleine Bastard will ihn verkaufen«, sagte er. »Es gibt nur einen Weg, das zu verhindern.« Dann spielte er seine Trumpfkarte aus: »Du mußt am Montag im Büro aufstehen und sagen: ›Kein RJR.‹ Danach werden die Verkäufer keine Bonds mehr verkaufen.« Es war eine kühne Strategie, die den RJR-Deal möglicherweise zunichte gemacht hätte, von dem Drexels Zukunft – mit oder ohne Milken – abhing. Engel war überzeugt, daß diese Drohung Joseph bewegen würde, alle Gespräche über einen Handel mit den Behörden abzubrechen.

»Gehen wir es ruhig an, Donny«, erwiderte Ackerman etwas rätselhaft.

Aber Engel bestand auf seinem Plan. »Du bist der einzige, der es machen kann«, erklärte er.

Die Nachricht von dem Treffen zwischen Black, Engel und Ackerman auf der Bar-mitzvah-Feier verbreitete sich rasch in der Firma, ebenso wie das Gerücht über Kündigungsdrohungen für den Fall, daß Drexel einen Vergleich mit den Behörden abschloß. Robinson, Lake, Linda Robinson persönlich eingeschlossen, fachte das Feuer weiter an und versorgte die Presse mit Geschichten über eine sich zusammenbrauende Rebellion innerhalb der Firma, falls Drexel einen Handel eingehen sollte. Die Milken-Anhänger äußerten sogar den Verdacht, daß Joseph im Rahmen der Verhandlungen für sich selbst die Gewährung strafrechtlicher Immunität erreichen wollte und damit seine persönlichen Interessen über die der Firma und die von Milken stellte. Auch das wurde zu einer Meldung, obwohl kein einziges Wort daran wahr war. Joseph war nie Gegenstand von Ermittlungen gewesen, und über seine Immunität war nie gesprochen worden. Aber die Milken-Truppe fuhr noch schwerere Geschütze auf: Josephs Gespräche während des Besuchs, den er der Abteilung in Beverly Hills im September abgestattet hatte, waren heimlich mitgeschnitten worden, und Milkens Anwalt Michael Armstrong drohte jetzt damit, das Transkript der Tonbandaufnahmen zu veröffentlichen. Joseph war erschüttert darüber, daß seine eigenen Mitarbeiter ihn bespitzelt hatten.

Insgesamt griff das Milken-Lager bei seinen verzweifelten Bemühungen, einen möglichen Vergleich mit den Behörden zu sabotieren, zu ungewöhnlich schmutzigen Mitteln, um Joseph Knüppel zwischen die Beine zu werfen. Millstein war schließlich so beunruhigt über diese Vorgänge, daß er Liman anrief, um mit ihm von einer Stütze der New Yorker Anwaltschaft zur anderen zu sprechen. »Ich hoffe, das artet nicht in einen PR-Wettkampf aus«, sagte er. Liman bestritt zwar, daß es eine gegen Joseph gerichtete PR-Kampagne gab, aber die wüsten Angriffe gegen ihn hörten nach Millsteins Anruf auf.

Black und Ackerman sprachen die Drohung, Drexel zu verlassen, falls ein Handel mit der Regierung zustande kommen sollte, nie offen aus, ließen sie aber deutlich genug anklingen, und Joseph versicherte sich ihrer Loyalität schließlich mit dem einzigen Mittel, das ihm blieb: mit Geld. Ackermans Preis: 100 Mio. Dollar, die Joseph als Belohnung für Ackermans Anteil am RJR-Deal deklarierte. Black und Kissick erhielten ähnlich großzügige Bonuszahlungen.

Ackerman erzählte Joseph auch von Engels RJR-Drohung, und Joseph rief am Montag wutentbrannt bei Engel an. »Sie hetzen die Leute auf«, brüllte er ihn an. »Ich will, daß das aufhört.«

Engel stand ihm in nichts nach. »Haben Sie der Staatsanwaltschaft gesagt, daß wir bankrott gehen werden? Wenn nicht, können Sie nicht verhandeln. Sie müssen ihr sagen: ›Hier sind die Schlüssel. Die Firma gehört Ihnen. Sie tragen jetzt die Verantwortung.‹ Haben Sie das gesagt?«

»Nein«, antwortete Joseph, und Engel knallte den Telefonhörer auf den Apparat.

Am Nachmittag trat der Aufsichtsrat der Firma zusammen und lehnte die Bedingungen der Staatsanwaltschaft erneut als zu hart ab. Engel und seine Verbündeten glaubten, sie hätten den Sieg davongetragen.

Am Abend dieses Tages gingen die Mitarbeiter der Drexelschen Unternehmensfinanzierung mit ihren Frauen oder Freundinnen durch die Drehtür des Waldorf-Astoria in New York und begaben sich in den großen Ballsaal des Hotels, wo die diesjährige Weihnachtsfeier der Abteilung stattfand. Wenn man die mit Grünpflanzen geschmückten Balkone, die glitzernden Weihnachtsbäume und die champagnerseligen Gäste betrachtete, konnte man den Eindruck gewinnen, daß Drexel, wenigstens für einen Abend, wieder die ungestüme, von Selbstsicherheit strotzende Firma von früher war. Drexels Präsident, Robert Linton, bestieg die Bühne und rezitierte als in Verse gefaßten Angriff auf Giuliani »Rudy the Red-Nosed Reindeer« (Rudi, das rotnasige Rentier). Danach gesellte sich Joseph zu ihm, und sie verkündeten gemeinsam, daß der Aufsichtsrat am Nachmittag einstimmig das Verhandlungsangebot der Staatsanwaltschaft zurückgewiesen hatte. »Wir werden kämpfen!« rief Joseph aus, und alle im Saal sprangen auf die Füße, schrien, jubelten, klatschten, trommelten auf die Tische. Die Ovationen wollten und wollten nicht enden.

Aber die Hochstimmung hielt nicht lange an. »In Berlin hat man kurz vor Kriegsende auch noch gefeiert, oder?« fragte ein Vizepräsident von Drexel nach der Party rhetorisch. Am nächsten Morgen, als viele aus der Firma noch mit ihrem Kater zu kämpfen hatten, erhielt Curnin einen Anruf der Staatsanwaltschaft, einen sogenannten »Vernunfttest«. Curnin und Carroll kamen überein, daß sie möglicherweise mit einem neuen Kompromiß leben könnten, und verringerten am Abend die Kluft zwischen beiden Parteien ein wenig: Drexel brauchte Milkens Schuld nicht mehr zuzugeben, sondern erhielt die Möglichkeit, sich mit der Aussage, man könne die Anschuldigungen der Staatsanwaltschaft gegen ihn und die Firma »nicht widerlegen«, aus der Affäre zu ziehen. Drexel würde das

Anwalts-Mandanten-Verhältnis nicht verletzen, dafür aber gegen Milken auftreten müssen. Weiterhin sollte sich die Firma in sechs Anklagepunkten – einschließlich einiger Vergehen im Zusammenhang mit Boesky – schuldig bekennen und eine Strafe von 650 Mio. Dollar zahlen. Und schließlich blieb die Staatsanwaltschaft in einer Frage unerbittlich: Drexel dürfe weder Michael noch Lowell Milken den anstehenden Bonus auszahlen, und die Brüder müßten die Firma, freiwillig oder gezwungenermaßen, verlassen.

Carroll machte unmißverständlich klar, daß die Staatsanwaltschaft damit ihr letztes Angebot gemacht hatte und daß Drexels Risikopolitik keine weiteren Zugeständnisse erreichen würde. Er erklärte, daß die Staatsanwaltschaft, wenn sie nichts mehr von Drexel höre, darauf vorbereitet sei, die Klage gegen Drexel am nächsten Nachmittag bei der Grand Jury anhängig zu machen. Joseph lief in dieser Woche bei Drexel mit einem großen Button am Revers herum, auf dem stand: STRESS – DAS IST DAS, WAS ENTSTEHT, WENN DER GEIST DAS BEDÜRFNIS DES KÖRPERS ÜBERGEHT, JEMANDEM IN DEN ARSCH ZU TRETEN, DER ES GERECHTERWEISE VERDIENT HAT.

Joseph berief für Mittwoch mittag, den 21. Dezember, eine weitere Aufsichtsratssitzung ein. Die Alternative war schmerzlich, aber eindeutig. Die Firma würde binnen eines Monats zusammenbrechen, wenn sie Gegenstand einer RICO-Anklage wurde. Curnin schätzte, daß Drexel eine Kaution von einer Milliarde Dollar hinterlegen müßte – was sie in ihren Grundfesten erschüttern würde –, und prophezeite den sofortigen Verlust jeglicher Kreditlinien. Auf der anderen Seite war der ausgehandelte Vergleich zwar hart, aber nicht vernichtend, wenn sich die Drexel-Mitarbeiter nach der Entscheidung beherzt ins Zeug legten. Curnin empfahl die Annahme der Vereinbarung. Irwin Schneiderman, der Cahill-Gordon-Partner, der lange Zeit der wichtigste außenstehende Rechtsberater der Firma gewesen war, und Millstein, Josephs Anwalt, unterstützten Curnin.

Peter Fleming war der erste, der sich auf die Seite der Milken-Anhänger schlug. Joseph und Curnin hatten gewußt, daß sich Fleming schon seit einiger Zeit dem Milken-Lager immer weiter angenähert hatte. Er hörte sich denn auch ganz wie einer von Milkens Anwälten an, als er erklärte, daß die von der Staatsanwaltschaft angehäuften Beweise keineswegs so stichhaltig seien, wie sie behauptete. Sollte Drexel den Handel eingehen, werde er, Fleming, sich vermutlich Milkens Verteidigerlager anschließen. Als jemand, der weniger Wirtschaftsanwalt als Strafverteidiger war, vermochte er nicht einzusehen, wieso eine RICO-Anklage die

Firma vernichten sollte. Er riet dem Aufsichtsrat, den Vergleich abzulehnen, die Anklage auf sich zu nehmen und abzuwarten, was passieren würde.

Black, Kissick und Bachelor beeilten sich, sich hinter Fleming zu stellen. Black, der schon unter normalen Umständen recht lebhaft war, schien die Möglichkeit, daß Drexel Milken fallenlassen könnte, rasend zu machen. Der Streit tobte immer noch, als um vier Uhr nachmittags Carroll anrief und Curnin zu sprechen verlangte. »Die Anklage steht kurz bevor«, sagte er, als Curnin am Apparat war.

Die Nachricht, daß die Grand Jury in diesem Augenblick mit der Abstimmung beginne, rief unter den Aufsichtsratsmitgliedern panischen Schrecken hervor. Burnham, der die Reste der Firma, die seinen Namen trug, unter allen Umständen retten wollte, auch wenn er ihre Triebkräfte kaum noch verstand, forderte fast hysterisch eine sofortige Abstimmung.

Sechzehn der Direktoren, unter ihnen Linton, Kantor, Burnham und alle sechs Vertreter der Groupe Bruxelles Lambert, stimmten für den Vergleich. Kissick, Black, Bachelor und zwei weitere Aufsichtsratsmitglieder stimmten dagegen. Joseph gab als letzter, als der Ausgang der Abstimmung schon feststand, seine Stimme ab. Obwohl er der Architekt des Handels war, entschied er sich, einen letzten, durchsichtigen Versuch zu unternehmen, die Kluft zwischen sich und den Milken-Anhängern zu überbrücken: Er stimmte gegen das Schuldeingeständnis.

Der Aufsichtsrat verließ in düsterem Schweigen den Sitzungssaal. Joseph kehrte in sein Büro zurück und machte den schwersten Anruf seines Berufslebens: Er rief Milken in Beverly Hills an. Sie sprachen rund zehn Minuten miteinander. Als Joseph ihm die Entscheidung des Aufsichtsrats mitteilte, sagte Milken, er hätte bereits von seinen Anwälten gehört, wie es ausgegangen war. »Bin ich nicht solange unschuldig, bis meine Schuld bewiesen ist? Das ist doch ein freies Land, oder?« brauste er auf.

Joseph hatte sich geschworen, sich auf keine Moraldebatte mehr einzulassen, schon gar nicht im Vergleich mit Nazideutschland. »Es tut mir leid, Michael«, sagte er. »Der Aufsichtsrat hat seine Entscheidung gefällt. Sie ist endgültig. Ich hoffe, Sie verstehen das.«

Obwohl Edward Bennett Williams ihn vor langer Zeit schon gewarnt hatte, daß dieser Tag kommen würde, war Milken erschüttert. Er sei tief enttäuscht, die Unterstützung der Firma verloren zu haben, sagte er. »Ich nehme an, ich muß meinen eigenen Kampf führen und meine eigenen Entscheidungen fällen.«

Es dauerte noch ein paar Tage, bis die umfangreiche Schuldeingeständnisvereinbarung den letzten Schliff erhalten hatte, aber schließlich war der Pakt geschlossen und konnte kurz vor Weihnachten bekanntgegeben werden. Die Anklagepunkte, in denen sich Drexel schuldig bekennen mußte, wurden nicht genannt, ebensowenig wie die Klauseln über Milkens Zukunft. Aber Drexel bestätigte, daß die Firma in einem kritischen Punkt der Staatsanwaltschaft entgegengekommen war: Sie würde im weiteren Verlauf der Untersuchung sehr mit den Behörden kooperieren. Die Bedeutung, die diese Aussage für Milken hatte, lag auf der Hand. Alan Bromberg, Professor für Wertpapierrecht an der Southern Methodist University, drückte es dem *Wall Street Journal* gegenüber so aus: »Giuliani geht in dieser Untersuchung sehr geschickt vor. Sie ist ein klassisches Beispiel für die Methode, einem Beschuldigten die Daumenschrauben anzusetzen, um inkriminierende Informationen über die Hintermänner zu erhalten.«

Josephs Taktik erwies sich zumindest in zwei wesentlichen Punkten als erfolgreich: Die Firma überstand die anfänglichen Verwerfungen nach dem Schuldeingeständnis, und keiner der Topleute setzte sich ab. Ackerman wurde ein Sitz im Aufsichtsrat angeboten, und er stürzte sich gemeinsam mit Kissick und Black, die bereits im Aufsichtsrat saßen, mit Feuereifer in den noch nicht abgeschlossenen RJR-Junk-bond-Deal. RJR war jetzt ein Testfall für die Überlebensfähigkeit von Drexel in der Ära nach Milken. Die »Road Shows« in den USA begannen am 18. Januar mit einer Präsentation in San Diego. Wenig später überfüllten Hunderte von potentiellen Investoren bei einer mit einem Frühstück verbundenen Präsentation den Ballsaal des Helmsley Palace Hotels in New York. Ende Januar stand fest, daß die Emission ein voller Erfolg war. Drexel hatte so viele Zusagen erhalten – für mehr als fünf Mrd. Dollar –, daß die Emission erweitert werden mußte. Das Geschäft brachte der Firma eine Provision von stolzen 250 Mio. Dollar ein. Und sie hatte Merrill Lynch, wie in alten Tagen, keine Gelegenheit gegeben, sich in den Deal hineinzudrängen.

Sogar Engel hatte der Erfolg der RJR-Emission beeindruckt. Er war zwar verärgert über das Drexelsche Schuldeingeständnis und meinte weiterhin, daß die Firma lieber bankrott gehen als sich gegen Milken wenden sollte, behielt aber seine gewohnte Rolle als Organisator des Predators' Ball.

Er flog nach Beverly Hills zurück, um sich mit dem Organisationskomitee der Konferenz zu treffen und den ersten Predators' Ball zu planen, an dem Milken nicht teilnehmen würde. Engel bestand darauf, daß niemand sich anmaßte, in Milkens Fußstapfen zu treten, nicht einmal John

Kissick, den Joseph als Milkens Erben ausersehen hatte, da Ackerman offenbar nicht ausreichend angenommen worden war und Trepp hinsichtlich des Auftretens und der Managementfähigkeiten Mängel aufwies. (Außerdem war Kissick der einzige der drei, gegen den nicht ermittelt wurde, und Joseph wollte nicht das Risiko eingehen, daß die Abteilung in Beverly Hills von einer weiteren Anklage zerrüttet wurde.) Engel bestimmte, daß niemand die Ansprachen übernehmen sollte, mit denen Milken für gewöhnlich die Konferenztage eröffnet hatte. Statt dessen würde man Filme zeigen, die den Milkenschen Geist wiedergaben. Tatsächlich sollte eine aufwendig gefilmte, sentimentale Ehrung für Milken zum Höhepunkt des 1989er Predators' Ball werden.

Doch Joseph funkte dazwischen und versetzte das Organisationskomitee in helle Wut, indem er in einem Rundschreiben anordnete, daß Drexel-Mitarbeiter zukünftig jeden Kontakt mit Milken vermeiden sollten. Außerdem verbot er die Vorführung des Milken-Films auf der Konferenz. Für Milkens Assistentin Lorraine Spurge war das zuviel; sie wurde, was den Film betraf, fast hysterisch und drohte, zusammen mit Robert Davidow, einem weiteren Angestellten der Junk-bond-Abteilung, und Harry Horowitz, Milkens Jugendfreund, die Konferenz zu sabotieren, wenn Joseph das Verbot des Films aufrechterhielt. Aber Joseph blieb hart; auf der Konferenz durfte nichts geschehen, was die in einem heiklen Stadium angelangten Verhandlungen mit der SEC beeinträchtigen konnte.

Im März versammelte sich das Organisationskomitee - Engel, Horowitz, Davidow und Spurge - in gedrückter Stimmung im Konferenzraum im fünften Stock des Drexel-Gebäudes in Beverly Hills. Die Planungen befanden sich in einem recht ungeordneten Zustand. Engel vermochte keinerlei Enthusiasmus mehr aufzubringen und dachte daran, sich von der Aufgabe zurückzuziehen. Dann öffnete sich plötzlich die Tür und Milken kam herein. Er setzte sich an den Tisch und begann, vor Energie berstend und voller Ideen, augenblicklich zu reden. Er konzentrierte sich auf die Konferenz, als hätte sich nichts verändert, als würde er die Sitzungen leiten und auf der Bühne den diesjährigen Überraschungsgast ankündigen. Er ratterte die neuesten finanziellen Angaben über die bedeutendsten Drexel-Klienten herunter, wobei er besonders den kürzlichen Erfolg von MCI Communications und 20th Century-Fox hervorhob, und erläuterte, wie diese Daten auf der Konferenz präsentiert werden sollten.

Aber so plötzlich, wie er hereingekommen war, so plötzlich verließ er den Raum auch wieder. Engel hatte das untrügliche Gefühl, daß es das letzte Mal gewesen war, daß Milken an der Planung einer Junk-bond-

Konferenz mitgearbeitet hatte. Als er sich in der Runde umsah, bemerkte er, daß auch die anderen Schwierigkeiten hatten, ihre Gefühle zu beherrschen. Aber der Zwischenfall hatte sie von neuem angestachelt. Sie würden es der Welt zeigen. Die Konferenz würde stattfinden. Sie würden ihren Film zeigen, ganz gleich, was Joseph sagte. Sie würden es für Milkens Klienten tun. Sie würden es für Milken tun.

Drexels Vereinbarung mit der Staatsanwaltschaft hing von der Beilegung der SEC-Anklage ab. Die Kommission in Washington, die sich immer noch die Wunden leckte, die ihr nach der Bekanntgabe der Boesky-Vereinbarung und in der Folgezeit durch Drexel beigebracht worden waren, sah die Gelegenheit gekommen, Rache zu nehmen.

Joseph, den der von Engel und anderen innerhalb der Firma erhobene Vorwurf wurmte, er hätte sich von Giuliani und Baird über den Tisch ziehen lassen, stellte ein neues Team zusammen, das die Verhandlungen mit der SEC führen sollte. Er ersetzte Curnin und Fleming, die soviel Unwillen erregt hatten – Lynch gab unumwunden zu, er »hasse sie wie die Pest« –, durch einen anderen Partner von Cahill Gordon, Gerald Tannenbaum, und stellte ihm John Sorte aus der Abteilung für Unternehmensfinanzierung zur Seite, einen ruhigen Mann, der von keinerlei Rücksichten auf Milken belastet war. Weniger geschickt war die Wahl Leon Blacks als drittem Unterhändler, der die Wut der SEC-Anwälte in kürzester Zeit in neue Höhen trieb.

Als die Drexelsche Verhandlungsdelegation im Januar in Washington eintraf, rechneten Lynch, Sturc und die anderen SEC-Anwälte damit, Leuten zu begegnen, die endlich eingesehen hatten, daß sie Bittsteller waren, die um Gnade ersuchten. Immerhin hatte sich Drexel gerade in sechs Anklagepunkten schuldig bekannt und eingewilligt, die größte Geldstrafe in der Geschichte der Wertpapiergesetze zu zahlen. Lynch machte von vornherein klar, daß eine Vereinbarung mit der SEC nur unter der Bedingung möglich war, daß Drexel Gesetzwidrigkeiten eingestand. Black erwiderte in seiner üblichen näselnden Art und Weise: »Ich wüßte nicht, daß es in dieser Beziehung irgendein Problem gegeben hat.« Den SEC-Anwälten verschlug es den Atem. Black wiederholte mehrmals, daß er nirgendwo einen Beweis für eine Gesetzwidrigkeit sehe und fügte, nach Ansicht der SEC-Anwälte in überheblicher Manier hinzu, daß »wir« von der SEC wesentlich mehr Beweise bräuchten, bevor eine Vereinbarung erreicht werden könnte.

Blacks Haltung verärgerte nicht nur die unmittelbaren Verhandlungsführer der SEC, sondern auch die Kommission. Die SEC rächte sich, indem sie - zusätzlich zu ihren sonstigen Forderungen - darauf bestand, daß Michael und Lowell Milken aus der Firma ausscheiden müßten, daß Drexel für zwei Jahre von jeder Junk-bond-Emission ausgeschlossen werden solle und - für Black ein rotes Tuch - daß die Abteilung in Beverly Hills zu schließen und nach New York zu verlegen sei. Von Milkens Rausschmiß abgesehen, hatte Lynch diese Forderungen ursprünglich nicht als unumgänglich angesehen, sondern als Spieleinsätze, die je nach dem Verlauf der Verhandlungen zur Disposition standen. Aber die Kommission war jetzt unversöhnlich und weigerte sich, auch nur eine der Forderungen aufzugeben.

Da Black seine ungebärdige Art beibehielt, kam die SEC zu der Überzeugung, daß es seine Absicht war, eine Übereinkunft mit der SEC zu verhindern - was dazu führen würde, daß auch die Vereinbarung mit der Staatsanwaltschaft platzte. Joseph war sich in dieser Frage nicht so sicher; es war Blacks typischer Verhandlungsstil, stets so offensiv wie möglich vorzugehen. Da jedoch die Verhandlungen kurz vor dem Abbruch standen, flog er nach Washington, um sich mit Lynch zu treffen.

Joseph war die Vernunft in Person. Er war des Kämpfens müde und wollte diesen Alptraum hinter sich bringen. »Gary«, begann er, »sagen Sie mir ehrlich: Wollen Sie Drexel fertigmachen? Oder wollen Sie neue Kontrollmaßstäbe setzen, die ein Modell für die ganze Branche sein könnten? Denn wenn Sie entschlossen sind, uns zu erledigen, werden wir uns nicht mit Rudy Giuliani vergleichen. Dann soll man uns ruhig die RICO-Klage anhängen. Wenn Sie aber neue Maßstäbe setzen wollen, haben Sie das gleiche Ziel wie wir. Worum geht es also?«

»Um das letztere«, antwortete Lynch. »Wir wollen Sie nicht aus dem Geschäft verdrängen. Wir wollen Sie nicht noch weiter schädigen.«

Joseph sagte zu, Black von den Verhandlungen abzuziehen, und arbeitete mit allen Kräften daran, eine Vereinbarung zu erzielen. Die Beziehung zwischen Lynch und Joseph war jetzt so vernünftig und konstruktiv, daß beide verwundert feststellten, wie anders die ganze Sache hätte verlaufen können, wenn sie sich zwei Jahre früher in dieser Weise begegnet wären, bevor die erste Verhandlungsrunde im Mißklang gescheitert war.

Aufgrund dieses neuen Verhältnisses zwischen Lynch und Joseph und des Abzugs von Black konnten die Verhandlungen in halbwegs zivilisierter Form weitergeführt werden. Sorte und Tannenbaum konnten Lynch und seine Kollegen davon überzeugen, daß das innere Gleichgewicht bei Drexel höchst wackelig war und durch das leiseste Gefühl, daß man an Milken Vergeltung übte, außer Balance geraten könnte; der Unterstützung für einen Vergleich mit den Behörden würde damit vermutlich der sowieso recht dünne Boden entzogen. Die SEC willigte ein, zwei der drei zusätzlichen Forderungen fallenzulassen: die Verlegung der Abteilung in Beverly Hills und den Ausschluß von Junk-bond-Emissionen. Was das Schicksal der Milken-Brüder betraf, blieb sie unerbittlich: Sie mußten gehen; vorher würde die SEC keine Vereinbarung abschließen.

Joseph nahm diese Sache selbst in die Hand. Der Augenblick war gekommen, Milken zu sagen, wie es um ihn stand. Joseph griff wieder, wie schon einmal, nachdem sich der Aufsichtsrat für das Schuldeingeständnis ausgesprochen hatte, zum Telefon und rief Milken in Beverly Hills an.

Milken erzählte Joseph, daß er eine schwere Zeit durchmache; seine Kinder seien in der Schule verprügelt worden und würden gehänselt, weil sie einen Verbrecher zum Vater hätten. Joseph wußte nicht, ob er Milken glauben sollte oder nicht. »Michael, ich weiß, daß Sie eine Menge Sorgen haben«, erklärte er und kam dann auf den Anlaß des Anrufs zu sprechen: »Von meinem Standpunkt aus wäre es mir lieber, wenn Sie kündigen, und nicht ich Ihnen die Kündigung aussprechen muß. Aber es ist Ihre Entscheidung. Wie wollen Sie die Sache handhaben?«

Milken schien überrascht zu sein, obwohl ihm klar gewesen sein mußte, daß sein Ausscheiden aus der Firma zu den Bedingungen des Schuldeingeständnisses von Drexel gehörte. Es klang wehmütig, als er sagte: »Ich dachte, ich würde immer hier arbeiten.« Dann versprach er, daß er und sein Bruder Urlaub nehmen und später kündigen würden, so daß es Joseph erspart bleibe, sie zu feuern. Die Einzelheiten sollten die Anwälte aushandeln, kamen sie überein, und dann legten sie auf. Es war ihr letztes Gespräch miteinander.

Im Büro des Staatsanwalts in Manhattan kündigten sich Veränderungen an, und zwar durch erhöhten Druck. Giuliani stand vor seinem Ausscheiden aus dem Amt, wollte aber vorher noch die Fälle von Freeman und Milken abschließen. Er war, wie er Baird sagte, höchst enttäuscht, daß der Freeman-Fall keine Fortschritte gemacht hatte. Freemans Anwälte drängten auf eine Vereinbarung, die ihrem Mandanten, im Gegenzug zu einem Vergleich mit der SEC, die strafrechtliche Anklage vom Hals schaffte, und Giuliani erklärte Baird, daß er ernsthaft daran denke, den Fall auf diese Art und Weise zu beenden. Die Niederlage an der Freeman-Front könnte durch eine Anklage von Milken aufgewogen werden.

Cartusciello, Carroll und andere, die an den Fällen arbeiteten, ahnten Böses. Princeton-Newport stand immer noch nicht vor Gericht; aber ein Erfolg in dieser Sache war nötig, da er Regan, Newberg und die anderen Beschuldigten möglicherweise dazu bewegen würde, zu kapitulieren und endlich mit der Staatsanwaltschaft zusammenzuarbeiten. Das hieß, daß in der Freeman-Untersuchung noch nicht alle Mittel erschöpft waren, die zu einem Durchbruch führen konnten. Was die Milken-Front anging, war Carroll, trotz der fortgesetzten PR-Kampagne, dafür, einen neuen Vorstoß zu unternehmen. Er setzte sich daher mit Litt in Verbindung und führte einige Vorgespräche mit ihm; besonders ermutigte es ihn, daß Liman nach einiger Zeit dazustieß. Das bedeutete, daß Milken die Verhandlungen, wahrscheinlich zum erstenmal, wirklich ernst nahm.

Aber die Gespräche gerieten ins Stocken, als Milken darauf bestand, daß die angestrebte Vereinbarung seinem Bruder Lowell Immunität gewähren müsse. Giuliani war tief enttäuscht. Zu seiner Ehre muß jedoch gesagt werden, daß er vor seinem Weggang auf die Bremse trat und überhastete Lösungen verhinderte. Ohne den Ausgleich einer Anklage gegen Milken war an eine Niederschlagung des Freeman-Falls nicht mehr zu denken. Giuliani schied im Januar 1989 aus dem Amt und wurde von der Milkenschen PR-Streitmacht augenblicklich wegen seiner Haltung in beiden Fällen unter Beschuß genommen. Von den zum größten Teil noch ausstehenden Anklagen erfuhren diese beiden Fälle die meiste Publizität.

Milkens Anwälte behaupteten Curnin und Joseph gegenüber weiterhin, es gebe keine Verhandlungen über eine Vereinbarung mit den Strafverfolgungsbehörden. Als das *Wall Street Journal* von den Gesprächen Wind bekam, gaben sie jedoch eine Erklärung heraus, die zumindest die Kontakte bestätigte. Aber: »Gespräche zwischen Staatsanwälten und Verteidigern gehören in jeder Strafsache zum Alltag, insbesondere wenn das Justizministerium eine [RICO-]Ermittlung autorisiert hat. In diesem Fall sind die Staatsanwälte an uns herangetreten, um uns gewisse Vorschläge zu unterbreiten, die wir abgelehnt haben. Derzeitig sind keine Gespräche zwischen uns und dem US-Staatsanwalt im Gange. Mr. Milken und seine Anwälte bereiten seine Verteidigung vor. Wenn Mr. Milken angeklagt wird, wird er sich für nicht schuldig erklären und sich energisch verteidigen.«

Dennoch nahmen sie kurz nach der Einsetzung eines Interimsstaatsanwalts – Benito Romano, ein ehemaliger Giuliani-Mitarbeiter, der auf Giulianis Wunsch seine Privatkanzlei verließ, um den Posten zu übernehmen – erneut Schuldeingeständnisverhandlungen auf, um die Entschlossenheit des neuen Regimes zu testen. Der Anreiz für eine Vereinbarung war auf beiden Seiten groß. Die Staatsanwälte waren zwar zuversichtlich, was die Stichhaltigkeit ihrer Anklage betraf, aber die jetzt zweieinhalb Jahre andauernden Untersuchungen hatten sie auch erschöpft, und ihnen stand ein langer, komplizierter Prozeß bevor; ein derartig komplexer Fall von Wertpapierbetrug war noch nie vor ein Gericht gebracht worden. Auf der anderen Seite hätte es für Milken, wenn er sich denn schuldig bekennen wollte, einige Vorteile mit sich gebracht, dies vor der Anklageerhebung zu tun. Er hätte den Fall hinter sich lassen können, bevor die gegen ihn aufgebaute Anklage in ihrem vollen Umfang vor der Öffentlichkeit ausgebreitet worden war. Carroll rief erneut bei Williams&Connolly an, um mit Litt zu sprechen.

Es folgten wochenlange Verhandlungen. Als schließlich Sandler höchstpersönlich von der Westküste herüberkam und sich am St. Andrews Plaza mit Baird traf, war den Staatsanwälten klar, daß es das Milken-Lager diesmal ernst meinte. Obwohl Milken mit Paul, Weiss und Williams&Connolly, was Strafsachen betraf, zwei der gewieftesten Anwaltskanzleien des Landes als Rechtsbeistand hatte, war es offenbar Sandler, der die Fäden in der Hand hielt. Er sprach bei dem Treffen wenig und schien mehr an Bairds Stärke und Entschlossenheit interessiert zu sein als an der Stichhaltigkeit der Anklage gegen Milken. Er verhielt sich, als glaubte er, die gesamte Untersuchung und die Drohung, Milken anzuklagen, wären nur vorgeschoben. Baird tat sein Bestes, um ihn davon zu überzeugen, daß das Verhandlungsangebot kein Zeichen von Schwäche war – daß die Staatsanwaltschaft, wenn Milken es zurückwies, tatsächlich eine Anklage gegen ihn bewirken würde.

Ende März legte die Staatsanwaltschaft ein konkretes Angebot auf den Tisch, auch wenn viele Details noch geklärt werden mußten, zum Beispiel die Höhe der Geldstrafe. Aber Milken hatte sich nie viel Sorgen über das Geld gemacht; dieser Punkt würde leicht zu lösen sein. Insgesamt war das Angebot, wenn man die Aussagen von Peizer und Dahl in Betracht zieht, ausgesprochen günstig für Milken: Er sollte sich in nur zwei Punkten schuldig bekennen, in dreien, wenn seinem Bruder Immunität gewährt werden sollte. Aber Milken mußte sich, wie es bei solchen Vereinbarungen üblich ist, verpflichten, über seine Vergehen auszusagen und mit der Staatsanwaltschaft zu kooperieren.

Baird, Carroll und Fardella, die Staatsanwälte, die am meisten an dem Fall gearbeitet hatten, quälten sich mit dem Handel. Sie hatten ernste Bedenken dagegen, da er ihnen als zu harmlos erschien. Es gab immer noch Spuren, die es wert waren, daß man sie verfolgte. Aber sie machten das Angebot dennoch, und Milkens Anwälte deuteten an, daß sie geneigt waren, es zu akzeptieren. Obwohl Flumenbaum und Sandler weiterhin auf Milkens Unschuld bestanden, schienen Liman und Litt einer Vereinbarung den Vorzug zu geben. Aber bis Milken seine Zustimmung gegeben hatte, war nichts sicher. Milken erhielt bis zum Mittwoch, dem 29. März, 15 Uhr, Zeit, das Angebot anzunehmen. Danach würde die Staatsanwaltschaft die Klage einreichen.

Als der Tag anbrach, war aus Beverly Hills noch kein Wort verlautet. Bei der Staatsanwaltschaft surrten die Kopiergeräte, während die 98 Punkte umfassende Anklage gegen Milken und eine Presseerklärung vervielfältigt wurden, die nach der Anklageerhebung verteilt werden sollten. Das Auffallendste an der Anklage war jedoch nicht ihr Umfang oder ihr Inhalt, soweit es die Anklagepunkte betraf. Sie enthielt überwiegend dieselben Punkte wie die SEC-Anklage, bezog sich also weitgehend auf das Boesky-Arrangement mitsamt der 5,3-Mio.-Rechnung und die Absprachen mit Princeton-Newport; die Enthüllungen von Peizer und Dahl hatte man weggelassen, weil sie noch Gegenstand von Ermittlungen waren. Was hingegen ins Auge fiel, waren die Dollars. Die Anklage enthüllte zum erstenmal, daß Milken in einem einzigen Jahr 550 Mio. Dollar mit Geschäften verdient hatte, die als »organisiertes Verbrechen« bezeichnet wurden. Die Kaution nach dem RICO war auf nicht weniger als 1,2 Mrd. Dollar festgesetzt worden.

Am Nachmittag gingen Carroll und Fardella in Romanos Büro, um mit ihm gemeinsam auf den Anruf von Milken zu warten. Die Grand Jury wartete im Gerichtsgebäude nebenan ebenfalls auf den Ablauf der Frist. Als das Telefon bis 15 Uhr nicht geklingelt hatte, ging Fardella ins Gericht zurück. Die Geschworenen hatten bereits die Beweise der Anklage gehört, und Fardella hatte ihnen den Fall dargestellt. Das einzige, was noch fehlte, war ihr Spruch.

In der Annahme, daß der Fall an diesem Tag mit einer Vereinbarung abgeschlossen werden würde, hatte Litt seiner Familie einen Ausflug ins Disneyland versprochen. Jetzt saß er neben dem Telefon und wartete auf die Bestätigung. Liman hatte eine Reise nach Frankreich vor und wartete ebenfalls auf das Jawort aus Beverly Hills. Milken hatte im Verlauf des Vormittags aufgehört, ans Telefon zu gehen. Wie es hieß, hatte er sich mit seiner Frau in ein Zimmer eingeschlossen.

Litt schaute besorgt auf die Uhr, als der Zeiger über die 12 hinausrückte, und telefonierte mit seinen Verteidigerkollegen, um herauszufinden, was los war. Er sprach auch mit Carroll, der ihn warnte: Es werde keinen Aufschub geben. Schließlich kam er nach Beverly Hills durch und hatte Milken am Apparat.

»Ich kann mich nicht entscheiden«, sagte Milken. »Ich habe solche Sorgen . . .«

Litt unterbrach ihn und erklärte ihm ungeduldig: »Sie müssen sich entscheiden. Die Anklage ist vor der Grand Jury.«

Aber Milken zögerte weiterhin. Als die Frist verstrich, ohne daß er wieder von Milken gehört hatte, rief Litt in Romanos Büro an und sagte, daß es so aussähe, als wäre der Handel geplatzt.

Carroll war niedergeschlagen. Erschöpft und resigniert ging er zu Fardella, um ihm persönlich die Nachricht zu überbringen. Fardella bat daraufhin die Grand Jury um ihre Entscheidung. Sie sprach sich für die Anklage aus.

Dennoch blieb die Staatsanwaltschaft untätig. Die Pressekonferenz, die für 16 Uhr am St. Andrews Plaza angesetzt war, wurde verschoben. Als die Kopien der Anklage zur Verteilung bereitgelegt wurden und die Pressekonferenz kurz bevorstand, ging Baird zu Romano, um mit ihm die nächsten Schritte in diesem Fall zu diskutieren. Während der Besprechung klingelte plötzlich das Telefon. Es war Liman, der, völlig außer Atem, vom Kennedy Airport aus anrief, wo er auf den Aufruf seines Fluges nach Frankreich wartete.

Milken hatte sich schließlich zu einem Entschluß durchgerungen. »Er ist bereit, die Vereinbarung abzuschließen«, sagte Liman.

»Es tut mir leid«, erwiderte Romano und fügte, ohne sich vorher mit Baird zu verständigen, hinzu: »Es ist zu spät.«

15

Milken hatte gerade das schlechteste Geschäft seines Lebens gemacht. Romano und Baird staunten über die Wende, die die Ereignisse genommen hatten, und fragten sich, was, um alles in der Welt, in Milkens Kopf vorgegangen sein mochte. Vielleicht hatte Milken, Händler, der er war, einfach geglaubt, er könnte bessere Konditionen herausschlagen, wenn er die Frist verstreichen ließ.

Aber die beiden Staatsanwälte waren erleichtert, daß es so gekommen war. Sie waren den Gedanken nicht losgeworden, daß die ausgehandelte Vereinbarung zu nachsichtig war, und hatten sich am Vormittag darauf geeinigt, das Angebot nach Ablauf der Frist zurückzunehmen. Neue Verhandlungen würde es nicht geben. Dennoch ließen sie nichts von Limans Anruf verlauten, nicht einmal ihren Kollegen gegenüber, und auch Liman schwieg. Niemand aus Milkens Hofstaat erfuhr, wie der verspätete Vorstoß ausgegangen war.

Als die Pressekonferenz schließlich um 17.15 Uhr stattfand, gab Romano bekannt, daß Milken in 98 Punkten, einschließlich von RICO-Beschuldigungen, angeklagt worden war. Er merkte an, daß dies die umfangreichste Anklage gegen eine Einzelperson darstellte, die jemals vor Gericht gebracht worden war. Milken ging, wie versprochen, in Urlaub und gab eine Erklärung heraus, in der es hieß: »In Amerika markiert eine Anklage den Beginn eines Gerichtsverfahrens, nicht dessen Ende. Nach fast zweieinhalb Jahren der Gerüchte und Verdrehungen bin ich jetzt darauf aus, alle Fakten vor einem öffentlichen und unvoreingenommenen Forum darzulegen. Ich werde auf nicht schuldig im Sinne der Anklage plädieren und mich energisch gegen die erhobenen Anschuldigungen zur Wehr setzen. Ich bin zuversichtlich, daß ich am Ende obsiegen werde.«

Milken erklärte sich zwei Wochen später bei der Anklageprüfung für nicht schuldig, nachdem er das Gebäude des Bundesgerichts drei Stunden vor dem angesetzten Termin unerkannt betreten hatte. Es war seine erste Begegnung mit der Richterin, die seinen Fall zu behandeln hatte, Kimba Wood, die erst kürzlich von der Reagan-Administration in ihr

Amt berufen worden war. Sie hatte lange schwarze Haare, war liebenswürdig und verfügte über einen scharfen Verstand. Aus ihrer bisherigen Laufbahn war nicht ersichtlich, welche Haltung sie einem derart großen Fall des Wertpapierbetrugs gegenüber an den Tag legen würde.

Milken war braungebrannt und machte einen entspannten Eindruck. Er wurde von Liman und Flumenbaum eingerahmt. Seine Frau Lori saß zusammen mit Sandler hinter ihm in der ersten Reihe des Zuschauerraums, der mit mehreren hundert Plätzen kaum ausreichte, um die Neugierigen, überwiegend Reporter, aufzunehmen.

»Wie fühlen Sie sich heute körperlich?« erkundigte sich Richterin Wood bei Milken.

»Okay, Euer Ehren«, antwortete Milken.

»Befinden Sie sich bei einem Arzt oder Psychiater in Behandlung?« fragte Wood weiter.

»Nein, Euer Ehren«, sagte Milken.

Seine Anwälte fanden, daß seine Stimmungslage besser war als seit Wochen. Er hatte die Anklage offenbar mit Erleichterung aufgenommen, besonders, da sie sich überwiegend auf die Boesky-Anschuldigungen stützte. Er war von neuem überzeugt, daß er den Prozeß gewinnen würde.

»Wie plädieren Sie?« fragte Richterin Wood.

»Nicht schuldig, Euer Ehren«, erklärte Milken.

Er hatte jetzt die Berühmtheit erlangt, die einst Boesky vorbehalten gewesen war. Ein großes Aufgebot behelmter Polizisten mußte die Neugierigen und die Kamerateams zurückhalten, die sich auf der Treppe des Gerichtsgebäudes drängten, als er das Haus verließ und zu seiner wartenden Limousine eilte, die von Hunderten von Unterstützern umringt wurde, die T-Shirts und Baseballmützen trugen, auf denen zu lesen war: MIKE MILKEN: WIR GLAUBEN AN DICH. Außerdem fand Milken, als des Betrugs Beschuldigter, in noch nie dagewesener Weise Rückendeckung durch die Geschäftswelt; bedeutende Milken-Klienten plazierten ganzseitige Anzeigen im *Wall Street Journal,* in der *New York Times* und anderen Zeitungen, die allesamt dasselbe Lied sangen: »Wir glauben an dich.«

Aber Milkens PR-Kampagne entfernte sich immer weiter von der Wahrheit. Nach der Anklage rollte eine neue Welle von Zeugen, die einen Handel abschließen wollten, auf die Staatsanwaltschaft zu. Der für Milken wahrscheinlich gefährlichste war David Solomon, der das illegale Arrangement zwischen ihm und Milken in Sachen Finsbury und MacPherson in allen Einzelheiten enthüllte und darüber hinaus zu anderen

Vergehen aussagte. Reed Harmon, ein Angehöriger der Junk-bond-Abteilung in Beverly Hills, der mit den Boesky-Transaktionen zu tun gehabt hatte, erhielt Immunität und sagte ebenfalls aus. Milkens Geschäfte mit der Columbia Savings and Loan, einschließlich der illegalen Steuertransaktionen, waren jetzt Gegenstand intensiver Ermittlungen.

Im März 1989 hatte die Staatsanwaltschaft die erste gerichtliche Nagelprobe in einem Fall, der sich aus den von Levine und Boesky vorgebrachten Anschuldigungen ergeben hatte, zu bestehen: den Prozeß gegen Lisa Jones. Ihr Verteidiger, Brian O'Neill, konnte wenig mehr tun, als an das Mitgefühl der Geschworenen für die ehemalige Ausreißerin zu appellieren. Jones trat selbst in den Zeugenstand und erklärte dem Gericht unter Tränen: »Ich hatte Angst, als ich vor der Grand Jury stand«, und: »Ich glaube, ich habe nicht richtig geantwortet, weil ich mich einfach nicht erinnern konnte.« Die Geschworenen brauchten nur vier Stunden, um Jones in allen Anklagepunkten für schuldig zu befinden: in fünf Fällen von Meineid und in zweien von Behinderung der Justiz. Jones schluchzte, als sie ihr Urteil hörte. Als Botschaft für andere mögliche Zeugen erklärte Romano am Ende der Verhandlung, daß der Jones-Fall demonstriert hätte, daß die Staatsanwaltschaft eine Anklage wegen Meineids »sehr ernst« nehme.

Weitaus bedeutsamer als der Jones-Prozeß war allerdings der nächste Testfall: die Gerichtsverhandlung gegen Regan und seine Mitangeklagten im Princeton-Newport-Fall. Das Milken-Lager hatte häufig behauptet, man glaube nicht, daß eine Geschworenenjury einen derartig komplizierten Finanzfall verstehen könne. Der Prozeß begann im Juni und dauerte fünf Wochen, die angefüllt waren mit oftmals ermüdenden, verzwickten Zeugenaussagen und Beweisführungen. Das Gericht hörte sich Dutzende der Tonbänder an, die die Staatsanwaltschaft bei der Durchsuchung von Princeton-Newport beschlagnahmt hatte. Sowohl Will Hale, der gefeuerte Princeton-Newport-Angestellte, als auch, was noch wichtiger war, Fred Joseph traten als Zeugen auf. Joseph erläuterte als Zeuge der Anklage die Drexelschen Firmenvorschriften über die Beschränkung des Handels in Kundenpapieren.

Die Geschworenen brauchten für ihre Beratung nur zwei Tage, eine relativ kurze Zeitspanne, wenn man die Komplexität der 64 Anklagepunkte in Betracht zieht. Die Angeklagten sahen darin ein gutes Zeichen; insbesondere James Regan glaubte unerschütterlich daran, daß er von keiner Geschworenenjury jemals verurteilt werden würde. Sie waren, wie Cartusciello in seinem Schlußplädoyer sagte, »in ihrer Überheblichkeit der Meinung, daß alles so kompliziert und so clever arrangiert sei, daß niemand in der Lage ist, die Teile zu einem Ganzen zusammenzusetzen.«

Als die Geschworenen am 31. Juli in den Gerichtssaal zurückkehrten, grinste Zarzecki, der auf den Tonbändern eine so herausragende Rolle gespielt hatte, über das ganze Gesicht und hielt, den Zuschauern zugewandt, den Daumen hoch. Aber seine Stimmung schlug schnell um, als der Spruch der Geschworenen verlesen wurde: schuldig in 63 von 64 Anklagepunkten. Die Frauen vieler Angeklagter begannen zu weinen.

Die Stimmung bei Robinson, Lake war gedrückt. Besonders Ken Lerer hatte das Urteil schwer getroffen. Er hatte zu jenen gehört, die fast sicher gewesen waren, daß der Prozeß mit einem Freispruch oder, im schlimmsten Fall, ergebnislos (wenn die Geschworenen zu keinem einstimmigen Beschluß kamen) enden würde.

Auf der anderen Seite der Front führten die Schuldsprüche nicht zu dem sofortigen Durchbruch, den sich die Staatsanwaltschaft von ihnen erhofft hatte. Newberg und Regan, die beiden Beschuldigten, die vermutlich über wertvolle Informationen über Milken und Freeman verfügten, die der Staatsanwaltschaft weitergeholfen hätten, weigerten sich trotz des verschärften Drucks, der auf ihnen lastete, eine Aussage zu machen.

Da Regan seine widerspenstige Haltung nicht aufgab, waren die Ermittlungschancen im Freeman-Fall so gut wie erschöpft. Cartusciello und McEnany kamen kaum noch von der Stelle. Bei Goldman, Sachs tanzte niemand aus der Reihe, was zum Teil auf den seit Generationen gepflegten Primat der Firma vor dem einzelnen Partner zurückzuführen war. Die Staatsanwälte hatten die Beatrice-Spur verfolgt, die sich aus dem Artikel im *Wall Street Journal* ergeben hatte, und Bunny Lasker nach dem Telefongespräch mit Freeman befragt, aber Lasker hatte vorgegeben, sich nicht mehr daran erinnern zu können. In ihrer Verzweiflung hatten die Staatsanwälte sogar Tabor das Angebot gemacht, ihm Immunität zu gewähren, wenn er ihnen etwas geben konnte, das gegen Freeman zu verwenden war. Aber Tabor hatte gespürt, daß die Staatsanwaltschaft nicht vorankam, und das Angebot abgelehnt. Wigton war fast völlig in Vergessenheit geraten.

Siegel wartete in seiner Abgeschiedenheit in Florida immer ungeduldiger darauf, daß man ihn endlich verurteilte. Freeman, Goldman, Sachs und Drexel hatten das Detektivbüro Jules Kroll engagiert, deren Ermittler Siegel bei jedem Schritt, den er machte, beschatteten. Siegel arbeitete in Jacksonville am Aufbau eines Computercamps für Kinder und war zufällig zugegen, als im Büro eines potentiellen Geldgebers das Telefon klingelte und sich ein gewisser »Phil Spence« meldete. Er sei freiberuflicher Reporter für Associated Press, stellte er sich vor, und arbeite gerade an einem Artikel über »Ivan Boeskys Beziehungen zu Martin Siegel«. Er fragte den Geschäftsmann, den Siegel als Sponsor zu gewinnen hoffte, ob Siegel sein »stiller Teilhaber« sei. Als »Phil« es ablehnte, sich konkreter auszuweisen oder eine Telefonnummer anzugeben, legte der Geschäftsmann auf. Er zog sich danach allerdings auch von Siegels Computerprojekt zurück.

Siegel und Rakoff beschwerten sich bei Cartusciello über den Vorfall, der der Sache nachging und herausfand, daß es bei AP keinen Phil Spence gab. Der Anrufer war in Wirklichkeit ein Kroll-Agent gewesen. Derselbe Mann rief auch bei Siegels ehemaligen Nachbarn in Connecticut an, und als Siegel einmal einen Freund in New York besuchte, rief »Phil« auch diesen an. »Ich weiß, daß Sie für Marty Siegel Geld versteckt halten«, sagte er. »Wir wissen es genau.« Später klingelte ein Mann an der Tür der Wohnung, der sich als Detective der New Yorker Polizei ausgab und sogar eine Dienstmarke vorwies. Siegels Freund ließ ihn ein, und der Mann sah sich in der Wohnung um. Der Freund rief danach bei der Polizei an – und erfuhr, daß es diesen Detective nicht gab. Die Staatsanwaltschaft konnte die Spur des Mannes anhand der Lizenzeintragung zu Kroll Associates zurückverfolgen.

Die Staatsanwälte waren wütend und drohten Kroll mit einer Anklage wegen Behinderung der Justiz und Belästigung eines Bundeszeugen. Kroll versprach, die Störmanöver einzustellen. Dennoch begannen Kroll-Detektive damit, sich mit den Eltern aus der Fahrgemeinschaft von Siegels Kindern in Verbindung zu setzen, und die 16jährige Babysitterin der Siegels wurde mit 50 Dollar bestochen, damit sie die Fragen eines Kroll-Detektivs beantwortete, der wissen wollte, ob Siegel sie in bar bezahlte und ob sie gesehen hätte, daß Siegel Marihuana rauchte. Außerdem wurden die Siegels häufig mitten in der Nacht von Telefonanrufen geweckt; sie mußten dreimal ihre Telefonnummer ändern lassen. Die Staatsanwaltschaft drohte Kroll erneut, und danach hörten die Vorfälle endlich auf.

Obwohl sie für Siegel recht unerfreulich gewesen war, hatte dic 1,5 Mio. Dollar teure Kroll-Aktion nur geradezu lächerliche Ergebnisse gezeitigt. Siegel allerdings fragte sich, wieviel er noch auszuhalten vermochte. Jedesmal, wenn die Presse den Freeman-Fall erwähnte, wurde Siegel als Lügner an den Pranger gestellt. Im Januar traf er sich in New York mit Baird und flehte ihn förmlich an, ihn endlich vor Gericht zu bringen. Aber Baird redete es ihm auch diesmal wieder aus.

Freemans Anwälte, Robert B. Fiske jr. von Davis Polk and Wardwell und Paul Curran von Kaye, Scholer, sowie Pedowitz als Rechtsbeistand von Goldman, Sachs waren in ihren Verhandlungen mit der Staatsanwaltschaft recht effektiv. Anders als Milkens Anwälte hatten sie nie darauf bestanden, daß ihr Mandant unschuldig war. Sie hatten nie versucht, die Intelligenz und das Urteilsvermögen der Staatsanwälte zu beleidigen, indem sie behaupteten, alles, was Siegel gesagt hatte, wäre gelogen oder Freeman wäre eine »Stütze der Nation«. Statt dessen hatten sie umfangreiche Dokumentationen vorgelegt, die alternative Quellen für Freemans und Siegels Handelsinformationen aufzeigten. Sie behaupteten jedoch nicht, diese Quellen seien diejenigen, aus denen Freeman geschöpft hätte, sondern hoben vielmehr hervor, daß sie mit diesem Material einen begründeten Zweifel an der Schuld ihres Mandanten erzeugen konnten. Sie demonstrierten, anders ausgedrückt, die Schwierigkeit, einem professionellen Arbitrageur, selbst wenn ein Kronzeuge wie Siegel gegen ihn aussagte, einen Insiderhandel tatsächlich gerichtsverwertbar nachzuweisen.

Trotzdem hatten Baird und seine Kollegen vor, den Fall anhängig zu machen. Sie verließen sich darauf, daß Siegel vor Gericht einen genügend starken Eindruck machen würde, den sie mit ihren dokumentarischen Beweisen untermauern konnten.

Sie gewährten in einer letzten Anstrengung, Siegels Aussage durch die eines zweiten Zeugen abzustützen, Frank Brosens, einem der Topleute aus Freemans Arbitrage-Abteilung bei Goldman, Sachs, strafrechtliche Immunität und zitierten ihn vor die Freeman-Grand-Jury. Anfänglich konnte Brosens nichts von Wert zu dem Fall beitragen. Aber dann, als McEnany schon fast aufgegeben hatte, fragte er Brosens: »Erinnern Sie sich sonst noch an irgend etwas?« Brosens schien die Frage nicht sehr zu behagen, und er bat darum, sich mit seinen Anwälten beraten zu dürfen.

Nach einer kurzen Unterbrechung der Verhandlung beantwortete Brosens die Frage: »Ja.« Und dann bestätigte er zur Überraschung der Staatsanwälte die Tatsache, daß Freeman während des Beatrice-Deals bei Siegel angerufen hatte. Freeman hatte der Versuchung nicht widerstehen können und Brosens gegenüber Siegels Bestätigung des Tips von Bunny Lasker wiederholt: »Dein Häschen hat ein gutes Näschen.« Wie sich jetzt herausstellte, eine fatale Indiskretion.

Wie fatal, zeigten die erstaunlichen Folgen, die Brosens' Aussage nach sich zog; denn für sich genommen, war sie ein recht kleines Steinchen im großen Mosaik. Die Anwälte von Goldman, Sachs und Freeman stellten Brosens sofort nach dessen Auftritt vor der Grand Jury zur Rede, und er wiederholte ihnen gegenüber seine belastende Aussage. Die Anwälte waren beunruhigt. Als vor über einem Jahr der Artikel mit dem »bunny«-

Zitat im *Wall Street Journal* erschienen war, hatten sie angenommen, daß die Staatsanwaltschaft die Information ans *Journal* hatte durchsickern lassen, um Freeman unter Druck zu setzen. Das hieß, hatten sie vermutet, daß die Staatsanwaltschaft eine Quelle - wahrscheinlich Siegel - haben mußte, die das Telefongespräch mit Freeman bezeugen konnte.

Aber Siegel war erst im Juni 1989, als er erneut vor der Grand Jury aussagen mußte, zu dieser Sache vernommen worden und hatte, nach dem Beatrice-Deal und der »bunny«-Bemerkung befragt, nur erklärt, daß er sich zwar daran erinnere, mit Henry Kravis und Freeman gesprochen zu haben, aber von dem Zitat bestenfalls sagen könne, daß es klinge, als hätte er es gesagt haben können. Er könne sich, wie gesagt, nicht daran erinnern, und er könne sich auch nicht daran erinnern, Freeman Insiderinformationen über Beatrice gegeben zu haben.

Freemans Anwälte gingen in die gleiche Falle wie die von Milken und Drexel: Sie konnten sich einfach nicht vorstellen, daß Reporter ihre Informationen aus einer anderen Quelle als der Staatsanwaltschaft bezogen hatten. Ihnen kam gar nicht in den Sinn, daß die Staatsanwaltschaft von dem »bunny«-Gespräch erst aus dem *Journal*-Artikel erfahren haben könnte. Sie nahmen an, daß Siegel von seiner Seite aus über das Telefonat ausgesagt hatte, und schlossen - irrtümlicherweise - daraus, daß die Anklage jetzt zwei Zeugen hatte, und nicht nur einen, nämlich Brosens.

Bob Rubin, inzwischen Co-Präsident von Goldman, Sachs, der lange hinter Freeman gestanden hatte, war in seiner Sicht des Falls schwankend geworden. Er hatte immer gedacht, Freeman könnte es auf einen Prozeß ankommen lassen und hätte gute Chancen, ihn zu gewinnen. Die Zusammensetzung der Geschworenen war allerdings ein Problem. In der Öffentlichkeit waren Arbitrageure ganz offenbar wenig geachtete Leute, und Freeman hatte enorm viel Geld verdient. Das Princeton-Newport-Urteil hatte Rubins Befürchtungen hinsichtlich des schlechten Ansehens, das reiche Wall-Street-Profis in der Öffentlichkeit genossen, noch bestärkt.

Außerdem bestritt Freeman die Vorwürfe in bezug auf den Beatrice-Deal nicht; er leugnete nicht, daß er den »bunny«-Tip erhalten, und auch nicht, daß er aufgrund der Informationen gehandelt hatte. Und das Princeton-Newport-Urteil hatte ihn besonders schwer getroffen. Sein »Kampfgeist hat sich verflüchtigt«, wie einer seiner Anwälte nach Regans Verurteilung feststellte.

Rubin gelangte zu dem Schluß, daß Freeman »in seiner Einschätzung der Lage einen Fehler« gemacht hatte, wie er es seinen Kollegen von Goldman, Sachs gegenüber ausdrückte. Da die weitgespannte Verschwörung, von der die Staatsanwaltschaft einstmals gesprochen hatte, offenbar auf eine einzige Bemerkung – »Dein Häschen hat ein gutes Näschen« – zusammengeschrumpft war, sprach alles dafür, daß Goldman, Sachs ohne großen Schaden aus der Sache herauskommen konnte. Es sah ganz so aus, als würde die Staatsanwaltschaft am Ende die Lacher gegen sich haben.

Das Freeman-Team trat an Baird heran und deutete die Bereitschaft an, ein Schuldeingeständnis in einem Fall von Insiderhandel in bezug auf den Beatrice-Deal zu erwägen. Innerhalb der Staatsanwaltschaft brach daraufhin ein heftiger Streit aus. Cartusciello und McEnany lehnten einen für Freeman derartig günstigen Handel strikt ab; sie wollten statt dessen lieber weitermachen und den Fall vor Gericht bringen. Baird dagegen fand, daß der Handel viel für sich hatte. Es wäre ein Schuldeingeständnis; Freeman würde aus dem Wertpapiergeschäft ausscheiden; und er sähe sich einer möglichen Haftstrafe ausgesetzt. Die losen Enden konnte man der SEC für ihre Zivilklage überlassen.

Außerdem war Baird der Meinung, daß er Siegel nicht länger vertrösten konnte; Siegel wartete jetzt schon seit über zwei Jahren darauf, daß er verurteilt wurde. Im übrigen war der Freeman-Fall, anders als der gegen Milken, mit zunehmendem Alter nicht stärker geworden, und Baird hatte sich geschworen, den Abschluß des Falls noch zu erleben, bevor er, wie es sein Wunsch war, das Büro des Staatsanwalts verließ, um privat zu praktizieren.

Für Romano war die Vereinbarung mit Freeman eine Gelegenheit, seinem Freund und Mentor Giuliani dienlich zu sein, der sich jetzt voll im Wahlkampf um den Bürgermeisterposten befand. Wenn der Freeman-Fall noch im Sommer abgeschlossen werden konnte, wäre er als Wahlkampfthema vom Tisch und zugleich bewiesen, daß der Mann, den Giuliani hatte verhaften lassen, tatsächlich eines Verbrechens schuldig und keineswegs der Unschuldsengel war, den Giulianis Kritiker in ihm gesehen hatten. Romano schlug sich daher auf Bairds Seite. Und auch die jüngeren Staatsanwälte wurden schließlich, wenn auch widerstrebend, gewonnen, indem man ihnen versprach, sie könnten die Beweise für die anderen Freeman zur Last gelegten Verbrechen in der Verhandlung vor der Urteilsverkündung vorbringen.

Am 17. August erschien Freeman vor dem Bundesgericht und bekannte sich in einem Anklagepunkt schuldig. Gleichzeitig schied er bei Goldman, Sachs aus, der Firma, die, wie er sagte, 19 Jahre lang »ein integraler Bestandteil meines Lebens« gewesen war. In seinem Kündigungsschreiben an den Seniorpartner John Weinberg gab er seine Schuld in bezug auf den Beatrice-Deal zu, entschuldigte sich aber nicht dafür. Er betonte vielmehr, daß er sich darüber hinaus in seinem gesamten Berufsleben nichts habe zuschulden kommen lassen, und erklärte, die Untersuchung sei »ein Alptraum für mich und meine Familie« gewesen, wohl um anzudeuten, daß er sich hauptsächlich deshalb schuldig bekannt hatte, um die Untersuchung gegen ihn zu beenden. Seine Vereinbarung mit der Staatsanwaltschaft verlangte nicht, daß er mit ihr kooperierte, und er tat es auch nie.

Goldman, Sachs versuchte den Schaden für die Firma zu begrenzen und wandte sich nach dem Motto »Angriff ist die beste Verteidigung« stärker gegen die Staatsanwälte als gegen den eigenen Ex-Partner, der soeben ein Verbrechen gestanden hatte. In einem Rundschreiben, das in der Firma verteilt wurde, hieß es: »Bob hat eine Verhaftung, die die Staatsanwälte später als Fehler bezeichnet haben, über sich ergehen lassen müssen, eine zurückgezogene Anklage, das Versprechen einer neuen Anklage in Rekordzeit, dem eine aufreibende zweijährige Untersuchung folgte, und eine Reihe publizitätsträchtiger Anschuldigungen und Unterstellungen, die weit über das hinausgingen, was er tatsächlich getan hat.«

Es gab aber auch bei Goldman, Sachs einige, die von dem Geständnis, das Freeman abgelegt hatte, zutiefst beunruhigt waren. Freeman hatte eine Welt beschrieben, in der er, als der Toparbitrageur von Goldman, Sachs, regelmäßig Marktinformationen erhielt, die anderen Investoren vorenthalten blieben. Hinsichtlich des Beatrice-Geschäfts, zum Beispiel, hatte er zugegeben, daß er mit Henry Kravis über den Deal gesprochen hatte; daß er erfahren hatte, daß Richard Nye, der seine Handelsaktivitäten über Goldman, Sachs abwickelte, seine Beatrice-Aktien verkaufte; daß er mit Nye gesprochen hatte; daß Lasker ihn angerufen und von Problemen beim Beatrice-Deal berichtet hatte; und daß er seinerseits Siegel angerufen hatte.

Obwohl das alles nicht notwendigerweise kriminell gewesen war, stellte der freie Fluß von vertraulichen Informationen, die anderen Investoren nicht zugänglich waren, doch einen Skandal dar und zeigte die Gefahren auf, die sich einstellten, wenn eine große Investmentbank Arbitragehandel betreibt. Dennoch ist die Arbitrageabteilung von Goldman, Sachs – anders als die von Kidder, Peabody, wo man sich freiwillig aus der Arbitrage zurückzog, nachdem man erkannt hatte, daß sie einen stets virulenten Interessenkonflikt in sich birgt – nach wie vor eine der aktivsten und einträglichsten an der Wall Street.

Die Ermittlungen gegen Wigton und Tabor wurden eingestellt. Wigton hatte die Verhaftung in Handschellen bemerkenswert gut verkraftet und stellte bis zum Schluß die stolze Miene jener Firma zur Schau, die Kidder, Peabody einst gewesen war. Als die Staatsanwälte bei Freemans Schuldeingeständnisanhörung bekanntgaben, daß die Zerreißprobe für ihn vorüber war, saß Wigton in einem Fitneßstudio auf einem Heimtrainer; er hatte hinterlassen, daß er nicht gestört werden wollte. Nachdem er die Neuigkeit erfahren hatte, beschloß er, im Country Club seine übliche Runde Golf zu spielen. Er sagte später, daß er finde, die Staatsanwälte hätten sich als »Gentlemen« erwiesen.

Siegel war, in seiner Rolle als Hausmann, gerade vom Einkaufen zurückgekommen und hatte sich in die Küche gesetzt, als das Telefon klingelte und sein Anwalt Audrey Strauss ihm die Neuigkeit von Freemans Schuldeingeständnis mitteilte. Siegel war wie betäubt. Er konnte nicht glauben, daß er solche Qualen durchgemacht hatte, nur um am Ende zu erleben, daß alles auf einen einzigen Anklagepunkt zusammengestutzt wurde. Er hatte sich in gewisser Weise sogar darauf gefreut, vor Gericht aussagen zu können. Er wußte, daß das, was er zu sagen hatte, die Wahrheit war, und war sicher, daß die Geschworenen ihm geglaubt hätten. Er hätte sich endlich rechtfertigen und in aller Öffentlichkeit beweisen können, daß er versucht hatte, das Richtige zu tun.

Die Art und Weise, in der dieser Fall abgeschlossen worden war, zerstörte auch noch den Rest des Vertrauens, das Siegel der Staatsanwaltschaft entgegengebracht hatte. Aber schlimmer noch war es, daß er immer noch nicht verurteilt werden konnte, da er jetzt als möglicher Zeuge für die Verhandlung über Freemans Urteil in Bereitschaft gehalten werden mußte. Siegel beklagte sich bei Cartusciello bitter darüber, der ihm sagte, er hätte versucht, im Freeman-Fall ein Schuldeingeständnis in mindestens zwei Anklagepunkten durchzusetzen. »Ich kann es zwar nicht in der Öffentlichkeit sagen«, fügte er hinzu, »aber wir haben die Sache total versiebt.«

Eine Woche nach der Anklageerhebung gegen Milken versammelten sich über 3000 Teilnehmer zum 1989er Predators' Ball im Beverly Hilton, und die Milken-Anhänger bedrängten Joseph erneut, den Film zu Ehren von Milken zuzulassen. Angeführt von Lorraine Spurge, trafen sie sich mit Joseph in dessen Hotelsuite und erklärten ihm, daß sie die Konferenz verlassen würden, wenn er die Vorführung des Films nicht erlaubte. Joseph sah sich wieder einmal mit dem Problem konfrontiert, eine von Milken dominierte Firma zu leiten, und wie schon so oft, gab er auch diesmal klein bei. Die sentimentale Ehrung, mit Milkens Kommentaren aus dem Off und aufwühlender Musik unterlegt, wurde am Donnerstagabend gezeigt. Milken war, selbst noch in seiner Abwesenheit, der Star des Predators' Ball.

Die Sitzungen fanden unter einem riesigen Transparent statt, auf dem stand: DREXEL BURNHAM PRÄSENTIERT HIGH-YIELD CITY 2089; darunter war ein sich drehendes Modell einer Weltraumstation zu sehen, auf der Produkte von Drexel-Klienten ausgestellt waren. Don Engel hatte allerdings das unbestimmte Gefühl, daß er in diesem Jahr den letzten Predators' Ball erlebte. Sogar der Überraschungsgast - die Popsängerin Sheena Easton - schien nur zweite Wahl zu sein. Als er an einer RJR-Präsentation teilnahm, fühlte sich Engel, ohne Milken an seiner Seite, einsam und verlassen, und als die Sitzung vorüber war und die Teilnehmer den Raum verlassen hatten, senkte er den Kopf und begann zu weinen.

Kurz nach der Junk-bond-Konferenz wurden die Verhandlungen zwischen Drexel und der SEC zum Abschluß gebracht und die Bedingungen des Vergleichs bekanntgegeben. Kurz gefaßt, bedeuteten sie, daß Drexel im Prinzip von der SEC übernommen wurde. Am meisten Erstaunen erregte die Nachricht, daß John Shad, der vor kurzem zurückgetretene SEC-Direktor, Präsident von Drexel werden sollte. Joseph würde als Geschäftsführer im Amt bleiben. Von der SEC bestätigte Drexel-Angestellte würden in Zukunft sämtliche Aktivitäten der Firma beaufsichtigen. Den Kampf um die Filiale in Beverly Hills hatte Drexel zwar gewonnen, aber die Verbannung von Michael und Lowell Milken wurde aufrechterhalten, und Drexel war darüber hinaus verpflichtet worden, die Firmenanteile der Brüder zurückzukaufen und zukünftig keinen Kontakt mehr mit ihnen zu pflegen.

»Vorausgesetzt, diese Vereinbarungen werden zu gegebener Zeit gebilligt«, erklärte Joseph den Mitarbeitern der Firma, »können wir damit für den Rest unseres Lebens und unserer beruflichen Laufbahn auskommen. Ich denke, wir können alle stolz darauf sein, wie wir die Sache überstanden haben. 96 Prozent der wichtigsten Mitarbeiter der Firma sind immer noch bei uns. Ich glaube, das ist ein außerordentliches Ergebnis.«

Drexel einigte sich mit Milken darauf, ihm für seinen Firmenanteil 70 Mio. Dollar zu bezahlen. Milken gab die Gründung einer neuen Firma bekannt, International Capital Access Group, und ließ in einer von Robinson, Lake verfaßten Presseerklärung verlauten, sie werde sich »der Schaffung von Eigentum in der Hand von Arbeitnehmern, Minderheiten und Gewerkschaften« widmen. Den Vorwurf, Milken versuche damit, die Arbeiter und Angehörigen von Minderheiten für sich einzunehmen, die sich vermutlich unter seinen Geschworenen befinden würden, wies Lerer heftig zurück.

Bei Drexel war die Opposition von Pro-Milken-Kräften immer noch ein Thema, und um die Spitzenleute nicht zu verlieren, griff Joseph erneut tief in die Kasse und versuchte, sich ihre Loyalität zu erkaufen, indem er garantierte, daß die Vergütung für 1989 mindestens 75 Prozent dessen betragen würde, was sie 1988 verdient hatten – ungeachtet der Profitabilität der Firma. Black zum Beispiel erhielt 20 Mio. Dollar, Kissick 11 Mio. Kissick wurde darüber hinaus an die Spitze des ehemaligen Milken-Imperiums gesetzt und Black zum Co-Chef der Abteilung für Unternehmensfinanzierung befördert. Ihre Plätze im Underwriting-Hilfskomitee, der Instanz, die die Qualität potentieller Deals prüfte, nahmen jüngere Mitarbeiter ein, die weder die Erfahrung noch die Statur besaßen, um höherstehenden Mitarbeitern entgegenzutreten, ganz gleich, wie riskant die ihnen zur Prüfung vorgelegten Deals auch sein mochten. Es war ein Fahrschein in den Untergang.

Black und Ackerman waren schon vor Drexels Schuldeingeständnisvereinbarung in fieberhafte Aktivität verfallen und geradezu versessen darauf, Deals an Land zu ziehen und Provisionsvorschüsse einzuheimsen, egal, welche Risiken und Konsequenzen sich für die Zukunft daraus ergaben. Im Herbst 1988 hatte Drexel auf Blacks Drängen eingewilligt, ein feindseliges Übernahmeangebot zu stützen, das der Milken-Anhänger William Farley, dessen Fruit-of-the-Loom durch Drexelsche Junkbonds bereits enorm belastet war, für West-Point Pepperell unterbreiten wollte, und Anfang Januar 1989 brachte Ackerman einen von dem früheren Boesky-Investor Meshulam Riklis geplanten Deal an, einen 175-Mio.-Dollar-Buyout von Trans Resources, dem Besitzer von Haifa Chemical Co. in Israel.

Stephen Weinroth, der sich als Mitglied des Underwriting-Hilfskomitees gegen die Finanzierung Boeskys ausgesprochen hatte, war sowohl über den West-Point-Deal als auch über den Trans-Resources-Deal entsetzt. Aber seine Einwände wurden von Black und Ackerman niedergeschrien. Die jüngeren Mitglieder des Komitees saßen unterwürfig dabei, während Black und Ackerman ihre Vorhaben durchpeitschten. Weinroth machte sich danach nicht mehr die Mühe, an den Sitzungen des Komitees teilzunehmen. Er kam auch nicht zu Joseph durch, der zu sehr davon beansprucht war, die Verhandlungen mit den Behörden zu führen und die Firma neu zu strukturieren, damit sie das Ergebnis der Verhandlungen überleben konnte.

Die neuen Deals zeigten, daß die Verkaufsstreitmacht in Beverly Hills, wenn kein Milken da war, um die Junk-bonds zu verkaufen – und die Käufer, wenn nötig, zu bestechen –, nicht in der Lage war, einen Markt für sie zu finden. Die Ära, in der Milken seinen ergebenen Klienten aufdrängen konnte, was er wollte, war vorüber. Die potentiellen Käufer fingen sogar an, sich die Konditionen der Drexelschen Bondemissionen genauer anzusehen, und waren in einigen Fällen empört über das, was sie dabei herausfanden. Die Emissionen endeten damit, daß Drexel die meisten der Junk-bonds mit eigenem Kapital erwerben mußte. Die Firma saß danach allein aus dem Farley-Deal auf Krediten in Höhe von 250 Mio. Dollar – fast ein Viertel des Eigenkapitals von Drexel. Ende des Sommers hielt die Firma ein riesiges Portefeuille mit Junk-bonds solcher Unternehmen wie Resorts International, Braniff, Integrated Resources, SCI Holdings, Gillett Holdings, Simplicity Pattern, Consolidated Oil and Gas, Hillsborough und Southmark – allesamt Drexel-Deals unter höchster Anspannung des Leverage.

Joseph war beunruhigt. Er schaffte es, Black von der Finanzierung eines ruinös hohen Angebots des Drexel-Klienten Bennett LeBow für Prime Computer abzuhalten, und er versuchte auch, Ackerman zu zügeln, nachdem dieser eine katastrophale private Plazierung für Paramount Petroleum durchgeführt hatte, die Drexel 50 Mio. Dollar kostete. Ackerman war wütend und hörte, trotz seiner 100-Mio.-Dollar-Garantie, praktisch auf zu arbeiten. Er ging in die Londoner Filiale, vorgeblich, um Geschäftsmöglichkeiten in Europa auszuloten. In Wirklichkeit hatte Ackerman, wie er seinen Kollegen erzählte, vor, ein Buch zu schreiben. In Beverly Hills zirkulierte bald eine Karikatur, auf der Ackerman zu sehen war, wie er mit einem großen Geldsack über eine Mauer flüchtete.

Trotz der gewichtigen Bonuszusagen war Ackerman nicht der einzige Problemfall. Lorraine Spurge und Bob Davidow, die immer noch verärgert darüber waren, daß Joseph versucht hatte, die Milken-Ehrung zu verhindern, verließen die Firma und zogen ihre Firmenanteile ab. Andere Milken-Anhänger folgten ihnen, und viele Geschäftsbereiche, besonders das Brokernetz, litten erheblich darunter. Da manche Investoren von dem Schuldeingeständnis, das Drexel abgelegt hatte, abgeschreckt wurden, mußte die Firma den Brokern immer höhere Einkommen bieten, um sie zum Bleiben zu bewegen. Aber selbst dadurch ließen sich viele von ihnen nicht halten: Die Anzahl der Broker sank von etwa 1400 auf 1200, und es erwies sich als unmöglich, neue Broker anzulocken – niemand wollte bei Drexel arbeiten. Und während die Ausgaben stiegen, sanken die Erträge. Joseph kalkulierte allein für 1989 im Bereich des Filialnetzes einen Verlust von 40 bis 60 Mio. Dollar ein.

Als im April der Predators' Ball stattfand, war sich Joseph darüber im klaren, daß eine tiefgreifende Umstrukturierung der Firma unumgänglich war. Das Brokernetz, einst eine der tragenden Säulen der Firma, mußte aufgegeben werden. Joseph fühlte sich äußerst unwohl dabei. Er hatte im Verlauf der Untersuchung immer wieder an die Loyalität der Broker appelliert, und die meisten von ihnen hatten der Firma, ohne zu zögern, die Treue gehalten. Joseph hatte wiederholt verkündet, daß Drexel »für immer« im Kleinkundengeschäft bleiben würde. Anfang April mußte er jedoch in einer Rede erklären: »Die Welt hat sich für Drexel verändert. Wir sind dabei, alle unsere Geschäftszweige zu überprüfen.« Das Publikum aus Drexel-Brokern hatte ihm dennoch stehende Ovationen bereitet. Er hatte nicht verstehen können, wieso.

Ein paar Tage später, am 8. April, gab Joseph bekannt, daß Drexel das Brokernetz aufgeben müsse, ebenso wie die Kommunalobligationen und das Geschäft mit ausländischen Aktien. Das war das Ende von Josephs Traum, aus Drexel eine Firma zu machen, die die ganze Bandbreite der finanziellen Serviceleistungen abdeckte und es mit Goldman, Sachs aufnehmen konnte. Von den 10 000 Mitarbeitern, deren Interessen er so oft im Munde geführt hatte, um den Vergleich mit den Strafverfolgungsbehörden zu rechtfertigen, blieben schließlich noch ganze 5000 übrig. Die Broker, die jetzt plötzlich auf der Straße lagen, fühlten sich betrogen. Aber Joseph hatte keine andere Wahl gehabt, so schmerzlich es auch für ihn gewesen sein mochte: Das Überleben der Firma stand auf dem Spiel.

Während Joseph mit den wachsenden Verwaltungsproblemen kämpfte, bahnten sich in Milkens riesigem Junk-bond-Imperium weitere gefährliche Entwicklungen an. In der Vergangenheit hatte Milken, wenn Drexels große Junk-bond-Emittenten in Zahlungsschwierigkeiten zu geraten drohten, deren Schulden einfach durch neue Emissionen umstrukturiert, was für gewöhnlich eine noch größere Anspannung des Leverage bedeutete. Diese Vorgehensweise, im Grunde ein Schneeballsystem, hatte die zugrundeliegenden Kreditprobleme verschleiert und den Drexelschen Bonds eine beneidenswert geringe Verzugsbilanz verschafft. Doch jetzt war es den Verkäufern in Beverly Hills plötzlich unmöglich, gefährdete Schuldverschreibungen durch neue Papiere zu überlagern, und jeder Riß in der Junk-bond-Fassade konnte verheerende Folgen haben, da Milkens große Klienten – von den Spar- und Darlehenskassen wie Columbia bis hin zu Versicherungsgesellschaften wie Executive Life – derartig mit Junk-Papieren überlastet waren, daß jeder Wertverlust ihrer Junk-bond-Portefeuilles ihre Fähigkeit einschränkte, weitere Wertpapiere zu übernehmen.

Der Riß, der sich schließlich auftat, war eher ein Erdbeben. Nur wenige Tage nach Milkens formeller Kündigung im Juni 1989 geriet Integrated Resources, ein Anbieter von Steuerabschreibungsgeschäften, der sich durch Milkensche Junk-bonds im Wert von 2 Mrd. Dollar zu einem 15 Mrd. Dollar schweren Versicherungs- und Immobiliengiganten gemausert hatte, mit den fälligen Zinszahlungen in Verzug. Integrated war ein Paradebeispiel der Milkenschen Erfolgsstory; das Unternehmen hatte fleißig Junk-bonds emittiert, in sie investiert und war zu einem der größten und treuesten Milken-Klienten geworden. Es hatte mit seinen Finanzangeboten Millionen von Dollar, die Ersparnisse unwissender Anleger, angezogen, und sein Aktienkurs war von 1981 bis 1983 von sieben auf 46 Dollar hochgeschossen. Die Steuerreform des Jahres 1986 schmälerte zwar die Profite aus den Abschreibungsprojekten, aber gleichzeitig hatten Milkens Junk-bonds Integrated völlig neue Geschäftsbereiche erschlossen, was den Spitzenmanagern und Großaktionären – Angehörigen der Familie Zises – die Möglichkeit gab, sich exorbitante Einkünfte zu genehmigen.

Aber durch die Aushöhlung des Basisgeschäfts des Unternehmens war Integrated zu einem Kartenhaus geworden, zu einem verkleinerten Spiegelbild dessen, was das Junk-bond-Imperium im großen war. Der Nachschub an immer neuen Schuldverschreibungen hatte die finanzielle Auszehrung nur für eine gewisse Zeit verschleiern können. Da er diese Entwicklung sah, hatte Milken selbst noch im Dezember 1988 eine Eigenkapitalerhöhung angeregt und dafür gesorgt, daß ein anderer ergebener Klient die Kontrolle über das Unternehmen übernahm, ICH Corporation, eine in Louisville beheimatete Versicherungsgesellschaft, die schließlich die Familie Zises tatsächlich ausbezahlte. Es war ein für Milken typisches Manöver, einen zerbröckelnden Junk-bond-Emittenten aufzupäppeln. Aber der Druck der Untersuchung gegen Milken und Drexels Schuldeingeständnis störte den Lauf der Dinge. Der ICH-Deal wurde nie zu Ende geführt. Ohne Milken konnte die Verkaufsstreitmacht in Beverly Hills nicht hoffen, weitere Integrated-Schuldverschreibungen zu plazieren, und das Unternehmen steuerte geradewegs auf eine Schuldenkrise zu.

Im Februar 1990 sollte Integrated schließlich Konkurs anmelden und damit sämtliche Junk-bonds des Unternehmens einschließlich einer nicht unbedeutenden Position, die Drexel selbst hielt, tatsächlich zu »junk« – zu Ramsch und Abfall – machen. Zu den Opfern gehörten Tausende von Anlegern, Versicherten und Angestellten – ein repräsentativer Querschnitt durch die amerikanische Gesellschaft –, von denen die meisten nicht einmal gewußt hatten, daß Integrated Beziehungen zu Drexel hatte.

Der sich ankündigende Zusammenbruch von Integrated versetzte die Finanzwelt in Unruhe. Besonders die vielen vormaligen Milken-Klienten, die ihre Integrated-Junk-bonds jetzt abschreiben mußten, waren höchst besorgt. Die Sorge schlug in Panik um, als der gigantische Handelskonzern Campeau Corporation im September einen Liquiditätsengpaß eingestand, der zur Folge hatte, daß der Konzern nicht in der Lage war, seinen Verpflichtungen aus den milliardenschweren Junk-bond-Emissionen nachzukommen, die durchgeführt worden waren, um das Kapital für die Übernahme von Allied Department Stores und Federated (mit so bekannten Handelshäusern wie Bloomingdale's) zu beschaffen. Die Campeau-Krise war erstaunlich, da sich die Wirtschaft insgesamt in einer Wachstumsphase befand. Es stellte sich daher die beängstigende Frage, was erst in einem Abschwung oder gar einer handfesten Rezession aus den Junk-bonds von hoch belasteten Unternehmen werden würde.

Die Investoren schienen überall im Land aus dem Traum zu erwachen, der sie ein Jahrzehnt lang umfangen hatte, und sich angesichts der plötzlichen Erkenntnis, daß hohe Profite nur durch ein entsprechend hohes Risiko zu erzielen waren, verwundert die Augen zu reiben. Obwohl Drexel nichts mit Campeau zu tun hatte – die Deals waren von dem Investment-banking-Star Bruce Wasserstein ausgeheckt und von First Boston durchgeführt worden –, beeilten sich die Investoren, ihre Junk-bonds fast zu jedem Preis abzustoßen. Die Folge war, daß die Kurse purzelten, wodurch sogar noch die kreditwürdigsten Drexel-Kunden in Mitleidenschaft gezogen wurden. Drexel selbst saß auf seinem immer wertloser werdenden Junk-bond-Portefeuille fest; hätte man es aufgelöst, wäre der Markt völlig überschwemmt worden, und die Kurse wären noch rasanter abgestürzt. Beides war für die Firma höchst gefährlich, stellte doch das Junk-bond-Portefeuille einen beträchtlichen Teil der eigenen Aktiva dar.

Die Kapitalsituation der Firma wurde weiter geschwächt, als man der Regierung 500 von den verlangten 650 Mio. Dollar Geldstrafe überwies. Dazu kam die Belastung durch die Ausgabe von Eigenwechseln über den Gegenwert der von ihnen gehaltenen Drexel-Anteile an Michael und Lowell Milken sowie durch die Auszahlung von Milken-Anhängern, die Drexel verließen und ihre Firmenanteile einlösten. Um diesem Aderlaß Einhalt zu gebieten, weigerte sich Joseph schließlich generell, sämtliche Firmenanteile von ausscheidenden Angestellten auf einmal zurückzukaufen.

Gleichzeitig unternahm er einen weiteren symbolischen Schritt, indem er die Verteidigungskosten von Michael und Lowell Milken durch Drexel begleichen ließ. Wie im Fall der grandiosen Bonuszahlungen für Milken, hielt sich Joseph auch in dieser Hinsicht weiterhin an die mit Milken getroffenen Abmachungen, die Drexel verpflichteten, sämtliche Kosten des Rechtsstreits zu übernehmen. Sogar noch nach Drexels Schuldeingeständnis kam die Firma für alle Rechnungen auf, einschließlich derjenigen von Robinson, Lake; das heißt, Drexel finanzierte unter anderem auch die PR-Kampagne, mit der die Vereinbarungen zwischen der Firma und den Strafverfolgungsbehörden torpediert werden sollten. Die bei Milken anfallenden Rechnungen beliefen sich auf drei Mio. Dollar - im *Monat.* Die Zahlungen an Paul, Weiss betrugen zwei Mio. Dollar pro Monat. Als Joseph die Höhe der Kosten bemängelte und Paul, Weiss bat, die Honorarrechnungen zu spezifizieren, wies Liman das Ansinnen kategorisch zurück.

Joseph wurde auch danach nicht wortbrüchig und bezahlte weiterhin Milkens Verteidigung, legte jedoch eine Obergrenze von monatlich 1,25 Mio. Dollar fest. Wie er es ausdrückte, durfte Milken zwar erwarten, die beste Verteidigung zu bekommen, die man für Geld kaufen konnte, aber nicht *jede* Verteidigung, die für Geld zu haben war. Liman war außer sich und erklärte im Gespräch mit einem Reporter: »Die Qualität von Michael Milkens Rechtsvertretung wird durch Drexels Knickrigkeit und Pfennigfuchserei seinen Anwälten gegenüber nicht beeinträchtigt werden.«

Joseph lag sich mit Milken auch bald darüber in den Haaren, welchen Betrag ihm die Firma noch schuldete. Nach dem Schuldeingeständnis hatte Joseph den Bonuspool der Junk-bond-Fabrik einer erneuten Prüfung unterzogen und um einen Teil der Kosten des Rechtsstreits vermindert. Obwohl Milken mit Sicherheit schwerwiegendere Probleme hatte, darüber hinaus nicht einmal mehr zur Firma gehörte und sein Bonus von der Staatsanwaltschaft gesperrt war, kämpfte er verbissen gegen die teilweise Anrechnung der Kosten an. Die Verhandlungen zwischen den Anwälten von Drexel und Milken blieben ergebnislos; es wurde nie eine Übereinkunft erzielt.

Während die internen Auseinandersetzungen an Schärfe zunahmen, verschlechterte sich die Kapitalsituation der Firma zusehends. Konnte sie im Januar 1989 noch über 1,5 Mrd. Dollar verfügen, waren es im Oktober desselben Jahres keine 700 Mio. mehr. Mitte Oktober wurde die Firma durch ein weiteres von ihr nicht zu beeinflussendes Ereignis erschüttert: UAL Corporation, die Muttergesellschaft von United Air Lines, gab bekannt, daß sie nicht in der Lage sei, das Leveraged buyout zu Ende zu führen, das den Kurs der Unternehmensaktie auf über 200 Dollar hochgetrieben hatte. Dieser Fehlschlag legte die symbiotische Beziehung frei, die zwischen der Festigkeit des Junk-bond-Markts und der Fähigkeit bestand, die Übernahmen tatsächlich zu bewerkstelligen, die die Kurse an der Börse klettern ließen. Die verunsicherten Käufer waren nach dem UAL-Reinfall jedenfalls nicht mehr geneigt, in Junk-bonds zu investieren, und ohne diesen Markt konnten die Aktienkurse ihren Höhenflug nicht beibehalten. Der Absturz erfolgte am 13. Oktober 1989. Wie am Schwarzen Montag, nur in etwas verkleinertem Maßstab, sausten vor allem die Kurse von Übernahmezielen nach unten, und der Index erlebte, in Punkten gerechnet, den zweitgrößten Verlust seiner Geschichte: Er sackte um 200 Punkte ab.

Dieser »Minikrach«, wie er bald in der Wall Street genannt wurde, leitete einen wesentlich längeren Abschwung ein als der dramatische Crash im Oktober 1987. Angefangen mit Integrated und Campeau, geriet mit bestürzender Regelmäßigkeit ein Junk-bond-Emittent nach dem anderen in Zahlungsschwierigkeiten. Die Zahlungsbedingungen der mit großem Leverage durchgeführten Deals, insbesondere jener, die in den hitzigen Tagen vor dem 87er Börsenkrach abgeschlossen worden waren, hatten die den Investitionen innewohnende Verdrehtheit überdeckt, häufig durch sogenannte »Zero-Coupon Bonds«, Sachwertanleihen und »Re-Sets«, die auf Jahre hinaus keinerlei Kosten mit sich brachten. Aber irgendwann mußte der Preis doch bezahlt werden. Wie Integrated geriet der gesamte Junk-bond-Markt ins Wanken, während immer mehr Unternehmen eingestehen mußten, daß sie die Zusagen, die sie einige Jahre zuvor so eifrig gemacht hatten, nicht erfüllen konnten.

Als die finanziellen Daten für 1989 zusammengestellt und analysiert wurden, bestätigte sich ein Verdacht, den viele Mitspieler auf dem Junk-bond-Markt, sogar einige von Milkens Anhängern, in zunehmendem Maße gehegt hatten: Milkens häufig beschworene Behauptung, daß »die Investoren bei niedrig bewerteten Papieren bessere Erträge« erzielen »als bei hoch bewerteten«, war falsch. Astronomische Profite strichen nur die Kriminellen ein. Nach dem Bericht von Lipper Analytical Services über das 1990 zu Ende gegangene Jahrzehnt vermehrte sich das in einen Junk-bond-Fonds investierte Geld in diesem Zeitraum im Schnitt um 145 Prozent, und das war, im Gegensatz zu Milkens Behauptung, ein schlechteres Ergebnis, als es mit anderen Anlageformen erreicht werden konnte: Der Ertrag aus Aktien lag bei 207 Prozent, der aus den von Milken so oft gescholtenen bewerteten Schuldverschreibungen bei 202 Prozent, der aus US-Schatzbriefen bei 177 Prozent, und der aus Geldmarktfonds mit geringem Risiko war immer noch genauso groß wie der Ertrag aus Junkbonds. Im letzten Jahr der Dekade erbrachten die Junk-bonds sogar ein Minus von 11,2 Prozent.

Im nachhinein betrachtet, bestand Milkens »Genie« in der Überzeugungskraft, mit der er sein Evangelium der hohen Profite bei geringem Risiko verbreitete. David Schreiber, ein Junk-bond-Portefeuille-Manager bei Far West Financial Services und gewichtiger Milken-Kunde, erklärte 1991 dem *Wall Street Journal* gegenüber: »Manche haben geglaubt, was immer Mike Milken gesagt hat.« Aber wie sich herausgestellt habe, hätten »die Bondhalter (. . .) das ganze Risiko getragen und sehr wenig von der Schokoladenseite gehabt«.

Die Daten widerlegten auch den von Robinson, Lake in Umlauf gebrachten Reklamespruch, das von Milken beschaffte Kapital hätte kleine und mittlere Unternehmen gerettet. Von den 104 kleineren Unternehmen, die seit 1977 nicht konvertible Drexelsche Junk-bonds ausgegeben hatten, waren bis Mitte 1990 24 Prozent in Zahlungsverzug geraten oder bankrott gegangen – nach Dun & Bradstreet ein fünfmal größerer Anteil als bei vergleichbaren Unternehmen ohne Junk-bond-Belastung.

Gleichzeitig brachen auch einige von Milkens wichtigsten Förderern unter der Last der Schulden zusammen, die sie mit solcher Begeisterung angehäuft hatten. Ralph Ingersoll verlor die Kontrolle über sein Zeitungsimperium, nachdem er die Zahlungen für seine von Drexel emittierten Junk-bonds nicht mehr leisten konnte. William Farley war nicht in der Lage, die Erwerbung von West-Point Pepperell zu vollenden. Sogar Tom Spiegel, der Milken-Apostel bei der Columbia Savings, verlor seinen Posten, und seine Spar- und Darlehenskasse wurde von Zwangsverwaltern der Regierung übernommen. Am Ende mußte sich fast jede der Spar- und Darlehenskassen, die in Milkens Käuferring eine wichtige Rolle gespielt hatten, für insolvent erklären und ging in Regierungshände über.

Und Drexel selbst? Joseph war sich bewußt, wie ernst die Lage geworden war. Er hatte bereits die Möglichkeit ins Auge gefaßt, die Unabhängigkeit der Firma aufzugeben. Im September – noch vor dem Einbruch des Junk-bond-Markts und der Börse im Oktober – hatte er insgeheim eine Reihe von Telefongesprächen mit Spitzenmanagern fast sämtlicher großen Wall-Street-Firmen geführt, um auszuloten, ob sie bereit waren, Drexel mit einer Kapitalspritze zu helfen oder vielleicht sogar mit der Firma zu fusionieren. Es war eine demütigende Erfahrung für den Geschäftsführer jener Investmentbank gewesen, die einst genau die Firmen terrorisiert hatte, bei denen er anrief. Viele der Angerufenen hatten das Gespräch nicht einmal entgegengenommen, und bei denjenigen, die es getan hatten, war Joseph auf wenig Gegenliebe gestoßen. Sie hatten ihm erklärt, daß sich der Gedanke an eine Fusion aufgrund der Unsicherheit, die sich aus den zu erwartenden Zivilklagen einzelner Investoren gegen Drexel ergab, von selbst verbot. Die Wahrheit sah wahrscheinlich noch schlimmer aus: Drexels Ruf und das Schuldeingeständnis, das die Firma abgelegt hatte, machten sie zu einem Ausgestoßenen, den ihre Konkurrenten nicht einmal mit der Kneifzange angefaßt hätten, auch wenn sie immer noch mit begehrlichen Augen auf die Überreste der einstigen Drexelschen Junk-bond-Macht schielten. Joseph hatte schnell begriffen, daß die Firma jetzt den Preis für die Haltung bezahlte, die sie jahrelang zur Schau getragen hatte – für ihre Arroganz, für die Hartnäckigkeit, mit der sie die dominierende Rolle bei Emissionen für sich beansprucht hatte, für die Weigerung, Underwriting-Provisionen mit anderen zu teilen. Drexel hatte keine Freunde an der Wall Street.

Aber trotz der verzweifelten Lage der Firma gedachte Joseph sein Versprechen einzulösen, daß der Bonus für 1989 nicht weniger als 75 Prozent desjenigen von 1988 betragen werde. Es wirkte geradezu tollkühn, aber Joseph spürte, daß er nicht zurückweichen konnte, wenn er nicht jede Glaubwürdigkeit verlieren und das Risiko einer Massenflucht eingehen wollte, die die Firma restlos zugrunde richten würde. Statt dessen begann er, Gespräche mit den Spitzenmanagern der Firma zu führen, um sie zu überreden, sich einen Teil der für 1989 fälligen Bonuszahlung in Form von Vorzugsaktien von Drexel auszahlen zu lassen. Es war das erste Mal, daß Joseph die Mitarbeiter von Drexel bat, das Interesse am Überleben der Firma über die eigenen finanziellen Interessen zu stellen. Außerdem war er der Meinung, daß die Führungskräfte der Firma das Geld nicht unbedingt nötig hatten. Sie waren schon reich.

Erstaunlicherweise hatte Joseph die ethische Grundeinstellung, die von der Firma stets gefördert worden war und in Milken ihre Verkörperung gefunden hatte, gewaltig mißverstanden: Drexel war nichts als ein gemeinsames Vehikel zur persönlichen Bereicherung der einzelnen »Mitarbeiter«. Als Joseph seine Stars fragte, ob sie bereit wären, einen niedrigeren Bonus zu akzeptieren, heulten Black und seine Verbündeten vor Empörung auf. Joseph konnte Black schließlich zwar überreden, einige Vorzugsaktien anzunehmen, aber danach entbrannte sofort ein erbitterter Kampf um die Anzahl der Aktien. Kissick war leichter zu überzeugen, und er brachte auch die anderen Angehörigen der Abteilung in Beverly Hills dazu, sich ihm anzuschließen. Joseph selbst wandelte seinen eigenen Bonus von 2,5 Mio. Dollar als ganzes in Vorzugsaktien um. Aber es war ihm trotz all seiner Bemühungen nicht gelungen, den durchschnittlichen Aktienanteil am Bonus auf mehr als 18 Prozent zu schrauben. Drexel sparte auf diese Weise Barauszahlungen in Höhe von nur 64 Mio. Dollar, während über 200 Mio. Dollar des so dringend benötigten Firmenkapitals ausbezahlt wurden.

Anfang 1990 traten die Probleme der Firma immer deutlicher zutage. Drexels Geldgeber verweigerten die weitere Finanzierung durch kurzfristige Kredite, und man war auch nicht mehr in der Lage, kurzfristige Anleihen zu plazieren. Als vorher aufgenommene kurzfristige Kredite fällig wurden, mußten sie aus dem wegschmelzenden Eigenkapital der Firma zurückgezahlt werden, ohne daß das entstandene Loch wieder geschlossen werden konnte. Bis zum Februar hatte Drexel allein für kurzfristige Schuldverschreibungen 575 Mio. Dollar aufgewendet.

Joseph rechnete mit einem noch verbliebenen Kapital von einer Milliarde Dollar, allerdings in unverkäuflichen Junk-bonds und Optionen in Leveraged buyouts, und begann eine Erhöhung des Eigenkapitals zu planen, vielleicht durch ein »Packaging« aus verschiedenen Finanzierungsinstrumenten, etwa dem Verkauf der besten LBO-Aktien, die die Firma hielt, und der Übertragung von 300 Mio. Dollar aus der vorschriftsmäßigen Broker-Dealer-Tochter an die Drexel-Holding.

Aber er war am Ende der Straße angekommen. Am Freitag, dem 9. Februar, teilten die SEC und die New York Stock Exchange Drexel mit, daß man eine Reduzierung des Kapitals der Broker-Dealer-Tochter nicht zulassen werde. Joseph war verblüfft – er glaubte zu wissen, daß man Kidder, Peabody vor der Kapitalspritze von GE erlaubt hatte, weit unter die Mindestgrenze zu gehen. Kidder, Peabody hatte allerdings den GE-Deal in Aussicht gehabt. Josephs Pläne zur Kapitalbeschaffung dagegen wurden auf seiten der Wirtschaftskontrollorgane als Seifenblasen betrachtet; sie veranschlagten die Drexelschen Aktiva darüber hinaus mit einem weit geringeren Wert als die Firma selbst. Joseph hatte den Schaden unterschätzt, den der heftige Widerstand der Firma und das Schuldeingeständnis bewirkt hatten. Drexel hatte, anders als Kidder, Peabody, nie mit den Behörden kooperiert. Niemand war geneigt, etwas für Drexel zu tun, das auch nur andeutungsweise als Vorzugsbehandlung betrachtet werden konnte.

Die Firma brach mit beängstigender Geschwindigkeit zusammen. Schon am Wochenende fielen die Konkursanwälte bei Drexel ein. Am Montag, dem 12. Februar, rief Joseph bei Gerald Corrigan an, dem mächtigen Chef des Federal Reserve Board von New York, in der Hoffnung, Corrigan würde die großen New Yorker Banken, die unter seiner Aufsicht standen, dazu zwingen, Drexel Notfallkredite zu gewähren. Um

16 Uhr versammelten sich bei Drexel Vertreter mehrerer Banken, denen Joseph seine Kreditwünsche vortrug. Aufgrund der Hektik seiner Rettungsbemühungen war er jedoch nicht sonderlich gut auf die Fragen der Bankenvertreter vorbereitet, und obwohl er den Wert des Drexelschen Portefeuilles noch einmal herabstufte - auf 850 Mio. Dollar -, vermochte er sie nicht davon zu überzeugen, daß es mit der Zeit an Wert gewinnen würde. Die Banker verließen ihn, ohne ihm eine konkrete Zusage gemacht zu haben.

Joseph rief abends um 11 Uhr erneut bei Corrigan an. Ob das Federal Reserve Board denn nichts täte, um zu helfen? Corrigan erwiderte etwas verschwommen, daß er Joseph zwar nicht vorschreiben wolle, wie er seine Geschäfte führe, aber: »Wenn ich Sie wäre, würde ich mit den Geschäftsführern einiger dieser Banken direkt verhandeln.« Joseph, der nach jedem Strohhalm gegriffen hätte, schloß aus Corrigans Worten, daß er die Banken unter Druck gesetzt haben mußte.

Joseph telefonierte sofort herum, konnte aber nichts erreichen. Auch die Auskünfte, die er erhielt, wenn er die Banker danach aushorchte, ob das Federal Reserve Board sie gedrängt hatte, Drexel zu helfen, waren nicht sehr ermutigend. Es wurde, ganz im Gegenteil, immer klarer, daß von dieser Seite überhaupt nichts unternommen worden war.

Joseph war wütend und rief gegen Mitternacht erneut bei Corrigan an. »Gibt es vielleicht irgendwo ein Mißverständnis?« erkundigte er sich. »Die Banken tun absolut nichts.«

Corrigan seufzte und erwiderte dann: »Ich werde das Finanzministerium anrufen. Ich fürchte, wir haben verschiedene Tagesordnungen.«

Joseph wußte, daß sein Schicksal besiegelt war. Der Finanzminister war niemand anders als Nicholas Brady, der vormalige Chef von Dillon, Read, der, wie Joseph glaubte, Drexel den Angriff auf einen seiner größten Klienten, Unocal, nie verziehen hatte.

Corrigan rief um ein Uhr nachts zurück. Bushs neuer SEC-Direktor, Richard Breeden, nahm per Konferenzschaltung ebenfalls an dem Gespräch teil. Corrigan sagte Joseph zunächst, daß er und Breeden auch im Namen des Finanzministers sprächen, und kam dann sofort zur Sache: »Von unserer Seite aus sehen wir kein Licht am Ende des Tunnels«, sagte er und fügte hinzu, daß Drexel, wenn die Firma von sich aus Konkurs anmelde, der Regierung die Mühe ersparen würde, einzuschreiten, sie zu übernehmen und ihre verbliebenen Aktiva zu liquidieren. Man erwarte bis sieben Uhr eine Antwort von Joseph.

Joseph berief hastig für sechs Uhr eine Aufsichtsratssitzung ein. Es war eine düstere, verzweifelte Stimmung, die über dem Raum lag, als sich der

Aufsichtsrat versammelte und Joseph ihm verkündete: »Die vier mächtigsten Kontrolleure« - Brady vom Finanzministerium, Corrigan vom Federal Reserve Board, Breeden von der SEC und Phelan von der New York Stock Exchange - »haben uns gesagt, wir sollen die Tore schließen.« Die Entscheidung des Aufsichtsrats fiel einstimmig aus.

Joseph mußte mitansehen, wie alles, wofür er und der Aufsichtsrat während der letzten vier Jahre gekämpft hatten, zugrunde ging. Drexels Schuldeingeständnis hatte die Firma für ein weiteres Jahr am Leben erhalten, aber am Ende hatte Milken, der sie zu dem gemacht hatte, was sie war, auch die Firma zerstört.

Drexel eröffnete am Dienstag, dem 13. Februar 1990, um 23.15 Uhr das Konkursverfahren.

Im Frühling 1990 hatte Milken sie alle überdauert. Levine, Siegel, Boesky, Freeman, Regan, sogar die große Drexel Burnham Lambert Inc. waren von der Wall Street verschwunden. Auch die beiden Spitzenbeamten, die am Milken-Fall gearbeitet hatten, waren gegangen: Bruce Baird hatte im vergangenen Sommer seinen Austritt aus dem Büro des Staatsanwalts und Gary Lynch sein Ausscheiden aus der SEC bekanntgegeben, Lynch nach dem Abschluß des Drexel-Vergleichs und Baird nach Freemans Schuldeingeständnis.

Sie waren beide erschöpft, besonders Lynch, der sich dem Fall fast ohne jede Unterbrechung seit dem Beginn der Untersuchung gegen die Bank Leu über vier Jahre lang gewidmet hatte. Beide waren heftigen öffentlichen Angriffen von gut bewaffneten Widersachern ausgesetzt gewesen und weit länger als üblich in ihren schlechtbezahlten Regierungsstellungen geblieben. Neue Leute standen bereit, um ihre Posten zu übernehmen, und der Zeitpunkt für einen Wechsel in eine Anwaltskanzlei hätte nicht günstiger sein können.

Obwohl der größte Fisch, Milken, immer noch auf freiem Fuß war, wußten die beiden Anwälte, was außer ihnen nur wenige wußten: Milken hatte schon einmal kapituliert, und seine Anwälte verhandelten erneut über ein Schuldeingeständnis. Milken würde früher oder später angeklagt und verurteilt werden. Der Fall stand. Der größte Teil ihrer Arbeit war damit getan. Sie traten ohne großes öffentliches Aufsehen beiseite und überließen die Fälle John Carroll, Jess Fardella und Bairds Nachfolger im Büro des Staatsanwalts, Alan Cohen. John Sturc hatte sich, obwohl er bei der Neubesetzung von Lynchs Posten als Chef der Strafverfolgung übergangen worden war, bereit erklärt, für die Dauer des Verfahrens bei der SEC zu bleiben.

Das Propagandafließband des Milken-Teams lief währenddessen unvermindert weiter. Bei Robinson, Lake war eine Gruppe von Angestellten auf ein brandeiliges Projekt angesetzt worden: ein Buch mit erfolgreichen Unternehmensgeschichten, die ihren Grund in Milkens Junk-bonds hatten, das am Ende von Milken herausgegeben und verbreitet werden sollte. Aber jedesmal, wenn die Autoren ein Kapitel über ein bestimmtes Unternehmen, wie zum Beispiel Ingersoll Communications, fast fertiggestellt hatten, kam die Meldung herein, daß es kurz vor dem Zusammenbruch stehe. Sogar Lerer geriet wegen des Buchprojekts in Verzweiflung.

Das Ausmaß der Verzweiflung wurde vielleicht am besten daran deutlich, in welcher Weise die Milken-Truppen auf einen Brief einging, den ein Insasse des Lompoc Prison Camp an Liman und Thomas Puccio, einen ehemaligen US-Staatsanwalt in Brooklyn, der jetzt Mulherens Anwalt war, geschickt hatte. Der Briefschreiber behauptete, indem er mit grellen Einzelheiten aufwartete, daß Boesky Gefängnisbeamte bestochen hätte, damit man ihm im Gefängnis einen Liebhaber erlaubte, daß er mit anderen Insassen sexuell verkehrte und darüber hinaus für weitere sexuelle Eskapaden Frauen ins Gefängnis schmuggeln ließ. Obwohl dieser Brief von einem überführten Betrüger stammte, telefonierte Liman augenblicklich mit Puccio; er war fasziniert von dem Nutzen, den die Enthüllungen haben konnten, wenn er Boesky, den er immer noch als Starzeugen der Anklage erwartete, ins Kreuzverhör nahm. Als Puccio die Relevanz von Boeskys angeblichen sexuellen Vorlieben oder seiner Promiskuität – ganz zu schweigen vom Wahrheitsgehalt des Briefs – in Zweifel zog, wischte Liman seine Einwände beiseite. Paul, Weiss heuerte ein teures, von ehemaligen staatlichen Ermittlungsbeamten gegründetes Detektivbüro aus Los Angeles an, das den gegen Boesky erhobenen Anschuldigungen nachgehen sollte. Unabhängig davon versuchte auch Puccio, den Inhalt des Briefes zu untermauern. Doch die Behauptungen des Briefschreibers konnten, wie kaum anders zu erwarten gewesen war, nicht bestätigt werden.

Aber sogar Liman schien inzwischen zu dämmern, daß Milkens Prozeß keineswegs allein von Boeskys Aussage abhing. In den ersten Monaten des Jahres 1990 hatten sich der Staatsanwaltschaft weitere kooperierende Zeugen zur Verfügung gestellt, und die Staatsanwälte drohten jetzt mit einer neuen Anklage, die sich überwiegend auf Deals konzentrieren würde, die nichts mit Boesky zu tun hatten: auf Milkens mutmaßliche Steuermanipulationen, die Bestechung von Investmentfondsmanagern, die exzessiven Verdienstspannen und die Betrügereien gegenüber Drexel. Die neue Anklage hätte insgesamt ein noch weit vernichtenderes Bild einer durch und durch korrupten Organisation gezeichnet als die bisher vorgebrachten Anklagepunkte. Es war daher nicht verwunderlich, daß die Staatsanwälte in den Verhandlungen eine härtere Haltung an den Tag legten als ein Jahr zuvor, als sie noch bereit gewesen waren, ein Schuldeingeständnis in nur zwei Anklagepunkten zu akzeptieren. Jetzt verlangten sie ein Schuldeingeständnis in sechs Punkten und die Zahlung einer Geldstrafe von über 600 Mio. Dollar.

Obwohl Milken bei sechs eingestandenen Anklagepunkten mit einer Haftstrafe von insgesamt fast 30 Jahren zu rechnen hatte (eine Verurteilung in einem ordentlichen Prozeß - ohne eine vorherige Schuldvereinbarung - hätte, bei wesentlich mehr Anklagepunkten, eine weit höhere Strafe zumindest in den Bereich des Möglichen gerückt), verniedlichten seine Anwälte ihm gegenüber die wahrscheinliche Länge der zu erwartenden Haftstrafe. Auf einer Sitzung des Milkenschen Verteidigerteams, zu der sich, neben Liman, Flumenbaum, Sandler, Armstrong und Litt trafen, forderte Liman seine Kollegen auf, die Länge der jeweiligen Haftstrafen abzuschätzen, die Milken zu erwarten hatte, wenn er in einem ordentlichen Prozeß verurteilt wurde oder wenn er sich in sechs Anklagepunkten schuldig bekannte. Von Litt und Flumenbaum abgesehen, lagen die schlimmsten Vermutungen bei einem Jahr Gefängnis - wenn Milken es auf einen ordentlichen Prozeß ankommen ließ und von den Geschworenen verurteilt wurde. Flumenbaum schätzte fünf Jahre, und Litt zog erstaunte Blicke auf sich, als er für einen ordentlichen Prozeß 15 bis 20 Jahre annahm, und drei bis zehn Jahre, wenn Milken sich schuldig bekannte. »Er wird auf keinen Fall weniger bekommen als Boesky«, brummte er.

Die Verhandlungen mit der Staatsanwaltschaft wurden ebenso hitzig und kompliziert geführt wie diejenigen ein Jahr zuvor. Limans und Flumenbaums Beziehungen zu Carroll und Fardella waren so angespannt, daß sie sich entschlossen, einem anderen Anwalt, Steve Kaufman, die Verhandlungen mit der Staatsanwaltschaft zu übergeben. Dennoch kamen sie im Herbst und Winter 1989/90, während die Welt, die Milken geschaffen hatte, in sich zusammenbrach, kaum von der Stelle. Schließlich einigte man sich auf einen Kompromiß: Die Staatsanwaltschaft willigte ein, Lowell Milken - trotz der Überfülle an Beweisen, die gegen ihn vorlag - nicht anzuklagen und Michael Milkens Befragungen - seine »Kooperation« - erst aufzunehmen, nachdem er verurteilt worden war. Die Anklage gegen Lowell Milken fallenzulassen, war für die Staatsanwälte die schwierigste Entscheidung. Sie ließ sich allenfalls dadurch rechtfertigen, daß Lowell Milken nur die rechte Hand seines Bruders gewesen war und nicht mehr getan hatte, als die großen Pläne seines Bruders nach dessen Anweisungen in die Tat umzusetzen.

Was die Kooperation betraf, bedeutete es wenig, daß der Beschuldigte, wie Milken es deutlich anzeigte, immer noch die Absicht hatte, Widerstand zu leisten. Aber die Staatsanwälte gingen in diesem Fall von ihrer bisherigen Linie ab, indem sie zusagten, daß Milkens Vereinbarung auch dann Bestand haben würde, wenn er während der Kooperationsphase log. Im Gegensatz dazu wären Boeskys und Siegels Vereinbarungen hinfällig gewesen, wenn sie gelogen hätten - was ihrer Version der Ereignisse eine größere Glaubwürdigkeit verlieh als derjenigen, die Milken anbieten würde.

Als Ausgleich dafür erreichten dic Staatsanwälte ein Zugeständnis, das für sie von überragender Bedeutung war: Milken würde öffentlich eingestehen, daß das, was er getan hatte, falsch war. Sie würden Milken nicht gestatten, einen moralischen Sieg davonzutragen.

Carroll und Fardella machten also ihr endgültiges Angebot - Schuldeingeständnis in sechs Anklagepunkten, 600 Mio. Dollar Geldstrafe, keine Anklage gegen Lowell Milken und keine Kooperation bis zur Verurteilung - und gaben Milken bis zum Freitag, dem 20. April, um 15 Uhr Zeit, seine Entscheidung zu treffen. Die Mitarbeiter von Robinson, Lake ahnten, daß etwas im Busch war, als Lerer und Robinson am Abend des 19. April mit finsteren Gesichtern hinter verschlossenen Türen verschwanden. Sandler, der Milkens Schuld nie akzeptiert hatte, war schwer getroffen.

Der Tag, an dem die Frist ablief, war eine gespenstische Wiederholung der Ereignisse des vergangenen Jahres. Carroll und Fardella erwarteten zwar, daß die Vereinbarung zustande kam, hatten aber gelernt, nichts als sicher anzunehmen. Die Frist war schon fast abgelaufen, und sie hatten immer noch nichts von der anderen Seite gehört.

Milken war wiederum zu Hause bei seiner Frau. Sie hatten seit den frühen Morgenstunden miteinander gesprochen und kein Telefongespräch angenommen. Lori Milken riet ihrem Mann, auf seiner Unschuld zu bestehen. Auch Lowell Milken hatte sich gegen ein Schuldeingeständnis ausgesprochen. Und Milkens Mutter hatte ihm ebenfalls gesagt, er solle nicht klein beigeben.

Liman, Flumenbaum, Litt, Sandler und die anderen Milken-Anwälte hatten sich in New York in dem Konferenzraum neben Limans Büro versammelt und warteten auf den Anruf ihres Mandanten. Litt war der einzige, der ihm zu einem Schuldeingeständnis geraten hatte, aber insgeheim meinten auch die meisten seiner Kollegen, daß Milken den Streß eines öffentlichen Prozesses nicht aushalten würde. Seit er seinen Handelstisch in Beverly Hills hatte verlassen müssen, war er ein gebrochener Mann.

Kurz vor 15 Uhr gingen Carroll und Fardella in Cohens Büro hinüber und setzten sich an den Tisch, an dem vor vier Jahren Levine durchsucht worden war. Sie sprachen ohne große Begeisterung über die Möglichkeit, die neue Anklage vor die Grand Jury zu bringen.

Schließlich klingelte bei Paul, Weiss das Telefon. Liman nahm in seinem Büro das Gespräch entgegen, während die anderen Anwälte an einem Nebenanschluß mithörten. Milken war zu einer Entscheidung gekommen. »Ich werde es tun«, sagte er mit flacher Stimme.

Liman ließ sich umgehend mit dem St. Andrews Plaza verbinden. Cohen schaltete den Lautsprecher des Telefons ein, so daß Carroll und Fardella mithören konnten. »Er wird sich schuldig bekennen«, begann Liman. Den Rest hörten die Staatsanwälte kaum noch. Es war vorbei. Carroll und Fardella sprangen auf die Füße und ließen ihren Gefühlen, wie sonst nur selten, freien Lauf. Sie umarmten sich.

Am nächsten Tag, Dienstag, dem 24. April, war der größte Saal im Bundesgericht in Manhattan von Hunderten von Zuschauern überfüllt, und Hunderte weiterer Neugieriger hatten sich außerhalb des Gebäudes versammelt und keilten die Kamerateams ein, die auf der breiten Treppe vor dem Gericht warteten. Milken fuhr in einer dunklen Limousine vor und ging, anders als vor seinem letzten Auftritt, als er durch eine Hintertür hineingeschlüpft war, die Haupttreppe hinauf, während die Polizei die Zuschauer zurückhielt. Er war blaß, schien an Gewicht verloren zu haben, und seine Augen wirkten tief eingesunken.

Im Gerichtssaal fand eine Art Wiedersehensfeier statt, die allerdings recht unheimlich wirkte. Der Saal war voller Milken-Anhänger, einschließlich seiner Familie und Don Engel, der frühere Kollegen und Klienten mitgebracht hatte. Außerdem war ein großes Kontingent an Regierungsanwälten vertreten, die viel Zeit auf diesen Fall verwendet hatten, und Reporter belagerten die Geschworenenbänke, bevor sie sich unter das Publikum mischten. Viele von ihnen kannten sich inzwischen recht gut, nachdem sie vier Jahre lang über den Insiderskandal berichtet hatten.

Als Richterin Kimba Wood Milken erklärte, daß das Gericht ihm einen Verteidiger stellen würde, wenn er sich keinen eigenen Rechtsbeistand leisten konnte, wurde es im Publikum mit Kichern quittiert. Doch die Stimmung wurde rasch ernster, als Milken sein ausführliches Geständnis in den mit der Staatsanwaltschaft vereinbarten sechs Anklagepunkten zu verlesen begann: Verschwörung mit Boesky; Beihilfe zur Abgabe falscher SEC-Erklärungen im Zusammenhang mit dem Fischbach-Deal; Beihilfe zur Umgehung der Nettokapitalvorschriften; Wertpapierbetrug durch den verdeckten Besitz von MCA-Aktien; Unterschlagung durch Übervorteilung der Investoren in Finsbury; und Beihilfe zur Steuerhinterziehung durch das Arrangement mit David Solomon.

Trotz der schwerwiegenden Schuld, die er damit eingestand, klammerte sich Milken auch weiterhin an das Image, das er so angestrengt in der Öffentlichkeit gepflegt hatte. Er erklärte, daß sein Geständnis »keinen Einfluß auf die grundlegende Rationalität und Integrität des Segments des Kapitalmarkts« habe, »auf das wir uns spezialisiert haben und das es Hunderten von Unternehmen ermöglicht hat, zu überleben, zu expandieren und zu florieren«. Dann kam er zum Schluß: »Mir ist klar, daß ich durch meine Handlungen jene verletzt habe, die mir am nächsten stehen. Es tut mir ehrlich leid ...«

Seine Stimme versagte, und es schien, als würde er zusammenbrechen. Liman und Flumenbaum eilten ihm zu Hilfe, und während sie ihn stützten, schlug er die Hände vors Gesicht und begann zu schluchzen. Er fühlte sich unter der hohen Kassettendecke des Gerichtssaals plötzlich sehr verwundbar.

Am Abend trafen sich die Regierungsanwälte, die das alles zustande gebracht hatten, weit entfernt von Fernsehkameras und Talk-Shows, im altmodischen, vergleichsweise bescheidenen Harvey's Chelsea Restaurant in der West 18th Street zu ihrer ersten und einzigen Siegesfeier. Carberry, Lynch und Baird waren ebenso dabei wie Carroll, Fardella, Sturc, Cohen, Cartusciello und andere Veteranen des Insiderskandals. Nur Giuliani und Romano fehlten. Es war eine Feier für diejenigen, die nie im Rampenlicht gestanden hatten.

Die Milkensche PR-Kampagne hatte ein ungewöhnlich starkes Zusammengehörigkeitsgefühl unter ihnen geschaffen. Die Moral innerhalb der US-Staatsanwaltschaft und der SEC wird durch zwei Überzeugungen gestützt: daß die Sache der Regierung gerecht ist und daß die Regierung gewinnen wird. Im Milken-Fall hatten beide Überzeugungen unter intensivem Beschuß gestanden, und es war unvermeidlich gewesen, daß sich gelegentlich Zweifel regten. In solchen Augenblicken hatten die Regierungsanwälte nur sich selbst gehabt, um sich aneinander aufzurichten.

Als die Rechnung gebracht wurde, übernahmen die Anwälte, die inzwischen privat praktizierten, die Bezahlung. Obwohl ihre gemeinsamen Anstrengungen dem Finanzministerium weit über eine Milliarde Dollar an Rückzahlungen illegaler Profite und Geldstrafen eingebracht hatten, durfte man den Steuerzahler nicht mit den Kosten eines Festessens belasten, auch wenn es noch so bescheiden war.

Milkens plötzliche Kapitulation hatte Mulheren zwar von der Bühne der öffentlichen Aufmerksamkeit verdrängt, ihn aber nicht von dem Druck befreit, unter dem er stand. Er war die letzte der Hauptgestalten des Skandals, die noch nicht angeklagt worden war. Da er es weiterhin ablehnte, sich in einem Punkt schuldig zu bekennen, wurde er im Mai, mit Boesky als Starzeugen, vor Gericht gestellt und einer ganzen Reihe von Verbrechen angeklagt, von Parkabsprachen über Steuerhinterziehung und Verletzung der Nettokapitalvorschriften bis hin zu Kursmanipulationen.

Am 22. Mai hatte Boesky, mit sauber gescheitelten Haaren und in seinen üblichen schwarzen Dreiteiler gekleidet, sein Debüt als Kronzeuge der Anklage, eine Rolle, auf die er sich seit seinem Schuldeingeständnis im Jahr 1986 vorbereitet hatte. Es wurde eine schlechte Vorstellung. Boesky wirkte steif und ungelenk und antwortete ausweichend. Sein Gedächtnis erwies sich als höchst unvollkommen. Ihm schien inzwischen fast alles entfallen zu sein, woran er sich bei den ersten Vernehmungen durch die Staatsanwaltschaft noch mit bemerkenswerter Klarheit erinnert hatte. Dadurch, daß sie der Beendigung von Boeskys Haft zugestimmt hatten – er war im Dezember 1989, nachdem er 18 Monate seiner Gefängnisstrafe abgesessen hatte, in eine offene Vollzugsanstalt in Brooklyn verlegt und knapp vier Monate später auf freien Fuß gesetzt worden –, hatten die Staatsanwälte kaum noch etwas in der Hand, womit sie ihn unter Druck setzen konnten. Puccio hätte Boeskys Glaubwürdigkeit wegen der Abweichungen von seinen früheren Aussagen vor der Staatsanwaltschaft im Kreuzverhör mit Leichtigkeit erschüttern können – aber die früheren Aussagen waren fast in jedem Fall weit nachträglicher für Mulheren als das, was Boesky jetzt aussagte.

Boesky vermied es, Mulheren anzusehen, der in Jeans oder Khakihosen und seinem üblichen Poloshirt im Gerichtssaal erschien. Er hätte sich früher als »enger Freund« von Mulheren betrachtet, erklärte Boesky. Daraus ließ sich schließen, daß er auch jetzt noch – bis an die Schwelle des Meineids – alles tat, um Mulheren zu schützen. Wenn es so gewesen sein sollte, machte es auf Mulheren nur wenig Eindruck.

»Wenn Sie meine Aussage hören, werden Sie erkennen, daß er nicht viel von einem Freund an sich hatte«, bemerkte Mulheren während einer Verhandlungspause einem Reporter gegenüber.

Puccios mit Spannung erwartetes Kreuzverhör erbrachte nichts, was Boeskys bereits angekratzte Glaubwürdigkeit weiter in Mißkredit gebracht hätte. Trotz der von Milkens Anwälten in Auftrag gegebenen Krollschen Ermittlungen (deren Ergebnisse Puccio zur Verfügung gestellt worden waren) und trotz des jahrelangen Wühlens in Boeskys Privatleben hatten die Verteidiger der von ihm Belasteten nichts finden können, was der Mühe wert gewesen wäre. Puccio blieb nur übrig, Boeskys Verbrechen aufzuzählen und auf die zahlreichen Gelegenheiten hinzuweisen, bei denen er gelogen hatte; aber das alles war bereits hinlänglich bekannt.

Auf jeden Fall war Boesky nicht der Dreh- und Angelpunkt des Prozesses, wie er es in einem Prozeß gegen Milken gewesen wäre. Für Mulheren weitaus schädlicher waren die Aussagen von Davidoff und eines Angestellten aus Mulherens eigener Firma, der sich der Staatsanwaltschaft als Zeuge zur Verfügung gestellt hatte.

Ein Name wurde auffallenderweise während des Prozesses nicht erwähnt, der des einstmals furchterregenden Raiders Carl Icahn, der bei den Manipulationen in bezug auf Gulf+Western eine so herausragende Rolle gespielt hatte und in Boeskys Verhandlungsangebot an die Staatsanwaltschaft einbezogen gewesen war. Icahn sollte nie unter Anklage gestellt werden. Die Ermittlungen gegen ihn kränkelten dahin. Die Staatsanwälte waren nie in der Lage, stichhaltig zu beweisen, daß Icahn und Boesky im Sinne der Wertpapiergesetze als »Gruppe« aufgetreten waren, als sie sich zusammentaten, um Gulf+Western zu bedrohen, auch wenn ihr Verhalten die gleiche Wirkung gehabt hatte wie die, die erzielt worden wäre, wenn sie eine »Gruppe« gebildet hätten.

Als Mulheren in eigener Sache aussagte, gab er bereitwillig einige der schwersten Vergehen zu, die ihm zur Last gelegt wurden, zum Beispiel die Übereinkunft, nach der er Boesky durch die Bezahlung überhöhter Rechnungen entschädigt hatte. »Ich habe die Rechnungsbeträge hochgesetzt«, erklärte Mulheren, »um einen Gefallen zu erwidern«. Aber er beharrte darauf, daß die Zahlungen nicht Teil eines Parkarrangements gewesen waren und daß er geglaubt hatte, das Risiko der von Boesky übernommenen Positionen selbst zu tragen. Er sagte weiterhin aus, daß er sich als Opfer des Gulf+Western-Deals empfunden habe; er hätte nicht versucht, den Aktienkurs in die Höhe zu treiben, und auch nicht gewußt, daß Boesky ihn benutzen wollte, um zu einem höheren Preis aussteigen zu können.

Mulheren war von allen vor Gericht gestellten Beschuldigten des Insiderskandals der glaubwürdigste. Dennoch sprachen ihn die Geschworenen nach sechseinhalbtägiger Beratung der Verschwörung und des Wertpapierbetrugs schuldig; ihrer Ansicht nach hatte er den Kurs von Gulf+Western manipuliert. Was die 26 Anklagepunkte in bezug auf Parkabsprachen betraf, erklärten sie, daß sie zu keiner einhelligen Meinung gekommen seien, und der Richter ließ am 22. Juli die Anklage in diesen Punkten fallen. Trotzdem mußte Mulheren aufgrund der verbliebenen Anklagepunkte mit einer Haftstrafe rechnen. Darüber hinaus erhielt die Staatsanwaltschaft die Möglichkeit, ihn wegen des Vorwurfs von Parkabsprachen erneut anzuklagen. Mulheren hörte sich das Urteil mit stoischer Ruhe an. »Ich war ziemlich überrascht, daß es so ausgegangen ist«, erklärte er hinterher. Wenn schon nichts anderes, so hatte er zumindest seine Prinzipien hochgehalten.

Im Juni beendete Martin Siegel sein langes Exil und kehrte zu seiner Urteilsverkündung nach Manhattan zurück. Die Staatsanwälte hatten in dem Jahr nach Freemans Schuldeingeständnis viel Zeit auf die Frage verwandt, ob sie die Beweise über die anderen von Freeman begangenen Delikte bei Freemans Verhandlung vorlegen durften. Der Richter hatte das Verlangen schließlich abschlägig beschieden, obwohl es ein durchaus übliches Verfahren darstellt. Er erklärte, daß Freemans Anwälte aller Wahrscheinlichkeit nach mit einer solchen Fülle an Beweismitteln anrücken würden, daß sich die Verhandlung über Monate hinziehen würde.

Siegel war seit Februar 1987 als potentieller Zeuge in Bereitschaft gehalten worden, als Freeman endlich am 13. April 1990 aufgrund seines Schuldeingeständnisses in einem einzigen Anklagepunkt verurteilt wurde. Er erhielt eine relativ geringe Haftstrafe von vier Monaten und mußte eine Geldstrafe von einer Million Dollar zahlen. »Der Austausch von Insiderinformationen ist zu einem Kennzeichen und einem Alltagsgeschehen der Arbitrage geworden«, kommentierte Richter Pierre Leval das Urteil.

Die mehrjährige Verzögerung wirkte sich am Ende zu Siegels Gunsten aus. Die Staatsanwälte waren im Verlauf ihrer Ermittlungen immer mehr zu der Überzeugung gelangt, daß Siegel unter allen Beschuldigten, mit denen sie es zu tun bekommen hatten, als einziger echte Reue gezeigt hatte. Er hatte die Wahrheit gesagt und zahllose Stunden damit zugebracht, den Staatsanwälten die Funktionsweise der Finanzmärkte zu erklären und sie durch die Klippen komplizierter Handelsbelege zu lotsen. Er war mit der Zeit fast zu einem gleichberechtigten Mitglied des Anklageteams geworden.

In einer Anhörung vor dem vorsitzenden Richter, Robert Ward, sprach sich Rakoff für eine nachsichtige Bemessung der Strafe aus, und Richter Ward schien bereit zu sein, sich Rakoffs Argumentation anzuschließen. Auch Cartusciello machte sich für Siegel stark. Die Urteilsempfehlung der Staatsanwaltschaft fiel, was in den Annalen des St. Andrews Plaza sicherlich einmalig war, sogar *noch* günstiger aus als Rakoffs Bitte um ein mildes Urteil. Die Staatsanwaltschaft lobte Siegel als einen »glaubwürdigen und verläßlichen« Zeugen, der trotz »einer intensiven Hetzkampagne« gegen ihn stets kooperationsbereit gewesen war.

Am 18. Juni flog Siegel von Jacksonville nach New York und erschien vor dem Bundesgericht in Manhattan. Jane Day und er, beide braungebrannt, waren immer noch ein schönes Paar. Jane Day trug ein schlichtes dunkelblaues Kleid und eine Perlenkette, und ihr Mann, der fit und in guter Verfassung zu sein schien, trug einen dunklen Geschäftsanzug. Er machte einen ängstlichen und zerknirschten Eindruck, als er vor Richter Ward trat.

Der Richter sprach langatmig über Siegels Kooperationsbereitschaft und die Notwendigkeit, solch ein Verhalten entsprechend zu würdigen, wenn die Strafverfolgung erfolgreich gegen Verbrecher vorgehen solle. Aber er betonte auch die Notwendigkeit einer Haftstrafe, um potentielle Schlips-und-Kragen-Täter abzuschrecken. »Als Mr. Boesky eine dreijährige Haftstrafe erhielt, habe ich begonnen, über Mr. Siegel nachzudenken«, erklärte Richter Ward weiter. »Zu jener Zeit war ich der Ansicht, daß eine Gefängnisstrafe zwischen 18 Monaten und zwei Jahren angemessen wäre.« Aber danach hätte er Siegels Kooperationsbereitschaft und die Tatsache, daß Freeman, der nicht kooperiert hatte, eine milde Strafe erhalten hatte, in seine Überlegungen einbezogen und wäre zu dem Schluß gelangt, daß Siegel »eine geringere als die über Mr. Freeman verhängte Strafe« verdient habe.

Er verurteilte Siegel zu zwei Monaten Gefängnis und fünf Jahren Bewährung, einschließlich einer zweijährigen gemeinnützigen Tätigkeit, die er durch seine Arbeit in dem in Jacksonville aufgebauten Computerlager für Kinder ableisten könne. Siegel brauchte einen Augenblick, bis er begriff, wie kurz die von Richter Ward ausgesprochene Haftstrafe war. Dann warf Jane Day die Arme um ihn, und sie beeilten sich, aus dem Gerichtssaal zu kommen. Die Erleichterung stand ihnen ins Gesicht geschrieben.

Im November 1990 hatte sich die öffentliche Meinung, trotz aller Anstrengungen des Milken-Teams, mit deutlichen Rachegefühlen gegen

Milken gewandt. Es war, als wäre die gesamte negative Publizität, die Robinson, Lake bislang erfolgreich zurückgehalten hatte, auf einmal losgetreten worden. Milken wurde jetzt, was häufig ungerecht war, die Schuld an allen Rückschlägen gegeben, die Amerika erlitt. Im Sommer hatte eine Rezession eingesetzt und dem Boom der 80er Jahre ein Ende bereitet. Das Debakel der Spar- und Darlehenskassen, bei dem die Junkbonds eine so große Rolle spielten, wuchs sich immer weiter aus und kostete die Steuerzahler Milliardenbeträge. Milken war jetzt an Boeskys Stelle zur Verkörperung des Jahrzehnts der Habgier geworden.

Am Mittwoch, dem 21. November, kehrte Milken in denselben Gerichtssaal zurück, in dem er sein Geständnis abgelegt hatte. Seine Frau, seine Mutter, sein Bruder Lowell, Ken Lerer und Richard Sandler saßen in der ersten Reihe des Zuschauerraums hinter ihm. Er hörte, sich gelegentlich Tränen aus den Augen wischend, zu, wie Liman eine Reihe von Briefen verlas, die zu Milkens Unterstützung geschrieben worden waren, und dann um ein mildes Urteil ersuchte. Fardella, der die Anklage vertrat, drängte dagegen auf eine Haftstrafe, die auf andere potentielle Täter abschreckend wirken würde. In ihrer Urteilsempfehlung hatten die Staatsanwälte Milken in vernichtender Weise »ein System aus vorsätzlichem Betrug, Täuschung und Korruption größten Ausmaßes« zur Last gelegt und hervorgehoben, daß »Milkens Verbrechen aus Habgier, Hochmut und Hinterlist« begangen wurden und Teil eines »großen Plans« mit dem Ziel gewesen seien, »Macht zu erwerben und Reichtümer anzuhäufen«.

Die Spannung im Gerichtssaal konnte kaum größer sein, als Richterin Wood mit ruhiger, gemessener Stimme zu sprechen begann. Sie betonte das »außerordentliche Interesse« an dem Verfahren und erklärte, daß sie einige unangemessene Ansprüche an dessen Resultate ausräumen wolle, unter anderem die Meinung, Milken sei für die Krise der Wirtschaft im allgemeinen und die der Savings and Loan im besonderen zu bestrafen. Sie wies allerdings auch jede Nachsicht im Hinblick auf Milkens Rolle beim Wirtschaftsboom der 80er Jahre zurück. Es sei »legitim«, von der Erwartung auszugehen, »daß jeder, ganz gleich, wie reich oder mächtig er ist, die Gesetze zu befolgen hat« und »daß unsere Finanzmärkte, in die viele Leute, die nicht reich sind, ihre Ersparnisse investieren, frei von geheimen Manipulationen sind. Dies ist ein Aspekt, der vom Gericht gewürdigt werden muß.«

Die Liebenswürdigkeit der Richterin konnte nicht darüber hinwegtäuschen, daß sie Milken im Verlauf ihrer Ausführungen Stück für Stück den Boden unter den Füßen wegzog. Sie stellte unzweideutig fest, daß Übereifrigkeit im Dienst von Klienten keine Entschuldigung sei und daß das

Fehlen von Verbrechen, die stärker ins Auge fielen, möglicherweise darauf hinwies, daß Milken »nur Verbrechen zu begehen bereit war, von denen nicht zu vermuten war, daß sie entdeckt werden würden«. Es gebe Beweise dafür, daß er die Justiz behindert habe. Auf der anderen Seite seien die Beweise für Milkens Behauptung, der bei weitem größte Teil seiner Geschäfte wäre ehrenhaft gewesen, nur »spärlich und fragwürdig«.

Milken schien halb abwesend zu sein, selbst noch, als Richterin Woods Worte deutlicher auf ihr Urteil hindeuteten. »Wenn ein Mann von Ihrer Macht innerhalb der Finanzwelt, der an der Spitze der bedeutendsten Abteilung einer der größten Investment-banking-Häuser dieses Landes steht, sich wiederholt zur Verletzung der Wertpapier- und Steuergesetze verschwört und sie selbst verletzt, um für sich selbst und seine reichen Klienten mehr Macht und Reichtum zu erwerben, und weitere Finanzverbrechen begeht, die besonders schwer zu entdecken sind, ist eine erhebliche Gefängnisstrafe erforderlich, um andere von solchen Taten abzuschrecken. Die Art des Mißbrauchs der leitenden Stellung, die Sie innehatten, und die Einbeziehung von Angestellten, die Sie zur Beihilfe an Gesetzesübertretungen verleiteten, stellen schwerwiegende Verbrechen dar, die eine harte Bestrafung und die Ungelegenheiten und die Schande der Entfernung aus der Gesellschaft unerläßlich machen.«

»Mr. Milken«, forderte die Richterin den Angeklagten auf, »bitte, erheben Sie sich.«

Milken stand auf, und mit ihm Liman und Flumenbaum. Liman nahm sogar Milkens Ellbogen, um ihn zu stützen.

»Sie sind fraglos ein begabter und befähigter Mann, und Sie haben stets Mitgefühl mit jenen bewiesen, die es weniger glücklich getroffen haben als Sie«, fuhr die Richterin fort, indem sie Milken direkt ansah. »Ich hoffe, daß Sie im weiteren Verlauf ihres Lebens an das anknüpfen werden, was Ihre frühere Karriere zu versprechen schien. (...) Trotz alledem verurteile ich Sie aus den vorher genannten Gründen zu einer Haftstrafe von insgesamt zehn Jahren« – im Publikum machte sich Erstaunen Luft –, »die sich aus jeweils zwei Jahren für die Anklagepunkte zwei bis sechs zusammensetzt. Die Strafe ist sofort anzutreten. (...) Sie dürfen jetzt wieder Platz nehmen.«

Als die Richterin sich erhob und den Gerichtssaal verließ, zeigte Milken keinerlei Reaktion – seine Familie und seine Freunde waren tief bekümmert. Sie eilten sofort zu ihm, schirmten ihn vor neugierigen Reportern ab und geleiteten ihn hastig zur Tür auf der Rückseite des Gerichtssaals, die zum Richterzimmer führte.

Als Milken und sein Gefolge auf dem Gang außerhalb des Gerichtssaals angekommen waren, wurde die Tür hinter ihnen geschlossen und niemand mehr hindurchgelassen. Milken hatte noch kein Wort gesagt; er sah verwirrt aus und schien nicht genau zu wissen, wo er sich befand. Schließlich wandte er sich an Liman und fragte ihn: »Wieviel habe ich bekommen?« Er hatte offensichtlich nicht verstanden, was Richterin Wood gesagt hatte. »Zwei Jahre?«

Danach breitete sich für einen Augenblick betroffenes Schweigen aus. Milkens Anwälten wurde klar, daß ihr Mandant zwar begriffen hatte, daß er für fünf Punkte der Anklage zwei Jahre erhalten hatte, aber nicht, daß sich diese Strafen *summierten.*

Liman brach schließlich das Schweigen. »Zehn Jahre, Michael«, sagte er sanft. »Das Urteil lautet auf zehn Jahre.«

Milken wich das Blut aus dem Gesicht. Er nahm Loris Arm, und die beiden verschwanden, die Tür hinter sich schließend, in einem kleinen Warteraum für Zeugen.

Wenige Augenblicke später drangen markerschütternde Schreie aus dem Zimmer, zuerst von Lori und dann von Milken. Sandler stürzte in das Zimmer und sah, wie Milken, nach Atem ringend, auf einen Stuhl sank. »Sauerstoff!« schrie jemand, während ein Bundesmarshal losrannte, um Hilfe zu holen.

Epilog

Michael Milken trat seine Strafe am 3. März 1991 im Bundesgefängnis von Pleasanton (Kalifornien) an, einem Gefängnis der untersten Sicherheitsstufe außerhalb von San Francisco, wo er, mit einer normalen 37-Stunden-Woche, als Arbeiter im Bau- und Instandhaltungsgewerbe tätig ist. Sein Haarteil, das nach den Gefängnisvorschriften nicht erlaubt ist, hat er durch eine Baseballmütze ersetzt. Die erste Haftprüfung wird im März 1993 stattfinden; Richterin Wood hat eine Mindeststrafe von 36 bis 40 Monaten empfohlen.

Seine Verurteilung und sein Haftantritt bedeuteten jedoch nicht das Ende, sondern nur den Beginn einer neuen Phase des hartnäckigen Bemühens, seinen Widersachern die Stirn zu bieten und ein persönliches Vermögen von wahrhaft einmaligen Dimensionen anzusammeln. Der von seinen Millionen gespeiste Kampf ist an beinahe jeder Front fortgesetzt worden und wird wahrscheinlich so lange andauern, wie Milken lebt.

Er hat, zusätzlich zu seinem vorher bereits beachtlichen Stab an Rechts- und PR-Beratern, den berühmten Strafverteidiger Alan Dershowitz engagiert, dessen bekannteste Fälle die erfolgreiche Verteidigung von Claus von Bülow und die erfolglose Vertretung der Hotelunternehmerin Leona Helmsley waren. Milkens Anwälte versuchten, bei Richterin Wood eine Herabsetzung des Strafmaßes zu erreichen, und Dershowitz erwog, neben anderen Strategien, bei Gericht den Antrag zu stellen, Milkens Schuldeingeständnis mit der Begründung, es sei von den Strafverfolgungsbeamten auf illegale Weise erlangt worden, für ungültig zu erklären. Er brachte darüber hinaus noch andere Schutzbehauptungen in Umlauf, indem er öffentlich davon sprach, daß Milken ein Opfer des Antisemitismus sei und daß er »niemals vom Geld motiviert« gewesen sei. Milken ist, obwohl er im Gefängnis sitzt, genauestens in alle Aspekte der anhaltenden Rechts- und PR-Kampagne, in deren Mittelpunkt er steht, eingeweiht; sein Gulfstream-Jet ist ständig im Einsatz und bringt einen Besucher nach dem anderen nach Pleasanton. Ehemaligen Kollegen gegenüber hat Milken erklärt, daß er das Schuldeingeständnis jetzt als Fehler betrachte und daß er nicht mehr glaube, etwas Strafbares getan zu haben.

Robinson, Lake ist die wichtigste Stütze der aggressiven Milkenschen PR-Kampagne geblieben. So erhielt die Zeitschrift *Forbes* nach komplizierten Vorverhandlungen die Gelegenheit, Milken sowohl in Pleasanton als auch telefonisch zu interviewen. Milken hielt sich in dem Interview, das *Forbes* 1992 als Titelgeschichte abdruckte, zwar insoweit zurück, als er die Strafverfolgungsbehörden nicht offen herausforderte und nicht behauptete, er hätte sich nichts zuschulden kommen lassen und das Schuldeingeständnis nur abgelegt, um weiteren Belästigungen durch die Behörden aus dem Weg zu gehen. (Hätte er es getan, wäre möglicherweise jede Hoffnung auf Strafminderung dahin gewesen.) Aber er ließ kaum einen Zweifel daran, daß er diesen Standpunkt in Zukunft auch öffentlich einzunehmen gedachte. Tatsächlich war an Milkens langer, eloquenter Verteidigung der Junk-bonds und seiner eigenen Rolle in der Wirtschaftswelt dasjenige am bemerkenswertesten, was fehlte: nämlich Einsicht oder gar Reue. Es schien, als hätten die Ereignisse der vorangegangenen fünf Jahre – der Börsenkrach, der Absturz der Junk-bonds, der Bankrott vieler seiner hochverschuldeten Klienten und sogar seine eigene Verurteilung und Haftzeit – bei Milken keinerlei Wirkung hinterlassen und sein Denken noch nicht einmal angekratzt. Er hielt unerschütterlich an den alten, sorgfältig zurechtgezimmerten Sprachregelungen fest – vom »Werteschaffen« zum Beispiel –, so, als wäre 1992 immer noch 1986. Daneben verhandelten Milkens Vertreter mit ABC über ein Fernsehinterview mit Barbara Walters, das zum Kernstück einer neuen Kampagne werden soll, mit der er sich landesweit neue Sympathien zu erwerben hofft.

Bislang haben die juristischen Schritte und die Öffentlichkeitsarbeit allerdings kaum etwas eingebracht. Richterin Wood hat es abgelehnt, Milkens Strafe herabzusetzen, und darauf hingewiesen, daß sie, bevor sie einen solchen Schritt in Betracht ziehen werde, weitere Beweise für Milkens Bereitschaft zur Zusammenarbeit mit den Strafverfolgungsbehörden sehen wolle. Milken hatte den Staatsanwälten, in Erfüllung seiner Vereinbarung mit den Behörden, zwar viele Stunden Rede und Antwort gestanden, aber nur für Frustration gesorgt und Zweifel daran zurückgelassen, daß er alles offenbarte, was er wußte oder was für die Strafverfolgung von Wert sein könnte. Aus diesem Grund hatten sich die Anklagevertreter strikt dagegen ausgesprochen, daß Milkens Strafe herabgesetzt wurde. Außerdem stand im Mai 1992 der Prozeß gegen Milkens Verbündeten Alan Rosenthal bevor, der wegen seiner Beteiligung an der Solomon-Absprache angeklagt worden war.

Milken sollte in diesem Prozeß als Starzeuge der Anklage auftreten, und Richterin Wood erklärte, daß sie Milkens Antrag auf Strafminderung zurückstellen werde, bis er seinen Prozeßauftritt hinter sich habe, um anschließend aufgrund ihrer Einschätzung des Werts seiner Zeugenaussage und seiner Kooperation mit den Behörden darüber zu befinden. Damit war die Bühne für eine Feuerprobe von Milkens Strategie bereitet. Würde Milken dem Druck nachgeben, seine Verbrechen zugeben und einen seiner engsten Freunde belasten? Oder würde er sich an den Kodex des Stillschweigens halten, auf den er einst seine gesamte Umgebung hatte verpflichten wollen und an den sich Rosenthal seinerseits gehalten hatte?

Inzwischen, während Milken die Staatsanwaltschaft weiter hinhielt, spielte sich auf einem anderen Gebiet, dem des Zivilrechts, ein wesentlich fesselnderes Drama ab, in das neben Milken auch dessen bankrotter ehemaliger Arbeitgeber, Drexel, verwickelt war.

Bald nach Milkens Schuldeingeständnis war eine ganze Reihe von Zivilklagen gegen ihn eingereicht worden. Die bedeutendsten dieser Klagen waren diejenige der Federal Deposit Insurance Corporation (FDIC), in der Milken vorgeworfen wurde, dem amerikanischen Steuerzahler durch seine Rolle in der Affäre um die Spar- und Darlehenskassen Verluste in Milliardenhöhe beschert zu haben, und eine von Drexel erhobene Klage, durch die Milken für den katastrophalen Schaden, den er seiner Firma zugefügt hatte, zur Verantwortung gezogen werden sollte. Ungewöhnlich war, daß die Bundesbehörde und Drexel dieselben Anwälte engagierten, Thomas Barr und David Boies von Cravath, Swaine & Moore, einer der wenigen Kanzleien, die es mit der vereinten Streitmacht von Paul, Weiss, Alan Dershowitz und all der anderen Milken-Anwälte aufnehmen konnte. In gewissem Sinn war damit der Kreis des Jahrzehnts geschlossen, denn Barr und Boies waren jene Anwälte, die der Regierung als Vertreter von IBM in dem großen Antitrust-Verfahren, mit dessen Ende die 80er Jahre eingeläutet worden waren, eine empfindliche Niederlage beigebracht hatten, und jetzt, bei der Abrechnung mit der Symbolfigur für die Exzesse dieses Jahrzehnts, standen sie auf der anderen Seite der Barrikade.

Milken und sein Gefolge hatten die Vorwürfe heftig abgestritten. Milken selbst war sogar so weit gegangen, öffentlich zu verkünden, daß er froh sei, die Gelegenheit zu erhalten, vor Gericht die Haltlosigkeit der gegen ihn erhobenen Anklage nachzuweisen.

Barr und Boies allerdings erlebten bald einen ganz anderen Milken, der fast verzweifelt danach strebte, eine Vereinbarung zu erzielen, um zu verhindern, daß noch mehr Einzelheiten über die Verstrickungen im Zentrum seines ehemaligen Finanzimperiums an die Öffentlichkeit drangen. Aus Befragungen früherer Milken-Kunden erfuhren die Cravath-Anwälte unter anderem, daß die Fälle, in denen Milken eigenmächtig im Namen seiner ergebenen Klienten gehandelt hatte und dabei sowohl als Verkäufer als auch als Käufer aufgetreten war, nicht auf Fred Carr und die First Executive beschränkt gewesen waren. Dasselbe Muster traf ihrer Meinung nach auch auf Tom Spiegel und die Columbia Savings sowie eine ganze Reihe weiterer Milkenscher Großkunden zu. Die Anwälte kamen zu dem Schluß, daß Milken seine bedeutendsten Klienten im Grunde durch Bestechung dazu bewogen hatte, ihm die Kontrolle über ihre Investitionen zu überlassen. Ihnen war klar, daß sie damit ein brisantes Verbindungsglied zwischen Milken und dem S&L-Skandal, der in der amerikanischen Öffentlichkeit immer höhere Wellen schlug, aufgedeckt hatten. Milken war natürlich nicht der einzige Finanzier, der durch sein Handeln das Fiasko der Spar- und Darlehenskassen bewirkt hatte; er war nicht einmal der Hauptschuldige. Aber der Wert der Junk-bond-Portefeuilles der First Executive und der Columbia Savings allein belief sich zusammen immerhin auf über zehn Mrd. Dollar.

Anfang 1991 reichte Cravath die Zivilklage gegen Milken ein. Er wurde darin beschuldigt, einen gemeinschaftlichen illegalen Plan zur Erlangung der Kontrolle über die Columbia Savings und vermittels dieser auch über andere Spar- und Darlehenskassen verfolgt und S&L-Manager dazu angestiftet zu haben, die Verfügungsgewalt über ihre Geldinstitute mißbräuchlich zu benutzen. Gleichzeitig begannen die Anwälte mit förmlichen Befragungen der früheren Mitarbeiter Milkens in Beverly Hills.

Der erste Zeuge, der vernommen wurde, war Richard Bergman, ein Buchhalter der in Beverly Hills gegründeten geheimen Partnerships. Seine Befragung dauerte acht Tage, erwies sich aber als fruchtlos. Er antwortete über 1200mal mit der stereotypen Auskunft: »Ich erinnere mich nicht.« Erfolgreicher war Cravath hinsichtlich der geforderten Herausgabe von Dokumenten. Der Richter, der mit dem Fall betraut worden war, zwang die Milken-Anwälte, dem Gericht ein großes Konvolut von Dokumenten über die Partnerships auszuhändigen, das sie ihm lieber vorenthalten hätten.

Als nächster wurde Lowell Milken verhört. (Seine Aussage wurde, gegen seinen Einspruch, auf Video aufgezeichnet.) Er sagte aus, daß er, ohne zu fragen, getan habe, was immer sein Bruder Michael von ihm verlangte. Der Gedanke, daß sein Bruder etwas Verbotenes getan haben könnte, sei ihm erst »am Vorabend des Schuldeingeständnisses meines Bruders« gekommen. Fred Joseph und Craig Cogut, der Drexel-Anwalt in Beverly Hills, der die Strafverfolgungsbehörden auf die MacPherson-Absprache aufmerksam gemacht hatte, wurden ebenfalls befragt und wiederholten weitgehend das, was sie bereits ausgesagt hatten. Cogut warf allerdings ein neues Licht auf Milkens Motivation. Er sagte aus, daß Lowell Milken ihm während des Einstellungsgesprächs in Beverly Hills in durchaus ernst zu nehmender Weise mitgeteilt habe: »Die Milkens haben vor, eine der reichsten Familien Amerikas zu werden.«

Die vielleicht wichtigste Aussage war jedoch eine, zu der es nie kam: jene von James Dahl. Als der Verkäufer, der das inzwischen berüchtigte Depot der Lincoln Savings bearbeitet und häufig als Mittler zwischen Milken und Charles Keating agiert hatte, hatte Dahl im Herzen der Milkenschen S&L-Geschäfte gesessen. Niemand konnte ahnen, was Dahl aussagen würde, und es hat auch keine Gelegenheit gegeben, es zu erfahren, denn jedesmal, wenn ein Termin für seine Vernehmung festgelegt worden war, mußte er aus irgendeinem Grund wieder verschoben werden. Milkens Anwälte legten keine Beschwerde dagegen ein; vielmehr wurde der Regierungsseite rasch klar, daß eine Befragung von Dahl, in der er erzählt hätte, was er wußte, das letzte war, was sie wollten.

Boies und Barr sahen darin ein Anzeichen dafür, daß Milken, obwohl sie bisher nur drei Aussagen hatten, zur Kapitulation bereit war und im Grunde auch keine andere Wahl hatte. Als Boies kurz nach der Cogut-Befragung in einem Konferenzraum bei Paul, Weiss mit Arthur Liman und Richard Sandler zusammentraf, erklärte er seinen Gesprächspartnern daher rundheraus: »Sie können sich einen Prozeß nicht leisten. Die Forderungen sind zu hoch, und die Aussichten sind zu schlecht.« Die Milken-Anwälte stimmten ausnahmsweise einmal mit der Regierungsseite überein.

Milken hatte den Kampf verloren, auch wenn er der Öffentlichkeit hartnäckig das Gegenteil weiszumachen versuchte. Er wollte der Drohung weiterer Prozesse ausweichen, und er wollte so viel von seinem Vermögen retten wie irgend möglich. Bislang hatte er es geschafft, das wahre Ausmaß seines Reichtums geheimzuhalten, aber Cravath hatte vorausschauenderweise den Antrag gestellt, Milken zur Offenlegung seiner persönlichen Besitztümer zu zwingen. Im Januar 1992, noch vor der Entscheidung über diesen Antrag, setzte sich Boies mit Mark Belnick, einem anderen Partner von Paul, Weiss, zusammen und holte einen gelben Block hervor, auf dem er eine Reihe von Zahlen notierte, die sich auf rund 1,3 Mrd. Dollar summierten. »Ich denke, damit wäre die Sache beigelegt«, sagte er zu Belnick, der sich die Zahlen ansah und ihm beipflichtete: »Das denke ich auch.« So entschied sich in aller Ruhe, fast beiläufig, Milkens finanzielles Schicksal.

Die abschließenden Verhandlungen verliefen nicht ohne den einen oder anderen dramatischen Augenblick – etwa den, als Sandler eine Flasche Mineralwasser an die Wand des Konferenzzimmers schleuderte –, aber die am Ende ausgehandelte Vereinbarung kam der Zahl, die Boies vorher kalkuliert hatte, bemerkenswert nahe. Die Vereinbarung wurde im März 1992 bekanntgegeben. Sie sah vor, daß Milken zusätzlich zu den 600 Mio. Dollar, die er aufgrund der strafrechtlichen Vereinbarung zu zahlen hatte, weitere 500 Mio. Dollar entrichten mußte; 190 Mio. Dollar waren in bar zu zahlen, der Rest innerhalb von drei Jahren in von den Partnerships gehaltenen Wertpapieren. Milken erhielt die Erlaubnis, die Partnerships von seiner Gefängniszelle aus weiter zu managen, um ihren Wert zu steigern. Andere Drexel-Angestellte, unter ihnen Lowell Milken, Peter Ackerman, Leon Black und Warren Trepp, mußten zusammen rund 300 Mio. Dollar zahlen, wobei der größte Anteil von Ackerman zu entrichten war. Weitere 100 Mio. Dollar sollten aus Versicherungen aufgebracht werden. Einschließlich der 400 Mio. Dollar, die Milken bereits an Entschädigungen geleistet hatte, kam damit eben jene Summe von 1,3 Mrd. Dollar zusammen, die Boies als Zielvorgabe notiert hatte.

Die Vereinbarung – über die größte Entschädigungszahlung, die jemals einem einzelnen Beschuldigten auferlegt wurde – war in vieler Hinsicht ein Triumph der Strafverfolgungsbehörden. Es war der Höhepunkt eines Verfahrens, das sechs Jahre zuvor mit der Verhaftung von Dennis Levine begonnen und dem Staat mehr an Entschädigungszahlungen und Strafgeldern eingebracht hatte als jede andere Prozeßserie vorher. Dennoch sind einige nagende Fragen offengeblieben, vor allem diejenige nach Milkens Vermögensverhältnissen: Wie reich wird er noch sein, wenn er die 1,5 Mrd. Dollar beglichen hat, deren Zahlung von ihm verlangt wird?

Ein Ergebnis seiner zivilrechtlichen Vereinbarung bestand darin, daß er die Antwort auf diese Frage unter Verschluß halten konnte. Es gibt jedoch zahlreiche Hinweise, die den Schluß zulassen, daß sein Vermögen immer noch groß genug ist, um den Lebenstraum der Milkens zu verwirklichen: wenn schon nicht die reichste, dann wenigstens eine der reichsten Familien von Amerika zu werden. Wenn Milken das Gefängnis verläßt, wird er immer noch eine beachtliche finanzielle Macht darstellen.

Cravath und die anderen Anwälte erhielten nie eine detaillierte Aufstellung des Milkenschen Familienbesitzes. Aber Milkens Anwälte deuteten während der Verhandlungen über die zivilrechtliche Vereinbarung und dem mit dem Fall befaßten Richter gegenüber an, daß Milken nach der Zahlung der zusätzlichen 500 Mio. Dollar immer noch über ein persönliches Vermögen von 500 Mio. Dollar verfügen werde, und zwar, wie ihren Andeutungen weiterhin zu entnehmen war, 200 Mio. Dollar in eigenen Portefeuilles und Partnerships und 300 Mio. Dollar in Depots, die auf die Namen seiner Frau und seiner Kinder lauteten. Milken stimmte auch einem Passus seiner Vereinbarung zu, nach dem jeder Vermögenswert, von dem später festgestellt werden sollte, daß er ihn zur Zeit der Vereinbarung verheimlicht hatte, eingezogen werden kann.

Damit ist Milken, nach eigener Angabe, ein Vermögen von nicht eben alltäglicher Größe geblieben, mit dem er sich auf jeder Liste der reichsten Amerikaner weit oben wiederfinden dürfte. Man kann jedoch mit guten Gründen annehmen, daß sein Vermögen mit 500 Mio. Dollar deutlich unterschätzt wird. Die Partnerships, zum Beispiel, sind bekanntermaßen nur schwer zu bewerten. Die Cravath-Anwälte waren angesichts der verwickelten, einander überkreuzenden Anteilsstrukturen und der Komplexität der Wertpapierpositionen so verwirrt, daß sie bei Salomon Brothers Hilfe anforderten. In den Verhandlungen über die Vereinbarung war auch deutlich geworden, daß Milken bestrebt war, einen möglichst großen Teil der Geldzahlung in von den Partnerships gehaltenen Papieren zu begleichen, um die Möglichkeit zu nutzen, jene Papiere auszuwählen, von denen in den kommenden Jahren kaum eine nennenswerte Wertsteigerung zu erwarten ist, und jene mit den besten Aussichten zu behalten. Wegen seiner Vertrautheit mit den von den Partnerships gehaltenen Wertpapieren war Milken darüber hinaus zumindest in der Lage, deren Bewertung zu manipulieren. Außerdem wurde die Einschätzung der Partnerships zu einer Zeit vorgenommen, als der Junk-bond-Markt noch am Boden lag.

Seither hat er sich jedoch so weit wieder erholt, daß es realistisch ist, ein Junk-bond-Portefeuille, das Ende 1991 300 Mio. Dollar wert war, heute, kein Jahr später, um 20 Prozent oder 60 Mio. Dollar höher einzuschätzen. Wenn man also annimmt, daß Milken für die Partnershipanteile seiner Familie den niedrigsten Wert angesetzt hat, der möglich war, und dieser seither um 20 Prozent gestiegen ist, kommt man, grob, aber immer noch zurückhaltend geschätzt, auf ein Vermögen von 600 Mio. Dollar (Stand Mitte 1992).

Darüber hinaus spielt Milken weiterhin eine dominierende Rolle in der Milkenschen Familienstiftung, die von der Vereinbarung nicht betroffen ist. Diese Stiftung verfügt über Vermögenswerte, die zur Zeit der Vereinbarung rund 375 Mio. Dollar wert waren.

Außerdem wäre noch Lowell Milkens Vermögen zu nennen. Angesichts der Beziehung, die die Brüder miteinander verbindet, und der Tatsache, daß Lowell seinem Bruder Dank dafür schuldet, daß er ihn vor einer strafrechtlichen Anklage bewahrt hat, kann man Lowells Vermögen getrost demjenigen seines Bruders zuschlagen. Lowell verdiente als Angestellter von Drexel über 100 Mio. Dollar an Grundgehalt und Bonuszahlungen. Setzt man seine Anteile an den Partnerships in der gleichen Höhe an wie die seines Bruders, schlagen sie mit mindestens 250 Mio. Dollar zu Buche, womit er, nach Steuern, auf ein Vermögen von etwa 300 Mio. Dollar käme. Selbst wenn er, großzügig bemessen, mit 50 Mio. Dollar an den 300 Mio. Dollar beteiligt wurde, die laut Milkens Vereinbarung von einigen seiner Mitarbeiter zu zahlen waren, wäre Lowell noch ein Privatvermögen von 250 Mio. Dollar geblieben.

Zieht man also nur den Besitz von Milken selbst und den seiner engeren Familie in Betracht, so kontrolliert Milken, einschließlich der Familienstiftung, ein Vermögen von 1,2 Mrd. Dollar, das, vernünftig verwaltet, während des Rests seiner Haftzeit noch anwachsen wird. Als Martin Auerbach, der Anwalt von David Solomon, von den Bedingungen der Milkenschen Vereinbarung erfuhr, meinte er lakonisch: »Nicht schlecht für ein halbes Jahrzehnt Arbeit.«

Und was ist mit Ivan Boesky? Die Zahlen mögen kleiner sein, aber an Unverfrorenheit steht er Milken in nichts nach. Im Mai 1992 reichte Seema Boesky, nach Jahren voller Gerüchte und einer bereits vor langer Zeit vollzogenen Trennung, beim New Yorker Staatsgericht die Scheidungsklage ein. Sehr zum Mißvergnügen des Boesky-Anhangs, einschließlich seiner Kinder, erschien Seema sogar in der ABC-Nachrichtensendung *20/20* und sprach mit Barbara Walters über die Qualen, die sie aufgrund des Skandals um ihren Mann ausgestanden hat. Sie enthüllte, daß sie sich von Boesky getrennt habe, als sie entdeckte, daß er ein langjähriges Verhältnis hatte. Was sie nicht sagte, war, daß es sich bei diesem Verhältnis um die Tochter eines engen Freundes handelte.

Boesky konterte, indem er von seiner Frau jährliche Unterhaltszahlungen von einer Mio. Dollar forderte. Außerdem wird er, wie von Leuten zu erfahren ist, die mit seinen Plänen vertraut sind, vermutlich das New Yorker Gesetz über die gleiche Vermögensaufteilung in Anspruch nehmen und von seiner Frau im Rahmen der Scheidungsvereinbarung die Hälfte ihres Vermögens verlangen.

In einem vertraulichen Bericht, den er zur Zeit der Beilegung der gegen ihn erhobenen Anklagen für die Strafverfolgungsbehörden verfaßte, gab Boesky an, daß er nach Zahlung der Geldstrafe von 100 Mio. Dollar noch über ein Vermögen von 25 Mio. Dollar verfügen werde. Er ist also auf jeden Fall ein reicher Mann geblieben, auch wenn viele seiner Vermögenswerte Immobilien sind, so das Haus, das er gemeinsam mit Hushang Wekili an der Côte d'Azur besitzt, das Appartement in Paris und die Eigentumswohnung in den Yacht Harbor Towers in Honolulu, die er 1986 kurz vor dem Abschluß der Vereinbarungen mit den Strafverfolgungsbehörden für 2,9 Mio. Dollar gekauft hat. Boesky hat darauf hingewiesen, daß er seit der Offenlegung seiner Vermögenswerte rund fünf Mio. Dollar für Anwaltshonorare ausgegeben habe und daß das Einkommen, das er mit dem Rest seines Vermögens erzielen könne, nicht ausreiche, um den Lebensstandard zu halten, an den er sich während der 80er Jahre gewöhnt habe.

Ein wenig beachteter Aspekt der Boesky-Vereinbarung war der Schutz des Vermögens seiner Frau und seiner Kinder vor jedem Anspruch seitens der Strafverfolgungsbehörden, der sich aus Boeskys Vergehen ergeben sollte. Daher war alles, was Boesky unter Einsatz illegaler Insiderinformationen für seine Frau und seine Kinder eingeheimst hatte, dem Zugriff der Behörden entzogen, einschließlich der Familienanteile an der Partnership, die Boesky 1986 im Zuge der neuen Drexel-Finanzierung aufgelöst hatte und deren größter Einzelanleger Seema Boesky gewesen war. Diese Partnership hatte Anfang und Mitte der 80er Jahre am meisten von Boeskys Insiderhandel profitiert. Die Seema Boesky und ihren Kindern zugeflossenen Gewinne wurden nie offengelegt, aber nach Angaben von Personen, die die Zahlen kennen, war Seema Boesky die Nutznießerin von Treuhandfonds und Anteilen in Höhe von rund 100 Mio. Dollar; das Vermögen ihrer Kinder belief sich zur Zeit der Boesky-Vereinbarungen auf etwa 98 Mio. Dollar.

Zum Vermögen von Seema Boesky gehört auch das Geld, das ihr aus dem Verkauf des Beverly Hills Hotels, das 1986 für 135 Mio. Dollar den Besitzer wechselte, zugeflossen ist; der auf ihren Namen lautende Anteil von 47 Prozent hat ihr knapp 65 Mio. Dollar eingebracht. Zusammen mit den Einlagen in Boeskys Partnerships ergibt sich daraus ein geschätztes Vermögen von mehr als 185 Mio. Dollar.

Sollte es Ivan Boesky gelingen, die Hälfte dieses Vermögens einzuklagen, wird er nicht nur bedeutend reicher sein als bisher, sondern sich auch rund 50 Mio. Dollar der Handelsgewinne einer Partnership zurückgeholt haben, die durch seine Verbrechen schwer belastet war. Das wäre ein Ergebnis, das die Strafverfolgungsbehörden sicherlich nicht vorausgeahnt haben, als sie die Vereinbarungen mit Boesky aushandelten.

Michael Milken mag ein extremer Fall sein. Er steht jedoch beispielhaft für die anderen Beteiligten an den hier behandelten Verbrechen, die allesamt, jedenfalls am Maßstab des Durchschnittsamerikaners gemessen, als reiche Männer aus dem Skandal hervorgingen. Dieses Resultat ließ verständlicherweise bei vielen die Frage aufkommen, ob der Gerechtigkeit Genüge getan und eine abschreckende Wirkung erzielt worden ist, die ähnliche Skandale für die Zukunft ausschließt.

An der Wall Street haben seit dem Ende der 80er Jahre bereits tiefgreifende Veränderungen stattgefunden. Die von der Rezession und erheblichen Entlassungen gebeutelte und immer noch unter den Nachwirkungen des Skandals leidende Wall Street hat auf vielerlei Weise zu erkennen gegeben, daß sie geläutert ist. Die einzelnen mögen den Skandal mehr oder weniger unbeschadet überstanden haben, aber ihre Firmen sind zerrüttet. Drexel mußte Konkurs anmelden; Kidder, Peabody wurde von General Electric in aller Stille zum Verkauf angeboten, und auch Salomon Brothers hat nach einem Skandal auf dem Markt der Schatzbriefe und der Zahlung einer Geldstrafe von 290 Mio. Dollar ums Überleben zu kämpfen. Neue Anlässe für größere Ermittlungsverfahren im Wertpapierbereich haben sich seither kaum ergeben, und die Firmenübernahmen, die so viele kriminelle Delikte mit sich brachten, sind fast vollständig von der Landkarte der Finanzwelt verschwunden. Es hat zumindest den Anschein, als wären der Insiderhandel und andere, verstecktere Formen des Wertpapierbetrugs heute weit weniger verbreitet als in den 80er Jahren.

Trotzdem genügt ein Blick in die Geschichte, um sich nicht in Sicherheit zu wiegen. Der berühmte englische Jurist Sir Edward Coke schrieb schon 1602, daß »Betrug und Täuschung in diesen Tagen häufiger vorkommen als in früheren Zeiten«. Die Wall Street hat sich äußerst empfänglich gezeigt für die von Milken und Boesky kultivierte Vorstellung, daß Gewinne nicht unbedingt von einem Risiko begleitet sein müssen. Vielleicht wird nie wieder ein Mann eine derartig beherrschende Stellung einnehmen können wie Michael Milken mit seinen Junk-bonds. Aber es ist mit einiger Sicherheit anzunehmen, daß in irgendeinem anderen Sektor eines Tages ein neuer Rattenfänger auftauchen wird.

Die Finanzmärkte haben im großen ganzen eine bemerkenswerte Standfestigkeit und zugleich die Fähigkeit bewiesen, ihre Exzesse selbst in den Griff zu bekommen. Aber die Ereignisse haben auch gezeigt, wie überraschend leicht sie von innen her zu korrumpieren sind. Abgesehen von allem anderen haben die Skandale der 80er Jahre unterstrichen, welche Bedeutung den Wertpapiergesetzen und der strengen Kontrolle ihrer Einhaltung zukommt. Die Wall-Street-Verbrecher waren geübt darin, Risiken abzuschätzen, – und nach ihrer Kalkulation war die Wahrscheinlichkeit, erwischt zu werden, sehr gering.

Die Bilanz der Berufungsverfahren hat wenig dazu beigetragen, das an der Wall Street vorherrschende Gefühl zu verändern, daß sich die meisten Wertpapierverbrechen außerhalb der Reichweite der Strafverfolgungsbehörden befinden. Das Urteil im Fall Princeton-Newport wurde, einschließlich der RICO-Anklage, von der Berufungsinstanz zum Teil umgestoßen, und dasjenige gegen Mulheren wurde sogar vollständig aufgehoben. Die Mulheren vorgeworfene Kursmanipulation wurde als Anklagepunkt niedergeschlagen, weil das Gericht zu dem Schluß kam, daß man bei sachgerechter Prüfung »die Elemente des Verbrechens, das hier unter Anklage stand, nicht ohne einen begründeten Zweifel« nachweisen könne. Mulherens Verurteilung zu einem Jahr und einem Tag Haft sowie die Geldstrafe in Höhe von 1,5 Mio. Dollar wurden ausgesetzt.

Dieses Ergebnis war keineswegs überraschend. Aus den Ereignissen ging zwar klar hervor, daß Boesky Mulheren, aber nicht, daß dieser die Börse manipuliert hatte. Wenn Mulheren sich etwas hatte zuschulden kommen lassen, dann in den Anklagepunkten bezüglich des »Parkens« von Aktienpositionen, bei denen sich die Geschworenen auf kein Urteil einigen konnten. Die (teilweise) Aufhebung des Urteils gegen Princeton-Newport und andere war größtenteils durch Verfahrensfragen bedingt. Angesichts der bis dahin beispiellosen Wall-Street-Verbrechen hat sich die Staatsanwaltschaft praktisch auf alles gestürzt, was für eine Anklage ausreichte, und in manchen Fällen hatte sie des Guten ein wenig zuviel getan.

Der Ausgang der Berufungsverfahren ändert zwar nichts an der Tatsache, daß an der Wall Street massiv gegen die Gesetze verstoßen worden ist, stellt aber die umfassende Kriminalisierung in Frage, die sich aus den Wertpapiergesetzen ergibt. Der Kongreß sollte ein strenges, aber präzises Strafrecht in Sachen Wertpapierhandel ausarbeiten, das sich auf die schwersten Varianten des Wertpapierbetrugs konzentriert und die Verfolgung von Tatbeständen wie dem Verstoß gegen die Nettokapitalvorschriften der SEC überläßt.

Zumindest sollte der Kongreß eine gesetzliche Definition und ein Verbot des Insiderhandels beschließen und, als Teil eines strafrechtlichen Banns gegen betrügerische Manipulationen der vorgeschriebenen Offenlegungen, eindeutig festlegen, wann von einer »Gruppe« zu sprechen ist, so daß auch »Arrangements« wie die zwischen Icahn und Boesky den Behörden gemeldet werden müssen. Darüber hinaus sollten Wertpapierfirmen grundsätzlich vom Arbitragehandel ausgeschlossen werden; die Selbstkontrolle hat eindeutig versagt, wie Kidder, Peabody indirekt eingestand, als die Firma beschloß, sich aus der Arbitrage zurückzuziehen. Und die Gerichte sollten fortfahren, ihren Entscheidungen einen weitgefaßten Begriff des Post- und Fernmeldebetrugs zugrunde zu legen, denn der Betrug hat sich, wie Lord MacNaghten es an der letzten Jahrhundertwende feststellte, als »unendlich variantenreich« erwiesen.

Historiker und Philosophen werden noch viele Jahre über die Frage diskutieren, ob die Urteile und die (vereinbarten) Strafen in den Verfahren gegen Milken, Boesky, Siegel, Levine und deren Komplizen den von ihnen begangenen Verbrechen angemessen waren. Im nachhinein ist es allerdings leicht, der Staatsanwaltschaft und der SEC vorzuwerfen, daß sie keine drakonischeren Strafen verhängt haben. Aber keine Geldstrafe, wie hoch sie auch angesetzt worden wäre, hätte den Schaden wettmachen können, den die Investoren, die Steuerzahler und die unbeteiligten Arbeiter erlitten haben, deren Arbeitsstellen dem Zinsdienst der Junkbonds geopfert wurden.

1986 jedoch war ein solcher Rückblick noch nicht möglich. Damals wußte man nur, daß ein Krebsgeschwür das moralische Gefüge der Wall Street und der amerikanischen Wirtschaft zerfraß, dessen Wucherung gestoppt werden mußte und gestoppt wurde. Die Haupttäter wurden gefaßt und konnten sich, trotz all ihres unvorstellbaren Reichtums und ihrer Macht, nicht von den Konsequenzen ihrer Taten freikaufen. Die Finanzmärkte überlebten und florierten sogar, und die Entwicklung der amerikanischen Wirtschaft zeigte Mitte 1992 leichte Anzeichen für eine Erholung. Das wichtigste aber war vielleicht, daß Integrität offenbar wieder ins Zentrum der Wertewelt des amerikanischen Lebens gerückt war.

Zwischen den Skandalen der 20er und der 80er Jahre lagen 50 Jahre. Falls es der Wall Street gelingen sollte, von heute an auch nur halb so lange jeden größeren Angriff auf ihre Integrität von vornherein auszuschließen, wird man dem in Milkens Verurteilung gipfelnden Vorgehen der Strafverfolgungsbehörden historischen Wert zumessen müssen.

Ilan Reich und Robert Wilkis traten am gleichen Tag, dem 27. März 1987, im Bundesgefängnis in Danbury ihre Strafe an. Sie hatten sich erst nach dem Zusammenbruch von Levines Insiderring kennengelernt, und die Erfahrungen, die sie teilten, wären eine gute Grundlage für eine Freundschaft gewesen. Aber sie reagierten sehr verschieden auf das Gefängnisleben. Reich wurde zusehends apathischer und kapselte sich immer stärker ab, während sich Wilkis mit den anderen Gefangenen verbrüderte und ein intensives körperliches Training aufnahm.

Sie wurden beide entlassen, nachdem sie acht Monate ihrer Strafe von einem Jahr und einem Tag abgesessen hatten, und haben sich seither nicht wiedergesehen. Reich nahm eine Stelle bei einem New Yorker Bauunternehmen an, und Wilkis ging in die Unterhaltungsindustrie; er half zum Beispiel mit, die Finanzierung des »Easter Spectacular« der Radio City Music Hall - mit den Rockettes als Stars - zustande zu bringen.

Set Mooradian wurde aufgrund seiner Kooperation strafrechtliche Immunität gewährt, und er handelte einen Vergleich mit der SEC aus, der ihn für ein Jahr vom Wertpapierhandel ausschloß. Er hatte Schwierigkeiten, eine neue Arbeit zu finden, wurde im Frühjahr 1989 geschieden und mußte sein Haus in New Jersey veräußern. Er kaufte sich bei der Auflösung von Boeskys Firma einen Personalcomputer aus dem Firmenbestand und brachte sich selbst bei, wie er zu bedienen war.

James Dahl verkaufte sein Haus in Beverly Hills und baute sich auf einem großen Grundstück in der Gegend von Jacksonville (Florida), nicht weit von Siegels Anwesen entfernt, ein neues Haus. Obwohl er sich geschworen hatte, sich von der Geschäftswelt fernzuhalten, trat er als Berater in den Dienst der Familie, die die Winn-Dixie-Supermarktkette kontrolliert. Daneben verbrachte er viel Zeit mit der Vorbereitung auf die Zeugenvernehmung, zu der es, sehr zu seiner Erleichterung, niemals kam. Die mit Drexel und Milken ausgehandelten Vereinbarungen verlangten zwar auch von ihm einen finanziellen Tribut, aber er ist auch danach noch Multimillionär.

Mulheren hatte, sogar noch vor der Aufhebung seines Urteils durch das Berufungsgericht, keine Schwierigkeiten, bei bedeutenden Investoren wie den Familien Belzberg und Tisch Kapital aufzubringen, und gründete eine neue Partnership, die er nach der Büffelherde, die er auf seiner Farm in Virginia hält, Buffalo Partners nannte. An seinem auftrumpfenden Investmentstil hat sich nichts geändert, nur daß er ein neues Büro in der Broad Street in Downtown-Manhattan bezogen hat, zu dem er jetzt täglich von seinem Haus in New Jersey aus aufbricht. Da ihm seine SEC-Vereinbarung verbietet, im eigenen Namen zu handeln, wickelt er seine Handelsaktivitäten einfach über Merrill Lynch und Bear, Stearns ab.

Robert Freeman saß seine viermonatige Haftstrafe ab und wurde am 30. August 1990 entlassen. Seine Schuldvereinbarung zwang ihn nicht zur Kooperation mit den Behörden. Er ist weiterhin ein aktiver Investor; von außen betrachtet, scheint sich also wenig verändert zu haben. Im Sommer 1991 nahmen er und seine Freunde James Regan und Henry Kravis an einer von Granite Capital abgehaltenen Golfveranstaltung teil. Granite ist eine von Lew Eisenberg, Freemans ehemaligem Kollegen bei Goldman, Sachs, gegründete Investment-Partnership.

Dennis Levine beklagte sich darüber, daß er in Lewisburg, einem Bundesgefängnis in Pennsylvania, wo er im übrigen in der Gärtnergruppe arbeitete, als »Singvogel« verschrien war und geschnitten wurde. Er beendete seine Haftstrafe im offenen Vollzug in Manhattan und wurde schließlich am 8. September 1988 entlassen.

Danach gründete er umgehend eine Finanzberatungsfirma, die er Adasar Group nannte. Zugleich war er eifrig um weitere Publizität bemüht. Er veröffentlichte am 19. Mai 1990 im *Fortune*-Magazin einen Bericht über seine Erlebnisse und schrieb mit Hilfe eines Ghostwriters ein Buch mit dem Titel *Inside Out.* Außerdem wurde er reichlich dafür entschädigt, daß es ihm versagt geblieben war, sein Bild auf der Titelseite von *Newsweek* zu sehen: *60 Minutes* drehte einen Beitrag über ihn, der im September 1991 anläßlich des Erscheinens seines Buches ausgestrahlt werden sollte.

Levine hatte vermutlich damit gerechnet, als Berühmtheit behandelt und mit Samthandschuhen angefaßt zu werden. Statt dessen wurde der Beitrag zu einem klassischen Beispiel von Enthüllungsjournalismus. Der Reporter Ed Bradley hatte die Geschäfte von Levines neuer Firma unter die Lupe genommen und entdeckt, daß Levine von seinen Kunden fragwürdige Gebührenvorauszahlungen verlangte, die angeblich bei der Beschaffung von Krediten anfielen, die dann jedoch nie aufgenommen wurden. Das Kreditinstitut mit Sitz in Panama, bei dem sie beschafft werden sollten, stellte sich als Schwindelfirma heraus, und der Mann, den Levine den potentiellen Kreditkunden als Investmentbankkollegen von Drexel vorstellte, war in Wirklichkeit ein Mithäftling aus Lewisburg. Der Levine-Beitrag von *60 Minutes* präsentierte zwei seiner Kunden, die ihm vorwarfen, sie betrogen zu haben, und als Levine vor laufender Kamera mit diesen Vorwürfen konfrontiert wurde, schmolz seine einschmeichelnde Liebenswürdigkeit sichtlich dahin.

Einer der Produzenten der Sendung sagte später, es gäbe zahlreiche weitere Opfer, die sich gescheut hätten, in einer landesweit ausgestrahlten Fernsehsendung zuzugeben, daß sie von Levine hereingelegt worden waren. Über Levine brach erneut eine Lawine von Zivilklagen herein. Die Promotiontour für sein Buch wurde kurzfristig abgeblasen, und *Inside Out* wurde zu einem Flop. Danach verschwand Levine weitgehend aus dem Sichtfeld der Öffentlichkeit. Bis dahin hatte man ihn, so als hätte es den Insiderskandal nie gegeben, gelegentlich beim Essen im exklusiven New Yorker Restaurant Four Seasons oder beim Skiurlaub mit seiner Familie in Vail (Colorado) gesehen. Er wohnt offenbar nicht mehr in seinem Appartement in der Park Avenue. Wer ihn dort anzurufen versucht, erhält die Auskunft, er solle eine Nummer auf Long Island wählen. Die Vorwahlnummer ist die von Port Washington, einer wohlhabenden New Yorker Vorstadtgemeinde.

Ivan Boeskys Haftzeit in Lompoc endete am 15. Dezember 1989, und dreieinhalb Monate später wurde er aus dem offenen Vollzug in Manhattan entlassen, nachdem er zwei Jahre seiner dreijährigen Haftstrafe hinter sich gebracht hatte. Er hatte sich im Gefängnis einen wallenden weißen Bart und schulterlange Haare wachsen lassen, und in seiner Aussage im Mulheren-Prozeß hatte er zugegeben, daß er andere Gefangene dafür bezahlte, seine Wäsche zu waschen. Wie Levine wurde auch er als Informant der Behörden verachtet. Die Gefängnisinsassen pinnten regelmäßig Karikaturen von ihm ans schwarze Brett des Gefängnisses.

Nach seiner Entlassung versuchte Boesky, wieder an sein früheres Leben anzuknüpfen. Er wandte sich an potentielle Anleger, um das Kapital für eine neue Off-shore-Investmentfirma aufzubringen, traf aber, anders als Freeman und Mulheren, die keinen ihrer Kollegen belastet hatten, überall auf verschlossene Türen. Seine Freunde sagen, er hätte inzwischen begriffen, daß ihm eine neue Karriere in der Finanzwelt versperrt ist.

Nach dem gescheiterten Putschversuch in der Sowjetunion und dem Aufstieg von Boris Jelzin im Jahr 1991 tauchte Boesky in Moskau auf und bot, unter Hinweis auf seine russischen Vorfahren, jedem seine Dienste an, der Rat beim Übergang von der Plan- zur Marktwirtschaft suchte. Doch auch in Moskau wurde er höflich, aber bestimmt abgewiesen. Freunden gegenüber hat er danach gesagt, daß er daran denke, sich als Theaterproduzent zu versuchen. Sein Sohn Billy hatte ein Off-off-Broadway-Stück mit dem Titel *Fallen Angel* geschrieben und produziert. Es handelt von einem jungen Mann, dessen Vater ins Gefängnis kommt.

Boesky hält sich häufig in Frankreich auf und pendelt zwischen seiner Wohnung in Paris und seinem Haus an der Côte d'Azur, wo er in Begleitung von Wekili gesehen wurde, hin und her. Seema Boesky lebt weiterhin auf dem Anwesen in Mt. Kisco.

Zu Verabredungen erscheint Boesky wie eh und je in einer Limousine mit Chauffeur, und abends frequentiert er, ob in Paris oder New York, exklusive Restaurants. Er ist inzwischen wieder glattrasiert, hat sich die Haare schneiden lassen und trägt wie früher sein Markenzeichen, den schwarzen Dreiteiler. In der Theaterwelt von Downtown-Manhattan allerdings wurde er auch schon einmal in schwarzen Jeans und schwarzem T-Shirt gesichtet.

Als er im April 1992 als Zeuge in einem Zivilprozeß aussagen mußte, weigerte er sich, seinen Wohnort und sein Nettoeinkommen anzugeben, und als ihn ein gegnerischer Anwalt fragte, ob er einen Chauffeur beschäftige, überlegte er einen Augenblick und antwortete dann: »Nein. Wollen Sie den Job?«

Michael Milken trat am 1. Juni 1992 im Rosenthal-Prozeß in den Zeugenstand. Es war der erste öffentliche Auftritt seit dem Beginn seiner Haftzeit. Ohne sein dunkles, lockiges Haarteil – das er aufgrund von Bundesverordnungen nicht tragen durfte, genausowenig wie einen Hut –, war er kaum wiederzuerkennen. Seine Haare waren von grauen Strähnen durchsetzt, und er sah älter aus. Ansonsten wirkte er fit, entspannt und sogar erpicht darauf, sich öffentlich zu präsentieren. Der Gerichtssaal in Manhattan war gespickt voll.

Die Spannung darüber, ob Milken seinen früheren Verbündeten Rosenthal hereinreiten würde, um sich bei Richterin Wood einzuschmeicheln, wurde rasch zerstreut. Milken schien seine Aussage einfach als einen PR-Auftritt zu betrachten, der ihm ein weiteres Mal die Gelegenheit gab, seine Verdienste um die amerikanische Wirtschaft herauszustreichen und den Wert der Junk-bonds zu verteidigen. Er gab seine eigenen Vergehen zwar zu, nutzte aber jede Gelegenheit, um ihre Schwere und ihre Bedeutung herunterzuspielen. Was die Staatsanwaltschaft als Schmiergeldzahlungen und Bestechung definierte, nannte Milken »Umsatzbeteiligungen«. Einem Klienten bei Steuerhinterziehungen zu helfen, war »Bilanzbereinigung«. Die Bezeichnung »Junk-bonds« nahm Milken kein einziges Mal in den Mund.

Obwohl er von der Anklage vorgeladen worden war, machte er eher den Eindruck eines Zeugen der Verteidigung, zumal Rosenthals Anwalt Peter Fleming war, der frühere Drexel-Anwalt, der bis zuletzt ein treuer Milken-Anhänger geblieben war und nach Drexels Schuldeingeständnis sogar angeboten hatte, sich Milkens Verteidigerteam anzuschließen. Milken schien den Versuch, die Staatsanwaltschaft für sich einzunehmen, aufgegeben zu haben. Auf die Frage, ob er für seine Zeugenaussage eine Belohnung erwarte, zuckte er die Achseln und sagte: »Nach den vergangenen fünfeinhalb Jahren bin ich mir nicht sicher, welche Erwartungen ich noch haben kann.«

Milken scheint längerfristig zu denken und über das Ende seiner Haftzeit, die wahrscheinlich noch zwei oder drei Jahre dauern wird, hinauszuschauen. Er wird das Gefängnis als enorm reicher Mann verlassen und draußen auf Freunde treffen, die reich und mächtig sind und von ihm nicht belastet wurden, obwohl er es hätte tun können. Daneben wird er zweifellos auch eine kleine, aber einflußreiche Schar von Bewunderern aus der Geschäftswelt und den Medien vorfinden. Sie alle werden aufgerufen sein, für Milken in die Schlacht zu ziehen, um das Urteil der Geschichte über ihn günstig zu gestalten.

Zu Milkens treuen Fußsoldaten gehört Lorraine Spurge, die heute Präsidentin einer Organisation ist, die sich »Working for the American Dream« (Arbeiten für den amerikanischen Traum) nennt und deren einziges Ziel darin zu bestehen scheint, Milkens Image aufzupolieren. Zu den Vorstandsmitgliedern zählen Milken-Apologeten wie der Wirtschaftswissenschaftler George Gilder, der Safeway-Präsident Peter Magowan und der Kommentator und Medienkritiker Jude Wanniski.

Das Buch über Milkens Klienten, das die Mitarbeiter von Robinson, Lake in solche Verlegenheit gestürzt hatte, wurde im Juni 1991 unter dem Titel *Portraits of the American Dream* (Bilder des amerikanischen Traums) veröffentlicht. Spurge und ihre Organisation verschickten darüber hinaus Bittbriefe, in denen um Spenden zur Unterstützung von Milkens Sache gebeten wurde. »Menschen wie Michael Milken sind der lebende Beweis dafür, daß Hingabe und nicht Habgier das Jahrzehnt bestimmt hat«, heißt es in einem dieser Briefe.

Martin Siegel trat am 1. Juli 1990 im Bundesgefängnis von Jessup (Georgia) seine Strafe an und wurde am 24. August entlassen. Er beschäftigte sich während seiner Haft damit, Parkplatzmarkierungen zu malen und die Gefängnisbibliothek zu computerisieren.

Sein Haus in Greens Farms (Connecticut) hat er für 4,75 Mio. Dollar an seinen dortigen Nachbarn Phil Donahue verkauft, der es abreißen ließ, um auf diese Weise sein Grundstück zu vergrößern.

Siegel hat ein Computercamp für unterprivilegierte High-School-Schüler aus Jacksonville aufgebaut, in dem er derzeit in Erfüllung der gerichtlichen Auflage einer zweijährigen gemeinnützigen Tätigkeit ganztägig arbeitet. Das Projekt steht unter der Schirmherrschaft des Florida Community Colleges und des Urban Ressources Center von Jacksonville, das das Ziel verfolgt, den Ausbildungsstand der Arbeitskräfte des Gebiets um Jacksonville zu erhöhen.

Siegel hat seit seiner Verurteilung einen ständig wiederkehrenden Traum, in dem er sich selbst im konservativen Anzug eines Investmentbankers in die Anwaltskanzlei seines früheren Mentors Martin Lipton gehen sieht. In dem Traum steht Lipton auf, geht auf Siegel zu, umarmt ihn und sagt dann: »Ich verzeihe dir.«

Chronologie

MAI 1986
SEC und Staatsanwaltschaft beschuldigen Dennis Levine, durch Insiderhandel einen Profit von 12,6 Mio. Dollar gemacht zu haben.
NOVEMBER 1986
Ivan F. Boesky willigt ein, eine Geldstrafe von 100 Mio. Dollar zu zahlen, um die SEC-Anklage wegen Insiderhandels beizulegen. Die Staatsanwaltschaft gibt bekannt, daß er in einer verdeckten Operation für sie gearbeitet hat. Drexel Burnham Lambert und Michael Milken erhalten Vorladungen.
FEBRUAR 1987
Levine wird zu zwei Jahren Gefängnis verurteilt. Robert Freeman, Richard Wigton und Timothy Tabor werden des Insiderhandels angeklagt und festgenommen. Martin Siegel gesteht seinen Insiderhandel und wird als kooperierender Zeuge der Anklage genannt.
MAI 1987
Die Anklagen gegen Freeman, Wigton und Tabor werden fallengelassen. Die Staatsanwaltschaft kündigt eine neue Anklageerhebung an.
OKTOBER 1987
Börsenkrach (Schwarzer Montag).
DEZEMBER 1987
Boesky wird zu drei Jahren Gefängnis verurteilt.
FEBRUAR 1988
John Mulheren wird wegen Waffentragens und mutmaßlichen Mordversuchs an Boesky verhaftet.
SEPTEMBER 1988
Die SEC klagt Drexel, Milken und andere des Insiderhandels, der Kursmanipulation, des Betrugs und anderer Vergehen gegen die Wertpapiergesetze an.
DEZEMBER 1988
Drexel willigt ein, sich in sechs Anklagepunkten schuldig zu bekennen, die SEC-Anklage beizulegen und eine Geldstrafe in der Rekordhöhe von 650 Mio. Dollar zu zahlen.

März 1989
Milken und sein Bruder Lowell werden in 98 Punkten des organisierten Verbrechens und des Wertpapierbetrugs angeklagt.
August 1989
Freeman bekennt sich in einem Anklagepunkt des Insiderhandels schuldig. Die Ermittlungen gegen Wigton und Tabor werden eingestellt.
Oktober 1989
Der Junk-bond-Markt bricht zusammen.
Februar 1990
Drexel meldet Konkurs an.
April 1990
Milken willigt ein, sich in sechs Anklagepunkten schuldig zu bekennen und eine Geldstrafe von 600 Mio. Dollar zu zahlen.
Juni 1990
Siegel wird zu zwei Monaten Gefängnis verurteilt.
Juli 1990
Mulheren wird verurteilt; die Verurteilung wird später in der Berufungsverhandlung aufgehoben.
November 1990
Milken wird zu zehn Jahren Gefängnis verurteilt.

Anmerkungen und Quellen

Obwohl ich es damals nicht erkannte, begannen meine Recherchen für dieses Buch am 12. Mai 1986, am Nachmittag von Dennis Levines Verhaftung. Sie wurden von diesem Tag an kontinuierlich fortgesetzt. Ich arbeitete als Reporter des *Wall Street Journal*, bis ich im September 1988 als Redakteur für die erste Seite des *Journal* verantwortlich wurde, fast ausschließlich an Artikeln über Levine, Boesky, Siegel, Drexel, Milken und deren Umfeld. Aber auch danach befaßte ich mich weiter mit diesem Thema und schrieb für die Zeitung mehrere Artikel über verschiedene Aspekte des Skandals. Als Reporter habe ich eng mit einem Kollegen vom *Journal* zusammengearbeitet, Daniel Hertzberg, dessen hervorragende Arbeit dieses Buch mit ermöglicht hat. Nach meinem Wechsel in die Redaktion wurde Laurie P. Cohen zur Chefreporterin des *Journal* in dieser Sache und damit gleichzeitig zum Rechercheur für dieses Buch. Sie führte zahlreiche Interviews und wurde zu einer unverzichtbaren Informationsquelle.

Fast jede im Buch genannte Person wurde interviewt oder um ein Interview gebeten, erhielt also die Gelegenheit, Stellung zu beziehen. Darüber hinaus wurden zahlreiche nicht namentlich erwähnte Personen interviewt, die etwas von der Geschichte wußten. Viele der Interviews wurden unter dem Vorbehalt der Vertraulichkeit geführt, mit der Einschränkung, daß die Ansichten der Interviewten sowie Äußerungen, an die sie selbst oder andere sich erinnerten, im Text wiedergegeben werden durften. Nicht belegte Äußerungen wurden nicht benutzt. Die zitierten Ansichten stammen von den jeweiligen Personen selbst, entweder direkt, aus Interviews, oder es sind unter Eid gemachte Aussagen beziehungsweise Notizen von Anwälten. In wörtlicher Rede wird entweder der Sprecher wiedergegeben oder jemand, der die jeweilige Bemerkung gehört hat, oder es handelt sich um Zitate aus Transkripten und Notizen. Bei umstrittenen Äußerungen bin ich der Version des Sprechers gefolgt (selbst in einigen Fällen, in denen unter Eid das Gegenteil ausgesagt wurde).

Konnten Widersprüche zwischen verschiedenen Darstellungen nicht ausgeräumt werden, habe ich die abweichende Meinung in die nachfolgenden Anmerkungen aufgenommen und kurz erklärt, warum ich mich für die im Haupttext enthaltene Version entschied. Die meisten dieser Diskrepanzen tauchen zwischen den Darstellungen von Milken und Boesky auf. Bei meinen Recherchen erwies sich die Boesky-Version regelmäßig als die zutreffendere. Nach der Übereinkunft mit der Staatsanwaltschaft bestand Boeskys einzige Pflicht darin, die Wahrheit zu sagen; hätte er sie verletzt, wäre der Handel hinfällig gewesen. Er machte seine Aussagen in vielen Fällen unter Eid, und auch wenn sein Gedächtnis nicht unfehlbar war, wurde das, woran er sich erinnerte, von Siegel, Mulheren, Jeffries und anderen Beteiligten bestätigt, bis auf eine Ausnahme: Milken. Im Gegensatz zu Boesky sagte Milken, sogar im Kreuzverhör, nicht unter Eid aus und berief sich während der gesamten Untersuchung wiederholt auf den fünften Zusatzartikel zur Verfassung (nach dem er nicht auszusagen brauchte, wenn er sich damit selbst belastet hätte). Außerdem hat sich Milkens Darstellung im Verlauf der Untersuchung, in der er sich zunächst für unschuldig erklärte und am Ende schließlich in sechs Anklagepunkten schuldig bekannte, grundlegend verändert.

Ich hatte in meiner Zeit als Reporter niemals vorher mit einem derartig geheimnisumwobenen Fall zu tun gehabt. Fast alle Beteiligten mußten oder müssen noch mit einer straf- oder zivilrechtlichen Anklage rechnen, oder damit, daß sie als Zeugen in einem Straf- oder Zivilprozeß aufgerufen werden. Immer noch schweben Hunderte von Zivilklagen, in denen es um Milliardenbeträge geht. Angesichts dessen ist es nicht verwunderlich, daß so viele der Angesprochenen nicht zitiert werden wollten. Die Mitarbeiter des Büros des Staatsanwalts und der SEC wurden wie üblich angewiesen, im großen und ganzen den Mund zu halten und sich nur innerhalb enggezogener Grenzen zu äußern. Ähnliches gilt für viele Unternehmen. General Electric ging sogar so weit, einem ehemaligen Angestellten von Kidder, Peabody damit zu drohen, seine Pensionszahlungen einzustellen, falls er seine Geschichte erzählen sollte.

Trotz dieser Hemmnisse waren viele, die mit dem Skandal zu tun gehabt hatten, zu Interviews bereit. Bei einigen waren dafür nicht nur Wahrheitsliebe, sondern auch außerordentlicher Mut erforderlich, und oft genug auch ein bemerkenswerter Einsatz, von tagelangen Gesprächen über wiederholte Telefonate bis hin zur Aushändigung von Dokumenten und Tagebüchern. Obwohl sofort nach Erscheinen der jeweiligen Artikel mit allen Mitteln versucht wurde, sie zu diskreditieren, haben sich diese ungenannten Quellen in über vier Jahren der Recherche für das *Journal* bei zahllosen Gelegenheiten als äußerst zuverlässig und genau erwiesen. Die

Richtigkeit ihrer Informationen hat sich im Lauf der Zeit immer wieder bestätigt, und ich habe mich bei der Vorbereitung dieses Buchs weiterhin auf sie verlassen.

Zusätzlich zu den Interviews habe ich Tausende von Seiten von Gerichtsprotokollen durchgearbeitet und in einigen Fällen auch Aussagen vor der Grand Jury sowie als Beweismittel eingeführte Dokumente herangezogen. Viele dieser Dokumente werden in den nachfolgenden Anmerkungen angeführt.

Viele der Beteiligten wurden von Staatsanwälten, Verteidigern und anderen Rechtsbeiständen ausführlich beraten, und ich hatte in einigen Fällen Gelegenheit, in die dabei gemachten Notizen Einblick zu nehmen. Wmöglich, habe ich mich nie allein auf persönliche Erinnerungen verlassen, sondern sie anhand von dokumentarischem Material überprüft. In vielen Fällen ergänzen die Interviews jedoch die schriftlichen Quellen, so daß die im folgenden genannten Quellen gelegentlich nicht alle im Text verarbeiteten Einzelheiten enthalten. Unter der anschließend aufgelisteten Literatur zum Thema ragen zwei Bücher heraus: *The Predators' Ball* von Connie Bruck und *Mr. Diamond* von Douglas Frantz. Brucks eingehende Arbeit darüber, wie Milken und Drexel ihre Geschäfte führten, bleibt grundlegend. Frantz' Darstellung des Levine-Skandals ist besonders im Hinblick auf die Rolle der Bank Leu von Bedeutung.

In Buchform vorliegende Quellen

Ken Auletta, *Greed and Glory on Wall Street: The Fall of the House of Lehman,* New York 1986

Ivan F. Boesky, *Merger Mania. Arbitrage: Wall Street's Best-Kept Money Making Secret,* New York 1985

Connie Bruck, *The Predators' Ball. The Junk Bond Raiders and the Man Who Staked Them,* New York 1988

Bryan Burrough/John Helyar, *Die Nabisco-Story. Ein Unternehmen wird geplündert,* Frankfurt/M., Berlin 1991

Vincent P. Carosso, *More Than a Century of Investment Banking: The Kidder, Peabody & Co. Story,* New York 1979

Ron Chernow, *The House of Morgan,* New York 1990

Douglas Frantz, *Mr. Diamond. Der Insider-Skandal von Wall Street,* München 1988

W. Braddock Hickman, *Corporate Bond Quality and Investor Experience,* Princeton 1958

Hope Lampert, *Till Death Do Us Part: Bendix vs. Marietta*
Thomas Petzinger, *Oil and Honor,* New York 1988
Roy C. Smith, *The Money Wars,* New York 1990
R. Foster Winans, *Trading Secrets: Seduction and Scandal at The Wall Street Journal,* New York 1986

Prolog

Seite 13. Thayer wurde zu vier Jahren Haft verurteilt, nachdem er sich der Falschaussage vor SEC-Beamten schuldig bekannt hatte. Die Anklage wegen Insiderhandels wurde durch einen Vergleich beigelegt, in dem er sich zusammen mit seinen Mitangeklagten bereiterklärte, eine Million Dollar zu zahlen (vgl. Andy Pasztor, »Thayer, Friend Are Sentenced to Four Years«, in: *Wall Street Journal,* 5. Mai 1985). Pownell sollte im Mai 1986, als Siegel ihn besuchte, bei der Verhandlung über Thayers Haftentlassung aussagen.

Seite 14. Das Fernschreiben über Levines Verhaftung wurde um 14.46 Uhr am 12. Mai 1986 abgesetzt. Den vollständigen Text erhielt ich vom Dow Jones News Retrieval.

Buch Eins. Über dem Gesetz

Kapitel 1

Seite 21. Die Geschichte von Kidder, Peabody ist dargestellt in Vincent P. Carosso, *More Than a Century of Investment Banking.*

Seite 22. Die Pecora-Anhörungen sind nachzulesen in den Protokollen des US-Senats, Committee on Banking and Currency, 73. Congress, 2. Session, »Stock Exchange Practices: Hearings«, und dem abschließenden »Report of the Proceedings«, 1934.

Seite 26. Die Beteiligten des Podiumsgesprächs sind im Programm der Veranstaltung aufgeführt.

Seite 27. Die Geschichte der Morgan-Ära und des Morganschen Antisemitismus ist dargestellt in Ron Chernow, *The House of Morgan.*

Seite 28. Der Artikel über Siegel war »Takeover Target's Defender«, in: *Business Week,* 16. Mai 1977, S. 160–162.

Seite 35. Boeskys Leben und Karriere werden beschrieben in: *U.S. versus Ivan Boesky,* Defendant's Memorandum on Sentencing (Schriftsatz des Angeklagten im Urteilsverfahren; im folgenden als **Boesky-Memo** zitiert), S. 38–40.

Seite 36. Die beiden Ringervergleiche stammen aus Connie Bruck, »My Master Is My Purse«, in: *The Atlantic,* Dezember 1984.

Seite 37. Boeskys Zeit im Iran wird in einem Bericht behandelt, den das Detektivbüro Kroll Associates für Drexel Burnham Lambert angefertigt hatte und den Drexel den Strafverfolgungsbehörden übergab.

Seite 37. Bekannte von Boesky aus seiner Detroiter Zeit wurden 1986 interviewt. Boeskys frühe Jahre werden auch ausführlich in Bruck, »My Master Is My Purse«, dargestellt.

Seite 38. Nach den Vorschriften der SEC muß ein Blankoverkäufer die von ihm angebotenen Aktien entweder besitzen oder unter Garantie bereitstellen können. Das übliche Verfahren besteht darin, daß ein Investor Aktien leerverkauft, die er nicht besitzt, sondern sich von einem Dritten »borgt«, der ihm garantiert, daß sie am Fälligkeitstag für den Investor zum Kauf verfügbar sein werden. Der Investor setzt dabei darauf, daß der Kurs fällt, so daß der Preis der »geborgten« Aktien niedriger ausfällt als jener, den er beim Blankoverkauf vereinbart hat.

Seite 48. Milkens Herkunft wird ausführlich dargestellt in *U.S. versus Michael R. Milken,* SS 89-CR-41, Sentencing Memorandum of Michael R. Milken (Schriftsatz der Staatsanwaltschaft im Urteilsverfahren; im folgenden zitiert als **Milken-Memo**), S. 3–28; außerdem, neben der von Burnham, Joseph und Drexel, in Bruck, *Predators' Ball,* S. 23–40.

Seite 49. W. Braddock Hickman, *Corporate Bond Quality and Investor Experience.* Von dem Buch wurden ganze 934 Exemplare verkauft.

Seite 53. Eli Black beging 1975 Selbstmord. Der Skandal ging durch die gesamte Presse (vgl. Mary Bralove, »Giving Up«, in: *Wall Street Journal,* 14. Februar 1975).

Seite 61. Milkens Einkünfte wurden offengelegt im Milken-Memo, S. 20, Anm. 8.

Seite 61. Robert Ludlum, *Der Matarese-Bund,* München (12. Auflage der Taschenbuchausgabe) 1991, S. 518.

Kapitel 2

Seite 66. Die Herkunft von Dennis Levine und Robert Wilkis wird ausführlich dargestellt in: *U.S. versus Dennis B. Levine,* 86-CR-519, Sentencing

Memorandum on Behalf of Dennis B. Levine, 1989 (Schriftsatz der Staatsanwaltschaft im Urteilsverfahren; im folgenden als **Levine-Memo** zitiert), S. 1–10.

Seite 69. Die Geschichte von Levines Vater stammt aus: *U.S. versus Dennis B. Levine,* First and Second Reports of the Receiver (Erster und zweiter Bericht des Zwangsverwalters; im folgenden zitiert als **Levine receiver's reports**).

Seite 70. Levines und Wilkis' Darstellungen des Beginns ihres Insiderhandels unterscheiden sich erheblich. Levine behauptet, Wilkis habe ihm »die Augen geöffnet« für »das Konzept des Insiderhandels«, als er 1978 ein verschlüsseltes Fernschreiben der Citibank in die Hände bekam und Levine drängte, Aktien des Übernahmeziels zu erwerben. Nach seiner Aussage hat Wilkis Insiderinformationen von ihm verlangt, während er noch in Paris war, und im Verlauf eines Parisbesuchs im Frühjahr 1979 ein Schweizer Bankkonto eröffnet (Levine-Memo, S. 12–14). Wilkis bestreitet diese Darstellung. Er hat als Teil seiner Vereinbarung mit den Justizbehörden seine sämtlichen Bankbewegungen offengelegt; dort findet sich nirgendwo ein Hinweis auf die Eröffnung eines Schweizer Kontos von Paris aus. Aus diesem und anderen Gründen folgt der Haupttext Wilkis' Version der Ereignisse.

Seite 72. Hills Beziehungen zu Levine werden zusammengefaßt in: *SEC versus Dennis Levine,* 86 Civ. 3726, Declaration of J. Tomilson Hill III., 1986 (Erklärung von J.T. Hill).

Seite 75. Obwohl Levine Wilkis gegenüber häufig vorgab, daß »jeder«, einschließlich Hills, Insiderhandel betreibe, gibt es keinerlei Beweise, die seine Behauptung stützen. Es ist in diesem Zusammenhang auch bemerkenswert, daß Levine, als er allen Grund hatte, den Wert seiner Kooperation mit den Strafverfolgungsbehörden zu betonen, außer seinen unmittelbaren Mitverschworenen niemanden belastet hat.

Seite 78. Die Decknamen werden besprochen in Frantz, *Mr. Diamond,* S. 71.

Seite 80. Eine Darstellung des Treffens von Reich und Levine findet sich bei Steven Brill, »Death of a Career«, in: *American Lawyer,* Dezember 1986.

Seite 81. Reichs Herkunft ist dargestellt in: Sentencing Memorandum on Behalf of Ilan K. Reich (Schriftsatz der Staatsanwaltschaft im Urteilsverfahren; im folgenden als **Reich-Memo** zitiert), S. 4–12.

Seite 84. Die SEC legte in Erfüllung einer FOIA-Anfrage Kopien der Levine-Dokumente der Bank Leu vor.

Seite 85. Einzelheiten zu Levines Handel in Jefferson National und den anderen auf den folgenden Seiten genannten Aktien finden sich zusammen mit einer Einschätzung seiner Gewinne und Verluste im Anhang zu den SEC-Akten in *SEC versus Dennis Levine A/K/A Mr. Diamond et al.,* den zivilrechtlichen Verfügungen und ergänzenden Maßnahmen und Papieren der SEC, S. 5–21. Eine Graphik, die den Handel und die Gewinne zeigt, erschien im *Wall Street Journal,* 16. Mai 1986.

Seite 88. Levines American-Express-Quittungen aus der Zeit seiner Anstellung bei Smith Barney wurden von der SEC aufgrund der FOIA-Anfrage vorgelegt.

Seite 91. Über die Anklage gegen Florentino wurde in der Presse ausführlich berichtet; vgl. u.a. *The Wall Street Journal,* 17. August 1983.

Seite 92. Fraysse hielt seine Treffen mit »Mr. Diamond« in Aktennotizen fest, die von der SEC beigebracht und mit den FOIA-Materialien offengelegt wurden.

Kapitel 3

Seite 95. Mulheren beschrieb sein erstes Treffen mit Boesky im Café des Artistes in *U.S. versus John A. Mulheren, Jr.,* 89–CR-452, transcripts of proceedings, testimony of John Mulheren (Verhandlungsprotokolle, Aussage von Mulheren; im folgenden als **Mulheren-Aussage** zitiert), 13. Juni 1990, S. 2471 ff. In seiner Aussage machte Mulheren auch ausführliche Angaben zu seiner Herkunft und seiner beruflichen Laufbahn.

Seite 97. Die Gründe für den Übernahmeboom der 80er Jahre werden eingehend besprochen in Smith, *Money Wars.*

Seite 104. Mulheren stellte die Rettungsaktion für Boesky in seiner Aussage vor Gericht ausführlich dar. Die Zitate stammen aus der Mulheren-Aussage, S. 2477 f.

Seite 107. Die Verabredung zum Tennis und Boeskys Ankunft im Rolls Royce wurden zuerst von James B. Stewart und Daniel Hertzberg beschrieben: »Unhappy Ending«, in: *The Wall Street Journal,* 17. Februar 1987.

Seite 111. Boesky berichtet von den Anfängen seines Insiderhandels mit Siegel in *U.S. versus John A. Mulheren,* transcripts of proceedings, testimony of Ivan Boesky (Verhandlungsprotokolle, Aussage von Boesky; im folgenden als **Boesky-Aussage** zitiert), 22. Mai 1990, S. 418. Siegel seinerseits schilderte ihre Beziehung in zahlreichen Verhören. Seine Darstellung stimmt in allen wesentlichen Punkten mit derjenigen von Boesky überein.

Seite 112. Siegels aufsehenerregende Rolle in der Auseinandersetzung zwischen Martin Marietta und Bendix wird ausführlich beschrieben in Lampert, *Till Death Do Us Part.*

Seite 114. Boeskys Gewinn aus Siegels Informationen ist angegeben in *SEC versus Martin A. Siegel,* Complaint for Injunctive and Other Equitable Relief (Klage auf Unterlassung und andere angemessene Rechtsmittel; im folgenden als **Siegel-Anklage** zitiert), S. 5–14.

Seite 114. Die Einzelheiten der Barzahlungen wurden bislang zum größten Teil noch nicht veröffentlicht. Sie wurden erstmals erwähnt in der Siegel-Anklage, S. 6, und von Stewart und Hertzberg in »Unhappy Ending« geschildert.

Kapitel 4

Seite 118. Boeskys Besitzanteil am Beverly Hills Hotel wird besprochen in Bruck, »My Master Is My Purse«. Die Geschichte des Hotels ist dargestellt in Laura Landro, »Show Business Deals Can Go Swimmingly If the Setting Is Right«, in: *The Wall Street Journal,* 15. April 1985.

Seite 121. Herkunft und Karriere von Posner werden beschrieben in Michael Allen, »Troubled Raider«, in: *The Wall Street Journal,* 14. Juli 1987. Posners Beziehung zu Drexel wird auch diskutiert in Bruck, *Predators' Ball,* S. 119–125.

Seite 122. Ronald Perelman war der Chef von MacAndrews & Forbes und startete eine feindselige Übernahme von Revlon. Nelson Peltz, Chef von Triangle Industries, erwarb National Can und kaufte anschließend American National Can von Primerica; anschließend verkaufte er American National Can an den französischen Verpackungshersteller Pechiney. Gerald Tsai baute als Präsident von Primerica das Unternehmen zu einem finanziellen Dienstleistungskonzern um, dem unter anderem die Brokerfirma Smith Barney gehört. Irwin Jacobs ist ein Raider aus Minneapolis. Die Hafts wurden gleichfalls zu Raidern und unternahmen einen erfolglosen Angriff auf Safeway Stores. Der Familie Pritzker gehören die Hyatt Hotels Corporation und zahlreiche Beteiligungen an anderen Unternehmen.

Seite 123. Die Darstellung der Fischbach-Transaktion fußt zwar auf eigenen Recherchen, entspricht jedoch weitgehend derjenigen im Milken-Memo, S. 30–37. Carr hat bestritten, an einer Aktion zur Überwindung von Posners Stillhalteabkommen oder sonst irgendwie an einer von Milken geführten Kampagne in bezug auf Fischbach beteiligt gewesen zu sein.

Seite 128. Obwohl sich Milken im Anklagepunkt der Verschwörung im Fall Fischbach schuldig bekannt hat, bestritt er einige der Schlüsselereignisse, die ihm von der Staatsanwaltschaft vorgeworfen wurden und aufgrund eigener Recherchen im Haupttext dargestellt werden. Milken beharrte darauf, daß er Boesky zur Zeit von dessen ersten Ankäufen nicht angewiesen habe, Fischbach zu kaufen, und ihm auch nicht garantiert habe, eventuelle Verluste zu übernehmen. Folglich könne Boesky auch nicht in einen größeren Plan eingebaut gewesen sein, der das Ziel gehabt hätte, Posner von dem Stillhalteabkommen zu befreien (*U.S. versus Milken,* reply sentencing memo of Michael R. Milken, S. 80–82; im folgenden als **Milken-Erwiderung** zitiert). Nach dieser Version wären also Boeskys Ankäufe während Posners erzwungener Untätigkeit purer Zufall gewesen und hätten keinerlei Anlaß dafür geboten, daß Milken eine Garantie für etwaige Verluste von Boesky übernahm, was er in bezug auf andere Fischbach-Aktivitäten jedoch zugab, getan zu haben. Aus diesem und anderen Gründen folgt der Text im großen und ganzen Boeskys Version der Ereignisse.

Seite 131. Der Handel von Otter Creek in National Can wurde erstmals behandelt in James B. Stewart, »Dubious Deals«, in: *The Wall Street Journal,* 15. Juli 1988. Die Handelsbelege wurden von dem für Aufsicht und Ermittlungen zuständigen Unterausschuß des Repräsentantenhauses offengelegt. Ein Milken-Sprecher leugnete jede Unregelmäßigkeit mit der Begründung, Milken hätte vor der öffentlichen Bekanntgabe nicht gewußt, daß National Can einen Leveraged buyout plante (und das, obwohl Drexel den LBO finanzierte und Besprechungen mit National Can führte).

Seite 132. Die Zitate stammen aus dem vertraulichen Bericht der NYSE über ihre Untersuchung, der dem Untersuchungsausschuß des Repräsentantenhauses vorgelegt wurde.

Seite 133. Engel bestreitet Josephs Darstellung und wurde im Zusammenhang mit diesem Vorfall nie angeklagt.

Seite 134. Engels Kündigung ist dargestellt in Bruck, *Predators' Ball,* S. 337–339.

Seite 139. Der Predators' Ball von 1985 war Gegenstand von Anthony Biancos Artikel »The Growing Respectability of the Junk Heap«, in: *Business Week,* 22. April 1985.

Seite 141. Bruck berichtet von der Anwesenheit von Prostituierten auf dem 85er Predators' Ball und stützt sich dabei auf Teilnehmer wie Fred Sullivan, den Präsidenten von Kidde Inc. (*Predators' Ball,* S. 15). Joseph und Engel bestreiten diese Behauptung.

Seite 141. Das Zitat stammt aus Peter Dworkin, »The Inside Story on the High Tech of Finance«, in: *San Francisco Chronicle*, 4. April 1985. Das vollständige Zitat lautet: »›Die Aggressivität und Gerissenheit dieser Leute ist schon beeindruckend‹, sagte Tully Friedman, ein Partner der Investmentfirma Hellman & Friedman aus San Francisco. ›Was man noch nicht sagen kann, ist, ob wir es mit einer Wasserscheide im amerikanischen Geschäftsleben zu tun haben, oder nur mit einer Südseeluftblase‹, fügte er in bezug auf ein berühmtes Spekulationsobjekt hinzu.«

Kapitel 5

Seite 142. Levines Rechnung aus dem River Café befand sich unter den von der SEC gefundenen Spesenabrechnungen.

Seite 145. Ken Auletta, *Greed and Glory on Wall Street.*

Seite 148. Reichs Anstrengungen, sich von Levine zu lösen, und seine neuerliche Umgarnung werden im Reich-Memo, S. 18–21, geschildert.

Seite 152. Cecola bekannte sich am Ende in zwei Fällen der Steuerhinterziehung schuldig, bestritt aber jede Beteiligung an Insidergeschäften. Er wurde daraufhin aus der Harvard Business School hinausgeworfen.

Seite 154. Die Zitate stammen aus *In the Matter of Transaction in the Securities of Textron, Inc.*, Aktennummer HO-1677, Transkript der Aussage von Dennis B. Levine, 14. November 1984, S. 15–17.

Seite 158. Eine als »vertraulich« gekennzeichnete Kopie von Hadley Lockwoods »Bewerberpräsentation« für Levine wurde der SEC übergeben und als Teil ihrer FOIA-Materialien offengelegt.

Seite 159. Die Bedingungen von Levines Anstellung bei Drexel sind in einer internen Mitteilung von Herbert Bachelor an Tom Lee vom 18. Januar 1985 und in einem Brief von David Kay an Levine vom 9. Januar 1985 festgehalten, die beide der SEC vorgelegt wurden.

Seite 160. Der Kauf des Ferraris ist in Levine receiver's reports beschrieben.

Seite 161. Im Mai 1990 schrieb Levine, er hätte Boesky auf dem 85er Predators' Ball kennengelernt, und erst danach hätten die regelmäßigen Telefongespräche begonnen (Dennis B. Levine, »The Inside Story of an Inside Trade«, in: *Fortune*, 21. Mai 1990). Vorher hatte er angegeben, Boesky hätte ihn im Februar 1985 angerufen, um eine Information von ihm zu bekommen, und dies wäre »der erste von zahllosen Anrufen von Ivan Boesky« gewesen (Levine-Memo, S. 24). Der Text hält sich an Boeskys Version der Ereignisse, nach der es Levine gewesen war, der im

Februar 1985 bei Boesky anrief, was besser als der umgekehrte Fall zu Levines lange gehegtem Wunsch paßt, mit Boesky in Kontakt zu kommen.

Seite 161. Die Einzelheiten von Boeskys Handel in ANR und der anderen hier genannten Transaktionen sind seinen voluminösen, von der SEC zur Verfügung gestellten 13-D-Erklärungen entnommen.

Seite 162. Die Gewinne, die Boesky aufgrund von Levines Tips erzielte, wurden in der SEC-Anklage *(SEC versus Ivan F. Boesky et al.)* angeführt.

Seite 163. Die Bedingungen der Vereinbarung zwischen Boesky und Levine sind ebenfalls in der SEC-Anklage enthalten.

Seite 164. Für Levines Beschuldigung von Gleacher und Wasserstein gibt es keinerlei Beweise, und keiner von beiden wurde wegen irgendwelcher Verfehlungen angeklagt (vgl. Anm. zu Seite 75).

Seite 164. Die Angaben zur Biographie und zu den Lebensumständen von Sir James Goldsmith stammen aus James B. Stewarts und Phillip Revzins Artikel »Nimble Financier«, in: *The Wall Street Journal,* 21. November 1986.

Seite 166. Eine Beschreibung des Essens bei Sir James findet sich in Roland Franklins Aussage bei der SEC und bei Frantz, *Mr. Diamond,* S. 139–141.

Kapitel 6

Seite 169. Die Natomas-Transaktion ist in der Siegel-Anklage, S. 7–8, beschrieben.

Seite 170. Die Texaco/Pennzoil/Getty-Schlacht, einschließlich der Rolle, die Siegel in ihr gespielt hat, ist Thema von Petzingers Buch *Oil and Honor.*

Seite 173. Boeskys und Siegels Angaben über den ausgelieferten Betrag weichen voneinander ab. Boesky wußte offenbar nichts von den »Transportverlusten«; der Text hält sich an Siegels unter Eid gemachte Aussage bei der Staatsanwaltschaft.

Seite 173. Boeskys Erfolg beim Gulf-Deal wird ausführlich beschrieben in Bruck, »My Master Is My Purse«.

Seite 175. Zum Carnation-Deal vgl. Siegel-Anklage, S. 6–8.

Seite 176. Die SEC bezeichnete die Behauptung von Carnation, man kenne keine Gründe für den aktiven Handel in den Aktien des Unternehmens, als »materiell falsch und irreführend« und gab neue Richtlinien für die SEC-Erklärungen heraus; vgl. *The Wall Street Journal*, 9. Juli 1985.

Seite 178. Der Artikel, der Siegel solche Sorgen bereitete, war: Gwen Kinkead, »Ivan Boesky, Money Machine«, in: *Fortune*, 6. August 1984.

Seite 180. Die biographischen Angaben über Freeman stammen aus: Richard B. Stolley, »The Ordeal of Bob Freeman«, in: *Fortune*, 25. Mai 1987.

Seite 181. Der Artikel ist: Bruck, »My Master Is My Purse«.

Seite 184. Die Frage »Magst du mich nicht mehr?« wurde zuerst von Stewart und Hertzberg in »Unhappy Ending« angeführt.

Seite 184. Freeman hat bestritten, in irgendwelche anderen kriminellen Aktivitäten verstrickt gewesen zu sein als dem einen Fall von Insiderhandel mit Siegel, in dem er sich schuldig bekannt hat. Die Staatsanwaltschaft dagegen hat in einem Schriftsatz vor der Urteilsverkündung erklärt, daß Freeman an zahlreichen illegalen Handlungen beteiligt gewesen war, die vermutlich viele der in diesem Buch beschriebene Transaktionen betrafen. Sie hat Freeman außerdem kriminelle Absprachen mit anderen, nicht nur mit Siegel, vorgeworfen. Das Dokument wurde auf Freemans Antrag ebenso wie seine Erwiderung durch den Richter versiegelt. Die Art der Verteidigung von seiten Freemans, falls überhaupt vorhanden, konnte daher nicht berücksichtigt werden. Das *Wall Street Journal* hat per Gerichtsbeschluß versucht, beide Schriftsätze ausgehändigt zu bekommen, wurde aber durch Richter Leval abschlägig beschieden. Gegen diese Entscheidung wurde Berufung eingelegt, die Anfang 1992 abgewiesen wurde.

Seite 185. Der Brant-Winans-Skandal ist Gegenstand von R. Foster Winans' Buch *Trading Secrets*.

Seite 185. Krantz' Rolle im Winans-Skandal und sein Auftritt als Zeuge im Winans-Prozeß werden beschrieben in Stephen J. Adler und Donald Baer, »Afraid to Blow the Whistle«, in: *American Lawyer*, Juni 1985. Der Artikel kam zu dem Schluß, daß Krantz »als ineffizienter Cop endete, der die Gauner in seinem Bezirk schalten und walten läßt, wie es ihnen paßt«.

Seite 186. Wigtons Herkunft wird dargestellt in Steve Swartz und James B. Stewart, »Justice Delayed«, in: *The Wall Street Journal*, 21. August 1989. Der Aufbau der Arbitrageabteilung bei Kidder, Peabody und DeNunzios Rolle dabei wurde zuerst beschrieben in Stewart und Hertzberg, »Unhappy Ending«.

Seite 189. Wigton bestritt, etwas von dem Telefonat über Continental gewußt zu haben.

Seite 190. Die Einzelheiten und die Zeitpunkte der Gebote für Continental stammen vom Dow Jones News Retrieval.

Seite 191. Die in diesem Buch verwandten Einzelheiten über die Handelsaktivitäten von Freeman und Goldman sind dem Autor zur Verfügung stehenden Kopien der Originalhandelsbelege entnommen. Einige dieser Transaktionen wurden zum erstenmal besprochen in James B. Stewart und Daniel Hertzberg, »Suspicious Trading«, in: *The Wall Street Journal*, 12. Februar 1988. Freeman und seine Anwälte lehnten eine Stellungnahme zu diesen Handelsaktivitäten ab. Auch nachdem das vorliegende Buch erschienen war, beharrten Freemans Anwälte weiterhin darauf, daß ihr Mandant, den Beatrice-Vorfall ausgenommen, in allen Punkten unschuldig sei. Sie nannten Siegel einen Betrugskünstler und wiesen darauf hin, daß Freeman Siegels Anschuldigungen unter Eid abgestritten und erfolgreich einen Lügendetektortest bestanden habe. Ihre Argumentation ist in einem 29seitigen Brief niedergelegt, der jedoch die Aufschrift »Vertraulich – Nicht für die Öffentlichkeit bestimmt« trägt. Sie haben sich bis jetzt geweigert, Einblick in ihr Antwortschreiben auf die Anklageschrift der Staatsanwaltschaft zu gewähren.

Seite 200. Die Geschichte von Coniston Partners, Princeton-Newport und James Regan ist dargestellt in James B. Stewart und Daniel Hertzberg, »Insider Focus«, in: *The Wall Street Journal*, 6. April 1988.

Seite 202. Vgl. Anm. zu Seite 191.

Seite 204. Die Unocal-Transaktion wird beschrieben in *U.S. versus Robert Freeman*. Andere Deals, die in den Ermittlungen gegen Freeman eine Rolle spielten, wurden erstmals dargestellt in James B. Stewart und Daniel Hertzberg, »Wall Street Inquiry Focuses in 11 Stocks«, in: *The Wall Street Journal*, 22. Mai 1987.

Seite 207. Boesky gab in den Verhören durch die Staatsanwaltschaft noch eine andere Quelle für die Macy-Information aus der Immobilienabteilung von Goldman, Sachs an.

Seite 209. Der Satz »Dein Häschen hat ein gutes Näschen« wurde zuerst von Stewart und Hertzberg in »Suspicious Trading« erwähnt und war später Gegenstand von Freemans Schuldeingeständnis. In einer Erklärung, die zur Zeit seines Schuldeingeständnisses herausgegeben wurde, stellte Freeman den Vorfall so dar: »Ich sagte Mr. Siegel, ich hätte gehört, daß es ein Problem beim Beatrice-LBO gebe. Er fragte mich, von wem ich das gehört hätte. Als ich antwortete, von Bunny Lasker, sagte Martin Siegel: ›Dein Häschen hat ein gutes Näschen.‹« Weitere Einzelheiten über den Beatrice-Deal werden dargestellt in James B. Stewart und Steve Swartz, »Abrupt Confession«, in: *The Wall Street Journal*, 18. August 1989.

Seite 209. Mit dem ersten Beatrice-Angebot im November 1985 bot KKR pro Aktie 43 Dollar in bar und 7 Dollar in Vorzugsaktien an. Im Januar 1986 modifizierte KKR das Angebot und bot 40 Dollar in bar und 10 Dollar in Vorzugsaktien an; der Aufsichtsrat von Beatrice nahm das Angebot im Februar in dieser Form an. Obwohl der Zahlenwert des Angebots weiterhin bei 50 Dollar pro Aktie oder umgerechnet rund 6,2 Mrd. Dollar lag, sank wegen der Unsicherheit des höheren Anteils an Vorzugsaktien der Marktwert des Angebots (*The Wall Street Journal,* 3. Februar 1986).

Kapitel 7

Seite 212. Mulherens Laufbahn, einschließlich des Vorfalls mit seinem Sohn, wird beschrieben in James B. Stewart und Daniel Hertzberg, »How a Wealthy ›Arb‹ Enmeshed in Scandal Turned to Violence«, in: *The Wall Street Journal,* 22. Februar 1988.

Seite 214. Die Zitate stammen aus der Mulheren-Aussage, S. 2489. Sie geben wie die Zitate auf den folgenden Seiten Mulherens Version der »Parkanklage« in bezug auf Unocal wieder. Ob Mulheren glaubte, er würde das Risiko tragen oder nicht, war in seinem Prozeß einer der wichtigsten Punkte bei der Verhandlung der Parkanklagen. Weder Boesky noch Davidoff konnten sich daran erinnern, daß Mulheren geäußert hatte, er würde nicht einsteigen, wenn er das Risiko nicht selbst trage. Andererseits lassen Mulherens »Gefälligkeitszahlungen« an Boesky, die er nicht bestritt, keineswegs eindeutig darauf schließen, daß Boesky das Risiko der Positionen getragen hat. Die Staatsanwaltschaft glaubte jedoch, daß Mulheren log. Aber da die Geschworenen keinen einhelligen Urteilsspruch in bezug auf die Parkanklage fällen konnten, habe ich mich entschlossen, Mulherens Darstellung in den Haupttext aufzunehmen.

Seite 215. Die Nettokapitalvorschriften wurden von der Regierung nach dem Börsenkrach von 1929 verabschiedet, um Investoren in Wertpapierfirmen wie die von Boesky vor exzessiver Spekulation zu schützen. Boeskys Kapitalbeschaffung durch Drexel brachte darüber hinaus Nettokapitalvorschriften zum Schutz der Halter der Schuldverschreibungen ins Spiel. Das Nettokapital ergibt sich aus dem um die Schulden verminderten Eigenkapital (Bruttokapital) und darf nach den Vorschriften nicht unter eine bestimmte Sicherheitsmarge fallen.

Seite 215. Das Zitat stammt aus einer Kopie des auf den 18. Juni 1985 datierten internen Schreibens von Stephen J. Conway an Ivan F. Boesky. Es wurde als Beweisstück der Anklage Nr. 34 in *U.S. versus Mulheren* eingeführt.

Seite 216. Die Zitate stammen aus der Mulheren-Aussage, S. 2503, 2509–10.

Seite 218. Die Darstellung des Insiderhandels in bezug auf Diamond Shamrock/Occidental Petroleum stützt sich hauptsächlich auf Interviews mit Beteiligten, ist aber auch größtenteils im Milken-Memo, S. 65–70, enthalten. (Der Schriftsatz wurde auf Antrag von Milkens Anwälten einer ausgiebigen Redaktion unterzogen und wimmelt jetzt von fiktiven Namensangaben. Die Namen wurden in jedem Fall durch unabhängige Recherchen ermittelt und in den Haupttext aufgenommen.) Nach der Version der Staatsanwaltschaft hatte Boesky bei Milken angerufen; der Text bezieht sich jedoch auf Zeugen, die sich erinnerten, daß Milken derjenige gewesen war, der den Anruf tätigte. – In seinem Schriftsatz für die Urteilsverhandlung spricht Milken die Anklagepunkte, die nicht Gegenstand seines Schuldbekenntnisses waren, zwar nicht an, beharrte aber insgesamt darauf, daß er außer den sechs Verbrechen, die er eingestand, keine weiteren begangen hätte. Diamond/Occidental war nicht Teil der Milkenschen Schuldvereinbarung; die diesbezügliche Anklage wurde fallengelassen, obwohl sie das klarste Beispiel des von Milken durchgeführten Insiderhandels betraf. Auch in seiner Erwiderung auf den Schriftsatz der Staatsanwaltschaft ging Milken nicht näher auf Diamond/Occidental ein, sondern führte nur das Argument an, daß Boesky, wenn er einen regelmäßigen Insiderhandel mit Milken betrieben hätte, keinen Grund gehabt hätte, gleichzeitig Absprachen mit Levine zu treffen (vgl. Milken-Erwiderung, S. 65).

Seite 221. Die Golden Nugget/MCA-Transaktion war Gegenstand von Punkt drei in Milkens Schuldvereinbarung. Die Fakten werden im Milken-Memo, S. 37–41, dargestellt. Milken hat die Tatsachen nicht bestritten, aber angeführt, daß die Käufer von MCA-Aktien eher »Opfer« von Boeskys Verkaufsaktion waren als seines Arrangements mit ihm (Milken-Memo, S. 86).

Seite 223. Die Steuertransaktionen und der Rückzahlungsmodus sind im Milken-Memo, S. 70–77, beschrieben. Milken bestritt, daß sie Täuschungsmanöver zwecks Steuerersparnis waren (Milken-Erwiderung, S. 86–87).

Seite 224. Die MGM/UA-Vorgänge werden im Milken-Memo, S. 84–89, dargestellt. Die Zitate aus der *New York Times* und dem *Wall Street Journal* wurden von der Staatsanwaltschaft angeführt. Milken bestritt deren Darstellung (Milken-Erwiderung, S. 96, Fußnote 44).

Seite 225. Die Pacific-Lumber-Übernahme wird im Milken-Memo, S. 82–84, beschrieben. In seiner Erwiderung bezog sich Milken explizit auf diesen oder andere Aspekte der ihm vorgeworfenen Verschwörung mit Boesky, sondern bestritt nur allgemein, daß er in einen Insiderhandel verwickelt gewesen war oder versucht hatte, Unternehmensentscheidungen zu beeinflussen. Seine Anwälte erklärten, daß es zuviel verlangt wäre, »in diesem Schriftsatz die Darstellung der Staatsanwaltschaft in bezug auf jede einzelne Transaktion zu widerlegen, von der Boesky jetzt behauptet, sie wäre mit illegalen Handlungen behaftet gewesen« (Milken-Erwiderung, S. 96–97).

Seite 226. Zu Harris Graphics vgl. Milken-Memo, S. 79–82.

Seite 228. Die Buchhaltung in der Beziehung Boesky-Milken wurde erstmals dargestellt in James B. Stewart und Daniel Hertzberg, »Drexel's Michael Milken Called a Focus of Probe of Suspected Boesky Scheme«, in: *The Wall Street Journal,* 5. Februar 1987. Milken hat beharrlich bestritten, daß über die Boesky betreffenden Aktivitäten in der von der Anklage unterstellten Weise Buch geführt wurde.

Seite 233. Zu den Beatrice-Kaufoptionen vgl. Smith, *Money Wars,* S. 234–235.

Seite 234. Die Quelle des Rosenthal-Zitats ist »What's News«, in: *The Bawl Street Journal,* 6. Juni 1986.

Seite 235. In einer für die schmeichelhafte Reaktion auf das Buch und den Verfasser typischen Kritik über Boeskys *Merger Mania* schrieb James J. Cramer in *The New Republic:* »Die Boesky-Legende wird bestehen bleiben, weil er die Gettys, CBS und Gulfs so früh entdeckte und alles auf sie setzte.« Cramer bedauerte später in »All My Heroes Turned Out to Be Crooks« (in: *M inc.,* Juni 1991) seine frühere Naivität.

Seite 236. Die Boesky-Zitate stammen aus David Vise, »Q and A: Ivan Boesky on the Art of Arbitrage«, in: *Washington Post,* 23. Juni 1985.

Seite 239. Boesky beschreibt das Zusammengehen mit Icahn gegen Gulf+Western in: Boesky-Aussage, S. 614 ff. Icahn hat nie vor Gericht darüber ausgesagt.

Seite 242. Boeskys Bedrohung von CBS fand ein umfangreiches Presseecho; vgl. zum Beispiel David Carey, »CBS Sues One of Its Biggest Shareholders«, in: *Financial World,* 15. Mai 1985.

Seite 243. Die Zitate stammen aus der Boesky-Aussage, S. 628.

Seite 245. Die Investoren in Boeskys neue Partnership wurden erstmals genannt in Robert J. Cole, »Drexel-Boesky Tie for Some Investors«, in: *New York Times,* 19. November 1986.

Seite 248. Die verdächtigen Umstände der 5,3-Mio.-Rechnung wurden im *Wall Street Journal* enthüllt (vgl. Anm. zu Seite 228). In der Milken-Erwiderung, S. 105, wurde weiterhin behauptet, es hätte sich um Honorare für Investment-banking-Leistungen gehandelt. Drexel selbst bestritt die wahre Natur der Rechnung allerdings nicht mehr. Mooradians Rolle ist Gegenstand von Daniel Hertzbergs Artikel »The Informer«, in: *The Wall Street Journal,* 11. Oktober 1990.

Seite 251. Der Briefausschnitt stammt aus einer dem Autor vorliegenden Kopie des Briefs. Die SEC ging in ihrer Anklage gegen Milken und Drexel wie folgt auf die 5,3-Mio.-Rechnung ein: »Um die wahren Gründe für die 5,3-Mio.-Rechnung zu verschleiern, bezeichneten Boesky, Drexel, Milken und Lowell Milken sie in einer Erklärung den Buchprüfern gegenüber und in von ihnen zur Verfügung gestellten Dokumenten fälschlicherweise als Zahlung für ›Beraterdienst‹« (SEC-Anklage, S. 11). Die Milken-Brüder und Boesky wiesen die Beschuldigung in diesem Punkt anfänglich zurück und legten die SEC-Anklage später bei, ohne ihre Schuld zuzugeben oder zu dementieren.

Kapitel 8

Seite 255. Drexels aggressives Verhalten ist Gegenstand von Ann Monroe, »Drexel Burnham, Rivals Duel on Buyouts«, in: *The Wall Street Journal,* 21. April 1986.

Seite 255. Die Zitate stammen aus der vor dem US-Bezirksgericht für den Northern District von Illinois eingereichten Klage *Staley Continental Inc. versus Drexel Burnham Lambert et al.* Die Klage und ihr Inhalt werden besprochen in Jeff Bailey und Daniel Hertzberg, »Drexel Burnham Is Sued by Staley Continental Inc.«, in: *The Wall Street Journal,* 20. Februar 1987. Dahl hat bestritten, Staley bedroht zu haben.

Seite 262. Die sich verschlechternde Finanzlage von Kidder, Peabody und der Verkauf an GE werden besprochen in James B. Stewart, »Cashing In«, in: *The Wall Street Journal,* 5. Mai 1986.

Seite 264. Das Gespräch im Water Club wird dargestellt in Frantz, *Mr. Diamond,* S. 323–324.

Seite 267. Drexels Aufwendungen für Politiker sind Gegenstand von Brooks Jackson und Thomas E. Ricks, »Lobbyists, Speaking Fees, Contributions Didn't Keep Milken from Capitol Hill«, in: *The Wall Street Journal,* 28. April 1988. Die Teilnahme mehrerer Senatoren am 1986er Predators' Ball wird von Bruck erwähnt (*Predators' Ball,* S. 259).

Seite 268. Milkens Beziehung zu David Solomon war Gegenstand von

Punkt vier und fünf der Milkenschen Schuldvereinbarung. Die Finsbury-Transaktionen sind eingehend im Milken-Memo, S. 45–51, beschrieben. Milken bestritt zwar die Tatsachen nicht, wies aber das von der Staatsanwaltschaft genannte Motiv – Solomon zum Kauf Drexelscher Junkbonds zu veranlassen – zurück. »Wir bestreiten kategorisch das vermutete Motiv und jegliche Unterstellung, daß Michael Milken [Solomon] auf ungebührliche Weise zu Geschäften mit Drexel bewogen hat. [Solomon] hat mit Drexel Geschäfte getätigt, weil Drexel der wichtigste Marketmaker und Underwriter von hochverzinslichen Wertpapieren war, die [Solomons] Spezialgebiet darstellten« (Milken-Erwiderung, S. 88–89). Im Haupttext wird Solomons Version der Ereignisse wiedergegeben, die von zusätzlichen Beweisen zur Genüge untermauert wird.

Seite 269. Die Darstellung der Vorgänge um das blaue Notizbuch stützt sich auf Peizers Aussage in Milkens Fatico-Anhörung (vgl. Anm. zu Seite 548). Lowell Milkens Anwalt, Michael Armstrong, hat bestritten, daß sein Mandant in illegale Handlungen verwickelt war.

Seite 273. Das Redezitat stammt aus Kathleen Pender, »The World According to Boesky«, in: *San Francisco Chronicle*, 19. Mai 1986. Die Umstände der Einladung an Boesky, diese Rede zu halten, werden geschildert in David Vogel, »How Boesky Advanced the Cause of Equal Opportunity in Scandal«, in: *San Francisco Chronicle*, 15. Dezember 1986. Boesky ging in seiner Aussage (Boesky-Aussage, S. 727) ebenfalls auf die Rede ein.

Seite 273. Die Stone-Container- und Wickes-Transaktionen sind im Milken-Memo, S. 94–101, beschrieben. Milken bestritt die Anschuldigungen.

Seite 274. Boeskys Ausbaupläne beschreibt Al Gordon, »Boesky's Dream House Exceeding Their Grasp«, in: *Newsday*, 16. Dezember 1988. Der Briefausschnitt ist einer dem Autor vorliegenden Kopie des Briefs entnommen.

Seite 276. Die Beschreibung der Bar-mitzvah-Feier stützt sich auf Georgia Dullea, »Coming of Age on the Ocean«, in: *New York Times*, 16. September 1986.

Seite 277. Das Datum von Boeskys Kapitulation ist der Boesky-Aussage, S. 630, entnommen.

Kapitel 9

Seite 281. Eine Kopie des Caracas-Briefs wurde dem Autor von Merrill Lynch zur Verfügung gestellt. Die Darstellung der Reaktion auf den Brief stützt sich auf Interviews mit beteiligten Mitarbeitern von Merrill Lynch.

Seite 285. Die Fedders-Affäre ist Gegenstand von Brooks Jackson, »Storm Center«, in: *The Wall Street Journal*, 25. Februar 1985. Fedders trat nach der Veröffentlichung des Artikels zurück.

Seite 287. Campbells Verhör wird besprochen in James B. Stewart, »Tracing a Scandal«, in: *The Wall Street Journal*, 15. Juli 1987.

Seite 288. Die Zitate stammen aus dem von der SEC veröffentlichten Transkript des dreitägigen Campbell-Verhörs.

Seite 289. Die Verwicklung der Bank-Leu-Mitarbeiter Meier und Pletscher in den Fall wird ausführlich dargestellt in: *SEC versus Dennis B. Levine*, 86 Civ. 3726 (RO), Memorandum in Support of Plaintiff's Application for a Temporary Restraining Order (Schriftsatz zum Antrag des Zivilklägers auf Erlassung eines vorläufigen Unterlassungsurteils; im folgenden zitiert als **SEC-Memo**), S. 8–10, und Supplemental Memorandum of Plaintiff SEC in Support of Application for a Preliminary Injunction (Ergänzender Schriftsatz des Zivilklägers SEC zur Erlangung einer einstweiligen Verfügung; im folgenden zitiert als **SEC-Ergänzungsmemo**), S. 17–19. SEC-Anwalt Leo Wang ging in einer von der SEC herausgegebenen Erklärung genauestens darauf ein, und Pletscher sagte in einer zweitägigen Befragung über seine und Meiers Verwicklung in den Fall aus.

Seite 295. Levines Anweisung, die Unterlagen zu vernichten, wurde von Pletscher in seinem Verhör erwähnt und ist beschrieben in Frantz, *Mr. Diamond*, S. 201. Die Zitate stammen aus Pletschers Aussage.

Seite 296. Das Knöpfli-Zitat stammt aus Pletschers Aussage.

Seite 299. Die SEC-Podiumsdiskussion wird dargestellt in Frantz, *Mr. Diamond*, S. 239–241. Das Zitat stammt aus einem von der SEC veröffentlichten Transkript der Veranstaltung.

Seite 304. Der Fall des Investmentbankers von Morgan Stanley ist *U.S. versus Newman*. Der Börsenmakler James Newman wurde 1983 des Insiderhandels beschuldigt und verurteilt. Das Urteil, mit dem die Theorie der »Veruntreuung« (der widerrechtlichen Verwendung vertraulicher Informationen) hinsichtlich des Insiderhandels eingeführt wurde, hielt auch vor dem Berufungsgericht stand. Newmans Mitverschwörer, der Investmentbanker Jacques Courtois von Morgan Stanley und sein Kollege Adiran Antoniu von Kuhn, Loeb bekannten sich schuldig.

Seite 306. Die Umstände der Überweisung wurden erstmals veröffentlicht in Stewart, »Tracing a Scandal«.

Seite 308. Die Voraufführung von *Top Gun* wird beschrieben in Frantz, *Mr. Diamond,* S. 333.

Seite 308. Levines Versuche, das Geld von seinem Konto zu transferieren, werden im SEC-Memo, S. 9–10, und im SEC-Ergänzungsmemo, S. 19, beschrieben.

Seite 317. Reichs Reaktion auf Levines Verhaftung und seine Reise nach Los Angeles werden dargestellt in Brill, »Death of a Career«.

Kapitel 10

Seite 320. Das Flumenbaum-Zitat stammt aus: *SEC versus Dennis Levine,* transcript of proceedings (Verhandlungsprotokoll), 22. Mai 1986, S. 72.

Seite 327. Levines Schuldeingeständnis ist Gegenstand von »Levine Pleads Guilty«, in: *The Wall Street Journal,* 6. Juni 1986. Die Beilegung der SEC-Anklage wurde veröffentlicht in: SEC Litigation Release (Verfahrensveröffentlichungen) Nr. 11117, 5. Juni 1986.

Seite 329. Über Cecolas Schuldeingeständnis in zwei Fällen von Steuerhinterziehung und Wilkis' Schuldeingeständnis in vier Anklagepunkten wurde im *Wall Street Journal* vom 23. Dezember 1986 berichtet.

Seite 331. Reichs Befragung durch seine Partner wird beschrieben in Brill, »Death of a Career«.

Seite 333. Über Levines Verurteilung wurde im *Wall Street Journal* vom 23. Februar 1987 berichtet.

Seite 333. Der Verdacht des Zwangsverwalters ist nachzulesen im zweiten der Levine receiver's reports.

Seite 334. Das Gespräch zwischen Boesky und Milken an dessen Swimmingpool wird im Milken-Memo, S. 101, geschildert.

Seite 335. Das Gespräch zwischen Boesky und Mooradian ist wiedergegeben in Hertzberg, »The Informer«.

Seite 344. Die Angaben über Boeskys Vermögenslage sind der dem Autor vorliegenden Boeskyschen Buchführung entnommen.

Seite 347. Boeskys Vereinbarung mit der Staatsanwaltschaft vom 18. September 1986 und der Vergleich mit der SEC vom 17. September 1986 wurden von den Behörden veröffentlicht.

Seite 349. Boeskys Enthüllungen über seine Rolle in bezug auf

Guinness, die von der SEC an die britischen Behörden weitergegeben wurden, versetzten der Londoner Finanzwelt einen schweren Schlag. Boesky sagte aus, daß er dem Brauereigiganten Guinness PLC während seines Angebots für Distillers PLC 1986 geholfen habe, die Aktienkurse zu manipulieren. Ernest Saunders, der ehemalige Präsident von Guinness, wurde wegen »Unehrenhaftigkeit in massivem Ausmaß«, wie es der Richter ausdrückte, zu einer Haftstrafe von fünf Jahren verurteilt. Zu den Angeklagten gehört auch Boeskys Freund und Investor Gerald Ronson, der zu einem Jahr Gefängnis verurteilt wurde (vgl. *The Wall Street Journal,* 29. August 1990).

Seite 352. Die Transkripte des mitgeschnittenen Gesprächs zwischen Boesky und Milken wurden nicht veröffentlicht. Der Dialog stützt sich daher auf das Erinnerungsvermögen der Beteiligten und auf Leute, die Zugang zu den Transkripten haben. Die Staatsanwaltschaft hat folgende Darstellung gegeben: »In dieser Unterhaltung war Milken darum bemüht, Boesky mit einer falschen Erklärung für die 5,3-Mio.-Rechnung zu versorgen. Milken und Boesky versicherten sich außerdem gegenseitig, daß bei einer Untersuchung durch die Strafverfolgungsbehörden ihre Untergebenen verantwortlich gemacht werden würden« (Milken-Memo, S. 103, Fußnote 39).

Seite 355. Der Text von Boeskys Ansprache an seine Mitarbeiter wurde von seinen Anwälten veröffentlicht.

Seite 356. Die Fernschreibermeldung vom 14. November erhielt der Autor vom Dow Jones News Retrieval.

Seite 357. Peizers Reaktion auf die Boesky-Bekanntmachung ist in seiner Fatico-Aussage (vgl. Anm. zu Seite 547) wiedergegeben. Milkens Reaktion wurde von Dahl und Peizer in ihren Aussagen beschrieben. Milkens Sprecher bestreiten die Zeitangaben in bezug auf Milkens Reaktion; sie bestehen darauf, daß Milken nicht vor 16 Uhr in Lowells Büro ging, das heißt erst zweieinhalb Stunden nach der Boesky-Bekanntmachung.

Seite 357. Dahl sagte in seiner Fatico-Aussage (vgl. Anm. zu Seite 547) über das Gespräch bei laufendem Wasser aus.

Seite 358. Peizer beschrieb die Übergabe des blauen Notizbuchs in seiner Fatico-Aussage (vgl. Anm. zu Seite 548). Spurges Rolle bei der Vernichtung von Beweisstücken waren Gegenstand strafrechtlicher Ermittlungen, aber sie wurde keiner Vergehen angeklagt.

Seite 358. Maultaschs Reise und sein Gespräch mit Milken sind in Maultaschs Fatico-Aussage (vgl. Anm. zu Seite 547) beschrieben.

Seite 360. Die Artikel aus dem *Wall Street Journal* sind James B. Stewart und Daniel Hertzberg, »Spreading Scandal«, 17. November 1986; »SEC Is Probing Drexel in ›Junk Bonds‹«, 18. November 1986; und »Grand Jury Is Said to Be Probing Drexel«, 19. November 1986. Mehr als alle anderen haben diese Artikel bewirkt, daß Drexel und Milken ihre Kampagne starteten, mit der sie versuchten, die Berichte des *Journal* zu diskreditieren und den Behörden nachzusagen, sie hätten Informationen ans *Journal* durchsickern lassen – eine Kampagne, die sogar noch nach den Schuldeingeständnissen von Drexel und Milken fortgeführt wurde.

Seite 362. Der genannte Artikel ist: David A. Vise und Michael Schrage, »Wall Street Lambastes SEC Action«, in: *Washington Post*, 21. November 1986. Über die Ermittlungen gegen Nolan und Spear Leeds wurde im *Wall Street Journal* vom 14. Januar 1988 berichtet. Weder Nolan noch die Firma wurden irgendwelcher Verbrechen angeklagt.

Seite 362. Die Schätzung von Boeskys Gewinnen, die die SEC so erregte, wurde von Priscilla Ann Smith und Beatrice E. Garcia gemacht (»Boesky Apparently Reaped at Least $203 Million in Illcit Profits with Levine's Inside Information«, in: *The Wall Street Journal*, 24. November 1986).

Seite 363. Dingells Worte bei Campbells Vernehmung finden sich in Stewart, »Tracing a Scandal«.

Kapitel 11

Seite 369. Die Zustellung der Siegel-Vorladung bei Wachtell, Lipton und die anschließenden Ereignisse wurden erstmals dargestellt in Stewart und Hertzberg, »Unhappy Ending«.

Seite 372. Die Praxis, nach der Anwälte ihre Mandanten vor einen milden Richter brachten – der sogenannte »Richterkauf« – war im Southern District von New York früher sehr verbreitet. Dem kam entgegen, daß ein Richter jeweils zwei Wochen lang Anklageanhörungen vorsitzt und dann wechselt, während den Beschuldigten für gewöhnlich eine sechswöchige Frist gesetzt wurde, innerhalb derer sie vor Gericht erscheinen mußten; die Verteidiger hatten damit die Auswahl unter drei Richtern. Die Sechs-Wochen-Regelung wurde inzwischen abgeschafft.

Seite 373. Die SEC veröffentlichte den Vergleich mit Siegel in: Litigation Release Nr. 11354, 13. Februar 1987. Sie reichte gleichzeitig ihre Klage ein (*SEC versus Martin A. Siegel*, Complaint for Injunctive and Other Equitable Relief).

Seite 374. Die Staatsanwälte bedrängten Siegel, noch andere zu belasten, Henry Kravis zum Beispiel. Aber Siegel weigerte sich, indem er erwiderte, er wolle seinen Wert als Zeuge nicht übertreiben und wisse von keinen Delikten, die Kravis begangen haben könnte.

Seite 375. Ein Gesetz zum Schutz des Heims vor den Ansprüchen von Gläubigern gibt es in vielen US-Bundesstaaten, wobei der Schutz allerdings nur bis zu einem bestimmten Betrag reicht. Florida ist einer der wenigen Staaten, in denen das eigene Haus auf jeden Fall geschützt ist, ganz gleich, welchen Wert es besitzt. Die Folge ist, daß Florida zu einem Paradies für jene geworden ist, die ihr Eigentum vor Gläubigern in Sicherheit bringen wollen und sich deshalb dort teure Anwesen kaufen.

Seite 379. Merrill Lynch gab als Grund für die Entlassung Tabors erhebliche Verluste in dessen Arbitrageabteilung an und erklärte, sie hätte nichts mit den Ermittlungen der Strafverfolgungsbehörden zu tun.

Seite 380. Williams' Leben und Karriere werden in einem Nachruf von Albin Krebs dargestellt, der am 14. August 1988 auf der ersten Seite der *New York Times* erschien.

Seite 382. Über die Zusammenstellung des Milkenschen Verteidigerteams wurde erstmals im *Wall Street Journal* vom 8. Dezember 1986 berichtet. Limans Karriere wird dargestellt in Christopher Knowlton, »The Man Asking Iranscam's Tough Questions«, in: *Fortune,* 8. Juni 1987.

Seite 383. Fleming vertrat Hitachi, nachdem die Strafverfolgungsbehörden eine großangelegte verdeckte Operation durchgeführt hatten, um einen illegalen Technologieexport nachzuweisen. Angestellte des riesigen japanischen Konzerns wurden 1982 gefilmt, als sie versuchten, gestohlene IBM-Produkte zu übernehmen, die nach Japan geschafft werden sollten. Hitachi wurde daraufhin der Verschwörung zum Erwerb gestohlenen Eigentums angeklagt und bekannte sich schließlich schuldig.

Seite 388. Dem Autor liegt eine Kopie der handschriftlichen Notiz von Thurnher vor.

Seite 388. E. F. Hutton bekannte sich 1985 in 2000 Fällen des Post- und Fernmeldebetrugs schuldig und willigte ein, eine Geldstrafe in Höhe von zwei Mio. Dollar zu zahlen. Die Firma erholte sich nie wieder von diesem Skandal und wurde später von Shearson Lehman Brothers geschluckt.

Seite 390. Über Davidoffs Schuldeingeständnis und Kooperation wurde erstmals im *Wall Street Journal* vom 29. Januar 1987 berichtet. Er wurde später auf Bewährung verurteilt.

Seite 394. Über Thurnhers Kooperation wurde erstmals im *Wall Street Journal* vom 5. Februar 1987 berichtet. Seine Darstellung der Vorgänge um die 5,3-Mio.-Dollar-Rechnung ist in der Milken-Erwiderung, S. 101, enthalten.

Seite 395. Der genannte Artikel ist James B. Stewart und Daniel Hertzberg, »U.S. Accumulates Evidence Supporting Case Against Drexel, Milken«, in: *The Wall Street Journal,* 28. April 1987.

Seite 397. Die Festnahmen von Freeman und Tabor werden beschrieben in James B. Stewart und Daniel Hertzberg, »Street Bombshell«, in: *The Wall Street Journal,* 13. Februar 1987.

Seite 398. Als Siegel Pedowitz bat, seinen Fall zu übernehmen, erklärte Pedowitz, das könne er nicht, da Wachtell, Lipton bereits zu viele Mandanten habe, die in den Siegel-Boesky-Deals eine Rolle spielten. Daraus könne sich ein Interessenkonflikt ergeben. Merkwürdigerweise war Pedowitz aber bereit, Goldman, Sachs zu vertreten, obwohl Wachtell, Lipton ebenfalls Mandanten hatte, die in die Freeman-Siegel-Deals verwickelt waren. Pedowitz hatte jedoch auch zu Siegel ein, wenn auch kurzes, Anwalt-Mandanten-Verhältnis gehabt, das zu einem Interessenkonflikt hätte führen können, wenn Goldman, Sachs Siegel der Lüge bezichtigt und deshalb verklagt hätte. Pedowitz lehnte einen Kommentar zu diesen Zusammenhängen ab.

Seite 404. Siegel wurde in der Öffentlichkeit erstmals als CS-1 enttarnt in Stewart und Hertzberg, »Street Bombshell«.

Seite 408. Siegels Schuldeingeständnis wird erörtert in Stewart und Hertzberg, »Unhappy Ending«.

Seite 409. General Electrics Reaktion auf die Verhaftungen wird beschrieben in James B. Stewart und Janet Guyon, »Damage Control«, in: *The Wall Street Journal,* 8. Juni 1987.

Seite 413. Über Jefferies' Schuldvereinbarung und seinen Vergleich mit der SEC wurde im *Wall Street Journal* vom 20. März 1987 berichtet.

Seite 414. Lewis wurde im *Wall Street Journal* vom 23. März 1987 als Mitverschwörer von Jefferies entlarvt. Er bekannte sich später in drei Anklagepunkten schuldig (vgl. *The Wall Street Journal,* 31. August 1989).

Seite 418. Die Entscheidung, die Anklage fallenzulassen, fand ein weites Presseecho; vgl. zum Beispiel das *Wall Street Journal* vom 14. Mai 1987, wo auch die Wendung von der »Spitze des Eisbergs« zitiert wird.

Seite 419. Der Steve Swartz gegenüber geäußerte »tool-and-die«-Vergleich wurde im *Wall Street Journal* vom 15. Mai 1987 veröffentlicht. Im selben Artikel bestritt DeNunzio, daß seine Ablösung etwas mit dem Skandal zu tun hatte und daß er sich im Zusammenhang mit Siegels Handlungen etwas hatte zuschulden kommen lassen.

Seite 420. Über den Kidder-Peabody-Vergleich wurde im *Wall Street Journal* vom 5. Juni 1987 berichtet.

Seite 427. Hale sagte am 14. März 1989 im Prozeß gegen Newberg und die Beschuldigten von Princeton-Newport aus.

Seite 429. Die Durchsuchung von Princeton-Newport wird beschrieben in James B. Stewart und Daniel Hertzberg, »Insider Focus«, in: *The Wall Street Journal,* 6. April 1988.

Seite 430. Jones' Lebensgeschichte ist Gegenstand von Stephen J. Adler, »Working Girl«, in: *The Wall Street Journal.*

Seite 432. Die Transkripte der bei Princeton-Newport beschlagnahmten Tonbänder wurden als Beweismittel in den Prozeß gegen Princeton-Newport eingebracht. Die Zitate stammen aus diesen Transkripten.

Seite 432. Das Transkript des Telefonats zwischen Freeman und Zarzecki wurde im Princeton-Newport-Prozeß als Beweisstück T-1 eingeführt. Die Zitate stammen aus T-1, S. A-1627.

Seite 434. Engels Rückkehr zu Drexel und sein anschließendes erneutes Ausscheiden aus der Firma sind dargestellt in Bruck, *Predators' Ball,* S. 338–342.

Seite 435. Der auf dem 1987er Predators' Ball gezeigte Drexel-Film wird beschrieben in Steve Coll, »Drexel's Faithful Sing Praises of Junk Bonds«, in: *Washington Post,* 5. April 1987. Die Frage »Wieviel haben wir dem Knaben dafür gezahlt?« stammt aus diesem Artikel.

Seite 436. Das »Schuldgefühl«-Zitat stammt aus Coll, »Drexel's Faithful«.

Seite 436. Die Beschreibung der Junk-bond-Konferenz stützt sich auf Bruck, *Predators' Ball,* S. 348.

Seite 437. Der genannte Artikel ist Laurie P. Cohen, »Drexel's New Television Ad Tugs at the Heart but Fudges the Facts«, in: *The Wall Street Journal,* 8. Dezember 1987.

Seite 438. Als Beispiele entsprechender Leitartikel aus dem *Wall Street Journal* seien genannt: »Junk Prosecution?«, 12. Juli 1988 (»Der Fall gegen Drexel könnte riskanter sein als die Junk-bonds«); und »Drexel: Prosecution and Fall«, 15. Februar 1990 (»Es spottet jeder Vorstellung von einem angemessenen Verfahren, daß Mr. Milken nach dreijährigen Ermittlungen immer noch nicht die Gelegenheit hatte, vor einem Gericht Stellung zu nehmen. [...] Kein ernstzunehmender Mensch kann darüber hinwegsehen, daß die von der Staatsanwaltschaft vorgebrachten Beschuldigungen auf den Vorwurf hinauslaufen, daß Mr. Milken die Junk-bonds auf einem betrügerischen Fundament aufgebaut hat«).

Seite 439. Der Börsenkrach von 1987 ist Gegenstand von James B.

Stewart und Daniel Hertzberg, »Terrible Tuesday«, in: *The Wall Street Journal,* 20. November 1988.

Seite 441. Das Buffett-Zitat stammt aus David A. Vise, »Despite Setbacks, Drexel Still Calls Shots in ›Junk Bond‹ Revolution«, in: *Washington Post,* 17. April 1988.

Seite 441. Über das Boesky-Urteil wurde im *Wall Street Journal* vom 21. Dezember 1987 berichtet. In den im Zusammenhang mit der Verurteilung zugänglich gemachten Papieren befindet sich ein Schriftstück von Boeskys Psychiater, in dem eine Erklärung von Boeskys Vergehen versucht wird. Danach hatte Boesky »begonnen zu begreifen, daß er an einem abnormen Zwang litt, sich zu beweisen, um ein Gefühl des Ungenügens und der Unterlegenheit zu überwinden, das seine Wurzeln in seiner Kindheit hat. Er stand unter dem Zwang, ohne jede zeitliche oder geistige Beschränkung zu arbeiten. Er opferte dabei, ohne es zu merken, den Kontakt zu seiner Familie und seinen Freunden« (Boesky-Memo, S. 40).

Seite 442. Die Zitate von Richter Lasker stammen aus den Verhandlungsprotokollen in *U.S. versus Boesky* vom 20. Dezember 1987.

Seite 443. Die Ereignisse des 18. Februar 1988 werden geschildert in Stewart und Hertzberg, »How a Wealthy ›Arb‹ . . . Turned to Violence«.

Seite 447. Die Grand-Jury-Aussage wurde im Rahmen des Mulheren-Prozesses veröffentlicht.

Seite 450. Die Mulheren-Zitate stammen aus dem Polizeibericht, der als Beweismittel in seinen Prozeß eingeführt wurde.

Seite 451. Über die Auflösung von Jamies Securities wurde im *Wall Street Journal* vom 23. Februar 1988 berichtet.

Kapitel 13

Seite 453. Lompoc gehört heute nicht mehr zur untersten Sicherheitsstufe.

Seite 454. Die SEC beschuldigte Milken und Drexel in ihrer Klage des Insiderhandels im Zusammenhang mit Viacom. Die Anklagen sind im einzelnen in *SEC versus Drexel Burnham Lambert et al.,* Complaint for Injunctive and Other Equitable Relief, S. 166–171, aufgeführt. Milken hat erklärt, er hätte nicht von den Viacom-Transaktionen gewußt; im übrigen läge in diesem Fall kein Insiderhandel vor, sondern ein ganz normales Hedging. Gardiner sagte, nachdem ihm Immunität gewährt worden war, über die vielen Unstimmigkeiten in seiner Fatico-Aussage (vgl. Anm. zu Seite 547) aus.

Seite 455. Über Drexels Wells-Vorlage wurde im *Wall Street Journal* vom 26. Januar 1988 berichtet.

Seite 457. Der Artikel, der Bairds Aufmerksamkeit auf sich zog, war Stewart und Hertzberg, »Suspicious Trading«.

Seite 459. Die Meineidklage gegen Jones ist Gegenstand von Adler, »Working Girl«.

Seite 461. Robinson ist Gegenstand eines Erste-Seite-Artikels (»Power Broker«) von Joann Lipman, der am 5. Dezember 1988 im *Wall Street Journal* erschien.

Seite 467. Die Dingell-Anhörungen werden beschrieben in Thomas E. Ricks, »Milken Refuses to Testify in House Probe«, in: *The Wall Street Journal,* 28. April 1988.

Seite 469. Milkens Versuch, Bruck zu kaufen, wird in ihrem Buch beschrieben (*Predators' Ball,* S. 359).

Seite 471. Liman hat bestritten, daß er Drexel oder die Anwälte der Firma gedrängt habe, etwas zu unternehmen, um das Erscheinen des Buches zu verhindern.

Seite 472. Der genannte Artikel ist Laura Landro, »Junk Bond People Think Book on Them Is So Much Trash«, in: *The Wall Street Journal,* 19. Mai 1988.

Seite 474. Über die Anklagen wurde im *Wall Street Journal* vom 5. August 1988 berichtet.

Seite 475. Maultaschs Kooperation wurde erstmals erwähnt in Laurie P. Cohen, »Senior Drexel Trader Is Witness«, in: *The Wall Street Journal,* 7. Dezember 1988.

Seite 480. Über Dahls Kooperation wurde im *Wall Street Journal* vom 5. Oktober 1988 berichtet.

Seite 482. Peizer sagte in der Fatico-Anhörung (vgl. Anm. zu Seite 547) über den Vorfall mit den Aktenschubkästen und das Solomon-Arrangement aus.

Kapitel 14

Seite 485. Die SEC-Klage wird zusammengefaßt in: Litigation Release Nr. 11859, 7. September 1988. Die 184seitige Anklageschrift enthält die detaillierteste Darstellung der von der Staatsanwaltschaft vertretenen Sichtweise von Milkens kriminellem Unternehmen (vgl. Anm. zu Seite 454).

Seite 488. Cogut sagte bei der Fatico-Anhörung (vgl. Anm. zu Seite 547) aus. Die Vorgänge um MacPherson werden auch dargestellt in Laurie P. Cohen, »About Face«, in: *The Wall Street Journal,* 23. April 1990.

Seite 491. Die Tatsache, daß Verhandlungen über ein Schuldeingeständnis im Gange waren, wurde erstmals im *Wall Street Journal* vom 27. Januar 1989 erwähnt.

Seite 492. Das Zitat »dieser geniale Mann . . .« stammt aus Glenn F. Bunting, »How Drexel Made Itself Welcome with Politicians«, in: *Los Angeles Times,* 7. Mai 1989. Der Artikel beschreibt nicht nur in allen Einzelheiten die Drexelschen Bemühungen auf dem Gebiet der Politik, sondern berichtet auch, daß Bradley bei der SEC zugunsten Drexels interveniert und versucht hat, den kalifornischen Repräsentantenhausabgeordneten Tony Coelho als Helfer zu gewinnen.

Seite 492. Milkens PR-Kampagne mit Blick auf den schwarzen Bevölkerungsanteil ist Gegenstand von Mary G. Gotschall, »The Machine Behind Michael Milken«, in: *Regardies,* Januar 1991.

Seite 494. Der Kampf um RJR Nabisco ist das Thema von Burroughs und Helyars Bestseller *Die Nabisco-Story,* in dem auch Robinsons Rolle eingehend dargestellt wird.

Seite 495. Drexels Anstrengungen beim Verkauf der RJR-Bonds werden behandelt in Randall Smith, »Capital Coup«, *The Wall Street Journal,* 3. März 1989.

Seite 498. Der Text von Josephs Rundschreiben wurde im *Wall Street Journal* vom 5. Dezember 1988 abgedruckt.

Seite 500. Liman hat bestätigt, daß er eine historisch-philosophische Diskussion über Drexels Entscheidung für das Schuldeingeständnis mit Joseph gehört hat, erklärte aber, daß er nicht die Absicht gehabt hatte, Drexels Handlungsweise mit der Judenverfolgung durch die Nazis zu vergleichen.

Seite 504. Die Ereignisse, die in Drexels Untergang mündeten, sind Gegenstand von Laurie P. Cohen, »The Final Days«, in: *The Wall Street Journal,* 26. Februar 1990. Weitere Einzelheiten finden sich in Brett Duval Fromson, »The Last Days of Drexel Burnham«, in: *Fortune,* 21. Mai 1990.

Seite 506. Die Road-Shows werden beschrieben in Smith, »Capital Coup«.

Kapitel 15

Seite 515. Die Anklageerhebung und die Pressekonferenz werden dargestellt in Laurie P. Cohen, »The Other Shoe«, in: *The Wall Street Journal,* 30. März 1989. In dem Artikel ist auch die Passage aus Milkens Erklärung enthalten.

Seite 517. Der Jones-Prozeß wird beschrieben in Adler, »Working Girl«. Über den Prozeß und das Urteil im Princeton-Newport-Fall wurde im *Wall Street Journal* vom 1. August 1989 berichtet. Das Berufungsgericht hob das Urteil zwar teilweise auf, so in den Anklagepunkten der RICO- und der Steuervergehen, bestätigte es aber in bezug auf die Wertpapierdelikte und den Vorwurf der Verschwörung (vgl. *The Wall Street Journal,* 1. Juli 1991). Die Entscheidung des Berufungsgerichts hatte kaum eine praktische Folge für die Beschuldigten.

Seite 524. Der 1989er Predators' Ball wird beschrieben in Jaye Scholl, »Skeleton at the Feast«, in: *Barron's,* 10. April 1989.

Seite 525. Über die Einzelheiten der Drexel-Vereinbarung wurde im *Wall Street Journal* vom 14. April 1989 berichtet. Drexels erste Wahl für den freiwerdenden Präsidentenposten war der ehemalige Senator Howard Baker aus Tennessee gewesen, der den Job, wie man sich erzählte, nicht haben wollte, weil er befürchtete, als bloße Galionsfigur dienen zu sollen. Obwohl Drexel vorgeworfen wurde, sich durch die Wahl Shads neues Ansehen erkaufen zu wollen, bestand Shad damals darauf, daß er ein »aktiver Präsident« sein werde, und nicht nur Dekoration. Shad fügte hinzu: »Ich hätte den Posten nicht angenommen, wenn ich nicht soviel Vertrauen und Respekt für Fred Joseph hätte« (vgl. *The Wall Street Journal,* 17. April 1989).

Seite 529. Die Krise bei Integrated Resources ist Gegenstand von Linda Sandler, Randall Smith und Joan Lebow, »Limited Resources«, in: *The Wall Street Journal,* 23. Juni 1989.

Seite 531. Die Kontroverse über Milkens Anwaltskosten wird dargestellt in Laurie P. Cohen, »Drexel Is Putting Milken's Attorneys on a Strict Budget«, in: *The Wall Street Journal,* 4. Oktober 1989. Der Artikel enthält auch das Liman-Zitat.

Seite 531. Der Zusammenbruch des UAL-Deals ist Gegenstand von Jeff Bailey, Asra Nomani und Judith Valente, »Flawed Portent«, in: *The Wall Street Journal,* 16. Oktober 1990.

Seite 532. Eine der schärfsten Verurteilungen von Milkens Geschäften ist Benjamin J. Steins Artikel »Was Drexel/Milken the Biggest Scam Ever?« (in: *Barron's,* 19. Februar 1990). Im Inhaltsverzeichnis heißt es: »Drexel/Milken, meint ein Kritiker, war ein riesiges Ponzi-Komplott. Es gab nie einen Zauberer von Oz oder ein Genie, sondern nur Michael den Cheerleader.« Der Artikel versetzte das Milken-Lager in heftige Wut, wurde aber bald der Abriß von Milkens Wirtschaftsverständnis, über den am meisten gesprochen wurde.

Seite 532. Die Zahlen über den Ertrag der Junk-bonds und anderer Investments stammen aus George Anders und Constance Mitchell, »Junk King's Legacy«, in: *The Wall Street Journal*, 20. November 1990.

Seite 533. Ingersolls zunehmende Schuldenprobleme sind der Gegenstand von Patrick M. Reilly, »Deadline Squeeze«, in: *The Wall Street Journal*, 26. März 1990. Von der Übernahme der Columbia Savings and Loan durch Zwangsverwalter der Regierung berichtete das *Wall Street Journal* am 28. Januar 1991.

Seite 540. Fast alle vom Justizministerium bestätigten Schuldeingeständnisvereinbarungen können, falls der Beschuldigte nach Abschluß der Vereinbarung lügt, widerrufen werden, wie zum Beispiel Boeskys. Milkens dagegen nicht: In Paragraph sechs seiner Schuldvereinbarung vom 22. April 1990 werden zwar vier Fälle genannt, bei deren Eintreten sie zurückgenommen werden kann, aber die falsche Zeugenaussage fällt nicht darunter. (Die Staatsanwaltschaft behielt sich allerdings das Recht vor, Milken des Meineids anzuklagen, doch solche Anklagen sind, trotz des Gegenbeispiels Jones, meistens nur schwer erfolgreich abzuschließen.) Diese Auslassung war ein bemerkenswertes Zugeständnis; sie läßt ahnen, wie verzweifelt die Staatsanwaltschaft auf ein Schuldeingeständnis aus war, unterminiert jedoch den Wert von Milkens Kooperation: Ihm ist praktisch von Amts wegen die Erlaubnis erteilt worden zu lügen.

Seite 545. Über das Mulheren-Urteil wurde im *Wall Street Journal* vom 13. Juli 1990 berichtet.

Seite 546. Von Siegels Verurteilung berichtete das *Wall Street Journal* am 8. Juni 1990.

Seite 547. Milkens Rolle beim Zusammenbruch verschiedener Spar- und Darlehenskassen ist Gegenstand mehrerer anhängiger Zivilklagen, unter anderem von der Columbia Savings and Loan und der Federal Deposit Insurance Commission. Die FDIC wirft Milken, Drexel und anderen Beschuldigten in ihrer Anklage vor, zahlreiche S&Ls um einen nicht konkreter genannten Millionenbetrag geprellt zu haben. Milken und Drexel haben die Beschuldigungen zurückgewiesen.

Seite 547. Vor Milkens Urteilsverhandlung fanden auf Anweisung von Richterin Wood, beginnend am 11. Oktober 1990, zweiwöchige Anhörungen statt. Die Staatsanwaltschaft hatte von Milkens Anwälten im Zuge der Verhandlungen über Milkens Schuldeingeständnis die Einwilligung erhalten, Beweise für zusätzliche Verbrechen einzuführen, die bei der Urteilsfindung einbezogen werden konnten. Milkens Anwälte forderten jedoch wiederholt das Recht, gegen die neuen Vorwürfe der Staatsanwaltschaft Stellung nehmen zu dürfen, und Richterin Wood ordnete an, daß sich die Staatsanwaltschaft auf sechs zusätzliche Anklagepunkte beschränken und die Beweise dafür vorlegen solle. Anschließend sollten Milkens Anwälte die Gelegenheit bekommen, sie, wenn möglich, zu widerlegen. Solche Anhörungen werden nach dem Fall, der das Recht von Angeklagten einführte, derartige Beschuldigungen anzugreifen, »Fatico«-Anhörungen genannt. Sie erwiesen sich in diesem Fall als kontraproduktiv - wenigstens aus der Sicht der Staatsanwaltschaft. Boesky wurde nicht als Zeuge vorgeladen (die Staatsanwälte waren enttäuscht von seinem Auftritt im Mulheren-Prozeß), und so wurde keine der auf ihn bezogenen Anklagen - darunter solche Deals wie Diamond Shamrock und Pacific Lumber - vorgebracht. Die Beweise für einige der erhobenen Anklagen schienen nicht allzu schlüssig zu sein (vgl. Laurie P. Cohen und Wade Lambert, »Prosecutors Fail to Tie Milken to Trades«, in: *The Wall Street Journal,* 12. Oktober 1990). Richterin Wood lehnte die zusätzlichen Anklagepunkte schließlich ab, obwohl sie sagte, sie sei überzeugt, daß Milken versucht hatte, die Justiz zu behindern.

Seite 547. Auszüge aus Richterin Woods Erklärung anläßlich der Urteilsverkündung erschienen am 22. November 1990 in der *New York Times.*

Epilog

Seite 551. Die Titelgeschichte »My Story - Michael Milken« erschien in der *Forbes*-Ausgabe vom 16. März 1992.

Seite 553. Die Aussagen in den Zivilverfahren gegen Milken wurden nicht veröffentlicht. Die Darstellung stützt sich auf Informationen von Personen, die Zugang zu den Mitschriften haben. Von ihnen stammen auch die Zitate.

Seite 555. Über die Einzelheiten von Milkens Vereinbarung berichtete das *Wall Street Journal* am 18. Februar 1992 (»Milken to Pay $ 500 Million More to Settle Civil Suits«) und 6. März 1992 (»FDIC Rejects Plan to Settle Milken Lawsuits«). In dem zweiten Artikel wurde gemeldet, daß sich die FDIC, da Milken seine Vermögenslage nicht offengelegt hatte, weigerte, auf den Deal einzugehen. Später hat sie ihm jedoch zugestimmt. Teil der Vereinbarung war die Feststellung, daß Milken seine Schuld in den Anklagepunkten, einschließlich der Mitverantwortung für die S&L-Krise, weder eingestand noch ableugnete. Seine Anwälte beharren weiterhin darauf, daß er keinerlei Verluste verursacht habe.

Seite 557. Die Akten von Boeskys Scheidungsverfahren befinden sich unter der Bezeichnung *Anonymous v. Anonymous* im Archiv des Obersten Gerichts von New York. Ihr Inhalt wurde erstmals von der *New York Post* an die Öffentlichkeit gebracht. In ihrem Interview in *20/20* wies Seema Boesky die Behauptung, sie besäße Geld, das von Ivan Boesky auf illegale Weise erworben wurde, weit von sich und erklärte: »Daran ist kein wahres Wort.« Tatsache ist jedoch, daß ein großer Teil der Gewinne, die Boesky für seine Investoren, einschließlich seiner Frau und seiner Familienmitglieder, erwirtschaftete, durch illegalen Insiderhandel erzielt wurden.

Danksagung

Dieses Buch hätte nicht geschrieben werden können ohne die außerordentliche Unterstützung und Geduld meiner Kollegen vom *Wall Street Journal.* Ich werde immer in der Schuld von Norman Pearlstine stehen, dem Chefredakteur des *Journal,* der meine Recherchen zu jeder Zeit unterstützt und mich ermutigt hat, wenn ich seine Hilfe am meisten brauchte. Er hat dieses Buch nachdrücklich gefördert und war stets ein einfühlsamer und scharfsichtiger Redakteur.

Paul Steiger, der geschäftsführende Redakteur des *Journal,* hat meine Recherchen standhaft unterstützt und ich habe unzählige Male von seinem guten Rat, seiner Souveränität und seinem Urteilsvermögen profitiert.

Viele Artikel über den Skandal habe ich zusammen mit Daniel Hertzberg geschrieben. Sein Talent und seine Hingabe haben mich bei zahllosen Gelegenheiten inspiriert, und vieles von dem, was in diesem Buch erwähnt wird, hätte ohne ihn nicht enthüllt werden können. Bei den zusätzlichen Recherchen, die ich für dieses Buch unternahm, habe ich versucht, dem hohen Standard gerecht zu werden, auf dem er stets bestanden hat.

Laurie P. Cohen vom *Journal* hat als Rechercheurin und Reporterin für dieses Buch gearbeitet. Ihr Beitrag geht weit über den einer gewöhnlichen Rechercheassistentin hinaus, und sie hat viel dafür getan, daß sich Informanten zur Zusammenarbeit bereit erklärten. Steve Swartz hat mir wertvolle Ratschläge gegeben und den Prozeß der Recherchen und des Schreibens als kritischer Beobachter begleitet. Fred Saez hat viele der Fakten überprüft und einen großen Teil der Nachforschungen am Computer durchgeführt. Die Computerexperten des *Journal,* Richard Schuster, Cathy Fiducia und Jim McDonald, waren stets zur Stelle, um mich aus technologischen Krisen zu retten.

Die fähigen Redakteure, die an der Seite eins des *Journal* arbeiten – Jane Berentson, Dan Kelly, John Brecher, John Bussey, Jane Mayer, Paul Martin, Henry Myers, David Sanford, Tim Smith und Chuck Stevens –, haben die Hauptlast der Mehrarbeit getragen, die durch meine häufige

Abwesenheit und die Ablenkung von meiner eigentlichen Aufgabe auf sie zukam. Zusammen mit der Nachrichtenassistentin Christine McAuley haben sie sie mit großem Einsatz und guter Laune bewältigt. Ich bin außerdem den Ressortleitern und Reportern des *Journal* generell für ihre Geduld und ihr Verständnis zu Dank verpflichtet.

Bei Simon & Schuster war Alice Mayhew in jeder Phase des Projekts, dem dritten, bei dem wir zusammenarbeiteten, eine hervorragende Lektorin. Auch George Hodgman hat ausgezeichnete Arbeit beim Redigieren des Texts geleistet. Simon & Schuster hat mich insgesamt auf großartige Weise unterstützt: Besonderen Dank schulde ich Richard Snyder, Charles Hayward, Jack McKeown, Eric Rayman und dem Manuskriptbearbeiter Michael Cain.

Meine Agentin, Amanda Urban, war von Anfang an mit Eifer und großer Gewissenhaftigkeit bei der Sache. Zu Dank verpflichtet bin ich auch Joni Evans, die mich, als sie noch bei Simon & Schuster war, ermutigt hat, dieses Buch zu schreiben.

Meine Familie und meine Freunde, die Menschen, die ich liebe, haben während der Arbeit an diesem Buch wahrscheinlich am meisten Geduld und gute Laune aufgebracht. Ich hoffe, daß ich es ihnen in den nächsten Jahren vergelten kann und daß dieses Buch sie irgendwie für meine manchmal unentschuldbare Versenkung in meine Arbeit entschädigen wird.

Vor allem möchte ich meinen Eltern danken. Durch sie habe ich die moralischen Lehren dieses Buchs gelernt, lange bevor ich etwas von den Reichtümern und der Macht der Wall Street wußte.

Glossar

Aktienindexhandel
Handel in einer bestimmten Anzahl ausgewählter Aktien, die als Aktienindex angeboten werden.

Aktiva
Die auf der Aktivseite der Bilanz eines Unternehmens ausgewiesenen (investierten) Vermögenswerte, insbesondere Grundstücke, Gebäude, Maschinen und Anlagen, Beteiligungen, Vorräte, Forderungen usw.

Anleihe (Schuldverschreibung, Obligation)
Schuldverschreibungen mit bestimmter, festgelegter oder veränderlicher Verzinsung, meist längerer Laufzeit und fest vereinbarter Tilgung. Sie dienen dem Zweck, langfristige Finanzierungsmittel zu beschaffen.

Arbitrage
(Börsen-)Geschäft, das die Preisunterschiede für dasselbe Objekt an verschiedenen Märkten ausnutzt.

Arbitrageur
(Börsen-)Händler, der sich mit der Arbitrage, vor allem von Wertpapieren und Devisen, beschäftigt.

Blankoverkauf
Verkauf von Wertpapieren, die der Verkäufer noch nicht besitzt, sondern später zu, wie er hofft, niedrigeren Kursen zu beschaffen gedenkt. Auch Leerverkauf genannt.

Blue chips
Aktien höchster Qualität von Unternehmen mit erstklassiger Bewertung, guten Wachstumsaussichten und regelmäßigen Dividendenzahlungen. In den USA vor allem jene Titel, die im Dow-Jones-Index vertreten sind.

Bond
Festverzinsliches Wertpapier, Obligation, Schuldverschreibung.

Cash-flow
Umsatz- oder Finanzüberschuß. Bei der Bewertung von Unternehmen und Aktien herangezogene Größe zur Beurteilung der Finanz- und Ertragskraft eines Unternehmens. Sie steht für die einem Unternehmen während eines bestimmten Zeitraums (Geschäftsjahr) aus dem Umsatzprozeß und anderen Quellen zugeflossenen Finanzmittel.

Chinesische Mauer
In Investmentbanken zwischen den Investmentbankern und den Händlern (einschließlich der Arbitrageure) errichtete Informations-

sperre zur Verhinderung des Handels aufgrund der vertraulichen Informationen, die die Investmentbanker von ihren Klienten erhalten.

Corporation
Unternehmensform. Entspricht der AG.

Emission
Ausgabe neuer Wertpapiere.

Emittent
Ausgeber von Wertpapieren (Unternehmen, Körperschaften etc.).

Festverzinsliche (Wertpapiere)
Mittel- und langfristige Schuldverschreibungen mit gleichbleibendem Zinsertrag während einer festgelegten Laufzeit.

Financial futures
Auf dem Prinzip des Terminhandels basierende verzinsliche Papiere zur Absicherung gegen Marktschwankungen. Sie besitzen also festgelegte Konditionen und Laufzeiten, werden aber im Unterschied zum traditionellen Terminhandel meistens nicht bis zur Fälligkeit gehalten, sondern unter Bezahlung eines sich ergebenden Differenzbetrags vorher storniert.

GM
General Motors Corporation, Detroit.

Grand Jury
Vorverhandlung vor Geschworenen, die die Eröffnung eines Hauptverfahrens beschließen oder ablehnen.

Greenmail
Abgeleitet von *blackmail* = Erpressung. Eine Abwandlung des Leveraged buyouts, bei der Beteiligungen an Unternehmen erworben werden, um diese durch Scheinangriffe und Drohungen (der »Ausschlachtung« des Unternehmens oder des Austauschs des Managements) zu zwingen, die Aktien zu den mittlerweile hochgetriebenen Kursen zurückzukaufen.

Hedging
Eingrenzung (*hedge* = Hecke, Hekkenzaun) eines Investmentrisikos durch ein zweites, gegenläufiges Risiko, das das erste ausgleichen soll.

Insider
Personen in einer beruflichen Stellung, in der sie Unternehmensinformationen, die den Börsenkurs beeinflussen können, früher erhalten als andere Marktteilnehmer. Insider tragen deshalb, wenn sie ihre Informationen für einen Handel nutzen, ein geringeres Risiko als andere und können zu deren Lasten nahezu sichere Gewinne einstreichen.

Investment banking
Bankaktivitäten im Wertpapiergeschäft, zu denen die Plazierung von Wertpapieren, der Handel mit ihnen und die auf sie bezogenen Dienstleistungen gehören, inklusive Unternehmensberatung, M&A usw.

Investment-Trust
Frühere Bezeichnung für Investmentfonds beziehungsweise -gesellschaften.

Ivy League
Wörtlich »Efeuliga«. Bezeichnung für eine Reihe der ältesten Hochschulen im Nordosten der USA, die gemeinsame Sportveranstaltungen durchführen. Ein Abschluß an einer dieser Universitäten (u.a. Harvard, Yale, Princeton, Columbia-University) verleiht wegen ihrer Exklusivität und ihres Rufs hohes gesellschaftliches Ansehen und große berufliche Aufstiegschancen.

Junk-bonds
Wörtlich »Ramsch- oder Abfallanleihen«. Hochverzinsliche, gering bewertete Schuldverschreibungen.

KKR
Kohlberg Kravis Roberts Inc.

Kursmakler
Handelsmakler, die an der Feststellung der Börsenkurse mitwirken. Experten, die auf einzelne Effektenarten oder bestimmte Wertpapiere spezialisiert sind.

Leerverkauf
Siehe Blankoverkauf.

Leverage
Wörtlich »Hebel(wirkung)«. Rentabilitätserhöhung des Eigenkapitals eines Unternehmens infolge zinsgünstiger Kreditfinanzierung von ertragreichen Investitionen, da nur dieses gewinnberechtigt ist, während Fremdkapital lediglich Zinszahlungen beanspruchen kann. So nehmen etwa Investmentfonds Fremdkapital zum Kauf von Wertpapieren auf, was bei steigenden Kursen eine Wertsteigerung des Fondsvermögens bewirkt. Bei fallenden Kursen wirkt das Leverage umgekehrt: Die mit Fremdkapital gekauften Wertpapiere bewirken zusätzliche Verluste.

Leveraged buyout
Mit Krediten finanzierter Kauf eines Unternehmens, nach dem die Schulden durch die Erträge des erworbenen Unternehmens oder durch den Verkauf von dessen Vermögenswerten gedeckt werden.

Limited partnership
Unternehmen, das mit Kapitaleinlagen von Anlegern arbeitet, die im allgemeinen marktüblich verzinst werden. Anfallende Gewinne werden an die Anleger verteilt. Limited partnerships verlangen nur eine beschränkte Haftung der Partner.

Long-Position
Auf Hausse setzende Position.

M&A
Mergers & Acquisitions = Fusionen & Übernahmen.

Major bracket
Wörtlich »Hauptgruppe/-kategorie«. Zweite der Kategorien in der festgefügten Hierarchie der Investmentbanken an der Wall Street, wie sie 1971 von Samuel Hayes III. in der *Harvard Business Review* beschrieben und bezeichnet wurden. Die oberste Kategorie war danach die *Special bracket* mit den vier Firmen Morgan Stanley, First Boston, Dillon, Read und Kuhn, Loeb. Unmittelbar danach kamen: Merrill Lynch und Salomon Brothers. Zur zweiten Kategorie, der *Major*

bracket, gehörten 17 Firmen (u.a. Goldman, Sachs; Kidder, Peabody; Lehman Brothers; Smith Barney und Lazard Frères). Die dritte Gruppe war die *Submajor bracket* mit 23 Firmen, die hauptsächlich im Privatkundengeschäft tätig waren (u.a. E.F. Hutton; Bear, Stearns und Harris Upham).

Marge
(1) Die Spanne zwischen Kursen, An- und Verkaufspreisen oder Aufwands- und Ertragsposten. (2) Der Prozentsatz (Margin requirement = Bareinschuß) an Kapital, den ein Käufer bei Wertpapierkäufen selbst stellen muß (Margineinschuß), während er den Rest kreditiert bekommt.

Margin call
Nachschußpflicht bei Termingeschäften als Sicherheit für den Kreditgeber.

Marketmaker
Investmentbanken oder Brokerhäuser, die sich verpflichten, bei bestimmten Handelsobjekten jederzeit für gewisse Mindestmengen verbindliche An- und Verkaufskurse zu garantieren, und auf diese Weise einen Markt für diese Objekte schaffen und erhalten.

NASDAQ
National Association of Securities Dealers (NSAD – Verband der Wertpapierhändler) Automated Quotations. Von der NSAD betriebenes elektronisches Kursinformationssystem des OTC-Markts (Telefonhandel) außerhalb der NYSE.

New York Stock Exchange (NYSE)
New Yorker Wertpapierbörse.

Offene (Investment-)Fonds
Fonds mit laufender Ausgabe und Rücknahme von Anteilen. Ihr wesentliches Merkmal ist die Garantie, die Anteilscheine zu jeder Zeit zurückzunehmen.

Oligopol
Marktform mit Anbietern, die einzeln zwar den Markt beeinflussen, aber nicht dominieren, ihn zusammen aber beherrschen. Es ist, mit anderen Worten, ein Markt, der von wenigen Großen beherrscht wird.

Option
Das Recht, ein fest vereinbartes Vertragsangebot innerhalb einer bestimmten Zeitspanne anzunehmen oder abzulehnen. Bei Wertpapieremissionen das Recht, weitere Wertpapiere in bestimmter Menge zu einem festen Kurs zu einem späteren Zeitpunkt ohne weitere Verhandlungen zu erwerben.

Over the counter (OTC)
Außerbörslicher Handel mit nicht zum offiziellen Börsenverkehr zugelassenen Wertpapieren. Der OTC-Markt ist ein Verhandlungsmarkt, das heißt, die Preise werden jeweils ausgehandelt.

Partnership
Eine der offenen Handelsgesellschaft (OHG) ähnliche Unternehmensform.

Piggybacking
»Huckepackverfahren«, bei dem ein »Trittbrettfahrer« die Handels-

aktivitäten eines anderen Marktteilnehmers nachvollzieht.

Preis-Gewinn-Verhältnis
Maßstab der Preiswürdigkeit von Aktien, bei dem der Marktwert einer Aktie zum Reingewinn des jeweiligen Unternehmens pro Aktie ins Verhältnis gesetzt wird.

Programmhandel
Gleichzeitige Handelsaktivitäten in einem vorher zusammengestellten Portefeuille aus einer Vielzahl von Aktien (vgl. Aktienindexhandel). Andernfalls computergestützte Kauf- und Verkaufsentscheidungen ohne menschlichen Eingriff aufgrund vorher eingegebener Programme.

Proxy
Vollmacht, insbesondere zur Vertretung von Aktionären in der Hauptversammlung eines Unternehmens (Proxy-Stimmrecht).

Raider
Investor, der in der Regel zunächst an der Börse die Aktien eines Unternehmens aufkauft und anschließend den anderen Aktionären ein Übernahmeangebot macht.

Rating
Bewertende Klassifizierung eines Schuldners entsprechend seiner Bonität und damit Kreditwürdigkeit.

Research
Forschung. In der Wertpapieranalyse systematische Untersuchung wert- und kursbestimmender Faktoren.

RICO
Racketeer Influenced and Corrupt Organization Act = Gesetz gegen von Gangstern beeinflußte und korrupte Organisationen. 1970 verabschiedetes Gesetzgebungswerk zur Bekämpfung des organisierten Verbrechens.

Risikoprämie
Entschädigung für das Risiko, das ein Investor eingeht, indem er sein Kapital zur Verfügung stellt. Sie wird meist in einer Höhe, von der angenommen wird, daß sie alle Risiken abdeckt, in die Ertragsforderung einbezogen.

Savings and Loan (S&L)
Spar- und Darlehenskasse.

SEC
Securities and Exchange Commission. Wertpapier- und Börsenaufsichtsbehörde der USA, die den gesamten Wertpapierhandel beaufsichtigt.

Short-Position
Auf Baisse setzende Position. Durch Blankoverkauf entstandene Schuldposition, die leerverkauften Papiere zum vereinbarten Termin und Preis zu liefern.

Stammaktien
Aktie, die dem Inhaber die normalen Anteilsrechte einräumt. Normaltyp der Aktien.

Substanzwert
Gesamtwert des Vermögens eines Unternehmens nach Abzug der Schulden. Die Ertragskraft des Unternehmens spielt dabei keine Rolle. Der Substanzwert wird zur Un-

ternehmensbewertung zum Beispiel bei Fusionen und Übernahmen herangezogen.

Techniker

Wertpapieranalytiker, der die Methoden der technischen Aktienanalyse anwendet, das heißt gesamtgesellschaftliche und unternehmensspezifische Daten außer acht läßt und seine Analyse auf die Beobachtung der Kurs- und Umsatzverläufe der Aktien stützt.

Underwriting

Emissionsform, bei der der Underwriter – meist Banken oder Broker – eine Emission ganz oder in Teilen übernimmt und dem Emittenten garantiert, sie zu plazieren.

Vorzugsaktien

Aktien mit Vorrechten bei der Gewinnverteilung.

Wandelanleihe

Schuldverschreibung, die zu einem bestimmten Zeitpunkt in einem festgelegten Umwandlungsverhältnis in Aktien des ausgebenden Unternehmens umgetauscht werden kann. Damit wird der Vorteil der Schuldverschreibung, der feste Zinssatz, mit dem Vorteil der Aktie verbunden, einen Anteil am Vermögen des Emittenten zu erwerben.

WASP

White Anglo-Saxon Protestant = weißer, angelsächsischer Protestant, typischer Vertreter der gesellschaftlichen Mehrheit in den USA.

Zero-Coupon Bonds

Null-Coupon-Anleihen ohne laufende Verzinsung. Statt dessen werden sie weit unter ihrem Nominalwert ausgegeben und bei Fälligkeit zu diesem zurückgenommen.

Register